BASTEI
LÜBBE

HANNS KNEIFEL

TELEGONOS

SOHN DER LIEBE

BASTEI
LÜBBE

BASTEI-LÜBBE-TASCHENBUCH
Band 12856

Lizenzausgabe im Bastei-Verlag Gustav H. Lübbe GmbH & Co.,
Bergisch Gladbach
Printed in Germany, Juni 1998
Einbandgestaltung: Manfred Peters
Satz: hanseatenSatz-bremen, Bremen
Druck und Bindung: Elsnerdruck, Berlin
ISBN 3-404-12856-7

Der Preis dieses Bandes versteht sich einschließlich
der gesetzlichen Mehrwertsteuer.

Über den Autor:

Hanns Kneifel, geboren 1936 in Oberschlesien, lebt in München. Seine schriftstellerische Laufbahn begann er mit Science Fiction; später wandte er sich mit viel Erfolg dem historischen Roman zu. Seine Sachbücher, Hörspiele und Romane sind in einer Gesamtauflage von rund 2,8 Millionen Exemplaren erschienen.

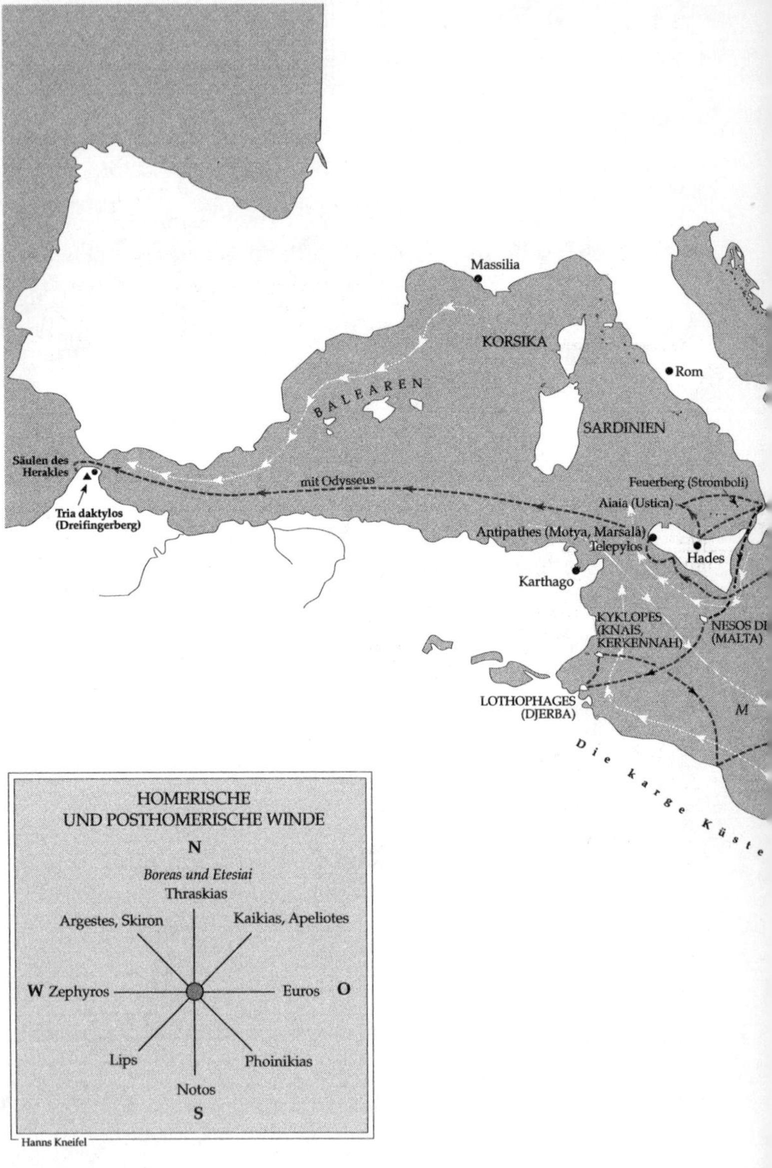
Massilia
KORSIKA
Rom
BALEAREN
SARDINIEN
Säulen des Herakles
Tria daktylos (Dreifingerberg)
mit Odysseus
Feuerberg (Stromboli)
Aiaia (Ustica)
Antipathes (Motya, Marsala)
Telepylos
Hades
Karthago
KYKLOPES (KNAIS, KERKENNAH)
NESOS DI (MALTA)
LOTHOPHAGES (DJERBA)
M
Die karge Küste
HOMERISCHE UND POSTHOMERISCHE WINDE
N
Boreas und Etesiai
Thraskias
Argestes, Skiron
Kaikias, Apeliotes
W Zephyros
Euros O
Lips
Phoinikias
Notos
S
Hanns Kneifel

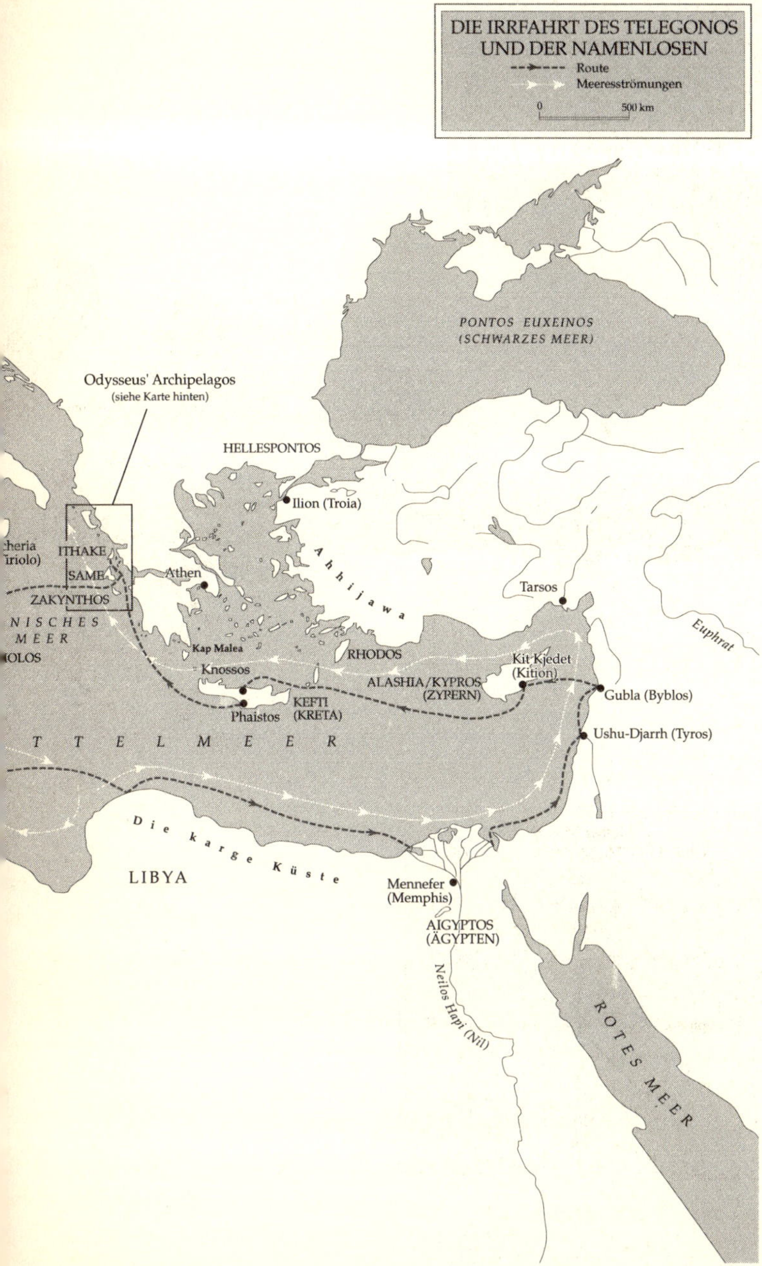

DIE IRRFAHRT DES TELEGONOS UND DER NAMENLOSEN
Route
Meeresströmungen
0
500 km
PONTOS EUXEINOS (SCHWARZES MEER)
Odysseus' Archipelagos
(siehe Karte hinten)
HELLESPONTOS
Ilion (Troia)
Ahhijawa
ITHAKE
SAME
ZAKYNTHOS
Athen
Tarsos
Euphrat
Kap Malea
Knossos
RHODOS
Kit Kjedet (Kition)
ALASHIA/KYPROS (ZYPERN)
Gubla (Byblos)
Phaistos
KEFTI (KRETA)
Ushu-Djarrh (Tyros)
Die karge Küste
LIBYA
Mennefer (Memphis)
AIGYPTOS (ÄGYPTEN)
Neilos Hapi (Nil)
ROTES MEER

INHALT

PROLOG
DAS WRACK DER MERIT-AMÛN

Pentawer-Ptah war jenseits aller Furcht; er wußte, daß er diese Nacht nicht überleben würde. Die harten Sturzseen des mörderischen Großen Grünen, des tosenden Meeres, hatten wieder einige Decksplanken der *Merit Amûn* zerschlagen und an ihm vorbei in die Nacht davongewirbelt. Wieder spürte Pentawer, den sie noch vor Stunden »Pentau« genannt hatten, daß aus dem tiefgrauen Wasser der salzige Tod nach ihm griff. Als eine unsichtbare Welle einen Balken zwischen seine Schulterblätter schmetterte, verlor er abermals die Besinnung. Nach zwei Atemzügen, zwei Stunden oder einer Ewigkeit wachte er auf, hustete, spie scheußlich bitteres Wasser, würgte und rang nach Luft. Er hob den Kopf und sah, daß sich seine Hände noch immer um das dicke Tau verkrampften, daß ein zweites Tau um seine Hüften die Haut tief aufgescheuert hatte. Die Finger waren gefühllos, ebenso die Füße bis zu den Knien. Obwohl er fror, war sein Oberkörper schweißüberströmt; die nächste Welle stieg steil auf, brach sich klatschend und schwemmte scharf wie Sand über die Reste des Schiffes. Im Licht des Mondes und der Sterne sah Pentawer, sobald er wieder die Augen freigeblinzelt hatte, das Vorderteil des Wracks: Mast und Segel lagen auf dem Bug und hatten zwei Ruderer unter sich erschlagen und ertränkt. Hinter ihm, in den Resten des Hecks, das manchmal eine Handbreit aus den rasenden Wellen hervorsah, glaubte Pentau den dunkelhäutigen Kush-Steuermann zu sehen, mit einer Tauschlinge um die Hüften, den die Wellen von Steuerbord nach Backbord und zurück bewegten, ebenso wie die Krüge und Truhen zwischen den Planken. Dnaissa war tot, die Ruderer und den Lotsen hatte der Sturm über Bord gerissen, das Schiff ähnelte einem schwimmenden Vogelkäfig. Todesangst packte Pentau, der Ansturm der Wellen stieß ihn hin und her; Durst folterte ihn. Er war mit dem Wrack allein auf dem nächtlichen Meer, seit endlosen drei Tagen und Nächten.

Vor Tagen oder Stunden hatte ein Brecher Pentau einen Wassersack ins Gesicht geschleudert; daß er die Kordel hatte packen können, hatte ihn gerettet. Bis jetzt; der Ziegenbalg war leer. Pentaus Haut war aufgerissen, aus den Wunden spülte beißendes Seewasser das Blut. Morgen mittag würde er ins Amentet eingehen, das Totenreich im Westen, und im Heck der Nachtbarke würde er ... die Kraft verließ ihn; er fiel nach vorn, ins schäumende Wasser.

Widerlich saure Schärfe drang in seine Nase, in die Ohren, Augen und in den Mund. Ein langer, keuchender Hustenanfall und grelles Licht rissen Pentau hoch. Er spürte seinen Körper nicht mehr, aber die rote Scheibe der Sonne, Râs Tagesgestirn, flüsterte ihm zu, daß in ihm noch ein winziger Rest Leben war. Das Wrack trieb nach Nord, heulender Südsturm peitschte die Wellen und hatte eine gewaltige Dünung aufgeworfen; selbst von der Schulter der Dünungswoge aus sah Pentau keinen Berg, kein Land, keine Küste, nur tiefhängende Sturmwolken, aus denen ihn eine Stunde später ein hämmernder Regenguß überschüttete. Seine Augen brannten und tränten. Er blieb bei Bewußtsein, bis die Sonne um Mittag hinter dem tiefgrauen Gewölk verschwand.

Die *Merit Amûn* kam von Phaistos auf Keftiu oder Kreta, dessen einstige Burgstadt die Gubla-Händler Kunusa und die Bewohner der reichen Insel Knossos nannten, hatte Goldschmuck, Salben, feines Geschirr, Kräuteröle, Bronzebeile und andere Waffen an Bord gehabt, keftische Stoffe, Goldstaub von Menefru-Mirê zum Tauschen und viele Krüge Olivenöl; noch immer kam zwischen den geborstenen Planken Öl hervor. Als es sich dünn aufs Wasser legte, leuchtete es in farbigen Wirbeln und Schlieren. Pentau starrte darauf, ohne es wirklich wahrzunehmen. Er merkte nicht, wie im schwindenden Sonnenlicht das Heulen des Sturms in seinen Ohren gellte, daß Hunger seinen Magen und Durst die blutenden Lippen und die Kehle folterten. Als er vornüber in das Gewirr aus Tauwerk und Lederschnüren sackte, nahm er wahr, daß vom Bug wieder einige Planken losrissen und an Steuerbord an ihm vorbeischwammen.

Verzweifelte Träume peinigten ihn. Sein langsames Sterben war voller Gischt, brennender Abschürfungen und Wunden, Durst und Hunger, seltsamer Lichterscheinungen und nicht endenwollender Schläge der Wellen, die vom Heck über den Leichnam des Kushiten zischten, sich brachen und Pentaus Körper trafen. Zweifellos würde er die Nacht nicht mehr überleben; dennoch glomm tief in ihm Hoffnung wie ein winziges Stück Glut. Wenn die Götter Tameris, die er stets dann anflehte, wenn sein Denken klar genug war, ihn am Leben lassen wollten, würde er anders geworden sein: jenseits aller Furcht, gelassen und ruhig, unerschütterlich – in den Tagen der abgrundtiefen Verzweiflung, mit sich und dem Meer allein, war er ein Dutzend Mal gestorben. Nicht einmal die Gewißheit seines nächsten, endgültigen Todes vermochte ihn mehr zu schrecken. Als sein geschundener Körper im Dahindämmern zwischen Leben und Sterben spürte, daß sich eine mächtige Woge an unsichtbaren Felsen spaltete, daß deren Wucht das Schiff zerbrach und plötzlich alle Bewegungen aufhörten, wußte Pentau, daß ihn Ptah, Sachmet und Hathor verlassen hatten: Er starb, und sie erwarteten ihn im Totenreich, im Heck der Jenseitsbarke ...

ERSTES BUCH

DIE KARNEOLSONNE

1.
KIRKE

Unter der Schädeldecke stach der Schmerz bei jedem Herzschlag. Ein Nadeldolch schien die linke Brust zu durchbohren; Kirke schloß die Augen und trank einen Schluck kalten Kräutersudes; es half nicht. Die Sonne begann sich wieder zu färben; zwei Stunden, bevor sie das Meer berührte, zeichnete sich vor der glühenden Scheibe der einzeln stehende Baum am Südwestrand der Insel ab. Jedes Jahr, wenn die Herbststürme einsetzten, versank der Sonnenwagen an dieser Stelle. Kirke wandte das Gesicht zum rotgrauen Gestirn, bis ihre Augen schmerzten, dann senkte sie den Kopf und seufzte. Steinrampen, Säulen und Gnomoul, mit deren Hilfe sie die Bewegungen von Mond und Sternen berechnete, verströmten die Gluthitze des Nachmittags. Der Himmel war wolkenlos, und dunkle Vögel in langen Ketten – viel zu früh im Jahr! – flogen auf unsichtbaren Pfaden südwärts. Als Kirke taumelte und spürte, daß sich wieder Ephialtes' Alb auf sie stürzte, faßte sie nach der Brüstung und sah nach Sonnenaufgang. Jeder Schrei der Mauersegler war wie ein Stich in ihren Ohren. Sie taumelte zur Treppe und klammerte sich am Holz des Geländers fest. Sandkörner drückten sich in die Haut ihrer Sohlen; der ferne Schmerz schien nicht ihr zu gehören. Unten, im dämmerigen Innenhof, blieb Kirke stehen und erkannte in dem weißen Schemen vor sich nur mit Mühe die Dienerin.

»Hilf mir in die Schlafkammer, Iola«, sagte Kirke undeutlich. »Vater Helios will mich wieder mit schauerlichen Bildern und Gesichten schinden.«

Sie legte den Arm um die Schulter der jungen Frau. Miteinander taumelten sie ins dunkle Schlafgemach. Kirke sank auf das Lager, streckte sich aus und versuchte, tief und regelmäßig zu atmen; sie spürte die kühle Luft nicht. Iola blickte sich hilflos um und holte Wein und Wasser. Kirke schien zu schlafen: Iolas Gesicht zeigte, daß sie sich mit Grauen an Kirkes Wimmern und Schreien erinnerte, die zuletzt vor einem Jahr die Bewohner des Palastes ratlos gemacht hatten – als der Gott mit ihr gesprochen hatte. Kirkes Körper zuckte, sie zog die Knie zum Kinn und umfaßte sie mit Händen und Unterarmen, wiegte sich hin und her, hielt die Augen geschlossen. Auf Zehenspitzen verließ Iola den Raum.

Wieder nahm die flachgedrückte Sonnenscheibe, als sie das Meer berührte, die Farbe schimmernden Karneols an. Die Zugvögel waren verschwunden, der Himmel, von den Gewittern der letzten Nächte leergewaschen, wurde dunkelblau, mächtige Dünung wälzte sich von Süden heran und brach sich donnernd gischtend an den Klippen Aiaias, der Insel der Morgendämmerung. In der Bucht drehte sich entlang der Strände ein schäumender Wirbel, der seltsame Gegenstände ausspie. Vor mehr als einem Mond hatte Telegonos Kirkes Insel verlassen; das Schiff des Gubla-Händlers sollte ihn zu den Phaiaken bringen, zu König Alkinoos. Die Bucht, ein unregelmäßiger Zweidrittelkreis, öffnete sich unterhalb des Palasthügels. Nur einige Pinien, Apfelbäume und uralte Eichen versperrten den Blick von den Terrassen und offenen Höfen des Palastes, dessen Dächer im Schutz alter Bäume halb verschwanden. Die Windstöße eines Nachtgewitters mischten sich in das unregelmäßige Rauschen der Brandung. Ab und zu krachte und knirschte das Holz des halbzertrümmerten Schiffes, das der Strudel ausgeworfen hatte. Bevor sie versank, hatte sich die halbe Scheibe des Tagesgestirns dunkelgrau gefärbt. Die ersten Sterne erschienen; aus Kirkes Gemächern drang lang gezogenes Stöhnen.

Die Ordnung zerfällt: In riesigen Flammen und wirbelndem Rauch zeigen sich Kirke orakelhafte Bilder. Sie weiß, daß ihr unsterblicher Vater Helios und Mutter Perseis ihr Zeichen geben, halbe Träume, halbe Wahrheiten, die an anderen Orten und zu anderen Zeiten gelten. Trotz des schwarzen Daimons, der auf ihr hockt und spitze Krallen in ihre Brust bohrt, schwingt sich ihr Geist, vom Körper befreit, durch die Schattenbilder und gibt sich träumend jenen gefahrvollen Spielen hin. Sie weiß nicht, durch welche Traumtür die Erscheinungen kommen: durch die aus Elefantenzähnen oder die aus Horn. Ephialtes, mit den abgebrochenen Pfeilen des Herakles und des Apollon in den Augenhöhlen, brüllt Namen, Wahrheiten, Geschehnisse, martert ihre Ohren, fügt ihr Schmerz zu, weitet ihren inneren Blick; der Gigant, der den Götterhimmel angegriffen hat und dessen Seele nun, mit lebenden Schlangen an eine Säule gebunden und geknotet, von der Nymphe Styx bewacht, im tiefsten Tartaros darbt. Die Phaiakin Nausikaa von Scheria hält ihren Sohn fest, umflattert ihn mit ihrer Verliebtheit wie ein zerzauster, grell gefiederter Halkyonvogel im Palast zu Kerkyra, saugt die Kraft aus seinen Lenden, weil sie in ihm ihren ersten Geliebten sieht, Telegonos' Vater Odysseus. Sie hindert ihn, aufs Schiff zu gehen und abzulegen; die nächtlichen Stürme schmettern Dünungsbrandung auch gegen die Steine in den Flußmündungen des Phaiakenlandes. Ephialtes brüllt, und jedes Wort erschüttert die Erde, peitscht das Meer und rüttelt an den Felsen der Erinnerung: »Nicht bevor der Sohn des Odysseus mit seinem Vater zu den Grenzen des Okeanos aufgebrochen ist – nicht eher wird Kirke ein Kraut gegen das Chaos der Schwarzen Jahrhunderte finden!«

Kirke erwachte und erkannte in der verschwimmenden Erinnerung, daß der Wachtraum durch die Tür aus Horn in ihr Leben getreten war; der Tür prophetischer und wahrer Träume. Erschöpft schlief sie ein und wachte erst nach Mittnacht auf;

den Körper bedeckt mit kaltem Schweiß, halb verdurstet und hungrig, das Haar klebte am Kopf. Sie trank Wein, wickelte ein Tuch um sich und schwankte auf die Terrasse. Warmer Nachtwind kam in brausenden Stößen, der schwellende Herbstmond überstrahlte die Sterne und die gleißenden Bahnen der Asteres um ihn herum. Der Boden war naß, alle Blätter tropften.

Weit im Norden wetterleuchtete es. Kirke starrte in die Schwärze, und bei jedem zweiten Atemzug sah sie lange, lautlose Spuren weißen Lichtes; sie erloschen, ehe sie die Erde erreichten. Auch Odysseus war Kirke gezeigt worden, von der Fahrt zum Okeanos hatten die Götter gesprochen – sollte die Vergangenheit, die in Kirkes Herz nicht mehr schmerzte, mit der Zukunft, dem schwarzen Chaos verknüpft werden? Vom Rand der Bucht, in der sich Gestirne und Lichter von Nachtfischern spiegelten, ertönten Rufe. Es war, als schreie ein verwundeter, sterbender Mann um Hilfe.

»Nicht alle meine Träume werden zu Teilen des Wachens«, sagte Kirke leise. Sie neigte den Kopf und genoß jeden Strich der Bürste in ihrem Haar. Polyxena hatte einige Tropfen Wacholderöl auf die Schweinsborsten geträufelt und hielt inne, als Kirke den Kopf drehte; ein langer Blick aus müden, grünen Augen traf sie. Über dem Palast jagte schreiend ein Falkenpärchen. »Jetzt wache ich. Die Träume waren furchtbar.«

»Wir haben dich wieder stöhnen und wimmern gehört, Herrin.« Polyxena drehte eine Haarsträhne prüfend zusammen. Das hellbraune Haar war ohne einen Faden Silber. »Geht es dir jetzt besser?«

»Ja. Ein wenig. Gut geht's mir erst wieder, wenn Telegonos bei uns ist.«

Kirke zögerte, neigte den Kopf und bedeutete Polyxena, weiterzubürsten. »Ich habe Rufe gehört. Was weißt du? Wer war es?«

»Ein Fremder. Ein Schiffbrüchiger. Drei tote Männer haben wir gefunden. Einer davon war schwarzhäutig und haarlos.«

»Wir werden sie würdig begraben. Und der Schiffbrüchige?«

»Er war mehr tot als lebendig. Wir halfen ihm; er trank viel, bekam von Iola Wein und Sud mit Mohnsaft. Ich glaube, es ist ein Aigyptios. Jetzt schläft er tief, in der Kammer von Telegonos. Wovon sprechen deine Träume, Herrin, vor denen sich alle im Palast fürchten?«

»Von schlimmen Dingen und langen, schwarzen Jahren. Troia ist zerstört worden, vor fast zwanzig Jahren, Odysseus kam und blieb lange, Sterben und Tod gehen in den achaiischen Fürstenhäusern um, man vergißt die Lieder, die Reime und wie man sie niederschreibt; Fremde drängen ins Land. Das Jahr ist voller Zeichen: Die Alpträume kommen jede Nacht, ich erlebe Feuer, Flammen, Glut, Rauch und erstickende Nebel, sehe entferntes Geschehen und kann es kaum deuten; die braune Sonne, die leuchtenden Wolken, Menschen und was sie erleben, all das und viel mehr.«

Kirke holte tief Luft und legte das Gesicht in die Hände. »Meine Einsamkeit ist schwer geworden, Polyxena. Vielleicht ändert sich etwas, wenn Telegonos kommt. Bevor die Dunklen Jahrhunderte beginnen. Flechte meinen Zopf; ich warte auf die Nacht.«

»Fangen dann wieder die schrecklichen Träume an?«

Polyxena knotete die Strähnen und schob zwei muschelförmige Silberkämme in Kirkes Haar. Kirke sagte leise:

»Ja. Bis zur Verfinsterung des Mondes. Ich geh' zur Bucht und sehe nach, was uns der Blauhaarige an Land geworfen oder geschenkt hat. Mit dem Fremden will ich später reden. Dann webe ich ein wenig am Mantel.«

Das Salzwasser hatte das Blut aus den Wunden der toten Gestrandeten gewaschen. Kirke zog die nassen Decken von den Gesichtern der Männer und sah, daß sie offensichtlich friedlich, ohne Qualen, gestorben waren; in tiefer Erschöpfung ertrunken. Sie wandte sich zu Darkes um, dem Ältesten der Palastdiener, und sagte, vom gellenden Geschrei der Möwen unterbrochen:

»Begrabt sie und legt Steine über die Gräber. Sie sind nicht von unserer Insel: die Perlen und das Gold in ihren Ohren gehören euch.«

»So halten wir es, Herrin. Dort?« Darkes deutete zum Rand des Weinstockhanges. »Wo die anderen liegen?«

»Wo die vielen ruhen, die gestrandet sind, seit mir die Insel gehört. Und schleppt das Holz zu den trockenen Brettern und Balken unters Dach. Für Telegonos' Schiff.« Kirke deutete auf nasse Ledersäcke, Truhen, andere Dinge, die wie Waffen aussahen. »Sammelt das alles ein, wascht und reinigt es; es ist Eigentum des Überlebenden.«

Darkes verbeugte sich und schlurfte davon. Kirke sah sich um. Auf dem weißen Sand, den der hohe Wellengang bis zur obersten Grenze des Spülsaumes geglättet hatte, gab es nur wenige Fußspuren und die Abdrücke des Hirschrudels, das zur Quelle gekommen war. Die Insel, viertausend weite Schritte an der längsten, mehr als zweitausend an der breitesten Stelle groß, dicht bewaldet, ernährte alle Dienerinnen und Knechte des Palastes und viele Familien; Fischer, Jäger und Bauern. Zwei oder drei Schiffe von Händlern legten jedes Jahr an, meist auf der Fahrt zum Phaiakenland, und mit dem Silber und Gold derer, die sich von Kirke entsühnen ließen, handelte sie ein, was sie aus anderen Ländern brauchte. Ein Dutzend Schiffe konnten in der Bucht gut ankern; vierhundert Schritte trennten das nordöstliche vom südlichen Ufer. Noch wichtiger waren die wenigen Besucher, weil sie Nachrichten aus der Welt der Lebenden brachten. Kirke betrachtete schweigend die Reste des langen Segelschiffes und zählte zweiundzwanzig zum Teil zerbrochene Riemen. Die meisten Planken schienen miteinander durch Schnüre verbunden gewesen zu sein. Das bräunliche Segel, von Brechern den Strand hinaufgeworfen, war schon halb getrocknet. Kirke sah den Knechten eine Weile lang zu und ging die Steinstufen zur Palastterrasse hinauf: Auch heute brannte die Sonne unerträglich heiß, bald würde ein Gewitter heraufziehen.

Der Fremde, siebenundzwanzig, dreißig oder fünfunddreißig Sommer alt und mit hellbrauner Haut, sonnenverbrannt, mit scharfrückiger Nase und fingerbreit kurzem Haar, lag ausgestreckt unter einem weißen Laken, hatte eine Hand unter den Nacken geschoben und schlief nahe der Bewußtlosigkeit. In seinem rechten Ohr steckten untereinander drei Weißgoldperlen; breite Binden wanden sich um Arme, Beine und Bauch, das Öl der Salben bedeckte die sichtbaren Teile der Haut. Kirke kannte den Brauch von den Gublakapitänen: Demjenigen, der einen Seemann begrub, gehörte das Gold. Er röchelte leise, unter den bräunlichen, salbentriefenden Lidern rollten die Augen; auch er träumte.

»Laßt ihn ausschlafen«, sagte sie zu Skione. »Er wird uns von fremden Küsten und Häfen berichten. Vielleicht traf er Telegonos oder Nausithoos.«

Am tiefen Abend, als die Helligkeit vom Firmament wich, zogen im Osten und Westen, dicht über dem Meereshorizont, wieder lange, dünne Wolken südwärts. Sie umhüllten die Sonne und hatten scharfe Ränder, so, als ob Rinnsale roten Weines von einer Tischkante flößen. Nachts, ehe die grellen Sternensplitter der Asteres erschienen, flammten Teile des Horizonts gleich wallenden Vorhängen im Wind auf; blau, gelb und in glühend brodelnden Farben, die noch keine Namen besaßen.

Kirke taumelt unter dem ersten Stich, unter dem Griff einer unsichtbaren Hand, die ihr Herz umklammert und dessen Schlag anzuhalten scheint. Wieder verwirrt sich ihr gequälter Geist, verläßt den zuckenden, verkrampften Körper, dringt durch eine der Traumtüren und beginnt in den Nebeln der Fernschau zu schweben, in Rauch und Flammen, Farbschwellungen zwischen den Sternen; hinweg über die Insel, über das Meer und entlang fremder Küsten:

Der Ausläufer des Mittagsgewitters, Starkwind aus Nordost, hatte die *Baal der Ferne* an langen Bänken aus Schwemmgut entlanggetrieben; Kapitän Bomilkar stand breitbeinig auf der Rah, starrte lange zum Land, drehte den Kopf und schrie zu den Steuermännern hinunter:

»Da ist Wald. Und viele Büsche. Vielleicht finden wir Wasser. Nach Backbord, Ahirram.«

Das dickbäuchige Schiff hob und senkte sich in der langen Dünung. Während einiger Tage waren die Männer aus Ushu-Djarrh entlang der öden Küste gesegelt; zuweilen hatten sie rudern müssen. Die *Baal* hatte im bräunlichen Abendlicht ein Kap umfahren, das sich nach Norden reckte. An den Küsten gab es nicht das geringste Zeichen von Leben: leeres, gelbes Land, von der Sonne ausgeglüht. Kapitän Bomilkar ahnte, daß sie in eine Bucht einfuhren, ohne deren gegenüberliegendes Ende sehen zu können. Das Land weit an Steuerbord voraus verbarg sich hinter leuchtenden Nebelfeldern dicht über den Wellen. Langsam kletterte Bomilkar ins Heck und stellte sich zu den Steuermännern.

»Die alten Kapitäne haben nichts Falsches erzählt«, sagte er, nahm den Ziegenbalg vom Haken und horchte auf das Glukkern des Wassers. »Ein trostloses, karges Land. Aber – dort wachsen Büsche und Bäume.«

»Wir suchen. Wenn es etwas zu finden gibt, finden wir es, Bomil!«

Das Schiff kam von der dreieckigen Insel westlich Keftius. Handelswaren und Erzproben verdarben nicht, und bis der Wind wieder gleichmäßig aus Sonnenuntergang wehte, wollten sie jene Küstenteile genauer kennen lernen, an denen sonst die Schiffe vorbeisegelten, in der Strömung, die am Mündungsdreieck des Hapi vorbei zurück zum Zederngebirge und nach Alashia führte. Wieder rauhte eine Bö das Wasser auf wie loses Gewebe. Die Wellen wurden niedriger, das Rauschen der Bugwelle war leiser geworden; der Kapitän stieß den Steuermann an und brummte:

»Also segeln wir doch in einer großen Bucht! Die Berge kennen wir – aus der Ferne. Die meisten Kapitäne haben sie schon gesehen.«

»In zwei Stunden sind wir am Ufer.«

Vor der Sonne hatten sich auch an diesem Abend wieder Nebel geballt. Das Gestirn, zwei Handbreiten über dem Meer, warf dunkelbraune Strahlen über das Wasser. Alle Schatten hatten haarfeine, bronzeleuchtende Ränder. Boskar und Bomilkar erschauderten, wandten sich um und sahen vom Bug aus, wie sich das Land gliederte: eine Flußmündung, gerundete Berge, ein riesiger See hinter einem Wall, Dünen, Sand und, in ovalen Senken, das Grün von Pflanzen, eine Wohltat für die Augen. Der Fluß, dessen Mündung voller weißer Kiesel war, führte nur wenig Wasser. Eine Herde Gazellen floh vor dem Schatten des Segels, zwei Fischadler kreisten über den Sänden. Unter den Hufen des Rudels wirbelte gelber Lehmstaub auf. Ahirram sagte:

»Ein paar Brunnen ausschaufeln, etliche Palisadenwände, eine Handvoll Hütten; vielleicht finden wir Stein und Felsen für Fundamente. Und auf dem Hügel dort Qart Hadasht, unsere Neue Stadt.«

»Du sagst es, Steuermann!«

Die Bewohner Gubals, Ushu-Djarrhs und anderer Hafenstädte am Fuß des Zederngebirges hatten erfahren, daß die mächtige Hauptstadt des Landes Ahhijawa zerstört worden war. Flüchtlinge und kriegerische Gruppen, die zu den Küsten der kanaanitischen Städte drängten, vertrieben viele Ansässige; es würde der Tag kommen, an dem Gubla und Djedan neue Häfen an fernen Küsten gründen mußten. Die *Baal der Ferne* schien sich zu schütteln, als Balmahor und Boskar die Rah hinunterließen und sich das starre Segel faltete. Ein Schauer Salzkristalle überschüttete die Männer aus Gubla. In dem Wall, der am tiefsten Punkt der Bucht den See abgrenzte, zeigte sich eine breite Öffnung. Das Schiff glitt hindurch, und als sich die Seeleute umsahen, erkannten sie, daß sie eine Landschaft betreten würden, die alles aufwies; alles, was Männer aus Gubla brauchten, um einen Handelsplatz einzurichten. Oder später eine Stadt zu bauen. Alles, bis auf Menschen oder Sklaven.

Im Morgengrauen, nach einem wüsten Schlaf, schlich Kirke hinunter ins Badehaus. Das Wasser war noch warm vom nächtlichen Feuer und roch nach Kräutern aus Kreta. Der Palast lag wie ausgestorben da, unter den wallenden Farbschleiern, dem rötlichen Mond und den verlöschenden Sternensplittern. Kirke wusch sich, tauchte tief ins Wasser, spürte, wie sich die verkrampften Muskeln erholten, wie das Jucken der Haut schwand. Sie trocknete sich ab, legte sich den Mantel aus weißem Leinen um die Schultern und ging zur Treppe. Auf halber Höhe zur Dachterrasse saß der Fremde auf der gemauerten Bank und starrte, den Kopf auf den Knien, nach Süden. Er wandte sich halb um und sagte etwas in fremder Sprache.

»Nebit Kirqe.« Er lächelte kurz und sprach weiter. »Man hat gesagt, deine Träume. Machen dich wimmern und schreien. Ich gehört. Groß Dank für Gastlichkeit, Herrin.«

Sie blieb vor ihm stehen. Auf der Brüstung brannte die Flamme eines kupfernen Öllämpchens.

»Wer bist du, Fremder? Du weißt, daß deine Männer tot sind und dein Schiff zertrümmert ist?«

»Ich Rômet. Aigyptioi nennt uns ihr. Kapitän und Anführer von Söldnern. Das Übliches: Sturm. Ein Mann ertrinkt, dann anderer. Ich: Pentawer-Ptah, für Freund: Pentau. Deine Träume: Fürchtbarlich, Nebit?«

»Du bist auf der Insel Aiaia, der ›Klage‹«, sagte Kirke leise. »Ich bin Kirke, die Tochter des Helios, des Gottes der Sonne.«

»Bräunliche Sonne.« Pentawer-Ptah deutete zum Himmel. In seinem zerkratzten, verschorften Gesicht wucherten graue Bartstoppeln. Noch immer zuckten die Lichtspeere zwischen den Sternen. »Göttliche Ordnung aus. Re andere Farbe. Du trauerst? Alles Ende. Horizont voll Chaos.«

»So scheint es. In meinen Träumen sehe ich, wie die Ordnung sich auflöst. Die Dunklen Jahre kommen. Ich sehe das Phaiakenland, meinen Sohn, sehe Schiffe an fremden Küsten, wie Städte zerstört und Städte gebaut werden; mein Vater und Ephialtes, ich weiß nicht warum, martern mich mit schmerzhaften Gesichten.«

»Ich helfen, Nebit? Nebit sagt ›Herrin‹ in mein Sprach.«

Kirke schüttelte den Kopf und setzte sich neben Pentawer-Ptah. Er holte stark hinkend Becher und füllte sie mit ungemischtem Wein. Kirke drehte ihr feuchtes Haar zusammen und hob es über den Halssaum des Mantels. Sie trank und betrachtete zurückgelehnt den Kapitän, einige Atemzüge später sagte sie:

»Du kannst nicht helfen, Pentawer-Pentau. Ich sorge mich um meinen Sohn Telegonos. Sein Bruder, Nausinoos, starb, ließ mir die schöne Kalypso beim Schwimmen, als er klein war, die vielen Gewitter und die Herbststürme können auch Telegonos' Schiff zerschmettern. In einigen Nächten ist alles vorbei.« Sie lächelte schmerzlich. »Dann wird dich mein Wimmern und Stöhnen nicht mehr wecken.«

»Dein Name. Was bedeutet?«

Pentawer-Ptah trug einen mondsichelförmigen Schmuck um den Hals, einen weißen, geknoteten Schurz und grasgeflochtene Sandalen.

»Kirke, das ist die Falkin. Raubvogel.«

»Wir Rômet auch Falke verehr. Horus von Horizont. Ist Falke, Nebit. Wo ist dein Sohn?«

»Im Osten des Feuerberges. In Scheria, bei den Phaiaken.«

Auf Pentawers dunkler Haut sah Kirke viele Flecken weißer Heilsalbe, braunen Schorf und einige Binden. Langsam wichen Verkrampfungen und Schmerzen aus ihrem Körper, sie hob den Becher und sagte:

»In zwei Nächten wird Finsternis den Mond fressen. Dann ist das Meer ruhig. Was wirst du tun, Fremder?«

»Auf Schiff warten, mit dein Sohn komm. Vielleicht ich komm irgendwann zurück nach Mennefru.«

»Du kannst bleiben, so lange du willst. Ich bin müde.« Kirke leerte den Becher und stand auf. »Morgen reden wir über alles. Über Telegonos, sein Schiff und ein böses Orakel, das uns getroffen hat.«

Sie berührte Pentawer-Ptah an der Schulter, raffte den Mantel vor den Brüsten zusammen und ging mit unsicheren Schritten in ihr Schlafgemach zurück. Mit dumpfem Geräusch schloß sich die Tür.

Wetterleuchten, Donner und wütende Regengüsse, lautlose

Farbschleier und der gischtende Anprall der Dünung, seltsame Schreie aus dem Inselwald, lange, gerade Lichtbahnen zwischen den Sternen und ein dunkelroter Schein an der Stelle des Sonnenunterganges begleiteten Kirkes Alpträume während fünf langer Stunden:

Aus der Lohe des brennenden Ilion, aus Rauch und dem Chaos niederbrechender Dachstühle und den Schreien der Verwundeten zwischen Leichenbergen flüchten Menschen. Einige tragen ihre Mütter oder Kinder auf den Schultern. Aineias schleppt Vater Anchises zum Schiff, Krëusa und ihre Diener keuchen unter schweren Truhen und Bündeln. Kirke sieht rußgeschwärzte Schiffe voller angsterfüllter Kinder, Frauen und Männer, die von der Küste Ahhijawas westwärts fliehen und an Keftiu vorbeisegeln, auf dem Weg zu einem Versteck, das ihnen die Gubla-Kapitäne verrieten. Beben erschüttern die Erde entlang der Küsten; in schweren Flutwellen kentern überfüllte Schiffe, und die Schreie der Ertrinkenden gellen in Kirkes Ohren, als sich die Türen der Träume zu schließen beginnen. Sie fühlt, daß ihr Geist schwer wie ein Amboß in tiefe Finsternis fällt, und seltsamerweise gilt ihr letzter bewußter Gedanke nicht Telegonos, sondern Pentawer-Ptah.

Nachdem der Regen aufgehört hatte, brachten Bauern und Diener die Ernte ein, zogen Wracktrümmer und anderes Schwemmgut auf den Strand, hielten Gemächer und Terrassen sauber und kochten; nachts lagen der Palast und die Häuser des winzigen Dörfchens wie ausgestorben. Die Inselbewohner wußten, daß Kirke litt, hörten die Laute ihres Schmerzes, atemlose Schreie, kaum verständliche Worte und Fetzen fremdartiger Reime; nur Polyxena, Iola und der Aigyptios wachten und warteten, bis die Träume der Zauberin endeten. Im bräunlichen Morgengrauen half Pentawer-Ptah der Dienerin, das Feuer unter den Wasserkesseln zu erhalten.

»Du glücklich hier, Bolishena?« Pentawer, der einen fadenscheinigen, öligen Leinenchiton trug, schichtete die Kloben an die Mauer. »Kirke gut Nebit ... Herrin?«

»Gut und gerecht.« Polyxena streute Kräuter in das laue Wasser und streckte ihren Rücken. »Schön und unglücklich. Sie sorgt sich um Telegonos, den jungen Prinzen. Seit er weggesegelt ist, hat sie niemand lachen gehört.«

»Nun sie schläft, als ob tot.« Pentawer gähnte. »Wie sie zaubert? Verwandelung?«

»Manchmal. Seit sich die Sonne färbt, hat sie nicht gezaubert. Niemand hat uns besucht – nur dein Schiff ist angetrieben worden.«

»Nur ich überlebt.« Pentawer deutete auf die Leinen- und Wollbahnen seiner Ladung, die von den Mägden gewaschen und zum Trocknen und Bleichen aufgehängt worden waren. Er lachte unglücklich. »Ich und wertvolle Truhen. Und Waffen.«

Kirke verließ erst um Mittag ihr Schlafgemach. Ihr Gesicht war grau, das Grün ihrer Augen war stumpf geworden; sie schien um ein Jahrzehnt gealtert. Iola, Polyxena und Skione halfen Kirke im Bad, kneteten und striegelten sie mit Öl, brachten Essen und frischen Aufguß. Pentawer hinkte unter tropfenden Bäumen auf dem Pfad und den flachen Treppensteinen zur Bucht.

Unter dem Dach aus Gras und Zweigen eines roh gezimmerten Schuppens lagen die Wrackteile der *Merit Amûn*, seines Schiffes. Fischer und Sklaven hatten jedes Stück Holz, das brauchbar erschien, sorgfältig dergestalt gestapelt, daß Wind und Wärme sie trockneten; Treibholzreste und Splitter bildeten einen Haufen. Die langen Riemen lehnten an einer Wand, das Segel schien in Quellwasser gewaschen worden zu sein; es hing ausgespannt an den vier Eckbalken, daneben sah Pentawer Reste vieler Schiffbrüche, entrindetes, uraltes Treibholz, bearbeitete Baumstämme, nasse Sägespäne und raschelnde Reste der Dechselarbeit, Taurollen, ein angesplitterter Ankerstein und zwei umgedrehte Fischerboote, Netze und Schleifsteine für die bronzenen Werkzeuge. Pentawer verlagerte sein Gewicht auf das unverletzte Bein und murmelte:

»Ein Jahr Zeit, drei, vier gute Zimmerleute, ein paar Sklaven für die einfachen Arbeiten ... Kirkes Sohn könnte ein gutes Schiff bauen lassen. Wenn er mit mir zum Hapi segeln will ...?«

Unter der heißen Mittagssonne, im Grillengezirp und dem Plätschern der Wellen ging Pentawer zum nördlichen Kap und kletterte durch ein Stück Uferwald auf die Felsen. Lange blieb er an den Gräbern des kushitischen Steuermannes und der Ruderer stehen und hoffte, daß die Waage der Maat für die Kameraden und den Freund sich auf der richtigen Seite gesenkt haben mochte. Schweigend ging er weiter. Die stacheligen Büsche und Stauden und das Harz an der Rinde der Bäume rochen betäubend. Jeder Muskel schmerzte, die blauen Flecke und Prellungen begannen sich gelb zu färben; Pentawer keuchte, als er sich schweißüberströmt in den Schatten setzte und aufs Meer hinaussah. Zwei grüne Eidechsen huschten mit zuckenden Schwänzen davon. Länger als siebenundsiebzig Stunden hatte der mörderische Sturm die *Merit Amûn* hilflos umhergeworfen, seit sie die Enge durchfahren hatten, an der man zu beiden Seiten Land sah und die furchtbaren Strudel und Gischtkämme vor dem Bug.

Wo war er? Wo auf dem Horizont des endlosen Meeres lag die Insel Aiaia? Viel weiter im Norden als Keftiu; das sah er am Sonnenstand und an den Sternen. Hundert Tage und Nächte von Mennefru entfernt, ebenso weit von Gubla, Ushu-Djarrh und den anderen Häfen des Zederngebirges.

Nichts zeigte sich in den Wellen des Meeres. Über ihm schwebten einige Möwen und schrien häßlich. Pentawer zwang sich, aufzustehen, hinunterzuklettern und um die gesamte Bucht herum und wieder zurück zu gehen. In der feuchtheißen Luft, die über dem klaren Wasser wie geschichtet lag, war die Umgebung ausgestorben, reglos, wie gelähmt; er erschrak, als ein Pinienzapfen in die winzigen Wellen klatschte. Er hob die Schultern, dann watete er nackt ins Wasser und ließ sich treiben, versuchte zu schwimmen und ächzte vor Schmerzen; als ihn im warmen Sand die Sonne trocknete, glaubte er zu spüren, wie allmählich ein Teil seiner Kräfte zurückkehrte.

Die Flüche und Verwünschungen des Titanen, der die Alpträume über Menschen und Halbgötter bringt, erschüttern die Traumbilder, lassen Flammen zucken und treiben schwarzen Rauch umher; über dem Feuerberg, der jenseits des Telepylos, des Fernen Tores am eisstarrenden Ufer des Okeanos, alle Glut Hephaistos' gegen den Himmel schleudert, schwebt das furchtbare Gorgonenhaupt Ephialtes', dessen leere Augen Kirke anstarren; Würmer winden sich um die abgebrochenen Pfeile. In rasendem Galopp lenkt Helios die Rösser des Sonnenwagens mit lodernden Mähnen und Schweifen durch das Chaos, und alles ist erfüllt von dröhnendem, lang widerhallendem Donnern und Beben. Aus einem zusammenrutschenden Erdhügel ragt die goldene Statue des Zeus, die schwitzt und weint, und abermals wechseln Bilder in rasender Wiederholung: Telegonos und Nausikaa, das Schiff der schwarzbärtigen Gublamänner, das brennende Ilion und die rußigen Schiffe der Flüchtlinge, dazwischen immer wieder Odysseus' ansteckendes Gelächter und der Orakelspruch, dessen Erfüllung ihn und seinen Sohn Telegonos töten wird. Sturm weht Sand durch die Bilder, immer mehr, die Sonne wird zur Karneolscheibe und verschwindet zwischen den Blitzen, und Kirke erstickt fast, ehe sie vom geschwungenen Sichelkamm der Düne die Stadt sieht: Tempel, Säulen, bunte Mauern, Palmenhaine und Schiffe auf dem blauen Strom. Ein goldener Falke rüttelt mit den Schwungfedern der weitgespreizten Schwingen, wie im Fieber, über dem Bild, über der Stadt Pentawer-Ptahs. Der Donner verhallt, eine gewaltige Wasserwoge löscht strudelnd die Stadt aus. Kirkes Erschöpfung stürzt sie in einen grauenvoll leeren Schlaf.

Kühler Ostwind hatte schon einige Stunden vor Mittag das letzte Wölkchen vom Himmel gefegt. Binnen Stunden änderte sich alles: der Palast war voller Lärm und erfüllt vom Brodem frischen Brotes, Rauch trieb aus den Abzügen der Herdfeuer. Drei Fischerboote wurden aus der Bucht gerudert, die Kronen der Bäume schüttelten sich; Wind vertrieb den muffigen Geruch aus den Räumen. Im Eichenwald grunzten die Schweine, und aus der Küche kamen helle Stimmen und lautes Lachen. Die ausgestopften Vögel, die in Kirkes großem Hauptraum an Schnüren von den Deckenbohlen hingen, tanzten raschelnd einen Reigen umeinander. Wie gebannt sah Pentawer dem Spiel von vielleicht drei Dutzend Vögeln zu. An Stellen, die springende Katzen nicht erreichten, waren rotweiße Pilze in Milch halb eingetaucht, und um diese Giftfallen lagen tote Fliegen. Vögel flatterten in den Raum und pickten die Fliegen auf. Pentawer saß im Schatten des Vordaches; schwer erklärbare Scheu hielt ihn davon ab, den Raum der Zauberin zu betreten. Er hörte hinter sich leichte Schritte, wandte sich halb um und stand auf, als er Kirke erkannte.

»Herrin? Störe ich?«

»Nachts habe ich den Großen Strom und deine Stadt gesehen.« Sie blickte ihn an, als sähe sie zum ersten Mal seine dunkelbraunen Augen und das ovale Gesicht unter dem kurzen braunen Haar. »Es war, als drohe ihr großes Unheil.«

»Dürre, Zenchem ... sind: Heuschrecken. Oder viel Überschwemmung. Oder Gottesherrscher stirbt?«

Sie hob die Schultern und nahm ihn beim Unterarm. »Komm mit mir. Ich bin hungrig.«

Pentawer ließ sich mitziehen. Sie durchquerten das Megaron, das nach Kräutern roch, die in Körben trockneten. Es war, als tauche er in einen Schatten von eigentümlichem Grau ein, zwei Dutzend Schritte durch eine rauchige, mythische Welt. Dann kamen sie durch helle Korridore auf eine Terrasse, die er bisher nicht gesehen hatte im Gewirr der Palasträume. Ein Dach aus Flechtwerk, dessen lederne Abdeckung zur Seite gerollt war, spendete Schatten. Dünne weiße Leinenvorhänge – der Stoff mochte aus seiner Heimat stammen – blähten sich und fielen in anmutigen Falten; Fliegen und Mücken hatten sich an der Außenseite im Stoff verfangen. Skione breitete Felle und Tücher über zwei Sessel aus Holz und Weidengeflecht.

»Bringt Essen und Wein«, sagte Kirke zu Skione. »Nichts Schweres, Fettes. Und kaltes Mischwasser.«

Auf dem weißgescheuerten Tisch standen wenige Krüge, Becher und Schalen von ausgesuchter Schönheit. Trotz der schlanken, farbigen Säulen und der Steinplatten war der Palast auch hier von einem elegischen Hauch wie von einem Schatten bedeckt; er lag auch auf Kirke, wie Mehltau auf reifen Trauben. Kirke mischte den Wein, träufelte grünlichen Saft hinein, der nach Minze und Quitten roch, rührte um und setzte sich. Sie trank, blickte durch das Viereck zwischen den Säulen zum Meer und begann zu reden; leise, als wöge sie jedes Wort ab, oder als erinnere sie sich nur mühsam.

»Auch wenn die Alpträume, die Nachtgesichte weniger schmerzvoll und deutlicher gewesen wären«, sagte sie, »kenne ich doch nur einen kleinen Teil der Zukunft –«

Sie unterbrach sich und sah Pentawer an, dann stand sie auf und beugte sich über ihn. Er setzte den Silberbecher ab, Kirke nahm sein Gesicht in beide Hände und preßte die Daumen auf die Haut über den Knochenrändern zwischen Augenwinkeln und Stirn, straffte das Netz der Falten. Sie versenkte den Blick ihrer hellen grünen Augen in seinen, senkte die Lider und murmelte Unverständliches, verschloß mit den kleinen Fingern seine Ohren. Pentawer sah in die Furche zwischen ihren Brüsten, erschauderte, spürte den Anflug einer Besinnungslosigkeit, dann Kälte, die sich über sein Gesicht ausbreitete; überrascht fühlte er den Hauch eines Kusses auf seiner Stirn. Kirke sagte lächelnd:

»Du kanntest unsere Sprache recht gut. Nun verstehst und sprichst du sie besser.«

»Also bist du doch eine Zauberin.« Die Worte und ihre Bedeutung gehörten plötzlich ganz ihm; als spräche er rômetisch. Er schüttelte sich, blinzelte und griff nach dem Becher. Seine Finger zitterten. »Ich weiß nicht, ob ich dir danken soll – zuviel Wissen, zu große Erkenntnis ... die Götter lieben, sagen unsere Priester, nur die Unkundigen.«

»Du brauchst mir nicht zu danken.« Kirke wartete, bis Skione die Schalen voller Oliven, Kürbiswürfel, Linsenbrei, heißes, im Öl gebackenes Fladenbrot, dünne Bratenscheiben und

Käse auf den Tisch gestellt und die Becher wieder gefüllt hatte. »Wenn man mit so manchen Menschen sprechen muß, schätzt man bald wieder die Selbstgespräche; meist sind deren Antworten willkommener. Ich bin es inzwischen leid, mit mir selbst zu reden. Nimm es als Freude einer einsamen Frau, die sich von einem weit gereisten Fremden berichten lassen will.«

»Die Stürme sind schuld, daß ich ein schiffloser Kapitän bin. Einiges kann ich berichten; während der Gewitterstürme haben wir alle zu denken aufgehört. Die Riesenwogen im Sturm ...«

»Sind Teil eines Großen Göttlichen Schlages. Dort, woher du kommst: färbte sich die Sonne auch? Sahst du die Lichtblitze zwischen den Sternen? Auch die farbigen Schleier, das seltsame Licht an der Stelle des Sonnenunterganges?«

»All das haben wir gesehen. Jedermann ist erschrocken und betet, zittert, stellt den Göttern inbrünstige Fragen.«

»Die Dunklen Jahrhunderte haben begonnen. Dies sind die Zeichen. Unendlich viel Wissen geht verloren. Die ehernen Geschlechter werden einander bekämpfen. Großes, sinnloses Morden und Töten wird sein.« Kirkes Stimme bebte, trotzdem sprach sie klar und bestimmt. »Das Chaos wird seine Herrschaft antreten. Wir, die einfachen Menschen, bemerken es nur ameisenhaft klein. In der Zusammenschau, deren wir Einzelne unfähig sind, wird sich eine große dunkle Ödnis zeigen, in vielen Jahren. Wir erkennen nur ameisenhaft: Ein Hafen verödet hier, dort wird ein anderer groß und reich, Schiffe, auf die wir warten, kommen nicht; Götter mit anderen Namen und anderen Bedeutungen werden erscheinen. Wehe denen, die nicht auf einsamen Inseln leben. Kampf, Vertreibung und Not werden ihre Tage bestimmen. Wo gestern Ahhijawer lebten, hausen schon morgen andere, mächtigere Herren. So viele Lieder, die man nicht mehr singen wird!«

»Von Ilion oder Troia haben wir gehört«, sagte Pentawer und ließ sich nachschenken. »Und die Schiffskaufleute der Zedernküste suchen nach Land für neue Siedlungen. In meinem Land hat ein mächtiger Gottkönig aus vielen Göttern einen gebären wollen: *Aton*. Was hast du, Nebit, mit dem Chaos zu schaffen? Wenn ich dich richtig verstehe, fürchtest du es?«

Kirke nickte schwer. »Ein guter Mann zeugte mit mir den Sohn. Wir haben uns sehr geliebt; eine zauberkundige Halbgöttin und ein kluger Held. Ein Sohn der Kalypso, die auf der Insel beim Feuerberg, starb früh. Der andere Zwilling, Nausithoos, verließ ihre Insel, um die Welt zu sehen. Der Älteste, mein Telegonos, besuchte die Phaiaken und wollte vor den Winterstürmen mit einem Schiff voller Tauschwaren zurückkommen. Ihn erwarte ich.«

»Was daran – außer dem Tod und dem Willen eines jungen Mannes, die Welt kennen zu lernen – ist so furchtbar?«

»Das Orakel. Eine göttliche Prophezeiung. Ein paar Dutzend Alpträume. Telegonos muß seinen Vater finden, ihn überreden, mit ihm zu Schiff den Okeanos zu befahren, durchs Ferne Tor Telepylos, zum Eis des Weltrandes. Dort soll ihnen jenes Wunderkraut offenbart werden, das die Vernichtung meiner Insel und den Tod aller verhindern kann, die darauf wohnen.« Als Kirke den Krug kippte, entglitt er ihrer Hand und zerschellte auf den Steinplatten. »Niemand kennt den Okeanos, das Tor und das Eis. Oder die Fahrt zurück.«

Sie beugte sich vor und preßte die Hände auf die Brüste. Ihr Gesicht glich einer Maske aus grauem Ton. Pentawer schüttelte schweigend den Kopf und hörte abgrundtiefe Trauer und Verzweiflung aus ihrer Stimme. Ihr Flüstern klang wie das Bersten des Tonkruges: »Die unerforschlichen Götter verlangen nicht weniger, als daß ich den einzigen Sohn und seinen Vater, der mehr als fünfundfünfzig Herbste zählt, opfern muß, um – als Tochter des Sonnengottes – am Leben und auf Aiaia zu bleiben.«

»Es ist ein Orakel von furchtbarer Bedeutung, Herrin Kirke«, sagte Pentawer. »Was könnte ich, ein einfaches Geschöpf Amûns, Ptahs, der Hathor und der Sachmet, dir antworten oder raten?«

»Ich weiß es nicht. Auch ich bin ratlos.« Kirkes Blick kam vom Horizont des Meeres zurück und legte sich auf sein Gesicht. »Obwohl ich es nicht erwarte, erhellt uns vielleicht ein göttliches Wort während der Verfinsterung des Mondes. Heute nacht.«

Sie zeigte auf die Säulen, Dreiecke und halbrunden Mauern auf einem höheren Teil des Palastes und nickte Skione dankend zu, als sie den Wein aufwischte und die Scherben einsammelte.

Vom karneolfarbenen Sonnenuntergang war nur das gelbe Licht hinter dem Horizont geblieben. Die Sterne starrten kalt, quer über den Himmel spannte sich die Milchstraße. Seit vielen Nächten leuchtete das Gestirn der Artemis wieder molkig weiß und zeigte, ein vollkommener Kreis, die grauen Narbungen. Eine Weile versuchten Kirke und Pentawer die langen Lichtbahnen zu zählen, die so gerade verliefen, als wären sie von Zeus mit dem Richtscheit gezogen. Am nordwestlichen Horizont flammte lautlos ein Farbschleier auf, zuckte und züngelte mit scharfen Rändern und verschwand. Kirke legte drei Finger auf den Goldreif an Pentawers Handgelenk, strich über den gespannten Muskel und sagte leise:

»Ich weiß es nicht, fremder Kapitän. Aber es wird so sein wie jede Nacht bisher. Mein Bewußtsein geht verloren, ich rede viel Wirres und gehe durch die Traumtüren. Hilf mir, bevor ich mich verletze – ich bin sicher, es ist die letzte Nacht der Orakelgesichte und der Fernträume.«

»Alles ist bereit, Herrin.« Pentawer deutete auf den Mond, dann auf die ruhigen Flämmchen der Öllampen. »Ich bin es auch. Möchtest du Wein?«

»Ja. Es ist Mohnseim darunter gemischt.« Kirke hielt Pentawer den Holzbecher hin. »Er hilft, Schmerzen zu ertragen und leichter einzuschlafen.«

»Ich weiß.« Pentawer sah in dem gemischten Licht, daß Kirkes Halssehnen scharf hervortraten. Sie saß mit unnatürlich geradem Rücken im Sessel, über dem weiße Lammfelle lagen. Auch Pentawer wartete auf Ereignisse, die ihn erschrecken würden; daß sich der Mond verfinsterte, hatte er zweimal erlebt, in Menefru und auf dem Meer. Er blickte auf und lächelte kurz. Kirkes Augen leuchteten wie die einer Katze. »Jener Fürst der Alpträume ... schickt er keine Warnungen voraus?«

»Die Götter tun, was sie wollen.«

Sie tranken süßlichen, dünnen Wein, der nach Herbst, Mohn und Harz schmeckte, und warteten. Der Mond kroch vor den Sternen auf das Licht des Sonnenuntergangspunktes zu, das seine Kraft verloren hatte. Wieder wischte und wehte ein silbern-blauer Schleier über dem Horizont. Kirkes Atemzüge wurden lauter und folgten schneller aufeinander; sie nickte, ihr Gesicht nahm einen verlorenen Ausdruck an.

»Ich fühle es, Pentawer. Die Alpträume ...«

Ein schwarzer Schatten schob sich über die Seite des Gestirns. Sein Rand war dunkelrot. Kirke starrte den Mond an, legte den Kopf in den Nacken und umklammerte die Lehnen. Aus ihrer Kehle drang ein langer, summender Hauch, dann wimmerte sie, schloß die Augen und begann zu zittern. Sie lag ausgestreckt im Sessel, Pentawer-Ptahs Blicke wechselten zwischen ihr und dem Mond. Bei jedem fünften oder sechsten Atemzug durchschnitt ein Lichtpfeil die Schwärze. Je größer der linsenförmige dunkle Fleck wurde, desto düsterer glomm das Rot, mit dem sich der Mond überzog.

Kirke steht neben ihrem Vater im Sonnenwagen, der eine schmelzende Gasse in die Wolken eines Sandsturmes fräst. Ihre Haut glüht, Brauen und Haar scheinen als Ascheflocken einen wirbelnden Schweif hinter dem Wagen herzuziehen. Das Meer kocht, die Wellen dampfen, Sümpfe beginnen zu brennen. Sieben Flüsse vereinigen sich zu einem Strom, und Kirke sieht wieder die Stadt aus Tempeln, unzähligen bunten Häusern und schmalen Gassen, und im Südwesten, hoch über dem Strom, drei unglaubliche Bauwerke, aus himmelan strebenden Dreiecken zusammengesetzt: weiß, rötlich und hellgrau.

Im Wirbel der Gedanken und Empfindungen, wie im Rausch, sieht Kirke in atemlos schneller Folge alle jene Bilder, die sich seit der ersten Alptraumnacht in ihr Herz eingebrannt haben, und dazwischen lodern die Farben breiter Wände voller Glyphen und Gestalten: große schreitende Könige und Königinnen und arbeitende Menschlein, Kronen und Schriftzeichen, Bilder an Mauern und Bilder in Stein gehauen, in Säulen und Tempelflanken aus riesigen Steinblöcken. Auch diese Bilder erzählen ihr eine Geschichte vom Vergessen, im Donnern der trommelnden Hufe und im Knattern der Sonnenfackeln, vom Vergessen und Verschwinden vieler Götter im Chaos. *Wosret Maat Re Meri Amûn* hört sie sich rufen, und ein anderer schreit: *Rê Mesisuchqa Iunu*. Und während sie durch lange Räume zwischen Säulen schwebt, in der Kühle von Tempeln, die ätzend Erdfeuchtigkeit ausdünsten, weiß sie, daß auch die Flut Teil des Chaos ist; schwärzlicher Schlamm, der von Süden kommt und die Herrschaft dieses Königs zur Qual gerinnen läßt. Aineias wird keine Stadt gründen, denn er und die mit ihm sind werden in den halb weggeschwemmten Ruinen dieses Landes siedeln, froh darüber, daß ihre Irrfahrt vorüber ist. Telegonos steht im Bug eines Schiffes mit geblähtem Segel und winkt, als das Schiff das Tor durchfährt und auf eine Wand aus Eis zugleitet. Milchige Schmelzwasserbäche stürzen vom Rand der Eismauer, als Helios' Wagen in schnellem Adlerflug darüber hinwegfliegt, und das schmelzende Eis gibt das goldene Bild des Zeus frei, schwitzend, weinend ...

Pentawer-Ptah drückte das Tuch aus und wischte über Kirkes Stirn, über das zuckende Gesicht, den Hals, die Oberarme. Sie keuchte wie ein sterbendes Tier und hatte sich zusammengekrümmt. Pentawer blinzelte in den Mond: Bis auf eine schmale Sichel hatte die Schwärze das Gestirn bedeckt, um das sich ein grellroter Ring gebildet hatte. In den Hainen und dem Wald war es ebenso totenstill wie im Palast und dessen Umkreis geworden. Selbst die Eulen hatten zu jagen aufgehört. Pentawer zuckte zusammen, als er im Stammeln und Röcheln Kirkes plötzlich den Thronnamen des Horus im Palast hörte, des Gottherrschers im Menefru. Er sann dem Klang der Worte nach:

er hatte sich nicht verhört. Taumelte Kirkes Geist wirklich in der Stadt am Hapi?

Der Mond füllte sich, die helle Sichel verschwand, das Nachtgestirn schien zu brennen. Jener Teil der Finsternis, der bis auf einen fadendünnen Rand den Mond bedeckte, färbte sich zuerst tiefrot, dann zogen Schleier darüber und formten seltsame Gesichter. Pentawer glaubte die wechselnden Antlitze seiner Götter erkennen zu können, aber das rötlich graue und staubige Brodeln veränderte die Formen zu schnell, und alle Eindrücke blieben flüchtig. Als die runde Schwärze weiterzog, die Sichel am Mondrand breiter und heller wurde, glaubte Pentawer endgültig das bärtige Gesicht eines dunklen Gottes zu erkennen; mindestens hundert Herzschläge lang. Wieder und abermals ein Ketzergott *Aton?* Einen langen, furchtbaren Augenblick fürchtete sich Pentawer vor dem grimmigen Ausdruck des Schemens, dann lenkte ihn das Stöhnen Kirkes ab.

Kirke zuckte, riß die Arme hoch und schlug die Hände vor ihr Gesicht. Sie verlor das Bewußtsein; langsam wichen die Krämpfe aus ihrem Körper. Pentawer blickte sie an, richtete den Blick zum Mond, und während die Sichel zum Halbmond schwoll und die Färbung verging, dachte er seinen Gedanken zu Ende: Aus vielen Gesichtern war ein Antlitz geworden. Vereinigten sich im Horizont des Chaos viele Götter zu einer einzigen, übermächtigen Gottheit?

Pentawer schüttelte sich und stand auf. Der Schweiß auf seiner Haut war kalt, er spürte den Herzschlag bis in die Schläfen. Fast unmerklich langsam wurde die Dachterrasse heller, wurden die Schatten des Mondlichts schärfer. Die Verfinsterung verging, und die Welt lebte noch – oder begann wieder zu leben. Er betrachtete Kirke, die reglos dalag. Die Arme hingen herunter, die Fingerspitzen berührten den Boden. Als Pentawer ihre Schulter anfaßte, fühlte er, daß sie kalt wie die einer Toten war. Er schob die Arme unter Kirkes Schultern und Kniekehlen und hob sie aus dem Sessel. Sie war schlaff und schwer; er schwankte, als er sie zur Treppe trug. Ein Mann kam die Stufen herauf. Pentawer erkannte Darkes, den Palastältesten.

»Warte. Ich helfe dir, Kapitän.«

»Danke. Wohin bringen wir sie? Ins Schlafgemach?«

»Ja. Dort soll sie aufwachen, in der gewohnten Umgebung.«

Darkes hielt die langen Beine fest, Pentawer trug Kirke an den Schultern; sie erreichten den Korridor und den großen Raum mit gemauerten Wänden, ohne zu stolpern. Behutsam legten sie Kirke auf die Laken des Bettes. Darkes ging hinaus und kam mit zwei brennenden Öllämpchen zurück. Pentawer betrachtete unruhig Kirkes Gesicht, setzte sich auf den Bettrand und flüsterte:

»Sie liegt da wie eine Tote. Bist du sicher, Darkes?«

»Sie lebt.« Darkes prüfte Krüge und Schalen auf dem Tisch am Kopfende des Lagers. »Vergiß nicht: Sie ist die Tochter eines Gottes. Wir sollten sie allein lassen.«

Kirke öffnete die Augen, blinzelte in die Flämmchen und tastete nach Pentawers Hand.

»Bleib.« Ihr Flüstern war nicht mehr als ein Hauch. »Halt mich fest, Aigyptios. Ich hab' Furchtbares gesehen.«

Darkes sah in Pentawers Augen; er wirkte ratlos. Dann nickte der Diener, zog den Kopf zwischen die Schultern und verließ das Schlafgemach. Die Tür schloß sich mit dumpfem Knarren. Der Griff von Kirkes Fingern um Pentawers Handgelenk war hart wie der eines Kriegers. Sie zog ihn an ihre Seite und hauchte:

»Bleib bei mir. Du mußt meinen Schlaf ... bewachen.«

Er beugte sich über sie. Ihr Atem roch, als käme er aus einer Mauerspalte.

»Ich bleibe, Herrin.«

»Frag nicht, rede nichts. Bleib da. Ich muß mich an einem Menschen, einem Mann ... festhalten können.«

Ihre Schultern sackten zurück, ihr Griff löste sich. Pentawer streckte sich neben ihr aus, fühlte die Berührungen ihrer Schulter und der Hüfte und wartete auf den Morgen.

2.
NAUSIKAA

Die Landenge Scherias, bis hinunter zum Hain der Pallas Athena, der Flußmündung und zum westlichen Meeresufer, lag reglos unter dem Licht der Sterne und der fahlen Farben am Himmel. Alle Tiere schwiegen, nichts rührte sich; es herrschte vollkommene Windstille. Nausikaa lehnte schwer an Telegonos' Brust und zitterte kaum merklich. Er fühlte ihren schnellen, harten Herzschlag in seiner Handfläche. Sie schwiegen, atmeten leise und warteten. Als die Schwärze von der Mondscheibe gewichen war, holte Telegonos tief Luft und blickte Nausikaa von der Seite an, ohne seine Umarmung zu lösen. Gegen das Licht der Ölflämmchen zeichneten sich die Härchen an seinem Unterarm ab. Sie hatten sich steil aufgerichtet, die Haut war wie feiner Sand. Telegonos zeigte auf das Gestirn und lehnte sich an die Mauer; stockend sagte er:

»Endlich. Die Finsternis ist vorbei. Du hast gesagt, daß jetzt für lange Zeit nur Ostwind, Euros oder Apeliotes, bläst? Du weißt, was das bedeutet?«

Sie nickte und deutete fahrig auf die wenigen Lichter an der Flußmündung. »Beim ersten guten Wind verläßt du mich. Trotz der vielen Zeichen, die niemand deuten kann.«

»Meine Mutter wird sie deuten können, Liebste«, murmelte Telegonos. »Zwei Dutzend Mal haben wir das alles beredet. Auf Aiaia wartet jeder auf das Schiff.«

»Und Kirke wartet auf dich.«

Ein Windhauch von Sonnenaufgang umschmeichelte die Säulen des kleinen Frauenpalastes. Wieder lagen die Spiegelungen des Mondlichts als breite Fährten auf dem Meer, das ebenso unbewegt schien wie alles andere an Land. Nausikaa bewegte sich unruhig, drehte sich herum und starrte in Telegonos' Augen. Auf ihrer Oberlippe und der Stirn glänzten Schweißtropfen.

»Kirke wird dir nichts anderes sagen als das: Es sind Zeichen eines Umsturzes, eines gewaltigen Geschehens, das jenseits des Begreifbaren gewöhnlicher Sterblicher liegt!«

»Kirke, du und ich«, sagte Telegonos und strich eine feuchte Haarsträhne weg, die über Nausikaas Auge lag, »wir sind keine gewöhnlichen Sterblichen. Denk an meinen Vater. Ich muß ihn finden und die Wahrheit über ihn; Kirke, du und viele andere reden über ihn, seit ich denken kann.«

Vor vielen Jahren, für Telegonos eine kleine Ewigkeit, hatte der blauhaarige Poseidon das phaiakische Schiff und dessen Mannschaft vernichtet; von den Phaiaken war Vater Odysseus nach Ithaka gebracht worden. Seit Mutter Kirke davon erzählt hatte, träumte er von einem eigenen Schiff. In diesem Winter sollte sein Traum wahr werden. Nausikaa umarmte ihn und flüsterte:

»Wann mußt du mich verlassen?«

»Am Ende der übernächsten Nacht. Vor Sonnenaufgang.«

»Wie dein Vater, damals ... er tat, was er sich vorgenommen hatte.« Nausikaa nahm seine Hände und zog ihn hoch. »Die Furcht ist vergangen. Wir sollten die Stunden besser nützen als mit Reden von Abschied und Einsamkeit.«

Telegonos nickte und legte den Arm um ihre Hüfte. Der Wind nahm zu, die Flämmchen bogen sich zuckend zur Seite. Langsam verließen sie die Terrasse und gingen barfuß durch stille, kühle Korridore zu Nausikaas Schlafgemach. Mit einem Holzspan entzündete sie einige Lämpchen und schloß die Vorhänge vor dem Fenster. Der Rauchfaden des Spanes duftete ebenso fremdartig wie die Öle und Salben aus Krügelchen, Dosen und Näpfchen, die zwischen Spiegeln, Kämmen und Schmuck die Mauernischen füllten. Nausikaa blieb vor Telegonos stehen und kreuzte die Arme vor der Brust.

»Unsere letzten Stunden, mein junger Geliebter«, sagte sie leise und zog die Kämme aus ihrem Haar. Sie schob es lächelnd in den Nacken; ein helles, fast weißsilbernes Gekräusel, dessen Spitzen bis zur Mitte des Rückens reichten. Nausikaa griff nach Telegonos' Fingern und legte sie auf die goldenen Löwenköpfe auf ihren Schultern. Telegonos zog die Fibeln aus dem Stoff des Chitons und sah zu, wie die goldbestickten Säume das Kleid zu Boden zogen. Nausikaa schob ihn zum Lager und zupfte, während sie ihn küßte, die Knoten seines Peplos auf. Die Spitzen ihrer Brüste berührten ihn, er hielt sie an den Hüften und ließ sich zurücksinken.

»Du wirst dich an jede Stunde erinnern, den ganzen Winter lang«, flüsterte sie und fuhr mit beiden Händen durch seine Locken. »Und in den langen Nächten auf deinem Schiff.«

Er nickte und sagte ernsthaft: »Das weiß ich, Fürstin. Seit unserer ersten Liebesnacht.«

Nausikaa streckte sich neben ihm aus. Seit der ersten Nacht bewunderte er sie: zuerst ihren Körper, der ein Jahrzehnt jünger war als sie selbst, dann die Erfahrung der reifen Frau; sie zählte kaum weniger als fünfunddreißig Sommer, siebzehn, achtzehn Sommer mehr als er. Auf eine Weise, die er noch nicht völlig verstehen konnte, ähnelte sie seiner Mutter. Der Blick ihrer hellbraunen Augen lag lange auf seinem Gesicht, es war, als wolle sie sich sein Aussehen für alle Zeit einprägen. Mit den Handrücken strich er über die Brüste, dann schloß er die Augen und begann stockend zu sprechen.

»Auch wenn es so scheint, als würden die Götter untereinander streiten, sagt Kirke, die Tochter eines Gottes, muß auch ich den Göttern gehorchen. Du weißt, daß ein Orakelspruch uns auf der Insel erreicht hat – ich muß aus eigener Kraft meinen Vater finden. Das Orakel sagt, er lebt noch. Ich versteh' das alles noch nicht. Ich kann kein Schiff bauen, keines steuern, kenne den Weg und die Küsten nicht. Nichts wäre schöner, als im Winter bei dir zu bleiben, in Scheria, im Phaiakenland.«

»Auch darüber haben wir nächtelang geredet. Weil es so ist, hilft dir Vater Alkinoos.«

»Und du hilfst mir auch.« Er fühlte ihre Hände auf seinen Schenkeln. »Denkst du oft an meinen Vater?«

»So oft, wie du an mich denken wirst.« Nausikaa lachte tief in der Kehle und streichelte sein Gemächt. »Was ich dich lehrte, lernte ich von ihm.«

Ihre Küsse wurden fordernder, zwischen seinen Fingern richteten sich die hellen Spitzen der Brüste auf. Nausikaas Haar kitzelte seinen Hals und seine Schultern, seine Finger glitten über die feuchte Haut ihres Rückens. Die Erinnerung an die erste Nacht durchzuckte Telegonos: Wieder durchlebte er die Stufen der Leidenschaftlichkeit Nausikaas und seine atemlose Gier, den Körper zu besitzen, der in scheinbarer Unterwürfigkeit seine Mannheit und ihn selbst mit bisher ungekannten Lockungen herausforderte und besiegte. Telegonos' Lippen wurden trocken, als er das feine Netz der Fältchen in Nausikaas Augenwinkeln küßte, die Wangen und die Halsgrube. Er saugte an den harten Spitzen und hörte Nausikaas Stöhnen. Als sie sich halb aufrichtete und sich warm und feucht auf sein Glied senkte, sah er das Gesicht des Vaters vor sich und wußte zwei Atemzüge lang nicht, ob er ihn hassen müßte; er öffnete die Augen und sah Nausikaas Muskeln, wie sie sich bewegten, unter der faltenlosen Haut des Bauches und in den langen, glatten Oberschenkeln. Er hielt die vollen Brüste, tastete in Gedanken den seltsamen Wegen nach, die sich der scharfe, süße Schmerz der Erregung durch seinen Körper bahnte, und kämpfte gegen seine Enttäuschung an: Noch war er zu jung, um die Bedeutung dessen zu erkennen, was jenseits der Erregung war.

Nausikaas Körper hob und senkte sich, sie beugte sich vor und legte den Kopf in den Nacken. Die gewundenen Haarsträhnen schienen in einem Wind zu flattern, den er nicht spürte; das Lächeln Nausikaas hatte sich nach innen gewandt, als er sich ergoß und stöhnte und verwundert die völlige Bedeutungslosigkeit seiner Gedanken erfuhr. Dies war immer so, hatte ihn Nausikaa gelehrt, denn Polyxena hatte nie gesprochen, und er kannte nur deren leisen Schreie und ihr ungehemmtes Keuchen. Aus Nausikaas Kehle drang ein langgezogenes Summen, das er bis in die Brust hinein spürte. Ihre Augen waren geschlossen, ihre Lippen formten ein Lächeln.

Sie hielt ihn in sich, stützte die Ellbogen auf seine Schultern und legte ihr Kinn auf ihre verschränkten Finger.

»Du wirst Nausikaa vermissen«, sagte sie ernst. »Nausikaa wird dich sehr vermissen, Telegonos. Kirkes Sohn, der gelehrige Jüngling, hat mir für kurze Zeit etwas von seiner Jugend gegeben. Nun geht er, um in der Suche nach dem Vater sich selbst zu finden.«

Er starrte sie an; sie redete völlig ernst. Er zuckte mit den Schultern.

»Fürstin der Schönheit«, sagte er verwundert. »Du magst ein paar Monde älter sein als ich, aber du bist die schönste Frau, die ich kenne – außer meiner Mutter. Dein Körper, alles an dir – nein, nicht deine Klugheit – du bist wie eine junge Frau.«

»Wer hat dich gelehrt, so hart an der Wahrheit vorbei zu schmeicheln?« Sie bewegte herausfordernd ihre Hüften. »Deine Mutter? Sie sei gepriesen.«

»Vielleicht.« Er küßte ihre Brüste. »Blick in einen deiner Spiegel: Es ist so. Ich hab's dir ein Dutzend Mal zu verstehen gegeben. Dein kluger Ausspruch trifft wie ein Pfeil: um ein Mann zu werden, wie andere, bessere, muß ich herausfinden, wer ich bin.«

»Wer du sein willst, wer du sein kannst; später, älter.« Seit zwei phaiakische Brüder, vor vielen Jahren, auf Kalypsos Ratschlag hin nach Aiaia gesegelt waren und Kirke angefleht hatten, sie vom Totschlag zu entsühnen, bestanden Handelsverbindungen und eine lockere Freundschaft zwischen dem Königshaus und Kirke, der halbgöttlichen Zauberin. Zweimal oder dreimal segelten phaiakische Schiffe in die Bucht und luden Waren aus und ein; schon einige Male hatten phaiakische Schiffer während der Stürme Unterschlupf in einer der Grotten gefunden. Zum ersten Mal hatte Telegonos mit einer Botschaft Kirkes seine Insel verlassen, um König Alkinoos um Hilfe zu bitten: Zwei oder drei Schiffsbauer brauchte er und einen Kapitän, der ihm beibrachte, was er wissen mußte, um zu Schiff nach Ithake zu gelangen. Jede Stunde der Tage und Nächte, in denen das schwere Händlerschiff nach Sonnenaufgang gestampft war, hatte Telegonos erstaunt, begeistert und in seiner Absicht bestärkt. Sie hatten am kleinen Flußhafen Scherias festgemacht und waren stundenlang zum Palast hinaufgewandert, der sich auf dem Bergrücken ›zwischen beiden Meeren‹ ausbreitete; noch bevor Telegonos König Alkinoos und Königin Arete seine Bitte hatte vortragen können, sprach er, ohne es zu wissen, am Eingang zum Megaron mit der Phaiakenprinzessin. Nach dem Mahl im Megaron, auf der Terrasse ihres Palastes, hatte sie ihn verführt. Nichts anderes hatte er herbeigesehnt. Nausikaa mußte in seinem Gesicht gelesen haben wie auf einem Schreibleder. In der Erinnerung lächelte er; wahrscheinlich las sie auch jetzt seine Gedanken.

Er hob sie an den Handgelenken von seiner Brust und glitt vom Lager, ging zum Tisch, mischte wenig Wasser in den Wein und trug die Silberbecher zum Bett. Er wünschte sich, älter und erfahrener zu sein, um die richtigen Worte leichter zu finden. Nausikaa, auf den Ellbogen gestützt, musterte ihn mit halbgeschlossenen Augen.

»Von meiner Mutter habe ich alles gelernt, was ein junger Aristos wissen und kennen muß. Alle Götter und deren Bedeutung, wie man Wein mischt, wie man im Megaron ißt, ohne sich zu schneiden; all das andere. Ihre Dienerinnen zeigten mir, was ich tun muß, um sie glücklich zu machen. Vom Meer, von Schiffen, von den meisten Waffen und wie man mit ihnen kämpft, weiß ich trotz meiner feinen Rüstung nichts.« Er wartete, bis Nausikaa getrunken hatte, trank selbst und sprach weiter. »Von der Welt außerhalb Aiaias kenne ich nur Legenden, Berichte, Sagen, Gerüchte und Mutmaßungen. Immerhin: Mutter lehrte mich schreiben und lesen. Und nun du, Herrin meines verwirrten Herzens, von dir lerne ich ... zuletzt dies: mein Herz wird vom Abschied zerrissen.«

Nausikaa forschte schweigend in seinem Gesicht, nahm seine Hand und legte sie an ihre Wange. Nach einer Weile sagte sie leise, schulterzuckend: »Die richtigen Worte zu gebrauchen – du mußt nicht mehr viel lernen.«

Telegonos stellte den halbleeren Becher auf den Boden, vermochte nur die Schultern zu heben und legte sich neben sie.

»Mag sein. Das ändert nichts.« Er lachte verlegen. »Wenn ich jemals im Heck stehe, an den Rudern – in allen Nächten meines Herzens wird unter den Sternen ein Ölflämmchen für dich leuchten.«

»Auch das hätte niemand feiner sagen können.« Sie zog ihn an sich und legte den Kopf auf seine Schulter. »Komm, Steuermann meiner Lust: Zeig mir die Kraft deines Doppelruders.«

Weit nach Mittnacht, als Telegonos schlief, stand Nausikaa auf, zog das Himation von der Sessellehne und legte das weiße Gespinst um ihre Schultern. Bis auf eines brannten die Öllämpchen noch: Ohne sich zu rühren, betrachtete sie Telegonos. Die nackenlangen, kastanienfarbenen Locken, die selbst im Licht der Lämpchen rot schimmerten, wie Odysseus' Haar, waren schweißverklebt. Den offenen, unschuldigen Blick aus seinen Augen hätte sie jetzt nicht vertragen; blau wie Meerwasser über sandigem Grund. Der Körper, stark wie Ares und schön wie der des Apollon, war der eines jungen Mannes; mit siebzehn oder achtzehn Jahren war es leicht, göttlich auszusehen. Odysseus hatte gehinkt, Telegonos bewegte sich wie ein Tänzer; sie erinnerte sich der Narben der Eberhauer in Odysseus' Schenkel; längst schmerzte der Stich nicht mehr, der ihr Herz traf, wenn sie an den Mann von Ithake dachte. Vielleicht, nach einigen schweren Jahren, würde Telegonos die Klugheit jenes Sohnes des Laërtes erreichen. Der Mantel rutschte von den Schultern; Nausikaa flüsterte:

»Bei Artemis! Ich wünsche es ihm.«

Zuerst hatten sie die Blicke aus diesen unglaublich blauen Augen getroffen. Die Augen des jungen Odysseus! Als Telegonos beim Gastmahl mit der Trinkschale gespielt hatte, hatte sie seine Hände bewundert, die kräftigen, schlanken Finger; männlich schön und ohne den Schmuck von Ringen, die das Auge ablenkten. Sie raffte den Mantel zusammen, schob die Hand unter den Saum und legte sie auf die Scham: Telegonos erregte sie, sie erregte ihn, er war stark und unermüdlich, und in weniger als vierundzwanzig Stunden würde er im Heck eines phaiakischen Schiffes stehen und aus ihrem Leben segeln. Sie war sicher, ihn niemals wieder zu sehen, und hoffte, daß sie sich irrte. Mit einem Seufzer, der seinen Schlaf nicht störte, wandte sie sich ab und ging zum Baderaum.

Die letzten Schwalben jagten an diesem Morgen hoch zwischen den Baumwipfeln. Kühler Ostwind hatte das Meer im Osten aufgeraut. Winzige weiße Wolken zogen nach Sonnenuntergang. Das Schiff, das wegen der Gewitterstürme weit auf den Strand hinaufgezogen worden war, wurde zu Wasser gebracht; die Ladung war im Schutz weit ausragender Pinienäste gelagert und gestapelt. Am Rand des Haines der Athena gaukelten große Herbstschmetterlinge. Alle Diener und Sklaven sagten, Kaikias und Euros aus Ost würden mindestens einen Zehntag lang anhalten, jetzt, wo die Tage und Nächte schaurig-undeutbarer Zeichen vorbei zu sein schienen. Nausikaa hatte sich baden, walken und kneten lassen, ihre Haut glänzte von kretischem Frühlingsöl, in ihren Schenkeln spürte sie den feinen Schmerz der Leidenschaft. Dienerinnen hatten ihr Haar zu losen Zöpfen geflochten und wie einen Helm aufgesteckt. Sie öffnete die Tür; das Morgenlicht zeichnete Vierecke in die Falten der wollenen Vorhänge. Telegonos schlief, halb vom Laken bedeckt, die Wange auf der rechten Handfläche, die Linke zwischen den Schenkeln. Er träumte von ihr; sein Glied war halb aufgerichtet. Lärm, Stimmen, Klirren und Gelächter kamen aus den anderen Teilen des Palastes. Hier war es ruhig wie in der Nacht. Nausikaas Finger nestelten an den Enden der Goldkette, das Himation raschelte auf die Felle des Bodens; mit drei Schritten war sie am Rand des Lagers, hob das Knie und spürte, als sie sich hinter Telegonos ausstreckte, daß ihre Brüste zu brennen begannen.

Ein Maultiergespann brachte Telegonos, drei Dutzend Krüge voller Wein, Öl, in Honig eingelegter Beeren und Früchte und den Amboß samt Stein auf der Straße hinunter zum Westhafen. In der Flußmündung wuschen Sklavinnen und Mägde die Wäsche des Palastes, Laken und Tücher trockneten auf riesigen Kieselsteinen nahe der Mündung. Zwei Handbreit unter dem Rand des schwarzen Unterwasseranstrichs spielten die Wellenspitzen an den Planken; das Segel war um die schräge Rah gewickelt. Telegonos begrüßte die Männer, fragte sie aus und merkte sich ihre Namen; drei Schiffszimmerleute, ein Kapitän, zwei Steuermänner und drei Ruderer; zehn Männer würden vor Sonnenaufgang nach Westen segeln. Er schleppte vier Stunden lang Truhen, Ballen und Krüge in den Bauch des Kielschiffes, ließ sich erklären, wie die Teile festzuschnüren waren, stellte zwölf Dutzend Fragen und sagte, als das Schiff, voll beladen, bis zur schwarzen Linie im Wasser lag:

»Freunde, Seeleute – habt Nachsicht. Wenn wir in die Bucht von Aiaia einlaufen, weiß ich mehr; jetzt bin ich ein unwissender Waisenknabe. Wann legst du ab, Kapitän Nysos?«

»Zweieinhalb Stunden vor Sonnenaufgang.« Nysos wühlte in seinem Bart. »Dann weht, Ostwind hin, Kaikias her, der Wind aufs Meer hinaus.«

Telegonos legte ihm die Hand auf die Schulter, nickte lachend und sagte: »Drei Stunden vor Sonnenaufgang bin ich ... wie heißt es?: an Bord.«

»Sei pünktlich, Prinz – obwohl wir nicht ohne dich ablegen.«

»Ich schwör's. Ich weck' euch alle auf.«

»Das wird, beim grimmen Poseidon, nicht nötig sein.«

Telegonos betrachtete die weiten Falten des ockerfarbenen Segels, balancierte über eine schmale Planke an Land, winkte und rief: »Er wird, wenn wir zur Kirke segeln, milden Sinnes sein. Ich versprech's.«

Er kletterte auf das Sitzbrett des zweirädrigen Karrens, der von zwei furzenden Mauleseln gezogen wurde, und sprang im Hof des Palastes in den Sand. Im Schatten eines Daches aus Riedgeflecht und den mächtigen Ästen einer Kastanie wartete Nausikaa.

Telegonos trug lederne Sandalen mit breiten Bändern, einen Chiton aus dickem Leinen, den Ledergurt mit den Scheiden dreier unterschiedlich langer Dolche, bronzene Reife an den Handgelenken und den goldenen Reif am rechten Oberarm, das Geschenk seiner Mutter. Er hob den Kopf und sah in Aretes Gesicht. Die Königin, Trägerin dieses Namens seit einigen Geschlechtern, eine stattliche Frau von vielleicht sechzig Herbsten, lächelte ihm zu. Ihre Zähne waren, wie die des Königs, weiß und ohne Lücken.

»König Alkinoos«, sagte Telegonos ruhig. »Königin Arete. Und du, Prinzessin – im Namen meiner Mutter danke ich für die Gastfreundschaft. Ich werde keine Stunde davon vergessen, dies schwöre ich bei Athena und allen Göttern. Ich danke euch für hundert Ratschläge, für die Handwerker, für jeden Tag, den ich hier verbringen durfte.«

»Du hast viel vor, Telegonos. Was du dir vorgenommen hast, hat göttliche Größe. Wer wüßte es besser als ein Phaiake, dessen Schiffe so viele Strände, Quellen und Häfen kennen.« Alkinoos hob den Arm. »Wenn das Meer wieder ruhig ist, wirst du mir die Meister der Planken wiederbringen?«

»Ich hab's hundertmal beteuert. Ich verspreche es, König. Beim ersten guten Wind bring ich dir Schiff und Männer zurück.«

»Du hast die Botschaft an deine Mutter?«

»Sie ist in einem Tonkrug im Heck deines Schiffes, o Fürst.«

»Viel haben wir geredet, getrunken, in Erinnerungen gegraben, Sohn der Kirke«, sagte Alkinoos mit brüchiger Stimme. »Bevor du zu deinem okeanischen Abenteuer aufbrichst, wirst du hier noch einmal anlegen?«

»Ich versprech's. Ich brauche euren Rat, König.«

»Weil du – nicht nur deswegen! – unserer Tochter so viel Lächeln und manches Lachen geschenkt hast, Telegonos, bist du, auch als Schiffbrüchiger oder Gescheiterter, was schlimmer ist und schwerer wiegt, im kleinen Land der Phaiaken stets willkommen. Daran sollst du denken«, Alkinoos hustete und legte seine Hand, von Altersflecken übersät, auf Aretes Unterarm, »wenn du scheiterst. Bessere, Ältere, Klügere, Mächtigere als du, Jüngling, sind gescheitert. Hier, am östlichen und westlichen Ufer der Landenge, hier findest du immer gastliche Aufnahme.«

Wieder blickte Telegonos, unsicher und bewegt, in die Gesichter Alkinoos', Aretes und Nausikaas. Sie waren von jedem Wort überzeugt, sie meinten es ehrlich; augenscheinlich verband sie in argloser Freundschaft viel mehr mit Aiaia und Kirke, als er wissen konnte. Er senkte den Kopf.

»Ob ich als Sieger, Verlierer, Gewinner oder Gescheiterter komme, o König und Königin: für diese Worte danke ich. Ich bin jung, ohne Erfahrung. Man wird sehen – vielleicht sind mir die Götter gewogen, trotz aller düsteren Vorzeichen. In sieben, acht Monden bin ich wieder hier, König der Phaiaken.«

»Das ist, was wir wünschen.« Alkinoos stand auf. »Lassen wir die feierlichen Worte: tausend Gefahren lauern auf dich, und wenn du sie überlebst wie dein Vater, zählen wir dich zu den Glücklichen, von den Göttern begünstigt.«

Telegonos küßte die Hände Aretes, umarmte Alkinoos und nahm Nausikaas Hand. Er flüsterte: »Wo nehmen wir Abschied, Liebste? Hier oder am Schiff?«

»Hier«, wisperte sie. »Es sehen weniger zu, wenn ich weinen muß.«

Telegonos nahm ihre Hand, verbeugte sich tief vor Arete und Alkinoos und ließ sich von Nausikaa über den Palasthof zu ihren Gemächern führen.

Das letzte Bild schnitt schartige Rillen in sein Herz: Am Ende des Steinwalles, dort, wo der Damm ins piniennadelübersäte

Ufer ragte, stand Nausikaa zwischen lodernden Fackeln im weißen Chiton, starr wie eine Steinstatue, den Arm halb erhoben, das Gesicht verschlossen, den Blick leer; die Enden der Heckspur schienen sie einzurahmen. Telegonos lehnte an der Heckbordwand, winkte mit beiden Armen. Nausikaa rührte sich nicht, ihre Gestalt wurde kleiner und verschmolz mit dem dunklen Hintergrund des Eichenhains. Als Telegonos' Augen zu tränen begannen und er die einsame Gestalt nicht mehr sehen konnte, wandte er sich um, holte tief Luft und murmelte:

»Wohin soll ich denken? Nach Osten oder Westen? In die Vergangenheit oder in die Zukunft?«

Er blickte ins pralle Segel, hob die Schultern und fühlte, wie er, ganz langsam, zu vergessen begann. Er drehte sich um: das Ufer des Phaiakenlandes und die winzigen Fackelflammen verschmolzen in der sternenlosen Stunde vor dem Morgengrauen.

Telegonos entschloß sich, seine Gedanken auf die Zukunft zu richten.

Telegonos beobachtete jede Bewegung, mit der Kapitän Nysos das Schiff führte. Schon eine Stunde nach Sonnenaufgang war das Phaiakenland unsichtbar geworden; es gab nur das große Segel, die rauschende Bugwelle und die gischtende Heckspur, knarrendes Holz und summendes Tauwerk. Ophian und Myndon, die Steuermänner, würden den Winter auf Aiaia verbringen und Telegonos' Schiff bauen; als die Sonne wärmte, die ersten Becher heißer Sud getrunken wurden und die Männer nicht mehr vom Schlaf mürrisch waren, beantworteten sie Telegonos' Fragen.

Er sah Einzelheiten, die ihm auf der ersten Fahrt nicht aufgefallen waren: Die Fugen der Planken, Bronzebänder, die von häufigen Berührungen glänzten wie Gold, verschieden dicke Seile und Taue, die Befestigungen der beiden Ruder und die schräg aufragende Rah. Das Schiff hatte, sagte Nysos, einen tiefen, schweren Kiel, und auch aus diesem Grund segelte es leichter und einfacher als die Schiffe der Händler. Telegonos sah fliegende Fische dicht über die Wellen dahinflattern und zum ersten Mal spielende Tümmler; daran, daß das Deck viel häufiger schräg lag, gewöhnte er sich rasch. Auch um Mittag, als die Wellen höher geworden waren, war ihm noch nicht schlecht geworden; ein beachtliches Zeichen, wie Steuermann Myndon sagte.

Telegonos kletterte in den Kielraum und sah die Spanten an, die Fugen der Planken, die Balken unterhalb des Mastes und das Flechtwerk, in dem die Krüge staken. Der tropfenförmige Ankerstein lag in einem Balkenverschlag, die Riemen waren mit Tauschlingen seitlich unter dem Deck befestigt. Als er schwitzend an Deck kam, sagte er:

»Ich glaube, ich hab' schon etwas verstanden vom Seefahren, Kapitän.«

»Alles, was dem Schiff schadet, kann die Mannschaft töten? Ist es das?« Nysos und die Steuermänner lachten schallend. Telegonos schüttelte den Kopf.

»Nein. Das hast du gesagt. Nicht so! Ich meine, daß treffliche Ordnung so wichtig ist wie ein volles Segel und richtiger Wind.«

»Da hast du wirklich schon die Hälfte verstanden, Prinz!«

Später sprachen sie über das Holz für den Schiffbau. Die Stämme, aus denen die wichtigsten Balken und Bretter gesägt wurden, mußten zur richtigen Zeit geschlagen werden; bei schwindendem Mond und während des Winters. Malpos, der dritte Zimmermann, zeigte Telegonos die Maserung und den Lauf der Fasern an den wenigen Holzteilen, die quer zum wachsenden Stamm gesägt worden waren. Nach dem höchsten Sonnenstand legten sich Kelainos, Alkon, Enalos und Steuermann Ophian auf gefaltete Decken und schliefen. Nysos stellte sich mit Telegonos ans Ruder, übergab ihm die Pinne und machte ihn auf den Druck aufmerksam, den das Wasser auf das Ruderblatt ausübte. Er war bei der Fahrt geradeaus und mit starkem Rückenwind am geringsten, aber das Schiff wurde jetzt nach Backbord gesteuert, mehr nach Süden als nach Westen, und nach zwei Stunden spürte Telegonos den Schmerz der Anstrengung in seinen Armen, bis weit den Rücken hinunter.

»Wie lange werden wir bis Aiaia brauchen, Käpten?«

Telegonos schwenkte die Arme, um den Muskelschmerz zu vertreiben. Der bärtige Phaiake sagte:

»Nicht länger als zwei Tage und zwei Nächte. Bist du damals am Feuerberg vorbeigekommen?«

»Ich hab' nichts gesehen. Aber die Schiffsleute scheinen ihn zu fürchten. Sie erzählten schauerliche Dinge.«

»Ein unübersehbares Seezeichen«, brummte Nysos. Er und seine Mannschaft erledigten alle Arbeiten wie im Schlaf; schnell und ohne sichtbare Anstrengung oder langes Nachdenken. »Ich bin sicher, daß wir ihn noch vor Mittnacht sehen, nachdem wir Kalypsos Inselchen hinter uns gelassen haben. Leg dich auf die Ladung, schlaf ein paar Stunden.«

»Das brauchst du mir nicht zweimal zu sagen.«

Telegonos breitete einige Matten und seinen Mantel auf den lederumhüllten Stoffballen aus und lauschte einige Atemzüge lang auf die Geräusche der Wellen und des Rumpfes; er schlief ebenso schnell ein wie die Seeleute.

Zweimal, am Nachmittag und nach Mittnacht, durfte Telegonos allein an beiden Pinnen stehen. Das geschwungene, glatte Holz zitterte in seinen Fäusten; er dachte voll Stolz an Odysseus, dessen Schiffe voller Sklavinnen, Gold und anderer Beute von Ilion abgelegt hatten und auf dem Kurs in die Heimat gewesen waren: Jubel und Ruhm hatten die Sieger des langen Krieges erwartet. Dies berichteten Seeleute, die es von Händlern gehört hatten – wo lag die Wahrheit? Er, Telegonos, würde sich mit weniger Ruhm und einer anderen Art Erfolg zufriedengeben müssen.

Der Kapitän und Telegonos standen im Bug. Nysos deutete auf eine seltsam geformte Wolke, sie sah aus wie der Rauch einer blakenden Fackel im Sturm. Sie segelten in die mächtige rote Sonnenscheibe hinein. Sie begann hoch über einem Dreiecksschatten, der weit voraus den Rand der Sonne durchbrach.

Die Wolke, zuerst schwarz, dann dünner und grau, zog mit dem Wind nach Südwesten und verlor sich mit ihrem fahlen Ende in der Farbe des Abendhimmels; sie war nicht genau zu erkennen, weil die Sonne gleichermaßen blendete und den Rauch rötete.

»Was glaubst du aus dem Rauch herauslesen zu können, Prinz?«

»Der Wind weht ihn auf Aiaia zu – wenn Aiaia dort zu finden ist, wo du sagst. Und hoch oben weht er in dieselbe Richtung wie über den Wellen.«

»Bald wirst du das Schiff besser als wir führen können.« Ophian grinste und spuckte über die Bordwand. »Warte auf die Sterne: sie helfen meist, den richtigen Hafen zu finden, wenn es denn einen gibt; oder eine Bucht, in der wir das Schiff sicher landen können.«

Der Bug hob und senkte sich in den kräftigen Wellen. In der weit schwingenden Dünung versank das Schiff tief im Wassertal oder schien nach zwei Dutzend Atemzügen über dem Meer zu schweben. Der Kegel des Feuerberges wanderte durch die versinkende Sonne und wuchs langsam in der zunehmenden Dunkelheit. Kelainos machte über einem stechenden Holzkohlenfeuerchen einen Kessel Wasser heiß, Enalos teilte Wildschweinbraten, Brotfladen, Käse und Pilze aus, Oliven und Gemüse in einer säuerlichen Ölsoße. Weit vor Mittnacht starrte Telegonos den Feuerberg an und dachte an den Bruder, den er nie selbst gesehen hatte. Die Feuerinsel erhob sich vielleicht fünfzehnhundert Ellen hoch aus dem Meer. Aus der Spitze loderte Feuer, das von unten den Rauch flackernd erhellte. Mit dumpfem Grollen oder scharfem Krachen schleuderte der Berg weiße und rot glühende Brocken in den Himmel.

Das Krachen hallte über das Meer, die glühenden Geschosse beschrieben Bahnen wie Brandpfeile und rollten auf einer Seite in die Flanke des Kegels, polterten durch aufstiebende Glut abwärts; manche schlugen wie Zeus' Donnerkeile in die Wellen. Das Schiff brauchte vier Stunden, ehe es in großer Entfernung das nächtliche Schauspiel an seiner Seite hatte und im unvermindert starken Wind vorbeisegelte. Tagsüber hatte keiner der Besatzung ein fremdes Segel gesehen, und auch jetzt, als der Berg an Backbord zum Heck wanderte, waren sie allein auf dem Meer.

»Ist es ein Vorteil, auf einer Insel zu leben?« Telegonos saß im Heck und tunkte Brot in den warmen Brei. »Oder ist es an Land besser, wo erwartete Gäste und ungebetene Besucher kommen? Mein Bruder hat es bei der Nymphe nicht ausgehalten, und wo ist er? Niemand weiß es.«

»Vorteil? Nachteil?« Der Kapitän zuckte mit den Schultern. Das Firmament war voller großer Sterne, und Telegonos wartete auf den Anblick der farbigen Schleier. »Wo unsere Heimat ist, ist es stets gut. Das kann niemand richtig beantworten, Telegonos. Nachrichten bekommst du früher, wenn du auf festem Land lebst. Wir Phaiaken können wandern oder segeln. Auf Aiaia und vielen anderen Inseln ... du weißt es selbst.«

»Bald kann ich das gleiche wie ihr: segeln und wandern.«

»Aber auch mit dem Schutz Poseidons lernst du's nicht in einem Winter.«

»Wozu du einige Jahre gebraucht hast, o Meister des Ruders, werde ich ganz bestimmt nicht in sieben Monden lernen.« Telegonos hob die Schultern. »Selbst wenn mich meine Mutter verzaubert.«

Nachdem sie gegessen und das Mahl mit einem großen Becher gemischten Weines beendet hatten, zeigten die Steuermänner und der Kapitän Telegonos den Bootes, den ›Ochsentreiber‹ Boiotes und den Angelstern, um den sich alle Sternbilder drehten und der stets den Norden wies, das siebenfache Gestirn der Pleiades und den Jäger Orion. Telegonos löste Ophian für mehr als eine Stunde an der Ruderpinne ab und vergaß in dem Gefühl, daß ihm das Schiff halbwegs gehorchte, die leidenschaftlichen Nächte mit Nausikaa; sie erschien ihm im Traum, kurz nach der Morgendämmerung.

»Da liegt deine Insel, die der Morgendämmerung. Wie ein gebuckelter Schild im Gras«, sagte Nysos im Ton ruhiger Zufriedenheit. »Deine Heimat Aiaia, Prinz.«

Er sah das Bild seiner Erinnerung, das sich ihm im Heck der ersten Fahrt eingebrannt hatte. Wie ein Schild oder eine flache, umgestülpte Schüssel mit drei kleinen Bergen, gesäumt von einem fadendünnen Rand aus weißer Brandung und mit dem Himmel durch schräge Fäden aus Rauch verbunden, in kaum wahrnehmbarem Dunst; Nysos grinste und schlug sein Wasser nach Backbord ab.

»Hättest du sie auch im Sturm und in der Nacht gefunden?«

»Schwerlich.« Nysos ließ den Saum des Chitons fallen. »Aber da hätte Kelainos vom Mast aus spähen müssen. Es war keine große Kunst, Prinz. Drei Stunden noch, oder vier.«

»Mutter Kirke wird uns ein Fest ausrichten«, sagte er. »Ich muß dir sagen: es ist schön, heimzukommen. Du wirst es selbst sehen – eine Insel, auf der es sich gut leben läßt.«

»Ich glaub's.«

Der Geruch der Sudkräuter wehte zum Bug. Malpos kletterte über die Strickleiter an Bord und goß einen Krug Quellwasser über seinem Kopf aus, trocknete sich ab und verstrich Öl auf der Haut. Zwei Möwen schwebten auf das Schiff zu und stießen gellende Schreie aus, und weit vor der Bucht schaukelte ein Fischerboot in den Wellen. An Steuerbord tauchten zwei runde Schädel mit großen Augen auf, pelzige Körper drehten sich, als die auslaufende Bugwelle die Tiere erreichte; Telegonos stieß Myndon an und sagte:

»Da! Phokoi! Die Robben hausen in den Grotten von Aiaia.«

»Man sieht nicht oft Phokoi, wenn sie jagen.« Der Steuermann nickte. »Ein gutes Zeichen, Prinz.«

Sie sahen den Robben bei der Jagd zu; es schien, als spielten die weißbäuchigen Tiere aus dem Gefolge des Poseidon mit der Gischt und der unsichtbaren Beute. Das Schiff näherte sich mit schlagenden Falten im Segel dem nördlichen Kap der Bucht. Zwei Reiher flogen von einem abgestorbenen Ast auf und trompeteten laut. Das Schiff schwang halb herum, als sich hinter den Felsen die Bucht öffnete. Alkon und Enalos ließen die Rah heruntergleiten und banden die Leinwand um die federnden Hölzer; auch diese Handgriffe wurden scheinbar ohne Anstrengungen ausgeführt. Telegonos sagte:

»Sie werden uns mit lautem Geschrei begrüßen, Käpten. Darf ich ans Steuerruder?«

»Ja. Tu genau das, was Ophian sagt. Los, Myndon, laß den prinzlichen Wellenherrscher an die Pinne!«

Der Bug des Schiffes glitt fast lautlos ins Buchtwasser. Telegonos hielt die Pinne und sah zu, wie die Männer den Ankerstein in den Bug stemmten, ein starres, unterarmdickes Tau mit einem dünneren im Loch des Steines festknüpften und auf die Bordwand hoben. Myndon sagte leise:

»Wohin, Telegonos? Wir gehen mit dem Heck an den Strand.«

Vom Palast her ertönten Rufe. Ein Fischer winkte neben seinem Boot am Strand. Telegonos deutete auf den Schuppen und den kleinen Steg.

»Dorthin, Steuermann. Das ist der beste Platz.«

Einen Steinwurf vor den auslaufenden Wellen fiel der Ankerstein ins aufklatschende Wasser. Myndon schob die Pinne von sich weg und sagte: »Zieh sie fest nach hinten, bis zum Anschlag.«

Das Schiff drehte sich nach rechts, nach Steuerbord, der Druck auf die großen Ruderblätter wurde stärker. Der Ankerstein lag auf dem Sandboden der Bucht, das Tau knarrte langsam durch die Öffnung der Bordwand, und in weitem Bogen schwang der Rumpf herum, bis er den Strand berührte. Myndon knurrte: »Jetzt kannst du loslassen, Prinz.«

Der Kiel schürfte eine tiefe Furche in den Sand, der Rumpf erzitterte. Auf den Palastterrassen liefen Männer und Frauen zusammen. Telegonos legte die Hand über die Augen und versuchte Kirke zu erkennen, er winkte, wandte sich an Nysos und Ophian und sagte lachend:

»Kommt alle zum Palast, jetzt gleich. Meine Mutter ist glücklich, daß wir zurückgekommen sind. Diener und Knechte werden die Lasten aus dem Schiff holen.«

»Noch nicht«, sagte Nysos und nickte den Steuermännern

zu. Er grinste und zwinkerte. »Das Schiff muß sicher liegen, darf sich nicht losreißen können; wir unterscheiden zwischen unserem Besitz und der Ladung, den Tauschwaren. Geh voraus, Prinz; schick uns ein paar Helfer. Das Geschenk heißer Bäder wird keiner von uns zurückweisen.«

»Ich hab' verstanden.« Telegonos sprang ins knietiefe Wasser, watete auf die Steinplatten zu und lief mit langen Schritten den Pfad hinauf.

3.
DER WINTER DER NAMENLOSEN

Die plötzliche Stille weckte Pentawer-Ptah; der Gesang der Nachtigallen hatte plötzlich aufgehört. Er richtete sich auf und blinzelte in das graue Viereck zwischen den reglosen Vorhängen. Der östliche Himmel versteckte sich hinter aufreißenden dunklen Wolken, das Meer lag wie eine Basaltplatte da. Auf dem schneeweißen Laken bewegte sich Kirke, schlug die Augen auf und nahm die Hand von ihrer Schulter. Die Finger tasteten über die Falten des Leinens wie ein bleiches Tier des Gezeitenstrandes, berührten warm seinen Arm und schlossen sich um sein Handgelenk.

»Fürchtest du mich jetzt, Pentau? Oder begehrst du mich noch?«

Aus Kirkes Stimme hörte er Unsicherheit heraus und eine tief versteckte Bitte. Er wandte den Kopf, sah in ihr Gesicht und zuckte mit den Schultern.

»Ich sollte mich eigentlich fürchten«, murmelte er. »Ich habe die Zauberin, die Tochter des Rê-Harachte, wehrlos und weinend gesehen, zitternd, hilflos wie ein Kind. Unsere Götter strafen den, der ihnen zu nahe kommt. Daß ich dich begehre, Fürstin – ich wäre kein Mann, wenn ich deine Leidenschaft nicht ...«

Ihre Hand verschloß sanft seinen Mund, streifte seinen Hals und legte sich schwer auf die Schulter. Kirke zog sich hoch und flüsterte: »Du bist jener Fremde, der einzige seit langer Zeit, der zusehen darf, wenn die Zauberin weint. Warte –«

Sie ging zum Tisch, schwenkte den Mischkrater und füllte zwei Schalen aus dünnem, weiß glasiertem Ton. Pentawer kreuzte die Arme vor der Brust und packte seine Schultern. Er betrachtete Kirkes lange Schenkel und die knabenhaften Hüften, erinnerte sich und sog scharf die Luft ein. In den gemischten Wein hatte Kirke gestern zweifellos Tropfen eines zauberischen Saftes verrührt; noch nie hatte Pentawer zwischen Sonnenuntergang und Morgen so viel Begehren, Lust und Leidenschaft erfahren – und so oft. Kirke kam zum Lager und gab ihm die Phiale, die auf ihrem Handteller schwankte.

»Viele Worte, Pentau: sie genügen nicht. Du hast eine hilflose Frau erlebt, die getröstet werden wollte. Ich hab' dein Begehren gespürt und wollte diese Nacht. Du hast mir Sicherheit zurückgegeben; deine Küsse, deine Hände ... nun weiß ich wieder, daß ich schön bin und begehrenswert, daß mich sieben furchtbare Nächte nicht zerschmettert haben.«

Er sah zu, wie sie trank, nahm einen Schluck, starrte in ihr schmales, angespanntes Gesicht, aus dem die Augen unnatürlich hell hervorstachen.

»Du bist schön«, sagte er leise. »Eine schöne Zauberin, die meine Leidenschaft mit grünen und honigfarbenen Tropfen gestärkt hat. Du hast sicherlich erkannt, daß ich jenseits aller Furcht bin, daß jede Stunde meines Lebens anders sein wird als alle Tage zuvor?«

»Du glaubst, jenseits des Todes zu sein. Nun, auch meine eigene Leidenschaft hab' ich wieder erfahren.« Sie näherte ihr Gesicht seinen Augen und sagte mit verlorenem Lächeln: »Geschenkte Stunden, Pentau. Ich wollte sicher sein können. Der Trunk wird uns nicht schaden.«

»Ich glaub' es dir. Du wolltest mich nicht umbringen.«

Pentawer-Ptah kannte inzwischen fast alle Diener und Dienerinnen des Palastes, vielleicht alle Räume, das Dörfchen und einen Teil der Rebenhänge, Haine und die Umgebung der Bucht bis hinüber zur Grotte. Die mannsgroßen, eiförmigen Vorratskrüge, die Pithoi, im Boden eingegraben oder in kühlen Gewölben, hatte er ebenso gezählt wie die vielen kleineren Krüge, farbig glasiert und mit Zeichen oder Schrift, die er nicht lesen konnte; die Nischen in Kirkes großem Hauptraum neben dem Megaron waren voll davon. Kirke hatte nicht nur Macht über die Träume anderer, sondern auch über deren Gesundheit und Leben; die Stürme hatten Pentawer nicht auf die Insel der Seligen geschleudert. Er sagte:

»Aber kann ich sicher sein, daß du deine Absicht nicht änderst? In einem Mond oder später?«

»Du willst zurück in dein Land am Strom? Mit einem guten Schiff, mein Freund?« Kirke lächelte unverändert. Langsam nahm die Helligkeit über dem Meer und in der Kammer zu. Pentawer nickte und murmelte:

»Mit deinem Sohn Telegonos? Mit Fischern und Bauern als Seeleuten? Mit meinem Wrack? Auf dem Meerespfad des Odysseus? Weil die Prophezeiung es so will?«

»Weil wir ihr gehorchen müssen.« Kirke kniete neben seiner Hüfte. Aus ihrer Schale tropfte Wein auf Pentawers Schenkel. »Weil wir nicht anders können, Pentau. Du bist ein reifer, kluger Mann – warum sollte ich dir etwas antun wollen?«

Der Himmel zerfiel in waagrechte, rotgraue Streifen über dem Meereshorizont und darüber in ein titanisches Wolkengebirge aus gebrochenen Farben. Vogelstimmen begannen zu lärmen. Pentawer runzelte die Stirn und forschte in Kirkes Gesicht.

»Dein Vorhaben, Göttertochter, ist zu groß für uns Sterbliche. Wir werden scheitern.«

Sie schüttelte den Kopf, leerte die Schale und ließ sie achtlos neben das Lager fallen. »Nicht, solange ich lebe und euch helfen kann. Man sagt, ich sei unsterblich.«

Er zuckte mit den Schultern. Mit jedem Schluck schwanden seine Mattigkeit und Schläfrigkeit. Kirkes Nähe, der Geruch der Öle auf ihrer Haut, das Grübchen ihres linken Mundwinkels – und die geheimnisvollen Tropfen im dünnen, kalten Wein – weckten seine Lust. Kirke legte die Arme um seinen

Nacken, in einer leichten, gleitenden Bewegung, und rieb die Brüste an seiner Haut. »Aber da die Götter mir zu erkennen geben, daß ihre Zeit vorbeigeht, bin wohl auch ich sterblich. Aber bis dahin vergeht noch viel Zeit.«

»Ohne es zu wissen und zu wollen«, murmelte Pentawer, »hat mich das Meer auf deine Insel und in ein seltsames Spinnennetz geworfen, Nebit.«

»Das mag so sein.« Kirke leckte ihre Lippen, küßte ihn mit plötzlicher Gier, holte Luft und sagte: »Aber du bist nicht die Fliege im Netz.«

»Was bin ich dann?«

»Der Geliebte einer Halbgöttin.« Ihre Zunge kitzelte in seinem Ohr; wie eine große Spinne bewegte sich ihre Hand zu seinem Glied. »Warte nur ein paar Atemzüge lang.«

Sie erregte ihn mit den Fingern und ihrem Mund, kauerte sich auf Knie und Ellenbogen und schrie leise, als seine Fingernägel über ihren Nacken und den Rücken glitten und er endlich, die bebenden Brüste streichelnd, in sie eindrang. Ihre Körper bewegten sich im ruhigen Takt bewußt gefühlter Lust, stießen vorwärts und zurück, und als die ersten Sonnenstrahlen über die Dächer zuckten und Pentawer halb geblendet den Kopf hob, als Kirkes Lenden zitterten, sah er, wie Wind im Sonnenlicht ein schräges Segel zu füllen begann. Er zog Kirke in die Höhe, bis sie an seiner Brust lehnte, preßte sie an sich und ergoß sich; er ächzte und setzte zweimal zum Sprechen an.

»Sieh! Das Schiff deines Sohnes, Nebit. Dort im Sonnenaufgang.«

Kirke bebte bis zu den Knien. Pentawer legte die Hände auf ihre Brüste und wartete, bis sie, den Nacken auf seiner Schulter, träge die Augen öffnete.

Ein Schiff, dessen Mast leicht nach Steuerbord überhing, mit einem mehr dreieckig als viereckig geschnittenen Segel, kam auf die Insel zu. Die Heckspur verlor sich im gleißenden Sonnenlicht auf dem Meer, die Sonne ließ den Stoff aufglühen wie weißes Gold. Kirke drehte sich halb herum und wischte den Schweiß von Pentawers Stirn.

»Siehst du?« Sie lächelte wie eine satte Katze. »Alles wird gut. Das Phaiakenschiff kommt. Jeder erhält, was er braucht, wonach er sich sehnt. Die Sonne geht auf – der schönste Morgen seit einem Zehntag.«

Kirke löste ihre Blicke von dem friedlichen, lichterfüllten Bild, legte die Hände auf Pentawers Schultern und blickte in seine Augen. Ihre Stimme war ein warmes Flüstern. »Vertrau mir, Kapitän: Es soll ein schöner Herbst werden, ein guter Winter, und an Abschiede denken wir erst im Frühling.«

»Bei der Quelle des Hapi«, sagte er. »Es wird wohl ein böses Ende nehmen – aber ich vertraue dir, Herrin der Nächte.«

Sie hatten schon heißen Sud getrunken und gegessen, als das Schiff am Reiherkap vorbei in die Bucht segelte und alle Bewohner des Palastes zum Strand liefen. Pentawer folgte Kirke mit einigen Schritten Abstand und blieb am Rand eines Stufensteines stehen, als Telegonos auf seine Mutter zurannte, die Arme ausgebreitet; den Dienern und Sklavinnen schenkte er ein flüchtiges Lächeln, und Pentawer-Ptah fing einen prüfenden Blick auf, als Telegonos Kirke aufhob und im Kreis drehte: Ein kräftiger junger Mann mit schulterlangen, rötlichbraunen Locken, blauen Augen und einem vollen Gesicht, das weder Enttäuschungen noch Niederlagen geprägt hatten. Als die Möwenschreie, die Jubelrufe und Antworten vom Strand her leiser wurden, deutete Kirke auf Pentawer und sagte:

»Der Kapitän der Aigyptioi überlebte als Einziger den Schiffbruch. Er kennt Schiffe, Häfen, Inseln und die Wege des Wassers; er sagt, daß er uns helfen wird.«

Telegonos' Blicke aus leuchtenden Augen waren voll arglosen Vertrauens. Er streckte den Arm aus, die Männer packten einander bei den Handgelenken und starrten sich an.

»Ich bin Pentawer-Ptah. Pentau nennt mich deine Mutter. Vielleicht gönnt uns das Schicksal gute, lange Fahrten, Telegonos.«

Sie schüttelten ihre Unterarme. Telegonos sagte aufgeregt: »König Alkinoos hat drei Schiffszimmerleute mitgeschickt. Ich hab' Nausikaa getroffen; sie ist fast wie du, Mutter. Nachher reden wir über alles ... das Schiff ist voller Waren und Geschenke.«

»Gehen wir zum Strand.« Kirke hielt beide Männer an den Oberarmen fest. »Begrüßen wir die phaiakischen Seeleute. Heute abend werden wir deine Rückkehr feiern.«

Pentawer ging zum Ende des Steges und betrachtete schweigend jede Einzelheit des Phaiakenschiffes. Andere Kapitäne hatten ihm von dem kleinen Volk berichtet, dessen Schiffe wahre Meisterwerke sein sollten und das alles, was es zum Schiffbau brauchte, im eigenen Land fand und herstellte; der Doppelmast war keine neuartige Form, auch nicht der eiförmige Stein in der Kerbe der Mastspitze, der gegen Blitzschlag schützte, aber die Länge der Steuerbordrah, die ungewöhnliche Führung des Tauwerks und das Deck aus schmalen Planken schienen die Wahrheit der Gerüchte zu bestätigen. Er sah keine Spielereien, nichts Überflüssiges an diesem Schiff. Selbst die Augen unter dem geschwungenen Bug, anders gemalt als die Horusaugen der Rômetschiffe, beschränkten sich mit starrer Pupille auf die Abwehr böser Zauber. Niemand schien Pentawer zu beachten, während er zusah, wie das Schiff entladen wurde und die sieben Phaiaken Rumpf und Segel für einen längeren Aufenthalt vorbereiteten, ohne daß Befehle gebrüllt wurden. Er glaubte aus dem Inselwald das Heulen eines Wolfes zu hören, setzte sich auf den Rand des Steges, spielte mit den Zehen im Wasser und sagte leise:

»Ich würde es nicht besser machen können. Sie sind wirklich gut, die Phaiaken!«

Vielleicht dreihundert Menschen, hatte Kirke erzählt, lebten auf Aiaia, nicht mehr als zehn Dutzend im Umkreis des Palastes. Aus dem Dorf waren Helfer gekommen. Pentawer sah zu, wie sich der Palast mit Säcken, Ballen und Truhen füllte, und redete mit Darkes, der Sklaven zu den Hirten geschickt hatte; ein junges Rind, Ziegen und Schafe sollten geschlachtet und in den Palasthof gebracht werden. Als Pentawer am Megaron vorbei zu seinem Schlafgemach ging, sah er die alte Mauer, voller grauer Risse, an einer Stelle, an der gestern noch ein Eingang zu Kirkes Zaubersaal offen gestanden hatte, zu jenem Raum voll schwebender Vögel und Nischen voller farbiger Krüge. Pentawer ging kopfschüttelnd weiter, hockte sich auf den Rand der Liege und ließ seinen Blick über seine Ausrüstung, die Waffen und die geborgenen Waren gleiten. Er lauschte dem Stimmengewirr aus allen Räumen des Palastes. Der Wind verteilte den Geruch des Kräuteröls im Badewasser durch die Korridore; plötzlich überfiel Pentawer die Erschöpfung der langen Nacht. Er zog den Chiton über den Kopf, streckte sich aus und versank im Schlaf.

Überall leuchteten Ölflämmchen, es mußten mehr als zweihundert sein; auf Säulen, Brüstungen und im Quellgarten, in Nischen, an dünnen Ketten im Gebälk aufgehängt, auf Tischen und Steinquadern. Pentawer hatte gebadet, sich am ganzen Körper rasiert und eingeölt, trug seinen besten Schmuck, ein Nemes-Tuch über dem Haar, vom schmalen Goldreif gehalten, Sandalen und einen gestärkten weißen Rômetschurz. Einige Atemzüge lang betrachtete er von der Terrasse den Wald, das Meer, die Bucht und die Häuser des Dörfchens. Zwischen Mauern flackerte gelber und rötlicher Lichtschein, wieder heulte ein Wolf. Pentawer kannte diese schaurigen Laute auch aus dem Hinterland des Zederngebirges.

Der Palast barst vor Gelächter, Stimmen, Geräuschen und wohligen Gerüchen. Plötzlich knurrte Pentawers Magen. Am Ende der Treppe, auf dem Platz vor dem Megaron, stieß er fast mit Tarbene zusammen, einer jungen, hellhäutigen Sklavin. Sie reichte ihm einen gefüllten Becher. »Alter Wein mit jungem Traubensaft, Herr. Wird dich aufwecken.«

»Danke. Jedermann freut sich, daß Telegonos zurück ist?«

»Alle lieben ihn.« Sie kicherte und legte die Hand auf die Brust. »Und er liebt viele. Und die Fremden! Die vielen schönen Tauschwaren! Seit dem Morgen lächelt die Herrin. Es wird ein langes Fest werden, Herr Pentau.«

»Bei Amûn! Und wohl auch ein sehr gründliches.«

Auf den langen Tischen lagen weiße Leinenbahnen. Kirke und Telegonos saßen am Kopfende, vor dem großen Webrahmen, in den ein Mantel eingespannt war. Die vielfarbige, von Goldfäden funkelnde Stickerei war halb fertig. Pentawer wartete, bis ihn Kirke sah, Telegonos anstieß und auf ihn wies, dann verbeugte er sich tief und hob den Becher. Diener und Dienerinnen, die phaiakische Schiffsmannschaft und Leute aus dem Dorf saßen ohne erkennbare Rangfolge nebeneinander. Die Tische waren überladen mit Brotkörben, Näpfen voll Würzöl, Krügen, Phialen und Bechern, von Schalen voller praller Trauben und Oliven. Pentawer erkannte den Kapitän kaum wieder. Auch er trug einen weißen Chiton, Schmuck und einen bestickten Ledergurt. Sein Bart war gestutzt, sein Haar gekürzt und gelockt. Pentawer setzte sich neben ihn und sagte:

»Von Kapitän zu Kapitän, o Phaiake: Du hast ein schönes, vorbildliches Schiff.«

»Hör' ich gern, Fremder. Du bist auch Kapitän?«

»Schiffbruchkapitän. Neunzehn ersäufte Ruderer und ein Lotse. Kirkes Gast, seit sie mich halbtot aus der Bucht gezogen haben. Du hast vielleicht das Gerippe meines feinen Schiffes gesehen ...«

Binnen weniger Atemzüge redeten sie von nichts anderem als Kielen, Planken, Nuten, Bronzenägeln, Kupferblech und Tauwerk, von dem ungewöhnlichen Segel, von bekannten und unbekannten Häfen; über die Namen der Winde und das titanische Vorhaben Kirkes und Telegonos'. Als Pentawer-Ptah erzählte, daß die Rômet im Land am Hapistrom – oder ›Neilos‹ in der Sprache Kirkes und der Phaiaken – ihre Schiffe auseinandernahmen, daß die Planken mit Schnüren aneinander befestigt wurden, daß die Schiffsteile über Land getragen und an den Ufern zusammengesetzt wurden, hieb Nysos ungläubig grinsend Pentawer auf die Schulter.

»Dann weißt du also, wie man Schiffe baut, wie?«

»O Gevatter der Winde.« Pentawer verbiß sich das Lachen.

»Jeder Kapitän, der zugesehen hat, wie sein Schiff in einzelne Teile zerschlagen wurde, weiß genau, wie ein gutes Schiff sein muß.«

»Wahr gesprochen, Pentau!« Nysos zielte mit dem Rand seines Bechers auf Pentawers Trinkgefäß. »Du wirst also den Zimmerern und Telegonos helfen!«

»Den ganzen Winter lang. Ich hab's Kirke versprochen. Sonst würde ich dich bitten, mich und meine Ladung mitzunehmen. Hast du jemals eines unserer Schiffe gesehen?«

»Nein.« Nysos stellte krachend den Becher auf die Tischplatte. »Dieses Vergnügen wird mir morgen zuteil. In wieviele Teile, hast du gesagt, ist deine Barke zerfallen?«

»Die Zahl ist ... Million. Tausendmal tausend, Kapitän.« Pentawer grinste säuerlich. Nysos begann unmäßig zu lachen. Einige Köpfe drehten sich zu ihnen herum. Dann riß das Gelächter ab; Nysos senkte den Kopf und sagte leise:

»Verzeih. Es sind gute Männer gestorben. Deine Kameraden. Kirkes Wein hat das Maß meines Anstands vermindert. Wir werden morgen oder übermorgen die Splitter und Späne besichtigen und herausfinden, wie daraus ein Schiff wieder entstehen kann.«

»Über den Splittern und Bruchstücken, Käpten Nysos, haben sie heute die Braten gedreht.« Pentawer zerriß einen Brotfladen und tauchte ihn ins Öl. »Wir werden tun, was du sagst. Und deine drei Zimmerleute ...?«

»Sie machen euch ein feines Schiff, Kapitän. Erzähl mir – zu welchen Häfen segelst du, und warum, und was gibt es dort zu handeln und zu tauschen?«

Die Braten reichten für die doppelte Menge Gäste. Der Abend und die Nacht waren fröhlich, lang und trunken. Pentawer zwang sich, wenig Wein zu trinken. Aus Reden und Schilderungen, neuem und altem Wissen, Legenden und seltsamen Bestätigungen begannen hundert Bilder zu entstehen, sich mit Farben und Bedeutungen zu füllen, sich an einigen Stellen einzufügen, zusammenzufügen ... heute schien Kirke andere zauberische Tropfen in den Wein gemengt zu haben: Trotz des Weines und der Reden wurde niemand zu laut. Es mochte um Mittnacht gewesen sein, als auch Pentawer ein überraschendes Gesicht erfuhr, in dem sich ein Teil seiner Träume verfestigte:

Die Welt war eine riesige, runde Platte, in deren Mitte sich das Meer ausbreitete, von dem jeder Kapitän – Phaiake, Gublamann oder Rômet – einen anderen Teil kannte. Vielgestaltige Küsten, tief ins Land hinein oder als schmale Streifen bekannt, säumten das Meer; tausend Riffe, Felsbrocken, Eilande und Inseln sprenkelten das Große Grüne, das riesige Blau, das Reich des Poseidon, dessen wirkliche Ausdehnung kein Sterblicher kannte.

Wahres, Wirkliches und Legendenhaftes versammelten sich auf diesem Horizont. Kapitäne wie er kannten den Strom bis weit hinauf in den heißen Süden, die Strömung von den Mündungen zu den kanaanitischen Häfen, nach Alashia und Keftiu. Die Phaiaken kannten die dreieckige große Insel südlich von Aiaia und das Ende eines Landes, das nach Süden ins Meer ragte, wußten ihre Landenge und östliche Meerespfade zu den Inseln zu besegeln, von denen Telegonos' Vater gekommen war. Andere Seefahrer kannten andere Ausschnitte der Welt; niemand kannte alles. Nur die Götter vermochten die bekannten Teile an den richtigen Stellen jenes Scheiben-Horizontes einzusetzen; vielleicht wußte Kirke mehr, was er bezweifelte. Aber: Eine Frau, die einzelne Palasträume verschwinden ließ, hinter scheinbar alten Mauern verbarg, die in ihrer Jugend einen Gott, der ihre Liebe verschmäht hatte, in einen Specht verwandelt hatte, die auch dem Vater ihrer Söhne den Weg in die Heimat gewiesen hatte ... würde sie auch ihm, Pentawer-Ptah, und ihrem Sohn den richtigen Weg zeigen können? Die Weltscheibe, die aus Wirklichkeit, Träumen, Gedanken und Legenden bestand, auf deren unbekannten Teilen Pentawer den Pfad in seine Heimat zu finden hoffte – trotz aller Unterschiede der Sprachen, Namen, Übereinstimmungen der festen Punkte und der unwiderruflichen Erfahrungen von Kapitänen –, entsprach die riesige Platte wirklich diesen verzweifelten Versuchen Unwissender, Festes im Fließenden zu finden und sich daran zu klammern wie der Schiffbrüchige an eine gischtumstäubte Felsnadel?

Pentawer-Ptah fand sich auf der Terrasse wieder. Er starrte in die Sterne und betrachtete die Mondsichel. Er hatte bewußt wenig getrunken, er war satt, in den Gelenken nistete dumpfe, unbehagliche Schwäche. Jetzt, zwischen Mittnacht und Morgen, waren die meisten Flammen erloschen. Ein alter Wolf oder ein kleines Rudel Grauwölfe heulte den Mond an, die Nachtigallen schmetterten ihre Lieder, honigsüß und geschliffen wie Klingen, in die Dunkelheit. Irgendwo kreischte eine Frau, von einer anderen Stelle hörte Pentawer leidenschaftliches Girren und Stöhnen, ein Krug barst auf Stein, die Dachbalken knisterten. In seinem Schädel wirbelten Gedankenbilder umeinander: Er war trunken, aber nicht vom Wein. Er tappte, mit beiden Händen tastend, in sein Zimmer und schlief bis zum späten Nachmittag.

Axtschläge, sirrendes Scharren von Bronzesägen, die harten Hiebe der Dechsel, das Feuer des Schmiedes, lange Reihen versiegelter Krüge im Sand, Flechtwerktruhen und Ledersäkke, Männer, die Lasten zwischen dem Schiff und dem Ende des Pfades hin und her trugen: in kurzer Zeit, bei günstigem Zephyros aus Sonnenuntergang, wollte Kapitän Nysos ablegen. Pentawer trug nur das Schamtuch und einen kurzen Wollschurz, als er zum Gelände der winzigen Werft ging.

Der lange Kiel seines Wracks lag, scheinbar unversehrt, nach oben gedreht im Sand. Dünner Rauch aus dem Kessel, in dem Holz zu schwarzem Teer verkochte, zog in grauen Fäden über die Bucht. Zwei Bronzebohrer frästen Löcher in Balken, die auf den Kiel aufgesetzt werden sollten; aus der tiefen Nut flogen Späne und Splitter. Der Phaiake Ophian zog die Axt aus dem Holz, stützte sich auf den Stiel und nickte Pentawer zu.

»Wir fangen an, o Herr des Zedernkieles. Sieh zu, wie wir dein Schiff von unten her neu aufbauen!«

»Ich will nicht nur zusehen.« Pentawer ließ die Krüge voll

Erdpech, einem wertvollen Teil seiner Ladung, in den Sand fallen. Ein Krug zerbrach, der schwarze Klumpen rollte einige Ellen weit zum Feuer. »Laßt mich helfen. Was soll ich tun?«

»Was du am besten kannst, Käpten.«

Nysos wartete auf den Zephyros. Sein Schiff wurde beladen und ausgerüstet. Bis zur Stunde des Ablegens arbeiteten alle Phaiaken und ein Dutzend Handwerker aus dem Dorf und dem Palast am neuen Schiff. Pentawer sagte:

»Hölzer und Planken zählen und anpassen. Taue schlagen. Mit Bimsstein das Holz glätten, mit Wachs und Pech versiegeln.«

»Dann zähl die Planken, o Rômet!«

Tag um Tag verging; neben dem Schuppen entstand nach und nach das Durcheinander einer kleinen Werft. Im Sand, auf Holzrollen, ruhte der ergänzte Kiel, mehr als eine Elle tiefer als das Rückgrat und die Rippen des Wracks, mit dünnem Kupferblech beschlagen, unter dem das Holz mit Erdpech getränkt war. Wie Fischgräten reckten sich geschwungene Hölzer, schenkeldick, zu beiden Seiten des Kiels in die Höhe, sicher verzapft und sorgsam geglättet; die Hälfte stammte von seinem Wrack, die andere Hälfte hatten die phaiakischen Zimmerleute aus gekrümmten Treibholzästen herausgehackt. Handwerker aus dem Dorf halfen mit, Nuten in geglättete Planken zu schnitzen und Bretter in heißem Wasser mit zusammengedrehten Seilen um senkrechte Bohlen zu biegen. Am Mittag des neunten Tages, nach einem wütenden Gewitter, fegte Westwind über den Wald und die Bucht und wirbelte Rauch und Gestank zum Meer. Zwei Möwen stritten kreischend um die Eingeweide eines Fisches, die sie über den Strand zerrten. Kapitän Nysos winkte dem Ruderer Alkon.

»Zephyros, Männer! Wenn er heute abend noch bläst, versuchen wir's am Morgen! Macht unser Schiff fertig!«

»Das geht schnell, Käpten.« Alkon versuchte, das Harz mit Sand von den Händen zu reiben. »Wasser, Essen und unsere Watsäcke unter Deck – Ankerstein hoch!«

Pentawer beobachtete Telegonos, der überall dort mitarbeitete, wo seine Kraft gebraucht wurde. Pentawer hatte gedacht, Kirkes Sohn wäre nichts anderes als ein Aristos, ein schöner junger Prinz, der gut aß, gerne trank und jagte, Sklavinnen und Dienerinnen beschlief und zu viel überschüssige Kraft besaß. So war es auch, aber es war nicht alles; Telegonos fragte und half, und sein Ziel schien klar zu sein. Er wollte auf einem guten Schiff am Ruder stehen und zu seinem Vater segeln. Und er lernte schnell. Nysos und Ophian kamen auf Pentawer zu, stemmten die Fäuste in die Seiten, und Ophian deutete mit dem Kinn auf den Rumpf.

»Sind wir besser als deine Schiffszusammensetzer? Wirst du euer Schiff fertig bauen können, Kapitän Million?«

»Myndon, Ophian und Malpos bleiben und helfen uns?«

»Wie es König Alkinoos versprach.« Ophian grinste und betrachtete das Durcheinander. Der Gewitterregen hatte das Schiff durchnäßt, zu beiden Seiten des Innenkiels stand Wasser. »Der Zephyros hält mindestens drei Tage an. Endgültig entschieden, Pentau?«

»Ja. Ich helfe Telegonos und komme mit dem eigenen Schiff in mein Land zurück. So hab' ich es Kirke versprochen; ich bin es ihr schuldig.«

Nysos nickte zweimal; die Erklärung war für ihn zufriedenstellend.

»Ich werde das Schiff fertig bauen. Mit unserer Rah, unserem Segel. Wir haben den ganzen Winter dazu Zeit.« Pentawer wartete, bis Telegonos bei ihnen stand, schweißüberströmt, voller Ruß und Harzflecken, an denen Sand klebte. Pentawer seufzte und zeigte auf die Plankenstapel. »Das Schiff, Prinz, ist nur der erste Schritt. Alle anderen Schritte, nach den Winter- und Frühlingsstürmen, führen uns ins Unbekannte.«

»Das ahne ich, Freunde.« Telegonos setzte sich auf eine halbzersplitterte Truhe. »Selbst meine Mutter weiß, daß es lange dauert, und wie schwer es werden wird.«

»Ob deine Mutter wohl auch die Pfade Poseidons kennt?«, sagte Nysos.

»Mein Vater fuhr auf den Pfaden, die sie ihm zeigte.« Telegonos sprang auf und klatschte in die Hände. »Zum Palast! Die Knechte tragen eure Lasten. Wir feiern ein Fest für die phaiakischen Freunde. Davon sollt ihr Prinzessin Nausikaa alles erzählen, Kapitän Nysos.«

Nysos raufte Sand und Sägespäne aus dem Bart. »Gehen wir!«

Pentawers Gedanken irrten für lange Atemzüge ab, hefteten sich an die Tage und Nächte seit Telegonos' Zurückkunft: Nur in winzigen Schritten hatte er begreifen können, daß der Schiffbruch und der Tod der Seeleute das wahrscheinlichste und gewöhnlichste aller seiner Erlebnisse gewesen waren. Er selbst versuchte, nach den Nächten mit Kirke mit allem, das er bruchstückweise erfuhr, zurechtzukommen. Er rannte jeden Morgen zweimal um die Bucht und schwamm an der breitesten Stelle, manchmal mitten im Gewitter, zum Steg zurück. Sein Körper gehorchte ihm wieder, die blauen Flecken vergingen, aber noch immer war er nicht fähig, alles, was er auf Aiaia erfuhr und erlebte, wie mit der Waage der Maat zu wägen. Hier war er der Fremde aus unbekannter Ferne. Kirke und Telegonos kannten einen Teil der Welt aus den Erzählungen des Vaters, aus Pentawers Berichten in Kirkes Armen und jenen Schilderungen, denen vor fast zwei Jahrzehnten die Phaiaken im Palast König Alkinoos' gelauscht hatten, was Kirke wiederum nur aus drittem und viertem Mund erfahren hatte. Vom Orakel, über dessen Wortlaut und Bedeutung hatte Kirke ihm gegenüber bisher geschwiegen.

Pentawer wußte, daß er alles erfahren würde – spätestens nach den letzten Stürmen, nächstes Jahr. Er war ebenso sicher, daß er auch das wirre Webmuster durchschauen würde, vielleicht mit Kirkes Hilfe, das aus so vielen Fäden, Knoten und Kreuzstichen bestand: Telegonos sah in jeder Frau seine Mutter, in jedem ... nein: fast jedem Mann seinen Vater, den er haßte und liebte, ängstigte sich vor den Zeichen am Himmel, bewunderte Nysos und wußte nichts von den Häfen des Zederngebirges, von Menefru-Mirê und der würdevollen Schönheit das Landes am Hapi, kannte Alashia ebenso wenig wie

Keftiu. Wenn Telegonos allein fortsegelte, verschlangen ihn binnen weniger Zehntage die Wogen, oder man erstach ihn in einer Hafenschenke, oder man betrog ihn, wies ihn in die Irre, oder er beleidigte unwissentlich die Götter, die ihn straften; ihm fehlten zwanzig Jahre Erfahrung und tausende Stunden auf dem Meer, im Sturm oder Kampf, im zeternden Geschlinge von Hafenmärkten oder der Einsamkeit quellenloser Buchten. Sein Körper war ebenso narbenlos wie sein Verstand. Daß er auf einer Insel aufgewachsen war, war ebenso, als sei er aus einer Höhle gekrochen oder aus dem Ei.

Pentawer-Ptah blieb auf der obersten Stufe stehen, hob den Kopf und begegnete Kirkes Blick. Er spreizte die schmutzigen Finger mit den abgebrochenen Nägeln und sagte:

»Morgen verlassen die Phaiaken die Bucht. Nachts, und in vielen Nächten danach – wir sollten, ohne zauberische Tropfen, miteinander reden, Nebit.«

»Wir werden reden.« Sie streckte den Arm aus, nahm seine Hand und zog ihn an sich. »Über alles. Ich lese es in deinen Augen: viele Bilder kennst du nun und versuchst sie zusammenzufügen.«

»So ist es.« Pentawers Blick glitt über Kirkes ebenmäßiges Gesicht. Sie sprach verständnisvoll, in ruhigem Ernst. »Zuvor aber werde ich mit Kapitän Nysos Wein trinken; viel Wein.«

Nackt und fröstelnd gingen sie bis zur Brüstung der Terrasse und blinzelten in die ersten Sonnenstrahlen. Kirke ergriff Pentawers Hände und lehnte ihren Rücken gegen seine Brust, legte seine Finger auf ihre Brüste und flüsterte:

»Dort segeln sie in die Sonne. Das letzte Schiff für sechs lange Monde. Telegonos wäre lieber bei Nausikaa als bei mir. Für ihn endet die Jugend unwiderruflich in sieben, acht Monden. Eine Mutter, Aigyptios, empfindet anders als ein Kapitän und Anführer von Söldnern. Das Kind wird zum Mann – unaufhaltsam.«

Pentau nickte. Winzig vor der aufsteigenden Sonnenscheibe, schien das Segel des Schiffes grell zu glühen. Die Fläche des schwarzblauen Meeres war von den Narbungen der Windmuster gezeichnet; es war, als drifte oder schöbe sich alles Wasser nach Osten, dem Euros-Wind entgegen.

»Was ich weiß, was ich kann – ich zeig es deinem Sohn«, sagte Pentawer. Er erschauderte in der morgendlichen Kälte; seine Haut und die Schultern Kirkes wurden rauh, die Spitzen der vollen Brüste richteten sich auf. »Ist dein halbvergessener Geliebter solch eine Anstrengung wert?«

Kirke schob ihn zum Lager und schloß die Schlagläden. Ein Windstoß fegte Herbstblätter von den Bäumen und kreiselte raschelnd mit ihnen auf der Terrasse. Pentawer zog das Laken und die wollene Decke zum Kinn, stützte die Arme auf die Knie und wartete.

Kirke legte sich neben ihn, schmiegte sich an seine Schulter und begann leise zu reden.

»Einst hat mich Gott Pan verschmäht, und ich verwandelte ihn. Endlos viele Jahre blieb ich einsam. Selten teilten Sterbliche mein Lager. Odysseus kam und bezauberte die Zauberin. Er blieb lange und zeugte ... das weißt du. Nach ihm: Leere und Nichts. Du, Pentau, hast mich nicht bezaubert, aber überzeugt; du bist am Tag ein kluger, schuftender Sklave und in den Nächten der Zärtlichste, Leidenschaftlichste. Nein – es ist nicht Odysseus. Er ist Vergangenheit, ist Nachträumen erlebter Wirklichkeit.«

Sie begann schwer zu atmen. »Es ist das Orakel, sind die vielen Gesichte in den Nächten, in denen ich – du warst in meiner Nähe! – schrie und wimmerte. Gehorche ich nicht, wird die kleine Gemeinschaft Aiaias vernichtet. Mein dritter Wohnort, und ich muß fürchten – mein letzter. Wohin soll eine alternde Halbgöttin wandern, wenn Aiaia zerstört wird, wenn keine zaubernde Kirke mehr Schuldhafte und vermeintlich Unschuldige entsühnt? Soll ich fortschwimmen? Ertrinken?«

Mit den Kuppen der Zeigefinger strich sie seine Brauen glatt, dann hielt sie sich an seinen Schultern fest. Zum zweiten Mal sah er Tränen in ihren herrlichen Augen. Er zuckte mit den Schultern; plötzlich fiel ihm ein, daß die Mauern um Kirkes

Zauberhallen verschwunden waren, als habe es sie nie gegeben. »Ich weiß es nicht, Fürstin.«

»Telegonos muß seinen Vater finden. Er muß ihn töten und König werden auf Ithaka. Vielleicht aber tötet Odysseus seinen Sohn. Aber ... beide sollen zu Schiff zum Ferntor segeln und zum Eiswall jenseits des Okeanos: Ich kann den Zwiespalt nicht deuten. Wenn aber du neben Telegonos stehst und seine Pfeile lenkst, seinen Wurfspeeren den Weg zeigst, die Hand an seinem Schwert hast, seinen Schild trägst, dann kann ich ruhiger schlafen. Alle Reichtümer meiner Insel gäbe ich euch mit, aber ich kann den Moirai nicht befehlen – Göttinnen, deiner Maat ähnlich! –, Telegonos zu verschonen. Die Sorge martert mich schon jetzt. Ich erbitte nichts Unmögliches – ich erbitte deine Freundschaft, Pentau.«

»Du hast mehr als meine Freundschaft«, murmelte er. Kirke schüttelte wild den Kopf.

»Im Licht des Helios, meines Vaters, sieht Zeus alles: er zählt die Sandkörner.« Sie schluchzte und rang nach Worten. »Ich, du, Telegonos – wir tun, was wir können. Selbst Poseidon hat Odysseus verziehen.«

»Nachdem er das Floß der Kalypso zertrümmert, Odysseus fast ertränkt und Schiff und Mannschaft der Phaiaken vernichtet hat.«

»Du bist kein Phaiake. Zeus und Amûn sind Brüder. Bleib an Telegonos' Seite bis zum Ende. Dann komm zu mir mit deinem neuen Schiff. Ich werde dich lieben, wie ich Odysseus geliebt habe. Du sollst Gatte einer Halbgöttin werden: unsterblich. Was willst du mehr?«

»Nichts.« Pentawer dachte an die gigantischen Sehedhu-Totenmale seiner frühen Gottkönige und spürte zum dritten Mal die kalte, nadelspitze Furcht im Grenzbereich zwischen seinem bisherigen Leben und der nebelverhangenen Zukunft. »Es ist zu viel, Fürstin meiner Lenden. Ich vermag es mir nicht vorzustellen, noch nicht. Du hast mein Wort; an welcher Stelle entläßt du mich aus meiner Verpflichtung?«

»Ich weiß es nicht. Sei mir nicht böse, Pentau. Siehst du nicht, wie ich leide?«

»Ich hab' dich nur zweimal fröhlich erlebt, Kirke. Leidest du?«

Sie lächelte. »Ich leide nach innen. Wenn's keiner sieht.«

»Morgen.« Er streichelte ihre Schultern; sie lächelte versonnen. »Dann beginnt dein prinzlicher Sohn zu leiden. Ich zeige ihm, wie man mit Bogen umgeht und mit Pfeilen trifft, wie man Messer und Dolche schleudert, wie man mit Kriegskolben und Schwert kämpft und in Hafenschänken überlebt. Er wird mich verfluchen.«

»Mag sein. Ich werde dich dafür küssen, Käpten.«

Die Beplankung wuchs der Bordwand entgegen. Leinenstreifen, getränkt mit Erdpech, lagen zwischen den Brettern und wurden mit den Schlägen hölzerner Hämmer zusammengedrückt. Die Enden der Bronzenägel schlugen die Schmiede tief ins Holz. Das Regenwasser im Rumpf lief durch zwei Löcher ab, deren Verschlußzapfen an dünnen Schnüren hingen. Tiefschwarzer, stinkender Holzteer tränkte die Planken bis zu der Linie, in der das Schiff voll beladen im Wasser lag. Pentawer klopfte jeden Fingerbreit der hölzernen Verbindungen ab und sah zu, wie das Schiff vollendet wurde, samt Ankerstein, Tauwerk, Doppelrah, Segel und Löchern für die Riemen der wenigen Ruderer. Das röhrenförmige Geflecht am Kiel nahm probeweise große Krüge auf, die großen, farbigen Augen unter dem Bug begannen zu leuchten; jeder Zapfen, jede Verbindung wurden dreifach, vierfach geprüft. Das Deck im Bug und im Heck bekam eine geschnitzte Riffelung, auf der weder Steuermänner noch Ruderer ausrutschen konnten. Kirke war im Dorf und half bei Geburten, verteilte Salben und bronzene Werkzeuge aus der Ladung des Phaiakenschiffes.

In den Pausen der Arbeit lehrte Pentawer-Ptah den Sohn des Odysseus vieles, was er zum Überleben brauchte; zuerst begann Telegonos Messer und Dolche zu schleudern und danach die Schneiden abzufeilen: fast alle Waffen waren schlecht ausgewogen.

Einhundertzwanzig Tage später verfluchte Telegonos die Zahl Million: stehend, kniend, laufend, im Zickzack oder auf dem Rücken liegend hatte er Messer und Dolche auf strohgeflochtene Scheiben geworfen, aus jeder Entfernung. Mit Pentawers Bogen hatte er Hunderte Pfeile abgeschossen. Stunde um Stunde kämpfte er mit dem Schwert gegen Pentawers Streitkolben, mit dem Streitkolben gegen Schild und Schwert, mit Dolch gegen Dolch, selbst in der Finsternis; er lernte, den großen doppelkreisförmigen Schild ebenso als Waffe zu benutzen wie den Rundschild. Während dieser Scheinkämpfe schien Pentawer jünger, Telegonos hingegen älter und reifer zu werden. Trotzdem schufteten sie weiter am Schiff, schlossen die Planken, richteten den Doppelmast auf, zogen das Segel an der Rah hinauf und ließen es herunter; Pentawer fand einen eiförmigen, grau geäderten Kiesel und band den Blitzschutz mit Lederschnüren in der Höhlung der Mastspitze fest. Sklavinnen und Mägde flochten unterschiedlich dicke Seile und Taue und nähten mühsam das Ersatzsegel. An einem der Abende, an denen Pentawer noch im erkaltenden Meerwasser schwimmen konnte, ohne daß sich ein halbes Dutzend Krankheiten auf ihn stürzte, watete er bis zu den Knien hinein und winkte Telegonos zu sich. Sie hatten mit dessen Schwert und einer gleichartigen Waffe, vom Schmied zurechtgehämmert, neben dem Schiff gekämpft.

»Du hast viel gelernt«, sagte er. »Wirst du auch einen Mann töten können, wenn es sein muß?«

»Das weiß ich erst, wenn ich halbtot vor Angst bin.« Telegonos schöpfte mit beiden Händen Sand und rieb den Schweiß von seiner Haut. »Wenn mich der andere erschlagen will.«

»Bis dahin ist noch viel Zeit.« Pentawer sprang ins aufklatschende Wasser, Telegonos folgte ihm und tauchte; er schüttelte sich fröstelnd. Sie reinigten sich flüchtig, schwammen an Land und rannten zum Palast, ins warme Wasser des Badehauses. Von Südwest schleppte der Lips tief hängende graue Wolken heran; schwerer Regen strömte bis zum nächsten Mittag.

Telegonos, Pentawer-Ptah und »Achtzahn« Alkias, ein dreißigjähriger Fischer, die erste Mannschaft des namenlosen Schiffes, forderten Darkes und die drei Phaiaken auf, mit ihnen die erste Fahrt zu wagen; sechs Männer konnten, wenn der Wind aufhörte, das Schiff, wenn auch mühevoll und langsam, in den Schutz der Bucht zurückrudern. An einem regenlosen Tag gruben die Männer aus dem Dorf einen Kanal und zerrten das Schiff mit viel Geschrei ins Wasser und einige Dutzend Ellen weit zum Steg. Pentawer-Ptah zog zwei lange Taue vom Heck und knotete sie an den Stämmen der Pinien fest, die Fischer wuchteten den Ankerstein durchs flache Wasser und verfluchten dessen Kälte. Die Phaiaken wateten zum Ufer.

»Zufrieden?« sagte Malpos. Er starrte mit breitem Grinsen die lange Flanke des Schiffes an. »Wie mit dem Richtscheit gezogen, nicht wahr?«

»Es ist tatsächlich besser geworden als mein Schiff.« Pentawer fing das Tuch auf, das ihm Telegonos zuwarf. Jede Verbindung, jeder Nagel waren von ihm geprüft worden. »Aber es sieht ganz anders aus als euer Schiff.«

»Dein Schiff schwamm vielleicht lange, unseres schwimmt noch immer«, sagte Myndon ungerührt und schob die Hände in die Achseln. Er lachte. »Das aus vielen Teilen gemischte Schiff wird auch gut segeln.«

Die obere Kante des schwarzen Anstrichs sah vollkommen waagrecht aus dem Wasser hervor. Auch das Deck lag waagrecht, der Mast aus zwei Stämmen stützte sich auf dem hochgeschwungenen Bug ab, Tauwerk hing ins Wasser. Langsam hob und senkte sich der Rumpf in der winzigen Dünung, die in der Bucht auslief. Pentawer nickte und sagte:

»Ein Dutzend Seeleute brauchen wir. Vielleicht genügen auch zehn, oder acht. Wenn nur acht Männer rudern, bringen wir das Schiff kaum oder nur viel zu langsam von der Stelle.«

»Du hast Recht, Rômet«, sagte Ophian. »Aber wenn wir hier stehen und frieren, wird die Mannschaft nicht größer.«

Sie packten Tücher und Werkzeuge zusammen und rannten zum Palast. Wie an jedem Abend warteten heiße Bäder und Badesklaven auf die Männer; die Tische im Megaron waren voller Weinkrüge und köstlichem Essen.

4.
DIE SPUR DES VATERS

Wenige Atemzüge lang schwieg der Sturm, das Rauschen der Baumkronen erstarb; nur die schwere Brandung und das Ächzen einiger Dachbalken war zu hören, und dazwischen das Plätschern des Wassers an den Quellbecken. Spät nachts saßen sie beim Licht von Öllämpchen um das Kopfende des weißgescheuerten Tisches.

»Wenn ich König Alkinoos darum bitte, wird er uns helfen«, sagte Kirke. »Mit Ruderern und Seeleuten und einer Beschreibung des Weges, die besser sein wird als das, was ich weiß.«

Telegonos betrachtete die Umrisse, die Pentawer-Ptah mit einem Stück verkohlten Holzes auf die Tischplatte gezeichnet hatte. Die Flammen des Herdfeuers flackerten; der Wintersturm heulte ums Megaron und rüttelte an den Dächern. In unregelmäßigen Abständen prasselten Regengüsse durch den Rauchschacht in die Flammen und verdampften mit scharfem Zischen.

»Prinzessin Nausikaa, das weiß ich, hilft uns auch.« Telegonos sah zu, wie Malpos einen Fußumriß zeichnete, dessen Zehen von rechts auf ein Dreieck zielten. Myndon zeigte auf die schmalste Stelle, die Fessel des Fußes, und sagte:

»Scheria. Dreißigmal tausend große Schritte sind's von Ufer zu Ufer. Ich war damals noch klein: am östlichen Strand, sagen sie alle, hat das Schiff mit Odysseus abgelegt.«

»Dorthin segeln wir also zuerst«, meinte Pentawer. Kirke und Telegonos schüttelten die Köpfe. Zwischen dem Punkt, der Aiaia darstellen sollte, und der Enge zwischen den Zehen und dem Inseldreieck zeichnete Ophian einen Bergkegel. »Der Feuerberg.«

»Nein.«

»Warum nicht?« Pentawer füllte seine Phiale mit gemischtem Wein. Kirkes Fingernagel pochte auf das nördliche Ufer der dreieckigen Insel. Sie schloß die Augen. Halb träumerisch, halb geheimnisvoll sagte sie: »Wenn dein Schiff das Meer durchsegelt hat – die gleichen Worte sagte ich zu deinem Vater –, dorthin, wo schwarze Pappeln und die Weiden der verdorbenen Früchte sind, im Land der Kimmerier, siehst du flache Strände und den Hain der Persephoneia. Lande dort. Geht zum Haus des modrigen Hades. Dort münden im Felsgebirge zwei Flüsse ins dunkle Wasser des Acheron; der Priphlegeton – oder Phlegeton – und der Kokytos. Dort müßt ihr einen Bock und ein schwarzes Lamm opfern. Damit beschwört ihr die Toten; auch euch wird der blinde Seher Teiresias das Schicksal deuten.«

»Dort ging auch Odysseus an Land?«

»Er tat es.« Kirke zuckte zusammen, als der Sturm wieder einsetzte und losgerissene Ästchen gegen die Läden schmetterte. Ein krachender Schlag erschreckte sie; die Sklavin Aissa ging hinaus und fand auf den Steinen eine tote Eule; das Genick des Vogels war gebrochen. Kirke hob erschaudernd die Schultern. »Er erzählte davon bei Nausikaa und Alkinoos.«

Aus der Küche stanken heißes Öl und Wachs. Große Stoffvierecke, mit Schnüren an den Ecken, waren darin eingetaucht worden und trockneten tropfend. Kirke zeigte wieder auf das Land der Kimmerier, das Dreieck aus Kohlestrichen, und blickte dann herausfordernd in die Gesichter der Männer.

»Mit dem Wissen des Teiresias sollt ihr richtig umgehen. Fahrt zuerst gen Sonnenaufgang, nach Scheria. Legt dann bei gutem Boreas aus Nord ab und steuert zur Insel des Königs Aiolos. Er wird euch den Weg nach Ithake weisen.« Sie tunkte den Finger in den Wein und markierte den Weg mit einer blutroten Tropfenspur. »Nur wenn der Boreas kräftig ist, dürft ihr die Fahrt zwischen Skylla und Charybdis wagen.«

»Du hast schon immer, wenn du diese Namen genannt hast, vor Furcht nicht weitersprechen können, Mutter!«

»An einem sonnigen Tag, an dem es keine tote Eulen regnet, sage ich euch, was euch erwartet.« Kirke stützte sich schwer auf den Tisch und stand auf. »Dein Vater hat die Hälfte seiner Mannschaft verloren und ist den Ungeheuern gerade noch lebend entkommen. Ihr erfahrt alles.«

Sie nickte Pentawer zu, schlang den Mantel um die Schultern und verließ langsam das Megaron. Aus dem Gluthaufen wirbelte ein Funkenschauer auf und verschmolz dampfend mit dem Regen.

Das Wasser der Quelle sprudelte durch die Rinne in der Mauerkrone, lief in einen flachen Brunnentrog, von dort in ein tiefes Becken aus Stein, bis zu dessen Boden schmale Stufen führten. Das überlaufende Wasser wurde im Kräutergarten verteilt. Eine Steinsäule stützte das weit vorspringende Dach, aus den Baumkronen fielen einzelne Tropfen auf den Steinboden. Pentawer-Ptah beobachtete Kirke; er saß auf dem Rand des Troges und sah zu, wie sie Kräuter in einen bräunlichen Teig einknetete, die sie zuvor im Mörser fein zerstoßen hatte. Aissa und Darkes hatten das Feuer des offenen Herdes und des Brotofens geschürt, der wie ein Bienenkorb aussah, ähnlich den Kupferöfen in Pentawers Heimat. Kirke formte runde Kuchen und schnitt aus dem Teig halb handgroße Würfel; sie summte und murmelte unverständliche Worte und vollführte seltsame Gesten. Es schienen Beschwörungen zu sein. Schweiß glänzte auf Kirkes Gesicht, sie hielt die Augen halb geschlossen, ihr Mund zeigte einen grausamen Ausdruck. Sie trug den kleineren der Mäntel, an denen sie gewebt und gestickt hatte. Die breiten Säume zeigten kämpfende und spielende Frauen und Männer, Kentauren, Delphinoi und Götterbilder, Helios' Sonnenwagen und andere Gestalten, deren Bedeutung Pentawer nicht kannte. Aus einem Dutzend Schalen an den Wänden, zwischen bemalten Eiern und dicken Zöpfen trocknender Früchte und Zwiebeln, schwelte weißer Rauch, der zum Feuer zog und im Luftstrom aufstieg, von einem Windstoß zu Pentawer gewirbelt wurde. Kirke schob kupferne Platten voller Kuchen in den Ofen und verschloß ihn mit einem Lehmbrocken. Langsam drehte sie sich um, ging auf Pentawer zu und sagte:

»Die Opferkuchen, die ich verbrennen werde, wenn ihr ablegt. Alle Götter sollen Telegonos und dich schützen.«

Sie wischte den Schweiß vom Gesicht und schüttelte sich, als ob sie fröre, tauchte ihre Arme ins Wasser und reinigte sie sorgfältig. Plötzlich hörten die Harzkörner und Kräuter in den Schalen zu schwelen auf, die ausgestopften Vögel zwitscherten und schlugen mit den Flügeln; der letzte Rauch brodelte durcheinander. Im Süden der Insel schlugen Blitze ins Meer. Donnerschläge fuhren über die entlaubten Wipfel. Pentawer stand unschlüssig auf; er glaubte abermals, Zeuge eines Geschehens zu sein, das er nicht verstand. Das Licht änderte langsam die Färbung, legte sich wie kaltes Blau über den Palast und den Garten. Die Säule und der Baumstamm schoben sich auseinander, der Boden bebte, und lautlos entfernten sich alle Dinge der Umgebung von Pentawer. Es dunkelte rasch, die Wolken sackten herab, jeder Grashalm schien dichten blauen Nebel auszustoßen. Plötzlich schwebte Pentawer über den Baumwipfeln. Schwarze Vögel flogen lautlos neben ihm her. Er war starr vor Schrecken, versuchte die Arme auszubreiten, sah das Meer mit Millionen grauer, schaumgekrönter Wellen und in rasender Aufeinanderfolge verwirrende Bilder: Buchten, Steilküsten, Wracks, den Hafen Menefru-Mirês, furchtbare Sturmwogen; eine flammende grüne Sonne raste über den Himmel, und purpurne Schatten beschrieben, wachsend und schrumpfend, Halbkreise auf Wasser und Land. Einmal glaubte er das namenlose Schiff zu sehen, das sich durch das Meer eines heulenden Tagessturms kämpfte, sah Meeresungeheuer, galoppierende Kentauren, ein Frauenhaupt mit Haar aus hundert kleinen Schlangen, die sich schillernd umeinander wanden, und Telegonos, der auf einem Tümmler ritt und mit einer Lanze zielte, deren Spitze aus einem Fischstachel bestand. Die Sonne versank, die Wolken, durch die Pentawer erschreckend lautlos fiel, schwärzten sich; er saß wieder auf dem Brunnenrand. Mühsam erfaßte er, daß er sich nicht gerührt, sich in Wirklichkeit nichts verändert hatte. Kirke legte die Hände auf seine Schultern und flüsterte:

»Erschrick nicht, Pentau. Es ist guter Zauber. Die Götter wollen, daß man ihnen opfert. Jedes Opfer muß lange vorbereitet sein.«

Er nickte, verwirrt, hörte den schmetternden Donner und sagte: »Was hast du mir zeigen wollen? Diese beiden Türen, Nebit, aus Horn und Elfenbein, die Traumtüren – was bedeuten sie?«

Sie setzte sich neben ihn und sagte leise: »Durch die Türen tritt vieles von dem, was euch erwartet: Durch die elfenbeinerne dringen die falschen Träume. Die prophetischen und wahren Träume und Gesichte schweben durch die Tür aus Horn.«

»Was hat dieser Unterschied für unsere Fahrt zu bedeuten?«

»Wenn ich vom Schiff, von dir und Telegonos träume, so sind es immer Horntüren-Träume.«

»Deswegen dein verkrampftes Gesicht und die Opferbrote?«

Sie schlossen, von den Blitzen geblendet, die Augen. Der Donnerschlag hallte lange nach; Kirke nickte und flüsterte:

»Und deswegen auch das große Opfer, wenn ihr aus der Bucht segelt.« Sie starrte das nasse Laub und die Piniennadeln vor ihren Zehen an. »Es mag sein, daß von den streitenden Göttern nur einer überlebt. Dann opfern wir dem neuen Zeus und bitten ihn um Schutz.«

Nach vier Ausfahrten, von denen jede doppelt so lang war wie die vorhergehende, hatten sie das Schiff wieder hoch und trocken auf dem Strand gelagert: Die Winterstürme konnten ihm nichts anhaben. Das ölige, gewachste Leinen hielt den Regen aus dem Rumpf fern. Pentawer und die phaiakischen

Baumeister waren zufrieden, Telegonos fieberte dem Tag entgegen, an dem die fünf sicheren Schiffahrts-Monde begannen. Noch gab es keine Frühlingszeichen, obwohl die Sonne sich jeden Tag weiter östlich aus dem Meer hob oder aus Regenwolken kroch. Kirke ging zum Ofen, lockerte den dampfenden Brocken und prüfte das Backwerk. Betäubender Geruch breitete sich aus.

»Eine halbe Stunde noch«, rief sie. »Das Gewitter kommt näher. Gehen wir ins Megaron.«

Als der Wind den Regen unter das Dach peitschte, gingen sie zum Feuer. Kirke öffnete den Ofen und zog die Brote heraus, schob sie zum Auskühlen auf die Tischplatte; Pentawer sah ihr schweigend zu und folgte ihr. Die Gestalten der Mantelsäume schienen zu laufen, zu kämpfen, zu fliegen und unhörbar zur Leier zu singen.

Erst in der Nacht, an Kirkes Seite, in der furchtbaren Einsamkeit der Schlaflosigkeit, fügten sich Bilder und Gespräche zu begreifbaren Einzelheiten zusammen. Seit mehr als sechs Monden lebte Pentawer-Ptah auf Aiaia, ebenso lange war er Kirkes Geliebter, und länger als vier Monde war sein Verstand den verstörenden Erlebnissen von Kirkes zauberischem Wirken ausgesetzt. Die alterslose Zauberin war die schönste und leidenschaftlichste Geliebte; die Fürstin aller Frauen, die er je am Hapi, in den Häfen und damals, als er auf Keftiu ein halbes Jahr mit gebrochenem Bein lag, besessen hatte. Aber er besaß Kirke nicht; sie besaß ihn, wie die Insel und den Gehorsam Telegonos'. Er stand behutsam auf, füllte im Licht eines vergoldeten Kupferlämpchens seinen Becher und betrachtete, am kalt gewordenen Würzwein nippend, die Schlafende.

Die sanften Wellen des Haares, das ebenmäßige Gesicht über dem faltenlosen Hals, die Brüste und die Wölbung ihrer Hüfte über den schlanken Schenkeln; Kirke war einzigartig, fast unwirklich; Tochter eines Gottes. Sie war viel mehr, als Pentawer kannte, und mehr, als er aushalten konnte. Nie würde es in seinem Leben eine Frau geben, die ihr gleichkam, niemals wieder; dennoch zählte er die Tage seit der Sonnenwende. Trotz zahlloser Nachtgespräche, die er nicht einmal mit klugen Männern hätte führen können, trotz allen Wissens, das er an Kirkes Seite erfahren hatte: er war froh, in vier oder fünf Zehntagen den Ankerstein an Deck ziehen und die Landtrossen einholen lassen zu können. Bis dahin: Waffen- und Kampfübungen mit Telegonos, Listen der Waren und Ausrüstung und Beschreibungen unbekannter Meeresflächen und Küsten.

Er streckte sich neben Kirke aus und stellte den Becher ans Bett. Sie murmelte im Schlaf und streckte den Arm nach ihm aus; hinter den schweren Wollvorhängen färbte sich der Morgenhimmel.

Die erste Blüte des gelben Ginsters war vergangen, jedes Gewächs auf der Insel zeigte neuen Wuchs in hellem Grün. Grüne Ränder mit Stickerei aus Silberfäden säumten den zweiten Mantel, als ihn Kirke vom Webrahmen nahm. Tagsüber zogen Vogelschwärme nordwärts, das Wasser der Bucht hatte die winterliche Kälte verloren, Rinder, Ziegen und Schafe warfen Junge, und unzählige brütende Vögel flatterten lärmend in den Zweigen. Unruhe hatte auch die phaiakischen Seeleute erfaßt; seit Tagen wehte feuchter, warmer Notos aus dem Süden, von der Insel der Kimmerier. Telegonos und Pentawer-Ptah fingen an, das Schiff auszurüsten: Werkzeuge, Waffen, Truhen voller Tücher, wertvolle Geschenke, weich verpackt, Decken, Salbenkrüge, Binden und Becher. Seilbündel unterschiedlicher Dicke und Länge hingen an Haken der Bordwand, in ledernen Beuteln waren Bronzenadeln, Fäden und Flecken von gewachstem Stoff.

»Gebt ihr Phaiaken euren Schiffen auch Namen, so wie wir am Hapi?« Pentawer sprang in den Sand. Das Schiff lag mit dem Heck auf dem Strand, beide Ruder hochgezogen. »Einen Götternamen? Oder einen anderen, der unseren Stolz zeigt?«

Ophian zog die Schultern hoch und grinste.

»Es ist nicht Brauch, Pentau. Nur die *Argo* bekam damals,

vor Jahrhunderten, den Namen ihres Baumeisters Argos. Sollen wir das Schiff ›Pentawer‹ nennen?«

»Nein! Bei Amûn! Vielleicht ... Kirke?«

»Abwarten! Wir finden sicherlich einen feinen Grund für einen Namen.«

Die Mittagssonne stach auf ihre Köpfe und Schultern, der Duft unzähliger Blüten lag über dem Wasser. Trotz des Südwindes: Die Stunde des endgültigen Ablegens kam näher. Telegonos schleppte zwei schlanke Pithoi den Pfad herunter, stapfte durch den nassen Sand und rief:

»Noch mehr Honig! Für unsere Aufgüsse und den heißen Sud.«

»Schaff ihn ins Schiff«, sagte Pentawer. »Kessel und Dreifuß hab' ich oben geputzt und neben den Pfad gestellt, neben die Säcke mit der Holzkohle und die Nüsse.«

Der Palastälteste beaufsichtigte vier Sklaven, die aus Treibholzabfällen und Steinen den würfelförmigen Altar Kirkes aufrichteten, dicht an der Flutmarke und zwischen zwei alten Pinien. Zwei Handbreit hohe Wellen spielten um den Bug und den Kiel des Schiffes; warum, dachte Pentawer-Ptah, nennen wir sie nicht die *Namenlose*, ähnlich wie sich Telegonos' Vater als *Niemand* bezeichnet hatte? Er zuckte mit den Schultern und folgte dem Phaiaken zum Pfad.

Acht Dienerinnen begleiteten Kirke, als sie zum Strand herunterkam. Sie trugen metallene Krüge und bronzene Fackelschäfte, mit Öl gefüllt; am oberen Ende, aus gehämmerten Schalen, loderten unterarmlange Flammen. Pentawer lehnte am Heck und fröstelte trotz des wollenen Chitons, als Kirke den Strand betrat. Unter dem prächtigen Mantel schien sie nackt zu sein. Ihr Gesicht war starr, in sich gekehrt; als Pentawer die gewundenen und mäandernden Linien auf ihrer Haut sah, preßte er die Handflächen gegen das kühle Holz der Planken.

Der Ankerstein steckte in der Vertiefung im Bug, neben dem Käfig, in dem ein junger Bock und ein Lämmchen angebunden waren. Ein durchhängendes Tau verband den Bug mit dem dicksten Pfosten des Steges. Im Heck brannte hinter dem Schirm aus gewachster Leinwand ein Ölflämmchen; vielleicht drei Dutzend andere Lampen waren auf dem Strand verteilt und bildeten mit den blakenden Fackelflammen einen unregelmäßigen Kreis. Am Fuß des Altars, die Läufe paarweise zusammengebunden, lagen ein schwarzes Ziegenböckchen und ein weißes Lämmchen. In Käfigen aus Riedgeflecht hüpften angstvoll zwitschernde Vögel durcheinander; um den Würfel war ein Holzstoß geschichtet. Es mochten zwanzig Dutzend Inselbewohner sein, die in achtungsvoller Entfernung den Altar umstanden. Das Rauschen des Boreas in den Baumkronen und die gluckernden Wellen waren die einzigen Geräusche. In Pentawers Magen bildete sich ein harter Knoten: Jene Gestalt, die sich den Mantel abnehmen ließ, war ihm plötzlich vollkommen fremd, obwohl sie nachts schwitzend unter ihm gekeucht hatte.

Kirke, Schwester eines legendären Königs Aiëtes, trug Ringe, breite Goldbänder an den Gelenken. Das Haar war mit Öl an den Schädel geklebt und lief in einem Zopf aus; der Körper war dicht bedeckt mit Linien und Schnörkeln der kleinen Henna-Punkte. Kirkes Lippen bewegten sich, die Augen waren halb geschlossen, an goldenen Ketten hingen drei Messerscheiden von ihrem Hals. Pentawer begriff ebensowenig wie die Mannschaft, die sich enger an ihn drängte. Vor dem Altar hob Kirke die Arme und rief:

»Großer Zeus! Vater Helios, Allessehender! Blauhaariger Poseidon! Boreas, Herrscher der Winde! Wir sind zusammengekommen, euch zu opfern und euch anzuflehen.«

Iola faltete den Mantel zusammen und trat beiseite. Kirkes Schmuck klirrte, ihre Stimme war durchdringend, frei von jeder Erregtheit. Sie nahm die schwere Kette ab, zog den Dolch mit der halbmondförmigen Schneide und ließ das Gehänge fallen. Polyxena hob es auf.

»Wir opfern Honig, Wein, Öl und ausgewähltes Rauchkraut, o ihr Götter, und wir bringen ein Blutopfer dar: Euer Orakel soll den Tapferen des Schiffes zeigen, daß sie unter dem Schutz der Olympier stehen!«

Die gelbkehligen Vögel in den Käfigen zeterten und kreischten. Kirkes Anrufungen scheuchten Möwen auf, die mit greinendem Geschrei durch die Scheibe des Vollmondes näher segelten. Pentawers Haut wurde rauh wie Sandstein. Darkes zündete mit vier Fackeln die Ecken des Altars an, Kirke goß Öl in die hochkletternden Flämmchen. Wieder hallten Teile ihrer Worte vom Buchtsaum als Echos zurück.

»Bis zum Strand Ithakes soll das Schiff diesen Namen tragen: *Die Namenlose.*« Kirke hob den Dolch, zeigte ihn den schweigenden Menschen, bückte sich und packte den schwarzen Bock, dessen Schnauze mit einem weißen Band umwunden war. »Erst dann sollen Telegonos und sein Vater ihm einen Namen geben, der das Schiff sicher durch Telepylos, das Tor zum Okeanos bringt. Seht, ihr Götter, das Opfer. Nehmt es gnädig und freudig an!«

Sie hob den Kopf des Bockes, die Schneide glitt scheinbar mühelos durch die Kehle; das kleine Herz pumpte einen Blutstrom über das Lämmchen, den Altar, Kirkes Bauch und ihre Schenkel. Ein zweiter Schnitt öffnete den Bauch vom Brustbein bis zwischen die wild zuckenden Hinterläufe. Die Eingeweide glitten in den blutigen Sand, in den Flammen dampfte das Blut und kochte blasig. Darkes nahm den Dolch aus Kirkes Hand, zertrennte das Gedärm und schnitt die Gliedmaßen vom Körper des Opfertieres. Skione hob den Golddeckel von einem Krug, Kirke griff hinein und streute drei Handvoll Kräuter in das Feuer.

»Das Herz zuckt voll Kraft, Herrin!« Darkes sprach mit einer Ruhe, die Pentawer erschreckte. »Die Leber ist fest, gesund und liegt an der richtigen Stelle.«

»O ihr Götter! Dann ist es gut.« Aus dem Rauch der schwelenden Kräuter und des Harzmehles bildeten sich Wölkchen, Gesichter, Schädel von Fischen und unbekannten Tieren; schließlich ein langsam zerreißendes Segel und ein Schiffsbug. Im Schutz des Buchtwaldes zog der Rauch senkrecht hoch, dann trieb ihn Nordwind in einer dicken Säule zum anderen Ufer. Kirke ließ die schmalere Kette fallen und hielt das zweite

Messer in den blutigen Fingern; wieder war ihre Stimme wie eine Nadel. Im Feuer, auf der Fläche des Altars verbrannten Fell und Fleisch des Opfertieres. Grausiger Gestank breitete sich aus. Kirke schob mit dem Fuß die schillernden Eingeweide zur Seite und stemmte ohne sichtbare Anstrengung das Lamm hoch, dessen Läufe und Schnauze mit Lederriemen umschnürt waren.

»Pentawer-Ptah aus dem Land am Neilos, der Kirkes Vertrauen hat, wird das Schiff führen, als gelte es sein eigenes Leben; er wird meinen Sohn schützen und ihn lehren, was er wissen muß. Helft ihm, o Götter, seid ihm ebenso wohlgesonnen wie mir, Telegonos und der Mannschaft der *Namenlosen.*«

In der zungenförmigen, tief gekerbten Schneide funkelte der Widerschein des Feuers. Das Blut aus der Kehle und der klaffenden Bauchhöhle sprudelte über Kirkes Schulter und Brüste. Sie warf Darkes das Messer zu und ließ goldene Honigfäden auf die schmorenden Reste des Böckchens herablaufen. Skione verschloß den Krug und trat zur Seite. Wieder hörte man Darkes' beruhigend tiefe Stimme:

»Auch die Leber des Lammes ist prall und an der richtigen Stelle, und das Herz zuckt und pocht.«

Der Rauch war dichter geworden und drehte sich schräg aufwärts, nach Süden. Krachend sackten die Steinplatten eine Handbreit tiefer. Das Holz unter der Altarfläche war verglüht, Funken mischten sich in den Rauch, als das Lamm zerteilt und in die weiße Glut gelegt wurde. Tarbene näherte sich langsam dem Turm aus Vogelkäfigen, verdeckte den Lichtschein, und das Vogelgeschrei wurde weniger durchdringend.

»Ich spüre, o Vater, der alles sieht unter dem Pfad seines Sonnenwagens, daß die Götter das Opfer annehmen. Die fünf Monde, in denen dein Reich sicher zu besegeln ist, o Blauhaariger, haben begonnen, Boreas schickt mir guten Wind, und ich danke euch im Namen meines Sohnes und eurer Orakel, Träume und Gesichte – ihr werdet nicht zulassen, daß Aiaia untergeht.«

Sie streifte die dünne Kette vom Hals, zog das fingerlange

Messerchen und stach mit der goldenen Nadelspitze in die Kuppen der drei mittleren Finger ihrer Rechten. Langsam näherte sie sich der Mannschaft, die in einer Reihe vor dem Schiff stand. Vor Telegonos blieb sie stehen und sagte leise:

»Blut einer Halbgöttin, Sohn; ich hab' geblutet, als ich dich zur Welt brachte. Ich will immer bei dir sein, bei euch allen. Nehmt es als mein Opfer, als mein Siegel.«

Sie berührte Telegonos' Stirn. Ihre Finger hinterließen drei runde Blutmale. Tarbene öffnete die hölzernen Riegel der Käfige; zugleich mit dem Opferrauch entwichen Hunderte kleiner Vögel, gellend und kreischend, in die dunkle Luft über der Bucht, zerstreuten sich in alle Richtungen. Als Kirke vor Pentawer stand und die Hand hob, flüsterte sie: »Komm zurück, Pentau, ich bitt' dich: dich wird eine unsterbliche Halbgöttin mehr und leidenschaftlicher lieben als je zuvor.«

Pentawer hielt ihr Handgelenk fest, nachdem er das Blut auf seiner Stirn spürte. Er nickte und sagte leise:

»In vielen Nächten hab' ich es dir geschworen, Nebit. Ich werde tun, was ich vermag. Ich bin nur ein Kapitän, kein Halbgott. Du weißt es. Hilf mir, wenn wir in Gefahr sind.«

»Das wiederum habe ich geschworen.«

Ophian, Myndon und Malpos wurden mit Blutstropfen gezeichnet, ebenso »Achtzahn« Alkias, Norax, der »Nautes«, Mys, die »Maus« Arneios mit dem weißen Haar, und Kalos, »der Kranke«; vier Fischer, die »Ruderer« des Schiffes. Obwohl sie aus drei Familien stammten, schienen sie Pentawer wie verschieden alte, braunäugige Brüder, fast wie Vierlinge. Kirke ging zum glühenden Würfel zurück, dessen Kanten zerfielen, nahm aus Aissas Händen den Weinpithos und löschte das Opferfeuer mit hellem, rotem Wein, der zischend in einer Wolke verdampfte. Die Zauberin breitete die Arme aus, vom Hals bis zu den Zehen von gerinnendem Blut bedeckt.

»Nimm den Mantel, Telegonos«, sagte sie. Ihre Brüste zitterten. »Dein Vater wird erkennen, daß keine andere als ich ihn gewebt und gestickt hat.«

Iola verbeugte sich vor Telegonos und reichte ihm das schwere, gefaltete Kleidungsstück, Telegonos legte ihn über seine Schulter. Kirke hob den rechten Arm und deutete auf die *Namenlose.* Aus den Achselhöhlen rann Schweiß und vermischte sich mit Hennapünktchen und Blut.

»Geht an Bord, meine Freunde. Ihr von Aiaia: helft ihnen. Nun werden wir fünf Monde warten, oder vierzehn, fünfzehn ... oder länger. Legt ab, rudert, segelt – wir denken Tag und Nacht an euch!«

Pentawer nickte Telegonos zu. »An Deck, Steuermann!«

Sie kletterten ohne Hast die Strickleiter hinauf. Alles war längst abgesprochen: Kalos, Arneios, Norax, Achtzahn und die Phaiaken lösten die Taue, setzten die Riemen ein, stimmten sich ab; Ophian gab den Takt an. Zwei Dutzend Aiaianer schoben das Heck durch den knirschenden Sand. Telegonos und Pentawer lösten die Seilknoten und kippten die Ruder ins Wasser. Langsam wurde das Schiff zur Mitte der Bucht gerudert. Pentawer bewegte prüfend die Pinne des Steuerbordruders und drehte sich um. Kirke stand im flakkernden Schein der zusammensackenden Glut und der vielen Fackelflammen bis zu den Knöcheln im Wasser. Sie sah aus wie eine blutübergossene Statue. Eine Möwe näherte sich in kleinen Sprüngen den Gedärmen der Opfertiere und stieß einen klagenden Schrei aus. Die *Namenlose* wurde schneller, verließ die Bucht und fuhr auf eine Gruppe schwach leuchtender Sterne zu, die bald verschwinden würden: Dort, wo sie zu sehen waren, hoben sich die Schädel der vier Rosse nach der Morgenröte aus dem Meer. In einem weiten Bogen fuhr das Schiff nach Süd, die Rah wurde hochgezogen, die klappernden Riemen an der Bordwand festgezurrt; vor vierundvierzig Tagen waren Nächte und Tage gleich lang gewesen. Boreas wehte gleichmäßig und kraftvoll, und als Ophian den Krug und neun Becher zum Heck brachte und einschenkte, spürte Pentawer-Ptah zum ersten Mal wieder bewußt die Bewegungen eines Schiffes unter sich, den Wind in seinem Rücken, und er hörte Tauwerk und Holz leise knarren. Er träufelte das Opfer für den unbekannten Poseidon, für Geb, Nut und Schu, über die Bordwand, hob den Becher und lachte leise, fast verzweifelt, bevor er trank.

5.
DIE SPIEGEL DES TEIRESIAS

Die Fischer spien sich zwischen Sonnenaufgang und Mittag, trotz oder gerade wegen des ungemischten Weines, das Herz aus dem Leib. Mys-Arneios, der Linkshänder, erholte sich als erster; erst nach Mittag hörte Nautes zu würgen und zu zittern auf. Er klammerte sich, die Augen geschlossen, an die Bronzescheibe, ein Fischzeichen, das er um den Hals trug, als könne es die Übelkeit vertreiben. Oktodus-Achtzahn schien das Schwanken und Stoßen des Schiffes wenig auszumachen, aber sein Haar und sein Bart waren schweißnaß.

Pentawer bemitleidete sie ein wenig, die Phaiaken lachten nicht über die Opfer der Übelkeit. In der Nacht und im ersten Morgengrau war die Insel an Steuerbord vorbeigezogen; vor einer Stunde war sie nur noch ein Schemen im Norden. Langsam löste sich Pentawer aus dem Bann der nächtlichen Bilder: Rê-Harachtes Gestirn loderte vom wolkenlosen Himmel, und die Sonnenhitze, die längst alle Feuchtigkeit aus den Planken gesogen hatte, sickerte durch seine ölige Haut tief in sein Inneres und half, nicht länger an Vergangenes zu denken. Pentawer bezweifelte, daß er Aiaia und Kirke jemals wiedersehen würde. Er wandte sich an Myndon und Malpos, die im Schatten der Bordwand dösten.

»Würde es euch umbringen, o Aristoi von Scheria, wenn ihr

uns jetzt ablöst? Es ist nicht der Kiel, der knarrt und knurrt: Es ist mein Magen.«

Malpos zog sich grinsend in die Höhe. »Wäre nicht nötig, Kapitän vom Strom. Die *Namenlose* steuert sich von selbst. Oder mißtraust du deinen Splittern und Spänen?«

Pentawer übergab die Steuerbordpinne, spuckte in die Handflächen und tat, als wolle er die Hände waschen. »Seit ich auf den Planken stehe, mißtraue ich selbst den Fischen. Ich hab zusehen müssen, wie mein Schiff mit jeder dritten Welle kleiner wurde.«

»Wird mit der *Namenlosen* nicht geschehen. Phaiaken-Arbeit! Los, schmier dich mit Öl ein, sonst schläfst du heut nacht im Stehen.«

Telegonos und Pentawer untersuchten das Schiff vom Bugholz bis zum Raum unter den Heckplanken. Nicht ein Tropfen Wasser war durch die Fugen eingedrungen! Mys und Kalos schliefen auf der Ladung. Telegonos verstrich Kräuteröl auf Pentawers Rücken, ließ sich von Pentawer helfen, dann öffneten sie Kirkes großen Korb aus Weidengeflecht und teilten Essen aus. Pentawer riß ein Fladenbrot auseinander und wikkelte es um eine Scheibe Hirschbraten mit Speckstreifen.

»Du hast gar nichts zu unseren vier Ruderern gesagt, Käpten.«

»Ich hab' auch zu dir nichts gesagt.« Pentawer sprach undeutlich und spuckte einen Knorpel aus. »Man lernt nicht alles an einem Tag. Sie haben gut gerudert. Die drei, die sich von selbst ums Segel kümmern, mach ich zur Segelmannschaft. Manchmal muß es blitzschnell gehen.«

»Hab' ich richtig gesteuert?«

»Meistens.« Telegonos war bemüht, sich dem Meer, dem Schiff und der Mannschaft anzupassen. Er wußte, daß ihn Pentau beobachtete; vielleicht merkte er, daß es einen Palast-Aristos und einen lernbegierigen Nautes gab. Der Kapitän sagte:

»Ehe beim Segeln vor dem Wind der Druck auf den Seiten der Ruderblätter zu groß wird, mußt du nachgeben. Sonst bist du nach einem halben Tag ganz tot vor Erschöpfung. Innerhalb der meisten Wellen findet das Schiff seinen Weg selbst. Ich fang' schon an zu fluchen, wenn's gefährlich wird.«

»Zeigst du's mir morgen? Oder heut nacht? Wann sehen wir das Land der Kimmerier?«

»Bei diesem Boreas? Morgen um die gleiche Zeit. Noch etwas, Sohn der Kirke!« Pentawer füllte die Becher mit kaltem Sud. »Es gibt auf jedem Schiff nur einen Kapitän. Auf der *Namenlosen* bin ich es; an Land halten wir es anders. Wenn es darum geht, das Schiff oder einen Mann zu retten, befiehlt der Kapitän. Ich also. Ob wir früher essen oder schlafen, wer wen wann ablöst – unwichtig. Aber wenn ich brülle: ›Runter mit der Rah!‹, dann will ich keinen bedächtigen Wortwechsel. Jeder gehorcht sofort. Hast du das verstanden?«

»Wenn ich einmal Kapitän bin, irgendwann, halte ich es ebenso.«

»Recht gesprochen, Telegon! Ich hoffe, wir segeln gefahrenlos. Aber –«, er leerte den Becher, »– ich weiß, daß wir schon in einer Stunde um unser Leben kämpfen müßten, wenn Wind, Wetter, Sturm oder Untiefen es wollen. Nichts ist unbeständiger als ein guter Tag auf dem Meer.«

»Du hast es oft genug gesagt. Ophian und Käpten Nysos sind der gleichen Meinung. Mein Wort darauf: ich gehorche sofort.«

Pentawer murmelte: »Leider kenne ich nicht die göttliche Wahrheit. Auch der beste Kapitän kann sich einmal zu oft irren. Ich weiß, wovon ich rede.«

Telegonos starrte ihn an, voller Besorgnis; dann zuckte er mit den Schultern.

Mittnacht und gleichmäßiger Boreas: Der durstige Frühlingsmond trank Sternenlicht und schwoll unmerklich langsam. Bis auf Ophian, Telegonos und Pentawer schliefen alle. Das Schiff hob und senkte sich in der weiten, sanften Dünung, die Bugwelle rauschte, mitunter schlugen Wellen hart gegen die Planken. Die Heckspur verlor sich mit dünnen Gischträndern in der Schwärze. Wie eine Myriade gekrümmter Klingen bildete der Widerschein des Mondlichts eine Gasse zum Horizont. Pentawer hatte sich seit dem Aufwachen mit Fragen und Gedanken herumgeschlagen, auf die er wahrscheinlich keine zufriedenstellenden Antworten erhielt; die gleichen Fragen hatte er sicherlich oft genug auf Kirkes Lager gestellt. Schweigend hörte Telegonos zu.

»Wir haben unsere Götter«, sagte Pentawer leise. »Bei Amûn! Es sind nicht wenige. Ihr habt eure: auch eine Familie von erschreckender Vielzahl. So weit, so gut – aber noch nie hat ein Rômet den Eingang zur Unterwelt gefunden. Unsere ist viel reichhaltiger und schwerer zu finden und zu betreten als eure – solange man lebt. Beschimpft mich nicht – ich rede in aller Ehrfürchtigkeit.«

»Ehrfurcht heißt's. Was willst du wissen, Neilossegler?« sagte Ophian brummig.

»Um Mittag herum sind wir am Ufer der Kimmerier. Bis wir die Lagune zwischen beiden Flußmündungen gefunden haben, ist es Nachmittag oder Abend, vielleicht sogar Morgen.« Das Quellwasser aus dem Schlauch schmeckte schwach nach Würzwein. »Werden wir anlegen, opfern, allen schattenhaften Seelen abwehren, vom Blut zu trinken, bis der blinde Weise erscheint? Werden wir es erleben oder nur träumen? Sag's mir, Ophian. Du bist der Erfahrenere.«

Ophian starrte einige Atemzüge lang den Mond an, legte die Hand auf Telegonos' Schulter und sagte zögernd:

»Du stichst, o Freund Pentau, die Dolchspitze in eine kaum verschorfte Wunde. Sieh! Wie selten vermögen wir Sterblichen zu unterscheiden, ob wir einen Gott sehen oder glauben, ihn zu sehen. Hören wir im heißen, mittäglichen Hain ein Wispern? Sind's Grillen? Flüstern Ameisen? Wir hören's; hat ein Gott zu uns gesprochen oder glauben wir, daß einer sprach? Kam die Rede durch die elfenbeinerne oder hürnerne Tür zu uns? Was tun wir, wenn wir glauben, etwas zu sehen? Sehen wir es wirklich? Sehe ich, daß Telegonos mir einen vollen Becher bringt?«

Telegonos stand mit schiefem Grinsen auf und murmelte: »Gleich siehst du es.«

»Ohne unangemessenen Scherz, o Rômet: Das Leben ist leichter, wenn wir Bilder und Stimmen, die wir sehen und hören, auch glauben. Denn daß sich Götter auf mannigfache Weise zeigen und äußern – das steht wohl außer Zweifel.«

»Ganz außer Zweifel.« Das Klappern der Becher weckte niemanden. »Wir werden die Seelen, das Ka, eurer Helden und des Teiresias sehen? Sie sprechen? Trinken wirkliches Blut? Werden sie uns wirklich Ratschläge geben, und bringen wir uns in Gefahr, wenn wir den Rat nicht befolgen?«

Telegonos brachte Wein, der mit weniger Wasser als sonst gemischt war. Bevor Ophian antwortete, sagte er:

»Wir sind im Palast Kirkes und in seiner Umgebung mit Wundern, Gesichten, Bildern und Unerklärbarem reichlich verwöhnt worden. Was glaubst du, Ophian, nach allem, was du erlebt hast?«

Ophian lachte. »Klare Antwort. Wir glauben, also ist es. So halten wir es mit dem Herrscher der Wellen, mit Teiresias und allem anderen. Schlägt der Blitz in einen Baum, brennt er: Gleichgültig, ob du glaubst, Zeus hat den Donnerkeil geschleudert. Zeus ist Zeus, Blitz bleibt Blitz; den Ei-Stein in der Mastspitze hat ein Rômetkapitän gefunden und festgebunden.«

»So ist es«, sagte Pentawer. »Wir reden mehr darüber, wenn wir den meereskranken Schafen die Hälse durchgeschnitten haben.«

Ophian grinste nicht, als er antwortete: »Ich weiß es seit sechs quälend langen Monden. Du bist ein kluger Kapitän, Gevatter Pentau.«

»Nach meiner sechsten oder siebenten Landung in Djedan am Zederngebirge, ich erinnere mich, hab' ich lange mit einem weißbärtigen Gublakapitän geredet; in einer grauenhaft trunkenen Nacht, die mittags im Badehaus geendet hat. Bosqar – oder war es Bomilqar? – hat gesagt: ›Du scheinst nichts zu vergessen. Was du weißt, wendest du an, ohne nachzudenken; du ergänzt Uferbilder durch Sterne, Strömungen vergleichst du mit Quellenbuchten, Strände mit Ahnungen, vergißt keine Landmarke, auch wenn du sie nur aus Berichten kennst. Wenn dich das Große Grüne nicht bald umbringt, wirst du ein guter Kapitän werden – schade, daß du nicht auf eigene Rechnung segelst.« Pentawer lachte bewundernd. »Beim kahlen Baal – war uns damals übel!«

Pentawer schwelgte in der Erinnerung, betrachtete die Küste, verglich sie mit allen Landmarken und zuckte mit den Schultern. Er sagte scharf:

»Nach Steuerbord. Jetzt gleich, mit Boreas. Sonst müssen wir tagelang rudern.«

»Bist du sicher, Käpten?« Myndon stemmte sich gegen die Pinne. Pentawer zog die Steuerbordpinne zu sich heran und nickte.

»Ich bin sicher. Noch drei Stunden.«

Im Inneren des »Gaues der kimmerischen Männer« ragten hohe, bewaldete Berge auf. Kirke hatte die Zeichnung der dreieckigen Insel bestätigt und den Finger auf die westliche Hälfte der Nordküste gelegt; jetzt zeigten sich nebeneinander felsige Abschnitte und wenige Strände aus hellem Sand, so weit die Männer sehen konnten. Ophian hatte den schärfsten Blick und war zweimal zu den flatternden Bändern am Mast hinaufgeklettert und hatte die Küste beobachtet. In weitem Bogen, noch immer mit prallem Segel, steuerten Pentawer und Myndon die *Namenlose* nach Südwesten. Die Tiere im Käfig blökten jämmerlich, obwohl sie gefressen und gesoffen hatten. Nautes und Mys bereiteten vor dem Mast das Essen. Am linken Rand des Segels vorbei beobachtete Telegonos den fernen Saum der Brandung, die an braunen Felsen zerstäubte. Nicht eine Rauchsäule war zu sehen. Kalos wuchtete zwei Bündel Waffen aufs Deck und rief:

»Herrin Kirke hat befohlen, daß ihr Teiresias mit gezogenem Schwert entgegentreten sollt? Und den durstigen Seelen auch?«

»Das hat sie gesagt.« Telegonos rieb sich die Augen. Die Sonne stand hoch im Süden über der Insel. »Wir sollten erst einmal die Flußmündungen finden. Ich starre, bis mir die Tränen kommen – wo ist die Mündung des Pyriphlegeton? Oder des Phlegeton? Wo ist der Hain der Persephoneia?«

»Beide Namen sind richtig«, sagte Myndon. »Wir finden den Hain und die Flüsse.«

Länger als eine Stunde hielt der Boreas das Segel straff. Gleichzeitig spürten die Steuermänner, daß eine starke Strömung die *Namenlose* in die Richtung des Sonnenunterganges zog; das Schiff näherte sich zugleich dem Ufer, und die Einzelheiten und Landmarken waren deutlicher zu unterscheiden. Pyriphlegeton nannten die Phaiaken den Fluß; die Seefahrer sahen tiefe Einschnitte zwischen den Hügeln, später ein Pappelwäldchen, aber keine Weidenbäume, keine Erlen, keine Flußmündung im flachen Schwemmland. Der Bug schwenkte langsam nach Westen, tiefe Falten schlugen im Segel, in das der Nordwind mehr und mehr seitlich hineinfuhr. Telegonos deutete auf den knatternden Stoff; Myndon und Pentawer hoben die Schultern. Sie würden doch noch rudern müssen. Nach einer Weile sagte der Kapitän mürrisch:

»Laßt die Rah herunter. Ich hab' gehofft, wir fänden den Totenfluß ohne Anstrengungen.«

Telegonos, Mys und Oktodus stemmten sich gegen den Zug der Taue. Knarrend glitt die Rah herunter, der trockene Stoff sank zusammen und überschüttete Kalos, der das Segel an den Rahen festband, mit Salzkristallen. Ein Riemen nach dem anderen klapperte in die Aussparungen. Das Ufer war nicht weiter entfernt als zwei Pfeilschüsse oder rômetische Chen-Nub; Pentawer rief den Takt aus. Acht Riemen und die Strömung brachten das Schiff in guter Geschwindigkeit nach Westen, auf ein niedriges Kap zu. Falken, rauchfarbene Schwalben und ein Habichtpärchen, das einen Fischadler mit gellendem Geschrei verfolgte, hatten bis vor einer halben Stunde über den Stränden gejagt; über dem Kap flog nicht ein Vogel. Als die Ruderer zu keuchen begannen, fühlte Pentawer Druck auf den Ruderblättern. Gleichzeitig kam eine kühle Bö vom Land. Die Luft roch nach Morast und feuchten Gewächsen. Pentawer hob den Kopf, wartete ab, bis das Kap umrundet war und blickte nach rechts.

»Ich bin sicher, wir haben gefunden, was wir suchten«, rief er in die schweißüberströmten Gesichter. »Langsam! Vergeudet eure Kraft nicht!«

Er änderte den Takt und steuerte ein Stück aufs Meer hinaus, dann in engem Bogen auf die Mitte der Bucht zu. Geröll und Schwemmsand bildeten unregelmäßige, durch die Strömung zweier oder dreier großer Bäche geformte Insel mit düsterem Bewuchs. Neben dem Kap mündete im Bett aus Kieseln der Phlegeton, auf der entgegengesetzten Seite der kantigen, kaum eingeschnittenen Bucht des Kokytos; er schien mehr Wasser zu führen. Zwischen Steinwänden und den Resten eines Felsrutsches, in der Mitte des buchtgroßen Waldes, sah Telegonos eine Fläche schwarzblauen Wassers. Das Schiff glitt lautlos in die Bucht, in den feuchten, kühlen Luftstrom hinein. An der Stelle, an der das schwarze Wasser begann, lösten sich die Meereswellen auf.

»Vier Ruderer genügen.« Pentawer unterbrach seine langsamen Taktrufe. »Kommt herauf und sagt, ob wir den Eingang zum Hades gefunden haben.«

Die *Namenlose* steuerte nicht in den Okeanos hinein, den Strom, der die Welt umfloß, aber die Erlen, Pappeln und Weiden am Schwemmufer, zwischen denen mächtige Haufen blaubemoosten Gesteins wuchsen, waren die eines verwilderten Haines, nicht eines wildgewachsenen Waldes. Die schwache Strömung schob das Sumpfwasser zu einem Dreieck zusammen. Plötzlich schien die Sonne ihre Kraft zu verlieren. Die Seefahrer blickten zum Himmel: es gab keine Wolke. Fliegengesumm wurde lauter, als das Schiff sich weiterbewegte; über dem reglosen Wasser schoben sich dunkle Erlenstämme und hängende Weidenruten näher. Der Modergeruch nahm zu. Pentawer sah vom Bug aus, daß sich die Wasserfläche in breiten Windungen landeinwärts fortsetzte. Er rief:

»Halt! Hört auf.«

Stille ängstigte die Männer. Zwischen Schilfhalmen tanzten

Mückenschwärme. Die Baumkronen waren unbewegt, der Windhauch kräuselte das Wasser. Langsam begann sich das Schiff zu drehen, die Riemenschaufeln klapperten erschrekkend laut gegen die Bordwand; die Opfertiere drängten sich zitternd aneinander. Nautes schauderte und flüsterte:

»Sind wir im Hain der Persephoneia? Der Eingang zum Hades und zum Tartaros?«

»So sagt es deine Herrin«, murmelte Pentawer. Seine Blicke suchten die Ufer ab, bohrten sich zwischen die Stämme und die Lücke zwischen zwei Felstürmen. Die Tiefe des schwarzen Wassers war nicht zu erkennen; die Phaiaken berieten sich flüsternd. Telegonos sah, daß die vier Fischer jede Handbreit der Umgebung fürchteten. Pentawer nickte ihm zu und ging ins Heck.

»Rudert langsam weiter. Zieh deine Rüstung an, Telegonos. Wenn der Kiel im Schlamm aufsitzt, müssen wir zum Ufer waten.«

»Auch deine Waffen sind bereit, Käpten.«

Ophian und Malpos steuerten das Schiff in der Mitte des Fahrwassers, das sich zum Felsentor hin verengte. Langsame Riemenschläge schoben die *Namenlose* tiefer in die Düsternis. Die Uferränder, die kümmerlichen Gewächse, jedes Blatt, selbst das verwesende Laub auf dem Boden wirkten, als läge schwarze Asche darauf. Die Ruderer spürten kaum die Strömung des Flüßchens, das Kirke Acheron genannt hatte. Hinter den Felsen öffnete sich eine Lichtung, an deren Rand blauschwarze Zypressen und einzelne Pappeln standen. Das Wasser weitete sich zu einem ovalen Teich; Telegonos schloß die Schnalle des Schwertgurtes und rief unterdrückt:

»Da! Das Haus der Persephone!«

Felsnadeln, runde Steine, kantige Brocken und dicke, säulenartige Stämme wie von versteinertem Holz bildeten am westlichen Rand der Lichtung einen ungefügen Klotz aufeinandergetürmter und gegeneinander lehnender Teile. Zwischen ihnen waren ebene Flächen und Formen, die wie Treppenstufen eines Titanen aussahen. Manche Wände waren rußgeschwärzt, über einem anderen Teil waren Bäume niedergebrochen, als habe jener Titan mit dem Bau des Dachstuhls begonnen. Telegonos betrachtete, während das Schiff weiterkroch, kopfschüttelnd das Bauwerk einer kranken Natur; er legte Nautes und Mys die Arme um die Schultern und fühlte, daß sie zitterten.

»Ganz ruhig«, sagte er leise. »Mein Vater hat es überlebt. Wir haben nichts Übles getan. Kein Gott wird uns strafen.«

Die *Namenlose* fuhr durch die lastende Stille, folgte vielleicht dreihundert Ellen weit den Windungen des Acheron durch eine Schlucht, in die kaum Sonnenlicht fiel. Wie riesige Knochenhände wölbten sich Felsen voller abgestorbener Ranken über das Wasser; moosbewuchert und triefend. Die Enden der Rah streiften dürre Blätter herunter; im reglosen Wasser bildeten sich träg auseinanderlaufende Kreise. Grauer Staub haftete auch auf den Spinnennetzen, in denen bronzen schimmernde Fliegen zuckten. Telegonos und Ophian wechselten düstere Blicke, und Pentawer versuchte, das Schiff in der Mitte des Fahrwassers zu halten; ihn schien die Umgebung kaum zu erschrecken. Die Schlucht blieb hinter dem Heck, Sonnenlicht fiel auf das Schiff, die Ufer gingen in eine kleine Ebene voller Gras und Felder vergilbender Asphodelen über. Pentawer hustete, schüttelte sich und sagte:

»In meinem Land habe ich gesehen, wie halbe Städte vom Sand verschlungen wurden. Diese Küste wird eines Tages im Schwemmgut versinken, all die Felsen und Wälder.«

Ophian deutete nach links auf die Hügelflanke. Der Acheron wand sich durch die Grasfläche, hinter den Gewächsen waren das Gewässer und die Einmündungen der beiden Flüsse nicht mehr zu sehen. Am Fuß des Hügels erkannten die Ankömmlinge die Öffnung einer Höhle; wie ein klaffender Mund voller Stummelzähne. Einen Atemzug später scharrte der Kiel schwer im Geröll, das Schiff kam, sich schüttelnd, frei, schob sich zum Steuerbordufer und saß endgültig fest.

»Hört zu rudern auf«, rief Ophian. »Dann den Ankerstein am Bug über Bord.«

»Verstanden«, rief Mys. »Wenn ihr hinausklettert, hebt sich das Schiff.«

»Hoffentlich«, brummte Pentawer. Myndon und Malpos halfen sich gegenseitig, die Rüstungen anzulegen. Nautes zerrte den Käfig zum Mast, Mys stapelte Opferkrüge und Schalen in einen Korb, Kalos rollte die Strickleiter aus. Pentawer schnallte Dolchgurt und Rückenköcher um, nahm den Bogen und schob die Kampfkeule in den Gurt; es gab keine Lebenszeichen der Kimmerier. Telegonos band den Helm mit dem Kinnriemen an einen Wurfspeer und kletterte an Land. Alkias schnürte ein Seil um zwei Handvoll Holzkloben und füllte den Korb mit Holzkohle. Telegonos sank bis zu den Knöcheln ein und rief:

»Ein feuchter Pfad zu Teiresias. Sollten wir nicht das Schiff herumdrehen? Den Bug flußab?«

»Meinetwegen. Vor wem sollten wir flüchten müssen?« Pentawer suchte sicheren Stand und nahm Mys den Korb ab. »Versucht es. Wir wollen vor Sonnenuntergang wieder draußen in der Bucht sein.«

Ophian nickte, warf Myndon die Fackel zu und hakte die Daumen in den Gürtel. Telegonos und Malpos trugen die Opfertiere und schlugen binsenartige Gewächse zur Seite. Der Pfad, den sie freitraten, führte nach ein paar Dutzend Schritten auf trockenen Boden, das Gras wurde kümmerlich. Unter den Sandalen knirschten Sand und Steinchen, Totenstille umgab die Männer. Telegonos drehte sich um; in dieser Landschaft war das Schiff ein verlorener Gegenstand aus einer anderen Welt.

Die Ränder des Höhleneinganges bestanden aus hellem Stein. Was vom Ufer wie Lippen und Zähne ausgesehen hatte, zeigte sich, als die Männer auf der Schattenlinie stehen blieben, als ausgefressener, von gelbem Schmelz überzogener Fels. Aus dem Inneren der Höhle, jenseits des drei Ellen tiefen Grabens, drangen kalte Luft und zischelnde Laute. Telegonos sagte mit bebender Stimme:

»Tun wir, was sein muß.« Myndon ging zum Rand des Grabens; für Telegonos war es, als verschwinde er in schwarzem Dunst. Telegonos und Malpos folgten und scharrten Gruben in den Sand, in die sie nebeneinander fünf Tonschalen stellten. Pentawer nahm die Krüge aus dem Korb und stellte sie dazu, schichtete den Holzstoß und umgab die Kloben mit Spänen, trockenem Gras und Holzkohlen. Leise sagte er:

»Es ist euer Opfer. Ich bleibe ein paar Schritte abseits.«

Die Phaiaken standen wortlos auf. Honig, Milch, Wein und dicker Brei aus Wasser und Mehl flossen in die Schalen. Telegonos lehnte den Schild an den Speer und zog den Dolch. Er nickte Pentawer zu, drückte den jungen Widder über die Schale und zog die Schneide durch den Hals des Tieres. Es zuckte mit den Läufen, Blut lief in schwachen Stößen aus der Wunde und füllte die Schale. Pentawer legte die Hand auf den kupfernen Knauf der Keule und blieb dort stehen, wo der Graben am Fels endete. Er sah zu, wie das Lamm, das keinen Laut von sich gab, geopfert wurde. Die Phaiaken verschlossen die Krüge und setzten die Helme auf. Telegonos legte die Kadaver auf den Holzstoß am jenseitigen Grabenrand, reinigte seine Hände mit Sand und zögerte; er holte tief Luft und rief:

»Wir bitten dich, o Seher Teiresias, komm zu unserem Opfer. Nimm es ebenso an wie das Opfer des Odysseus, der mein Vater ist. Der Rauch des Opferfeuers soll dich aus der Unterwelt zu uns Sterblichen führen.«

Während seines Rufens wurde seine Stimme lauter und sicherer. Murmelnde Echos kamen aus dem dunklen Höhleninneren. Er zog die Fackel aus dem Sand und schob sie zwischen die Späne und Äste, die Holzkohlen raschelten, grauer Rauch stieg zur Decke des Höhleneinganges. Pentawer hustete, seine Kehle kratzte; er blinzelte. Vor Telegonos' Augen begannen die Gestalten zu verschwimmen. Auf einmal wirkte Pentawer, als wisse er, daß sich sein Verstand zu verwirren begann wie bei Kirkes Versuch, ihm die Welt innerhalb des Okeanos zu zeigen. Er machte einige Schritte auf den Höhleneingang zu, lehnte sich an den feuchten Fels und wartete, bis sich vor Telegonos' Augen die Gestalten festigten und die Flammen grell durch den Rauch stachen. Telegonos legte sieben Opferkuchen ins Feuer.

In der Tiefe der Höhle bewegte sich ein heller Schemen, näherte sich, die Erscheinung schien zu flackern wie ein Öl-flämmchen. Eine Frauengestalt kam zum Feuer, ihre bloßen Füße schienen den Boden nicht zu berühren. Ihre Haut war so weiß wie der Stoff des durchscheinenden Peplos, langes Haar hing über Schultern und Brüste. Die Erscheinung blieb ein Dutzend Ellen vor dem Feuer stehen, hob zögernd die Arme und griff nach den verbrennenden Opfertieren.

»Maute bin ich, Tochter des Teiresias.« Telegonos versuchte, mit halb geschlossenen Augen zu erkennen, ob Maute eine Erscheinung oder wirklich war; ihre Lippen bewegten sich nicht. Sprach sie, oder träumte er, daß sie spräche? »Von den Göttern mit seherischen Gaben beschenkt. Ihr ruft meinen Vater, den Artemis geblendet hat?«

Telegonos stand bewegungslos da, dann glitt seine Hand zum Schwertgriff. Langsam zog er die Waffe aus der Lederscheide. Er sagte leise:

»Das Opfer ist für Teiresias.« Er starrte in ihr schmales, von Leid gezeichnetes Gesicht. »Erst wenn sich der blinde Seher an den Gaben gelabt hat, dürfen die Seelen der anderen zum Opfer.«

»Zeus schenkte meinem Vater siebenfaches Leben.« Maute schien sich zu nähern, wich zurück, wurde für die Dauer eines Lidschlages sichtbar, glitt zur Seite. »Schlangenzungen haben seine Ohren gereinigt. So kann er die Stimmen der prophetischen Vögel verstehen.«

»Herrin!« sagte Telegonos. »Ich halte es wie Odysseus. Erst dein Vater, dann die anderen Seelen aus dem Hades.«

Aus dem Hintergrund kamen mehr Gestalten. Murmeln und Stimmengewirr erzeugten gurgelnde Echos; die bleichen Seelengestalten entstanden und verschwanden in blitzschnellem Wechsel, auch noch, als schon einige Dutzend im Rauch vor dem Graben zu warten schienen. Langsam schoben sie sich auseinander und bildeten eine Gasse; ein nackter, hagerer Greis mit weißem Haar und dünnem Bart glitt heran. Seine Augen waren unnatürlich groß und rund. Pentawer lockerte den Griff seiner Finger um den Schaft der Waffe; die Muskeln waren verkrampft, die Hand zitterte. Der weißbartige Seher blieb vor den Schalen stehen, stützte sich auf einen goldschimmernden Stab und tat, als sähe er lange in die Gesichter der Besucher: Als er sich nach links wandte, erkannte Pentawer runde Silberspiegel anstelle der erloschenen Augen in den Höhlen. Flammen und Rauch zuckten und spiegelten sich in den winzigen Silberschilden. Teiresias schien die Schalen zu sehen; er streckte die Hände danach aus.

»Komm, blinder Seher.« Noch immer war Telegonos' Stimme beherrscht. »Trink und erfreue dich des Opfers. Dann magst du dem Sohn des Odysseus ebenso weissagen wie dem Vater.«

Ein bleicher Halbkreis schloß sich um Teiresias, der sich bückte, ohne den Stab loszulassen, und unendlich langsam die erste Schüssel an die Lippen hob. Er trank Blut, dann Mehlbrei und Honig, schließlich den unvermischten Wein. Gierig wankten die Seelen hin und her, und ihre halb durchsichtigen Schatten, die weit über den Graben ins Sonnenlicht hinausreichten, schienen das Licht vor der Höhle einzusaugen. Pentawer begann zu frieren, schloß die Augen, zwang sich, sie wieder zu öffnen: die Höhle war leer. Zwei Atemzüge später sah er, wie Teiresias sich zur Seite bewegte, Telegonos das Schwert zurückschob und die Phaiaken wie erstarrt dastanden. Die Seelen aus dem Hades stritten sich lautlos um die Opfergaben, verschwanden im stinkenden Rauch und kauerten sich bei den Schalen nieder.

»Ich danke euch Sterblichen für das Seelenopfer.« Teiresias starrte zum Feuer, in seinen Augenhöhlen züngelten Flämmchen. »Was willst du wissen, Sohn des Odysseus?«

Pentawer verstand die Worte; der Greis sprach mit hoher, zittriger Stimme, aber überaus klar. Telegonos hob den Arm.

»Was hast du sehen können, in Gegenwart und Zukunft?

Lebt mein Vater noch? Und wenn er unter den Lebenden ist – wo kann ich ihn finden? Werde ich ihn finden?«

»Er lebt, nachdem er tötend und mordend seinen Besitz freigekämpft hat.« Teiresias klammerte sich an den Stab. »Du findest ihn nach langen Jahren der Verbannung in seinem Palast zu Ithake, wenn es die Götter gestatten.«

»Werden ich und meine tapferen Gefährten mit dem neuen Schiff die Inseln des Vaters erreichen?«

»Auf langen Wegen, nach vielen Landgängen. Du wirst die Gefahren erleben, die Odysseus beinahe umbrachten. Wie ist dein Name, Sohn des Umherirrenden?«

»Telegonos, o Seher. Mutter Kirke erfuhr zwei Gesichte. In einer Prophezeiung soll ich meinen Vater töten, die andere spricht davon, daß ich mit ihm zum Ufer des Okeanos segeln muß, zum Großen Gebirge. Töte ich ihn, oder segelt er mit mir?«

Pentawer-Ptah schob die Waffe in den Gurt und legte beide Hände auf sein Gesicht, spreizte die Finger und glaubte Kinder mit gespaltenen Schädeln, Männer voller tiefer, blutverkrusteter Wunden, gebückte alte Frauen und junge Frauen zu sehen, die verstümmelt waren, andere, denen die linke Brust fehlte. Er zwang sich, alles für einen schrecklichen Traum zu halten, zweifelte aber selbst daran. Alle Seelen sogen den Rauch tief in ihre Lungen und tranken aus den Schalen, die nicht leer zu werden schienen. Er hörte, wie Teiresias weitersprach.

»Jeder König muß sterben. Dulichion, Same, Zakynthos und Antipereia, der Archipelagos von Ithake, deines Vaters Inseln, werden einen neuen Herrscher bekommen: weder dich noch Telemachos, den Sohn der Penelopeia, oder Nausithoos, Kalypsos Sohn. Dein Vater wird nicht im hohen Alter eines natürlichen Todes sterben – denn Großes haben ihm die Götter zugedacht.«

»Sie zwingen mich nicht, meinen eigenen Vater zu töten?«

Pentawer folgte den Fragen und Antworten mit steigender Verwirrung. Er blinzelte die Gestalten einen Atemzug lang weg, aber sie ließen sich nicht vertreiben. Myndon und Malpos hatten sich nicht gerührt; ihre Augen waren weit aufgerissen, die Münder offen. Aus dem Chor der trinkenden, schwankenden Seelen drang wieder die Stimme des Sehers:

»Die Götter gestatten mir nicht, alles zu sagen, was ich sehen durfte. Deine Fahrt wird nicht in Ithake enden; zum Mörder wirst du nicht.«

»Werde ich auch meinen Halbbruder finden? Nausithoos? Ist er unter den Lebenden, oder hast du ihn im Haus des Hades gesehen?«

»Er lebt. Ob du ihn treffen wirst – ich weiß darauf keine Antwort.« Teiresias hob den Stab und drehte den Kopf in Pentawers Richtung. Die Spiegel seiner Augen verdunkelten sich. »Du wirst deine Heimat am Neilos wiedersehen, Aigyptios. In einer Weise, an die du schwerlich denkst. Berichte, o Telegonos, deinem Vater von deinem Opfer und meinen Worten.«

»Das will ich tun ...«

Teiresias wandte sich um. Wieder schoben sich die Gestalten zur Seite; der Seher glitt zurück in die raucherfüllte Dunkelheit. Nach und nach folgten ihm die halb durchscheinenden Wesen. Es dauerte nur wenige Atemzüge, bis die lautlose Prozession in der Tiefe der Höhle verschwunden war. Pentawer löste sich aus der Starre; kalter Schweiß bedeckte seine Haut, als er mit zögernden Schritten zu den Schalen stolperte und hineinsah: Sie waren leer und trocken. Er ging auf Telegonos zu, der ihn hohläugig anstarrte. Auch er und die Phaiaken waren schweißüberströmt und zitterten. Telegonos setzte dreimal zum Sprechen an.

»Ihr habt alles gehört. Wir werden überleben.« Er stellte die Krüge in den Korb und schüttelte sich. »Wir sind von der grausigen Kälte des Tartaros berührt worden.«

Sie faßten die Schalen nicht an. Als sich Telegonos aufrichtete, ertönte aus der unergründlichen Tiefe der Höhle ein dumpfes Krachen, als ob sich ein schweres, metallbeschlagenes Tor endgültig schlösse. Die Phaiaken zuckten zusammen, nahmen die Helme ab und gingen schnell weiter, ohne sich umzusehen. Pentawer folgte Telegonos, ein wenig langsamer, und brummte:

»Ich hab's nicht glauben wollen. Wir haben mit den Seelen von Dahingegangenen gesprochen. Die Schatten haben Blut, Honig und Wein getrunken! Ich werde davon alpträumen, ganz bestimmt.«

»Sehen wir zu, daß wir schnell wegkommen.« Telegonos zerrte den Helm vom Kopf. Sein Haar klebte schweißnaß am Kopf. »Die Gefahren, von denen der Seher sprach – es werden wirkliche Gefahren sein. Nicht wie diese Schatten zwischen Leben, Traum, Tod und Schrecken.«

Mit weiten Schritten gingen sie in den eigenen Spuren zurück. Der Bug der *Namenlosen* wies flußabwärts; zwei lange Taue verbanden sie mit den Wurzeln einiger faulender Büsche. Schweigend und schnell kletterten sie an Bord, wuchteten den Ankerstein an Deck und rissen die weißlichen Pfahlwurzeln der Büsche mit den Seilknoten aus dem Boden. Norax, Arneios, Ophian und Kalos ruderten hastig; sie wagten erst nach der Fahrt durch den Acheron, in der Mitte der hellen Bucht, laut zu sprechen. Pentawer steuerte das Schiff in den Strömungsschatten des westlichen Kaps, belegte zusammen mit Alkias den Bug an einer langen Landtrosse und sagte laut:

»Hier liegen wir sicher. Wir warten auf guten Zephyros; eine Quelle gibt es wohl nicht.« Er knotete die Pinnen fest und holte tief Luft. Die Felsengruppe warf einen langen Schatten, der das Schiff einhüllte; vor der blutroten Sonnenscheibe dehnten sich kastanienfarbene Wolken wie titanische Flaumfedern aus. »Ein ruhiger Abend, Freunde. Vielleicht helfen uns Nachtgespräche, zu verstehen, was wir erlebt haben.«

»Oder glauben, erlebt zu haben«, sagte Myndon grimmig. »Seit heute fange ich an, nächtliche Gewitterstürme mit drehenden Winden zu genießen.«

Die Fischer von Aiaia hatten wortkarg und mit sicheren Griffen ihre Arbeit getan; der Sud im großen Kessel kühlte, zwischen Schinken, Brotfladen, Brettern und Schalen brannten drei Ölflämmchen. Fast unmerklich wiegte sich das Schiff in der auslaufenden Dünung. Die Mannschaft saß im Kreis am Mast, und mit jedem Schluck Wein löste sich die Spannung ein wenig. Telegonos lehnte sich in den gefalteten Mantel, der über der Bordwand hing, sah lange in den Mond und hob den Becher. Nautes schenkte Wein nach. Telegonos trank und begann zu reden, er sprach zu allen, schien mühsam seine Gedanken zu bündeln und zu knoten.

»Warum sind wir hier, Freunde?« Er versuchte zu lächeln. »Warum haben wir uns dem Entsetzen des Hades ausgeliefert? Warum dem Seher geopfert?«

»Ich frage, ob du nur deiner Mutter gehorchst oder ob du selbst willst, was wir tun«, sagte Pentawer. »Sag's uns, Telegon.«

»Ich sag's. Ich hab' den ganzen Winter darüber nachgedacht, ohne Mutter zu fragen. Zuerst: Nausithoos hat gewagt, die Insel zu verlassen und sein eigenes Leben zu führen. Ich beneide ihn darum; er ist auf dem Weg der Erfahrungen, die ihn zum Mann machen. Was Kirke uns über Gesichte, Prophezeiungen und Orakel berichtet hat, brauche ich nicht zu wiederholen. Zu mir selbst: immer wieder höre ich von meinem Vater. Der klügste Mann, der beste Geliebte, der listenreiche und unerschrockene Dulder nach dem Kampf um Ilion, der nur durch sein hohles Pferd gewonnen wurde. Die Halbgöttin Kirke, die Nymphe Kalypso und Nausikaa liebten ihn abgöttisch. Ich soll zu ihm, ihn töten, mit ihm zusammen Unvorstellbares tun ... was bleibt mir anderes übrig? Würde ich auf Aiaia bleiben, müßte ich mich bis in den Tartaros schämen und würde nie die Wahrheit erfahren.«

Kleine Wellen schlugen gegen die Planken und verzischten auf dem Sand. Im Süden und Westen verdeckte Nebel die Sterne und schob sich aus dem Inneren der kimmerischen Insel heran. Ein Tau klatschte gegen den Mast. Mys Arneios stocherte mit einem Span in den Zähnen und brummte:

»Ich fahre mit dir, Herr, weil die Herrin Kirke mich darum gebeten hat, so wie Alkias und Norax. Mir genügt das Leben auf Aiaia, ich brauche nicht die Abenteuer einer langen Segelfahrt.«

»Dein gutes Recht«, sagte Telegonos ruhig. »Du hast auch nicht Odysseus zum Vater.«

»Vom Osthafen Scherias, soviel weiß ich, ist es leicht, mit Zephyros zur Insel deines Vaters zu segeln.« Pentawer sah stirnrunzelnd in die Gesichter Malpos' und Myndons. »Warum wechseln wir nicht einfach das Schiff, sondern umfahren so vieles Land?«

»Alle Phaiaken fürchten den Zorn des Blauhaarigen, Kapitän«, sagte Myndon bedächtig. »Eines unserer Schiffe hat deinen Vater nach Ithaka gebracht. Auf der Rückfahrt sah Poseidon das leere Schiff, tötete wütend unsere Seefahrer und verwandelte das Schiff in ein Felsriff. König Alkinoos achtet die Götter, fürchtet um seine Männer und Schiffe – er würde, auch aus Sorge um dich, niemals zustimmen.«

»Das beantwortet meine Frage«, sagte Pentawer. »Die Geduld der Götter darf ein Sterblicher nicht herausfordern. Auch nicht das Wohlwollen eures Königs.«

Der Nebel kam näher und wurde dichter, senkte sich auf das Wasser. Die Aiaianer breiteten Decken und Mäntel aus und streckten sich im Bug und am Mast zum Schlafen aus; ein Flämmchen erlosch bebend. Malpos brummte:

»Ich weiß, die Winde sind launisch wie Aiolos' Töchter. Wir warten auf Zephyros. Zwei Tage? Länger?«

»Ich weiß es nicht.«

Pentawer schloß die Augen und lauschte in die Nacht hinein. Es war ungewöhnlich still, aber es schienen keine Gefahren zu drohen. Er nippte am Wein und spürte die ruhigen Bewegungen der *Namenlosen*; die Taue zwischen den Felsvorsprüngen und dem Ankerstein hingen durch und strafften sich in ruhigem Wechsel. Nebel hüllte das Schiff ein und legte sich auf die Haut und das Holz. Die Flammen begannen zu knistern. Telegonos sagte:

»Ich nehm' die erste Wache. Ist es euch recht?«

»Weck mich, und ich löse dich ab.« Pentawer gähnte und

blinzelte, das Wasser schoß in seine Augen. »Vielleicht haben wir schon heut nacht guten Wind.«

Zwei Tage und Nächte später, einige Stunden, nachdem der Nebel sich aufgelöst hatte, einige Stunden nach Mittnacht, wachte Pentawer auf und ging zu den Phaiaken ins Heck. Sie sprachen miteinander; ihre Stimmen hatten Pentawer geweckt. Als Pentawer am Mast stand, sah er in der breiten Bahn des Mondlichts die Schaumkronen auf den Wellen. Westwind fauchte im Tauwerk, traf seinen Rücken. Ophian deutete auf das wild flackernde Flämmchen und sagte:

»Es ist der erste richtige Westwind seit Vollmond. Wagen wir es, Kapitän?«

»Unser erstes Ziel ist der Feuerberg, nicht wahr?«

»Wir können sein Feuer und den Rauch morgen nacht, vielleicht schon früher sehen.« Myndon nickte aufmunternd. »Wir bringen das Schiff gut nach Scheria.«

»Dann müssen wir anfangen, die *Namenlose* sicher ins freie Wasser bringen. Bugtrossen losknoten, vorsichtig drehen und am Ankerstein hängen bleiben, bis wir das Segel hochziehen können. Keine Hast! Laßt euch Zeit!« Pentawer holte zwei abgeschirmte Metallampen und zündete sie an; die Fischer wurden aufgeweckt. Mys und Nautes zogen sich, halb schwimmend, an den Bugtauen zum Strand, und Kalos hob im Bug eine lodernde Fackel. Pentawer und Achtzahn ruderten das Schiff nach Steuerbord. Es trieb rückwärts, stellte sich schräg und wurde nur noch von dem Tau des Ankersteins im Heck gehalten. Im Bug rollten die Fischer die Taue auf. Das Segel begann im Mondlicht zu leuchten, gleichzeitig holten Myndon und Malpas das Tau ein. Der Wind rüttelte am Segel und den Rahenden, als Ophian und Telegonos die Ruder ins Wasser senkten; schlicktriefend kam der Ankerstein über die Bordkante und krachte auf die Planken.

»Helft mir mit der Rah!«, rief Pentawer. Von der Fackelflamme lösten sich Funken und brennende Fetzen. Knarrend glitt die Rah hoch, das Segel füllte sich; eine unsichtbare Hand schien die *Namenlose* aus der Bucht zu schieben, mit einem langen, weichen Ruck. »Und steuert nach Backbord, weg vom Ufer.«

Zwei lederne Eimer Meerwasser spülten den Ankerstein sauber, er wurde in den Bug gewuchtet und festgeknotet. Zwei Dutzend Atemzüge später war die Nacht voller guter Geräusche: Bugwelle und Heckspur zischelten schäumend, Salz rieselte knisternd aus dem Segel, das Holz knarrte, und der Wind sang im ächzenden Tauwerk. Pentawer stellte sich an Steuerbord und schirmte seine Augen ab: die felsigen Ufer, an denen er dünn die Brandung ablaufen sah, entfernten sich vom Schiff.

»Gut so!« rief er und tastete sich zum Heck. »Jetzt zeigt mir, o Phaiaken, nach welchen Sternen ihr zum Feuerberg steuert!«

»Erst wenn der Kapitän für frischen Sud gesorgt hat. Peitsch die Sklaven ein wenig, Pentau!«

»Ihr habt es gehört, Männer von Aiaia.« Pentawer lachte und löste Telegonos am Ruder ab. »Macht uns einen feinen Trunk!«

Die Taue zitterten; sie waren hart wie Holz. Nicht eine Falte zeigte sich im prallen Segel, der Bug hob und senkte sich klatschend in die Wellen. Das Schiff, spürte Pentawer, segelte jetzt im kräftigen Westwind schneller als im Nordwind vor drei Tagen; Odysseus, dachte er, hätte ihn den ›hellsausenden Zephyros‹ genannt. Die Fischer bereiteten den Sudkessel vor; Achtzahn zeigte Pentawer die Bärin, die Sterne des Ochsentreibers Bootes und wie er sich um den Angelstern bewegte.

Als das Siebengestirn der Pleiaden verblaßte, waren nur noch Telegonos, Ophian und Pentawer wach; der Junge und der bärtige Phaiake standen an den Rudern. Eine Unruhe, die er sich nicht erklären konnte, trieb Pentawer zwischen dem Heck und dem Bug hin und her. Ständig bemühte er sich, nicht auf die Gliedmaßen der Schläfer zu treten, und starrte, bis seine Augen schmerzten, in die Dunkelheit. Leise fragte Telegonos:

»Was treibt dich umher, Kapitän?«

»Weiß ich selbst nicht. Unser Schiff jedenfalls macht mir keine Sorgen.«

In die kalte Nachtluft mischte sich ein fremdartiger Geruch; nur eine Spur, aber Telegonos und Ophian schnüffelten und zogen die Nasen kraus. Ophian brummte ungläubig: »Jetzt schon?«

Telegonos zuckte mit den Schultern und schüttelte den Kopf. Pentawer deutete auf seine Nase und nickte.

»Es kann nicht der Feuerberg sein. Seinen Rauch treibt der Zephyros nach Osten. Noch einen Tag brauchen wir, bis wir an ihm vorbeisegeln.«

Pentawer unterbrach seine Wanderung. Er setzte sich auf die breite Hecktruhe und sah zu, wie die letzten Sterne verschwanden, wie sich die Nacht im Osten entfärbte und das leere Meer zu einer stumpfgrauen Fläche wurde. Der Geruch wurde stärker; Pentawer erinnerte sich, daß ein solch stinkender Hauch aus dem Schlund der Hadeshöhle hervorgekommen war. Seine Blicke glitten über die kleinen Schaumkronen. Er versuchte gen Sonnenuntergang Wolken zu erkennen: nichts. Leise sprachen die Steuermänner miteinander, das schwere Atmen und das Schnarchen der Ruderer war mitunter lauter als die Schiffsgeräusche. Über das Meer hallte ein scharfer Donnerschlag, einen Atemzug später ein doppeltes Krachen. Pentawer schreckte auf.

»Morgengewitter?«

Nicht eine Wolke stand am Himmel, über dem Wasser bildete sich ein grauer Streifen. Wieder ertönte, obwohl rund um den Horizont keine Blitze zuckten, ein polterndes Grollen. Das Meer und mit ihm das Schiff und die Planken schienen zu zittern. Weit vor dem Bug, an Steuerbord, erschienen zwischen den Wellen große, runde Flächen, in denen sich das Meer nicht bewegte; sie sahen aus wie Teiche.

»Bei Poseidons Gefolge!« Ophian stöhnte auf. Telegonos starrte auf die Erscheinung, warf Pentawer einen verzweifelten Blick zu, richtete dann seine Blicke auf die öligen Kreise. An vier Stellen wölbte sich das Meer, wie riesengroße Blasen in Öl oder Honig. »Was ist das?«

»Ich hab' so etwas noch nie gesehen«, brummte Pentawer.

Ophian schüttelte schweigend den Kopf. Vier große Blasen tauchten auf und zerplatzten, nach ihnen schlugen die Wellen über den glatten Stellen zusammen. Abermals hallte ein Donnerschlag, der aus allen Richtungen gleichzeitig zu kommen schien. Zwischen den Stellen, an denen die großen Blasen lautlos geplatzt waren, erschienen weitere Blasen, brodelten auseinander und platzten. Aus ihnen entwich dünner, hellgrauer und gelblicher Dunst, den der Wind verwirbelte. Im Osten legte sich ein hellrotes Band über den Horizont; der Dunst begann mit seltsamen, wesenlosen Flammen zu brennen. Sie flackerten leicht und hell, vor der Morgenröte kaum zu sehen, erloschen nach einigen Augenblicken; der Gestank nach verbranntem Gestein biß stärker in den Nasen. Die *Namenlose* steuerte darauf zu; es dauerte nur wenige Atemzüge lang, bis sich die Wellen wieder bildeten, bis die Dünung das Schiff hob und weiße Schaumspitzen auf den Wellen erschienen. Die ersten Sonnenstrahlen verwandelten das Segel in eine honigfarbene Fläche.

»War es ein Zeichen der Götter, Ophian?« sagte Telegonos.

Der Phaiake hob die Schultern. Auf seiner Stirn glänzte Schweiß. Pentawer fühlte das gleiche Entsetzen wie im Höhleneingang, als ihn die spiegelnden Augen des Sehers angestarrt hatten. Der stechende Geruch verging nur zögernd. Ophian murmelte:

»Ich weiß es nicht, Prinz Telegonos.« Er federte den Stoß des einsetzenden Buges mit den Knien ab. »Weiß es wirklich nicht. Ich kann's nicht deuten.«

Schweigend und verkrampft warteten sie auf neue Wunder, andere Seltsamkeiten. Die *Namenlose* segelte in die aufgehende Sonne hinein, die Wolken lösten sich auf, und Pentawer glaubte zu erkennen, daß Wind, Wellen und Wärme einen langen, schönen Tag versprachen.

Als deute die lang gezogene Rauchwolke genau auf Scheria, als würden Kirkes Götter das Schiff schützen, als ob sich die Schönheit des Frühsommertages entfaltet hätte, so verlief die

Fahrt des Schiffes. Schnell und im guten Wind segelte die *Namenlose* auf den Feuerberg zu, links an Feuer, Rauch und glühenden Geschossen vorbei, in die Wärme hinein. Die Haut der Seefahrer glänzte vor Öl; die Erinnerung an die Schrecken verblaßte, die Männer waren satt und hatten nichts zu tun. Fischschwärme, winzige fliegende Fische und spielende Delphine, Tümmler mit Schweinsschnauze und scheinbarem Lächeln in ihren kleinäugigen Gesichtern, begleiteten das Schiff nach Osten. Nautes putzte seine Bronzescheibe, bis sie wie Orichalkos glänzte. Der Rauch des Feuerberges schmeckte wie jener fahle Nebel aus den Blasen, als ihn der Zephyros auf die kleinen Gischtkronen herunterdrückte.

»Ich will eure gute Stimmung nicht erdrosseln.« Pentawer saß auf der Bordwand, hielt sich an den Rahtauen fest und baumelte mit den Beinen. »Ihr wißt es, o Phaiaken. Auch Fischern kann es nicht fremd sein – wären alle Stunden auf dem Meer wie seit dem Morgen ... das Meer wäre voller Schwimmer, Boote und Schiffe.«

»Wahr gesprochen, Pentau!« Oktodus grinste und schwenkte den halb leeren Krug. »Wäre es so, dann würde ich mich vor den nächsten Monden nicht fürchten.«

»Wüßte ich, was uns erwartet«, sagte Telegonos, »würde ich jetzt über Bord springen oder euch umarmen!«

Pentawer stimmte in das Gelächter ein und warf Alkias den Becher zu. Die Schatten der Rah und des Segels tanzten über Deck und verschmolzen mit denen des Tauwerks. Er hob den Arm und deutete auf die winzige Erhebung weit hinter dem Heck, auf die Reste der Rauchspur.

»Glaubt einem gescheiterten Kapitän, Freunde! Auch wenn es nicht so scheint. Für einen Tag wie heute zahlen wir mit drei Nächten im kalten Nordsturm.«

Telegonos lachte nicht mit. Er starrte, als erführe er dort die Lösung tiefer Geheimnisse, in die Gesichter der Männer. Pentawer sah ihn an und glaubte, während er darauf wartete, daß sein Becher mit weingewürztem Sud gefüllt wurde, zu sehen, daß Telegonos nicht älter, aber einen winzigen

Schritt reifer, erfahrener geworden war; die Selbstzweifel machten ihn schätzenswerter. In den Nächten, mitunter auch zwischen ihren Zauberkrügen, hatten Kirke und er über den Sohn gesprochen: Sie wollte, daß er zu einem Mann wie sein Vater wurde, und sie kannte den schweren, langen Weg dorthin – den Pentawer-Ptah zurückgelegt hatte, denn sonst hätte sie nicht mit ihm, Pentau, über den Sohn gesprochen – und fürchtete, daß die Welt es ihm zu leicht machte. Pentawer hatte sie angestarrt und ihr kopfschüttelnd versichert, daß jede Meile dieses Weges, sei er kurz oder lang, in Telegonos' Herzen, in seinem Gesicht und an seinem Körper feine Spuren, haarfeine Risse und Schürfungen hinterlassen würde: Nichts veränderte den Sterblichen mehr als einige Monde an Bord eines Schiffes – jeder kam anders zurück, als er gegangen war. Telegonos, auch daran glaubte Pentau fest, war Bronze, Silber und Gold: die Reise würde ihn in eine andere Form schmieden. Er lächelte in Telegonos' Gesicht und sagte:

»Auch die Nacht wird gut, Freunde. Sind wir morgen an deiner Küste, Ophian?«

»Höchstwahrscheinlich, Käpten.«

Eine warme Nacht, ein herrlicher Tag, abermals sternflirrende Dunkelheit: Am späten Morgen zielte der Bug der *Namenlosen* auf die Senke einer breiten Flußmündung über einem dicht bewaldeten Landrücken. Das Land der Phaiaken lag voraus. Ein Dutzend Fischer in kleinen Booten winkte, als das Schiff durch die Wellen pflügte. Ophian, Malpos und Myndon machten zufriedene Gesichter; Telegonos schien zwischen erwartungsvoller Fröhlichkeit und gemäßigter Ungeduld zu schwanken. In einem kleinen, wenig sturmsicheren Hafen ließ Pentawer den Ankerstein werfen und festmachen; die Ankunft des Schiffes schien unbemerkt geblieben zu sein. Mit Geschenken in den Armen wanderte die Mannschaft entlang des Flußufers zwei Stunden lang über eine Schlängelstraße zum Palast, dessen bunte Mauern zwischen hellgrünen Wipfeln und schorfigen Pinienstämmen schimmerten, hoch über den Quadern und Steinen der Stadtmauer.

Als Telegonos am Scheitelpunkt einer Kehre stehen blieb, ertönten Rufe, Hufschlag und Felgenrasseln. Zwei Maultiergespanne kamen die Sandstraße herunter; im zweiten Wagen stand eine schlanke, hellhaarige Frau. Telegonos breitete die Arme aus, sprang zur Seite und rief:

»Hier sind wir wieder, Nausikaa!«

Die Lenker zerrten an den Zügeln. An den Nasenringen rissen die Lederriemen die Köpfe der Zugtiere hoch; die Hufe stemmten sich rutschend in den aufstiebenden Sand. Telegonos half Nausikaa, aus dem Wagen zu klettern, Ophian, Myndon und Malpos verbeugten sich tief. Pentawer ging einige Schritte rückwärts in den Schatten eines Eichbaumes.

6.
STURM, WOGE UND MEERESLIED

Alle Geschenke Kirkes für das Königshaus waren übergeben, sämtliche Salben, Balsame, Kräuteröle und Tauschwaren in den Palast geschafft, und von der Terrasse hatten Pentawer und Telegonos lange auf die fruchtbare Landschaft im Westwind und das Meer im Osten hinuntergeblickt; das Ostufer Scherias lag sieben mühsame Wegstunden vom Palast entfernt, vielleicht dreißig Chen-Nub, also fünfzehnmal tausend Schritte entfernt. Seit drei Tagen wehte feuchter Notos; reicher, sanfter Regen strömte fast jeden Mittag über das Land. Vom Megaron, dessen Portale weit geöffnet waren, sah Pentawer über die Stadtmauer und einige Dächer hinweg in die Haine des südlichen Tales. Prinzessin Nausikaas Stimme durchschnitt das Stimmengewirr.

»Deine Mutter, Prinz, kennt den richtigen Meerespfad. Einige unserer Kapitäne kennen ihn ebenso gut. Hört ihnen zu; die *Namenlose* wartet mit euch auf Thraskias oder Boreas aus Nord.«

Nausikaa drehte langsam den Kopf und blickte in die Gesichter der Männer. An den Tischen des Megaron saßen drei Dutzend Männer, König Alkinoos drehte gedankenvoll den Trinkbecher in den Fingern und betrachtete die Frau im schwarzen Peplos, die zwischen Ophian und Norax saß. Pentawer lehnte die Schultern gegen die Wand und hörte zu, während er an die Mannschaft dachte, mit der Telegonos und er weitersegeln würden.

»Nur mit gutem Boreas kommt ihr durch die Meerenge ...«

Pentawer war froh, daß sich Ophian bereit erklärt hatte, mit ihnen zu fahren, mit Kalos, Arneios, Norax und Alkias »Oktodus« Achtzahn. Seine Blicke glitten über die Bilder an den weißen Wänden: musizierende Knaben und Mädchen, Blumenranken, springende Delphine und bunte Fische zwischen schlanken Säulen aus Stein und Holz, bemalt und mit Bändern aus Gold, Silber und Bronze verziert. Durch die Luftschlitze unter dem Dach fielen breite Sonnenstrahlen ins Megaron.

Pentawer merkte sich Schilderungen und Namen von Flußbuchten, Kaps und Ufern, von Fürsten und deren geschützten Häfen, von Winden und Wegstrecken; Kythera war das nächste Inselziel, wenn der Nordwind länger anhielt als drei Tage und den Weg nach Ithake verblies. Charissa hatte ihr schmales Kinn in die Hand gestützt und hörte, die Stirn gerunzelt, den alten Schiffsführern zu. Pentawer trank gemischten Wein und betrachtete ihren tiefschwarzen Zopf: Das achte Mitglied der Mannschaft war eine Frau, eine elternlose Freigelassene, als Kind Teil der Beute aus Ilion, vielleicht zwanzig Sommer alt. Pentawer war noch immer verwundert – über die herzliche Gastfreundschaft, die Verliebtheit der reifen Frau in Telegonos, die Selbstverständlichkeit, mit der er, ein Fremder, als Kapitän anerkannt wurde, über Reichtum und Schönheit des Palastes, dessen Bewohner, selbst die Sklaven, satt, zufrieden und heiter schienen; alle. Ein weißbärtiger Schiffer bemerkte Pentawers Blicke und grinste ihn an. Zwei seiner Schneidezähne fehlten. Pentawer nickte und hob die Hand. Der breite Armreif rutschte vom Handgelenk.

»Ihr sagt, daß auf Scheria meist Westwind weht. Wie steht es jenseits, östlich der Meeresenge?«

Schwalben jagten schrill um die Dächer, Wolkenschatten färbten Teile der Wälder schwarz. Einer der Greise sagte mit hoher Stimme:

»Dort ist es wie überall, nur anders.« Er kicherte. »Wie's die Götter wollen. Aber meist Skiron, Zephyros und Lips.«

»Also Winde aus Sonnenuntergang.« Pentawer nickte Telegonos zu. Der Prinz schien eingesehen zu haben, daß Salz und Schweiß seine Locken verdarben, nun war sein Haar fast so kurz wie das Pentawers. Er wirkte befremdlich und älter, männlicher; seine Augen hingen an Nausikaa. »Dank für den Rat.«

Bis auf frisches Wasser in Krügen und Ziegenschläuchen und den Essensvorrat lag die *Namenlose* ausgerüstet im Hafen der Flußmündung. Pentawer und Telegonos warteten auf Nordwind.

Vier Tage und Nächte danach, vielleicht zwei Stunden nach Sonnenaufgang, war es, als stünde die *Namenlose* an Land: nächtlicher Wind vom Land hatte sie langsam, aber scheinbar mit sicherem Wind, aufs Meer hinaus geführt. Nun war das Meer glatt und eben wie eine Granitplatte und ebenso unbewegt. Die tiefrote Sonne verbarg sich halb hinter silbrigem Dunst. Charissa, die sich neben Pentawer im Bug gegen die Bordwand lehnte, blickte, ohne zu blinzeln, in das Gestirn. Auf dem Wasser zeichneten sich winzige Punkte ab, als ob es regnete, aber es war kein Tropfen zu spüren. Das Segel hing an der Rah wie ein nasses Himation, im Heck brannte in der sandgefüllten Kupferschale das Feuerchen unter dem Sudkessel; Pentawer kannte diese langen Stunden der Windstille – und fürchtete sie. Leise sagte Charissa:

»Auf den Planken, Käpten, bin ich wie ein Mann, hast du gesagt. Nun rede mit mir wie mit einem Mann.«

»Was mir bisweilen schwer fallen wird.« Pentawer lächelte. Ihre Augen, fast so schwarz wie ihr Haar, forschten in seinem Gesicht; Charissa schien in solchen Augenblicken eineinhalb Jahrzehnte älter. »Was willst du wissen?«

»Euer Ziel ist wirklich Ithake? Die Inseln des Odysseus?«

»Nichts anderes. Du willst dorthin?«

»Nein. Ich will nach Alashia, Gubla oder Keftiu. Mit anderen Schiffen, denke ich.«

»Suchst du deine Eltern? Verwandte? Eine Frau, allein? Auf der *Namenlosen* rührt dich keiner an, dafür bürge ich. Aber in den Häfen ...?«

»Ich will zurück nach Ilion, nach Troia. Oder dorthin, wo die Überlebenden eine neue Heimat gefunden haben.«

»Dann, Schwester, hast du einen langen Weg vor dir.«

Charissa nickte und erzählte leise von ihrem Leben: Zusammen mit Sklaven, Beute, Sklavinnen und Verwundeten war sie als Waise nach Tiryns gebracht und als Sklavin im Palast gehalten worden. Ihr war ein wenig Glück im Unglück zuteil geworden: sie schuftete, lernte, wuchs heran, und der Sohn des Fürsten holte sie auf sein Lager. Als er ihrer überdrüssig geworden war, wärmte sie das Bett seines alten Vaters, dem sie als Tochter, Geliebte und Schülerin diente. Er ließ sie frei, und sie gewann Wissen und Kenntnisse, die ihr fremd gewesen waren – ein alter Sklave lehrte sie schreiben, ein Jäger brachte ihr Bogenschießen bei, sie lernte nähen, weben und frei zu reden. Die Nächte mit dem Alten ließ sie sich bezahlen – Gold aus Ilion. Langsam drehte sie den Kopf, funkelte Pentau an und flüsterte:

»Gold aus Ilion. Troisches Silber. Viel. Im Gürtel und im Köcher, Käpten!« Sie hakte die Daumen in den handbreiten, schmucklosen Ledergürtel über dem wollenen Peplos. »Genug, um dein Schiff zu erwerben. Dennoch – ich bin arm, wie du sagst: eine Frau allein. Weißt du etwas von den Flüchtlingen Ilions?«

»Wenig. Aber ich würde – in Gubal, Djarrh und anderen Häfen der Zedernküste – bald viel erfahren. Du kennst unser Ziel.«

»Ich kenn's, und ich hab' viel Zeit.«

Pentawer sah zu, wie drei fliegende Fische, wie Pfeilspitzen, in das reglose, von Pünktchen übersäte Wasser eintauchten.

»Du wirst viel Zeit brauchen und viel Mühe haben, Charissa. Dein richtiger Name?«

»Erst seit mich Prinzessin Nausikaa umarmte. In meinem anderen Leben, einst, hieß ich Daphnia. Prinz Telegonos, der bei ihr lag – taugt er etwas, Käpten Pentau? Traust du ihm?«

Pentawer zögerte lange, ehe er antwortete.

»Ich traue ihm, aus ihm wird, mit etwas Glück, ein guter Mann; wäre es nicht so, Charis, stünde ich nicht hier. Was Winde und Wellen mit uns treiben werden ... nicht einmal eure und meine Götter wissen's.«

»Du wirst dich nicht wehren, wenn uns der Wind nach Kreta treibt?«

»Nicht einmal, wenn uns Stürme ins Hapiland treiben, nach Tjehenu oder in die versengte Ödnis deiner Heimat!«

»Nutzen wir die Zeit der Windstille!« Ophian schnippte einen Olivenkern über Bord und wischte Öl über die Schenkel. »Was sagst du, Käpten?«

»Ich sage, daß wir bereit sind.« Die Mannschaft war ausgeruht, satt, glänzte vor Öl, hatte das Schiff aufgeräumt und begann sich in der Hitze des frühen Mittags zu langweilen. »Wir beweisen, daß wir zu sechst die *Namenlose* nach Süden rudern können.«

Die Riemen wurden eingehängt. Zuerst gab Pentawer den Rudertakt an; langsam bewegte sich das Schiff der Sonne entgegen. Über dem Meer, dessen Horizonte unsichtbar blieben, gab es nicht den geringsten Windhauch. Binnen einer Stunde troffen die acht Ruderer von Schweiß, das Haar klebte an den Köpfen, Tropfen fielen aus den Bärten. Alkias stöhnte und murmelte:

»Jetzt weiß ich, Pentau, warum du bartlos bist.«

»Deswegen schwitze ich nicht weniger«, sagte er. »Es ist nur weniger klebrig.«

»Das Schwitzen macht mich krank«, brummte Kalos.

Sie hatten keine Eile. Pentawer wußte, daß auch die Windstille zu Ende gehen würde – irgendwann. Schließlich, während der nächsten Stunden, lösten sich die Rudernden ab. Selbst Kalos verlor seine Scheu, sprang vom Bug ins Wasser, schwamm zum Heck und kletterte triefend die Strickleiter herauf. Manchmal stand Telegonos an den Rudern, meist übergaben sie

Charissa die Pinnen. Die Riemenschaufeln hinterließen beim Eintauchen kleine Wirbel und sich ausbreitende Ringe, die Kielspur verlor sich nach einem Steinwurf im reglosen Wasser. Es war, als kröche ein schwarzbrauner Käfer mit sechs Beinen über das Meer, langsam, in seltsamem Takt, mit großen Augen, die sich nie schlossen. Erst gegen Abend löste sich der Nebel auf, und die *Namenlose* schob sich in die Mündung eines breiten Baches.

»Wir und das Deck sind voller Salz«, sagte Pentawer. Er kam, das Ende des Landtaues über der Schulter, ins Heck. Charis half, das Tau festzuknoten; die Schlinge lag um den Stamm einer mächtigen Uferweide. Auf den Planken trocknete Salzwasser und ließ Bänder und Schleier zurück. »Wenn ihr wollt, Mys, Nautes, Kalos, daß ich eure Bärte schabe, mit dem Bronzemesser, wascht euch und das Schiff mit süßem Wasser. Für den Sud und Wasser für die Tücher – Feuer machen wir an Land, auch wenn die Muskeln schmerzen.«

Opians Bart blieb so kurz, wie ihn der Badesklave im Palast gestutzt hatte. Kalos und Norax verloren ihre Bärte, Alkias behielt einen zwei Fingerbreit dicken Kinnbart; sie waren kaum wiederzuerkennen. Aus einem weißglasierten Krug verrieben sie kühlende Salbe aus Talg, Öl und Mehl auf den Blasen der Finger und Handflächen. Der Balsam roch nach Blüten und Beerenmark. Im Abendlicht sah die Mannschaft, daß die Küste weit nach Sonnenuntergang vorsprang: Sie waren von der Meeresenge höchstens einen halben Segeltag entfernt. Kühler Wind aus dem Uferwald drückte den Rauch zum Schiff hin und vertrieb die meisten Stechmücken.

In unregelmäßigen Abständen schlugen feuchte Taue gegen den Mast oder die Bordwände. Zwischen den Krügen, Bechern und Schalen stand ein Kupferlämpchen, dessen Flämmchen die Planken und die Gesichter der Mannschaft anleuchtete. Ophian zerbiß geröstete Pinienkerne und blickte stirnrunzelnd zwischen Telegonos, Charissa und Pentawer hin und her.

»Priester, große steinerne Tempel und ein König, der aus

tausend Göttern einen neuen Gott machte? Erzähl uns mehr darüber, Pentau.«

»Ich weiß wenig davon. Es sind unsere Tempelpriester, die alles aufschreiben.« Pentawer lehnte am Mast und kreuzte die Beine unter sich. »Hundertfünfzig Jahre oder ein Dutzend Jahre mehr ist es her. Der mächtige Goldfalke im Großen Haus hatte den Thronnamen Nefer-Cheperu-Rê. Er verminderte die Macht der Priester; damals verehrte mein Volk den höchsten aller Götter, Amûn, den Beherrscher der Hauptstadt Wâset. Es ist wahr: nur Priester kennen alle Götter meines Landes.«

»Die Familie der Olympier«, sagte Telegonos leise, »ist kaum weniger zahlreich und ebenso unüberschaubar.«

»Der Mächtigste baute eine neue Stadt, änderte seinen Namen und ließ die heiligen Bilder und Zeichen der alten Götter tilgen.« Pentawer zuckte mit den Schultern. Charissa nahm den Becher aus seinen Fingern und füllte ihn mit kaltem Aufguß und etwas Wein. »Aton nannte er den neuen, einzigen Gott, dessen Name ›strahlende Sonnenscheibe‹ bedeutet. Die Stadt nannte er Achet-Aton, sich selbst den ›von Aton Verklärten‹, also Aachen-Aton, Gattin und Kinder nahmen Aton zu ihrem Namen dazu. Aachen-Aton sang wunderschöne Lieder vor dem neuen Gott ... aber was ich erzähle, ist nicht das Wichtigste. Ich war lange Gast auf Aiaia und kenne Kirkes Gesichte, die Orakel, und ich sage euch: in meinem Land gab es damals Umbruch und Not, Haß, Streit und Kampf. Achtzehn Jahre herrschte Aachen-Aton, er starb als kranker Mann, seine Familie verkam wie das Land – die alten Götter rächten sich, als sie wieder von uns verehrt wurden. Jeder in Tameri schaudert, wenn er an den Kampf zwischen der Götterwelt und Aton denkt.«

»Sagst du, daß wir das Chaos noch vor uns haben? Den Umsturz, den dein Volk überlebt hat?« sagte Achtzahn. Pentawer zog die Schultern hoch und erwiderte zögernd:

»Ich bin nicht Teiresias. Woher soll ich das wissen?«

»Wir einfachen Sterblichen können beim Kampf der Götter nur zusehen, nur leiden, wenn sie Unheil ausbrüten«, sagte

Charissa leise und scharf. Sie murmelte ein paar Worte einer unbekannten Sprache. »Wie ein Kind in Ilions Mauern. Wir werden erleben, was auf das Chaos folgt.«

»Meine Mutter hat nie gesagt, daß es schon morgen geschehen wird oder in diesem Sommer!« Telegonos blinzelte ins Flämmchen und schlug nach Mücken. »Reden wir uns nicht gegenseitig in Furcht und üble Träume hinein!«

Das Schiff begann ein wenig stärker zu schwanken; vom Meer drang das Geräusch der Wellen unter die Baumkronen des Anlegeplatzes. Pentawer schnippte mit den Fingern.

»Wind!« sagte er. »Inzwischen hab ich eure Windnamen gelernt: auf Boreas folgt Argestes oder Skiron, dann Zephyros – wenn kein Sturm kommt, sind wir bald an deinem Ziel, Telegon.«

»Aber nicht heute nacht.«

Charissa und Kalos übernahmen die erste Wache. Am Morgen ruderten sie mit aller Kraft aufs Meer hinaus und zogen das Segel auf. Nordwind, in Küstennähe gebrochen, trieb sie durch schaumbedeckte Wellen auf die Meerenge zu.

Als die Dünung das Schiff hob, sah Charissa – sie schien die schärfsten Augen zu haben – aus dem Bug zum ersten Mal die Durchfahrt, links von einer gewaltigen, halb bewachsenen Sanddüne. Pentawer stand am Steuerbordruder, neben Ophian, und betrachtete die Küste zu beiden Seiten des Segels. Links wich das bergige Land zurück, an dessen Ufer sie übernachtet hatten, rechts, jenseits der Düne, hoben sich die Ufer einem Berg entgegen, hinter dem, weit im Inneren der dreiekkigen Insel, sich ein Bergriese aufreckte. Um seine Spitze lag Rauch, oder es bildeten sich graue Wolken. Ophian nickte Pentawer zu und sagte:

»Die Insel der Seirenen. Und dahinter: Charybdis und Skylla. Odysseus, so sagte Kirke, hat sich ihretwegen bewaffnet.«

Pentawer sah sich um. Die Wolken zeigten ihm, daß der Nordwind noch stundenlang in unverminderter Stärke wehen würde. Die *Namenlose* pflügte durch die harten Wellen. Der

Bug hob sich weit und setzte schwer und krachend ein; Charissa kam schwankend zurück zum Mast, neben dem die Ruderer und Telegonos kauerten. Ophian sagte zwischen zusammengebissenen Zähnen:

»So schnell waren wir noch nie, Käpten!«

»Vorteil oder Nachteil?« Pentawer deutete auf Telegonos. »Das Schiff segelt gut, gehorcht den Rudern ... vielleicht rasen wir zwischen den Gefahren hindurch?«

Telegonos zog sich in die Höhe. Pentawer rief zögernd:

»Dein Vater legte die Rüstung an, Telegon! Holt die Waffen und bindet euch fest!«

»Ich auch?« Charissa packte ein Tau. Ein Schauer gischtender Tropfen fegte von Steuerbord über das Deck und prasselte gegen die innere Bordwand.

»Ja. Du auch. Alle.«

Das Meerwasser war noch winterlich kalt, nur in flachen Buchten hatte es die Sonne erwärmen können. Auch der Boreas ließ die Mannschaft frösteln; besonders kalt schlug er auf die nasse Haut, trotz der Mittagssonne. In das Klatschen der Wellen, das Zischen der Bugwelle und der Heckspur drang, durch das Klappern der Wurfspeere und Schilde, ein seltsamer Laut. Pentawer blickte den Phaiaken von der Seite an; Ophian schien nichts gehört zu haben. Pentawer zuckte mit den Schultern. Seit er den tödlichen, schiffszerstörenden Sturm und unzählige Stunden des Dahintreibens überlebt hatte, hatte seine Furcht eine andere Bedeutung angenommen. Er musterte die Ufer, die sich näher schoben, erkannte sie nicht wieder und sagte sich, daß ihn der Sturm unzweifelhaft von Süd nach Nord durch diese Meerenge gejagt hatte, in der Nacht, als sein kushitischer Steuermann noch gelebt hatte. Wie sonst hätte er zu Kirkes Insel treiben können?

»Hörst du?« rief Ophian. Langsam nickte Pentawer.

Die Laute oder Geräusche, mehr eine Art mächtiger Gesang, schienen wie jener unerforschliche Donner aus der Tiefe des Wassers zu kommen oder aus der Richtung der Düne. Während sich Charissa und die Männer bewaffneten, sich gegenseitig in die Rüstungen halfen und die vorbereiteten Seile aus Flachs und Sehnen in die Gürtel knoteten, versuchten die Männer an den Ruderpinnen mehr zu erkennen. Die Düneninsel, an Steuerbord dem Land vorgelagert, war durch Wasserarme oder eine Lagune vom eigentlichen Ufer getrennt; auch an diesem Teil der Küsten sahen die Seeleute weder Rauch noch andere Zeichen der Besiedelung. Wieder glitt die *Namenlose* auf die Schulter der Dünung hinauf.

Eine halbmondförmige Fläche aus hellgrünen Gewächsen, Gräsern und Blumen wuchs vom Strand bis zu länglichen Ansammlungen aus Steinbrocken, die wie uralte, halb niedergebrochene Mauern aussahen. Pentawer und Ophian glaubten Teile steinerner Gestalten in dem Wirrwarr zu erkennen: Köpfe grimmiger Helden, mädchenhafter Frauen oder Fabelwesen. Wie ineinander fließende Klänge mächtiger Kitharasaiten hallten Töne über das Wasser. Sie schienen ebenso im Meer zu klingen, und der hohle Rumpf verwandelte sich in einen Schallkasten. Einen Augenblick lang glaubte Pentawer die Planken summen zu spüren. Kopfschüttelnd vertrieb er diesen Eindruck. Die Mannschaft war an Deck, Telegonos band den Kinnriemen des Helms, und Charissa bemühte sich, von Achtzahn festgehalten, den großen Bogen zu spannen.

»Zu spät.« Pentawer grinste unsicher. »Ich will mich nicht an den Mast binden lassen. Hört die Seirenen.«

»Das Wachs ist tief im Schiff, beim Werkzeug.« Ophian lächelte nicht, schüttelte sich. »Käpten! Wir steuern nicht dort hinüber, nicht wahr?«

»Nicht bei diesem Wind! Euer Poseidon ist mit uns!«

»Der Erschütterer des festen Bodens haßte Odysseus, nicht seinen Sohn.«

»Auch eine Erklärung«, murmelte Pentawer, hielt die Pinne mit beiden Händen, lachte der Mannschaft zu und sah, daß alle zur Düneninsel hinüberstarrten. Möwen stritten sich vor dem Treibholzwall, Sperber und Falken standen rüttelnd im Wind, und hoch über der Meerenge kreiste ein Fischadlerpärchen. Das Schiff hatte sich der Düne bis auf drei, vier weite

Pfeilschüsse genähert und fuhr gischtend und schüttelnd am Strand entlang, an den unregelmäßigen Flächen der Untiefen vorbei und mitten durch sie hindurch; Sonnenlicht im Wasser und auf dem Sand des Meeresbodens schuf eine trügerische hellgrüne Färbung. Der Gesang wurde lauter, schmelzender; das wortlose Lied versprach Frieden und wohliges Leben, umgaukelt von Schmetterlingen und diensteifrigen Schönen, hüllte die Frau und die Männer in sehnsuchtsvollen Wohlklang auf einem idyllischen Eiland ohne Sorgen, Alterung und Krankheit ein: in die Klänge einer unsichtbaren Kithara mündeten Frauenstimmen, zarte Flöten, Syringen, ferne Trommeln. Hin und wieder spürte Pentawer kalten Wind im Nacken und zwischen den Schulterblättern und erkannte, daß es Ophian nicht anders erging; sie steuerten das Schiff durch die Mitte zwischen den Ufern.

»Siehst du etwas?« knurrte Pentawer. Ophian schüttelte wild den Kopf. Das Segel war prall; das Gewebe schien hart zu sein, wie aus Weidenruten geflochten. Die zerzausten Palmen hinter den Trockenmauern schüttelten sich im starken Wind, nirgendwo auf der Insel, nicht einmal auf dem Kamm der Düne – sie erinnerte Pentawer an die scheinbar erstarrten Wogen aus Sand zu beiden Seiten des Hapi – konnten sie Gestalten, Fußspuren oder Verschüttungen erkennen. In die Saitenklänge, ins Flötentrillern, in den Gesang ohne Worte dröhnte plötzlich, urtümlich laut, ein dumpfes Blasen wie Echo in einem Gewölbe, wie Stierschrei und Titanengebrüll; ein Hornstoß aus der Welt des Teiresias schwoll an und wurde leiser, scheuchte einen Fischschwarm im Heckwasser zur Seite, verhallte irgendwo im Winseln des Nordwindes. Drei Atemzüge lang verwandelte die Sonne die Gischtschauer in Teile einer daimonenhaft strahlenden Iris; der Regenbogen endete neben der *Namenlosen.*

Und wieder aufschwellender Gesang: trunken, verlockend und duftend wie Rosenöl, Balsam und kretische Frühlingsblüten, verschlungen mit langhin hallenden Klängen, die in grauer Trauer versanken, in der Melancholie eines Abschiedes. Plötzlich: Stille. Mit knarrendem Krachen schlug der Bug in eine steile Welle, deren Kamm gischtgesäumt war und die nicht aus dem Meer im Boreas kam. Ophian und Pentawer zuckten gleichzeitig zusammen, sahen einander an, und Pentawer schrie:

»Die Strudel und die Wellen!«

Die sechs, die sich rund um den Mast festklammerten, lösten sich nur zögernd aus der Starre der Verzauberung. Das Tosen der Wellen schien von beiden Ufern widerzuhallen, aber sie waren zu weit voneinander entfernt, als daß sie Echos zurückwerfen konnten. Starke Strömung sog das Schiff nach Backbord, es schob sich mit abgewandtem Bug seitwärts. Über den Streifen der Fluten und Hochfluten ragten Wurzeln in den leeren Raum, wuchsen Bäume, lagen gefallene, modernde Stämme kreuz und quer im Wasser und auf den Felsen. Eine mächtige Felssäule, vierzig oder mehr Ellen hoch und voller Löcher und Höhlen, ragte an Steuerbord aus dem Wasser; eine verkrümmte Weide, eine windverschliffene Pinie und ein karger Feigenbaum wuchsen aus den Spalten. Obwohl sich die Wasserfläche nicht mehr verengte, schienen die Ufer in den Himmel zu wachsen und näherzudrängen. Charissa warf den Bogen auf den Rücken, knotete sich los und kämpfte sich zum Bug, der sich lautlos hob und krachend einsetzte und rechts und links weite Wellenzungen auseinanderwarf. Charissa hob den Arm und kam taumelnd zurück, griff nach dem Seilende und starrte Pentawer an. Ihr Gesicht drückte nackte, wortlose Angst aus.

»Jetzt sollten wir unsere Götter anflehen!« brüllte Pentawer. Undeutlich sahen sie, wie sich die Küstenlinien wieder voneinander entfernten; es schien weit am südlichen Horizont zu sein. Rechts und links des Schiffes enthüllte sich in tropfensprühenden Wellenwirbeln das nasse Chaos.

Große runde Flächen, wie dicke Öllachen, schwebten zwischen den Wogen hin und her, vermischten sich, teilten sich, verschwanden in der Tiefe und tauchten wieder auf. Im Wasser erschienen gezackte Löcher, die bis zum Grund zu reichen schienen. Die Strömung packte die *Namenlose* und drehte sie, das Schiff lief aus den Rudern und schwang zurück. Telegonos hielt sich am Masttau fest und schüttelte die Speere. Steile, weiße Wellen kamen von rechts und links und droschen wie Felsen gegen die Planken. Das Schiff schwankte, der Mast bewegte sich wie ein Schilfhalm im Sturm, die Enden der unteren Rahen und das Segel tauchten tief ein. Beim Auftauchen schnitten sie weiß gischtende Spuren in das schwarze Wasser. Krakenarme hoben sich aus der Schwärze, deuteten fünffach oder siebenfach auf das Schiff; an anderen Stellen zeigte sich der schlickbedeckte Boden mit Teilen verwesender Fische.

»Amûn! Hilf!« Pentawer schloß die Augen, holte tief Luft und schrie: »Auf die Planken! Festhalten! Sonst kommen wir alle um!«

Der Bug tauchte tief ein, das Heck wurde in die Höhe geschlagen; Ophian und Pentawer wären über Bord geschleudert worden, wenn sie sich nicht an den Pinnen festgekrallt hätten. Der erste Schlag riß ihnen die Beine unter dem Körper weg und ließ sie taumeln, halb auf Deck fallen; als sie wieder standen, raste die Riesenwelle auf das Schiff zu. Steil, scheinbar von Ufer zu Ufer, von einer schneeweißen Schaumzinne gekrönt, in der sich Wassertiere drehten und daraus hervorgeschleudert wurden, näherte sie sich. In der Dünung sank die *Namenlose* tief ins Wassertal, schwang sich knarrend und ächzend den Wellenberg aufwärts und stach den Bug in die Woge. Eine Wasserwand stieg auf, zwei gurgelnde Schenkel rasten die Bordwand entlang, die Welle brach auf den Planken, flutete entlang des Rumpfes, krachte auf die Mannschaft herunter, durchnäßte das Segel und zerrte am Tauwerk, stürzte durch die Luken ins Schiffsinnere, riß Ophian und Pentawer halb um und verwandelte die Pinnen in Hebel, die dicht über den Köpfen der Steuermänner quer durch die Luft schnitten und beinahe deren Schädel zerschmettert hätten. Das Schiff hob sich, der Bug wies schräg nach Backbord, das Heck tauchte tief ein: Überall waren Gischt, Tropfen, Wasser.

Pentawer und Ophian zerrten sich gegenseitig hoch, stützten sich, packten die hin- und herschwingenden Pinnen und jagten die *Namenlose* das schwarze Tal der Welle hinunter, die sich mit der Dünung vermischt hatte. Eine saugende Strömung hatte das Schiff in die Gewalt der Charybdis gesogen, die Gegenströmung spie es wieder aus. Gurgelnd wich rechts das Wasser und ließ einen Blick auf die Riffe des Meeresbodens zu.

Zwei riesige Tiere schoben sich an Backbord zugleich mit dem Schiff durch das Wasser; ein kleiner Wirbel drehte sich vor dem Bug, wurde schneller, vergrößerte sich, und sein Mittelpunkt schien bis in den Hades zu reichen. Fauliger Gestank brodelte herauf. Pentawer glaubte gelbe Stacheln, Stoßzähne, Panzer und furchtbare Gebisse zu sehen. Zweimal, dreimal knallten auseinanderreißende Falten im Segel, wieder legte sich das Schiff schwer nach Steuerbord, rutschte die Mannschaft über die nassen Planken, dann hörten die Pinnen zu zittern auf. Über Untiefen änderte das Wasser die Färbung, einige Riffe tauchten aus schäumenden Brechern auf. Die wechselnden Schläge auf die Ruderblätter ließen nach, der schäumende Rand des Mahlstroms hatte die *Namenlose* gepackt und trieb sie in einem weiten Halbkreis, in rasend schneller Fahrt, auf das Steuerbordufer zu.

Reglos starrte Telegonos auf die schräge Wand des Wirbels. Im schäumenden, dunklen Wasser trieben rätselhafte Dinge; es schienen Knochen zu sein, totes Meeresgetier oder seltsame Schlickklumpen. Charissa wimmerte, der Laut ging im tosenden Klatschen und Rauschen der Wellen unter. Der Strudel wanderte nach rechts, die Öffnung in der Mitte hob sich. Plötzlich, nachdem die kreiselnde Strömung das Schiff losgelassen und fortgewirbelt hatte, nachdem es wie ein Schleuderstein auf den Wellen getanzt war, hielt es auf der Stelle an. Wasser strömte zischend an den Bordwänden entlang nach Nord, das Schiff schüttelte sich, die Taue schlugen gegen das nasse Holz. Die Aiaianer krallten sich am Lukenrand und an Seilen fest; Oktodus überschlug sich auf den Planken. Pentawer sah an Telegonos vorbei ins pralle Segel – einige Atemzüge später begann sich das Schiff vorwärtszubewegen.

Der Himmel über den Ufern und der Durchfahrt war wolkenlos, die Hitze der Sonne brannte. Alle Körper waren schweißüberströmt. Eine unsichtbare Strömung zerrte am Kiel und zog das Schiff südwärts. Pentawer holte tief Luft, atmete ein und aus, blinzelte, sah sich um: Sie hatten die engste Furt hinter sich, und die Ufer entfernten sich wirklich von den Flanken des Schiffes. Nur der Starkwind fauchte und heulte hohl. Die Wellen plätscherten, die Bugwelle zischte, aber der unentwegte Donner anprallender Wassermassen schien endgültig vorbei. Die *Namenlose* segelte geradeaus, gehorchte dem Doppelruder und schwankte nicht mehr. Mit schmerzenden Handgelenken und zitternden Muskeln wandte sich Pentawer um.

Er nahm eine Hand von der Pinne, rieb sich die Augen und betrachtete die Felssäule, die an Steuerbord hinter dem Schiff kleiner wurde. In einigen Höhleneingängen glaubte er Gestalten zu sehen. Sie hockten dort, fahl wie Gruftpilze, wirklich und unwirklich zugleich wie der Troß des Teiresias, streckten lange Gliedmaßen nach dem Schiff aus – beim nächsten Blinzeln waren sie verschwunden. Eine mächtige Welle brach sich am Fuß des Felsturmes, stach mit weißen Wassersäulen gischtend in die Höhe und zerstäubte.

Die Mannschaft kam taumelnd auf die Füße. An Fabelwesen, die mit unzählbar vielen Armen die Seeleute vom Deck der Schiffe wegrissen, hatte Pentawer nicht geglaubt, aber jede Erzählung dieser Art hatte einen wahren Kern. Die Meerenge wäre besseren Kapitänen und Schiffen zum Verhängnis geworden; Pentawers Schultern sackten nach vorn. Er sagte leise zu Ophian:

»Mein altes Schiff ist, glaube ich, hier zerstört worden. Ihr Phaiaken habt, wahrlich, ein gutes Schiff gebaut. Die *Namenlose* verträgt mehr als ihre Mannschaft.«

»Dies ist auch auf anderen Schiffen so.« Ophian spuckte nach Backbord. »Wohin nun, Käpten der Schrecken?«

Er versuchte, Pentawer gegenüber das tiefe Maß der ausgestandenen Angst zu verbergen. Sein leeres Grinsen verriet ihn.

Pentawer hob die Schultern, seine Finger zitterten, in den Knien nistete kalte Schwäche. Langsam stieg gallige Übelkeit vom Magen in die Kehle.

»Weiß ich nicht. Rate mir, Steuermann. Mit diesem starken Wind in eine Bucht? Oder besser zur Insel des Aiolos?«

»Wollen wir Telogon fragen?«

»Was weiß er besser als wir?« Pentawer sah der Mannschaft zu. Oktodus spuckte einen Zahn in die Hand, starrte ihn traurig an und schleuderte ihn über Bord. Charissa und die Männer verstauten die Schilde, Schwerter und Helme im Kielraum; ein wenig wirkten sie, als wären sie auf diesem Schiff nur Gäste für einige Stunden. »Essen und Wasser haben wir für einen Zehntag. Und der Wind ... er jagt uns nach Süden.«

»Ich bin vor Angst halb gestorben.« Kalos schüttelte sich. »Diese Fahrt – ich überleb' sie nicht. Todkrank macht mich das alles.«

»Also die eisenumgürtete Insel!« Ophian machte eine Gebärde der Ratlosigkeit und blickte zum umwölkten Berggipfel. Wie Rauch eines riesigen Feuers zog die Wolke im Süden der stumpfen Spitze mit dem Wind. »Wir müßten jetzt quer zu Wind und Wellen rudern, um nach Osten zu kommen.«

»Schaffen wir nicht. Ausgeschlossen. Es wäre sinnlos, Oph!«

»Du sagst es, Bartloser. Also ...?«

Pentawer sprach so laut, daß es jeder verstehen konnte:

»Wenn der Boreas anhält, treibt er uns zur Aiolos-Insel. Dreht er und wird zum Zephyros, segeln wir nach Osten, auch mitten in der Nacht. Telegon! Die größten Gefahren, von denen Kirke gesprochen hat, liegen hinter dem Heck.«

»Poseidon war gnädig.« Telegonos schwankte, eine Hand am Masttau, auf das Heck zu. Er stierte Ophian und Pentawer an und senkte den Kopf. »Ich hab' mir vorgestellt, ich wäre am Ruder gestanden, die letzten Stunden. Wir wären alle jämmerlich ersoffen.«

»Daran, o Prinz, ist viel Wahres«, sagte Ophian leise. »Wir sind, wie meistens, in der Hand der Götter. Irgendwo dort drüben«, er zeigte vage nach Osten, »lebt dein Vater. Wir sind kaum einen Siebentag auf dem Meer. Er brauchte länger, wie jedermann weiß.«

Telegonos lächelte graugesichtig, wischte Salzwasser aus seinem Haar und wagte ein kurzes Lachen. »Wir warten also auf Zephyros. Auf dem Meer oder auf der Insel. Werdet ihr klugen Kapitäne dorthin finden?«

Fast gleichzeitig antworteten Ophian und Pentawer:

»Wir tun unser Bestes, Prinz.« Pentawer kratzte sich zwischen den Beinen und setzte hinzu: »Übrigens – das Wasser muß aus dem Schiff. Wenn der Kielraum leidlich trocken ist, kannst du mich ablösen.«

Telegonos nickte stumm und stolperte zum Mast. Die Sonne verschwand immer wieder hinter hellgrauen Wolken und begann zu sinken, überschüttete das Meer und die verschwimmende Steuerbordküste mit elektronfarbenem Licht. An Backbord war die Küste, die sich nach Osten erstreckte, längst nicht mehr zu sehen, über dem Gipfel des Berges, der bis zum obersten Viertel bewaldet war, kräuselten sich Wolken und trieben nach Süden. In weitem Abstand vom Ufer segelte die *Namenlose* im guten Boreas.

Ungefähr eine Stunde vor der Dämmerung ließ die Kraft des Windes nach, aber er wehte nach Sonnenuntergang und die gesamte Nacht.

Pentawer hatte sich auf dem untersten Querholz der Leiter, halb in den Wellen, erleichtert, hatte ein Tuch mit Wasser aus dem Pithos getränkt, seinen Körper abgerieben und eingeölt, einige Becher lauen Sud getrunken und nur wenig gegessen. Er lag ausgestreckt neben dem Mast auf einer gefalteten Dekke. Seine Gedanken waren brüchig: Erst in vielen Stunden würde er, vielleicht, die doppelte Bedeutung dieser Meerenge begreifen können. Die vermeintlichen Erlebnisse von Telegonos' Vater lagen für ihn in unbedeutender Ferne. Nur aus eigenen Erfahrungen konnte er Erkenntnisse sammeln; er dachte an das gerettete Handelsgut im Bauch der *Namenlosen* und an die Mündungen im fruchtbaren Hapi-Dreieck. Zweimal hatte er das Wüten der Meerenge überlebt – von Süd nach Nord und in entgegengesetzter Richtung – er schwor sich, wohin ihn auch immer die Winde auf den Pfaden des Meeres führen würden, niemals wieder diese Grenze nach Norden zu überschreiten. Er suchte zwischen den Rändern der Nachtwolken die Sterne, wiederholte deren rômetische Namen und jene, die von den kanaanitischen Steuermännern verwendet wurden. Auch an Amenirdis dachte er, die langgliedrige, gazellenäugige Tänzerin aus Menefru-Mirê, und ob er sie je wiedersehen würde, und an den langen, erlebnisreichen Weg eines Schiffbrüchigen, der auf den Spuren eines fremden Helden segelte – war Odysseus ein Held oder auch nur ein Mann, von feinsinnigen Gerüchten und keimenden Legenden umhüllt? Er, Pentau, und Charissa-Daphnia waren die wirklichen Wanderer in diesem Teil des Großen Grünen, und, abgesehen von Ophian, besaßen sie die meisten Erfahrungen. Diesem Umstand verdankten sie, daß sie überlebten ... seine Überlegungen und Empfindungen sanken ins Dunkel wie nasses Laub, und er schlief ein.

7.
DIE MÜTTER DER WINDE

Wie zwei Hände, die ein Küken betten. Wie Mauern aus Brettern, wie ein Nest. Eine Wiege und eine warme Höhle – das ist unser Schiff.« Mys fuhr mit dem linken Handrücken über sein Gesicht. Es gab ein schabendes Geräusch. Norax sah herüber; er umklammerte sein Bronzeamulett. »So unendlich weit weg von Aiaia. Keiner weiß, wo wir sind. Kommen wir je zurück?«

»Die Gedanken daran machen mich ganz krank«, sagte Kalos leise.

»Wenn wir zurückkommen«, sagte Telegonos, »sind wir alle verändert. Frag mich nicht, wie; vielleicht wie Bruder Nausithoos. Oder wie der Erfahrenste von uns, Kapitän Pentawer-Ptah.«

»Was soll uns das nützen, Prinz?« Alkias stocherte mit einem Span in seinen unteren Zähnen. »Wir hocken im Schiff wie in einem Ei: in welche Welt schlüpfen wir hinaus?«

»Heptodus hat Recht«, murmelte Norax. Er hielt die runde, vom Betasten polierte Bronzescheibe in der Handfläche; die Sonne schlug einen grellen Funken aus dem tief eingeritzten Fisch. »Siebenzahn heißt er jetzt. Wir rudern und segeln deinem Vater hinterher, Telegon. Ich und mein Vater haben dir beigebracht, wie man fischt – nun zeigst du uns Ufer, Buchten und Küsten, die uns nichts angehen?«

Telegonos blickte seine Finger an, hob den Kopf und musterte Pentawer und Charissa an den Pinnen, zwinkerte zum Mond und schien jedes Wort seiner Antwort abzuwägen.

»Vieles verstehe ich selbst nicht, denn ich bin der Jüngste, mit der geringsten Erfahrung. Aber – wir sind, ob wir wollen oder nicht, von den Umständen, den Göttern, den Moiren ausgesucht. Vielleicht liegt in unseren Händen das Schicksal Aiaias. Niemand weiß es, außer Zeus, der Sandkörner zählt.« Er nahm einen tiefen Schluck Sud und warf einen Blick zum geblähten Segel. »Jedes Erlebnis verändert uns. Ja, auch dich, Norax. Orakel haben unser Schiff auf den Weg gebracht, wir werden fremde Menschen, Häfen, Wunder, Landschaften und Dinge kennen lernen, die unsere Augen weit öffnen. Jeder wird zum Aristos im Kopf, in Gedanken; ich und ihr, wir werden auf einem hohen Berg stehen und alles erkennen, was unter uns liegt.«

»Was sollen wir mit all diesen wunderbaren Dingen tun, o Telegon?« Alkias sah zu, wie Charissa sich mit beiden Füßen gegen den Druck der Pinne stemmte. »Größere Fische um Aiaia fangen? Mit Erinnerungen von tausend fremden Bildern zurückkommen in unsere einsame Bucht?«

Telegonos zog die Schultern hoch; er wirkte verlegen. Charissa stieß Pentawer den Ellenbogen in die Rippen und deutete mit dem Kinn auf die Gruppe vor dem Mast. Pentawer nickte und sagte laut:

»Wer sagt, daß wir je zurückkommen? Die Götter sind mit uns: Jeder von euch wird in einem fremden Land ein Fürst mit tausend Sklaven, in goldstrotzende Gewänder gekleidet, mit Macht und der Hand am Schwert. Das Schiff, ein Nest: richtig! Aber wir sind frei. Wir können kühne Gedanken denken und kühnere Taten tun. Je weiter wir von deinem lecken Boot und deinen Netzen weg sind, Mys, desto aufregender wird die Welt sein.« Er winkte Telegonos und übergab ihm die Pinne. »In ein paar Zehntagen denkt jeder anders über die Fahrt.«

Pentawer kannte die Insel nur von Kirkes und Ophians Erzählungen und den Berichten der greisen Kapitäne, aber er wußte, daß entlang vieler Küsten hilfreiche Strömungen zogen. Von den Hapimündungen aus sog es die Schiffe zu den Häfen der Zedernberge und in weitem Bogen zurück nach Alashia und Keftiu; vielleicht half ihm eine Strömung auch auf diesem Teil der Fahrt, jene Insel nicht zu verfehlen.

Einen Tag und eine Nacht, nachdem das südlichste Kap der Kimmerier-Insel hinter dem Horizont verschwunden war, als die Wolke des Inselberges nur noch als rötlich weiße Feder im ersten Sonnenlicht zuerkennen war, segelte das Schiff viel langsamer in südliche Richtung. Die Erinnerung an die Schrecken der Meerenge verkroch sich tief in den Gedanken der Mannschaft, wie eine Krabbe im Sand. Bisher waren die Fahrtziele stets aufs Land gerichtet worden; früher oder später traf der Bug schließlich auf die Küste. Jetzt waren Mannschaft und Schiff allein in der endlosen Wasserwüste. Steuerten sie an der Aiolos-Insel vorbei, lag vor ihnen, in unbestimmter Ferne, der Rand des Okeanos. Eine Hand rüttelte Pentawer an der Schulter; er wachte auf, rutschte von der Hecktruhe und sah Telegonos' Gesicht über sich.

»Da ist etwas, Käpten.« Telegonos flüsterte und zeigte zum Bug. »Ein Götterzeichen. Es erscheint und verschwindet.«

Pentawer rieb sich gähnend die Augen, sah zum Himmel. Der Bootes versank hinter dem Meereshorizont, die Bärin erwartete den Himmelsjäger, der noch nicht aufgegangen war; Mittnacht also. Telegonos hielt beide Pinnen und wich aus, als Pentawer sich an ihm vorbeischob.

»Ich sehe nichts.«

»Warte, Pentau.«

Pentawer setzte sich auf die Heckplanken und spähte unter der Rah zum Bug. Die Mannschaft schlief beim Mast und unter der Öffnung der Luke, aus der es nach verschüttetem Wein roch. Einige Atemzüge später schnitt ein weißer Lichtpfeil durch das Gewimmel der Sterne, am Band des Kristallschleiers vorbei: ein erlöschender Sternsplitter. Als Pentawer seinen Blick wieder zum Bug richtete, glaubte er einen Nebel zu sehen, der sich verdichtete, in dem sich die Umrisse eines Körpers bildeten. Lautlos hob die Gestalt den rechten Arm und streckte ihn nach rechts aus, als zeige sie auf die ferne Insel. Durch die menschengroße Gestalt hindurch sahen Pentawer und Telegonos einige Sterne des Südhorizontes. Der Wind zerrte an dem milchigen Dunst, und wieder glaubte Pentawer Kirke zu erkennen. Noch einmal deutete sie nach Steuerbord, schwankte, die Umrisse lösten sich im Wind auf.

»Mutter«, flüsterte Telegonos. »Sie wollte mir etwas zeigen.«

Pentawer schöpfte aus dem Pithos, der auf federndem Rohrgeflecht stand und mit drei Tauwindungen befestigt war, verdünnten Aufguß und sagte leise:

»Vielleicht steuern wir nicht weit genug nach rechts. Ich hab' sie auch gesehen – und wenn die Strömung nach Backbord zielt ...?«

Telegonos zog die Steuerbordpinne an, schob die Backbordpinne von sich weg und beobachtete den Bug, auf dem schwach das Sternenlicht lag. Er schwang nach rechts, wieder zurück, verdeckte einen anderen Stern, und das Schiff änderte kaum wahrnehmbar den Kurs. Pentawer starrte den Schaum der Kielspur an, bis er sich in der Dunkelheit verlor; er schlug Telegonos auf die Schulter und brummte:

»Noch ein Dutzend Stürme, dann kannst du's, Prinz.«

»Kein Sturm mehr!« Telegonos schüttelte sich. »Lieber will ich nichts lernen!«

Pentawer hockte sich auf den zusammengefalteten Mantel. Leise redeten sie bis zum Morgengrauen über den Vater, das Land am Neilos, über Charissa und jene Könige früher Völker, die nur ein Jahr lang regieren durften und im Frühling getötet wurden. Als der Geruch des kochenden Kräutersudes den letzten Schläfer weckte, sagte Telegonos:

»Zweimal war Odysseus bei Aiolos. Es sind vier Inseln, erzählte er den Phaiaken; drei kleine und die große: Nesos Maleth. Es soll dort ein Windlabyrinth geben, und Tempel, älter als Zeus, in denen nur Frauen beten und zaubern, so wie die Amazonen. Sie sind es, die mit wunderbaren Knoten die Winde fesseln oder die Fesseln lockern. So hat man es Kirke erzählt, und sie hat's mir gesagt.«

Telegonos gähnte und starrte auf den Sud in seinem Becher. Ophian und Mys Arneios standen an den Pinnen. Siebenzahn blies ein paar verlorene Triller auf der Hirtenflöte. Charissa fegte mit den Fingern Brotbrösel von den taufeuchten Planken und warf sie über die Bordwand, dann kletterte sie vorsichtig den Mast hinauf und stellte sich auf die Rah. Einige Herzschläge später rief sie den Steuermännern zu:

»Einsam und mitten in der Wüste des Meeres! Wir steuern nach Nesos Maleth!«

Telegonos richtete sich halb auf, sah Pentawer scharf an und zuckte mit den Schultern. Pentawer lächelte verhalten und brummte: »Sag nichts. Ich weiß, was du denkst. Wenn Kirke uns stets so hilft, soll es mir recht sein.«

Zwei Stunden verbrachten Telegonos und Pentawer unter Deck, klopften Planken und Verbindungen ab, suchten nach kleinen Lecks und befestigten Teile der Ladung, deren Riemen und Stricke sich gelockert hatten. Sie prüften die Vorräte und fanden einen Krug, aus dessen Riß Wein sickerte. Pentawer brummte:

»Ein guter Grund, ihn umzuschütten und den Rest zu trinken.«

»Hilf mir, damit er nicht ganz auseinanderbricht, wenn wir ihn hochstemmen.«

Sie hoben den beschädigten und einen leeren Krug auf die Planken, brachen die Wachsschicht auf und wickelten nasse Tücher um den Pithos, während sie seinen Inhalt umschütteten. Alkias legte die Syrinx zur Seite, holte Mischwasser und Becher und sah einer Schar Möwen zu, die in den Wellen schaukelte. Große weiße Wolken glitten über den Himmel.

»Auf unseren vergessenen Schrecken und die Insel der Winde!«

Der Krug brach, als er im Wasser aufschlug; rasch sanken die Scherben. Einige Möwen flogen auf und umflatterten kreischend das Schiff. Hellbraune Segel, winzig klein am Horizont, schoben sich hinter der steilen Felsküste hervor. Die *Namenlose* näherte sich der Ostseite von Aiolos' Insel; und das Inselchen im Norden, weitab an Steuerbord, schien kleiner zu sein als ein unbedeutendes Riff. Im grellen Mittagslicht strahlten die schroffen Felsen in schmerzendem Weiß und Gelb. Die Hauptinsel wirkte auf Pentawer und Ophian, als treibe sie im Meer; der Glanz auf den funkelnden Felsen mochte der Grund für die Legende sein, die Inselmauern bestünden aus glattem Erz. Pentawer suchte in seiner Erinnerung an viele Hafengespräche, aber er fand nichts über diese Insel. Offensichtlich fuhr kein Gublaschiff hierher, oder die Kapitäne sprachen nicht einmal darüber, wenn sie betrunken waren.

»Also«, sagte Kalos und schabte mit der Hand über sein kratziges Kinn. Er zeigte auf das Kap aus gelbweißen Felsen. »Hier warten wir also auf guten Westwind?«

»So haben wir es ausgemacht«, sagte Telegonos.

Das Schiff fuhr mit vollem Segel und breit gischtender Bugwelle schräg auf die Küste zu. Tiefe Buchten, über denen Vogelschwärme kreisten, öffneten sich in der nördlichen Flanke der Felsen, die wie alternde Mauern aussahen, entlang der Einschnitte zusammengebrochen. Die Augen der Mannschaft klebten an den Vorsprüngen, Schründen und den Kanten der Gesteinswände. Über der Küste und im Meer jagten schwarze Vögel, aber nicht einmal Charissa konnte Bauwerke oder Menschen auf den ebenen Flächen vor dem Buschwerk und dem Waldrand sehen. Von König Alkinoos' alten Kapitänen hatten sie erfahren, daß der Hafen und die Burg in jener Bucht lagen, die sich nach Süden öffnete: Jetzt fuhren sie an großen Öffnungen der steilen Küste vorbei, hinter denen sich eine doppelte Bucht zeigte, voller flacher Inseln, Riffe, Nebenbuchten, an deren Rändern zwischen kantigen Felsblöcken uralte Bäume standen; es waren weder Mauern noch Häuser zu sehen. Charissa glaubte, ein paar Fischerboote im südlicheren Teil der Bucht zu erkennen. Die tiefen Einschnitte im Inselland waren wie Sprünge und Risse einer moosüberwucherten

Tontafel; eine niedrige Landzunge schob am Südende des Risses ihr steinernes Ende ins Meer. Gischtend brachen sich die Wellen, und die ausrollende Dünung schleuderte ihr Wasser acht Ellen höher gegen den weißsandigen Stein. Weit landeinwärts stieg Rauch auf. Telegonos sagte leise:

»Sechs Feuer. Ob sie uns gastfreundlich empfangen werden?«

»Wahrscheinlich nicht unfreundlicher als jedes andere Schiff«, sagte Ophian. Er lachte hart. »Du mußt nicht gleich losbrüllen, daß du Prinz Telegonos, der Sohn des Helden Odysseus bist.«

»Wir wollen ihre Hilfe, nicht umgekehrt.« Zum ersten Mal seit langer Zeit hörte Pentawer wieder das Klatschen der Wellen an den Felsen. »König Aiolos hat auch Odysseus das erste Mal mit offenen Armen empfangen.«

»Sagte mein Vater.« Telegonos zuckte mit den Schultern und beobachtete eine Weile lang die Mannschaft. Charissa und die Männer bewegten sich schwankend, aber mit sicheren Schritten, über die Planken. Es gab fast immer sinnvolle Arbeiten an den Holzteilen, am Tauwerk, zwischen der Ladung. Telegonos starrte ins Segel und sagte leise:

»Täusche ich mich, Käpten, oder sind sie anders geworden? Stiller, sicherer, mehr in sich gekehrt?«

»Anders, o Prinz.« Pentawer legte die Hand auf die Oberkante der Bordwand, blies die Salzkristalle von der Handfläche und federte den Stoß des Hecks ab. Er lächelte flüchtig. »Bei mir nenne ich sie die ›Vierlinge‹. Fischer, zum ersten Mal weit fort von Aiaia. Wir alle sind in der Nähe des Todes gewesen. Nur ein Betrunkener oder einer, den die Götter mit Wahnsinn geschlagen haben, spürt nicht die kalten Finger des schakalköpfigen Anubis; bei euch sind's die Moirai. Auch du hast dich verändert.«

Er suchte Telegonos' Blick. Die strahlenden Augen wurden dunkel, die Lider schlossen sich. Telegonos biß sich auf die Unterlippe und nickte.

»Wenn du es sagst, Käpten ...«

Die Gesichter der Mannschaft zeigten steigende Anspannung und Neugierde. Hinter den felsigen Vorsprüngen lag der erste wirklich fremde Hafen, den sie mit der *Namenlosen* ansteuerten, ein unbekanntes Königreich. Pentawer holte tief Luft; die triefenden Felswände, von deren Zacken faulende Tangstränge hingen, dünsteten stechenden Geruch aus. Kotstreifen auf dem Fels wiesen auf Nisthöhlen und Raubvogelnester hin. Das Schiff war nicht weiter als zwei Bogenschüsse vom Land entfernt und noch immer schnell; der Möwenschwarm war am Ausgang der flachen Bucht zurückgeblieben. Ophian schien Pentawers und Telegonos' Fragen zu ahnen und sagte:

»Keine Sorge, Freunde. Im Palast reden sie unsere Sprache. Und wenn nicht – wir finden jemanden, der für uns übersetzt.«

Eine Stunde lang konnten sie mit dem Boreas segeln, an sechs unterschiedlich großen Einbuchtungen vorbei; alle waren ungastlich und ohne jedes Anzeichen von kühlen Quellen. Am winzigen Kap der sechsten Bucht schob sich weit vor dem Bug eine mächtige Klippe nach Süden, und als das Segel zusammenfiel und die knallenden Falten einen feuchten Salzregen versprühten, zeigte Ophian mit breitem Grinsen nach Steuerbord.

»Seht euch gut um, bevor wir rudern müssen – Nesos Maleth, die steinstarrende Insel des Aiolos!«

Telegonos, Alkias und Arneios konnten die festgezerrten Knoten nur mit den Dolchspitzen lösen. Die Doppelrah knarrte herunter, Telegonos faltete fluchend das Segel und knotete es um die Hölzer. Charissa löste die salzüberstäubten Riemen aus der Verschnürung. Während sie arbeiteten und Ophian das Schiff in weitem Bogen nach Nord steuerte, versuchten die Seefahrer, in der Weite der Bucht alle Einzelheiten zu erkennen.

Die gerundete Bucht reichte tief ins Inselland hinein, tiefer als die nordöstlichen Einschnitte, und sie war zweigeteilt und vor allen Winden außer dem Notos geschützt. In der Mitte schob sich eine klobige Halbinsel in die dunkelblaue Fläche vor, weiter links, wie ein roh gemeißelter Schiffsbug, eine zweite Felskanzel. Dort sahen Pentawer und die Mannschaft wuchtige Mauern, eine schräge, steinerne Quellfassung und Dächer zwischen Baumkronen und Gebüsch. Aus dem Fels waren Rampen, Treppen und zwei Straßen geschlagen; sie führten in vielen Windungen bis zu einem Strand, einem langen Anlegeplatz aus Quadern, vielleicht zur Agora des Hafens, und einem niedrigen Wellenbrecher aus Steinbrocken. Ophian setzte sich auf die Ruderbank, packte den Riemengriff und rief Charissa zu:

»Gib den Takt an, Schwester.«

Pentawer blieb am Ruder und versuchte zu verstehen, was er sah; er steuerte auf drei dickbäuchige Schiffe zu, die entlang der Mole festgemacht hatten. Alle Bauwerke schienen aus dem hellen Stein der Insel und dunklen Balken errichtet zu sein. Offensichtlich war der Fels aus den Steinbrüchen leicht zu bearbeiten. Am Ostufer der rechten Buchthälfte breitete sich ein Fischerdörfchen aus, nicht mehr als eineinhalb Dutzend Hütten; auf Terrassen, die sich an manchen Teilen des Hanges erstreckten, grünten und wuchsen Korn und Wein, der sich um Holzgestelle rankte.

Die Ufer der rechten Bucht bestanden aus meist senkrecht abfallenden Felsen, auf denen sich die Linien unterschiedlicher Wasserhöhen abzeichneten: weiß, schwarz und graugrün. Fischschuppen glitzerten in der Sonne. Langsame, kraftvolle Riemenschläge trieben die *Namenlose* quer über die Bucht, durch kleine harte Wellen zur Mole. Weit rechts und links des Sandplatzes, der sich zwischen Schiffen, Truhenstapeln und den Mauern weniger Häuser erstreckte, mündeten Bäche ins Meer: an einigen Stellen waren sie von Steinen gefaßt wie der überfließende Brunnen zwischen den Häusern. Eine Verteidigungsmauer wurde am tiefsten Punkt der Klippe sichtbar, zog sich bis zum Palast, führte links des Vorsprungs in engem Bogen auf der hochgelegenen Ebene weiter und außer Sicht. Pentawers Blicke glitten über die ausgewaschenen Felsränder bis zum westlichen Kap der Bucht, dann nickte er und lenkte das Schiff an die Mole.

»Vorsichtig«, sagte er. »Zieht die Riemen an Backbord ein oder stellt sie senkrecht.«

Die Bordwand der *Namenlosen* scharrte an den Steinen.

Charissa kletterte aufs Heck, sprang an Land und fing das Tau auf, das ihr Pentawer zuwarf. Die Riemen klapperten aufs Deck, Arneios und Norax zerrten ein zweites Tau aus dem Bug und legten die Schlingen um dicke, zersplitterte Bohlen, die von Kupferbändern zusammengehalten wurden. Unter dem Vordach einer Schänke saßen einige Männer, die Beine ausgestreckt, und starrten leise redend das Schiff und die Mannschaft an; keiner stand auf, um den Ankömmlingen zu helfen. Einer nach dem anderen kam an Land und hielt sich irgendwo fest; die Erde schien zu zittern.

»Keine Angst«, sagte Pentawer und wartete, bis er sicher stand. »Das ist jedes Mal so nach einer langen Fahrt.«

Ophian und Telegonos gingen auf die Müßiggänger zu. Die Sonne stand im frühen Nachmittag; der Sand unter den nackten Sohlen war ebenso heiß wie die Planken. Pentawer und Mys zogen die Ruderschäfte hoch und banden sie fest. Die Bucht, das blaue Wasser und die schläfrige Reihe der Häuser atmeten Ruhe und Frieden, nur jenseits der Felskanten, auf der bewaldeten Hochfläche, lärmten unsichtbare Vögel. Pentawer half Charissa, die Riemen festzubinden, und lehnte sich neben ihr auf die salzüberkrustete Bordwand. Alkias und Mys füllten lauwarmen Sud in die Becher. Sie hörten zu, was die Männer unter dem Vordach miteinander redeten.

»Wir kommen aus dem Land der Phaiaken«, sagte Ophian. Er deutete zum Palast. »Herrscht König Aiolos über diese schöne Insel?«

»Er beherrscht auch die anderen Inselchen, Fremder.« Ein weißbärtiger, halbnackter Seemann hielt Telegonos einen Krug und eine Phiale hin. »Wollt ihr um seine Gastfreundschaft bitten?«

»Für eine Handvoll Tage.« Auch Ophian schob sich in den Schatten. Ein magerer, fast dürrer Wirt in einer Lederschürze lehnte am steinernen Türpfosten und sah zwischen Telegonos und Ophian hin und her. Ophian spähte ins dämmerige Innere der Schänke. »Nesos Maleth scheint eine Insel der Stille zu sein.«

»Jetzt ist es ruhig. Setzt euch zu uns«, sagte der Seefahrer. An seinem Ohr schaukelte ein dicker Goldring. »Noch eine Stunde lang. Ruhe des heißen Mittags. Später wird's lebendiger um die Agora.«

»Wir werden zum Palast hinaufgehen«, sagte Telegonos, nickte dankend und leerte den Becher. »Wenn wir unser tapferes Schiff aufgeräumt haben.«

»Solch ein Schiff sieht man nicht alle Tage, beim Blauhaarigen. Wer hat es gebaut?«

»Schiffbaukundige Phaiaken«, sagte Ophian grinsend und wandte sich um. »Aus fremdem, altem, geformtem und frischem Holz, nach dem einfachen Bauplan des Möglichen.«

Charissa lachte und stieß Pentawer an. Plötzlich erstarb der Wind, heiße Luft wälzte sich von allen Seiten zum Schiff. Heptodus-Siebenzahn kletterte aus dem Schiffsbauch, zog sich ins Heck und blickte an Pentawer und Charissa vorbei. Er stieß ein unwilliges Grunzen aus; Pentawer drehte sich um. Heptodus deutete mit ausgestrecktem Arm zur Öffnung der Bucht: Über dem südlichen Horizont bildete sich ein graubrauner, stumpfer Streifen aus lastenden Wolken oder dickem Meeresnebel, der das Licht in sich aufsog. Die Sonne begann ihre Farbe zu ändern.

Pentawer und Norax befestigten die Planke zwischen Bordwand und Quadern, holten von einem Haufen verrotteter Binsenmatten einige Reisigbündel, umwickelten sie mit Seilen und schoben sie zu den eigenen Prallsäcken zwischen Bordwand und Mole. Die Ruderer spannten das Segel, von der unteren Rah gelöst, zwischen Mast und Heck wie ein langes Zelt aus, sicherten es mit Schnüren aus geflochtenem Leder; ebenso wurde der geölte, eingewachste Stoff über der Luke befestigt. Telegonos kam an Bord und sagte:

»Die meisten Inselbewohner hausen dort oben.« Die Felsabstürze, auf die er zeigte, waren an vielen Stellen höher als zweihundert Ellen. »Laßt euch im Badehaus verwöhnen, bringt die Tücher zu den Wäscherinnen – wir quälen uns zum Palast hinauf.«

»In einer Stunde oder später.« Ophian wuchtete ein Taubündel aus dem Kielraum und ließ es klatschend auf die Planken fallen. »Dann, haben wir erfahren, wacht die Insel aus dem Mittagsschlaf auf.«

Ein drittes Tau wurde durch die Öffnung der Heckbordwand gezogen, am Mast festgeknotet und zehn Schritt weiter um das nächste Bohlenbündel geschlungen; Ophians besorgtes Gesicht, als er die dunkle Wolkenwand betrachtete, verhieß Sturm, Gewitter und Regen. Ohne Hast räumte die Mannschaft das Schiff auf, band die leeren Krüge im Bug fest und holte frische Tücher aus der Truhe.

Charissa und Telegonos gingen voraus, Ophian und Pentawer folgten langsamer und hielten sich im Schatten von Pinien und palmenartigen Bäumen. Charissa trug die große Goldschale mit Kirkes Heilsalbe, von einem schön gearbeiteten Silberdeckel verschlossen. Die Straße von der ebenen Hafenfläche und den Stränden führte in Windungen aufwärts und bestand, zwischen breiten Flächen rauhen Sandsteins, aus aufgeschüttetem Geröll hinter Stützmauern aus Riesensteinen, eingepaßten Felsbrocken und verlegten Quadern. Blühende und dornige Gewächse rankten in jeder Spalte; in den Blüten, die sich in den späten Sonnenstunden öffneten, summten Bienen. Ein halbes Dutzend Windungen später blieb Pentawer an einem Brüstungsmäuerchen stehen und blickte in die Bucht hinunter.

»Vom Palast aus sieht Aiolos jeden großen Fisch in der Bucht.« Um das südwestliche Kap kamen mit schlaffen Segeln zwei Fischerboote. »Seltsam. Kaum ein Seefahrer scheint die Insel zu kennen. Keiner, mit dem ich geredet hab'.«

Ophian rückte den Schild auf den Schultern zurecht. »Kann es sein, daß sie mit nichts anderem als Steinen handeln können?«

Pentawer wiegte den Kopf und ging langsam weiter. Er war sicher, daß man ihr Kommen beobachtete. Zwischen den Schulterblättern und auf der Brust tränkte der Schweiß den dünnen Stoff des Chiton. In den Baumkronen begannen kleine, graugefiederte Vögel zu lärmen, hinter der Mauer schrie ein Esel oder ein Maultier. Breite Mauerflächen, von halb mannshohen Pfeilern gekrönt, führten zu einem Tor, dessen linker Flügel weit offen stand. Charissa und Telegonos warteten im Schatten der rechten Torseite, deren schenkeldicke Bohlen mit grünspanigen Vierecken aus Kupfer und wenigen aus schimmernder Bronze beschlagen waren. Die Steinwände ragten düster drohend auf; Telegonos schüttelte sich. Über dem Tor kreiste ein großer Taubenschwarm. Der Doppelturm am Tor war jünger als alle anderen Teile der Mauern. Pentawers Finger fuhren über die körnige Oberfläche.

»Bronzemeißel«, sagte er leise. »An solchen Steinmauern und viel höheren Tempeln fehlt es in meinem Land nicht.«

Niemand hielt sie auf, als sie das ummauerte Land betraten. Es war, als brächte sie jeder Schritt tiefer in eine ganz andere Welt hinein. Ein großer Hain breitete sich aus, Felder und Äcker waren am Ende der Schneisen zu sehen, breite und schmale Pfade wanden sich zu langgestreckten Häusern: Speicher, Wohnquartiere für Diener und Sklaven, Wasch- und Badehäuser; ein klares Rinnsal plätscherte durch den Palastgarten. Zu einem kleinen Tor, aus dem Diener und Dienerinnen hervorkamen, führte ein gerades Stück Straße, die Palastmauern oberhalb der Fundamente versteckten sich hinter Büschen, Beerenranken und hochgebundenen Weinreben.

»Kommt«, sagte Telegonos. »Der König hat uns vor Stunden gesehen. Er weiß, daß wir keine Angreifer oder Unglücksboten sind.«

Ein älterer Mann verneigte sich, als Telegonos ihn aufhielt.

»Der König wartet auf euch, o Aristoi. Es kommen nicht viele Schiffe zu uns. Ich bin Phormilos, der Älteste im Palast. Dort, die Treppe bringt euch zur Terrasse des Männerpalastes.«

»Wir danken.«

Pentawer legte die Hand auf den bronzenen Kopf des Kampfkolbens, sah sich um und ging weiter. Ein hölzerner Wehrgang und gemauerte Treppen schmiegten sich innen an die Mauer; alles war von Wein und Schlingpflanzen überwuchert.

Die Umgebung des Palastes und die zwei Gebäudeteile ähnelten Kirkes und König Alkinoos' Palästen inmitten der Gärten und Haine. Sie waren, im Gegensatz zu den Wohnbauten in seinem Land, auf steinernen Fundamenten, aus Balken und Lehmziegelfachwerk oder solchem aus Riedgeflecht gebaut, mit wuchtigen Dächern, für Länder und Inseln, in denen oft schwerer Regen fiel. Sie würden in Jahrhunderten noch stehen, und die düsteren Mauern wirkten, als würden sie dem Ansturm großer Heere widerstehen können. Die Treppe mit vielleicht vier Dutzend Stufen endete auf einer Steinfläche, die eine hüfthohe Mauer begrenzte. In die hellen Quader war ein endloses Rankenmuster gemeißelt.

Im Mittelpunkt der Terrasse stand ein alter, breitschultriger Mann mit weißem Haar und kurzem, silberfarbenen Bart, einen Kopf kleiner als Telegonos, mit faltigem Gesicht. Er schien ebenso hart und unverletzbar wie die Steine ringsum, breitete die Arme aus und starrte unter schwarzen Brauen und schweren Lidern die Ankömmlinge an. Er stand geduckt da, den kantigen Schädel über dem Stiernacken vorgeschoben, als erwarte er einen Angriff. Pentawer sah in Aiolos' Gesicht und dachte an ein schweres Schicksal, den Zorn der Götter, an tief eingebranntes Leid und alte, stumme Wut.

Telegonos trat vor, in Charissas Köcher raschelten die Federn der Pfeile. Ophian hob die Hand und sagte:

»Wir erbitten deine Gastfreundschaft, Herrscher der Insel.«

»Ihr seid willkommen.« Die Baßstimme Aiolos' war tief wie ein Abgrund. Er wartete, bis sich als letzter auch Pentawer verbeugt hatte, schüttelte die Handgelenke der Gäste und hob den Kopf. Seine Augen waren dunkelbraun; als er lächelte, hoben sich die Lider ein wenig. »Bis ihr weitersegeln könnt, wird viel Zeit vergehen; genug, um vieles zu bereden. Woher kommt ihr?«

Er wies auf zwei Eingänge, vor denen schwere Schlagläden zur Seite geklappt waren. Im bräunlichen Licht der Dämmerung lösten sich die Schatten auf. Aiolos klatschte laut in die Hände.

»Das Schiff kommt von der Insel Aiaia, auf der meine Mutter herrscht. Ophian ist meereskundiger Phaiake, nicht weniger schwierige Meerespfade kennt Kapitän Pentawer-Ptah.« Telegonos' Zeigefinger schwang herum. »Fürstin Charissa lebte einst nahe Ilions. Vier Freie Männer, tapfere Fischer, segeln mit uns.«

»Kommt ins kühle Haus!« Gleichzeitig mit Aiolos warf Pentawer einen Blick auf die dunkle Wolkenbank. Die Sonne taumelte als karneolfarbener, verschwommener Kreis dem Horizont entgegen. »Ins Megaron!«

Aiolos winkte einen Diener zu sich und befahl ihm, mit einem Wagen zum Phaiakenschiff zu fahren, die Ruderer von Aiaia und die Habseligkeiten der Mannschaft zu holen und eine Wache beim Schiff zurückzulassen. Er lächelte Telegonos und Charissa an, seine Zähne waren vollständig und weiß. Junge Sklavinnen brachten Weinkrüge, Mischkrater und Körbe voller Essen ins Megaron, breiteten Tücher über den weißgescheuerten Tisch, zündeten ein Dutzend Öllämpchen an und liefen auf nackten Sohlen hinaus; zwei ältere Diener warteten stumm. Telegonos blickte über die Terrassenbrüstung auf die Wolkenbank und sagte lächelnd:

»Man nennt dich zwar den Herrn der Winde, o Fürst – woher weißt du aber, daß wir lange deine Gäste sein werden?«

»Wartet noch.« Aiolos legte die flache Hand auf den Weinpithos und sagte zu den Dienern: »Schließt alle Läden und hängt Decken vor die Öffnungen, wie jedes Mal beim Roten Notos. Treibt das Vieh von den Weiden, blast die Hörner; fragt den guten Phormilos.«

Die Diener verbeugten sich und verließen das Megaron. Aiolos breitete einladend die Arme aus und setzte sich auf den hochlehnigen Thronsessel. Er mischte im tönernen Krater selbst den Wein, füllte die gelb glasierten Phialen, lehnte sich zurück und hob das Trinkgefäß.

»Deine Mutter, Telegonos, die Zauberkundige, weiß es sicherlich: Ich stamme aus dem Geschlecht des Hellen, des Deukalion-Sohnes; meinem Großvater Aiolos sagt man nach, er habe Thea verführt, eine Tochter des Kentauren Cheiron. Die

Götter haben meinen Vater zum Hüter der Winde bestimmt – und daher weiß ich, wonach du fragst, Prinz.«

»Sag's uns, König.« Pentawer hörte die lang gezogenen Hornrufe. »Wer die Winde kennt, und wie lange sie wehen, ist nicht nur Herrscher einer Insel.«

»Aus der heißen Wüste am Rand des Okeanos fegt der Notos heran, saugt Wasser aus dem Meer und mischt es mit Staub. Er wird zwei Siebentage lang über meine Insel wehen; wenn er Regen ausschüttet, wird alles auf Maleth rot. Viele Wesen ersticken.« Während er mit großen Schlucken trank, betrachtete er die Goldschale. »Hütet euch in dieser Zeit vor Anstrengungen und Leidenschaften ... aber: erzähl mir, Prinz Telegonos, wie ihr von Aiaia hierher gekommen seid.«

Er sah Pentawer und Ophian an; beide deuteten grinsend auf Telegonos. In das Dröhnen der Hornsignale mischten sich das Schlagen der Läden, Rindergeschrei, Lärm und aufgeregte Stimmen. Telegonos trank, holte tief Luft und begann zu reden: vom Schiff, dem König der Phaiaken, von Teiresias und dem Schrecken von Skylla und Charybdis, dem Nordwind, der die Fahrt nach Ithake unmöglich gemacht und sie hierher getrieben hatte. Er setzte die Schale ab und sagte:

»Man sagt, du hättest meinen Vater von deiner Insel vertrieben. Ich bin Kirkes Sohn und der des Odysseus. Verfolgst du mich nun mit dem gleichen Groll?«

Aiolos schüttelte den Kopf. Die Luft im Megaron troff, jeder Windhauch war vergangen; die Ölflammen brannten reglos. In der Palastküche zerbarst klirrend ein Tongefäß. Als rede er zu sich selbst, sagte der Herrscher:

»Es ist zu lange her; sinnlos, alten Groll und Enttäuschung aufzurühren. Dein Vater kennt dies: Zwei Dutzend Tempel der Alten Göttin, bei denen die Mütter der Winde wohnen, stehen auf den Inseln. Ihr werdet das Windlabyrinth sehen, sollt in den Tempeln opfern, ich werde euch beim Mund der Winde einige Geheimnisse lehren – dann wirst du meinen Zorn verstehen. Dein Vater ließ die falschen Knoten lösen, damals ...«

Pentawer sagte sich, daß Aiolos aussprach, was er selbst

wußte: jene Sandstürme, die auch das Hapiland in Dunkelheit stürzten, dauerten meist mehrere Tage. Daß der Rote Notos zwei Siebentage hindurch wüten würde, schien nur Aiolos genau zu wissen. Die feuchte Hitze nahm zu, die Haut bedeckte sich mit klebrigem Schweiß, der König stand zögernd auf und sagte:

»Schon beginnt der Rote. Erfrischt euch im Badehaus.« Er wirkte tief nachdenklich und stützte sich auf die Armlehne. »Eure Kammern sind im Gemäuer, still und, vor allem, kühl. Die Diener zeigen sie euch. Ihr merkt es schon jetzt: die Götter verwöhnen uns mit Ereignislosigkeit.«

8.
ROTER NOTOS

Das Herdfeuer, das zuerst nur geschwelt hatte, begann knisternd zu lodern, als die ersten Stöße des Sturmes über die Insel fuhren, aber die Schwüle wich nicht. An den Tischen des Megaron saßen zweieinhalb Dutzend schwitzender Gäste; die Musiker spielten ebenso lustlos, wie der Kitharist sang. Die Töne ertranken in der Feuchtigkeit und im Sturm, der mit den Holzläden klapperte und um den Palast winselte. Im Bad war Telegonos eingeschlafen, ein zweites Mal beim Kneten, Walken und Striegeln mit Öl, beim Wegschaben der Bartstoppeln; die erfrischende Wirkung der kalten Güsse war längst vergangen. Auch die frischen Chitone waren längst durchgeschwitzt. Von den Badesklaven hatte er erfahren, daß König Aiolos' Gattin vor vielen Jahren gestorben war; sein Lager teilte nun eine Fremde, Halreiqa, eine junge Frau, einst mit einem Händlerschiff gekommen. Telegonos unterdrückte ein Gähnen, riß den Blick von den Musikern los und füllte seine Phiale. Halreiqa saß neben Aiolos, ihre Handrücken und die Oberarme mit Schlangenlinien, Ranken und Schnörkeln aus zahllosen Hennapünktchen bedeckt. Aus auffallend großen, dunkelbraunen Augen beobachtete sie jede Bewegung im Megaron, als sei sie die wirkliche Herrscherin. Die Dienerinnen schlichen gähnend umher. Ophian, Aiolos und Kalos lachten; falsche Fröhlichkeit, dachte Telegonos. Aiolos lachte nicht mit, er starrte die Frau von der Seite an.

»... keinen Reichtum erwerben. Zu wenige Arbeiter, viel zu wenig Sklaven.« Halreiqa sprach mit kühler, voller Stimme. Sie war sich jedes ihrer Worte bewußt. Telegonos wechselte mit Pentawer einen Blick; es gab wenig Zweifel, daß der alte König auf ihren Rat hörte. »Die Insel der Winde braucht Bewohner, die jungen Frauen brauchen Männer, ehe sie unfruchtbar werden. Selbst die Mütter der Winde halten Ausschau nach Besuchern, die bei ihnen liegen und sie schwängern sollen. Weil Nesos Maleth keine Reichtümer verteilen kann, kommt niemand, um hier zu siedeln – und der Zauber, den wir jenen kleinen Göttern und Idolen aus Stein mitgeben, verliert in der Ferne seine Wirkung.«

Aiolos legte seine breite Hand auf Halreiqas Unterarm und sagte: »So ist es. Sie hat recht. Das ist Teil des Schicksals. Die Moirai haben mich gestraft – ihr Götter! –, und kein Orakel weiß, aus welchen Gründen.«

Er hob den Arm, wischte über die Tischplatte und deutete auf den Kitharisten. Die Handfläche war blutrot. Einige Atemzüge lang schwieg der Sturm; alle warteten vergeblich auf das Geräusch eines Regenschauers. Samyd, der einäugige Greis mit der Lyra, begann mit brüchiger Stimme zum Klang der feuchten Saiten einen Sprechgesang:

»Aber Zeus hält die Winde gefangen, im Schlauch mit glänzend silbernem Knoten, fest in dem raschen Schiffe, daß auch kein Windhauch entkäme. Vor ihm, dem Mann aus Ithake, ließ er den Hauch des freundlichen Zephyrs einherwehn ...«

Der Kitharist, dachte Telegonos, war nicht blind, aber heiser, die sieben Saiten litten unter der Feuchtigkeit; über Aiolos' Gastmahl lastete noch etwas anderes als triefende Hitze. Die Sklavinnen hatten von den blutschänderischen Töchtern und Söhnen des alten Herrschers geflüstert, von deren Vertreibung und dem Kummer, der die alte Königin getötet hatte. Aus den Vorhängen tropfte Wasser, jeder Windstoß trieb roten Staub durch Spalten, Ritzen und unter den Türen hindurch.

»Ihr werdet auf meiner Insel wenig Fröhlichkeit finden«, sagte Aiolos zu Pentawer und Ophian. Ein Staubwirbel färbte die zuckenden Ölflämmchen. »Wenig Kindergeschrei und Gelächter. Auch unser Tun ist kaum vergnüglich: Handwerker und Sklaven fertigen aus dem weichen Stein diese kleinen Götter und Göttinnen. Metalle, seltene edle Steine oder gar Gold finden sich nicht im Felsboden von Maleth.«

Auch Telegonos hatte die meist handgroßen oder höchstens eine Elle hohen Steinfiguren in den Nischen schon beim ersten Besuch des Megarons entdeckt. Im flackernden Licht schienen sie zu blinzeln, zu lächeln oder die Gesichter zu verzerren. Er entsann sich, farbige Idole dieser Art bei Kirke und Nausikaa gesehen zu haben. Halreiqa richtete sich auf, legte den Kopf in den Nacken und lächelte.

»Erst als der König mich in den Palast holte, änderte sich, was Sterbliche ändern können. Ab und zu bringt ein Schiff eine Familie, die auf Maleth siedeln will. Ich kaufe Sklavinnen und befehle, daß sie Kinder zur Welt bringen. Unsere Sklaven und Diener haben es gut – mit dem Segen der Großen Erdmutter und dem Wohlwollen der olympischen Götter.«

»Auch nach dem Fall und der Zerstörung von Ilion landeten keine Flüchtlinge?«, sagte Charissa. Stumm schüttelte Aiolos den Kopf und gähnte.

»Entweder kennen sie meine Insel nicht«, murmelte Halreiqa, »oder kein Wind war ihnen günstig.«

Ophian nickte. Kalos, Arneios, Norax und Alkias wandten die Köpfe hin und her, zwinkerten, stießen sich an und schienen die Bedienerinnen plötzlich mit anderen Augen zu sehen; mitunter wirkten sie wie vier Brüder mit gleichen Gedanken. Entlang der Wand huschten zwei Mäuse mit nassem Fell und hinterließen rötliche Spuren. Telegonos sagte:

»Was habt ihr davon, König, Herrin, wenn dereinst die Insel genügend bevölkert ist?«

»Mehr Getreide anbauen und eintauschen, gegen Metalle. Andere Dinge aus Stein lassen wir meißeln und Schiffe damit füllen. Einen guten Hafen bauen, der vielen Händlern Unterschlupf gibt.« Mit einem feuchten Tuch trocknete Aiolos seinen Schweiß, betrachtete angewidert die Staubspuren und warf das Tuch zu Boden. »Zu einem Omphalos im Meer will ich die Insel machen. Zum Nabel des Okeanos.«

»Gab dir damals mein Vater keinen Rat? Jedermann redet von seiner Klugheit und der Listigkeit, die ihn auszeichnen – angeblich.«

»Er kam in einer Flaute und ging im Sturm.« Aiolos funkelte Telegonos an. »Als Odysseus von Maleth ablegte, waren wir königliche Freunde.«

»Und beim zweiten Mal, als Schiffbrüchiger?« Pentawer beugte sich vor. Mit dem Zeigefinger malte er Linien und Einbuchtungen; mit einiger Mühe erkannte Telegonos die östliche Küstenlinie der Insel. »Was hat dich so entrüstet, o Herrscher?«

»Seine unbeschreibliche Dummheit!« Aiolos winkte unbeherrscht. Eine Sklavin näherte sich und füllte die Schalen. »Oder der ratlose Wahn seiner Mannschaft. Ich sagte ihm alles über die Abfolge der Winde. Ich lehrte ihn die Reihenfolge, in der er die Knoten öffnen mußte, um mit tüchtigem Zephyros nach Ithaka zu kommen. Sie machten alles falsch. Alles! Und seine Versprechen wird er nie einlösen.«

»Welche Versprechen?« Telegonos verschüttete, als er die Phiale hob, dunkelroten Wein. »Ich weiß nichts ... wir wissen davon nichts, König Aiolos!«

»Schiffe voller Siedler zu schicken, von den Küsten, die er anlief. Bis zum heutigen Tag: Keiner kam!«

Er winkte heftig. Die Musiker standen auf, verbeugten sich und verließen das Megaron. Die schwere Tür öffnete sich, ein Windstoß durchwehte die Halle und hüllte die Versammelten in dünnen roten Nebel.

»Und auch wir verlassen dich in wenigen Tagen«, sagte Telegonos. »Wenn ich wüßte, wohin uns die Winde blasen, würde ich dieses Versprechen erneuern. Auch Kirkes Insel vertrüge ein paar Dutzend Bewohner mehr. Was sagst du, Ophian?«

»Laß mich nachdenken. Nur unser König könnte halten, was

von uns versprochen würde. Und ihn kann ich erst fragen, wenn wir in Scheria zurück sind.«

»Solche und ähnliche Antworten hören wir jeden Zehntag im Sommer«, sagte Halreiqa. »Gäbe es ein Schiff in meine Heimat, würden mir zehn volle Schiffe auf der Rückfahrt folgen.«

»Wo ist deine Heimat, Herrin?« sagte Telegonos. Auch an Halreiqas Hals rann der Schweiß in einer breiten Bahn zwischen ihre Brüste. Sie hob die Schultern und berührte Pentawers mondsichelförmigen Halsschmuck mit ihrem Zeigefinger. »Von den Mündungen des Hapiflusses, Kapitän, unzählige Tage und Nächte gen Sonnenuntergang. Als ich jung war, sah ich Segel der Gublaschiffe weit auf dem Meer; ostwärts fuhren die Schiffe.«

»Das ist wahrlich in weiter, unbekannter Ferne«, hörte Telegonos den Kapitän murmeln. Aiolos gähnte und rieb sich die Augen.

Wie ein Anprall fegte der Notos winselnd um die Palastmauern, erschlaffte, kam mit zweifacher Heftigkeit wieder und blies im Rauchabzug einen Titanenruf wie auf einem riesigen Aulos. Alle schraken zusammen. Halreiqa stand auf, ihr knöchellanger Chiton klebte an ihrem Körper, als käme sie aus dem Regen. Ihre Stimme war leise und bestimmend, ihr Arm beschrieb einen Halbkreis.

»Der Tag und der Notos haben uns ermüdet.« Sie legte die Hand auf Aiolos' Schulter, er tastete danach und hielt sie fest. Telegonos hielt ihrem prüfenden Blick stand. »Die Götter mögen uns gesunden Schlaf schenken. Führt die Gäste zu ihren Schlafstätten, Mädchen, und denkt daran, was ich befohlen habe: es sind junge Helden, Edle von fernen Küsten. Es ist ehrenvoll, mit Leidenschaft ihr Lager zu teilen – auch wenn es nicht gerade in dieser schweißtreibenden Nacht sein muß.«

»Viel Zeit, Freunde!« Aiolos leerte die Schale, füllte sie, trank sie wieder aus und ließ sie achtlos fallen. Schwankend stand er auf. »Über alles werden wir reden ... morgen, in all den Tagen ...«

Telegonos verneigte sich und lächelte. Aiolos stützte sich

auf Halreiqa und einen Diener, ging schwerfällig an den Tischen vorbei und zur Tür hinaus. Charissa nickte Ophian, Telegonos und Pentawer-Ptah zu, ohne zu lächeln. Langsam folgte Telegonos; er dachte an Nausikaa und wußte, daß keine Dienerin heute nacht seine Aufmerksamkeit erregte. Er fand am Ende zweier Treppen, in der Mitte eines langen Ganges, den Raum, in dem er seine Habseligkeiten ausgepackt hatte. Das Lager war bereitet, ein winziges Lämpchen brannte. Er schloß den feuchten Ledervorhang und schob das Wollgewebe vor den steinernen Türsturz; der Raum unter dem Palast, tief im grasbewachsenen Hügel, war kühl und totenstill. Er streifte den Chiton ab, rieb sich mit einem nassen Tuch ab und zog das Laken zum Kinn, als er sich ausstreckte.

Eine zweite, überdachte Terrasse sprang weit nach Süden vor. Hinter dem Vorhang rötlicher Rinnsale, die zu Boden plätscherten, sah Telegonos die gesamte Bucht, das Meer und das ansteigende Land bis weit in den Westen. An der Westküste fielen die Steilwände mehr als vierhundert Ellen tief ins Meer. Es regnete, als stünde er unter einem Wasserfall; die Wolken schienen die Dächer zu berühren, und hinter ihnen war die Sonne nicht mehr als ein heller Fleck. Die gnadenlose Hitze war vergangen, der Regen hatte Luft und Land abgekühlt, aber trotzdem schwitzte Telegonos im weißen Peplos. Der Gurt klebte auf dem Stoff, der Stoff haftete auf der Haut. Knarrend bewegte sich eine Tür, deren aufgequollenes Holz auf dem Boden scharrte. Tief im Inneren des Palastes blies jemand die Syrinx; vielleicht langweilte sich Heptodus Alkias. Pentawer kam aus dem Palast und schwieg, bis er neben Telegonos stand. Er hielt einen großen Tonbecher Sud in den Fingern; starker Minzegeruch stieg von dem heißen Trank auf.

»Nun, Prinz? Anders als Aiaia und Scheria? Neu? Überraschend? Maleth ist fremdes Land. Vielleicht erfährst du an anderen Orten noch mehr über deinen Vater; er war wohl kein ungestümer, strahlender Held im herkömmlichen Sinn?«

»Ebensowenig wie ich. Laß mir Zeit.« Telegonos grinste ohne

Fröhlichkeit. »Wie Aiolos sagt: später reden wir in guter Ruh' über alles. Ich bin verwirrt.«

»Ich auch. Bei dir sieht man es, Steuermann. Bald wird dich, glaube ich, Königin Halreiqa mit der Blöße ihres vorzüglichen Leibes erschrecken.«

Telegonos fuhr herum, sein Herz begann zu hämmern. »Glaubst du wirklich?«

»Sie sieht dich begehrlich an; es ist nicht unwahrscheinlich. Du solltest siebenmal darüber nachdenken – vorher.« Pentawer blies auf den Sud und schlürfte geräuschvoll. »An deiner Stelle: Ich würde sie abweisen. Es reicht, wenn Aiolos von der Dummheit deines verehrungswürdigen Vaters spricht. Es soll Trauben geben, die weit weg von der Rebe reifen, und Granatäpfel, die unauffindbar weit vom Stamm fallen.«

Langsam wandte sich Telegonos um, starrte in Pentaus Augen und murmelte: »Ihr Götter! Kirke hatte Recht. Du bist ein unheilvoll kluger Mann, Käpten.«

»Meine Klugheit hat mich immerhin nach Maleth gebracht.« Pentawer schnaubte. »Aber was ist schon Maleth?«

»Der Omphalos des Meeres, vielleicht. Auch bei Sonnenschein eine düstere, leere Insel mit einem alternden, trunkenen Herrscher.« Telegonos lachte laut, dann sprach er leise weiter. In seinem Bauch gluckerte der Kräutersud. »Offenbar ein Ort, an dem man alles über Winde weiß. Wer ist die Große Muttergöttin? Gaia?«

Pentawer fischte seufzend Kräuterfetzchen aus dem Sud und murmelte: »Irgendwann, vor Ewigkeiten, hat überall alles mit der Großen Mutter angefangen. Sie gebärt, sie gibt Leben, säugt ihre Kinder; sie ist die Urmutter des Chaos, eures alten Kronos und des neuen Zeus. Eure Gaia, und, mit anderem Namen, die Mutter von Schu, Nut und Geb, Osiris, Isis, Sachmet und des Ptah, den ich verehre. Tausend Namen – ein fruchtbarer Ur-Mutterschoß. Jeder Sterbliche, der sie verehrt, tut das Richtige.«

Wenn die breiten Bänder des Regens für lange Atemzüge aufrissen, sahen sie das zerwühlte Meer mit mächtigen graugrünen Wogen. Sie glaubten den Anprall des Wassers an die Felswände zu spüren. Regen verwischte auch die Linien der nahen Horizonte; sie sahen Felder, leere Weiden, Wälder, wenige Häuser, die sich gegen die Einsamkeit eng aneinander geschoben hatten, einige gleichmäßige Hügel, vielleicht Erdmassen, an die sich Bauwerke aus Riesensteinen stützten. Ein Windstoß wirbelte eine ätzende Rauchwolke vom Palastdach unter das riedgedeckte Balkengefach.

»In zehn Stunden, vielleicht zwölf, kann man die Insel der Länge nach durchwandern«, sagte Telegonos und sah zu, wie Pentaus Halsmuskeln beim Trinken spielten. Er nahm einen Becher. »Hast du nächtliche Leidenschaft genossen?«

»Ich hab' an deine Mutter gedacht und schwitzend geschnarcht.«

»Ich bin lange nicht eingeschlafen, hab' wirre Gedanken und dann seltsame Träume gehabt.« Telegonos beobachtete schwarzweiß gefiederte Milane, die dicht über den Wellen jagten. Die Bucht war eine Fläche grauer Wellen mit schneeigen Kämmen. Der Regen hörte plötzlich auf; überall rannen rote Rinnsale. Neben einem hölzernen Pfeiler lag zuckend ein winziger Vogel mit rotverklebtem Gefieder. »Undeutlich hab' ich's geahnt, Käpten: Mein Vater war anders als die Geschichten, die man von ihm erzählt.«

»Wenn du ihn triffst, schönster Steuermann von allen, wirst du reifer, älter, verständiger sein als beim Ablegen von Aiaia.«

»Das ist, was ich befürchte.« Telegonos senkte den Kopf. »Befürchte ich es? Freue ich mich darüber? Bin ich verwirrt? Denken ist schmerzhaft – wie verbringen wir den Tag? Das Schiff wird bewacht. Aiolos schläft bis Mittag, sagen die Küchenmägde. An Segeln ist nicht zu denken. Wir sind ausgeschlafen.«

»Ich hab' den guten Phormilos gebeten.« Pentawer hielt die Hand in ein Rinnsal vom Dach und schüttelte die Tropfen ab. »Ophian, wir beide und Charissa fahren mit einem Maultiergespann zum Labyrinth der Winde. Er hat Halreiqas Erlaubnis. Es ist nicht weit, meine Neugierde ist kaum zu bezähmen; wir werden etwas sehen, worüber wir uns lange wundern können.«

»Und die Tempel, in denen wir opfern sollen?«

»Später, Telegon.« Pentawer-Ptah reckte das Kinn in die Richtung des Meeres, das zu kochen schien. »Ich glaube Aiolos jedes Wort: dieser Großvater aller Südstürme dauert lange.«

Telegonos leerte den Becher, suchte den Kopron auf und erleichterte sich, verirrte sich im Durcheinander der Treppen, Rampen, Korridore und rutschte auf den nassen Stufen zum Palasthof aus. Drei Maultiere mit kastanienfarbenem Fell waren vor einen zweirädrigen Wagen gespannt. Phormilos stand unter dem triefenden Blätterdach einer Schwarztanne und redete mit einem Diener, der Zügel und Leitstock hielt. Er winkte, lächelte, deutete auf den Wagen und sah an Telegonos vorbei zur Treppe. Telegonos sprang in den Sand des Hofes und drehte sich um: Pentawer hielt Charissas Arm und führte sie die Stufen herunter. Telegonos musterte den Wagen: Er war wie ein eckiger Schiffsbug geformt und hinten ohne Bordwand. Zwei breite Ledergurte spannten sich quer, er bot gerade fünf Personen Platz, wenn sie sich zusammendrängten.

»Wo ist Ophian?« Pentawer versuchte, die Zügelführung zu erkennen. Dünne, ledergeflochtene Schnüre waren an großen Ringen angeknotet, die aus den Nüstern der Halbpferde hingen, liefen durch Ringe im Zuggeschirr und endeten am Wagen; die Löcher in den Nasen der Zugtiere waren sauber und ohne Blut.

»Er kommt.« Charissa begrüßte Telegonos. »Aus dem Badehaus. Er hat, rief er, die Angebote der Herrscherin reichlich wahrgenommen.«

»So wird er uns ein wohlgelaunter Reisegefährte sein«, sagte Telegonos leise zu Pentawer. Der Kapitän nickte und packte den Oberarm des Wagenlenkers.

»Wohin sollst du uns fahren?«

»Zum Irrgarten der Winde, Herr.«

»Wirst du uns erklären, was wir erleben?«

»Ich hab' zwei Jahre lang den Baumeistern geholfen.«

»Ist es im Westen der Insel?«

»An der höchsten Stelle nördlich vom Palast.«

Ophian sprang aus einer Dampfwolke im Eingang zum Badehaus, knotete die Lederbänder des Peplos über der Hüfte, setzte die Lederkappe auf und lief gemächlich zum Wagen. Er zog sich in den Wagenkorb, setzte sich auf den Ledergurt und fragte: »Worauf warten wir?«

Der Lenker zerrte an den drei rechten Zügelsträngen, hob den Speer und stach die stumpfe Spitze in die Kruppen der Tiere. Sie rissen wiehernd den Wagen herum, galoppierten fast aus dem Stand los, und Telegonos schob seinen Arm hinter Charissas Hüfte; sie fing sich und hielt sich am Bord des Wagens fest. Die zwölf Hufe schleuderten nassen Sand in die Höhe, rissen tiefe Spuren in den Palasthof und galoppierten zum Tor hinaus, nur Fingerbreiten am Säulenfuß und am Bronzebelag vorbei. Hinter dem rasenden Gespann kamen zwei Halbwüchsige mit Rechen und Besen, sammelten den Maultierkot in einem Korb und harkten den Sand glatt.

Die Bronzefelsen knirschten, die einzige Achse schlug, die Räder wurden durch Löcher und tiefe Rillen gerissen, in denen Regenwasser gurgelte. Der Wagen schleuderte nach links, die Mauer entlang und auf einen schmalen Feldweg. Die Stichmale neben den peitschenden Schweifen der Tiere begannen zu bluten. Pentawer griff nach dem Handgelenk des Lenkers, preßte den Speerschaft auf den Wagenkorb und sagte scharf:

»Langsam! Wir sind Gäste des Königs, keine lebensmüden Mitfahrer. Der Tag ist lang, Meister der Zügel.«

»Ich fahr' immer so, wenn ich den König fahre.«

»Du fährst uns!«, rief Telegonos. »Wir wollen deine Insel sehen und uns nicht mit gestauchten Fersen und wunden Ärschen neben dem Pfad wiederfinden. Da! Wie nennt ihr diese Bäume?«

Aus dem Galopp und dem polternden Schleudern des Wagens wurden Trab und gemächliches Fahren. Die Rücken der Maultiere dampften. Der Pfad führte durch Weiden und Felder, an einem Bächlein vorbei; über allem lag nasser, roter

Staub und tropfte von den Spitzen der herabgekrümmten Gewächse. In einem nackten Stück ebenen Felses tauchten zwei nebeneinander laufende Gräben auf, knapp zwei Handbreit tief. Unzählige Steinkugeln lagen darin, wie eine Kette, und neben dem Pfad ruhte auf sechs oder acht Kugeln eine Plattform aus abgewetzten, dicken Bohlen. In deren Mitte stand ein behauener Steinblock, jeweils drei oder vier Ellen hoch, breit und tief. Alles troff vor rotem Regenwasser. Das Gespann rasselte weiter.

»Was war das?« rief Charisse. Der Lenker schrie mit Pausen zwischen den Worten:

»So schleppen wir Steinquader aus den Steinbrüchen zu den Mauern. Und zu Tempeln und Fundamenten.«

Charisse blickte Pentawer, dann Telegonos an; beide zogen die Schultern hoch und machten mit der freien Hand undeutbare Gesten. Die Räder gruben sich tief ein, Schlammbrocken wirbelten in die Höhe, es ging in Schlangenlinien weiter, vorbei an Schilfstreifen, unter Pinienästen, über Geröll und in eine lichtlose Röhre hinein, die von ineinander verschränkten Ästen großer Eichen gebildet wurde, steil aufwärts durch eine Strekke Waldes bis zu einer großen Lichtung. Der Lenker steckte wortlos die Lanze in eine hölzerne Tülle und stemmte sich gegen die Zügel. Mit kreischendem Wiehern rissen die Tiere die Köpfe hoch, ihre langen Ohren zuckten; das mittlere Maultier entließ stinkenden Kotbrei aus dem After.

»Die höchste Stelle der Insel, sagt der König.« Der Lenker nickte grinsend. »Dort vorn können die Maultiere grasen.«

Der Wagen fuhr vierzig, fünfzig Schritte weiter und hielt an der Stelle, an der eine ebene Fläche in die Flanke eines regelmäßigen Hügels überging. Das junge Gras war von Schafen oder Ziegen fingerkurz abgeweidet worden und wuchs bis zu einem gelben Asphodelenstreifen nach; die kreisrunde Fläche der Lichtung erstreckte sich in vollkommener Harmonie bis zum Waldrand, zwei Bogenschüsse im Durchmesser. Als der Wagen hielt, pfiff und fauchte der Südwind über die tiefer liegenden Baumwipfel in die Nacken der Besucher. Telegonos stieg ab und reichte Charissa die Hand. In der Luft lag ein unverständliches Summen, Heulen, Wispern ... drei kantige, leicht gerundete Steinplatten bildeten ein doppelt mannshohes Tor, einen Schlund, der den Wind einsaugte.

»Also!« Der Lenker wartete, bis Pentawer und Ophian abgestiegen waren, und zerrte die Tiere zum Gesträuch am Waldrand. Er knotete die Zügel an einer Radfelge fest und wandte sich um. »Boreas, Euros, Notos und Zephyros. Vier Winde, vier Richtungen des Himmels. Vier Eingänge zum Irrgarten. Geht nicht tief hinein, Freunde!«

Telegonos nickte und begann, den Hügel zu erklettern. Aus der Kuppe, genau in deren Mitte, ragte ein wuchtiger, niedriger Rundturm aus überraschend kleinen Quadern auf. Telegonos umrundete ihn mit fünfzig langen Schritten und sah, daß die senkrechte Wand von acht unterschiedlich großen Löchern durchbrochen war. Jedes war anders geformt: ein kopfgroßes Loch der zwei Ellen dicken Mauer war mit großen, vielfarbigen Muschelschalen ausgekleidet und senkte sich zum Boden. Das nächste enthielt drei dünne, senkrechte Holzblätter, das folgende ein steinernes Gitter mit runden und viereckigen Öffnungen, das vierte war ein Göttergesicht mit hohlen Augen, Nasenlöchern, Tierohren und einem kantig verkniffenen Mund. Jenes, das nach Nord wies, mündete in drei senkrechte Röhren von unterschiedlichem Durchmesser, über denen grünspanige Kupferteller auf einer Achse gelagert waren. Telegonos winkte nach unten.

»Kommt, seht es euch an. Die Geheimnisse mehren sich.«

Ophian, der Lenker und Charissa kletterten hinauf und kamen zum nordwestlichen Loch. Es war zwei Ellen groß, viele Menschenschädel waren darin zu sehen, mit Kupferstäben im Stein festgehalten. In der nächsten Öffnung, der des Zephyros, stand in einer Röhre eine menschliche Hand aufrecht – mit sieben Fingern und dreieckigen Nägeln aus Teilen schwarzer Muscheln. Der Schlund des Lips ... Charissa beugte sich vor, legte die Hand vor den Mund und flüsterte:

»Soll ich kichern oder ehrfürchtig erstarren?«

»Das liegt bei dir, Fürstin«, sagte Telegonos und streckte die Hand aus. »Denk an die Große Mutter von allem.«

In der Tiefe der Turmmauer maß die Öffnung nur eine Handbreit, vergrößerte sich trichterförmig und mündete in eine steinerne Scheide mit rosenblättrigen Wandungen, dem Meisterwerk eines Steinmetzen. Aus der Öffnung kam tiefes, taubengurrendes Stöhnen. Charissa legte die Kuppe des Zeigefingers auf den kugelartigen oberen Abschluß, lächelte unsicher und sagte:

»Nun denn, das Labyrinth der Winde – ist Westwind weiblich oder wahnhafte Darstellung? Weißt du's, Käpten?«

»Nein. Ich versuche auch keine Erklärung; vielmehr erwarte ich sie.« Pentawer hob die Schultern und richtete den Blick auf die näher kommende Regenwand. »Vier Münder, die den Wind einsaugen, acht Öffnungen, aus denen er austritt, die aber auch im Wind stehen – ich bin Kapitän, weder Seher, Deuter noch Erklärer. Gehen wir zu den Mündern.« Er wandte sich an den Lenker, der schweigend Charissas Knie anstarrte. »Oder weißt du mehr?«

Auch der Wagenlenker schüttelte den Kopf. Sie stiegen an der Westseite des Hügels hinunter, am Steintor vorbei, vielleicht ein Dutzend Schritte weiter: Eine Steinplatte, in deren Mitte sich ein sorgfältig gemeißelter Mund öffnete, war wie ein Stück Mauer aufgestellt. Die Öffnung zwischen den Lippen war drei Ellen breit und knapp zwei Ellen hoch, schien einen gerundeten Einstieg zu bilden, es war ein zorniger Mund, voll Bitterkeit und jahrtausendealtem Wissen. Der Lenker sagte:

»Der Mund des Windes. Die Götter schenkten ihn dem Großvater des Herrschers.«

»Und nur König Aiolos kann uns die Bedeutung des Mundes erklären, nicht wahr?« sagte Telegonos. Ein heulender Windstoß und das Rauschen des Regens unterbrachen ihn. Er nahm Charissas Hand und zog Pentawer mit. Sie rannten zum Steintor und ins Labyrinth hinein; hinter ihnen rauschte ein Sturzbach herunter. Das Geräusch widerhallte im steinernen Gang, der sich nach innen zu krümmte. Der Notos fauchte, winselte und heulte mit hundert Echos. Der Sturm fegte die Tropfen waagrecht ins Tor hinein, trieb die Gruppe vor sich her, nach links, wo der Gang schmaler und dunkler wurde und der Boden anstieg. Telegonos blieb stehen, als er zwischen den Schatten seiner Begleiter nur noch einen Rest grauer Helligkeit sah.

»Nicht weiter«, sagte er. »Bevor wir aus dem Irrgarten nicht mehr herausfinden.«

Die anderen murmelten zustimmend. Er tastete im feuchten Wind um sich und fand, daß der Gang sich krümmte und mit schwindendem Durchmesser aufwärts führte. Plötzlich hatte er eine seltsame Vorstellung vom Inneren des Hügels: Vier Steingänge wanden sich umeinander, verzweigten sich wie ein Knäuel Schlangen zu acht Ausgängen, bildeten Hohlräume, in denen die Winde gurgelten. Jeder Wind eine andere Musik? War es so, war es eines der aiolischen Geheimnisse? Telegonos spürte, daß der Windstrom und mit ihm das Gurgeln und Heulen nachließ; er holte tief Luft und rief:

»Wir haben mehr gesehen, als wir verstehen können. Laßt uns zurückfahren.«

Die Regenwolken waren weitergezogen, die Tropfen hatten auf dem Gras und den Steinen eine dünne rote Schicht zurückgelassen, selbst auf den Fellen der Maultiere. Die Luft war klar, Telegonos konnte mehr als die Hälfte der Insel und dahinter das wütende Meer sehen, das Reich des blauhaarigen Poseidon, des göttlichen Feindes Odysseus'.

Die Dächer aus Balken und Schilfbündeln, mit Gras bedeckt, ragten an der Ostseite des Palastes weit in die Halden aus Schutt und Steintrümmern hinein. Steinhämmer, Schmirgelstein, Bronzemeißel und das Kreischen, mit denen ihre Schneiden nachgeschliffen wurden, übertönten die Windgeräusche, den Regen und jedes Wort. Telegonos und Pentawer sahen schweigend den zwei Dutzend Arbeitern zu, unter deren Werkzeugen aus kantigen Steinen kleine Statuen entstanden; Götter, Priesterinnen, die Große Allmutter oder Gaia. Einige Männer warfen Telegonos mißtrauische Blicke zu. Auf dicken Brettern standen Idole in allen Zuständen der Vollendung. Einige waren schon mit kräftigen Farben bemalt, auf einer Bohlenplattform stand der Torso einer unförmig dicken Frauengestalt, die einen gefältelten Chiton trug. Körper und Kleidungsstück hörten in der Höhe des Nabels auf, der obere Teil der Statue fehlte. Einige Halbwüchsige beluden einen vierrädrigen Wagen mit Steinbrocken aus dem Abfall der Handwerker. Telegonos hörte zu zählen auf: es standen vielleicht ein halbes Tausend Figürchen unter dem tropfenden Dach. Leise sagte er:

»Hat dir Mutter Kirke auch vom Standbild des weinenden, goldenen Zeus erzählt? Ich soll es, sagt das Orakel, an unerwarteter Stelle finden.«

Pentawer nickte und wandte sich zum Säulengang, der in den Palasthof führte: »Also nicht unter diesen Steingestalten.«

»Auch nicht auf ganz Nesos Maleth. Lassen wir den König nicht warten.«

Statt Aiolos stand Halreiqa im Wagen und winkte mit der Peitsche. Als Telegonos und Pentawer in den Wagenkorb stiegen, sahen sie zwischen den Füßen Charissas, der Fürstin und Siebenzahns große Krüge, eine Truhe aus Weidengeflecht und einen Wasserschlauch. Halreiqa lächelte Telegonos zu, lockerte die Zügel, lenkte die Tiere zum Tor und schlug die Peitsche über die Kruppen der Maultiere.

»Es ist besser, vor Anbruch der Nacht wieder im Palast zu sein«, rief sie. »Der König ist krank, er schläft. Ich zeige euch den Großen Tempel.«

In schnellem Trab folgte das Gespann der Straße entlang eines angeschwollenen Baches, fuhr durch die Furt und auf einen Weg, der sich zum südlichen Steilufer schlängelte. Einige Pfeilschüsse vom Tor der Schutzmauer entfernt hörten Felder und Weiden auf. Nachdem sie durch einen Hain aus Ölbäumen, Quitten und Nußbäumen galoppiert waren, zeigte sich das Land menschenleer. Gefällte und umgestürzte Bäume lagen auf kleinen Lichtungen. Der Weg führte in weiten Schlangenlinien abwärts, nach Südwesten, den tief herantreibenden Wolken entgegen. Telegonos hielt sich fest, glich die Stöße der Räder und das Schwanken des Wagens aus und rief durch das Rattern und den trommelnden Hufschlag:

»Die Priesterinnen – leben sie gern in der Einsamkeit?«

»Sie glauben, daß sie mit der alten Göttin zusammen sterben werden.« Die Kapuze des Mantels rutschte von Halreiqas Haar. »Ihr seid die ersten Besucher seit einem halben Jahr.«

»Haben die Priesterinnen die Tempel gebaut?« rief Alkias.

»Nein. Es heißt, die Titanen hätten auf Befehl Gaias alle Tempel der Insel errichtet. Niemand weiß es wirklich. Nicht einmal der Vater des Königs hat's gewußt.«

Die Zugtiere stemmten sich gegen das Joch, als der Wagen drei Windungen des Pfades hinunterschlingerte. Hufe und Felgen gruben sich tief im nassen Sand und alten Laub ein, von den Enden aller Blätter fielen schwere rote Tropfen. Zwischen den Wäldchen war immer wieder die Felskante zu sehen; einige Zeit später hörten sie das Meckern der Ziegen, die unter ausladenden Eichenästen weideten. Auf ein Dutzend niedrige Hütten führte eine jener doppelten Rillen zu; am anderen Ende war ein Steinbruch zu erkennen. Das Dörfchen lag wie ausgestorben, obwohl der Wind Rauchgeruch herantrieb. Das Gespann preschte auf der schlammigen Straße am Brunnen vorbei, mitten durch die Siedlung und auf ein großes Stück ebenes Grasland zu, durch Pfützen, aus denen unter den Hufen breite Wasserstrahlen aufspritzten. Ein Dutzend Ölbäume mit zerklüfteten Stämmen standen zwischen drei Bauwerken aus mächtigen Steinen, einige Pfade verzweigten sich zwischen den Tempeln. Sie lagen im Dreieck, nicht mehr als einen Steinwurf voneinander entfernt. Halreiqa fuhr unter einen Baum und knotete, bevor sie abstieg, die Zügel an eine Astgabel.

»Ich bringe den heiligen Frauen Wein und Essen.« Die Fürstin ließ sich von Telegonos herunterhelfen und reichte Charissa den Arm. »Und sie bitten die Göttin, mir zu helfen.«

Pentawer wandte den Kopf, betrachtete die mächtigen Steinplatten der Tempelwände, die steinernen Dachträger und die doppelt schenkeldicken Bohlen des Daches, auf dem kleine Büsche und Bäume wuchsen. Aus winzigen Steinhütten, die wie nasse Wespennester an den Tempelmauern klebten, kamen Frauen in knöchellangen Chitonen. Auf dem oberen Teil des Gewandes war ein roter Kreis eingestickt oder gewebt, eine Schlange, die in ihre Schwanzspitze biß. Charissa ging zu Telegonos und fuhr mit beiden Händen durch ihr Haar.

»Solche Tempel hab' ich hier nicht zu sehen erwartet. Seltsames erleben wir auf unserer Fahrt, Prinz.«

»Je weiter wir uns von Scheria entfernen, desto fremder wird die Welt«, sagte Telegonos grinsend. Er klang nachdenklich. »Die Frauen sind so alt wie ihre Götterwohnungen.«

Er zählte fünfzehn Frauen, fast alle weißhaarig, einige Greisinnen; zwei Jüngere schienen schwanger zu sein. Sie trugen kaum Schmuck, ihre Gesichter waren verwittert. Sie stellten sich schweigend um den Wagen auf, ihre Blicke hefteten sich auf die junge Herrscherin. Halreiqa sagte:

»Ich bin trotz der Regenstürme gekommen.« Sie deutete mit dem Peitschenstiel auf die Wolken. »Ich bring' euch Essen und Wein, wie bei jedem Besuch. Diesmal komme ich mit einer Bitte für diese Fremden – opfert mit ihnen, zeigt ihnen die Fähigkeiten, mit der euch die Muttergöttin ausgezeichnet hat.«

Eine Greisin trat vor und verbeugte sich. »Danke, Herrscherin; du sagst, sie sind würdig?«

»Es sind Nachfolger eines Mannes, den Poseidon mit seinem Unmut verfolgte. Vom Omphalos des Meeres haben sie nie etwas erfahren.« Halreiqa hob nacheinander Krüge und die Truhe aus dem Wagen und reichte sie den Frauen. »Wein, Honig und Öl für das Opfer sind in den Krüglein.«

»Kommt. Bald ist Mittag: die beste Zeit für ein Opfer.«

Telegonos wartete und sah Pentawer zu, der zwischen den beiden entfernt stehenden Tempeln hervorkam und die Perlen in seinem Ohr zwirbelte, als bewundere er die Größe der Steintafeln und die halbkreisförmigen Hallen, doppelt mannshoch und von einem drei Handbreit hohen Steinsockel umgeben. Die Priesterinnen betrachteten prüfend die Fremden, verteilten das Mitgebrachte und zündeten an der Glut eines Kupferbeckens einige Fackeln an. Große Tore wie im Windlabyrinth, mit eingeschnitzten, weißen Kreiszeichen, führten in den größten Tempel; schon nach wenigen Schritten ins Halbdunkel erkannte Telegonos, daß sich auch das Innere beider Bauwerke stark ähnelte. Wuchtige Säulen, gekrümmte Wände, mit Kreisen, Spiralen und unzähligen kleinen Löchern verziert, dunkelrote, gelbe und blaue Flächen, unglaublich große Steintafeln, die sich leicht nach innen neigten; zusammen mit Lichtöffnungen im Dach und weiten Rundungen umgab die Besucher eine feuchte, stimmenschluckende Stille. Ein Ruch kalten Rauches und scharf riechender Pflanzen oder Blüten trat aus dem Boden und den Wänden aus und aus den Skeletten pferdegroßer Tiere mit dicken Knochen, die mit Leder und Pflanzenschnüren zusammengebunden waren. Telegonos vermochte sich nicht vorzustellen, wie jene Tiere mit den halb armlangen Stoßzähnen einst ausgesehen haben mochten. In einer runden Nische, jenseits des Mittelganges, sah er die Statue der Muttergöttin: eine Frau mit ausladenden Hüften, riesigen, hängend-schweren Brüsten und einfältig lächelndem Steingesicht: unerschöpflich fruchtbringende weibliche Kraft der Erde, Kreislauf des Lebens in Geburt, Wachstum, Altern und Tod, im knisternden Fackellicht. Davor, auf Steinaltären, lagen frisch geschnittener Ginster, Blumen und einige Vögel mit ausgebreiteten Schwingen, aus deren Schnäbeln Blut tropfte.

Einige Seitengänge waren durch bunte Balkentüren verschlossen, das Holz trug Kreise, Linien und Ranken verwirrender Schnitzereien. Schweigend traten Charissa, Telegonos und Alkias zur Seite, ließen Halreiqa und fünf jüngere Priesterinnen an sich vorbei. An breiten Wänden, inmitten spiraliger Muster, sah man Gesichter oder runde und viereckige Öffnungen, hinter denen heisere Stimmen beschwörende Worte murmelten. Würde die Sonne die Wolken durchstoßen und an den Stellen, durch die Regen eingedrungen war, auf den weißen Boden strahlen, hätte die düstere Feierlichkeit des Tempels noch mehr die Herzen der Besucher angerührt; Telegonos blinzelte in die Fackelflammen und wartete, bis die Priesterinnen mitgebrachte Zweige angezündet, aus verborgenen Wandfächern Krüge und Tondosen hervorgeholt und sich entlang der Rundung aufgestellt hatten. Mit dunkler Stimme, bedeutsam betont und abgehackt, begann die Älteste:

»Die Große Mutter. Seit Anbeginn der Zeit wacht sie über uns, schenkt Fruchtbarkeit und gibt Welkung, bestimmt über Blühen und Werden, bringt Regen und Sonne und schützt alle, die ihr opfern. Seid willkommen im Tempel, Herrin Halreiqa und ihr Fremden, die ihr euch über das Meer wagtet.«

Die Mauern verstärkten die Stimme. Jedes Wort dröhnte in den Ohren. Die Priesterinnen steckten die Fackeln in rußige Wandlöcher, die Flammen wuchsen in einem plötzlichen Windstoß aus Öffnungen der Decke. Telegonos sagte:

»Wir danken, Priesterin. Unsere Götter, selbst Gaia, mögen jünger als die Große Mutter sein, aber auch sie kommen aus den Zeiten des Chaos, ehe alles war. Zeig uns, wie wir opfern müssen.«

Vor dem kolossalen Standbild zogen Flammen und Rauch senkrecht in die Höhe, zur runden Dachöffnung hinaus. Die alte Priesterin träufelte dickes, stechend riechendes Öl in die Handfläche und salbte den Hals Halreiqas, dann die Halsgruben und Brüste der Priesterin, dann fuhren ihre triefenden Finger unter die Chitone der Seefahrer. Telegonos schmeckte den talgigen Geruch aus den verfilzten Haarsträhnen der Alten, fühlte ein Brennen auf der Brust, seine Nasenflügel zuckten; schließlich hörte er:

»Ihr werdet auf alte Weise opfern; etwas Haar und Schweiß, etwas vom Fingernagel, Öl, Honig und Wein: Früchte des Wachsens, Teile des Großen Alles-Kreises. Kommt zum Altar.«

Telegonos wartete, trat einige Schritte vor. Beim dritten Schritt spürte er seine Sohlen und Zehen nicht mehr. Es war, als hebe sich sein Körper, als sänken die Fackelflammen unter ihm zurück. Er sah, wie Halreiqa, Alkias und Charissa zu ihren Dolchen griffen und sich dünne Haarsträhnen absägten. Der Rauch begann nach Horn zu stinken, das Öl fachte die Flammen an, der Honig schmorte, und die Asche der Ginsterzweige und der Stechapfelsamen flockte im heißen Luftstrom. Ohne zu begreifen, was er tat, kappte Telegonos einen Daumennagel, schabte mit der Klinge über den Unterarm und schnitt über der Schläfe etwas Haar ab, ließ den Tropfen von der Dolchspitze und alles andere in eine offene Hand fallen, hob sich über die Opferstätte und hörte den Gesang der Priesterinnen, der lauter und mächtiger wurde und die Mauern zittern ließ.

Er sah Pentawer-Ptah zwischen den drei Tempeln umhergehen und schwebte mit dem Rauch aus der größten Dachöffnung hinaus, zehn Ellen höher, wandte sich nach Sonnenaufgang und flog lautlos, ohne die ausgestreckten Arme zu bewegen, über das ansteigende Land zum Palast, in zwei weiten Bögen neben den steinernen Abstürzen der Klippen einher, über den zerstäubenden Anprall der Wogen und dic Dünung hinweg und zur Doppelbucht des Hafens, sah die in düsteres Rot getauchten Schiffe an der Mole schaukeln und an allen Ufern, Felsen und Strände die Wellen brechen. Telegonos sah, schmeckte und hörte: Er sog Bilder und Geräusche in sich ein und fragte sich nicht, ob er träumte oder eine wundersame neue Fähigkeit erworben hatte. Er flog; nur sein Wille änderte Richtung und Höhe und Geschwindigkeit unter den Wolken, aus denen graublaue Ausstülpungen hingen wie zum Platzen gefüllte Säcke.

Unter sich einen kreiselnden Schwarm Milane, erkannte Telegonos: Maleth war die beherrschende Insel in einem Archipelagos, der aus vier Inseln und einer Handvoll Kliffen bestand. Eine Tempelburg zeigte sich auf einer Lichtung, die sich in der Mitte der zweitgrößten Insel im Norden öffnete; Steinkugeln lagen in den Felsrinnen, die Dächer schmaler Häuser und runder Tempel waren eingestürzt, die Ruinen waren leer. Aus wild blühendem Buschwerk erhob sich die Steingestalt der Großen Mutter, von Vogelkot verätzt. Wind und Regen hatten die Farben ausgelaugt und abgewaschen: Moos wucherte in den Falten, aus leeren Augenhöhlen starrte die Urgöttin Telegonos an.

Der Wind trieb Telegonos hierhin und dorthin und kühlte den brennenden Schmerz auf seiner Brust. Er kreiste wieder über der großen Insel und fand endlich den einundvierzigsten Tempel inmitten des dreißigsten grünen Kreises, voller blühender Gewächse und Gras, das wilde Ziegen und Schafe abweideten, fand andere über das Land verteilte Lichtungen im Wald und inmitten hohen Buschwerks, verbunden durch kaum erkennbare Pfade zu vergessenen Steinbrüchen. Telegonos folgte einem Pfad, schoß durch einen Schauer roten Regens und drehte sich wie eine Möwe gegen den Wind, als er über der Hügelkuppe des Labyrinthos der Winde schwebte. Er sah den herrschenden Wind: Der Notos war rötlich und wurde blutrot, als er sich in das Tor des Zephyros zwängte. Am Fuß der Mauer, neben den acht Öffnungen, gingen König Aiolos und Charissa durch das nasse Gras. Sie waren nackt und starrten einander schweigend in die Augen. Aus einer Öffnung fauchte singend ein gelbes Windband, das nach Minze roch und mit schwindendem Leierton verwehte.

Das Paar näherte sich dem nächsten Loch, der Öffnung des Kaikias. Jetzt, wie dünner Rauch, entwich der steinernen Röhre grauer Wind, der wie eine Möwe kreischte und wie Blüten von Stechapfel und Zwiebel schmeckte. Andere Farben, Laute und Gerüche folgten: Pinienharz, Grün und Katzengeschrei, Urin und Pferdewiehern, Blau, Fischgeruch und der sehnsüchtige Schrei ziehender Gänse. Telegonos' Blick folgte Charissa und Aiolos; ihm war plötzlich, als erinnere er sich an Dinge, die nie geschehen waren. Schwarzer Rauch schmeckte nach Krieg, Schweiß und Blut und schrie wie ein Adler. Als sie andere Gerüche, Laute und Farben durchschritten hatten, stiegen sie zum Mund des Windes ab, und sie steckten ihre Köpfe tief hinein, als würde ihnen die Große Muttergöttin oder das Labyrinth unendliche Weisheiten zurufen. Aus dem sechsten Loch stoben verwehend Liliengeruch, Seirenengesang und Weiß. Eine Weile rührten sich Charissa und Aiolos nicht und lauschten. Aiolos schob sich rückwärts aus dem steinernen Mund heraus und packte Charissa an den Hüften. Sein Glied schwoll, wurde rot und weißgeädert; er spreizte Charissas Schenkel und drang mit heftigen Stößen in sie ein. Sie schrie vor Lust, und ihre atemlosen Schreie und der Widerhall gellten und kreischten im steinernen Labyrinth, das gleichzeitig achtfarbigen Rauch und ein übelkeitserregendes Gemisch aller Gerüche und Laute ausstieß.

Telegonos schwebte zum Opfertempel zurück und betrachtete das Meer. Selbst wenn der schwere Notos aufhörte, schrien die Sturmschwalben ihm zu, würden tagelang Wellen, Dünung und Strömungen das Ablegen verhindern oder das Schiff draußen vor der Bucht zu einem unsteuerbaren Spielball machen. Pentawer-Ptah stand vor dem Haupteingang, betastete die Ohrperlen und sprach zu sich selbst. An vier Stellen stieg Rauch durch die großen Dachöffnungen; er war wohlriechend, als würden Nüsse und Pinienkerne geröstet. Die Arme erlahmten, und langsam sank Telegonos hinunter zur mehrfach geschwungenen Tempelmauer, auf die Abbilder der Pallas Athena und der Hera zu, die in einer Außennische auf runden Säulensockeln standen. Schlagartig wechselte das Licht, ebenso jäh änderte sich die Umgebung; Telegonos taumelte und fiel. Er stand vor dem Altar, den wenig Glut und viel Asche bedeckten, und hielt eine Bronzeschale. Als er seine zitternden Finger spürte und mehlige Schwäche in den Knien, verschüttete er Wein in die Glut und kippte in einer säuerlichen Dampfwolke nach hinten. Er merkte nicht, daß ihn Charissa und eine Priesterin auffingen und aus dem Tempel schleppten.

Er kam zu sich, als er auf der nassen Steinbank saß und sich gegen die Mauer lehnte. Charissa wischte sein Gesicht und die Brust mit einem nassen Tuch ab, Pentau hielt einen Becher gemischten Weines an seine Lippen. Mühsam verstand er, was Charissa flüsterte:

»Es war ein Trugbild der Göttin, Telegon! Bist du auch wie

ein Vogel geflogen? Die Salbe aus Stechapfelöl und Spinnengift ... sieh her, unsere Haut ist ebenso rot wie deine.«

Langsam, kopfschüttelnd, holte er Luft, blinzelte und schloß, als ihn schwindelte, die Augen. Zehen, Kniegelenke, Ellbogen und Finger schmerzten, als die Kraft in sie zurückströmte. Die Priesterinnen umstanden ihn und die anderen Besucher; er taumelte und schlug mit der Schulter gegen die Wand. Die Gesichter der Frauen waren gelöst, der Wirklichkeit entrückt, und die Greisin sagte:

»Die Göttin lehrt uns, daß wir uns gegen sie und andere Götter versündigen, wenn wir versuchen, ihren Rat zu ergründen. Oder wenn wir es wagen, tief in unserem Herzen uns selbst erkennen zu wollen. Es steht uns Sterblichen das Zweifeln nicht zu: der ewige Kreis ist der Weg und das Ziel.«

»Wir danken dir, Mutter«, sagte Halreiqa leise. Sie atmete schwer, ihre Augen waren gerötet. »Nun sind wir sicher, daß die Fahrt unserer Freunde unter den besten Vorzeichen steht.«

In ihre letzten Worte mischten sich Kranichschreie. Alle blickten auf: Fünf graue Vögel flogen scharf trompetend über den Eichenwipfeln nach Osten. Einige Atemzüge danach riß sie der Anprall einer Bö fast zu Boden. Ein wütender Regenschauer fegte waagrecht heran und trieb Priesterinnen und Gäste in den Schutz der schwankenden Äste. Ein göttliches Rauschen ging durch das gezackte Laub des Baumes. Eine Eule, Pallas' Zeichentier, war an den Stamm genagelt worden; jetzt hingen nur noch Teile des Gefieders am Vogelskelett.

9.
DER SILBERNE KNOTEN

Das Gefühl, eine feuchte, rauhe Felsoberfläche zu betasten, hörte plötzlich auf. Die steinerne Finsternis des Tempels wich dem Halbdunkel; Telegonos hörte sich ächzen und richtete sich auf. Er starrte in das Öllämmchen, erkannte die Umgebung wieder und sah in das Gesicht der Schlafenden neben sich. Arene bewegte sich unruhig, wachte aber nicht auf. Er glaubte, das Echo eines Schreies in den Palastkorridoren zu hören. Das Kreischen gehörte in den Alptraum, den er gerade zu vergessen begann – ein zweiter, kurzer Schrei, Poltern, das klirrende Bersten eines Tonkruges. Telegonos sprang vom Lager, packte den Gürtel mit der Dolchschneide und riß mit den Unterarmen die feuchten Vorhänge zur Seite. Der Gang aus Stein und Balkenwerk, von einem Lämpchen in einer Nische schwach beleuchtet, war leer; die Geräusche eines Kampfes kamen von rechts. Dort schliefen Ophian und die Aiaianer. Telegonos begann zu rennen, zog den Dolch und ließ Gürtel und Scheide fallen; am Ende des Korridors, bei der Treppe, erkannte er Pentawer.

»Was gibt's, Telegon?« rief der Kapitän. Telegonos hielt an, als er vor Kalos' Schlafgemach stand, und sagte:

»Da drinnen kämpfen sie.«

Er drang ein und sah Daris, eine junge Dienerin, zusammengesunken und stöhnend am Boden kauern. Kalos stand über ihr, die Augen geschlossen; er würgte die Nackte mit beiden Händen. Aus seiner Kehle drang, wie undeutlicher Sprechgesang, ein auf- und abschwellendes Brummen und Stöhnen. Telegonos sprang auf ihn zu, drehte die Hand mit dem Dolch herum und hämmerte den Knauf der Waffe gegen die Ellbogen des Ruderers. Kalos schrie auf, Telegonos riß die Hände vom Hals der Frau und rammte Kalos mit der Schulter nach links. Der Ruderer stolperte und fiel auf die zerwühlten, halb zerrissenen Laken. Wieder schlugen die Vorhänge zur Seite; Pentawer sprang herein, die Kampfkeule halb erhoben. Mit einem Blick erfaßte er, was vorgefallen war; Telegonos knurrte: »Hilf mir.«

Sie hoben die wimmernde, keuchende Frau in die Höhe, redeten leise auf sie ein; endlich schüttelte sie sich und hielt sich den Hals. Sie sah Kalos an, der stöhnend seine Ellbogen hielt, dann röchelte sie:

»Er hat gezuckt und sich ... herumgewälzt ... dann hat er geschrien: ›Das Tier des Poseidon‹ ... und dann hat er mich töten wollen.«

»Er hat nicht dich töten wollen, Schwester, sondern einen Daimon seines Traumes.« Pentawer nickte und ging zur Liege. »Wir tauchen ihn in kaltes Wasser. Dann wird er wieder ein friedlicher Nachtgeselle sein. Telegon!«

Sie hoben Kalos auf, legten seine Arme über ihre Schultern und schleppten ihn im Palasthof zur Brunnenfassung. Als sie ihn ins Quellwasser kippten und herumdrehten, wimmerte er und knirschte mit den Zähnen, tauchte halb auf und schüttelte sich. Er riß die Augen auf, keuchte, dann sagte er stockend:

»Das dritte Mal ... seit wir im Tempel geopfert haben.«

»Uns geht es nicht anders«, sagte Telegonos und half ihm aus dem Wasser. Pentawer holte aus dem Badehaus ein paar Tücher. »Du hast Daris beinahe umgebracht.«

Kalos trocknete sich ab und knotete das Tuch um seine Hüften fest. Er sagte dumpf: »Der Schrecken ist vorbei. Die Arme ... sie weiß nichts. Morgen schlaf' ich allein.«

Er ging langsam zum Tor in der Mauer. Telegonos und Pentawer folgten ihm bis zu seinem Schlafraum. Daris lehnte am Balken der Türöffnung und hatte ein Himation um die Schultern geschlungen. Leise sagte Pentawer:

»Wenn er wieder unruhig wird oder im Traum zu kämpfen anfängt – es genügt, wenn du laut rufst. Dann wachen wir auf.«

Sie nickte und schob sich durch die Vorhänge. Telegonos nickte Pentawer zu und hob seinen Gurt auf, ehe er das raschelnde Vorhangleder zur Seite schob.

Arene schlief noch; Telegonos streckte sich neben ihr aus, zog das Laken hoch und schob den Arm unter ihren Nacken. Sie murmelte etwas, halb im Traum, er streichelte ihren Arm und ihre Brust; wieder versuchte Telegonos, seine Gedanken zu ordnen, das Erlebte zu durchschauen und sich selbst zu erklären: die dritte und vierte Fahrt zu anderen Tempeln, bei denen noch Priesterinnen lebten, mit König Aiolos zum Labyrinth der Winde, das Gefühl, durch Einreiben mit einer Salbe fliegen zu können, und die Wiederholungen jener Schrecken im letzten Teil des Traumes. Telegonos wünschte sich, wieder neben Pentawer am Ruder zu stehen, auf der Fahrt nach Ithake, aber Aiolos hatte sie bedrängt, zu warten, bis kräftiger Lips und Zephyros endgültig den Roten Notos ablösen würden; die beschwörenden Windknoten würde Aiolos rechtzeitig geknüpft haben. Telegonos lauschte auf Arenes gleichmäßige Atemzüge, wartete auf Lärm oder einen Schrei aus Kalos' Kammer und fühlte ein paar Herzschläge lang, wie seine Gedanken ziellos umherschwirrten; er schlief ein.

Der Tag war windstill; nach dem rosafarbenen Sonnenaufgang inmitten eines flammenden Wolkengebirges strahlte der Himmel durchdringend blau. Die Nebel des Notos bildeten über dem fernen Horizont einen grauen Saum, das Tagesgestirn brannte herunter, und die gesamte Insel schien zu dampfen. Wenige Stunden dieses sechsten Tages nach der Ankunft hatten genügt, um die lastende Unzufriedenheit und Mattigkeit auszulöschen: Gesumm von Fliegen, Bienen und Käfern erfüllte die Luft, große Schwärme Zugvögel erschienen wie aus dem Nichts und fielen in die Felder des tiefer liegenden Landes ein. Am Hang zwischen Palast und Hafen jagten Schwalben, und auf der Brüstung sonnten sich kleine grüne Eidechsen. Telegonos sah zu, wie eine alte Dienerin die rechte Hand und das Handgelenk Charissas mit einem Rankenmuster und einem Armband aus Pünktchen schmückte; der Hennabrei roch nach warmem Öl und Vogeleiern. König Aiolos lag auf dem schattenlosen Teil der Terrasse und ließ sich walken und kneten. Als Telegonos in den Hafen hinunterblickte, sah er die Ruderer das Schiff putzen. Ausnahmslos jede Fläche war von rotem Staub bedeckt.

»Wir werden bald unser Ziel vergessen haben«, sagte Charissa. »Seltsam! Nur wenige Stunden Sonne, Hitze, kein Regen – wie schnell ändert sich alles. Aiolos herrscht über eine schöne, reiche Insel.«

»So ist es. Das macht es mir schwer, zu verstehen, warum die Insel von so wenigen Menschen bewohnt wird.«

»Vielleicht hat man an anderen Orten zu viel von einundvierzig düsteren Tempeln und zauberischen alten Frauen erzählt.« Telegonos zuckte mit den Schultern. Die Dienerin rümpfte die Nase und beendete das Punktebild einer Blüte auf dem Handrücken. »Und von Gerippen und Steinzeichnungen.«

»Ich bezweifle, ob außer uns noch andere Seeleute solch Merkwürdiges und Unverständliches gesehen haben. Vielleicht du, Telegon; du kommst von der Insel der Zauberin.«

Er zuckte zusammen, als er die Geräusche eines Steinschlages vom Hafen her hörte. Die Alte legte den zugespitzten Span weg und wickelte um Charissas Hand und Handgelenk eine trockene Binde. Als sie lachte, sah Telegonos, daß in ihrem Oberkiefer alle Zähne fehlten. Sie verschloß das Tondöschen und kicherte.

»In ein paar Stunden, Fürstin, ist die Paste trocken. Dann kannst du sie abstreifen. Die Farbe bleibt einen Siebentag oder länger. So lange wie der Rote Notos.« Sie packte Mörser, Schalen und Tücher in ihren Korb und ging in den Palast. Telegonos setzte sich zu Charissa und sah, daß Sklaven Geröll und Steinbrocken, Abfall der Steinmetze, am Ende des Wellenbrechers, unweit der Schiffe, ins Meer warfen. Von der *Namenlosen* leuchtete Mys' weißer Schopf. Telegonos dachte an seinen Flug-Traum, bevor ihn vor dem Morgengrauen Arenes Leidenschaftlichkeit geweckt hatte, setzte sich grinsend auf das Schaffell und sagte:

»Merkwürdig, aber nicht unverständlich ist auch, daß wir Kinder nur in den winzigen Dörfern gesehen haben. Zwei Priesterinnen waren schwanger. Im Palast gibt's nur junge Sklaven und Sklavinnen. Oder hat dich hier schon Kindergeschrei gestört?«

Charissa schüttelte den Kopf und deutete mit der Linken zur Bucht. »Bei den Fischern drüben gibt's Kinder – mir scheint, daß unsere *Namenlose* nicht so bald vergessen sein wird. Ein paar von den jungen Frauen werden sich neun Monde lang an uns erinnern.«

Ein Blauamselpärchen flatterte an der Palastmauer vorbei. Telegonos lachte und wischte den Schweiß von seiner Stirn. »Neun Monde und viele Jahre lang. Hat Aiolos seine Sturmprophezeiung widerrufen?«

»Nein.« Wieder schüttelte Charissa den Kopf. Die Dienerinnen hatten ihr Haar zu einem lockeren Zopf geflochten, dessen Ende ein weißer Tonring zusammenhielt; sie fing ihn auf und spielte damit. »Die Tage und Nächte, hat er gesagt, in denen wir uns halb rasend und halb betrunken fühlen, kommen bald wieder. Noch einen Siebentag lang – der Notos ist nicht vorbei.«

In der Stille des frühen Mittags hörten sie nur das Hämmern der Steinmetze, Fliegensummen, Vogelgeschrei und das klatschende Zischen, mit dem sich die schweren Wellen an Land brachen. Telegonos hakte die Daumen in den Gürtel und legte die Beine auf die Brüstung. Er sah sich um und sagte leise:

»Welche Träume hast du gehabt? Im Tempel, meine ich, mit der Salbe der Priesterinnen?«

»An alles kann ich mich nicht mehr erinnern.« Charissas Blick glitt von seinem Gesicht zum Meer, auf die breiten Gischtstreifen der Dünung. »Undurchdringbarer, feuchter Wald hat die ganze Insel bedeckt; ich hab nur riesige Farnbäume erkannt. Erdgöttin Gaia und die Große Mutter waren Zwillinge aus einem Ei, geschaffen vom Ur-Chaos, und solche Tiere, wie wir sie an den Wänden der tiefsten Tempelhöhle gesehen haben, gab es in großer Zahl. Ich sah, wie die Götter einen alten Mann die Kunst lehrten, die Winde zu lesen. Der Alte wurde jung und hat sich mit der alten Priesterin vergnügt; sie haben Wein getrunken, sie war eine schöne Frau, und sie haben beieinander gelegen.«

Telegonos' Blicke verfolgten ein Fischadlerpärchen. »Ich sah alle Tempel und wie Aiolos ... wie er die Farben und die Gerüche der Winde deutete.«

»Im Windlabyrinthos?«

»Ja. Ich war im Halbdunkel eines Heiligtums, drei Tempelräume und viele Stufen untereinander, tief im Berg oder in einer Höhle. Ich habe mich zu Tode gefürchtet; nach heute nacht, in der wir Kalos helfen mußten, muß ich wieder daran denken.« Sie sahen sich schweigend an. Charissa senkte den Kopf und schien nachzudenken. Während des Regens und der Stürme schienen der Palast und die nahe Umgebung ausgestorben gewesen zu sein; jetzt verdoppelten Licht und Wärme scheinbar die Anzahl der Bewohner und deren Lärmen und Betriebsamkeit. Pentawer und König Aiolos kamen zum Rand der Terrasse, Daris folgte mit dem Mischkrater und einem Weinkrug. Der König erschien Telegonos um ein Jahrzehnt verjüngt; auch auf ihn schien die Sonne etwas von ihrer Kraft übertragen zu haben. Er setzte sich lächelnd und wartete, bis die Becher gefüllt waren, dann sagte er:

»Dein Ziel, Telegonos, kenne ich, auch das von Ophian und dem Kapitän, der seine wertvollen Waren dort abliefern muß, woher der Rote Notos kommt.« Er nickte Pentawer zu und sprach bedachtsam weiter. »Kein Feind stellt sich gegen dich, kein Gegner bekämpft dich; vielleicht neiden dir die Götter den Erfolg. Oder nur Poseidon, der sich an deinen Vater erinnert. Aber du, Fürstin, hast mir noch nicht erzählt, wohin du segeln willst.«

»Du hast nicht gefragt, König«, sagte sie. »Aber – ich weiß es selbst nicht genau. Ich will dorthin, wo ich Flüchtlinge aus Ilion finde. Zu ihren Dörfern, irgendwo an der Küste.«

»Vielleicht dorthin, woher meine Gemahlin kam?«

»Vielleicht dorthin.« Charissa zog die Schultern hoch. »Der Kapitän und ich haben besprochen, daß er mich zu einem Hafen am Zederngebirge mitnimmt; dort wird sich jemand finden, der mich zu meinem Volk bringt.«

»Das ist alles, was du willst?« Aiolos deutete nach Südwest, auf die dunkle Wolkenbank. »Zuerst sollt ihr mit dem guten Schiff seinen Vater aufsuchen. Deine Pfade auf dem Meer sind viel länger, Charissa.«

»Kannst du uns sagen, ob sie den richtigen Hafen findet, die Bucht, nach der sie sich sehnt?« sagte Telegonos. Aiolos nickte und schwieg einige Augenblicke lang.

»Beim gestockten Blut des Uranos! Selbst die Priesterinnen, die nur einmal im Jahr ins Meer waten, haben's gesagt: Die *Namenlose* ist eines der wenigen Schiffe, die Poseidon niemals sinken läßt.«

Der windstille Tag endete in einem gigantischen Schauspiel aufflammender Wolkengebirge. Die fast mondlose Nacht und der Morgen blieben klar; abends, als Telegonos vom Schiff zum Palast ging, hüllte ihn auf dem obersten Abschnitt der Straße klammer Nebel ein. Er hob den schweren Weinpithos auf die linke Schulter und spürte den ersten, heißen Windstoß, der entlang der Mauer dahinstrich, an den Wipfeln rüttelte, Blütenstaub und Mücken nach Norden blies und lange Wirbel rötlichen Staubes vom Boden hochriß. Das Schiff war gesäubert und sicher belegt, die Prallsäcke neu gefüllt, die Luken geschlossen; Telegonos stemmte sich gegen den Sturm, schob sich durch das Tor, durch den Hain und über den Palasthof bis in die Küche. Er stellte den Tonkrug ab und sagte zu Arene, die ein halbes Dutzend Sklavinnen und Mägde beaufsichtigte:

»Wein von Scheria. Ungemischt sollten wir ihn besser nicht trinken. In einer Stunde bin ich im Megaron.«

»Fängt es wieder an?« Sie deutete zur Decke. Der Wind sog lange Funkenbündel aus den Kloben unter den Rosten. »Sturm und Regen, Telegon?«

»Regen und Sturm! Wenn dein Herr Recht hat«, sagte er schulterzuckend, »dauern sie vier oder fünf Tage lang.«

»Und fünf Nächte.« Arene lächelte und entfernte das Wachssiegel vom Krugverschluß. Sie flüsterte: »In jeder Nacht komm' ich zu dir.«

Vier Tage und Nächte lang wüteten Sturm und Regen, trieb Nebel über Meer und Insel, schwollen die Bäche; kaum jemals rissen die schweren Wolken länger als ein paar Atemzüge lang auf. An den Stellen, an denen schäumende Rinnsale, kleine Wasserfälle und Landrutsche mündeten oder von den Klippen stürzten, färbten sich die Wellen gelb und bräunlich. Telegonos und Pentawer brachten einen Teil der Vorräte – Geschenke des Königs – zum Schiff, verstauten sie sicher und redeten mit den Händlern, die sich langweilten; nur ein Kapitän hatte sich am ersten sonnigen Morgen aus der Bucht hinausgewagt. Der Palast sank wieder in gleichförmige, betriebsame Stille zurück, die dunkelroten Punkte in Charissas Hautschmuck begannen zu verblassen. Jeden Abend, während der Regensturm um den Palast wütete, luden Aiolos und Halreiqa die Seefahrer zum Gastmahl ins Megaron: aus geflochtenen Weidenzweigen und Schilf hatte der König einen achtzackigen Stern hergestellt, mit einem steinernen Göttinnen-Gesicht, das stets nach Norden blicken sollte. Telegonos, Ophian und Pentawer sahen zu, wie König Aiolos aus unterschiedlich langen Schnüren, aus Leder, Bast, feinen Silberfäden und Ziegenhaar geflochten, an die Zacken langsam Knoten knüpfte, Windung um Windung, ineinander verdreht und dennoch leicht zu lösen, wenn man am richtigen Ende zog. Aiolos erzählte zu jedem Knoten eine kleine Geschichte.

Telegonos bemühte sich, jedes Wort im Gedächtnis zu behalten. Er sah an den verkniffenen Gesichtern Pentawers und

Ophians, daß sie das Gleiche versuchten. Sie nahmen, um sich sowohl die Reihenfolge der Verknotungen als auch die Regeln der gleichnishaften Berichte leichter merken zu können, die Finger zur Hilfe; spät in der zweiten Nacht, als drei Knoten fertig waren – Boreas, Kaikias und Euros –, lehnte sich Aiolos zurück und sagte, erschöpft, mit geröteten Augen:

»Es ist der Glaube an den Gott der Winde, der den rechten Wind bringt. Nur wenn ihr sicher seid, dürft ihr einen Knoten öffnen. Immer nur einen! Wenn ihr den falschen Knoten löst, oder gar zwei, trifft euch das gleiche Schicksal wie deinen Vater.«

Er richtete den Blick auf Telegonos und gähnte. Halreiqa stand auf und winkelte den rechten Arm an. Aiolos stützte sich darauf, und nebeneinander verließen sie den hochlehnigen Doppelsitz am Kopfende der Tische. Auf einem weißgeschabten dünnen Leder lag der Stern der Winde mit den glitzernden Knoten. Telegonos trank den letzten Schluck aus der Phiale und sah von den Windknoten in das Gesicht des Kapitäns; er begegnete Pentawers stummem Blick: Er drückte völliges Unverständnis aus.

Während der fünften Nacht erreichte der Notos seinen Höhepunkt. Als die Mannschaft nach der *Namenlosen* sah, war ein Haltetau fast durchgescheuert, ein Händlerschiff hatte sich losgerissen und war weit den Strand hinaufgeworfen worden. Die Bucht, voller gewaltiger Wellen, glich dem offenen Meer; erst lange nach dem Sturm konnten die Seefahrer bei der Bergung des Händlerschiffes helfen. In der Nacht regnete es heftig, am späten Morgen zog ein Gewitter über Maleth, bei Sonnenuntergang hörte der Sturm auf, und milder Lips begann zu wehen. Als die ersten Sonnenstrahlen über das Meer zuckten, standen Telegonos, Pentawer und Ophian an der Brüstung der Terrasse und blinzelten in die riesige weißgelbe Scheibe. Kleine Wolken zogen nach Osten, ihre Unterseiten färbten sich hellrot. Das Meer hatte die stumpfgraue Farbe verloren; die mächtige Dünung und die Wellen waren blau, voller Schaumkronen. Im gleißenden Licht breitete sich eine silberne Straße zwischen dem Gestirn und der Insel aus. Leise sagte Ophian:

»Wenn der Lips bleibt oder Zephyros kommt, können wir morgen früh ablegen.«

»Nach Ithake.« Telegonos stützte sich auf die taufeuchte Steinplatte. »Mit Aiolos' guten Ratschlägen und Knoten.«

»Der Sturm von einem Ende der Welt hat aufgehört.« Pentawer strich über den Stein. Seine Handfläche war blutrot geworden; er wischte den Staub am groben Stoff des Peplos ab. »Die Welt aber hat keine Ecken.«

»Du hast recht, Kapitän Pentau.« König Aiolos war unbemerkt zu ihnen getreten. Er lächelte, als habe er die Moirai, die Priesterinnen und das Windlabyrinth befragt und kenne das Schicksal des Schiffes und der Mannschaft. »Noch fehlen zwei Wind-Knoten. Helft den Händlern. Ich schicke Sklaven mit Werkzeug. Rüstet euer Schiff aus – wir reden abends im Megaron.«

Im Morgengrauen trieb kräftiger Zephyros einen Regen aus weißen und blauen Blütenblättern zur Bucht hinunter, verteilt in einem rötlichen Staubschleier. Als letzter sprang Telegonos vom Wagen und half Mys und Kalos, gefüllte Wasserkrüge und Ziegenschläuche von der Quelle zum Schiff zu schleppen. Heptodus und Pentawer hatten den Staub von den Planken gewaschen und das Segel probeweise aufgezogen; in breiten Schlieren und Streifen trocknete der Stoff, das Salz hinterließ funkelnde Kristalle. Zwei Dienerinnen luden Watsäcke und Truhen ab, voller frischer Tücher, Mäntel und Essen, das sich nicht lange hielt, für die nächsten Tage. Die Mannschaft, auch Charissa, war im Badehaus gewaschen, mit Öl geknetet und gewalkt worden; alle trugen Halreiqas Geschenke, dünne Chitone aus gewebter Wolle. Von der Straße waren Hufschlag und knirschende Felgen zu hören. Während Mys auf dem sanft schaukelnden Deck die Riemen losband und in die Zapfen einhängte und Telegonos den unbrauchbaren Prallsack zwischen Bordwand und Quadern herauszerrte, kam Arene zu ihm. Ihre Augen glänzten.

»Unsere Nächte, Prinz – ich werde sie nie vergessen. Es war schön. Kommst du wieder?«

Telegonos blickte in ihr Gesicht; sie kannte längst die Antwort. Er legte die Hand auf ihre Schulter, streichelte den Hals und ihre Wange, leise sagte er:

»Du weißt, daß ich die Insel meines Vaters suche. Nur die Götter wissen, wohin uns die Winde treiben.« Er nahm ihre Hand. »Vielleicht steuern wir einmal wieder in die Bucht. Vielleicht niemals mehr.«

Sie senkte den Kopf und drückte seine Hand. »Du wirst niemals wieder Nesos Maleth sehen, Prinz. Das fühle ich. Und mich wirst du bald vergessen haben.«

Er suchte nach einer Antwort. Sie bohrte ihre Fingernägel in seinen Handrücken, wandte sich um und lief zum Wagen. Pentawers Stimme war heiser, als er rief: »Bindet die Watsäcke fest. Hilf bei den Rudern, Telegon!«

Die Sonne hob sich über dem Wald und den Dächern der Fischerhütten auf der Ostseite der Bucht. Das Maultiergespann bog in den lang gestreckten Hafenplatz ein. Einige Besatzungsmitglieder der Händlerschiffe kamen verschlafen aus den Hauseingängen. Halreiqa selbst handhabte die Zügel, fuhr bis zur *Namenlosen* und warf die Zügel der Sklavin Daris zu. König Aiolos stieg ohne Hilfe aus dem Wagen und trug den Knotenstern, in weißes Leder eingeschlagen und mit bunten Wollschnüren verschlossen. Telegonos streckte die Hand aus und fing Pentawer auf, der aus dem Heck an Land sprang; knarrend senkten sich Schaft und Ruderblatt an Backbord.

»Bei diesem Wind seid ihr in zwei Tagen und Nächten an Ithakes Strand!« Aiolos lachte und hielt den Packen in beiden Händen. Er schien die Ungeduld Charissas und der Männer nicht zu bemerken und überreichte Telegonos mit einer feierlichen Geste den Knotenstern. »Denkt an jedes meiner Worte. Übereilt nichts! Löst den Knoten erst, wenn ihr sicher seid – und opfert zuvor dem Poseidon.«

»Ich schwör's«, sagte Telegonos. »König Aiolos! Herrin Halreiqa! Ich spreche für uns alle: tausendfachen Dank für eure

Gastfreundschaft. Eineinhalb Zehntage lang durften wir eure Gäste sein, und überall werden wir begeistert von König Aiolos und Königin Halreiqa sprechen.« Er füllte einen Becher mit Wein und ging zum Heck. »Vielleicht können wir viele Menschen überreden, zu euch zu kommen und auf Maleth zu siedeln – wir versuchen es.«

Er verbeugte sich vor Aiolos und der jungen Frau, streckte den Arm aus und träufelte den Wein ins Meer. Er blickte zur Sonne, dann ins Wasser; er rief: »O Blauhaariger! Poseidon, der den Dreizack schwingt, Bruder des Hades und des Göttervaters! Sohn des Chronos und der Rhea, mächtiger Erderschütterer! Einst hast du meinem Vater gezürnt; verdirb jetzt nicht das Schiff und die Freunde des Sohnes. Zeig uns den richtigen Pfad in deinem Reich! Nimm das Opfer des Unerfahrenen an – Telegonos bittet dich.«

Charissa und Heptodus holten die letzte Tauschlinge an Deck, Aiolos und Halreiqa winkten, als die *Namenlose* vom Quaderkai wegtrieb und die Riemenschaufeln gegen die Steine klapperten. Ophian und Telegonos setzten sich auf die Ruderbänke und hoben die Köpfe, blickten Charissa an; sie klatschte in die Hände und rief:

»Langsam ... durchziehen!«

Sechs Riemen tauchten ein und schoben das Schiff in die Richtung des Buchtausganges. Hinter den Schaufeln bildeten sich kleine, schäumende Wirbel. Auch die Händler, die Sklavinnen und Phormilos hoben die Arme; die *Namenlose* glitt behäbig und lautlos in einem weiten Bogen durch das wellenlose Wasser, hob sich einige Handbreit in der auslaufenden Dünung und trieb auf das östliche Kap zu. Eine halbe Stunde danach fuhr kräftiger Lips ins Segel und füllte es. Die Riemen wurden eingezogen und festgezurrt. Pentawer, der beide Pinnen hielt, rief ins Schiffsinnere:

»Räumt das Schiff auf – es wird ein heißer, ruhiger Tag werden; wir segeln der Sonne entgegen. In drei Tagen können wir in Ithake anlegen!«

Zweimal schlug das Segel knallend in Falten und verstäubte

feuchte Salzkörner. Pentawer stemmte sich gegen die Pinnen und versuchte, zwischen Bug, Heck und den Felsen des Kaps eine gerade Sichtlinie zu finden; schließlich murmelte er etwas von Strömung und Sog und steuerte nach Nordost, dorthin, woher sonst der Kaikias kam.

Charissa lag auf ihrem gefalteten Himation im Bug und genoß das sanfte Heben und Einsetzen des Kieles. Drei Stunden, nachdem die Pferde Helios' mit dem Sonnenwagen über den Rand der Welt hinweggaloppiert waren, kochte die Hitze unerträglich: Kalos, Norax und Heptodus ölten einander Rücken und Schultern ein. Weit und breit waren keine Schaumkronen auf den Wellen zu sehen; das Wasser war tiefblau, und Pentawer zeigte Telegonos die Spitze eines großen Thunfischschwarms, der vor jagenden Delphinoi flüchtete. Die Insel war nur noch ein Schemen in der Richtung des Sonnenuntergangs. Telegonos kroch im Rumpf der *Namenlosen* umher, klopfte mit dem Dolchgriff und stocherte mit der Spitze der Waffe in die Planken; er schob sich schweißtriefend aus der Luke und nickte lachend.

»Dicht und trocken, fast wie am Strand von Aiaia«, rief er. Arneios rollte mit der linken Hand die Strickleiter über die Bordwand und deutete grinsend darauf. Telegonos schwang ein Bein über Bord. »Ihr Phaiaken seid doch die Meister der Schiffbauerei.«

»Man sagt es allerorten.« Ophian hatte einen Krug an Deck gebracht. Der Sud war noch warm; er mischte ein paar Becher Wein darunter und teilte das Getränk aus. Pentawer hatte die Kniekehle um eine Pinne, trank und beobachtete Himmel und Wellen. Er wirkte unsicher, mißtrauisch. Plötzlich lachte er und sagte:

»Wahrscheinlich glaube ich seit dem Windlabyrinth mir selber nicht mehr. Wir haben guten, gleichmäßigen Westwind. Aiolos' Knoten brauchen wir nicht.«

Nach einer Weile stellte sich Kalos neben ihn und hielt die Pinne des Backbordruders fest. Die Sonne stieg höher, die Hitze nahm zu; alle Feuchtigkeit trocknete aus dem Segel, dem Tauwerk und den Planken. Der Zephyros schien nachzulassen, sich zu drehen: Er wurde zu Lips aus Südwesten und schien unter dem Lichtkreis des Gestirns zu entstehen. Ophian schnarchte, halb zusammengekrümmt, im Schatten neben dem Mast. Als sich Telegonos abgetrocknet und eingeölt hatte, löste er Kalos ab und hielt eine Weile lang die Pinne, lockerte seinen Griff und sah zu, wie das gekrümmte Holz schnell zurückschwang.

»Wir segeln nicht mehr genau nach Osten«, sagte er leise. Pentawer schüttelte den Kopf.

»Nein. Mehr nach Norden als nach Osten. Gleichgültig: wir fahren auf eine Küste zu.«

»Nachts werden wir es genauer erkennen können.« Telegonos' Blick richtete sich auf die schneeweißen Wolken, die sich zu veränderlichen Bildern zusammenballten. »An den Sternen. Du bist weit herumgekommen, Kapitän Pentau – du kennst viel mehr als unsereiner: was denkst du über Aiolos und seine Insel?«

Pentawer atmete langsam ein und aus, hob die Schultern, dann murmelte er:

»Ich hab' noch nicht alles lange genug bedacht. Herrin Halreiqa hat dich zwar mit glimmenden Blicken angesehen, aber sie hält Aiolos die Treue. Und sie verhält sich, als ob sie zwischen der Vergangenheit und der Zukunft schwebte, zwischen den Priesterinnen der Megale Meter, wie du sagst, der Großen Gaia Ur-Mutter, und dem Versuch, die Insel mit Siedlern zu bevölkern und einen Handelshafen am Nabel der Welt zu begründen. Aiolos, der alte König, wird eines nicht mehr fernen Tages sterben; er gehört, sage ich, mehr zu den alten Priesterinnen als zur neuen Zeit. Denk daran, was eure Götter deiner Mutter gezeigt haben: so vieles wird sich ändern in den Dunklen Jahren.«

Ein lautes Geräusch unterbrach sie. Das Segel fiel zusammen, krümmte sich nach innen in breiten Falten, der Wind fing sich wieder im bräunlich gemaserten Gewebe, das Schiff segelte schneller, und als Pentawer mit dem Daumen über die

Schulter deutete und sich zögernd umdrehte, sahen er und Telegonos, daß die Heckspur sich nach Backbord krümmte. Telegonos runzelte die Stirn und sah in die Wolken, hinter denen für lange Atemzüge die Sonne verschwand. Riesige Schatten fuhren über das Meer dahin.

»Wieder der Notos, Käpten?«

»Scheint so. Ophian sagt, es sind Vogelwinde. Aber sieh die Wolken an. Sie treiben zu unserem Ziel.«

»Wir wissen nicht«, begann Pentawer einige Atemzüge später, »wie sich die Götter ins Leben der Sterblichen einmischen. Jene Salbe, die euch glauben gemacht hat, ihr könntet fliegen, die uralten Tempel und die Knochen von Tieren, die es einst gab – man hat uns gezeigt, daß es vielerlei Orte von unterschiedlicher Bedeutung gibt. Ich hab' dir von den Hafenstädten am Zederngebirge erzählt, von Mennefer und unseren Tempeln, von Alashia und Keftiu ... von anderen Orten, die den mühseligen Weg in die Zukunft beschreiten; wir waren auf einer Insel der Vergangenheit. Wie wird es auf Ithake sein?«

»Niemand weiß es.« Telegonos schluckte. »Und ich kann es dir auch nicht sagen. Wahrscheinlich hat es nicht einmal Kirke in ihren Nachtgesichten gesehen.«

Eine halbe Stunde lang trieb der Wind das Schiff nach Norden. Abermals die gleiche Zeit später blies Phoinikias aus Südost; selbst Ophian wachte auf, betrachtete sorgenvoll das segelleere Meer, die Wolken und die Gesichter Telegonos' und Pentawers; schließlich knurrte er:

»Wenn der Wind bleibt, haben wir bald wieder Aiolos' Insel vor uns. Ich sage: es sind Ornithiai.«

Telegonos hob die Schultern.

»Vogelwinde. So nennen wir sie. Fliegen hin und her und umher wie die Vögel.«

»Dort, wo ich gesegelt bin«, murmelte Pentawer, »sind Vogelwinde selten. Aus welcher Richtung kommt der nächste Vogelwind?«

»Das wissen die Götter.«

Fast zwei Stunden lang, bis in den frühen Nachmittag hinein, wechselten die Winde zwischen Zephyros und Euros, zwischen wenig starken Winden aus West bis hinüber nach Nordost. Charissa kam aus dem Bug und merkte, daß sich der Kapitän und die Steuermänner Sorgen machten; sie half Heptodus, Essen auszupacken und zu verteilen. Die *Namenlose* fuhr nach Nord, nach Nordwest und Nordost, während unverändert hoch über dem Meer die Wolken in unablässiger Folge nach Sonnenaufgang trieben. Die Mannschaft aß gebratene Schenkel, Flügelkeulen und Brustfleisch junger Enten und Gänse, deren Fett das weiße Brot tränkte. Sie tranken stark gemischten Wein und redeten; immer wieder starrten sie Ophian und Pentawer an, als wüßten beide, welcher Wind in der nächsten Stunde wehen würde. Ohne daß einer der Mannschaft es aussprach, fürchteten sie sich davor, ein zweites Mal in die Bucht Maleths einfahren zu müssen. Ophian sagte mit unnatürlich leiser Stimme:

»Seht dort hinüber. Die Schaumspitzen, Freunde; zweimal hab' ich es schon erleben müssen. Das ist Euros, vom Nordwind Boreas gezeugt, und sein niederträchtiger Bruder, der Kaikias.«

Der Bug der *Namenlosen* war nach Nordwest gerichtet. Sie glitt ruhig, auf geradem Kurs, durch die Wellen und hob sich auf der runden Schulter der Dünung. An Steuerbord, weit hinter dem Heck, schien sich über dem Horizont dünner Nebel zu bilden. Es sah aus, als sei er nichts anderes als ein waagrechtes Band aus Salzwassergischt, aber dort, wo er die Wellenspitzen berührte, wuchsen weiße Schaumkronen. Pentawer und Ophian starrten die Erscheinung an; viel langsamer, als es die Stärke des Ostwindes vermuten ließ, näherten sich Nebel und Sturm. Der Bug bewegte sich langsam nach Backbord; die Mannschaft schirmte die Augen gegen das grelle Licht ab. Pentawer sagte dumpf, mit zitternder Stimme:

»Vom Boreas gezeugt, Freunde! Ich kenn' diesen Wind unter anderem Namen, von der Küste Gublas und Djedans. Er wird uns ein paar Tage und Nächte lang irgendwohin jagen – aber nicht zur Insel des Aiolos.«

»Die Knoten ...?« flüsterte Charissa.

»Er hat recht.« Ophian hob den Arm. »Wartet nur ein wenig. Es wird kalt, es wird stürmisch. Zieht die dicken Chitone an. Schnell! Auch ich kenne den nördlichen Euros, der für viele Tage kalten Sturm bringt.«

»Ich hab' Angst, Pentau!« sagte Charissa leise. Kalos deutete mit zitternden Fingern nach Osten und ächzte:

»O ihr Götter! Das wird mich umbringen! Ich bin sterbenskrank vor Furcht.«

»Lenk' dich ab, vergiß die Furcht.« Pentawers Stimme war schärfer geworden. »Holt das Bündel mit den kurzen Seilen herauf. Spannt Taue von Bordwand zu Bordwand. Schnell!«

Pentawer blieb an den Pinnen und blickte sich in kurzen Abständen um. Die *Namenlose* fuhr in die Richtung des Sonnenunterganges. Pentawer erwartete, daß sich an Steuerbord, weit voraus, bald Aiolos' Insel zeigen würde. Der Sturm kam näher, das Gewebe des Segels knirschte und spannte sich stärker, das Schiff wurde schneller. Rechts und links des Buges schäumte das Wasser; der Doppelschwall der Bugwelle und die Salzwasserspritzer unter den großen Augen der Bordwand strudelten breiter und mit drohendem Zischen. Schweigend und schnell befolgte die Mannschaft Pentawers Befehle: Jeder schlang und knotete ein Seilende um die Hüften, das Haltetau spannte sich zwischen Mast und Heck hin und her, und Ophian zog sich zu Pentawer hoch.

»Ich sehe keine Sturmwolken, Käpten«, sagte er und schüttelte sich. Über die schaumgekrönten Wellen fegte die erste kalte Böe. Ophian schob Pentawer zur Steuerbordseite und knotete das andere Seilende an den Ruderschaft. Er packte die Pinne und nickte; sein Gesicht war verschlossen, fast grimmig. »Ein verdammt schwieriger Weg nach Ithake, wie?«

Die Mannschaft stand oder kauerte zwischen Mast und Heck und starrte nach Osten. Im Sonnenlicht verwandelte sich das Segel in ein leuchtendes Bild aus geraden Linien und mäandernden Schlieren; die dicken Nähte und die Rahtaue waren zum Zerreißen gespannt. Mast, Tauwerk und die Gestalten Charissas und der Männer warfen lange Schatten zur Heckbordwand. Telegonos folgte den Blicken Ophians und Pentawers: Die Wolken bewegten sich nicht mehr gen Sonnenaufgang.

»Am Ende unserer Fahrt«, rief Ophian, »wirst du verstehen, wie es kam, daß dein Vater so lange im Meer trieb; wir hingegen sind Poseidon gleichgültig. Stell dir vor, sein Grimm wurde auf uns lasten!«

Telegonos nickte und zog die Mundwinkel herunter. Etwas leiser sagte der Kapitän:

»Nur starker Wind, kein Sturm! Aber: Ostwind ist hartnäckiger als ein kanaanitischer Wucherer. Wir haben keine Wahl – bereitet euch auf eine lange Fahrt zu einem unbekannten Ufer vor.«

»An den Rand des Okeanos?« Norax packte die Bronzescheibe an seinem Hals, als wolle er sie zusammenbiegen. »Wohin, Kapitän?«

»Vielleicht zu den Mündungen des Hapi? Wer weiß?«

Der starke Wind – es war kein Sturm, der in scharfen Böen kam, sondern ein überaus kräftiger Euros, der noch immer keine riesigen Wellen aufgetürmt hatte – erreichte und überholte die *Namenlose.* Er war kalt, die Mannschaft fröstelte, die Hennapünktchen Charissas, die mit der Farbe der Haut verschmolzen schienen, traten fast schwarz hervor; binnen kurzer Zeit war die Hitze des Nachmittags vergessen. Das Schiff hob und senkte sich gleichmäßig, das Rauschen und Zischen der Bugwelle und der Heckspur wurden lauter, aber Ophian und Pentawer hatten keine Schwierigkeiten, das Schiff auf geradem Kurs zu halten. Der Bug und das dicke Masttau schnitten die Sonnenscheibe, die sich zum Horizont senkte, in zwei gleich große Hälften. Langsam begann sich ihr Kreis rot zu färben und flach zu drücken; feuriges Licht, ohne daß Wolken oder Nebel es milderten, blendete die Steuermänner.

Drei Fingerbreit über der endlosen Wasserwüste, alle Sterne in seinem Umkreis überstrahlend, schwebte kalkweiß und mit hellgrauen Narben der Mond. Drei Nächte fehlten am vollen Kreis; vor sechsundzwanzig Tagen hatte die *Namenlose* die Bucht Aiaias verlassen. Kalos-Noseros, der »Kranke«, schlief zusammengekrümmt am Mast, neben ihm lag Mys, die linke Hand unter der Achsel. Pentawer lag auf der Hecktruhe, eine schwarze Binde über den Augen. Er schlief unruhig und schreckte immer wieder hoch, sah nach den Sternen und den Wellen. Unverändert fauchte und winselte der Wind und wehte Gischt von den silbrig glitzernden Wellen, hinter der Heckspur hob sich der Lichtnebel des Götterweges, teilte die Finsternis und verlor sich im Süden im Dunkel über dem Horizont.

»Seltsam ist das«, murmelte Telegonos und sah zu, wie Charissa unterhalb der Luke Wein in den kalten Sud mischte, »seit der Sturm angefangen hat, fürchte ich mich. Jetzt, erst zehn Stunden später, hab' ich mich an meine eigene Angst gewöhnt.«

Die Flamme des abgeschirmten Lämpchens im Kielraum tanzte und warf wilde Schatten auf das Segel. Telegonos und Ophian trugen Decken über den Schultern. Der Wind peitschte die Säume in ihre Kniekehlen.

»Wenn's lange genug dauert, gewöhnt sich jeder an alles. Oder fast alles.« Der Phaiake hob die Schultern und sah zu, wie Norax aus dem Bug kam und sich unter der Rah bückte. »Pentau und ich jedenfalls sind daran gewöhnt, daß wir selten an dem Ziel ankommen, das wir am Anfang der Fahrt hatten. Nun, Nautes – hast du Land gesehen?«

»Nichts, Steuermann.« Norax rieb gähnend seine Augen. »Der Blauhaarige zeigt uns, wie riesengroß sein Reich ist.«

Nur Pentawer glaubte zu wissen, in welchem Teil des Meeres sie segelten: Im Süden, hatte er gesagt, lag die unbekannte Küste, die sich im Westen der Hapimündungen erstreckte und sich im Land der »Tjehenu« verlor, im Horizont der Unendlichkeit. Was vor dem Bug des Schiffes lag und wie weit jedes Stück Welt entfernt war, ahnte er nicht einmal. Telegonos erinnerte sich genau an Ophians Fragen und Antworten: Der phaiakische Steuermann vertraute dem Rômet.

»Keine Feuer, keine Berge im Mondlicht?« sagte Telegonos.

Nautes schüttelte den Kopf, streckte den Arm aus und half Charissa aus der Luke.

»Ich schwör's. Du mußt es besser wissen, euch hat Odysseus vom Land im fernen Westen erzählt.«

»Ja. Wenig genug. Nur Nausikaa hat's geglaubt. Danke, Charis.« Ophian nahm den schweren Becher, Telegonos den anderen. »Die Insel der Esser des Lotos, der schnell Vergessenden, dort ist er gelandet. Hat er erzählt.«

»Wenn es die Götter wollen, finden wir die Insel auch.« Nautes wickelte seinen Mantel auseinander, legte ihn auf die Planken und streckte sich darauf aus. Er kratzte sich im Nakken, gähnte mit knackenden Kiefern und schloß die Augen. Charissa hielt Krug und Becher fest, lehnte den Rücken gegen die Bordwand und starrte schweigend in den Mond. Die Bewegungen des Schiffes, die einander glichen wie die Töne einer langweiligen Melodie, hatten zuerst die Mannschaft erschreckt; jetzt hatten sich die Gedanken an Sturm und Gefahr tief in die Herzen verkrochen, und das Heben und Senken und die geringen Schwankungen des Decks beruhigten die Mannschaft. Telegonos hatte am frühen Nachmittag, als dreimal kurz nacheinander der Bug tief eingetaucht war, grünes Wasser und kalte Tropfenschauer über den Rumpf hinweggegangen waren, an Aiolos' Knoten gedacht. Nun brauchten sie den Knotenstern nicht mehr. Wirklich nicht? Blieb Gott Poseidon Telegonos' einziger Feind? Ophian und Charissa schwiegen, Telegonos spürte den wechselnden Druck der Wellen und den behutsamen Sog der Strömung am Ruderblatt bis in die Muskeln und Sehnen seines Rückens, versank in seltsamen Überlegungen und sah der Wanderung der Sterne zu und wie der Mond von Süd nach Nord schlich, Stunde um Stunde, Welle um Welle.

Der letzte Stern erlosch blinkend. Charissa ließ die Pinne los, hob die Arme und reckte die Schultern, bog sich stöhnend weit zurück und bückte sich nach der Decke. Sie gähnte, sah Telegonos von der Seite an und sagte:

»Nun, Prinz Telegonos, hat es dich weit von deiner Heimat

verschlagen. So wie mich. Ob wir jemals dort an Land gehen, wo wir es wirklich wollen?«

»Wir sind nicht einmal einen Mond lang auf dem Schiff. Die meiste Zeit haben wir Nachdenkenswertes auf Maleth erlebt.« Er lachte; seine Stimme war undeutlich vor Müdigkeit. »Wir sind noch jung, ich habe Zeit, bis ich meinem Vater gegenübertrete, jener lebenden Legende – oder anders: jenem rothaarigen Zeuger ferner Söhne und Erschaffer erstaunlicher Erzählungen. Viel hast du nicht von dir erzählt, Fürstin, aber du hast sicherlich mehr daraus gelernt als ich. Obwohl, es sind nur eine Handvoll Jahre, die uns trennen.«

Charissa nickte und drehte sich um. Mit einer Handbewegung machte sie Telegonos aufmerksam; sie sahen, daß sich im Osten lang gezogene Wolken ausbreiteten, vor einem vagen Halbkreis aus dunklem Grau.

»Halt die Pinne, Telegon. Ich hol' Wein. In zwei Stunden sind wir es, die tief schlafen!«

Sie tranken abwechselnd gemischten Scheria-Wein aus einem klobigen Lagynos mit einem Henkel aus Weidengeflecht. Es war das erste Mal, daß Charissa ausführlich von ihrem Leben als Daphnia redete; Telegonos hörte schweigend zu, und nichts lenkte ihn ab. Einen Teil ihrer Erzählung kannte er: Jetzt berichtete sie mit größerem Abstand zum Erlebten von ihren Empfindungen und Gedanken, von ihrem Ziel, das sich während der Jahre deutlicher aus dem Nebel der Tage und Monde herausgeschält hatte. Sie war ein wenig bedeutendes Mitglied des Königshauses von Ilion, die Namen ihrer Verwandten kannte Telegonos nicht. Sie hatte sich, halb blind vor Furcht und Entsetzen, den Flüchtenden angeschlossen, war von Kriegern aufgegriffen und verschleppt worden; ihr seltsamer Lebensweg führte sie nach Tiryns in Achaia und an den Hof der Aristoi. Sie wußte selbst nicht mehr, was ihr geholfen hatte, zu überleben – ihre Schönheit oder die Fähigkeit, sich rechtzeitig zu ducken, auszuweichen, nachzugeben. Hungrig wie ein junges Tier hatte sie aus allem und von jedem gelernt, hatte die Berührungen und Liebkosungen der Greisenhände ertragen und mit dem Schwung, der sie in die Knechtschaft gestürzt hatte, die Freiheit erreicht; wie eine Möwe, die flügge geworden war. Von einem Kentauren erzählte sie, mit dem sie in einer dämmrigen Grotte gesprochen hatte, und von ihren Träumen, in denen sie auf seinem Rücken, an seine Schultern geklammert, in die Freiheit galoppierte. Nun war sie wirklich frei – davon war sie überzeugt gewesen, bis sie im Palast Nausikaas die Erinnerungen und das Heimweh nach Angehörigen ihres Volkes gepackt hatten. Sie hob den Kopf, sah in Telegonos' Gesicht; das schmutzigrote Licht der Morgenröte übergoß sie und ließ ihre grauen Augen in ungewöhnlicher Färbung strahlen.

»Heimweh brachte mich auf euer Schiff. Alle meine Träume haben die Sieger über Ilion verdorben. Möge Pallas Athena verhüten, daß auch meine Alpträume mich stranden lassen.«

Sie versuchte ein Lächeln. Telegonos erinnerte sich des Traumbildes seines Fluges, in dem Aiolus sie roh genommen und Charissa in die Steinröhren hineingeschrien hatte, strich leicht mit dem Handrücken über ihre Wange und sagte:

»Was du schon längst begriffen hast, werde ich noch lernen müssen. Auf unserem Schiff brauchst du nicht schlecht zu träumen. Deinen schönen Körper wagt keiner anzufassen, und keiner hat's auf dein Herz abgesehen. Ich auch nicht – mich wollen nur ältere Frauen, Dienerinnen und Sklavinnen.«

Sie blinzelte ihn an, zuckte zusammen; ihr Gesicht öffnete sich zu einem Lächeln, ihr lautes, helles Gelächter weckte Pentawer. Er fuhr in die Höhe, traf mit dem Ellenbogen krachend die Bordwand und begann auf rômetisch zu fluchen.

Am Abend brachte Ophian das Geschenk Aiolos' aus dem Kielraum, hielt den Packen auf beiden Handflächen und kauerte sich im Halbschatten des Segels nieder. Er lehnte sich gegen die Seilbündel am Mast und sagte:

»Kapitän! Steuermann! Schönste Fürstin ... soll ich's öffnen? Wollen wir den Zephyrosknoten lösen und um guten Wind aus Sonnenuntergang bitten?«

Pentawer schüttelte den Kopf. Telegonos, der vor einer Stunde aus abgrundtiefem Schlaf aufgewacht war, wischte mit dem Unterarm den Schweiß von seiner Stirn und brummte:

»Wozu? Wir trinken und leben, segeln, schwitzen, werden brauner, unsere Bärte wuchern. Erwartet uns irgendwo dort vorn der Tartaros? Denkt an die Weissagung Teiresias'!«

»Wir haben den besten Wind, den wir uns wünschen können«, sagte Charissa verschlafen. »Nur aus der falschen Richtung.«

Ophian legte den Zeigefinger auf den Knoten der Verschnürung. »Du sprichst aus, was ich denke, Charis.«

»Seid friedlich!« Pentawer zeigte nach Steuerbord, wo einen Bogenschuß entfernt zwei oder drei Dutzend Delphine übermütig spielten und sich aus den Wellen schnellten. »Poseidons Gefolge ist gut gelaunt. Wir haben genug für einen Siebentag zu trinken und zu essen; laß das Geschenk unausgepackt. Wer weiß, wann wir es wirklich brauchen.«

»Also keinen Knoten öffnen. Noch nicht!«

Ophian warf Kalos und Heptodos zweifelnde Seitenblicke zu, nickte und stieg die vier Stufen zum Kielraum hinunter. Seit die *Namenlose* die Insel des Windlabyrinths verlassen hatte, hatte keiner der acht ein Segel, Licht, Rauch oder sonst ein Zeichen anderer Menschen gesehen. Stunde um Stunde verging im Treiben der Wolken, den ewig gleichen und ständig wechselnden Wellen, dem Schweben und Versinken mit der weit schwingenden Dünung; sämtliche Angst war vergessen, Sonnenglast kochte herunter, die Mannschaft suchte, fast nackt, schweiß- und öltriefend, den wandernden Schatten oder kühlte sich am Ende der Strickleiter ab. Wieder segelten sie, als wären sie dem Gestirn näher gekommen, in die mächtige blutrote Scheibe hinein, die sich inmitten unglaublicher Wolkenblumen und phantastischer Farben zu verformen schien; die nächste Nacht der »hellsausenden Winde« unter dem grellen, sternenhungrigen Mond brach an. Unverändert fegte der Wind über die Wellen und zwang die Steuermänner zu ständiger Wachsamkeit und Aufmerksamkeit.

Als der Tag hell genug und der Sud abgekühlt war, leerte Charissa ihren Becher und kletterte am Mast hinauf, stellte sich breitbeinig auf die Rah und spähte in die Fahrtrichtung. Über dem Meer waren im Westen braune Wolken oder Berge der gleichen Farbe zu sehen; an einigen Stellen schien das Meer die Färbung zu wechseln, und die Anzahl großer Fische nahm zu, vor denen Schwärme weißbäuchiger kleiner Tiere in zuckenden Schwenkungen flüchteten. Charissa hob den Arm und rief:

»Pentawer! Ophian! Geht in den Bug und sagt, ob ich richtig sehe: Ist es eine schwebende Insel?«

Sie überließen die Pinnen Telegonos und gingen zum Bug, die Hände an der salzigen Bordwand und den Spanntauen, duckten sich unter der Rah und schirmten die Augen vor den schweren Spritzern und der Gischt. Sie starrten nach vorn, bis ihnen die Augen schmerzten; als der Bug hart in eine Welle einsetzte, vertrieb sie ein gischtender Wasserschwall. Langsam kletterte Charissa herunter und klammerte sich schwankend ans Masttau.

»Ein schwebendes Land oder eine Insel«, sagte Ophian und holte tief Luft. »Voller Wald oder Buschwerk. Sie sieht wie Aiaia aus. Lassen die Götter hier selbst die Inseln schweben?«

»Wenn wir nicht stranden, erreichen wir sie noch vor Sonnenuntergang.« Pentawers Handrücken kratzte über seine dunklen Bartstoppeln. »Eine namenlose Insel schwebt am Rand der Welt. Wahrscheinlich betrügen uns die eigenen Augen. Und ... bei diesem heftigen Kaikias wird's ein schwerer Landfall.«

»Keine Bucht? Kein Hafen?« Heptodus schielte nach den festgezurrten Riemen. Ophian lachte roh.

»Dies wäre ein zweites Wunder, o Heptodus! Wir sollten Klippen erwarten und Felsen, scharf wie Dolche. Haltet euch bereit, in ein paar Stunden: Segel herunter und heftig rudern.«

»Ich werd' diese Fahrt nicht überleben«, knurrte Kalos. »Rudern! Die Götter verwöhnen mich mit Erschöpfung und leidvollem, frühem Tod!«

Telegonos grinste. Er ließ sich von Pentawer und Ophian ablösen, trank zwei Becher lauwarmen Sud und stapfte an Steuerbord zum Bug. Er versuchte, zwischen Gischtflocken und salzigen Tropfen die schwebende Insel zu sehen, aber erst, als er sich an der einwärts geschwungenen, holzgeschnitzten Lotosblüte des Bugs festklammerte und die Spritzer an den Seiten vorbeiprasselten, erkannte er weit voraus die dunkle Erscheinung: Das Bild, das sich in Schleiern heißer Luft oder verdunstenden Wassers verformte, ähnelte der Heimatinsel, und es schien tatsächlich undeutlich über dem Wasser zu schweben. Telegonos versuchte die Entfernung abzuschätzen, wollte Einzelheiten deutlicher unterscheiden; er gab kopfschüttelnd auf. Nicht einmal die winzigen Punkte kreisender Vögel oder dünne Rauchsäulen waren zu sehen. Er ging zum Heck und sagte:

»Eine göttliche Erscheinung jagt die andere. Vielleicht wird das Wunder geringer, wenn wir uns ihm nähern.«

»Mitunter ist es so.« Pentawer blickte aufs Meer hinaus. »Zuviel Furcht ist ebenso falsch wie zuviel Zuversicht. Wir wissen nicht, was uns erwartet.«

»Sollen wir die Waffen bereithalten?« sagte Charissa. Gleichzeitig nickten Ophian und Pentawer. Zwei Stunden später, nachdem die Mannschaft gegessen und einiges verdorbenes Essen über Bord geworfen hatte, glaubten sie zu erkennen, daß sie in eine riesenhafte Bucht einfuhren. An Steuerbord und Backbord bildeten sich dunkle Schemen, verschwanden viele Atemzüge lang, erschienen wieder und sahen aus wie niedriges Land. Die Hälfte der Mannschaft schlief in der Mittagshitze; Mys, Ophian, Telegonos und Nautes redeten leise über das, was sie sahen und verstehen konnten. Hinter dem Land zog ein Gewitter vorbei; die Hälfte eines Regenbogens spannte sich, als zeige sie auf das Ziel, über den Bäumen bis zum Himmel. Zwischen Mittag und Abend, im stetigen Wind, schien sich die Insel gesenkt zu haben; sie schwebte nicht mehr über dem Horizont. Viel deutlicher waren Farben und Umrisse buschiger Baumkronen und Stämme geworden, aber ob dieses

Ufer mit einer Küste dahinter verbunden war wie eine Halbinsel oder ein niedriges Kap, konnte niemand sagen. Die Sonne blendete, aber sie zeigte auch an Steuerbord das ferne Land; dessen Küste war ebenso flach wie jene, der sich die *Namenlose* näherte.

Endlich, als das Schiff von der Dünung gehoben wurde, als auch Pentawer gähnend und blinzelnd im Bug stand und Charissa wieder auf der oberen Rah balancierte, sah die Mannschaft die Strände ihres Ziels. Der Wind trieb sie auf Sandflächen zu, auf denen große Treibgutwälle lagen, dunkle Tangfelder und Felsbrocken von der gleichen Farbe wie der Sand. Drei Mündungen von Bächen oder schmalen Flüssen erstreckten sich ins Land hinein. Nur die mittlere führte Wasser, das über große Kiesel schäumte. Die Riemen und die meisten Waffen lagen an Deck, als Telegonos, Alkias und Nautes die Rah herunterließen und das Segel festknoteten. Charissa deutete nach rechts und rief:

»Wir sind zu schnell! Es geht nur zweihundert Schritte in den Fluß hinein. Nicht weiter!«

»Ich hab' verstanden!« Pentawer steuerte aus den Wellen hinaus und sah die Brandung an den Seiten des Schiffes weit den Strand hinaufzischen. Er brüllte: »Rückwärts rudern. Im Takt ... jetzt! Stoßen, nicht ziehen.«

Es dauerte viel zu lange, bis das Schiff langsamer wurde, den Rudern gehorchte und, nach den aufgeregten Armbewegungen Charissas und mit sechs wild peitschenden Riemen, ungefähr in der Mitte der seichten Mündung von den Wellen der Dünung hineingeschoben wurde. Ein halbes Dutzend Mal schürfte und scharrte der Kiel über Sand und Geröll; das Schiff hielt mit einem Ruck an, die nächste große Welle hob das Heck und stieß den zitternden, ächzenden Rumpf fünf Ellen weiter. Pentawer war gegen die Pinnen geworfen worden, richtete sich auf und rief:

»Wir sind auf sicherem Land. Vielleicht sagt man uns im Landesinneren, an welcher Küste uns der Wind abgesetzt hat.«

Er kletterte über die Bordwand und ließ sich in den feinen

Sand fallen. Der Kaikias war nicht schwächer geworden; Kalos und Charissa zerrten das Haltetau zum Bug und schoben das Ende durch das Loch der Bordwand.

Ophian, Telegonos und Heptodus halfen sich gegenseitig vom Schiff herunter und warteten, bis sich der Strand unter ihren Sohlen beruhigt hatte. Pentawer zog das Tau über die Schulter und stapfte durch eine Lücke im Treibholzwall auf eine Gruppe von drei schlanken Stämmen zu, die aus einer einzigen Stelle im Boden wuchsen. Zehn Schritte vor den Palmenschäften hielt er an, drehte sich um und rief zum Schiff:

»Eine Fußspur, Freunde! Vom Wasser ins Innere der Insel. Kleine Füße: ein Kind oder eine Frau.«

»Also sind wir nicht allein hier!« Telegonos winkte und packte das zweite Tau. »Aber – wo sind wir?«

10.
INSEL DER LOTOSESSER

Die schwarzen Palmenstämme, ein unregelmäßiges Gatter vor der sinkenden Sonne, knarrten im Wind. Im hohen Strandgras bewegten sich winzige Tiere, in den Bäumen zwitscherten Vögel, das Rauschen der Wellen auf dem Sand war leise wie der säuselnde Wind. Über dem niedrigen Kap des Strandes kreischten Möwen. Die Mannschaft saß und lag im Schatten, im Kreis um das kleine Feuer unter dem Dreifuß. Im Kessel summte heißes Wasser.

»Ruhig schlafen«, sagte Telegonos leise. »Ein paar Becher Wein. Morgen sehen wir nach dem Schiff. Oder willst du noch heute der Fußspur folgen, Pentau?«

Zuerst schüttelte Pentawer den Kopf, dann zog er die Schultern hoch; er spülte seinen Mund mit frischem Flußwasser und spuckte in die Glut. »Nein. Vielleicht kommen sie, weil sie das Schiff gesehen haben.«

»Wer – sie?« fragte Charissa. Ophian reckte die Arme zu den raschelnden Wedeln. Am Ende des Stammes, unter den Blattansätzen, reiften wie Weintrauben dicke Bündel länglicher Früchte. Der Rauch zog in Kopfhöhe zwischen den Bäumen inseleinwärts. Heitere Ruhe schien über diesem Teil des Strandes zu schweben. »Jene, die hier wohnen.« Telegonos lehnte sich gegen den Schild, den drei in den Boden gerammte Wurfspeere stützten. »Da: heißes Wasser. Wascht euer

Zeug, wascht euch, braut frischen Sud. Ich übernehme die erste Wache.«

Das Schiff war halbwegs gesäubert, die Ladung aufgeräumt, im Sand steckten ausgewaschene, frisch gefüllte Wasserkrüge, und über einigen zerzausten Büschen trockneten Tücher und Decken. Vielleicht vierhundert, fünfhundert Schritte weit war die Besatzung in den Uferwald eingedrungen, der aus weit auseinanderstehenden Palmen und anderen Bäumen bestand, deren Namen auch Pentawer-Ptah nicht kannte. Die Männer hatten nur schmale Pfade und einen versandeten Brunnen gefunden; niemand lebte hier. Trockener Tang raschelte zwischen dem Treibholz, und ins Knacken der brennenden Scheite mischte sich das Plätschern der Flußwellen. Schnell verlor der Himmel seine Farbe, ein letztes Mal flammte das sinkende Gestirn auf. Charissa spannte den Bogen und raschelte mit den Pfeilen im Köcher. Sie hob einen Mantel auf und wies auf einige mannshohe Palmen. »Ich schlaf' dort drüben. Wer wacht auf dem Schiff?«

»Ich!« Ophian und Kalos hoben die Arme. Der Phaiake lachte leise und brummte: »Sie ist uns ein sicheres Heim im Sturm gewesen, die gute *Anomata*. Ich laß die *Namenlose* nicht allein.«

Telegonos hängte den Schwertgurt über die Schulter, hob Schild und Speere auf und blieb wenige Schritte neben dem Feuer stehen. Nach der Schufterei am Schiff war jeder erschöpft und sehnte sich nach tiefem Schlaf: Heptodus schob Glut und Holzreste zu einem Haufen zusammen und gähnte. Telegonos steckte eine Fackel in die Flammen, schwenkte sie über dem Kopf und ging zwischen den schwankenden Palmenstämmen zum Pfad in den unbekannten Teil der Insel.

Zwei Stunden vor Mittnacht stand der volle Mond über Telegonos' Kopf. Die Schatten einer Reihe schlanker Baumstämme lagen auf dem Strand und endeten in den Schaumstreifen der Wellen. Der Sand schien silbern geworden zu sein oder hatte die Farbe frischer Asche. Telegonos drehte sich um und betrachtete die tiefen Eindrücke seiner Füße, schleuderte den heruntergebrannten Fackelstumpf ins Wasser, steckte die Speere in den Sand und setzte sich auf ein Stück Treibholz; im weißen Licht des Gestirns sah er deutlich die Gestalten am Feuer und das Schiff. Zweimal hatten ihn Geräusche erschreckt. Es waren wilde Ziegen gewesen oder andere Tiere, deren Augen im Fackellicht glühten. Nächtliche Reglosigkeit umfing die sichtbare Welt, und als Telegonos sich im warmen Sand ausstreckte und die grauen Narben der Mondscheibe sah, glaubte er einige Atemzüge lang die Stimmen unermeßlicher Geister zu hören oder ihre Gegenwart zu spüren. Bäume, Wasser, Sand und Schatten – bewohnt von glanzumwobenen Unsterblichen, die in sorgenloser Gleichgültigkeit oder Selbstsucht die Menschen betrachteten, sie mit Zuneigung, Haß oder Unbekümmertheit wie Figuren eines Brettspieles umherschoben und vom Spielbrett fallen ließen, wenn es ihnen gefiel oder wenn sie gelangweilt waren. Zwei Ruderer schnarchten, manchmal knarrte das Schiff mit dem Bug im Sand; im Nachtwind raschelten die Palmwedel. Telegonos blinzelte und holte tief Luft; es war Zeit, daß Pentawer die Wache übernahm. Langsam ging er zum Feuer, weckte Pentawer und leerte zwei Becher lauwarmen Sud.

»Es ist überall ruhig«, sagte Telegonos. »Morgen sehen wir nach, ob es wirklich eine Insel ist und wer auf ihr wohnt.«

»Morgen.« Pentawer hob den Gurt mit den Dolchen und seinen Kampfkolben auf. »Vielleicht sind wir doch allein hier.«

Ophian und Heptodus bewachten das Schiff, kochten und wuschen, schoben zerhacktes Treibholz ins Feuer und winkten, als Kalos als letzter zwischen den Bäumen verschwand. Drei Stunden nach Sonnenaufgang hatte sich noch immer kein Inselbewohner gezeigt. Pentawer und Telegonos folgten dem Pfad, der sich entlang des Flußufers wand und durch ein Kornfeld und unzusammenhängende Weiden führte. Kalos blieb stehen und deutete auf das schüttere Korn.

»Schlechte Bauern«, sagte er. »Selbst wir Fischer auf Aiaia wissen es besser. Vielleicht sind sie keine großen Brotesser.« Pentawer nickte und sah sich um. Die Weiden waren kahl; die Seefahrer sahen magere Schafe und Ziegen, die Blätter von Büschen fraßen. Weit entfernt kläffte ein Hund, der Boden stieg leicht an, und eine Bachmündung war hinter dem Schilfstreifen zu sehen. Der Pfad war breiter geworden und folgte dem schäumenden Rinnsal, schlängelte sich an einer Hügelflanke hinauf und auf eine riesige Sykomorenfeige zu. Schweigend folgten Charissa und die anderen. Sie traten auf dürres Laub, krachende Nußschalen und steinharten Schafskot; einmal sprang Mys erschreckt zur Seite und zeigte mit der Schwertspitze auf eine menschliche Knochenhand, die halb in den feuchten Lehm eingetreten war. Fast ununterbrochen hatte der Weg sie durch Schatten geführt. Der Weg ging durch dichtes Buschwerk, in dem pralle Büschel fahlgelber, bohnenähnlicher Früchte wuchsen, kleine Tiere und Vögel umherhuschten. Überall war das Summen von Bienen und metallisch glänzender Käfer zu hören; der Westwind trug seltsame Gerüche mit sich. Telegonos wich dem mächtigen Stamm der Sykomore aus und hob die Hand.

»Da sind die Bewohner«, sagte er leise. »Wären sie kriegerisch, hätten wir längst bewaffnete Wachen getroffen.«

»Vielleicht verstecken sich die Wächter, und wir sind schon gesehen worden?« Charissa schob den Armschutz zum Handgelenk. »Was siehst du, Telegon?«

Er trat zur Seite. Vor ihnen, in westlicher Richtung, erhoben sich entlang des mäandernden Bachlaufes niedrige Hügel. Die Mannschaft der *Namenslosen* stand am höchsten Punkt und blickte auf eine kleine Stadt hinunter. Vielleicht zwölf Dutzend Hütten und Häuser standen entlang des Wasserlaufes, zwischen den Hügeln und Bäumen, scheinbar wahllos verstreut. Schlanke Gestalten mit bräunlicher Haut gingen umher, inmitten eines Sandplatzes standen drei gewaltige Sykomoren und warfen schräge Schatten.

»Ich sehe vielleicht fünf-, sechshundert Bewohner.« Langsam wandte Telegonos den Blick ab und sah Pentawer an. »Und ein Meer, nun, einen See aus Blüten.«

Die Wände aller Hütten aus Lehmziegeln, Flechtwerk und Holz waren von rankenden Gewächsen bedeckt. Hellrote, gelbliche und purpurfarbene Blüten breiteten sich in hellgrünen Vorhängen aus und wucherten zu den spitzkegeligen Dächern aus Grasbüscheln, Ried und geflochtenen Palmwedeln hinauf. Viele Menschen trugen Blütenkränze um die Hälse oder auffallende Blumen im Haar.

»Nein«, sagte Nautes. »Das ist, bei Ares, kein Stamm von Kriegern.«

»Bevor wir sie mit unserer Liebenswürdigkeit erschrecken«, sagte Pentawer ruhig, »sollten wir alles sehr genau ansehen. Wir sind auf der Fahrt nach Ithake – und nicht auf der Flucht.«

»Wartet.« Charissa lehnte sich an den zerklüfteten Stamm. »Mir fällt auf: nur Kinder und junge Menschen sind dort.«

»Du hast scharfe Augen, Fürstin.« Telegonos machte drei, vier Schritte und schirmte im grellen Licht die Augen mit der Hand ab. Der Wind blies verschwommene Musik zu den Ankömmlingen. Je länger die Seeleute ins Dorf hinunterstarrten, desto mehr bedeutungsvolle Einzelheiten erkannten sie: einen bienenkorbförmigen Brotofen, aus dem Platten voller faustgroßer, dunkler Brote gezogen wurden; aus den Löchern quoll hellgrauer Dampf. Eine Kinderschar webte und knüpfte einen farbensprühenden Teppich in einem sechseckigen Rahmen. Im Sykomorenschatten saßen Musiker mit metallenen Flöten und Harfen, auf denen weiße Pferdeschädel steckten, mit kleinen Trommeln und Reifen, in denen kupferne Schellen rasselten. Die nächste Bö wehte eindringliche Gerüche hügelan; es roch nach frischem Brot, unbekannter Würzung, nach Verwesendem und anbrennendem Bratenfleisch. Über dem Rauch unsichtbarer Feuer in Türmen aus Lehmziegeln tanzten Mükkenschwärme. Unvermittelt bildete sich im Schatten ein Tanzreigen. Zwei Dutzend junger Männer und Frauen umfaßten einander an den Schultern, drehten den Tanzkreis linksherum und rechtsherum; ihre Füße vollführten schnelle, bizarre Schrittmuster. Nach wenigen Atemzügen löste sich der Kreis auf, Blüten rieselten zu Boden, und die Tanzenden zerstreuten sich, als hätten sie vergessen, daß sie sich eben noch in vollkommenem Gleichmaß bewegt hatten. Eine Schar Kinder rannte kreischend hinter einem hinkenden Hund her, schleuderte Kiesel und Holzstücke auf das Tier, das jaulend in den dunklen Eingang einer Hütte hineinschoß. Hinter den Hütten schrie ein Esel, als würde man ihm den Schwanz mit einem schartigen Dolch abschneiden.

Telegonos legte die Hände auf Charissas und Pentawers Schultern, nickte den Freunden zu, musterte die Ruderer und sagte zögernd:

»Ihr wißt, was mein Vater erzählt haben soll: Kann es sein, daß wir an der Insel der Lotosesser gelandet sind, die alles vergessen und sich trotzdem an vieles erinnern? Die Wein aus süßen Früchten und bitteren Äpfeln trinken und das Brot der Erinnerungslosigkeit essen? Was sagst du, Kapitän Pentau?«

»Ich sage wenig.« Pentawer deutete mit dem Kampfkolben zur Siedlung. »Sie werden uns lachend empfangen. Wenn wir ihren Wein trinken und ihr Brot essen, gehen wir mit offenen Augen in unbekannte Gefährdungen.«

»Recht hast du, Käpten«, sagte Charissa. »Also frage ich: Gehen wir zu ihnen oder zurück zum Schiff?«

»Wir sollten zu ihnen gehen.« Pentawer schlug auf Telegonos' Handrücken. »Der Sohn des Odysseus soll erfahren, welche Abenteuer sein Vater überlebte; es macht ihn klüger, reifer und mißtrauischer. Denk daran, Telegon: du wirst mit deinem Vater lange reden müssen.«

»Deine Weisheit sei gepriesen, Käpten.« Telegonos legte die Hand an den Schwertgriff und suchte Pentawers Blick. »Mutter Kirke erzählte, daß verwesende Blüten ärger stinken als frischer Kot – besuchen wir also die Esser des Lotos.«

Charissa packte den Bogengriff, Telegonos schob den linken Unterarm in die Griffe des Schildes, die anderen packten die Schwerter; langsam gingen sie den Pfad hinunter, der auf halber Höhe in eine Folge von Stufen aus schieferartigen Steinplatten mündete. Niemand schien sie zu beachten, die einlullende Musik riß nicht ab, und sechs kurze, verzerrte Schatten begleiteten sie entlang des Abstiegs bis zum Rand des Dorfplatzes. Niemand beachtete sie, aber als sie die tief eingelassenen flachen Kiesel erreichten, die den Platz eingrenzten, kamen von allen Seiten lächelnde, lachende und kichernde Mädchen und Frauen auf sie zu. Sie hängten ihnen Blütenkränze um die Hälse, boten große Muschelschalen voll honigfarbenem Getränk an, berührten die Ankömmlinge und streichelten sie mit scheuem Lächeln, redeten leise und hielten ihnen Schalen aus Flechtwerk voller Früchte, Brot und Käsescheiben entgegen, auf denen kleine Gemüsestücke oder Obst hafteten; rot, gelb und grün. Pentawer sagte scharf:

»Nehmt von allem nur ganz wenig. Wir sprechen nicht einmal ihre Sprache. Laßt euch nicht verführen!«

Die jungen Frauen waren fast ausnahmslos schlanke Schönheiten mit blauschwarzem, gelocktem Haar, das weit über die Schultern fiel. Sie trugen geknotete Schamtücher aus vielfarbigem Grasgeflecht und bunten Schmuck aus getrockneten Beeren, Steinen, Nüssen, Kernen und Muschelschalen; die Trinkmuscheln waren größer als drei Hände und schillerten in nie gesehenen Farben. Irgendwo ertönten Trommelwirbel und schrille Flötentriller; jeder Ankömmling trank ein oder zwei kleine Schlucke, kostete von den Leckerbissen, sah sich staunend um und schwankte zwischen Mißtrauen und der ansteckenden Fröhlichkeit der Inselbewohner. Kopfschüttelnd wehrten die Aiaianer die frisch gefüllten Trinkmuscheln ab. Sieben junge Männer, braunhäutig, glutäugig und mit schwellenden, ölglänzenden Muskeln hatten Charissa eingekreist. Pentawer zog die Schultern hoch und sagte: »Ich rede sie im Dialekt der westlichen Nomaden meiner Heimat an. Vielleicht verstehen sie ein paar Worte.«

»Tu's, Freund«, sagte Charissa. »Wir wollen hier nicht Wurzeln schlagen!«

»Wir!« Pentawer winkte und deutete nacheinander auf die Mannschaftsmitglieder. »Endlich gelandet! Im Osten; Sonnenaufgang. Langer Sturm. Brauchen Braten, Brot, Wein und Wasser. Wenn Wind gut: wir mit Schiff verlassen euch.«

Die Inselbewohner kicherten oder blieben verständnislos. Dumpfe, lang hallende Wirbel großer Holztrommeln, schrilles Metallflötentrillern, röhrende, lange Hornstöße unterbrachen ihn. Telegonos erschauerte und sah, wie sich am Arm Charissas die Härchen aufrichteten. In einigen Gesichtern zeichnete sich halbes Verstehen ab, einige Inselbewohner nickten und antworteten Unverständliches, andere hoben lächelnd die Trinkmuscheln, deren Inhalt hin und her schwappte; er roch durchdringend nach Honig und verbranntem Pinienharz. Telogonos nahm einen zweiten Schluck, Kalos leerte eine Muschelschale und brummte:

»Der Blütenwein heilt mich von einem Dutzend Krankheiten. Schmeckt gut, Käpten!«

Es war wie ein Traumbild im grellen Licht des Mittags: Die Vorhänge einer nahen Hütte, auf denen handgroße Blumen befestigt waren, wehten zur Seite. Eine hoch aufgeschossene Frau, mit Blüten und farbigem Schmuck aus Beeren, Muscheln und geschnitzten Knochen überhängt, nackt bis auf einen Schurz aus weißem Leder, duftend und mit ölglänzender Haut, tänzelte näher. Ihr Gesicht war mit Henna und silberfarbener Paste um die Augen geschminkt, das blauschwarz glänzende Haar, in das Silberfäden geflochten waren, wallte über Schlüsselbeine, Hals, Nacken und Schultern. Als die Frau näher schritt, deren pralle Brüste mit Ranken aus silberfarbenen Punkten geschmückt waren, stieß Charissa Telegonos an und murmelte:

»Ein Fraumann. Ein Mannweib. Ein Wunder der Natur.«

Die schöne Frau kam heran, breitete die Arme aus und scheuchte mit schnippenden Fingern die Inselbewohner auseinander. Sie ging auf Charissa zu. Unter dem dreieckigen Schurz schwoll und reckte sich das männliche Glied; den Hodensack umhüllte ein Geflecht aus Silberfäden.

»Liebe Freunde, liebste Freundin!« Die männliche Stimme, heiser und fordernd, gurrte wie die eines aufdringlichen Taubers. Er musterte Charissa aufreizend. »Willkommen! Kommt zu uns. Bleibt tief und lange. Trinkt, eßt und zeugt schöne

Töchter und Söhne. Mit dir, Schmalhüftige, will ich, während du mich unendlich liebkost, den Fürsten der Insel zeugen. Bald! Heut nacht noch? Wer weiß?«

Pentawer schob den Kampfkolben zurück in den Gurt über der linken Hüfte und starrte Telegonos an. In dessen Gesicht glaubte er Verwirrtheit und kalten Abscheu zu erkennen, Charissa, die mit dem Daumen die Schneide einer Speerspitze prüfte, wirkte wie eine Steinstatue. Er begriff, daß diese unglaublich schöne Frau mit Gemächt und Brüsten der Fürst oder Herrscher der Lotosesser-Siedlung war; alle Inselbewohner blickten sie mit ehrfürchtiger Hingabe an. Er holte tief Luft, lächelte kühl und sagte:

»Vergiß, Schwester, die blütenreiche Befruchtung.« Im aufreizenden Gesicht des Fraumannes las er vage, listenreiche Verwirrung. Der harte Dialekt des fernwestlichen Wüstenstreifens wurde hier, mehr oder weniger gut, verstanden. »Vergiß auch die lustreiche Schwängerung. Gewähre uns einfache Gastfreundschaft für zwei, drei Tage, bis sich der Wind dreht. Ich bin Pentau – wie nennt man dich?«

»Zwei, zwanzig, zweimal zwanzig Tage!« Die Frau strich mit den Händen über die Brüste, reizte die dunklen Spitzen und hob die Brüste, dann starrte sie die Spitze des Gliedes an und zuckte mit den Schultern. »Ich bin an den Tagen Senait; nachts nennen sie mich Tianes. Tretet näher, fühlt euch wohl. Wir freuen uns, daß ihr kamt: ich sage und rufe ...« Sie hob beide Arme, drehte sich im Kreis, und ihre Stimme erhob sich zu einem durchdringenden Schrei, von kreischenden Trillern unterbrochen; plötzlich schwiegen alle Instrumente: »Ich rufe! Lest den Fremden jeden Wunsch von Augen und Lippen ab. Ihre Wünsche sind Gebote! Ich weiß es – wenn sie die Annehmlichkeiten der Insel genossen haben, vergessen sie Ziel und Schiff, Winde und Wellen.«

Sie lächelte, ihre umschminkten Augen hafteten auf Telegonos. Er bohrte die Speerspitzen in den Boden und ließ den Schild sinken.

»Du, schönster Fremder, sollst über Lüste und Leidenschaften gebieten. Man wird dich in meinen Blütenpalast führen; niemals sah unsere Insel einen Schöneren, Kräftigeren. Deine Augen sind meerblau wie die Brandung am frühen Abend.«

Der Fraumann nahm sein Glied in die Hand und beruhigte es, lächelte Charissa und Telegonos an und drehte sich langsam um. Er legte den Arm um die Schulter eines kräftigen Mannes mit leerem Blick; die straffen, rundlichen Hüften schwankten, als er zu einer der größten Hütten tänzelte. Telegonos schüttelte sich und murmelte:

»Als einst der betrunkene Gott Hermes einen Balg mit Aphrodite zeugte, nannten sie ihn den Fraumann: Hermaphroditos. Haben wir seinen Bruder getroffen? Was sollen wir tun, Pentau? Gehen oder bleiben?«

»Vielleicht ist's seine Schwester. Bleiben«, sagte Pentau und sah zu, wie Charissa den Pfeil in den Köcher zurückschob. »Bleiben, wenn wir den Lockungen widerstehen können. Gehen, wenn wir unsicher sind. Inmitten der lotosessenden Inselbewohner sind wir verloren, wenn wir ihren Lockungen nachgeben.«

»Einen Tag? Zwei? Sie sind wie große Kinder. Bis auf Senait.« Telegonos starrte ratlos in die Runde. »Ich geh' zum Schiff und hol' für ihn oder sie ein Geschenk.«

»Für eine Frau oder einen Mann?«, sagte Mys kopfschüttelnd. »Hermaphroditos! Hat einer so jemand ... etwas schon einmal gesehen? Mann und Frau in einem Körper!«

Langsam folgten sie den jungen Frauen auf einem Sandweg hügelan. Telegonos sah sich einige Male um; seine Blicke wurden von kreischenden Kindern angezogen, die aus Muscheln, Blüten und verschiedenfarbigen Blättern am Bachrand große, ineinander verschlungene Bilder auslegten. Die Musiker zogen sich tiefer in den Schatten zurück und spielten weiter. Die Lotosesser verhielten sich seltsam: wenn sie sich umwandten, schienen sie alles vergessen zu haben, was sie vor wenigen Atemzügen erlebt hatten. Der Weg endete auf einer waagrechten Fläche vor einigen Hütten, die Hügelflanke wurde von eingerammten Balken gestützt, mächtige Äste warfen Schatten auf den Platz. Die Wände waren von Blättern und Blüten der Rankengewächse bedeckt und boten einen prächtigen Anblick, Sonnenstrahlen fielen durch die Eingänge und zeigten den Boden aus glänzendem, gestampftem Lehm. Eine der Frauen schob Kalos ins Innere und sagte:

»Hier ihr wohnen. Wir bringen Trink und Eß.«

Die Hütten waren völlig leer. Telegonos bückte sich unter dem gesplitterten Balken des Eingangs und blieb in der Mitte des ovalen Raumes stehen. Er hörte das Gelächter und die Versuche der Frauen, mit den Seefahrern zu reden. In der Rückwand waren im Geflecht und im bröckligen, harten Lehm Löcher und Sprünge. Telegonos lehnte Speere und Schild an den Türbalken und sagte leise:

»Das Dorf ist wunderschön – aber nur im Sonnenlicht und an den Vorderseiten. Und wo sind die Alten?«

Seine Augen gewöhnten sich an das Halbdunkel. Große Spinnennetze, in denen Schmeißfliegen zuckten, spannten sich unter den verknoteten Ästen des Dachgebälks, Käfer und langbeinige Mücken krabbelten entlang der Risse. Als er tiefer in die Hütte hineinging, raschelte ein grellgelber Skorpion in ein Loch im Boden zurück. Telegonos ging hinaus, blinzelte im grellen Licht und betrachtete die Dörfler. Am Fuß des Hügels plätscherte eine Quelle, in den Bäumen zwitscherten Vögel. Charissa und Pentawer kamen aus den Hütten; ihre Gesichter zeigten, daß sie ebenso verwirrt und unsicher waren wie er selbst. Pentawer hob die Hand und drehte sie, zeigte die Handfläche und sagte:

»So ist es hier überall, glaube ich. Alles scheint schön, blühend, farbig zu sein. Jung und begehrenswert.« Er drehte die Hand herum. »Ich sehe keine alten Leute, keine, die wirklich arbeiten. Die Hütten brechen bald zusammen. Aber dort – sie sind fröhlich und leben in den Tag hinein.«

»Und in die Nacht.« Charissa richtete sich auf und bog den Rücken durch. »Wir wollen Senait und die anderen nicht beleidigen. In der Nacht soll unser Kapitän entscheiden, wie lange wir bleiben. Einverstanden, Pentau?«

Pentawer nickte. »Sie sind harmlos. Wo wir uns in Gefahr begeben, weiß ich noch nicht. Sie scheinen alle unentwegt berauscht zu sein.«

Charissa zeigte auf den Dorfplatz. Über vielen Feuern lagen Roste und drehten sich Spieße voller Fleischstücke. Die heißen Würzkräuter verströmten ungewöhnliche Gerüche, ebenso die Fladenbrote, die auf flachen Steinen blasenwerfend bräunten. Nautes und Mys kamen aus den Hütten und stellten sich zu Pentawer. Im Dorf erscholl Lärm: Kinder und Frauen schleppten blütenübersäte Liegen, Sitze, Tischchen, Truhen und Tücher zu den Hütten herauf. Einige Jungen trugen kupferne Glutbecken, stellten sie in die Hütten und warfen Hände voll getrockneter Kräuter, bohnenartige Früchte und Tangblätter darauf. Im Inneren der Hütten brodelte weißer Rauch auf, die hartschaligen Früchte platzten knallend; stinkender Rauch drang mächtig aus den Eingängen, dem Dach und allen Ritzen, zusammen mit Ameisen, Fliegen, bleichen Käfern und Skorpionen, die in alle Richtungen flüchteten. Die Seefahrer sprangen mit den kreischenden Kindern zur Seite.

»Wir dürfen nur Milch und Wasser trinken«, sagte Pentawer und betrachtete die Rauchwolken. »Und nur Datteln und Früchte essen. Trinken wir ihren Wein, werden wir ebenso vergessen wie sie. Es sind also doch jene Inselbewohner, die dein Vater Lotophagoi, Lotosesser nannte.«

»Ich geh' zum Schiff«, sagte Kalos. »Welches Geschenk soll ich holen?«

Telegonos überlegte und entschied sich für eine Trinkschale aus Silber und einen gefüllten Weinpithos mit bronzenem Henkel. Kalos nickte und ging hinunter zu den Sykomoren; bald darauf sahen sie ihn die Steinstufen des Hügels hinaufrennen. Hoch über den Baumwipfeln schwebten drei Geier und zogen ihre Kreise langsam nach Süden.

Um Mittag, nach dem Essen, schien das Dorf verlassen worden zu sein. Alle Lotosesser, auch die Kinder, waren in den Hütten verschwunden und schienen zu schlafen. Während sie auf Kalos warteten, streiften die Seefahrer entlang des Bachufers zwischen den Hütten umher; nachdem sie lange Senait-Tianes' großes und blumenüberwuchertes Haus betrachtet hatten – es war auf Pfählen und Felsen über den Bach hinweg gebaut und ebenso still wie die gesamte Umgebung –, trennten sie sich und wanderten ziellos umher. Stunden später trafen sie vor Telegonos' ovalem Haus zusammen und berichteten einander, welche Seltsamkeiten sie erlebt hatten.

In einem windgeschützten Mauerviereck zwischen den Feldern mahlten ausgemergelte Alte zwischen schwarzen Steinen Korn: die knochigen Gestalten schufteten mit leeren Blikken und starren, blöden Gesichtern, aus den Mundwinkeln liefen Speichelfäden. Traubenartige Beeren mit harten Schalen wurden geröstet, an der Sonne gedörrt und zerschrotet. An einigen Stellen mengten weißhaarige Greisinnen die krümelige Masse zusammen mit zerkleinerten Datteln in zähen, hellen Brotteig.

»In meinem Land ist Lotos eine heilige Blume; wir essen ihre gerösteten Samen und andere Teile«, sagte Pentawer-Ptah. »Aber sie hilft uns nicht, zu vergessen.«

Datteln wurden getrocknet, von Kernen befreit und mit Wasser zu Wein vergoren, in uralten Tonkrügen mit schartigen Rändern und in roh gezimmerten Holzbottichen. Es schien, als lebten die Alten des Stammes in einem weiten Kreis außerhalb der Siedlung und würden selbst in der glühenden Mittagshitze nichts anderes tun als arbeiten. Telegonos schüttelte sich.

»Sie haben mich nicht bemerkt, reden leise mit sich selbst, einige sind mit langen Seilen an ihren Arbeitsplatz gefesselt. Ich glaube, die Götter haben alle mit Blödheit oder tiefem Vergessen geschlagen.«

»Aber die jungen Lotophagen sind kräftig und schön«, sagte Arneios. »Besonders die Frauen.«

Charissa hob die Schultern. »Wir sehen den anderen Teil der Wahrheit: Das Alter, den Göttern heilig, wird an den Rand des

Dorfes gedrängt. Sie scheinen der Familie, dem eigenen Herd im Megaron, entsagt zu haben.«

Die Beobachtungen zeichneten zusammengesetzt ein Bild, das Telegonos verstehen konnte. Die Barbaren besaßen weder eine Opferstätte noch einen Tempel, es sei denn, er stünde einen weiten Fußmarsch entfernt irgendwo versteckt. Ein schmaler Bach mündete im Norden der Insel ins Meer; die Fischerboote befuhren dieses tiefe Gewässer. Die Stellen, an denen die Fische ausgenommen wurden, lagen wie die Gerbergruben im Südosten der Siedlung, verborgen hinter einer niedrigen Felswand. Schwere und schmutzige Arbeiten blieben verborgen in einem Zweidrittelkreis außerhalb der Siedlung, und die Alten arbeiteten wie Sklaven, ohne daß sie sich in die Nähe der Sykomoren wagten, die den Mittelpunkt des Dorfes markierten. Nautes hatte ein Badehaus gefunden, unweit der Hütten, in denen die Seefahrer schlafen sollten.

»Heißes Wasser? Gutes Öl? Schöne Badesklavinnen?« Telegonos betrachtete seine Fingernägel und die verschorften Stellen der Handflächen. Nautes schüttelte den Kopf.

»Leidlich warmes Wasser. Kein Öl. Keine Sklavin zu sehen.«

Telegonos deutete auf die Grasdächer. »Dann walken und kneten wir uns gegenseitig. Es ist viel Zeit bis zum Abend – gehen wir uns waschen und schaben?«

»Mir fällt nichts Besseres ein«, sagte Pentawer und rieb über seine Bartstoppeln.

Die Schatten des frühen Abends krochen wie lange schwarze Finger auf den Dorfplatz zu. In Telegonos' Hütte brannten mit knisternden Dochten zwei Talglampen. Er hatte ein nasses Tuch vor den Eingang gehängt. Zwei Stunden lang, bis zu Kalos' Rückkehr, hatte er geschlafen, einige Früchte und klebrige Datteln gegessen und den Wein stark verdünnt, ehe er einen einzigen Schluck trank; er versuchte herauszufinden, wonach der Trunk schmeckte. Das Brot der Barbaren hatte er nicht angerührt. Er hörte Pentawer und Charissa lachen, die ersten Schläge einer Baumtrommel dröhnten durch das Dorf. Telegonos schloß die Bronzeschnalle des Dolchgürtels, band die Riemen der Sandalen und schob das feuchte Tuch zur Seite. Das Grillengezirp war ohrenbetäubend. In den Schatten zwischen Blütenwänden und Bäumen breiteten sich Unruhe und Aufgeregtheit aus; es schien, als feierten die Lotosesser, wie jeden Abend, auch heute ein Fest. Charissa rief:

»Hat dich der Lärm geweckt, Telegon?«

»Allerlei Gedanken waren es.« Er sah die Dörfler Essen zubereiten und Weinpithoi schleppen. Musiker versammelten sich, und die Anzahl flackernder Unschlittlampen im Blütenhaus Senaits und davor nahm zu. Ein Schwarm kreischender Möwen flog im letzten Sonnenlicht über die Lichtung. Die Töne einer Syrinx schnitten durch die Geräusche von Fußtritten, Murmeln und Gelächter; eine Frauenstimme begann einen schrillen, lang gezogenen Singsang. »Ob es immer so sein wird, daß wir unser Ziel nur erreichen, wenn es die Winde, also die Götter so wollen? Und ob uns die Barbaren hier zu ihrem Leben verführen können?«

»Nichts leichter als das.« Nautes und Mys kamen heran, und Kalos, dessen aufgerissene Augen leuchteten, trug das Geschenk von der *Namenlosen*. Pentawer schien von den Festvorbereitungen wenig beeindruckt, aber die Ruderer hatten sich von der Erregung anstecken lassen. »Was auch heut nacht geschieht – im Morgengrauen sagen wir dem Hermaphroditos Lebewohl. Auf den Zephyros warten wir am Ufer.«

Nautes rieb mit dem Daumenballen seine Bronzescheibe und murmelte: »Wenn uns die Frauen gehen lassen. Sie flüstern; sie haben nichts anderes im Sinn, als uns zu verführen.«

»Das mag stimmen.« Charissa lachte, Telegonos grinste und sagte schroff: »Wenn die Sonne aufgeht, und wir sind fort – spätestens dann haben sie uns vergessen.«

Um Feuer und Dutzende brennender Fackeln versammelten sich kleine Gruppen. Die Sonne glühte tiefrot durch die Palmenstämme. Handtrommeln, das Zirpen der Harfensaiten, der nasale Klang der langen Kupferflöten, Kichern und Lachen, Geschrei und raschelnde Palmwedel mischten sich zu einem lockenden Summen, das auch die Seefahrer einhüllte und einlullte. Die gesamte Siedlung schien sich in langsamem Trommeltakt zu wiegen. Die Seefahrer nickten einander zu und gingen langsam den Pfad hinunter. Der Himmel strahlte in vornächtlichem Blau, und je mehr sie sich dem Dorfplatz näherten, desto mehr Lichtfliegen schwirrten im Dunkel zwischen den Büschen. Talgflämmchen beleuchteten auch den Weg von Senait-Tianes' Haus zum Rand der Sandfläche. Fast zur gleichen Zeit betraten die Seefahrer und der Stammesführer den Platz; jetzt war er von einer Schar lachender Frauen umgeben. Er winkte, blieb stehen; Charissa nahm die Trinkschale aus Kalos' Händen, Telegonos hob den Krug und sagte:

»Du hast uns Gastrecht gewährt, Fürst Tianes. Wir danken dir und bitten, dieses geringe Geschenk anzunehmen.« Er legte den schweren Krug in die Hände des Stammesherrschers. »Es ist starker, edler Wein, Tianes.«

In der Silberschale brach sich der Widerschein vieler kreisender Flämmchen. Die Frauen, die an Tianes' Armen hingen, stießen bewundernde Rufe aus. Sie trugen netzartige Kleider aus Schnüren, auf die gelbe und weiße Holzperlen aufgezogen waren; seltsame Muster auf der hellbraunen Haut, die nach Kräutersalben roch. An den Feuern tanzten und tranken junge Lotosesser; viele hielten brennende Fackeln hoch. Ohne Unterbrechung handhabten die Musiker die Instrumente, die Klänge perlten wie junger Wein. Zwei Frauen mit klapperndem Muschelschmuck zogen Kalos in einen Tanzkreis, der sich zur Spirale öffnete. Tianes hob die Schale und rief:

»Dank euch! Ein herrliches Geschenk, ihr Schiffsleute! Ihr sollt die lange Mondnacht feiern. Trinkt, eßt, tanzt und liebt mit uns!«

»Der Wind bestimmt über uns«, sagte Pentawer ruhig. »Aber heute soll es uns gut gehen.«

Leise sagte er zu den Gefährten: »Denkt an die Warnung!«

»Wieder ist es, beim Wein und Trommelklang, ein fröhliches Fest bis zum ersten Sonnenstrahl«, rief Tianes und stolzierte zu den Musikern. Nautes und Mys verloren sich im zuckenden Halbdunkel, in dem die Lichter wie Leuchtkäfer umhertaumelten, in Kreisen, Spiralen und Wirbeln, die alle Augen und Gedanken verwirrten. Charissa ließ sich eine Muschelschale Wein reichen, suchte nach einem Bottich und träufelte die Hälfte des Weines zu Boden, ehe sie den Rest mit viel Wasser mischte. Pentawer aß von kühlen, nassen Blättern große Stücke Fisch und Fladenbrot, das er in noch heißes Öl tauchte. Er reinigte seine Hände, ging zum Sykomorenstamm und setzte sich auf einen Schemel. Unablässig dröhnte, halb so schnell wie der Herzschlag, die große Trommel; die rasselnden Handtrommeln füllten die Pausen zwischen den dunklen Schlägen.

Charissa und Telegonos sah er nicht mehr. Sie waren im Durcheinander der Tanzkreise, Reigen und Gruppen verschwunden. Die vielen Flämmchen verwirrten Pentawer, obwohl er nichts vom Lotoswein getrunken hatte; ihm war, als bedeute jedes Licht einen seiner Gedanken. Er lehnte sich an den Stamm, lauschte den Musikern und schloß die Augen.

Die Siedlung drehte sich und tanzte. Alles war Bewegung, Flakkern, Musik, Gelächter und betäubender Rauch. Nach ein paar Dutzend Tanzschritten um das funkensprühende Feuer spürte Telegonos, daß Sangare und Sidibe, die Frauen in seinen Armen, ihn tiefer ins wispernde Dunkel zogen. Alle Geräusche und die Musik verbanden sich mit dem Flammentanz, dem Klirren und Klappern der Muscheln und Holzperlen und den schwankenden Körpern zu einer Strömung, einem summenden Wirbel. Telegonos trank einen Schluck Wein und stolperte aus dem Halbdunkel auf eine Lichtung. Nie gehörte Laute und stechender Pesthauch schlugen ihm entgegen. Die Finger der lächelnden Frauen streichelten seinen Nacken, die Arme und die Brust. Im Licht des Feuers sah Telegonos zwischen den Stämmen große Vögel, die träge mit den Schwingen schlugen. Die nächsten Blicke zeigten ihm lebende und tote Adler, Eulen und Möwen, die mit ausgebreiteten Flügeln an die Stämme genagelt waren. Jede Bewegung der Palmen raschelte mit dem Gefieder, hob und senkte die Körper der Tiere; manche lebten noch, schrien oder zischten leise, und aus ihren Körpern tropften Kot, Blut und blasiger Schleim. Telegonos drehte den Kopf, kalte Schauder liefen über seinen Rücken. Die Vogelgerippe unter den Baumkronen raschelten, die Frauen zogen Telegonos weiter, drängten sich an ihn und flüsterten:

»Komm, schöner Fremder, vergiß die Opfervögel.« Telegonos stolperte aus dem Lichtkreis und spürte die Brüste Sangares an seiner Schulter. Sidibe schmiegte sich an seine Brust, ihre Fingerspitzen berührten flüchtig sein Gemächt. Sie ließ ihn los, drehte sich herum und hielt plötzlich zwei Schneckenmuschelschalen in den Händen. Ihre Augen glühten, als sie trank, Telegonos das Trinkgefäß in die Hand schob und die andere Schale Sangare reichte. »Die Nacht ist jung wie wir; bald lieben wir uns im Mondlicht.«

Teile der kreisenden, schwebenden Lichter blieben hinter den Stämmen zurück. Unverändert erscholl die Trommel; der Boden schien zu beben, der Nachtwind vertrieb den Gestank, die Zwischenräume der Palmenstämme im weißen Sand weiteten sich. Telegonos lauschte in sich hinein und war sicher, daß ihn kein Rausch ergriffen hatte. Seine Arme lagen um die Schultern Sidibes und Sangares, in seinen Händen bewegten sich die Brüste, die Finger der jungen Frauen schienen gleichzeitig alle Teile seines Körpers zu streicheln. Zwischen zwei Tamarisken zogen seine Begleiterinnen ihn ins Mondlicht. Das Gestirn der Artemis schwebte zwischen den Wipfeln wie eine Silberscheibe voller Altersspuren; Pfeile kalten Lichtes trafen Telegonos, so, als starre ihn Zeus an. Unter den Zweigen einer Tamariske war zwischen winzigen Talglichtern eine Decke oder ein Teppich ausgebreitet, dessen Muster zusammen mit dem fleckigen Schatten, die der Wind in den Ästen bewegte, die Sinne ebenso verwirrte wie der Lotos im Wein und im Brot. Telegonos setzte sich, die Frauen flüsterten lächelnd, während ihre Finger an den Säumen des Chitons nestelten; Sangare neigte sich über ihn, flößte ihm Wein ein, breitete ihr Haar über sein Gesicht aus und schlüpfte aus dem Netzkleid.

»Fremder Prinz«, flüsterte sie und führte seine rechte Hand zu ihren Schenkeln. »Sag nichts. Du bist schön und stärker als Tianes.«

»Zeig uns, wie ihr Fremden liebt.« Sidibe streichelte sein Gemächt; sein Glied begann sich aufzurichten. »Du sollst nicht reden. Trink und liebe uns.«

Telegonos verstand jedes zweite Wort und, irgendwie, den vollen Sinn. Er schloß die Augen und überließ sich ihren Fingern, Lippen und Zungen. Der Geruch jungen Schweißes mischte sich mit dem der Öle und Salben. Seine Finger strichen über heiße Haut und schwellende Brüste, ertasteten warme, feuchte Höhlungen, sein Herzschlag verschmolz mit dem der Trommel, er hörte stöhnendes Gurren, spürte Schweißtropfen auf seiner Brust und zuckende, langgliedrige Körper neben sich, auf sich und unter sich; als er die Augen öffnete, sah er in Sangares Gesicht. Sie starrte entrückt ins Mondlicht, Schweiß perlte auf ihrer Haut, eine Strähne klebte auf der Stirn: Sie schien den Körper, der unter ihm zuckte, verlassen zu haben auf einer Reise aus Spiralen, Kreisen und Wirbeln durch die Sternenschleier des Lotos. Er wandte den Kopf. Sidibes Hände lagen auf seinem Hals und auf Sangares Brust, sie stützte sich auf den Ellbogen, kratzte mit scharfen Nägeln seine Lenden und blickte in ein Flämmchen. Nur die Schatten ließen ihre Züge lebendig erscheinen: In Wirklichkeit, obwohl sie langsam die Schenkel weit öffnete und schwer atmete, befand sie sich in einem fernen Land, in das er, Telegonos, nicht einzudringen vermochte. Tief in seinem Inneren regten sich Stolz, wilder Mut und Selbstsicherheit – in seinem Blut war kein Lotos, und alle seine Gedanken waren hell und kühl wie die Pentawer-Ptahs. Er lachte leise, zog sich aus Sangares Schoß zurück und packte Sidibes Hüften, drehte ihren Körper auf die Knie und drang langsam in sie ein.

Eine kühle Hand legte sich auf Pentawers Schulter. Er sah auf: Charissa stand lächelnd neben ihm, eine große Trinkmuschel in der Hand. Ihre Linke deutete auf die verschwimmenden

Reigen der Tanzenden und die Paare, die im flammendurchzuckten Halbdunkel umhertaumelten.

»Ich glaube dir nicht, Fürst der Wellen, wenn du sagst, daß dich Langeweile martert.«

»Nicht einen Atemzug lang.« Er lachte leise. »Ich denke daran, was dem Vater unseres heranwachsenden Helden entgangen ist.«

Ihre grünen Augen leuchteten wie die einer Katze.

»Dir kann ich's sagen, Kapitän.« Sie blickte zum Feuer. Tianes lag nackt in seinem Sessel, die Beine ausgestreckt. In seinen Armen wanden sich Frauenkörper, eine dritte kauerte zwischen seinen Knien und bewegte den Kopf langsam auf und nieder. »Ich kann heute nicht empfangen, und unter den Lotosessern gibt es stattliche Männchen. Meine Lust ist geweckt. Vielleicht sollte ich die Gelegenheit packen: Leidenschaft ohne Liebe, ohne Verantwortung?«

»Wie alle auf dieser Insel des ewigen Rausches.« Pentawer griff zwischen seine Füße, hob einen Krug und grinste. »Wein vom Schiff, ohne Lotos. Seit einer Stunde denk' ich an das Gleiche. Hast du Telegonos gesehen?«

»Zwei der Schönsten haben ihn kichernd ins Dunkel gezerrt.«

»Wenn er zurückkommt, ohne daß sein Geist woanders umherschwirrt, hat er Klugheit bewiesen.« Pentawer füllte bedächtig beide Becher. »Bei unseren Ruderern bin ich, trotz aller Warnungen, weniger sicher. Du kannst unbesorgt trinken.«

Der pralle Mond glitt aus dem Schattengewirr der Wipfel und warf kalkiges Licht auf die Szenerie. Charissa setzte sich neben Pentawer und nahm einen tiefen Schluck.

»Danke. Hier sind wir außerhalb unserer Welt. Morgen haben wir die Lotosesser verlassen – zwei Dutzend Berauschte hab' ich schon abgewehrt.«

»Seltsam.« Pentawer setzte den Becher ab. »In Menefru-Mirê wäre ich schon längst in Harfenklang, Henketschaum und im Blick großer schwarzer Augen versunken. Warum nicht hier?«

»Im Rausch, auch im Rausch der Leidenschaftlichkeit, sind

wir unseren Göttern so nahe und so ähnlich wie nie; vielleicht fürchten wir ihre Götter?«

»Das wird es sein.« Pentawer neigte sich zu ihr und forschte in ihrem Gesicht. Er seufzte tief. »Wir scheinen einander ähnlich zu sein, Fürstin Daphnia-Charissa. Ist es so? Vernunft, Pflichtbewußtsein und kühles Abwagen der Stunden und Aufgaben zuerst – dann erst Lust, Rausch und Leichtlebigkeit? Es ist schwer, erwachsen und klug zu sein, nicht wahr?«

»Richtig.« Charissa umarmte ihn herzhaft, aber kurz. »Und die wenigsten überleben es.«

Sie lächelten einander über die schartigen Ränder der Holzbecher an. Pentawer sagte leise, fast abfällig:

»Vielleicht findest du dein Glück bei den Flüchtlingen von Ilion. Vielleicht finde ich es, irgendwann, am Ufer des Hapistroms. Bevor deine Nähe mich vollends verstört: Ich werde eine Lotosfrau heimsuchen, mit langen Beinen und schönen Brüsten.« Er hob den Kopf, schien das Schleichen der Mondscheibe abzuschätzen und deutete über die Schulter. »Ungefähr zwei Stunden vor dem Morgengrauen, bei unseren Hütten?«

»Ich bin dort. Verlaß dich darauf, Kapitän.«

»Keinen Wimpernschlag lang hab' ich daran gezweifelt.«

Pentawer füllte ihren Becher, nahm den Krug und klemmte seinen Becher unter die Achsel, zog Charissa hoch und ging zielstrebig quer über die Lichtung, die von Lärm, Musik und gelben Flammen in weißem Licht erfüllt war. Einige Zeit später sahen sich Charissa und Pentawer gleichzeitig um; ihre Blicke suchten den anderen: Über die Feuer und Fackeln der Lichtung hinweg sah Pentawer, daß ein junger Mann, einen halben Kopf kleiner als Charissa, seinen Arm besitzergreifend um ihre Hüften gelegt hatte, und Charissa sah die Rechte Pentawers auf der Schulter einer hochgewachsenen, reifen Schönheit liegen, die reglos vor ihm stand; Charissa erkannte, daß Pentawer wie eine mürrische, aber satte Schildkröte grinste.

Telegonos wachte auf; das plötzliche Schweigen der Trommel

hatte ihn geweckt. Sein Zustand erinnerte ihn an die endlos weite Dünung südlich der Insel der Winde; einmal schien ihm, er sei der Bruder des Priapos, versehen mit endloser Gliedesstarre, dann sah er müde die hingestreckten, gelösten Körper seiner schönen Gespielinnen, die er erschöpft hatte: Sein Kopf war klar wie die Sternennacht, und sein Herz entsann sich in bestimmten Augenblicken an Nausikaas kluge Zärtlichkeit. Sidibe schlief zusammengekrümmt, drei Dochte waren im Sand erloschen, und als er aufstand und seinen Chiton suchte, regte sich murmelnd Sangare. Er schien kurz geschlafen zu haben; verwundert hörte er, daß einige Musiker noch immer spielten. Die erste Spur der Ermattung breitete sich in Telegonos' Schenkeln aus. Er ging aus dem Mondlicht hinaus, zwanzig Schritte weit, und schlug sein Wasser ab. In einem Holzeimer fand er abgestandenes Wasser, reinigte sich flüchtig und ging zurück, das Gewand über der Schulter. Er betrachtete die beiden Körper; schließlich murmelte er:

»O Vater Odysseus. Wenn es richtig ist, was du den Phaiaken erzählt hast, ist dir hier wenig entgangen: nicht mehr als etliche Nächte voll geiler Begattung. Leidenschaft? Bis zum Überdruß. Wirkliche Empfindungen? Keine, die wert sind, daß Kitharoden lange davon singen.«

Telegonos ahnte, daß zwischen der Insel der Lotosesser und Ithake viele Tage und Nächte nur die unantastbare Charissa in seiner Nähe sein würde. Er grinste, setzte sich neben Sangares Hüfte auf die Decke und legte seine Hand mit gespreizten Fingern auf ihren Hals, fuhr langsam über die Schultern, strich das schweißfeuchte Haar zur Seite, tastete über die Knöchelchen ihres langen Rückens und streifte mit dem Nagel des kleinen Fingers über die Innenseiten der Schenkel. Sangare seufzte, murmelte, hob die Hüften und schob die Unterarme zusammen; als Telegonos ihre Brüste zu streicheln begann, zog sie die Knie an und flüsterte heiser Unverständliches. Er spreizte ihre Schenkel, kniete über ihr und wartete zwanzig Atemzüge und viele Triller der Syringen lang, ehe er sie nahm; bedächtig, fast ohne Leidenschaft.

Als er nach einem Umweg und einem Bad im kalten Bachwasser die ausgestorbene Lichtung erreichte, sah er sich um. Das Bodenbild aus Sand, Blättern und Blüten, das ein Paar in bizarrer Umarmung gezeigt hatte, war verwüstet; anstelle des Kopfes des Mannes lag ein toter Hund mit zugebundener Schnauze. Telegonos trottete zum Ende des Pfades und erreichte die Hütten, sah zwei Ölflammen und hörte scharfes Schnarchen. Der Mond war jenseits des Okeanos versunken. Charissa und Pentawer saßen auf der Bank und redeten leise miteinander, die Ruderer schliefen in ihren Hütten. Seine Waffen lehnten zwischen den Blüten, Decken und Mäntel waren zusammengerollt. Pentawer hob den Arm und sagte:

»Bevor Ophian und Heptodus unruhig werden – wollen wir aufbrechen?«

Telegonos starrte ihn an, dann Charissa, beide stießen sich gegenseitig an. Ein paar Atemzüge später brachen alle drei in Gelächter aus. Ihre Gedanken schienen klar wie der nahe Morgen. Pentawer wies auf ein Bündel:

»Reichlich Essen. Fisch, Fladenbrot, kalt gewordener Braten und viele Datteln. Nautes und Mys schlafen noch – hast du Kalos gesehen?«

»Nein.« Telegonos schüttelte den Kopf. »Aber ich hab ihn auch nicht gesucht.«

Charissa stand auf. »Gehen wir. Suchen wir ihn. Weckst du deine Ruderer, Käpten?«

»Mit Fußtritten und Wassergüssen, wenn es nötig ist.«

Telegonos hängte Schwertgurt und Schildkordel über die Schultern, packte die Speere und das Bündel mit dem Essen und wartete. Charissa belud sich mit Bogen, Köcher und Dolchgurt, legte den zusammengeschnürten Mantel um den Hals und nahm zwei unangezündete Fackeln in die rechte Hand. Aus den Hütten waren aufgeregte Laute zu hören, das Schnarchen riß ab, schließlich taumelten Nautes und Mys heraus und rieben sich gähnend die Augen. Sie tranken Wasser aus einem Krug, während Telegonos und Charissa die Fackeln anzündeten und in die kokelnde Glut bliesen. Pentawer klatschte die Faust in die linke Handfläche und knurrte wütend:

»Wir müssen Kalos finden. Irgendwo dort unten liegt er auf einer Frau oder ist besinnungslos betrunken.« Er winkte und ging voraus. »Ich hab's ihm ein Dutzend Mal oder öfters gesagt.«

»Gehen wir! Zeus hütet die Gastfreundschaft: Wir sollten ihn nicht reizen.« Telegonos folgte und sah zum Firmament. Die Sterne begannen blinkend zu schwinden. Am Fuß des abfallenden Pfades schwärmten die Seefahrer auseinander und suchten zwischen den Schlafenden ihren Kameraden. Die Lotosesser lagen wie tot da, mit leeren Gesichtern, schwer atmend; sie rochen durchdringend nach kaltem Schweiß und abgestandenem Wein. Vielleicht eine Stunde später, als sich das Fackellicht mit dem frühen Grau mischte, am Fuß der hügelan führenden Treppe, blieb Telegonos stehen und sagte:

»Weiter. Zum Schiff. Wenn es hell geworden ist, renn' ich zurück, such' und hol' ihn. Wir können nicht die ganze aresverdammte Insel durchsuchen.«

»Einverstanden.« Pentawer schwenkte die knisternde Fackel über seinem Kopf und hob den Watsack an.

11.
DIE STEINE DER EINÄUGIGEN

An einer der Stellen, an der Bachufer und Pfad nebeneinander liefen, lag ein Körper ausgestreckt zwischen Gräsern und Schilf, das Gesicht bis zu den Ohren im rinnenden Wasser. Nautes ließ seinen Watsack fallen, sprang zum starren Körper hin und kauerte sich neben der reglosen Gestalt nieder, wuchtete sie an der Schulter herum und ächzte entsetzt:

»Das ist ... Kalos. Tot. Ertrunken! O ihr Götter!«

Aus dem offenen Mund des Ruderers drang ein Schwall weißen Schleims und viel rötliches Wasser. Telegonos und Pentawer rannten auf den toten Ruderer zu. Zwischen dem Pfad und den kleinen Uferkieseln war ein lehmig-sumpfiger Streifen, ungefähr drei Ellen breit; er zeigte nur tiefe Sohleneindrücke. Der Körper des Toten hatte sich an Knien, Ellbogen und Kinn im weichen Untergrund eingepreßt; die Finger hatten in der letzten Bewegung tiefe Spuren in den grauen Lehm gepflügt. Charissa sagte leise:

»Es ist wirklich unser Kalos, der ›Kranke‹. Achtet auf die Spuren – vielleicht ist er umgebracht worden.«

Telegonos und Pentawer gingen einige Schritte weiter und musterten die Umgebung. Es gab nur zwei Spuren: die des Toten und von Nautes, der den trockenen Pfad verlassen hatte. Kalos war in die Richtung des Strandes gegangen oder gerannt, schien sich einige Male gedreht zu haben und war der Länge nach umgefallen; unfähig, wieder aufzustehen, schien er ertrunken zu sein. Pentawer und Telegonos starrten einander an; plötzlich wirkten ihre Gesichter freudlos und verfallen. Der Kapitän sah in Charissas Augen, blickte zum Toten und nickte bedächtig. Mys und Nautes hoben den Leichnam auf und legten ihn ins Gras.

»Wir sollten besser nicht mit der Hilfe der Lotosesser rechnen.« Pentawers Blicke bohrten sich in das Gesicht des Toten. Hals, Schultern und Gesicht waren vom Bachwasser gereinigt, an den Seiten des Körpers klebten Lehm und Gräserfetzen. »Wir tragen ihn zum Strand und sorgen für ein würdiges Begräbnis nach eurer Art. Richtig so, Telegon? Ich weiß nicht, wie ihr eure Toten für das Amentat ... für das zweite Leben vorbereitet.«

»Ich weiß, was zu tun ist.« Telegonos reichte die Speere und die Fackel Charissa, gab Norax den Watsack und die Rolle des Himation, bückte sich und packte Kalos' Fußgelenke. Mit Mys und Pentawer schleppte er den schweren Leichnam über den Pfad zum Strand. Unterwegs löschten sie die Fackeln und stolperten keuchend weiter, bis vor ihnen der Bug der *Namenlosen* aufragte. Die Augen, der Mast und die Rahen mit dem Segel waren tiefschwarze Muster vor dem rötlich grauen Himmel. Telegonos zuckte zusammen; mit gellendem Schrei stürzte sich eine Möwe auf den Fischkadaver, den die niedrige Morgenflut angespült hatte.

Mys, Nautes und Ophian hoben mit Schwertern und Plankenstücken am Hang zwischen den Palmwurzeln eine Grube aus, Heptodus und Telegonos hackten Treibholz in armlange Stükke. Charissa brachte Honig, Wein und Öl aus dem Schiff und drehte die Böden der Pithoi in den Sand. Pentawer hatte Kalos' schlaffen Körper im Meer gewaschen und auf den Sand gezogen; schweigend untersuchte er ihn von den Knöcheln bis zum Haar. Morgenlicht loderte auf den Wellen und warf den Schatten des Schiffes bis zu den Stämmen über der Uferböschung. Heptodus blieb neben Pentawer stehen und bohrte den Rand von Kalos' Schild in den Boden. Pentawer hob den Kopf.

»Keine Wunde«, sagte er leise. »Er hat viel Wein getrunken; man kann's riechen. Er hat sich selbst umgebracht.«

Das harte Licht zeigte jedes Härchen an Kalos' Körper. Pentawer hob die Hüften des Toten an, Heptodus schob den Schild darunter und sagte:

»Also ist Freund Kalos, der sich vor allen Krankheiten gefürchtet hat, wirklich in diesem schrundigen Bach ertrunken. War es nur der fremde Wein, Käpten?«

»Ich glaube, es war zuviel Wein, das Brot der Lotosesser und alles, was sie hineingemischt haben.« Pentawer hob den Schild an, Alkias packte ihn an der anderen Seite. Sie schleppten den Körper bis zum Rand der Grube, über der eine Schicht Treibholz lag. »Kalos hat unsere Warnungen nicht befolgt, hat zuviel Wein getrunken, vielleicht auch Brot gegessen; mit diesem Rauschgewürz. Das hat ihn wohl bewußtlos gemacht.«

»Er war verwirrt, hat vielleicht uns gesucht, ist ausgerutscht und ertrunken«, murmelte Ophian und begann, den Körper zu salben und in einen frischen Chiton zu kleiden. Telegonos suchte in der Falte seines Gürtels und zog ein Kupferblättchen heraus, klein wie sein Daumennagel. Er öffnete die Lippen des Toten und legte das Metall auf die purpurn geschwollene Zunge.

»Der Preis für den Fährmann, der dich sicher über den Charontes rudern soll, Freund Kalos«, sagte Telegonos leise. Tränen glänzten in seinen Augen. Pentawer zuckte mit den Schultern, dann nickte er.

»Charontes ist auch ein Seemann. So wird es gewesen sein. Ihr verbrennt eure Toten, nicht wahr?«

»Ja. Das heilige Feuer reinigt sie, bevor ihre Seelen in den Hades schweben.«

Sie legten, nachdem sie den Leichnam in das Himation eingewickelt hatten, den Dolchgurt und das Kupferschwert unter den Schild auf Kalos' Brust und schichteten Holz um seine

Überreste, wölbten eine Art Dach aus weißen, salzverkrusteten Ästen über das gestreckte Bündel und schoben Späne und raschelnde Tangblätter dazwischen. Ophian und Telegonos holten Helme und Waffen von der *Namenlosen* und verteilten sie. Schweigend legten die Männer die Waffen an, schnürten die Kinnbänder der Helme und hoben die Schilde. Charissa zündete eine Fackel an, hängte sich Köcher und Bogen über die Schultern.

»O Gott Poseidon.« Der Steuermann zog das Schwert aus der Lederscheide. »Unser tapferer Freund, der Fischer Kalos von Aiaia, hat fern seiner Heimat sein Leben verloren. Sein Grab auf der Insel der Lotophagen haben wir ihm bereitet; wir übergeben ihn den heiligen Flammen. In Würde soll seine Asche ruhen, wie es unser Brauch ist – helft ihm, ihr Götter.«

Charissa trat auf den Scheiterhaufen zu, entzündete ihn an vier Stellen und legte die blakende Fackel zwischen die Treibholzäste über Kalos' Kopf. Schilf und Tang brannten mit kaum sichtbaren Flämmchen, Rauch wolkte auf, als das trockene Holz zu brennen begann. Ophian hob das Schwert, schlug gegen den Schild und wartete, bis die Flammen im knisternden Holz höher flackerten, dann stampfte er mit den Füßen auf und begann einen hüpfenden, stolpernden Tanz um das Feuer. Telegonos folgte ihm und hämmerte gegen den Schild, Alkias, Norax und Arneios schloßen sich an. Pentawer wartete, bis Charissa zu laufen begann, den Bogen quer über dem Kopf, dann lief er hinterher und hämmerte den Kampfkolben im gleichen Takt wie die anderen gegen den Schild. Der Lärm scheuchte einen Vogelschwarm auf, der um die Rauchsäule flatterte und sich zum Inselinneren hin zerstreute. Die Flammen prasselten in die Höhe, der Rauch trieb im Windschatten des Uferwaldes nach Norden.

Dreimal umrundeten die Seefahrer den lodernden Holzstoß, brüllend und mit krachenden Schilden, die Köpfe in den Nakken gelegt, dann lösten sich Ophian und Telegonos aus der Reihe und holten die Krüge. Das Feuer hatte Kalos' Leichnam erfaßt und begann ihn zu verzehren. Schwarze Flecken bildeten sich auf der Haut, das Leder des Schildes schmorte; grauer Rauch hüllte den Körper ein. Charissa goß Wein in eine Phiale und näherte sich dem Kopfende des Scheiterhaufens.

»Nehmt die Opferspende an, ihr Götter! Kalos war ein guter Freund; niemandem hat er geschadet, eure Gebote hat er befolgt«, rief sie und träufelte den Wein in die Flammen. Die ersten Holzstücke waren verglüht und sackten zusammen, als Ophian den Honig in langem, goldfarbenem Faden in die Glut laufen ließ, gleichzeitig mit Telegonos' Öl. »Zeigt uns, daß Kalos' Seele nicht umherirren wird in den Alpträumen der Sterblichen.«

Die Schicht aus Ästen und Stammabschnitten über der Grube sackte krachend ein. Ein mächtiger Funkenschauer stob in die Höhe und drehte sich im Rauch zu einem Wirbel, den eine plötzliche Bö in die Höhe riß und zwischen den Palmenwipfeln zerteilte. Dampfend verzischte eine zweite Schale Wein in der Glut, die von allen Seiten in die Grube rutschte, mit dem verschmorten Körper und dem Schild, der zu hellen Ascheflocken zerfiel. Die Seefahrer wichen vor der Hitze zurück und warteten, bis die Holzreste und alle Glut in die eckige Öffnung gerutscht waren und die Flammen nach und nach erloschen; dann schoben sie mit Schwertspitzen und Schildrändern feuchten Sand hinterher.

»Nun kennen wir die Gefahren des Lotosessens«, sagte Pentawer leise. Telegonos hob mit beiden Händen seinen Helm in die Höhe. »Auf eine Weise haben wir sie kennengelernt, die nicht hätte sein müssen. Es war der Wille der Götter.«

»Zeus kennt jedes Sandkorn.« Ophian nahm das Schwertgehenk von der Schulter. »Und er hat uns südlichen Wind geschickt.«

Der Rauch färbte sich schwarz und glitt über den Strand dahin, bis zu den schäumend auslaufenden Wellen. Alkias sagte: »Ich hole Steine vom Flußbett.«

»Wir helfen dir. Warte noch.« Charissa trug ihre Waffen zum Schiff zurück. Sie sahen eine Weile lang zu, wie Rauch aus der viereckigen Öffnung hervorkroch, dann legten sie die Waffen auf einen Haufen und schleppten eine Stunde lang große Kiesel und Steinbrocken. Über dem Grab entstand ein gerundeter Hügel, wie der Panzer einer Schildkröte. Ophian legte eine Steinplatte auf die oberste Stelle und senkte den Kopf.

»Nun sind wir zu siebt auf der *Namenlosen.*« Er legte die Hände auf Nautes' und Mys' Schultern und schob sie zum Schiff. »Nach Ithake brauchen wir kräftigen Zephyros, Käpten.«

»Ich weiß«, sagte Pentawer, hob einen Krug auf und sah sich um. Nichts war am Grab zurückgeblieben außer Holzspänen und Fußspuren, die in der nächsten stürmischen Flut verschwinden würden. Um den Fisch stritten sich zeternd einige Möwen. »Wir haben wieder einmal straffen Notos.«

»Bleiben oder ablegen?« Telegonos hielt den angefeuchteten Zeigefinger in die Höhe. Pentawer zuckte mit den Schultern.

»Warten und ausschlafen.«

Sie standen schweigend da und blinzelten in die Sonne. Über den Himmel des frühen Jahres trieben unzählige kleine Wolken nach Nord. Die Möwen flogen auf, eine nach der anderen, weit aufs Wasser hinaus; über der Stelle, an der sich das Ufer krümmte, rüttelten zwei Falken hoch über den Palmwipfeln. Schweigend schoben die Seefahrer in der Vormittagsflut das Schiff in tieferes Wasser, ließen den Ankerstein am Bug herunter; Mys, Nautes und Heptodus wateten zurück und bereiteten am Ufer ein Feuer für heißes Wasser, für Sud und zum Waschen der Tücher. Im Flußwasser waren Teile des Bewuchses von den schwarz gestrichenen Planken abgefallen. Pentawer entfernte sorgsam seinen Bart und die Körperhaare, knetete Öl in die Haut und überprüfte in den heißesten Stunden des Tages die Planken; innen und außen. Der Kielraum des Schiffes war, als der Schweiß des Kapitäns wieder auf die Heckplanken tropfte, aufgeräumt, sauber und völlig trocken.

Erst abends, als sie kaum bewaffnet um das heruntergebrannte Feuer und die Pithoi voller Sud saßen, gegessen und getrunken hatten, redeten die Sieben mehr als das Notwendigste. Telegonos unterbrach Mys und Heptodus, ließ aus der

Hand einen Strahl Sand in seinen Becher rinnen und wiegte den Kopf.

»Jetzt ist es wie ein Traum, Freunde, wie ein Besuch in einem sehr fremden Land.«

Ophian deutete zum Mittelpunkt der Insel. »Es ist ein sehr fremdes Land!«

Telegonos schien den Einwand nicht gehört zu haben.

»Ihre Sinne sind verwirrt. Die Untertanen oder Gefolgsleute des Hermaphroditos feiern zwölf Monde im Jahr unablässig Feste der Trunkenheit und des Vergessens!« Er lachte ungläubig. »Selbst ich fange an zu vergessen. Wie hießen die zwei Schönen, die sich mit mir vergnügten? Habt ihr schwangere Frauen gesehen? Ich nicht. Nachts begattet Tianes die Frauen, tagsüber ziert sich Senait wie ein Weib. Heiterkeit, Wein, leicht zugängliche Leidenschaft ... zuviel!, zu leicht!, zu ... flach. Es hat mich nicht berührt. Euch etwa?«

»Nun«, sagte Mys, »es war gut, solange es gedauert hat. Ich brauche lange keine Frau mehr.«

Telegonos sah wie hilfesuchend zu Pentawer hinüber. Der Kapitän und Charissa grinsten einander wie Geschwister an, denen ein drastischer Streich geglückt war. Nautes machte eine wollüstige Geste und brummte: »Ich weiß nicht, wie deine flüchtige Geliebte war; meine, sie hieß Serangi, hatte nichts anderes im Sinn.«

»Mich hat's durchaus berührt«, sagte Mys und fischte Kräuterstückchen aus dem lauen Sud. »Braune Haut, Glieder wie Meeresaale, heißes Blut und eine Stimme wie Taubengurren – aber du hast recht, Prinz: Wir oder jeder andere, ihnen war's gleichgültig; sie haben sich an jeden gedrängt, nachdem die Sonne untergegangen war.«

Ophian kam zum Feuer zurück und ordnete seinen Peplos.

»Mir scheint, und eure Reden beweisen's, daß Heptodus und ich das einzigartige Erlebnis unserer mittleren Jahre auch auf der Lotosesserinsel nicht versäumt haben.«

»So ist es; nichts anderes, Steuermann!« sagte Pentawer entschieden. »Gedenken wir des Völkchens der trunkenen Nächte, als ob wir uns an einen schönen Traum erinnern; nur Kalos hat seine Liebesnacht zu teuer bezahlt.«

»Was lernt Prinz Telegon aus unseren Erlebnissen?« fragte Charissa in die Stille hinein. Pentawer deutete auf Telegonos und hob die Hand.

»Daß sein Vater ein erfahrener Mann war. Wenn er den Phaiaken nichts Falsches erzählt hat, holte er ein paar Männer seiner Besatzung mit Gewalt aus der Siedlung zurück, schnürte sie an die Ruderbank und sah zu, daß er ohne Lotosrausch und Vergessen wieder die Weite des Meeres gewann.« Er nickte gedankenvoll seiner Nachbarin zu. »Hätten wir die Klugheit Odysseus' besessen, würde Kalos noch leben.«

»Ja. Mein Vater. In den Höhlen des Polyphemos verlor er, was er hier gewann.« Telegonos schnaubte, stemmte sich in die Höhe, packte die Henkel zweier Krüge und sagte: »Ich bin müde und löse jeden ab, der bis Mittnacht wacht.«

»Wir wünschen feine, sinnenfrohe Lotosträume«, rief ihm Pentawer nach; nur Ophian lachte leise.

Der unentwegte Anprall winziger Wellen an den Schiffsrumpf, das sanfte Heben und Senken der *Namenlosen,* ihr zögerliches Zerren am Ankertau und das Knarren des Tauwerks mischten sich in das prickelnde Knistern aus der Tiefe, das durch den Schiffskörper wie durch einen Kithara-Schallkasten verstärkt wurde; als Pentawer-Ptah aufwachte, wußte er, daß er das Geräusch wandernder Sandkörner hörte, die sich in der Bodenströmung bewegten. Er richtete sich auf. Telegonos hockte auf der Bordwand im Heck und sah aufs Meer hinaus. Seine Bewegungen verrieten Unruhe; die gleiche Unruhe hatte Pentawer geweckt. Er hustete kurz, stand auf und tappte auf Zehenspitzen zur Hecktruhe.

»Alles ruhig, Telegon? Außer dir, glaube ich?«, flüsterte er. Der Mond, in einen hauchfeinen Schleierkreis gekleidet, stand hoch im Südwesten und übergoß Strand, Schiff und Meer mit ungewöhnlichem Kalklicht; Pentawer erkannte neben seinem Schatten die Maserung der Planken.

»Der Wind hat sich gedreht. Sieh!« Telegonos zeigte auf das Ankertau. Der Bug der *Namenlosen* deutete in die Richtung des Sonnenuntergangs, zum Strand, an dem die Schattenrisse der Palmen mit raschelnden Wedeln schwankten. Lange Wolkenfinger aus Westen zielten auf das Nachtgestirn. Eine Nacht nach Vollmond. Auch die Wellen schienen nach Osten zu laufen. »Aus dem Notos ist Zephyros geworden.«

»Das stürzt mich in tiefe Nachdenklichkeit«, sagte Telegonos, fand einen Becher und schöpfte Sud aus dem Krug. »Ich würde jetzt den Ankerstein hochwuchten, das Schiff drehen und fortsegeln. Dreht aber der Wind abermals, sind mir eure Flüche sicher.«

»Meine Flüche nicht.«

Telegonos wartete, bis Pentawer getrunken hatte. »Was ich will, wißt ihr: so schnell wie möglich nach Ithake.«

»Wissen wir. Warte.« Pentawer schlich zum Bug und leerte, nachdem er den Wind geprüft hatte, genußvoll seine Blase. Er ächzte; ihm war, als schwemme er den letzten Rest Lotos zugleich mit schwer zu fassenden, unguten Gefühlen aus seinem Körper. Er setzte sich auf die Hecktruhe, beobachtete Mond, Wolken, Bäume und Wellen, betrachtete die beruhigte Dünung, schloß die Augen und sagte nach einer Weile: »Wäre es mein Schiff, jene zerborstene *Merit-Amûn*, würde ich ablegen, Prinz.«

Telegonos nickte, deutete in die Richtung der schlafenden Mannschaft und hob den Kopf zum Mond. »Warten wir eine Stunde. Ich fürchte mich genauso wie du, einen Windknoten zu öffnen. Dann wecken wir sie und entscheiden. Einverstanden, Kapitän?«

»Der Vorschlag eines vorsichtigen Mannes«, sagte Pentawer. »Zugestimmt. Vorausgesetzt, du findest einen Krug Wein, ohne die anderen zu wecken.«

»In Wirklichkeit bin ich noch viel klüger.« Telegonos' Grinsen wurde im weißen Mondlicht zu einer schaurigen Grimasse. Er zeigte auf einen Krug, der mit drei Tauwindungen an einem Spant festgebunden war. »Da. Wein. Ich weiß nicht, ob's phaiakischer oder Aiaiawein ist.«

»Beim Warten ist mir beides recht.« Pentawer schüttete den Rest Sud über die Schulter in die Wellen und beugte sich mit dem Holzbecher weit vor.

Sie warteten schweigend. Je weiter der Mond wanderte, desto deutlicher trat der Sternschleier der Götterstraße zwischen anderen großen Sternen wieder aus der Schwärze hervor, jedes der unzählbar vielen Lichtpünktchen ein Milchtropfen aus Heras Brüsten. Der Westwind schob die *Namenlose* fast unmerklich vom Strand fort, der Ankerstein rumpelte dumpf durch den Sandboden; der Zephyros wehte stetig, nicht in heftigen Böen. Als die Stunde um war, nickten Telegonos und Pentawer einander zu; der Kapitän seufzte, stand auf und holte tief Luft. Es dauerte keine halbe Stunde: Mit dem Mondlicht im Rücken segelten sie in schneller Fahrt dorthin, woher sie gekommen waren.

Jede weitere Welle trennte die Mannschaft von der Insel der Lotosesser. Es schien weniger heiß zu sein als gestern; in langsamer Folge zogen Wolken vor der Sonne vorbei. Gegen Mittag sahen Ophian und Telegonos ihre unausgesprochenen Befürchtungen bestätigt: Am Schiff zerrte und sog eine Strömung nach Norden, und das Land, das auf dem letzten Stück der Fahrt zur Lotophageninsel fern an Steuerbord zu sehen gewesen war, lag jetzt ungefähr vor dem Bug. Während fünf Stunden hatte der Zephyros nachgelassen und wieder der Notos die Herrschaft über das Schiff übernommen; aber nun war es kein Südwind mit Regen, Sandstürmen und Nebel, sondern ein stetiger, heißer, trockener Wind aus dem unbekannten Land jenseits der großen Bucht, der Wolken von seltsamer Form zusammenflocht.

»Ein gefahrloses Segeln bisher.« Pentawer wischte blinzelnd mit dem Unterarm den Schweiß aus dem Gesicht. Ophian nickte schweigend. »Heute abend werden wir an einer anderen Küste auf Zephyros warten müssen.«

Erst vor wenigen Stunden hatten sie zu erkennen vermocht, daß Kalos' Grabhügel wirklich auf einer großen Insel zurückgeblieben war. Das Land hinter der Lotophageninsel bildete bis weit in den Norden eine riesige Bucht, auf deren Kap das Schiff zusegelte. Der Phaiake brummte:

»Wenn nur einer wüßte, wo wir sind! Kein Lotosfresser hat gewußt, wo Ithake, dein Hapiland oder Kreta liegen.«

»Ich weiß, wo wir sind, Steuermann.« Pentawer fletschte die Zähne und blies in seine Handflächen. »Vier, fünf Tage und Nächte westlich vom Meer jenseits der Aiolosinsel.«

»Das reicht dir, um ruhig schlafen zu können?«

»Einigermaßen. Viel lieber wüßte ich, ob dort vor dem Land zwei Inseln liegen oder ob das, was wir sehen, schon zum Ufer der Bucht gehört.«

»In zwei Stunden sehen wir mehr.«

Manchmal ging Charissa in den Bug und hielt Ausschau. Vom Land war nicht viel zu erkennen; die Seefahrer unterschieden dunkle Taleinschnitte und kleine Wälder, felsige und sandige Küstenstreifen. Zwischen Morgen und Mittag hatte das Licht der tiefer stehenden Sonne jenseits der Lotosesserinsel an Backbord niedrige Gebirgsteile aufleuchten lassen. Wenn die Dünung das Schiff hob, waren weit vor dem Bug links ein kleinerer, rechts davon ein größerer, längerer Buckel zu sehen. Es konnten bewaldete Inseln sein, ebenso gut aber auch Teile des Landes, vielleicht weit vorspringende Halbinsein. Ophian und Pentawer steuerten darauf zu; Wind und Strömung ließen kaum eine andere Wahl zu. Das Meer war ruhig; oft sahen die Seefahrer große Thunfischschwärme, und dreimal hatten Gruppen hellbäuchiger Delphinoi neugierig die *Namenlose* umkreist. Winzige Pünktchen in der Luft zeigten, daß über den Küsten große Vögel jagten.

Heptodus, Mys und Nautes dösten im Schatten des Segels. Telegonos hatte vor kurzer Zeit kalten Sud ausgeteilt, mit Honig und wenig Wein gemischt. Die Sonne stach, auf der Haut der Seefahrer glänzten Öl, Salbe und Schweiß. Das Schiff kroch auf das freie Stück Meer zwischen den Inseln oder Vorgebirgen zu. Telegonos schob sich zwischen den Steuermännern hindurch, setzte sich auf die Hecktruhe und streckte ächzend die Beine aus.

»Erinnern und vergessen«, sagte er brummig, »nachdenken und abwägen; auf dem Deck, in der Sonne, fällt es leicht. Oder geht es euch anders?«

»Du erinnerst dich an den Lotos und vergißt die lange Nacht?« Ophian wandte sich um und betrachtete über Telegonos' Schulter die gerade Heckspur im tiefblauen Meer. »Bei solchem Wind wie heute sind Nachdenken und Abwägen gewöhnliche Verrichtungen.«

»Er hat recht«, brummte Pentawer. »Erinnerungen, von denen wir wegfahren, werden kleiner, wie Palmen am Strand; und bedeutungsloser. Welle um Welle verlieren sie an Wichtigkeit. Aber nicht alle.«

Sie sahen Charissa zu, die in den Mast kletterte. Einige Vögel kamen dem Schiff entgegen; vielleicht neugierige Möwen. Telegonos wischte einen Schweißtropfen von der Nase.

»Nein. Nicht alle Erinnerungen. Was wirst du niemals vergessen können, Pentau?«

»Menefru-Mirê, den Hapistrom und meine Geliebte.« Pentawer starrte aufs Meer hinaus. »Die ich nie wieder sehen werde.«

Charissa stand auf der Rah und drehte sich halb herum. Ihre Stimme war durchdringend: »Ich sehe zwei Inseln, Käpten. Die kleine an Backbord ist ganz nah an der Küste. Die andere ist viel größer. Und da sind lange Sandbänke unter den Wellen, weit hinaus an Steuerbord.«

»Also doch«, knurrte Pentawer. »Ihr wißt, daß wir auf das Land der Kyklopen zufahren? Auch deinen Vater hat der Notos dorthin verschlagen.«

Ophian und Telegonos nickten, schienen sich an jedes Wort der Erzählungen Odysseus' zu erinnern; ob sie von göttlicher Wahrheit durchdrungen waren, würden sie vielleicht nach dem Landgang erfahren. Charissa sah den Vögeln zu, schien sich die Ausdehnung der Sandbänke einzuprägen und verließ ihren schwankenden Platz. Möwenschreie gellten, an Backbord sprang ein großer Fisch aus den Wellen und tauchte klatschend ein. Charissa hielt sich am Masttau fest und sagte:

»Es sind keine Riffe, Pentau.« Sie zeigte nach Norden und Osten. »Unter dem Wasser hab ich Sand und Schlick gesehen. Aber vor den Inseln und dazwischen, so gut ich's sehen konnte, ist das Meer blau und tief.«

»Der Notos treibt uns zwischen den Inseln hindurch.« Ophian zupfte an seinem Bart. »Ich sehe ein Bild, das wenig furchterregend ist. Viel Wald, keine Riffe, ein paar Lichtungen.«

»Wie auch immer.« Pentawer winkte den Männern von Aiaia. »Die Rah herunter, rudern und einen Platz suchen, an dem wir auf den richtigen Wind warten können.«

Die Seefahrer waren bereit, die Riemen lagen an Deck, und Charissa hatte den Bogen gespannt. Sieben Augenpaare starrten zu den Stränden hinüber; ein Seeadlerpärchen kreiste über der breiten Durchfahrt, und ein Dutzend Möwen stritt sich um die schmierigen Reste von gebratenem Fisch und angefaultem Obst, die Heptodus über Bord warf. Beide Inseln schienen nur große, dicht bewachsene Hügel aus Lehm und Sand zu sein. An vielen Stellen hatte das Meer, wie im Westen des Eilands, senkrechte Wände geschaffen, und als die *Namenlose* nach Steuerbord glitt, erkannte die Mannschaft, daß große Teile der Küste aus dunklem Sandstein waren, in dessen Ritzen und Spalten sich die Wurzeln windzerzauster Büsche festkrallten. Als das Schiff die engste Stelle der Durchfahrt erreicht hatte, waren durch das Klatschen der Wellen und das Möwengeschrei schwache Echos zu hören: Ziegen meckerten, und unzweifelhaft hörten die Seefahrer blökende Schafe.

»Keine Bucht bisher.« Pentawer kratzte sich im Nacken. »Keine Flußmündung und auch kein Strand, an dem wir warten könnten.«

Die Strömung zerrte stärker am Kiel. Die Steuermänner stemmten sich gegen die Pinnen, und im Heck begann das Wasser gischtend zu gurgeln. Die Insel schien auf den ersten

Blick, ebenso wie das Eiland der Lotophagen, unbewohnt zu sein: Die Mannschaft sah weder Rauchsäulen noch die kleinste Spur von Mauern, Häusern oder anderen Bauwerken. Charissa zupfte an der Bogensehne. Der zirpende Ton ließ Ophian und Telegonos zusammenfahren; einen Atemzug später schlug der Wind knatternde Falten ins Segel. Pentawer hob den Arm.

»Ich bleib an den Rudern. Zu den Riemen, Freunde!«

Die Rah glitt knarrend herunter, weite Schlingen banden die salzbestäubte Leinwand fest, und einer nach dem anderen kletterte zu den Ruderbänken und hängte einen Riemen ein. Die *Namenlose* glitt geradeaus weiter, wurde langsamer; wieder gellten Möwenschreie. Als sich alle Armpaare streckten, sagte Pentawer:

»Bereit? Absenken ... langsam anziehen ...!«

Er gab den Takt an. Hinter einem stumpfen Landvorsprung zerfaserte der Wind in kleinen Wirbeln, auf der Meeresoberfläche bildeten sich schroffe Muster. Durch die Stille drangen Vogelstimmen und das zornige Brummen von Fliegen und Bienen. Zwei Pfeilschüsse vom bräunlichen Ufer entfernt trieben die Riemenschaufeln den Rumpf durch die Wellen. Ein fremder Geruch wehte zum Schiff: scharf und sauer, wie faulendes Aas. Als Telegonos den Kopf hob, sah er, daß Pentawer mit dem Blick eines Falken den Schaumstreifen der winzigen Brandung anstarrte, die Hochflutlinien und die Einbuchtungen. Die Sonne sank den fernen Bergen entgegen, färbte sich bronzegelb, und der Schatten der Insel verdunkelte wachsend die Wellenspitzen. Heptodus rief keuchend:

»Noch immer kein wunderbarer Hafen, Käpten?«

»Nichts als abweisende Küste mit ein paar Löchern, die wie Höhleneingänge aussehen. Fünfzehn Ellen über dem Wasser.«

Heptodus zerrte am Riemengriff und antwortete mit einem ausdrucksvollen Fluch. Zwölf Dutzend Riemenschläge später rief Pentawer: »Es ist kein Wunderhafen, aber eine gute Bucht, glaub' ich ... gut für ein, zwei Nächte.«

Eine Landzunge krümmte sich wie ein Finger nach Sonnenuntergang. Zwischen Felsen und kantigen Schuttbrocken wucherten kümmerliche Pinien, deren Wipfel vom salzigen Wind wie von einem Messer schräg abgeschnitten waren. Einige hohe Palmen raschelten mit schlaff hängenden Wedeln. Dahinter öffnete sich eine lange, schmale Bucht, teils aus Sand, zu zwei Dritteln aus senkrechten, meist überhängenden Felsen und zungenförmigen Dalmen scharfkantiger Steinabsplitterungen, die weit ins spiegelglatte Wasser hinuntergerutscht waren. Eine kleine Herde Ziegen mit geflecktem Fell stand um ein Rinnsal am hintersten Ende der Bucht; dort wuchsen bauchige Pappeln, an deren Stämmen sich wilder Wein rankte, darunter hohes Schilf und blühende Büsche, deren untere Äste kahl gefressen waren. Die Tiere hoben die Köpfe und glotzten den Bug des Schiffes an, als er sich um die Kante schob. Pentawer sagte laut:

»Wir drehen die *Namenlose* und bleiben so weit draußen wie möglich. Hol das Ankertau, Telegon, spring an Land. Ich bringe das Schiff an die richtige Stelle.«

Telegonos zog den Riemen ein, schwang sich an Deck und lief zum Bug. Das Schiff bog ums Ende der Landzunge, schlug einen Halbkreis nach Steuerbord ein und schob sich mit dem Bug auf einen schmalen Sandstreifen. Telegonos sprang an Land, zerrte die Schlinge des Taues über einen Felsen und sah sich um. Die Riemen klapperten an Deck. Charissa packte den Bogen, hob den Riemen des Köchers auf die Schulter und schirmte die Augen mit der Hand. Sie beobachtete die Ziegen an der Quelle, starrte zum Waldrand und ins wuchernde Grün der kleinen Schlucht, lauschte auf das Gluckern der Quelle und flüsterte:

»Es ist mir hier zu friedlich, Pentau. Ich fürchte, daß brüllende Einäugige große Steinbrocken nach uns schleudern werden.«

»Wir werden keinen Lärm machen«, sagte Pentawer. »Haltet die Riemen bereit. Waffen an Deck. Niemand weiß, wie lange wir warten müssen.«

»Einverstanden.«

In der Bucht lief eine schwache Strömung im Kreis von links nach rechts. Das Schiff schwenkte herum und legte sich entlang des Strandes, der von Schwemmgut und Unrat bedeckt war. Das Wasser blieb klar, über dem Grund zuckten kleine Fischschwärme. Als das Schiff zur Ruhe gekommen war, breitete sich Stille aus, nur das Fliegensummen und das Meckern der Tiere mischte sich ins Geräusch der Wellen. Dunkelrot sank die Sonne hinter der kleinen Insel.

»Du sagst, was zu tun ist, Käpten.« Heptodus stocherte mit einem Span in den Zahnlücken. »Wasser von der Quelle holen?«

»Oder eine Ziege für den Braten schießen?«, sagte Charissa. Pentawer schüttelte den Kopf. Wie ein feuchter Mantel legte sich die Dämmerung mit schweren Falten über die Westseite der Insel. Telegonos blickte von Ophians Gesicht in Pentawers Augen; beide standen starr da und lauschten.

»Was habt ihr?«

»Es ist etwas in dieser Stille«, flüsterte Pentawer, »das mich unruhig macht. Was wißt ihr von den Kyklopoi, die angeblich hier hausen?«

»Es heißt: Kyklopes. Uralte Sagen, eine lange Geschichte«, murmelte Ophian. Die Ruderer hoben Schilde und Wurfspeere aus dem Kielraum und verteilten sie an Deck. Telegonos seufzte.

»Willst du sie hören? Jetzt?«

Pentawer nickte. Einige Schwalben zuckten zwischen den Stämmen hervor und jagten dicht über dem Wasser. Tief aus dem Inneren der Insel ertönte dumpfes Poltern. Telegonos hob die Schultern und griff nach den leeren Wasserschläuchen. Er machte zwei Schritte zur Strickleiter. Pentawer hielt ihn auf und schüttelte den Kopf.

»Du wirst jetzt nicht zur Quelle gehen.«

»Warum nicht?« Die Sonne war zur Hälfte hinter der kleinen Insel versunken und übergoß alles, was zwischen den Schatten lag, mit tiefem Blutigrot. Pentawer tippte Ophian auf die Schulter und knurrte:

»Sag's ihm, Steuermann.«

»Bis du an der Quelle bist, ist es dunkel geworden. Auf dem Rückweg brichst du dir Arm und Bein und verlierst die Ziegenbälge. Wir müssen helfen kommen, mit Fackeln, und machen genau den Lärm, den wir hier vermeiden.«

Telegonos grinste und senkte den Kopf. »Bei Pallas' Eule! Eure Klugheit erschreckt mich. Ihr habt recht. Ich bleib' hier und erzähl' euch alles, was ich von den Zyklopes weiß. Das kann ich besser als vieles andere; offensichtlich.«

»Augenscheinlich.« Pentawer deutete mit schwungvoller Geste auf die letzten aufflammenden Wolken des Sonnenunterganges. »Mach ein verstecktes Lämpchen an, Siebenzahn Alkias. Wir essen, trinken und lauschen Telegons unterhaltsamen Sagen und Legenden.«

»Holt den steinharten Käse und die Krüge an Deck«, murmelte Ophian. »Und laßt die Brösel nicht auf die Planken fallen.«

»Damals, als sich das Chaos mit der Dunkelheit paarte, wurden die Nacht und der Tag geboren, aus der Paarung von Tag und Luft entsprangen Mutter Erde, das Meer und der Himmel; als die Erde und Tartaros in donnernder Leidenschaft verschmolzen, entstanden die Titanen. Viel später erst schuf Prometheus uns Menschen aus Lehm, und Athena hauchte ihnen Leben ein. Andere sagen, daß Uranos mit der Großen Muttergöttin Gaia die Titanen gezeugt hat, und nachdem Gaia die hundertarmigen Riesen geboren hatte, gebar sie drei wilde, einäugige Kyklopes: Arges, Steropes und Brontes.«

Die Mannschaft saß im Kreis um ein Tuch, auf dem das abgeschirmte Talglicht stand, aß geröstete Pinienkerne, harten Ziegenkäse und Fladenbrot, das sie ins Öl der schwarzen Oliven tauchte und mit Salz bestreute, trank Sud und gemischten Wein. Charissa lehnte am Mast und hob mitunter den Kopf; sie spähte in die undurchdringbare Finsternis. Telegonos holte tief Luft und redete leise weiter.

»Die Einäugigen waren Meisterschmiede und, wie die Titanen, Erbauer gewaltiger Mauern. Viel später, als sie unzählige Nachkommen gezeugt hatten, wurden sie von Paian Apollon aus Rache für den Tod seines Sohnes, des Heilers Asklepios, getötet. Aber man sagt auch, daß die Kyklopes um ihre Augen schwarze Ringe in die Haut einschlugen; Stichbilder aus Ruß, ihr wißt. Die Titanen befreiten die Kyklopes aus dem Tartaros, sie kämpften gegen Altvater Kronos, und als dieser gewann, verbannte er Titanen und Kyklopen wiederum in den Tartaros. Noch einmal konnten sie fliehen und schmiedeten für Zeus, den Sohn der Rhea, den Blitz als vernichtende Waffe, für Artemis den silbernen Bogen, für Hades den Helm der Unsichtbarkeit.«

Er unterbrach sich. Wieder dröhnte es aus dem Inneren der Insel, als ob Felsen zusammenstürzten, dann brüllte qualvoll ein Rind. Ein Käuzchen schrie, weit entfernt blies jemand auf einer Syrinx – oder war es die Stimme eines unbekannten Vogels? Die glucksenden Wellen beruhigten die Mannschaft, ruhig brannte die Flamme.

»Jener Kyklops Polyphemos, den mein Vater blendete, war sicherlich ein Nachkomme jener Einäugigen. Ohne Sitte und Gesetz, barbarische Fremde sollen sie sein. Sie leben nur von Viehzucht, sagt man ihnen nach, und wenn wir wirklich im Land der Kyklopensöhne sind, werden sie uns nicht so freundlich empfangen wie die Lothophagoi. Ich werde mich hüten, den Ziegenhirten zu sagen, ich sei der Sohn dessen, der sich Odeïs nannte, *Niemand*.«

»Odeïs' Sohn auf der *Anomata*«, brummte Ophian. »Wir machen uns so bald wie möglich davon. Im Morgengrauen zur Quelle und bereit zum Ablegen, wenn uns nicht Zephyros hilft.«

»Die Riemen bereit, die Schiffsaxt für das Tau; und bewaffnete Nachtwachen, Freunde!« Pentawer streckte die Hand nach dem Weinpithos aus, Mys füllte den Becher. »Eigentlich wollten wir nur eine Handvoll Tage lang ruhig nach Ithake segeln – und wo sind wir Windgetriebenen heute?«

»O ihr Götter!« Heptodus ächzte. »Fern von Aiaia, unter fremdem Himmel.«

»Aber nicht unter fremden Sternen.« Pentawer zeigte mit der Dolchspitze, auf der ein Käsebrocken stak, auf einen glänzenden Stern am südöstlichen Himmel. »Leuchtet er nachts, nennen wir Rômet ihn Qa-Iti. Am hellen Vormorgenhimmel ist es die Tiounou-Tiri. Ihr nennt ihn: Stern der Aphrodite. Auf Ithake sieht man dieselben Sterne wie hier.«

»Eine tröstliche Vorstellung.« Ophian ging zur Strickleiter. »Sie bringt uns leider keine Stunde schneller zu deines Vaters Inseln.«

Noch war Selenes Gestirn nicht am Himmel; nur die halbe Nacht würde der schwindende Mond zwischen den steinigen Hängen in die Bucht hineinleuchten. Bis auf leere Krüge und Wasserschläuche an Deck war die *Namenlose* bereit, schnell abzulegen. Die Mannschaft räumte die Reste des Essens auf und streckte sich auf Decken und Mänteln aus; Ophian hielt die erste Wache. Um Mittnacht hörte Telegonos, der ihn ablöste, von fern deutlich die Klänge einer Hirtenflöte und hohle, klagende Laute eines mit ebenso langem Atem geblasenen Aulos, der aus Bronze zu sein schien.

Heptodus und Nautes, mit prallen Wasserschläuchen und gefüllten Krügen beladen, waren weniger als einen Pfeilschuß von der Bordwand entfernt. Im grauen Dämmerlicht verlor die Umgebung Umrisse und Farben. Nur die Vögel zeterten, eine halbe Stunde vor dem ersten Sonnenstrahl; seltsam metallisch scharfe Laute, die über das Wasser hallten und im Gebüsch versickerten. Ein Fischadler strich mit rauschendem Gefieder den Hang abwärts und flog aufs Meer hinaus. Charissa, einen Pfeil auf der Bogensehne, stand fröstelnd zwischen einem Felsen und dem knorrigen Wurzelgeflecht eines wilden Feigenbaumes. Pentawer und Ophian, jeder zwei der größten Pithoi neben sich, beobachteten Heptodus an der Quelle. Tierpfade, kaum breiter als eine Elle, führten um die gesamte Bucht, überall lagen die Kotbälle der Ziegen und Schafe. Telegonos, der zweimal zwischen Schiff und Quelle Frischwasser geschleppt hatte, kletterte weiter oben am Hang. Er trug Schwertgurt, Schild und zwei kurze Wurfspeere, drehte sich um und winkte; er deutete auf eine Öffnung im hellbraunen Gestein, einen Höhleneingang. Pentawer hob den Kampfkolben und sagte leise:

»Du mußt uns mit den Pfeilen schützen, Charis.«

Sie nickte und zog langsam die Sehne halb aus. Ophian und Pentawer schlichen durch kurz abgefressenes, taufeuchtes Gras, vier Ellen über dem Ende der Bucht, vorbei an mächtigen Stapeln sorgfältig aufgeschichteter Treibholzkloben und auf einem Schlängelpfad hinauf bis zu der Stelle, an der Telegonos gewinkt hatte. Er stand wartend im Höhleneingang und zog geräuschlos das Schwert. Als sie ihn erreichten, flüsterte er:

»Hier könnte es gewesen sein, Pentau. Wo Vater vor dem blinden Polyphem und dessen Felsen flüchtete ...«

Pentawer zuckte mit den Schultern. Die Höhle war ein waagrechter Schacht wie ein Rohr, groß genug, daß zwei Männer aufrecht nebeneinander gehen konnten; aus der Nähe war zu erkennen, daß das Gestein ungewöhnlich fein herausgemeißelt war. Als Telegonos mit der Hand und dem Schwertknauf über den Fels fuhr, rieselte grober Sand zu Boden. Pentawer legte den Finger an die Lippen und deutete mit der Bronzewaffe nach vorn. Auf Zehenspitzen gingen die Eindringlinge vielleicht fünfzig, sechzig Schritte, dann blieben sie stehen. Sie sahen undeutlich einen Teil einer Halle oder eines Hofes, tappten weiter und schienen sich plötzlich im Inneren eines Turmes zu befinden, der in den Boden hineingebaut war: eine Röhre mit senkrechten Wänden, sechs anderen Schachteingängen und einer Treppe, ohne Brüstung aus dem Gestein gemeißelt, deren hohe Stufen sich zwischen abgestorbenen Baumwurzeln in der Rundung aufwärts schwangen. Seltsame Rillen, Linien und eckig laufende Mäander waren tief in die Wände geschürft; erst nach einigen Augenblicken war zu erkennen, daß es labyrinthische Figuren waren. Am Boden des Hohlraumes lagen dürres Gras, angekohlte und frische Holzstücke, Schaf- und Ziegenkot, vergilbtes Laub und zerbrochene Körbe und Truhen aus Rohrgeflecht. Neben dreien der dunklen Stolleneingänge zeichneten sich im Boden kantige Rinnen ab, ähnlich den Wegen der Kugelplattformen auf Aiolos' Insel; in jeder Rinne stand ein zwei Ellen breites Steinrad, fünf Ellen im Durchmesser. Steinerne Keile hielten die Scheiben unverrückbar fest. Telegonos sprang eine Stufe hinunter, ging bis zum Mittelpunkt der fast kreisförmigen Fläche und spähte nach oben. Es roch nach kaltem Rauch, schimmelnden Häuten und jenem grünlichen Salz, das die Feuchtigkeit aus Wänden austreten ließ.

Pentawer und Ophian hielten den Atem an, lauschten und folgten. Die Felswände warfen die Laute selbst der Atemzüge zurück.

»So wohnen die Kyklopes?« flüsterte Pentawer. Ophian hob die Schultern und starrte in die seitlichen Stollen hinein, ohne etwas erkennen zu können. Telegonos zeigte nach oben: Über der runden Öffnung reckten sich mächtige Äste, hellgraue Wurzeln hingen wie Schlingpflanzen herunter, und der Himmel war hellgrau geworden. Telegonos huschte zur Treppe hinüber und sprang die Stufen hinauf, verschwand jenseits der Kante, beugte sich an einer anderen Stelle wieder vor und flüsterte:

»Kommt herauf. Ich kann sie sehen.«

Die seltsame Höhle und die Querstollen schienen unbewohnt zu sein. Kein Laut war zu hören. Pentawer und Ophian kletterten schnell die Stufen hoch. Sie schienen für Menschen mit weitaus längeren Beinen gemacht zu sein; keine Stufe war niedriger als eine Elle. Telegonos erwartete die Kameraden, glitt zwischen kniehohen, knorrigen Wurzeln und rauhen Stämmen hindurch bis zu einem halb zerfallenen Mäuerchen. Sie hoben die Köpfe und sahen in eine Senke hinunter, in deren Mittelpunkt sich ein länglicher Tümpel zwischen Gerbergruben, steinernen Brunnenfassungen, Holzrahmen voller ausgespannter Felle und dreifach mannshohen, dicken Säulen ausbreitete. In einer Felswand klafften ein Dutzend solcher Höhlenlöcher, durch das die Eindringlinge das seltsame Erdbauwerk betreten hatten. An den weißgekalkten Säulen, deren Spitzen eingeschnitten und gerundet waren, rankte sich ein blutrotes Geäder vom Boden bis zur Spitze. Ophian legte die Hand auf sein Gemächt und wisperte:

»Vielleicht beten sie das Große Heilige Glied an?«

»Das also sind die Einäugigen!« Telegonos knurrte und stützte sich auf die Kante der Mauer. Jenseits des kleinen Tales, auf dessen Grasflächen Ziegen, Schafe und wenige schwarze Rinder mit hellem Leiergehörn weideten, über den Wipfeln des Waldes, hatte sich der Osthimmel grau, weiß und hellrot gefärbt; die Barbaren in der Nähe waren deutlich zu sehen. Die Söhne und Töchter der Kyklopes, mehr als einen Kopf größer als Ophian, breitschultrig und mit hellbrauner Hautfarbe, in scheckige Felle gekleidet, schienen stark und grobknochig zu sein, mit langem, krausem Haar. Die Männer trugen schwarze Stichbild-Kreise um die Augen, jene der Frauen waren weniger groß; gelb, weiß oder feuerrot: die Gesichter sahen aus wie die großer Eulen.

»Nun haben wir gesehen, wie wenig beneidenswert sie leben«, sagte Ophian. »Los! Zurück zum Schiff, Telegon!«

Kinder und Frauen molken Schafe und Ziegen, einige Feuer wurden angezündet, ein Kyklops zertrümmerte einem Bock den Schädel mit einer mächtigen Keule. Aus runden Öffnungen im Boden kamen Barbaren, die Krüge und schlaffe Ziegenbälge trugen, eine Schafherde quoll hastend aus einem Höhleneingang. Der Morgenwind brachte eine Wolke üblen Geruchs heran: kalter Schweiß, Gerberlohe aus Akazien und Urin, fauliges Wasser. Pentawer zog Telegonos an der Schulter zurück und deutete nach Westen.

Als sie geduckt in den eigenen Spuren zurückliefen, hörten sie Geschrei und einen Wortschwall aus wenig verständlichen Flüchen. Telegonos sprang hinter einen Pappelstamm und sah zwei junge Barbaren, die den anderen eine Nachricht zuschrien und zur Bucht deuteten. Eine Frau schlug mit einem Kupferhammer gegen eine Steinplatte, die in den Ästen einer Tamariske hing.

»Sie haben das Schiff entdeckt«, sagte Telegonos und begann schneller zu laufen. »Der ganze Stamm wird uns verfolgen. Schnell.«

Pentawer erreichte die Stufen, sein Schild schrammte an der Wand, als er sich abstützte. Die Schläge auf den Klangstein hallten über die Siedlung, das Echo fing sich in der Felsröhre. Ophian und Telegonos sprangen auf die oberste Stufe, als Pentawer den Boden der Höhle erreichte und auf den Stollen neben dem zerfressenen Schaffell zurannte. Als Pentawer hoch über der Quelle aus dem Stolleneingang sprang, sah er Charissa, zwanzig Schritte neben dem Schiff, und die Männer von Aiaia, die drei geschorene, fette Schafböcke zur *Namenlosen* zerrten. Pentawer schrie: »Ins Schiff. An die Riemen. Weg, schnell! Ablegen! Der ganze Stamm ist hinter uns her.«

Heptodus, Mys und Nautes rissen die Tiere in die Höhe, legten sie sich über die Schultern und rannten zum Schiff. Charissa zog drei Pfeile aus dem Köcher und steckte sie vor ihrem linken Fuß in den Boden. Die Ruderer kippten die blökenden Tiere über die Bordwand; Heptodus zerrte die Tauschlinge vom Felsen, während seine Freunde die Füße der Schafe zusammenbanden. Als Pentawer, Telegonos und Ophian das Ende der Bucht umrundet hatten, deutete Charissa mit dem rechten Arm nach oben, dann faßten ihre Finger die Pfeilnock und die Sehne. »Hinter euch!«

Telegonos drehte sich im Lauf um, hob den Schild und brüllte: »Nehmt euch in acht. Sie haben Steinschleudern!«

Pentawer hielt den Schild über seinen Kopf und den Nakken, drehte sich aber nicht herum. Er stob über den schmalen Pfad, die Sohlen rutschten auf dem harten Kot aus; auch Ophian keuchte. Ein Klatschen ertönte: Surrend schnitt ein faustgroßer Stein durch die Luft und zerfetzte drei Ellen neben Charissa die Blätter eines Busches. Ein zweiter hieb einen Rindensplitter aus einem Stamm. Pentawer erreichte das Schiff, warf den Schild auf die Planken und kletterte die Strickleiter hinauf.

»Alle an die Riemen. Zurück, Charis!« schrie er. Beide Steuerruder waren im Wasser, die Blätter saßen auf dem Grund auf.

Ophian kam an Bord, warf den Schild zu den Tieren in den Kielraum und setzte sich auf die hinterste Ruderbank, neben Nautes und hinter Mys. Das Heulen von Charissas Pfeil mischte sich in das Geschrei der Kyklopen, ins Prasseln der Steine und ins dröhnende Krachen, wenn sie die Schiffswand trafen. Heptodus kam die Strickleiter herauf und ließ sich über die Bordwand fallen, hob Pentawers Schild auf und sprang zum Bug, holte das Tau ein, kletterte zur Ruderbank. Telegonos schützte Charis mit dem Schild; neben dem Schiff drehte sie sich um und zog die Sehne bis zum Ohr, löste den Schuß und drehte sich um. Telegonos schob sie an den Hüften die Strickleiter hoch, Pentawer packte ihre Hand und zog sie in den Schutz der Bordwand. »Rudert«, rief Pentawer. Die Schaufeln der Riemen tauchten ein, Ophian sagte den Takt an. Krachend schlugen Schleudersteine ein, ein Hirte schrie gellend, rauhe Flüche ertönten; langsam schwang der Bug der *Namenlosen* herum. Telegonos stellte sich mit erhobenem Schild an Pentawers rechte Seite.

»Gut gelernt, Prinz«, knurrte Pentawer. Langsam richtete sich Charissa auf, tastete nach dem Pfeil. Das Knirschen des Kiels auf dem Sand hörte auf, der Bug richtete sich zur Buchtausfahrt. Noch unsichtbar, jenseits der Insel, stieg die Sonne aus dem Meer, die Helligkeit nahm zu. Telegonos und Pentawer sahen die Kyklopen zum ersten Mal aus größerer Nähe. Pentawer rief: »Der Kiel ist frei. Schneller!« Vielleicht zwei Dutzend Kyklopes rannten auf die Stelle zu, an der das Schiff gelegen hatte. Einer der hoch gewachsenen, muskelstarrenden Männer lag auf dem Rücken. Ein Pfeil ragte aus seinem rechten Auge; er schrie, und sein Geschrei wurde binnen weniger Atemzüge zum Wimmern. Zwei Hirten versuchten, ihm zu helfen. Die anderen griffen in schwere Fellsäcke, holten Steinbrocken heraus, größer als vier Fäuste, und legten sie in lange Schleuderriemen ein. Sie schwenkten die Schleudern rasend schnell über dem gekräuselten Haar, in das Lederbänder und Knochen eingeflochten waren: Die bärtigen Gesichter, in deren schwarzen Kreisringen die Augen verschwanden, waren vor

Wut verzerrt, die Flüche der Kyklopes ertönten in rauhem, urtümlichem Achaiisch. Ein Stein traf den Mast und riß einen handlangen Splitter heraus; das Schiff dröhnte wie eine Trommel.

Die Ruderer peitschten das Buchtwasser mit den Riemenschaufeln, im schnellsten Takt, dessen sie fähig waren. Die beiden kleinen Kaps waren keine fünfzig Schritte entfernt. Telegonos stand im Heck und sah über den Schildrand zum Ufer. Wieder schlugen zwei Felsbrocken gegen die Planken und zerbarsten. Ein Stein traf den Schild, riß ihn zur Seite und prellte Telegonos' Unterarm. Er fluchte und packte den Schildgriff zusätzlich mit der rechten Hand. An Backbord und Steuerbord und hinter dem Heck schlugen Steinbrocken mit furchtbarer Wucht in die Wellen und warfen steile, klatschende Wassersäulen in die Höhe. Die Tropfen überschütteten das Schiff und die Mannschaft. Plötzlich sprang Charissa neben ihn, zog die Sehne aus und duckte sich, als der Pfeil über die Bordwand heulte. Telegonos sah das Geschoß, schnell wie ein Blitz; es fuhr einem Kyklopen in das schwarze Haargekräusel seiner Brust. Die Wucht des Steines in der Schleuder ließ ihn taumeln, er schwankte, seine Faust öffnete sich, und der Stein zertrümmerte das Knie eines Hirten links von ihm.

Die *Namenlose* schob sich mit schäumender Bugwelle zwischen den gischtenden Wirbeln der Riemenschaufeln aus der Bucht hinaus und geradeaus weiter. Einige schreiende Kyklopes kletterten über die Felsen und klammerten sich an den Krüppelpinien fest, als sie die Schleudern kreisen ließen. Pentawer kniete an den Pinnen, hinter und über sich Telegonos' doppelt gerundeten Schild. Wieder prasselte ein Steinhagel rund ums Schiff ins Wasser. Vier oder fünf Steine trafen das Heck, die Schäfte der Steuerruder, die Außenplanken; Bruchstücke und Splitter surrten und klirrten über das Deck, schlugen ins Tauwerk, und Mys schrie auf. Pentawer blickte die gekrümmten, schweißüberströmten Gestalten auf den Ruderbänken an. Mys hielt seinen Kopf; zwischen den Fingern sickerte Blut aus seinem weißen Haar. Er verzog das Gesicht, packte den Riemengriff und brüllte, halb schluchzend, durch das Blöken der Beutetiere:

»Werfen sie die Brocken bis zum Weltende oder wie?«

Der ablandige Wind half den keuchenden Ruderern, die *Namenlose* aus der Reichweite der Schleudersteine zu bringen. Pentawer stand auf und drehte sich um. Am äußersten Ende des südlichen Buchtvorsprunges stand ein riesenhafter, nackter Kyklop und öffnete brüllend die Schleuderriemen. Das Geschoß beschrieb vor dem flammenden Morgenhimmel und dem Rand der Sonne einen gewaltigen Bogen, fiel scheinbar langsam herunter und traf mit gewaltigem Krachen den Handlauf der Heckbordwand. Der Stein zerplatzte, Splitter und Späne wirbelten zusammen mit den Bruchstücken umher, knatterten und polterten gegen den Schild, trafen in Pentawers Schenkel, tanzten über die Planken und schlugen in die feuchten Falten des Segels. Pentawer griff mit der Rechten in den Schlitz der Chlaina und zog die Finger blutig zurück; der Schmerz setzte ein, als er das Blut auf den Planken sah. Er biß die Zähne zusammen, schüttelte sich und sagte stockend:

»Telegon! Stell dich an die Ruder. Hol Binden, Charis.« Und, lauter: »Hört auf zu schuften. Langsamer. Zur kleinen Insel.«

Charissa hängte Bogen und Köcher an einen Haken der Bordwand, ließ sich in den Kielraum gleiten und suchte den Lederbeutel zwischen den Truhen. Telegonos legte den Schild auf die Hecktruhe, knetete sein linkes Handgelenk und packte die Pinnen.

»Wir sind sicher«, sagte er laut. »Sollen wir das Segel hochziehen, Käpten? Was ist ... he! Fall nicht um!«

Vor Pentawers Augen schienen sich Funken, Kreise und rote Flecken zu drehen. Telegonos packte ihn unter den Achseln, zog ihn zur Truhe und wartete, bis Charissa sich neben Pentawer gesetzt hatte. Mühsam sagte Pentawer:

»Zieht die Rah hoch. Der Wind ist gut. Ophian macht es schon richtig.«

Er holte tief Luft und sah an sich herunter. Zwei lange Schnittwunden, nicht sonderlich tief, klafften hinten an seinem rechten Oberschenkel. Die Planken waren blutverschmiert. Er wimmerte, als Charissa die Wunden mit etwas Saurem säuberte und kühle Salbe auftrug, dann sagte sie leise:

»Streck dein Bein aus, Käpten.«

Sie legte öltriefenden Stoff auf die handlangen Schnitte und begann eine Binde straff um Pentawers Schenkel zu wickeln, knüpfte Knoten in die Rissbänder und lehnte sich lächelnd zurück. »Wein für den Sterbenden!«

»Danke, Schwester des Mitleids.« Pentawers Blick klärte sich, er sah sich an Deck um und beobachtete, wie Ophian und die Ruderer die Riemen einzogen und Hand über Hand die Rah in die Höhe zerrten. »Mein Magen tanzt, obwohl er leer ist wie ... ein hadesmäßiger Schmerz war das.«

»Bald werden weichhäutige Frauen die Narben küssen, Käpten«, sagte Charissa und nahm Ophian Becher und Krug ab. »Was sollen wir jetzt tun?«

Pentawer löste den Blick von ihren grauen Augen und starrte zu den Felsen und der Bucht zurück. Die Kyklopes waren nicht größer als sein Finger, und eben löste sich der untere Rand des gleißenden Tagesgestirns von den Baumkronen.

»Den Göttern danken.« Er nahm einen kräftigen Schluck ungemischten Weines. »Euer Kapitän weiß auch nicht mehr als gestern: wir warten an einer geschützten Stelle auf guten Zephyros. In einer Bucht, beispielsweise, in der wir Treibholz für drei Lammbraten finden. Oder wollt ihr das blökende Vieh nach Ithake mitnehmen, Telegon?«

»Jetzt, wo du es sagst«, Telegonos grinste, »spüre ich gleichermaßen Erleichterung, großes Wundern und ebensolchen Hunger. Als sie uns verfolgten, haben sie von dem Schafsraub noch nichts gewußt, oder wie war das, Mys?«

Mys sah ins pralle Segel, hielt den Knoten über dem Riemenschaft mit drei Fingern und zuckte mit den Schultern.

»Frag die Fürstin, Prinz. Wir haben mit den störrischen Bökken gekämpft. Sie wollten wohl noch nicht gebraten werden.«

»Ich hab' niemanden gesehen«, sagte Charissa. »Du hältst den Schmerz aus, Kapitän?«

»Noch zwei Becher, Schönste, und ich tanz' an Deck.«

Der Wind kam aus Ost und Südost; Euros und Phoinikias. Um Mittag erreichten die Seefahrer die namenlose Insel und fanden eine Sandbucht, kaum größer als Aiolos' Megaron. Nautes schlachtete die jungen Böcke, enthäutete sie und warf die Eingeweide in die Strömung. Möwen, Kormorane und zwei Fischadler stritten sich um das Gedärm, das in den gischtgesäumten Wellen zum Festland trieb. Bis weit hinauf in die Uferfelsen hatten die Stürme Treibholz angehäuft; Mys und Nautes hackten mit der Schiffsaxt, mit doppelter kretischer Bronzeschneide, große Stücke für die Feuer. Mit Kräutern, Salz, Wein und Honig würzte Charissa die Bratenstücke, die auf kupfernen Rosten über der Glut brieten. Niemand schien die Mannschaft der *Namenlosen* gesehen zu haben. Die zweite Nacht im Land der Kyklopes war windstill, ruhig, voller Mondlicht und Sternenschein und dem Zirpen der Grillen über der Bucht.

12.
ENTLANG DER KARGEN KÜSTE

Er wußte zuerst nicht, ob ihn das grelle Licht, ein wirrer Mittagstraum oder der tropfende Schweiß geweckt hatte; der Schatten des Schiffes war von Telegonos weggewandert, und er lag auf seinem Mantel in der Hitze. Die Luft schien aus glühenden Quadern zu bestehen. Telegonos wischte den Schweiß aus den Brauen und blinzelte, kroch in den Schatten zurück und sah sich um: Bis auf Mys, der im Bug hockte und zum Land hinüberstarrte, schliefen alle. Telegonos zog sich an der Sprosse der Strickleiter hoch, watete ins Meer und sah sich um, als er bis zu den Hüften im kühlen Wasser stand. Sie waren völlig allein, in einer Welt, die ihm nach dem Traum unwirklich und schwer verständlich vorkam: Alles kroch: Sonne, Schatten, Stunden und Gedanken. Die Zeit schien sich zu dehnen, ebenso wie die Weite des Meeres. In einem Zehntag hätte die *Namenlose* von Aiaia nach Ithake segeln können; nun war mehr als ein Mond vergangen. Langsam ging er weiter, spürte groben Sand unter den Sohlen, tauchte unter und drehte sich nach einigen Schwimmstößen auf den Rücken, winkte Mys zu und genoß die Kühle auf seiner Haut, im Haar, in den heißen Muskeln. Während die Stunden dahinschlichen, schrumpfte die Bedeutung der Ereignisse, Abenteuer und die Erinnerungen daran. Telegonos tauchte, schwamm zum Schiffsbug und faßte das Ankertau. Leise sagte er:

»Alles ruhig, Mys? Siehst du etwas Gefährliches? Fremde Segel? Meeresungeheuer?«

»Nichts, Prinz.« Mys beschattete die Augen mit der Hand. Er flüsterte: »Am Land nur Sandwirbel und Rauch. Wir sind allein am Ende der Welt. Poseidon liebt uns – noch.«

»Nicht mehr lange.« Telegonos stapfte durch den knirschenden Sand und schüttelte sich. »Zumindest haßt er uns nicht. Wir sollten besser den Zephyrosknoten lösen.«

Er tauchte das feuchte Tuch in den Wasserkrug, reinigte sich im Schatten flüchtig mit Quellwasser und sah in den wolkenlosen Himmel. Hoch über dem Meer zwischen Insel und Festland drehten Geier ihre weiten Kreise, in den schütteren Gewächsen des Hanges zirpten Grillen; die winzigen Wellen zischten über den Strand und leckten über das Kupfer des Vorderkiels. Auf einer Felsplatte sonnte sich eine handgroße, braune Eidechse. Ihre Kehle pochte, sie züngelte zischend dem Schatten Telegonos' entgegen. Er sah nach der Sonne, zog die Decke zur Backbordseite und hockte sich darauf. Die *Namenlose* ruhte mit dem Heck auf dem Sand, sechs Riemen hingen schräg aus den Zapfenlöchern, außerhalb des Schiffes standen nur der Dreifuß mit dem gefüllten Kessel über dem Aschehaufen und einige Pithoi; es war, als kauere der Rumpf sprungbereit da und warte auf den Wind. Telegonos streckte sich aus und schlief nach wenigen tiefen Atemzügen ein.

Der heiße Schlaf, die tastenden Finger des Traumes, erfassten Telegonos. Die Starre des Schlafes schien seine Anima, sein Herz, alle seine Empfindungen aus der Welt der Gegenwart in die Dunklen Jahre zu drängen. Unermeßlich mächtige Götter und Daimonen wirkten, ohne daß er sie sehen oder ihre Macht erkennen konnte; selbst die kluge Kirke oder Nausikaa und Kapitän Pentawer-Ptah, der Erfahrene in so vielen Dingen des Lebens, fanden weder Erklärungen noch wirklichen Trost für ihn. Seltsame Traumbilder erschreckten ihn: die strahlend kraftvolle Gestalt des Vaters, dem er nacheiferte, dessen Weg die Mannschaft der *Namenlosen* nachsegelte – die Winde wollten es nicht anders. Telegonos erzitterte im Traum vor den unbekannten Abenteuern der Fremdheit, vor der Wucht nie gesehener Bilder, von Ereignissen, von denen er niemals geträumt hatte, vor jedem zukünftigen Schritt in die Welt, die er nicht kannte. Zeus kannte die Zahl der Sandkörner: er sah vom Olympos herunter auch auf ihn, auf die winzige Mannschaft des Schiffes, sah die vergangenen, gegenwärtigen und zukünftigen Wellen, Strömungen und Winde. Telegonos' Traumgedanken kreiselten wie Staub im Windwirbel um Traumgestalten, und abermals stieß er gegen den ehernen Wall seiner Unerfahrenheit. Er war zu jung. Versuchte er, über alles nachzudenken, was mit dem Gehorsam gegenüber den göttlichen Gesetzen und denen der Menschen zu tun hatte, versank er in Starre. Alles verfiel in erschrockenen Stillstand, zur Bewegungslosigkeit, die aus der Furcht erwuchs; auch das Bewußtsein, daß sein unbekannter Feind lautlos durch die Träume gestapft war, schwand dahin.

Grelles Licht strahlte durch seine Lider. Kugeln und Bläschen stiegen auf und sanken, vermischten sich mit den fahlen Farben, in die sich die Traumgestalten kleideten. Der gewalttätige Himmel des Helios schlug grell, wie mit Zeus' Blitzen, in seinem Schweißtraum: Namen, Bilder und kaum faßbare Vorstellungen und Sehnsüchte vermengten sich, und aus den flüchtigen Schemen unbedeutender und bedeutungsvoller Frauengestalten erwuchs eine Gestalt, die im stillen Dunst zu ersticken drohte. Nymphengleich, leuchtend wie Vater Odysseus, verschwimmend wie ein Spiegelbild im Quellwasser: eine Frau. Die Frau aus seinen Träumen seit einem Siebenjahr. Sie hob den Arm, winkte ihm, schien ihn über Wellen und entlang unbekannter Strände zu sich hin ziehen zu wollen. Die Frau ohne Namen ähnelte gleichermaßen Kirke, Nausikaa und Charissa-Daphnis, sah wie seine Lotos-Gespielinnen aus und dennoch ganz anders; als sich ihre Erscheinung vor himmelan strebenden Säulen und farbsprühenden Wänden verlor, rannte er wie Perseus mit den Flügeln des Hermes über den Strand, schrie: »Andromeda!« und breitete die Arme aus, um zu fliegen; der Wachtraum riß ab, bevor Telegonos den Kairos berühren konnte; den unwiederbringlichen Augenblick des reinen Glückes. Er schrak auf, öffnete die Augen, fühlte, daß ihn jemand am Oberarm schüttelte, und sah in Charissas Augen.

»Prinz Telegon! Du hast getan, als würdest du sterben: geächzt, gestöhnt, gelacht und gewimmert. Was hast du?«

Ihr Lächeln war unsicher. Er stemmte sich in die Höhe und tastete nach dem Wasserkrug in ihren Händen. Die Pünktchen und Linien des Hennazierrats waren verschwunden.

»Ich hab' ... geträumt, schöne und furchtbare Dinge; und völlig unverständliches Zeug. Vorgestern, heute und übermorgen – alles vermischt, unverständlich ...« Er trank gierig das kühle Wasser. Dann murmelte er: »Diese Schrecknisse – ich weiß nicht, woher sie kommen. Ich kenn' ihre Wurzeln nicht.«

Charissa strich über seine Stirn und wischte den Schweiß im Sand ab. »Ich weiß. Wir alle sind Figürchen, mit denen die Götter spielen, wenn sie sich langweilen. Komm. Ophian hat Brot gebacken; es wird dunkel.«

»Und noch immer kein Zephyros?«

»Noch immer Windstille.«

Sie streckte den Arm aus und zog ihn hoch. Er lehnte sich an die rauhen, salzüberkrusteten Planken, starrte in die Sonne und sog die vertrauten Gerüche ein. Charissa betrachtete ihn mit kühlem Blick; sie schien seine Träume besser zu kennen als er selbst.

Eine Wolke von titanischer Größe war seit dem späten Mittag über dem Land gewachsen. Ihre höchste Ballung erreichte die Sonne und schob sich vor die Scheibe; ein mächtiger Schatten jagte über das Meer. Ophian schüttete den letzten Brei aus Mehl und Schrot über den flachen Kiesel. Der Fladen begann sich blasenwerfend zu bräunen. Pentawer hinkte um das Heck herum, musterte die Wolke, die sich grau und schwarz färbte; er brummte:

»Bereitet euch auf ein Dämmerungsgewitter vor.« Er rollte salzigen Braten in den halbierten Brotfladen und biß hinein. »Mir scheint, es gibt Westwind – dort an der Küste.«

»Genug Zephyros bis nach Ithake?« Telegonos zog den Saum der Chlaina über den Schenkel. Die Haut war rot; er zuckte zusammen, als Wasser darauf tropfte. Pentawer hob die Schultern.

»Das wissen die Götter«, brummte Ophian.

»Willst du nicht den Knoten aufmachen?« sagte Heptodus, hielt den Becher schräg und kippte den Krug.

»Darüber denken wir seit einem Tag nach.«

Pentawer blickte, während er kaute, lange in jedes Gesicht. Die Wolke dehnte sich aus und glättete fast unmerklich langsam ihre Oberfläche. Die Sonne war nur eine bleiche Scheibe hinter dem Grau; Mys starrte sie an, ohne die Augen zu schützen. Er sagte leise:

»Was wollt ihr tun, Käpten?«

»Ich glaube, wir sollten es wagen. Wenn auf das Gewitter kein Zephyros folgt, opfern wir Poseidon und den anderen Göttern und öffnen den silbernen Knoten.«

»Ich glaube, was Aiolos gesagt hat. Ich vertraue ihm«, sagte Telegonos. Er sah auf: die schwarze Wolke verdeckte die Berge, war in die Breite gewachsen und näherte sich dem Rand des Festlandes. Halbdunkel hatte sich auf die westliche Hälfte des Meeres gelegt, die Wellen waren stumpfgrau; das Wasser schien wie Öl. »Das Gewitter, Pentau – warten wir am Strand, oder ist es auf dem Meer sicherer?«

»Eine schwierige Frage.« Ophian spuckte einen Olivenkern in die Hand und schleuderte ihn in die Glut. »Denkst du an die Sandbänke, die Charissa gesehen hat?«

»Ich hab' nicht daran gedacht.« Telegonos senkte den Kopf. »Also: den zweiten Ankerstein?«

»Noch nicht«, murmelte Pentawer. »Wird aus dem Zephyros guter Lips, segeln wir durch jenen Teil des Meeres, durch den wir zu den Lotosessern gekommen sind.«

»Keine Sandbänke.« Charissa leerte den Becher und deutete auf die herumliegende Ausrüstung. »Trotzdem sollten wir unseren geringen Besitz nicht den Wellen und dem Sturm überlassen.«

Noch war die Flut nicht gestiegen, die hier nicht höher war als zwei Handbreit. Das Heck saß nicht tief im Sand. Selbst gegen den Wind würden vier Ruderer die *Namenlose* vom Strand staken und am Ankertau in tieferes Wasser ziehen können. Ophian winkte Nautes:

»Das Wasser muß schon heiß genug sein. Wir kochen Sud und füllen ihn in die Pithoi. Die anderen bringen Decken und alles Übrige ins Schiff.«

»Dein Befehl, Steuermann.«

Während die Mannschaft Sand aus Decken und Mänteln schüttelte, trocknende Tücher und Peploi zusammenfaltete, die Krüge in die Schutzringe aus Riedgeflecht senkte und festband, hallte leiser Donner vom Land herüber. Noch sah man keine Blitze, kein Windstoß fuhr über die Wellen dahin, aber die Wolke bedeckte den gesamten Horizont im Sonnenuntergang. Die sonnengedörrten Planken knisterten, der Rumpf knarrte leise, und die Hitze wurde unerträglich. Telegonos band die Schiffsaxt im Heck fest und prüfte Tauwerk und Riemen. Geruch nach getrockneten Kräutern und Honig breitete sich in der Bucht aus, als Ophian die Krüge füllte und Mys den kupfernen Kessel mit Sand und Salzwasser putzte. Mitten in der Wolkenfront zuckte lautlos ein vielverzweigter Blitz. Telegonos hielt sich die Ohren zu.

Drei oder vier Atemzüge später erschütterten vier lange, dröhnende Donnerschläge die Insel. Der Schiffskörper schien aufzusummen, die Mannschaft zuckte zusammen und blickte nach Westen. An wenigen Stellen löste sich Regen aus dem unteren Teil der Wolke; die senkrechten Güsse sahen aus wie dicke Säulen. Mys, halb taub, schrie:

»Wenn's hier so schwer regnet wie dort drüben, läuft uns das Schiff so schnell voll, als hätt's ein Loch.«

»Er hat recht«, rief Ophian. »Schließt die Luke!«

Die Hitze hatte den Innenraum der *Namenlosen* ebenso getrocknet wie die Außenplanken. An einigen Stellen war Wachs aus den Fugen getropft. Telegonos hatte es gesehen, als er mit Stofflappen und Ledereimer den Kielraum gesäubert hatte. Er kletterte hinunter und ließ sich alle Vorräte und Gegenstände der Ausrüstung reichen, die nicht an Deck gebraucht wurden; er hatte längst gelernt, jedes noch so kleine Stück sorgfältig festzubinden. Er kam an Deck. Pentawer, Charissa und Ophian wuchteten die Platte über die Luke.

»Bald, Freunde, ist die Hitze vorbei«, sagte Pentawer und nickte. Beim nächsten Blitz steckte er die Finger in die Ohren. »Und das Schiff werden wir nicht waschen müssen.«

Die erste Bö raste vom Gewitter heran, erschütterte den Rumpf und wirbelte eine Aschewolke von der Feuerstelle hoch, mit halb verkohlten Holzstückchen und Glut durchsetzt. Blitze und furchtbarer Donner kamen näher; die tiefe Wolke füllte die Hälfte des Himmels, und hoch über der schwarzen Schicht zeigten sich weiße Wolken wie riesige Daunenfedern.

»Wir müssen kein Wasser in Tüchern auffangen.« Ophian sah unruhig zu, wie sich die Meeresoberfläche zu verändern begann. Die dunklen Wellen bekamen Schaumkanten, schienen größer zu werden; als der Regen fiel, noch immer senkrecht, verschwanden die hellgrauen Dreiecke. »Nur drei Wasserschläuche sind leer getrunken.«

Die Mannschaft saß und stand im Heck und sah schweigend dem Gewitter entgegen. Die nächste Bö roch nach ausgeglühter Erde und schob den Bug des Schiffes weit nach links. Die restliche Glut des Feuerkreises färbte sich weiß. Einige Hand voll kleiner Brocken wirbelten davon; an drei Stellen begannen dürres Laub und altes Gras zu schwelen. Das Ankertau spannte sich und schnellte tropfend aus den Wellen. Zwischen zwei Donnerschlägen rief Charissa: »Ob uns die Götter ein Zeichen geben wollen?«

Telegonos zuckte mit den Schultern, hob den Lukendeckel und brachte nach kurzer Suche das Geschenk des Aiolos an Deck. Er legte es auf die Hecktruhe und setzte sich daneben. Pentawer zog die Brauen hoch; sein unsicherer Blick traf Ophians Augen. Mächtige Keile aus Zeus' Hand schlugen ins Meer, wie eine schwarzgrüne Flutwelle rauschte der Regen heran; senkrecht wie ein Wasserfall. Binnen weniger Atemzüge erreichte er das Schiff und den Uferhang. Sämtliche Feuer und Glutnester erloschen, und Schiff und Insel wurden in das zukkende, kalkige Licht verzweigter Blitze gehüllt. Pentawer, dessen Haut zu jucken begann, brüllte:

»Es ist schwer ... im Unwetter nicht das Wirken der Götter zu spüren.« Er duckte sich, als die Wasserwand das Deck traf und die nasse Dunkelheit sich über alles stülpte. Mys, Nautes und Heptodus kauerten hinter der Bordwand, die Köpfe zwischen den Armen, die Rücken gekrümmt. Charissa stand aufrecht da, mit triefendem Peplos und geschlossenen Augen. Ihr Gesicht war gelöst, sie lächelte in sich hinein, aus dem Zopf, dessen Strähnen auseinanderglitten, lief ein fingerdicker Strahl Wasser. Die Binden an Pentawers Schenkel waren durchweicht, die Wunden begannen zu jucken. Ophians Faust traf leicht seinen Oberarm. Der Steuermann deutete zur Backbordseite.

»Die Götter lieben uns! Poseidons Gefolge! Ein Schwarm Delphinoi sucht Schutz!«

Pentawer tastete sich hinüber. Die anrollenden Wellen schlugen hart gegen den Bug, das Schiff schwang am Ankertau langsam hin und her. Ein Dutzend oder mehr Tümmler schwammen in einer verschlungenen Gruppe in der windgeschützten Fläche, einige schoben sich aus dem Wasser und schienen Pentawer und Ophian anzulachen; ihr Schnattern und Klicken ging im tosenden Lärm des Gewitters unter. Pentawer winkte ihnen zu und versuchte sie zu zählen. Ununterbrochen stürzte Regen aus der Wolke, die sich bis zu den Wellen gesenkt hatte. Im Flackerlicht der berstenden Blitze sahen Telegonos und Pentawer, wie sprudelnde Rinnsale von den Inselhängen stürzten, Erdreich und Sand mit sich rissen und ins Meer spülten. An drei Stellen färbte sich das Meerwasser gelbbraun. Unvermittelt hörte der Regen auf; die Planken hatten sich dunkel gefärbt, das Wasser lief durch die Öffnungen der Bordwände ab. Es schien, als würden die Delphinoi von den Strahlen trinken wollen. Telegonos kletterte in den Kielraum und stellte einen versiegelten Weinkrug und eine Phiale neben das lederumhüllte Bündel. Er sagte etwas zu Charissa, aber seine Worte gingen im Toben des Donners unter. Wieder stürzte sich Regen auf die *Namenlose*. Aus dem Segel lief Brackwasser und malte schäumende Schleier aufs Deck. Telegonos schüttelte den Kopf, grinste verlegen und ließ das Wasser auf sich herunterplätschern.

Im Westen hob sich der Rand der Wolke, der Sturzregen wurde zu einem gleichmäßigen Tropfen, Blitz und Donner, nun weniger gewalttätig und leiser, schienen in der Wolke zu ersticken; über den Berggipfeln stand zwei Handbreit hoch die gelbe Sonne. Plötzlich klickten und schnatterten die Tümmler laut, peitschten mit Schwänzen und Flossen das Wasser und tauchten. Einige Herzschläge lang waren ihre prallen Körper noch unter den Wellentälern zu sehen, dann verschwanden sie in Wirbeln von Blasen. Der Streifen blauen Himmels zwischen Wolke und Land wuchs in die Breite und Höhe, Sonnenlicht übergoß das Meer, das Gewitter zog nach Osten. Telegonos beugte sich vor und öffnete die Schnüre über dem Leder.

»Ich wage es«, sagte er leise. »Wir brauchen guten Wind für viele Tage und Nächte.«

Pentawer stützte sich auf den Schaft des Ruders. Die Männer von Aiaia schienen ihre Furcht halbwegs vergessen zu haben und starrten schweigend, mit fahlen Gesichtern, den Bändern des Regens nach.

»Ich sehe zu und warte«, murmelte Pentawer. »Ihr ruft eure Windgötter an, Achaier.«

Telegonos strich das Leder um den geflochtenen Windstern glatt und richtete die Spitze nach Norden. Ophian öffnete mit der Dolchspitze das Wachssiegel und schnupperte am alten, ungemischten Wein. Schweigend sah die Mannschaft ihm und Telegonos zu. Er hielt die silberne Schale in der Handfläche, füllte sie halb und trat zum Steuerbordruder.

»O Boreas, Vater windkundiger Söhne, und Aiolos, Freund der *Namenlosen* – laßt zu, daß wir schnell und gefahrlos nach Ithake segeln.« In dünnem Strahl ließ er den Wein ins Meer rinnen, holte tief Luft und redete weiter. »Verhüte, Poseidon, daß uns Stürme und Wogen verderben: Hilf uns, o blauhaariger Poseidon, und gib uns ein Zeichen.«

Einige Tropfen fielen vom Rand der Schale. Telegonos reichte sie an Charissa weiter, beugte sich vor und zog langsam den Knoten des Zephyros auf. Das kleine Göttinnengesicht auf dem Nordstab blickte ihn an. Obwohl seine Finger zitterten, löste er die dreifache Verschlingung ohne Schwierigkeiten. Er hielt die Kordel, deren Silberfäden funkelten, zwischen Daumen und Zeigefinger; sie war länger als sein Unterarm. Nur die Atemzüge der Mannschaft waren zu hören und dazwischen leises Rumpeln des Donners. Über den Bäumen, deren Blätter troffen, schrie gellend eine Möwe, der Wind, der dem Gewitter folgte, war kühl und stetig. Unbestimmte Heiterkeit ergriff die Mannschaft. Pentawer drehte den Kopf, atmete scharf ein und aus und sagte:

»Sieh! Dort!«

Im Südosten, von der Kyklopeninsel bis zum Meereshorizont, leuchtete ein Regenbogen. Eine zweite Iris entstand, kleiner, aber nicht weniger strahlend, dann für einen Augenblick eine dritte, die sich aber nicht vollendete.

»Das ist das Zeichen der Götter!« Telegonos wickelte gedankenverloren die Knotenschnur zusammen und legte sie zum geflochtenen Stern, bevor er das Bündel zusammenwickelte. Unschlüssig blickten die Seefahrer einander an, blinzelten nach Sonnenuntergang, sahen aufs Meer hinaus. »Kapitän! Steuermann! Wann ziehen wir den Ankerstein heraus?«

Pentawer nickte. Er schien sich entschlossen zu haben. »Jetzt gleich oder erst drei Stunden nach Mittnacht.«

»Vergesst die Sandbänke nicht«, murmelte Charissa.

»Also!« Pentawer klatschte in die Hände. »Mittnacht! Vielleicht kommt das Gewitter zurück.«

Seit elf Stunden füllten zwei oder drei Winde nacheinander das Segel: Argestes aus Nordwest, Zephyros aus West oder Lips, der die anderen Winde bisweilen unterbrach und die

Namenlose nach Nord zu drängen versuchte. Inseln und Festland waren längst hinter dem Heck verschwunden, aber hinter den bräunlichen Bergen entstanden Wolken, die in stetigem Strom auf Ithake zutrieben. Der Wind, der nach Frühling und Weite roch, kühlte die sonnenverbrannte Haut, und es schien, als schöbe kaum merkliche Strömung das Schiff nach Steuerbord. Die Mannschaft schlief oder döste, Telegonos hielt beide Pinnen und fühlte sich, als stünde Kirke hinter ihm.

»Ich brauch' mich nicht zu fürchten.« Er flüsterte und lächelte in sich hinein. Niemand hörte ihm zu. »Nicht, wenn Zeus mit mir ist und ich bei Pentau und Ophian bin. Es gibt keinen Feind! Wie lange werden wir im Meereslabyrinth umherirren?«

Nicht einmal Pentawer wußte, durch welchen leeren Teil des Meeres die *Namenlose* segelte. Jede Stunde bei diesen gleichmäßig starken Winden brachte sie weiter nach Osten: Dort waren Aiolos' Insel, Kap Malea, Kreta und die Mündungen des Hapistromes. Vier Tage und Nächte bis in die Nähe Maleths, der Insel der Winde, sieben oder acht bis zur Westspitze Kretas. Verschlug sie der Wind an die Steuerbordküste, dann brauchten sie zwei Siebentage; das war Pentawers Schätzung gewesen. »Zwei Zehntage lang reichen Sud, Wein und Wasser.« Noch hatten sie, im Salz und im eigenen Fett, Fleisch der gebratenen Beutelämmer; selbst die Krüge voll Mehl, Schrot, Öl und Oliven würden nicht vor dieser Frist leer werden. Telegonos sah den Bewegungen seines Schattens links von ihm zu, sah erleichtert, daß die zweifache Heckspur sich nur in leichten Windungen verlor, daß das Segel prall gespannt war. »Es war richtig, daß ich den Knoten geöffnet hatte.«

Er blieb am Doppelruder, bis die Sonne vom Heck ins Schiff brannte und die Schläfer weckte. Stunde um Stunde verging, die Nacht und der halbe Mond folgten der Dämmerung, die den Westen in Wolkengebirge, Farbmeere und Schattenlandschaften verwandelte. Pentawer, dessen Wunden unter Kirkes gelber Zaubersalbe zu vernarben begannen, und Ophian lösten einander ab, und als die Morgensonne Telegonos weckte, glaubte er am Steuerbordhorizont eine dunkle Linie zu erkennen: die karge Küste. Nachts betrachteten sie murmelnd die Sterne und den Schleier des Götterweges, verglichen und rechneten und erkannten, daß der Bug stets nach Osten zeigte.

Die strohgeflochtenen, spitzkegligen Hüte vertrugen Seewasser, Sonne und Schweiß nicht lange und lösten sich auf. Unter den runden ledernen Piloi staute sich kochende Hitze, Schweiß und Öl verwandelten das Leder in stinkende Flekken, die Nähte rissen aus: Charissa kämmte aus armlangen Tuchstreifen die waagrechten Fäden aus und verteilte die Bänder mit den feinen Fransen; die Sonnenschleier milderten das grelle Sonnenlicht und machten dessen Spiegelungen auf den Wellen erträglich. Die Seefahrer glaubten eine andere, weichere Dünung zu erleben. Langeweile und Staunen wechselten von Stunde zu Stunde: mächtige Wolkengebilde, Fischschwärme von unglaubwürdiger Größe, Schwärme fliegender Fische und spielende Delphinoi, aber kein anderes Segel, nicht einmal winzig klein am Horizont, kein Rauch an den Tagen, keine Feuer nachts; der Mond sah aus wie ein eingebeultes Ei und später wie eine Axtklinge; in wenigen Nächten würden die Seefahrer ihn als Sichel oder Barke erleben. Eine Planke unter dem Auge an Steuerbord lockerte sich. Ophian, mit zwei Tauen um Schultern und Hüften gesichert, knotete Lederriemen um den Hammer und trieb neue Bronzenägel durchs Holz, die gelockerten hieb er mit vorsichtigen Schlägen tiefer hinein und schlug im Kielraum die Spitzen zur Seite. Aus dem dünnen Strich am Steuerbordhorizont wuchs die Küste heran, jeden Tag wurde sie rechts vom Bug deutlicher. Die *Namenlose* fuhr auf einem Kurs, der nicht dorthin führte, woher sie kamen – Wind und Strömung zwangen sie mit sanfter Gewalt an eine Küste weit rechts von der Stelle des Sonnenaufganges.

»Einiges weiß ich von den Gublakapitänen.« Pentawer kratzte sich neben den Narben seines Schenkels, blickte nach Süden, wo die waagrechten Strahlen des Sonnenaufganges hinter dem Küstenstreifen undeutlich Berghänge und dunkle Hügel im Dunst zeigten. »Offenbar lügen alle Kanaaniter, wenn sie weiter als bis zu den Hapimündungen segeln. Oder sie sagen nichts. Einige von ihnen kennen die karge Küste. Ich weiß nur ...«, er leerte den Becher und ließ sich von Mys kühlen Sud nachschenken, »... daß sich westlich der Sonnenuntergang-Mündung des Hapi bis zum Rand des Okeanos unbewohnte Küste erstreckt. Sie ist karg, aber nicht wasserlos. Nahe der Kaps soll es Sümpfe, Buchten mit Quellen, Bäche und Flüsse geben, selbst fruchtbares Land und Wälder fremdartiger Gewächse. Aber ich kenne keinen, der die karge Küste befahren und sich die Landmarken gemerkt hat.«

»Und – wir segeln nicht an den Hapimündungen vorbei?« sagte Mys. Pentawer schüttelte den Kopf und lachte selbstsicher.

»Nein. Nordwind, Boreas, wie ihr ihn nennt, treibt uns in die Mündungen hinein. In unserem Land heißt er Tageswind. Ich sage euch: Ich rieche mein Land zwei Nächte, bevor wir es sehen.«

»Bist du sicher, daß dein Vater keiner von Kreta war?« sagte Ophian grinsend. Pentawer schüttelte den Kopf.

»Ja. Er war ein rômetischer Sesh, ein Schreiber. Warum?«

»Man sagt, daß alle Kreter lügen.«

Pentawer machte eine gleichgültige Geste. »Wart's ab, Steuermann!«

Die Hitze schien von Mittag zu Mittag zuzunehmen, die Sonne hing wie ein Kessel geschmolzenes Silber über dem Meer. Längst war die Haut der Seefahrer dunkel gebräunt. Charissa rieb Öl ins Haar der Männer und schnitt es zwei Fingerbreit kurz, vom eigenen Haar opferte sie fast eine halbe Elle. Am fünften Morgen sah sie von der Mastspitze aus, daß die *Namenlose* an einem Kap vorbeizusegeln begann und daß die Küste weit nach Süden zurückglitt; vor dem Schiff erstreckten sich nur Wellen und Wasser.

Die Bucht war nach Osten geöffnet. Landeinwärts trennte sie eine Mauer aus zernagten und gesplitterten weißen Felsen von einem Sumpf, dessen Größe die Mannschaft nicht überblicken konnte. In der Mitte des Buchthanges, hinter dem Wall des ineinander verfilzten Treibgutes, rieselte eine winzige Quelle zwischen Steinblöcken und einer Geröllzunge hervor. Millionen und Abermillionen Fliegen summten; über dem Wasser tanzten dichte Mückenschwärme. Die Rah knirschte herunter, mit dem letzten Schwung drehte das Schiff und schob das Heck auf den verwahrlosten Strand. Die Mannschaft kletterte an Land, befestigte das Tau und begann, von Mücken umschwirrt, Treibholz zu hacken und leere Wassergefäße auszuladen.

Auf der Glut schwelte feuchter Tang, dessen Qualm vom Wind dicht über dem Sand und dem Spülsaum zum Meer hinausgezogen wurde; der erstickende Dampf vertrieb viele Mücken. Charissa hatte Telegonos' Mantel über den Kopf gezogen und sich eng darin eingehüllt. Ihre Blicke glitten über den Hügelkamm und den flachen Strand rechts und links davon. Die hellen Streifen verloren sich am Horizont. Aus dem Kielraum kamen schwere Atemzüge, Schnarchen und der Geruch von Zedernholz aus Pentaus Ladung: Die Mannschaft war vor den Stechmücken geflüchtet und hatte nasse Tücher über die Luke gespannt. Im Sumpf lärmten unsichtbar Tausende Frösche. Die Nacht war erfüllt von den laut schnarrenden Chören. Lautlos hob und senkte sich der Bug. Land und Meer, an wenigen Stellen im dünnen Nebel verschwimmend, lagen ausgestorben im Licht der Sterne und des Mondes.

Mittnacht war nicht mehr fern. Einige Stunden danach würden die Seefahrer den Landwind ausnutzen, der den Seenebel vertrieb und das Schiff, ohne rudern zu müssen, wieder in den Zephyros schob; zu den Mündungen des Stromes, von dem Pentau in glühenden Farben erzählte, und zu den Hafenstädten Kanaans. Ein Rauchschwaden trieb über Deck, wirbelte um die Flamme des Öllämpchens und hüllte die Mücken ein. Charissa hustete und schmeckte aus der Halsöffnung des Mantels den Balsamgeruch der Salbe, die sie auf die vielen Stiche in ihrer Haut getupft hatte. Ein Tier kreischte im Schilfsumpf, ein Raubtier brüllte, im Mondlicht jagte eine große Eule über den reglosen Spitzen der Halme.

Charissa seufzte und zog die Mantelsäume enger zusammen. So unendlich vieles war seit dem Tag geschehen, an dem sie Telegonos und Pentau bei den Phaiaken getroffen hatte; Seltsames geschah mit den Erinnerungen auf den Planken und in den Wellen. Sie krochen zurück unter die dicke Schicht des neu Erlebten, näherten sich dem Großen Vergessen, wurden unwichtig: während Charissa glaubte, die schweren Jahre im Palast des achaiischen Aristos langsam zu vergessen, freute sie sich auf jeden Tag, auf jede sternflirrende Nacht an Deck der *Namenlosen*, auf Pentaus heiligen Strom und auf jene Stunde, in der sie – in Gubla, Djedan oder Ushu-Djarrh – wieder die Sprache ihrer Landsleute hören würde, der Flüchtlinge aus dem brennenden Ilion. Wieder heulte und wimmerte ein Tier, am Rand des Sumpfes knackte dürres Holz. Sie blickte auf: Zwischen den Sternen, vorbei am mager gewordenen Mond, zuckte ein schneeweißer Lichtpfeil und erlosch. Das Mückentuch über der Luke bewegte sich, und Pentau kletterte an Deck. Er hielt den Finger an die Lippen, beschwerte mit dem Stein die Ecke des Gewebes und setzte sich zu Charissa. Seine Sohlen hinterließen eine Spur auf dem taufeuchten Deck.

»Du träumst mit offenen Augen, schönste Freundin?« Pentawer verscheuchte die Mücken vom Krugrand und trank wie ein Verdurstender vom kalten Sud, spuckte eine Mücke oder ein Kräuterfetzchen aus. »Alles scheint, bis auf den Sumpf des Lärms, ohne Gefahren zu sein ... ringsum?«

»Ihr könnt ruhig weiterschlafen, wenn euch das Geschrei nicht wach hält«, sagte sie. »Tiere jagen im Sumpf. Was hat dich geweckt, Pentau?«

»Weißt du, ich bin ein alter Gublafahrer. Auch wenn Ruhe herrscht, oder gerade deswegen, muß ich nach ein paar Stunden nach dem Schiff sehen. Es können sich schlimme Dinge vorbereiten; dann muß der Käpten eingreifen oder entscheiden.«

»Wohl nicht heut nacht.« Charissa deutete zum Sumpf. Um die abgestorbenen Bäume jagten Fledermäuse in zuckendem Flug. Im Schilf kämpften Tiere; Halme brachen, und der Gestank des schlammigen Wassers, das die Kämpfenden aufwirbelten, wehte zum Schiff. Ein lang gezogenes Wimmern erstarb in blubberndem Gurgeln. Charissas Finger streckten sich nach dem Bogen aus. »Wann werden wir in deiner wunderbaren Stadt Menefru-Mirê sein?«

»Zwölf Tage, sage ich. Oder höchstens zwei Siebentage – wenn der Zephyros anhält. Hättest du gedacht, daß der Zauber von Aiolos' Knoten wirkt?«

»Nach allem, was ich erlebt habe«, flüsterte sie, »erwartete ich nach dem Gewitter sturmartigen Boreas oder Kaikias.«

Pentawer lachte leise. »Mir ist gleich, welche Götter uns helfen. Meine oder eure. Ich will nach Ithake, wie ich's versprochen habe, auf welchem Weg auch immer. Nun scheint uns der Wind auf den Meerespfad zum Hapi zu verschlagen.«

»Du hast es seiner Mutter versprochen, nicht wahr?«

Charissa deutete zur Luke. Pentawer nickte.

»Ja. Und ich halte meine Versprechen – geschworen hab ich's ihr!«

»Sag: Wie ist Kirke? Schön? Sicherlich viel klüger als ich, denn ich bin in Wirklichkeit unerfahren und dumm. Ihren Sohn hat sie gut erzogen; in einer Handvoll Jahren wird er ein Mann sein, wie jede Frau sich ihn wünscht. Du weißt, daß er dich verehrt wie seinen Vater? Am Ende der Fahrt werden ihn alle für deinen Sohn halten, Pentau.«

»Das ist vorbei, wenn er seinen eigenen Vater umarmt. Noch kann er von mir lernen.« Er zerklatschte eine Mücke auf dem Knie und spuckte nach Steuerbord. »Ja. Kirke. Sie ist ... einzigartig. Ich kenne keine Bessere, Klügere, Schönere als sie. Mir war, als ob ich eine Göttin berührte – Kirke ist zuviel, zu machtvoll für einen sterblichen rômetischen Kapitän und Tacher.«

»Tacher?«

»Kämpfer, Krieger; ich hab' vor Jahren für unseren Goldhorus zweimal hundert Krieger ausgebildet und in den Kampf geführt.« Er kicherte heiser. »Und mit ihnen zusammen gesiegt. Deswegen glaube ich mehr an einen tödlichen Pfeil oder einen Hieb mit dem Kampfkolben als an das Wirken von Göttern, ans ausschließliche, unentrinnbare Tun von Sachmet, Ptah und Amûn. Dennoch bete ich zu ihnen.«

»Mir ergeht es nicht viel anders, Pentau. Ich sollte noch mehr von dir lernen. Willst du weiterschlafen?«

Er hob die Schultern. »Weiß nicht. Es wäre besser, wie?«

»Ich fülle unseren Glutkrug, und wenn der Mond dort steht«, Charissa deutete auf die Astgabel eines skelettweißen Baumes, in der zwei Reiher im klobigen Nest schliefen, »wecke ich euch. Der Wind ist unverändert.«

»Einverstanden.«

Pentau kletterte die Strickleiter hinunter, schlug am Ende der Bucht sein Wasser ab und kühlte Füße und Unterarme in der Brandung, ehe er sich in den Tangrauch stellte. Hustend kam er zurück und kletterte in den Kielraum, reichte den Tonkrater hinauf. Eine Stunde danach nahm Charissa den bauchigen, doppelhenkligen Krug, leerte kalte Holzkohlen und Asche aus und füllte ihn am Glutkreis mit halbverbranntem Holz und tiefroter Glut, bedeckte sie mit einer Schicht Asche und einer zweiten Schicht feuchten Sandes. Sie trug den Krater zur Wandung des Hecks, zerrte Treibholzkloben zum Feuer, wuchtete den Dreifuß darüber und holte Quellwasser. Als sie den achten Krug in den Kessel leerte, zuckten die Flammen in die Höhe, strahlten ihr Licht bis zur Felsenmauer und legten Rußzungen auf den blanken Kupferkessel. Charissa stellte sich auf das Ruderblatt, starrte den Schattenriß der Vögel vor dem Oval des Mondes an und schlug mit der flachen Hand gegen die Planken. Jenseits des Sumpfes begannen Schakale zu heulen. Die *Namenlose*, die *Anomata*, dröhnte wie die Trommel auf der Lichtung der Lotosesser.

Würde je ein Sterblicher das göttliche Geheimnis der Winde enträtseln können?, dachte Ophian: Als sich vor dem Bug wieder Land zeigte, war die *Namenlose* drei Tage und Nächte ohne Unterbrechung mit dem gleichen Zephyros, in gleicher kraftvoller Schnelligkeit auf dem fremden Kurs gesegelt! Das Gefühl für Dünung, Wellen und Strömung war selbst bei Mys und Nautes gewachsen, und das Bewußtsein, daß ein Unwetter oder ein Sturm vom Land binnen Stunden das sonnendurchflutete und salzwassergischtende Segeln in einen tödlichen Kampf mit dem Meer verwandeln konnte, schien vergessen zu sein. Mit jenem Meer, das Pentau das Wadj-Wer oder Großes Grünes nannte.

»Nein«, sagte der Steuermann. »Ich glaube nicht – ich bin sicher! –, daß wir nicht in einem Siebentag in Ithake sind. Und daß ich zwei Tage danach in Scheria lande. Es ist mir fast gleichgültig. Ich hab' mich mittlerweile damit abgefunden, auf dem Weg dorthin tausend Abenteuern zu begegnen, kleinen und großen.«

»Du, Charissa und Pentau – ihr seid mir unbegreiflich.« Telegonos blies, die Unterlippe vorgestülpt, gegen den Sonnenschleier. Die Fäden klebten auf seiner schweißbedeckten Stirn. »Ich giere danach, irgendwo im Norden dieses unbegreiflichen Meeres Ithake zu finden.«

»Mäßige deine Ungeduld, Prinz!« Ophian kratzte den Schorf von zwei entzündeten Mückenstichen. »Hör auf Pentau! Glaub's ihm! Wir segeln dorthin, wohin uns die Winde treiben.«

»Nach Ithake, scheint es, treiben sie uns nicht.«

»Nicht heute, morgen oder in drei Tagen.« Ophian wischte Schweiß aus seinem fünf Tage alten Bart und lachte laut. »Ob du, Prinz Neugierde, deinen Vater nach achtzehn oder neunzehn Jahren umarmst, ist ihm und uns gleichgültig; deine Eile ist, sage ich, nicht einmal dir verständlich. Wehre dich nicht gegen Strömung und Winde: Sie sind mächtiger als wir.«

Mittag. Die senkrechten Sonnenstrahlen waren wie weißglühende Lanzenspitzen. Knisternd trockneten die Planken aus; man verbrannte sich die bloßen Sohlen, wenn nicht Heptodus von Zeit zu Zeit einen Eimer Meerwasser darüber schüttete. Der Wind schien seit dem späten Morgen stärker geworden zu sein; die Masse eines niedrigen Kaps schob sich weit ins Meer hinaus. Unveränderlich war der gleitende Tanz weißer Wolken von West nach Ost, durch den tiefblauen Himmel des späten Frühlings. Für die Mannschaft war es eine Erleichterung, sich mit einer Seilschlinge um die Schultern hinter dem Heck ziehen zu lassen; Telegonos' und Pentawers Haar war ausgebleicht, und in Charissas schwarzem Haar fehlte der blaue Schimmer. Jegliches Fett unter der Haut war verschwunden: Alle waren tiefbraun, sehnig, öltriefend, von tiefer, stiller Heiterkeit erfüllt, deren Wurzeln in Gleichmut und Zufriedenheit ruhten. Als die Abendschatten länger wurden, breiteten sich vor dem Schiff, wie überlange Finger bräunlicher Hände, Inseln und Bänke aus lehmigem Schwemmland aus. In der Mitte eines mächtigen Hanges, der ins Meer mündete, zeigte sich ein fast kreisrunder Fleck aus Bäumen, Büschen und Grasflächen; das Grün stach in die Augen. Pentawer nannte diese Insel im Sand eine »Oase«.

»Wo Bäume und Weiden sind, ist auch Wasser«, sagte Pentawer. »Mit etwas Glück kommen wir zwischen den Inseln bis zum Ufer.«

Telegonos, Heptodus und Nautes hatten die Rah halb heruntergleiten lassen und einen Teil der Segelfläche eingeschlagen und festgebunden. In weiten Windungen steuerten Ophian und Pentawer das Schiff durch das Fahrwasser. Charissa stand im Bug und deutete nach rechts oder links. Mys war in den Mast geklettert und beobachtete die Färbung des Wassers über dem Grund. Im Inneren des Landes erhob sich eine gewaltige Bergkette. Vom Schiff aus waren kahle Gipfel und bewaldete Hügel und Berge zu erkennen; über der Oase kreiste ein ungewöhnlich großer Schwarm Möwen. Die auslaufende Dünung hob das Schiff und schob es schäumend zwei Stadien weit durch einen geraden Abschnitt zwischen tangbedeckten Inseln.

»Erschreckt nicht, wenn der Kiel aufsetzt!«, rief Pentawer. »Wir können uns freischaufeln; es ist nur Sand und Lehm.«

Strömungen wirbelten zwischen den langgestreckten Sandbänken, aber die *Namenlose* kam mit dem Wind bis zum wirklichen Ufer. Mit Riemen stakten Telegonos, Ophian und Nautes und drehten den Bug auf engstem Raum zum offenen Meer, dann ließen sie im Heck den Ankerstein fallen. An keiner Stelle war das Wasser wirklich tief. Als die Seefahrer an Land wateten, reichte es ihnen nur bis zur Brust. Dünengras und Stranddisteln wuchsen in schmalen Streifen die Hangkante hinauf; unzählbar viele Grillen erfüllten die Luft mit ihrem Gezirp.

Schon am Rand der Oase umfing sie Kühle. Durch die Wipfel der Palmen, Tamarisken und unbekannter Bäume mit zwei Finger breiten Lanzenspitzen-Blättern wehte milder Wind. Zahlreiche Tierspuren liefen durch den geriffelten Sand niedriger Dünen. Die Oase war ungefähr einen Pfeilschuß groß, und in ihrer Mitte vereinigten sich die Spuren an einer Quelle, die aus einer Bettung weißer Kiesel entsprang und fünfzehn Schritte weiter im Sand versickerte. Gerippe kleiner Tiere lagen, halb begraben, im Sand. Pentawer sah sich um und sagte nach einigem Nachdenken:

»Selbst wenn mein Unbehagen keinen Grund hat – wir füllen sofort alle Krüge und Wassersäcke. Dann sehen wir weiter. Hast du ...« Charissa hob grinsend den Bogen und raschelte mit den Pfeilen im Köcher; Pentawer nickte zufrieden. »Du hast. Seid vorsichtig. Komm mit mir.«

Während die anderen eine Kette zwischen dem Schiff und der Quelle bildeten, leere Krüge und Ziegenbälge auswuschen und bis zum Rand mit klarem Wasser füllten, stapften Pentawer und Charissa zum nördlichen Rand der Oase und begannen einen langsamen Rundgang. Die Mückenstiche juckten unerträglich, Pentawer und Charissa kratzten sich überall am Körper. Sie sahen Fußspuren kleiner und weniger großer Tiere, Knochen, Vogelgerippe mit zerzausten Schwungfedern, eine sumpfartige Fläche, an deren Rand flache Steine lagen, ein ausgetrocknetes, überaus schmales Bachbett voll seltsamer Anschwemmungen; als Pentawer knurrend eine Steinplatte hob, raschelten drei handgroße gelbe Skorpione davon, die zitternden Schwänze gekrümmt. Charissa schüttelte sich. Sie stiegen durch nachrutschenden, heißen Sand den Hang einer Düne hinauf und sahen sich um. In Windwirbeln tanzten Sandsäulen heran, hoben und senkten sich und lösten sich vor der Oase auf. Eine Hand voll Sandkörner schlug auf Pentawers und Charissas Schultern.

»Ihr Götter! Pentau – was ist das?«

Charissa deutete nach Westen, zur sinkenden Sonne. Pentawer trat neben sie, rutschte, hielt sich an ihrer Schulter fest und starrte in die kleine Bucht hinunter.

»Der Versuch, einen Hafen zu bauen.«

Am Ende zweier Sandbänke, deren Ränder weiter voneinander entfernt waren als diejenigen, die das Fahrwasser des Schiffes eingegrenzt hatten, waren in einem Zweidrittelkreis Baumstämme in den Boden gerammt. Sie ragten eine Mannslänge hoch aus dem Sand. Vor ihnen breitete sich tiefes Wasser aus. Hinter ihnen hatten Unbekannte eine sichelförmige Fläche geglättet. Dort wuchsen Gräser und fremdartige Pflanzen schenkelhoch, bis tief ins Land hinein. Ein Weg, länger als hundertfünfzig große Schritte, aus Sand und weißem Kies, führte zu einer Maueröffnung. Die Mauer bestand aus Lehmziegeln und Steinen und bildete einen Kreis, vielleicht zweimal so groß wie die Oase. Der Boden innerhalb der Kreismauer war glatt; dicht neben der Öffnung ragte eine rissige Steinplatte, halb mannshoch, aus dem Boden. »Alles ist verlassen und leer«, murmelte Pentawer. »Eine Ahnung, vielleicht ist sie falsch, sagt mir, daß bestimmte Kapitäne schon vor uns hier waren. Gehen wir hinunter.«

Die Lehmziegelquader-Mauer, am Fuß vier Ellen dick, war gut erhalten, an einigen Stellen ausgebessert. Im Inneren dieses Kreises war nichts außer Sand. Auf der Steintafel, handdick und mit abgesplitterten Ecken und Kanten, waren Zeichen eingemeißelt oder eingeschnitten; Schriftzeichen, die Pentawer schweigend musterte. Charissa fuhr die vertieften Linien zögernd mit dem Zeigefinger nach und zuckte mit den Schultern.

»Ich kann's nicht lesen, Pentau. Du?«

»Manche Zeichen erinnern mich an solche, die ich schon

gesehen habe. Auf Keftiu, in Gubla; irgendwo. Ich kann sie nicht deuten. Bei Ptah!: Ich weiß aber, was das zu bedeuten hat.«

»Ja? Ich höre?«

»Diese Gublakapitäne!« Er stieß ein zerhacktes, kaltes Lachen aus. »Sie schweigen, lügen, weichen aus: was du siehst, Charis, bedeutet zweierlei. Sachmet vernichte mich, wenn ich irre! Sie kennen die karge Küste, die Quellbuchten, landen hier, gründen Siedlungen, und wenn sie dies tun, weiß ich, daß sie mit Eingeborenen aus dem Hinterland handeln und sie so gut und oft wie möglich betrügen. Wären wir in zwei Jahren hierher gekommen«, er schmetterte einen faustgroßen Stein gegen die ungekalkte Mauer, »würden wir sie getroffen haben: Kanaaniter und Eingeborene. Und«, er legte die Hand auf Charissas Schulter, »hierher schicken sie auch die Flüchtenden aus deiner verkohlten Goldstadt Ilion!«

»Es fällt mir schwer, zu glauben, was du sagst, Käpten!« Charissa nahm seine Hand und ließ sich zum Rand der Oase ziehen, der wie mit einem Messer geschnitten das Grün abgrenzte. Der Sand begann tief goldfarben zu glänzen. »Wie paßt das, was wir sehen, in unsere kargen Erfahrungen?«

Jeder Schritt am Uferhang der Düne schleuderte kleine Sandwolken in die Höhe. Vom Schiff drangen Geräusche, die sie kannten und die sie nicht beunruhigten. Pentawer grunzte und murmelte einen Rômetfluch.

»Ich weiß es noch nicht. Was immer es ist – es wird uns nicht daran hindern, vier Stunden nach Mittnacht weiterzusegeln. Sei beruhigt.«

»Wenn du bei mir bist, bin ich ruhig.«

Pentawer blickte sie schweigend und lange von der Seite an, schob den Kampfkolben in den Gürtel und ging zum Rand der Oase. Dreimal kreuzten sie die tief eingedrückte Spur eines großen Tieres. Zwischen Sykomorenwurzeln glotzte ein menschlicher Totenschädel aus dem Sand. Pentawer kauerte sich auf die Hacken und stocherte mit der Dolchspitze in den Augenhöhlen: Ein großer Skorpion verließ raschelnd seinen

Unterschlupf, zischte und raste sechsbeinig durch den Sand in ein feuchtes Versteck; erst als Charissa inmitten der Mannschaft neben dem Schiff stand, verlor sie die unbestimmte Furcht.

Das Feuer loderte mannshoch mit surrenden Flammen. Nautes und Ophian buken Brotfladen. Es schien keine einzige Stechmücke zu geben. Der Mond, eine fahle Erntesichel, taumelte durch die Sternbilder. Nachtjagende Vögel und Fledermäuse flatterten um die Wipfel der Oasenbäume. Die Flammen schufen unterhalb der Oase einen Kreis flackernder Helligkeit. Weit jenseits des Strandes grummelten und dröhnten seltsame Schreie oder Rufe, die Wellen schienen, glitzernd im Sternenlicht, nach Osten zu gleiten. Die heiße Luft vom Land kühlte ab und trug stechend salzigen Geruch mit sich, und ohne daß jemand davon geredet oder es befohlen hätte, lagen Schilde und etliche Waffen an Deck. Ophian hatte vor vielleicht einer Stunde gesagt, daß sie alle auf sich selbst zurückgeworfen worden waren; es gab keinen Schutz außer dem, den sie sich gegenseitig angedeihen lassen konnten. Sieben gegen eine fremde Welt, eine winzige Mannschaft gegen die Gefährdungen der kargen Küste. Zweige und Wedel raschelten trocken, irgendetwas knirschte, knisterte und fauchte. Es war keine Bewegung zu sehen: Die *Namenlose* lag an einer Küste, so leer wie die schwarze Luft über dem Tartaros.

»Nur noch sieben Stunden.« Pentawer lehnte sich gegen die Innenplanken und deutete bedächtig mit langem Zeigefinger auf die Seeleute. »In Menefru-Mirê, ich schwör's euch, werdet ihr auch diese Nacht vergessen.«

Im Sternenlicht schlichen Raubtiere um die Oase und zerfleischten die Beute. Knochen knackten, schrille Schreie drangen zwischen den Baumstämmen hervor. Sterbende Tiere keuchten, pfiffen und wimmerten, Vogelschwingen schlugen gegen Wedel und Äste. Telegonos hockte in der Ecke zwischen Bordwand und Hecktruhe und begann sich seltsame Dinge und Vorgänge zusammenzureimen: Schiffe voller Menschen, tief im Wasser liegend, segelten nach Sonnenuntergang entlang der kargen Küste, suchten Quellen und Oasen und gründeten Siedlungen oder Handelspunkte – warum hatte die Mannschaft der *Namenlosen* bis heute nacht kein anderes Schiff gesehen, nicht einmal ein fernes Segel?

Zeus hatte alle Sandkörner gezählt, er und Poiseidon sahen jede Welle, durch die Pentau, Telegonos und die anderen segelten. Der Göttervater kannte jede Gefahr an dieser Küste, und von ihm hing ab, ob die *Namenlose* einen sicheren Hafen erreichte. Den Hafen der mörderischen Laistrigones hatte das Schiff vermeiden können, und auch das Brüllen der Rinder des Sonnengottes hatte niemand gehört: Nur wenn die Götter mit ihnen waren, schob sich eines fernen Tages der Bug auf den Strand Ithakes, der Vaterinsel.

Ein Teil der Mannschaft schlief, die anderen wachten, es war eine weniger unbehagliche Nacht als am Küstensumpf. Vor dem Morgengrauen packte Pentawer Heptodus am Oberarm und deutete zum Horizont.

»Da!« Er lachte. »Sepedet zeigt sich vor der Sonne, so, wie ich's ausgerechnet habe.«

»Sepedut? Was bedeutet Sepedut?«

»Sepedet heißt er.« In Pentawers Augen spiegelte sich ein auffallend heller Stern dicht über dem östlichen Horizont. Der Kapitän holte tief Luft. »Also: Wenn sich dieser Stern im Frühling zeigt, schwillt das Wasser des Hapi. Nahrhafter Schlamm überflutet das ganze Land. Jedes Jahr einmal. Der Schlamm düngt den Sand. Ohne Hapischwelle keine Saat, keine Ernte, kein Leben, kein Reichtum. Verstehst du?«

»Ich verstehe nichts. Flut? Überschwemmung? Eine üble Sache!«

»Ein göttlicher Segen, o Alkias!« Pentawer gestikulierte. »Du wirst es selbst erleben. Wenn die Flut des Hapi ausbleibt, verhungern Tiere und Menschen, und kein Kornhalm wächst.«

»Wenn du's sagst.« Heptodus schüttelte den Kopf. »Habt ihr auch Badehäuser, Kneter und Walker und solche, die den Bart scheren?«

»Mehr als genug. Die schärfsten Klingen und den besten Bartbalsam wirst du in Menefru-Mirê bekommen.«

»Ich glaube, Käpten, mich wird nichts mehr überraschen.«

»Wart's ab, Heptodus!«

Bevor der Stern Aphrodites erlosch, den Ophian, wenn er am Morgen leuchtete, *Eosphoros* nannte, zogen die Seefahrer im Schein zweier Fackeln und des Feuers das Segel drei Ellen hoch und versammelten sich bis auf Telegonos im Bug; er stakte die *Namenlose* in tieferes Wasser, nachdem sich das Heck eine Handbreit gehoben hatte. Der Landwind rauschte mit den Sumpfgewächsen und brachte deren ätzenden Geruch heran. Langsam fuhr das Schiff durch das Wasser zwischen den Sandbänken und den Schlickinseln. Mys und Nautes hielten Riemen ins Wasser, bereit, den Rumpf abzustoßen, wenn der Kiel sich in die Untiefe bohren würde; an der Stelle, wo der Widerschein der Fackeln das windgekräuselte Wasser traf, huschten Fische in dichten, glitzernden Schwärmen.

»Weiter so, Kapitän«, rief Charissa zum Heck. »Die Ruder nicht bewegen. Geradeaus.«

Pentawer blickte rechts und links über die Bordwand und wartete auf das knirschende Scharren und den Ruck, der durch den Schiffskörper gehen würde; das Plätschern der Wellen wurde lauter, die Geräusche der Jagd und Kämpfe aus dem Sumpf nahmen ab, und nur wenige Male scheuerten Kiel oder Planken über eine Untiefe. Der Wind trieb die *Namenlose* in tiefes Wasser. Der Rumpf senkte sich, glitt in die Wellen und begann sich leicht zu schütteln. Einige Atemzüge später hob die Dünung das Schiff. Eine Fackel erlosch; auf den Wellen glitzerte Sternenlicht. Pentawer rief unterdrückt:

»Zieht die Rah hoch!« Er bewegte prüfend die Pinnen. »Oder seht ihr noch mehr Schlick und Schlamm?«

»Nur noch dunkles Wasser!«

Die Rah schlug an den Mast, die Tauknoten knirschten. Mit dumpfem Knall füllte der Wind das Segel. Ophians und Pentawers Blicke suchten den Angelstern und den Bootes, als sich der Landwind mit dem Zephyros mischte. Charissa warf die zweite niedergebrannte Fackel ins Meer. Das Land und die Fläche des glatten, nur von Windmustern gefurchten Meeresstreifens blieben zurück und verschmolzen mit der Dunkelheit. Pentawer schien beruhigt und zufrieden zu sein; er brummte:

»Auch ohne Buchten und Quellen sind wir in fünf Tagen in einer Hapimündung – wenn dieses Göttergeschenk weiterbläst.«

Er wartete, bis Ophian sich ans Backbordruder stellte. Dann holte er aus seiner Truhe den wollenen Chiton und löste die Knoten der Chlaina. Er schlüpfte in das langärmlige, wärmere Gewand: Der Kaikias brachte kühle Luft über das Meer.

Meist war an Steuerbord der Küstensaum zu erkennen, nur mittags wurde er unsichtbar, oder wenn die *Namenlose* an weiten Buchten vorbeifuhr. Um Mittag nach dem Ablegen spürten die Steuermänner den Sog einer starken Strömung, die das Schiff schneller nach Osten segeln ließ.

»Eine Strömung wie diese erleichtert die Fahrten von den Mündungen nach Gubla und die Küstenstädte«, sagte Pentawer, als er sich von Telegonos ablösen ließ. »Ich weiß aber nicht, ob wir in derselben Strömung sind.«

»Gleiche Strömung oder zwei verschiedene, o Kapitän.« Telegonos lachte. »Wenn sie uns nur näher an Ithake heranbringen.«

Die Sonnenhitze während zweier langer Tage, die Schatten auf den Planken, Fischschwärme und spielende Delphinoi, die dünnen leuchtenden Schleier im Wasser und die Wanderung der Mondsichel durch die Sternbilder, der Sepedet vor dem Sonnenaufgang, die neugierigen Möwen hinter dem Schiff, Dünung und Wellen, das ewige und dennoch veränderliche Zischen und Plätschern der Bugwelle und die Geräusche des Schiffes, die niemand mehr bewußt hörte, aber zusammenschrak, wenn sie ausblieben – die *Namenlose* pflügte lange, rasch vergängliche Furchen auf dem Pfad des Meeres. Wie ein Mittagstraum schwebte sie in der Dünung des frühen Sommers. Es gab wenig Arbeit; meist schliefen oder dösten die

Seefahrer im Segelschatten. Am späten Morgen des dritten Tages fing Telegonos einen Blick Pentawers auf. Der Kapitän starrte schweigend zum Land.

»Ist es Sand oder ein Gewitter?« Charissa stützte sich auf die Bordwand. »Gefahr für uns?«

Pentawer zuckte mit den Schultern. An vielleicht sieben Stellen erhoben sich vom fast nicht wahrnehmbaren Land weit gebogene Wirbel. Sie schienen bis zu den weißen Küstenwolken zu reichen und glitten auf dem Horizont langsam hin und her, schienen sich zu drehen. Je höher sie hinaufreichten, desto breiter und dünner wurden sie, bis sie schließlich die Formen von Federn seltsamer Vögel annahmen und an den Spitzen miteinander verschmolzen.

»Ich glaube, es sind die Zeichen eines Sandsturmes«, sagte Pentawer. Er sah zum Segel und zu den farbigen Stoffbändern an den Enden der oberen Rah. Sie knatterten waagrecht im Wind. »Denkt an den langen, roten Notos. Ich weiß nicht, ob der Sand zum Meer hinausgeweht wird.«

Die Mannschaft stand an Steuerbord und starrte die Erscheinung an. Zwei Wirbel vereinigten sich am Boden und bildeten eine niedrige, dicke Säule, die weiterzuwachsen begann. Unverändert wehte der Zephyros, unverändert liefen die Wellen mit vereinzelten Schaumkronen nach Osten. Die haarähnlichen Ausläufer der Thromben vereinigten sich in großer Höhe, bildeten einen strahlend gelben Vorhang und senkten sich in weiten Bögen, wie eine riesige Welle, die sich traumhaft langsam überschlug und brach. Ein Schleier schob sich vor die Sonne, löste sich auf, eine zweite Wolke verdunkelte das Gestirn und änderte die Farbe des Lichtes. Es wurde golden, bronzefarben, legte sich auf das Meer und rötete Gesichter und Körper der Mannschaft.

»Ein Götterzeichen«, sagte Telegonos düster. »Was wollen sie uns sagen? Wenn ich an den Notos auf Maleth erinnere ... es wäre unser Tod.«

»Das Schicksal schickt keine Herolde, Prinz.« Ophian deutete auf Mys, Nautes und Heptodus. »Wenn uns der Sand erreicht, müssen wir uns schützen. Holt Mäntel und die kurzen Seile an Deck. Macht alles unter Deck fest. Sind genug Wassersäcke hier oben?«

Der obere Teil der mächtigen Sandwirbel war zu einer brodelnden braunen Wand verschmolzen. Dicht über dem Land rissen die wirbelnden Massen zu breiten Spalten auf, durch die mächtige Balken Sonnenlicht schossen und auf dem Wasser glänzten. Das Tageslicht hatte ein düsteres, angsteinflößendes Braun angenommen; alle Schatten waren vergangen. Senkrecht fuhren aus der Wolke lange Blitze und schlugen im Land oder im Meer ein. Die Seefahrer konnten keinen Donner hören, aber sie sahen, daß weit hinter ihnen, wie eine riesengroße tastende Hand, die Sandwolke auf die graue Fläche des Meeres hinauszog. Es war, als wolle das lautlose Unheil das Schiff umschließen. Ein paar Dutzend Atemzüge später sagte Ophian:

»Merkst du's auch, Kapitän? Die Strömung wird stärker.«

»Ich spüre es.« Pentawer wartete eine Reihe Blitze ab, die binnen weniger Augenblicke von links nach rechts vor der Wolke wie die Stäbe eines Gatters erschienen und vergingen. »Sie zieht uns zum Land.«

»Sind wir dort sicherer?«, sagte Charissa.

»Ich weiß es nicht.« Pentawer löste seine Blicke nicht von dem Ereignis an Steuerbord. »Aber ich weiß, daß uns ein Sandsturm auf dem Meer umbringen kann.«

Ein Sturm trieb im Westen Staub und Sand nach Norden. Die braune Wand wuchs, und eine Spitze kroch über den Wellen dahin und zog einen Teil der Staubwoge hinter sich her. Ununterbrochen flammten Blitze auf, aber noch keiner der blendend weißen Keile bedrohte die *Namenlose*. Telegonos starrte lange die Heckspur an, richtete den Blick zum Bug, dann zum Land; schließlich stieß er hervor:

»Pentau! Das Schiff wird aus dem Kurs geschoben!«

»Wir wissen's.« Pentawer wischte den Schweiß aus seinem Gesicht. »Die Strömung wird stärker.«

Die *Namenlose* glitt durch die Wellen, als wolle sie dem

Wind und den Rudern gehorchen, aber an Backbord schien sich unaufhaltsam eine Kraft gegen den Rumpf zu stemmen, der sie nach Steuerbord schob und drängte. Die Linie, vor der die Luft waberte und die das Wasser vom Land trennte, halb verborgen in kochenden Staubschleiern, schien sich auf das Schiff zuzubewegen. Mit fahlen Gesichtern, die Augen aufgerissen, stierten die Ruderer auf das blitzdurchzuckte Chaos. Noch hatte der Sturm weder die Wellen noch das Schiff erreicht; er schien sich an Land auszutoben. Telegonos und Heptodus schlossen die Luke. Das dumpfe Poltern ließ die Mannschaft zusammenzucken.

»Es bleibt nichts anderes«, sagte Pentawer, »als der Strömung zu gehorchen. Sinnlos, ihr nicht nachzugeben.«

»Kennst du solche Sandstürme? Hast du sie in deiner Heimat schon erlebt?«

»Mehrere Male.« Pentawer nickte Charissa zu. »Manchmal dauern sie einen Siebentag lang. Denkt an Maleth! Dann sind bei uns die Felder verschüttet, viel Vieh ist erstickt, und sogar die Mauern werden mürbe geschliffen.«

Abermals schien sich die Zeit zu dehnen wie Öl auf Wasser. Die Wände aus strudelnden Sandmassen drangen aufs Meer hinaus und versperrten die Sicht nach Sonnenuntergang. Das Gestirn zeigte sich nur als verwaschener Fleck goldfarbener Helligkeit; von Zeit zu Zeit löschte das Gebrodel alles Licht aus. Es wurde dunkel wie während der Dämmerung. Einige Böen fauchten über das Meer, glätteten die brechenden Kanten der Wellen und trafen das Schiff: kochende Hitze brannte auf der Haut, die zu prickeln begann. Die Härchen richteten sich auf, die Kopfhaut schien in Flammen zu stehen. Für einen langen Augenblick wischte eine unsichtbare Kraft die blasigen Staubmassen nach beiden Seiten: Eine Küstenlandschaft erschien wie in einem Alptraum. Sie bestand aus Stränden und ragenden Felswänden, an denen gischtende Wellen zerstäubten, auf einer Länge von vielleicht einer halben Segelstunde. Etliche Atemzüge später senkte sich wieder die braune Flut über das Bild.

»Die Dunklen Jahre!« Telegonos schlug die Hände vor das Gesicht und stöhnte. »Hier fangen sie an. Und jetzt! Wir werden alle an den Felsen zerschmettert!«

»Noch leben wir!« Pentawer schrie fast. »Wir haben alles überlebt. Wir kommen auch aus dem Sandsturm lebend heraus!«

Niemand antwortete ihm. Die *Namenlose* driftete mit prallem Segel, hochschäumender Bugwelle und schräger Heckspur auf die Küste zu. Die Planken knackten, die Böen trockneten jeden Spritzer binnen weniger Augenblicke. Eine dünne Schicht Salz breitete sich auf Tauwerk und Holz aus. Bis auf Ophian und Pentawer, die sich erfolglos gegen die Pinnen stemmten, hatte sich die Mannschaft Seilstücke um die Hüften geknotet. Die Mäntel stapelten sich in einem windgeschützten Winkel, die Seefahrer warteten auf den wütenden Anprall des Sturms. Plötzlich ging ein langer, weicher Ruck durch den Körper des Schiffes.

Telegonos war ratlos; er wußte nicht, was er tun, wo er zupacken, helfen oder zerren sollte. Er schwankte, hielt sich am Tauwerk fest, starrte ins wulstig gewölbte Segel und sah ein Gesicht, ein großes Antlitz, sah seine Mutter, deren Abbild aus unzähligen senkrechten und waagrechten Fäden der Leinwand entstand und zitternd verschwand, sich wieder herausbildete, abermals verging, schließlich – sah nur er dieses fahlfarbige Bild? – für lange Atemzüge blieb. Der Blick heftete sich auf ihn, Kirkes Hand deutete nach rechts, nach Steuerbord. Bevor Telegonos begriff, was die Mutter ihm sagen wollte, ehe er sich an Pentawer wenden konnte, verblich das schemenhafte Bildnis.

Der Bug drehte sich weit nach Steuerbord. Fluchend bewegten die Steuermänner die Pinnen. Die Ruderblätter, auf denen der Druck der plötzlichen Strömungsänderung lastete, knirschten; zögernd schwang der Bug zurück, knatternd lösten sich die Falten im Segel auf. Die braune Wand, aus der es rhythmisch polterte, taumelte und schwankte in den Norden und schien sich nach Osten zu krümmen; es war, als befände sich die *Namenlose* im Mittelpunkt eines blitzdurchzuckten

Kreises, der sie dorthin schob, wo sie nach dem Willen Poseidons zerbrechen sollte. Eine starke Bö ließ die Wellen gischtend aufrauschen, wieder schlug das Segel, und ein Schauer aus Salzkristallen wirbelte nach Backbord.

Das andere Geräusch, bisher scheinbar unter den Wellen, nahm zu, wurde lauter, dröhnte in den Ohren. Es klang, als würden viele kantige Steine über eine Ebene aus Felsen gerollt. Das abgrundtiefe Poltern ließ die Planken zittern, erschütterte den Körper, erreichte den Kopf und schien im Takt des Herzschlages die Augen aus den Höhlen zu treiben. Die Seefahrer sahen sich um: nichts hatte sich verändert, nur die Dunkelheit hatte zugenommen. Dicht unter den Küstenfelsen herrschte in einem breiten Streifen die Nacht.

»Sollen wir rudern?« schrie Telegonos.

»Nein. Es ist sinnlos«, brüllte Ophian. Der Bug hob sich steil aus einer rollenden Welle. »Der Wind macht mit uns, was er will.«

Zwei langgezogene Staubschleier wirbelten vor dem Schiff und weit dahinter aufs Meer hinaus. Der Bug krachte schwer in die Wellen zurück; mächtige Gischtschauer überschütteten das Deck vom Mast bis zur Hecktruhe. Durch das pausenlos rumpelnde Krachen waren spitze Entsetzensschreie zu hören. Gleichzeitig hoben sich die Staubwolken und ließen die felsige Küste erkennen. In einer zerklüfteten, gischtüberstäubten Felswand, höher und zerrissener als die Felsen von Aiolos' Insel, klaffte schräg vor dem Schiff ein dreieckiger Spalt. Nur einen Atemzug lang hatte Pentawer freie Sicht: In dem Riß, der tief ins Land hineinzuführen schien, vielleicht vier, fünf Pfeilschüsse entfernt, war die Wasseroberfläche glatt wie ein Tümpel. Ophian hatte den Einschnitt in den mehr als hundert Ellen hohen Wänden ebenfalls gesehen; nur Dünung hob und senkte das Wasser in dem Einschnitt. Die Steuermänner starrten einander schweigend an, aus geröteten Augen. Beide nickten. Pentawer holte tief Luft und rief:

»Alkias! Du holst die Riemen. Vier Mann auf die Ruderbänke. Telegon: wenn ich zu brüllen anfange, läßt du die Rah herunterkrachen – wir verstecken uns dort im Hafen der Schrekken!«

»Ich hab' verstanden.«

Ophian und Pentawer hielten die Pinnen nur mit einer Hand. Der Bug schwenkte wieder nach Backbord und zielte wie eine Beilklinge auf die westliche Kante der Einfahrt. Der freie Raum zwischen den schroffen Felsen, nicht breiter als zwei Steinwürfe oder vielleicht drei Stadien, lag außerhalb des Tobens des Sturmes und der Brandung. Das Schiff trieb schräg darauf zu, in gefährlich geringem Abstand zur ersten Ecke, die wie eine schartige Säge aufragte und weit überhing. Kleine Sandschleier fegten von den Kanten des Einschnitts.

Das Schiff schwankte, legte weit über, als es mit der Dünung dicht vor dem Kap aus den Wellen in die stille Fläche hineinritt. An Steuerbord ritzte das Ende der Rah eine Spur ins Wasser. Vier Riemen klapperten in den Löchern, das Segel sackte zusammen; Pentawer rief:

»Herunter mit der Rah!«

Telegonos riß mit aller Kraft an den Knoten. Ein Windstoß fuhr ins Segel, als die Rah am Mast entlangscharrte und auf die Bordwände schlug. Ophian hob den Arm und zeigte auf die vier auf den Ruderbänken.

»Schaufeln ins Wasser. Und – zieht langsam durch!«

Nach drei, vier kraftvollen Riemenschlägen wendete die *Namenlose* den Bug nach rechts und glitt nahezu lautlos in das schwarze Wasser des Einschnitts. Pentawer blickte nach rechts und links, an den Felsen hoch, sah zum Bug und steuerte in die Mitte des Fahrwassers. Das Rauschen der Wellen riß ab, undeutliche Echos sprangen zwischen den Felswänden hin und her, das Tosen der unsichtbar rollenden Wogen an den Felsen wurde zu einem unbedeutenden Murmeln. Nach zwei Dutzend Riemenschlägen verengte sich der Spalt, knickte nach links ab: Noch immer war es windstill, prasselten breite Schleier aus grobem Sand ins fast reglose Wasser, ertönte über der Mastspitze das winselnde Heulen des Sturms. Das Schiff folgte, langsamer werdend, dem Spalt. Pentawer versuchte zu erkennen, wie tief dieser Riß war, sprang nach Steuerbord und blickte durch das klare Wasser bis auf den Grund aus Sand und Felstrümmern, die daraus hervorstachen. Fische und anderes Seegetier bewegten sich; es gab keine Strömung, und Tangblätter breiteten sich auf dem fast weißen Untergrund wie dunkelgrüne Blumen aus. Erst nach dem dritten Wort merkte Pentawer selbst, daß er noch immer schrie; er mäßigte seine Stimme.

»Wir haben wieder überlebt, Freunde.« Er grinste. »Rudert langsam weiter. Denkt nicht mehr an den Sandsturm.«

Er lenkte das Schiff entlang der Felswände und in der Mitte des Fahrwassers in einem engen Viertelkreis nach rechts. Bis zu dieser Stelle waren die Felswände voller Schründe, Risse, Spalten und hervorstehender schroffer Brocken gewesen. Als das Schiff, still wie in einem seltsamen Traum, weiterglitt, änderte sich das Aussehen der Wände.

Sie waren geglättet, abgeschlagen oder gemeißelt worden. Dutzende dunkler Höhleneingänge zeichneten sich in unterschiedlicher Höhe ab. Schräge Treppenschächte waren in die Wände eingetieft, an glatten Flächen zeigten sich Bildnisse unverständlicher Ritzzeichnungen. Pentawer staunte sie an und sagte leise: »Macht langsamer. Zwei Riemen genügen. Kommt an Deck und seht selbst, wohin wir uns geflüchtet haben.«

Die Felswände schoben sich aufeinander zu. Der Raum zwischen ihnen war gerade so breit, daß die *Namenlose* ohne Schwierigkeiten gedreht werden konnte. Alle Geräusche bis auf das Rauschen der Riemen waren stark gedämpft, als kämen sie aus einer anderen Welt. Die Seefahrer ließen ihre Blicke über die Ritzbilder, Stufen und Löcher gleiten; niemand schien sich zu fürchten. Alle, selbst Pentawer, staunten fast ehrfürchtig die Besonderheiten in den Wänden aus Sandstein an. Als erster sprach Pentawer.

»Einst war diese Schlucht bewohnt, glaube ich. Dann stieg das Meer an.«

»Und unzählige Stürme in der Vergangenheit haben gewaltige Mengen Sand über die Kanten geweht.« Ophian deutete auf eine Gruppe von Tieren mit unglaubwürdig langen Hälsen. »Der Boden wuchs immer höher.«

Langsam wie ein Schwimmer glitt das Schiff weiter. Der gezackte Spalt führte, enger oder breiter, tief in die felsige Küste hinein. Hoch über den Eindringlingen wütete der Sandsturm, ohne daß sie mehr davon spürten als einige Schauer Sand, der auf ihre Schultern und aufs Deck prasselte und Tropfenmuster im Wasser erzeugte. Nach dem nächsten Knick änderte sich das Aussehen der Wände; sie kippten nach außen, bildeten kantige Terrassen, auf denen Büsche und Bäume wurzelten; ein Windstoß ließ aus Palmenwedeln kleine Fetzen vergilbter Sprossen und raupenähnlicher Dinge herunterrieseln. Die Fische stürzten sich zuckend darauf.

»Wir sind an der Grenze zu deiner Heimat, Pentau«, murmelte Telegonos. »Kannst du uns erklären, was das ist?«

»Wir sind noch tagelang von dieser Grenze entfernt.« Pentawer hob ratlos die Schultern. »Nichts kann ich erklären. Ich sehe die Ritzbilder zum ersten Mal – ich kenne nicht einmal die Namen der Fabeltiere dort.«

Vor undenklich langer Zeit war wohl der Boden des Spaltes das Bett und die Mündung eines Flusses gewesen, an dessen steinigem Ufer Menschen gewohnt hatten. Der Fluß war seit Urzeiten versiegt, niemand lebte hier außer kleinen Tieren, und alles, was die Seefahrer erstaunte, gehörte zu den Erinnerungen an eine ferne Vergangenheit. Nautes und Mys ruderten weiter, bis schließlich der enggewordene Spalt in einen Kessel mündete, dessen gegenüberliegende Wand einen verstopften Durchlaß erkennen ließ; die Stelle, an der vor langer Zeit Wasser in diesen Spalt geflossen war. Sand, Fels, Geröll und viele unkenntliche Dinge füllten die spitzwinklige Lücke aus, in die Gräser, Moos und windzerfledderte Büsche ihre Wurzeln gekrallt hatten. Telegonos hob die Arme und rief:

»Du bist der Kapitän, Pentau! Sag uns, was wir tun müssen!«

»Hört auf zu rudern.« Pentau grinste. Jedes Wort erzeugte ein mehrfaches Echo. Er zeigte auf die Ritzzeichnungen. »Wir werfen den Ankerstein oder legen an einer Wand an, wenn wir können. Wir warten, bis der Sturm aufgehört hat. Vielleicht erhellt sich das eine oder andere Geheimnis.«

»Dort vorn, Käpten.« Ophian löste seinen Griff, ließ die Arme sinken und ließ sich schwer auf die Hecktruhe fallen. »Da sind Felsfinger für die Tauschlingen.«

An Deck war es ruhig, die *Namenlose* schien ungefährdet. Im Abstand von zwei oder drei Dutzend Atemzügen prasselte Sand herunter; auch am Ende des Risses waren die stark abgeschrägten Wände noch fünfzig oder mehr Ellen hoch. Das Schiff lag geschützt an der rechten Wand des Kessels. Zwischen Bordwand und Felsen hatten die Seefahrer zwei dicke Seilbündel aufgehängt und mit Wasser begossen. Die Bewegungen des Rumpfes riefen, seit das Tauwerk troff, kein lautes Knarren und Schaben hervor. Rahen und Segel waren, nachdem Pentawer den besten Platz gefunden hatte, sorgfältig zusammengebunden worden. Zuerst lag noch das schattenlose, bräunliche Licht über dem Kessel; nun dunkelte es, die Dämmerung kam näher. Nur wenige Blitze tauchten die Felswände in kaltes Lichtflackern. Zwischen Mast und Heck hatten Mys und Nautes die Kupferschale aufgestellt, mit nassem Sand gefüllt; über dem winzigen Feuer stand im Dreifuß der Sudkessel. Im Inneren der Felsenrundung fing sich in der unbewegten Luft die Hitze, die Wände strahlten schiere Sonnenglut ab. Die Seefahrer standen, nachdem das Schiff gesichert war, mit ratlosen Gesichtern um den Mast.

»Bevor ihr mich beschimpft oder schlagt«, sagte Pentawer leise und ließ sich neben Charissa auf die Hecktruhe sinken, »sag' ich euch: zwischen den Hapimündungen und Gubla kenne ich fast jede Bucht. Nach Westen hin weiß ich nur, daß die Wüste endlos und die Küste karg ist – das hier erfüllt mich mit ebenso großer Verwundernis wie euch.«

Telegonos gab ihm einen Becher ungemischten Weines. Pentawers Finger zitterten. Er hielt den Becher mit beiden Händen, trank, atmete keuchend aus und redete weiter. »Hier sind wir sicher, glaube ich. Vielleicht fällt ein Felsbrocken aufs Deck oder noch mehr Sand, was weiß ich. Morgen – oder nach dem Sturm – sehen wir uns um. Wir rudern oder schwimmen zu den Treppen. Dann sehen wir's.«

»Was sehen wir, Käpten?«, sagte Mys.

»Weiß nicht. Alles, nichts, andere Wunder? In meinem Kopf tobt noch immer der Sandsturm.«

Pentawer leerte mit kleinen Schlucken den Becher, streckte sich auf dem sandigen, salzigen Mantel neben dem Mast aus und schlief nach wenigen gemurmelten Worten ein.

Grelles Sonnenlicht und stechende Hitze weckten die Seefahrer. Die Luft war unbewegt wie in einem Sack. Aus dem Kielraum duftete schwer das Zedernholz. Der Sudkessel war umgefallen, und auf den Planken trocknete das Gemisch aus Wasser, halb zermahlenen Kräutern, Wein und Honig; eine Schicht winziger Fliegen bedeckte Holzkohlen, Sand, Kupfer und auftrocknende Planken. Aus jeder Pore tropfte Schweiß. Es war still wie in einem Grab. Ein Vogelschrei weckte zahlreiche Echos, prallte zwischen den Wänden hin und her; entlang der Wände und über dem Wasser jagten große, rauchfarbene Schwalben. Telegonos öffnete die Augen und begriff, daß er selbst gestöhnt hatte und daß sich das Schiff nicht bewegte.

Dreißig Ellen vor und schräg über ihm, auf einer fünfeckigen Felsfläche, vielleicht zwanzig zu fünfundzwanzig Ellen groß, Höhlungen und Vorsprünge geschickt ausnutzend, schienen sich die einstmals schwarz, rot und kreideweiß ausgefugten Gestalten zu bewegen: Tanzende Jäger mit Bogen und langen Pfeilen, Rinder und Ziegen, Schafe und ziegenähnliche Tiere mit gekrümmtem Doppelgehörn; Darstellungen einer Jagd. Riesige Vögel, Menschenpaare, die sich begatteten, ein fremdes Tier, das ein anderes fraß: Unter all dem Fremden erkannte er Rinder mit lyraartigem Gehörn, einen Löwen, springende Delphinoi und Krieger, die in Wagen fuhren, die von Eseln, Maultieren oder Pferden gezogen wurden. Die Zwischenräume waren von fliegenden Pfeilen, feierlich dreinblickenden Gesichtern, von Doppellinien ausgefüllt, zwischen denen rätselvolle Zeichen standen; solche wie in den Mauern der Tempel Maleths, wie auf der Platte des unvollendeten Hafens hinter der Oase, wie auf anderen Darstellungen, die er ebensowenig enträtseln konnte. Er versuchte, die Geschichte zu erkennen und nachzuvollziehen, die diese Bilder erzählten – vergeblich. Er richtete sich auf und sah, daß Charissa, Ophian und Pentawer dieselben Bilder anstarrten, ebenso halb wach, halb schlafend wie er.

»Ein Morgen jenseits der Furcht«, murmelte er und tastete sich zur Bordwand. »Jetzt hat der einfältige Inselprinz Telegon auch einen Sandsturm überlebt. Ihr Götter! Der Hades ist fern, aber wir erleben Schlimmeres.«

»Reisen ins Fremde zeigen die Vielfalt des Vorstellbaren.« Pentawer hatte den Inhalt seines Watsacks unter dem Doppelmast ausgebreitet. Er schwenkte die schmale Bronzeklinge des Dolches. Sein Grinsen war kläglich, in seinen Augen nisteten tiefer Schlaf und vage Furcht. »Die Geheimnisse der Welt liegen im Sichtbaren, im Begreifbaren.«

»Ich hab' Kirke gesehen«, murmelte Telegonos. »Sie hat auf den Spalt der Felsbucht gezeigt. War es das Sichtbare, das Begreifbare, oder ein Sonnentraum?«

»Frag mich nicht. Ich kenne keine Antwort.«

Die Seefahrer, einer nach dem anderen, erwachten aus lastendem Schlaf; noch um Mittag waren sie erschöpft, erkannten die Umgebung kaum, taumelten und tappten umher und begriffen mit quälender Langsamkeit, wo sie waren, traten in den klebrigen Schleim des ausgeflossenen Suds, stierten begriffsstutzig um sich. Pentawers scheinbare oder wirkliche Ruhe griff auf sie über: Er entfernte mit der dünnen Schicht heißen Öles und mehliger Kleie in großer Ruhe alle Barthaare seines Gesichts, richtete den Strahl seines Silberspiegels auf Stufen, Büsche, Spalten und Bilder des Felsenkessels und sprang schließlich, mit zugehaltener Nase, über die Bordwand. In einem Wirbel schäumender Blasen tauchte er auf, schneuzte sich geräuschvoll, schwamm heran und packte die Sprosse der Strickleiter.

»Das Wasser lädt zum Schwimmen und Erleichtern ein«, rief er prustend. »Kommt! Der Sturm tobt in einer anderen Welt ... nicht um unser Schiff!«

Erst spät nach Mittag, als der Felskessel wieder im Schatten lag, schwammen Charissa, Pentawer, Ophian und Telegonos auf die Felswand zu, zogen sich nacheinander auf die untersten Stufen einer der Treppenaushöhlungen und kletterten aufwärts. Sie waren sicher, daß sie hier allein waren, und hatten selbst die Dolche an Bord zurückgelassen; halbnackt überwanden sie hintereinander, an die Felswand gestützt, Stufe um Stufe.

Nachdem sie die erste, tiefstgelegene Höhle erreicht hatten, sahen sie sich um: an einigen Stellen der Decke gab es verwitterte Rußspuren. Vogelgerippe, Laub und viel Sand, Eierschalen und die Reste kleiner Nester lagen auf dem Boden. Von einstigen Bewohnern gab es keine Spuren. Sie durchschritten die kühle Höhlung, überwanden eine zweite Treppe, kletterten zur zweiten und dritten Höhle und kamen an einen sandverwehten Schacht, der schräg aufwärts führte. Sie kämpften sich rutschend und schimpfend hinauf und standen plötzlich, nachdem sie Abfall, Unrat, Gerippe und versteinertes Holz hinter sich gelassen hatten, auf der windabgewandten Seite einer Düne, die wie eine erstarrte Riesenwoge aussah; rings um sie waren tiefblauer Himmel, eine endlose Sandfläche, das ebenso endlos erscheinende Meer im Norden, eine hügelige Welt, die bis zum Horizont reichte, und stille Einsamkeit. Warmer Wind kam von Sonnenuntergang: zögerlicher Zephyros. Telegonos brach als erster das Schweigen.

»Tausend Dinge, die im Geheimnis verborgen bleiben, Pentau. Wir haben überlebt und sind allein in einer Unendlichkeit aus Sand und Wogen.«

»Wir sind auf dem Horizont der Fremdheit, Prinz«, murmelte Pentawer. »Und das alles ein paar Tage vor dem westlichen Mündungsarm. Nach dieser Stunde: gelten deine oder meine Götter?«

Telegonos drehte sich einmal herum und breitete in einer Gebärde völliger Ratlosigkeit die Arme aus.

»Halfen uns zwischen Aiaia und Maleth meine Götter? Schützen uns hier deine Götter, Pentau? Ich weiß es ebensowenig wie du; niemand weiß es.« Er schlug die Faust in die linke Handfläche und spuckte aus. »Von Tag zu Tag wird die Fahrt nach Ithake länger statt kürzer.«

»So ist es.« Pentawers Blicke glitten über die gelbweiße Umgebung, über riesige Flächen, niedrige und hohe Dünen, über eine leere, endlose Landschaft, die im Sonnenlicht wie Orichalkos glänzte, bis zum östlichen, westlichen und nördlichen Horizont, dem des Meeres, dessen unzählbare Wellen sich ausbreiteten; endlich nahm Pentawer Telegonos' Hand und sagte:

»Deine Mutter, Prinz, die tief in meinem Herzen weilt, hat nie gesagt, nicht ein einziges Mal versprochen, daß du Ithake ohne Schwierigkeiten erreichst.«

»Wahr!« brummte Telegonos. »Noch mehr Schwierigkeiten? Mehr Stürme, mehr Sandstürme, mehr Irrfahrten? Noch mehr lange Umwege?«

»Nimm's, wie es kommt, Prinz Ungeduld«, brummte Ophian. »Wir alle wollen bald dort landen, wo wir wohnen; Wunderküsten hin oder her – beten wir um den besten Wind zur Heimfahrt!«

Der Wind trieb Sandkörner den Hang hinunter, die sich raschelnd aneinander rieben. Unendlich weit im Westen bildeten sich Wolken über dem Meer. Pentawer ließ sich auf ein Knie nieder, schöpfte mit beiden Händen Sand und ließ ihn in breitem Strahl zu Boden rinnen; leise sagte der Kapitän:

»Wir haben gelernt, daß in den seltsamsten Winkeln der Welt Menschen leben. Einstmals auch hier, am Ufer eines Flusses, den die Götter der Zeit haben versiegen lassen. Nur Bilder haben die Jäger zurückgelassen, und leere Höhlen. Wir können nichts anderes tun, als davon zu berichten und zu versuchen, weiterzuleben. Grübeln ist nutzlos; gehen wir zum Schiff und machen es sauber. Dann opfern wir unseren unterschiedlichen Göttern und segeln nach Menefru-Mirê.«

Er stand auf und wandte sich zum Gehen. Sie rutschten und sprangen mit weiten Schritten die Düne hinunter und durch den halbverschütteten Stollen. Als sie in der obersten Höhle standen, begann der Sand zu rieseln, ergoß sich in die Höhle, der gelbe Strahl wurde breiter, rann schneller, wie Wasser, füllte den Stollen aus und schob sich in die Höhle, bis sie halb gefüllt und der Ausgang zur Düne verschlossen war. Die Seefahrer tappten die Stufen hinunter, sprangen ins Wasser und schwammen zur *Namenlosen*. Mys zog den gefüllten Ledereimer über die Bordwand und schüttete den Inhalt über die Planken; Nautes schichtete im Kielraum Truhen und Ballen um, schlug gegen das Holz und murmelte schwer verständliche Flüche.

13.
KÊMET, DAS SCHWARZE LAND

Als das Gestirn am Horizont verschwand, war die Mondsichel nur noch fadendünn. Pentawer hatte in der zweiten Nacht das Schiff weit von der Küste aufs Meer hinaus gesteuert: Dieses Mal brauchte er weder Aiolos' Knoten noch das Wohlwollen der Götter. Im Morgengrauen, als er an der Pinne stand, merkte er, wie das Schiff ohne sein Zutun einen weiten Viertelkreis einzuschlagen begann. Telegonos beobachtete die scheinbare Wanderung der Sterne, sah immer wieder Pentawer an, aber fragte nicht. Als während des Sonnenaufganges die Helligkeit vom Bug nach Backbord wanderte, die Sonne den Stern Sepedet überstrahlte, roch Pentawer das Wasser und das Schlammland des Mündungsdreiecks. Er lachte leise, schlug Telegonos auf die Schulter und deutete in Fahrtrichtung.

»Der Nordwind, euer Boreas oder Thraskias, treibt das Schiff auf die Küste zu, zur Mündung des westlichsten von sechs schiffbaren Mündungsarmen. Bald werden wir dünnen Nebel sehen; er vergeht in der Wärme.«

Pentawer schöpfte Sud in den Becher, mischte ihn mit Wein und spürte endlich den Wind im Rücken, auf den er so lange gewartet hatte. Er trank und reichte Telegonos den Becher.

»Bald wirst du tausend Fragen beantworten müssen, Pentau.« Die *Namenlose* schob sich gischtend durch Kreuzwellen, aber schien nicht langsamer zu werden. An Backbord hob sich inmitten farbenglühender Wolkenlandschaften die Sonne. »Heut nacht hab' ich über vieles nachgedacht; ich wollte deine Geduld nicht verschleißen.«

»Richtig. Durch übergroße Geschwätzigkeit bist du nicht lästig geworden. Dort, wo die Sonne aufgeht, finden wir die Hafenstädte. Dort wird, glaube ich, Charissa uns verlassen wollen.«

»Die Namen weiß ich auswendig: Gedjet, Isqanu, Ushu-Djarrh, Djedan und Gubla.« Telegonos ließ die Pinne los und füllte den Becher mit dem Gemisch. »Wann sind wir in der Mutter aller Städte?«

»Wenn wir die Mündung finden und dort einen guten Irichat, einen Lotsen: drei Tage. Nachts liegen wir am Ankerstein.« Pentawer trank, schloß einige Atemzüge lang die Augen, und als er sie öffnete und weitersprach, lächelte er auf eine Weise, die Telegonos bisher nicht gekannt hatte. »Nichts, was du bisher gesehen hast, Prinz, ist dem Land der Rômet gleich. Rechts und links der grünen Ufer, wie mit dem Messer geschnitten, fängt das unfruchtbare Sandland an, die Wüste Deshret, das Rote Land. Unser Jahr hat jetzt angefangen, mit der Jahreszeit Achet und dem Monat Thot, mit der Überschwemmung. Ich hoffe, sie war gut. Wenn es unsere Götter so gefügt haben, beginnt der Schlamm einzusickern und ist zu einem Teil verdunstet, und ein großer Teil des Fruchtlandes ist wieder zu sehen. Kêmet, das Schwarze Land, so nennen wir's.«

»Ich muß es sehen, um es glauben zu können«, murmelte Telegonos. Pentawer nickte.

»Du wirst es sehen. Mit ein wenig Glück werdet ihr erleben, daß ich in Menefru ein geachteter Mann bin. Und mit ein wenig Gold und den kleinen Statuen von Aiolos haben wir ein gutes Leben. Tameri ist ein angenehmes Land, wenn man nicht gerade Steinmetz, Hirte oder Sklave ist.«

»Aber niemand wird uns verstehen, wir werden niemanden verstehen – außer dir.«

Pentawer hob die Schultern. Er sagte gedankenversunken:

»Unsere Sprache ist schwer zu schreiben, aber leicht zu sprechen.«

Die Nacht war bis zur Kursänderung frühlingswarm gewesen. Der Nordwind brachte kalte Luft, die sich unter den flachen Sonnenstrahlen nur zögernd erwärmte. Weit voraus erschien die Küste als schwarze Linie, von links schoben sich Nebelschwaden vor das Bild, aus Westen erschienen die ersten weißen Wolken. Nacheinander kamen die Mitglieder der Mannschaft verschlafen an Deck, gähnten, fröstelten und sahen sich um. Charissa schnupperte und sagte nach einer Weile:

»Ist das der Geruch, von dem du so oft erzählt hast?«

»Der Geruch des nahrhaften Schlamms aus Hapis Schoß. Zwischen zwölf und sechzehn Ellen hoch befruchtet er das Land. Wenn wir näher an den Ufern sind, werdet ihr riesige Fischschwärme sehen; auch sie mästet Gott Hapi.« Er wandte sich an Ophian und die Männer aus Aiaia. »Wenn wir durch die Schlammbänke hindurchgesegelt sind, auf dem Strom *chenti,* stromauf segeln ohne zu rudern: vergeßt die gefährlichen Abenteuer!«

»Aber vergeßt nicht unsere geschrumpften Vorräte«, brummte Ophian. »Ich hab' Morgenhunger.«

Die Küste hüllte sich in Nebel, in dem eine Stunde lang die Sonne schwamm wie ein dicker gelber Fisch. Wolkenketten zogen über die *Namenlose* hinweg, der erdige, faulig-würzige Geruch nahm zu; bald drangen Möwenschreie durch den dikken Dunst, den der Nordwind vor sich her zum Land schob. Stundenlang konnten die Seefahrer beobachten, wie sich Tausende fingerlanger Fische auf die Körnchen stürzten, aus denen die dünnen dunkelgrauen Schleier in den wechselnden Strömungen bestanden. Die erste Insel aus Schwemmlehm hatte einen rundum laufenden, drei Finger breiten schwarzen Rand. Große Raubfische fuhren zuckend in die Schwärme und trieben sie auseinander; manchmal flüchteten Hunderte von ihnen, indem sie aus den Wellen hervorglitten und über das Wasser schlitterten. Weit an Steuerbord änderten sich Farbe und Aussehen der Küste: sandgelbe Felsen, Strände und dahinter, wie erstarrte Riesenwogen, nur durch das Spiel greller Sonnenstrahlen und schwarzer Schatten den Blicken zugänglich, ein Meer aus Dünen.

Pentawer schickte Charissa in den Bug. Als das Schiff sich in einem breiten Streifen verdünnten Schlamms befand, weit vor der Grenze, an der sich die Wasser mischten, folgten Pentawer und Ophian diesem Fluß unter den Wellen. Große, von Wind und Strömungen geformte Inseln aus Schlick hoben sich kaum höher als eine oder zwei Ellen aus dem Meer, und zwischen ihnen blieben breite, genügend tiefe Fahrwasser. Kormorane, Meeresraben, musterten aus stechenden Augen das Schiff und stürzten sich, Hälse und Speerschnäbel ausgestreckt wie Waffen, in die Wellen, begleitet vom Geschrei der Möwen. Sie stritten sich um Fischreste und Abfälle auf den Inseln, bis der Schatten von Falkenpärchen oder kreisenden Geiern auf die Sandbänke fiel.

»Es ist der richtige Mündungsarm«, sagte Pentawer, als die Sonne den Scheitelpunkt ihres Weges erreicht hatte. Er klatschte in die Hände. »Heute nacht ankern wir im Schilf. Morgen können wir schon in Hut-Tit sein, im alten Tmu; eine winzige Stadt im westlichen Harpunengau.«

Schweigend bestaunten die Seefahrer die ausgedehnten, leblosen Flächen. Die Bilder flirrten und flimmerten; die wellige Oberfläche bestand aus Salz und weißem Sand, und jedes Ding, das größer war als ein fliegenumsummter Fischkopf, warf einen rußschwarzen Nachmittagsschatten. Ungewöhnlich hohe Palmen mit aufgereckten Wedeln waren jenseits der Küste als Schattenrisse gegen den Himmel aufgetaucht, nachdem sich der Nebel gesenkt und aufgelöst hatte; Tamarisken, Weiden und Sykomorenfeigen bildeten kleine Wäldchen, bis die langgezogenen, blühenden Schilffelder, die Rhizinusstängel und die Te-Ufy-Pflanzen die Ufer zu säumen begannen.

»Seht ins Wasser«, rief Pentawer lachend. »Die Grenze. Wir sind in Tameri. Willkommen im Land der Rômet.«

Das Wasser des Hapi war weder grün noch blau, sondern

bräunlich grau. Je tiefer das Schiff zwischen die Mauern aus Schilf hineinsegelte, aus dem Meerwasser hinaus, desto dunkler wurde die Färbung. Zu beiden Seiten des Schiffes waren die Ufer einen weiten Pfeilschuß entfernt; das Schlammwasser setzte sich ins Schilf hinein fort, und bisweilen war zu sehen, daß auch das Land dahinter überschwemmt war. Scheckige Rinder standen bis zu den Knien im Wasser und glotzten das leuchtende Segel an. Bis jetzt war nicht ein einziger Bewohner des Landes zu sehen gewesen, nur Rauchsäulen, die sich weit nach Süden neigten. Die dunkle Oberfläche des Stromarmes schien das Sonnenlicht aufzusaugen, die Wellen waren kaum drei Handbreit hoch; der Schaumstreifen der Bugwelle und der Heckspur schlängelte sich hinter dem Schiff und löste sich lange nicht auf. Zwischen dem Rand der Wüste und dem Schilf breiteten sich Weiden aus, deren Gras frühlingshaft grün im Wind wogte; vereinzelt hoben sich kleine Hügel, kaum mannshoch, aus dem überschwemmten Land. Sie waren von grünem Schilf gesäumt, Gras und Blumen wuchsen an den schrägen Hängen, manchmal breiteten Bäume ihre Äste über Dächer aus Schilf und Palmwedeln. Die Mauern aus Lehmziegeln leuchteten weiß. Als wären die Schilffelder, die sich nun verengten, den Ufern des Mündungsarmes folgend, eine zweite Grenze gewesen, begriffen die Seefahrer in ungläubigem Staunen, daß Tameri mit fruchtbarem Reichtum gesegnet war.

Mückenschwärme, Hummeln und Fliegen summten und tanzten über dem Schilf. Lange Ketten lärmender Enten fielen in das Dickicht ein, Gänse mit ebensolch metallisch buntem Gefieder flatterten auf. Bienen brummten am Schilfrand entlang, Libellen schwirrten in die Höhe und senkten sich zwischen den Rohrkolben zum Wasser; ab und zu schnellte sich ein armlanger Fisch mit katzenähnlichem Schädel und langen Barthaaren, das Maul weit aufgerissen, aus den Wellen. An Backbord, mitten im Schilf, auf einer jener kleinen Überflutungsinseln, erkannte Charissa einige Hütten, die auf Stelzen aus Ästen und Binsenbüscheln standen. Ein Feuerchen auf der Plattform sonderte einen Rauchfaden ab; nachdem das Schiff weit nach links durch das Fahrwasser gesegelt war, rief Charissa zum Heck:

»Dort steht ein Mann, Pentau. Er hat uns gesehen.«

»Recht so. Endlich werde ich schlafen können«, sagte Pentau. »Wir müssen dorthin; es ist der Lotse. Fast zu früh im Jahr für Schiffe in diesem Stromarm – die Götter sind mit uns Seefahrern.«

»Welche Götter? Deine oder unsere?« Ophian grinste und folgte Pentawers gemurmelten Anweisungen. Die *Namenlose* schob sich durch die schwache Strömung, die Rah wurde zur Hälfte heruntergelassen, und als das Schiff bis auf Rufentfernung dem seltsamen Bauwerk näher gekommen war, holte Pentawer tief Luft und schrie:

»Irichat! Irichat!«

Der Lotse steckte drei Finger zwischen die Lippen und stieß einen langen Pfiff aus. Pentawer winkte. Der Irichat winkte zurück, verschwand in der dürftigen Hütte, löschte das Feuer aus einem Wasserkrug, und wenige Augenblicke später paddelte er in einem Boot aus zusammengebundenem Schilf auf das Schiff zu. Pentawer redete laut mit ihm und versuchte zu übersetzen; der Lotse drehte das Boot, paddelte neben der *Namenlosen* her und fing das Seil auf, das Mys ihm zielsicher als Schlingenbündel vor die Knie schleuderte.

»Wir sind die *Namenlose* des Großen Grünen. Ich brauche einen Lotsen nach Menefru-Mirê. Kannst du uns helfen?«

»Ich bin Anchaf, bester Irichat vom Harpunengau. Ihr seid früh dran; noch kein anderer Gublasegler kam, auch keiner von Keftiu.«

»Kapitän Pentawer-Ptah, Gublafahrer, Söldnerführer, mit einem Dutzend Goldfliegen ausgezeichnet; das sind meine Freunde, die mich nach dem Schiffbruch gerettet haben. Führst du uns zur Stadt?«

»Zuerst nach Hut Tit, dann nach Menufer?«

»Nichts anderes will ich. Du bekommst gutes Gold.«

»Fünf Kite. Dafür schieß' ich euch ein paar fette Gänse.«

»Drei Kite Gold. Wir schießen sie schneller und sicherer.«

»Überredet, Kapitän des Wadji-Wer.«

Der Irichat kicherte und knüpfte das Binsenboot ans Tau, stopfte seine wenigen Besitztümer in einen Lederbeutel und kletterte, drei glänzende Binsenstäbe auf dem Rücken, die Strickleiter herauf. Nautes half ihm über die Bordwand, Telegonos löste den Kapitän am Ruder ab.

»Ich bin in Menefru-Mirê bekannt.« Pentawer und der Lotse schüttelten einander die Handgelenke. Anchaf grinste breit und schlug sich auf die Brust. Im Oberkiefer fehlten beide Augenzähne; er war ein Mann mit hellbrauner Haut, von vielleicht zweiundzwanzig Sommern, gedrungen, mit kurzem Haar und weißen Narben auf Schultern und Oberarmen. Er trug einen dünnen Schurz aus gebleichtem Leder und einen Brustschmuck aus Kupfer, Glasfluß und Steinchen um den Hals. »Heute brauchen wir einen guten Liegeplatz im Schilf, morgen erholen wir uns in Hut Tit. Wie war die Hapischwelle?«

»Vierzehn Ellen in Menufer, den Göttern sei Lob und Dank. Es wird ein gutes Jahr.«

»Besonders für dich, Anchaf, wenn wir nicht häufiger als ein Dutzend Mal aufsitzen.«

»Laßt mich nur machen.« Anchaf schob die Enden der federnden Binsenrohre ineinander und wickelte blitzschnell dünne Lederschnüre darum, machte Knoten und deutete zum Bug.

»Sag deinen Freunden, daß sie tun sollen, was ich rufe: links, rechts, schnell oder langsam. Du willst schlafen?«

»Ich muß schlafen.«

»Ich weck' dich, wenn es dunkel wird.«

Er nickte, lief zum Mast, bückte sich unter der Rah und bedeutete ihnen, die Doppelrah hochzuziehen. Nordwind blähte das Segel. Anchaf stellte sich in den Bug, versenkte den langen Peilstab ins Wasser, holte Luft und hustete, dann rief er:

»Bei Hathors Brüsten! Sieben Ellen Wasser unter dem Kiel. Langsam nach rechts.«

Pentawer übersetzte, nickte den Steuermännern zu und leerte, während er sich an Deck und rund ums Schiff umsah, einen Becher gemischten Weins. Zehn Atemzüge später streckte er sich auf Decken und Mänteln aus, die er im Kielraum über Truhen und Watsäcke gebreitet hatte.

Jenseits des Schilfs, am Fuß einer riesigen Sandzunge, legte die *Namenlose* an. Lotse Anchaf paddelte sein Schilfbötchen in die schmalen Gänge des wuchernden Röhrichts, und Charissa schoß mit fünf Pfeilen vier junge Gänse. Ophian buk mit dem Rest Mehl und Schrot mild gewürzte und gesalzene Brotfladen, und Heptodus fing einen Fisch. Einen Hapibarsch, wie Pentawer erklärte. Noch hatten sie vier versiegelte Weinkrüge; einer davon wurde in dieser Nacht geleert, am Feuer aus trockenem Schilf und einem Teil des Vorrates von zerhacktem Treibholz. Anchaf briet aus den Herzen, Mägen und Lebern der Gänse, die er fein zerkleinerte und würzte, mit gehackten Zwiebeln, Oliven und öligen Pilzen mischte, im Kessel ein krümeliges Mus, das die Seefahrer auf dünnen Brotstücken aßen.

Hundert verschiedene Geräusche mischten sich ins Prasseln der Flammen und ins Murmeln der kleinen Uferwellen; seltsam wilde und klagende Laute kamen aus der Wüste. Die Dämmerung war kurz, die Nacht versprach erträglich warm zu bleiben. Mücken und Nachtschmetterlinge flatterten im Rauch und stürzten sich ins Feuer. Der Lotse redete mit Pentawer; der Kapitän übersetzte.

»Er sagt, er paßt auf das Schiff auf. Wir können an Bord oder am Feuer schlafen. Lange hat man keine Hyänen und Löwen am Ufer gesehen.«

»Ich bleib' lieber auf den Planken«, sagte Mys. Pentawer brummte: »Besser so. So entgehen deine Zehen den Sandflöhen. Bei Sonnenaufgang fängt der Wind an. Morgen haben wir's gemütlicher.«

Pentawer holte mehr Wein, Decke und Mantel, seinen Kampfkolben und den Krug mit Zedernöl. Später warf Telegonos ein paar Holzkloben in den Sand; mit winzigen Flammen brannte das Feuer bis weit nach Mittnacht, bis das Band des Götterweges den mondlosen Himmel drittelte.

Der Stromarm mäanderte durch das Land, das flach war wie eine Tischplatte. Die Herden wurden größer: Rinder mit vielen Kälbern, Ziegen, Schafe. An sandigen Hängen arbeiteten Bauern an Rebstöcken; die Fremden sahen Hirtenhütten und hörten das Gekläff der Hunde. Der Wind blies nach Süd, hoch über ihm zogen Wolken ostwärts. Im Schilf schleuderten Entenjäger Wurfhölzer und Netze, entlang der Ränder der Riedfelder paddelten Fischer und winkten bisweilen dem einsamen Schiff zu. Telegonos und Charissa steuerten, der Irichat rief und deutete nach rechts oder links und rief seine Götter zu Zeugen der Wassertiefe an; Pentawer saß auf der Bordwand, hielt sich am Rahtau fest und erklärte ihnen, was sie sahen: Kanäle, kleine Schleusen, zukünftige Felder von Emmer und Hirse. Losgerissene Blüten trieben im Strom, und Pentawer rief aufgeregt:

»Seht! Das ist der wahre Lotos! Blauer Lotos; ihr werdet seinen herrlichen Duft niemals vergessen.«

»Fast zu verwechseln mit Seerosen«, sagte Ophian. Der Geruch, hyazinthenartig, wehte bis zum Heck herauf. »Die Seerose entstand aus einer Nymphe, die an der Eifersucht auf unseren Helden Herakles starb.«

»Eure Legenden!« Pentawer sah dem Blütenbündel nach, das sich im Strudel drehte. »Wir haben andere, wahrscheinlich viel mehr.«

Unter dem dunklen Wasser sah selbst Lotse Anchaf die Sandbänke und Schwemminseln nicht, deren Lage sich alle Tage änderte. Er ahnte den Verlauf der tiefen Fahrrinne, indem er Wirbel, Schaum, Kehrwasser und die unterschiedlichen Formen der Wellen beobachtete und alles Gesehene verknüpfte. Dreimal saß an diesem Vormittag die *Namenlose* auf. Die Mannschaft rannte zum Heck, der Bug hob sich ein wenig, die Strömung schob das Schiff einige Dutzend Ellen rückwärts, und Anchaf ließ lachend die Richtung ändern; niemand mußte zum

Riemen greifen und das Schiff staken wie manche der Rômetjäger im Schilf. Zweimal sahen die Seefahrer kleine Antilopenrudel mit langem, spiraligem Gehörn, die im gesprenkelten Schatten der Wüstenakazien standen und herüberäugten.

Kleine Wälder glitten vorbei, halb zerfallene Mauern aus Lehmziegeln, große Sandflächen, in die der Schlamm eingesickert war, hoch aufragende Arme von Hebebrunnen, Bauern mit Hacken und später eine Dammstraße mit einer winzigen Brücke, auf der zwei Krieger in einem Wagen fuhren, den zwei prächtige Pferde mit langen, wippenden Federn auf den Köpfen zogen. Die Männer beachteten das Schiff nicht, das Gespann verschwand hinter den Stämmen eines Palmenhaines.

»Wartet nur, bis ihr das gute Henket bekommt!« Pentawer spähte nach Süden. »Bald müssen wir die Häuser von Hut Tit sehen.«

»Was ist ›Henket‹?« sagte Telegonos.

»Bier!« sagte Pentawer. »Frisch, dunkel, schäumend, gewürzt; ganz anders als Wein. Der heißt Irep. In Tmu werden wir gutes Henket bekommen.« Er rief zu Anchaf nach vorn: »Ist das Hut-Tit-Henket noch immer so gut?«

Anchaf machte die Geste des Trinkens, reckte grinsend den Daumen in die Höhe und beschrieb mit den Fingerspitzen kreisende Bewegungen vor der Stirn und drehte sich wieder zum Bug. Am linken Ufer trippelte eine Reihe Esel stromaufwärts, bis zur Unkenntlichkeit beladen mit Bündeln alten Schilfs. Pentawer sagte:

»Ihr versteht? Er bestätigt meine Gewißheit, was die zwei Dutzend verschiedener Arten Henket im Rômetland betrifft.«

Er berichtete von den vielen wichtigen Männern und ihren Schreibern, von langen Listen auf Shafadublättern, von Kornspeichern, Viehzählungen, Opferstieren und der Abhängigkeit der einfachen Bauern, Arbeiter, Handwerker und Sklaven von der nächsthöheren Schicht und deren Verantwortung gegenüber den Djadjad, Verwaltern, die den Gaufürsten Rechenschaft abzulegen hatten. Unter seinen Erklärungen schien jede Pflanze, jede Tätigkeit an den Ufern eine neue Gewichtigkeit zu erhalten. Er lachte, halb selbstbewußt, halb verlegen und schloß:

»Gublakapitäne stehen ein wenig außerhalb dieser Stufenleiter. Ich bringe wertvolle Ware nach Menefru-Mirê – nun, diesmal nur deren nicht unbedeutende Reste. Als meine Gäste könnt ihr euch frei bewegen.«

»Du kennst den Djattshatt von Menefru-Mirê gut?« sagte Ophian mißtrauisch. Pentawer nickte.

»Djadjad! Wenn es noch der Harsiesi ist, der sich von mir, damals, im Hafen verabschiedet hat – ja: mein Freund Harsiesi.«

»Unser Freund.« Charissa lächelte und zog die Pinne zu sich heran, als Achaf »nach rechts!« rief.

Pentawer schwang sich auf die Hecktruhe, schwenkte den Becher und verschüttete ein paar Tropfen Sud. Er begegnete ruhig Telegonos' Blick und sagte:

»Ich weiß, was du denkst, befremdeter Prinz. Seit dem ersten Nachtlager ist der alte Käpten kaum mehr mürrisch, sondern meist wohlgelaunt. Richtig gedacht! Denn ich freue mich, wieder heimzukehren, wenn auch nur für kurze Zehntage. Aber ... was du hier siehst, gibt es auf Ithake nicht. Das Land Tameri ist schöner als alles andere, das ich kenne.« Er schmunzelte. »Mit einigen wertvollen Ausnahmen, versteht sich.«

»Erst in Menefru-Mirê werde ich in Ruhe über alles nachdenken können, Pentau«, sagte Telegonos. »Eines ist sicher: Tameri ist ein schönes, reiches Land; ich freu mich schon auf dein bitteres Henket.«

Der Flußhafen von Hut Tit verdiente seinen Namen kaum: am Rand eines großen Fluthügels, auf dem Dattelpalmen und Sykomoren wuchsen und viele Häuser mit braunen, weißen, grünen und blauen Mauern standen, schob sich ein gekrümmter Damm, auf dem eine breite Straße verlief, in den Strom. Ein Dutzend gebündelter Stämme ragte als Anlegepfosten aus der Flut. Mit wenigen Riemenschlägen kroch die *Namenlose* aus der Strömung, legte an; die Taue strafften sich und zogen den Rumpf an Steuerbord an das Geflecht aus Schilfsträngen und Akazienästen, das die Flanke des Dammes stützte. Pentawer wartete, bis auf dem breiten Sandweg einige Männer auf das Schiff zukamen; die Schatten der Bäume und Häuser begannen zu wachsen.

»Laßt mich reden. Ich brauche sechs Plättchen von deinem Gold, Telegon. Wir werden alles haben: Heiße Bäder, Bartschaben, Walken und Kneten, Ölen und neue Kleider, gutes Essen, Musik und ...«

»Reichlich Henket«, sagte Ophian grimmig.

Pentawer und der Lotse wurden mit feierlicher Freundlichkeit begrüßt. Pentawers Stimme klang plötzlich anders. Er sprach lauter und sehr bestimmt, deutete auf die Seefahrer, die aus seiner Rede ihre Namen heraushörten, gestikulierte knapp; die Gesichter der Schreiber, Verwalter, Ladearbeiter und zweier dunkelhäutiger junger Frauen ließen erkennen, daß Pentawers Worte sie beeindruckten. Ein Mann rannte mit klatschenden Sandalen nach Hut Tit hinein. Eine breite Planke wurde herbeigezerrt und auf die Bordwand gelegt. Pentawer drehte sich um und sagte:

»Im Haus des Djadjad-Verwalters Pi-Nianchi werden wir Zimmer haben. Wir schlafen an Land, liegen im Badehaus, essen in der Schenke. Nehmt eure Watsäcke mit – hier stiehlt keiner. Sklavinnen werden euch verwöhnen. Ihr wißt, wie man deutet und gestikuliert, sie wissen, was zu tun ist: Ich sage es ihnen. In zwei, drei Stunden treffen wir uns hier. Trinkt nicht zuviel Henket.«

Ein Schreiber setzte sich in den Sand, zog hinter dem Ohr ein Stäbchen hervor, kaute die Spitze weich und schien jedes Wort des Kapitäns mitzuschreiben. Die Seefahrer lehnten an der Bordwand und betrachteten alles um sich herum schweigend und mit großen Augen. Nautes spuckte auf seine Bronzescheibe und rieb sie am Ärmel des Chiton glänzend. Hin und wieder tauschten die Seefahrer murmelnd ihre Meinungen aus. Charissa legte die Hand auf Pentawers Schulter und sagte:

»Wir sind wirklich in einer sehr fremden Welt, Pentau.«

Er wandte sich um, lachte und packte das Ende der Laufplanke. »Hier ist es genauso wie bei euch. Nur ganz anders. Vertraut mir, holt euer Zeug und geht an Land.«

Es dauerte nicht länger als eine halbe Stunde, bis Telegonos und die Mannschaft mit Ausnahme von Pentawer in gemauerten Wannen lagen, mit einem lotosduftenden Brei und weichen Bürsten geschrubbt und gewaschen wurden; das Haar wurde von kundigen Händen geschnitten, die Bronzeschneiden glitten sanft über Nacken und um die Ohren; lautstark wehrten Mys und Heptodus ab, als die jungen Frauen ihnen Brusthaar und Schamhaar entfernen wollten. Kaltes, warmes, heißes Wasser, ein muskelstarrender Schwarzhäutiger, aus dessen schwitzendem Gesicht die milchweißen, blinden Augen zu leuchten schienen und dessen Hände Knochen und Muskeln zerknoteten, Striegel und Öl, Bimsstein für Hornhaut und gerundete Nägel an Füßen und Fingern, wohliges Stöhnen und Grunzen und Kichern – sie genossen alles. Über den Ästen der Sykomore, die den Hof des Badehauses überschattete, dunkelte der Himmel. Ein junges Mädchen, fast noch ein Kind, huschte zwischen den Wannen und Knetbänken umher und füllte kühles Henket in glasierte Tonbecher. In zahlreichen Nischen und auf säulenförmigen Sockeln standen Tonlämpchen; eine Sklavin zündete sie nacheinander an, ein Diener brachte Sandalen aus Schilf, Stroh und Stoff. Selbst die weichen Badetücher rochen nach Surwa-Balsam und Zedernöl.

Telegonos schlüpfte in einen Chiton aus weißem Leinen und schloß den Dolchgurt, während er langsam das Badehaus verließ. Er war gleichermaßen müde, hungrig und aufgeregt und sah zu Charissa hinüber, die mit aufgelöstem Haar vor einer Bank voller Schälchen, Schminkpaletten und Krügelchen saß. Sie hielt die Augen geschlossen, ihr Gesicht war starr: Zwei Sklavinnen schminkten sie und flochten fingerdünne Zöpfchen in das Haar, das wieder bläulich schimmerte. Telegonos zuckte mit den Schultern und ging hinaus in den warmen, winddurchfächelten Abend. Die neuen Sandalen, in denen er angenehm weich ging, knarzten leise.

Auf einer gemauerten Bank, im letzten roten Sonnenlicht, saßen zwei Männer. Telegonos erkannte den Verwalter Pi-Nianchi; den anderen, der aufstand, kannte er nicht ... und doch: Pentawer-Ptah hob grinsend die Hände an die Schultern und sagte:

»Die Badesklaven von Pi-Nianchi waren schneller. So wie er und ich – so sehen würdevolle, ältere Rômet aus.«

Telegonos stemmte die Fäuste in die Hüften und starrte Pentawer an. Über dem Haar, sichtlich stark gekürzt, trug er ein gefälteltes, blau und weiß gestreiftes Tuch, das ein schmaler Goldreif hielt. Die Augenhöhlen waren grünsilbern geschminkt, die unteren Lider und die Brauen trugen schwarze Striche, die über die Augenwinkel hinausführten. Ein halbmondförmiger Schmuck bedeckte die Brust, fingerkuppengroße goldene Fliegen baumelten an einer zweiten Kette. An Oberarmen und Handgelenken funkelten breite vergoldete oder goldene Reife. An den Fingern beider Hände trug Pentawer vier Ringe; den dünnen, knielangen Schurz aus feinem weißem Leinen hielt ein schmaler Ledergürtel, der zwei Dolchscheiden trug, eine große und eine zwei Finger kurze. Pi-Nianchis Kopf war von einer Haube aus geflochtenem Haar bedeckt. Über dem Ohr steckte eine weiße Lotosblüte, die sich nun, am Abend, geöffnet hatte.

»Ich ... ich hätt' dich fast für eine Frau gehalten, Pentau.« Telegonos packte die Schultern des Kapitäns. »Du bist schöner geworden als Charissa!«

»Kaum. Das wird sich zeigen. Die Achaier werden noch geölt und eingekleidet?«

»Und sie haben ihr Schamhaar behalten. Euer Henket, das Bad, der Blinde, der walkt und knetet – alles vom Feinsten. Wie steht es beim Schiff?«

Pentawer zählte an den Fingern auf. Pi-Nianchi stand lächelnd neben ihm, die Hände vor dem Bauch gefaltet. Beide rochen wie Frauen; Telegonos schmeckte nach wenigen Atemzügen, daß er selbst anders, aber kaum weniger duftete.

»Unsere Wasserbehälter sind gereinigt und gefüllt, alles Tuch wird gewaschen und ist morgen früh trocken. Essen und Krüge voll Henket sind eingeladen. Der Lotse ist bei einem Freund untergekommen und rechtzeitig im Bug. Zufrieden, Prinz?«

»Ich preise die Gastfreundschaft von Hut Tit. Wenn ich es auch noch Pi-Nianchi in seinen Worten sagen könnte, wäre ich vollkommen glücklich.«

»Das findet sich.« Pentawer zog ihn mit sich. »Nicht zur Schänke. Der Verwalter hat uns eingeladen und ein paar Frauen, die musizieren und tanzen und singen. Charissa und die anderen werden nachkommen.«

Er übersetzte für den Verwalter, Telegonos verbeugte sich vor Pi-Nianchi, der zustimmende Gesten machte und würdevoll nickte. Die Schritte knirschten auf einem Sandweg, der zwischen Palmenwurzeln zum westlichen Rand des Dorfes führte, zu einer weißen Mauer, vorbei an einem Brunnenbauwerk, zu dem eine spiralige Steintreppe hinunterführte, und durch eine breite Gasse zwischen einstöckigen Häusern mit Terrassen und flachen Dächern, auf denen unter Sonnensegeln Menschen saßen. Lichtschein, Stimmen und Essensgerüche drangen aus den Türöffnungen. Ein bunt geschmücktes Tor in einer höheren Mauer öffnete sich in einen dämmerigen Garten, und unter hochgebundenen Weinreben folgten sie dem Verwalter zum Hauseingang unter einem vorspringenden Dach aus Palmwedeln.

»Willkommen!« sagte Pi-Nianchi in Telegonos' Sprache und deutete ins Haus. Lämpchen und Dochte, die in Schalen voller Öl brannten, erhellten die Eingangshalle. Telegonos sah kein Megaron und bückte sich unter einem hölzernen, reich geschnitzten Türsturz. Sie kamen auf eine große Gartenterrasse, halb überdacht, die an die steinerne Umfassung eines viereckigen Wasserbeckens stieß. Mehr als zwei Dutzend weißer Hocker aus geflochtenen Binsen umstanden niedrige Tische. Überall lagen Kissen aus Stoff, aus Nischen warfen die Flammen flackerndes, gelbes Licht; an vielen Stellen steckten oder lagen duftende Blüten des blauen Lotos. Eine junge Frau saß im Schatten hinter einer Harfe und prüfte die Spannung der

Saiten, drehte an hölzernen Knebeln; Telegonos sah nur ihre Finger, die im Licht flatterten, als wären sie von den Gelenken abgetrennt.

»Es ist so ganz anders, Pentau«, sagte Telegonos leise. »Leicht, hell, wie für Kinder und Frauen gemacht.«

»Ja, anders als neben dem heißen Herdfeuer zwischen Quadern und unter uralten Dachbohlen voller Spinnweben und Holzwürmern. Auch unsere Mauern sind drei Ellen dick, und noch viel dicker.« Pentawer legte die Hand auf Telegonos' Schulter und drehte ihn halb herum. »Ohne verschiedene Starkwinde hättest du es nicht erleben können. Gefällt's dir?«

»Ja. Ohne dich wären wir nicht durch die Meerenge der Skylla gekommen. Es ist wunderschön.« Er lachte heiser. »Und mein Magen knurrt, wenn ich das Essen auch nur ansehe.«

»Wir warten, bis die anderen da sind.«

Zwischen Bäumen und blühenden Büschen stand jenseits des Wasserbeckens auf einem Sockel die halb mannshohe Statue einer Göttin. Im Becken wuchsen verschieden hohe Binsenbüschel. In der Mitte großer Blätter lagen blaue und drei weiße Lotosblüten im unbewegten Wasser, in dem sich Palmwedel und Sterne spiegelten und die Öllichter. Im Garten zirpten Grillen; der Laut verschmolz mit den Klängen der Harfensaiten. Ein dunkelhäutiges Mädchen führte Charissa herein, zwei Diener trugen Platten umher, auf denen gefüllte Becher standen. Telegonos nahm einen Becher und starrte Charissa atemlos an, mit offenem Mund.

Sie war ähnlich geschminkt wie Pentawer und die jungen Frauen, die Körbe voller heißen Brotes aus dem Haus brachten. Ihr Haar hing in Dutzenden von Zöpfchen auf ihre Schultern, den Kopf umspannte ein farbiges Band voller Goldfäden, dessen Enden im Nacken schaukelten; die sonnengebräunte Haut schimmerte, aus der hellen Umrandung und zwischen den geschwungenen Linien blickten die grauen Augen verwirrt auf die Einzelheiten der Terrasse. Über den Schultern lagen breite Leinenbänder, spannten sich über den Brüsten und hielten ein weißes Kleid; auch sie trug einen halbmondförmigen Brustschmuck, Oberarmreife, Reife an den Handgelenken und Ringe an den Fingern und seltsam geformte Ohrringe. Sie schaukelten bei jeder Kopfbewegung. Charissa ging auf den Hausherrn zu, neben dem eine schöne, ältere Frau stand, vielleicht seine Gattin. Lächelnd umarmte Charissa beide und nahm ohne Zögern die Lotosblüte aus der Hand der Frau. Wieder sagte Pi-Nianchi: »Willkommen.«

Die Sklavinnen aus dem Badehaus führten Ophian, Alkias, Norax und Arneios auf die Terrasse. Hinter ihnen kamen sechs junge Frauen. Eine trug eine lange Flöte, die anderen hielten metallene Rasseln, ein langhalsiges Saiteninstrument und eine Syrinx; die Dunkelhäutigen waren mit Schmuck überhängt und glitten wie große Katzen in die Ecke, in der die Harfenistin saß. Telegonos trank einen Schluck Henket. Es war weniger bitter als das Bier, das sie im Bad getrunken hatten. Er blieb neben Charissa stehen und flüsterte kopfschüttelnd:

»Wieder sind wir in einer anderen Welt, Fürstin. Du siehst aus wie ... wie – mir fehlen die Worte.«

»Ich hab' mich von allem überraschen lassen«, sagte sie leise. »Pentau ist zweifellos ein mächtiger Mann. Sonst würde der Verwalter nicht ein solches Fest feiern.«

Telegonos nickte stumm. Pentawer sprach mit dem Steuermann und den Ruderern und deutete auf die Schemel, die Gruppe der Musikantinnen, die Tische voller Speisen. Ophian musterte die verwirrende Umgebung schweigend, mit halb geschlossenen Augen, die Ruderer waren unsicher und nickten zu Pentawers Worten und Gesten. Pi-Nianchi setzte sich und klatschte in die Hände. Dienerinnen und Diener verteilten Schalen und Becher von unterschiedlichen Farben und trugen Brotkörbe umher. Auch Pi-Nianchis Gattin ließ sich auf einen Hocker nieder. Die Harfenistin begann mit einer Melodie, die selbst Pentawer kurz zu verwirren begann, die klagenden Töne der Hirtenflöte schwebten durch den Garten.

»Setzt euch. Das eine oder andere wird euch fremd sein«, rief Pentawer. »Ihr kennt alles, aber hier sieht es anders aus. Keine Sorge: es ist nicht giftig.«

Sie aßen gewürzten Getreidebrei und benutzten Stücke von Fladenbrot als Löffel; Stücke von Enten- und Gänsebraten, die von Würzöl troffen, salzigen Fisch in knuspriger Brotumhüllung, Früchte der Dattelpalmen, Gurkenscheiben, dünne Scheiben Braten mit Speckstreifen darin, vielleicht Gazelle oder Antilope, Fleischbällchen, in nußartigen Bröseln gerollt, ein Gemüse aus Lauch, getrockneten Trauben, einer unbekannten Kürbisfrucht, gekochte Vogeleier, Schafskäse und kleine Honigkuchen, in die gelbe und rote Beeren eingebacken waren. Den gemischten Wein und drei Arten Henket schenkten die Dienerinnen aus Tonkrügen aus, die mit nassen Tüchern umwickelt waren.

Als Telegonos nach einer Weile aufblickte, hatte die Harfenistin ihr großes Instrument weiter nach vorn gerückt. Sie begleitete beide Musikantinnen mit scharfen, metallischen Tönen, die sie an den mittleren Saiten anriß. Telegonos blinzelte und sah schärfer hin; die Luft waberte in der Nähe der Flämmchen. Die Seefahrer aßen, als hätten sie seit dem Schafsbraten gehungert, und hatten nur Augen für die Frauen, die sie bedienten. Das Gesicht der Harfenistin war schmaler als die Gesichter der anderen Frauen; sie war unglaublich schön. Während sie spielte, betrachtete sie die Gäste, ein wenig spöttisch, voll ruhiger Neugierde. Als sich ihre Blicke mit denen Telegonos' kreuzten, lächelte sie. Eine seltsame Erinnerung durchzuckte ihn. Nausikaa? Charissa ohne die kunstvolle Aufmachung? Kirke? Gedankenlos hielt er den Becher über den Rand des Tischchens. Eine Dienerin füllte ihn mit Wein, ohne daß er es merkte. Ihn bannte nicht das Lächeln, das wahrscheinlich gar nicht ihm galt, sondern die Bedeutung, die er hineinlegte: Plötzlich, über fünf Tische hinweg und zwischen einem Dutzend Schultern und Köpfen hindurch, veränderte sich das Gesicht der Frau.

Telegonos zuckte zusammen. Die Gestalt im Bug der *Namenlosen,* im Sturm, das Bild auf dem Segel: Mutter Kirke. Jetzt? Hier? Wo es nicht einmal eine Ahnung von Gefahren gab? Die Harfenistin oder Kirke öffnete den Mund, holte Luft und wartete, bis der schnelle Doppeltakt der Handtrommel und die Syrinx schwiegen. Dann begann sie zu singen, mit einer dunklen Stimme, die Telegonos unter Hunderten herausgehört hätte. Fünf, sechs Worte in der Rômetsprache, eine Pause, und er glaubte, starr vor Verwunderung, während ein scharfer Schmerz seinen Kopf spaltete, senkrecht wie ein Dolchhieb, zu verstehen:

»... wenn sie sprechen könnten. Vieles würden sie erzählen können vom Großen Grünen, von unendlichen Wellen ...«

Die Rohrpfeifen der Syrinx, schnell geblasen, schnitten durch die Luft. Am Rand des Blickwinkels sah Telegonos eine Fledermaus im Taumelflug durchs Dunkel. Ophian, Charissa und Alkias saßen da wie erstarrt. Der Steuermann drehte sich sehr langsam zu Telegonos um und suchte dessen Blick. Kälte kroch über Telegonos' Rücken. Die unverkennbare Stimme Kirkes sang weiter. »... mit dem seltsamen Schiff, das keinem anderen ähnelt; der Junge mit kurzen Locken, die wie geschmolzene Bronze sind, mit Augen wie der Himmel im Sommer. Warum, o Gott Thot, hast du uns das Schreiben gelehrt und nicht die Sprache der Fremden, mit dem endlosen Horizont des Meeres im Blick?«

»Kirke! Ihr Götter!« hörte sich Telegonos murmeln. »Ich versteh' ihre Sprache.«

Er starrte Ophian an. Der Steuermann ließ den Becher fallen; er zerplatzte auf den gemalten Tieren und Pflanzen im spiegelglatten Stampflehmboden. Telegonos zuckte zusammen; grundlos, wie es schien, überflutete ihn Melancholie. Die Augen seiner Mutter blickten ihn an, der Blick verschwamm, und die Gesichtszüge änderten sich, gliederten sich wieder in die der Harfenistin mit dem Band um die Schläfen und dem halb geschmolzenen Salbkegel über der Stirn.

»Die Götter haben ...« Telegonos' Stimme versagte, er trank, hustete und deutete mit dem Becher auf Ophian, der ihm am nächsten saß. Er begriff mühsam, daß er in der Sprache des Rômetlandes redete. »... sie haben uns die fremde Sprache gelehrt. Verstehst du mich, Oph?«

Ophian nickte. Sein Gesicht war schreckverzerrt. Alkias zitterte am ganzen Körper und zerbröselte das Brot in den Fingern. Plötzlich klang die Handtrommel, als zerbrächen trockene Knochen. Alle anderen Gäste schienen nichts gehört, nichts gemerkt zu haben. Telegonos unterdrückte den Drang, aufzuspringen, sich den Weg durch die Essenden zu bahnen und die Harfenistin zu fragen. Ein Wirbel aus Lichtern, Farben, Gerüchen und Tönen begann sich zu drehen. Die Harfenistin sang weiter, die Schwarzhäutigen schwangen Arme und Oberkörper im Takt hin und her, und die Dienerin, die sich bückte, um Henket und Scherben wegzuputzen, rempelte Telegonos an.

»Ich verstehe dich. Ich versteh' auch die anderen.« Telegonos fühlte sich durchdrungen von der Einsicht, daß der Zauber der unsichtbaren Mutter bis hierher wirkte. Sie hatte versprochen, ihn und die Mannschaft zu schützen: ihm war, als habe sie ihn noch immer nicht aus ihren Händen entlassen, obwohl er längst aufrecht gehen konnte.

»Kirke!« sagte Ophian. Er preßte das Wort heraus. »Die Götter haben uns mehr auferlegt als nur eine Fahrt zu deinem Vater. Warum?«

»Frag erst das eine«, sagte Telegonos leise. »Vielleicht erfahren wir auch anderes, mehr, genauer.« Er fühlte, wie er ruhiger wurde, und brummte: »Unser Freund Heptodus. Geh zu ihm, bevor er sein Bewußtsein verliert.«

Der Wirbel drehte sich schneller. Die beiden Frauen – plötzlich gab es für alles und jedes neue Namen, Erklärungen, Bedeutungen –, ausgebildete Tanzsklavinnen aus Kush, sprangen in den freien Raum zwischen den Tischen und den Musikerinnen. Ophian stand auf und legte beide Hände auf Heptodus' Schultern. Der Hausherr und seine Gattin blickten befremdet. Pentawer schien begriffen zu haben, was vorgefallen war. Sein selbstbewußtes Lächeln, während er mit Pi-Nianchi sprach, wich nicht und beruhigte auch Telegonos. Charissa setzte sich neben ihn.

»Was haben wir eben erlebt?«, sagte sie. »In welcher Sprache?« Telegonos brauchte fünf Atemzüge, bis er wußte, daß sie in der Rômetsprache redete, in der gleichen, in der er antworten würde.

»Kirke«, sagte er dumpf. »Meine kluge, fernschauende, zauberische Mutter.«

»Die binnen dreier Atemzüge, auf Aiaia, das Gleiche mit mir getan hat«, sagte Pentawer laut. »Woher sonst, o ihr Bleichgewordenen, würde ich eure Sprache so fließend sprechen können?«

»Hast du das geahnt? Gewußt? Hast du sicher sein können, daß sie's mit uns ebenso macht?« Telegonos schüttelte sich. Pentawer hob die Schultern und sagte leise, aber bestimmt: »Nein.«

Die Dienerinnen stellten Schalen voller Datteln und anderer Früchte auf die Tische, räumten die Reste des Essens weg, brachten lauwarmes Waschwasser für die Finger und weiche Tücher, die Musik klang schriller und lauter. Die Bewegungen der Tänzerinnen glichen sich an, wurden heftiger. Zögernd stand Telegonos auf. Die Harfenistin summte und gurrte, die Frau neben ihr sang ohne erkennbare Worte: Triller, auf- und abschwellende Melodien und Schnalzlaute. Die Tänzerinnen zuckten und kreiselten, die hölzernen Kugeln an den Enden ihrer Zöpfe klapperten gegeneinander.

»Deine Mutter, Tochter des Sonnengottes, beobachtet uns und hilft auf eine Weise, die mich fröhlich macht. Und auch zuversichtlich.« Pentawer legte den Arm um Telegonos' Schultern und winkte Ophian und Heptodus zu. »Nimm es hin, Prinz. Freu dich darüber. Glaub mir, ich hab' damals auch gezittert, und meine Knie haben geschlottert.«

»So wie meine.« Telegonos hoffte, daß sein Grinsen auch Pentawer überzeugte. »Ich hab' es dir ja gesagt: es wird eine Reise voller Nachdenklichkeiten.«

»Nicht in diesem Land, Telegon. Oder doch: Nachdenklichkeit hat niemals und niemandem je geschadet. Trink nicht zuviel, aus zwei Gründen. Nach Sonnenaufgang fahren wir *chenti,* und Merit-Khenso sieht dich, seit sie die erste Saite gezupft hat, mit jenem Blick an, den wir Männer fürchten und lieben sollten. Geh zu ihr und sprich nicht allzu dummes Zeug: Sie fährt mit uns nach Men-nefer, Menufer, Menefru-Mirê; je nach Dialekt. Du wirst deine neue Beredtsamkeit klug gebrauchen?«

»Ich werde mir, o Freund, Kapitän, Fliegenbesitzer und Ratgeber, jede erdenkliche Mühe geben.« Telegonos atmete tief; er fühlte, wie Kälte, Zittern und Lähmung aus seinem Körper wichen. »Dein Land, seltsame Sitten und Bräuche, diese Nacht, Kirke, alles rundum – es hat mir gezeigt, daß ich in Wirklichkeit ohne Erfahrung bin. Ich fange an, dies alles zu hassen.«

Pentawer rüttelte ihn an den Schultern.

»Tu's nicht. Es ist ein Abend der Erbauung.« Er blickte Charissa an und lächelte, sah Ophian und Heptodus an, dann hob er die geschwärzten Brauen. »Warum wir? Und nicht auch Mys und Nautes?«

»Es gibt eine Erklärung, Pentau«, murmelte Telegonos. »Ich werde Kirke fragen, wenn wir lebend zurückgekommen sind.«

Er löste sich bedachtsam aus Pentawers Arm, ging bis zur Mauer und lehnte sich dagegen. Der Wirbel seiner Gedanken drehte sich noch schneller und sprühender; von hier aus überschaute er die ganze Terrasse. Die Tänzerinnen kreiselten, abwechselnd das linke oder rechte Bein steil hochgereckt, auf dem Boden, stützten sich mit langen Fingern ab, klapperten mit den Kugeln und stießen im Takt der Trommel spitze Laute aus. Gleichmütig, mit wirbelnden Fingerspitzen, zupfte, schlug und strich Merit-Khenso die Harfensaiten; die Töne fingen sich unter dem Palmdach und entwichen zögernd in die Nacht. Sie sah die Saiten nicht an. Ihr Blick unter schattenwerfenden Wimpern, aus dem Oval der Schminke hervor, ruhte still auf Telegonos. Ein kleiner dunkler Vogel mit Gabelschwanz flatterte auf die Lotosblätter im Becken nieder und tauchte nikkend den Schnabel ins Wasser.

14.
DIE SÄULEN DER EWIGKEIT

Tanz und laute Musik hatten geendet; nur Merit-Khensos Finger entlockten den Saiten sirrend klingende Töne. Die erschöpften Tänzerinnen und Musikerinnen waren gegangen, Mys und Nautes schliefen in den Kämmerchen auf der anderen Seite des Hauses. Pi-Nianchi und Meritites, die Gattin des Verwalters, ließen Tische und Hocker näher zusammenrücken, und die Sklavinnen füllten die Becher mit stark verdünntem Würzwein. Telegonos hatte seine Verwunderung, die ihn so tief getroffen hatte wie kalter Schrecken, nur mit Mühe überwunden, aber von Stunde zu Stunde genoß er, daß er in der Rômetsprache redete – und dachte. Er hörte zu, wie Charissa und Pentawer von den Erlebnissen an der kargen Küste berichteten, und je länger sie erzählten, je verwunderter Pi-Nianchi und Meritites den Schilderungen folgten, desto näher rückte Telegonos, desto mehr schob Merit-Khenso ihr schweres Instrument heran; sie schien, ohne nachdenken zu müssen, mit treffenden Tonfolgen die Erzählungen zu untermalen. Zuerst war Telegonos vom Spiel ihrer kundigen Finger gebannt gewesen, aber seit Khenso im Licht der vielen Flammen saß und ihn unverwandt anblickte, glitten seine Blicke über ihren Körper. Jedesmal, wenn er die Augen auf ihr Gesicht richtete, versuchte er hinter ihren Zügen Kirke zu finden, den Zauber der göttlichen Sprachfähigkeit zu entdecken. Khenso hatte offensichtlich begriffen, daß auch er ihre Sprache verstand, denn in der Pause zwischen wispernden Tonwolken sagte sie, an ihn gewandt:

»Du weißt, was mein Name bedeutet, Prinz?«

Er schüttelte schweigend den Kopf. Sie sagte lächelnd:

»Khenso ist der Mond. Vom Mond geliebt, so heiße ich. Mein Spiel gefällt dir?«

»Ich habe nie Schöneres gehört«, sagte er leise. »Schmerzen deine Finger nicht? Du spielst seit Stunden!«

»Nein.« Khenso hob den Kopf: Meritites, Charissa und Ophian waren aufgestanden. Die Herrin des Hauses führte die Gäste von der Terrasse. Charissa winkte Telegonos zu und tat, als müsse sie gähnen. Er winkte zurück. Pi-Nianchi und Pentawer schoben die Hocker zur Seite und setzten sich zwischen Telegonos und Khenso; eine schläfrige Sklavin brachte weißglasierte keftische Trinkschalen und ungemischten Wein.

»Sie sind müde.« Pentawer deutete mit dem Daumen über die Schulter und tunkte den Zeigefinger in den roten Wein, der wie Öl glänzte. »Und ihr beiden – eine Stunde nach Sonnenaufgang sind wir im Strom!«

»Wir kommen rechtzeitig an Bord, Kapitän der fernen Wunder«, sagte Khenso, preßte beide Handflächen gegen die schwingenden Saiten, dämpfte die Klänge und kippte die Harfe nach vorn. »Deine Gäste, o Verwalter, haben den Abend einer unwissenden Musikantin verschönert.«

»Du meinst den bronzelockigen Jüngling und, mit einigem Abstand, unsere Erzählungen.« Pentawer füllte grinsend eine Schale und hielt sie Merit-Khenso entgegen. Sie bedankte sich nickend. »Dein Spiel, Schönste, hat den langen Abend verzaubert.«

»Deswegen bin ich hier«, sagte sie und hob die Schale an die Lippen. »Du wirst mir von deiner klugen Mutter erzählen, junger Prinz; Pentawer berichtete von ihr, ebenso der Steuermann.« Als Khenso die Schale absetzte und dabei Telegonos ansah, glaubte er, im Blick ihrer Augen zu versinken und in einem endlos langen Schacht bis nach Aiaia zu schweben, blitzschnell, und dort in Kirkes Antlitz zu blicken. Das Trugbild schwand, als er Khenso sagen hörte: »Und einige Herzschläge lang habe ich geglaubt, daß sie in meinem Herzen war, und daß ich dich mit ihren Augen ansehe.«

»An diesem Punkt, edler Hausherr und Gastgeber«, sagte Pentawer und lehnte sich weit zurück, die Schale in den Händen, »sollten wir unserer Müdigkeit nachgeben und ein Dutzend Lämpchen löschen. In wenigen Stunden kämpfe ich wieder mit lehmigen Untiefen, nur um Khenso ohne ungebührlichen Aufenthalt zur Hauptstadt zu bringen.«

Er leerte die Schale und stand auf, desgleichen Pi-Nianchi.

»Ich wäre ein schlechter Gastgeber, wenn ich die Erschöpfung der Gäste mißachtete.« Er winkte. Die Sklavin begann die Dochte ins siedende Öl zu tauchen. »Erzählt euch Wichtiges und Unwesentliches. Eure Zimmer sind bereit; man weckt euch rechtzeitig.«

»Danke, Herr Pi-Nianchi.« Telegonos verbeugte sich tief. »Meinen ersten Abend in einem Haus deines Landes werd' ich nie vergessen: Unsere achaiische Gastfreundschaft ist ebenso herzlich, aber ein wenig schroffer. Schlaft gut, Kapitän, Hausherr.«

Leise knirschten die Schritte Pi-Nianchis und Pentawers. Bei jedem zweiten Schritt löschte die Sklavin eine Flamme. Merit-Khenso neigte den Krug über ihre und Telegonos' Schale, hob zwei Kissen auf und ging zur Steinumfassung des Beckens. Telegonos folgte und betrachtete Khensos geraden Rücken, die schmalen Hüften und die schlanken Beine, balancierte die Schale und setzte sich neben Khenso, schmeckte den Duft der Schminke, des Balsams und des warmen Schweißes. Sie hob die Perücke vom Kopf, löste einige kaum sichtbare Knoten und schüttelte ihr Haar aus. Khenso war älter als er; fünf, sechs Sommer, schätzte er. Er legte seine Hand auf ihre Finger, als sie sich auf dem kühlen Stein abstützte.

»Sag mir, wie es war, als du geglaubt hast, mich aus Mutters Augen anzusehen.«

»Du liebst Kirke, nicht wahr?« Ihre Finger bewegten sich unruhig wie ein junges Tier unter seiner Hand. »Auch Pentawer, ein Mann von überaus großer Erfahrung, spricht mit Ehrfurcht von ihr.«

»Wir haben jeden guten Grund, sie zu bewundern: Sie ist die Tochter eines Gottes, eine Zauberin, klug und schön, vielleicht unsterblich, langlebig ohne Zweifel.« Telegonos' Blick glitt von Khensos Wangen zum Hals, zu den Brüsten unter dem durchbrochenen Muster des Schmucks; im Hauch der kühlen Luft richteten sich die Brustspitzen auf. Khenso neigte den Kopf. Das schulterlange Haar, noch feucht vom Schweiß unter der Perücke, schwang wie ein Tuch vor ihr Gesicht. »Sie hat, ehe die *Namenlose* gebaut wurde und ablegte, einen Teil der Zukunft gesehen. Weil dies so ist, fahre ich mit dem Schiff und versuche, zu meinem Vater zu kommen und – ohne Pentau wäre ich längst ertrunken. Ohne jeden Zweifel wäre ich nicht hier ...«

Khenso drehte sich herum und lehnte sich gegen seine Brust, nahm seine Hände und verschränkte sie mit ihren Fingern unter den Brüsten. Ihr Nacken rieb an seiner Schulter; sie flüsterte:

»Erzähl's mir. Sag mir alles, Fremder. Auf der Fahrt und in Menefru-Mirê werde ich dir sagen und zeigen, was ich weiß und kann.«

Seine Lippen berührten ihr Ohr. Khenso erzitterte und summte leise. Telegonos holte tief Luft und begann, zuerst stockend, dann in schnelleren Worten und langen Sätzen, in der neuen Sprache zu erzählen.

Schweigend, ein wenig mürrisch trotz des kräftigen heißen Kräutersuds im Haus Pi-Nianchis, verschlafen gähnend, machte die Mannschaft das Schiff abfahrtbereit. Merit-Khenso schlief auf der Hecktruhe. Der Tageswind füllte nach wenigen Riemenschlägen das Segel, und Anchaf rief heiser:

»Bei Sachmets Barthaaren! Vier Ellen bis zum Grund!«

Je mehr sich die *Namenlose* dem Städtchen Chem und der Hauptstadt näherte, desto schmaler und tiefer wurde der Seitenarm des Stroms, dessen Gabelungen sich nördlich Menefru-Mirês vereinigten. Nach Sonnenaufgang waren die Fischer und Jäger in ihren Binsenbooten ausgeschwärmt, Fährboote kreuzten schräg den Strom, an Steuerbord, jenseits überfluteter Felder und trockengefallener Weiden, erstreckte sich bis zu den letzten dünnen Halmen die Wüste mit Dünen, flachen Ebenen und niedrigen Felswänden. Das Land und die Luft rochen nach Gärung, Feuchtigkeit und Fruchtbarkeit, nach unzähligen Blumen und Blüten, nach dem Schlamm, dem jährlichen Geschenk des Gottes Hapi. Unzählige Frösche lärmten im Schilf. Noch vor Mittag wurde die Mannschaft gänzlich wach, rieb den Schlaf aus den Augen und nahm die Umgebung deutlicher wahr als bisher; in weiten Viertelkreisen steuerte die *Namenlose* zwischen den Ufern durch die Fahrrinnen. Telegonos kletterte in den Kielraum und schlief fünf Stunden.

Am Nachmittag, als sich im Süden der Hang eines langgezogenen Tafelberges aus der gelben Einöde aufreckte und im Wind kreiselnde Sandwirbel das Schiff an Steuerbord für lange Augenblicke begleiteten, kam Merit-Khenso in den Schatten des Segels. Sie lehnte ihre Schulter an Telegonos, rieb ihre Hüfte an seinem Schenkel und legte die Hand auf seinen Unterarm. Er blickte sie von der Seite an: Auch ohne Schmuck, Perücke und Schminke war sie so hinreißend wie in der Nacht.

»Wir haben viel und lange über Schönes geredet«, sagte sie leise. »Aber deine Frage hab' ich nicht beantwortet. Wie es war, als du mich zum ersten Mal verstanden hast. Es war ...«, sie suchte nicht lange nach Worten, »als ob in meinem Herzen plötzlich wundersame Musik nach außen drängte, durch die Augen, die Finger und den Mund. Wie strudelndes Wasser hinter einem Damm. Ich hab' nicht an Kirke denken müssen; erst du hast von ihr gesprochen. Aber ich fühlte ein großes Strahlen mitten in der Nacht.«

»Nun weiß ich's.« Er lächelte. »Pallas Athena ist mit uns, und sie mindert Poseidons Zorn. Ob der Erderschütterer uns auch in diesem Strom sehen kann?«

»Vielleicht lächeln Menefru-Mirês Götter häufiger über dich, Telegon. Und über mich – wieviel Zeit bleibt uns nach der ersten Nacht, in der wir nur endlos lange geredet haben?«

»Ich weiß es nicht, Geliebte des Mondes«, sagte er. »Erst sollten es nur wenige Tage sein, aber das weißt du ...«

Merit-Khenso, einzige Tochter eines Schreibers aus Hatnub-Ost, nahe der Steinbrüche, so erzählte sie mit stillem, kaltem Lächeln, war länger als ein Jahrzehnt in der Palastschule ausgebildet worden; ihre Eltern starben früh. Harte Zucht, Aufstehen bei Sonnenaufgang, Stockschläge auf den Rücken und die Finger, zwei Jahre in der Schreibschule, die Geliebte der Harfenlehrerin, Hunger und Durst als Strafen, wäßriges Henket und Datteln als Belohnung; Lernen, üben, lernen ... ihre Schönheit war kein Schutz, sondern schuf Begehrlichkeit und reizte die Leidenschaft alternder Männer und Frauen. Sie lernte, während ihr Körper in der Gewalt fremder Hände war, sich zu verstellen, ihr Empfinden abzulegen, zu vergessen und an Träume zu denken, an sie zu glauben; als sie endlich einen Siebentag hindurch jede Nacht im Per-Ao, im Großen Haus, vor dem göttlichen Goldhorus spielte und der Herrscher sie mit dem Schmuck ausgezeichnet hatte – den Telegonos gestern über ihren Brüsten bewundert hatte –, war sie frei: Die begehrteste und teuerste Harfenistin der Hauptstadt. Die Hapiüberschwemmung hatte sie im Haus Pi-Nianchis festgehalten, der ein Freund ihres Vaters war. Einiges, das Khenso nachts zu erzählen vergessen hatte, ergänzte sie nun in der trägen, sonnigen Ruhe der Fahrt.

Telegonos fühlte sich wie auf einer winzigen Insel, fern aller Geräusche, Gerüche, Arbeit und anderer Menschen; jetzt, zwei Handbreit vor seinen Augen, sah er die winzigen Falten in Khensos Augenwinkeln. Er verglich ihre Erzählung mit dem, was er von Charissa-Daphnias Leben wußte, riß sich von Khensos schmalem Gesicht los und sagte:

»Was wirst du in der Hauptstadt tun? Einem einfachen Inselbewohner Tempel und Paläste zeigen?«

»Auch das, Prinz.« Sie winkte einigen Fischern zu, die ihre schwer beladenen Boote zum Backbordufer paddelten. Hinter einer dreifachen Reihe Palmen mit prallen, hellgrünen Wedeln waren rechts voraus die Dächer und Mauern Chems zu erkennen. »Wir werden für kurze Zeit einen Teil der Welt und die meisten Götter vergessen. In meinem Haus, auf meiner Dachterrasse, im Schilfboot und im Gedränge des Marktes. Pentau weiß schon, daß du mein Gast bleibst.«

Telegonos dachte an die Welt erwachsener Männer und Frauen, in der so vieles einfach war, was ihn zu schwierigen Gedanken zwang. Er lachte leise und sagte:

»Was weiß Pentau nicht?«

»Vieles. Was wir in den Nächten tun, wird ihm niemand sagen.« Sie lachte gurrend und schmiegte sich an Telegon, dann hob sie den Arm und zeigte nach Süden. »Wir erreichen Menefru-Mirê noch vor der Dämmerung.«

Ein breiter Kanal, zum Teil steingefaßt, führte nach Westen und auf die Masse der Mauern, Säulen, Dächer und Pflanzen zu. Lotse Anchaf zog seinen Peilstab auseinander und kletterte über die heruntergelassenen Rahen zum Heck. Hoch über den Abendschatten des lang gezogenen Bergrückens zeichneten sich gegen die lodernden Dämmerungswolken dreieckige Bauwerke ab, deren Spitzen im letzten Licht aufblitzten; schon weit vor der Stadt hatten Tempel die Ufer gesäumt, deren Säulen die dunklen Ringe des Hochwassers trugen. In den Häusern und einigen Mauerdurchbrüchen, die dem Hafen zugewandt waren, brannten Lampen oder Fackeln. Entlang der steinernen Mole lagen sechs Schiffe, deren Doppelmasten gekippt und ohne Segel waren. Die *Namenlose* glitt mit langsamen Riemenschlägen an den schlanken Rümpfen vorbei, an Lagerhallen, dreistöckigen Häusern und anderen Bauwerken, deren Größe und Aussehen im Halbdunkel nicht mehr zu erkennen waren. Männer mit Fackeln liefen auf das Schiff zu, als es im hintersten Bereich des Hafens festmachte. Pentawer rief vom Heck hinunter:

»Schickt einen Boten zum Hafenverwalter. Ist es noch Harsiesi? Sagt ihm, daß nach viel zu langer Zeit Kapitän Pentawer-Ptah zurück ist. Mit den wertvollsten Waren der *Merit-Amûn!*«

Ein Arbeiter rannte mit geschwungener Fackel davon. Eine Stimme irgendwo neben der Bordwand sagte laut:

»Der Adj-mer Harsiesi befiehlt noch immer im Hafen, Kapitän. Wir tun, was er sagt.«

»Schickt bitte einen Boten«, rief Khenso. »Zu Merit-Khensos Haus, dem Haus der Harfenspielerin. Die Dienerinnen sollen alles für einen Gast vorbereiten.«

»Ich renne, Nebit!« Ein Mann antwortete und lief zu den Palmen und Standbildern westlich des Hafens. Pentawer drehte sich zu Telegonos herum.

»Khensos Harfe und ihre Truhe werden zu ihrem Haus gebracht. Du trägst, glaube ich zu wissen, deinen Watsack selbst. Sei morgen zwei Stunden nach Mittag hier am Schiff, Prinz; ich versorge Mannschaft, Waren und Schiff. Du denkst an dein Versprechen, Schwester klingender Saiten?«

Khenso umarmte Charissa und küßte Pentawer auf die Wange.

»Ich halte, was ich verspreche, Kapitän Pentau.«

Die Planke wurde angelegt, mehr Hafenarbeiter und Sklaven kamen zusammen. Die abendlichen Geräusche der Stadt wurden zu einem auf- und abschwellenden Murmeln; hin und wieder heulte ein Schakal im Mastkäfig, Hunde kläfften, und Tauben gurrten. Als Telegonos Hand in Hand mit Khenso den Trägern folgte, den schweren Ledersack auf der Schulter, wurden mit jedem Schritt mehr Lichter angezündet. Aus den Gassen quollen Essensgeruch und der Geruch von Rauch. Telegonos drehte den Kopf hin und her und brummte:

»Nicht einmal geträumt hab' ich, daß es eine solch große Stadt gibt. Es müssen Tausende sein, Khenso! Weißt du, wie viele hier leben?«

»Zwischen zehnmal und zwölfmal tausend. Morgen wirst du sehen, wie groß und prächtig die Stadt ist.«

Er ging kopfschüttelnd weiter. Über ihren Köpfen raschelten Palmwedel und die Blätter der riesigen Sykomoren. Vor den Flammen wirbelten Mückenschwärme, zwischen denen Fledermäuse jagten. Seltsame steinerne Wesen kauerten auf hellen Steinsockeln und starrten aus goldenen Augen aus dem Dunkel. Der Weg führte zwischen weißen Mauern und den

Rückwänden von Häusern auf einen Sandplatz und durch ein Palmenwäldchen auf das Tor einer Gartenmauer aus Lehmziegeln zu. Leise sagte Khenso:

»Mein Haus, mein kleiner Teich; der Garten gehört dem Nachbarn, einem Sesh, einem Hafenschreiber. Seine Diener versorgen die Pflanzen, ich erfreu' mich am Wohlgeruch und an den Blüten.«

Wenige Flämmchen brannten entlang des Weges, im Eingang und um den Gartenteich. Die Träger setzten die lederumhüllte Harfe ab. Khenso entlohnte sie mit Kupferstückchen. Telegonos stellte den Watsack ab und nickte den Dienerinnen zu, einer alten, hellhäutigen Frau und einer tiefschwarzen Kushitin. Khenso streichelte die Wange der Alten und deutete ins Hausinnere.

»Bereitet die Betten unter Mückenschleiern auf dem Dach. Setzt Wasser aufs Feuer, macht etwas zu essen; nichts Schweres. Bringt Henket, Wein und Wasser nach oben – dann geht schlafen.«

»Ja, Nebit.«

Telegonos wartete, bis die Träger gegangen waren. Merit-Khenso schob ihn an den Schultern ins Haus; sie wirkte verändert; leichthin, fröhlich und scheinbar verjüngt. Die Dienerinnen wieselten im Haus umher. Merit-Khenso ließ den Ledervorhang fallen und lehnte sich an die ockerfarbene Wand. In einer Tonschale schwamm eine weit geöffnete Lotosblüte. Leise sagte Khenso:

»Hier bin ich Herrin. Niemand bestimmt über mich. Nur Freunde besuchen mich. Willkommen, schöner Prinz.«

Farbenfrohe Bilder von Pflanzen, Vögeln und Musikantinnen bedeckten die Wände, geflochtene Matten aus verschiedenfarbigem Schilf den Boden. In Nischen brannten Lämpchen vor Statuetten, bunte Kissen und Felle lagen auf gemauerten Bänken. Vor den ellendicken Durchgängen zu anderen Räumen hingen weiße Leinenvorhänge. Telegonos holte aus dem Watsack eine Pyxis hervor und einen halb armlangen, mit Stoff umwickelten Gegenstand. Er stellte das kleine vergoldete Salbgefäß auf den Tisch, befreite die Statuette vom Tuch.

»Eine Zaubersalbe von Kirke«, sagte er leise. »Sie sagt, daß man nicht altert, wenn man die Salbe aufträgt.« Er hob den silbernen Deckel: Betäubender Duft breitete sich aus und überdeckte den Blütengeruch des Lotos. Die Statue zeigte eine Göttin mit Bogen und Köcher und einem Jagdhund am Knie. Die Verzierung der Silberscheibe auf ihrer Brust stellte Mondsichel, Halbmond und Vollmond dar; Aiolos' Handwerker hatten den Stein kunstvoll mit dunkel schimmernden Farben bemalt.

»Für dich, Khenso. Unsere Göttin Artemis, die dreifaltige Mondgöttin. Von der Insel des Windlabyrinths.«

Merit-Khensos Blicke gingen zwischen dem Näpfchen und der Statue hin und her. Sie nahm die Figur in beide Hände, trug sie näher zum Licht und flüsterte:

»Sie ist wunderschön.« Sie sah von einer Nische zur anderen und stellte die kleine Mondgöttin zu einer Göttinnenfigur, die eine Feder oder einen Wedel über der Stirn trug. Die Lampe rückte Khenso zwischen die Standbilder und ging rückwärts, bis sie an Telegonos lehnte. Die Augen geschlossen, sog sie den Salbduft tief ein. »Deine Artemis und meine Maat; sie sollen Freundinnen werden. Ich danke dir, Telegon.«

Er nickte schweigend und hielt Khenso zärtlich an den Schultern fest. Poseidon verfolgte ihn nicht wie Odysseus mit vernichtenden Stürmen und zerschmetternden Wellen, aber zusammen mit Boreas trieben ihn die Winde des Welterschütterers umher, zu unbekannten Ländern, weiter und tiefer in nie gesehene Orte hinein; jetzt stand er in duftender Lautlosigkeit zwischen dicken Mauern, die das kühle Haus gegen die Welt schützten. Merit-Khenso seufzte und flüsterte:

»Komm hinauf zur Dachterrasse. Alles ist bereit.«

Sie führte ihn durch einen Korridor in den Garten; die Treppe war aus der Mauer herausmodelliert. Liegen und Tische standen auf dicken Matten, an windgeschützten Stellen der Brüstung brannten Fischölflammen mit blakenden Rußfäden.

Die Tischchen waren bedeckt von weißen Tüchern, auf denen Telegonos viele Schalen, Becher, Krüge und gefüllte Körbe sah. Khenso schob den Mückenschleier zur Seite, deutete auf eine Liege und setzte sich.

»Iß, trink, fühl dich wohl.« Sie lehnte sich zurück und machte eine umfassende Geste. »Für eine Handvoll Tage kannst du vielleicht vergessen, daß dich die Stimmen der Götter zur Insel deines Vaters treiben. Weißt du ... jeder sieht die Fahrt der *Namenlosen* von einem anderen Punkt, durch seine Augen, deren Blick bestimmt wird von seinem Herzen, von dem, was er ist und erlebt hat: wenn du Menefru-Mirê kennst, wirst du vieles mit anderem Blick sehen.«

»Ich glaube dir.« Er füllte dunkles Bier in die Schalen. »Vor dieser Fahrt kannte ich nur die Insel Aiaia – und zahllose Götter, Fabeln und Legenden.«

Jenseits der durchsichtigen Fläche des Gespinstes starrten die Sterne. Im kalkigen Licht des Mondes, der sich wie eine Barke dem Götterweg näherte, wehte eine Nachtwolke nach Osten. Von überall her ertönte das Zirpen der Grillen; große Fledermäuse zuckten unter den Sykomorenzweigen.

»Du wirst andere Bedeutungen kennen lernen, nachdem ich dir die Stadt gezeigt habe«, sagte Merit-Khenso.

Die Speisen waren Telegonos nicht fremd, das Henket schmeckte wie bitterer Kräuterwein und machte schnell trunken. Nach und nach erloschen die Lämpchen, erstarben die Geräusche der Stadt, die im Osten zwischen dem kleinen Hofgut und dem Stromufer als mächtige steinerne Masse lagerte. Telegonos hielt Khensos Hände und spürte ihre Küsse, kühl wie der Strom und zugleich heiß wie kochendes Öl; sie schien seinen Körper so gut zu kennen wie ihre Harfe, und ihr Körper spielte sinnverwirrende, unhörbare Musik. Jede Berührung ließ ihn zittern und erglühen. Sie war erfahrener als Nausikaa und die gelenkigen Lotosesserinnen. Er überließ sich ihren Fingerspitzen, der Zunge und den Lippen und begann zu begreifen, daß er in dieser Nacht abermals einen Grenzstreifen durchschritt, das Gebiet eines fremden Landes unter vertrauten Gestirnen betrat. Die Sterne fingen einen langsamen Wirbel an, schienen alle gleichzeitig aufzuglühen, er ergoß sich und legte die Arme um Khensos duftenden Körper; ihre Haut war kühl und glatt wie das Gewebe junger Schmetterlingsflügel.

Fettes Gras wuchs zwischen Granitsteinen, die Wedel und Blätter der Bäume waren noch kühl vom Tau, in den Körperfalten der steinernen Löwen mit Menschenköpfen und Augen aus Gold und Edelsteinen verdunstete letzte Feuchtigkeit. Die breite Straße zum Mittelpunkt der Stadt lag im Schatten. Als Telegonos und Merit-Khenso zwischen Säulen und Mauern, neben einem Hafenkanal, den Platz betraten, blendete das Bild des Marktes ihre Augen. Davon hatte er nicht einmal geträumt: Vielleicht tausend Menschen waren hier, wanderten umher, saßen vor bunten Decken, umstanden Tischplatten, die sich über hölzernen Böcken durchbogen, redeten, lachten, schimpften und aßen, tranken, hoben Gegenstände auf und ließen sie fallen, unter Sonnensegeln, Tamariskenästen und Vordächern, vor der Fassade eines Tempels und zwischen dreimal mannsgroßen Säulen; alles erstrahlte in Farben, Funkeln, Bewegungen, Lauten und tausend Gerüchen.

»Zum ersten Mal, Liebster, siehst du den Markt von Menefru. Für dich, einen Fremden in Tameri, spiegelt er alles wider, was wir im Hapiland lieben, innerhalb der Grenzen des Großen Grünen und der Wüste. Komm mit, sieh dich satt.«

Auf Kupferrosten brieten Fleischstücke, Sperlinge pickten zwischen den Füßen der Besucher, auf Simsen und Dachkanten trippelten gurrende Tauben. Ein Spiegel, in dem sich die Käufer am Tisch eines Schmuckhandwerkers betrachteten, warf grelle Lichtblitze umher. Würdevoll stolzierten kahl geschorene Priester, breite Streifen Leopardenfell über den Schultern, durch das Gedränge. Khenso hielt Telegonos' Hand und zog ihn hierhin und dorthin; vor einer langen Mauer blieb er stehen. Angebundene Schafe weideten in Graskreisen, die Kronen der Palmen raschelten hoch über der Mauerkante. Farbige Gestalten von Göttern oder Königen, fast mannshoch, unterbrachen lange Reihen aus Schriftzeichen und Bildern von arbeitenden Menschen, Schiffen, fremdartigen Figuren; Telegonos ging zögernd näher und versuchte, den Sinn des Dargestellten zu erfassen. Der Marktlärm hinter ihm schien leiser zu werden.

»Weißt du, was alles bedeutet?«, sagte er. Khenso nickte.

»Es ist vieles zugleich: Verherrlichung unserer Götter und ihres Vertreters, des Goldhorus im Palast, Schilderung des Fleißes, der heiligen Ordnung der Maat, der Fahrten nach Punt, dem Land des Goldes und Weihrauchs. Siehst du die Schiffe und, dort, die schwarzhäutigen Menschen aus Punt?«

»Wo ist Punt? Was ist Punt?«

»Ein Land weit im Süden, am Ufer des Wirklichen Meeres. Punt ist ... ein Land der Sehnsucht, des schönen Reichtums, zugleich ein anderer Horizont, vielleicht so wie der Horizont, auf dem die Totenbarken segeln.«

»Ich verstehe nichts.« Telegonos wandte sich ab und sah Merit-Khensos stolzes, offenes Lächeln. Sie sagte:

»Ich erkläre dir, was ich weiß. Nicht jetzt, heute nacht. Unser Spaziergang soll um Mittag bei deinem Schiff enden, vergiß nicht.«

Sie wanderten wieder zwischen den Marktständen umher, zwischen Frauen und Männern, die leere Krüge und Henket, viele Arten gesalzenen und süßen Brotes, Fische und Felle feilboten, Werkzeuge und Dolche, Schnitzereien und Matten aus Gras, Schilf und Palmrispen. Viele Menschen grüßten Merit-Khenso und betrachteten Telegonos mit gemessener Neugierde. Ein Hammel wurde geschlachtet; sein Blut lief über die weißen Platten vor den Säulen, die ein mächtiges Dach aus Stein und schenkeldicken Balken trugen. Aus Holztrögen soffen Esel und Ziegen, ein Schmied hämmerte kupferne Spitzen auf einem Basaltblock. Mit nickenden Köpfen schoben sich zwei Rappen durch das Gewühl. Als die Marktbesucher auswichen, sah Telegonos den leichten Wagen, dessen bronzene Felgen auf Sand und Stein knirschten. Der Krieger neben dem

Pferdelenker blickte ruhig und aufmerksam über die Köpfe der Menge hinweg, die Hand an den Schäften der Speere, die neben dem Rad im Wagenköcher steckten. Ein Dattelverkäufer versuchte seine Früchte aufdringlicher anzupreisen als sein Nachbar, der lebende Gänse und Enten feilhielt. Rauch, verbrennendes Fett, Gerüche nach Schweiß, Gewürz, Braten und saurem Wein bildeten über dem Boden eine einzigartige Dunstschicht, die an den Mauern hochstieg und die Säulenfüße umwaberte. Als Khenso und Telegonos neben der Teichumrandung stehen blieben, deutete er auf eine vierfach gestaffelte Flucht aus Säulen, an deren Ende der Ausschnitt eines Gartens, ein Teich und farbige Mauern mit schmalen Toren zu erkennen waren.

»Ich bin überwältigt«, sagte er heiser, als sie in den Schatten kamen und zwischen den Steinkolossen auf den Garten zugingen. »Diese Säulen. Was sagen die Steinbilder, die Ringe und Farben?«

»Das Land Tameri ist ewig und wird ewiglich bestehen.« Khensos Finger fuhren über die eingemeißelten Bildzeichen. »Die Medu-neter-Bilder sind unsere Schrift: Wer lesen kann, liest, daß auch diese Säulen Zeichen der Ewigkeit sind, der ewigen Götter und der gottgleichen Herrscher.«

Telegonos sah, daß die Linien und die Flächen zwischen den Rillen der Meißelarbeit farbig ausgelegt waren. An manchen Stellen überzog dünnes Gold den Stein. Zwei Männer konnten mit ausgestreckten Armen gerade noch die Säulenfüße umspannen. Der Stein dünstete wie der Boden und die Mauern den Geruch der segensreichen Überschwemmung aus. Er ging weiter, blickte in das steinerne Gebälk hinauf bis zu den Schwalbennestern in den Ecken zwischen Decken und Wänden, sah verwirrt Tausende Schriftzeichen, von denen viele wiederum Abbildungen von Tieren waren, von Falken, Kibitzen, Hornschlangen, Gänsen und Eulen.

»Der Vorhof des Großen Hauses«, sagte Khenso und blieb vor der Linie stehen, die den sonnengrellen Platz vom Säulenschatten trennte. »Und der heilige Teich im Palastgarten. Hinter den Mauern leben der Goldhorus, seine Gattin, viele mächtige Männer, Diener, Schreiber und Sklaven. Die Tore sind geschlossen – niemand darf hinein –, nur, manchmal, eine Harfenistin.«

Sie lachte leise. Steile Mauern und Palmen warfen Schatten auf die Platten des menschenleeren Platzes. Im Wasser des viereckigen Teiches spiegelten sich der tiefblaue Himmel und einige Wölkchen. Ein Windstoß fuhr über die Oberfläche und zerkräuselte das Bild etliche Atemzüge lang, wehte Sandschleier von den Mauerkronen. Ein Torflügel in einer rostroten Mauer öffnete sich langsam, aber niemand kam heraus. Ein Sperberpärchen verfolgte eine Taube und verschwand zwischen den Baumkronen. Telegonos legte den Arm um Khensos Schultern und sagte:

»Ich bestaune alles. Es ist, als müsse ich Ehrfurcht empfinden: Stille, Weite, göttliche Einsamkeit. Soll ich anfangen, an meinen Göttern zu zweifeln?«

»Deine Götter«, sagte sie, »haben andere heilige Orte. Ich bringe dich zur Weißen Mauer, zum Ohr des Ptah. Dort kannst du ihm deine Wünsche zuflüstern. Vielleicht ist sein fremder göttlicher Bruder dein Paian Apollon, und sie halten ihre Hände gemeinsam über dich.«

Sie gingen zur anderen Säulenreihe hinüber, folgten einer Tempelfassade aus weißen Quadern, kamen zu einer breiten, palmengesäumten Straße und gingen zusammen mit vielen anderen Besuchern auf eine Mauer zu, die mit den Felsen der Wüste zu verschmelzen schien. Der Fuß der Mauer war vom Sand befreit worden; hier hatte der Schlamm der Überflutung drei Fuß Höhe erreicht. Die Mauer war vor kurzer Zeit mit Kalkbrei gestrichen worden; das leuchtende Weiß ließ die Augen tränen. Blinzelnd schlossen sich Khenso und Telegonos den Rômet an, die ohne Eile auf das Ende der Mauer zugingen. Links des Pfades, aus Gras und Buschwerk, das die Schlammspuren trug, erstreckte sich ein Wäldchen aus Dattelpalmen, zwischen denen Gartensklaven mit Hacken und Rechen arbeiteten.

Vielleicht zwei Dutzend Frauen und Männer standen in einer Schlange vor einer Sandsteinplatte, zehn zu zehn Ellen groß und zwei Ellen dick. Göttergestalten und Medu-neter-Zeichen ohne jede Farbe, tief eingemeißelt, bedeckten die Fläche um ein drei Ellen hohes Steinohr, übertrieben genau, gleich einem menschlichen Ohr. Ein Wartender nach dem anderen schob den Kopf ins Innere der Muschel und murmelte oder flüsterte seine Bitten und Wünsche; als Telegonos einem Mann zunickte, der vor ihm den Kopf aus der Vertiefung zog, sah er, daß der Stein an der tiefsten Stelle in eine Röhre auslief, kaum dicker als ein Unterarm. Telegonos wußte, wozu er das Wohlwollen der eigenen und der fremden Götter erflehte: Drei Sätze genügten. Odysseus und Ithake, Erfüllung der Orakelsprüche und gefahrlose Fahrt der *Namenlosen.* Er fügte hastig eine vierte Bitte hinzu.

»Merit-Khenso, ihr Götter! Die Frau, die ich im Wachen und in vielen Träumen ersehnt habe. Die Tage sollen schön sein wie die Nächte; möge der Abschied nicht unsere Herzen zerreißen.«

Er lauschte auf den kurzen Nachhall des Flüsterns, zog den Kopf zurück und lehnte sich an die Steinplatte, wartete, bis Khenso neben ihm stand und seine Hand drückte. Ihre Augen schimmerten feucht.

»Die ewigen Hände der Götter, mein Geliebter – sie müssen so zärtlich zu uns sein wie meine Fingerspitzen.«

»Maat, Artemis, alle anderen« – er ließ sich von ihr auf dem Pfad mitziehen, der zum Hafen führte –, »sie werden gut zu uns sein. Die Mondgöttin und die Mondgeliebte. Gehen wir zu Pentau!«

Die *Namenlose*, deren Kiel auf Kloben schwammigen Palmholzes aufsaß, war mit Akazienholzstangen abgestützt und lag zwanzig Schritt vom Rand des Hafens entfernt im Sand. Alles, was sich im Kielraum befunden hatte, war ausgebreitet, in Gruppen zusammengestellt, zu kleinen Stapeln und Haufen aufgetürmt. Pentawer-Ptah und Ophian winkten lachend mit beiden Armen. Telegonos versuchte zu erkennen, ob Pentawers Waren noch neben dem Rumpf standen, aber bevor er fragen konnte, rief der Steuermann:

»Willkommen auf der Sandwerft des großen Gublakäptens Pentau! Mit einem neuen Schiff werden wir *chedi*-stromab fahren, Prinz.«

Das Segel war zwischen der Rah und einigen aufgestellten Riemen als Schattenleinwand ausgespannt. Vier Frauen nähten und besserten Säume aus. Ständig trugen Sklaven Krüge und Bretter herbei, einige Handwerker untersuchten die Planken; ein Junge putzte mit feuchtem Sand die Udjat-Augen. Pentawer zog Khenso und Telegonos in den Schatten des Segels.

»Alles ist gut, mein Prinz.« Er starrte ihm forschend ins Gesicht. »Der Oberste Verwalter der Schatzhäuser hat sich meine lange Geschichte angehört, alle Waren gezählt und geschätzt, meine Erklärungen angenommen und uns eine feine Ladung nach Gubla zugesichert.«

»Und jetzt reißt er die rômetischen Planken heraus, weil sie nicht uns gehören?« Telegonos setzte sich neben Khenso auf eine Holztruhe. Aus dem Loch in der Kielplanke lief schwärzliches, stinkendes Wasser in den Sand. »Wem gehört nun die *Namenlose* endgültig?«

»Dir, Ophian, Kirke, Heptodus, Mys und Nautes. Unsere Fahrt geht nach Gubla, von dort nach Alashia-Kypros, dann nach Keftiu-Kreta. Und dann, Telegon: Ithake!«

»Die Götter mögen uns zur rechten Zeit die richtigen Winde senden.«

Eine junge Frau schenkte dünnes Henket aus, Dienerinnen brachten Stapel getrockneter Decken und Tücher, die nach Lotos dufteten. Knisternd trockneten Krüge und Flechtwerkröhren in der Hitze. Die Handwerker brachen Bronzenägel aus und zeigten Mys und Ophian einige morsche Planken. Pentawer deutete grinsend auf die offene Stelle des Rumpfes.

»Wenn's länger dauert – sie malen auch die Augen! –, schönste Freundin, bleibt euch die eine oder andere Stunde mehr.«

»Alle Schreiber des Harsiese sollen blind werden oder taube Finger bekommen«, sagte Khenso. »Du wirst die Mannschaft bis Keftiu bringen?«

»Bis Ithake.« Pentawer nickte. »Ich hab's seiner Mutter geschworen.«

Charissa schwang sich aus einem Schilfboot, das ein Fischer paddelte. An einem zum Ring geschlungenen Weidenzweig hingen vier Gänse und eine Ente mit langen Hälsen. Sie deutete auf die Mannschaft, gab einem Diener die Beute und kam in den Schatten. Merit-Khenso und Charissa begrüßten sich herzlich, wie Schwestern. Khenso legte die Arme auf Telegonos' und Charissas Schultern und sagte:

»Übermorgen oder später kommt ihr alle in mein Haus. Ich spiel' für euch, meine Dienerinnen kochen und braten; jagst du für uns ein paar Gänschen, Charis?«

»Ich jag' sie, aber ob ich sie auch treffe ...?«

Telegonos ging mit Ophian und Pentawer langsam um den Rumpf herum. An einem Dutzend Stellen arbeiteten Handwerker aus Menefru. Telegonos wischte dünnen Salzbelag von den Planken und sagte:

»Ihr arbeitet alle, Pentau. Ich bekomme ein schlechtes Gewissen, wenn ich euch zusehe. Was kann ich tun? Soll ich euch helfen?«

»O mein aiaianischer Prinz!« Pentawer holte tief Luft und lachte. »Hier bin ich der geachtete, wichtige Kapitän. Die Mannschaft schwelgt in Wohlgenüssen. Wir befehlen den Handwerkern aus dem Palast und dem Ptahtempel. Du könntest wenig helfen. Ich suche, bisher ohne Erfolg, nach meiner Herzensfreundin, du hast deine gefunden. Bleib bei ihr. Kostet jede Stunde aus.«

»Das sagst du im vollen Ernst, Pentau?«

»Glaub's ihm.« Ophians Finger beschrieben eine anzügliche Geste. »Der Weg nach Ithake ist weiter geworden, als es vor sechs Zehntagen schien. Wenn wir dich brauchen, finden und holen wir dich. Einverstanden, Seefahrer?«

»Einverstanden, Steuermann!« Telegonos lachte. »Mir scheint, daß nicht nur Poseidon will, daß ich Bilder fremder Länder in mich hineinfresse. Was soll daraus werden!?«

Pentawers Gesicht spiegelte den Ernst seiner Antwort. »Ein erwachsener Prinz, erfahrener Sohn des übermächtigen Vaters.«

Telegonos starrte in Pentaus dunkle Augen, sein Blick irrte ab zu den goldenen Perlen im Ohrläppchen. Er zog den Kopf zwischen die Schultern und murmelte:

»Ich werde alles bedenken im Schatten der Säulen. Der schönen Säulen der Ewigkeit.«

Telegonos stützte die Ellbogen auf, legte das Kinn in die Hände und sah in Khensos Gesicht. Sie hielt die Augen geschlossen, auf ihren Lidern lag eine hauchdünne Schweißschicht. Sie hatte sich neben ihm ausgestreckt und die Unterarme über den Brüsten verschränkt. Das Haus und der Garten waren ausgestorben; die Düfte des Lotos und der Salben füllten die Kühle zwischen den Mauern. Merit-Khensos Lächeln war tief in ihren Körper eingetaucht, schien alle Glieder zu füllen; Telegonos spürte feinen Schmerz in den Lenden. Ebensogroß wie über Markt, Mauern und Säulen der prächtigen Stadt war seine Verwunderung über seine schwelgerische Geliebte; gleichzeitig wirbelten seine Gedanken.. Khensos Erfahrung, alt wie die Götter, machte ihre Leidenschaft einzigartig. Die vergangene Stunde im Halbdunkel war wie kalte Flutwellen gewesen, wie brütende Sonne am Strand, wie wohl überlegte Tonfolgen schwirrender Harfensaiten; als sie nach seiner Hand tastete und sie zwischen ihre feuchten Schenkel legte, schwindelte ihm.

»Ich genieße jede Stunde mit dir, Liebster.« Sie flüsterte, mit geschlossenen Augen; ihre Lider zuckten. »Du bist der erste seit unendlich vielen Jahren, den ich wählen wollte und wählte, weil du mir arglos und lächelnd gegenübergetreten bist. Jung, schön, stark und verwirrt. Niemals wieder, das glaube ich, finde ich einen ... Liebsten wie dich.«

»Herrin meines Herzens.« Seine Fingerspitzen fuhren über

die Ränder ihrer Lippen. »Ich bin, was Kirke aus mir gemacht hat, was mich ihre leichtfertigen Dienerinnen lehrten, was ich bei Nausikaa erfahren habe. Ich wollte wie mein Vater sein; vielleicht sollte ich versuchen, ich selber zu werden. Ich weiß es nicht, ich bin verwirrt – eine herrliche Verwirrtheit.«

»Deswegen liebe ich dich, Prinz. Hör auf zu grübeln. Küß mich.«

Sie öffnete die Augen. Ohne Mesdemetschminke, matten Puder und Koholstrichen sah Khenso jünger aus, schutzlos und verletzlich; er streckte sich neben ihr aus und schob den Arm unter ihre Schulter.

»Nausikaa, die anderen«, murmelte er. »Wir sind so klein wie die Menschlein auf euren Tempelwänden. Die Götter bestimmen unser Leben, manchmal sehen sie weg von uns, und wir sind für kurze Zeit frei. Unsere Vergangenheit ist eine Wirrnis aus Legenden, Sagen, Orakeln und anderen dunklen Sprüchen; wir leben in der Gegenwart für eine unergründliche Zukunft.«

Er küßte sie, zog die Hand zwischen ihren Schenkeln hervor und streichelte ihre Brüste.

»Heute ist Gegenwart. Wir sind Gegenwart«, murmelte sie. Er nickte behutsam, ohne seine Lippen von ihrem Mund zu lösen. »Nützen wir sie. Auch das zukünftige Schicksal schickt uns keine Herolde.«

Khensos Zärtlichkeiten auf seiner Haut waren wie Honig und Ameisen, wie Dolchspitzen und Flaumfedern; er glühte und zitterte, und mit jedem Atemzug verstärkte sich seine Gewißheit, daß die Stunden und Tage von Menefru-Mirê sich in seinem Leben nie wiederholen würden. Er atmete tief, drang in Khensos Schoß ein, fühlte, wie sie ihn warm und weich umfing, ihn mit strahlenden, weit offenen Augen anlächelte, mit unzähligen Fingerspitzen aus durstiger Erwartung umschmeichelte. Die Zeit schien sich an diesem kühlen Nachmittag zu dehnen, verformte sich und glitt wie Duftöl über die endlose Fläche eines rômetischen Horizontes aus Sand und Wasser.

Im Gegensatz zu den meisten Städten Tameris, so erklärte Merit-Khenso, lag Menefru-Mirê auf dem Westufer des Stromes, eigentlich zwischen Seitenarmen im Amentat, im Totenland. Zuerst ging Telegonos an diesem späten Morgen zum Hafen. Die *Namenlose* lag zur Seite gekippt im Sand. Die Planken wurden mit Bimsstein abgeschliffen. Als bekannt worden war, daß die Art der Beplankung völlig verschieden von den Außenplanken der Rômetschiffe war, besuchten Kapitäne, Steuermänner und Handwerker mit ihren Aufsehern das Schiff. Ophian überwachte das Einsetzen neuer Planken und das Abdichten mit Leinen und Erdpech; die Arbeiter waren gründlich, umständlich und sehr genau.

»Der Käpten redet mit dem Verwalter über die Ladung«, sagte Ophian. »Mys und Nautes schlafen ihren Rausch aus. Du willst hier arbeiten?«

Telegonos nickte und sah zu, wie das Holz der *Namenlosen* abgekratzt wurde, wie der Rumpf zu glänzen begann. Eine Gruppe Arbeiter schliff die Riemen glatt, ein Junge strich frische Farbe auf die Bugaugen. Ophian deutete auf die steinernen Dreiecke und brummte:

»In einem Siebentag sind wir fort. Solch eine Stadt wird keiner von uns ein zweites Mal sehen. Fang deinen Spaziergang an, Prinz.«

»Gut. Ich weiß nicht, wie weit ich gehen werde.«

Telegonos hob grüßend die Hand, ging um das Heck herum zum Hafenbecken. Eine Straße, von Wohnhäusern und Bäumen gesäumt, an den Rändern mit trocknendem Schlamm bedeckt, führte nach Westen. Große Teile der Hafenränder mitsamt Rampen für die Schiffe, Treppen und Pollern bestanden aus Stein; wie an allen anderen Stellen der Stadt waren die meisten Fugen so fein, daß Telegonos nicht einmal den Daumennagel hineinschieben konnte. Die Tempelfassaden waren wie die Säulen und vieles andere für die Ewigkeit gebaut, wie um zu zeigen, wie Merit-Khenso sagte: Tameri war ewiglich.

Viele Bauern und Sklaven arbeiteten auf den Feldern. Telegonos sah Hunderte, die den Boden mit Hacken aufrissen.

Andere Felder wurden von Ochsengespannen beackert. An vielen Stellen türmten sich trockenes Schilf, dürre Äste und Palmwedel. In den schmalen Kanälen stand kaum bewegtes schwarzes Schlammwasser. Ein Schwarm Wüstenhühner trank und tränkte das Brustgefieder mit Wasser für die Jungen im Nest; jeder Schritt zeigte Telegonos ein anderes, überraschendes Bild. Die Gegensätze zwischen Menufer – Landschaft, Bauwerke und Felder – und Aiaia waren schroff. Noch hatte er zu wenig gesehen, um sich mit ernsthaften Gedanken beschäftigen zu können. Er ging durch die breite Lücke einer Mauer. Sie gehörte zur Rückseite einer Siedlung niedriger Handwerkerhäuser; das Sägen, Hämmern von Schmieden, Rauch und strenger Geruch blieben zurück. Der Pfad führte durch einen Schilfgürtel im sumpfigen Nebenarm des Stromes und in Schlangenlinien aufwärts, über einen Streifen trockenes Land, wieder hinunter zu einem breiten, träge strömenden Wasser. Nach hundert Schritten drehte sich Telegonos um: vom höchsten Punkt aus sah er die Stadt in ihrer gesamten Ausdehnung. Wie ein Halbmond lag Menefru-Mirê, die »Waage beider Lande Anch-Taui« da; die gerade Linie grenzte an das Ufer des Hapi, die Rundung verlor sich in Wäldchen, Kanälen, Feldern und Weiden.

Am jenseitigen Ufer des Nebenarms hoben sich Stufen und kleine, steinerne Tempel aus dem Wasser; Bauwerke, aus denen Doppelmauern in die Höhe der gelben Felsen hinaufführten, zwischen ihnen ein viele Ellen breiter Steinweg. Entlang des Ufers schwankten hoch gewachsene Dattelpalmen im Wind, zwischen ihnen jüngere Bäume. Telegonos sah, daß Säulen und Fundamente aus Stein waren. Darüber hatten Wind und Sandwirbel die Lehmziegel aufgeschürft, Verputz und Anstrich aufgelöst. Telegonos lief den Hang hinunter und blieb vor den Binsen stehen, die in Höhe des Wassers glatt abgeschnitten waren. Die Ufer waren einen Steinwurf voneinander entfernt. Er suchte eine Stelle, an der er ins Wasser springen konnte, ohne sich am scharfen Röhricht die Sohlen aufzureißen. Von rechts hörte er lautes Plätschern, dann eine Stimme:

»Laß es bleiben, Fremder. Das Wasser stinkt, und ich hab Sobeks hungrige Geschöpfe gesehen.«

»Ich bleib' lieber trocken und ungebissen.« Telegonos drehte den Kopf. Ein grinsender Fischer, das Binsenboot voller Fische, paddelte aus einer Schilfgasse hervor. »Setzt du mich über?«

»Wenn du wirklich jetzt schon ins Totenland willst ...?«

Der Fischer paddelte das Heck des Bootes zum Sand. Telegonos stieg zwischen schuppige Fischleiber; spürte glitschigen Schleim an den Knöcheln und hielt sich am geflochtenen Rand des Bootes fest. Der Fischer wendete das Boot und trieb es mit kräftigen Schlägen zum anderen Ufer. Er wartete, den Bug auf dem Ufer, bis Telegonos über die Fische geklettert war und den Bug abstieß.

»Danke, Vater der Gräten«, rief er. »Wie komme ich wieder zurück, ohne Sobeks Geschöpfe zu ärgern?«

»Eine halbe Stunde nach Süden. Dort kannst du rüberwaten. Bist du nicht der Steuermann vom verschollenen Käpten?«

»Der bin ich, und ich danke dir noch einmal.«

Telegonos winkte und ging zu dem Taltempel, an den sich die längste Mauer anschloß; es war der zeremonielle Aufweg zu den Bauwerken der Hochfläche. Unter seinen Sandalen raschelten altes Laub, Sand und Mauerbrocken, als er aufwärts stieg und immer wieder die Stadt betrachtete. Erst aus diesem Blickwinkel löste sie sich in Vierecke und Kreise auf, die von breiten und schmalen Straßen und Kanälen durchbrochen wurden. Aus der Menge der Häuser ragten kantige Tempel auf, und die Bauwerke des Palastes, vielfarbig und ineinandergeschachtelt, teilten Menefru-Mirê im nördlichen Drittel, nicht anders als die Weiße Mauer des Haupttempels.

Telegonos blickte am Ufer entlang, nach Norden und wieder nach Süden. In unterschiedlich großen Abständen, so weit sein Blick reichte, führten Doppelmauern aufwärts zu Bergtempeln und jenen unglaublich hohen Bauwerken, die Khenso »Sehedhu-Grabmale« nannte; titanische Gräber von Gottkönigen der Vergangenheit, die ihre Wurzeln am Anfang der Ewigkeit hatte. Telegonos war allein, Wind aus Norden wirbelte feinen Sand auf und brach sich an der bröckelnden Mauerkante. Nach einigen Dutzend Schritten stand Telegonos vor geschlossenen Torflügeln. Auch Holz und Schnitzwerk waren von Sandstürmen abgenagt und zerfressen bis zur Unkenntlichkeit. Er lehnte sich an die Mauer und versuchte, sich in die großartigen Bilder zu versetzen, die Verborgenes sichtbar zu machen schienen: Nicht für ihn, der nichts verstand, und dessen Augen übergingen. War es die Arbeit von Millionen Menschen, oder hatte das Chaos für das Rômetland andere Titanen und Kyklopes geboren?

»Aber was verbergen sie?« murmelte er und hob die Schultern.

Die Flächen zwischen Aufwegmauern, Felskanten und Ufer ähnelten den Ebenen seiner Alpträume: vor dem Saum der schütteren Uferwäldchen breitete sich rotgoldener Sand aus, in dessen niedrigen Dünen mast- und ankersteinlose Granitschiffe standen, größer als die *Namenlose*, mit schwarzen Steuerrudern und seltsamen Schatten an Deck und an den Bordwänden. Ein Gazellenrudel lief durch den aufstiebenden Sand, Geier kreisten niedrig über der Ödnis, in der das Summen des Windes das einzige Geräusch war; er drückte die Rauchsäulen der großen Stadt südwärts. Telegonos zählte vierzehn Sehedhu-Male; es standen sicherlich mehr auf der Westseite des Stromes, als er von hier aus sehen konnte. Eine Erkenntnis durchzuckte ihn: an einigen Sockeln der Bauwerke aus vier Dreiecken konnte er wie an einem Richtscheit entlang blicken – sie deuteten stromabwärts, *chedi*, nach Norden. Wie in Aiolos' Windlabyrinth liefen die Linien und die Dreiecksflächen genau nach Ost und West, Süd und Nord. Auf den mächtigen Flanken brachten Sonnenlicht und Schatten verblüffende Farben hervor: grellweiß, rosafarben, dunkelgrau, bräunlich – eine Fläche, im Schatten, blieb stets rußschwarz. Die Spitzen funkelten, als wären sie aus Gold. Wahre Gebirge aus Stein, kunstvoll aufgetürmt, waren umgeben von vielen kleineren Sehedhu-Dreiecken, von Dutzenden truhenförmiger Bauwerke und Innenhöfe, durchschnitten von halb zugewehten Straßen und Plätzen wie von einem Gitter. Zwischen ihnen standen kantige Säulen, die mit goldenen Spitzen den Himmel zu ritzen schienen: Telegonos fühlte kalte Schauder der Bewunderung, Verwirrtheit und Machtlosigkeit angesichts der uralten, gewalttätigen Quadermassen. Er stemmte sich hoch, legte die Handflächen gegen den verwitterten Torflügel und schob ihn langsam, gegen den Widerstand einer Sandwächte, nach innen. Sieben Schritte weiter starrte er das Bild Merit-Khensos an, in weißen Stein gemeißelt, voller abblätternder Farbfelder und mit einigen vergoldeten Stellen.

»Nein!« Er keuchte erschreckt, schüttelte wild den Kopf. Zwei Ellen hoch, eine schöne Frau, deren Finger auf den Harfensaiten ruhten. Ihr rechtes Auge blickte ihn an. Sein Herzschlag beruhigte sich: es war nur das uralte Bild einer Harfenspielerin inmitten vieler Hunderter Medu-neter-Zeichen und Herrscherbilder, Götterbilder, Horusfalken mit weit gespreizten Schwingen an den Wänden und den Säulen des Oberen Tempels. Vor Telegonos' Schatten flüchteten handlange, grüne Eidechsen über den Stein; eine Hummel surrte aus einer gelben Blüte im Schatten der Säule.

Telegonos verließ den Tempel und ging entlang des Fußes jener Dreiecksfläche, die nach Nord und Süd wies, auf dem breiten Steinsockel bis zur Schattenlinie. Der fugenlose Sims im Nordwind war ohne angewehten Sand. Obwohl die Sonne erst sechs Handbreit über dem Horizont stand, strahlten die Steine unbarmherzige Hitze aus. An der Kante starrte Telegonos nach oben. Sie war scharf wie eine Messerklinge, ohne jede Scharte. Telegonos setzte sich im Schatten auf den Sockel und stützte den Kopf in die Handflächen.

»Das hast du nicht gesehen, Vater«, flüsterte er. Der Wind riß die Worte von seinen Lippen. Das kantige Gebirge über ihm schien jeden Laut zu schlucken. »Davon hast du nicht einmal geträumt. Auch nicht von ... den toten Königen, und daß es Frauen wie Khenso gibt ...«

Menefru-Mirê und alles Land ringsum drang auf ihn ein wie eine gewaltige Traumerscheinung. Aber dies war die Wirklichkeit; was verbarg sie vor ihm und ebenso vor jedem anderen Sterblichen? Sah Zeus diese Bauwerke, kannte er die Sterblichen, waren die begrabenen Gottkönige etwa seine fremden Brüder? Telegonos schloß zweifelnd die Augen und schüttelte sich: er würde es nie erfahren. Die Olympier herrschten über sein Land Achaia und über dessen Inseln; wenn dort die dunklen Jahre begannen – welche Verhängnisse trug der strahlende Himmel über Tameri?

»Und – wer gibt richtige Antworten auf tausend Fragen, die ich habe?«

Telegonos fühlte sich ameisenklein inmitten der machtvollen Flächen, Formen und Farben, allesamt hell, strahlend, funkelnd. Sie drängten sich in die Augen, in seinen Kopf und in sein Herz. Die Bauwerke des Amduat ragten wie schroffe Bergflanken auf; er fürchtete sich, am tiefsten Punkt der Schlucht von ihnen zermalmt und unter den Trümmern begraben zu werden. Er stand auf, trat aus dem Schatten und ging auf dem Sockel nach Süden, hinter dem Hochtempel vorbei und auf den Durchlaß zwischen einigen kantigen Totenbauwerken zu. Plötzlich begann er zu schwitzen. Er blinzelte und spürte, daß Durst und Übelkeit nach ihm griffen, und sehnte sich nach Dunkel, Kühle und Merit-Khenso. Mit langen Schritten ging er durch den glühend heißen Sand, suchte die Dreiecke der Schatten und erreichte nach einer Stunde das Ende des Kanals, eines Totwassers.

Als die Sonne in den Nachmittag sank und kaum ein Bauer mehr auf den Feldern zu sehen war, suchte er seinen Weg durch schmale Gassen und im Rascheln von Laub und Palmwedeln entlang niedriger Mauern; als er im Garten eine Reihe leiser Saitenklänge hörte, holte er tief Luft. Es war, als tauche er tief in kühles, wohlriechendes Wasser.

15.
DIE AUGEN DER FREMDEN GÖTTER

Erst als die Sonne den funkelnden Sepedet-Stern überstrahlte, löste sich Telegonos aus Khensos Arm. Auch in dieser Nacht hatten sie lange miteinander geredet, hatte Merit-Khenso versucht, auf Telegonos' Fragen solche Antworten zu geben, die er verstehen konnte; er war nicht in diesem Land, zwischen all den Rätseln und Göttern aufgewachsen, sagte sie, und daß er noch immer glaubte, die Geheimnisse der Welt wären im Sichtbaren, nicht im Unsichtbaren aufbewahrt. Im Morgengrauen hatte Khenso gähnend und erschöpft gemurmelt:

»Heute Abend, Liebster, gehen wir zu Hotep-Penamun, dem Obersten Priester des Ptahtempels. Er ist ... mein Freund. Er kennt die letzten und tiefen Wahrheiten.«

Telegonos betrachtete die Schlafende. Nach den Zärtlichkeiten und der Leidenschaft unter den Sternen der Dachterrasse atmete sie tief und gleichmäßig. Ihre Glieder waren gelöst, das schmale Gesicht lag zur Hälfte im Schatten, die linke Schläfe ruhte auf dem Handrücken. Telegonos fuhr mit der Fingerspitze über die Umrisse ihrer Lippen und zog den Saum der Decke über Khensos Schultern. Dann tappte er die Stufen hinunter, ging durch taunasses Gras zum Teich und tauchte zwischen den geöffneten Lotosblüten unter. Nackt lief er ins Haus und wusch sich mit warmem Wasser; die Dienerinnen hatten unter den Kessel ein Fischöllämpchen gestellt. Telegonos reinigte sich gründlich, trank warmen Sud und kaute zähe Brotfladen, schlüpfte in den Chiton und ging durch die erwachende Stadt zum Hafen.

Die *Namenlose* lag, von drei Tauen gehalten, im Hafenbekken. Die Planke war angesetzt und der größte Teil der Ladung an Bord, denn der Rand des Holzteeranstrichs ragte nur noch vier Fingerbreit aus dem Wasser. Der hintere Hafen war wie ausgestorben, nur ein schmalschultriger Hund lag in der Sonne und riß gähnend das Gebiß auseinander.

»Gründlich und emsig sind sie, bei Poseidon, die Rômet«, murmelte Telegonos und trat auf die Planke. »Wenn ich's nicht besser wüßte: die *Anomata* ist wie neu.«

Er setzte sich auf die Bordwand, betrachtete Tauwerk, Rahen, Segel und die hochgezogenen Schäfte der Ruder. Noch drei, vielleicht vier Tage; bald würde er damit beginnen, die Stunden zu zählen. Erst als er sich zwang, ans Ziel zu denken, konnte er den Schmerz ertragen, der in seinem Inneren wühlte und nichts zu tun hatte mit den Grabmälern sterblicher Götter, deren Namen er sich nicht merken konnte – nur ein Name hatte sich ihm eingebrannt wie ein Sklavenmal: Merit-Khenso. Er wollte bleiben, aber gleichermaßen drängte es ihn an Deck und ans Ruder. Sein Blick glitt über die Maserung der Planken, deren Holz von fremdartigem Öl schimmerte, zu eng geflochtenen Tauen und Truhen, Ledersäcken und Ballen auf dem hinteren Deck und zu Decken und Bündeln strahlend weißer Tücher.

»Die *Namenlose* ist bereit«, murmelte er. »Aber ich bin's noch nicht.«

Zwei Hände griffen um die Kanten der Luke. Pentawer tauchte auf, blinzelte in die Sonne, kratzte sich im drei Tage alten Bart und drehte den Kopf. Die Goldperlen in seinem Ohr fehlten.

»Prinz Telegon!« Er gähnte, seine Sprache war undeutlich. »Unruhig? Treibt's dich an Bord?«

Telegonos schüttelte den Kopf. Mit klatschenden Flügelschlägen stob ein Schwarm Palmtauben von einem Dach. Irgendwo hinter den Mauern kreischte ein Kind oder eine Frau. Am Rand des Platzes begannen zwei Sklaven mit Schilfbesen überaus langsam, Sand und Abfälle zusammenzufegen.

»Alles andere, Pentau. Aber ich habe keine Wahl.« Er sah zu, wie der Kapitän abwesenden Blicks den Schurz um die Hüften knotete. »Wann müssen wir ablegen?«

»Zu dieser Stunde, am vierten Morgen, fahren wir *chedi*. Ich hab' viele schöne Truhen, Säcke voll Linsen und Salben geladen. Du willst lieber noch bleiben, nicht wahr?«

»Ja. Nein. Es ist wegen Khenso. Ihretwegen. Sorg dich nicht, Freund Käpten: ich fahr' mit euch, und ich hab' nichts vergessen. Wo ist Charissa?«

»Nachts mit Ophian bei den Kapitänen. Sie sucht Nachrichten über Flüchtlinge aus Ilion. Sie schläft jetzt. Du wirst dazugelernt haben, in Menefru, wie?« Pentawer packte ihn am Oberarm und zog ihn über die Planke. Er spuckte ins Wasser. »Zur Schenke. Es wurde spät gestern. Viel Hunger und Durst. Nein – nur Durst. Abschiedsschmerz und die Gewißheit, heimwehkrank zu werden auf dem Großen Grünen ... ich fang schon wieder zu schwätzen an. Komm mit.«

Er rieb sein leeres Ohrläppchen und duckte sich unter dem Vordach; ein kushitischer Sklave, der den Kapitän zu kennen schien, brachte heißen Sud, Brot und zwei Schalen voller Würzbrei. Telegonos blies Kräuterreste auf dem Sud zur Seite und schlürfte vorsichtig. Er deutete zur Stadt und sagte:

»Ja, Käpten, ich habe viel gelernt. Und Khenso hat auf viele Fragen geantwortet. Trotzdem: Zwischen allem, was ich bisher gelernt und erlebt hab', und Menefru-Mirê mit den Ewigkeitsbauten, da finde ich nichts, womit ich beides verbinden kann.«

»Vielleicht kann ich ein wenig bei der Erhellung helfen, Prinz – später.« Pentawer löffelte Brei mit einem Fetzen Fladenbrot. »Du kannst sicher sein, daß es keine zweite Stadt wie diese gibt. Und kein zweites Rômetland. Es ist schwer für dich, ich weiß. Mys und Nautes haben es leichter: sie staunen alles mit großen Augen an und suchen nicht nach Erklärungen.«

»Mir geht's etwas anders; ich finde kaum eine Erklärung.«

Der Hafenplatz belebte sich. Arbeiter mit Körben und Hakken kamen aus ihren Häusern und trotteten zum Stadtrand. Einige Träger schleppten Krüge und Ballen zum Schiff und stellten sie, in Reihen geordnet, in den Schatten des Rumpfes. Ophian und Heptodus traten aus einer Gasse heraus, stutzten und sahen Telegonos und Pentawer sitzen. Sie winkten und setzten sich; Ophian rief nach Sud. Fast gleichzeitig sahen alle vier hinüber zur *Namenlosen.* Das Schiff wirkte, als wolle es sich losreißen und langsam wenden. Der Schatten des Bugs war gewandert; das Auge auf der Steuerbordseite strahlte und spiegelte sich im Wasser des Hafenkanals.

Der Oberste Ptahpriester Hotep-Penamun erwartete sie zwischen den Standbildern vor der äußeren Tempelfassade. Vier riesige Statuen von Nisut-Bitj Wosret-Maat Rê-Men-Amûn, dem Sohn der Sonne, dem Goldhorus im Großen Haus, saßen in Nischen des schrägen Bauwerks aus weißem Stein. Telegonos und Merit-Khenso gingen Hand in Hand an Dutzenden niedriger Sockel vorbei; die Menschengesichter der Löwenleiber schienen sie erwartungsvoll anzusehen. Nur noch das Dach des Tempels glühte im Licht des Sonnenunterganges. Hotep-Penamun hob die Hand und verbeugte sich kaum merklich vor Khenso. Prüfende Blicke trafen Telegonos, dann drehte sich der Priester halb herum.

»Deine Bitte ist ungewöhnlich, schönste Khenso«, sagte er und deutete auf die Umfassungsmauer. Seine Stimme war dünn, aber sehr tief. »Unser Ptah aber ist ein milder Gott. Er wird deinen jungen Mann erhellen – wenn da etwas zu erhellen ist.«

»Mit einiger Mühe werde ich begreifen, wenn da etwas zu begreifen ist«, sagte Telegonos und verneigte sich knapp.

Merit-Khenso und Hotep-Penamun lachten leise. Der Priester winkte. Sie folgten ihm durch eine Säulenreihe und den Tempelgarten zur Seite des Tempels, dessen Wand voller Figuren war. Nach dreißig Schritten betraten sie nacheinander durch einen schmalen Eingang einen Innenhof. Die dicken Mauern sogen jedes Geräusch auf, auf dem Platz hallten ihre Schritte wider, als sie sich der steinernen Umfassung des Heiligen Sees näherten. Hotep-Penamun setzte sich. Im Wasser spiegelten sich lodernde Wolkenfelder des dunkelnden Himmels, zwei steinerne Barken mit Steuerruder, Riemen und langen Rampen zum Heck ruhten im See.

»In die innersten Räume des Tempels ist nur dem Gottesherrscher einzutreten erlaubt.« Der Priester verneigte sich vor den monumentalen Statuen Amûn-Rês und Rê-Harachtes, der Großen Reichsgötter. »Und uns, wenn wir ihn vertreten müssen.«

»Mein Vater«, sagte Telegonos, ohne Khensos Hand loszulassen, »ich will nicht die Geheimnisse deines Tempels ergründen. Ich will nur erfahren, ob die Götter, an die ich glaube, und deine Götter – ob sie sich ähnlich sind, ob alle aus dem gleichen Chaos geboren worden sind.«

»Sie werden dir antworten, wenn du ihre Sprache verstehen kannst. Kommt mit.«

Sie gingen durch die Mitte des Vortempels zu einem Wald hoher Säulen, deren Schriftzeichen und Bilder in frischen Farben strahlten. Der Raum zwischen den Säulenfüßen war dunkel und leer, nicht ein Sandkorn knirschte unter den Sandalen. Der Priester führte seine Besucher in den Pfeilerwald und durch dessen Plattenweg in einen zweiten, kleineren Hof, von dem Stufen in eine Säulenhalle hinunterführten. Zwischen den steinernen Stämmen sah Telegenos viele kniehohe Sockel aus unterschiedlichem Stein, auf denen Ölflämmchen in Metallampen flackerten. Als der Priester stehen blieb und den Arm hob, standen sie im Mittelpunkt eines Vierecks aus Säulen und fast mannsgroßen Götterstandbildern. Die Gestalten aus Stein und farbigem Überzug waren mit Gold, Silber und schwarzem Holz verziert; alle trugen Blütenkränze um den Hals. Die Luft roch betäubend nach Lotos und kaltem Weihrauch.

»Willst du bei deinem Gefährten warten, Khenso?«

Sie zuckte mit den Schultern und sah sich um. Telegonos

hob den Kopf, blickte in die strengen Gesichter und drehte sich langsam herum: Die mehr als zwölf Götter schienen nur ihn aus Edelsteinaugen anzustarren. Obwohl Hotep-Penamun leise redete, füllte der Klang seiner Stimme die Säulenhalle. Er deutete auf eine von vier Steinbänken.

»Setz dich zu den Göttern des Landes Tameri, fremder Prinz. Du mußt versuchen, das zu empfinden und tief in dir zu spüren, was diesen Tempel bedeutungsvoll macht.«

»Ich will es versuchen.« Telegonos setzte sich und suchte im faltigen Gesicht des Priesters etwas zu erkennen, das ihm half.

»Sprich nicht. Höre Rê-Harachte und Amûn-Rê zu. Dies ist Gott Thot mit dem Kopf des heiligen Ibis.« Hotep-Penamun deutete auf die Mondsichel und die Sonnenscheibe darin, die auf dem Kopf der Statue thronte. In der Goldscheibe tanzten die Lichter. »Der Gott des Schreibens und der Zahlen. Die Baumgöttin Hathor, in deren Kuhgehörn auch die Sonne Amûns schwebt, steht neben ihm; sie hilft den Frauen in allen Dingen des Lebens.«

Merit-Khenso setzte sich neben Telegonos und drückte sich an ihn. Unbegreifliche Schatten glitten über die Rundungen der Säulen und schienen die Zwischenräume ins Endlose zu verlängern. Der feuchte Boden dünstete bitteres Salz aus; der Ruch mischte sich mit Myrrhen- und Weihrauchduft und mit dem Balsam auf Khensos Haut. Telegonos erschauerte.

»Die Göttin Maat, die der gewogenen Gerechtigkeit, und unser großer Ptah, Herr des Tempels, der Stadt und des Gaues der Weißen Mauer Ineb hedj. Ihm zur Seite Anubis, der Schakalköpfige, der die Herzen der Dahingehenden wiegt. Blicke sie an, Prinz; denn ihre unirdischen Augen blicken auf dich.«

Die Sonne war untergegangen, ein langer Windhauch ließ die Flammen zittern. Je länger er sich dem steinernen Wäldchen und den Edelsteinblicken der Götter ausgesetzt fühlte, desto mehr wuchs Telegonos' Verwirrtheit. Als der Priester weitersprach, klang es, als käme die Stimme von jenseits der Mauern.

»Seth und Chnoum sind bei dir, und Gott Sobek, der Herrscher der gepanzerten Geschöpfe im Strom. Die Dreiheit der Urgötter, Tefnut, Geb und Schu, streckt die Hände aus nach dem großen Horus, der alles sieht. Ein heiliger Ort, o junger Fremder; laß dich von der Stille nicht erschrecken.«

Telegonos erschrak nicht vor der Stille, sondern fühlte voll Besorgnis, daß unbestimmte Furcht nach ihm und Merit-Khenso griff. Er legte den Arm um ihre Schultern und holte tief Luft. Sein Herzschlag raste, er glaubte ihn hören zu können wie Trommelschläge, von denen die Wirklichkeit zerteilt wurde. Namen, Bilder und Bedeutungen vermischten sich, das flakkernde Licht verwirrte den Blick und wirkte wie ungemischter Wein.

»Month, der Falkengott, Thot von Chnum-Chmunu, der Mondgott ... Rê-Harachte und Amûn, der Unendliche, Herrscher der Horizonte ... die furchtbare Löwengöttin Sachmet und Chons und Nephthys und Nechbet und Schlangengöttin Udjet ...« Die Stimme wurde zu einem Murmeln, das sich wie Rauch um die Säulen schlängelte und zwischen den Dachträgern aus Zedernholz verlor. Telegonos riß die Augen auf: Es war wirklich Rauch, denn Hotep-Penamun streute gemahlenes Weihrauchharz auf die fleckige Glut einer Räucherschale. Telegonos fühlte sich klein und unbedeutend; er begann sich halb willenlos zu fragen, ob jene Urgötter ebenso wie Kronos und Gaia vom Chaos geboren worden waren. Ihre Blicke schienen ihm recht geben zu wollen, aus der Stille glaubte er Worte fallen zu hören wie Steingeschosse, hörte Laute wie Rufe ferner Inseln.

Wieder verbanden sich Gegenwart und längst Vergangenes. Warum war ihm, Telegonos, die Große Stadt gezeigt worden? Die Götterriesen? Die Quadermassen der Steinzelte? Merit-Khenso klammerte sich an ihn und schien zu weinen; sie zitterte. Telegonos' Atem ging schwer, der Rauch des verschwelenden Sontjer-Weihrauchs entkrampfte die Muskeln und schläferte die Gedanken ein. Der Priester war verschwunden; sie waren allein mit den ewigen Göttern. Ihm war, als habe er in dicken Wolken den Olympos erklettert und sähe, während sich der

Nebel auflöste, den Kreis der Olympier Götter vor sich, Zeus und Paian Apollon in ihrer Mitte; sie betrachteten ein bronzenes Zeusabbild, salbentriefend und mit tränenden Malachitaugen. Die löwenköpfige Sachmet starrte ihn aus goldenen Augen an, als sei er ihre gelähmte Beute. Geb, Schu und Tefnut schienen mit Imhotep, dem weisen Schutzherrn der Schreibenden, Sohn Ptahs und Chreduankhs, über ihn, Telegonos, zu reden: Er sah sich selbst in unzähligen Bildern, lauschte Gefühlen und Bedeutungen nach und glaubte zu erfahren, daß alle Götter eines einzigen Urgottes Söhne und Töchter waren, glaubte seine Zukunft hinter blutroten Schleiern zu erkennen, wenigstens einige verwirrende Bilder daraus, sah unsagbar Fremdes an fernen Ufern, umfuhr den Omphalos des Meeres und segelte im Sturm durch das Ferntor Telepylos und weiter hinaus, an der Seite eines Rotbärtigen: Odysseus? Er schwitzte, zitterte, fror und schwankte schweißgebadet, verlor jedes Gefühl für die verrinnenden Stunden, sah in Rê-Harachtes Sonnenscheibe Khensos und sein Gesicht. Er merkte, daß er aufstand und Khenso mit sich zog. Die Sandalen machten Geräusche, als klatsche jemand in die Hände; zwischen den Säulen breitete sich fahles Morgenblau aus.

Telegonos holte tief Luft und sah in Khensos Augen. Sie war totenbleich, die Schminke war zerlaufen. Er umarmte sie und zog sie weiter, über leere Höfe, zwischen anderen Säulen hindurch, zum Rand des Teiches.

»Die Nacht ist vorbei«, flüsterte er. Seine Lippen waren pelzig, etwas würgte tief im Hals. Merit-Khenso antwortete nicht. Sie kühlten ihre Gesichter im Wasser, das ein beängstigendes Spiegelbild jenseits der Steinbarken zeigte: Der Morgenhimmel, vor dem ersten Lichtblitz der Eos, sah aus wie Berge, Ebenen und Seen eines Traumlandes, betrachtet mit den Augen des Falken. Telegonos fand den Durchlaß aus dem großen Tempelhof und stolperte, Khenso im Arm, zu ihrem Haus. Sie leerten einige Schalen Henket, zogen die Vorhänge vor Türdurchlässe und Fensterchen und streckten sich auf dem Lager aus. Eng aneinandergeklammert schliefen sie ungestört bis weit nach Mittag; als sie einander in die Augen sahen, fühlten beide, als habe sie eine gewaltige Woge an den Strand geworfen.

»Die Welt der Götter und der Sterblichen«, sagte Ophian langsam, »ging einen Weg vom Chaos in die Ordnung. Ich hab' gut zugehört, Telegon – diese Erkenntnis hat euch der alte Priester vermitteln wollen. Götter und Menschen, den göttlichen Gesetzen gehorchend, sind diesen Weg gegangen. Welchen Namen die Götter auch haben mögen, ob sie auf dem Olymp hocken oder auf einem sandigen Horizont: Sie sind einander gleich. Kinder des Chaos, die durch Jahrtausende zur Ordnung gefunden haben.«

»Wohl gesprochen, Steuermann. Isfet nennen wir euer ›Chaos‹.« Pentawer lehnte sich an die Terrassenbrüstung des gemauerten Sitzes. »Wir sollten heute weniger über Götter und mehr über das Große Grüne reden. Steigere nicht die Verwirrnis von Khensos jungem Gast.«

»Danke, mein Vater.« Telegonos verbeugte sich übertrieben tief vor dem Kapitän. Pentawer-Ptah war inmitten dieser unvergeßlichen Säulen, Mauern und Statuen aufgewachsen; Ophian schien alles, was Telegonos verwirrte, so gelassen zu betrachten wie ungewöhnlich gewachsene Felsen oder den Palast des Aiolos. »In endlosen Nächten auf dem Meer wirst du mir alles erklären, ja?«

»Wenn ich's kann.«

Heptodus, Nautes und Mys waren vor kurzer Zeit, satt und trunken, zum Hafen gegangen. Charissa saß ausgestreckt in der Ecke, vor den Falten des Mückenschleiers, und blickte schweigend von einem zum anderen. Qafi, die junge Dienerin, füllte die Becher mit kühlem, gemischtem Wein und trug Speisereste und Schalen ins Haus hinunter. Merit-Khensos Dienerinnen hatten die Harfenistin zwei Stunden lang geschminkt und geschmückt; Khensos Fingerkuppen schienen die Saiten kaum zu berühren, aber die Klänge schwirrten wie fröhliche Seufzer durch die warme Luft. Telegonos sah in

Khensos Augen. Sie trugen noch den grauen Ausdruck überstandener Schrecken, aber ihr Lächeln war voll und warm.

»Hast du etwas von den Flüchtlingen erfahren, Charis?« Telegonos versuchte seit fast zwei Tagen, mit den Eindrücken fertig zu werden, die auf ihm lasteten wie die Steinmassen der Tempel, mit dem unabänderlichen Abschied von jener Frau, die alle Träume seiner Jugend ausfüllte. Charissa lächelte ihn verständnisvoll an und schüttelte langsam den Kopf.

»Nichts, womit ich etwas anfangen kann. Nur Gerüchte. Ein paar Namen. Ein Kapitän hat allen Ernstes erzählt, daß viele Leute von Ahhijava dort siedeln, an der kargen Küste, wo wir geankert haben – in der Schlucht der Bilder. Dort, irgendwo in diesem Land.«

»Wir haben nicht einmal eine Rauchsäule von ihren Feuern gesehen«, murmelte Ophian. »Was sagst du, Käpten?«

»Ich sage, daß Charis in den Häfen zwischen Ushu und Gubla mehr erfahren wird. Du wirst also mit uns segeln, bis zum Zederngebirge?«

»Das will ich noch immer: übermorgen früh.«

»Noch zwei Nächte, Liebster«, hauchte Khenso und zupfte an den langen Saiten. Tiefe summende Töne scheuchten Mükken von den wehenden Schleiern. »Nun habt ihr alle auch den Schutz unserer mächtigen Götter.«

»Alles wird gut, mein Prinz.« Pentawer-Ptah hob die Hände. »Ich bring dich nach Keftiu, und von dort segelst du in drei Tagen zur Insel deines Vaters.«

Selbst die drei aus Aiaia hatten begriffen und eingesehen, daß die Mannschaft der *Namenlosen* seit der Durchquerung der Meeresenge unter einem anderen Gesetz segelte, ihr Kurs von den Göttern bestimmt wurde. Kirke war weder Pentawer noch den anderen erschienen, kein Orakel, keine Erleuchtung war ihnen zuteil geworden. Ophian und Pentawer hatten sich damit abgefunden und würden auf den Meerespfaden der Gublaschiffe segeln; Telegonos begann sich in seinem mühsam unterdrückten Schmerz abermals zu fragen, warum ihn die Götter hierher geführt hatten; noch war für ihn der Umweg ein unausforschliches Rätsel, ebenso Khenso: sie verloren einander, noch ehe sie sich wirklich gefunden hatten. Er hob die Trinkschale und bemerkte das Zittern seiner Finger.

»Nach Ithake, zu den Odysseus-Inseln«, sagte er leise. »Noch sind wir nicht dort. Die Winde der Götter ...«

Merit-Khensos Finger an ihrem Instrument hatten die Nacht mit fröhlichen Tonfolgen erfüllt. Nun begann sie, die Saiten mit den Handballen zu dämpfen; jeder Ton klang nach Abschied, Schmerz und Einsamkeit. Orpheus aus den alten Sagen, dachte Telegonos, hatte der Kithara kaum schönere Klänge entlocken können als die Harfenistin des vergöttlichten Herrschers. Charissa zwinkerte Ophian und Pentawer zu und gab ihnen ein Zeichen, das nur Telegonos sah.

»Laßt uns an Aufbruch denken, Freunde.« Pentawers Finger spielten mit den schweren Gliedern des Brustschmucks. »Morgen sind die Listen beim Verwalter durchzusehen; man verlangt nicht zu Unrecht, daß ich mit Gewinn zurückkomme.«

»Wir werden am Schiff Abschied nehmen, Freundin?« sagte Charissa und stand auf. Khenso schüttelte den Kopf, ihre Finger griffen eine mißtönende Klangreihe.

»Nicht am Schiff«, sagte sie heiser und schluckte. »Es ist ein Abschied für immer: Ich und er, wir finden eine andere Stelle. Jeder Ort ist der falsche.«

»Seeleute finden immer einen Weg, ihren Schmerz nicht zu zeigen. Die Mannschaft, schönste Khenso, dankt für die Gastfreundschaft eines sehr langen Abends. Keiner wird ihn vergessen.«

»Ihr wart liebe Gäste.« Khenso kippte den geschnitzten Fuß der Harfe nach vorn und reichte Telegonos die Hand. Sie begleiteten Charissa, den Kapitän und den Steuermann bis zur Öffnung in der Hofmauer; Telegonos sagte leise:

»Ich bin rechtzeitig an Bord, Pentau. Noch in der Dunkelheit.«

Sie schüttelten einander die Handgelenke. Telegonos sah ihnen nach, bis sie im fleckigen Halbdunkel der Gasse verschwunden waren. Khenso zog ihn zum Rand des Teiches und setzte sich auf ein Kissen.

»Heute nacht bleiben wir in meinem Haus«, flüsterte sie. »Und morgen werde ich mit dir im Schilf paddeln. Willst du? Erst nach Mittnacht laß ich dich gehen, Liebster.«

Mücken und Nachtfalter schwirrten um das Flämmchen. Ein Vogel raschelte im Geäst der Sykomore und stieß einen erschreckten Laut aus. Telegonos nickte schweigend, hob Merit-Khenso auf seine Arme und trug sie zur Terrasse hinauf. Zwei Lämpchen ließen sie brennen, streiften Kleidung und Schmuck ab und legten sich auf die weißen Laken. Merit-Khenso legte die Hand in Telegonos' Nacken, zog ihn zu sich herunter und küßte ihn; zuerst zärtlich, dann mit wachsender Leidenschaft. Er roch den Balsam aus Mesdemet und Kohol, schmeckte das Öl aus Myrrhe, Behen und Lotosblüten. Khensos Finger glitten über seine Schultern.

»Weißt du ...«, ihr Flüstern klang angestrengt, »es wird sein, als würden wir miteinander sprechen, ohne uns zu sehen; wir werden einander nie vergessen können.«

Sie schob ihr Knie zwischen seine Schenkel und wartete, bis seine Lippen die Spitzen ihrer Brüste trafen. Telegonos murmelte: »Du glaubst mir nicht, Khenso: ich hab's hundertmal gesagt: an dich denke ich noch, wenn ich so alt bin wie der jüngste eurer Götter.«

Sie liebten sich lächelnd und schweigend, ohne Hast. Als sich der Höhepunkt ihrer Leidenschaft näherte, schlang Khenso die Beine um seine Lenden und hielt ihn lange in sich fest. Sie flüsterte Unverständliches, ihre Augen waren weit aufgerissen und suchten in seinem Gesicht, forschten in seinen Blikken. Telegonos hob den Kopf in den Nacken und sah sie an. Zwei lange Sternensplitter zuckten quer durch den schimmernden Götterweg. Schweißtropfen fielen von seiner Stirn und vom Kinn; die breitbäuchige Barke des wachsenden Mondes spiegelte sich in Khensos Augen.

Zwischen Morgen und Mittag, im Osten Menefru-Mirês, bog

das große Binsenboot aus dem Kanal in den Nebenarm ein. Telegonos setzte das Paddel rechts und links des Hecks ein und zog kraftvoll, aber langsam durch; die Strömung trieb das Boot in die erste breite Gasse im Schilf hinein. Halme, Dolden, Kolben und Schilfstengel raschelten im Nordwind, Wolkengebirge wälzten sich ostwärts, die Mauern der Stadt verschwanden hinter den Halmen und mehrfachen Baumreihen am Ufer. Libellen zuckten wie fliegendes Geschmeide durch die offenen Flächen, unzählige Frösche lärmten, und das Schilf war voller Wasservögel, Schlangen, Bienen und Mücken, Fischen und unsichtbaren Jägern hinter den gilbenden Mauern. Die Sonne war schmerzend grell. Als das Boot den wirren Krümmungen der Gasse tiefer in das Schilffeld hinein folgte, richtete sich Merit-Khenso im Bug auf und fächelte sich mit dem Strohhut Luft zu.

»Wir sind hier so allein wie in meinem kühlen Haus«, sagte sie und betrachtete ein Reiherpärchen auf einem weißen Ast. »Aus dem Schilf, von den Urhügeln ging einst, als sich das Chaos lichtete, alles hervor: Du hast Pfeiler gesehen, die Schilfbündeln oder Palmen gleichen. Aus dem Mark einer Schilfart – Te-Ufy – machen wir Schreibblätter. Matten, Sitze und Tische: aus Schilf. Man hat uns gelehrt, daß bestimmte Könige das Land aus Schilf, Sumpf und Überschwemmung geschaffen haben, so wie du es mir von Prometheus mit dem Feuer erzählt hast. Der erste Tempel war der Urhügel, der sich im Schilf aus der Überschwemmungsflut erhob.« Khenso nahm aus einem Korb den Mückenschleier und faltete ihn halb auseinander. »Ins Schilf fahren heißt lieben. Liebend und leidenschaftlich kehren wir zu den Ursprüngen zurück. Deshalb, mein Prinz, mußt du paddeln und schwitzen.«

»Wir haben viel Henket.« Er lachte. »Für dich schwitz ich gern. Und auch dafür, daß ich weiß, woher euer Land kommt.«

»Dorthin, zu den Tamarisken, Telegon!«

Sie deutete zum Ende einer Bank aus Schwemmgut, die mit dem Ufer verbunden zu sein schien. Die Luft im Ried schien aus Hitze und Wasserfäden geflochten zu sein; jeder Windstoß stäubte Wirbel und Bänder winziger Pflanzenteile auf und wehte sie auf die Blätter und Blüten des Lotos. Telegonos drehte den Kopf und nahm aus dem Augenwinkel ein Flattern wahr: ein Halkyon flog am Schilfrand vorbei, über eine Fläche, an der die Halme unter der Wasseroberfläche gesichelt worden waren, und stürzte sich ins dunkle Wasser.

»Für mich ein göttliches Zeichen«, sagte Telegonos. Der Vogel, dessen Gefieder wie farbiges Metall leuchtete, trug einen zappelnden kleinen Fisch im Schnabel. »Ein Halkyone.«

»Wir nennen ihn Eisvogel. Was bedeutet ein Halkyone?« Khenso öffnete einen Henketkrug. Das Boot folgte in Schlangenlinien dem Durchlaß und näherte sich dem Baumschatten. »Er ist nicht oft zu sehen.«

»Halkyone und ihr Mann Keyx, sagt die Legende, haben Zeus und Hera verspottet. Zeus ist wie dein Amûn, Hera wie Hathor oder Isis. Keyx wurde in einen Taucher verwandelt, Halkyone in einen ... Eisvogel. Das Zeichen? Die Götter sagen mir, daß alles gut ausgehen wird.«

Eine Kette Enten fiel ins Schilf ein. Langsam flogen schwarze Ibisse über die Sandbank. Vor der Unterseite einer Wolke zogen Geier ihre Kreise, als das Boot in den Bereich der Schatten trieb. Khenso füllte zwei Becher und sagte:

»Alles wird gut, in deinen Augen sehe ich das Meer. Jeder an Bord liebt dich, und am meisten liebe ich dich. Warum sollten dich die Götter hassen?«

»Vielleicht, weil sie sich selbst vor den Dunklen Jahren fürchten.« Von der Schaufel des Paddels tropfte dumpfriechendes Wasser. Telegonos steuerte das Boot zwischen zwei Wurzeln, rammte die Stakstange im Heck tief in den Schlickgrund und schlang einen Knoten ins Halteseil. »Und weil manche Götter den Sterblichen das Glücklichsein neiden.«

Er leerte den Becher und nahm den Dolchgurt ab. Das Leder war schwarz vor Schweiß. Das Boot gehörte einem Fischer des Palastes. Von ihm hatte Merit-Khenso erfahren, daß in einem Siebentag der Herrscher im Palast zurückerwartet wurde. Er besuchte Pi-Ramesse, eine Stadt am östlichen Mündungsarm, wo Kampfwagen hergestellt wurden, viel Bronze gegossen wurde und Hunderte Krieger mit Pferdegespannen übten. Zog er wieder ins Große Haus ein, würde Khenso fast jede Nacht spielen müssen, allein und mit anderen Musikern. Telegonos band den Mückenschleier an die Gabelung des untersten Astes, breitete die Ränder zwischen Bug und Heck aus und genoß jeden Windhauch, der mit den Tamariskenzweigen raschelte. Die Sonnenscheibe wanderte hinter die dicken Stämme, rötliche Strahlenbalken bohrten sich durch die Lükken im Blattwerk. Telegonos hängte die Beine ins Wasser und klatschte nach einer Mücke.

»Nimm mich in den Arm«, sagte Khenso und zog die Tücher über den Kissen straff. »Wir versuchen zu tun, was unmöglich ist.«

Telegonos setzte sich neben sie, Khenso lehnte sich an seine Schulter und flüsterte: »Unmöglich ist: Die Stunden aufhalten, die Leidenschaft verlängern, vergrößern, unsterblich zu machen. Erinnerungen aus Wasser oder Sand zu weben und ein trauriges Lied ersinnen, das ich jede Nacht singe, bis zum Ende meines letzten Tages, wenn ich zahnlos und häßlich bin.«

»Ich werde ein anderes Bild in meinen Erinnerungen haben, Nefer.« Telegonos nahm ihre Hände, küßte die Handflächen und die Fingerspitzen. »Nefer: die Schönste. Mit zauberischen Sommerfingern. Mit Gazellenaugen und Saitenklängen, die ich nach dir niemals mehr so schön hören werde.«

Sie öffnete die Schnalle seines Gürtels und neigte den Kopf in seinen Schoß. Telegonos löste in ihrem Nacken den Knoten des Brustschmucks und ließ ihn rasselnd in den aufgeklappten Truhendeckel fallen. Khensos Hände glitten über seine Schenkel und umfaßten kühl das Gemächt.

»Unsere Liebe. Die Leidenschaft – das einzige Geschenk des Abschiedes. Die Bilder der Erinnerung erstarren wie steingemeißelt. Und alle Klänge – der Wind verweht sie.« Khensos Schultern zuckten. Sie flüsterte: »Nimm mich, Liebster. Liebe mich. Zärtlich, leidenschaftlich, rasend.«

Im ersten langen Kuß, inmitten der Zärtlichkeiten, schlug der Abschiedsschmerz in fiebrigen Taumel um. Sie klammerten sich keuchend aneinander, als könnten sie die Zeit anhalten, während der ihre Körper versuchten, eins zu sein und zu bleiben; sie schienen miteinander zu kämpfen bis zur Erschöpfung. Als sie aufwachten, fehlte weniger als eine Stunde zum Sonnenuntergang. Telegonos hatte eine solch verzweifelte Raserei noch niemals erlebt; sie hatten den einsamen Gipfel göttlicher Leidenschaft erreicht, den einzigartigen Kairos. Telegonos war erschöpft, ausgelaugt, glücklich. Ihr Schweiß roch schal, Lippen, Zunge und Kehle waren ausgedörrt; ihre Körper lagen halb übereinander, Telegonos' Kopf ruhte in Khensos Schoß. Einige Mückenstiche juckten trotz des Schleiers. Telegonos richtete sich auf und sah sich um: Khenso war aufgewacht, wischte mit einem feuchten Tuch über ihr Gesicht und starrte an ihm vorbei in die grünbraune Mauer des Röhrichts; sie weinte und hielt seine Hand.

»Auch wir sind vom Horizont der Ewigkeit geglitten.« Sie sah zu, wie Telegonos den Tonkrug aus dem kühlenden Wasser zog, abwischte und den Inhalt in Becher leerte. »Nun bleibt uns nur noch die halbe Nacht. Du hast mein Herz gebrochen, Telegon.«

Sie tranken wie Verdurstende. Telegon zögerte, dann lächelte er und sagte leise: »Mein Herz ist geborsten, als ich dich das erste Mal sah. Hast du's nicht gehört? Es klang, als ob Quader auseinander brechen.«

Merit-Khenso nickte und deutete auf das Paddel im Wasser. Der Griff hatte sich am Rand des Bootes verhakt.

»Bring uns zurück, Liebster, ehe es zu dunkel ist.«

»Ja«, sagte er und zog das tropfende Paddel ins Heck. »Die Dunkelheit. Sollen wir sie lieben oder hassen?«

»Heut nacht werden wir sie noch einmal besiegen.« Khenso versuchte zu lächeln. »Für wenige Stunden.«

Telegonos löste den Knoten, zerrte die Stakstange aus dem Boden und nahm den Mückenschleier ab. Langsam drehte er das Boot und paddelte zur Stadt zurück; der Fischer wartete am Ende des Steges, begrüßte Khenso fast ehrfurchtsvoll und half, das Boot zu entladen.

Während Telegonos sich wusch, die Bartstoppeln schabte und die gewaschene, ausgebesserte Chlaina anlegte, hörte er Khenso auf der kleinen Harfe spielen, die zirpenden, zwitschernden Töne schwirrten durch alle Räume. Schweigend trugen die Dienerinnen das Essen auf, nachdem sie zusammen mit Telegonos seine Habseligkeiten in den Watsack gepackt hatten. Eine Stunde danach waren Khenso und er allein auf der Terrasse und hielten sich in den Armen, redeten leise, als fürchteten sie unliebsame Zuhörer, von ihrer Liebe, vom Großen Grünen und vom fernen Ziel jenseits der Insel Ithake. Telegonos war, als er aufwachte und nach Khenso tastete, nicht sicher, ob er träumte; als er nach einiger Zeit ihre Fingerspitzen spürte, brannten im Kreis um das Lager mehr als ein Dutzend Ölflämmchen. Khenso kniete nackt neben seinen Schenkeln und kreuzte, als er die Augen öffnete, die Unterarme vor den Brüsten. Zwischen den Fingern der rechten Hand baumelte an einer Kette aus winzigen Bronzegliedern ein Ankh, das Rômetzeichen für ein langes, glückliches Leben. Khenso richtete den Blick auf den Halbkreis des absteigenden Mondes.

»Ein letzter Kuß, Geliebter, eine letzte Umarmung«, sagte sie weich. »Du hast geschlafen; ich war bei Pentawer und den anderen. Wir haben Abschiedswein getrunken.«

Wieder war sie sorgfältig geschminkt und trug nur Ringe und Armreifen. Ihr Kleid lag auf einem Hocker. Telegonos faßte ihre Oberarme und richtete sich auf, als sie die Kette um seinen Hals legen wollte. Im ovalen, zum vergoldeten Kreuz hin spitz zulaufenden Henkel des Ankh umklammerte eine goldene Fassung ein fast rundes, durchsichtiges Gebilde von der Form eines Linsenkorns, so groß wie das Ei einer Wachtel.

»Für mich?« sagte er und ließ das Henkelkreuz los. Sie nickte und sagte:

»Nur für dich. Es ist mehr und ein wenig anders als ein Ankh, ein Lebens- und Wunschzeichen.«

»Es wird mich immer an dich erinnern«, sagte er und küßte sie. Einige Atemzüge lang verwandelte sie sich in ein Trugbild: Kleine Schatten und zitternde Lichter tanzten auf der kühlen Haut ihres Körpers, schienen ihr Gesicht in das Antlitz der Hathor oder der Pallas Athena zu verwandeln. Die Gazellenaugen wurden dunkel, als Khenso in die letzte Umarmung sank, als sich zwischen seinen Lippen die Spitzen ihrer Brüste aufrichteten und Khenso über ihm kauerte, sein Glied liebkoste und sich behutsam über ihn senkte, ihn aufnahm und plötzlich erstarrte, als lausche sie auf ferne Rufe, die nur ihr und ihm galten.

Sie umarmten sich mitten im Mauerdurchgang. Einer der Techenu-Pfeiler des Tempels hatte den Mond aufgespießt wie der Dorn der Schiffsaxt einen halben Granatapfel. Merit-Khenso hielt Telegonos' Gesicht in beiden Händen; sie war wie versteinert. Leise und heiser sagte sie:

»Segle weiter, zum Meeresnabel, zum Vater und durch das Ferntor. Denk an mich, deine Mondgeliebte. Wäre ich jünger und mutiger, würde ich mit dir gehen.«

Er nickte, nahm ihre Hände und küßte die verschwommenen Hennamuster der Handflächen. Sie lächelte, wandte sich halb um und ließ die Arme sinken, schien etwas sagen zu wollen und schüttelte kaum merklich den Kopf. Langsam, mit geradem Rücken und erhobenem Kopf, ging sie, ohne sich umzusehen, zum Haus und löschte die Lämpchen rechts und links des Einganges. Telegonos starrte, die Hand um das Ankh geballt, mit brennenden Augen hinter ihr her. Dann hob er Schwertgehänge und Dolchgurt auf die Schulter, packte den Watsack und ging in der Mitte der Gasse zum Hafenkanal. Nach einem Dutzend Schritten löste sich aus der Finsternis eine Gestalt; ehe Telegonos erschrecken konnte, erkannte er Charissas Stimme.

»Laß dir tragen helfen, Prinz. Wie dir zumute ist, weiß ich: Es wird ein schweigender Morgen im Hapistrom sein.«

Beim Schiff warteten im Fackellicht der Verwalter, sein Schreiber, eine Handvoll Sklaven und die Mannschaft. Ein Lotse hockte im Bug, die Teile des Peilstabes über der Schulter. Pentawer lehnte am Mast, nickte schwer und sah zu, wie Nautes den Watsack im Lastraum zwischen andere Gepäckstücke stapelte. Ophian umarmte Telegonos; eine kurze, harte Klammer um die Schultern. Er sagte:

»Hilf mir, Telegon. Wir nehmen den östlichsten Mündungsarm. Wir können schnelle Schenti-Fahrt machen, bevor der Tageswind aufkommt.«

Die Tauschlingen schlugen aufs Deck. Acht Ruderer, Männer des Verwalters, senkten die Riemenschaufeln ins Wasser, nachdem der Bug abgestoßen worden war und die *Namenlose* langsam wendete. Hinter dem Heck schwammen nebeneinander zwei Schilfboote, deren Masten und Rahen zwischen Bug und Heck festgebunden waren. Die Fackelflammen spiegelten sich düster im Schlammwasser, als das Schiff den Hafen verließ, durch den Kanal gerudert wurde und weit vor dem Steg der Schilffischer in die Strömung des Hapi hineinglitt.

16.
DIE HÄFEN DES HANDELS

Nach der ersten Gabelung, im rechten Hapiarm, bevor aus dem flachen Land des Mündungsdreiecks die Siedlung Nai-Ta-Hut zu sehen war, berührte eine Dammstraße am gegenüberliegenden Ufer nahe Iunu, dem »nördlichen Om«, in weitem Bogen fast das Steuerbordufer. Drei schwer beladene Schiffe, auf deren Deck Krieger standen, rauschten in voller Fahrt, mit prallen Segeln, hart an der *Namenlosen* vorbei nach Süden. Vielleicht ein Dutzend Wagen, von Pferden mit glänzendem Fell und mit Federbüschen zwischen den Ohren bespannt, warteten auf der Straße; sowohl die Lenker als auch die Bogenschützen in den Wagenkörben trugen Lederpanzer, vier Hände breite Gurte und bronzebeschlagene Helme. Die Speer- und Pfeilköcher am Bug der Streitwagen waren gefüllt, im Mittagslicht blitzten Speerschneiden. Pentawer winkte und rief einen Gruß, dann sagte er zu Telegonos:

»Die Krieger beobachten uns. Jedes Schiff sehen sie sich genau an, bis wir an den Schwemmsänden sind.«

»In Menefru habe ich nichts dergleichen gehört.« Telegonos umfaßte Khensos Ankhzeichen und zählte die Tropfen, die vom schlammbedeckten Ende des Peilstabes fielen. »Habt ihr Kämpfe oder Krieg im Nordosten eures Landes?«

Der Lotse schüttelte den Kopf und warf einen langen Blick

auf die Gespanne. Der Wagen des Anführers wendete, am Wagenkorb war ein Stab befestigt, an dessen Spitze ein Zeichen schwankte. Telegonos kannte die Bedeutung des vergoldeten Gitters zwischen zwei gekrümmten Linien nicht.

»Kein Kampf. Aber der Goldhorus, er lebe ewiglich, hat gegen die fremden Eindringlinge gerüstet. Gegen die Seevölker.

»Seevölker?« Telegonos zuckte mit den Schultern. Der Anführer winkte, die Pferde seines Gespanns fielen in Trab, und nacheinander folgte Wagen auf Wagen; in Staubwolken gehüllt, fuhren die Gespanne in langer Reihe ein paar Pfeilschüsse weit entlang des Ufers, dann bog die Straße nach Osten, ins Landesinnere ab. »Wird Tameri vom Meer aus bedroht? Von Eroberern in Schiffen?«

»Und von anderen Eindringlingen, die von dorther kommen, wohin ihr fahrt. Von den Inselvölkern. Und den Pereset.«

»Deine Reden machen mich mutlos«, sagte Telegonos. »Erzähl mir, was du von den Angreifern weißt.«

»Nicht mehr, als jedermann weiß: Ihre wandernden Späher und Lauscher kundschaften unser Land aus. Die Vertrauten des Goldhorus hören Gerüchte, sehen Fremde über das Zederngebirge kommen. Deshalb unterhält der Gottherrscher in Pi-Ramesse – es liegt abseits dieses Mündungsarmes, wir werden's riechen können – viele Gespanne. Also, das ist, was ich weiß ...«

Der Lotse, mitunter von einem der Ruderer oder Pentawer unterbrochen, sprach von zwanzig bis vierzig Char Bronze, die täglich in den Ofengruben von Pi-Ramesse geschmolzen und gegossen wurden, von einem halben Tausend Pferden, die eingespannt, und vielen hundert Streitwagen, die bemannt werden konnten, von Pferdezucht, großen Weiden und den Scheinkämpfen, mit denen die Krieger sich auf Kämpfe oder Schlachten vorbereiteten. Mit dem Urin und dem Kot der Pferde wurden üppige Weinstockfelder gedüngt; in versteckten Kanälen baute man Schiffe. Der große Vorgänger des Herrschers, Wosret-Maat-Rê, hatte wie seine Nachfolger länger in Pi-Ramesse als in Menefru-Mirê gewohnt; der Herrscher dieser Jahre, der den gleichen Namen gewählt hatte, mußte sich im fünften Jahr seiner Herrschaft gegen ein Heer aus dem Westen wehren: Hunderttausend Kriegsgefangene und unermeßliche Beute waren Beweise für seinen machtvollen Sieg. Deshalb wurden die Mündungsarme und jeder Fußbreit der östlichen Grenze bewacht und ausgespäht.

»Aber – jene Tjeker, Scherden, Teresh und wie sie heißen mögen ... sie haben noch nicht angegriffen?«

»Sie werden angreifen, Herr Kapitän.«

»Er ist der Käpten.« Telegonos deutete auf Pentawer, einen Atemzug später zeigte der Lotse mit dem Stab nach Backbord.

»Dort. Unsere Schiffe!«

Ein kurzer Kanal, nicht viel mehr als eine eckige Bucht, führte zwischen Schilf und blühenden Te-Ufy-Pflanzen landeinwärts. Auf einem Hang aus dunklem Sand, den Kiel auf Palmholzrollen, standen zwei lange Schiffe mit halb aufgerichteten Masten und eingehängten Riemen, deren Schaufeln den Boden berührten. Akazienstangen stützten die Bordwände, im Schatten der Bäume und großer Dächer aus Binsenstroh und Palmwedeln lagerten Ruderer und Krieger. Die *Namenlose* glitt, von kräftigen Riemenschlägen und den Rufen des Lotsen im Fahrwasser gehalten, mit kleiner, schäumender Bugwelle vorbei.

»Das zeigt, daß euer göttlicher Herrscher sein Heer auf einen schweren Kampf vorbereitet«, sagte Telegonos. Er drehte sich zu Pentawer herum. »Kommen die Angreifer etwa aus den Hafenstädten, zu denen wir unterwegs sind?«

»Das kann niemand sagen«, sagte der Kapitän. Die Ohrperlen glänzten und blitzten in der Sonne. »Aber nicht nur ich weiß, daß zwischen dem Saum des Großen Grünen und den Gipfeln des Zederngebirges viel leeres Land ist. Dort haben zu jener Zeit vielleicht auch die Flüchtlinge Unterschlupf gefunden, nach denen Charissa sucht.«

Manche Hafenstädte standen seit langer Zeit unter der Verwaltung der Rômet. Andere hatten sich losgesagt und verbündeten sich mit Fürsten kleiner Stämme, trieben aber weiter

Handel mit Tameri. Viele Händler, die so genannten Gublafahrer, waren unabhängig und zahlten Abgaben in Menefru und in Ushu-Djarr, Gedjet oder Gubla. Im fruchtbaren Dreieck und in der Hauptstadt erwarteten die Verwalter nach dem Sinken der Hapischwelle die ersten Händlerschiffe.

»Und wir sind eines der ersten Schiffe aus Menefru Mirê«, sagte Pentawer. »Sie warten auf Schmuck, Schreibblätter, Datteln und schwarzes Henket. Unter anderem.«

Die Mannschaft übernachtete, nachdem das Schiff durch einen künstlich verbreiterten Wasserlauf zur linken Seite gerudert worden war, in Per-Sopdu. Die Ufersiedlungen glichen einander: kleine Städtchen, deren Häuser sich um einen Tempel und den anspruchslosen Palast des Verwalters scharten, von Weiden, Äckern, Feldern und Hainen umgeben, inmitten kleiner Wälder und gesäumt von Schilfflächen. Auch in Per-Sopdu lagerten wachsame Krieger. Je weiter die Strömung das Schiff nach Norden trieb, desto häufiger sahen die Seefahrer galoppierende Kampfgespanne und wartende Schiffe, fühlten sie sich von unsichtbaren Augen und von den Kriegern in den Gespannen offen beobachtet. Vom Verwalter und dessen Schreibern erfuhren sie, daß die östliche Grenze zwischen der Küste und den unübersteigbaren Bergen durch den Fürstenwall geschützt wurde, eine Kette kleiner Festungen in Sichtabstand, voll erfahrener Krieger.

Als das Fahrwasser breiter und die Menge der Schlickinseln geringer wurde, hatten die Ruderer weniger zu tun. Vier Männer gingen in Per-baneb-djedet von Bord, mit einigen Krügen Henket und Kupferdeben beschenkt, richteten am nächsten Morgen den Mast ihres kleinen Bootes auf und segelten im Kielwasser zweier Kriegsschiffe hapiaufwärts.

Zwei Stunden nach dem Ablegen rochen die Seefahrer die Öfen und Gußgruben Pi-Ramesses, kurz darauf trieb der Zephyros dünnen, ätzend riechenden Rauch zum Stromarm. Noch vor Hut-Waret an Steuerbord, der letzten Stadt, weitete sich der Wasserarm. Hinter Schilf, trockenfallenden Weiden und

Baumreihen sah Telegonos vom Mast aus den Sand und die Felsen der Wüste.

Der Lotse und die letzten Ruderer aus Menefru-Mirê verließen das Schiff und begleiteten die Mannschaft in die Schenke. Bei Sonnenaufgang verabschiedeten sie sich von den Seefahrern. Pentawer und Telegonos steuerten die *Namenlose* in die Mitte des träge fließenden Wassers.

»Wenn die Winde wieder die Aiolosnamen haben, werdet ihr sehen, auf welch seltsame Weise sich Meer und Land, Sand und Salz treffen.« Pentawer feuchtete den Finger an, hob ihn in den Wind, betrachtete die Stoffbänder am Mast und nickte Ophian zu. Der Steuermann und die drei Ruderer hielten die Griffe der Riemen auf den Knien, bereit, Telegonos und Pentawer zu helfen. »Eine Stunde nach Mittag sind wir in den Wellen des Wadj-Wer.«

Das Schilf wurde spärlicher, die Halme niedriger; bald gab es keine Bäume und kein Gras mehr. Große Flächen schmutzig weißen Sandes und schwarzen Schlammes breiteten sich zu beiden Seiten des Wassers aus, aufspringende Böen trugen den Geruch frischen Salzwassers heran. Die Ränder der Schwemmbänke waren voller Unrat: Schilf, Tierkadaver, entwurzelte Bäume, verrottete Schilfboote und verwesende Fische. Die Luft war voller Schmeißfliegen. Charissa beschattete die Augen mit der flachen Hand, spähte nach rechts, nach links, über die scheinbar endlosen Ebenen aus verfaulender Leblosigkeit hinweg, aus denen die Mittagssonne stinkenden Dunst herauskochte.

»Das Chaos«, sagte sie. »Isfet. Ein wenig schöner Abschied von eurem wunderschönen Land, Pentau.«

»Ich seh's. Ich kenne es besser: Diese Strecke bin ich mehr als zwei Dutzend Mal gesegelt.«

Fast lautlos, mit wenigen Riemenschlägen, trieb das Schiff mit Boreas, Nordwind, von Backbord durch die Einöde. Telegonos dachte an Khenso und legte die Hand auf das Henkelkreuz an seiner Brust. Jeder Möwenschrei gellte in den Ohren wie ein verzweifeltes Gelächter. Hunderte Geier, Adler und schwarze

Aasvögel hüpften und flatterten zwischen dem Angeschwemmten umher. Strömung, Meer und Mündungswasser hatten in die Ränder des salzbedeckten Landes aus Schlamm, höher als die Flut des Meeres, sonderbare Rillen und Dreiecke gefräst; augenscheinlich zog sich die Ebbe zurück und spülte Schlieren aus seltsamem Farbgemisch zum Meer: weißgraue Wirbel, gelbe Fäden und schwarze Spiralen im bräunlichen Wasser der Hapischwelle. »Dort, wo sich die Möwen um kleine Fische balgen«, rief Ophian, »kann ich die Farbe des Meeres sehen.«

»Müssen wir noch rudern?« sagte Mys. Pentawer zuckte mit den Schultern.

»Vielleicht ein wenig. Von den Mündungen ziehen Strömungen zu den Hafenstädten Kanaans, nach Norden, in den Westen nach Alashia und Keftiu. Von dort fuhr ich mit Nordwind und Strömung nach Ost zurück zu den Mündungen – wir nennen es das Große Rund.«

»Ich bring' uns kalten Sud«, sagte Charissa. »Wie kommt es, daß ich mich auf die lange Segelnacht freue?«

»Weil du bald solch schöne Stunden vermissen wirst, Fürstin des Abschiedes«, sagte Telegonos, zuckte zusammen und schnappte nach Luft. Plötzlich überfiel ihn mit Hitze, Kälte und Erschrecken zugleich die Gedankenflut des Abschiedes von Merit-Khenso, der Schmerz der Erinnerung und das rasende Verlangen. Er schluckte und kletterte, wütend über seine Schwäche, in den Kielraum und suchte Becher zusammen. Die trockenen Tücher in der offenen Truhe rochen nach Lotos und Myrrhe, und als er den Kielraum verließ, schwindelte ihm. Er drehte sich um und blickte zu den Bäumen und den Rauchsäulen an Land, das langsam zu einem Streifen am Horizont schrumpfte.

»Die Götter wollten es nicht anders«, murmelte er und füllte einen Becher nach dem anderen. Sud tropfte auf die Decksplanken und perlte auf dem Holz, in das jenes dunkle Öl eingezogen war. Er hob seinen Becher. »Dein Land, Pentau, werde ich nie vergessen. Tameri hat mich trunken gemacht – und traurig.«

»Ich weiß es, Prinz.« Pentawers Blicke verfolgten den Sturzflug eines Fischadlers. In einem weiten Viertelkreis segelte das Schiff nach Osten. »Du hast pralle Tage des Glücks gefunden, ich habe vergeblich nach meiner Geliebten gesucht.«

Das letzte Tageslicht brach. Die Strömung zerrte an den Steuerrudern, die *Namenlose* segelte nicht allein nach Nordosten: Weit voraus schien im letzten Licht der Sonne das Segel eines anderen Schiffes zu brennen. Ophian, die drei aus Aiaia und Pentawer schliefen, Charissa und Telegonos standen an den Pinnen. Wie ein riesiges Ei schwebte der Mond über den Bergen des Ostens und verschwamm hinter dem Segel zu einem weißen Fleck. Charissa bewegte die Schultern, rollte die Armgelenke und dehnte stöhnend die verkrampften Muskeln.

»Wir beide, die Jüngsten an Bord, glaube ich – wir haben viel gelernt seit dem Abschied von Nausikaa, Prinz! Bei allen Göttern! So vieles wissen wir!« Ihr dicker Zopf klebte zwischen den Schulterblättern. Mondlicht und die winzige Flamme der Lampe im Heck warfen gleitende Schatten über das Deck. Manche Bewegung Charissas und manche Körperhaltung riefen Erinnerungen an Khenso hervor; Telegonos griff nach dem Ankh. »Niemand wird uns glauben.«

»Es gibt kein nutzloses Wissen, soll mein Vater gesagt haben. Recht hat er.« Telegonos hatte voll Erstaunen miterlebt, wie er, Pentawer und die anderen binnen weniger Stunden zu jener Art von Bordleben zurückfanden, das sie vor der Einfahrt in den Mündungsarm gekannt hatten. Er blickte zum Angelstern und holte tief Luft. »Wenn du deine Ahhijawer triffst und ich meinen Vater treffe – vielleicht wissen wir dann mehr als sie.«

»Immer wieder greifst du, so wie Norax zu seiner Scheibe, an das Ankh. Du kannst Khenso nicht vergessen?«

»Nein. Aber die Erinnerung wird kleiner, Charis, und dichter, sitzt tiefer unter der Haut. Es ... war so groß, ganz anders als ich es kannte; einzigartig.«

Die Wellen trugen kleine Schaumkämme, der warme Zephyros, der noch Geruch trocknenden Hapischlammes und Holzkohlenrauches von Pi-Ramesse mit sich trug, hatte eine ölige Dünung aufgeworfen, die das Schiff hob und senkte. Der Mond überstrahlte die Sterne und einen Teil des Kristallschleiers; an Steuerbord wetterleuchtete es über der Küste. Telegonos riß plötzlich den Kopf hoch und starrte nach oben. Ein großer, langsamer Schatten füllte einen Teil der Finsternis über ihren Köpfen und schien über dem Mast um das Schiff zu kreisen.

Charissa kicherte verhalten. »Die Götter, wenn sie uns beobachten, werden sich ausschütten vor Lachen.«

»Ich denk' es mir«, sagte Telegonos und versuchte zu erkennen, was die Sterne verdeckte. »Warum lachen sie?«

»Dein göttlicher Freund Poseidon hat den *Namenlose*-Ameisen ein schäumendes Labyrinth in den Weg geworfen. Die Fahrt nach Ithake wird von Zehntag zu Zehntag länger.«

Diesmal kicherte Telegonos. »Das heißt für uns, daß wir noch mehr erleben und unerträglich klug dabei werden.«

»Gilt nicht für mich, Steuermann!«

»Also nur für mich? Warum?«

»Weil ich nach dem Hafen von Gubla nicht mehr bei euch bin.«

Er stieß sie an und deutete zum Himmel. Lautlos drehten sich über der *Namenlosen* zwei Körper. Es schienen Vögel zu sein; mehr konnten Charissa und Telegonos im fahlen Mondlicht nicht erkennen. Sie vermochten auch nicht abzuschätzen, wie groß die schwebenden Gestalten waren. Unvermittelt trieb der Wind eine Geruchswolke von der Kielspur zum Achterdeck und über das Schiff hinweg. Telegonos und Charissa schüttelten sich, rangen nach Luft und husteten, ihre Augen begannen zu tränen: viele Atemzüge lang schmeckten sie den Gestank, der einer brennenden Gerbergrube oder heißem Kot zu entstammen schien. Grauer Staub rieselte schräg wie ein Sandwirbel auf die Planken, die Körner leuchteten wie Salzkristalle. Telegonos glaubte, das Rauschen schwarzer Schwingen zu hören, und duckte sich. Charissa flüsterte:

»Große, hungrige Vögel, Telegon! Schickt uns Zeus die Harpyien?«

Ihr Flüstern klang rauh, aus ihrem Gesicht sprach die Erwartung entsetzlicher Angriffe, aber die nächtlichen Wesen zeigten sich nicht deutlicher und schienen nicht näher zu kommen. In langen Abständen waren Flügelschläge zu hören, und wieder traf eine Wolke ätzenden Gestankes das Schiff. Durch das gleichmäßige Geräusch der Bugwelle und das Klatschen des Wassers an den Planken drang ein scharfes Plätschern, als würde dicht hinter dem Schiff eine Flüssigkeit aus großer Höhe ins Meer geschüttet. Telegonos und Charissa zuckten zusammen; sie stieß hervor: »Ich hol Bogen und Köcher!«

»Ja. Tu es. Vielleicht müssen wir uns wehren.«

Das Wetterleuchten, dessen Donner Telegonos kaum hören konnte, war aufs Meer hinausgezogen, die Wolken teilten sich, und einige Blitze zuckten. Dreimal, viermal zeigte der kurze Lichtschein, noch immer undeutlich, die Gestalten über dem Schiff. Sie waren näher gekommen: Fast doppelt mannsgroße Vogelwesen mit riesigen Adlerschwingen, deren Federn wie Bronze und Silber glänzten, mit Armen und Fingern in den Schwingen oder eng an ihnen anliegend. Aus dem Federkleid hingen Brüste wie die einer alten Frau, vom Hals an war die Haut glatt oder nur mit Flaumfedern bedeckt, und die Köpfe der Wesen ähnelten denen von Menschen; trotzdem glaubte Telegonos in den Augenblicken der Blitzgrelle und des verblichenen Mondlichts zu sehen, daß sie Menschenvögeln oder Vogelmenschen gehörten. Nasen und Kinne wirkten wie Schnäbel, die Augen schienen die von Eulen zu sein, die Zeus in Menschen hatte verwandeln wollen. Nur wenige Atemzüge lang schlugen vielverzweigte Blitze ins Meer, zeigten Wellen und Gischt, die verlaufenden Heckspuren und die kreisenden Geschöpfe. Ferner Donner rollte über das Wasser; wieder schlossen sich die Wolken über der Küste. Charissa hielt den Armschutz mit dem Kinn fest und band hastig Knoten in die Lederschnüre.

»Ich glaube, sie tun uns nichts«, flüsterte Telegonos in unbestimmter Furcht. »Ich hab' sie nicht genau sehen können. Vielleicht sind's wirklich Harpyien.«

»Mag sein.« Charissa schüttelte sich, hängte den gespannten Bogen an einen Holzpflock und nahm die Backbordpinne. Im Rückenköcher raschelten die Federn der langen Pfeile. Aus der Höhe ertönten seltsame Laute: gurgelndes Flüstern, dem heiseres Kichern folgte. Charissa zog den Kopf zwischen die Schultern. »Meist treffe ich, worauf ich ziele.«

»Wenn über uns wirklich Harpyien kreisen ...?«

»Es muß nicht ein Befehl des Zeus sein, daß die Jagdhunde der Luft uns belauern.«

Wieder kicherten die dunklen Wesen, dann fauchten schwere, hastige Schwingenschläge über der Rah. Ein stinkender Staubwirbel fegte über die Länge des Decks; die Flügelschläge wurden langsamer und leiser. Die Harpyiai-Vögel flogen nach Nordwesten davon, hoch über dem Meer; Telegonos, der ihnen nachstarrte, sah nur ihre Schattenrisse vor der sterndurchsetzten Dunkelheit. Der Wind vertrieb Staub und Gestank.

»Du kannst den Bogen entspannen«, sagte Telegonos. Die Furcht vor den unerklärlichen Wesen, die in ihm saß, löste sich langsam. »Wenn es Podarge und Okypete waren, die Hündinnen der Nachtluft, war ihnen wohl die Beute zu gering.«

»Oder sie haben die geschliffenen Pfeilspitzen erspäht.«

»Was auch immer – sie sind fort.«

Mondlicht lag wie eine breite, unruhige Bahn auf den Wellen. Telegonos maß die Strecke, die das Gestirn zurückgelegt hatte, sah nach dem Angelstern und versuchte zu schätzen, wann die Sterne am Horizont verschwunden sein würden. Er vermochte längst die Strömung zu spüren, die am Kiel und den Ruderblättern zog; der Zephyros blies von Südwest und wurde dabei zum Lips. Charissa und Telegonos hingen schweigend ihren Gedanken nach, tranken ein paar Schlucke lauen Sudes, in den Telegonos in der letzten Nachtstunde Wein verrührte. Das Erscheinen der Harpyiai bedeutete für ihn ein Zeichen, wie eine Landmarke; als würde Zeus oder Poseidon ihm sagen, daß er die Meeresgrenze zwischen dem gefahrenlosen Tameri und dem eigenen Land überschritten hatte, in dem die olympischen Götter herrschten. Im Morgengrauen ließen sie sich von Ophian und Pentawer ablösen und krochen in den dunklen Kielraum, auf die Decken über den Truhen, die längs des Innenkiels aufgereiht und festgebunden waren. Nach wenigen Atemzügen schlief Telegonos ein und versuchte sich an einen wirren Traum zu erinnern: Merit-Khenso kam darin vor, Kirke und ein unbekannter Hafen, über dem die Harpyiai kreisten.

Einige Stunden lang steuerten die Seefahrer auf das einzige Licht zu, das irgendwo an Steuerbord vor dem Bug im Osten brannte: Das Wachfeuer des Hafens mit dem Doppelnamen Ushu-Djarrh, wie Pentawer behauptete. Der Morgen war ungewöhnlich kühl, die Mannschaft trug wollene Chitone. Als die flache Küste und dahinter die Hügel zu erkennen waren, erloschen die Flammen. Der Ort wurde Ushu genannt; Djarrh war die Siedlung am Ufer, deren Häuser eine kleine Bucht im Halbkreis umstanden. Auf einer Felsplatte waren dicke Mauern aufgetürmt, deren Quader die Spuren winterlicher Brecher und unterschiedlich hohe Wasserlinien trugen. Hinter gestuften Mauern wuchsen uralte Bäume, zwischen ihnen erhoben sich mehrstöckige Häuser; der Hafen war kreisrund und durch Wellenbrecher und Dämme ausnehmend gut geschützt. Sandzungen, Aufschwemmungen und in deren Zwischenräumen ein Steg aus mächtigen Zedernbalken, breit wie eine Straße, verbanden Ushu mit Djarrh. Acht Schiffe lagen mit dem Heck an der Mole, drei schlanke Rômetschiffe und breitbäuchige Handelsschiffe von behäbigem Aussehen. Die Ankertrossen wiesen in die Mitte des Hafenbeckens.

Der Sonnenaufgang glühte und loderte unter einer schweren grauen Decke regloser Wolken, das hellrote Gestirn blendete die Seefahrer, als sie vor der Einfahrt die Rah herunterließen und die Riemen losbanden. Aus der Glut in der großen

Bronzeschale, fünfundzwanzig Ellen hoch auf einer Säule über dem Hafendamm, wolkte eine lang gezogene Spur schwarzen Rauches zum Ufer und legte sich als Dunstschicht über das stille Wasser; sie riß nach wenigen Atemzügen ab, als das Schiff zu wenden begann.

»Wieder einmal weißt nur du, wo wir sind, was uns erwartet.« Telegonos stieß Pentau an. »Ohne dich sind wir in Ushu-Djarrh hilfloser als blinde Mäuse.«

»Ein Hafen wie jeder andere.« Pentawer steuerte die *Namenlose* in einer engen Drehung zur Mole; die Ruderer schoben, nachdem Ophian und Telegonos den Ankerstein am Bug fallengelassen hatten, das Schiff mit dem Heck zu den senkrechten Bohlen. Zwei Sklaven schlurften heran, ließen die Tauschlingen über die Poller gleiten und zerrten die Planke durch den Sand des Hafenplatzes. Ophian gähnte und murmelte:

»Sie schlafen noch alle. Bis auf die Küchenmägde.«

»Nicht mehr lange«, sagte Pentawer. Telegonos merkte, daß ihn der Steuermann scharf musterte. Telegonos' Blicke gingen vom Heck über die graue Wasserfläche zu den Häuserfronten, glitten über Dächer, Terrassen, Tore und zwischen Stapeln und Haufen von Handelswaren bis zu den Booten der ausfahrenden Fischer.

»Der Strand der Lotosesser, die Schlucht der Bilder, die Stadt, die Tempel: wieder ein nie gesehener Anblick«, murmelte Telegonos. »Die Häuser sehen aus wie Teile einer Stadtmauer.«

»Und sie sind ebenso gut zu verteidigen«, sagte Ophian. Er legte die Hand auf Telegonos' Schulter. »So ist das immer, Prinz: Zuerst sind die Bilder groß und voller Farben. Dann werden sie zahlreicher, kleiner, und das Unwichtige trennt sich vom Wesentlichen. Das Wesentliche bleibt Erinnerung. Du denkst, daß wir abermals in einem anderen Land sind?«

Telegonos nickte. »Ich sehe es. Ich weiß es.«

»Es ist nicht das Land unserer Götter. Noch ein, zwei Siebentage, dann sind wir an Kypros-Alashia vorbei und an Kretas Küste – und ganz in der Nähe Ithakes.«

»Nur, wenn uns die Götter die richtigen Winde gönnen.« Telegonos zog die Knoten straff, mit denen die Planke im Heck festgebunden war. »Also: Laßt uns in Ushu Handel treiben.«

Hafen und Stadt schienen binnen weniger Atemzüge zum Leben zu erwachen. Kaum war das letzte Fischerboot um das Ende des Steindammes gebogen, öffneten sich Türen und Schlagläden. Stimmen wurden laut, Geschirr klapperte, Rauch zog durch die Dachöffnungen, und aus den Schenken trugen Sklavinnen leere Tonkrüge zum Tor, das sich zur Landseite hin geöffnet hatte; die Brunnen schienen in Djarrh zu liegen. Ruderer krochen aus den Schiffen, Kapitäne kamen aus den Häusern ins Freie und rieben sich die Augen. Graue Wolken verschluckten die Sonne; es roch nach frisch gebrühtem Sud, saurem Wein und faulendem Fisch. Die Seefahrer verließen die *Namenlose*, und Pentawer-Ptah deutete auf die Tische und Bänke.

»Wahrscheinlich ist's noch derselbe Wirt«, sagte er. »Dorthin. Ich hab oft dort gegessen. Reichlich, pünktlich, gut und preiswert.«

Ushu-Djarrh stand unter der Verwaltung des Großen Hauses in Menefru-Mirê. Pentawer brauchte keine Abgaben zu zahlen. Nach einem reichlichen Essen gingen er, Telegonos und Ophian zu den Schiffen, und er begann mit den Kapitänen zu handeln. Drei Dutzend Truhen, größere und kleinere, die ineinander gepackt waren, dazu Krügelchen, Dosen und Steingefäße voller Salben wechselten den Besitzer; dreißig große Krüge Erdpech wurden in die *Namenlose* verladen. Telegonos versuchte Pentawer zu helfen, die Waren auf den Shafadublättern auszustreichen und das Erhandelte einzuschreiben, aber er konnte nur die Zahlen lesen und schreiben. Gegen Mittag waren sämtliche Waren getauscht und Neuigkeiten ausgetauscht.

Charissa schminkte sich, legte Schmuck an und befragte, stundenlang, jeden, der sie verstehen konnte. Heptodus begleitete sie; sie ging von Schiff zu Schiff, fragte Steuermänner, Kapitäne, Ruderer, Wirte und Sklavinnen. Später sah Telegonos, daß sie nach Djarrh hinüberging; erst am frühen Abend, nachdem sie im Badehaus die Dienste kundiger Badesklaven in Anspruch genommen hatten, trafen die Seefahrer sich auf dem Ruderdeck ihres Schiffes. Telegonos und Pentawer vergewisserten sich, daß sämtliche Waren sicher gestapelt und verzurrt waren, ehe sie, vom Kneten und Walken müde und hungrig, zu Alazadehs Schenke hinübergingen und sich an den größten Tisch setzten, unter die gelben Sonnensegeln der Terrasse

»Bring gutes, nicht zu starkes Henket, Alazadeh.« Pentawer sah sich um; sein Gesicht drückte Zufriedenheit aus. »Nachher sag uns, mit welchen deiner Leckerbissen wir uns die große Übelkeit antun sollen.«

Telegonos grinste und beugte sich vor. »Was hast du erfahren, Fürstin, zwei Jahrzehnte nach der Zerstörung deiner Stadt?«

Charissa zuckte mit den Schultern, lächelte, breitete die Hände aus und sagte leise: »Es kamen viele Flüchtlinge. Die wenigsten, sagt man, kamen nach Gedjet, Isqanu und hierher. Die meisten sind nach Gubla gegangen, andere kamen bis Djedan. Im Norden der Zedernküste gab es Kapitäne, mit denen die Flüchtlinge nach Westen gesegelt sind, Schiff um Schiff.«

»Hat man dir Namen genannt?«, sagte Ophian. Charissa nickte.

»Vier alte, geldgierige Kapitäne aus Gubla und Djedan. Aber auch Schiffer aus Alashia haben viele von meinen Leuten an Bord genommen. Niemand kennt das Ziel, aber alle glauben, es liegt westlich der Hapimündungen.«

»Also sind wir sozusagen an ihnen vorbeigefahren, ohne Spuren von ihnen gesehen zu haben.« Heptodus beugte sich über die Brüstung und beobachtete die Frauen, die zwischen den Schiffen und den Gebäuden hin und her stelzten. »Wann willst du ablegen, Käpten?«

»Sag mir einen guten Grund, und wir bleiben noch eine zweite Nacht.« Am späten Abend begannen sich die Gassen und der Hafen zu füllen. Die Fischer schlitzten Fische auf oder schleppten den Fang in die Häuser, wuchteten die triefenden Netze an Land. Auch von Djarrh kamen Neugierige zum Hafen, um die Schiffe und deren Ladung anzusehen. Aus dem Inneren einiger Häuser drang Musik. Verschiedene Melodien, von unterschiedlichen Instrumenten gespielt, mischten sich in das

Gelächter und das Lärmen der Gespräche. Pentawer griff nach dem Becher. »Nach Sonnenaufgang, Freunde!«

»Wenn uns der Zephyros nicht in den Hafen zurückfegt«, sagte Ophian grimmig.

Die Sklavinnen brachten heiße, öltriefende Brotfladen, Mus und Fischbällchen, Lauch, Kräutersprossen in saurer Milch, Braten und Käse, Feigen und Datteln, Trinkschalen und Wein. An einigen Tischen wurden Öllampen angezündet, große Dochte brannten neben den Türen der Häuser, einige Fackeln steckten bei den Schiffen im Sand. Erst als Telegonos den Suppennapf leer gelöffelt hatte, merkte er, wie hungrig er war; er aß und achtete kaum auf den Geschmack der Speisen. Die Mannschaft der *Sturmmöwe* von Alashia – Kapitän, zwei Steuermänner und zwei Ruderer – stapfte die Treppe herauf, grüßte flüchtig und setzte sich zwei Tische weiter entfernt.

»Morgen wird der Hafen leer sein«, sagte Pentawer. »Auch die Rômetschiffe rudern hinaus, wenn der Wind günstig ist.«

»Auf nach Djedan.« Telegonos mischte Wasser in den Wein und füllte die Becher. Er wischte den kleinen Dolch an einem Tuch ab und schob ihn in die Scheide. »Deine letzten Tage, Charis. Du wirst uns allen fehlen.«

»Ich hör's gern«, sagte sie. »Wir haben so oft darüber geredet – ihr versteht, was ich will.«

»Nichts anderes als wir, Fürstin.« Mys verbeugte sich lachend. »Wir wollen auch zu unseren Leuten, in die Heimat zurück.«

Pentawer lehnte sich an die Wand, gähnte und winkte dem Kapitän der *Sachmets Macht.* Eine Sklavin räumte Schalen und leere Körbe weg. Ohne zuhören zu wollen, konnte Telegonos dennoch verstehen, was die Seefahrer der *Sturmmöwe* redeten; sie sprachen über die letzte Fahrt nach Menefru-Mirê, im vergangenen Jahr, und über die geladenen Handelswaren; auch die *Sturmmöwe* würde im Morgengrauen ablegen. Der Steuermann lobte die Gastfreundschaft des Obersten Verwalters, das starke, schwarze Henket und die Frauen der Stadt, die sich jedem Ruderer nächtelang hingaben und nicht einmal ein paar Kupferdeben verlangten.

Telegonos drehte sich um, betrachtete die Mannschaft, blickte in ihre Gesichter und sah, daß Krüge voll Wein und Bier, Schalen und Becher auf dem Tisch standen; im Verhalten der Seefahrer war nichts Ungewöhnliches. Telegonos legte die Hand auf Pentawers Unterarm, deutete mit dem Daumen über die Schulter und hielt die Hand hinter das rechte Ohr.

»... anders als überall in Achaia. Jede zweite Frau ist eine Dirne. Sie lieben uns, weil die Kerle am Strom, die Rômet, nichts taugen.«

»Nun weißt du's, o Herr Kapitän«, murmelte Telegonos bitter und schob den Becher auf der weißgescheuerten Tischplatte hin und her. »Du gehörst zu jenen, die nichts taugen, und Merit-Khenso ist für die Schiffer nur eine läufige Hündin.«

»Bleib ruhig.« Pentawer drehte das Handgelenk und packte Telegonos' Unterarm. »Böslinge und Dumme gibt es überall. An Land oder auf dem Wasser.«

»Ich weiß.«

Mys, Nautes und Heptodus wechselten kurze Blicke mit Ophian und Pentawer, die schweigend am Bier und am Wein nippten und die Umgebung wachsam musterten. Plötzlich verflüchtigte sich die satte, entspannte Stimmung; Geierschwingen schienen über den Sonnensegeln zu schlagen. Die Männer der *Sturmmöwe* riefen nach mehr Henket und Wein. Ihr Gelächter übertönte jedes andere Wort an den Tischen. Auch als die Sklavinnen das Essen brachten, wurde es kaum leiser; die Männer versuchten, die jungen Frauen zu befingern. Sie wichen den meisten Griffen mit tänzerischer Gewandtheit aus und flüchteten in die Küche und den Schankraum. Pentawer sah die Ruderer an und sagte so leise, daß es an den Nachbartischen niemand verstehen konnte:

»Mir scheint, ihr wollt aufs Schiff oder zu den Frauen?«

»Keine Sorge, Käpten«, sagte Heptodus scharf. »Wir fangen keinen Streit an und sind rechtzeitig auf dem Schiff.«

»Gut so. Viel Freude und Genuß.« Er grinste. »Mit dem Segen der Götter, Freunde.«

Die Seefahrer aus Aiaia standen auf, nickten den Zurückbleibenden zu und gingen die Treppe hinunter. Telegonos sah ihnen nach, bis sie sich in der Menge vor den Hausfronten verloren hatten. Die Mannschaft am anderen Tisch aß und zechte; ihre Reden und das Gelächter waren laut geworden und begannen ihn zu stören. Langsam leerte er die Trinkschale, füllte sie mit Wasser und trank. Der Kapitän und ein Steuermann der *Sturmmöwe* rückten ihre Bank zur Seite, stemmten sich hoch und sahen sich um. Einer brüllte; er wollte wissen, wo der Abtritt war, der Steuermann drehte sich plötzlich herum und stierte Telegonos, Charis und Pentawer an.

»Eine schöne Mannschaft hast du, Flußkapitän.«

Er grinste und folgte seinem Kapitän auf die Stufen, die zu den Anbauten in einem kleinen Garten führten. Pentawer winkte dem Wirt und sagte:

»Sag mir, was wir dir schulden, Alazadeh. Hast du frisches Brot, das sich ein paar Tage hält?«

»Genügend. Vor zwei Stunden gebacken. Wieviel willst du? Das Essen, für alle – sagen wir: neun Kupferdeben?«

»Zehn Deben, aber dann sind die zwei Truhen Brot dabei.«

»Einverstanden. Ich sag's gleich den Mägden. Ich schick' euch eine Runde kalten Wein, zum Verdauen. Ihr wollt morgen los?«

»Bei Sonnenaufgang.«

Pentawer fischte aus der Gürteltasche Kupferblättchen heraus, zählte sie ab und schob sie auf dem Tisch hin und her. Alazadah kam aus der Küche und trug auf einem Holztablett einen kleinen Krug und vier weiß glasierte Becher. Er blieb neben Charissa stehen, sein Blick fiel auf das Kupfer; als er den Wein abstellen wollte, schoben sich in seinem Rücken die beiden Männer der *Sturmmöwe* heran. Der Steuermann hob den Arm und schlug Alazadeh mit der flachen Hand klatschend zwischen die Schulterblätter, der Wirt stolperte nach vorn, zwei Becher rutschten von der Platte und zerbrachen klirrend auf dem Boden.

Tiefroter Wein spritzte nach allen Seiten. Charissa sprang auf und machte einen Satz rückwärts. Das Tablett kippte, der Krug überschlug sich in der Luft, fast gleichzeitig sprangen

Ophian, Pentawer und Telegonos auf; der Inhalt der Becher und des berstenden Kruges ergoß sich über sie mit Wein. Alazadeh fiel schwer zwischen Geschirr und Scherben auf die Tischplatte. Die Mannschaft der *Sturmmöwe* schrie, lachte und schlug sich auf die Schenkel. Telegonos wischte sich Wein von der Stirn und aus dem Haar und rief:

»Das war die falsche Herzlichkeit, Steuermann!«

Der Wirt, vom Hals bis zu den Knien voller Weinflecken, kam fluchend in die Höhe und drehte sich um. Kapitän und Steuermann standen lachend hinter ihm, die Fäuste in die Seiten gestemmt. Der Steuermann sagte laut zu Telegonos:

»Halt's Maul, Milchgesicht. Von Männerspäßen verstehst du nichts.«

Pentawer und Ophian gingen rückwärts, bis sie an die Brüstung stießen. Der Kapitän faßte Charissa um die Hüfte und rief:

»Setz dich zu uns, Schönste. Ich wisch dir den Wein von der Haut. Eine neue Runde, Wirt! Für alle.«

Charissa bewegte sich blitzschnell. Sie drehte sich aus der Umklammerung des Mannes, zog den Dolch und schlug mit einer knappen Bewegung den Knauf der Waffe in das Handgelenk des Kapitäns. Er schrie auf, mehr aus Zorn als aus Schmerz; gleichzeitig rief Telegonos:

»Nenn' mich nicht Milchgesicht, Steuermann. Entschuldige dich, und zahl dem Wirt den Schaden.« Aus dem Augenwinkel sah Telegonos, daß Ophian und Telegonos die Hände an den Dolchgriffen hatten. Aus Ophians Bart lief ein dünner roter Faden Wein. Die Gäste machten Platz, zogen sich an die Mauern und die Brüstung zurück und warteten. Der Steuermann hörte zu grinsen auf, machte zwei, drei Schritte auf Telegonos zu und schüttelte die Faust vor dessen Gesicht.

»Achaier, wie? Fährt mit einem Rômetkapitän? Ihr habt eure eigenen Dirnen an Bord. Misch dich nicht ein, Jüngelchen.«

»Denk an den Strand von Aiaia.« Telegonos hörte, wie Pentawer sprach; leise und scharf. Er nickte Pentawer zu, sah, wie der Steuermann in unheilvoller Ruhe die Waffe zog, ging zwei

Schritte zurück und legte die Finger auf den Dolchgriff. Aus dem Chiton tropfte Wein auf seine Knie. Er sagte:

»Du willst jeden beleidigen, Steuermann des Wahnsinns? Die Fürstin, mich und meine Freunde?«

Der Wirt stotterte Unverständliches und schob sich mit ausgebreiteten Armen zwischen Telegonos und den Steuermann. Sein Dolch hatte eine zungenförmige, kurze Schneide, eine frisch geschliffene Doppelklinge mit nadelscharfer Spitze. Einige Gäste fluchten. Der Steuermann wischte mit einer kurzen Armbewegung den Wirt zur Seite, senkte den Kopf und stach mit der Waffe nach vorn. Telegonos zog den Dolch, sein Gegenüber schwankte ein wenig und stieß zwischen zusammengebissenen Zähnen hervor: »Geh aus dem Weg, Milchbart!«

»Nicht, bevor du dich entschuldigt hast.«

»Bei dir entschuldigen? Nicht einmal bei dem glatzköpfigen Aigyptios!«

»Dann entschuldige dich auf deine Art. Ich zwing dich dazu!«, rief Telegonos. Er spürte seinen Herzschlag bis in die Schläfen. Seine Handflächen wurden feucht, zwischen den Schulterblättern rann kalter Schweiß. Er spannte seine Muskeln und starrte in das bärtige Gesicht des Steuermannes. Auf der Terrasse breitete sich Stille aus, der Lärm vom Hafen schien wie aus weiter Ferne zu kommen. Eine rasend schnelle Folge bewegter Bilder jagte an Telegonos' innerem Auge vorbei: Er sah sich mit Pentawer im Sand der Bucht üben und kämpfen, und er glaubte zu erkennen, wie sein Körper die richtige Stellung einnahm, wie sich die Muskeln strafften und die Waffe zur Verlängerung seiner Rechten wurde.

Der Steuermann griff mit zwei waagrecht geführten Hieben an, die funkelnde Klinge pfiff durch die Luft. Telegonos vergaß die Tische, das Klirren der Scherben, den Weingeruch, die anderen Gäste; er sprang nach hinten, krümmte seinen Körper und zielte auf das Handgelenk das Angreifers, der eine Reihe blitzschneller Stöße nach Telegonos' Kopf, Brust und Schultern ausführte. Zweimal kreuzten sich die Klingen mit schabendem Klirren und hieben einander Kerben in die Schneiden. Telegonos sah, wie der Dolch in sein linkes Schultergelenk eindrang. Er spürte keinen Schmerz, nur die Wärme des Blutes aus der Wunde. Wieder schnellte der Arm des Gegners auf ihn zu, der Dolch verfehlte die Brust, und Telegonos hielt den Unterarm des Mannes in der Achsel fest. Er starrte in ein Auge, saurer Atem schlug ihm entgegen; seine Klinge schnitt eine lange Wunde in den Rücken des Steuermannes. Mit einem Satz sprang Telegonos, den rechten Arm ausgestreckt, zur Seite, aber die Klinge ritzte die Haut über seinen Rippen. Der nächste Stoß traf seinen Unterarm und riß ein blutendes Dreieck auf; dieses Mal spürte er den Schmerz bis ins Schultergelenk und in die Fingerspitzen. Als er ächzend herumwirbelte, blickte er in Pentawers Augen: Der Kapitän, den kleinen Dolch wurfbereit zwischen den Fingern, beobachtete die Kämpfenden wie ein Falke und kniff das rechte Auge zu.

Der Steuermann trat auf eine Scherbe, verlor einen Atemzug lang das Gleichgewicht und versuchte, Telegonos' Kopf mit einem senkrechten Hieb zu treffen. Telegonos wich aus, die Klingenspitze wischte vor seinem Körper nach unten und riß einen langen Schnitt in den linken Oberschenkel. Er packte mit der linken Hand das Handgelenk des Mannes, klammerte sich daran fest und stieß zu, blickte geradeaus, am Kopf des Mannes vorbei: Im dunklen Eingang zur Schankstube stand eine Frau im langen Chiton und legte schweigend, in langsamer Gebärde, beide Hände an den Hals. Telegonos sah einige Herzschläge lang in Kirkes besorgtes Gesicht; dann traf die Schneide die Schulter, zog einen tiefen Riß, und als der Steuermann nach rechts schwankte, zog Telegonos den Dolch zu sich heran. Die Faust berührte den Hals des Steuermannes, die schartige Klinge durchtrennte mit leisem Knirschen Haut, Muskeln und Sehnen und die dicke Ader. Ein Blutstrom spritzte vier Ellen weit auf den Tisch der Sturmmöwe-Mannschaft; der Steuermann schrie gurgelnd, ließ die Waffe fallen und griff in die klaffende Wunde. Das Blut rann in schnellen Stößen an seinem Körper herunter, der Mann starrte Telegonos an, holte tief Luft und spie Blut. Er schwankte, fiel auf die Knie und kippte nach vorn. Pentawer schob sich vor Telegonos und rief:

»Es war ein ehrlicher Kampf! Mann gegen Mann. Holt die Hafenwächter!«

Telegonos taumelte zum Tisch und hielt sich fest. Ringsum herrschte Totenstille. Der Dolch klirrte zwischen die umgestürzten Becher. In seinen Wunden tobte der Schmerz, Blut lief in breiten Bahnen aus den Schnitten, verklumpte und tropfte stockend zu Boden. Der Arm, beide Schultern und der Schenkel bluteten. Ophian, der Wirt und Charissa sprangen hinzu. Ophian stützte Telegonos; der Wirt wischte mit dem Unterarm Geschirr, Becher und Scherben von der Tischplatte. Telegonos spürte, wie das Blut aus seinem Kopf wich, er würgte, hustete und wunderte sich über die Kälte und Lähmung in seinen Knien. Ophian hielt ihn fest; bevor er merkte, daß sie ihn auf den Tisch hoben und ausstreckten, entleerte er röchelnd den Inhalt seines Magens über die Scherben, das Blut und die Weinreste. Schlagartig verlor er sein Bewußtsein.

Was ihn geweckt hatte, wußte er nicht. Als er blinzelnd versuchte, die Welt um sich herum zusammenzusetzen, glaubte er zwei Lichter und ein Gesicht zu sehen. Er hob mühsam den rechten Arm, rieb den Schlaf und den Wasserschleier aus den Augen und erkannte über dem Heck den Mond, in seiner Nähe ein Öllämpchen und Charissa, die sich über ihn beugte. Sie hielt einen Becher an seine Lippen und schob eine Hand unter seinen Nacken.

»Der Wirt, ich und eine Magd haben zwei Wunden zugenäht. Ich hab' die Salbe aus dem Schiff geholt.« Sie nickte lächelnd und kippte behutsam den Becher. Es war heißer Würzwein, vielleicht mit einem Schlaftrunk vermischt. »Mit vielen Leinenstreifen und Tüchern haben wir alles verbunden. Du bist voller Heilöl und verkrustetem Blut.«

Er trank gierig wie ein Verdurstender und glaubte zu schweben oder auf zwei Dutzend Decken zu liegen. Charissas Stimme klang, als spreche sie hinter nassen Vorhängen. Seine Gedanken krochen; mühsam fühlte er die Bewegungen des Schiffes und erkannte, daß er auf weichen Decken neben dem Mast lag. Lippen und Zunge waren gefühllos; er murmelte:

»Ist der Steuermann ... ist er tot?«

Sie nickte. »Ja. Verblutet. Du hast ihn in ehrlichem Kampf besiegt. Hast du Schmerzen?«

»Wenig«, sagte er nach einer Weile. Er schluckte. »Es ist, als ob ich keinen Körper ...«

»Das ist gut so. Wir sind auf dem Meer. Schlaf weiter. In ein paar Stunden waschen wir dich.«

Er starrte in die Mondscheibe, blinzelte und versuchte, seine wirbelnden Gedanken festzuhalten. Ihm war kalt, er zitterte, gleichzeitig klebte seine Haut vor kaltem und heißem Schweiß. Seine Augen fielen zu; er wußte nicht, ob er wachte, fieberte oder durch einen Alptraum torkelte. Kirke hatte zugesehen, als er kämpfte und seinen ersten Mann töten mußte und – Poseidons Rache? – verwundet wurde. Er konnte sich kaum bewegen, war von der Hilfe der Freunde abhängig – er schämte sich wegen seiner Hilflosigkeit. Dumpf nistete Schmerz in jedem Teil seines Körpers, die Zähne schlugen klappernd aufeinander. Einmal glaubte er zu spüren, daß ihm viel heiße Flüssigkeit eingeflößt wurde: Brühe, Würzwein oder kräftiger Sud – er konnte es nicht unterscheiden. Dann plötzlich stand er auf einer endlosen Fläche, sandgelb und blau, wie glänzend geschliffener Stein. Inseln, kleine Erhebungen von unwirklichem Aussehen wuchsen aus der Fläche, aus Merit-Khensos »Horizont des Diesseitigen«: er begann zu rennen und erkannte unter dem sternbeladenen Himmel die erste Szene, die Bedeutung der zweiten Insel, der dritten ... sie waren bevölkert von Menschen, mit denen zusammen er aufgewachsen war, und mit Gestalten aus Sagen, Legenden und Träumen.

Kirke und Kalos' Vater, seine erste Frau, die mörderischen Schwungfedern eines Schwarms Stymphaliden, die wie Dolche in Bäume, Strand und Wasser einschlugen, zauberische Bilder von Aiaia und Erzählungen von seinem Vater; er hastete auf die nächste Erhebung der Horizontebene zu, sah Odysseus auf einer Klippe stehen und ihm entgegenblicken, aber als er, umgaukelt von den Klängen Pans und der Satyroi, die Oase der Vergangenheit erreichte, riß der Klang ab. Der Vater war zwischen den Bäumen verschwunden. In der Ferne galoppierte eine Gruppe Kentauroi mit wehenden Schweifen auf einen Strand zu, auf dem eine einsame Gestalt stand. Die Körper der Menschenpferde spiegelten sich ebenso in der Traumfläche wie ein langes Rômetschiff, das einen tiefblauen Horizont durchfurchte. Telegonos folgte dem Trommeln der Hufe und erkannte Nausikaa, die ihn mit einer Handbewegung abwehrte und mit dem Arm auf zwei ferne Dinge deutete: auf ein bogenförmiges Tor in einer blauweiß leuchtenden Eismauer und auf eine sonnendurchströmte Oase, in der er, als er rasend schnell über die gelbe Ebene gejagt war, Merit-Khenso zwischen zwei riesigen Säulen fand. Bilder und Buchstaben in Ringen und Feldern der steinernen Stämme schilderten, umkränzt von blauem Lotos, die Legende ihrer einzigartig tiefen, kurzen, hoffnungslosen Liebe; dicht über dem Horizont flogen mit gelassenem Schwingenschlag vier Harpyien. Khenso hielt ihn fest, streichelte ihn und wisperte:

»Ushu-Djarrs Wunden, o meeresäugiger Geliebter, der Segen des Wassers im Großen Grünen und die Heilung auf Keftiu; sieh! Noch kämpfen alle Götter, meine und deine, gegen das Verhängnis der Dunklen Jahre. Ich werde in deinem Arm lehnen, im Heck der Jenseitsbarke, in der langen Nacht, in der Rê-Harachtes goldenes Gestirn in schwarzem Licht brennt: nach vielen Jahren.«

Weiter. Schneller. Der Ablauf der Zeit änderte sich: Kalypso und ihre Meeresnymphen dehnten die Tage und hielten die Stunden an. Fern im Osten der randlosen Ebene spannte sich wie eine dreifache Iris ein Bogen. Dort kämpften schwebende Gestalten mit seltsamen Waffen – mit Strahlen, Blitzen, schimmernden Schildkreisen, Schwertern mit drei Doppelschneiden, wirr umherzuckenden Pfeilen, duftenden Wurfhölzern und glimmenden Schleuderkugeln – gegen eine Wolke, die zu leben schien. Jenseits der Ebene, hinter dem Rand der Welt, driftete sie grau aus dem Aither herauf, bildete einen brodelnden schwarzgrauen Stamm und einen wallenden Kopf, den chaotische Stürme zum Bild eines Pilzes auseinander zogen. Telegonos wandte sich ab und rannte, schwebte, flog auf eine leuchtende Insel zu, die aus bronzenen Felsen bestand. Hier sah er unermeßliche Schätze, von breitschultrigen Zwergen mit wollenen Mützen bewacht. An einem Berg aus Bronze, Gold und blau schimmerndem Erz war Prometheus mit Ketten aus den Knochen der glücklich Gestorbenen gefesselt, und von der grausigen Wunde über seiner rechten Hüfte lief eine Blutspur bis zur Ebene. Der Regenbogen verlor sein Leuchten, jegliches Geräusch verstummte, die Wolke wuchs und wurde in Gedankenschnelle zu einer schwarzen Wand: So würde es sein, wenn die Dunklen Jahre begannen. Telegonos vergaß alles. Er merkte nicht, daß er weinte und schlief wie ein Sterbender auf dem Weg zum Wassersaum des Hades, aber er spürte den bittersauren Geschmack des Obolos für Fährmann Charontes, den Kirke auf seine Zunge gelegt hatte.

Wechselndes Licht, Lärm, Geräusche, Rufe: halb blind in der Sonnengrelle, halb gelähmt vom Mohnseim, den Charissa in seinen Sud mischte, am Fuß des Wundfiebers, erlebte Telegonos mit, wie er aus den stinkenden Decken geschält, auf die heißen Planken gelegt und behutsam mit Meerwasser gewaschen wurde; während er sich qualvoll erleichterte, zitternd auf der Strickleiter, mit einer grobfaserigen Seilschlinge unter den Achseln, hielten ihn vier Hände. Heiß rann sein Wasser an den Schenkeln entlang. Er tauchte bis zur Mitte des Oberschenkels ein und schrie, als das Salzwasser die Binden tränkte und in den Wunden biß. Er hörte Stimmen, verstand nicht, was sie sagten. Gubla? Djedan? Pentau? Mys?

Er aß, schluckte Brei, trank, fühlte Hände an seinem Körper, roch Öl und Balsam, sah die hellroten Wunden und das straffe Geflecht der Nähte, ohne zu begreifen – sie betrafen nicht ihn. In seinem Schädel hämmerten, nagten und stachen Schmerzen; dann roch er frische Minze auf seinem Gesicht und, kühlend, an den Schläfen. Er schlief, wachte auf, schlief wieder: plötzlich, irgendwann, war er wach, sah alles mit übertriebener Deutlichkeit und fühlte sich unfähig, mehr als seine Finger zu bewegen. Zwischen zwei Gesichtern und jenseits des Steuerruders sah er die vollkommene Scheibe des Mondes.

»Vier Tage und Nächte, Prinz.« Telegonos erkannte Pentaus Stimme. »Wir sind im Hafen Gublas.«

Ophian und Pentau stützten ihn, als er sich aufrichtete, sich schwankend an der Bordwand festhielt und umsah. Eine feuchte Decke rutschte von seinen Schultern. Er war nackt. Im Schein einiger Öllämpchen blickte er an sich herunter. Die öligen Binden zeigten keine Blutspuren. Die *Namenlose* lag mit dem Heck an einer Mole aus Quadern, Bruchstein und dicken Zedernstämmen, rechts und links bewegten sich schläfrig knarrend die Rümpfe von vielleicht einem Dutzend Schiffen. Zum ersten Mal seit vielen Tagen holte Telegonos mit vollem Bewußtsein tief Luft. In seinen Knien spürte er mehlige Schwäche, aber seine Gedanken schienen frei zu sein von den Nebeln der Schlaftränke.

»Ich hab', glaube ich, das Gröbste überstanden, oder – Pentau?« Telegonos dachte, er spräche mit der Stimme eines Fremden. Er hustete, schüttelte sich; augenblicklich brach ihm der Schweiß aus.

»Ja. Jeder hat an dich gedacht und alles getan, damit du gesund wirst. Hast du noch Schmerzen?«

»Hier, hier und da juckt es.« Telegonos deutete auf die verschmutzten Binden. »Wir sind in Gubla? Wo Charissa uns verläßt?« In den Tordurchlässen und Fenstern der Häuser rund um den Hafen zeigte sich keine Helligkeit. Das Feuer auf einem Gerüst des runden Hafenturms warf flackernde Bahnen über das kaum bewegte Wasser. »Ihr Götter! Bei Athena! Ohne euch wäre ich tot!«

»Ja.« Pentau legte den Arm um seine Schultern. »Aber in drei Zehntagen bist du wieder kräftig, mit ein paar neuen Narben – sonnengebräunt und um wichtige Erfahrungen reicher.«

Telegonos starrte ins schwarze Wasser. »Ich hab' den Widerling getötet. Ich hab's nicht gewollt; er hat zuerst den Dolch gezogen. Ihr seid dagestanden und habt zugesehen, wie ich beinahe getötet worden wäre.«

»Es war ganz anders, Prinz.« Ophian mischte Wein und Wasser in einem gelbglasierten Krater. »Wir wollten euch trennen, als er schwankte und sein Leben deinem Dolch anvertraute.«

»Ich hab's von dir gelernt, Pentau«, murmelte Telegonos. »Mein erster wirklicher Kampf! Und jetzt werde ich wieder lernen müssen, mich zu bewegen wie ein ganz Junger.«

»Wir werfen dich ins Meer, und du mußt hinter dem Schiff herschwimmen. Das wirkt schnell, o Prinz und Schenkenkämpfer. Charis hat dich mit schwesterlicher Liebe überhäuft; schließlich bist du aufgesprungen, als der Steuermann sie belästigte. Es war ein titanisches Durcheinander. Isfet-Chaos! Der Wirt, andere Gäste, die Wachen; Heptodus, Mys und Nautes haben ihre leidenschaftliche Betätigung jäh abgebrochen. Als wir die Wunden nähten, warst du ohne Besinnung. Grausiges Geschäft. Sieben Männer haben dich zum Schiff geschleppt, in einer Decke, aus der das Blut tropfte. Man wird die *Namenlose* in Ushu-Djarrh so schnell nicht vergessen.«

Telegonos gelang ein leises Lachen. Er tastete sich zur Strickleiter und hob ächzend ein Bein über die Bordwand. »Wo ist Charis?«

»Irgendwo in einem Stadthaus. Sie ist glücklich. Sie hat ein paar ihrer Leute getroffen.« Pentawer knotete ein dünnes Tau um Telegonos' Brust. »Morgen wissen wir mehr. Bis Keftiu-Kreta werden wir Nano Duduqi an Bord haben. Einen Kreter. Händler. Es gibt viel zu erzählen, Prinz.«

Telegonos nickte, kletterte mühsam an der Bordwand hinunter, erleichterte und wusch sich in der kreisförmigen Strömung des Hafens und wickelte im Wasser die Binden ab, schleuderte sie an Deck und spürte kühl das salzige, reinigende Wasser auf den Narben, und, als er zurückkletterte, jeden einzelnen Muskel; das Salz biß auf der rohen Haut. Aus seinem kurzen Bart troff Salzwasser. Er gähnte, wischte sich die Tränen aus den Augen und stand still, als Ophian zwei Krüge sonnengewärmtes Süßwasser bedächtig über ihn schüttete. Plötzlich faßte er sich an den Bauch und stieß hervor:

»Ich hab' so lange nichts gegessen: Mein Magen kracht vor Hunger.«

»Dem läßt sich abhelfen.« Pentau deutete auf die Hecktruhe. Dort sah Telegonos Körbchen und Schalen. Ein warmes Gefühl breitete sich über seinem Herzen aus: Pentau und Ophian wachten über ihn, schützten ihn und hatten geduldig gewartet, bis er, halbwegs gesundet, wieder aufrecht über die Planken gehen konnte. »Zuerst hinlegen, frische Salbe und Binden! Wenn wir hier losmachen, Prinz, segeln wir geradewegs wieder in eure Welt hinein: Alashia, Keftiu und dann: Ithake.«

Nachdem Ophian und Pentawer seine Wunden versorgt hatten, knotete Telegonos mit unsichren Fingern ein Tuch um seine Hüften, setzte sich auf die Truhe und griff nach einem Fladenbrot. Pentawer hängte das Ankhzeichen um Telegonos' Hals. Er riß das Brot auseinander und murmelte:

»In der kleinen Ewigkeit, in der ich im Fieber am Mast lag, hab' ich seltsame Träume gehabt. Vieles mag das Fieber verzerrt haben, aber ich werde Dinge erzählen können, daß es euch schaudert!«

»Iß und trink jetzt!« Pentawer reichte Ophian eine gefüllte Bronzephiale. »Wir haben die ganze Nacht für Erzählungen, Legenden, Sagen und unsere armseligen Versuche, sie zu deuten!«

Mittagshitze lähmte den Hafen und die Stadt. Die Sonne stand fast senkrecht über dem Meer und der Küste. Drei Schiffe waren vor einer Stunde aus dem Hafen gerudert worden. Telegonos hatte das ferne Gebirge im Norden und Osten, die bewaldeten Hügel und die Ebene hinter den Häusern vom Heck aus lange genug angesehen; als Charissa aufschaute und die Hand hob, nickte er und ging langsam über die Planke hinunter. Er unterdrückte den Drang, den fetttriefenden Schorf unter den Binden von den Wunden zu kratzen. Jede Handbreit seiner Haut kitzelte, als würden Ameisen unter dem Leinen krabbeln. Er legte die Hand auf den Ankh und spürte wieder den Stachel des anderen Schmerzes; er sehnte sich nach Merit-Khenso, vermißte jede ihrer Gesten, ihre Finger ... Pentawers Stimme unterbrach seine Gedanken.

»Selbstverständlich weiß ich es, Thaomed.« Der Kapitän nickte dem hochgewachsenen Fremden neben dem Schiff zu. »Wir sind am Rand der Länder der Tjeker, Shekelesh und Weshesh. Von diesen Seevölkern erwartet der Gottesherrscher, daß sie die Grenzen berennen werden. Warum sollte ich mich fürchten?«

»Ebensowenig wie ich, Rômetkäpten«, sagte Thaomed. Sein kurzes Haar und der Bart um Kinn und Mund waren grau und weiß gefleckt. Er trug einen Chiton aus gebleichter Wolle; die Säume an den Oberarmen und unter den Knien trugen breite Streifen von auffallender Farbe: Rot, gemischt mit einem Hauch Blau und einem Schimmer junger Oliven. »Seit unsere Stadt zerstört wurde, sind wir Flüchtlinge auch hier willkommen. Es gibt nicht mehr viele aus der Ebene um Ilion.«

»Aber Thaomed weiß, wohin sie gezogen sind. Ich werde mit ihm zu einigen Familien segeln, die meinen Namen kennen.« Charissas Watsack stand auf einer Truhe, ihre Waffen lagen im Sand, neben einigen Pithoi. »Fragt mich nicht, zu welchem Strand.«

Telegonos sah in Charissas Gesicht, daß ihr Drang, in den Kreis der Ahhijaver zurückzukehren, ebenso groß war wie sein Bemühen, endlich Ithakes Strand zu betreten. Er nickte ihr zu.

»Ich wünsche dir Glück und gutes Leben«, sagte er. »Das wünschen wir dir alle. Und das Wohlwollen aller Götter. Gehst du mit Thaomed, Charis?«

»Ich wohne bei ihm, bis das Schiff ablegt.«

Möwen schrien gellend über dem Hafenwasser, das nach Fisch stank. Eine kleine Gruppe hatte sich vor dem Badehaus versammelt; der sonnendurchglühte Hafen lag wie ausgestorben da. Telegonos betrachtete Thaomed, sah den breiten Ledergurt mit den Dolchscheiden, die bronzenen Armringe und das schmale Goldband auf der Stirn. Der Mann aus Ahhijawa, einige Jahre älter als Pentawer, wirkte stark und selbstbewußt; er grinste kurz, als Charissa die Arme ausbreitete, sie Telegonos behutsam um die Schultern legte und sich auf die Zehenspitzen stellte. Sie küßte ihn auf die Stirn und berührte mit dem Zeigefinger das Ankhzeichen.

»Die Götter werden euch ebenso schützen. Ihr habt den besten Kapitän.« Sie umarmte Pentawer und Ophian und senkte den Kopf. »Ich habe euch viel zu danken, ihr Seefahrer. Mehr als zwei Monde herrliche Abenteuer. Ich hab' so viel von euch gelernt! Aber jetzt bin ich bald bei meinen Leuten ...«

Sie verabschiedete sich von Mys, Nautes und Heptodus ebenso herzlich wie von Ophian und hob die Waffen auf. Sie hängte den Köcher um und legte die Hand auf Thaomeds Arm.

»Wann verlaßt ihr den Hafen, Pentau?«

»Wenn nicht Zephyros zu stürmen anfängt, nach der zweiten Nacht. Wir haben noch ein wenig Handel zu treiben, mit Gewinn, hoffe ich. Wenigstens versuchen wir's.«

»Ich komm' noch einmal, bevor ihr hinausrudert.« Charissa wartete, bis Thaomed den Watsack auf die Schulter hob, bückte sich nach der Truhe und folgte dem Grauhaarigen. Telegonos sah ihr nach, heftete seine Blicke auf ihren Rücken, die Hüften und die Beine. Er seufzte, wandte sich ab und setzte sich auf einen umgedrehten Krug.

»Du bist also mitten im Land deiner Feinde?« sagte er und sah in Pentawers Augen. »Ich kann nicht erkennen, daß sie sich in Ushu und hier zu einem schrecklichen Krieg rüsten.«

»Ein kleiner Kapitän ist unbedeutend.« Pentawer wies zum Brunnen und drehte an den Perlen in seinem Ohrläppchen. »Die Feinde des Sohnes der Sonne rüsten nicht in den Hafenstädten. Mit den Schiffen der Tjeker landen die Krieger im fruchtbaren Dreieck.«

»Wo eure Schiffe und Bewaffnete versteckt sind.« Telegonos ließ sich von Nautes helfen, als er aufstand. »Ich schleppe mich zum Baden. Holst du meinen Gürtel und ein paar Kleider, Mys?«

Mys nickte. Ophian, Nautes und Heptodus hoben Wassersäcke und Krüge auf und entfernten sich zum Rand des Brunnentroges, der im Schatten eines Daches aus Zedernbalken und Palmwedeln lag. Telegonos zog Bronze- und dünne Silberblättchen aus der Gürteltasche und sagte:

»Ich bin im Badehaus. Vielleicht kümmert sich dort jemand um meine Binden.« Telegonos schlurfte davon, quer über den leeren Hafenplatz. Im dämmerigen Badehaus hockten gelangweilt drei Frauen und zwei alte Badesklaven. Einige Becken waren leer, unter mächtigen Kupferkesseln brannten in einem Aschebett kleine Feuer. Telegonos legte das Stoffbündel auf einen Holztisch.

»Ein schmutziger, langhaariger Seemann braucht euch, Freunde«, sagte Telegonos. »Von Kopf bis zu den Fußsohlen: Haut und Haare, Bart und Binden – alles soll wie neu werden.«

»Damit vertreiben wir uns den Tag, Herr Kapitän.« Der weißhaarige Sklave klatschte in die Hände. »Zieh dich aus. Steig ins mittlere Becken.«

Weniger als eine halbe Stunde später weichten die Binden im warmen Wasser auf, das bald von einer dünnen schillernden Schicht der Salben und Öle bedeckt war; mit einer Mischung aus Soda, Kräuterauszügen und Asche wusch ein Badesklave Telegonos' Haar, Nacken und Schultern. Telegonos spürte, wie sich die Muskeln lockerten, er stöhnte wohlig und wartete geduldig, bis die Schneiden sein Haar gekürzt und die Barstoppeln geschoren hatten, bevor er die Binden vom Körper wickelte und in lose Schlingen legte.

»Ist hier ein Arzt, der weiß, wie man mit Wunden umgeht, die schon fast vernarbt sind?«, sagte er. Die Frauen hoben seine Hände aus dem Wasser. Die Fingernägel wurden geschnitten, daraufhin die Fußnägel mit Bimsstein rund gerieben; das gleiche geschah mit verhornten Stellen der Hände und Sohlen. Telegonos stellte sich auf einen Rost. Kalte und warme Güsse prasselten auf seinen Körper, dann führten ihn die schwitzenden jungen Frauen in ein zweites Sitzbad.

»Ich schicke einen Jungen zu ihm.« Die Frauen, die Telegonos' Hände und Füße verschönten, nickten und hüteten sich davor, die Haut um die Wunden zu berühren. Telegonos schloß die Augen und ließ alles schweigend mit sich geschehen: Härchen wurden abgeflämmt, eingerissene Haut und eingewachsene Haare mit winzigen Schneiden entfernt, kleine Geschwüre aufgedrückt und mit einer stechend sauren Flüssigkeit betupft. Er bekam gemischten Wein und legte sich im windstillen, heißen Hof dösend auf das Laken über dem lederbezogenen Walktisch.

»Ich bin Shedrash, Herr Steuermann.« Telegonos blinzelte ins bärtige Gesicht eines jungen Mannes. Er war lautlos an das Lager herangetreten. »Deine Wunden sind gut geheilt. Sie vernarben jetzt; soll ich die Nähte abschneiden und herausziehen?«

»Du bist der Arzt! Tu alles, was nötig ist«, knurrte Telegonos. »Aber sieh zu, daß es nicht wehtut.«

Er drehte den Kopf zur Seite. Der Badesklave verrieb Öl auf seinen Schultern, das nach Blüten roch, dann begann er die Muskeln zu kneten und die Haut zu walken. Das Öl streifte er mit einem Hornstriegel ab, den er in einen Lappen abwischte; an seinen Wunden spürte Telegonos ein Zupfen und Zerren und mitunter einen leisen, spitzen Schmerz. Nacheinander wurden die Wunden mit schmalen Binden verdeckt. Mit Tüchern, die sie in heißes Wasser tauchten, rieben die Sklavinnen Telegonos' Haut ab. Schließlich richtete er sich auf. Eine Frau schob einen handgroßen Bronzespiegel vor sein Gesicht.

In der glatten Silberschicht sah Telegonos ein Gesicht, an das er sich nicht erinnerte: Er war älter geworden, die Linien waren härter, das Gesicht schmaler – es schien, als habe er den größten Teil seiner Jugend hinter sich gelassen. Bei Merit-Khenso oder beim Kampf in Gublas Hafen?

Auf dem Meer leuchteten Segel, drei Schiffe glitten in langer Linie in den Hafen. Frischer Seewind vertrieb die Mittagshitze, die Schatten waren länger geworden. Als der Lärm in den Gassen zunahm, verließ Telegonos den Hof des Badehauses. Ihm schien es, als sähe er Gubla plötzlich mit anderen Augen: die

Stunden unter den Klingen und Fingern der Badesklaven hatten ihn ermüdet, gleichermaßen aber seine Sinne geschärft. Die Eingänge der Häuser und Gassen und der sichelförmige Hafenplatz hatten sich belebt, und anders als in Menefru-Mirê fielen Telegonos' Blicke auf viele unterschiedliche Menschen; fast jeder war anders gekleidet, trug eine andere Bart und Haartracht, andere Gürtel, andere Dolchscheiden. Thaomed kam auf die *Namenlose* zu, hinter ihm ein drei Ellen kleiner Mann mit mächtigen Schultern und stämmigen Beinen, den schwarzen Bart in drei Zöpfe geflochten. Charissas Freund hob grüßend die Hand.

»Gut erholt, Prinz?« Thaomed zeigte auf den Fremden. »Ich bringe euch Nano Duduqi, euren Bordgast nach Kreta.«

Pentawer und Ophian saßen auf der Planke und sprachen mit zwei Steuermännern oder Kapitänen. Telegonos und Duduqi packten sich an den Handgelenken und schüttelten einander die Arme. Die Stimme des Kreters war rauh und tief wie eine Schlucht.

»Ich hab', beim Thalos, viel von euch gehört, Sohn der Kirke. Fein, daß ich mit euch segeln kann – auf der Insel kenn' ich jeden größeren Baum. Ich hoff', daß euch meine Ladung nicht versenkt.«

»Wenn du Weinkrüge lädst, wird sie von Tag zu Tag leichter. Willkommen auf der *Namenlosen*«, sagte Telegonos. »Mit Kapitän Pentawer und Steuermann Ophian hast du schon gesprochen. An dich, Thaomed, habe ich eine Handvoll Fragen.«

»Auf deine Fragen, Prinz, hab ich gewartet.«

»Gehn wir in die Schenke.« Telegonos warf sein Bündel Nautes zu, der es auffing. »Im Badehaus wird man hungrig und müde.«

Sie setzten sich in den Schatten, lehnten sich gegen die warme Mauer und warteten auf dunkles Rômetbier. Telegonos trank, wischte den Schaum von den Lippen und sagte:

»In zwei Monden habe ich viele Küsten kennen gelernt, von denen man mir erzählt hat. Von einigen Orten hat auch Kirke nichts gewußt. Alle diese Hafenstädte im Land, das die Rômet

›Horizont der Zedern‹ nennen; ich kannte nicht einmal Sagen oder Gerüchte über sie, auch nicht über die Tjeker-Schiffe. Sag mir, was du weißt, Thaomed.«

»Es ist das Gleiche, das ich Charissa erzählt habe. Mag sein, daß es dir hilft, ein paar Fußbreit der Welt besser zu erkennen. Und zu verstehen. Also ...«

ZWEITES BUCH

VON THERIS ZUM TELEPYLOS

1.
KYPROS, INSEL DER APHRODITE

Vor Hunderten von Jahren, erzählte der Ahhijawer leise, kamen kleine Gruppen fremder Landloser von Süden entlang der Täler und Flußläufe zum Zederngebirge; vielleicht hatte der herbe, süßliche Geruch der Wälder und des Zedernöls sie angelockt. Auch nach dem Fall Ilions flüchteten viele hierher, in die Ebene am östlichen Meeresufer, von der aus die schneebedeckten Berggipfel zu sehen waren, zu den Hafenstädten, von denen es hieß, sie gehörten zum Land Kanaan. Zu den Einwanderern zählten auch Seefahrer mit schnellen, guten Schiffen, die sich Tjeker nannten. Von ihnen lernten die Handwerker Gublas oder Djedans, Schiffe zu bauen: Zedernholz, Tannen und Zypressen wuchsen im Überfluß. Niemand schien die Schlupfwinkel der Tjeker zu kennen, und wer sie kannte, schwieg; ebenso wurden jene Buchten oder Flußmündungen verschwiegen, an denen Nothäfen und Handelspunkte entstanden – nachdem kanaanäische Kapitäne dort an Land gegangen waren.

»Fast jeder Handelsschiffer, der das Meer im Osten befährt, kennt die Schiffe der Tjeker.« Bedächtig leerte Thaomed den Becher. »Ich bin verwundert, daß Pentawer-Ptah noch keinen Zusammenstoß mit einem ihrer Schiffe hatte.«

»Das friedliche Zusammensein verschiedener Sippen und Gruppen ist also ein Trugbild?« Telegonos winkte der Schanksklavin. »In den Hügeln gärt der Aufruhr? Ich glaube, die Krieger des Goldhorus werden viele von den Meeresvölkern töten; an Land und auf den Schiffen.«

Thaomed hob die Schultern und sah zur *Namenlosen* hinüber. Kurz nacheinander hatten sieben Schiffe festgemacht. »Nicht unser Krieg, Prinz. Die Letzten von Ilion suchen gutes Land zum Siedeln und nichts als Frieden. Charissa, ich und zwei große Familien mit allem Hab und Gut werden jenseits des Mündungsdreiecks siedeln.«

»Dort also, wo wir kleine Häfen, aber keine Rauchzeichen gesehen haben.«

»Dort oder ein paar Tagesmärsche davon entfernt.«

»Wie können wir uns gegen die Tjeker schützen? Weißt du ein Mittel?«

»Die Segel der Tjeker – weil sie keine großen Stoffstücke haben – sehen aus wie Netze. Breite Säume, wie ein Gitter, aus Seilen. Segelt schnell weg, haltet Brandpfeile bereit. Wenn ihr im Westen Alashias seid, oder wie du sagst: Kypros, seid ihr in Sicherheit.«

»Ich werde es mit Pentawer besprechen. Kennst du Nano Duduqi?«

»Ja. Er ist nicht gerade ein Riese, aber unerschrocken. Stör dich nicht an seinem Stoffhelm.« Thaomed lachte. »Hat Kraft für drei. Ist so lange zwischen Keftiu und den Zedernhäfen gesegelt, bis seine *Mondeule* in Mnis auseinandergebrochen ist, mitten im Hafen.«

»Das wird er uns in langen Nächten erzählen. Hör zu, Mann aus Ilion: Charissa und ich waren wie Geschwister. Wirst du unsere junge Amazone genauso beschützen, wie ich's versucht habe?«

»Beim toten Hektor! Das verspreche ich dir.«

Telegonos und Thaomed stießen die Becher gegeneinander und tranken. Eine Reihe schwitzender Träger kam zwischen den Hausmauern hervor und schleppte Truhen und lederumhüllte Ballen zur *Namenlosen.* Mys und Nautes wuchteten den größten Packen übers Heck. Telegonos kannte den Inhalt:

überaus wertvolle Shafadu-Schreibblätter. Er nickte in die Richtung des Schiffes und meinte gähnend:

»Der Handel blüht.« Er legte vier daumengroße Kupferblättchen neben den leeren Becher. »Ich schlaf' ein paar Stunden im Bug. Reden wir morgen weiter?«

»Am späten Mittag.«

Thaomed begleitete Telegonos zum Schiff. Duduqi hatte ein Schreibblatt auseinandergerollt und verglich die Liste mit dem Inhalt seiner Tragelasten, die in Reih und Glied am Heck des Schiffes im Sand standen. Telegonos' vernarbende Wunden juckten und schmerzten, und schon als er einige Decken und seinen gewaschenen Mantel ausbreitete, überfiel ihn Erschöpfung. Er streckte sich aus; während er sich fragte, ob er Thaomed und dessen Erzählungen trauen könne, schlief er übergangslos ein.

Wie schimmernde Libellen flogen Traumfetzen und Gedankengespinst durch die Nacht des Schlafes. Telegonos sah sich im großen, lastenden Schatten des Vaters wandern, an der Seite Nano Duduqis, der das Schiff am Bugtau durch einen winzigen Archipelagos aus Riffen zog, die scharf waren wie geschliffene Bordäxte, an einem der dunkelsandigen Strände Kretas. Aufbruch in die Nächte des sich vermindernden Mondes, einer schartigen Silberscheibe, von der Telegonos geblendet wurde, zu Buchten, aus denen endlos viele Stufen der Verwirrtheit hinaufführten zu den untergegangenen Königreichen von Knossos und Phaistos, zum Skelett des Minotauros und den nächtlichen Liedern tanzender Satyroi. Glück wechselte mit Traurigkeit: Merit-Khenso lächelte mit großen Gazellenaugen, die sich mit Tränen füllten und dunkelten; wie eine kleine Sonne jagte ein Brandpfeil durch die Luft, entflammte ein Gittersegel und schlug krachend ins Holz des Mastes. Ein dröhnender Schlag, ein jähes Schwanken, laute Schreie weckten Telegonos. Er fuhr in die Höhe, starrte um sich und erkannte allmählich, daß das Heck eines ablegenden Schiffes den Bug der *Namenlosen* gerammt hatte. Einige Männer an

Deck beider Schiffe stießen fluchend die Bordwände auseinander; mit gräßlichem Geräusch riß ein Prallsack auf.

»Wenn ihr Landmäuse nichts vom Ankern versteht, beim Talos!, dann zieht euer Floß auf den Strand!«

Telegonos erkannte Duduqis roh polternde Stimme. Außerhalb der eigenen Bordwand splitterte ein Riemen. Ein Mann brüllte Flüche in einer unbekannten Sprache. Telegonos zog sich an der Bordwand hoch. Zwischen Nacht und Morgenlicht waren alle Konturen verwischt, aus jeder scheinbar festen Form konnte etwas Neues, anderes entstehen. Gegen das erste vage Grau hoben sich, schwarz wie halb zerstörte Kyklopenmauern, die Berggipfel ab. Der Mond war hinter den Rand der Welt getaucht. Schwankend kam Telegonos auf die Füße, sein Magen knurrte, der Ankh hatte sich tief in die Haut unter dem Schlüsselbein eingedrückt; er wickelte sich in das Himation und tastete sich an der Bordwand entlang ins Heck.

»Ich hoffe, es war ein Tjekerschiff«, murmelte er. »Wer so aus dem Hafen rudert, wird leicht zu besiegen sein.«

Die Mannschaft hatte sich wieder hingelegt, nur Pentau und Duduqi hockten gähnend, mit verschlafenen Augen, auf der Hecktruhe. Der Käpten machte eine obszöne Geste und brummte:

»Nachtruhe gibt's wohl auch nicht auf diesem Schiff.« Er spuckte über Bord. »Amûnverdammte Blindensteuermänner! Ich hol' Sud, und dann kann uns der Morgen grauen.«

»Er graut uns auch sud- und weinlos«, sagte Duduqi. »Wie befinden sich die unwillkommenen Öffnungen deiner Haut, o Prinz?«

»Sie sind geschlossen, die Narben jucken.« Telegonos lachte. Im zitternden Schein des Hecklämpchens sah er das verästelte Netzwerk um Duduqis Augenwinkel. »Drei, vier Tage auf dem Meer, mit leichter Arbeit, dann bin ich wieder wie zuvor.«

»Recht so!« Pentawer verteilte gefüllte Becher. »Nach all den schaurigen Berichten über Tjeker und ähnliches Meeresgesindel vertraue ich dir die Wehrhaftigkeit des Schiffes an. Wir haben's ja schon geübt.«

»Ich werde die Ausrüstung unseres Heeres bei gutem Licht durchsehen«, sagte Telegonos. »Nach Lotophagoi und Kyklopes vermag mich ein Tjekerschiff nur mäßig zu erschrecken.«

»Was hab' ich gesagt?« Pentau kratzte mit dem Fingernagel Kräuterstückchen aus seinen Zähnen. »Er wird schon wieder übermütig. Du scheinst wirklich der Sohn deines Vaters zu sein!«

»Von dem ich wieder einmal geträumt hab.«

Sie blieben im Heck, bis das lärmende morgendliche Leben in den Hafen zurückkehrte, redeten leise über Ladung und Wellen, Götter und Schiffe, über die Kupferinsel und jene Sagengestalten, die auf Kreta anscheinend so lebendig waren wie in der Jugend des Zeus.

Schreibblätter gegen Zinn, Henket und Wein gegen Bronzenägel, Rômetsalben in herrlichen Gefäßen gegen Elektron, Krüge voll Zedernbalsam, Datteln, wertvoller und Allerweltsschmuck, Goldsand gegen Schmirgel, kleine Eisenbarren und Elefantenzahnstücke, einige Ballen dünne Leinenstoffe, Leder gegen feinstes Öl ... binnen eines langen Vormittages tauschte Pentau mit Nano Duduqis Hilfe mehr als ein Drittel der gesamten Ladung. Mys, Nautes und Heptodus wuschen und füllten Wasserpithoi und Ziegenbälge, besuchten die braunhäutigen, kraushaarigen Dirnen. Telegonos handelte mit Charissas Hilfe Früchte, Gemüse und Würzkräuter ein; Handwerker brachten die geschärften Schiffswerkzeuge zurück, und Wäschereisklavinnen schleppten Decken und trockengebleichte Tücher an Bord. Telegonos und Pentawer fragten nach der Werkstatt eines Pfeilmachers und tauschten einen halben kleinen Finger Gold gegen fünf Dutzend guter Pfeile, die der Handwerker ihnen in einem Köcher aus Weidengeflecht gab.

Am frühen Abend traf sich die Mannschaft mit Thaomed und Charissa in der Schenke, um endgültig Abschied zu nehmen. Telegonos erkannte die Bedeutung der Blicke, die sich beide zuwarfen; wie sie sich berührten, gemeinsam lächelten und lachten, für lange Atemzüge ineinander zu versinken schienen. Er neidete es ihnen nicht, freute sich mit Charissa, aber jedes Mal zerrte ferner Schmerz an den Narben seines Herzens. O Khenso, dachte er traurig, es war wunderbar, daß wir uns trafen und lieben konnten; aber hat es so kurz sein müssen?

Im Heck der *Namenlosen* leerten sie einige Schalen schweren Rômetweines, der im Mondlicht schwarz erschien. Telegonos starrte in Thaomeds Augen, hob den Finger und deutete auf die Nasenwurzel des viel Älteren. Er murmelte, unhörbar für die anderen:

»Du hältst dein Versprechen, Graubart? Die Götter werden dich strafen: Zeus kennt jedes Sandkorn. Schütze die junge Fürstin. Beschworen?«

»Mit meinem Blut.« Thaomed hob die Schwurfinger und legte die Hand aufs Herz. »Frage, wenn du heimgesegelt bist, deine Mutter. Vielleicht sieht sie es ebenso wie Balmahors *Baal der Ferne*. Ich, dem dein Vater zusammen mit anderen Achaiern die Heimat geraubt hat, besitze noch immer meine Würde, meine Ehre.«

»Fürst der Versprechen.« Telegonos senkte halb beschämt den Kopf. »So meinte ich es nicht. Seid glücklich, ihr zwei, und bleibt zufrieden; fordert nicht den Neid der Götter heraus.«

»Ich bin alt und klüger als ein Jüngling.« Jetzt flüsterte Thaomed in Telegonos' Ohr. »Deine Herzensschwester kennt das Leben in seiner grausigsten Weise. Wir schaffen es nur gemeinsam. Zufrieden, Prinz der Unerfahrenheit?«

Telegonos schloß seine Hände mit hartem Griff um Thaomeds Handgelenke. »Ja. Zufrieden. Ob wir uns je wieder treffen? Wenn es so sein soll – ich werde dafür opfern!«

Einige Augenblicke später hielt er Charissa in den Armen und flüsterte: »Seid so glücklich wie ich und Khenso. Nur viel länger! Stolpere nicht auf den Meerespfaden, Schwester. Wünsche mir so viel Glück, wie ich euch wünsche.«

»Dafür, Prinz Telegonos, werde ich opfern.«

Sie verließen winkend das Schiff. Telegonos und Duduqi

lösten die Knoten der Planke. Vier Stunden nach Mittnacht, als der Mond hinter einem milchigen Kreis zu verschwinden drohte, ruderten sie aus dem Hafen und zogen, drei Bogenschüsse jenseits des Hafenfeuers, im ablandigen Wind die Rah am Doppelmast hinauf.

Der Kaikias, der das Segel füllte, war nicht kräftig, aber er wehte stetig und trieb das Schiff auf Alashia zu. Telegonos half, wo er konnte, und wenn er nicht schlief oder die roten Narben der Sonnenhitze aussetzte, ließ er sich, durch eine Seilschlinge unter den Achseln gesichert, an Steuerbord hinter dem Schiff mitziehen und übte seine Muskeln, bis er so müde war, daß es schwierig wurde, die Strickleiter hinaufzuklettern. Ophian und Duduqi suchten den Meereshorizont nach Segeln und dem östlichen Adlerkap ab; bis zur Abenddämmerung sahen sie nur vier Schiffe, unerreichbar weit entfernt.

Gegen Mittnacht löste Telegonos den Kapitän für ein paar Stunden ab und stellte sich neben Duduqi an die Pinne des Backbordruders. Telegonos trug den Mantel über dem Chiton aus Wolle, der Kopf des Kreters war von einer runden Mütze bedeckt, die einem Pilos glich, aber einen nach vorn geknickten, wippenden Zipfel hatte. Zum ersten Mal nach einem Dutzend Tagen suchte Telegonos nach den Fahrtsternen; der Mond überschüttete, um ein Viertel geschrumpft, das Meer mit ungewöhnlich hellem Silberlicht. Auf den Planken zeichneten sich scharfe Schatten ab. Duduqi sagte leise:

»Du bist kräftiger geworden, Steuermann. Gesünder. Es ist die Kraft des Heliosgestirns. Merkst du's jetzt auch?«

»Nur, daß der Artemismond strahlt wie selten zuvor. Was gäbe es sonst zu merken?«

Duduqis Arm beschrieb eine weit ausholende Bewegung. Sie umfaßte das Meer ringsum, die Schaumkronen der Wellen und die dunkle Linie des Dünungskammes. Seine Stimme sank zu einem Flüstern herab.

»Wie eine weiße Spur im Meer. Als ob es hüben und drüben

anderes Wasser wäre. Bald werden wir Kypros riechen können, das die Barbaren Alashia nennen, Prinz!«

»Wann sind wir in Kition?«

»Um Mittag herum sollten wir das Adlerkap sehen können.« Duduqi blinzelte in den Mond, hustete kurz und sprach grollend weiter. »Die Grenze. Wie das silberne Lichtband dort. Zwischen den Küsten der Barbaren und Achaia mit seinen Inseln.«

»Spürst du diese Grenze?« Telegonos zog den Kopf zwischen die Schultern und lockerte den Griff seiner Hände. »Kannst du sie sehen? Was bedeutet sie?«

»Für uns bedeutet sie Sicherheit. Wir segeln in die Welt zurück, in der die Gesetze unserer olympischen Götter gelten. Kein Baal, kein Amûn mehr. Zeus sieht uns, Telegonos!«

»Ja. Er sieht uns.« Telegon nickte. An Backbord sprang ein großer Fisch in die Luft und fiel mit lautem Klatschen in die Wellen. »Seine Ordnung gilt wieder. Und was geschieht mit unserem Wissen über fremde Länder, andere Götter, die dort mächtig sind? Haben wir es mit Brüdern und Schwestern unserer Götter zu tun gehabt?«

»Auf diese Frage weiß ich keine Antwort.«

Sie schwiegen und betrachteten Nachtwolken, die von Sonnenaufgang her den Mond einzuholen versuchten. Bevor das unvollkommene Rund den Horizont berührte, hoben sich schwarze Berge aus dem Meer, deren Gipfel sich vor dem silbrigen Rand scharf wie Felsriffe abzeichneten; in zuversichtlichem Tonfall sagte Duduqi:

»Wir haben den richtigen Kurs. Da sind die Berge der Kupferinsel.«

»Kypros. Insel der Aphrodite.«

Einige Atemzüge lang leuchtete der Himmel hinter dem fernen Schattenriß silbern; als der letzte Glanz verschwunden war, abermals nach einiger Zeit, kamen die Sterne aus der Finsternis zurück, und die Steuermänner erkannten an der Stellung der Sternbilder, daß sie nach Südwesten segelten. Telegonos lauschte auf das Rauschen riesiger Schwingen, versuchte den Gestank über dem Schiff zu wittern, wartete auf andere Laute, die sich von den vertrauten Geräuschen des Schiffes und der Wellen unterschieden: die *Namenlose* blieb unbehelligt, bis im ersten Halblicht des Morgens an Steuerbord die niedrige Küste westlich des Adlerkaps sich aus der Dunkelheit hervorschob. Die Wellen brachen sich unter dem Anprall des ablandigen Windes, der das Schiff nach Süden abtrieb; es war, als schlage Poseidon lautlos mit der flachen Hand auf die Wellenkämme.

Telegonos wachte auf, als die Sonne drei Handbreit hoch zwischen großen, weißen Wolken am Himmel stand. Der östliche Teil der Südküste Kypros' bildete eine große Bucht, deren Kap nach Süd wies; dahinter, so hatten Pentawer und Duduqi berichtet, lag am Ende von zwei kleineren Buchten die Stadt Kition. Telegonos rieb sich den Schlaf aus den Augen und blickte auf die Küste, die sich an Steuerbord vor dem Bug zeigte. Während er geschlafen hatte, war die *Namenlose* geradeaus gesteuert worden und hatte den Halbkreis nicht ausgefahren.

Falken und Fischadler jagten, an den Felswänden entlang huschten mit gellenden Schreien Rauchschwalben. Einige Fischerboote schaukelten in der Dünung; an Stränden aus dunklem Sand standen große Bäume bis hinauf an die Hügelflanken. Wenn Wolken sich vor die Sonne schoben, fuhren gewaltige Schatten über das Land und färbten das Meer. Das Kap aus niedrigen Felsen wurde von gischtender Brandung überschüttet, aus dem flachen Wasser vor der Küste ragten Felsen und zerbrochene Steinplatten. Die Luft roch nach Ginster, Wacholder und Pistazien, Windstöße schüttelten die Blätter der Ölbäume und ließen ihre silbrigen Unterseiten aufleuchten.

»Das also ist Nesos Kypros«, murmelte Telegonos. »Kupferinsel. Aphrodite-Insel. Insel feiner, weißglasierter Krüge und Schalen.«

Telegonos kratzte sich über den Binden und knotete die Bänder des Peplos fest. Pentawer und Ophian an den Pinnen trugen Sonnenschleier über den Augen und sahen ständig zum Ufer an Steuerbord hinüber. Vor den beiden Buchten, die sich hinter dem Kap öffneten, tummelten sich Dutzende silberbäuchiger Delphinoi. Die Flächen über den lang gezogenen Stränden waren, zwischen den Wäldern, von langen Reihen Weinstöcken und Ölbaumhainen gesäumt; zwischen Felsen und niedrigen Mauern duckten sich kleine Häuser. Telegonos nickte Mys und Nautes zu, ging vorsichtig an Duduqi und Heptodus vorbei, die im Schatten des Segels schliefen, und schöpfte einen Becher Sud aus dem Krug neben der Hecktruhe.

»Am frühen Abend in Kition, Kapitän?« sagte Telegonos, setzte sich auf die Truhe und warf einen Blick auf die schäumende Heckspur. »Kennst du den Hafen? Was hältst du von der Stadt?«

»Als ich das letzte Mal hier angelegt hab', haben sie die Mauer um Kition angefangen. Keine große Siedlung, friedliche Menschen.«

»Und sie schmelzen viel Kupfer«, sagte Ophian. Der Ankh baumelte hin und her und blieb auf der Oberkante der Bordwand liegen. »Siehst du den Rauch?«

Der Wind verwirbelte an drei Stellen dünne Rauchsäulen, die zwischen Waldstreifen und hinter Hügeln aufstiegen: weit hinter dem Schiff, landeinwärts von Kition und jenseits der Hänge im Westen. Mitunter mischte sich in die Seeluft und in den Duft vieler blühender Pflanzen der Geruch verbrennenden Holzes.

»Dort haben sie ihre Kupfergruben?« Telegonos sah hinter der Ansammlung winziger Häuser, am Ende der zweiten Bucht, einen großen Vogelschwarm. Die Schwingen der Tiere schienen rot zu leuchten. Ohne hinzusehen, griff er nach dem Brustschmuck. »Die Stadt liegt nicht nahe am Hafen?«

»Zwei Chen-Nub landeinwärts. Der Schwarm, den wir sehen, das sind Deshara-Vögel. Weniger große Schwärme kenne ich aus den Sümpfen am Hapi.«

»Habt ihr Arbeit für mich?«

»Keine, bevor wir nicht im Hafen sind.«

Telegonos sah den Ankh auf dem Holz liegen. Er blickte auf

das runde, durchsichtige Glas und sah darin oder dahinter die Maserung; wo das Glas lag, war der Abstand zwischen den Linien doppelt oder dreifach so groß geworden. Telegonos erstarrte, hob den Ankh hoch und legte ihn auf den Handrükken: einzelne Härchen wurden riesengroß, die Poren schienen sich zu öffnen, eine winzige Falte verbreiterte sich. Er schloß die Augen, versuchte nachzudenken und zu begreifen, hörte und fühlte den Herzschlag bis in die Schläfen. Er war Zeuge eines Wunders; das Glas machte die Dinge größer! Er ging in den Bug, hielt sich an den Bordwänden fest und versuchte, hinter den gleitenden Bildern der Strände, Uferlandschaften und Haine mehr von Kypros zu erkennen, bevor er es wieder wagte, den Schmuck anzusehen. Er betrachtete die Linien der Handfläche, die Haut um den Daumennagel und das Gewebe der Chlaina, das plötzlich aussah wie Flechtwerk aus Weidenzweigen. Khensos Geschenk!, dachte er verwirrt: Was bedeutet das flache Auge aus Glas? Warum trug gerade er dieses ... Schmuckstück? Ein Werkzeug, mehr erkennen zu können? Lag ein Fluch darauf? Als sich die *Namenlose* in einem weiten Bogen dem Hafen näherte, sah er jenseits eines schmalen Landstreifens einen Teil der salzigen Sumpfflächen; Schilffelder wuchsen weit ins Wasser einer schwarzen Bachmündung hinein. Nach wenigen Atemzügen sank das Schiff ins Tal der Dünung, und Buschwerk schob sich vor das Bild, über dem unzählige Vögel flatterten und kreisten.

Der Euros schob das Schiff gerade auf den Hafen und die vier Schiffsmasten zu. Die Mauer um die Stadt war zu sehen, ein offenes Stadttor und, auf einer ebenen Anhöhe, von Eichen umgeben, einige hölzerne Gerüste. Es schien, als würde die Bevölkerung von Kition auf den Ruinen oder Fundamenten alter Bauwerke neue Tempel aus weißem Sandstein bauen. Als Telegonos half, das Segel an den Rahen festzuknoten und die Riemen einzusetzen, dachte er an die Tempel und daß er, wenn überhaupt, dort eine Antwort erhalten würde. Hinter den Bergen des Inselinneren erhoben sich dunkle Wolken wie schräge, verwitterte Säulen. Die Sonne brannte und veränderte die Farbe ihrer Strahlen, als die Mannschaft das Schiff durch das glatte Hafenwasser ruderte. Holz, Stein und Stoffe leuchteten in giftigem Gelb.

Ein zweifacher Halbkreis aus kleinen Häusern und langgestreckten Lagerhäusern öffnete sich in der Mitte des Hafenplatzes. Zu beiden Seiten der Straße standen Schwarztannen, Eichen und einige Palmen. Weniger als tausend Schritte war das Stadttor entfernt; die *Namenlose* lag längsseits an einer Wand aus algentriefendem Bruchstein und klobiger Festmacherbalken. Pentawer, Duduqi und Ophian kletterten an Land, um die Kapitäne der anderen Schiffe zu begrüßen. Telegonos half schweigend, den Wasservorrat zu erneuern und das Deck zu putzen. Von Tag zu Tag kam mehr von seiner Kraft zurück, und er brauchte weniger und kürzere Pausen, um sich zu erholen. Über den verschorften Narben trug er nur eine dünne Schicht gelber Salbe, aber keine Binden mehr. Während er den letzten Eimer Brunnenwasser über die Heckplanken goß, sah er auf: die Wolken hatten sich auf der sonnenabgewandten Seite schwarz gefärbt und krochen unendlich langsam von den fernen Bergen herunter zum Meeresufer. Er grinste und stülpte den Ledereimer über das Steuerruder; noch immer schien ihn der blauhaarige Poseidon zu verschonen.

»Wir werden das Segel wieder übers Deck spannen«, sagte er. »Wenn das Gewitter nach Kition kommt, haben wir umsonst geschrubbt, Mys.«

»Dann sollten wir unseren Brei und den Sud besser jetzt gleich kochen.« Mys und Heptodus betrachteten stirnrunzelnd die Wolken. »Und zwar drüben am Brunnen. Ein paar Stunden bleiben uns noch.«

»Helft mir beim Segel, dann helf' ich euch mit der Holzkohle und den Kesseln.«

Binnen einer halben Stunde war die Leinwand wie ein Zelt zwischen den Bordwänden gespannt, und die Seefahrer schleppten Kessel und Feuerschale in einen windgeschützten Winkel neben der Brunnenumrandung. Bärtige Männer trugen zwischen den Schiffen und den Lagerhäusern Ballen und Krüge hin und her, ein Fischer ruderte quer durch den Hafen und ließ das Boot auf den Sand einer winzigen Bucht knirschen. Frauen und Kinder arbeiteten in den Hausgärten. Telegonos ging zum Schiff, wechselte die Kleidung, zog am Kettchen des Ankh, schlüpfte in die Sandalen und legte den Dolchgürtel um. Pentawer saß auf den Planken, im Schatten des Segels, und sein Finger glitt entlang der Zeilen einer Liste.

»Beim Tauschen und Handeln brauchst du mich wohl nicht, Pentau?«

»Willst du in die Stadt und ihren Reichtum bewundern?« Pentawer strich mit dem Handrücken über seine Bartstoppeln und blickte zum Badehaus. »Es gibt weniger zu sehen als in Gubla.«

»Sie bauen oder erneuern ihre Tempel«, sagte Telegonos. »Dorthin will ich. Weil ... zuerst die olympischen Götter, dann deine Tamerigötter, dann Baal und Astarte, und nun wieder Zeus und die Seinen, das Rômet-Henkelkreuz – ehrlich: vielleicht erfahre ich an einer geweihten Stelle, wem ich zu opfern habe.«

»Also Gottesbeweise suchen.« Pentawer nickte schwer und deutete auf die Gewitterwolken. »Bestätigung der Ordnung erhoffen, nicht wahr? Die Dunklen Jahre drohen – du tust nichts Unsinniges, wenn du's versuchst. Wir werden einen Tag bleiben; mit Duduqis Hilfe handeln wir den Wert von Kupferbarren ein wenig herunter.«

»Es ist nicht weit«, sagte Telegonos. »Vielleicht finde ich in Kition etwas Sehenswertes.«

Er überlegte kurz, kletterte in den Kielraum und holte den kleineren Mantel, hängte ihn über seine Schulter und balancierte über die Planke. Am Brunnen kühlte er Kopf und Schultern und trank: Das Wasser schmeckte nach schwarzem Stein und war überraschend kalt.

Sand und kleine Kiesel knirschten unter den Sohlen. Telegonos sah nach einem Dutzend Schritten abseits der linken Baumreihe den kretischen Kapitän, der sich brummend aufrichtete, sieben Schritte machte und sich wieder bückte. Er schien etwas in den Boden zu stecken. Telegonos blieb neben einem Eichenstamm stehen und rief:

»Duduqi! Suchst du Gold oder Kupfer in den Erdlöchern?«

Langsam drehte sich Duduqi um, näherte sich Telegonos und zeigte ihm lachend die linke Handfläche, in der ein Häufchen länglicher, hellgrauer Dattelkerne lag. »Ich säe, Prinz! Mit dem Segen der Götter wachsen auch auf Kypros, ebenso wie bald auf Kreta, stattliche Dattelpalmen. Brauchbare Früchte, für vielerlei Zwecke, beim Talos!«

Er zeigte auf die dreifach mannshohen Palmen, die zwischen den anderen Bäumen wuchsen. Telegonos nickte, sah die hoffnungsvolle Begeisterung in Duduqis Gesicht und meinte:

»Deine Enkel werden ernten, Käpten. Ich geh' in die Stadt und dann zu den Tempeln. Vor Tagesende will ich zurück sein.«

»Denk an das Gewitter.« Duduqi nahm mit spitzen Fingern einen Kern und hob ihn vor die Augen. »Zeus tobt sich über den Inseln oft genußvoll aus. Viel Blitz und Donner, noch mehr Regen.«

»Ich geb' acht, Nano.«

Die Straße führte hügelaufwärts. In Weingärten und auf Wie senhängen mit hohem Gras schnitten, hackten und sichelten Bauern. Esel, mit gewaltigen Heubündeln beladen, trippelten auf das schmalere Stadttor im Osten der Mauer zu. Ziegen weideten zwischen Disteln und abgefressenem Gebüsch. Telegonos wich einem Wagen aus, den ein Ochsengespann zog; er war schwer mit kantigen Salzbrocken beladen, und die bronzebeschlagenen Felgen mahlten im Geröll. Vor dem Stadttor drehte sich Telegonos um und blickte zum Hafen und auf unzählige Baumkronen. Sie bewegten sich im Wind, der kühl vom Meer heraufstrich und das Gras in seltsamen Wellen bewegte, so, als gleite der Saum eines Göttergewandes darüber. Jenseits des Hafens breitete sich der Salzsumpf aus, und an der Stelle der größten, blitzenden Helligkeit erkannte Telegonos nach und nach Sandwälle um salzgefüllte Vierecke, zwischen denen jetzt, in den Stunden der niedrigen Flut, Meerwasser strömte. Einige der eckigen Teiche wurden überflutet, in anderen hantierten nackte Männer mit Hacken und Schiebern. Die Salzarbeiter trugen große, strohgeflochtene Rundhüte und scharrten an einer Stelle große Haufen weißer Kristalle zusammen, füllten breiiges Salz in Körbe und mächtige Pithoi, zerhackten und zersägten Salzplatten zu Brocken und Platten.

»Dorther also kommt das Salz, mit dem sie reich werden«, brummte Telegonos, ging zum Tor und sah sich nach einem Wächter um. Niemand hielt ihn auf. Die Mauer und das Torviereck bestanden aus Lehmziegeln und Bruchsteinen; nur an den Kanten sah er bearbeitete Quader. In der windstillen Gasse überfiel ihn die Sonnenglut, deren Widerschein von den gekalkten Hausmauern ihn blendete. Er hörte jenseits der Mauern laute Stimmen und Hammerschläge auf Metall. Sie ertönten neben ihm, einige Gassen weiter, hinter ihm und dann wieder vom anderen Ende des Städtchens; langsam ging er weiter, grüßte einige Frauen, die in Körben trockene Tücher in die Häuser trugen, und einige Male konnte er in Schmiedewerkstätten hineinsehen. Aus Kupfer und Bronze hämmerten die Handwerker Werkzeuge und Waffen, schärften Schneiden, dengelten große Korn- und Grassicheln und feilten an den Zähnen armlanger Sägen. Die Bewohner der Stadt redeten ein weiches, angenehm klingendes Achaiisch; Telegonos hatte nichts anderes erwartet.

In der Mitte der Agora war ein Schöpfbrunnen, zu dem steingemeißelte Stufen im Dreiviertelkreis hinunterführten. In einer Wandnische aus sorgfältig behauenen Steinen stand das Götterbild der Aphrodite neben zwei verhüllten Statuen, mit Ölbaumzweigen und Blumenkränzen geschmückt. Tauben balzten gurrend auf den Schultern der Statue. Telegonos verbeugte sich lächelnd vor der Göttin und wählte eine Treppe mit Stufen aus unregelmäßig eingebetteten Felsplatten. Hinter großen Platanen führte der Weg zu einem Hang voller Rebstöcke, Gebüsch und Wacholderbäumchen. Nur an einigen Stellen erkannte Telegonos tiefe Gräben und breite Lagen von

Bruchsteinen; die Mauer endete irgendwo rechts im Abhang. Aus dem Hangwald kamen, unendlich leise, die melancholischen Klänge einer Panflöte; Telegonos dachte an einen schläfrigen, bocksfüßigen Satyr, der im Schatten die Syrinx blies. Ein Pfad schlängelte sich in die Richtung des Eichenwäldchens, das Telegonos vom Schiff aus gesehen hatte. Als er weiterstieg, gaben die Blätter hin und wieder den Blick auf die Holzgerüste frei. Im Gebüsch lärmten Grillen, Fliegengesumm und Knistern durchbrachen die Nachmittagsstille, Schmetterlinge und gelbschwarze Hummeln flogen auf. Als der Pfad breiter wurde und im Schatten zwischen knotigen Eichenstämmen im Halbkreis nach rechts führte, war das Plätschern einer Quelle zu hören. Telegonos blieb jäh stehen. Jede Einzelheit der Umgebung, die Bilder und die Laute, erinnerten ihn an Aiaia, die Heimatinsel. Ihm war, als kehre er zurück, oder als habe er die ersten Schritte der Rückkehr schon getan. Selbst der Geruch des Sommers war wie auf Aiaia. Er hob die Schultern und hielt den Atem an.

Im Eichenhain herrschte göttliche Ruhe, nur von den Lauten durchwoben, die von Tauben und Sperlingen stammten, den Vögeln aus Aphrodites Gefolge. Telegonos glaubte die unheimliche Gegenwärtigkeit dessen zu spüren, was seine Sinne nicht bewußt erfaßten. Er ging so leise wie möglich näher. Altes Mauerwerk und tief geöffneter, feuchter Boden dünsteten den Geruch der Gaia aus; faulendes Eichenlaub, Eicheln und der Ruch von Stein, dessen Oberfläche Bronzemeißel bearbeitet hatten, mischten sich in den Moder. Einzelne Sonnenstrahlen fielen durch das Astwerk und zeigten weiße Steinsplitter und dünne Steinscheiben, die unter Telegonos' Schritten klirrend zersprangen. Das Geräusch des Quells wurde lauter. Telegonos brauchte nicht nachzudenken: Er war im Heiligen Eichenhain, jenen Bäumen, die Göttervater Zeus geweiht waren.

Die Baumkronen wichen zurück und bildeten ein sonnenbeschienenes Viereck, dessen eine Seite zum Meer offen war. Große Schmetterlinge flatterten durch den fleckigen Schatten,

Bienen und Fliegen summten. Links, wo das Geräusch sprudelnden Wassers und der Geruch kalter Herdstellen herkamen, erkannte Telegonos unter Fruchtbäumen und zwischen Nußgebüsch einige kleine Häuser mit Grasdächern. Zwischen ihnen war ein Garten voller Küchenkräuter angelegt; die Pflanzen waren vor kurzer Zeit gewässert worden.

Zwischen Erdhaufen, grobkörnigem Sand von den Stränden, sorgfältig ausgebesserten Mauern und auf einer Schicht weißer Steinsplitter ging Telegonos zum Mittelpunkt des Platzes. Drei Sockel, aus alten und neuen Quadern gemauert, standen mit den Rücken zu den Bäumen. Der mittlere Tempel war fast völlig wieder aufgebaut, nur Bretter und die oberste Dachschicht über den wuchtigen Gebälkbohlen fehlten. Von einem kantigen Stein blinzelte eine Katze ihn an; nur die Schwanzspitze zuckte. Je drei neue, schlanke Säulen bildeten die Seitenwand, der Eingang ihm gegenüber war durch zwei Säulenpaare gekennzeichnet. Im Tempelinneren standen, abermals auf Steinquadern, drei Statuen, von weißen Tüchern verhüllt.

Die unfertigen Tempel rechts und links, ebenfalls aus frisch gebrochenem und altem Stein, der an vielen Stellen die Spuren heftiger Bearbeitung trug, waren einige Ellen niedriger. Die Wände hinter den Sockeln glänzten; der glatte Bewurf trug frische, dunkelrote Farbe. Oben und unten liefen breite Friese mit Malereien: Blüten, Delphinoi, Ranken, Schildkröten, Fische und Affen, die in Ästen kletterten. Zwei fast mannsgroße Statuen, deren Teile auf Brettern und Schragen standen, wurden ausgebessert. Sie starrten Telegonos aus blinden Augen an. Farbe und Goldauflage trugen die Spuren des Alters und mutwilliger Zerstörungen, wie von Axthieben. Der große Haupttempel der Aphrodite, wußte Telegonos von Duduqi, stand in Paphos an Kypros' Westküste; vielleicht waren Handwerker und Priesterinnen dorther gekommen.

Telegonos schritt auf einer Rasenfläche, die vor kurzer Zeit angelegt worden war, bis zur Vorderkante der Fläche. Ungehindert ging sein Blick zum Meereshorizont, auf die Dächer und Gassen Kitions und bis zum Salzsumpf und die Hafenbucht. Der Hang war voller rotem Heidekraut, unter einem Flechtwerkdach standen Bienenkörbe. Einen Atemzug, bevor er sich umdrehte, schob sich die Wolke vor die Sonne. Tiefgraue Schatten fielen über Land und Meer. Telegonos setzte sich, lehnte sich an den Pfeiler und sah aufs Meer hinaus. Hier bin ich nun, dachte er ohne innere Bewegtheit: Auf dem Horizont der achaiischen Inseln, im Meer des Poseidon, wieder dem Gesetz der eigenen Götter unterstellt, deren Riten und Geboten – war auch er ihnen unterworfen so wie Millionen und Abermillionen anderer Menschen, deren Namen und Bedeutungen längst vergessen waren? Und bevölkerten sie alle als Schatten den Hades, der größer war als die Welt? Und welche Götter geboten über die gottlosen Barbaren? Vollzogen auch sie gedankenlos fremdartige Opferriten, die Zeus nicht sah? Vermochte Aphrodite ihm darauf zu antworten, so daß er verstand? Wer verschaffte ihm Klarheit über den Beginn der Dunklen Jahre? Er senkte den Kopf; das Gespinst der Hoffnungslosigkeit legte sich über ihn.

Der nächste Windstoß ließ ihn erschauern. In der schwarzen Wolkenflut flackerte ein Wetterleuchten. Er ging einige Schritte auf den mittleren Tempel zu, lauschte dem leisen Donner und dem rauschenden Eichenlaub; hinter den Gerüsten und seilbehangenen Balken näherten sich schemenhaft hell gekleidete Gestalten. Er wartete, bis er zwei Frauen erkannte, die bedächtig die Felsstufen heraufkamen und ihn schweigend musterten. Die grauhaarige Frau im langen Chiton sagte leise:

»Wer bist du, Fremder?«

»Telegonos, Sohn der Kirke und des Odysseus. Seid ihr Priesterinnen der Artemis?«

Beide Frauen hörten unbewegten Gesichts seine Antwort. Die Priesterinnen, groß, schlank und mit ernsten Gesichtern, trugen schmale Armreife und, an ledernen Schnüren, handgroße Muschelschalen auf der Brust. Ihr Haar lag in Zöpfen eng am Kopf, das hellbraune Haar der Jüngeren wirkte wie eine Krone. Als die Ältere wieder sprach, schlug in unmittelbarer Nähe scharf berstend der erste Blitz ein. Sie zuckten zusammen und duckten sich; ein Vogelschwarm flog auf.

»Priesterinnen der Schaumgeborenen von Kithera.« Das sonnengebräunte Gesicht der Grauhaarigen war voller Falten. »Ich bin Thamis und lehre Königin Kallidike, die Götter zu verstehen und ihnen zu opfern.«

Der Donner ließ die Erde beben, rüttelte an den Bäumen und machte die Menschen taub. Unvermittelt sprang die erste Sturmbö das Wäldchen an, wirbelte Staub, altes Blattwerk und kleine Äste davon, zugleich mit Vogelnestern und Steinchen. Thamis schlug ihr Tuch über den Kopf und packte Telegonos am Handgelenk. Kallidike starrte ihn wie eine Erscheinung aus dem Tartaros an; ihre Lippen formten Worte, die im krachenden Dröhnen unverständlich blieben.

Ein vielverzweigter Blitz blendete Telegonos und die Frauen, die Donnerschläge fuhren über das Ufer hin; der Anprall des Gewittersturms traf die Flüchtenden in den Rücken und schleuderte sie über die freie Fläche und die Stufen hinunter. Eine tobende Wolke aus Sand, Rauch, zerfetzten Blättern und modrigem Winterlaub hüllte sie ein, als sie hinunterstolperten und in einer Höhle mit gemauertem Eingang Schutz suchten. Sie befand sich im Hang, unter dem mittleren Tempel; im Boden erkannte Telegonos ein Mosaik-Labyrinthos aus verschiedenfarbigem Stein.

»Jedermann kennt deinen Vater, Telegonos«, sagte Thamis ungerührt. Sie schien mehr als Telegonos zu wissen; oder anderes. »Die Göttin hat uns wissen lassen, daß du ihn suchst. Bist du auf dem Weg zu ihm?«

»Auf dem Meer, auf dem Weg, der mir endlos erscheint.« Telegonos' Augen gewöhnten sich an das Halbdunkel. In der Höhle waren die Donnerschläge leiser, aber deutlicher zu spüren. Staub rieselte von der steinernen Decke. »Ich zittere vor drängender Hoffnung, aber Poseidon und drei falsche Winde treiben mich hierhin und dorthin, nur nicht nach Ithake.«

»Dein Vater lebt, dein Halbbruder Telemachos auch.« Kallidikes Stimme war hell, fast zornig; die Worte hallten von den Wänden wider. Ihre Blicke glitten über seine verschorften, öligen Narben. »Sie herrschen noch über Ithake, Same, Dulichion und Zykynthos. Penelopeia, Tochter des Ikarios von Sparta, ist Herrin des Palastes. Aber keiner von ihnen erwartet dich, Sohn der Kirke.«

»Das glaub' ich dir, Priesterin.« Telegonos lachte hart. »Du scheinst meinen Vater gut zu kennen?«

»Er besuchte meinen sterbenden Vater, König der Thesproter. Wenn ich von Thamis und unseren Schwestern gelernt habe, was ich wissen muß, geh' ich zu meinem Sohn Polypoites zurück.«

Kalkweißes Licht zuckte und zitterte für Augenblicke durch den Eingang, meißelte die Gestalten aus dem Halbdunkel und warf ihre Schatten an die Wände, ließ die Muschelschalen in absonderlichen Farben glühen. Im Gestein erkannte Telegonos eingeschürfte, farbige Bilder: Bienen, schwarze Frauengesichter, Schnüre und Knoten seltsam geschwungener Netze. Wieder erschütterte rumpelnder Donner die Höhle.

»Erzähl mir, ich bitte dich, von meinem Vater.« Telegonos starrte in die dunklen Augen und die beherrschten Gesichter der Priesterinnen. »Mir hat man tausend Mal berichtet, daß er der schönste, klügste, liebenswerteste und mutigste Mann der Welt ist. Dazu der Listenreichste und der beste Kapitän, besser als Pentawer-Ptah.«

»Er ist stark, klug und voller Listen«, sagte Kallidike. »Du scheinst ihm ähnlich – und auch nicht. Er ist wie ein Held, vermag sich zu beherrschen; im langen Krieg und auf der Irrfahrt hat er vieles lernen müssen ...«

»So geht es mir auch.« Telegonos nickte.

»Seit sein Haar weiß geworden ist und er keinen roten Spitzbart trägt, sieht er aus wie ein alternder Held. Er verbüßt die zehnjährige Verbannung; mir gilt er viel.« Kallidike lächelte in sich gekehrt. Thamis hörte zu und betrachtete Telegonos' Ankhzeichen. »Er ist ein alter Held. Noch hat er Poseidon nicht besänftigt. Ein Urteil zwang ihn, Ithake mit einem Ruderriemen auf der Schulter zu verlassen; er kam zum Palast meines Vaters, als ich zwanzig Jahre alt war.«

Telegonos starrte seine Handflächen an und legte sie über die Augen; er stöhnte: »So fügt sich manches zusammen. Poseidons unbeschwichtigte Wut, meine eigene Irrfahrt, seltsame Winde und die Gesichte und Orakel meiner Mutter.«

»Aphrodite kämpfte gegen euch Achaier.« Thamis nahm die Hände von den Ohren und blinzelte im Schein des Blitzes. »Sie hat gewollt, daß Paris die Helena entführt. Auch wenn du der Mutter des Eros opferst«, sie deutete zur Decke, »solltest du dir nicht zu viel erhoffen.«

»In wenigen Worten: Ich soll mit meinem Vater auf die Fahrt zum Ferntor gehen. Dadurch, sagt das Orakel, wird Unheil von Aiaia abgewendet. Ob Poseidon und Aphrodite dies zulassen?« Telegonos hob die Arme. »Mehr erwarte ich nicht für mich und die Mannschaft der *Anomata*, der *Namenlosen*.«

Das Flackerlicht des nächsten Blitzes zeigte, daß sich in das Rauschen der sturmgepeitschten Bäume schwerer Regen mischte. Das Gewitter schien sich über den Sümpfen und den Wäldern rings um Kition zu drehen. Das Zwielicht unter den Wolken ging in die Dämmerung über, vor dem Höhleneingang bildeten sich Rinnsale.

»Willst du mit uns der Göttin opfern?« sagte Thamis. Telegonos nickte und deutete nach draußen.

»Nach dem Gewittersturm.«

»Und deine Schiffsmannschaft?«

»Sie bleiben im Hafen, glaube ich.«

Die nächsten Donnerschläge waren weniger laut, der Regen strömte heftiger und wurde vom Sturmwind schräg abgetrieben. Eine Zeitlang warteten die Priesterinnen schweigend, dann fragte Thamis:

»Also wirst du noch heut nacht zum Hafen zurückgehen?«

»Das hab' ich dem Kapitän versprochen.«

Telegonos löste die Riemen von der Mantelrolle, steckte sie in den Gürtel und zog den Mantel über die Schultern. Thamis ging zum Eingang, streckte den Arm hinaus und sagte:

»Wir werden nicht ertrinken. Die Häuser der Priesterin darf kein Mann betreten, o Telegonos; warte im Haus der Gäste. Man bringt dir Essen und Wein und eine Fackel, wenn wir uns versammeln.«

Telegonos senkte den Kopf und sagte leise: »Ich danke dir, Mutter.«

Nach dem Gewitter war die Luft unangenehm kalt geworden, der Regen feinen Wassertröpfchen gewichen, die aus niedrigen Wolken fielen; der Wind pfiff vom Meer zu den Bergen des Inselinneren. Die Narben schmerzten. Telegonos saß, vor sich eine große, mit gemischtem Wein gefüllte Phiale, Brotfladen und ein Mus aus Beeren und Korn, in das Himation gehüllt an einem langen Tisch. Zwei Öllichter flackerten, auf der Tischplatte lag eine harzgetränkte Riedfackel. Während er aß und trank, dachte Telegonos über die Erlebnisse der vergangenen Stunden nach: Kleinmütige Unentschlossenheit kennzeichnete die Tage seit dem Kampf in Gubla. Nicht weit von Kreta, aber voller Selbstzweifel, mit frischen Narben, nur wenige Segeltage von Ithakes Inseln entfernt – er sollte eigentlich vor Freude springen und jeden umarmen, der ihm in den Weg kam!

Er leerte die Schale mit kleinen Schlucken und dachte an Odysseus. Ein alter Held? Anscheinend lag nach der Ankunft auf Ithake weniger strahlender Goldglanz auf dem Urenkel des göttlichen Hermes und der Chione als damals, als Kirke und Nausikaa von Odysseus geblendet worden waren. Ein hinkender, alter, grauhaariger Held, für ein Jahrzehnt verbannt? Vor dem Türdurchgang ertönten leichte Schritte, eine Fackelflamme warf rötliches Licht an die Wände. Thamis, den Kopf mit dem Saum eines weißen Mantels verhüllt, hob den Arm.

»Zünde deine Fackel an, Telegonos; dann bedecke deinen Kopf und folge mir.«

Er stellte die Schale ab, zog den Mantelsaum hoch und stand auf. Thamis' Blicke hafteten sich auf die farbigen Stickereien und Webmuster. Sie senkte die Fackel und wartete, bis die andere Fackel brannte, wandte sich um und reihte sich als letzte in die Schar von vielleicht fünfzehn fackeltragenden Priesterinnen ein. Eine Handbewegung bedeutete Telegonos, hinter Thamis zu bleiben. Die Lichterreihe bewegte sich auf einem Pfad, den er nicht gesehen hatte, im großen Kreis durch den Wald um die Tempel herum. Aus allen Zweigen fielen schwere Tropfen; wenn sie die Fackeln trafen, sprühten und zischten die Flammen. Von den Häusern drang unvermittelt ein dunkler Trommelschlag, ein zweiter, dritter ... nach dem siebenten Dröhnen zirpten Leiersaiten einen Dreiton, und eine Syrinx schickte langgezogenes Trillern durch den dunklen Hain. Die siebenröhrige Hirtenflöte schien aus Kupfer zu sein, oder aus Bronze: Ihr Ton war schneidend und schrill.

Dreimal umrundeten die Priesterinnen schweigend und feierlich schreitend die Tempel, aus deren Richtung milchige Helligkeit zwischen den knorrigen Stämmen hindurchleuchtete. Die Musik blieb eintönig und eindringlich, auch als der stille Zug über die Felsstufen zum Tempelplatz hinaufstieg. Die Priesterinnen, deren Gesichter unter den Kapuzen im Dunklen blieben, versammelten sich im Halbkreis vor dem mittleren Tempel.

Die Statuen waren nicht mehr verhüllt. Vielleicht hatte der Sturm die Tücher weggerissen. Auf dem Sockel zwischen den Säulen, hinter den Statuen und in einem Kreis auf dem nassen Steinboden standen ölgefüllte Schalen, in denen dicke Dochte brannten. Vor einem kleinen Steinaltar steckten einige spitzbödige Pithoi in bronzenen Dreifüßen. Eine Stimme begann zu flüstern, ebenso durchdringend wie der Ton der Syrinx.

»O Göttin. Nackt aus dem Schaum des Meeres geboren, das sich um Uranos' Gemächt sammelte. O Herrin Kytheras: Sieh uns, höre uns und nimm unser Opfer an.«

Aphrodite, die mittlere Statue, bestand aus weißem Stein, meisterhaft nachgebildet, eine schöne Frau mit breiten Goldbändern an Handgelenken und Oberarmen, das Haar im Nakken zum Knoten geschürzt, ein Golddiadem auf der Stirn und in einen Peplos aus Flügeln von Tauben und Sperlingen gekleidet; sie griff nach dem Saum eines roten Mantels, der sich um ihre Füße ringelte, nur ein Knie und einen Schenkel halb bedeckend.

»Blumen und Gräser ersprossen unter deinen Schritten, Herrin zu Paphos. Von Zeus mit Dione gezeugt, der Tochter des Okeanos, weitherrschende Göttin, die du auf den Wogen tanzest.«

Es war, als spreche ein fremdes Wesen gleichzeitig aus verschiedenen Stellen des Hains. Telegonos erschauderte: Worte und Klänge aus dem Verborgenen kamen in einem Takt, der ihn verwirrte. Flammenschein und Schatten spielten auf den Körpern der Statuen und verliehen ihnen ein Scheinleben; Aphrodites Augen, aus Silber und Elektron, blickten unruhig umher. Als Telegonos wagte, in ihr Gesicht zu sehen, erschrak er. Ihre Züge waren nur angedeutet, der Stein blieb fast gesichtslos, dennoch schien das Mienenspiel zugleich lockend und lüstern, gleichgültig und strafend zu sein. Die Schatten bewegten sich, als ob ihre vollen Brüste in der feuchten Kälte bebten. Über Aphrodites Schenkel spannte sich eine dreifach gewundene Kette aus goldenen Gliedern und funkelnden Edelsteinen.

»O Meerestänzerin. O Göttin der Liebe! Aus dem Chaos Erhobene. Sieh deine Priesterinnen und einen fremden Seemann, der deine Hilfe und deinen Schutz erfleht. Mutter des Eros, Trägerin des wunderstiftenden Gürtels, o Gattin des Hephaistos – dir bringen wir Weihegaben dar: gib uns von der Kraft deines Liebesgürtels!«

Die Fackeln loderten knisternd. Brennendes Harz tropfte zu Boden. Zwei Priesterinnen lösten sich aus dem Halbkreis und blieben vor dem Altar stehen. Ein kunstvoll geschichtetes Gebilde aus Spänen, Zweigen und Holzstücken bedeckte den rußgeschwärzten Steinquader. Aus den Krügen schöpften drei Frauen Wein, Öl und Honig in Schalen und warteten zwischen den flackernden Lichtinseln des Tempelinneren. Telegonos betrachtete die Statuen links und rechts der Göttin.

Sie waren mehr als einen Kopf kleiner als Aphrodite. Links

stand, an der bronzenen Rüstung und den Waffen zu erkennen, am Helm mit der langen Helmzier, Ares, der Gott des Krieges. Aus der Öffnung des Bronzehelmes starrte er seine göttliche Geliebte an, mit der er von Hephaistos im geschmiedeten Netz gefangen worden war.

»O Schaumgeborene!« Wieder verschmolz die laute Flüsterstimme mit den Klängen der Musik. Zwei Fackeln entzündeten die Späne; die Priesterinnen traten schweigend zur Seite. Langsam näherten sich die Trägerinnen der weißen Tonschalen. »O Göttin vom Tod im Leben. Dir haben die Moirai, die Göttinnen des unerbittlichen Schicksals, die göttliche Pflicht zu lieben auferlegt. Sage uns, zeig es uns: wie können wir das rechte Maß der Liebe finden in den Jahren der zerfallenden Ordnung? Hilf auch dem Seemann, der seinen Vater liebt, wie es Pflicht des Sohnes ist.«

Die Flammen auf dem Altar loderten eine Elle hoch. Öl tropfte aus der Schale, lief in fingerdünnem Faden in die Flammen und breitete sich brennend auf der heißen Steinoberfläche aus. Seltsam verzerrte Schatten bewegten sich auf der Wand hinter den Statuen und schoben sich ineinander. Ares gegenüber stand Melainis, jenes schwarzhäutige Standbild, das Pygmalion einst von Aphrodite geschaffen hatte, »die Schwarze«, weil Aphrodites Liebesabenteuer nachts geschahen und weil andernorts ihr Name *Skotia* war: die Dunkle. Ihr Gesicht, von klassischer Schönheit, trug ein herausforderndes Lächeln, die Haltung ihrer Arme, des Körpers entsprach der Aphrodites, aber so, als spiegle sich Melainis in Aphrodite und umgekehrt. Die Flammen verteilten sich, als Honig ins Feuer geträufelt wurde, und die drei Schatten verschmolzen für lange Augenblicke miteinander. Dampf wallte auf und verbarg die Statuen vor den Blicken der Priesterinnen, die Öl und Honig opferten, Blüten und grüne Eicheln in die Flammen warfen und leise die Anrufungen wiederholten.

»Nun kannst du opfern, Seemann Telegonos«, sagte Thamis und zupfte an Telegonos' Mantel. Es roch nach schmorendem Honig, Harz und Öl. Als Telegonos näher trat, sah er es wieder: Ares' Waffen, drei erhobene Arme, Schatten, Lichtflecken und Spiegelungen der Flammen in den Muschelschalen der Priesterinnen verschmolzen mit den Bildern auf der Rückwand. Die Priesterinnen, die Wein aus den Krügen in die Opferschalen schöpften, erstarrten; auch Telegonos ließ die Schale sinken und blickte schweigend auf die Erscheinung hinter dem weißen Dampf.

Ein Gesicht erschien zwischen blitzartigen Lichtern; es drückte in langsamem Wechsel Weisheit, Traurigkeit und ein fröhliches Lächeln aus. Das bärtige Antlitz schien Zeus zu gehören, verwandelte sich in das triefende, tangbehangene Gesicht Poseidons; Telegonos glaubte ein dröhnendes, blubberndes Lachen zu hören und einen Blick aufzufangen, der nur ihm galt. Er konnte ihn nicht deuten. Dann erschienen die Umrisse des schweren, schwarzen Achaierhelmes, aus denen Ares ihm einen ebenso undeutbaren Blick zuwarf. Die Lippen des Gottes bewegten sich und riefen ihm unhörbare Worte zu. Telegonos schöpfte die Schale voll Öl, machte fünf Schritte und goß das Öl in die Flammenzungen, ohne den Blick von dem wirbelnden Schatten zu lösen.

»Ihr Götter!« murmelte er, ging rückwärts zu den Krügen und füllte Honig in die Phiale. »Ich erbitte wenig von euch: nur eine Fahrt nach Ithake, die uns nicht umbringt, und daß mein Vater mich annimmt. Alles andere liegt in eurem Ratschluß.«

Er goß Honig in die Flammen. Die Glut rötete sich. Feuer blitzte in Aphrodites Elektronaugen. Poseidon grinste, Ares' dunkles Antlitz drückte Wut und Ekel aus, dann lächelte Aphrodite: weise wie Kirke, liebevoll wie Nausikaa, unendlich erfahren und schmerzlich wie Merit-Khenso. Eine Priesterin löschte Flämmchen und Glut mit rotem Wein; Dampf verwirbelte das letzte Bild.

»Dein Opfer ist angenommen worden.« Telegonos verstand, was Thamis sagte, trotz des Knisterns des brennenden Holzes und der Musik, die unverändert laut durch den Hain schallte. »Lösche nun mit uns das Opferfeuer.«

Telegonos nickte. Drei Schatten lagen reglos auf der Wand, die sich schwarz gefärbt hatte. Er schöpfte Wein aus dem Pithos, und zugleich mit einigen Priesterinnen ließ er den dünnen Strahl in die weißrote Glut rinnen. Einige Atemzüge lang standen sie im Dampf, der von den Ölflämmchen erhellt und durchglüht wurde. Eine Stimme, die Telegonos als die von Thamis erkannte, sagte:

»O Schaumgeborene Göttin. Wir danken dir, Aphrodite – deine Zeichen werden wir zu deuten versuchen. Unser Opfer hast du angenommen, auch jenes des Odysseussohnes – in wenigen Zehntagen werden deine Tempel schöner sein als je zuvor.«

In den Schalen verzehrten die lodernden Flammen das letzte Öl. Aus der Glut, die sich schwärzte, rannen die Reste des Honigs und lange rote Spuren. Telegonos spürte eine seltsame Art von Zufriedenheit, gleichzeitig war er völlig verwirrt. Die Priesterinnen zündeten die Fackeln an den letzten Flammen an; eine weiße Gestalt nach der anderen verließ den Tempel und ging langsam zur Treppe.

Thamis und Kallidike schlugen vor dem Tempel, im Bereich der flackernden Helligkeit, die Kapuzen zurück. Noch immer fielen Tropfen mit sattem Geräusch von den Blättern.

»O Mutter«, sagte Telegonos leise. »Ich glaube, vieles gesehen zu haben. Nichts davon hab' ich verstanden. Kannst du meine Ahnungslosigkeit mindern?«

»Ich versuch's.« Thamis' Stimme klang, als sei er ihr völlig gleichgültig. Ihr Gesichtsausdruck war unbestimmt, fast mißbilligend. Kallidike, vielleicht dreißigjährig, blickte ihn aus braunen Augen an; sie schien ihn mit dem Vater zu vergleichen. »Die Göttin der Liebe ist, wie die Liebe selbst, von regelloser Unbestimmtheit: Sie kommt und geht unerwartet, sie läßt sich an den unglaublichsten Orten nieder, sie stellt den Eigennutz der Frau über jedes göttliches Gesetz – so ist die Liebe. Poseidon wird dich nicht vernichten, aber ob er dich straft wie deinen Vater – wer weiß es?«

»Aphrodite lehrt uns, zu wählen, ohne auf den Rat des Gewissens zu hören«, flüsterte Kallidike. Sie starrte die Goldfäden in seinen Mantelsäumen an. »Hast du das Antlitz des männermordenden Ares gesehen?«

Wieder nickte Telegonos.

»Ares scheint versprochen zu haben, daß auch Kampf und Tod, Maßlosigkeit der Trunkenheit und greller Zorn euch begleiten werden.«

»Und auch die Liebe begleitet euch. Dein Mantel ist von kunstvoller Schönheit.«

»Kirke wob und bestickte das Himation.« Telegonos blickte ratlos von einem Gesicht zum anderen. Sie kamen ihm ebenso versteinert vor wie das weiße und das schwarze Gesicht der Göttin. Zwei oder drei Ölflämmchen zuckten, loderten hoch und erloschen. »Die Liebe? Ich hab' sie erfahren, und auch ihre traurige Seite.«

Thamis streckte den Arm aus und griff nach dem Ankh auf Telegonos' Brust. Sie atmete schwer und flüsterte: »O glückliche Schwestern am Neilos-Strom! Ihr werdet nicht umkommen, ihr von der *Namenlosen!* Du wirst deinen Vater treffen. Dein Halbbruder, nun, ich hab' nichts von brüderlicher Liebe gespürt, als die Schatten tanzten. Das ist alles, Seemann.«

»Es ist mehr als nichts.« Telegonos verbeugte sich. »Und es ist weniger, als meine Mutter in vielen qualreichen Nächten sah. Wie kann ich euch danken, o Mutter Thamis?«

»Denke an Aphrodite. Achte die geheimen Gesetze der Frauenliebe. Zeus, der die Ameisen zählt, kennt jedes Sandkorn: das Licht des Helios enthüllt ihm, was du tust. Deinem Vater, sage ich, ist ein Schicksal von unüberbietbarer Seltsamkeit zugedacht – welches, das vermag selbst Aphrodite nicht zu sagen.«

Sie hob das Ankhzeichen vor ihr Auge, blinzelte und ließ das Schmuckstück auf Telegonos' Brust zurückfallen. Zwischen den Wipfeln der Lichtung war der halbe, eiterfarbene Mond erschienen. Kallidike deutete in die Richtung von Stadt und Hafen.

»Nimm die Fackeln und geh zu deinem Schiff. Du bist mit

leeren Händen und ohne Geschenke gekommen; du gehst reicher, als du kamst.«

Kallidike und Thamis wandten sich ab. Kurz vor der obersten Stufe drehte sich Kallidike um und rief unterdrückt:

»Eines Tages, fern ist er nicht, treffen wir uns, Seemann: ich, Odysseus, Polypoites, Telemachos und du.«

Die weißen Mäntel wehten noch einige Atemzüge lang zwischen den nächtlichen Gewächsen. Telegonos horchte dem Klang der Stimme und der klatschenden Schritte nach, suchte drei Fackeln und zündete die erste an; er ging länger als eine Stunde bis zum Wasser. Stille und Bewegungslosigkeit lasteten über dem Hafen, auf dessen winzigen Wellenmustern sich ginsterfarbenes Mondlicht spreizte. Das winzige Licht über dem Heck der *Namenlosen* war wie ein Wegzeichen, das Ruhe und Vertrautheit versprach. Telegonos warf den stinkend-qualmenden Rest der letzten Fackel ins Hafenwasser und tappte die Planke hinauf; beim Übersteigen der Bordwand schlug er, in den Falten des Mantels stolpernd, mit dem Schienbein gegen das nasse Holz. Er wimmerte vor Schmerz, aber niemand aus der Mannschaft wachte auf.

Nano Duduqi, Pentawer und Ophian hatten zwei Stunden nach Mittag mit dem Hafenverwalter und den Kapitänen der Händlerschiffe alle Waren getauscht. Duduqi lehnte – zu seinem Bedauern, wie er beim rômetischen Henket beteuerte – das Angebot eines Gublakapitäns ab: den Erwerb oder Tausch einer breithüftigen, schwarzhaarigen, großbrüstigen Sklavin für die ereignislose Fahrt nach Kreta-Keftiu; es würde der sichere Schiffsuntergang sein, wenn an Bord Steuermänner oder Ruderer eine Frau beschliefen, fast so sicher, als ob durch unbedachtes Pfeifen der Sturm angelockt oder in der Flaute Kopfhaar oder die Nägel der Füße und Finger geschnitten wurden. Augenscheinlich waren alle Handelspartner zufrieden: viel Henket und ungemischter Wein waren auf der Hafenagora getrunken worden. Niemand weckte Telegonos; er schlief und schnarchte bis Mittag. Das Segel, vom heftigen Regen ausgespült, glänzte, als sei es neu. Die Planken und die Augen, selbst der Ei-Stein im Mast und die Rahen sahen aus, als habe die Mannschaft tagelang nichts anderes getan, als das Schiff zu putzen. Mit ablandigem Wind, vier Stunden nach Mittnacht, ruderten sie schlaftrunken aus dem Hafen und segelten weit hinaus, ehe sie den Kurs nach Sonnenuntergang wählten: vor den Ufern breiteten sich Untiefen, Riffe, Klippen und flach liegende Felsschichtungen aus, nur wenige Handbreit unter dem Wasser. Erst nach Mittnacht, als er mit Pentawer an der Pinne stand, vermochte Telegonos über seine Erlebnisse zu sprechen und Fragen an Pentau zu richten.

2.
KRETAS KLIPPEN

Mittag, am dritten Tag nach Kypros: Ophian und Telegonos standen an den Rudern. Die Strömung, die nach Westen sog, zerrte am Kiel des Schiffes. Auf den sonnengedörrten Planken des Hecks standen und lagen Schalen, Körbe, Becher, Brotfladen und Früchte aus Kypros. Die Mannschaft hockte nackt und schwitzend, von Zedernöl triefend, die Bänder mit den dichten Fäden der Sonnenschleier um die Stirnen, im Halbkreis vor den Steuermännern. Es war, trotz des kühlenden Euros, heißer als mitten im Feuer. Von Telegonos' Narben war der letzte Schorf im Meerwasser verschwunden; langsam bräunte sich die rote Haut. Seit vielleicht zwei Stunden begleiteten drei oder vier Dutzend Delphinoi das Schiff. Zweimal war Heptodus in den Mast geklettert und hatte sich umgesehen: kein Tjekerschiff mit Netzsegel. Ophian brummte:

»Unser Schiff fährt durch glückliche Wellen. Keine morsche Planke, kein Riß im Segel, kein Überfall von Tjekern – und guter Euros oder Apeliotes seit Tagen und Nächten.«

»Und die richtige Strömung. Ich erkenn' sie wieder«, murmelte Pentawer. »Sie zieht uns zur nördlichen Küste.«

»Wieder zu einer Küste, die ich nicht kenne.« Telegonos grinste und verteilte Zedernöl auf seinen Schenkel. »Eine von vielen.«

»Tröstet dich's, Prinz? Uns geht es ebenso«, sagte Heptodus mürrisch. Mys und Nautes nickten. »Jede verdammte Welle ist neu.«

»Ihr solltet den Göttern, den Knoten des Aiolos und verschiedenen anderen Umständen dankbar sein«, sagte Pentawer und vollführte eine großartige Geste. »Jetzt könnt ihr euren Söhnen und Enkeln mondelang von Lotosessern, Kyklopen und der Gastfreundschaft am Hapi erzählen, oder am Neilos, wie ihr sagt. Ist das nichts?«

»Das ist viel, o Kapitän.« Ophian deutete nach Backbord. »Und dort könnt ihr Meeresungeheuer sehen, so groß wie die *Namenlose*.«

Die Mannschaft hob die Köpfe und starrte hinaus aufs Meer. Telegonos sah, vielleicht drei Bogenschüsse entfernt, die glänzenden Rücken großer Fische; fünf-, sechsmal so groß wie Delphinoi. Sie durchpflügten die Wellen, tauchten und stießen fauchende Wassersäulen aus Löchern ihrer Köpfe. Mitunter peitschte eine große Schwanzflosse das Wasser, die Rükken krümmten und streckten sich, sie warfen Bugwellen auf und hinterließen Flossenspuren wie ein Schiff. Auf den mächtigen Körpern glänzte Sonnenlicht, und die winzigen Augen schienen das Segel und den Rumpf der *Namenlosen* anzublinzeln, als ob das Schiff auch nur ein großer Fisch aus Poseidons Gefolge sei.

»Hast du solche ... Riesen schon einmal gesehen? Werden sie uns angreifen?« Mys hob kopfschüttelnd die Schultern und blickte zwischen Pentawer und den titanischen Delphinähnlichen hin und her. Pentawer schüttelte den Kopf. »Nein? Wirklich nicht? Woher weißt du das?«

Pentawer hob beschwichtigend die Hand. »Es ist das vierte Mal, daß ich sie sehe. Sie waren friedlich. Seht genau hin – sie sehen uns und schwimmen geradeaus weiter.«

»Bist du sicher, Pentau?«

»Niemand kann jemals sicher sein. Die Welt ist viel größer als unser Wissen, Freunde.«

Die Riesenfische zogen weiter und entfernten sich langsam

von der Bahn, die das Schiff segelte; hinter sich ließen sie eine sonnenglänzende Straße fast unbewegten Wassers. Die Seefahrer aßen und tranken weiter und beruhigten sich, als sie sahen, daß die Ungetüme die *Namenlose* nicht beachteten. Nano Duduqi grinste; Telegonos stützte sich auf die Pinne und sagte:

»Aphrodite gab mir ein Zeichen – aber das hab' ich euch ja schon zweimal erzählt. Wir sind das glückliche Schiff.«

Gewaltige Wolken trieben über den Sommerhimmel, der Ostwind wehte Schaumkronen auf die Wellen, die Dünung zwischen Kypros und Kreta hob und senkte sich weich. Pentawer hatte gesagt, daß bei diesem Wind die Strömung das Schiff an Kap Thirr und einigen Felsinseln vorbei an Kretas Nordküste nach Amnisos oder die Hafenruinen von Katsambas führen würde; spätestens in zwei Tagen und Nächten sollten die Seefahrer die Insel vor dem Bug sehen können. Leise wiederholte Ophian:

»Glückliches Schiff. So scheint es – bisher.«

»Über die Meeresriesen wundere ich mich nicht so sehr«, sagte Pentawer, »wie darüber, daß wir kein anderes Segel gesehen haben.«

»Du hast recht.« Duduqi schüttete schal gewordenen Sud über die Bordwand. »Die große Runde. Vom Zederngebirge nach Kypros, von dort nach Kreta, und deine Rômetschiffe segeln mit Nordwind zu den Neilosmündungen. Das Meer ist leer; sollte uns das beunruhigen?«

»Weiß ich nicht.« Pentawer rieb mit den Fingerkuppen die Goldperlen und zog eine Grimasse.

Es gab wenig Arbeit an diesen heißen Tagen. Die Mannschaft döste, schlief, ließ sich an Seilschlingen im warmen Meerwasser hinter dem Heck mitschleppen, sah dem Spiel der Wolken zu und lag nachts an Deck unter dem sternbeladenen Himmel und der wandernden Mondsichel, spähte am Tag nach den Umrissen der großen Insel und nachts nach der Brandung aus, die ihnen Klippen oder Untiefen zeigen konnte. Nano Duduqi zeichnete mit Holzkohle auf die Planken, während er unglaubwürdige Geschichten erzählte: an Steuerbord würden sie zuerst die langgezogene Insel Karpathos und in gerader Linie vor dem Bug den Gipfel des Berges Ida sehen können. Obwohl Aiolos' Flechtwerk noch immer unter Deck in dem weichen Tuch eingeschlagen war, dachte niemand daran, abermals die Knoten anzurühren. Die Götter hatten herrliches Wetter und Winde geschickt, wie sie günstiger nicht sein konnten.

Telegonos hatte im Bug, neben dem Ankerstein, einige Dekken und den Mantel zusammengefaltet und lehnte an der Bordwand im Schatten. Nur die Beine ragten auf den heißen Planken ins Sonnenlicht. Die Erinnerung an die orakelhafte Nacht des Tempelopfers hatte, ebenso wie die Gedanken an Kampf, Tod und Verwundung, an Eindringlichkeit verloren, und was auf ihn wie das Wunder göttlicher Anwesenheit und mythischer Zauber gewirkt hatte, verblich zu minderer Bedeutung: Nur die Gedanken an Merit-Khenso blieben eindringlich und quälend. Die Priesterinnen, die das Geheimnis der Liebe und deren Gesetzmäßigkeiten zu finden versuchten, hatten die Göttin und ihren göttlichen Geliebten beschworen, und das Zeichen aus Rauch, Dampf und Schatten konnten sie deuten. Hatten sie es richtig gedeutet? Verhieß es ihm, Telegonos, sicheres Segeln und baldiges Zusammentreffen mit Odysseus, dem alternden Helden? – Das Schicksal, hieß es, schickt keine Herolde. Denn vom nordwestlichen Kap am jenseitigen Ende Kretas war der Archepelagos, über den Odysseus herrschte, bei gutem Lips nur wenige Tage entfernt.

Duduqi schilderte den Genuß seltsamer Suppen aus Muschelschuppen, erzählte von wundersamen Salben, die kypriotische Fischersfrauen aus Tangasche, gemahlenem Stein und Delphinoisperma mischten, bei Vollmond, von Maulfäule, die Thunfischfleisch ungenießbar machte, und von einem Blinden, der während jeder Mondfinsternis mehr und Besseres erkannte als alle Sehenden.

Telegonos kratzte vorsichtig an den Rändern der Narben und zog den letzten Faden aus einem braunen Narbenrand. Der Bug hob und senkte sich in den Wellen; Telegonos genoß die Bewegungen, die er fast nicht mehr spürte, ebenso wenig, wie er das prasselnde Klatschen der Bugwelle als störendes Geräusch empfand. Schweiß tropfte vom Kinn und lief aus den Achselhöhlen. Telegonos streifte den Ankhschmuck über den Kopf, rieb das Glas an der Decke trocken und winkelte den Arm ab. Er betrachtete die dunkel gebräunte Haut, die ausgebleichten Härchen, näherte das Glas der Haut und dem Auge; wieder sah er das Wunder der Vergrößerung, und plötzlich erschien über dem Handgelenk ein greller Kreis, der kleiner wurde oder sich vergrößerte, je nachdem, wie weit das Ankh von der Haut des Armes entfernt war; schließlich verkleinerte sich der Kreis zu einem Punkt.

Einen Herzschlag später spürte Telegonos einen stechenden Schmerz. Es roch nach verbranntem Horn. Er riß den Arm zur Seite und sah eine dünne Rauchspur. Er preßte den Handrücken an die Lippen, leckte die verbrannte Stelle, und als er das Erschrecken überwunden hatte und das Handgelenk anstarrte, sah er eine kleine Brandwunde wie von einem Tropfen kochenden Öls.

»Das Glas ... es hat mich verbrannt«, murmelte er und zog einen Zipfel der Decke auf den Planken glatt. Er wiederholte die Bewegungen mit dem Schmuckstück und sah mit wachsendem Staunen, wie der Stoff unter dem gleißenden Punkt zu rauchen begann, sich zu grauer Asche auflöste, und wie die Ränder eines wachsenden Loches zu brennen begannen.

Er ließ den Ankh fallen, spuckte in die Finger und löschte den ringförmigen Brand. Eine geschwärzte Stelle zeichnete sich im Holz ab; er verrieb Speichel darauf und spürte die Hitze in den Fingerkuppen. Telegonos befühlte den Deckensaum ein zweites Mal und sah, daß der Stoff nicht mehr schwelte, auch das Holz blieb ohne Brandspuren, er zog sich in die Höhe, wickelte die Kette um sein Handgelenk und bückte sich unter dem Segel. Zwischen Pentawer und Duduqi blieb er stehen und sagte:

»Das Wunder kommt aus deinem Land, Käpten. Ich muß euch etwas zeigen. Hier ...«

Er wickelte ein Tau auf, hielt den Knoten in der einen und das Henkelkreuz in der anderen Hand, bevor er sich in die Sonne stellte und den grellen Punkt auf das ausgefaserte Tauende richtete: zwei Atemzüge später rauchten die gedrehten Fäden, und als er darauf blies und sich umdrehte, so daß das schwelende Ende im Schatten lag, sahen sie die Flämmchen.

Telegonos wartete, zeigte das brennende Tau Ophian und Nautes, dann tauchte er es in den Wasserkrug neben der Hecktruhe.

»Als einst der Sonnenwagen – meines Großvaters Helios – auf seiner Bahn sich der Welt zu sehr näherte«, sagte er leise, »gingen Wälder in Flammen auf, und das Meer kochte. Ein Künstler im Land Tameri hat erkannt, wie die Sonne auch kleinere Dinge anzünden kann.«

Pentawer sah Telegonos in die Augen, blickte auf das tropfende Tauende und den Schmuck, dann schüttelte er den Kopf und murmelte: »Hat Khenso dir diese Kunst gezeigt? Hat sie's gewußt?«

»Wenn sie es gewußt hat«, erwiderte Telegonos und zuckte mit den Schultern, »dann hat sie es mir verschwiegen.«

»Derlei dämonisches Spielzeug hab' ich mein ganzes Leben lang niemals gesehen.« Er wartete, bis Telegonos sich das Ankh wieder um den Hals gehängt hatte. Duduqi und die Seeleute umstanden Telegonos und schienen nicht glauben zu können, was sie gesehen hatten. »Mys und Nautes werden dich kosen und lobpreisen; wenn ich recht habe, brauchen sie bei Sonnenlicht weder Feuerstein noch Zunder für das Kochfeuer.«

»Nein.« Telegonos grinste. Er fühlte sich unbehaglich. »Wenn die Sonne leuchtet, brauchen sie's nicht. Das Wunder meines Großvaters wirkt nur am Tag.«

Er wandte sich an Nautes und Mys. »Freunde! Ich versteh's selbst nicht. Bin ich Prometheus?«

»Schwerlich«, brummte Duduqi und schob seine verschwitzte, speckige Mütze in den Nacken. »Sonst hätten wir jede Nacht Besuch von hungrigen Geiern, und du würdest den ganzen Tag vor Schmerzen stöhnen und mit Ketten rasseln.«

Einen Tag lang fegte Phoinikias über das Meer und trieb das Schiff schneller als an den Vortagen durch dunkelgrüne Wellen, vorbei an Karpathos' schemenhafter Südspitze und zwischen den Inseln Karq, Mynder und Shorph entlang auf das ferne Kap Plati zu, vorbei auch am mächtigen grauen Schattenriß der Insel. In der Nacht, als die Sichel von Artemis' Gestirn wie ein kretisches Stiergehörn den Schleier des Götterweges durchwanderte und die Brandung an Backbord zu hören war – die *Namenlose* war, Duduqis und Pentawers Rat gehorchend, nicht entlang der Felsufer und Buchten, sondern, die Fahrtstrecke abkürzend, von Kap Thirr geradeaus zum Kap Plati gesegelt –, erschienen weiße Nachtwolken, die sich von Sonnenaufgang nach Nord hinzogen und zahlreicher wurden; bald schien der Mond zwischen und hinter ihnen entlangzurasen.

Der Sonnenaufgang, ein schmaler roter Spalt über dem Horizont unter dem Geschiebe und Gebrodle vielfarbiger Wolken mit dunklen Rändern, zeigte einen gewalttätigen Himmel. Bald stülpte sich dunkles Grau über die Sonne; der Wind kam in Böen und wurde zum kalten Kaikias aus Nordost.

»Meine Heimat empfängt uns mit grämlichem Wetter.« Duduqi blinzelte in die letzten Sonnenstrahlen und sah in die tiefhängenden Wolken. »Noch geht es gut. Bis in den Hafen des versunkenen Knossos', der einst Katsambas hieß, werden wir es schwer haben. Wir sollten uns vorbereiten, Pentau.«

»Ich hab's seit Tagen geahnt und befürchtet. Das Wohlwollen der Götter scheint zu enden. Poseidon zielt mit dem Dreizack nach dir, Telegon!«

Noch gelang es, im halbgefüllten Kessel Sud zu kochen. Mys und Heptodus kletterten in den Schiffsbauch und sahen alle Befestigungen nach, spannten Seile und zerrten an den Verknotungen, brachten die Piloi-Lederkappen und wollene Chitone an Deck, teilten altes Fladenbrot und heiße Speckscheiben aus. Die Inselberge hüllten sich in Wolken, die Brandung entlang der Felsen und Strände kletterte gischtend höher.

»Vielleicht will Poseidon wirklich unser Treffen verhindern«, sagte Telegonos. »Aphrodite hat ihn wohl nicht besänftigen können.«

»Liebesgöttinnen, Liebe und Winde: sonderlich verläßlich scheinen sie nicht zu sein«, sagte Pentawer. »Der alte Spruch wird wahr: wölbt sich jetzt die Welle, bäumt sich bald jäh das Schiff.«

Duduqi kicherte und schlug sich auf die Schenkel.

»In jenen Nächten auf deinem Wrack, Pentau, scheint dir alle Götterfurcht abhanden gekommen zu sein.«

»An dieser Überlegung ist viel Wahres. Wie lange, sagst du, wahrheitsliebender Kreter, brauchen wir bis Katsambas oder Amnisos?«

»Wenn uns der Hafen nicht entgegenschwimmt: bei diesem Wind ... bis zum frühen Abend. Wenn die Ziegeninsel an Steuerbord zu sehen wäre – ich sage nicht, daß wir sie sehen werden! –, nach Süd und in die Flußmündung hinein!«

»Zeigen wir es ihnen, *Namenlose?* Ein Wellenritt wie zu den Lotosphagionen ... Lotosessern!«

»Lothophages!« sagte Telegonos. »Wir zeigen es ihnen, Käpten.«

Bisher waren mächtige Lanzen aus Sonnenlicht durch die Lücken der Bewölkung gedrungen und hatten fahles Licht auf die Wellen geworfen. Die Wellen waren breiter geworden und trugen schärfere Kanten; die Gischtdreiecke schienen weißer zu werden, das Wasser änderte seine Färbung. Nun senkten sich die Wolken tiefer, ließen kein Sonnenlicht mehr durch; aus den Böen, die das Schiff jedes Mal wie ein mächtiger Schlag ins Heck trafen, wurde pfeifender, kalter Apeliotes, der das Schiff nach Sonnenuntergang hetzte. Tauwerk wurde nachgespannt, nachdem der letzte Becher Sud getrunken worden war und die Seeleute ihr Wasser im Bug abgeschlagen hatten, verschlossen Telegonos und Heptodus die Luke. Jeder hatte seinen Gurt umgeschnallt, in kurzen Windungen hingen Seile an den Pflökken der Bordwand. Zwei große kupferne Krüge wurden im Heck an die Bordwand gebunden: gemischter Wein und frischer, abkühlender Sud, dazu eine Schöpfkelle und ein Holzbecher:

»So hat es damals angefangen mit der *Merit-Amûn*«, sagte Pentawer. »Zwischen dem Westende der Insel und dem Kap Malea. Nur wußte ich nicht, daß das Kap diesen Namen trägt.«

»Die Kenntnis des Namens hätte dir schwerlich den Schiffbruch erspart, Pentau.« Duduqi stieß ein gräßliches Gelächter aus. »Als mein Schiff sich in viele Holzstücke auflöste, wußte ich, in welchem Hafen dies geschah. Wir beide – wissen wir mittlerweile, wie man Schiffbruch vermeidet?«

Telegonos, Mys und Ophian hörten schweigend zu. Der Kreter schien ein Überlebender des ehernen Geschlechts zu sein; er lachte noch immer und duckte sich kaum, als sich vom Bug eine Welle waagrecht in Gischt und einen Tropfenhagel auflöste.

»Wenn du am Ruder bleibst. Wenn du uns vor Untiefen und Riffen warnst. Wenn du uns mit deinem schauerlichen Zuspruch hilfst. Und – zeig uns die richtige Bucht.«

»Beim Talos!« Duduqi hieb Pentawer die flache Hand zwischen die Schulterblätter. »Ich schwör's!«

Kaum merklich war das Schiff schneller geworden. Das Segel war straff und prall, wie aus Bronzeblech gehämmert. Doppelmast, Rahen und Tauwerk ächzten und knarrten; einzelne Fäden in den dicken Masttauen bogen sich auf und rissen zirpend. Der Bug hob sich weit aus den Wellen und begann deren Spitzen zu durchschneiden; das schäumende Wasser der Bugwelle spritzte flacher und weiter nach den Seiten. Aus dem Wind wurde Sturm, und der Balken des geschwungenen Bugs, der nach rechts und links pendelte, wies immer mehr nach Süd. Duduqi spähte nach der Ziegeninsel.

»Nichts zu sehen«, rief er. »Dort vorn müßte sie sein.«

Einzelne breite Bänder, grau und wehend wie nasses Tuch, erschienen im Norden: Regengüsse. Die Seefahrer begannen zu frösteln, denn der Kaikias brachte Kälte mit sich und unausweichlich Sturm. Ophian löste Duduqi an der Ruderpinne ab; der Kreter setzte sich neben Telegonos auf die Hecktruhe und zog den Saum des Mantels über den Kopf. Jeder trug das Himation, durch den Gurt bis über die Knie geschürzt und zusammengehalten; allmählich durchnäßten salzige Tropfenschauer das Gewebe und machten es schwer. Als ob mitten im Sommer wieder der Winter seine Herrschaft angetreten hätte – der Kaikias wehte schneidend kalt.

Strände, Klippen und Felshänge der Insel schienen zum Greifen nah. Eine Art Nebel hatte sich zwischen das Schiff und die Insel geschoben, die jede Schätzung der Entfernung sinnlos machte. Aus Atemzügen wurden Viertel von Stunden, die dahinkrochen wie Schildkröten: Das Schiff hämmerte den Bug und den Kiel in die harten Wellen und jagte nach Süd, oder vielmehr: wurde vom Sturm dorthin gejagt. Aus dem grauen Schattenriß, der sich vor dem Bug auftürmte, entstanden qualvoll langsam Landschaftsteile, die nur mühsam zu unterscheiden waren. Der erste Regenguß rauschte heran, über die Wellen und das Schiff hinweg, durchnäßte platschend die Männer und färbte Segel, Taue und Planken dunkel. Über das Holz schäumten Schlieren ausgewaschenen Salzes. Die Pinnen schlugen hart hin und her, der Druck auf die Ruderblätter nahm zu. Als Pentawer winkte, sprang Telegonos an dessen Pinne und packte das Holz, das glitschig war von Öl, Handschweiß und Salzwasser; die Hölzer zitterten unter dem Druck der umherschleudernden Wellen.

Telegonos fürchtete sich nicht mehr, ebenso wenig wie Pentawer, Ophian und Duduqi. Das Schiff und die Mannschaft, dies wußte er, hatten schlimmere Stürme und Wellen bezwungen, und die Phaiaken hatten ein wahrhaft gutes Schiff gezimmert, dessen Bug die Wellen durchteilte und gischtend, schwankend, schaukelnd auf den Wellenbergen ritt, mit prallem Segel, federnden Rahen und in einem Regen salziger Güsse und Tropfen, unter Regenschauern und durch graugrünes Wasser. Mys hatte sich ebenso mit einem Seil gesichert wie Nautes und Heptodus; die Steuermänner und der Kapitän federten die Stöße mit den Knien ab und hielten sich am Masttau und an den Segeltauen fest.

»Ihr seid auf dem richtigen Kurs!« brüllte Duduqi zu den Steuermännern herauf. Telegonos nickte. »Geradeaus! Zwischen die Berge!«

Das Schiff schlingerte auf ein flaches Stück des Landes zu, das nichts anderes sein konnte als die Flußmündung. Nebel, Regenwolken und Dunst hüllten die Küste und die Berge des Inselinneren ein; nur die Hänge des Flußtales und einige weiße Flecken waren zu sehen, vielleicht Mauern oder Hauswände des Hafens. In das Krachen der Wellen an der Bordwand mischte sich das ansteigende Heulen des Boreas, der von den Schaumkronen die Gischt waagrecht wegriß. Hinter dem Heck entstanden seltsame Wellen und Wellentäler, die das Schiff einzuholen schienen, unter das Heck liefen und es in die Höhe kippten. Das Tauwerk zitterte und summte. Die *Namenlose* warf mit dem Bug riesige Seen auf, die sich zur Seite und auf die Planken stürzten.

Die Wolken hingen über der Küste schwer wie Felsen, während die Geschwindigkeit des Schiffes zunahm; die Ruderpinnen wurden nach vorn und hinten gerissen, der Rumpf schlingerte auf die Flußmündung zu und auf die Brecher, die an einem Wall aus Felsbrocken senkrecht zerstäubten. Telegonos sah dahinter undeutlich Bäume mit sturmgepeitschten Ästen, und er glaubte, drei oder vier Schiffe mit hohen Masten erkennen zu können.

»Vielleicht sprichst du bald mit Rômetkapitänen, Pentau!«, schrie er. Pentau gestikulierte, daß er verstanden habe. Grau und drohend schob sich das Land näher: Strände, Felsen und steile Hänge. Pentawer brüllte zurück:

»Nordwind! Boreas! Denkt an das verdammte Segel!«

Die Knoten der Taue waren bis zum Äußersten straff zusammengezogen. Telegonos deutete auf die Schiffsaxt an der Bordwand, nickte und zog hart an der Pinne. Ophian rutschte auf den nassen Planken aus, fing sich wieder und drückte die Pinne von sich weg. Er schrie: »Wir sind zu schnell dort im Hafen.«

»Das werden wir im Hafen sehen!« rief Telegonos.

Hänge, Brandung, Ufer, Damm und Mündung wurden deutlicher. Der Sturm wütete auch im Brackwasser jenseits des Steindammes. Regen überschüttete die Hänge und prasselte in die

Bäume am Ufer des Flusses. Die *Namenlose* rauschte von Welle zu Welle und hielt zitternd auf das Ende des Hafendammes zu, auf die Stelle, an der die größten Wellen zergischteten. Vor der Mündung tauchten aus der Tiefe des Meeres mächtige Wogen auf, die der Sturm über den Damm trieb; es war sinnlos, in den schlecht geschützten Hafen hineinrudern zu wollen. Telegonos kämpfte sich zum Heck und löste die Knoten, mit denen die Doppelaxt befestigt war. Wild schwankend bäumte sich der Rumpf auf, als der Bug die Welle berührte und halb zerteilte; die Woge hob ihn ruckend in die Höhe und senkte jäh das Heck. Das Schiff stand fast senkrecht, ehe die Wucht der Woge es mit sich riß, krachend nach vorn kippte, knapp am Ende des Dammes vorbeizerrte und in riesigen Säulen aus Schaum und Wasser in die Mündung hineinwirbelte; im gleichen Augenblick hieb Pentawer zuerst das Rahtau der Steuerbordseite durch, dann die Knoten an Backbord. Ein paar Herzschläge später flatterte und schlug das Segel waagrecht, die *Namenlose* raste mit den Brandungswellen geradeaus weiter, an den wild schaukelnden Hecks der beiden Rômetschiffe vorbei und zum Backbordufer der Mündung. Die Kraft der Grundwoge schob den Kiel durch Sand und große Kiesel, Felsbrocken und Schwemmholz, Elle um Elle weiter, über Ufergeröll und kantige Steine; die berstenden Planken wirbelten davon wie Geschosse, ein Teil der Bordwand wurde eingedrückt. Die Bretter über der Luke wurden zur Seite geschleudert, aus dem Rumpf kamen krachende, splitternde Geräusche. Die nächste Welle kippte das Schiff zur Seite, schob es zwischen die Felsen; der Mast prallte auf den Bug, und die *Namenlose* richtete sich wieder auf. Nachdem sie eine schrundige Felswand gerammt hatte, lag sie still; ein Hagel aus Gesteinssplittern schlug dröhnend auf das Deck.

Telegonos und Ophian kamen auf die Füße und starrten über die Heckbordwand. Eine tiefe Furche, so breit wie das Schiff, führte vom Ufer zur Felswand. Holztrümmer und Teile der Ladung lagen rechts und links davon verstreut. Die nächste Welle füllte den Kanal zur Hälfte und schäumte gurgelnd zurück. Pentawer-Ptah zog sich an der Bordwand hoch und rief:

»Ist die Mannschaft unverletzt? Das Schiff bessern wir bald wieder aus.«

Ophian stützte sich keuchend auf die Pinne. Beide Ruderschäfte waren aus den Seilbündeln gerissen und nach hinten gekippt worden.

»Immerhin.« Er spuckte aus und wischte Schweiß und Wasser aus seinem Gesicht. »Wir sind im Hafen von Amnisos.«

»Hier werden wir lange bleiben.« Duduqi hinkte heran. Seine Ellbogen und Knie bluteten. »Glücklicherweise bin ich auf dieser gastfreundlichen Insel zu Hause.«

Mys, Nautes und Heptodus zogen die Seile aus den Gürteln. Ophian rollte die Strickleiter aus und kletterte fluchend hinunter. Wieder prasselte ein Regenguß über die Flußmündung und wusch das Salz von den Körpern. Telegonos sagte laut:

»Poseidon hat sich meiner erinnert. Ein paar Tage vor Ithake hat er unser Schiff zerstört.«

»Aber er hat uns nicht umgebracht«, rief Duduqi. »Einen guten Schluck auf die glückliche Strandung!«

Telegonos warf einen Blick zu den schlanken Rômetschiffen hinüber. Kein Mensch war an der Mündung oder in der Nähe des winzigen Hafens zu sehen. Er kletterte die Leiter hinunter, balancierte zwischen Felsbrocken und Flußkieseln zum vorderen Teil des Schiffes. Schweigend und starr betrachtete er die riesigen Löcher zwischen Bug und Schiffsmitte, den gebrochenen Kiel und das weggerissene Kupferblech, die gekrümmten Spanten, die nach innen gedrückt waren. Aus dem Riß eines Kruges lief Wein, wie Blut aus einer Wunde.

»O Blauhaariger. Warum? Warum hier und – warum ich?«

Telegonos setzte sich auf einen Felsblock, stützte die Ellbogen auf die Knie und legte das Gesicht in die Hände. Er stöhnte, seine Schultern zuckten; er konnte nicht verhindern, daß Tränen zwischen seinen Fingern durchsickerten.

3.
DIE SIEBEN QUELLEN

Heptodus schob einen schenkeldicken Holzkloben in die Glut, streifte Asche von den Handgelenken und duckte sich, als glühende Funken aus der Feuerstelle sprangen. Wieder drückte ein Windstoß den Rauch zurück unter die niedrige Decke.

»Ein viel zu langes Sommergewitter, Freunde«, sagte er. »Die Götter wollen, daß wir ungebührlich lange auf Kreta gestrandet bleiben, wie?«

»Welche Götter?« Mys wischte über sein weißes Haar, starrte die nassen Handflächen an. »Poseidon hat unser Schiff halb zerschmettert. Boreas schickt wütenden Nordwind. Zeus mit seinen Höhlen auf dem Ida-Berg begrüßt uns mit Blitzen, Donnern und tagelangem Regen.«

»Es war nicht der blauhaarige Poseidon«, sagte Telegonos müde. Seine Hand fuhr über die Bartstoppeln. »Wenn er uns hätte vernichten wollen, wäre es auf der langen Fahrt von Gubla oder Kypros für ihn leichter gewesen. Mit gutem Kaikias und heißen Sonnentagen hat er uns verwöhnt!«

»Kirkes Sieben!« Nautes ließ seine Blicke über die dampfenden Decken, Mäntel und Tücher gleiten, die überall an den Wänden aufgehängt waren. »Ein paar Pfeilschüsse vor Ithake liegen wir abermals hoch, trocken und geborsten. Wie gut, daß Nano Duduqi bei uns ist.«

»Wie gut, daß auch der Regen nicht ewig sein wird.« Telegonos' Gesicht drückte ebensoviel Mißmut, Enttäuschung und Ärger aus wie die Mienen der anderen Seefahrer. »Der Sommer endet; fast drei Monde dauert schon unsere Fahrt.«

Das halbverfallene Fischerhaus, in dem sie seit einigen Tagen lebten, lag fast tausend Schritte aufwärts von der Mündung des Flusses ohne Namen und vom Hafendamm entfernt. Der Kreter Duduqi hatte es für einige Goldkörner Kirkes gemietet; jetzt war er im strömenden Regen mit einer Handvoll Männern und einem Dutzend schwer beladener Esel auf dem Weg zu den Familien im Hochland, die seine Waren bestellt hatten. Zuvor war das Halbwrack der *Namenlosen* mit der Hilfe der Fischer, der Mannschaften der Schiffsbesatzungen aus Menefru-Mirê und von Ochsengepannen aus dem Geröll der Flußmündung bis zu einem sandigen Ufer und unter die Äste mächtiger Pinien gezogen, zur tiefsten Stelle des Wassers herumgedreht und abgestützt worden. Duduki hatte versprochen, mit holzkundigen Handwerkern zurückzukommen – nicht früher als in einem Zehntag.

»Glaubst du, daß der Käpten bei seinen Rômet schläft?«

Heptodus rührte mit einem Holzlöffel im Pflanzensud und ließ einen dicken Strahl Honig in den Kessel laufen. Die Klauenenden des Dreifußes glühten tiefrot. »Schließlich werden sie ihn nach Phaistos und zum Hapi zurückbringen. Und wir werden Kreta kennen lernen müssen.«

»Reisen nützt dem Wissen und unseren Kenntnissen«, sagte Telegonos leise. »Irgendwann werden wir vielleicht begreifen, welchen Nutzen der Schiffbruch gehabt hat.«

»Da sehe ich keinen wirklichen Nutzen.« Steuermann Ophian reichte den Weinkrug an Telegonos weiter und starrte den Inhalt seiner Trinkschale an, als sei es ein schillernder Gifttrunk. »Eines ist sicher. Das sage ich als Schiffbauer: Bis zum Ausbruch der Herbststürme werden wir unser Schiff nicht mehr instand setzen können. Richtet euch alle auf einen langen kretischen Winter ein!«

Der verderbliche Teil der Ladung war aus dem Schiff in die

Fischerhütte gebracht und trocken gestapelt worden. Die Besitztümer der Mannschaft hingen oder lagen unter dem leidlich regendichten Dach, ebenso die kostbaren Werkzeuge. Kapitän Pentawer-Ptah verhandelte mit den Rômetkapitänen; er war halbwegs entschlossen, mit dem Teil der Handelswaren, die dem Neilosland gehörten, noch vor dem Herbst zurückzusegeln; die Krüge, Ballen und Säcke waren in die *Lob der Hathor* und die *Fruchtbare Ufer* verladen worden. Waffen und Schilde hingen an den Wänden des roh gebauten Megaron und lehnten in den Ecken der winzigen Zimmer. Zugleich mit dem Regen, der in wechselnder Stärke seit dem Schiffbruch anhielt, hatte sich gallenbittere Verzweiflung über die Mannschaft der *Namenlosen* herabgesenkt.

Telegonos stierte in die Flammen. Aus der Rauchöffnung im Dach fielen Regentropfen in die Glut und verdampften. Er leerte schweigend seine Phiale, lehnte sich zurück und sagte laut:

»Nein! Nicht Poseidon hat uns scheitern lassen, sondern der Sturm war es, und die furchtbare Grundwoge. Angeblich kennt Zeus jedes Sandkorn und weiß alles von uns Menschen – dann muß es einen Grund geben, oder viele Gründe, warum er mir den Vater vorenthält, oder Odysseus seinen Sohn. Ich sage euch: seit wir die Götter des Hapilandes kennen gelernt haben, sind doppelt und dreimal so viele Götter über uns.« Er riß die Augen auf, blickte nacheinander in müde Gesichter und zuckte mit den Schultern. »Oder keine Götter mehr.«

Der allzu späte Sommerregen tränkte Kretas heiße, durstige Erde. Von jedem Blatt fielen schwere Tropfen. Der Fluß führte schäumendes Hochwasser; in seinen Wellen trieben Heubüschel, aufgedunsene Kadaver kleiner Tiere und ertrunkene kleine Vögel. Die Sonnenscheibe versteckte sich unter tiefhängenden grauen Wolken; dennoch war es kochend heiß, und die Luft war voll Feuchtigkeit. Seit Tagen hörten und sahen die Schiffsbesatzungen weder Schafe noch Ziegen. Selbst die Fischer, deren Boote voll gelaufen waren, ließen sich nicht blicken. Einen Steinwurf weit war der Kiel des Wracks auf kantige Steine gehoben worden; der erste Blick, nachdem man das Haus verlassen hatte, fiel auf die aufgerissene Bordwand und das Segel, das zwischen Ästen und Pinienstämmen aufgespannt war und drei häßliche Risse zeigte. Es waren Tage und Nächte, in denen man nichts besseres tun konnte als schlafen, Sud und Wein trinken und von sonnenheißen Stunden träumen. Jede Erinnerung rief neuen Unmut hervor; Mauern, Balken, jedes Stück Stoff und alles Leder stanken ebenso wie die Männer.

»Jeder weiß es.« Ophian stützte sich schwer auf die Oberschenkel. »Auch der längste Regen der Mißmutigkeit hört auf: in einem heißen Herbst werden wir die *Namenlose* instand setzen. Gutes Holz gibt's im Überfluß. Grämen wir uns nicht allzu sehr – wir haben den Schiffbruch mit ein paar Schrammen und blauen Flecken überlebt.«

Telegonos warf sich auf sein Lager und begann sich in einen Traum hineinzudenken: Wüste, aber lautlose Kämpfe tobten zwischen Schattengestalten, und unzählige Ströme schwarzen Blutes vereinigten sich zu einem Gießbach, in dem ein hochschnäbliger Nachen trieb. Telegonos glaubte sich und Vater Odysseus darin zu erkennen; die Gestalten und Gesichter der Götter – denn es war ein Schattenkampf der achaiischen und rômetischen Götter! – verschmolzen zu einem weißen Steinquader, der zu den Sternen entschwebte. Plötzlich wachte Telegonos auf, lauschte und tastete nach dem Dolch. Der ferne Donner hatte aufgehört, nur das Rauschen des Flusses war zu hören. Und – Schnarchen, schweres Atmen und Gelächter von den Rômetschiffen.

Um Mittnacht schreckten Gepolter, Flüche und ein Schmerzensschrei Telegonos aus einem zweiten Traum. Das Megaron und Teile der Gänge und der Zimmer lagen im düsteren Schein der Glut. Pentawer hatte einen Stapel Brennholz umgerissen und war dann gestolpert; er richtete sich neben dem Glutkreis auf und warf die heruntergebrannte Fackel ins Feuer. Seine Stimme war rauh von Müdigkeit und Henket.

»Windgott Schu. Oder Windgott Boreas. Oder der alte Aiolos ... der graue Regen hat endlich aufgehört. Himmel voll Sterne. Bald Vollmond. Bei Harachte! ... was bin ich müde!«

Telegonos grinste, zog die feuchte Decke ans Kinn und drehte das Gesicht wieder zur Wand.

Auch die letzte Nacht des Siebentags verging ruhig. Zugleich mit den Sonnenstrahlen, die über den Uferhang fielen, senkte sich Hitze ins Flußtal. Von den Berghängen wehte der Wind meerwärts, über Kretas Nordküste spannte sich tiefblauer, wolkenloser Himmel. Binnen Stunden veränderte sich das Bild an beiden Mündungsufern.

Telegonos winkte zu den Hapiland-Schiffen hinüber. Die Ruderer zerrten die nassen Segel, die als Regenschutz ausgespannt worden waren, ins Sonnenlicht und schöpften Dreckwasser aus dem Kielraum. Pentawer trat neben Telegonos, legte ihm die Hand auf die Schulter und meinte: »Mit der *Lob der Hathor* bring' ich die königlichen Tauschwaren nach Menefru. Sie legt in drei Tagen ab.«

»Du wirst uns jeden Tag fehlen, Freund Kapitän.« Telegonos starrte in die dunklen Augen und das bärtige, vom langen Schlaf aufgequollene Gesicht. »Du hast meiner Mutter versprochen ...«

Pentawer winkte ab und hob die Schultern.

»Versprochen. Beschworen. Ich komme mit dem ersten unserer Schiffe, von dem ich weiß, daß es Keftiu anfährt. Aber es mag sein, daß ich an der Südküste an Land gehe.«

»Und ...?«

»Dann muß ich mich hierher durchschlagen. Oder du wagst es, von Bucht zu Bucht die halbe Insel zu umrunden.«

»Und wenn ich und Ophian aufbrechen? Wenn die *Namenlose* wieder schwimmt? Noch vor dem Winter?«

Pentawer packte ihn an den Schultern und schüttelte ihn. »Dann werde ich, wenn ich davon höre, einen jungen Prinzen betrauern müssen. Lange werd' ich trauern, Telegon.«

»Du rätst also ab.« Telegonos blickte zum Vorderteil des Wracks hinüber. Im Sonnenlicht warfen die geborstenen Planken und die eingeknickten Spanten seltsame Schattenmuster. »Und wenn ich dich bitte, mich zu Merit-Khenso mitzunehmen?«

Pentawer hob einen Kiesel auf und schleuderte ihn nach

einer gründelnden Ente. Der Vogel tauchte, kam hoch und flatterte lärmend davon.

»Ich hab's befürchtet, seit damals ... ich rate abermals ab. Das wäre, als gäbst du ein Geschenk zurück. Aus der Blüte wird die Frucht, Prinz, niemals wieder eine Blüte. Sie würde erschrecken, wenn du kämst. Es wäre nie wieder so wie während dieses Zehntages. Schaler Wein, Winterwärme, nichts anderes! Vergiß dieses Vorhaben, sonst würdest du Merit-Khenso vergessen. Hör auf mich, Telegon: Dein Ziel liegt drei Tagesfahrten weit, im Norden!«

»Ich weiß, daß du recht hast, Pentau.«

»Immer dann, wenn es wehtut«, murmelte Pentawer. »Hilfst du mit, den Rest meiner Waren zur *Hathor* zu schleppen?«

»Wenn du Ophian hilfst, die richtigen Hölzer zu finden.«

»Ich helf' euch bis zum Ablegen.«

Telegonos und Pentawer trugen Bronzebarren zu den Rômetschiffen. Zwei Dutzend Wajermänner folgten ihnen; noch vor Mittag standen alle Handelswaren Pentawer-Ptahs auf dem Kieselstrand, hinter dem Heck der *Hathor*.

An der engsten Stelle, bevor sich der Fluß zum Dreieck weitete, hatte er seit Jahren Äste und Bäume angeschwemmt. Heptodus, Nautes und Mys hackten und sägten aus dem Gewirr jene gekrümmten Teile heraus, die Ophian und Pentawer abgeklopft und für richtig befunden hatten; Telegonos watete im Kehrwasser des Flusses und suchte nach herausgebrochenen Planken des Schiffes. Die Abfälle trugen sie zu ihrem Unterschlupf. Die Ruderer vom Hapi halfen, als ihre Schiffe bereit zur Abfahrt waren. Steter Nordwind kam in der nächsten Nacht auf, das Meer beruhigte sich, und die Hitze brannte die Feuchtigkeit aus den Segeln, allem anderen Tuch und den nassen Mauern. Ophian und Telegonos zimmerten einen Badetrog, sägten zweieinhalb Finger dicke Bretter für neue Planken, und Pentawer war der erste, der die einfache Badehütte und das heiße Wasser genoß, den Bart schabte, sich von einem kundigen *Hathor*-Ruderer walken und kneten ließ. Als er am späten Nachmittag in neuen Sandalen, weißem Schurz, mit kurz geschnittenem Haar unter dem Nemestuch und einfachem Schmuck vor Telegonos und Ophian stehen blieb, sagte er lächelnd:

»Kapitän Anpuhotep hat uns alle eingeladen. Das letzte Henket, mein Abschied von euch – wenn's dunkel geworden ist, im Heck der *Hathor*.«

»Wir kommen.«

Pentawer räumte seinen Schlafplatz und packte seine Ausrüstung in den Watsack. Das Leder glänzte; er hatte es geölt und weich geknetet. Mys trug Pentawers Waffen zur *Hathor*, während Heptodus Telegonos' Haar schnitt. Kessel um Kessel kochendes Wasser, im Feuer des Megaron erhitzt, wurde mit Flußwasser gemischt: die Männer der *Namenlosen* wuschen, schrubbten und schabten Schmutz und Harz von der Haut und schabten die Bartstoppeln aus den Gesichtern, ölten sich gegenseitig ein und walkten einander die schmerzenden Muskeln, zogen trockene, nach Kräutern duftende Chitone an und schlüpften in neue Sandalen.

Der Hafen Mnis, in Kretisch Amniso, abseits des untergegangenen Dammes von Katsambas, schien am Ende der Welt zu liegen. Seit dem Schiffbruch hatten die Seefahrer nur zweimal Inselbewohner getroffen: die Fischer, von denen sie das Häuschen hatten – die Kreter hatten aufs Meer gezeigt, mit den Schultern gezuckt und gesagt, sie müßten in Epta Piges bei der Ernte helfen –, und die Eselmänner, die Nano Duduqi aus demselben Ort geholt hatte. Die kleine Siedlung, berichteten die Treiber, verlor sich abseits der Hügel von Knossos, der toten Stadt. Wahrscheinlich war es bequemer, dachte Telegonos, Winter und Frühling im Inselinneren zu verbringen, seinethalben in Epta Piges; die Arbeit am Schiffsrumpf war trotz aller Überlegungen das Wichtigste.

Die langen Riemen und die Enden der Rahen leuchteten im Widerschein des Feuers. Armlange Stücke Treibholz und Teile der angeschwemmten Bäume glühten und brannten mit riesigen Flammen; Mückenschwärme stürzten sich in den Rauch.

Es roch nach frischem Brot und bratendem Fisch. Die Besatzungen der drei Schiffe tranken Bier und Wein aus Krügen, die im kühlen Flußwasser gestanden hatten. Pentawer-Ptah saß zwischen Kapitän Anpuhotep und Telegonos, an ein Mäuerchen gelehnt, das die Wajermänner aus Langeweile gegen das Meeresufer hin geschichtet hatten.

»Der Wind konnte nicht besser sein.« Anpuhotep betrachtete die Schiffe, deren Buge zum Meer wiesen. »Das Große Grüne, sage ich, hält einen Siebentag lang still.«

»In fünf Tagen sind wir in Phaistos, in abermals fünf oder sechs in der Hapi-Mündung«, sagte Pentawer. »Der Abschied von Keftiu fällt mir nicht schwer – aber an euch von der *Namenlosen* werde ich Tag und Nacht denken.«

»Acht lange Monde ohne Pentau! Wir überleben's nicht!« Mys hob den Becher. »Und ohne Henket!«

Die Flammen und der schwindende Mond spiegelten sich im Wasser. Auch jenseits des Dammes war das Wasser ruhig. Ein Windstoß fuhr durch das Flußtal meerwärts. Telegonos sagte leise: »Es ist kein fröhliches Abschiedsfest, Pentau. Wirst du mit Merit-Khenso reden?« Seine Finger spielten mit dem Ankhschmuck an seiner Brust. »Sag ihr, daß ich immer an sie denke. Daß ich von ihr träume.«

»Auch das verspreche ich. Sie wird lächeln, wenn ich ihr erzähle, wie oft du das Glas zum Feuermachen benutzt hast.«

»Ihr schweigsamen Götter!« Telegonos seufzte. »Wenn sie nur lächelt, die einzigartige Khenso.«

Weiter oben am Fluß schrie ein Esel. Fackelflammen schwankten und taumelten näher. Einige Zeit später begann ein Mann zu rufen; Telegonos erkannte Duduqis dunkle Stimme.

»Keine Angst, Schiffsleute! Nano Duduqi kommt mit Fischern, hilfreichen Frauen, mit Wein und gutem Essen. Gerade noch rechtzeitig, wie ich sehe!«

»Der kretische Riese«, sagte Nautes anerkennend und stand auf, »hält sein Wort! Er ist pünktlicher als sein eigenes Versprechen.« Er brüllte: »Hierher, Duduqi! Zu den fremden Schiffen!«

»Es ist schwer, euch nicht von weitem zu sehen.«

Wieder schrie, als würde er mit glühendem Bronzestachel mißhandelt, ein Esel. Mehr als ein Dutzend Inselbewohner kamen, schwer bepackt, auf dem Pfad zum Fischerhaus, luden ab und stolperten zum sandigen Hafenplatz, an dessen Rand der Holzstapel loderte. Fledermäuse jagten flatternd zwischen den Ästen, im kümmerlichen Brackwasserschilf quakten Frösche. Duduqi, zwei Lagynoi in den Händen, kam in den Lichtkreis. Er stellte die langhalsigen Henkelkrüge ab und rief:

»Wein vom vorigen Herbst. Dünn genug; ihr könnt ihn ungemischt trinken.«

»Nicht zuviel!« Kapitän Anpuhotep hob den Arm. »In drei Stunden müßt ihr hart rudern können!«

Die letzten Fladenbrote, auf flachen Steinen gebacken, wurden in die Schiffe gebracht. Selbst Duduqi mischte Wasser in den Wein und berichtete von seiner Eselskarawane und einem Vertrauten des Fürsten von Phaistos, der in Epta Piges wartete, um den Seefahrern vom besseren Hafen unterhalb der Mesara-Ebene zu berichten. Der Dorfälteste setzte sich zu Ophian und Telegonos, schenkte ihre Becher voll und deutete flußaufwärts, wo im Geröll schemenhaft Planken und Rippenbögen des Wracks zu sehen waren.

»Ich weiß es von Nano Duduqi«, sagte er, »welches Mißgeschick euch getroffen hat. Schiffbruch mitten im Hafen! Nie hat man so etwas gehört.«

»Ungewöhnliches zeichnet uns aus«, murmelte Ophian grinsend. »Den neidischen Göttern hat es so gefallen. Hat dir Duduqi auch gesagt, daß wir vielleicht in deinem Dörfchen überwintern wollen? Oder an stillen Herbsttagen nach Phaistos segeln werden?«

»Er sprach von Ithake und den nördlichen Inseln. Segelt los, wenn ihr des Lebens müde seid. Bis Phaistos könntet ihr es schaffen – vielleicht.«

»Sind die Zimmerleute bei dir?«

»Ja. Zwei der besten. Ich lade euch gern ein nach Epta Piges. Ihr seid sechs Mann, nicht wahr?«

»Eigentlich nur fünf. Duduqi ist Kreter, einer von euch.« Telegonos nickte Duduqi zu, dessen Mützenzipfel über das rechte Auge hing. »Für die Seefahrer der *Namenlosen* danke ich für die Einladung und deine Gastfreundschaft.«

Der Alte sah eine Weile lang zu, wie Kapitäne und Steuermänner der Rômetschiffe mit den Dörflern um haltbare Nahrungsmittel schacherten, dann sagte er:

»Es kommt von Herzen, Prinz Telegonos. Für die Insel, wenigstens für diesen Teil, haben seltsame Jahre angefangen. So scheint es uns Alten. Seit Jahren hören wir keine Satyroi in den Waldschluchten, sie lassen selbst die jüngsten Ziegen in Ruhe, keine Syrinx ist zu hören. Gräßliche Vögel fliegen umher: Man sagt, es sind Stymphaliden, die unsere Rinder zerfleischen.«

»An anderen Orten«, sagte Ophian, »ist die Rede von den Dunklen Jahrhunderten, die bald anbrechen werden – vielleicht schicken uns die Götter noch mehr bedenkenswerte Zeichen.«

Einige Ruderer legten sich an Deck ihrer Schiffe zum Schlafen nieder. Telegonos spürte die Erschlaffung in allen Muskeln. Er mußte gähnen und sagte:

»Sag mir deinen Namen, Ältester, damit ich dich richtig anreden kann. Daß Ophian unser bester Steuermann ist, weißt du, auch, daß ich Telegonos bin.«

»Ich bin Mynes, angeblich ein ferner Enkel des Talos.« Mynes verbeugte sich knapp vor Ophian und Telegonos. Er schien ebenso müde wie betrübt zu sein. »Zwölf Dutzend Erwachsene hören auf meinen Rat. Epta Piges ist nicht groß.«

»Bald werden wir dich besuchen.« Ophian winkte Pentawer. »Dein letzter Rat, Kapitän: Soll die *Namenlose* am Strand stehen bleiben oder im Flußwasser liegen?«

»Im Fluß! Er bringt Muscheln und Holzwürmer um!«

Ebenso langsam, wie das Feuer zu dunkler Glut herunterbrannte, löste sich die Versammlung auf; die Ruderer schnarchten, die Kreter wickelten sich im Moos zwischen den Wurzeln in ihre Decken, Mynes blieb mit Pentawer, Telegonos und Ophian am Feuer sitzen und schien froh zu sein, mit aufmerksam zuhörenden Fremden über seine Insel zu reden, seine Sorgen und die seiner Dörfler. Telegonos erfuhr in den Stunden, die bis zum Ablegen der Schiffe im ablandigen Wind blieben, daß viele junge Männer das Dorf verließen und nach Phaistos oder in den Osten der Insel zogen, daß Frauen und Alte doppelt arbeiten mußten, daß wenige Frauen schwanger und weniger Kinder geboren wurden; vor zwei Zehntagen, so schwor ein Schäfer, hatten Harpyien zwei trächtige Schafe entführt und in der Luft zerrissen.

Mitten in seiner Erzählung schlief Mynes ein, schrak wieder auf und stapfte mit einer schwelenden Fackel zum Fischerhäuschen. Drei Stunden nach Mittnacht, als der Wind in langen Böen kam und Funkenschleier aus der Glut wirbelte, breitete Pentawer-Ptah die Arme aus. Telegonos sagte leise, drängend:

»Freund! Ich bitte dich: komm wieder. Am meisten fürchte ich den Augenblick, an dem ich Odysseus gegenüberstehe. Du mußt an meiner Seite sein, Pentau.«

Sie umarmten sich. Pentau sagte in Telegonos' Ohr:

»Ich komme, wenn ich überlebe. Zuerst nach Phaistos, und wenn ich dich – euch – nicht treffe, hierher.«

»Wahrscheinlich Phaistos. Wir warten auf dich.«

Die Wajermänner packten die Ruderschäfte. Zwei Mann stellten sich mit brennenden Fackeln in die Buge der Schiffe. Klatschend fiel ein Haltetau ins Wasser. Der halbe Mond schob sich jenseits des nördlichen Inselchens aus dem Meer.

Aus dem Halbdunkel kamen Mys, Nautes und Heptodus. Ophian stellte sich neben Telegonos.

»Wir brauchen dich, Aigyptios«, sagte er. Seine Stimme war rauh. »Dich, deine Ruhe und Umsicht: Komm zurück, mit viel schwarzem Henket.«

»Nur, wenn ich die Krüge nicht schleppen muß. Paßt auf den jungen Kapitän auf, Mys, Nautes. Vielleicht lernst du bei den Dörflern, die Syrinx besser zu blasen, Siebenzahn.«

»Wart's ab, Hapischiffer.«

Das erste Schiff wurde langsam vom Ufer weggerudert und schob sich auf das Ende des Wellenbrechers zu. Pentawer nahm leise Abschied von den Gefährten und drehte sich mit einem Ruck um. Durch knietiefes Wasser lief er auf die Strickleiter zu, kletterte ins Heck der *Hathor* und winkte. Das Schiff folgte im schäumenden Wasser der Kiclopuron. Telegonos ließ die Arme sinken und starrte, während an ihm vorbei Funkenschauer flogen, dem Meeresschiff hinterher: Odysseus, Merit-Khenso, das Wrack und das Gefühl tiefer Verlassenheit vermischten sich zu einer Empfindung, die er nicht kannte. Ihm war, als sei er in schwärzester Nacht über Bord gefallen und sähe in den Wellen weit vor sich das Schiff, die Freunde und alle seine Hoffnungen kleiner und kleiner werden.

Die Frauen wuschen Tücher, Chitone, Chlainen, Decken und Mäntel im Fluß, ließen sie auf Uferbüschen trocknen und sorgten für Essen und kühlen Wein oder Sud. Die fünf von der *Namenlosen* sägten, dechselten, schnitzten und hämmerten; Duduqi half, wo er konnte. Das Kupferblech und die Bronzenägel wurden vom gebrochenen Teil des Kiels abgerissen, in beide Teile hinter dem Bruch sägten und stemmten sie Nuten und Ecken, bohrten Löcher und hämmerten fingerdicke, im Feuer geschmiedete Bronzenägel hindurch; innerhalb des Schiffes wurde ein schenkeldickes Stück Balken über den Kiel geschlagen: Der Rumpf wurde dadurch um mehr als eine Elle verkürzt. Tag um Tag verging, während passende Planken, solche, die verkürzt werden mußten, vier geschwungene, mühsam wie dicke Rippen eines großen Tieres behauene Spanten eingefügt wurden; Teile des Decks und Leinenstreifen, Wolle, heißes Erdpech und Holzteer und grobe Steinbrocken, mit denen das Holz geschliffen und danach mit aufgelöstem Bienenwachs eingestrichen wurde – sieben Tage lang traf die Sonne wie mit Lanzenstichen die Köpfe und Rücken der schuftenden Männer und das knackende, knisternde Schiff.

Telegonos wusch die Augen an den Bugflanken des Rumpfes und erneuerte die schwarzen Striche. Das Kupferblech wurde gehämmert, mit Meißeln zerteilt und wieder auf die Erdpechschicht genagelt. Mit festgebundenen Riemen hielten sie das Schiff im Gleichgewicht und schoben es auf entrindeten Baumstammrollen in den Fluß, dessen Wasserhöhe längst gefallen war. Ein Herbststurm, der über unbekannten Teilen des Meeres gewütet hatte, schmetterte fünf Ellen hohe Brecher gegen den Steindamm; das Meer war einen Tag lang eine einzige gischterfüllte Fläche.

»Und mitten in diesem Elend«, sagte Ophian, »willst du um die halbe Insel segeln, Prinz?«

»Nicht mit dir als einzigem Steuermann.« Telegonos ging in den Schatten und sah zu, wie Mys und Heptodus den Doppelmast aufrichteten und bedächtig ein Tau nach dem anderen spannten. »Wir haben mehr als sieben Monde Zeit dazu. Vergiß es – vorläufig.«

Zwei Tage lang leckte Flußwasser in den Kielraum, wurde ausgeschöpft und verdunstete, ehe sie Ballaststeine und Kupferbarren einladen konnten. Von der tiefen Stelle unterhalb des gekrümmten Hanges bis zum Platz hinter dem Wellenbrecher, an dem die Rômetschiffe festgemacht hatten, blieb das Wasser tief genug für die halb beladene *Namenlose,* die ebenso waagrecht und mit aufragendem Mast schwamm wie zuvor. Sorgfältig wurden breite Bänder aus Leder, dickem Stoff und Schnüren ins ausgewaschene, trockene Segel genäht, ehe die Mannschaft und deren Helfer die Stofffläche an den Rahen festknoteten.

Das Meer, das tagelang wie eine Schieferfläche dagelegen hatte, wurde innerhalb von zwei Stunden von einem Herbstgewitter aufgewühlt, das um Epta Piges zu kreisen schien. Furchtbare Blitze, kreideweiß und bläulich, schlugen ins Wasser und in die fernen Berggipfel ein. Mehr als vier Zehntage nach dem Schiffbruch befand sich alles, was ins Schiff oder darauf gehörte, an Bord. Nautes ließ den Deckel auf die Luke herunterkrachen, sprang in die Luft und brüllte:

»Fertig! Das Schiff ist wie neu. Und ich fühle mich älter als ein Greis. Lassen wir uns im Dorf verwöhnen!«

Weder Hochwasser noch Sturm würden die *Namenlose* losreißen können. Telegonos schüttete drei Becher kalten Sud hinunter, wischte den Schweiß von der Stirn und sagte:

»Einer von uns wird jeden dritten Tag nach dem Schiff sehen. Oder ein Fischer oder Hirte.«

Sie hatten das Schiff mit neun Trossen an Felsen und den Stämmen alter Bäume festgemacht. Zugespitzte Pfähle im Boden des Flusses und zwei Wälle aus Geröll, Felsbrocken und Kieseln schützten es zusätzlich vor reißenden Hochwassern und Wildwasserwellen; das Meer konnte nicht so weit flußaufwärts vordringen.

»Einverstanden«, murmelte Heptodus. »Noch einmal stundenlang viel Schweres schleppen, dann will ich drei Tage ununterbrochen schlafen.«

»Wir haben Mynes versprochen, bei der Weinlese zu helfen.«

»Das ist keine Arbeit, Oph. Das ist schieres Vergnügen.«

Dennoch dauerte es zwei Tage, bis das Fischerhäuschen völlig geräumt, Watsäcke, Ballen und kleine Truhen auf die Rücken der Esel verschnürt und weggeschafft worden waren. Nach einer Wanderung über Schlängelpfade, die einen halben Tag dauerte, zunächst durch herbstlich gelbe und braune Wälder und Wildnis führte, vorbei an Schaf- und Ziegenweiden, erreichten sie ein offenes Hügelland, überragt von den südlichen Bergen: Epta Piges war ein weit auseinandergezogenes Dorf aus vielen kleinen, weißen Häusern.

Der Dorfälteste schickte ein Mädchen und zwei Knaben, die Telegonos helfen sollten; die Hütte aus Balken, Lehmziegeln und Steinsockel war groß genug für ein kinderloses Paar und seit drei Jahren unbewohnt. Während er sich wohnlich einzurichten begann – oft unterbrochen von Hilfeleistungen zwischen traubenprallen Weinstöcken, beim Einbringen von Heu und dem Sammeln der Herbstfrüchte und Beeren im Bienengesumm –, versuchte Telegonos, das Meer zu vergessen und sich wieder mit dem Leben auf trockenem Land zu versöhnen.

Vom flachen Dach des kleinen Stalles sah er eine riesenhafte Bucht und das Meer im Norden. An klaren Tagen glaubte er die Inseln erkennen zu können, über die sein Vater herrschte: Er wußte, daß ihn nicht die Augen, sondern sein Verstand und sein Herz trogen. Nur das Inselchen Dya sah er, wenn der herbstliche Dunst über dem Meer im kalten Ostwind wich.

Zwischen den Inselbergen, dem Meer und weithin nach Sonnenaufgang und Sonnenuntergang lag hügeliges Land unter wolkenlosem Himmel, ziehenden weißen Wolken oder den quellenden Türmen der Herbstungewitter. Das Meer zeigte alle Färbungen: Telegonos dachte an einige der Abschiedsworte Nausikaas und glaubte verstehen zu können, was sie ihm hatte sagen wollen:

Wenn du nicht das Unerwartbare erwartest, Liebster, wirst du das Unerwartete nicht finden. Für diese Tage und Siebentage galt der Umkehrschluß: Er fand an jedem Tag ein Dutzend Mal das, was er anders nicht erwartet hatte. Während er und seine Männer Gras sichelten und Korngarben banden, während er Mauern kalkte und zusah, wie dicke Wintervorhänge mit Falten genäht wurden, verblichen Abschiedschmerz und Erwartung, erloschen viele brennende Gedanken an Merit-Khenso, und weil er meist allein war, glaubte er, vieles besser verstehen und klarer bedenken zu können.

Warum verlangte das Orakel, daß er seinen leiblichen Vater tötete? In Urzeiten, nach dem Chaos, so hatte es Kirke gelehrt, regierten Könige und Königinnen nur ein Jahr lang, dann mußte der Herrscher sterben, mußte er getötet werden – von seinem Nachfolger. Aber kein König, keiner der Helden, die mit Odysseus vor Ilion gekämpft hatten, hatte nach nur zwölf Monden seine Herrschaft abtreten müssen; dies mußte ein Symbol sein, eine Handlung, die den Tod ersetzte; weder König Alkinoos noch König Aiolos hatten je davon gesprochen, und sie herrschten seit vielen Jahren. Telegonos saß am Mittag auf dem Flachdach, lehnte gegen die sonnenheiße Mauer und blickte über das Meer nach Nordwesten, dorthin, woher der Skiron oder

der kalte Argestes kam, und so sicher, wie die Dämmerung kam, wußte er, daß er zwar den Inseln um Odysseus' Ithake, nicht aber den Antworten auf seine vielen Fragen näher gekommen war.

Jener Traum, der stets wiederkehrte – war er ein Zeichen? Aus dem Sterben aller kämpfender Götter, auch jener des Hauptlandes, entstand nach dem olympischen Krieg in kochendem Blut ein einziger, neuer Gott, der über die Dunklen Jahrhunderte herrschte? Indessen: Was galt der Traum eines Prinzen, der kaum zwanzig Jahre zählte? Der klatschende Flügelschlag eines Taubenschwarms schnitt wie ein Dolchhieb durch seine Gedanken.

»Wohin wird mich das schieläugige, unberechenbare Schicksal führen?« Er seufzte; die Unruhe, die ihn seit einigen Tagen plagte, schien sich aufzulösen wie Talnebel. Telegonos umfaßte seine Knie und zog sich hoch. Auf dem Kiespfad durch den Küchengarten, dessen Pflanzen er vor zwei Stunden gewässert und vom Unkraut befreit hatte, klangen Schritte; er beugte sich über die Brüstung.

Oino, ein Junge aus dem nächsten Gehöft, winkte und rief:

»Steuermann Ophian hat mich geschickt. Er will nachsehen, was es bei den sieben Quellen gibt. Willst du mitgehen, Prinz? Dann sollst du Waffen mitnehmen.«

»Führst du uns zu Epta Piges, Oino?«

»Wir treffen uns am Brunnenpfad, drüben, bei den Eichen.«

Das wolkenlose Firmament eines frühen Herbsttages spannte sich über der Insel. In den abgesichelten Feldern pickten Sperlinge; am Waldrand jagte ein Habichtpärchen. Die Hitze, durch den Meereswind kaum gemildert, lähmte Menschen und Tiere. Heptodus hatte bei einer Fischerswitwe Unterschlupf gefunden, und Nautes half im Haus des Dorfältesten. Nano Duduqi war mit viel Tauschwaren unterwegs nach Phaistos. Telegonos beobachtete einen schwarzen, haarigen Tausendfüßler, der einen Mauerspalt entlanglief und in dessen schwärzester Stelle verschwand. Ein großer Schwarm Rabenvögel flatterte in der flirrenden Luft über dem Wäldchen, in dem die

Quellen entsprangen. Der Hain war Pallas Athena und der Nymphe Paria geweiht. Telegonos sah sich um: die meisten Dörfler lagen, wie die Rinder und Ziegen, im Schatten, und Mys war beim Schiff.

Telegonos spannte zwischen dem linken Fuß und dem rechten Knie den Bogen, hängte die Sehne ein und knotete den Peplos über der Schulter und unter der Achsel zu. Das Leder des Dolchgurtes hatte in der Sonne gelegen, und die Griffe der Waffen glühten fast. Er setzte den Strohhut auf. Plötzlich spürte er sein Herz klopfen, die Härchen an den Unterarmen stellten sich auf. Er murmelte einen Fluch und hängte den Köcher über die Schulter.

»So nahe an Ithakes Archipelagos«, murmelte er. »Und einen langen Winter davon entfernt.«

Von den göttlichen Geheimnissen der Insel hatte er nichts gesehen und nichts gehört: Weder von der Höhle der Harpyien, der Geburtsgrotte des Zeus kretagenes, noch vom Irrgarten des stierköpfigen Minos. Wenn er das Häuschen winterfest gemacht haben würde, dachte er, als er die schwere Schiffsaxt neben dem Holzhaufen sah, wollte er die Ruinen Knossos' besuchen. Er band die Sandalen und ging ohne Hast zur Werkstatt des Töpfers Anax, bei dem Ophian wohnte; der Steuermann lehnte auf zwei Wurfspeeren und nickte.

»Ziehen wir in den Kampf gegen Füchse, Raben und Schlangen, o Prinz: Landleben macht träge. Nur große Gefahr bewahrt uns davor, einzuschlafen.« Er grinste. Aus dem hinteren Teil der Werkstatt klang das Geräusch eines berstenden Kruges, und Oino rannte aus dem Eingang.

»Der alte König Minos hat der Nymphe ein paar Kinder gemacht«, sagte der Junge und winkte. »Sie haben die Insel verlassen. Herakles soll sie alle erschlagen haben – seit damals, wenn Nymphe Paria trauert, versiegt die eine oder andere Quelle.«

Ophian und Telegonos folgten Oino durchs Hoftor. Der Steuermann murmelte: »Herakles wird heute nicht mit uns kämpfen, glaub's mir.«

Das hügelige Land zwischen Sommer und Herbst war gelb, braun und durstig; die kurzen Gewitter, die meist nachts zuckten, dröhnten und das Meer aufwühlten, schufen weder Blüten noch saftiges Grün. Schmetterlinge flatterten um die stacheligen Ranken am Pfad, und jeden Schritt begleitete das Schrillen der Zikaden und der rasselnde Lärm der Grillen. An manchen Stellen konnten Telegonos und Ophian nebeneinander gehen, denn der Weg zu einem der Brunnentröge war ausgetreten und an einigen Stellen durch Stufen aus Holz und Stein gesichert. Oino plapperte unentwegt, warf einen Stein nach einer Schlange und deutete immer wieder in die Richtung des einstigen Totenpalastes.

»Die Jahrhunderte, in denen diese Insel unser Meer beherrscht hat, mit tausend Schiffen, sind wahrlich vorbei.« Ophian wischte Schweiß aus seinem Gesicht. »Oder es hat nie eine kretische Herrschaft über Thalassa gegeben, das launische Meer.«

Telegonos zuckte mit den Schultern. »Nicht einmal meine Mutter hat mir darüber etwas erzählen können. Oder sie wollte es nicht.«

Aus dem Schatten der Ölbäume winkten einige Dorfbewohner. Ein langer Windstoß vom Meer ließ die Blätter rascheln, die ihre silbrigen Unterseiten der Sonne zukehrten. Lange Wellen gingen über das Gras hin; es war, als streife der Mantelsaum eines Unsichtbaren über Halme und Rispen. Im Quellhain schrie ein Käuzchen siebenmal. Die Schritte der Männer knirschten auf dem Pfad. Unvermittelt fragte Ophian:

»Was ich tun werde, wenn wir erst einmal in Ithake sind – für mich ganz nahe am Phaiakenland –, weiß ich. Aber was wirst du tun? Telemachos oder deinem Vater die Herrschaft streitig machen?«

»Nein.« Telegonos schüttelte wild den Kopf. »Ich träume nicht einmal davon. Telemach ist viel älter; ihm gebührt die Herrschaft. Ich will nur eines: Odysseus kennenlernen.«

»Den alten Helden, wie Priesterin Kallidike sagte?«

»So ist es.« Telegonos hob den Kopf. Hinter dem Hain schwirrte krächzend und schreiend wieder der Vogelschwarm auf.

Eine Möwe flüchtete mit schwerem Flügelschlag und klagendem Kreischen. Der Junge drehte sich zu Telegonos herum, das Gesicht voller Furcht. »Noch immer hängt der Spruch des Orakels und der Gesichte Kirkes über Aiaia und deren Bewohnern.«

»Ich weiß.« Aus zusammengekniffenen Augen betrachtete Ophian die schattenhaften Bewegungen hinter den Baumwipfeln. »Mir scheint dies alles nur müßige Suche nach einer verlorenen Vergangenheit zu sein.«

»Mag sein.« Telegonos zog zwei Pfeile aus dem Köcher und deutete mit ihnen zum Hain. »Auch Knossos ist Vergangenheit.«

»Keine Angst, Oino!« rief Ophian unterdrückt. »Es sind nur Vögel. Und vielleicht ein Aas.«

Der Hain, mehr als einen Pfeilschuß lang und breit, war von Gebüsch umgeben. Schmale Tierpfade führten hinein, das Wasser der unsichtbaren Quellen wurde in einem Bett aus großen Steinen dreißig Ellen weiter in einer mauerähnlichen, abgedeckten Steinrinne gesammelt und zur Mitte des Ortes geleitet, wo es die Frauen in steinernen Trögen sammelten und schöpften. Wie eine große Schlange wand sich der Kanal in den Hain, an den Rändern von abgefressenem Gras begrenzt. Die Wasserführung war uralt; an vielen Stellen hatte man sie mit neuen Quadern und Deckplatten ausgebessert. Oino wartete auf die Männer und schob sich zur Seite.

»Ich hab' Angst«, sagte er leise. »Die Nymphe, es ist so dunkel ...«

»Bleib hier und warte«, sagte Ophian. Er bahnte sich einen Weg auf dem kaum sichtbaren Pfad zwischen den Büschen. Ein Dutzend Schritte weiter rechts schob sich Telegonos durchs Buschwerk; einige Atemzüge lang hörten sie ihre Schritte und das Rascheln und Knistern der Zweige, dann schienen sie sich dem Mittelpunkt der vollkommenen Stille zu nähern. Die Büsche umgaben den Hain wie ein schützender Ring, die Stämme schoben sich weiter auseinander, die Kronen und Wipfel bildeten ein dichtes Dach. Kein Sonnenstrahl erreichte den

Boden zwischen knorrigen Wurzeln, der von feuchtem Laub bedeckt war. Abermals einige Schritte weiter hörte Telegonos von überallher leises Plätschern. Die Schritte führten leicht hügelan, einige Flecken aus grobem Sand und Felsplatten unterbrachen die Moospolster und das faulende Laub; zwischen den Steinen rieselte Wasser hangabwärts. Ulmen, Eichen und schwarzblättrige Bäume, die Telegonos nicht kannte, spiegelten sich schwach im dunklen Wasser weniger Tümpel unterhalb der Quellen. Telegonos kletterte weiter und zählte vier armdick sprudelnde Wasserstellen; Ophian rief von einer höheren Stelle des Hains:

»Drei Quellen hab ich gezählt. Ein übler Geruch weht hier herein.«

Telegonos hatte am Morgen große Steine im Küchengarten aus der Erde gehoben und in Mauerlücken eingesetzt; aus dem Verwesenden und der feuchten Erde zwischen Würmern und toten Käfern waren bleiche Skorpione nach allen Seiten davongeraschelt. Er schüttelte sich, als er ebenso bleiche Ranken und Blüten um sich sah, die wie Katzenaugen leuchteten. Er sprang über einen Wasserlauf und sagte laut:

»Hier sind es vier Quellen. Warte auf mich, Oph.«

Ein größerer Tümpel hatte sich in einer Erdspalte gebildet. Jetzt war der Wasserspiegel gefallen; zwei Auslässe waren von Laub, schleimigen Pflanzenteilen und Ästchen verstopft. Im Wasser trieben Eierschalen und Vogelkadaver. Telegonos kratzte mit dem Dolch die Vertiefungen sauber und fischte die herantreibenden Kadaver auf, schleuderte sie ins feuchte Laub. Als er weiterging, auf Ophian zu, schauderte er und fühlte seinen Schweiß kalt werden. Zwischen den Stämmen und den untersten Ästen drang vage Helligkeit in den Hain; wie ein Schattenriß zeichnete sich Ophians Gestalt ab.

»Hier ist etwas – komm schnell!« rief der Steuermann.

Telegonos hastete zwischen trockenen Ästen, die unter seinen Schritten unnatürlich laut knackten, auf die Büsche zu und zwängte sich zwischen Blättern mit scharfen Rändern ins Freie. In einiger Entfernung kläffte ein Hund in rasender Wut, begann zu jaulen, schien zu flüchten; das Heulen riß plötzlich mit einem gurgelnden, kurzen Knurren ab. Als er Luft holte, stockte Telegonos der Atem: stechender Aasgeruch drang in seine Nase. Ophian stand starr da und wies mit den Spitzen der Speere auf die Fläche zwischen windzerzausten Wacholderbäumen. Ein Körper, so groß wie ein Pferd, war undeutlich zwischen Dutzenden von Leibern großer Vögel zu erkennen. Riesige Schwärme metallisch glänzender Fliegen flogen auf, lösten sich auf und sanken wieder auf den Kadaver hinab. Mit einigen Sätzen war Telegonos an Ophians Seite und setzte einen Pfeil auf die Bogensehne. Zwei der schwarzgrau gefiederten Vögel, groß wie Adler, schwebten schräg durch die Luft heran und verscheuchten, als sie ihre Krallen in den Kadaver schlugen, einige ihrer Artgenossen. Einige Augenblicke lang sah Telegonos deutlich die Knochen von vier Tierläufen, ein Rückgrat, Rippen und Arme und einen Menschenschädel; die Vögel stritten sich krächzend, flügelschlagend und mit Schnabelhieben nur noch um die Haare eines Schweifes und um Fellstücke. Knochen krachten unter den Schnäbeln der Vögel, die aus Bronze zu sein schienen. Jeder Hieb mit den Schwungfedern schlug den kleineren Rabenvögeln und den anderen adlerartigen Geschöpfen tiefe Wunden; zerschnittene Federn, Sand und Schmeißfliegen wirbelten umher. Telegonos sagte stockend:

»Ophian! Es sind Stymphaliden!«

Er machte einen Schritt zurück in den Schatten. Mehr als eineinhalb Dutzend jener Raubvögel, deren Schnäbel unter den Raben und Krähen wüteten, umgaben den großen Kadaver, dessen grausiger Gestank sie nicht abschreckte. Telegonos nickte Ophian zu; nebeneinander stürmten sie schreiend auf den flatternden Haufen zu. Telegonos' erster Pfeil schlug knirschend in die Brust einer Stymphalide ein und drang zwischen den Flügeln wieder hervor.

In einem mächtigen Wirbel schwangen sich alle Vögel in die Höhe. Sie stanken ärger als der aasige Kadaver des Kentauren. Auch der getroffene Vogel schrie trompetend, andere Stymphaliden schnellten einzelne Federn, scharf wie Messerschneiden, auf die Angreifer. Noch in der Luft zerrissen Artgenossen den blutenden Vogel, verloren federbedeckte Fleischfetzen der Raben aus den Klauen, stiegen mit krachenden Schwingenschlägen höher; der zweite Pfeil heulte durch die Luft und tötete eine Stymphalide.

»Wir müssen sie vertreiben!« brüllte Ophian. Telegonos griff über die Schulter und zog den nächsten Pfeil. Ein Schwarm Rabenvögel flüchtete mit panischem Krächzen über die Hügel aufs Meer zu, die Stymphaliden kreisten über dem Quellhain. Wieder traf Telegonos, der Pfeil durchschnitt eine schwarze Schwinge. Die Stymphaliden stießen gellende Schreie aus und trompeteten wie Kraniche, aber zehnmal lauter und schärfer, schleuderten Federn aus den Flügeln und bildeten einen lokkeren Schwarm, der sich nach Süden wandte, zu den Bergen. Telegonos schoß noch drei Pfeile ab, aber nur einer traf. Die kreischenden Raubvögel flatterten im spitzen Keil, aus dem sich schließlich, als er das Land von Epta Piges verließ, zwei Vögel flatternd und zuckend lösten und zur Erde torkelten.

Telegonos und Ophian gingen stumm auf den von Fliegen umwimmelten Kadaver zu. Obwohl viele Knochen zerbrochen waren und alles Fell verwest war, zweifelten die Männer keinen Herzschlag lang daran, daß vor ihnen das Skelett eines Kentauren lag. Telegonos sah sich um, verscheuchte die Fliegen und deutete schließlich auf einen Einschnitt zwischen einigen Felsbrocken.

»Eines der Geschöpfe der Vergangenheit«, sagte er leise. »Zeus und Nephele sollen sie hervorgebracht haben. Sie entstanden in der Zeit der goldenen Rasse. Begraben wir die Reste.«

»Ich rühr' das Skelett nicht an!«

Telegonos zuckte mit den Schultern, schob das Bogenende unter einen Huf und hakte die Sehne unter dem Hüftgelenk fest. Er zog, und unter wütendem Fliegengesumm bewegte sich klappernd das Skelett. Ophian half mit einem Speer, bis sie die Knochen an den Rand des Spaltes gezerrt und geschoben hatten; Telegonos löste die Bogensehne und zog sie zwischen den Resten hervor. Oino hatte den Hain halb umrundet und wagte sich jetzt auf die Hügelkuppe. Er starrte verständnislos auf die Männer und ihren Fund, als sie ihn in den Spalt schoben; rasselnd und klappernd verschwanden die Knochen. Oinos half schweigend mit, das zerklüftete Loch mit Steinen und Felsbrocken zu füllen. Er sagte, fast flüsternd:

»Das hab ich noch nie gesehen. Welches Tier hat solche Knochen?«

»Nephele in den Wolken ist die Urmutter aller Kentauroi gewesen«, sagte Telegonos, während er Brocken um Brocken herbeischleppte. »Es gab edle und wilde Kentauroi; Cheiron, der viele Helden aus bildete und mit Orpheus sang, war ebenso unsterblich wie manche andere. Unsterblich waren sie, aber nicht untötbar. Herakles tötete viele mit seinen Pfeilen. Wie dieser Kentaur gestorben ist, wage ich nicht einmal zu ahnen.«

»Charissa erzählte uns, daß sie auf einem Kentauren ritt«, sagte Ophian und hob eine Felsplatte auf die übrigen Steine. Die Fliegenschwärme bedeckten die Stelle, an der der Kadaver gelegen hatte, wie eine lebende, schillernde Decke. Oino hörte schweigend zu, mit offenem Mund.

»Das Sternzeichen, den Bogen schießenden Krotos, kennst du, nicht wahr?« sagte Telegonos und richtete sich auf. Oino nickte. »Und nun hast du erlebt, daß die Legende zur Wahrheit werden kann. Vielleicht siehst du, wie Charissa, auch einmal einen lebenden Kentauren.«

»Habt ihr die Vögel vertrieben, Prinz Telegonos?«

»Hoffentlich.« Telegonos sah Ophian an. »Und auch die toten Vögel aus dem Quellteich herausgefischt. Das Wasser von Epta Piges ist wieder gesund und ohne Fluch.«

»Ich lauf zu Mynes und erzähl' ihm alles.« Oino rannte davon, drehte sich plötzlich um und rief: »Wirst du uns erzählen, Steuermann, was ihr alles erlebt habt mit der *Namenlosen*?«

»Das eine oder andere.« Ophian grinste. »In langen, verregneten Winternächten.«

Nach fünfzig Schritten hob Telegonos einen Pfeil auf. Er war unversehrt. Als er den Köcher auf den Rücken hob, sagte er leise:

»Du und Pentau, ihr achtet auf die Zeichen des Meeres. Mutter hat mich gelehrt, andere Zeichen zu beachten. Nur weiß ich nicht, wie ich all das deuten soll: Nachts die Harpyien über dem Schiff. Delphinoi, die mit uns zu sprechen versuchen. Kirkes Erscheinen, und wie wir plötzlich die andere Sprache verstehen. Tausend verschiedene Götter, ebenso viele Träume; und jetzt Stymphaliden, die sich auf einen Kentaurenkadaver stürzen. Ich sage: Es ist verwegene Zuversicht, alles zu glauben und an nichts zu zweifeln. Nicht Poseidon war's, der die *Namenlose* ins Geröll geschmettert hat.«

Ophian wischte Schweiß aus seinem Kinnbart, schüttelte den Kopf und zuckte mit den Schultern. Auch seine Stimme klang ratlos.

»Leben jene, die nicht an Götter glauben, ebenso gut und ebenso lange? Nicht jede verwaschene Sonnenscheibe, nicht jeder gelbe oder braune Mond ist eine Göttermahnung. Das weiß ich. Aber ... wenn Kentauroi und Stymphalides wirklich sind, wenn dic Satyroi schweigen, was dann?«

»Ich weiß es nicht.« Telegonos schluckte und sagte dann mit aller Entschlossenheit, die er in sich spürte: »Wenn ich jeden Schritt und alle Wogen und Winde seit Aiaia bedenke, so haben wir vieles Unerwartete erlebt, viel Seltsames, aber kein Olympier hat sich uns offenbart.«

»Wir haben auch keine Tjekerschiffe gesehen und wissen dennoch, daß das Meer voll von ihnen ist, o Sohn der Kirke!«

Telegonos suchte den Himmel ab. Raben und Stymphaliden waren verschwunden. Endgültig? Er brummte:

»Ob wir diese Ungewißheit auf Kreta beenden können, im Winter, mit den Leuten von Epta Piges – niemand weiß es.«

»Das Geheimnis aller Götter, Freund.« Ophian lachte kurz. Die Feldarbeiter und die Frauen am Brunnen winkten fröhlicher und riefen Scherzworte. »Sie sind in unseren Herzen geboren worden, aber werden uns nie verraten, wohin Zeus den nächsten Blitzkeil schmettert.«

Als die heißesten Stunden des Tages vorüber waren, nahm

Telegonos die Tücher von seinem Vorrat an Töpferlehm und zerrte den mannsgroßen, zerbrochenen Pithos in die Mitte des Gerüstes. Er fügte die Bruchstellen mit dicken Lehmwülsten zusammen und begann, aus Steinbrocken und Lehm eine ungefüge Säule um den Krug zu errichten; der untere Teil des Herdes würde aussehen wie ein Bienenkorb. So hatte er es bei den Phaiaken gesehen und im Dorf, bei Mynes und dem Töpfer. Er stand unter den Balken, Brettern und Grasbüscheln des Daches, als er Stimmen hörte. Zwei Männer blieben vor der Türöffnung stehen.

»Dürfen wir eintreten, Aristos Telegonos? Mynes ist hier, und der Mann aus Phaistos, der junge Prokles. Wir haben Wein mitgebracht.«

»Ihr seid ebenso willkommen wie der Wein. Kommt herein!«

Telegonos kletterte vom wackligen Gerüst herunter und reinigte Hände und Unterarme flüchtig im Wasserschaff. Während sich die Männer begrüßten, kam Theris herein, eine junge Frau, die Telegonos am Brunnen stets besonders freundlich zugelächelt hatte. Sie hob den schlanken Weinkrug von der Schulter und sah sich nach Trinkschalen oder Bechern um.

»Dort in der Nische, Schönste«, sagte Telegonos. »Setzt euch an die kühle Wand.«

Er schwitzte, obwohl er nur das geknotete Schamtuch trug. Theris mischte den Wein, füllte die Schalen und setzte sich auf den Rand der Feuerstelle. Telegonos hob die Phiale und sagte:

»Der Herbst, das Meer und die Etesiai machen aus einem Aristos einen Handwerker. Wind aus Nord und Nordost; vielleicht schickt ihn mein Vater, der nicht will, daß ich ihn besuche.« Er lachte und trank. »Was führt euch unter das löchrige Dach des geliehenen Häuschens?«

»Die Etesiai hindern nicht nur dein Schiff, Prinz, nach Norden zu segeln. Ich hab' lange mit Nano Duduqi geredet, und er sagte es wohl den Kapitänen der Aigyptioi: Für alle Kreter ist es besser, wenn die Schiffe künftig bei uns anlegen, am Hafenstrand von Phaistos.«

»Seit wir vor einem Siebentag den beklagenswerten Kentauren gefunden haben, denke ich darüber nach«, sagte Telegonos und spürte Theris' Blicke. »Was auch die alten Zeiten ausgezeichnet haben mag – sie sind vorüber.«

»Bei Kronos!« Mynes nickte schwer. »So ist es!«

»Mindert meine Unkenntnis«, sagte Telegonos ruhig. »Erhellt mein Unwissen, ihr Edlen.«

Nichts war geschrieben worden, alles wurde von den Alten an die Jungen weitergegeben, durch Jahrzehnte und Jahrhunderte hindurch: Schwere Inselbeben hatten nicht nur den Palast, die Vorratshäuser und die unzähligen Räume der Grabanlagen zerstört, die Werften und etliche Häfen, sondern auch die Herrschaft der kretischen Hochkönige gebrochen. Viele jener tausend Schiffe, von denen man sagte, sie hätten das Meer beherrscht, waren nie zur Insel zurückgekehrt, obwohl Teile der Paläste wieder aufgebaut und Boten ausgesandt worden waren. Seit Jahrzehnten kamen junge Aristoi, die Abenteuer und Macht suchten, von den Inseln und aus dem Land der Achaier und brachten, wie sie sagten, das Beste aus ihrem Land mit.

»Und so haben wir die Ruinen von Phaistos an der südlichen Küste gefunden und aufgebaut.« Prokles' Hände zerteilten die Luft, als wolle er sie zu Blöcken und Quadern formen. »Wir schützen, wo es möglich ist, die Bevölkerung, sammeln Handelswaren, tauschen und behalten eine bestimmte Menge davon für uns. Aber von Phaistos aus werden wir nie verhindern können, daß ein Ort wie Epta Piges angegriffen wird.«

»Viele junge Männer gehen fort. Es kommen auch junge Frauen hierher.« Mynes leerte die Schale, sein Blick ging zwischen Theris und Telegonos hin und her. »Die Menschen Kretas, die noch von Minos und Talos und Daidalos wissen, vermischen sich mit denen, die von Achaia kommen. Seit langer Zeit, Prinz.«

»Ich glaube nicht, daß die Männer meines Schiffes jetzt schon daran denken, sich hier anzusiedeln.« Telegonos säuberte mit einem Span seine Fingernägel. »Drei Fischer aus Aiaia, der Steuermann von Scheria und ich, der den Vater sucht. Was später sein wird – wer weiß es?«

»Duduqi, der viele Häfen kennt, hat geschworen, seine Handelswaren zuerst nach Phaistos zu bringen. Bald wird es bessere Straßen geben.« Prokles hielt Theris die Schale hin. Telegonos nickte und sagte:

»Und unser erfahrener Kapitän Pentawer-Ptah wird es im Land am Neilos ausrufen: Segelt nach Phaistos!«

»Willst du uns nicht besuchen, Telegonos?« sagte Prokles. »Der Winter wird vielleicht langweilig werden.«

»Wie lange müßte ich wandern?«

»Nicht länger als einen Siebentag, wenn du dir nicht zuviel Zeit läßt.«

»Ich verspreche nichts«, sagte Telegonos lächelnd. »Zuerst sorge ich dafür, daß ich und meine Gäste es hier im Häuschen angenehm haben. Warm, regendicht, ohne Asseln und Skorpione.«

Theris neigte den Krug über die Schalen und sagte lächelnd: »Ein paar Felle, Flechtmatten und gewebte Teppiche; ihr bekommt sie von uns. Für eure Hilfe auf den Feldern und bei den Herden. Und dafür, daß ihr die Tötervögel vertrieben habt.«

»Dafür danke ich schon jetzt, Theris.« Telegonos sah in ihre Augen und zeigte auf die Holzhaken der frisch gekalkten Wand. »In einem Zehntag werde ich sehen, ob mein Herd wärmt oder zusammenbricht.«

Die Ausrüstung der *Namenlosen* war verteilt worden. Telegonos hatte den größten Kupferkessel, einen Rost und einige Werkzeuge für sich behalten. Was er für Mauern, Dach und Garten brauchte, gaben ihm die Bauern und Handwerker.

»Mys ist vom Schiff zurück«, sagte Mynes. »Es ist unversehrt. Komm auch du heute Abend zur Agora, Prinz; wir feiern die Ernte, die bisher ein wahres Göttergeschenk war.«

»Und die Frucht eures Fleißes.« Telegonos stand auf und geleitete Theris und die Männer aus dem kleinen Raum. Als Theris den Krug aufhob, berührte sie ihn sacht am Oberarm. In ihrem Gesicht sah er ein zögerndes Lächeln; als sie in seine Augen sah, wurde sie rot. Telegonos nickte und legte, als sie an ihm vorbeiging, die Hand auf ihren Rücken. Mynes sah sich im

Garten um, blinzelte im Schatten der Schwarzkiefer und brummte:

»Hast du das alles von deiner göttlichen Mutter gelernt?«

»Dieses«, sagte Telegonos. »Und vieles andere. Und sie hat mich ›Späher der Dunklen Jahre‹ genannte – auch darüber werden wir in den Winternächten reden, o Ältester.«

4.
WEIN, OLIVEN UND FRÜHE DUNKELHEIT

Mächtige Ölbäume, in deren verquollen aufgerissener Rinde Telegonos Gesichter und Gestalten zu erkennen glaubte, umgaben den Mauerkreis, auf dem die Dörfler saßen; die prallen Früchte verströmten säuerlichen Geruch. Fackeln aus ölgefüllten Binsen und Schalen, in denen dicke Dochte schwammen, beleuchteten mit ruhig brennenden Flammen Rechenmuster der Sandfläche. Vom Gehöft Mynes', das ebenso wie die Brunnenanlage durch eine breite, von Quittenbäumen gesäumte Straße mit der Agora verbunden war, wehten Gelächter, Rufe und Bratengeruch heran; im Mittelpunkt des Kreises spielten Kinder mit gescheckten Kätzchen. Nachtfalter summten umher, unter den Ästen jagten Fledermäuse im huschenden Flug. Telegonos streckte die Beine aus und suchte Theris zwischen den Mädchen und Frauen.

»Seit drei Tagen ununterbrochen Nordwind. Ob es schon die Etesiai sind?« Mys trug sein weißes Haar im Nackenzopf, an zwei Stellen war sein Gesicht vom Bartschaben zerkratzt. »Unser Schiff ist trocken und hat sich nicht vom Fleck gerührt.«

»Wenn es die Vierzigtagewinde sind«, sagte Telegonos, »dann werden wir bald den Sepedet sehen, den Hundsstern, und dann führt der Neilos Hochwasser. Wie auch immer: wir müssen uns Ithake aus dem Sinn schlagen. Auch die Fahrt nach Phaistos.«

»Endgültig, Kapitän?«

»Daß die Herbststürme ausbrechen – darauf können wir warten.«

»Nicht mehr lange«, sagte Ophian. Die Mannschaft trug ihre besten und saubersten Chitone. Auf Telegonos' Brust funkelte Khensos Schmuckstück, Nautes hatte seine Kupferscheibe geputzt, bis sie wie Orichalkos glänzte, und Heptodus glättete mit einem Steinsplitter die Mundstücke der Syrinx. Junge Mädchen hatten Wasser und Wein gemischt und trugen die Krüge hin und her. Der Steuermann blinzelte in die Flammen und meinte: »Hört endlich auf, über erwartete oder wirkliche Stürme zu reden. Wir überwintern hier und segeln im fünften Mond fort!«

»So halten wir's!« sagte Telegonos und hoffte, daß sein Tonfall genügend winterliche Endgültigkeit enthielt.

Jedes Gehöft hatte zum Fest beigetragen: Brot, entkernte Oliven, Gemüse oder Obst. Theris schleppte einen großen Pithos herbei. Telegonos half ihr, den Krug auf die Mauer zu heben.

»Frischer Most«, sagte sie. »Er schäumt, gärt und sorgt für Unruhe in den Därmen.«

»Einen Schluck wage ich.«

Viele Frauen, vor allem die jüngeren, trugen knöchellange, bunt bestickte Chitone und Schmuck aus Muscheln, Holzperlen und Kupfer. Theris' Haar, in zwei Zöpfen geflochten, bildete schneckenartige Wirbel über den Ohren. Telegonos nahm den Becher aus ihren Händen. Der schäumende Traubensaft roch verlockend; als Theris den Holzkamm feststeckte, sah Telegonos, daß sie die Achselhaare entfernt hatte. Leise sagte sie:

»Steuermann Ophian hat viel vom Neilos erzählt. Von den Göttern, den Frauen und den Tempeln. Ist es wirklich so?«

»Sehr schön, sehr fremdartig. Du bist hier aufgewachsen«, Telegonos kostete das kühle Getränk, dessen Bläschen auf der Zunge und im Gaumen prickelten. Theris' Blicke ließen ihn nicht los. »In ein paar Tagen, wenn es weniger Arbeit gibt – zeigst du mir die Ruinen?«

Er deutete in die Richtung von Knossos. Theris nickte und

flüsterte: »Übermorgen, Prinz? Ich muß Salz zu den Herden bringen und Käse von den Schäfern holen. Die Schafe weiden beim Labyrinth.«

»Übermorgen«, sagte er. Heptodus leerte seinen Becher und ging mit der Hirtenflöte zu den Musikern. Ein junger Mann schlug auf das Fell, das sich über der Öffnung eines großen Pithos straffte, ein anderer blies langgezogene Rufe auf einem Aulos. Vier Frauen schleppten eine weiße Holzplatte herbei und setzten sie auf Schragen ab. Sie war voller Bratenstücke; Messer und ein kleines Beil staken im Holz, neben der Salzschale. Kessel mit warmem Wasser, Tücher und Matten wurden herbeigebracht, und in den Takt der Trommel mischten sich unsichere Töne einer Leier. Heptodus blies einen langen Triller auf der Syrinx. Telegonos trank Most in kleinen Schlucken und versuchte zu verstehen, was Mynes und Prokles redeten; ihre Worte gingen im Gelächter und der Musik unter.

»Was hast du, Prinz?« sagte Theris und zog ihn zu den Braten und Brotkörben. »Alle sind fröhlich und hungrig und trinken. Woran denkst du?«

»Ich muß an die Stymphaliden denken und an den toten Kentaur.« Telegonos sah sich um. Niemand beobachtete ihn und Theris. Innerhalb und außerhalb der Agora und im Halbdunkel unter den Bäumen hatten sich Gruppen gebildet; Inseln aus Gestalten, Gelächter und lauten Reden. »Ich bin unruhig. Vielleicht hätte ich meine Waffen mitnehmen sollen.«

»Für den Braten reicht dein Dolch«, sagte Theris. Sie tunkten gesalzenes, warmes Brot in gewürztes Öl und schnitten Fleischstücke ab. Telegonos biß auf die Kruste des Schweinebratens, die mit Honig und Wein eingestrichen worden war. »Es gibt übergenug Essen und Wein für alle – erst im Morgengrauen hört das Fest auf.«

Sie setzten sich auf eine Holzbank, aßen und tranken, wuschen das Fett von Fingern und Unterarmen, hörten den Musikern zu, die ihren Takt gefunden hatten und versuchten, den Lärm zu übertönen. Theris lehnte sich an Telegonos' Schulter und sagte: »Ich bring' uns einen Krug Wein. Ich weiß, wo sie den besten stehen haben.«

»Mit viel Wasser, Schönste.« Telegonos wußte, daß Ophian und die drei Fischer längst Gefährtinnen für die Nächte und den Winter gefunden hatten; ein Teil seines Unbehagens kam daher, daß die Erinnerungen an Merit Khenso noch nicht erloschen waren. Er legte den Arm um Theris' Hüfte und spürte, wie sie erschauerte. »Mit kaltem Quellwasser: wir sind voll Sommerhitze.«

Sie drehte den Kopf, starrte in seine Augen und flüsterte: »So blau ... wie das Meer, wie der Himmel – willst du mich als deine Wintergefährtin?«

Ihr Atem roch nach Wein und Oliven. Telegonos nickte lächelnd. »Hol den Sommerwein, schönste Theris. Der Winter hat noch lange nicht begonnen.«

Sie ging quer über die Agora und schwenkte ihre Hüften. Aus dem Klang der Instrumente stach plötzlich ein Schrillen hervor. Telegonos drehte sich um und beobachtete den Mann aus Phaistos, der eine zwei Ellen lange Flöte blies; sie schien aus glänzender Bronze oder Orichalkos zu sein. Die Triller und lang gezogenen Töne waren wie Messer. Telegonos blickte in den Himmel und sah zwischen den hochgewirbelten Funken nur einige große Sterne. Er ging auf Theris zu und nahm ihr den Krug ab. Plötzlich entschloß er sich, die weichen Fesseln des ereignislosen Wartens abzustreifen und zu handeln, sich umzusehen, zu lernen, was es hier zu lernen gab: Nur wer kroch, konnte nicht stolpern oder fallen. Er lachte und zog Theris an sich. Sie verließen die Agora, ohne daß ihnen jemand nachblickte; als sich ihre Schenkel aneinander rieben, glaubte Telegonos zu spüren, wie eine fremdartige Kraft ihn berührte – und wie die Erinnerung an Khenso dahinschwand.

Im tiefen Schatten der Quittenbäume blieben sie stehen, ließen Krug und Becher ins Gras gleiten, und Theris wartete darauf, daß Telegonos sie küßte. Als sich ihre Lippen berührten, fuhren ihre Arme in die Höhe, sie umarmte Telegonos, ihre Finger gruben sich in seinen Nacken und versuchten, das Haar zu packen. Theris küßte wild und ungeschickt, biß in seine Lippen, preßte die Brüste gegen ihn und atmete schwer. Telegonos nahm ihren Kopf in die Hände, schob sie sacht zurück und öffnete ihre Lippen mit der Zunge, traf ihre Zungenspitze und drängte sie forschend und scheinbar ohne Begierde in einen langen, tiefen Kuß, der ihr den Atem nahm.

»Wir haben die ganze Nacht vor uns«, flüsterte er. »Und viele andere Nächte.«

»Schon am ersten Tag hab' ich dich gewollt. Als du mit dem kleinen Kreter gekommen bist und mit deinen schönen Waffen.«

»Ich hoffe, daß ich sie hier nicht brauchen muß.« Telegonos suchte im Halbdunkel und fand eine halb zerfallene Bank aus Lehmziegeln. Sie setzten sich, tranken Wein, dann streckte sich Theris aus und legte den Kopf in seinen Schoß. Sie tastete nach seiner Hand, schob sie unter den Saum und legte sie auf ihre Brust.

»Fühlst du, wie schnell mein Herz schlägt?«

»Meines schlägt nicht langsamer.« Zwischen seinen schweißbedeckten Fingern richtete sich die Brustspitze auf und wurde hart. Theris keuchte leise, öffnete die Schenkel und stellte einen Fuß auf den Boden.

»Du weißt, daß ich nicht bleiben kann«, sagte Telegonos leise. »Wenn das Meer im Frühling ruhig ist, segeln wir davon.«

»Auch das hab' ich am ersten Tag gewußt«, sagte sie. »Vielleicht segle ich mit euch nach Phaistos. Ach, Prinz, es wird ein schöner Winter werden.«

Telegonos streichelte versonnen ihre Brüste und spürte, wie sich unter ihren weichen Zöpfen sein Glied aufrichtete. Gleichzeitig war es, als würden sich aus dem Dunkel fremde Blicke auf ihn und Theris richten. Er sah hinüber zum langsamen Tanz aus Schattenrissen, hellen Gestalten und Bewegungen vor und hinter den Lichtern, schloß die Augen, starrte in die Finsternis; seine Hände erstarrten.

»Warum hörst du auf ...?«

Er legte den Zeigefinger auf Theris' Lippen und hielt den

Atem an. Da war nichts, gar nichts: Selbst der Wind hatte aufgehört. Kein Blatt bewegte sich. Dennoch – etwas war in der Nähe; in der Stille verbarg sich ein Geheimnis, das ihm Furcht machte. Ein ferner Geruch, an den er sich nicht erinnerte, obwohl er ihn hätte erkennen sollen, wehte von irgendwoher zwischen die Baumkronen. Theris griff nach seiner Schulter, richtete sich auf und schien nicht zu merken, daß der Saum des Chitons heruntergeglitten war. Die Kette aus Tonperlen rutschte zwischen die Brüste.

»Ich glaube, wir werden belauscht.«

»Ein Tier, Telegonos, oder ein Vogel.«

»Nein. Etwas anderes. Es ist, als ob ein Daimon ...«

Der Augenblick dehnte sich schier endlos, dann flog eine Eule aus dem zerklüfteten Stamm eines Ölbaums und packte im Gras eine quiekende Maus. Telegonos schüttelte sich, griff nach dem Becher und murmelte:

»Oder ein Bote der Dunklen Jahrhunderte.« Telegonos wartete, bis die Kälte zwischen seinen Schulterblättern gewichen war. »Komm, zu meinem Häuschen.«

Er beugte sich zu ihr und küßte lange ihre Brüste, dann nahm er ihre Hand und zog sie mit sich.

Im Häuschen entzündete er an der Glut im Tonkrug einen Span, mit ihm Öllämpchen in den Nischen des winzigen Schlafgemachs. Auf dem Bett, das er vor einigen Tagen aus Balken, kleinen Quadern, Stricken und Lederriemen hergestellt hatte, lag ein frisches Laken über zwei Schichten Schaffellen. An der langen Wand hingen Bogen, Köcher, Schild und das Schwertgehänge an Holzpflöcken; die schwere Schiffsaxt lag draußen beim Holzstapel. Auf der Querwand mit dem winzigen Fenster hatte er sich als Zeichner versucht: Die *Namenlose* vor einer Küste, die aus Stränden, einer Hapilandschaft und einer großen Gewitterwolke um das Fensterchen bestand. Er hatte nur zwei Farben gehabt: braun und schwarz. Theris sah sich lächelnd um, stellte Krug und Becher auf den Tisch und sagte:

»Aus der alten Hütte hast du dir ein feines Winterheim gemacht, Prinz. Wo hast du das alles gelernt?«

»Auf meiner Insel. Von meiner Mutter. Und von Pentawer.«

Unter dem wuchtigen Wacholderast im Durchgang zwischen Megaron und Schlafraum legte er die Arme um Theris' Schultern und küßte sie. Ihr Körper lehnte schwer gegen ihn. Mit zitternden Fingern öffnete sie den Knoten des Gürtels, hob eine Schulter und ließ den Chiton an sich heruntergleiten, bevor sie nach Telegonos' Gürtelschnalle griff.

»Hätte ich gewußt, daß eine schöne Frau wie du ins Häuschen kommt, würde ich mir noch mehr Mühe gemacht haben«, sagte Telegonos leise. Er legte die Hände auf ihre Schultern und betrachtete sie lächelnd, als sie rückwärts zum Bett ging und in dessen Mitte kniete.

»Bin ich schön? So wie die Frauen am ... Neilos?«

»Ebenso schön.« Er ließ den Dolchgürtel fallen und blickte sie an. Theris zog den Kamm aus den Haarschnecken und entflocht mit gespreizten Fingern die Zöpfe; sie war groß, schlank, mit geraden Beinen und runden Hüften. Sie mochte kaum mehr als siebzehn Sommer zählen, denn ihre gebräunte Haut war glatt, ohne Makel; die vollen Brüste mit dunklen Höfen um die aufgerichteten Spitzen waren ebenso wie die schlanken Schenkel die einer sehr jungen Frau. Die Flämmchen spiegelten sich als goldfarbener Schimmer in den hellen Augen; sie verschränkte die Hände vor dem bräunlichen Vlies der Scham und flüsterte:

»Wirklich? Ophian hat so viel erzählt ...«

»Du bist eine wunderschöne Kreterin«, sagte Telegonos, zog den Chiton über den Kopf und kniete sich vor sie. »Mit goldenen Augen und Haar wie Traumregen.«

Er schob die Finger in das glatte Haar, küßte sie und erwiderte ihre Küsse, die mit jedem Atemzug erfahrener wurden und weniger ziellos. Mit den Handrücken strich er über die Brüste, über die heiße Haut ihres Rückens und durch den Schweiß unter den Achseln. Sie streckten sich nebeneinander aus, und als er sanft ihre Schenkel auseinanderdrückte, liebkoste sie scheu sein aufgerichtetes Glied.

»Ich bin unerfahren«, hauchte sie und zuckte, als seine Finger in sie eindrangen. »Du mußt mir zeigen, wie die richtige Liebe ist.«

»Du wärst die erste Frau, die es nicht schneller und besser versteht als ein Mann«, sagte er und reizte ihre Brustspitzen mit den Lippen, der Zunge und zärtlichen Bissen. Theris spreizte zitternd die Schenkel, umklammerte seine Schultern und schloß die Augen. Ihre Finger lösten sich von seinem Glied, als er sich über ihr aufstützte und langsam in sie eindrang. Sie bäumte sich auf, aber er spürte keinen Widerstand, nur die feuchte Wärme ihres Schoßes. Als er sich zurückzuziehen schien, schlang sie die Beine um seine Schenkel und hielt ihn fest. Telegonos hörte sie hart und tief atmen und in kurzen Stößen seufzen; er zwang sich dazu, behutsam anzuwenden, was er von erfahrenen Frauen gelernt hatte. Wenige Atemzüge danach bewegten sich ihre Körper in gleichmäßiger Leidenschaft.

Telegonos genoß seine Lust nicht bis zum Ende. Er zog sich aus ihr zurück, drehte sie auf die Knie und Ellbogen und glitt behutsam in ihren Schoß. Seine Hände packten ihre Hüften, hielten die Brüste, streichelten den Bauch. Einige Herzschläge bevor er sich ergoß, zog er ihren Oberkörper zu sich herauf, kreuzte die Arme über ihren Brüsten und hörte ihren Lustschrei und sein Ächzen. Sein Kinn lag auf ihrer Schulter, die Tonperlen der Kette schlugen gegen seine Handknöchel. Schweißüberströmt lösten sie sich voneinander, atemlos lagen sie da, bis der Schweiß ihrer Körper getrocknet war. Sie nahm die Bronzeringe aus den durchlöcherten Ohrläppchen und legte sie neben das Lager. Telegonos mischte den Wein, setzte sich neben Theris und reichte ihr den Becher und ein nasses Tuch.

»Ihr Götter!« Sie blickte ihn an, als sähe sie Apollon oder Dionysos. »Wird es immer so ... schön sein, mein Prinz? Jede Nacht, den ganzen Winter?«

»In vielen Nächten, meine Schönste.« Er trank wie ein Verdurstender. »Einmal schöner, einmal weniger leidenschaftlich, einmal anders. Wir werden es nicht abzählen oder wägen.«

Sie nahmen die Schmuckstücke ab und gingen hinaus. Im windgeschützten Winkel, halb unter dem vorspringenden Dach, waren zwei fast mannsgroße Pithoi eingegraben. Im Halbrund eines Sichtschutzes aus Flechtwerk stellten sie sich auf umgedrehte Krugböden – Abfall des Töpfers. Telegonos schöpfte Wasser aus den Vorratsbehältern und schüttete es über ihren Köpfen aus. Sie stöhnten unter den kühlenden Güssen und trockneten einander flüchtig mit sonnenwarmen Tüchern ab.

»Zu einem Badehaus reicht es noch nicht«, sagte Telegonos grinsend. »Aber ich hab' das Loch schon ausgeschaufelt.«

Theris schmiegte sich an ihn, als sie ins Megaron zurückgingen. Sie lehnte die Hüften an den unfertigen Tisch und tastete scheu nach Telegonos' Geschlecht. Der Ausdruck ihres runden Gesichtes sagte ihm, daß sie kühn sein wollte und nicht wagte, die Scheu zu überwinden. Noch war sie mehr Mädchen als Frau; das Erwachen war schwierig.

»Ich brenne, mein Liebster«, sagte sie und senkte den Blick. »Du hast mich angezündet. Mit noch mehr Wein werden wir es nicht löschen können.«

»Das will ich auch nicht versuchen, Theris.« Er schob das Haar, das feucht auf ihren Schultern und Brüsten klebte, in ihren Nacken. »Deine Brüder werden mich nicht umbringen, weil ich dich entehrt habe? Und nach einer Weile sollen wir zum Fest zurückgehen.«

»Keine rachsüchtigen Brüder, o Aristos!« Ihr Lachen girrte. Ihre Finger bewegten sich neugieriger und fordernder. Telegonos nahm ihre Hand weg und küßte die Fingerspitzen. »Ich bin Waise. Mynes hat mich in seine Familie aufgenommen. Er war in Sorge, daß ich zu häßlich sei für einen kretischen Handwerker. Und nun hab' ich einen achaiischen Prinzen meine längst zerrissene Jungfräulichkeit rauben lassen.«

Telegonos antwortete nicht. Er lauschte auf die Musik und den Lärm des Festes. Immer wieder gellten die Töne der bronzenen Flöte durch die Nacht. Im Schlafraum flackerte ein Lämpchen hoch auf und erlosch. Theris' Blicke suchten in seinen Zügen, ihr Gesicht hatte einen angespannten Ausdruck. Mit goldfarbenen Augen tastete sie jeden Fingerbreit ab, schien ergründen zu wollen, was sich hinter seiner Stirn verbarg und unter seinem kurzen Haar: Plötzlich zuckte er zusammen, schob sie zur Seite und sprang in die Schlafkammer. Er riß den Köcher und den Bogen von der Wand, spannte die Waffe und warf ihr den Schild zu.

»Telegonos! Was hast du? Es ist ein Fest, kein Krieg!«

»Dieser Geruch. Oder schlimmer: der Gestank. Ich weiß, wer uns belauert.«

»Du hörst und riechst Lamien und Daimonen!«

»Podarge!« knurrte er und rannte in den Garten. »Aillopos! Okypete! Die Höhlen des Zeus in Dikte sind der Horst der Harpyien – die Nachthunde der Lüfte.«

»Wovon sprichst du? Ich verstehe nichts.«

»Still. Such nach einem riesigen Vogelschatten über uns.«

Theris war ihm gefolgt und starrte wie er in den Nachthimmel. Nebeneinander stehend suchten sie den schwarzen Raum vor den Sternen mit Blicken ab. Der Mond verbarg sich hinter Wäldern oder Bergen, aber auch im dünnen Widerschein der Feuer und Fackeln war nichts und niemand zu sehen, nur ein paar Fledermäuse zuckten zwischen den Pinien und Ölbäumen. Telegonos ließ den Bogen sinken und sog die Luft einige Male prüfend ein.

»Ich weiß«, sagte er, mühsam beruhigt. »Sie war da. Sie hat uns beobachtet.«

»Ich hab' nichts gerochen und nichts gesehen.« Theris stellte den Schild an die Gartenmauer. Ein Lichtstrahl blinkte auf Metall, Telegonos machte drei Schritte, hob die Schiffsaxt auf und lehnte sie neben den Schild.

Im Flackerlicht eines einzigen Lämpchens liebten sie sich zum zweiten Mal auf dem zerknitterten, befleckten Laken. Abermals versuchte Telegonos, mit seinem und ihrem Körper zu spielen wie Merit-Khenso auf den Harfensaiten; er war nicht sicher, ob Theris den Kairos erlebte, den göttergleichen Augenblick des höchsten Glücks, der Körper und Seele in den lichten Strudel hinter dem Sonnenwagen wirbelte. Nach dem Höhepunkt, in dem sie keuchend schrie und die Zähne in seine Schulter grub, legte sie sich auf ihn, stützte sich auf die Ellbogen und ließ ihre Zunge über seinen Hals gleiten.

»Die Liebe ist herrlich, Telegonos. Du bist herrlich, weil du das ... das alles weißt und tust.«

Seine Finger glitten über die Knöchelchen ihres langen Rükkens, und er zuckte mit den Schultern.

»Jemand, den ich gut zu kennen glaubte«, flüsterte er, »hat gesagt: Wenn man liebt, täuscht man sich stets zuerst, und später den anderen.«

»Was willst du mir damit sagen?«

Ihre Brüste preßten sich gegen ihn, sie rieb ihr Knie zwischen seinen Schenkeln.

»Daß wir nicht zu tief graben sollten. Wir fänden sonst etwas, das uns erschreckt oder umbringt.«

»Du machst mich traurig, Prinz.«

»Hinter den Dingen, und unter dem Bild, das wir sehen, sind andere Bilder. Und hinter diesen abermals andere. Deswegen nennen mich einige ›Niemandssohn‹. Zieh dich an, binde dein Haar – wir gehen zu den anderen.«

»Du bist so weise, fremder Achaier. Aber Liebe ist besser als Weisheit. Niemandssohn?«

»Dies ist eine andere Geschichte.« Er hob sie an den Oberarmen in die Höhe und schwang die Füße auf den Boden. »Wahrscheinlich sind Liebe und Weisheit Töchter desselben unergründlichen Vaters.«

Sie wuschen sich, tranken stark verdünnten Wein und zogen sich an. Telegonos beharrte darauf, daß Theris die Axt trug; er hielt Köcher und Bogen auf dem Rücken und hatte den breiten Dolchgurt angelegt. Hand in Hand gingen sie das kurze Stück bis zu den Bäumen der Agora. Einige hatten das Fest verlassen, die Musik klang dünner, nur der Trommler war unermüdlich – oder hatte ihn ein Kräftigerer ersetzt? Telegonos suchte Ophian, setzte sich zwischen ihn und Nautes und sagte leise:

»Auch Kreta ist keine Insel der Glückseligen, ihr Wellenbezwinger. Ich schwör's: Ich habe eine Harpyie gerochen.«

Ophian musterte lächelnd Theris, hob auf vier Fingerspitzen die Weinphiale und brummte: »Willkommen an Bord, Feuchthaarige. Hast du ihn verzaubert?«

»Ich hoffe es«, sagte sie und gab Ophians wissendes Lächeln selbstbewußt zurück. »Aber ich glaube dem jungen Kapitän. Deswegen schlepp' ich eine Doppelaxt.«

»Stymphaliden. Kentauroi. Warum nicht Harpyioi?« Nautes schielte mißtrauisch in die Dunkelheit. »Charissa und du, ihr habt eine gesehen, auf dem Meer, nicht wahr?«

»So wahr ich Odysseus' Sohn bin!«

»Sag, Ophian, warum wird er manchmal Niemandssohn genannt?« Theris stieß Telegonos an und bohrte die Stachelspitze der Axt in den Sand. Einige Mütter rannten hinter ihren Sprößlingen her, hielten sie fest und zogen die maulenden und greinenden Kinder aus dem Megaron ins Dunkel. Prokles aus Phaistos gesellte sich zum Trommler und den Aulosspielern, schlug den Speichel aus der Flöte und setzte sie an die Lippen. Der Steuermann sah Telegonos fragend an; Telegonos grinste kurz und nickte.

»Eine wenig ersprießliche Geschichte, Theris. Ich bin Phaiake, und am Hof meines Königs hat der Vater dieses hoffnungsvollen Aristos gar Erstaunliches erzählt. Als er, viele Jahre vor uns, einen riesenhaften Kyklops blendete, log er ihn an, was seinen Namen betraf. ›Oudeïs‹ schrie er, heiße er; ›Niemand‹. Später rief der Geblendete um Hilfe. ›Niemand‹ hat mich geblendet, ›Keiner‹ versucht zu fliehen. Die anderen Kyklopes haben geantwortet: Wenn dich niemand geblendet hat, warum brüllst du so? Und so entkam Niemand-Odysseus, oder Oudeïs-Odysseus, und deshalb nennen wir die *Namenlose* mitunter ›*Anomata*‹.«

»Und deswegen ist auch Stiefbruder Telemachos ein Niemandssohn«, sagte Telegonos. »Nun weißt du's, Schönste.«

Prokles schien eine Lunge aus Kupfer zu haben, oder der kretische Wein hatte ihn angefeuert: Ein Schrillen, das nicht abreißen wollte, zerriß den gedämpften Lärm des späten Festes. Dann gab die Flöte auf- und absteigende Triller von sich, scheuchte Fledermäuse und Zikaden auf, ließ die Feiernden innehalten, erfüllte die Nacht mit spitzen, schartigen Tongipfeln zwischen den Tälern der dumpfen Trommelschläge. Einige Dutzend Atemzüge lang schien es, als ob das metallische Schrillen aus Phaistos über den Hängen des minoischen Kreta ein triumphierendes Küstenlied sänge, das Lied einer neuen Zeit; jedes Gespräch hörte auf.

In eine rasend schnell dahingleitende Tonfolge mischte sich ein Schrei wie von tausend Meeresraben. Ein Hund kläffte, ein zweiter heulte, und dann bellten und geiferten alle Hunde Epta Piges' gleichzeitig wie rasend.

In der heißen Luft, in der Funkenschauer aufstiegen, rauschten mächtige Schwingen. Ein fauchendes Gurgeln ertönte, ein titanischer, nasser Furz fuhr über die Agora hin. Wie Regentropfen prasselte wäßriger Kot auf die Baumkronen; ein grauenhafter Gestank kam aus der Höhe. Ophian, Telegonos und Theris sprangen gleichzeitig auf. Aus der Höhe der Nacht stürzte sich ein Körper mit zweifach mannslangen Schwingen ins Licht, reckte blitzende Krallen vor, war für Augenblicke deutlich zu sehen, so lange, wie Telegonos brauchte, um einen Pfeil auf die Sehne zu setzen und den Bogen bis zum Kinn auszuspannen.

Aus dem dunklen Gefieder schaukelten zwei Brüste wie Schafseuter. Die Augen des Harpyienkopfes schienen schwarz umrundet wie die jener Kyklopes, das Gesicht war eine Fratze zwischen Raubvogel, Menschenfrau und Daimon, am langen Hals fehlte das Gefieder wie an einem Geierkopf. Telegonos schrie:

»Podarge! Du Scheusal! Deine Zeit ist abgelaufen.«

Der riesige Körper, dessen Schwingenschläge die Fackelflammen löschten, Feuer auseinanderstieben ließen, Sand und Asche aufwirbelten, schwebte auf ein zehnjähriges Mädchen zu, das ein auseinandergerissenes Fladenbrot in den Fingern hielt und mit weit offenen Augen in die Höhe starrte. Das schneidende Trillern der Bronzeflöte riß ab, der Trommler verlor den Takt und hörte auf, Flüche und Schreckensschreie ertönten, und alle Feiernden rannten aufgeregt umher.

Telegonos löste den Schuß. Der Pfeil heulte über eine Entfernung von weniger als fünfzig Ellen schräg aufwärts. Ophian hatte Theris hinter den steinernen Sitz geschoben, ihr die Bronzewaffe entrissen, und er schwang sie über seinem Kopf. Mit knirschendem Schlag traf der Pfeil – wieder kreischte die Harpyie. Die Schwingen peitschten die Luft, als das Wesen dicht über dem Kopf des reglosen Kindes aus dem stürzenden Angriffsflug hinausflatterte und Höhe zu gewinnen versuchte.

Telegonos schoß den zweiten Pfeil ab. Flüchtig hatte er gesehen, daß dessen vierschneidige Spitze eingekerbt war wie ein Sägeblatt. Der Pfeil traf die Harpyie, aber Telegonos konnte nicht erkennen, welche Stelle des Körpers er verwundet hatte, als er das nächste Geschoß aus dem Köcher riß. Als die Harpyie wie ein gigantischer Falke fast senkrecht, kotspritzend und kreischend, über dem Mittelpunkt der Agora aufzusteigen versuchte, sprang Ophian in den Sand, holte halb gebückt mit beiden Armen von rechts unten aus. Eine Schneide riß eine sandsprühende Furche. Er schleuderte das Beil aufwärts, die Waffe begann sich mit blitzenden Schneiden zu drehen und fuhr mit demselben Geräusch, als träfe sie in nasses Holz, in den Körper der Harpyie.

Der Schrei, ein gurgelndes, fauchendes, ohrenzerfetzendes Kreischen, machte die Menschen fast taub. Mit rasend schnellen, kraftvollen Schwingenschlägen flüchtete die Nachtgestalt. Die meisten Fackeln und Feuer waren erloschen. Telegonos sah den Schattenriß, der die Sterne verdeckte, nach Südwesten abgleiten. Sieben, acht Atemzüge später ertönte ein weiteres, seltsames Geräusch: Metall schlug weithin hallend gegen Stein.

»Die Axt«, sagte Ophian schwer atmend. »Morgen finden wir sie.«

Telegonos entspannte den Bogen und stellte ein Ende in den Sand. »Das Fest ist zu Ende. Zeus verbot dem Argonauten Iason, eine Harpyie zu töten. Wir haben sie schwer verwundet; ich kann nicht glauben, daß sie sich von zwei Pfeilen und deinem Axthieb erholt, Oph.«

»Haben sich die Götter aufgegeben?« Ophian stützte sich auf

Telegonos' Schulter. »Wieder ein solches Zeichen? Endzeit? Botenorakel der Dunklen Jahrhunderte?«

»Ich weiß es nicht.« Telegonos sprach ebenso leise. Die Agora leerte sich. Theris stieg über die Quader und ging auf Telegonos zu. »Morgen, wenn wir unsere Axt suchen, reden wir darüber.«

»Ja.« Ophian sah sich um. Seine Gefährtin näherte sich, ratlos die Arme ausgebreitet. Einige jungen Männer schoben verstreute Holzstücke zusammen und versuchten, einige Binsenfackeln anzufachen. Die meisten Einwohner Epta Piges' waren verschwunden, wie von der Finsternis nach Mittnacht verschluckt. Telegonos umarmte Theris und flüsterte:

»Du schläfst bei mir. In ein paar Stunden fängt der Tag an; es ist kein Tag wie jeder andere.«

Sie nickte stumm. Kurze Zeit später umstanden Prokles, Nautes, Mys und Heptodus die kleine Gruppe. Mys fragte hart:

»Was ändert sich, Telegon?«

»Nichts«, sagte er. »Schlagt weiter Oliven aus den Ästen oder schneidet Trauben. Nur für einen ganz kurzen Augenblick haben wir miterlebt, was Kirke vorausschaute.«

»Werden sich die Harpyien rächen?« Prokles hielt die Flöte schlagbereit wie ein Schwert. Telegonos zuckte mit den Schultern.

»Die Legenden sprechen von drei Harpyiai. Eine soll in einem Fluß ertrunken sein. Wenn uns zwei angreifen, werden wir uns so wehren wie vor einer halben Stunde.«

»Zeus sieht alles«, sagte Nautes. »Wird er uns strafen?«

»Mein Großvater Helios hat die Sonnenpferde noch nicht angeschirrt.« Telegonos zwang sich, weiterzureden. »Auch der Göttervater ist nachtblind.«

»Ich jedenfalls verkrieche mich unter einem dicken Dach«, sagte Ophian, schlug Telegonos auf die Schulter und wandte sich ab. Theris sammelte Bratenstücke, Brot, Früchte und ölgebackene Zwiebeln in einen Korb, hob prüfend einige Krüge auf und kam mit dem Korb und einem mittelgroßen Pithos zu Telegonos.

»Ich glaube nicht, daß man morgen viel in Feldern, Weinbergen oder unter den Ölbäumen arbeitet. In deinem Häuschen sind wir sicher.«

Telegonos blickte um sich. Im Schein weniger Flammen und roter Glut standen die Männer der *Namenlosen* als einzige im Sand der Agora. Er sah in die Gesichter der Gefährten und deren Gefährtinnen, breitete hilflos die Arme aus und sagte:

»Bleiben wir vernünftig. Uns ist nichts geschehen. Morgen, im hellen Licht, beraten wir – der Wein wird nicht schlechter, wenn ein paar Trauben einen Tag länger am Weinstock hängen.« Er versuchte zu lachen. »Möge uns ein tiefer Schlaf beschieden sein, der die Furcht aus unseren Herzen vertreibt.«

Er nahm Theris den Krug ab und hob grüßend die Hand. Die wirbelnden Gedanken klärten sich auf dem kurzen Weg; er befestigte den roh gezimmerten Laden vor dem Fensterchen, lehnte die Tür gegen den Rahmen und zündete an der letzten Glut ein Lämpchen und einen Holzstoß in der Höhlung seines Bienenkorb-Herdes an.

Ein Gebirge aus Wolken, für deren Formen und Farbschattungen Telegonos die Worte fehlten, türmte sich über dem düsterroten Rand der Sonne. Theris schlief, ausgestreckt, von seinem zweiten, dem schöneren Mantel halb bedeckt, die Wange in der Schale der linken Hand. Telegonos saß auf dem flachen Dach und starrte über die Omphalion-Ebene, bis seine Augen schmerzten, in den Viertelkreis, der zum Halbkreis und schnell zur graurot lodernden Scheibe wurde und hinter dem Rand des Okeanos auftauchte, hinter jenen Bergen und Meeresteilen, an denen kein Schiff fuhr.

»Sendet das Schicksal tatsächlich keine Herolde?« Seine Stimme verklang; an diesem Morgen hatten keine Vögel gesungen. Lichtpfeile fuhren über das Land, die Schatten wurden kürzer und lichter. Auf dem Kreuzweg seines Verstandes kämpften vier Winde gegeneinander. Seine Haut roch nach Wein, Öl, kaltem Schweiß und überstandener Angst, nach Theris und Asche; an seinen Fingern klebte der Tanggeruch ihrer Leidenschaft. Kretischer Herbst, Sommerende in Epta Piges, eine sterbende Harpyie und schwer faßbare Gedanken, in denen Kirkes Gesichte, verworrene Orakel und der drängende Wunsch brodelten, sich ebenso von der wirklichen Mutter und dem unwirklichen Schatten des Vaters zu lösen: Der unbekannte Held trieb Telegonos an, lenkte ihn, war das Ziel. Was konnte er tun? Mit ihm wetteifern? Ihn zu überflügeln versuchen? Gegen ihn kämpfen, zunächst in Träumen und Gedanken, dann womöglich mit Waffen? Odysseus war ein Vorbild, dies begriff Telegonos, und ihm fiel das Bogengleichnis ein: Entweder riß die überdehnte Sehne, oder die sorgsam aus Holz, Horn und Harz geschichtete Schweifung brach. Theris, die Waise. Nicht zu vergleichen mit Nausikaa und Merit-Khenso, der Unvergleichlichen. Die goldäugige Wintergeliebte. Eine neue Liebe, andere Fragen – das Haus, Winterregen, Langeweile, Schiffswachen, Theris' wahrscheinliche Schwangerschaft: Die Sonne begann ihn zu blenden; er wandte sein Gesicht ab.

Sein Weg durch Wellen, über Land und Meer, würde niemals so gerade sein, wie er es erträumt hatte. Noch immer hockte die Furcht tief in ihm, vom Gipfel seiner angehäuften Irrtümer in endloses Elend abzustürzen. Es war zu viel. Die Bogensehne zitterte sirrend, das Holz knisterte fast unhörbar; es gab kein Entkommen von den verzweifelten Überlegungen unter der Sonne. Telegonos stand auf, kletterte hinunter und lehnte sich an den Türpfosten.

»Schlaf«, murmelte er. »Tiefer, langer Schlaf. Man mag mich so nennen – aber ich bin nicht der Späher der Dunklen Jahrhunderte.«

Er schloß die löchrigen Vorhänge und schlüpfte unter den Mantel mit den schweren Säumen. Das Himation roch nach einem Dutzend Kräutern und Kirkes Balsam: nach Aiaia. Telegonos tastete nach Theris, legte eine Hand auf ihren Bauch und wartete auf den Augenblick, an dem die Schilde des Schlafes sich über seine Augen legten.

Drei Tage danach brachte am Mittag ein Ziegenhirte die Schiffsaxt zu Telegonos. In einer Schneide fehlte ein tiefes

Dreieck, das andere Schneidenende war weggebrochen, und an der Waffe klebten eingetrocknetes Blut und Federreste; von der Harpyie hatte der Hirte am Fundort keine Spuren oder Zeichen gefunden. Telegonos wusch und schliff die Waffe sorgfältig, ölte Metall und Holzschaft ein und hängte sie im Schlafraum unter den Helm. Die Tage der Ernte und der nachbereitenden Arbeiten – Ölpressen, Kornworfeln, Räuchern von Fleisch und Einsalzen der Fische, Weinkelter und das Trocknen der prallen Trauben – nahmen alle Kräfte der Bewohner und ihrer Helfer in Anspruch. Die großen Vorratskrüge, unter den Dächern vieler Gehöfte in der Erde vergraben, füllten sich. Raschelnde Zöpfe aus Zwiebeln und ausgehöhlte Kürbisse hingen an den Hauswänden, über denen Tauben gurrten.

Die herbstliche Hitze hatte sich tief in den Boden und alle Mauern hineingefressen. Die Gefäße des Töpfers trockneten ebenso rasch wie die Bretter von Telegonos' Badegrube und die Lehmziegel. Den nächtlichen Überfall hatte niemand vergessen, aber es wurde kaum darüber geredet. Als Ophian und die Fischer mit vollen Körben von der Schiffswache zurückkamen, setzte sich der Steuermann ins kühle Megaron, knetete seine Waden und brummte:

»Ich hab' genau gezählt. Jeden zweiten Tag: mächtige Gewitterwolken auf dem Meer. Aber kein Sturm. Wir hätten längst nach Phaistos ablegen können.«

»Daran habe ich wahrscheinlich ebenso oft gedacht.« Telegonos hob den Krug aus dem kühlenden Wasser und mischte den Wein. »Was wäre geschehen? Kaum sind wir auf dem Meer, bricht das Unwetter los. Glaub' mir: es ist besser so.«

»Unser Schiff liegt, als würde Poseidon selbst es beschützen: trocken, sicher, unversehrt.«

»Als Nächster bin ich auf der *Namenlosen*«, sagte Telegonos. »Vorher führt mich Theris nach Knossos, zu den Ruinen.«

Ophian nickte und sah sich um. Der größte Raum des Häuschens war mit Matten, Fellen, einigen Kissen und bunten Wollvorhängen wohnlich ausgestattet. Der Rahmen der Tür, in dem sich ein Flickenwerk aus öligem Leder spannte, trocknete knakkend in der Sonne. »Dein prinzlicher Palast wird immer schöner.«

»All dieses Tun, das Arbeiten, auch auf den Feldern«, sagte Telegonos langsam, »gibt mir das Gefühl, als wäre es wichtig. Ich will auch im Winter nicht unter einem tropfenden Dach frieren. Und – es ist, wie auch bei euch vier, ein kleiner Dank für die Gastfreundschaft.«

»Es ist wichtig und ein Gebot der Götter, Sinnvolles zu tun. Zeus ist der Hüter der Gastfreundschaft«, sagte Ophian. Telegonos füllte die Schalen auf und kratzte sich im Nacken.

»Die Götter lassen zu, daß Harpyien sich auf Kinder stürzen und daß wir Sterblichen die Jagdhunde des Himmels verletzen oder töten. Daß Zeus meine Ziegel zählt, bezweifle ich.«

»Aber vielleicht hört er zu, wenn du verachtungsvoll von Göttern sprichst.«

Telegonos beugte sich vor, er suchte nach den richtigen Worten; seine Blicke glitten durch den Hauseingang und über Felder und Haine. Er sprach leise, seine Worte kamen erst zögernd, dann drängender: »Ich kann nicht glauben, daß die Welt, die wir sehen, voller Daimonen ist, die in jeder Quelle, jedem Stein und Baum wohnen. Für mich ist auch nicht jeder Stern ein unsterblicher Gott. Sie wohnen im Olymp, paaren sich mit Sterblichen, zeugen Halbgötter, sind uneins und grausam, lieben und hassen sich, so wie wir Menschen – ich glaube, sie verachten das Menschengeschlecht, wenn sie nicht gerade ein schönes Opfer finden, das sie schwängern können. Oder einen kräftigen Jüngling, mit dem sie spielen – oder der eine Göttin verführen muß.« Er leerte hastig die Phiale, als Ophian aufstand. »Vielleicht wird mir in den Ruinen mehr Einsicht zuteil, Freund Ophian!«

Ophian hob die Schultern und seufzte. »Wär' ich doch schon in Scheria! Wenn der Winter schon vorbei wär'! Mitten auf der Insel des Minos fängt der Prinz an, das Wesen der Götter neu zu deuten.« Er legte die Hände auf Telegonos' Schultern und schüttelte den Kopf. »Du denkst zu viele Stunden lang müßiges Zeug! Arbeite mehr! Tu Nutzvolles! Liege häufiger bei Theris!«

Telegonos begleitete Ophian zum Hoftor.

»Häufiger und länger«, sagte er. »Keine Sorge. Ich frevle nicht. Ich weiß von keinem Gott, der uns armen Sterblichen das Denken verboten hat.«

Von Sonnenaufgang an waren die Esel willig gefolgt. Jetzt weigerten sie sich, weiterzugehen, und stemmten die Hufe in den Sand. Telegonos deutete auf die Bäume neben dem Rinnsal und nahm Theris die Seile ab.

»Wir sind so müde wie die Esel«, sagte er und löste die Knoten an den Halsbändern der Tragtiere. »Ich glaube, da ist ein guter Rastplatz.«

»Ja. Trocken und schattig. Aber die Sonne geht erst in ein paar Stunden unter.«

»Sie muß mir beim Feuermachen helfen.«

Theris lächelte verständnislos. Telegonos half ihr beim Abladen der drei Esel, zog ein Seil durch die Henkel der schweren Salzkrüge, breitete auf dem hohen Gras Mäntel und Dekken aus und suchte Holz im Gestrüpp. Ein Paar Schlangen raschelte zwischen Laub und Steinen davon. Theris folgte den Eseln zum Bachgerinnsel, das sich an einigen Stellen aufstaute, grub den Weinkrug zwischen den Kieseln ein und schleppte einen gefüllten Wasserkrug und einen armlangen Ast an die Stelle, an der Telegonos Grasbüschel, dürre Zweige und einen spitzen Kegel Astholz geschichtet hatte. Sie sah zu, wie er das Schmuckstück abnahm, sich auf der Decke ausstreckte und das Henkelkreuz den Gräsern näherte.

»Geh zwei Schritte zur Seite. Schatten kann ich nicht brauchen.«

»Was tust du?« Sie gehorchte stirnrunzelnd.

»Feuer machen. Mit wenig Mühe und viel Sonnenstrahlen.«

Theris kniete sich neben ihn und sah zu. Unter der flachgedrückten Kugel des Brustschmucks begannen die Gräser zu rauchen. Telegonos blies auf die unsichtbaren Flämmchen, noch mehr Rauch wolkte auf. Er hustete und richtete sich auf; als er das Sonnenlicht mit der Hand abschirmte, leckten die ersten Flammen nach dem Holz. Mit großen Augen griff Theris nach dem Ankh.

»Ist darin ein Feuerdaimon verborgen?«

»Kein Daimon, meine Schönste«, sagte er und schob das dikke Ende des Astes ins Feuer. »Ich weiß es auch nicht. Aber das Glas sammelte die Hitze. Man kann sich die Haut verbrennen.« Er hielt das Ankh im Schatten über ihre Hand und zeigte ihr, wie unter dem Glas die kleinen Dinge größer wurden. Schweigend blickte sie zwischen dem Schmuckstück und seinen Augen hin und her.

»Kennen sie viele solche wundersamen Dinge am Neilos?«

»Es scheint so«, sagte er. »Und sie verehren noch mehr Götter als wir.«

Die Esel hatten sich satt gesoffen und weideten am Rand des Bächleins. Telegonos streifte die Schnur des Schmuckstükkes über den Hals, stellte drei große Äste über das Feuer, hängte den Kessel ein und füllte ihn mit Wasser, dann ging er zu den Eseln und band ihnen die Vorderfüße zusammen, so daß sie nur ellenlange Schritte machen konnten. Theris wickelte den Essensvorrat aus den Tüchern: Oliven, Fladenbrot, Bratenfleisch und Früchte. Seit dem Aufbruch hatten sie nur kurz in der heißesten Stunde des Mittags gerastet; abgeweidete Flächen hier und dort zeigten, daß das Land zwischen Epta Piges und Knossos nicht völlig menschenleer war. Telegonos hob den Krug auf, ging zum Wasser, füllte ihn und wusch sich. Er genoß die Wärme des abgestandenen Wassers ebenso wie dessen Kälte an der Stelle, wo es zwischen Felsblöcken hervorkam. Die glutrote Sonne überzog die Landschaft mit düsterer Farbe. Mückenschwärme tanzten über dem Wasser, und meerwärts wehender Wind trug lange Fäden mit sich, an deren Enden sich Spinnen klammerten. Telegonos trug Wasser und Wein zum Lagerplatz und streckte sich auf der Decke aus.

Das Wasser kochte. Theris hob den Kessel ins Gras, streute getrocknete Kräuter hinein, goß Honig und Wein in den abkühlenden Sud und rührte mit der Schöpfkelle um. Der Himmel vor den Schleiern und Gebirgen der Abendwolken war völlig leer; nicht einmal Falken jagten. Dennoch spähte Theris immer wieder unter den Ästen hervor. Telegonos sagte leise:

»Ich weiß, daß ihr euch vor der Harpyie oder den Stymphaliden fürchtet. Auch wenn ihr nicht darüber redet.« Er lachte kurz und wies mit dem Kinn auf Bogen und Köcher, die an einem Ast hingen. »Mich, den Fremden, fürchten sie – bei mir bist du sicher.«

»Ich glaub's dir. Trotzdem fürchten wir die Rache der Götter. Poseidon, der Erderschütterer, hat vor langer Zeit die Mauern von Knossos umgeworfen. Um uns an seinen Zorn zu erinnern, läßt er immer wieder die Insel zittern und schwanken.«

»Heute nacht hat der Blauhaarige sicherlich wichtigere Arbeit«, brummte Telegonos und schnitt schmale Streifen aus dem Brot. Auf dem glühend heißen Stein wendete Theris Bratenscheiben, dann füllte sie die Holzbecher.

»Du meinst, niemand wird uns zusehen?«

»Nur eine Eule, zwei Schlangen und drei Esel.«

Das letzte Sonnenlicht mischte sich mit der Dämmerung und dem Feuer. Theris und Telegonos aßen und tranken langsam und schoben, wenn die Flammen zur Glut heruntergebrannt waren, den Ast eine Handbreit weiter. Der Himmel füllte sich mit blinkenden Sternen, und die Mondsichel, dünn wie Artemis' Bogen, begann mit der Wanderung zum kristallschimmernden Götterweg.

Theris wickelte den Rest des Essens in die Tücher und schloß den Korbdeckel. Sie streckte sich neben Telegonos aus, stützte das Kinn in die Fäuste und blickte ins Feuer.

»Bist du einer der Aristoi, die keine Furcht vor den Dunklen Jahrhunderten haben? Wanderer haben von ihnen erzählt; du bist der erste, den ich kenne.«

Sie griff zur Schulter und knüpfte die Schnüre ihres Peplos auf. Telegonos strich über die Härchen ihres Nackens und sagte:

»Da ich nicht weiß, was die Dunklen Jahrhunderte für uns bedeuten, kann ich mich nicht vor ihnen fürchten. Ich weiß von Mutter Kirke nur: Alle Götter kämpfen gegeneinander und töten sich, und der Kampf gebiert einen einzigen Gott, einen

Chaosherrscher.« Er zog die Kupferspange aus ihrem Zopf. »Das hat Kirke durch Gesichte erfahren. Wann dies geschieht, welchen Namen der Herr des Chaos hat – niemand weiß es.«

Sie öffnete die Knoten unter der Schulter und über der Hüfte und drehte sich aus dem Doppeltuch. Langsam legte sie die Arme um Telegonos' Schultern und zog seinen Kopf an ihre Brüste.

»Aber ich weiß, was ich von dir lernen kann, König der Leidenschaft.«

»Es wird uns, hoffe ich, durch den Herbst und Winter bringen und nach Phaistos.« Während Telegonos sie küßte, spürte er, wie ihre Finger die Knoten seiner Chlaina öffneten. Das Gewand glitt von seinem Rücken; Theris schlang die Beine um seine Hüften.

»Du machst mich trunken, auch ohne Wein«, flüsterte sie und zerrte den Stoff zwischen ihren Körpern heraus. »Ich bin gar nicht mehr schüchtern, mein Prinz. Sag, was ich tun soll.«

Er löste die Lippen von ihrer dunklen Brustspitze und sagte leise: »Du sollst nur tun, was meine Finger und Hände wollen.«

Das Holz knackte, Funken schwirrten durch die Dunkelheit, die Flämmchen schufen rötliche Muster auf der Haut; die tastenden und gleitenden Finger streuten seltsame Schatten. Theris kauerte auf Telegons Knien, das Haar des aufgelösten Zopfes kitzelte seinen Bauch und die Schenkel, als sie begann, mit Fingern und Lippen sein Glied zu liebkosen. Sie spreizte die Beine und führte seine Finger, richtete sich auf, hob sich und senkte sich stöhnend auf ihn. Ihre Brüste schwankten, als er nach einigen Atemzügen in sie hineinglitt; Theris beugte sich zurück, umfaßte seine Knöchel und bewegte die Hüften, wie er es sie gelehrt hatte. Sie zuckte vorwärts und zurück und zitterte wie ein junges Tier, keuchte und grub ihre Finger in die Muskeln seiner Oberarme. Die Windungen des Zopfes lösten sich, das lange Haar peitschte um ihre Schultern.

»Ich will dich«, flüsterte sie. »Ich will dich jetzt, morgen und immer. Was hätt' ich getan, wenn du nicht gekommen wärst?«

Ihre Hüften kreisten, während sie sich hob und senkte, bis es ihn tief in ihr zu schmerzen begann. Er hielt ihre Arme fest und versuchte, ihre Bewegungen langsamer werden zu lassen und ihre Leidenschaftlichkeit zu mindern; viele Atemzüge, bevor er zuckend den Kairos spürte, ließ sie sich auf ihn fallen, schob Hände und Arme unter seinen Nacken und lastete, zitternd und in Schweiß gebadet, auf ihm. Die Flammen erloschen, ihre Lippen suchten sein Gesicht, seine Augen, seinen Mund. Als Telegonos die Augen öffnete, sah er zwischen den sanft schwingenden Zweigen die Mondsichel und große, starre Sterne.

»Es war so schön, Telegon!« Theris schloß die Schenkel und hielt ihn in sich fest. »Jedesmal ist es schöner als zuvor.«

Seine Finger strichen über ihren Rücken, den Nacken, krochen durch das feuchte Haar und legten sich, als Theris von ihm heruntergliitt, auf ihre Brüste.

»Haben sie dich anders geliebt, die Frauen in den schönen Städten am Neilos? Vielleicht waren sie erfahrener? Sind sie schöner als ich?«

Telegonos überlegte schweigend und sah in ihr Gesicht zwischen den Haarsträhnen. Schweiß tropfte von ihren Schläfen auf seine Brust. Sie starrte in seine Augen, als hoffte sie aus ihnen die schwer entzifferbare Botschaft eines Halbgottes zu lesen.

»Warum mußt du mich danach fragen?« Die Glut spiegelte sich in den Augen eines Esels, der mit gesenktem Kopf zehn Ellen von ihnen entfernt stand. »Ihre Schönheit ist anders als deine. Wenn sie jung sind, denke ich, sind sie unerfahren wie ich und du. Ich kenne nur zwei erfahrene Frauen, und beide sind älter als ich.«

»Ich glaube, du hast alles von ihnen gelernt. Glücklicher! Du wirst mich auch mitten in den Ruinen lieben?«

»In Knossos?« Er hielt ihre Hände fest. »Wenn ich nicht zu sehr erschöpft bin, Theris.«

»Ich will dich erschöpfen, wenn ich's kann.« Sie legte sich neben ihn und bettete den Kopf in seine Schulterbeuge. Sie wartete, bis ihr Atem leichter ging. »Immer dann, wenn ich merke, daß ich in deinen blauen Augen ertrinken möchte.«

»Ein paar Stunden lang«, er lachte leise, »sollten wir beide die Augen schließen.«

Fast gleichzeitig gähnten sie. Theris rüttelte am Holzstück und schob es in die Glut; binnen einiger Atemzüge züngelten Flammen in die Höhe. Auf Knien kroch Theris zum Weinkrug, füllte einen Becher und setzte sich neben Telegonos.

»Du kannst schreiben und lesen, nicht wahr?«

Er nickte. »Ja. Andere können's besser. Warum?«

»In den Ruinen sind viele Schriften. In Stein, auf zerbrochenen Platten. Niemand weiß, was sie uns sagen wollen.«

»Ich weiß nicht, ob ich es lesen kann«, sagte Telegonos und drehte den Becher in den Händen. »Wenn die Schrift so alt ist wie die Ruinen ...?«

Theris zuckte mit den Schultern. Die Flammen verschwanden zwischen Rinde und Holz und loderten plötzlich höher. In der Bachschlucht schrie ein Käuzchen, ein anderes Tier antwortete erschreckt. Aus der Ferne ertönte ein hallendes Geräusch, als ob Stein gegen Metall geschlagen würde, ein zweites Krachen, ein drittes: Es klang, als schreite ein Riese mit bronzenen Sandalen langsam über Felsen. Theris schmiegte sich an Telegonos, schüttelte sich und sprang auf. Der Becher fiel um, der Weinrest versickerte in der Decke. Auf Zehenspitzen lief Theris am Feuerkreis vorbei zum Hirtenpfad, blieb am Rand des Lichtscheins stehen und drehte lauschend den Kopf, die Handflächen hinter den Ohren. Die seltsamen Titanenschritte wurden weder lauter noch leiser und erfüllten die Nacht mit Echos im gleichen Takt.

»Talos! Er wandert wieder!« rief Theris unterdrückt.

»Wer, beim nächtlichen Schrecken, ist Talos?«

Theris antwortete nicht. Sie stand starr da, schlug mit den Fäusten gegen ihre Hüften und senkte den Kopf. Telegonos schob den Ast tiefer in die Glut und warf einen Armvoll dürres Holz dazu. Er hängte den Dolchgurt über seine Schulter und zuckte zusammen, als ihn das Bild der jungen Frau im Widerschein der Flammen traf; nackt, unbeweglich wie eine Göttinnenstatue, mit aufgelöstem Haar, in der Haltung einer Sterblichen, die sich vor der Nacht fürchtet und den Blitzkeil Zeus' erwartet. Auf Zehenspitzen ging Telegonos zu ihr, legte den Arm um ihre Schultern und holte Luft, um etwas zu sagen ...

Die fernen Titanenschritte stockten. Einige Herzschläge später ertönte aus derselben Richtung ein lang gezogenes Klappern und Klirren. Auch Telegonos' Kopf fuhr herum. Durch den Boden rumpelte ein kurzes Beben; es schien, als sei der Riese mitsamt seiner schweren Bronzerüstung und allen Waffen an der Stelle des letzten Schrittes umgefallen wie eine metallbehängte Säule.

»Du sollst dich nicht fürchten«, sagte Telegonos leise und hob ihr Kinn. »Selbst wenn es Talos gewesen ist, kommt er nicht, um uns heimzusuchen.«

Er lauschte in sich hinein: Er hatte keine Angst. Es konnte nichts anderes gewesen sein als ein weiteres Zeichen dafür, daß die übriggebliebenen Geschöpfe des Chaos ausstarben, wie Stymphalides, Harpyiai oder Kentauroi. Theris zitterte in seinem Arm, als sie in den endlos tiefen Raum der Gestirne blickten. Lautlos durchschnitten die Bahnen kristallener Sternsplitter die Schwärze; wieder näherte sich, wie warmer Windhauch, von allen Seiten die Stille der frühen Nacht.

Telegonos führte Theris zum Lager im Schutz der überhängenden Äste, füllte den Becher und setzte ihn an ihre Lippen.

»Talos ist zerschmettert«, murmelte er. »Hier sind wir sicher. Was weißt du von Talos? Erzähl's mir!«

Sie trank, verschluckte sich und hustete, dann begann sie stockend: »Auch diese Legende haben die Großväter der Alten von ihren Vätern gehört. Hephaistos, der hinkende Schmiedegott, hat den bronzegerüsteten Wächter unserer Insel geschaffen, einen Helden, der fremde Schiffe mit geschleuderten Felsen vertrieb, den Schwestersohn des Daidalos. Polykaste oder Perdix war die Mutter des Talos, den man früher Kirkinos genannt hat. Du weißt, daß der Daidalos, der Erfinder vieler nützlicher Werkzeuge, mit künstlichen Vogelschwingen von Kreta geflohen ist? Talos, den sein Lehrmeister Daidalos schwer verwundet hatte, blieb zurück, und seither umwandert er die Küsten unserer Insel.«

Telegonos umfaßte den Dolchgriff. »Er hat sich heute beim nächtlichen Wandern das Genick gebrochen. Wir haben es gehört. Sogar die Erde hat gebebt.«

»Die Götter, von denen du so seltsam sprichst, halten uns Menschen mit ihren Schrecken nieder.«

»Sie sind weder gütig noch unfehlbar.« Telegonos spürte, als er über ihre Arme strich, die aufgestellten Härchen auf der rauhen Haut. »Wie kann man anders herrschen als durch Drohungen von Schrecknissen und Versprechungen von Wohltaten?«

Sie zuckte mit den Schultern. Telegonos legte ihr den Peplos über die Schultern und hielt ihre Hand.

»Unter dem Götterhimmel, da fürchte ich mich am meisten.«

»Wie könnte ich Sterne, Mond und Sternbilder fürchten, wenn wir dorthin segeln, wohin sie uns führen?« Er legte den Dolchgurt in Griffnähe neben die Decke und bettete sich auf den Rücken. »Nicht einmal die Bauern und Flußschiffer am Neilos, die einen Gottkönig und tausend Götter verehren, fürchten die Sterne.«

Theris zog die Knie ans Kinn, legte den Kopf schräg und begann mit unsicheren Fingern, den Zopf zu flechten. Das Feuer war heruntergebrannt. Von den Hängen wehte der warme Wohlgeruch der Nacht, durchzogen vom Duft später Blüten und welkender Gräser.

Zögernd öffnete Telegonos die Augen. Die Empfindung von Kälte auf der Haut, forschende Finger und leises Lachen hatten ihn geweckt. Theris, von deren Brüsten Wassertropfen perlten, kauerte über ihm, hielt sein aufgerichtetes Glied und küßte ihn, von der Stirn bis zum Kinn. Sie züngelte wie eine Schlange zwischen seinen Lippen und lachte. Die Schrecken der Nacht, dachte Telegonos, als er in ihre Augen blickte, schien sie vergessen zu haben; sie erregte ihn mit den Brüsten und wenig später mit ihrem Schoß. In den Bäumen ringsum lärmten unzählige Vögel und erwarteten den Sonnenaufgang. Theris schob und drängte sich unter ihn, breitete die Schenkel aus und drückte die Fersen in seinen Rücken, als er sie hart und schweigend nahm. Ein Dutzend Atemzüge, nachdem sie keuchend, zwischen dem letzten Traum und der ersten Wirklichkeit des heraufdämmernden Tages, ihre Körper erschlaffen gefühlt hatten, sagte Theris langsam, mit Pausen zwischen den Worten:

»Ich will auch die Furcht vor den Göttern abstreifen. Ein Tag, der so leidenschaftlich anfängt ...«

Telegonos war von ihrer Wildheit überrascht worden. Er stützte sich auf den Ellbogen, sah in ihr Gesicht und meinte zu erkennen, daß sie glaubte, was sie redete. Sie war wie ein junges Tier, das zum ersten Mal besprungen worden war; ihrer hitzigen Hingerissenheit ausgeliefert, ohne Bedenken in ihrer Verliebtheit. Anders als Nausikaa und Merit-Khenso – von unmittelbarer Ehrlichkeit des neuen, bestimmenden Gefühls. Er lächelte in ihre Augen, die im zunehmenden Licht glänzten.

»Dieser Tag kann kein Unheil bringen. Du würdest sagen: Der Tag gefällt den Göttern.«

»Aber am meisten gefällt er mir.«

Telegonos lachte. »Kypros ist die Insel der Aphrodite. Kreta scheint das Eiland der Erkenntnis zu sein.« Er setzte sich auf. »Wollen wir nach flüchtigem Waschen und kaltem Sud die Esel beladen?«

»Wasch dir den Schweiß ab. Wenn du zurückkommst, ist der Sud warm.«

Telegonos warf die Chlaina über die Schulter, packte den Lederbeutel und tappte hinunter zum Wasser.

5.
DIE GROSSEN, URALTEN RUINEN

Vier oder fünf Stunden nach Sonnenaufgang, am vierten Tag, sahen Telegonos und Theris die dünnen Rauchsäulen der Hirtenfeuer. In der windstillen Luft stachen sie wie graue Pfeile vor dem quellenden Turm eines Gewitters im Nordosten in den tiefblauen Himmel. Telegonos zerrte die Esel über einen niedrigen Hügelkamm, blieb im Schatten von Schwarzkiefern stehen und ließ die Zaumstricke fallen. Vor ihnen, offensichtlich vor einer Ewigkeit auf Hügeln und in deren Einschnitten erbaut, breitete sich Knossos aus. Ein Trümmerfeld. Einzelne stehengebliebene Mauern, dicke Säulen, deren einst tiefrote Farbe verblichen war, eingestürzte Dächer, Wände, Mauern und Terrassen, dazwischen blaue Farbflächen, ausgebleichte, kaum in Umrissen erkennbare Bilder an bröckligen Wänden, gekippte Treppen, die ins Nichts führten, Trümmer und merkwürdige Wälle oder Trockenmauern, die von den Rändern der Ruinen wegführten wie Gassen – knapp hundert Schritte breit, reichlich zweihundertfünfzig Schritte lang, schätzte Telegonos.

»Knossos«, murmelte er. »Hier lebt niemand mehr?«

»Nur Schlangen, Skorpione, Asseln und Mäuse«, sagte Theris. Sie wandte sich in die Richtung des nächsten Feuers, steckte drei Finger zwischen die Lippen und stieß pfeifend ein gellendes Signal aus sieben verschieden langen Tönen aus. Zwei

Esel scheuten, blieben nach wenigen Schritten wieder stehen. Wie ein Echo wiederholte ein unsichtbarer Hirte den Ruf. Kurz darauf waren Pfeiftöne zu hören, leiser, weiter entfernt.

»Ich bringe die Esel dorthin, zu den vier Bäumen«, sagte Theris und hob den Arm. »Sieh du dir die Ruinen an und komm bis zum Abend zu uns. Einverstanden?«

Telegonos zuckte mit den Schultern und zeigte auf den nächsten Steinwall entlang des Pfades. »Was ist das? Weißt du's?«

»Seit so vielen Jahren, daß niemand mehr die Zahl kennt, waren hier Wanderer und Besucher. Jeder hat einen Stein, ein Bruchstück aus den Ruinen aufgehoben und zu den anderen Steinen gelegt. Am Ende der Doppelmauern wirst du halb verschüttete Eingänge finden.«

Telegonos schätzte die Entfernung bis zum nächsten Feuer. Er würde nicht länger als eineinhalb Stunden brauchen. Die Gewitterwolken wuchsen in die Höhe und die Breite; einige Ränder färbten sich stechend gelb. Er hängte Köcher und Bogen an eine Eselslast und sagte:

»Ich sehe mich um und bin bei Sonnenuntergang bei euch. Laßt das Feuer rauchen. Wenn mich das Gewitter überrascht, verstecke ich mich irgendwo in der riesigen Ruine.«

»Was wirst du tun, wenn es stark regnet?«

»Nun«, sagte er, »dann werde ich sehr naß.«

Er machte einige Schritte und sah ihr nach, wie sie die Esel hinter sich herzerrte. Langsam näherte er sich den niedrigen Steinansammlungen, die das Ende der sehr grob geschichteten Wälle kennzeichneten. Tausende und Abertausende Knossos-Bruchstücke lagen hier, zum Teil überwuchert von dornigen Beerenranken. Als sich Theris umwandte und winkte, hob Telegonos den Arm und winkte zurück.

Stille, Hitze, ohrenbetäubendes Grillengezirp, ein Geruch, den Telegonos nicht erkannte, Erdspalten und Trümmer, Trümmer und weitere heillose Zertrümmerungen; jeder zweite Schritt brachte ihn tiefer in die Gegenwart eines Bauwerks aus vielleicht eineinhalbtausend unterschiedlich großen Räumen, Megaren oder Kammern, Gewölben, Gängen und schrägen Rampen. Es schien wirklich jenes *Labyrinthos* gewesen zu sein, das Daidalos oder dessen Urahne dem legendenhaften Minos gebaut hatte. Oder ein Baumeister, der das Ende des Chaos überlebt hatte wie manche Kentauroi, hatte vor Urzeiten hier hundert Jahre lang Zehntausende arbeiten lassen. Telegonos tastete nach dem Dolchgriff und ging weiter. Er brauchte sich nicht bewußt zu erinnern: Tempel, Mauern, Häuser und Totenmale von Menefru-Mirê erschienen vor seinem inneren Auge, aber er fand keine oder nur wenige Ähnlichkeiten.

Einige dicke Mauern vor ihm, die sich scharf gegen die Wolken abzeichneten, trugen an wenigen Stellen Stiergehörnzinnen, andere lagen zerbrochen im Schutt. Aus Teilen zusammengesetzt, die ein oder zwei Besucher hatten tragen können, standen andere Zinnenstücke auf Mauerquadern, die zufällig waagrecht liegen geblieben waren.

»War es denn wirklich Poseidons Rache?« sagte Telegonos. Die umgestürzten Gesteinsmassen verschluckten seine Worte. Er verließ das Geröll und ging geborstene Stufen hinunter und auf einem fast unversehrten Pflaster weiter, durch ein Mauerloch in eine Kammer, die von der nächsten, größeren durch zwei Säulen und eine darüberliegende Steinplatte getrennt war. An wenigen Stellen der Wände sah Telegonos spärliche, ausgebleichte Reste roter und grüner Bemalung: Löwenköpfe, Delphinoi und Ranken. Die Ruinen rochen nach der Tiefe der Erde. Über zerfallene Steintreppen kletterte er auf eine kleine Ebene, auf der mannsgroße Vorratskrüge durcheinanderlagen: Nicht einer war erhalten. Gräser und Disteln wuchsen zwischen den Scherben.

»Für welche Kränkung hat sich der Blauhaarige rächen wollen?« Telegonos zuckte mit den Schultern, stieg auf einen Schuttkegel und sah sich um.

Theris hatte Recht, wenn sie von tausend oder zwölfmal hundert Räumen erzählte. Sie waren einst nebeneinander und übereinander erbaut gewesen, und nun sah Telegonos kaum mehr die Gevierte der Wände. An Stellen, die noch seinen Blicken zugänglich waren, standen Tonwannen mit Deckeln aus zerbrochenen Steinplatten, groß genug, um darin baden zu können; auch sie waren glasiert und mit Mustern und Bildern von Gestalten verziert. Hier lebten nur Grillen, Schmetterlinge und Mäuse, die von Habichten und Falken mit schmalen Körpern gejagt wurden. Immer wieder bebte der Boden der Insel, berichteten die Leute von Epta Piges, aber diese Zerstörungen hatte der Vater aller Inselbeben herbeigeführt.

Vorbei an Säulen mit handbreit klaffenden Sprüngen, über rutschende Trümmer, hinauf zu einer halb heruntergebrochenen Terrasse, wieder auf einen freigeräumten Weg bis zu einer Wand, in der Tontafeln eingemauert waren. Einige, die herausgebrochen waren, hatten Besucher am Fuß der Mauer zusammengesetzt, so gut sie es verstanden. An Resten senkrechter Flächen leuchtete blaue Farbe; jenes Blau, das dem des Meeres glich und die Ruhe von Begrabenen schützen sollte.

Telegonos fand keine Schutzmauer, weder ein Tor noch Überbleibsel von Wachtürmen. Die Holzbalken, die einst schwere Decken und die Bauwerke darüber getragen hatten, waren verschwunden. Regen, Sonne und Holzwürmer, vielleicht ein Brand nach einem Blitzschlag hatten alle Spuren davon getilgt. Telegonos fragte sich, ob hier jemals ein Mensch gewohnt hatte – in weitem Umkreis gab es nicht einmal Überreste jener Trockenmauern, von denen Felder und Weiden begrenzt wurden. Er starrte die Schriftzeichen an, fuhr mit den Fingern unter ihnen entlang.

MINOS konnte er lesen ... ARPED..N, und POSEIDON. Er glaubte auch die Lettern PASIPHAE entziffern zu können, aber die Schrift glich nur scheinbar jener, die Kirke ihn gelehrt hatte. »Zeus soll mit Pasiphaë, die sich in Daidalos' künstlicher Kuh versteckte, den Minotauros gezeugt haben.« Telegonos' Blicke glitten über die Zeichen, zwischen denen der gehärtete Ton abgesprungen und tiefe Risse entstanden waren. Er brummte: »Nur weil Minos einmal statt des mächtigsten Stieres dem Poseidon das zweitschönste Tier geopfert haben soll – diese Verheerungen?« Er konnte es ebensowenig glauben wie Poseidons geheimnisvolle Grundwoge im Flußhafen.

An anderer Stelle las er CHAOS, in den zusammengestükkelten Tonplatten glaubte er TESEUS und ARIA..E entziffern zu können. Er wandte sich ab und zuckte mit den Schultern; diese Schrift, nicht achaiisch und nicht auf Aiaia und in Scheria in Gebrauch, war für ihn weder eine Vorratskammer des Wissens noch eine Erklärung aus der Vergangenheit. Die Überlieferung würde auf Kreta weiterhin mündlich von Großvätern an die Enkel weitergegeben werden.

Mehrere Male fand Telegonos, als er einem häufig abknikkenden schmalen Gang folgte, in den Felswänden kleinere und große Darstellungen der Doppelaxt. Auch die Schneiden der Labrys, seiner Schiffsaxt, waren Zeichen des wachsenden und schrumpfenden Mondes, zugleich Symbole der schöpfenden wie der zerstörenden Kräfte. Einst hatten in den Nischen des Gesteins Opfergaben oder Krüge gestanden. Einige Nischen waren durch Steinplatten verschlossen; unzählige Scherben knirschten auch hier unter den Sandalen. Das Sonnenlicht, das zwischen einzelnen Steinplatten in die Tiefe des Gemäuers fiel, zeigte ihm an zwei Stellen der mächtigen Fundamente, daß zumindest hier auf den Trümmern eines alten Palastes neue Mauern errichtet worden waren. Nirgendwo waren Spuren von Bränden zu sehen. Kopfschüttelnd folgte Telegonos dem Sog eines Windstoßes durch einen engen, kurzen Stollen ans Tageslicht.

Das Geheimnis dieser Trümmermasse verbarg sich an anderen Stellen, dachte Telegonos, als an denen, die er betreten hatte. Er sah hinüber ins Tal des Kairathos; der Bach im Osten plätscherte zwischen dichten Ufergewächsen. Die Gewitterwolke bedeckte den halben Himmel im Norden und Osten. Der dunkle Rand näherte sich der Sonne, die Rauchsäulen der Hirtenfeuer zerfaserten in der Höhe.

Mühsam kletterte er über verkantete Blöcke zum höchsten Punkt der Ruinen, zur Hügelkuppe und einer schiefen Giebelmauer, die geborstene Säulen stützten. Auch jetzt vermochte er keine Anzeichen dafür zu entdecken, daß es einst eine Siedlung im Umkreis des Palasthügels gegeben hatte. Nur verwelktes Gestrüpp, schüttere Wäldchen und leere Flächen breiteten sich aus, von Herden und Hirten verlassen.

Der Schatten der Wolke raste über das Land. Ein kalter Wind wirbelte Sand aus tausend Spalten der Ruine, so wie seit Jahrhunderten der Gewitter, Stürme und Regen. Im Inneren der Wolke wetterleuchtete es, und als sich Telegonos nach dem einfachsten Weg aus dem Trümmerfeld umsah, polterten ferne Donnerschläge. Er war sicher, daß er über jahrhundertealte Reste abwärts kletterte und daß sich alle Dinge, die etwas vom Schicksal des Palastes berichten konnten, tief unter Schutt, Sand und niedergebrochenen Mauern und Dächern verbargen. Telegonos hielt sich an dicken Wurzeln fest, rutschte über loses Geröll und erreichte eine Reihe nach links und rechts gekippter Steinstufen auf einer schrägen Sandfläche.

Ein ungeheurer, vielverzweigter Blitz flammte vor der geballten Wolke auf und zeigte, ehe er Telegonos blendete, alle Einzelheiten der Umgebung zwei Herzschläge lang in kristallklarer Grelle. Der Donnerschlag ließ den Boden beben. Telegonos rutschte aus, fing sich über einer Steinplatte ab und setzte sich hart in den Sand.

Halb betäubt schüttelte er den Kopf und schloß die Augen. Das Licht des nächsten Blitzes drang durch die Lider, das grauenvolle Schmettern der ineinander übergehenden Donnerschläge ließ in seinen Ohren ein schwirrendes Pfeifen zurück. Als er die Fersen in den Sand stemmte und aufstand, schien der Boden zu schwanken. Der Regen verhüllte den unteren Teil der Wolke; wie ein nasser Mantel schwang der Schauer heran.

»Als ob ich es vorhergesehen hätte«, sagte Telegonos. Seine Stimme summte in seinem Schädel. Mit kleinen Schritten tastete er sich über verkantete Platten, bei jedem dritten Schritt brachen Platten entzwei oder lösten sich Splitter. Das dunkle Zwielicht verwischte die Umrisse der Mauerreste; während rings um den Hügel die Blitze einschlugen, fielen die ersten Regentropfen, hart wie kleine Kiesel. Atemzüge später rauschte die Flut herunter; schlagartig nahm die Dunkelheit zu. Telegonos war nach wenigen Augenblicken durchnäßt und senkte den

Kopf, um genau sehen zu können, wohin er trat. Die Regenflut schlug auf die Ruinen, in den Sand, spülte über die Stufen und an deren Rändern vorbei, um die Sockel von Pfeilern und durch alle Spalten und Risse. Das Wasser riß Sand mit sich und verschwand als Brei an vielen Stellen im Boden und in unsichtbaren Kammern und Hohlräumen.

Schritt um Schritt tastete sich Telegonos abwärts, auf einen jener Eingänge zu, die im Lauf der Jahre freigeräumt worden waren. Als er durch den Donner und das Rauschen ein Krachen hörte, fuhr er herum und sah, wie sich ein Dutzend Ellen neben ihm ein Steinblock löste und über eine Geröllflanke polterte, sich mehrmals überschlug und auseinanderbrach, als er gegen einen Säulenstumpf prallte.

Zehn Schritte vor einer niedrigen Mauer, gegen die sich die Reste der Treppe stemmten, öffnete sich im Sand ein Loch. Der Gießbach, in den Dutzende breiter Rinnsale aus Wasser und Sand mündeten, hatte für kurze Zeit einen Tümpel gebildet; jetzt stürzte eine Decke ein und riß den gelben Brei mit sich. Telegonos verlor den Halt, rutschte in der schleimigen Schicht hinunter und auf den Rand des Loches zu. Er klammerte sich im Fallen an eine Stufe, schob sie zur Seite, verlor den Halt. Zusammen mit einer gewaltigen Menge nassen Sandes saugte ihn die Öffnung ein, und er stürzte, ohne sich im nachrutschenden Geröll an den Rändern des Loches festhalten zu können.

Er fiel auf den Rücken und in eine dicke Schicht aus Trümmern, nassem Sand und kleinen Steinen. Als er sich hochstemmte, versinkend mit dem Brei kämpfte und um sich schlug, kippte eine schmale Steinplatte aus einer Wand und traf seinen Hinterkopf. Mit einem harten Schlag erlosch sein Bewußtsein; er spürte nicht, wie breite Wasserstrahlen auf seinen Kopf und die Schultern herunterstürzten.

Als er aufwachte, brauchte er eine Weile, um zu begreifen, daß er lebte. Er starrte in ein gezacktes Viereck blauen Himmels, sein Kopf dröhnte, der Mund war voller Sand. Telegonos hustete und spuckte, zog den vom Sand begrabenen linken Arm aus der Masse und richtete sich halb auf. Die uralten Wände ragten um ihn auf wie der Schacht eines tiefen Grabes. Auch sein rechtes Bein steckte bis über das Knie im nassen Brei. Er befreite sich mühsam und kämpfte gegen seine Furcht an, dieses Gefängnis nicht mehr verlassen zu können; dann erst, noch immer spuckend und hustend, sah er Löcher und Risse in der Mauer und einen Durchschlupf, durch den ein Teil des Sandes hinausgeschwemmt worden war. Er watete und rutschte darauf zu. Jede Bewegung schickte einen stechenden Schmerz in den Nacken und hinter seine Augen.

Wieder erschütterte ein langer Donnerschlag die Luft und schien die Kammer auseinander zu sprengen. Das Bild verschwamm, Telegonos' Augen tränten; er blinzelte und sah im Sand neben dem Abdruck seines Körpers einige verwitterte Gegenstände aus Holz herausragen. Er griff nach dem gekrümmten Ast und merkte, daß es Metall war. Bronze. Und daneben ein bauchiger, kopfgroßer Krug. Trotz der Schmerzen riß und zerrte er einen schweren Gegenstand aus dem Schwemmgut, das sich langsam verfestigte. Ein bronzener Arm kam zum Vorschein, eine große, wackelnde Scheibe, schließlich lag eine zwei Ellen lange, anscheinend unversehrte Bronzestatue auf dem Sand. Der Krug war dunkelgrau glasiert und trug farbige Bilder auf der gesamten Oberfläche. Eine dünne Platte, vielleicht Teil des Bewurfes einer Mauer, lag zerbrochen auf der Sandschicht.

»Hinaus aus dem Grab«, sagte Telegonos, tappte zur Wand und stemmte sich gegen die geschichteten Steine. Die Anstrengung ließ ihn taumeln. Das Muster der Steine drehte sich vor seinen Augen. Er bückte sich, kniete und versuchte, die Steine des Durchschlupfes zu lockern. Einer nach dem anderen brach ohne große Anstrengung heraus. Er vergrößerte das Loch und warf die flachen Steine rechts und links zur Seite, bis er glaubte, durch das Loch kriechen zu können.

Das Gewitter war noch nicht abgezogen; er war also nicht

lange ohne Bewußtsein gewesen. Als er den Schweiß aus dem Nacken wischte, waren seine Finger voll Blut.

Telegonos rollte den Krug, in dem es klapperte und klirrte, durch die Öffnung, schob mit Mühe die Statue hinterher und stemmte sich auf Knien und Ellbogen hindurch. Das nächste Gelaß bestand nur noch aus drei Mauern: Am Ende des Pflasters begann einer der freigelegten Wege in die Unterwelt der Ruinen.

Telegonos richtete sich auf und schirmte seine Augen ab. Vor ihm spannte sich ein doppelter Regenbogen. In der Sonnenhitze begannen Steine und Pflanzen zu trocknen. Telegonos wog die Statue in den Armen. Sie war nicht so schwer, wie er befürchtet hatte. Wahrscheinlich war sie an einigen Stellen hohl. Den Krug steckte er über dem Gürtel in die Chlaina, streifte Sand von seiner Haut und sah, daß er aus vielen kleinen Schnitten blutete.

Während er zu der Stelle des Baches ging, die Theris als beste Furt bezeichnet hatte, betrachtete er die Statue in seinen Armen. Sie war an einigen Stellen golden oder vergoldet, und jede Vertiefung war mit grauem Schmutz oder Lehm gefüllt, auch die Zeichen auf dem Schild und dessen runde Vertiefung im Mittelpunkt. Im verkrusteten, bärtigen Antlitz glaubte Telegonos den Göttervater zu erkennen.

Er schlug die Richtung zum doppelten Bogen der leuchtenden Iris ein. Dort sah er das Wäldchen und einige Gestalten. Das Gewitter zog grollend nach Sonnenuntergang ab, zum Idagebirge. Nur langsam ließ der Schmerz in Telegonos' Kopf nach, aber als er dem Pfad über den felsigen Hang zum Bach folgte, war es bei jedem harten Schritt, als stäche ein glühender Dolch in den Hinterkopf. Telegonos sah, daß das Wasser klar zu werden begann; der Sand senkte sich zum Boden. An einer klaren Stelle schöpfte er Wasser und trank, dann zog er die Chlaina aus, wusch den Stoff und sich selbst und tauchte den Kopf ein paar Mal tief ein, ebenso die Statue. Ein Teil der Verkrustungen löste sich. Während Telegonos darauf wartete, daß Wind und Sonne ihn und die Chlaina trockneten, kratzte er mit einem Ästchen in den Vertiefungen seines Fundes, rieb an einigen Stellen mit nassem Sand den Altersbelag von der Bronze und hütete sich, allzusehr auf dem Gold zu reiben. Je länger er seinen Fund betrachtete, desto tiefer wurde ein unerklärliches Gefühl; die Spitze des Donnerkeils in der Faust des Zeus zielte in Telegonos' Augen, und der Ausdruck des Göttergesichts war für ihn nicht zu deuten.

Er zog die noch feuchte Chlaina an, schloß die Schnalle des Dolchgürtels und durchquerte die Furt. Eine halbe Stunde später sprangen zwei Hirtenhunde auf ihn zu; scharfe Pfiffe riefen sie zurück, bevor sie ihn erreichten. Theris lief ihm entgegen, sah das verkrustete Blut über seinem Ohr und rief:

»Ich hätte bei dir bleiben sollen! Hast du mit den Totendaimonen von Knossos gekämpft? Komm, Pylas wird dir helfen.«

»Es ist nichts«, sagte er leise und gab ihr den Krug. »Ohne das Gewitter und den Regen hätte ich das hier nie gefunden.«

Vor den Hirtenhütten versuchte er die Statue aufrecht hinzustellen. Der graubärtige Hirt begrüßte Telegonos schweigend und sah unbewegt zu. Die Dorne unter den bronzenen Sandalensohlen, die einst in einem Sockel gesteckt hatten, waren abgebrochen; an dieser Stelle schimmerte Metall. Erst als die Statue bis zur Mitte der Waden eingegraben war, stand sie. Theris hielt den Krug ans Ohr und schüttelte ihn. Pylas berührte Telegonos an der Schulter, deutete auf die Verletzung und auf die Schnitte der Oberarme und Schultern und nickte.

»Komm in den Schatten. Ich hab' ein Mittel dagegen.«

Telegonos ging unter tropfendem Blattwerk zur Hütte und setzte sich auf ein fellüberzogenes Brett. Theris reichte ihm einen Becher Wein, Pylas schüttete Kräuter, einige Tropfen Öl und ein Pulver aus Krügen in eine Schale, spuckte dreimal hinein und rührte mit dem Mörserstößel einen Brei daraus. Telegonos blickte auf die Schafe im Sommerfell, die Ziegen und die Wolken, die dem Gewitter folgten, und als Pylos die grünliche Paste auf die Wunden und Schnitte tupfte, wichen der Schmerz und das Pochen in den Schläfen.

Ein gefleckter Hirtenhund kam zu der Statue, starrte sie an und hob das Bein. Er pißte gegen den Schild; Theris und Telegonos wechselten erschreckte Blicke. Plötzlich zuckte das Tier zusammen, kniff den Schwanz zwischen die Beine und schlich leise jaulend davon.

»Es wird wohl die Statue des diktischen Zeus sein, o Prinz, des Zeus kretagenes. Dikte ist der Name des Berges an Kretas schmaler Ostspitze; du wirst sie vom Schiff aus zur linken Hand gesehen haben. Hier in Knossos, so berichten die wandernden Sänger und Leierspieler, feierten Zeus und Göttermutter Hera ihre Hochzeit mit einer ersten, wilden Nacht, die zweite auf Nesos Samos dauerte drei Jahrhunderte.« Der alte Hirt redete mit tiefer, ruhiger Stimme. Seine Finger kraulten den Nacken des Hundes neben seinem Knie. »Aber erst, nachdem Zeus, der geile Wandler der Gestalten, als zerzauster Kuckuck zwischen Heras Brüsten getrocknet worden war, sich jäh verwandelte und Hera vergewaltigte. Und jedes Jahr stirbt, von uns Sterblichen ungesehen, der Blitzeschleuderer in der Höhle des Berges Ida und wird in einem Blutstrom wiedergeboren.« Pylos tauchte einen handgroßen Käse in den Salznapf und kaute auf dem großen Bissen. »Vielleicht erzählt uns der Schild die Geschichte, warum die Statue in Knossos versteckt wurde.«

In einem hohen Steinkreis brannte das Feuer, über dem im Dreifuß Pylos' größter Wasserkessel stand. Die Flammen beleuchteten die Statue, deren Schild Telegonos und Pylos abgenommen und mit einem Brei aus Salz, Sand und saurem Wein ein gerieben hatten; zusammen mit der geschlossenen linken Hand war der Schild an einem drehbaren Zapfen befestigt. Telegonos lag, eine Binde um den Kopf, auf den Schaffellen im Hütteneingang. Theris füllte Wein nach und sagte:

»Und was verbirgt sich im Krug? Soll ich ihn ...?«

Sie hob ihn hoch. Pylos griff nach dem Gefäß, betrachtete den Verschluß und ging zum Feuer. Er näherte den Hals des Kruges der Glut, stocherte nach einer Weile mit der Messerspitze und hob einen Tonpfropfen mitsamt dem tropfenden Wachssiegel heraus. Vorsichtig schüttete er den Inhalt vor Telegonos auf ein Tuch.

»Auch die Bilder auf dem Krug werden uns etwas erzählen«, murmelte Pylos. »Morgen, im guten Licht.«

Im rötlichen Flammenflackern und durch die wechselnden Schatten schien es, als tanze Zeus zu unhörbarer Musik auf der Stelle. Theris und Pylos beugten sich über die Gegenstände aus dem Krug: eine goldschimmernde Scheibe, am Rand durchbohrt, mit einem Ring, zwei Gegenstände aus gegeneinanderklingelnden Tropfen, Ringen und Goldperlen, ein fingerlanger goldener oder vergoldeter Fisch, eine winzige Labrysaxt ohne Schaft, ein Phallos, aus einem Knochen geschnitzt, und zwei winzige Totenschädel aus weißglasiertem Ton. Mit Daumen und Zeigefinger hob Theris eines der klingelnden Dinge auf und lachte.

»Ein Ohrgehänge! Für mich!« Sie hielt inne und senkte den Kopf. »Wem mag es gehört haben? Vor so vielen Jahren?«

Telegonos hob zwei lange Knochenplättchen auf. Sie waren voll von jenen Schriftzeichen, die er nicht enträtseln konnte. »Würden wir es lesen können, wüßten wir es.«

»Morgen wissen wir mehr«, sagte Pylos. »Wann müßt ihr zurück ins Dorf?«

»Niemand drängt uns.« Telegonos faßte an seine Schläfen. Die Schmerzen waren vergangen. »Wenn Leutos Felle, Wolle und Käse herübergebracht hat.«

»Dann bleibt noch«, sagte Pylos. »Ich geh' mit dir zum Haus im Eschenwald. Es ist vielleicht so alt wie die Ruinen. Allein wagen wir Hirten uns nicht dorthin; du hast feine Waffen, Aristos.«

»Ich geh' mit, aber – was würde ich dort erfahren?«

»Lichter und im Schatten fließende Gestalten, manchmal.« Pylos lachte kurz. »Vielleicht ein Nachkomme des Mannes, der ein halber Stier war. Im Ernst, Telegonos ... auch Leutos fürchtet sich. Auch er hat Stimmen gehört und Lichter gesehen.«

»Wie weit ist der Eschenwald?«

»Nicht länger als zwei Stunden auf einem brauchbaren Pfad.«

Theris hatte mit dem gleichen Brei, mit dem sie den Schild eingerieben hatten, und mit viel Wasser die Ohrgehänge geputzt. Langsam fädelte sie die gekrümmten Bronzenadeln in die Löcher ihrer Ohrläppchen, wiegte den Oberkörper hin und her und schüttelte den Kopf; jede Bewegung rief ein zweifaches, leises Klingeln hervor, das dennoch alle anderen Laute übertönte. »Herrlich! Ein Geschenk der Vergangenheit! Ich nehm' sie niemals mehr ab, Telegonos!«

Er stützte sich auf die Ellbogen und murmelte schläfrig: »Also werde ich jede Nacht genau wissen, wo du bist.«

Die mondlose Nacht blieb ruhig. In einem weiten Dreiviertelkreis um die Hütten und das Feuer, das Pylos bis zum Morgen nicht herunterbrennen ließ, lagerten Schafe und Ziegen. Nur wenige Male schlugen die Hunde an, und das Quieken der Mäuse, der Beute lautloser Eulen, war nicht laut genug, um den Schlaf stören zu können. Einmal wurde Telegonos wach, als Theris sich murmelnd in seine Arme schmiegte; zu seiner Verwunderung hörte er nicht einmal das Klingeln des Ohrschmucks.

Noch während sie Sud tranken und Pylos Brotfladen auf dem flachen Stein buk, wuschen und rieben sie mit Lappen und Fellstückchen den Schild. Ein runder Klumpen löste sich aus der Mitte, drei Ringe, ebenso vollkommene Kreise wie der Schild selbst, begannen zu glänzen. Telegonos maß mit einem geraden Stück Holz nach und sagte:

»Ein Handwerker in Menefru-Mirê hat mir gesagt, daß es fast unmöglich ist, beim Schmieden, Verzieren oder Gießen von Bronze vollkommene Kreise zu bilden. Jener längst Verstorbene, der die Statue geschaffen hat, war ein Meister.«

Die innerste Höhlung, fünf Finger groß, war vergoldet. Als der sauer riechende Schleim weggeputzt war, starrte ihnen ein Gorgonenantlitz entgegen. Die Schlangen auf dem Haupt der Gorgo Medusa wanden sich aus der Höhlung dem innersten Ring entgegen. Zwischen den Ringen wurden Gestalten sichtbar; der Schild mußte gedreht werden, da die inneren Figuren nach rechts sahen, die Figürchen zwischen den äußeren Ringen hingegen nach links. Keine war größer als zwei Fingerglieder, und je mehr Schmutz verschwand, je deutlicher Menschen, Tiere, Legendenwesen und Bäume, Berge, Schiffe wurden, desto sicherer waren Telegonos und Pylos, der ihnen Brot, Öl, Salz und Käse brachte und fette Milch mit Wasser mischte, daß beide Ringe jeweils eine Geschichte erzählten.

Telegonos lehnte den Schild an einen Pfahl und wusch seine Hände. Jetzt, im Sonnenlicht, hatten sich die Überlegungen der Nacht aufgelöst: Das Gewitter hatte nicht Zeus geschickt, um Telegonos gerade in der Stunde, in der er in den Ruinen umherkletterte, von einer Zeusstatue erschlagen zu lassen. Das Gorgohaupt und die Figürchen machten ihn neugierig, aber erfüllten ihn nicht im mindesten mit Entsetzen oder dem Schauder tiefster Ehrfurcht. Er vermochte nicht zu glauben, daß Zeus sich in einen Kuckuck verwandeln mußte oder in einen weißen Stier, und auch daß einst in der ungeheuerlichen Ruine ein stierköpfiges Mischwesen gelebt hatte, bezweifelte er.

»All diese selbstsüchtigen Götter und Gottinnen ...«

Er leerte den Becher mit honigsüßem Sud, der viel kräftiger schmeckte als der Aufguß an Bord oder in Epta Piges; als sein Blick zufällig auf den Schild fiel, sah er, daß Gorgo ihn anstarrte. Er wandte den Kopf, blickte Theris an, dann den Hirt. Beide waren wie erstarrt und, obwohl sie jeweils ein paar Ellen von Telegonos entfernt saßen, blickten sie in Gorgos grausiges Antlitz, und ...

»Sie sieht uns an!« flüsterte Theris. Sie hatte die Ohrgehänge abgenommen. Die Finger des Hirten furchten seinen Bart. Langsam lehnte er sich zurück und sagte:

»Uns alle. Mich auch. Jeden von uns. Warte ...«

Er stand auf, ging unruhig, aber langsam hin und her und wandte den Blick nicht vom Schild, der im Licht des Morgengestirns leuchtete. Auch die braunstichigen Bronzeflächen schienen zu glimmen. Ein seltsamer Blick aus halbgeschlossenen Augen traf Telegonos.

»Es ist nicht der ... Zorn der Götter, o Aristos«, sagte Pylos stockend. »Jemand, etwas, ein Wesen jenseits des gewalttätigen Himmels will uns etwas sagen. Aber was ist es?«

Er ächzte, setzte sich schwerfällig und wartete, bis Telegonos ebenfalls umhergewandert war, immer unter dem Blick Gorgos – oder ihrer Schwestern Stheino oder Euryale.

»Einst haben sie jeden, der ihr Antlitz schaute, versteinert«, sagte er leise. »Oder war es nur Gorgo, von Athena zum Ungeheuer verzaubert?«

Er unterdrückte ein Gelächter. Seit Monden war er in seinen einsamen Kampf verstrickt, während dessen er versuchte, den rechten Kurs zu steuern oder, wie der Titan Antaios, festen Boden unter den Sohlen zu behalten: Unabhängig sein von tausenden Geboten hunderter übermenschlicher, heimtückisch handelnder Götter, eigenständig und eigenverantwortlich, keineswegs ohne die Achtung unzähliger Gebote und Verbote – und nun erzählte er Legenden, nur weil die Sonne in eine gewölbte Höhlung strahlte.

»Ein besonderer Einfall des unbekannten Künstlers«, sagte er laut. »Dein pissender Hirtenhund, Pylos, hat uns eine wenig nachahmenswerte Sichtweise gezeigt; dennoch – es ist nicht Zeus, nicht Gorgo, sondern geformte Bronze, kaum schwerer als ein Talent.«

»Du kannst mit beschwichtigender Rede die Furcht eines alten Hirten schwerlich auslöschen.« Pylos fuhr mit einem dünnen Holzblatt unter den gebräunten Fladen, wendete ihn und schabte Holzkohlenstückchen aus den Blasen. »Von Glanz umwoben, der uns Sterblichen unverständlich ist, sind jene, die an Tagen und in Nächten über uns bestimmen.«

»Haben sie, trotz ihrer eigenen Kämpfe, Eifersüchteleien, Streitereien und Grausamkeiten, noch Zeit für uns? Kennt Zeus wirklich jedes Sandkorn? Zählt er Ameisen? Lauert Poseidon seit zwei Jahrzehnten auf Odysseus oder seinen unwesentlichen Sohn, damit er ihn mit Sturzwellen, Grundwogen oder Schiffzerschmettern verdürbe?«

»Ich ... ich weiß es nicht, Herr.«

»Oft träume ich von Göttinnen. Ich möchte sein wie sie. Und ganz besonders – unsterblich«, rief Theris. Pylos packte die Enden seines Bartes und zwirbelte sie mit beiden Händen. Er sagte grollend:

»O glückliche Zikaden! Glücklich, weil sie stumme Weibchen haben.«

»Bespring deine Zicklein, Hirt Pylos.« Theris lächelte und legte ihre Hand zwischen die Schenkel. »Ich will auch als Zikadenweibchen meine Träume träumen.«

»Ich gönne sie dir, Schönste«, sagte Pylos versöhnlich. »Aber ich, viel älter als du, weiß von ihrer Vergeblichkeit, vom Verschwinden im Licht der Sonne, und davon, daß man, wenn man liebt, sich oft befremdlichen Täuschungen unterwirft.«

»Wäre ich so alt und so weit herumgekommen wie du, wüßte ich's besser.« Theris wickelte ein öltriefendes Fladenbrot um eine Käsescheibe und leckte die Finger ab. »Friede, o Pylos!! Auf irgendeine Gnädigkeit sind wir alle angewiesen. Ob es die Götter sind oder der blinde Zufall – wer weiß?«

»Du hast recht.« Theris deutete auf den Rauch des Hirtenfeuers auf dem nächsten Hügel. »Zuwenig Wissen ist ebenso schädlich wie zuviel davon. Vielleicht bin ich eines Tages, im Rausch, den Göttern näher – dann werd' ich's besser wissen.«

»Wir alle stiegen auf und ab – auf den Stufen unserer Verwirrtheit.« Telegonos schnippte einen Olivenkern von der Handfläche. »Ich werde auch eines Tages wissen, ob mein Vater ein Mensch wie wir oder einer jener Halbgötter ist, deretwegen wir uns fast geprügelt hätten.«

Theris begann, das Essen in nasse Tücher einzuschlagen, Krüge und Holztruhen zu verschließen, die Gerätschaften rund ums Feuer zu reinigen und die Weinkrüge in kühlendes Wasser zu versenken; Pylos ging zu den Schafen, und Telegonos fuhr fort, den Schild und die Statue vom Schmutz vieler Jahre zu befreien.

Spät nach Mittag, als Leutos mit zwei schwer beladenen Eseln kam, hatte Telegonos die Statue völlig gesäubert. Der muskelstarrende, bärtige, langhaarige Zeus war nackt und trug von der Schulter zur Hüfte ein Schwertgehenk, auf dem ebenfalls winzige Figuren zu erkennen waren; sein unbeschnittenes Glied hing zwischen den prallen Kugeln der Hoden bis zur Mitte der Oberschenkel. Der Kopf, der rechte Arm mit dem Donnerkeil und der Rumpf unter dem Nabel waren einzeln gegossen oder geschmiedet worden und zeigten hinter den Zapfen große Hohlräume. Winzige Löcher waren in den inneren Augenwinkeln zu erkennen; Telegonos durchstieß sie mit einer Holzfaser bis ins Innere und stellte sich vor, wie der kleine Zeus zu weinen begann.

Je länger er und Theris die Figürchen betrachteten und herauszufinden versuchten, an welcher Stelle die Bild-Erzählung begann, desto mehr wuchs Telegonos' Bewunderung für den unbekannten Kunsthandwerker. Manche Einzelheiten zeigten sich erst in der Vergrößerung unter dem gläsernen Auge des Ankh.

»Hier fängt es an!« Telegonos zeigte auf die Darstellung des Kronos, der in einer Höhle über dem Meer aus seinem schrecklichen Gesicht einen Stein erbrach und später die Schwestern und Brüder des Zeus. Zeus erhielt von Mutter Gaia und den Kyklopen den Donnerkeil, mit dem er Kronos niederschlug. Der Stein, angeblich der verschluckte Säugling Zeus, wurde später nahe des delphischen Orakels auf einen riesigen Sokkel gestellt. Fortan regierten die Brüder Zeus und Poseidon mit Donnerkeil und Dreizack die bewohnbare Erde. Zeus zeugte mit Persiphaë den Minotauros, Daidalos und dessen Sohn Ikaros flüchteten mit Vogelschwingen von Kreta, Ikaros stürzte unterhalb der Kronoshöhle brennend ins Meer, und Kronos erbrach über der Stelle des jämmerlichen Absturzes den Stein, den er für Zeus gehalten und gefressen hatte.

»Warum die Wiederholung all dessen, was jeder Kitharode singt?« murmelte Telegonos. »Damals, vor Jahrhunderten, für geistig Genügsame, die diese Statue einst betrachteten?«

Theris zuckte mit den Schultern.

Drei verschiedene Schiffe fuhren übereinander auf den Wellen des inneren Ringes, vorbei an Inseln und an jenen dreiekkigen Sehedhu-Totenmalen, die Telegonos vom Neilos kannte. Umgestürzte Gebäude waren zu sehen, über denen die Labrys schwebte. Die Linien und Punkte im Metall, aus denen die Bilder bestanden, waren winzig, mit größter Sorgfalt ausgeführt; es schienen zwei kretische Schiffe und ein Schiff der Aigyptioi zu sein. Der Bronzekünstler hatte Stiere abgebildet, über deren Gehörn und Rücken nackte Mädchen zu tanzen oder durch die Luft zu springen schienen; die Bildfolge überblickte als größte Einzelgestalt ein Mann mit riesigem Phallos; aus den Schultern dieser Figur wuchsen Hals und Kopf eines Stieres mit kleinen Ohren und einem mächtigen, vergoldeten Gehörn, zwischen dessen Spitzen ein Fisch schwamm. Der Minotauros schien erschöpft zu sein und blickte voller Trauer auf Ruinen, Schiffe, Sehedhu-Grabmale und Wellen. Der Raum zwischen allen Gestalten beider Bänder war von Trauben, Ranken, Vögeln, Fischen und Blumen ausgefüllt, bis zum letzten freien Platz.

»Ich bin weder Kitharode noch Seher oder Deuter«, sagte Telegonos leise. »Ich sehe hier nur Bilder von Geschehnissen, von denen wir wissen, von wirklichen und solchen, die ich als Sage, Märchen oder Legende kenne. Verstehst du mehr? Siehst du etwas anderes, Schönste?«

»Nicht einmal das, was du weißt.« Sie schüttelte den Kopf und fuhr fort, die Statue vom salzigen Grind zu reinigen und das Metall zu putzen. »Ich hab' wie du jedes Figürchen aus dem Schmutz auftauchen sehen. Alles, was die Alten am Feuer erzählen, im Winter, im Megaron, hat der kunstvolle Schmied dargestellt. Nichts, was ich sehe, ist mir fremd.«

»So viel zu gewissen Zeichen der Götter. Warum sollte mich diese Statue sonst erschlagen? Welche Erkenntnisse sind eine Kopfwunde und einen Mund voll Sand wert?«

Wieder hob Theris die Schultern.

Leutos hatte zwei Esel eingefangen und zu seiner Hütte getrieben, die weniger als eine halbe Stunde entfernt war. Jetzt näherte er sich mit den schwer und hoch beladenen Tieren dem Pferch, in dem Pylos die letzten Schafe molk. Die große Zierscheibe, die Doppelaxt und der Fisch funkelten fast wie Orichalkos. Ratlos betrachtete Telegonos die Gegenstände auf der Decke; die drei Teile der Statue glänzten, die Trennstellen waren völlig glatt, und wenn man die Hohlräume mit Wasser oder Öl füllte und die Teile zusammensetzte, war das Götterbildnis fast doppelt so schwer.

Ein Einfall von wahnwitziger Bedeutung zuckte durch Telegonos' Gedanken. Er grinste in sich hinein und nahm sich vor, ihn so bald wie möglich zu vergessen.

»Nein«, sagte er. Sein Blick ging hinüber zum Ruinenfeld, über dem ein Falkenpärchen rüttelte. »Wir haben die Toten in ihren Gräbern nicht geschändet. Knossos hat uns Geschenke gemacht. Behalte du, was im Krug war – ich nehme die Statue zum Schiff; vielleicht mein Geschenk an meinen Vater. Schließlich ist Zeus der Hüter der Gastfreundschaft auch auf Ithake.«

Sie betrachteten den Krug, dessen gewaschene Außenseite längst wieder getrocknet war. Die Verzierung, die auf dem Schild zwischen Kreisringen umlief, folgte der bauchigen Rundung. Oben und unten, eingeprägt und mit unterschiedlichen Glasurfarben gemalt, vielleicht auch mit dem zerkauten Ende eines Schilfstengels wie in Menefru-Mirê, wechselten sich auf dem blauen Grund der Wellen, die weiße Spitzen trugen, winzige kretische Schiffe mit Delphinoi ab. Eine Insel – wie ein tief liegendes Schiff mit drei Maststümpfen – war dargestellt, daneben augenscheinlich dieselbe Insel, die in Flammen, Blitzen und Rauch auseinanderbarst. Mühsam entzifferte Telegonos: KA.IST. Eine junge Frau lag ausgestreckt auf einer Liege oder Bahre, dunkel gekleidete Gestalten mit verhüllten Gesichtern umstanden sie. Neben einer Säule, die über dem Sokkel schmaler war als unter dem Balken, den sie trug, erkannten Theris und Telegonos eine jener wannenförmigen Behältnisse, auf der Weintrauben, Laub, Blüten und Tücher lagen. Ein Pithos, ebenso geformt wie der, den sie in den Händen drehten, stand auf dem trogförmigen Behältnis; das umlaufende Bild begann von neuem.

»Ein Feuerberg.« Telegonos streichelte Theris' Nacken. Die Wunde unter der Binde juckte plötzlich unerträglich. »Hat ein Feuerberg die Insel zerstört? Oder zerstörte eine Insel die andere? Und wer hat die junge Frau getötet? Sieh hin – sie war ebenso schön wie du bist.«

»Und ich trage ihr Ohrgehänge, halb aus Gold, halb aus Bronze.« Sie setzte den Krug so behutsam, als sei er ein Vogelei, auf der Decke ab. Ihr Flüstern klang ratlos, fast verängstigt. »Was soll ich tun, mein Geliebter? Ich weiß nicht, wie ich mit jahrhundertefernen Dingen umzugehen habe. Angst? Nein; es war eine junge Frau, die ebenso gern gelebt hat wie wir. Wenn ich die klingelnden Goldtränen trage, werde ich immer an sie denken: Vielleicht hört sie das Klingeln aus dem Hades und begleitet mich? Wer weiß?«

»Wer weiß.« Telegonos winkte Leutos und sammelte den Inhalt des Kruges ein, ließ ihn durch den Hals in das Gefäß fallen und las, als er die Knochenplättchen lange genug betrachtet hatte, nur einen einzigen Namen. Wieder: ..ALISTE. Er richtete die Augen zu den Zweigen des Baumes, sah in Theris' Augen, winkte den Hirten und stützte die Hände auf die Knie. Leise, als spräche er zu sich selbst, sagte er: »Ich glaube, mit dem Seher Teiresias gesprochen zu haben, und richte mich nach seinem Ratschlag. Tote Seher sind keine Götter; ob ich's erlebt oder geträumt habe, weiß ich noch immer nicht. Tun wir also, was wir verantworten können, denn wenn wir die Götter um Erlaubnis fragen würden, blieben sie uns die Antwort bis zum Ende unserer Tage schuldig.«

»Ja. So werden wir es halten.« Sie umarmte und küßte ihn. »Zeus kann nicht jedes Sandkorn kennen! Laß uns die vielen toten Steine verlassen, Telegon. Zurück nach dem Dörfchen und, nachher, ins Heck deines Schiffes, ja?«

Er grinste. »Überredet, Schönste. Morgen bei Sonnenaufgang.«

Telegonos band die Sandalen und legte den Dolchgurt um, die Hirten steckten ihre Äxte in die Gürtel, als sie sahen, daß er sich Bogen und Köcher über die Schulter hängte. Theris hütete das Feuer und füllte Salzbrocken in die hölzerne Rinne nahe der Tränke. Die Stunden des Pan endeten; alles lag ermattet unter den Lanzenstichen der Sonne. Nach hundert Schritten verlor sich der Pfad zum düsteren Wäldchen zwischen Gestrüpp und Ranken und endete am Rand einer abgefressenen, braunen Weide. Telegonos drehte sich um und sagte unterdrückt:

»Alles ist still und friedlich. Ich glaube nicht, daß uns brüllend ein Enkel des Minotauros anfallen wird.«

»Spotte nicht, Aristos«, brummte Leutos. Er war jünger als Pylos, und seine Augen lagen unter dicken Brauen. Auf der Hakennase schilferte die Haut ab. »Bisher hat uns der Daimon nichts getan.«

Pylos hob den Kopf und faßte nach dem Axtgriff. »Weiter. Sehen wir nach.«

Sie stießen auf die überwucherten Reste einer uralten, niedrigen Mauer aus Feldsteinen. Der kleine Eschenwald erstreckte sich über die Flanke und den Kamm eines niedrigen Hügels. Bis auf die Laute unzähliger Grillen änderte sich die düstere, kühle Stille nicht, als Telegonos und seine Begleiter in den Schatten eindrangen. Von rechts hörten sie das Plätschern einer Quelle, folgten dem Geräusch und fanden ein kümmerliches Rinnsal neben den verkohlten Resten eines Baumes, in den der Blitz gefahren war, in einem Bett aus Steinen, Wurzeln und Sand. Schweigend deutete Pylos auf die zersprungenen Bruchstücke eines Beckens und die Trümmer eines Stierhorn-Pfeilers, halb verborgen in Laub und Moos. Neben der Quelle begann ein feuchter Pfad. Vorsichtig umrundeten die Eindringlinge das nasse Stück Waldboden, wichen dunkelgrünen Schlinggewächsen mit stinkenden, fahlen Blüten aus und betraten hintereinander den Weg.

»Halt! Seht her!« Pylos zeigte auf tiefe Eindrücke, so groß wie menschliche Füße; wo bei diesen sich die fünf Zehen eindrückten, sahen sie im Lehm zwei dreieckige Vertiefungen, die denen der Schafe oder sehr junger Kälber ähnelten. »In der Ruine lebt also doch jemand!«

Leutos stieß ihn an. Pylos sprach nicht weiter. Telegonos setzte seinen Fuß neben die Abdrücke und zog, während er den Windungen des Pfades folgte, bedächtig den großen Dolch. Die Stille und die schweren Atemzüge der Männer hinter ihm, deren Schweiß nach Furcht roch, ängstigten ihn nicht, aber er spürte seinen Herzschlag bis in die Wunde seines Schädels. Der Pfad führte zur Hügelspitze hinauf. Im Mittelpunkt des Waldes schienen nicht einmal Vögel zu nisten. Schmatzend lösten sich die Sandalen aus dem feuchten Untergrund. An den Seiten des Weges waren kantige Steine im Waldboden versunken, einstige Stufen vielleicht. Als sich der Wald lichtete und zwischen den Stämmen moosüberwucherte Steine zu erkennen waren, blieb Telegonos stehen und wartete auf die Hirten.

»Ihr habt wirklich Licht gesehen und Schreie gehört?«

»In vielen Nächten«, sagte Leutos. »Und das Geschrei hatte nichts Menschliches!«

»Vielleicht ein verwundetes Tier?« murmelte Telegonos und ging leise geradeaus. Die Wurzeln der Bäume am Rand einer eckigen Lichtung verschwanden unter Steinen und umgeworfenem Mauerwerk, wild wuchernden Pflanzen und abgebrochenen Ästen; an zwei Stellen hatten Brände gewütet und nur Asche und geschwärzte Mauerreste zurückgelassen. Die Hirten packten die Beile und schlossen zu Telegonos auf. Durch die aufstiebende Asche näherten sie sich einem Winkel der Ruine, der auf einer Unterlage aus Ästen ein Dach aus verfilzten Grasbüscheln trug. Schlangen raschelten im Gras, grüne Eidechsen zuckten, und hinter dem Gemäuer schwirrte ein Schwarm Wachteln davon, ohne Laut zu geben. Leutos zeigte auf die breite Spur, die von der Quelle her zum kärglichen Unterschlupf führte. An krummen Stangen rankten sich etliche Rebstöcke in die Höhe. Nur wenige überreife Trauben hingen in der Sonne.

»Wer du auch sein magst, der hier wohnt – komm heraus und zeige dich«, sagte Telegonos laut. Leutos machte einige zögernde Schritte nach rechts, Pylos und Telegonos näherten sich dem zerstörten Eingang in das Viereck, das vor langer Zeit ein Megaron gewesen sein mochte. Bis zu einer grob geschichteten Quermauer, mehr ein Steinwall als eine Wand mit höhlenartigem Schlupfloch, bedeckte sandiges Erdreich den Boden. Abseits des Pfades lagen unzählige Knochen und Schädel, zwischen denen Streifen winziger Tiere wimmelten;

schwarze Ameisen. Niedergebrannte Fackeln aus Gestrüpp und Gräsern steckten dazwischen. Aus dem Loch ertönten abgehacktes Grunzen und rasselndes Scheppern von Metall.

»Komm heraus, oder wir zünden dein Dach an!« rief Leutos scharf. Dumpf klapperte Holz, wieder klirrte Metall, dann hörten die Männer ein langes, heiseres Kichern und Stöhnen. Pylos stand neben dem Höhlenloch hinter der Mauer, die Axt schlagbereit, als sich etwas durch das Loch schob: ein Körper, unter Fellfetzen, durchbohrten und mit Schnüren befestigten Holzstücken und dünnen Bronzeblechen verborgen. Als sich die Gestalt aufrichtete, war sie mehr als zwei Köpfe größer als Telegonos. Sie trug keine Waffe und breitete langsam die Arme aus. Telegonos spürte, wie Neugier und Verwunderung jedes anderes Gefühl ersetzten: Er starrte die Gestalt mit offenem Mund an.

Kopf, Schultern und Gesicht waren unter einem Helm verborgen, der entfernt einer Stierkopfmaske glich. Geflochtenes Gras, Fell, gehämmertes Kupfer, Bronzescheiben und zwei weiße Äste bewegten sich schaukelnd, als würde der Kopfschmuck nach einigen Atemzügen auseinander fallen. Telegonos' Blick wanderte über die Teile einer ebenso jämmerlichen Rüstung, von den mit Stoffetzen umwickelten Händen zu den Füßen, hinauf zum Gürtel aus Ranken, Grasschnüren und Leder. Die Füße waren verkrüppelt und schmutzig; je zwei oder drei Zehen waren klauenförmig zusammengewachsen.

»Wer bist du, in deiner seltsamen Rüstung?«

»Ich bin unsterblich.«

»Mag sein«, sagte Telegonos. »Welchen Namen haben dir die anderen Unsterblichen gegeben?«

Die Worte des Unbekannten wechselten mit Knurren, Stöhnen und Keuchen ab. Es schien, als brächte er jedes Wort nur mit Mühe zwischen dem Gehege der Zähne hervor. Als Pylos die Waffe sinken ließ und Telegonos die schmutzigen, vernarbten Schenkel sah, glaubte er zu erkennen, daß sie die einer Frau waren.

»Ich bin Benthesi ... Sikyme.«

»Die abnehmende Mondin der Alten«, murmelte Pylos halb ungläubig. »Die Gefahrbringende. Nicht Rhode, die Mondin der Ernten.«

»Du erschreckst Tiere und Menschen, Mondin«, sagte Telegonos. »Wir würden dich töten – wärest du keine bedauernswerte Alte. Warum haust du hier und nicht im Kreis der Unsterblichen?«

»Ich muß tun, was Talos tat, ehe er stürzte, zerbrach und ertrank.«

Die Umhüllung der riesenhaften Frau und sie selbst stanken nach Kot, Schweiß, Fäulnis und versengtem Fell. Auf der Rüstung bewegten sich schillernde Fliegen, an einigen Fellstükken fraßen weiße Maden. Jede Bewegung rief Rasseln und Klappern hervor. Leutes ging zwei Schritte zurück; Telegonos hob den Dolch und sagte:

»Auch in zwei Siebentagen oder ihren Nächten kannst du die Insel nicht umwandern. Wer bist du wirklich?«

»Die Gattin des Talos.«

Telegonos glaubte, in einem wirren Traum gefangen zu sein. Der mächtige Körper vor ihm schwankte, jeder Atemzug aus dem Loch mitten in der Maske drohte ihn zu ersticken; zweifellos war die Frau krank und wirr im Kopf. Ihr Versuch, ihren Wahnsinn der Wirklichkeit aufzuzwingen, erzeugte Ekel und Abscheu, aber weder Angst noch Ehrfurcht.

»Herrin!« Er redete mit schmeichelnder Stimme. »Gattin des Talos. Deine Rüstung macht dich verwundbar selbst für den Stich einer Wespe. Lege sie ab, bade im Fluß und laß dich von den Hirten mit Milch, Käse und Oliven speisen. Wir wissen, daß du weder Mensch noch Herden schadest – gib den Traum auf, in dem du alle Nächte entlang der langen Küsten rennst.«

»In den Nächten«, – wieder Keuchen, qualvolles Husten und Luftholen – »in denen ich meinen Zauber beschwöre, sehe ich die Feinde Kretas.«

»Du hast nicht verhindert, daß sie Knossos zerstören und Talos töten«, sagte Telegonos und schob den Dolch in die Scheide. »Geh zurück zu den Menschen, o Benthe Sikyme. Du bist eine der Ihren. Hier in der Ruine verkommst du und stirbst elendiglich.«

Sie keuchte und zerrte am Gürtel; plötzlich war ihre Stimme schneidend scharf und durchdringend und ohne jedes Würgen und Husten. »Zwischen Vergangenheit und Zukunft waren wir, ich und Talos. Schwirrend wie Daidalos über den Horizonten. Schön und einsam wie Adler.« Einige Fäden und Schnüre des Helmes und der Rüstung lösten sich, ein Stierhorn kippte langsam zur Seite. Pylos nahm die Axt in beide Hände und stützte sich auf die Mauer. »In jenen Jahren waren die mächtigen Namen und die Mächtigen eines; nun herrscht leerer Schein. Aber ich töte alle Abgesandten des Chaosarchos, des unbekannten Herrn der Dunklen Jahrhunderte! Helft mir dabei oder schert euch fort.«

»Auch du wirst uns die Welt nicht deuten können«, sagte Leutos hart und wandte sich ab.

Benthe Sikyme hob beschwörend die Arme. Die Lappen an der rechten Hand lösten sich und fielen ab, der Handrücken und die Finger waren verkrümmt wie Vogelklauen, die Gelenke knotig, die Nägel wie Krallen. An den Handgelenken bluteten und eiterten Geschwüre. Mit häßlichem Geräusch riß ein Band des Maskenhelmes. Die Frau schrie:

»Ihr helft mir nicht? Ihr bringt mir keine Opfer? Ich werde euch wieder erschrecken, eure Herden auseinander jagen, die Hunde töten.«

»Dann werden wir zurückkommen und dich erschlagen, du schwärende Mondin.« Pylos hämmerte den Rücken der Axt auf die Mauer. »Und deinen Tempel aus Gras und Knochen zünden wir an.«

Das andere Horn löste sich und riß die halbe Maske mit. Der Gürtel zerriß, Holz und Metall prasselten zu Boden, obwohl Benthe Sikyme aufgeregt und zischend versuchte, die Teile festzuhalten. Die Reste der Maske fielen nach vorn. Ein haarloser, kantiger Schädel sprang ins grelle Licht, ein uraltes, verwüstetes Greisinnengesicht starrte die Männer an; zahnlos, schmutzig, voller Schwären. Von der linken Seite der Stirn, über Wangen und durch die Nase bis unter das rechte Ohr zog sich eine rote Narbe. Telegonos stolperte rückwärts, schnappte nach Luft und zertrat einige Knochenstapel. Klappernd löste sich der Rest des ärmlichen Schutzes vor den Blicken der Fremden auf; für einige Augenblicke war der ausgemergelte Leib der Greisin mit dünnen, tief hängenden Brüsten zu sehen. Benthe Sikyme verkroch sich wimmernd im Dunklen hinter dem Loch. Telegonos sagte:

»Gehen wir zurück. Lassen wir das arme Geschöpf in Frieden; sie ist nichts anderes als eine Greisin in ihrem Wahn.«

»Und davor haben wir uns gefürchtet«, brummte Leutos. »Die Würmer fressen sie bei lebendigem Leib!«

»Die Götter haben sie mit Uneinsichtigkeit geschlagen.« Pylos zuckte mit den Schultern und folgte Telegonos. Sie liefen den Pfad hinunter. Telegonos wandte sich halb um.

»Seid ihr sicher, daß die mächtigen Götter ihre rohen Späße mit einer alten Frau treiben, die ihr Dorf vielleicht ausgestoßen hat? Wegen der Narbe oder ihrer verwachsenen Zehen? Oder die freiwillig die Einsamkeit gewählt hat und dabei irre geworden ist?«

»Aristos Telegonos!« Pylos redete lauter, nachdrücklicher, als müsse er seine Zweifel unterdrücken. »Woher hast du, obwohl du so viel jünger bist, dieses Wissen? Ich hab' nicht daran gedacht, daß es so sein könnte, wie du sagst.«

»Genau weiß ich's auch nicht«, sagte Telegonos, als sie an der Quelle vorbeigingen und dem Waldrand zustrebten. »Vielleicht deshalb, weil ich mich selbst frage, ob das, was ich sehe, nur Schein ist oder ob sich dahinter etwas Einfaches versteckt, das selbst ich erkennen kann. Wißt ihr ... nicht aus jeder Grundwoge taucht Poseidon auf, nicht jeder Blitz stammt von Zeus, und etwas, das euch nachts erschreckt, muß keine Harpyie sein.«

»Aber Harpyien gibt es doch!«

»Nicht mehr lange.« Telegonos lachte grimmig. »Laß dir von Theris erzählen, was beim Erntefest geschehen ist.«

»Bist du mutiger als wir alle?«

»Kaum«, sagte er unschlüssig. »Mutter Kirke hat mich vieles

gelehrt. Diese Neugierde, die sich nicht mit der Legende oder dem ersten Schein begnügt: Das hab' ich von ihr.«

Auf dem Pfad, als sie nebeneinander gingen, sagte Pylos leise: »Sollen wir Theris erzählen, was wir erlebt haben? Oder wird ihr Schlaf nach beschwichtigenden Lügen ruhiger sein?«

»Die Wahrheit mag böse und roh sein, Freunde«, sagte Telegonos. »Wenn man nicht an ihr zerbricht, bringt sie jeden Menschen weiter. Sagt Kirke. Sagt auch mein Kapitän Pentau.«

Er bückte sich, hob einen faustgroßen Stein auf und beugte sich rückwärts bis fast zum Boden, ehe er ihn mit einem fröhlichen Schrei schleuderte. Das Geschoß beschrieb einen hohen Bogen und schlug zwischen einigen gescheckten Ziegen ein, die fast übereinander fielen, als sie nach allen Seiten auseinander sprangen. Pylos starrte Telegonos von der Seite an; sein Blick war verständnislos.

Die Statue war in Schaf- und Ziegenfelle eingewickelt und Teil der Eselslasten aus Wolle und schweren Käselaiben, ebenso der leere Krug. Theris hatte aus drei dünnen Zöpfen eine Haarkrone aufgesteckt und trug die klingelnden Tropfen, Perlen und Ringe in den Ohren. Mit gesenkten Köpfen warteten die Tragtiere. Telegonos streckte die Hand aus, packte die Unterarme der Hirten und schüttelte sie.

»Wir treffen uns nach den ersten schweren Regen«, sagte er. »Antworten hätte ich schon jetzt etliche, aber sie passen nicht zu unseren Winterfragen, o ihr Hirten.«

»Vielleicht erscheint deine Mutter im Halbtraum und fragt, was du ihr antworten kannst.«

»Mag sein.« Telegonos packte die Zugseile der Esel und hob den Arm. »Als Halbgöttin erscheint sie, wann sie will, selten dann, wenn ich sie brauche; daß sie dir erscheint, darauf solltest du dich besser nicht freuen.«

»Nimm's nicht schwer, Aristos. Wir Sterblichen sind ihnen unterlegen und ausgeliefert. Guten Weg!«

»Glück und Wohlsein euch und den Herden!«

Auf dem Pfad, auf dem sie gekommen waren, traten sie kurz

nach Sonnenaufgang den dreitägigen Rückweg an. Telegonos folgte Theris und den trippelnden Eseln mit einigen Schritten Abstand; sein langer Schatten wanderte vor ihm her. Leise klingelten die Ohrgehänge Theris'. Auf der Kuppe des Hügels drehte er sich um und grüßte ein letztes Mal die Hirten. Sie standen vor Pylos' Unterschlupf und winkten mit beiden Armen.

Ophian und Nautes halfen den Bauern, die Mauern des Häuschens auszubessern und neue Mauern hochzuziehen, die Umhüllung des Herdfeuers zu beenden und an drei Stellen das Dach auszubessern. Prokles, der Mann aus Phaistos, war Nano Duduqi entgegengegangen, aber der Kreter war noch nicht zurück von seiner langen Reise an den Rand der Mesara. Zwei Fischer und zwei schwer bepackte Esel begleiteten Telegonos und Theris zur Schiffswache.

Wie langgezogenes, leises Wetterleuchten in der Ferne waren die Tage und Nächte hingegangen; einer wie der andere am Ende des heißen Herbstes. Das Land war braun, verdorrt, staubig und die Luft voller Spinnenfäden, schwebender Samen und dem sehnsüchtigen Geruch, der Regen herbeiflehte; noch immer war Theris nicht schwanger.

Sie halfen, die Esel abzuladen, die Boote der Fischer auszurüsten und ins Wasser zu schieben; das Kairatosflüßchen führte kaum noch Wasser. Telegonos ließ die Esel frei; sie würden am Ufer grasen und kaum davonlaufen. Theris kletterte die Strickleiter zum Heck hinauf, und Telegonos reichte ihr Dekken, Essen, Krüge und Werkzeug, das sie auf den Planken ausbreitete.

»Hier bleiben wir? Den ganzen Zehntag lang?«

»Und unter dem Deck, wenn endlich die Winterregen anfangen«, sagte Telegonos und sah sich um. Nur trockenes Laub war auf die Planken geweht worden. »Am besten ist die Sicht aufs Meer von dieser Felsnase aus, der mit den drei Pinien.«

Als sich Telegonos auf den staubbedeckten Deckel der Hecktruhe setzte, war ihm, als entstünde zwischen ihm und allem, was Epta Piges und das innere Land Kretas ausmachte, langsam und lautlos eine Kyklopenmauer. Er streckte die Beine aus und griff nach den Pinnen der hochgezogenen Steuerruder. Prüfend, fast schläfrig langsam, gingen seine Blicke über Rahen, Segel, Tauwerk und Deck bis hinüber zu den Trossen, die das Schiff im Gleichgewicht hielten: Das Wasser war so weit gefallen, daß die *Namenlose* im Geröll aufsaß, über die ganze Länge des Kieles. Einige Herzschläge lang erschien vor Telegonos' innerem Auge ein Bild. Er und Odysseus an den Pinnen des Schiffes, das dann *Telepylos* oder *Rand der Welt* heißen mochte, und Kirke zwischen ihnen auf der Hecktruhe. Als sich Penelopeia und Telemachos dazugesellten, verblich das Bild jäh und gründlich.

»Du blickst schon wieder zum Rand der Welt, Liebster«, rief Theris. Telegonos kehrte gähnend in die Wirklichkeit zurück und brummte:

»Dorthin, wo niemals ein Schiff hinsegelt. So ist es. Haben wir Schiffswache, oder sind wir auf der Flucht?«

»Ich wollt' dich nur aufwecken, Kapitän meiner Träume.«

Und es ist dir geglückt, schöne Kreterin, dachte er. Dir, Braunzopfige, die weder Nausikaa ist noch Merit-Khenso, von denen ich träume. Träume sind wie die schönen Flügel von Schmetterlingen, und deine lebensvolle Gegenwart ist wie guter Wein mit kaltem Wasser des Felsquells. Er stand auf, schlang die Knoten des Schamtuches und zog die Chlaina aus.

»An die Arbeit!« sagte er und grinste breit. Theris suchte Holz für die Feuer, Telegonos stieg in den Kielraum und prüfte stundenlang Spanten, Planken, die riedgeflochtenen Umhüllungen der Krüge, die Fugen der Planken, das Holz: Unaufhörlich klopfte er mit dem Griff des kleinen Dolches gegen die Flächen, stocherte mit der Spitze in den Fugen, fühlte, ob Wasser eingedrungen war, erschnüffelte den Geruch aus dem tiefsten Punkt des Schiffes, klopfte die Krüge ab und suchte hartnäkkig nach Rissen, Brüchen oder Sprüngen: nichts. Das Schiff, angefüllt mit einander widerstrebenden Gerüchen nach Zeder, Salben, Ölen und Oliven, Wein und Metall, dem geschliffenen Holz der Riemen, Leder, Weidenflechtwerk und warmem Erdpech, roch nach Aufbruch, Wellen, Gischt und saugender Stromung; es roch weder nach Aiolos' Knoten noch nach dem Tanghaar Poseidons oder sterbenden Delphinoi. Im rotgoldenen Licht des Abends, vom dunklen Blau des Meeres gebrochen, tauchte er schweißüberströmt aus der Luke auf, und wieder überfiel ihn eine altbekannte, schmerzliche Überlegung – so wenige Tage und Nächte auf den Meerespfaden war er von Ithake, seinem Ziel, entfernt. Dem äußeren Ziel, dem er sich wegen der Unsicherheit nicht zu nähern wagte, und dem inneren, das zugleich Endpunkt und Anfang eines Kreises, seines Lebenskreises, sein würde.

Die nutzlose, ausgestoßene Greisin fiel ihm ein. Ihn und sie trennte eine unübersehbare Kluft von Jahren. Obwohl er einsah, daß er am Anfang des Erwachsenenlebens stand, marterte ihn während der Stunden der Schlaflosigkeit das falsche oder richtige Bewußtsein, etwas verloren zu haben, was er – und unzählige andere – nicht kannten. Hatte er aus den Erlebnissen etwas lernen können, das ihm half? Bei den Lotosessern, Kyklopes, im Hapiland? Theris unterbrach seine Wachträume. Sie sprang von der Bordwand auf die Heckplanken und sagte:

»Noch ist Sonnenlicht. Mach Feuer, Telegon, mit deinem Wunderschmuck!«

»Sofort, o Fürstin der durstigen Gegenwart«, sagte er, umarmte sie und kletterte hinunter zum sorgfältig geschichteten Kegel aus Gras, dürrem Gezweig und Knüppeln, Ästen und Kloben.

Mit dem heißen Wasser hatten sie sich gewaschen, Telegonos hatte den Bart geschabt, Theris einige Tücher eingeweicht; Telegonos wusch mit dem Rest, der nach dem Kochen von vier Krügen Sud übrig war, im sinkenden Tageslicht die Planken vom Bug bis zum Mast. Sie unterhielten das Feuer für die Fischer, während Theris über dem Heck die hauchdünne rômetische Leinwand gegen Stechmücken und Fliegen ausspannte, über den Fellen, Decken und Mänteln im Heck des Schiffes.

Für Telegonos war es ungewohnt, daß die *Namenlose* nicht

in den Wellen schaukelte, sondern unbeweglich war wie eine unermeßlich schwere Statue eines aigyptischen Gottesherrschers. Er nahm drei Fackeln in die Hand, Theris entzündete eine vierte im Feuer, und sie gingen vorsichtig bis zum Wellenbrecher.

»Ich kann nicht schwimmen«, sagte Theris. »Ich muß Grund unter den Zehen haben. Halt mich fest.«

»Und wer hält mich?« brummte er. Sie stiegen ins Meerwasser, das drei Handbreit höher stand als vor Stunden. Der runde weiße Mond war riesengroß und träufelte sein Licht über die Flußmündung und, in einer silberfarbenen Gasse, über das Meer. Bis zum Ende des Wellenbrechers reichte das Wasser Theris bis zu den Schultern. Vorsichtig versuchte Telegonos ihr zu zeigen, wie das salzige Wasser die Körper trug. Sie genossen das herbstwarme Wasser; Theris versuchte zu schwimmen, schluckte Salzwasser und kreischte, rannte zum Ufer, von Telegonos gefolgt. Weiter flußaufwärts schöpften sie Süßwasser, schütteten es sich gegenseitig über Köpfe und Schultern und duckten sich unter den torkelnden Jagdflügen der Fledermäuse.

Erschöpft, tropfend und lachend kletterten sie ins Schiff. Telegonos entzündete die kupferne Öllampe. Theris, nackt und mit triefendem Haar, mischte Wein und Wasser und füllte die beschnitzten Becher, die Dorfältester Mynes Telegonos und Ophian geschenkt hatte, als Dank für deren mutigen Kampf gegen die Harpyie.

Sie liebten sich dreimal in dieser ersten Nacht der Schiffswache, unter einem makellos kristallenen Himmel, dessen Sterne und Sternbilder wie eine verwunschene Traumlandschaft waren, durchzuckt von lautlosen Bahnen der Asteres. Im herbstnebligen Morgen wachte Telegonos auf und sah blinzelnd, wie Theris sich zwischen den Schenkeln flüchtig wusch, einen fingerbreiten Leinenstreifen in ein Krüglein tauchte, eng zusammenrollte und, die Schenkel weit gespreizt, in die Scheide schob; ihr Gesicht hatte einen satten Ausdruck. Sie drehte sich plötzlich um, bemerkte, daß er sie anblickte und kroch auf das Lager im Schiffsheck zurück.

»Auf einer anderen Insel, in einem anderen Jahr, vielleicht von einem anderen Mann, werde ich ein Kind wollen, o Zeus meiner heißen Schenkel. Du willst nicht, daß ich von dir schwanger werde, nicht wahr?« Sie legte die Hand auf seinen Mund, ihr Zeigefinger schlüpfte zwischen seine Lippen. »Einst, so erzählen die Frauen von Epta Piges, kam eine Fremde und lehrte sie, wie sie Lust haben konnten ohne die Lästigkeit vieler Geburten. Die Männer vertrieben sie mit Schlägen und Steinwürfen aus dem Dorf. Aber vorher hat sie das Geheimnis gelüftet; von Frau zu Frau, von Mutter zu Tochter erzählte man es weiter. Als ich Brüste bekam und mir die Männer nachstarrten, als meine Eltern erschlagen wurden, als Mynes mich zwang, die Beine zu spreizen – als er mir die Jungfernschaft nahm; was hätte ich tun sollen?«

»Mynes? Der Dorfälteste?« Telegonos richtete sich auf und hielt Theris' Schultern. »Er?«

»Er. Mynes. Vor vier Jahren.«

»Diese Frau. Oder ihre Mutter ... wanderte sie über die Insel, nannte sie sich Benthe Sikyme? Wurde sie deswegen oder wegen anderer ... Seltsamkeiten ausgestoßen?«

»Ich weiß es nicht. Es war, als unsere Großmütter Kinder waren. Mynes' Gattin wußte alles, half mir, war gut zu mir – verstehst du nun, warum ich dich lieben muß, warum ich nach Phaistos gehe oder mit dir dorthin segle?«

Telegonos richtete sich auf. Seine Linke streichelte Theris' Gesicht, ihren Hals, die Schultern und die Brust. Mit der Rechten griff er nach dem Becher.

»Das Leben: Ein Pfeil, ein Kreis, ein Labyrinthos. Frühling der Gefühle, Sommer der Leidenschaft, Herbst gesättigter Ruhe, Winter schaler Erkenntnisse. Nun verstehe ich mehr, o Waise von Epta Piges. Pentau hatte Recht: Jede Geschichte, jede Erzählung ist erst dann zu Ende, wenn sie die gräßlichste, schlimmste Wendung genommen und den Kreis aus Blut, Schweiß und Tränen beendet hat. Ein bitteres Lied, Theris, das du mir singst.«

»Für mich, Aristos, war es, ungesungen, bitterer.«

»Ich glaub's. Nein: Ich weiß es.«

Er stützte sich auf den Ellenbogen und betrachtete ihr Gesicht im Licht des Lämpchens. Theris' Züge waren wie rissiges Gestein, von harten Schatten durchfurcht und gemildert vom Licht des Flämmchens.

»Was kann ich tun, um anders zu sein als Mynes, um den grauen Steinstaub von deinen Lidern zu ... wischen, wegzuwaschen?«

»Nichts, Telegon. Nichts anderes als bisher.« Ihr Zeigefinger streckte sich zum Flämmchen, das im Morgengrauen zu verschwinden schien, verschluckt vom ersten Sonnenstrahl. »Sieh in die Flamme, die sanfte Zeugin unserer Leidenschaft. Ich weiß«, sie zögerte, streckte sich aus, kreuzte die Schenkel und streichelte seinen Nacken, »daß ich nicht der Omphalos deiner Gedanken bin. Vom Ekel, als mich Mynes beschlief, bis zur lachenden Leidenschaft mit dir war der Weg dornenreich. Ich genieße jeden Atemzug, jeden Augenblick. Und ich weiß, wann und wo es endet.«

Telegonos hatte schwankend zwischen Beschämung und aufflackernder Erkenntnis zugehört. Das Netz aus Empfindungen, Gedanken, Gefühlen, Erzählungen, Wahrheit und deren überraschender Erhellung war in dieser Stunde des Morgens nicht entwirrbar, für ihn nicht zu entflechten. Er strich mit dem Zeigefinger über Theris' schwere Lider und sagte:

»Was als heiteres Spiel der Satyroi begann, wird bald so schwer wie der Winterregen sein. In all diesen Dingen, Schönste, bin ich unerfahren. Schlaf jetzt, tief und lange, ohne Alpträume; im Hellen reden wir über die schönste Kreterin, über Mynes und Schwangerschaft, über uns, Phaistos und die nahe Zukunft.« Er gähnte und sog die kühle Luft in die Lungen. »Vergessen wir für wenige Stunden die Herrschaft, die angeblich in den ewigen Händen der Götter liegt – wir reden über mich und andere Sterbliche, deren Herz nicht im Lot ist.«

»Niemand wird uns dabei stören.«

»Schwerlich.« Telegonos zog den bestickten Saum des Mantels heran und legte ihn über Theris' Brüste. Er küßte die Tränen aus ihren Augenwinkeln und blinzelte in den hellen Himmel; wenige Atemzüge danach schliefen sie ein.

Die jungen Möwen waren längst flügge und gierig wie immer; das Geschrei eines Schwarmes, dessen Vögel sich hungrig um die Abfälle der Fischer stritten, weckte Telegonos und Theris auch an diesem Mittag. Das niedrige Flußtal entlang wehte feuchter Südwind, die Gipfel der Berge waren in Wolken verborgen, große Wellen schlugen gegen die Steine. Telegonos stellte sich auf die Hecktruhe und sah aufs Meer: Auch heute wäre es kein Tag zum Ablegen und Segeln gewesen. Über dem Land bildeten sich dünne Nebel, und die leichteste Bewegung rief Ströme von Schweiß hervor.

Theris goß lauwarmen Sud vom Vorabend durch ein Tuch und träufelte gesalzenes Würzöl in eine Schale, während Telegonos den Fischern half, die ausgenommenen Fische in Körbe zu packen. Die Esel waren eingefangen worden und wurden beladen.

»In einem Siebentag, oder vielleicht ein paar Tage später, beenden wir die Schiffswache.« Telegonos wusch sich Fischschuppen, Blut und Salz von den Armen und Knien. »Sagt es Ophian und den anderen.«

»Bleibt, so lange es euch gefällt – es gibt immer weniger zu tun. Ihr habt uns viel geholfen.«

»Ob wir noch oft fischen können ...?« Lemtos, der älteste Fischer, zeigte aufs graue Meer. »Ich bin sicher: Die Etesiai fangen an, wenn der Notos zurückweicht.«

»Du bist sicher? Vierzig Tage Starkwind aus dem Norden?«

»So war es fast jedes Jahr, Telegon.«

»Unser Entschluß war also richtig.« Telegonos rümpfte die Nase und grinste. »Wie es scheint, hätte uns jedes Mal, wenn wir es gewagt haben würden, ein Sturm empfangen.«

»So ist's Brauch bei Poseidon.« Lemtos lachte und klatschte seine Hand auf die Kruppe des Esels. »Gute Zeit wünsch' ich euch.«

»Dank euch. Guten Heimweg.«

Hin und wieder drangen breite Balken Sonnenlicht durch die weißen und grauen Wolken. Obwohl kein Regen gefallen war, tropften die Spitzen der Herbstblätter. Telegonos warf Steine nach den Möwen und traf nicht ein Mal; als es ihm langweilig wurde, überprüfte er die Haltetaue am Ufer und die Baumstämme, an die sie geknotet waren. Auf einer Bronzeplatte buk Theris Fladenbrote. Telegonos legte die unterarmlangen Fische auf ein Brett und sagte:

»Die Fischer sagen, das Salz wird knapp. Wir haben genug im Schiff.«

Sie nickte und goß Öl auf die Platte, bevor sie den Fladen wendete. Er setzte sich zu ihr und schöpfte Wein in den Sudbecher.

»Was du da gesagt hast, vor zwei Tagen im Morgengrauen ...«, sagte er zögernd. »Seltsam. Du hast so klug und besonnen geredet wie Kirke. Meine Schwierigkeit, die Gedanken in Worte zu fassen, ist ungleich größer.«

»Du bist ein Mann.« Sie hob den Fladen mit einem Messer von der Platte und ließ ihn auf die abkühlenden Brote fallen. »Männer haben es schwerer als wir. Sie müssen sich von ihren Müttern freikämpfen; deren Macht ist überwältigend. Ihr müßt große Dinge vollbringen, damit ihr euch gegenüber beweist, daß ihr Männer seid. Wenn ältere, bessere Männer euch sagen, daß ihr zum Mann geworden seid, dann erst glaubt ihr es.«

»Ich meine, du hast Recht. So ist es.« Er nippte am Sud und betrachtete Theris. Sie hantierte weiter, ohne gedankenschwer in die Ferne zu starren. »Habt ihr Frauen es leichter als wir?«

»Seit Beginn der Zeit ist Krieg zwischen uns. Denk an die tausend Göttererzählungen. Wir Frauen brauchen keinen Kampf mit Dolchen oder Äxten. Unser Geschlecht, und was in unserem Körper geschieht, kennen wir, denn jeder Mensch wird von einer Frau geboren. Kein Mann durchschaut eine Frau, aber jede Frau durchschaut jede andere.« Sie goß den letzten dünnen Brei auf die heiße Bronze, schabte mit dem Zeigefinger die Wand der Schale blank und tauchte die Hände ins Wasser. »Die Zeit von der Blüte bis zur Frucht, vom Entstehen zum

Vergehen – wir brauchen keine Sonnenuhren, Liebster: Zwölfmal im Jahr, alle Monde einmal, erleben wir sie selbst.«

»Auch das hab' ich noch nie bedacht«, sagte er leise. »Und doch haben wir Männer es schwerer. Auch den Schatten des Vaters müssen wir verlassen. Odysseus, der heldische Gigant, ist auch ein Mann, ein alter Held. Was soll ich tun? Die Schattengestalt übertreffen? Das kann niemand – ich kann nicht ein Jahrzehnt vor Ilion kämpfen, eine zweite Pferdelist ersinnen und von einer einzigartigen Irrfahrt erzählen. Den Vater erschlagen, um frei zu werden? Derlei Grausigkeiten mögen die Götter unter sich treiben.«

»Du weißt, was du tun mußt.«

»Ja. Nach Ithake segeln. Nach dem Winter.«

»Wir Frauen unterwerfen uns der Natur. Unterwirf du dich deinem Wissen, deiner Kraft. Du hast mir gesagt, vielleicht halb im Scherz, du sähest dich als Späher der Dunklen Zeit. Geh zu deinem Vater nicht als sein vergessener Sohn, sondern als Aristos Telegon, von Kirke geboren, auf dem Meer zum Mann geworden.«

»An der Seite Pentaus, der mehr Vater war als Odysseus.«

»Es gibt noch einen Grund, daß du Odysseus nicht als Halbgott sehen mußt. Fürchtest du ihn?«

Telegonos schüttelte den Kopf. »Nein. Ich fürchte den Augenblick des gegenseitigen Erkennens. Was wird er bringen? Glück, Traurigkeit, Wut oder Enttäuschung?«

»Du wirst ihn erleben.« Theris rückte die großen Steine zu einem engeren Kreis um die Glut zusammen, breitete ein Tuch über einige Bretter aus dem Schiff und stellte Schalen, Körbe und Krüge darauf. »Weil dein Vater am Ende eines vergehenden Zeitalters steht, du aber am Anfang eines neuen stehst. Du wirst den Augenblick überleben, denn du bist stark.«

»So wie viele andere Augenblicke, die mich nicht umgebracht haben.«

»Du kannst rätselvollen Orakeln glauben, den Gesichten deiner Mutter, tausend Göttern und deren Geboten – oder du glaubst an dich.« Theris füllte die Phialen mit Wein und lehnte sich zurück, blickte in seine Augen und lächelte. »Ich bin sicher, daß ihr die besten Freunde werdet.«

»Ich habe noch Zeit genug, mich von deiner Sicherheit anstecken zu lassen.« Langsam hob er die Trinkschale.

Die Sonne schwebte wie ein blutunterlaufenes Auge im Morgennebel. Tief im Land entlud sich ein Gewitter, und über dem Meer kämpften Nordwind und Südwind miteinander. Theris und Telegonos hoben Steinbrocken auf, so groß, daß sie gerade noch zu tragen waren, und ließen sie an einer schmalen Stelle des Wellenbrechers fallen; seit vielen Jahren wuchs der Damm auf diese Weise Elle um Elle. Das ruhige Wasser hinter dem Wellenbrecher war noch warm genug. Sie schwammen und tauchten, wuschen sich im Fluß, kneteten sich gegenseitig Öl in die Haut, und Telegonos schabte die drei Tage alten Bartstoppeln.

Die ruhigen, fast ereignislosen Tage und Nächte hatten eine Handvoll Vorteile, dachte Telegonos: Nichts und niemand störte ihn in seinen Überlegungen. Seit er Kypros' Küste und das Land der achaiischen Götter betreten hatte, glaubte er zu verstehen, daß er ein aufmerksamer, aber zweifelnder Zeuge beispielloser Vorgänge war, anders als andere Sterbliche. Deutete er die Zeichen richtig? Für ihn gab es nichts anderes, als kraftvoll auf sein Ziel zuzuschreiten und bei jedem Schritt zu prüfen, ob ihn seine Erfahrungen sicherer machten. Er glaubte, daß die Götter ihre Bedeutung verloren, weil die Sterblichen zu begreifen begannen, daß in der sichtbaren Welt nicht jeder Hain, jede Quelle und jede Höhle von Göttlichkeit durchdrungen, ausgefüllt und ständige Heimat eines göttlichen Wesens war. Jedes Ereignis, das ihn betroffen hatte, hatte Grund und Ursprung in der Natur, in verständlichen Riten, im Herzen der Menschen. Jener Kampf aller Götter untereinander, der das Chaos einleiten würde, im sternbeglänzten Götterhimmel und in Nächten, die blutig und blitzzerfurcht waren, würde kein Kampf der Sterblichen sein. Denn ohne unzählbar viele, die glaubten und opferten, bedeutete ein Gott nichts; ebensowenig wie ein Aristos ohne Bauern, Sklaven und Handwerker, ein Dorfältester ohne Verantwortung für ein paar hundert Menschen. Das letzte Zeichen, das Telegonos tief nachdenklich gemacht hatte, war die Zeusstatue gewesen.

Uralt, geschaffen, als Knossos in Schönheit und Reichtum blühte, sicherlich bewundert und angebetet von Unzähligen. Füllte man Wasser, Öl oder eine andere Flüssigkeit in die Hohlräume und erhitzte die Statue – durch Öllampen, Sonnenhitze, Fackeln –, brodelte die Flüssigkeit und verdampfte, und die Statue begann zu weinen und zu schwitzen. Würde Zeus alles damals schon gesehen haben, hätte sein Blitzkeil die Statue und die Priester jenes untergegangenen Tempels zerschmettert und verbrannt. Zeus, der Sandkörner und Ameisen zählte! Telegonos blickte reglos den Mast an und an dessen Spitze den eiförmigen Blitzstein, den Ophian mit einem Bronzestreifen befestigt hatte.

Die Sterblichen erträumten die Götter und erdachten, ohne sich dessen bewußt zu sein, deren Gebote und machten sie, indem sie meinten, die Olympier lebten wie sie selbst, zu eigenwilligen, liebenden, hassenden, grausamen Gestalten, zu Übermenschen im Guten und Bösen; so göttlich wollten Menschen sein, hätten sie die Macht dazu. Wenn es Götter gab, dachte Telegonos, sollten sie sich mit deutbarem Handeln zeigen.

Er war nicht fähig, über Zeus und die anderen wie über einfache Sterbliche zu denken, ebensowenig, wie es für Pentau und Merit-Khenso einfach war, nicht an die ewigen Hände ihrer Götter zu glauben. Es gab für ihn ein Wesen zwischen den Sternen, das die Schicksale vieler Sterblichen mitbestimmte – aber dieses Wesen war kein Teil einer zänkischen, geilen, großen, glücklichen und unglücklichen Familie, deren Kinder Ungeheuer, Mischwesen oder Schattengestalten waren, die tief unter der Erde durch den Tartaros schwebten.

Die nächsten Stufen der Erkenntnis waren für Telegonos zu hoch; bisher verharrte er auf der mühsam erreichten Stufe der Verwirrtheit und dachte nicht daran, andere mit seinen unfertigen Überzeugungen zu langweilen oder zu erschrecken. Auch nicht Theris, die ihre gesunde Klugheit geschickt verbarg und trotzdem versuchte, es auf ihre Epta-Piges-Weise den Frauen gleichzutun, von denen er erzählte. Telegonos hob die Schultern und seufzte.

»Wüßte ich, daß es dich gäbe, o Vater des Kronos, würde ich deinen unbekannten Altar mit Blumen schmücken, die hier nicht wachsen, und opfern, was ich andernorts vergeblich suchen würde!«

Eine einsame Strandlilie wuchs neben dem Gerippe eines Meeresraben mit zerfetztem schwarzem Gefieder. Zum ersten Mal betrat Telegonos einen kretischen Sandstrand. Eine Stunde lang waren Theris und er vom Fluß auf Pfaden wilder Tiere und durch menschenleere Küstenstreifen nach Osten gewandert. Einstmals schien die ganze Insel ein einziger Wald gewesen zu sein; nun bedeckten Gras und Sträucher viele Flächen. Schwitzend kletterte Telegonos durch die Lücke eines mächtigen Walls aus Schwemmgut und reichte Theris die Hand: Die Wellen hatten Teile von Bäumen, zerbrochene Gerippe großer Fische, Tang, Algen und viele unkenntlich gewordene Dinge ineinander verflochten. Vier Tage und vier halbe Nächte hatte es gestürmt und geregnet. Heute stach die Sonne aus einem wolkenlosen Himmel.

»Nicht öfter als zehnmal war ich hier!« Theris band die Sandalen auf und hängte sie an einen Ast, der wie ein fremdartiges Gerippe zum Meer deutete. Telegonos ließ den Watsack und die Ziegenfellschläuche in den nassen Sand fallen. »Du erzählst mir nächtelang von deiner Mutter und deinen Abenteuern, und ich zeige dir den schönsten Strand, den ich kenne.«

Telegonos setzte sich auf einen Baumstamm, den Wellen und Sand völlig entrindet hatten, und zog Theris auf seine Knie.

»Dein schönster Strand. Ich kenne viele andere.«

»Sie erzählen, daß hier nahe Katsambas die Schiffe landeten, die dem Minos Gold und schöne Sklavinnen brachten.« Theris seufzte. »Viele Schiffe sollen untergegangen sein. Vielleicht finden wir etwas von ihrem Gold?«

»Ich werde nicht danach suchen.«

Möwen schaukelten in den Wellen. Auf und ab, entlang des Strandes und der Grenze zum Land strichen jagende Falken und Habichte. Bienengesumm, Grillen und all die anderen Laute des späten Herbstes waren zu hören, wenn das Zischen der Brandungswellen für wenige Herzschläge ausblieb. So weit sie sehen konnten, war das Meer voller Wellen mit Schaumkronen, die schwer nach Süden rollten. Der Wind war frisch, fast kalt. Telegonos zog Theris hoch und lief neben der Brandung auf das tausend Schritte entfernte Ende des Strandes zu. Sie traten tiefe Spuren, die von der nächsten Welle ausgelöscht wurden; das Wasser, wohl eine ufernahe Strömung, hatte noch nicht alle Wärme verloren. Bunte Muschelschalen, Fischgerippe und rätselhafte Dinge ragten aus dem Sand. Am jenseitigen Ende des lang gezogenen Strandes hatten sich zeternde Möwen um die Reste eines Meerestieres versammelt. Telegonos hatte den Arm um Theris' Schulter gelegt, ihre Hand lag auf seiner Hüfte. Langsam wateten sie durch die auslaufenden Wellen, bückten sich, sammelten Muscheln und steckten sie über dem Gürtel in die Stoffwülste.

»An jedem Strand, den ich kenne, sind Möwen, die auf tote Fische einhacken«, sagte Telegonos lachend. »Vielleicht füttert sie Poseidon?«

»Lästere nicht.« Theris spritzte mit beiden Händen Wasser nach ihm. »Sehen wir nach, ob sie uns etwas übriglassen werden.«

Ohne Eile gingen sie weiter. Telegonos versuchte zu erkennen, ob zwischen dem Treibgut etwas zu finden war außer dürrem, salzbedecktem Holz für ein großes Feuer. Aus einem Felsen am Hang sickerte eine zwei Hände breite Spur: eine winzige Quelle, die er nur bemerkte, weil sie von Schmetterlingen und kleinen Vögeln umflattert wurde. Er sah verwitterte Holzteile, einige Fetzen, die vielleicht ein Segel gewesen waren, verrottende Taue; weder Teile eines Wracks noch angeschwemmte Goldtruhen.

»Das Gold der gesunkenen Wracks behält Poseidon für sich. Oder er gibt es Hephaistos für einen neuen Talos.«

Theris stieß ihn mit dem Ellbogen an.

»Du sollst nicht lästern, sag' ich.« Sie kicherte. »Aber vielleicht ist es wirklich so.«

Einige Möwen flatterten auf, andere schrien und ließen sich nicht vertreiben; zwei Vögel stützten sich kreischend auf Telegonos, der den Dolch herausriß und nach ihnen hieb. Als die Schneide aufblitzte, ließen sie von ihm ab und schwangen sich in die Höhe. Theris zuckte zusammen und flüsterte:

»Das ist kein großer Fisch!«

Der Strand senkte sich ein wenig, das Schwemmgut war in einem Halbkreis weit zum Land hin zusammengeschoben worden. Telegonos zerrte einen Knüppel aus dem Gewirr und vertrieb damit die letzten Möwen. Eine große Wolke schob sich vor die Sonne. Plötzlich wurden der Strand und die Umgebung grau, gleichzeitig fröstelten sie im kalten Wind. Die Möwen, nicht weniger als zwei Dutzend, kreisten über ihnen und äugten hungrig.

Drei Leichen, beinahe schon Skelette, die zerfetzten, ausgebluteten Gliedmaßen ineinandergeschoben, lagen im Sand, zwischen unzähligen Spuren der Möwenfüße. Theris blieb stehen und schlug die Hand vor den Mund, dann hielt sie sich die Nase zu. Es waren die Überreste dreier Menschen, furchtbar zugerichtet: Im Meer waren sie aufgedunsen, die Möwen hatten das mürbe Fleisch in Fetzen von den Knochen gehackt und die Gedärme herausgerissen und ineinander verschlungen. Telegonos betrachtete den Leichnam vor seinen Füßen, bückte sich und erstarrte. Mit flacher Stimme murmelte er:

»Ihr Götter! Es ist ein Aigyptios, ein Rômet, wie Pentawer ...«

Die Augen waren ausgehackt, das Ohr aufgeschlitzt. Zwei große Goldperlen lagen im Sand, die dicke goldene Kette lag auf dem zerfetzten Hals. Telegonos hob die Perlen auf und zertrennte mit der Dolchspitze den Verschluß der Kette. Das nasse Leder riß ohne Mühe. Die Finger des Toten waren ohne Ringe, vom Schurz war nur ein schmieriger Fetzen übrig.

Der zweite Leichnam war ein großer, breitschultriger Schwarzhäutiger. Er trug auf den bloßen Knochen der Oberarme breite Goldreife voller rômetischer Schriftzeichen. Vorsichtig hob Telegonos sie auf und sagte:

»Es ist nicht Pentau. Der Tote hat nur zwei Perlen im Ohr.«

»Wir werden sie begraben, nicht wahr?« Erschrecken und Mitleid standen in Theris' rundem Gesicht.

»Auf unsere Art«, sagte Telegonos leise. »Mit Feuer und Opfern.«

Der dritte Leichnam war kleiner, so groß wie ein zehn- oder zwölfjähriges Kind und ebenso leicht gebaut. Statt menschlicher Haut hatte er, wenigstens von den Schenkeln abwärts, ein braunes Fell. Die noch unversehrte Ferse des linken Fußes war menschlich, der vordere Teil lief in einen schwarzen Bocksfuß aus, ebenso hatte die Hälfte des rechten Fußes den messerscharfen Schnäbeln der Möwen widerstanden. Das eine Ohr fehlte, das andere lief spitz zu und trug ein Haarbüschel wie das eines Fuchses oder eines Ziegenbocks. Fassungslos stotterte Theris:

»Das ... ist einer aus dem Gefolge des Dionysos. Ein Satyr, nicht wahr?«

»Es war ein Satyr. Du siehst selbst, daß auch die unsterblichen Satyroi sterben. Was mag hier geschehen sein?«

Die Wolke zog vorbei, wieder brannte die Sonne wie mit Speerspitzen, die Schatten wurden kürzer. Als der Wind für wenige Augenblicke erstarb, schlug auch Telegonos wieder der grausige Gestank entgegen. Er scharrte mit der Waffe eine Hand des Satyrn frei und deutete darauf. Sie war klein wie eine Kinderhand, aber kräftig wie die eines Erwachsenen, mit schwarzem Haargekräusel auf Handrücken und Fingergliedern. Telegonos senkte den Kopf, starrte schweigend Knochen, verwestes Fleisch und die zur Unkenntlichkeit zerhackten Gesichter an und würgte.

»Zwei Seefahrer vom Hapiland. Sie sind noch nicht lange tot

– der Sturm oder die Etesiai haben ihr Schiff zertrümmert. Anders kann es nicht sein; irgendwo an den Felsen würden wir Reste des Schiffes finden.«

Er schob die goldenen Besitztümer der Toten zusammen, sprang auf die Füße und sagte: »Geh, Theris, hol Wein, Öl und Honig. Oder ein paar Oliven, der Honig ist im Schiff.« Er zeigte auf den Sand jenseits des Walles. »Ich grab' ein tiefes Loch; das Feuer ist schnell gemacht.«

Sie nickte und lief zum anderen Ende des Strandes.

Telegonos wühlte mit beiden Händen, schaufelte Sand zur Seite und lockerte ihn mit dem Dolch. Dann riß er trockenen Tang heraus, sammelte kleine Holzstücke, legte sie quer über das Grabloch und vertrieb zweimal, knüppelschwingend und schreiend, kleine Möwenschwärme, die im Sturzflug auf die Leichen zielten. Aus größeren Ästen und Astgabeln baute Telegonos eine schiefe Ebene, über die er nacheinander mit seinem Gürtel die Toten heraufzerrte, so gut es ging, und noch mehr Holz unter die Körper schob. Mit einer Astgabel schob er das Gedärm zusammen und das, was von den Organen übrig war. Die Zwischenräume des Scheiterhaufens stopfte er voller Tang, Rindenstücke und fingerdünner Äste. Als er Theris mit dem Weinschlauch und dem Bündel kommen sah, nahm er das Ankh vom Hals und versuchte, ein Büschel Strandhafer in Brand zu setzen; es dauerte lange, bis es brannte und er damit die Ecken des Scheiterhaufens anzünden konnte. Der Wind fuhr in die Flammen, die laut zu prasseln begannen. Der Rauch vertrieb die Möwen.

»Sie sollen würdig in die Schatten eingehen«, sagte Telegonos. Er dachte an die Erscheinungen im Eingang des Hades – fanden dort auch Seefahrer Aufnahme, die andere Götter verehrten? Er nahm Theris' Hand und wartete, bis die Flammen begannen, die Körper aufzuzehren. Fetter schwarzer Rauch wurde zu Boden gedrückt und wallte landeinwärts.

Vier verzweigte Teile angeschwemmter Bäume riß er aus dem Wall und legte sie kreuzweise in das Feuer, das die unterste Lage erreicht hatte und zusammensackte. Flammen und

Rauch hüllten die Leichen ein, als Telegonos und Theris eine Handvoll Oliven ins Feuer warfen, Öl und Wein hineinträufelten; das Fell des Satyrn verschmorte und brannte mit widerlichem Gestank.

»Welchen Totengöttern wir auch opfern«, sagte Telegonos laut gegen das Prasseln der Flammen, »es ist für die Ertrunkenen. Ob Zeus oder der großohrige Ptah oder Schu, der Windgott – mit größerer Würde können wir sie nicht begraben.«

»Wenn die Götter so empfinden, wie ich es glaube, sind sie dem Opfer wohlgesonnen.« Theris verschloß den Krug und lehnte sich schwer gegen seine Schulter. »Auch wenn wir ihnen, wie du sagst, gleichgültig sind.«

»So sei es«, sagte Telegonos. Der Wind drehte, Rauch und Flammen wurden in ihre Richtung getrieben, und sie zogen sich ein Dutzend Schritte weit zurück. Der schwarze Rauch färbte sich hellgrau und weiß, brodelte und zerwehte zu seltsamen Formen. Plötzlich krallte Theris ihre Finger in seinen Oberarm.

»Da! Sieh! Das sind Augen ... ein Gesicht.«

Erschreckt wandte er den Blick zum Scheiterhaufen. Für wenige Herzschläge, die ihm endlos lang erschienen, bildete sich unter einer wehenden schwarzen Kapuze ein Gesicht mit großen Augen: Kirkes schmales Gesicht! Sie lächelte, zuerst traurig, wie es schien, dann auffordernd und zustimmend. Aus dem untersten Bereich der Flammen hob sich eine Hand, ein Arm; Kirke wies nach Nordwest. Theris und Telegonos starrten die Erscheinung schweigend an, warteten auf etwas, das nicht geschah. Die durchkohlten Äste gaben nach, der Scheiterhaufen sackte in die Grube; ein riesiger Schauer aus Funken, glühenden Fetzen und Asche stob wirbelnd zum Himmel.

Telegonos faßte sich. »O Mutter. Ich hab' nicht auf deinen Zauber gewartet. Mir scheint, ich habe – in deinen Augen – nichts Falsches getan.«

»Das ... das war Kirke?« stammelte Theris. Aus ihrer Haarkrone hatte sich ein Zopf gelöst und hing über die Schulter. Telegonos nickte.

»Sie hat versprochen, unsere Wege über Poseidons nasse Labyrinthe zu verfolgen und uns zu helfen, wenn es nötig ist. Ihm, Pentau, und mir. Sie hat, glaube ich, nach Ithake gezeigt.«

»Wohin sonst, du Sohn einer Halbgöttin. Nach Ithake, zu Odysseus.«

Telegonos ging zum Feuer, schob die Glutreste von allen Seiten in die Grube und häufte einen niedrigen Wall aus Sand darum. Die Knochen waren verkohlt, das Mark schmolz brennend; nun roch es nur noch durchdringend nach salzigem Rauch. Auf dem Weg zurück hob er die Schmuckstücke auf, trug sie zum Spülsaum und reinigte sie mit Sand und Meerwasser. Er hielt Theris in beiden Händen den kleinen Schatz hin.

»Eine Gäspe voll Schicksal«, sagte er. »Nimm die Kette, Geliebte.«

»Zwei Hände voll Erinnerungen.« Theris faßte scheu nach der Kette. »Erinnerungen an Männer wie jene, von denen du mir erzählt hast. Pentau und seine ertrunkenen Kameraden. Ich trage die Kette und denke an sie.«

Telegonos hob die Armreife und sagte: »Er kann lesen, was hier eingehämmert ist. Vielleicht weiß er dann, welches Schiff mit welchem Kapitän untergegangen ist. Du kannst ihm, wenn wir ihn in Phaistos treffen, die schöne Kette zurückgeben. Die Perlen behalten wir.«

»Ich geb' sie zurück, gern, ohne sie zu vermissen. Trotzdem: Sie ist schön, und jetzt werden sie sich alle vor mir verneigen. Aber – warum gehören uns die Goldperlen?«

»Eine lange Geschichte. Ich erzähl' sie dir heut nacht.«

Aus einem Faden, den sie aus ihrem Peplos zog, machte sie einen neuen Verschluß. Telegonos knotete ihn in ihrem Nakken fest und legte seine Lippen auf die Vertiefung zwischen den Sehnen. Theris erschauerte, riß sich los und lief zum verschwelenden Feuer. Telegonos folgte ihr langsamer. Sie löschten die Flammen mit Meerwasser, das sie, hin- und herhastend, in die Hände schöpften, und schoben feuchten Sand über die zischende, dampfende Glut. Telegonos beschwerte die oberste Schicht mit einigen Steinbrocken, die sich von der Felswand gelöst hatten, dann hoben sie ihr Zeug auf und gingen in der Nachmittagssonne zu der Stelle, an der sie den Pfad der Wildziegen verlassen hatten; hinter dem Treibgutwall fanden sie ein windgeschütztes, sonniges Plätzchen.

Riesengroß stieg der Mond aus dem Meer, eine kalte, weiße Scheibe. Langgezogene Sternsplitterstrahlen peitschten zwischen den Gestirnen hindurch. Der Sand unter den Decken, noch sonnenwarm, knirschte bei jeder Bewegung. Mit winzigen Flammen brannte der Holzkloben in der tiefroten Glut, die Telegonos durch einen Kreis hochgestellter Steine geschützt hatte. Eine Nacht hatte begonnen, in der Telegonos' Zweifel an der Allgegenwart der Götter wieder wankend geworden waren; er starrte in den gewalttätigen Himmel und setzte aus großen Sternen jene Bilder zusammen, die um den Angelstern kreisten. Längst waren die Sternbilder des frühen Winters aus dem Okeanos aufgetaucht.

Theris lag halb schlafend in seinem Arm. Er streichelte ihre Schulter und ihre Brust, sie murmelte Unverständliches. Wieder fuhr ein Windstoß ins Feuerchen und wirbelte Funken davon. Weit draußen auf dem Meer näherte sich ein Sturm. Mit scharfem Knallen barst der Treibholzkloben. Theris richtete sich auf, blickte verwirrt um sich und blinzelte in Telegonos' Gesicht.

»Mit offnen Augen hab' ich geträumt«, sagte sie leise. »Von deinen Fahrten. Und von der letzten Fahrt.«

»Nicht alle Träume sind von den Göttern geschickt.« Er lauschte: Die Geräusche der niedrigen Brandung waren lauter und schärfer geworden. »Erzähl mir deinen Traum.«

Sie blickte einige Atemzüge lang in die Sterne und den Mond. Telegonos zog ihr den Mantel über die Schultern; trotzdem erschauerte sie, als ob sie Artemis und Aphrodite über sich sähe. »Die Götter zeigen dir viel mehr als anderen Sterblichen. In einem Jahr hast du mehr gesehen und erlebt als andere Männer in zwanzig Jahren. Oftmals hab' ich euch gesehen, dich und Odysseus, an den Rudern der *Namenlosen*. Deine Fahrten – Pentawer, die Stadt am Neilos, die fremden Häfen – sind Vorbereitung auf etwas Großes, Einzigartiges.«

Telegonos zog den Kopf zwischen die Schultern und blickte den Funkenwirbeln hinterher.

»Ich weiß zwar nicht, wohin ich will, aber Odysseus und ich werden dort die ersten sein. Oder die einzigen, wie?«

»Ich habe euch gesehen.« Wieder starrte Theris in den Mond. Ihr Gesicht glich einer weißen Maske. »Auf einem grünen Meer mit silbernen Wellen, vor einem Berg, und das Segel, riesengroß, hat sich vor einer goldenen Sonne gebläht.«

»Ein schönes, verwunderliches Bild«, sagte Telegonos. »Ich betrachte es, und mir fällt dazu nichts Erhellendes ein.«

»Aber alles war deutlich in meinem Traum«, sagte Theris. »Dein Vater, sagt er, weiß, daß er dich gezeugt hat, er weiß, daß der König nicht sterben muß, wenn er am letzten Tag seiner Frist in Würde abtritt. Das Orakel gilt – auf andere Weise.«

»Träume. Meine Träume in Träumen, die andere träumen.« Telegonos ließ sich zurückfallen und stöhnte. »Ich wünschte, der Winter wäre vorbei. Jeder Tag bringt neue Zweifel; ich hasse es, und es macht mich unglücklich, wenn nicht ich bestimmen kann, wohin wir steuern.«

»Du darfst nicht versuchen, aus Sandkörnern Netze zu knüpfen. Oder aus Wassertropfen ein Tau zu flechten. Das alles um uns herum ist die Wirklichkeit. Du wirst sie nicht ändern – du bist kein Gott.«

Sie sprach mit leiser, eindringlicher Stimme. Das zischende Klatschen der Brandung unterbrach sie. Telegonos sagte:

»Ich will sie nicht ändern. Aber ich will sie besser verstehen können. Viel besser noch.«

»Dazu sind wir nicht alt und weise genug, Liebster.«

Salzige Flocken und Tropfen flogen durch die Luft, einige verzischten im Feuer. Mit dem Fuß trat Telegonos den Kloben tiefer in die aufstiebende Glut und zog den schweren Mantel über Theris und sich. Der Sturm weckte sie in der grauen Morgendämmerung. Als sich Telegonos aufrichtete, zog ihn Theris an sich und öffnete unter ihm die Schenkel. Sie liebten sich im wirren Takt des gischtenden Meeresliedes, lagen eine Weile keuchend nebeneinander; Telegonos wartete, bis Theris die Augen öffnete, und erkannte in ihren Blicken einen Teil der durchschaubaren Wirklichkeit. Sie rafften ihre Ausrüstung zusammen und kletterten über den Pfad zurück zum Fluß. Auf dem höchsten Punkt der Landzunge blieb Telegonos stehen und stemmte sich gegen den Wind, der sie umzuwerfen drohte: Das Meer war von einem Horizont zum anderen fast weiß. Der Sturm riß Gischt und Tropfen von den Wellen und verwehte sie waagrecht. Als die ersten Regentropfen auf ihre ungeschützten Köpfe und Schultern prasselten, flüchteten sie in die Fischerhütte. Eine halbe Stunde lang schlug Telegonos Feuer, bis der Schwamm und das Heubündelchen brannten; nutzlos schaukelte der Ankh an seinem Hals.

Das Flüßchen schwoll Tag für Tag um einige Fingerbreit. Auch fünf Tage später – der Sturm war vorbei, aber es regnete noch immer – war das Schiff sicher und trocken geblieben. Sie wanderten im Regen zurück nach Epta Piges, fröstelnd und naß, mit klammen Zehen und kalten Füßen.

6.
DER LANGE WINTER

Nur wenige alte Männer kannten die Namen der Monde und zählten das Jahr nach ihnen; im Wirrwarr zwischen neunundzwanzig und dreißig Tagen, zwischen 354, 360 und 365 Tagen gaben Ophian und Telegonos es bald auf, Klarheit zu erlangen; der Jahresanfang mit dem Mond Hekatombai fiel in den Beginn des heißesten Mondes, und nun, sagte Mynes, sei das Jahr weit im Maimakter, im fünften Mond also. Telegonos sehnte den Monichiox herbei, den zehnten Mond, in dem sie nach Phaistos aufbrechen wollten. Seit drei Tagen fiel, nur selten von sonnigen Stunden unterbrochen, Regen aus niedrigen Wolken.

Telegonos hatte alle Mauerrisse verschmiert und das Dach abgedichtet; der Schacht der aus Tonscherben, Teilen zerbrochener Krüge und Lehmziegeln gemauerten Feuerstelle hielt das Häuschen und das Wasser in den Kesseln warm.

Es gab wenig zu tun. Telegonos schärfte seine Waffen, ölte das Leder und besserte, nachdem ihm Theris den Umgang mit Bronzenadel und gedrehten Sehnenschnüren beigebracht hatte, Gürtel, Dolchscheiden und Sandalen aus.

Die fünf Seefahrer lösten einander bei den Schiffswachen ab. Ein Tag schien wie der andere zu sein, in endloser Wiederholung krochen die Siebentage, Zehntage und Monde dahin wie Schnecken in ihren Schleimspuren – die Monde Poseidio,

Gamelon und Anthester. Fünf Stunden Sonnenschein zählte Telegonos an einem Tag und mehr als sieben Tage, in denen Regen das Land tränkte und das Braun und Grau der Pflanzen zu hellem Grün färbte.

Der Herbstwein war schwer, fast schwarz, und schmeckte nach den tausend Blüten und Kräutern Kretas. Die Frauen unterbrachen das Spinnen der Wolle und das Weben und sammelten die ersten Blüten und nachts, meist bei Vollmond, junge Kräuter. Es war wie auf Aiaia, wenn Kirke mit dem Korb und der vergoldeten Bronzesichel ihre Kräuter und Wurzeln schnitt.

Telegonos empfand das Warten als langgezogene, unüberbietbare Trostlosigkeit. Er nahm sich zusammen und erhielt seine Kräfte, indem er mit einem schweren Hammer aus Stein und Kupfer herbeigeschleppte Steinbrocken zerschlug und die Trümmer für den Bau von Mauern und eines Vorratshauses verwendete. Er lieh sich Bronzemeißel und Schlegel, und es gelang ihm, für die Zapfen an den Fersen der Zeusstatue zwei Löcher in einen Quader zu schlagen, ohne den Stein zu zerstören. Die zusammengesetzte Statue, vollständig vom Ruß befreit, stellte er am Kopfende seines winzigen Megaron auf; die Teile paßten mühelos ineinander, ohne daß nach erneutem Putzen die Trennlinien zu sehen waren. Er verwarf den Gedanken, die Statue mit Wasser oder Öl zu füllen und zu erhitzen; unbegreifliche Scheu hielt ihn davon ab. Mit der Schiffsaxt hackte er Feuerholz, bis die Schwielen vom Steinezerhämmern wieder aufbrachen.

Er wußte: so wie ihn die Ungeduld aufzuzehren drohte, im gleichen Maß, wie der Drang übermächtig wurde, zum Schiff zu rennen und den Phoinikias-Knoten des alten Aiolos aufzuknüpfen, ließ er seine Mißgestimmtheit auch Theris spüren, der scheinbar fügsamen Gefährtin vieler Tagesstunden und nahezu aller Nächte. Manchmal glaubte er, in seinem Herzen sei trostlose Windstille. In solchen Augenblicken, die zunahmen, je ungeduldiger er wurde, versuchte er, ihre gemeinsame Leidenschaft zu steigern und zu verlängern; in den Wein mischte er weniger Wasser und dachte häufiger an Nausikaa und Merit-Khenso. Wüste Träume gaukelten ihm Bilder und Geschehnisse auf der Fahrt nach Ithake vor: Kämpfe mit Tjekerschiffen, brennende Segel und berstende Planken an den schroffkantigen Klippen Ithakes und seinen Vater, das Gesicht und den Hals verwittert wie Treibholz mit den starrenden Muskeln eines Herakles – an dieser Stelle rissen die Träume meist ab.

Der Berg Ida im Südwesten trug nicht nur auf der Nordseite dicke Schichten aus Schnee und Eis, auf denen das seltene Sonnenlicht funkelte wie auf poliertem Silber.

Theris war Vogelgezwitscher, Honigwabe und Blütenöl. In ihrer wortarmen Klugheit schien sie ihn zu verstehen; sie blieb unverändert fröhlich, überhäufte ihn mit Zärtlichkeiten und glättete die schwarzen Wellen seiner Verzweiflung; gleichzeitig – belauschte sie seine Träume und die feuchtwarmen Gedanken vor dem Einschlafen oder während der grauenvollen Stunden der Schlaflosigkeit? – näherte sie sich dem Bild, das er von der einzigartigen Gefährtin hatte, ohne es ihr gegenüber je ausgesprochen zu haben: Sie entfernte sorgsam das Haar ihrer Achseln, der Scham und der Unterschenkel, strähnte und bürstete das Haupthaar mit Duftölen, erfand mit Hilfe anderer junger Frauen kühne Haartrachten. Manchmal glaubte er im Halbschlaf zu hören, daß das Klingeln ihrer Ohrgehänge sich mit dem Saitenklang von Khensos Harfe vermischte. Ihre Hüften waren muskulöser und schmaler geworden, der Bauch flacher und härter; nicht einmal, wenn sie nach langen Liebesnächten das Lager verließ, roch sie nach Schweiß. Sie kaute Minzeblätter und Knospen ihm unbekannter Blüten. Er begann sich zu fühlen wie ein verlauster, betrunkener Eselsstallknecht in der übelsten Hafenschänke Gublas.

An langen Fäden baumelten der vergoldete Fisch und die Zierscheibe von Knossos in Telegonos' Schlafgemach von der Decke und beschrieben, wenn er sie antippte oder Theris in ihre Richtung blies, langsame Kreise umeinander. Gegen Mitternacht, in einer jener langen Nächte zwischen leidenschaftlichen Umarmungen, Versinken in tartarostiefem Schlaf, der Bewußtlosigkeit nahe, und stundenlanger Schlaflosigkeit, löste sich Telegonos aus Theris' Arm und öffnete die Augen. Der Fisch, die Scheibe und Teile der Waffen glänzten; ein übles Zeichen, daß fast die ganze Nacht ein Öllicht brannte. Telegonos setzte sich auf die Kante des Flechtwerktischchens, das unter seinem Gewicht knarzte. Theris zog die Knie zum Kinn; sie war hellwach.

»Noch sieben Mal sieben Tage bis Thargeli, o verzweifelter Kapitän.«

Sie redete klar, frisch, mit einer Bestimmtheit, die ihr Ziel kannte. Telegonos zuckte zusammen und legte die Hände über sein Gemächt. »Du ... weißt alles, Theris, nicht wahr?«

Schweigend schüttelte sie den Kopf, dann flüsterte sie:

»Nein. Dazu bin ich nicht klug genug; mir fehlen einige Jahrhunderte. Aber ich hab's gefühlt. Du mußt jetzt beginnen, wieder Telegonos zu werden, sonst erkennt dich dein geliebter Pentau nicht mehr.«

Telegonos stieß einen röchelnden Seufzer aus; er begann sich zu hassen. Theris redete leise weiter: Jedes Wort schien sie seit Zehntagen sorgfältig bereitgelegt zu haben.

»Alle lieben und schätzen dich, weil du Telegonos bist. Wenn du ganz anders geworden bist, wird man froh sein, wenn die *Namenlose* Epta Piges verlassen hat. Und ich, Geliebter, werde dann zu Fuß nach Phaistos wandern.«

In der Stille hörten sie, wie Gras und Flechtwerk des Daches im ersten Frühlingswind trockneten. Ohne hinzusehen, langte Telegonos nach den Phialen und dem Krug und sagte, bevor das Rauschen in seinen Ohren zu laut wurde: »Das würde mich hart treffen. Aber, nach deinen Worten, nicht unvorbereitet.«

»Und kaum unverdient.«

Er nickte, füllte eine Schale und reichte sie ihr, füllte die zweite, setzte den Krug viel zu hart auf dem Boden ab und nahm einen Schluck. Sein Blick fraß sich in ihre Augen; auch in ihnen spiegelte sich das Lichtlein.

»Ich bin in den letzten Jahren ...«, begann er, unterbrach sich selbst und fuhr fort: »Laß mich anders anfangen. Seit ich Nausikaa traf, vor der Lehre, in die mich Pentau zwang, fällt wie ein schwankender Fels, groß wie ein Berg, Odysseus' Schatten auf mich, über mich, droht mich zu zermalmen, und weder der Rauschtrunk der Lotosesser noch deine Liebe, oder Kleineres oder Größeres, hat mich davon befreit. Eigentlich hätte die Fahrt nach Ithake ein paar Tage und Nächte dauern sollen – nun dauert sie viel zu lange. Ich bin wehrlos und will weg, muß ihn treffen; es gibt für mich kein anderes Ziel. Kirke, Orakel, Gesichte, Stürme ... alles schrammt tiefe Furchen in mein Herz. Ich wünschte, ein Niemand, ein Oudeïs hätte mich gezeugt! Jeder Atemzug, den ich warten muß, frißt an meinem Herzen wie der Wurm in diesem Balken.«

Er deutete zur Decke, berührte den goldenen Fisch, betrachtete dessen Kreisen. »Und so taumle ich um Dinge, Tage und das Flämmchen meiner Beherrschtheit und versuche, meine Rastlosigkeit zu mindern: ein alter Mann hätt's leichter und besser gekonnt. Glaubst du's mir? Ich bin meiner Ungeduld ausgeliefert! Meine Moirai sind ohne Erbarmen. Daß meine Mühe, mich nicht selbst zu vergessen, sinnlos wäre, wenn es dich nicht gäbe?«

»Wenn ich dies nicht wüßte, o uferkranker Aristos, würde ich mich lieber von Mynes bespringen lassen, als hier bei dir zu liegen.«

Telegonos sah sie über den Rand der Phiale hinweg an, nickte langsam, trank und flüsterte rauh:

»Ich hab's nicht anders verdient. Morgen, oder übermorgen, wenn die Pfade trocken sind, tun wir irgendetwas ganz anderes. Was es sein wird – ich weiß es nicht.«

»Warten wir auf die Sonne.« Theris breitete die Arme aus. »Komm zu mir. Lieben wir uns ohne Gier, zärtlich, so wie es in der letzten Nacht in Phaistos' Hafen sein wird.«

Er leerte die Schale, näherte sich ihrem Gesicht und verlor sich im Blick der goldfarbenen Augen. Nach dem langen, leisen Liebesakt schlief er, seit vielen Tagen, bis weit nach Mittag.

Hirten und Bauern aus anderen, verstreuten Siedlungen wanderten kreuz und quer über die Insel und tauschten Waren und Neuigkeiten. Der Treffpunkt in Epta Piges war bei warmem Wetter die Agora oder das alte Vorratshaus, in dessen Boden und entlang der Wände die gefüllten Vorratspithoi aufgereiht waren, meist mit schweren Tondeckeln verschlossen.

Bei Wein, frischem Brot und fetttriefendem Wildschweinbraten redeten die fünf von der *Namenlosen* mit den Besuchern und versuchten, mehr über den Westteil der Insel und die Küsten bis Phaistos zu erfahren; einige Besucher, meist kinderlose Frauen, pilgerten zur Höhle der Eileithya hoch über dem in grauer Vorzeit zerstörten Hafen von Katsambas. Die Inselgöttin, von der Eros abstammte, stand den Frauen im Kindbett bei; manchmal wurde behauptet, daß Eileithya der andere Name der Artemis war. Mit Opfern in der Höhle glaubten die Frauen, bald schwanger zu werden und eine leichte Geburt zu haben. Jeder Besucher aber berichtete den Seefahrern, daß an vielen Stellen Kretas große Bauwerke aus vergessener Zeit zu unbewohnten Ruinen verfielen.

Prokles aus Phaistos hatte kurz vor den ersten langen Regenfällen Epta Piges verlassen und die Seefahrer noch einmal eingeladen; plötzlich kamen Nano Duduqi und drei Eselmänner mit sieben schwer beladenen Tieren und brachten nützliche Dinge aus den Vorratshäusern Gortyns: Bronzenadeln, viel Werkzeug, Schmuck und Heilsalben vom Neilos, Zedernöl, Erdpech, Shafadu-Schreibblätter – der Kreter nannte sie »Papyros« – und dünnes, weißes Leinen. Duduqi blieb ein paar Tage, steckte jeden mit seiner lärmenden Fröhlichkeit an und tauschte feines Leder ein, unzählige kleine, wachsversiegelte Krüge mit Blüten- und Kräuterauszügen, kunstvolle Dosen, Honig, Wein und schwere Teppiche und Wollstoffe.

Er hatte nur wenige Neuigkeiten für Telegonos, Ophian, Arneios, Alkias und Norax: Die zehn Jahre der Verbannung aus Ithake endeten für Odysseus, so hatte er es gehört. In Phaistos hatte seit dem Herbst kein Rômetschiff angelegt – keine Nachricht von Pentawer-Ptah; von vermißten oder untergegangenen Schiffen wußte niemand. Telegonos tauschte den Knossos-Fisch – er war tatsächlich dick vergoldet – gegen einen Kupferkessel und einen halbmondförmigen, sorgfältig gearbeiteten Wesech-Halsschmuck aus Menefru-Mirê, der schön und farbenfroh, aber keineswegs kostbar war.

Einen Siebentag lang brauchte Telegonos, bis er die Mauer um das Häuschen ausgebessert, an den Ecken fünf Baumschößlinge gepflanzt und mit Stützen gesichert und den Küchen- und Kräutergarten aufgehackt, vom Unkraut befreit und eingesät hatte. Da jeder, der Schiffswache hielt, so viel Treibholz zurückschleppte, wie er tragen konnte, wütete er am letzten Tag mit der Schiffsaxt und stapelte die Kloben unter dem Vordach. Splitter und Späne warf er ins Feuer, das unter drei Kesseln loderte. Das Wasser kochte; Telegonos schliff die beiden Schneiden, holte schwitzend zwei Dutzend Krüge Mischwasser vom Brunnen und rieb vor dem Bronzespiegel Hals und Gesicht mit dem Brei aus Öl, geriebener Wurzel des Seifenstrauchs und heißem Wasser ein, bevor er den Dolch ansetzte und den Bart schabte, den er zehn Tage lang hatte wuchern lassen.

Ächzend und grunzend vor Wohlbehagen ließ er sich in das versenkte Becken gleiten und streckte sich aus, hielt die Nase zu und tauchte unter; während er sich wusch, zwischen vielen Schlucken dünnen Weins, zählte er die Tage bis zum Anbruch des Thargeli, des elften kretischen Mondes, der sicheres Segeln versprach. Er war nicht völlig sicher, aber es schienen weniger als fünfunddreißig zu sein.

Über den Tisch im Megaron, an dem nicht mehr als vier Sitzende Platz hatten, hatte Telegonos ein Tuch gebreitet: Brotkorb, Phialen, Wildschweinschinken, ein Laib Schafskäse, Salz, Würzöl, geröstete Nüsse und Pinienkerne und schwarze Oliven, Bretter und Messer bildeten mit dem Zweig eines Erdbeerbaumes ein buntes Muster; der Zweig trug eine halbgeöffnete Blüte und hellgrüne Blätter. Die Tage der Monatsblutung hatte Theris bei den anderen Frauen verbracht, die Wolle spannen und die Webstühle neu bespannten.

Telegonos entzündete ein Öllicht, goß Wein in einen Becher und setzte sich auf die Bank unter dem Vordach. Zwischen ockerfarbenen und grauen Wolken, die wie Krakenarme nach Norden wiesen, sank rotgolden die Sonne. Der Himmel dunkelte im vornächtlichen Blau. Über dem Horizont zeigten sich machtvolle Farben, als ob der Himmel jenseits des Telepylos, am Rand der Welt, in unbeschreiblicher Glut ausgelöscht werden sollte. Telegonos betrachtete das Bild; es erinnerte ihn an die eigene Winzigkeit.

»Der kluge Pentau«, murmelte er. »Er hat es richtig erkannt: Wir sind dem Kosmos und der Macht der Natur hilflos ausgesetzt. Wie der Hafen von Knossos, den das Meer verschlang. Stehen zwischen uns und solchen Wolkenbergen wirklich die Götter?«

Nicht einmal Pentau oder Kirke kannten die Gesetze, nach denen die Natur handelte. War sie ein Werkzeug der Götter? Daß sich kein Sterblicher ungestraft gegen die Natur wenden durfte, hatte Telegonos früh gelernt ... ob Götter und Natur ein und dasselbe waren –?

»Ich kann's nicht glauben!« Er hob den Becher und grüßte Theris. »Und ich will es nicht glauben!«

Die Sonne berührte den Rand des Horizontes. Theris, einen Krug auf der rechten Schulter und unter dem Arm eine Truhe aus Flechtwerk, blieb am Hoftor stehen, das Telegonos geöffnet hielt, küßte ihn und ließ sich den Krug abnehmen.

»Dein Gesicht.« Sie lächelte. »Du siehst drein, als hättest du tausend Schafe gemolken und dich von einem Dutzend Hammel umrennen lassen.«

»Sieh dich um. Deine Heimat hab' ich verschönert, und der Sonnenuntergang hat meinen Trotz vermindert. Komm herein und bleib.«

Sie hatte frisch angesetzten Brei aus Mehl und Schrot mitgebracht; bis morgen würde er in der Wärme voller säuerlicher Bläschen sein und auf der Bronzeplatte fingerdick aufgehen.

Theris hatte ihr Haar in unzählige dünne Zöpfchen flechten, bis zu den Schultern hängen und die Enden über dem Scheitel in einen geschnitzten Knochenring zusammenstecken lassen; zwischen den Schleifen klingelten die uralten Ohrgehänge. Nachdem sie gegessen hatten, holte Telegonos schweigend ein Tuch, verband ihr die Augen und zog sie an den Händen hoch. Er stellte den Spiegel schräg gegen den Mischkrug, streifte den Schultersaum ihres Peplos über die Brüste und sagte leise:

»Warte so. Ein paar Atemzüge lang ...«

Er wickelte den Halsschmuck, der leise klirrte, aus dem Leder und nahm Theris die Goldkette ab, faßte die Enden des Lederschnürchens und hängte ihr den Wesech so behutsam auf die Brust, daß sie nicht spüren konnte, wie groß er war. Telegonos knüpfte den Knoten und löste dann die Augenbinde.

»Für die schönste, verständnisvollste und geduldigste Tochter Kretas, die ich in diesem langen Jahr getroffen habe. Sieh selbst.«

Der untere Rand des Wesech berührte ihre Brüste, deren Sonnenbräune gewichen war, an der tiefsten Stelle spannte er sich. Theris starrte in den Spiegel, faßte ihn mit beiden Händen und hob ihn hoch, drehte sich ins Licht und betrachtete das glimmende Leuchten der vergoldeten Bronzeperlen, der kleinen Karneole und der vielen Tropfen und Vierecke mit farbigem Glasfluß zwischen winzigen Bronzeringen.

»Ich sehe es. Das Halsband ... kennst du den Namen dafür? – es ist wunderschön. Wie kann ich dir danken, Telegon?«

»Sprich nicht von Dank.« Er trat hinter sie, küßte ihren Nakken und hob ihre Brüste mit beiden Händen. »Du sollst nicht ärmlich wie eine Bauernmagd in Phaistos an Land gehn. Sondern als Gefährtin eines Aristos.«

»In einem weißen Chiton bis zu den Knöcheln.« Sie ließ den Spiegel sinken und schob die Hände unter den schweren Halbkreis des Schmucks. »Mynes' Gattin und ich weben und stikken daran, seit einem halben Mond.«

»So werden wir es halten. Pentau sollen die Augen hervorquellen.«

Theris öffnete mit bedächtigen Griffen die geknüpften Bänder des Peplos, ließ das Tuch zu Boden fallen, schlüpfte aus den Sandalen und drehte sich langsam herum. Sie stellte sich auf die Zehenspitzen und legte die Arme um seine Schultern.

»Zunächst soll anderes, Lustvolleres quellen und sich rekken, o Aristos. Unser letzter Mond an Land bricht bald an.«

»Es gibt kaum mehr etwas zu tun«, sagte er, bevor er sie küßte. »Aber wir haben, glaube ich, gut damit angefangen?«

»Wie?«

»Vergiß es.« Telegonos folgte ihr ins Schlafgemach, durch dessen Eingang gelbes und rotes Licht aus dem Megaron sikkerte. Als sie den Kopf wandte, klingelten die Ohrgehänge, als näherten sich Priesterinnen mit Rasseln dem Platz eines ausschweifenden nächtlichen Festes.

»Es mag ungewöhnlich sein, aber es ist verständlich«, sagte Ophian. »Je näher der Tag der Abfahrt kommt, desto mehr schließen wir uns zusammen. Bald wird Heptodus kommen und fragen, ob wir alles bedacht haben.«

»Wenigstens ich habe alles genau bedacht.« Telegonos lachte und reckte den Daumen in die Höhe. »Ich träume in Krügen, murmle in Truhen und stottere in Hölzern und Werkzeugen.«

Die gesamte Umgebung hatte sich ins Grün des späten Frühlings gekleidet; dieser Teil Kretas sah aus wie die Umgebung der Bucht Aiaias vor einem Jahr. Im Gras raschelten junge Rebhühner, an den Ulmen, in langen Reihen gepflanzt, rankten sich Weinreben hoch. Der Winter war vorbei; im Gegensatz zu den Bewohnern Aiaias zählten die Kreter nur drei Jahreszeiten. Ophian und Telegonos, vor sechs Stunden von der Schiffswache zurückgekommen, waren nach sorgfältiger Beratung sicher, daß die Mannschaft der *Namenlosen* kaum mehr als Nahrungsmittel brauchte; alles andere, jede Kleinigkeit, war seit Monden an Bord oder in den vergangenen Zehntagen zum Schiff gebracht worden.

»Wein ist dort, ebenso zwei Säcke voll getrockneter, zerkrümelter Kräuter für den Sud. Genug Honig. Wasser kriegen wir aus dem Fluß. Das Segel haben wir überprüft.«

Telegonos hob die Hand, spreizte die Finger und zählte auf: »Mehl, geschrotete Körner, Salz, Salzfisch, Schinken, Oliven, Nüsse, frisches Gemüse für die ersten Tage, Säfte mit Honig – viel zuviel Käse haben wir zum Schiff geschleppt. Zwei Säcke voll ungesäuertem Brot; krachende Fladen, dünn wie Papyros. Hab' ich was vergessen?«

»Tücher, Decken, Mäntel, Salben, Leinen, Tongeschirr?«

»Liegt und steht alles bereit.«

Mys-Arneios stellte zwei große Krüge, deren graue Glasur in der Sonne schimmerte, neben die Mauer des Häuschens.

»Gutes Öl, hier. Habt ihr alles bedacht, durchgerechnet, aufgeschrieben, durchgestrichen?« Er zeigte mit beiden Armen auf die Wolken, die der Euros nach Westen trieb. »Was ist mit den Riemen? Vermodert? Holzwurm? Und der Ankerstein.«

»Pentau wird knurren, wie immer: glaub mir«, sagte Ophian. »Alles ist bereit, jedes Ding ist an seinem Platz – außer dieser Ansammlung wichtiger Nützlichkeiten.«

»Freunde!« Telegonos hatte vergessen, daß Mys Linkshänder war; er deutete auf den hellbraunen Dolchgurt und machte beschwichtigende Handbewegungen. »Ich hab' die Buchten und Strände aufgeschrieben; deswegen redete ich nächtelang mit den Besuchern von Epta Piges. Wenn die Winde günstig sind, brauchen wir drei Tage und Nächte nach Gortyn oder Phaistos.«

»Müssen wir rudern?«

»Damit sollten wir immer rechnen. Ostwind, Nordwind und Westwind brauchen wir. Die Vorräte reichen für zwei Zehntage!«

»Nicht, wenn wir rudern müssen.«

Ophian und Telegonos machten gleichzeitig die Geste der großen Ungewißheit aller Steuermänner.

»Nicht einmal die Argonauten haben gern gerudert, und sie hatten Herakles und die Dioskuren auf der Ruderbank!«

Die großen Ledersäcke waren trocken, geölt und gewalkt worden, bevor die Frauen der Siedlung die Gewänder und Tücher hineingepackt hatten. In den Falten lagen Leinensäckchen voller getrockneter Kräuter, die jedes Tuch mit ihrem Duft durchtränkten. In Telegonos' Megaron standen sechs Walsäcke, von den Kretern Pytio genannt, in die der Rest der persönlichen Habe verpackt werden würde; die Hälfte aller Erwachsenen der Siedlung half den Seefahrern.

Helme, Schilde, Brustpanzer und Waffen waren an Bord; kein Stück, das nicht während des langen Winters überprüft, geschliffen, neu befestigt, mit Fett eingeschmiert und, wenn nötig, in Teilen ausgewechselt worden war. Vor einem Siebentag war die Zeusstatue mit dünnen Tauen innen am Bugholz festgezurrt worden.

»Wann legen wir ab, o Steuermann?«

Ophian grinste Nautes an und stieß Telegonos den Zeigefinger in die Brust. »Frag ihn, o Ruderer!«

Es war nichts anderes als ein Reden um des Redens willen; der alte Mynes war während eines langen halben Jahres der beste Schätzer des Wetters gewesen. Telegonos sagte, ohne zu lächeln: »Frag mich. Ich frage Mynes. Wenn er sagt, zwei Tage lang weht Euros oder Kaikias, legen wir ab. Zufrieden?«

»Erst in Phaistos, oder wie der schrundige Hafen sich nennt«, brummte Heptodus-Alkias.

»Matlon nennt sich einer, Gortyn der andere, aber wir sollen den Hafen von Phaistos anfahren, und wir werden mit einem Blütenregen empfangen«, sagte Telegonos und grinste. »Wir wohl nicht, aber Theris.«

»Wird ihr übel, wenn wir rudern oder segeln und wenn ihr zwei steuert?« Nautes kratzte sich zwischen dem Brusthaar. Telegonos zuckte mit den Schultern und sagte:

»Nur, wenn du zuviel fragst. Sei unbesorgt: sie kotzt nicht auf deine Zehen.«

»Somit ist alles geklärt«, sagte Ophian und lachte. »Bis uns Mynes mit dem Beifall der Götter losschickt, sollten wir gebührend tröstlichen Abschied von den Gefährtinnen des Winters nehmen – sie werden sich, denke ich, wegen des Abschieds schwerlich aus Leid entleiben.«

»Wer weiß?« brummte Mys und strich über sein kurzes, schneeweißes Haar.

Viele Feuer im Megaron, viel Wein, langes Reden, eine Nacht, ein Tag und wieder eine Nacht; vorbei. Fünfzehn, zwanzig Frauen und Männer und sechs Esel trugen alles, was die Seefahrer gesammelt und vorbereitet hatten, zum Fluß hinunter, über den Pfad zum Schiff. Die Seefahrer schleppten Krüge, Truhen und Ballen, befestigten sie, lösten die Taue, schoben das Schiff ins hohe Wasser der Mündung. Drei Stunden nach Sonnenaufgang floß Wein in die Becher, umarmten sich Frauen und Männer zum letzten Mal. Theris kletterte die Strickleiter herauf und setzte sich auf die gefüllte Hecktruhe.

»Kommt wieder!« schrie Mynes. »Bringt uns fremde Dinge, wahre Erzählungen und junge Siedler!«

Telegonos, Heptodus, Nautes und Mys saßen auf den Ruderbänken und packten die langen Riemen. Die *Namenlose* glitt ins Flußwasser, in die glatte Fläche hinter dem Wellenbrecher und um dessen Kante ins Meerwasser hinaus. Immer wieder hoben sich Arme, winkten Hände; die Frauen stießen lang gezogene Triller aus. Sie ruderten weniger als eine halbe Stunde lang. Wind aus Sonnenaufgang erfaßte das Schiff und drehte es, noch ehe die Rahen hochgezogen wurden. Im weiten Bogen, mit schäumenden Kielspuren, segelte die *Namenlose* auf die Nordspitze einer fast kreisrunden Halbinsel zu: Das Meer war ebenso einladend wie das Blau des Himmels und das Sausen des Windes über den rollenden Wellen. Hellgoldenes Sonnenlicht tränkte den Stoff des großen, prallen Segels. Telegonos an der Backbordpinne drehte sich um und betrachtete Theris.

Sie hatte die Arme um die Knie gelegt, sah mit undeutbarem Gesichtsausdruck zur schwindenden Küste, und jedes Mal, wenn das Heck des Schiffes einsetzte, klingelte der Schmuck ihrer Ohrläppchen.

7.
PHAISTOS

Kurz nach Mittag, mit guten Winden aus Sonnenaufgang, segelten sie an der Nordseite der runden Halbinsel vorbei und entschieden, mindestens bis zum Abend weiterzusegeln; vielleicht erreichten sie, an den beiden Landvorsprüngen vorbei, noch vor Sonnenuntergang das Westende Kretas. Ophian bezweifelte es; Telegonos schwieg und sah aufs Meer hinaus, lauschte auf die Geräusche der seichten Wellen und des Schiffes, betrachtete die Spannung der Taue und sah mit Verwunderung die Bewegungen der Mannschaft.

Es war, als hätten sie das Schiff nur für einige Tage, nicht für lange Monde verlassen. Jeder der fünf bewegte sich mit der gleichen Sicherheit wie im letzten Jahr, jeder Griff war ebenso schnell und sicher.

»Freunde«, sagte er grinsend, »wer nicht selbst dafür sorgt, daß er sich über feine Erlebnisse und starke Erfolge freut, hat beides nicht verdient. Wir sollten jubeln und tanzen – ist es nicht herrlich, wieder auf den Planken zu stehen?«

»Warte, bis der nächste Sturm kommt«, sagte Nautes und hob die Schultern. »Die Fahrt fängt erst an.«

»Die Stürme sind alle noch fest von Aiolos verknotet«, rief Ophian.

»Und wir haben gelernt, mit ihnen umzugehen.« Mys stützte

sich auf die Bordwand und spuckte in die nächste Welle. Heptodus kam und löste Telegonos ab. Er setzte sich zu Theris.

»Dir ist nicht übel geworden? Du bist so still«, sagte er leise. »Ist es so, wie du geglaubt hast?«

Theris zuckte mit den Schultern und lächelte.

»Ganz anders. Ich war nur ein paarmal mit den Fischern auf dem Meer.« Ihr Blick wanderte; die Küste an Backbord sprang weit zurück, und vor dem Bug bildeten sich vor dem dunstigen Himmel die grauen Umrisse des nächsten Landvorsprunges. Der Sonnenglanz auf den Schneeflächen des Idaberges blendete bis weit aufs Meer. »Wie ein großes, langsames Tragetier ist euer Schiff. So fest, so schwer – es kann nicht sinken, nicht wahr?«

»Nicht, solange du bei uns bist.« Er lachte, umarmte und schüttelte sie. »Es ist nicht weit und nicht gefährlich bis Phaistos.«

Der Frühlingswind wehte kalt, und ebenso kam Kälte vom Wasser. Selbst die Tropfen, die manchmal vom Bug spritzten, schienen eisig wie Quellwasser. Telegonos dachte an die drei Ertrunkenen und deren Schmuck in seinem Watsack. Das Meer war ohne Dünung, nur auf wenigen Wellen zeigten sich Schaumspitzen. Jedes Geräusch, jede Bewegung war vertraut. Er sah zu, wie Nautes in den Schiffsbauch kletterte und mit dem Sudkrug und Bechern zurückkam.

»Wenn ich sicherer bin, helfe ich euch«, sagte Theris. »Werdet ihr auch in der Nacht segeln?«

Telegonos hob den Arm. Der volle Mond stand zwischen Horizont und Mittagshöhe am wolkigen Himmel. »Es hängt vom Wind ab. Wenn wir uns wieder ans Segeln gewöhnt haben, sehen wir nachts fast so gut wie am Tag.«

Die Stunden krochen dahin. Unverändert prall stand das Segel. Am Abend fuhren sie zwischen der Spitze des westlichen Fingers und einem niedrigen Felsinselchen hindurch, umrundeten ein zweites, westlicher gelegenes steinernes Eiland und kamen in den Bereich seltsam drehender, auf- und abschwellender Vogelwinde, die bis weit über Mittag anhielten. Flache Küstenlandschaften, dahinter schroffe, halb bewaldete Berge und flaches Wasser voller scharfkantiger Felder aus bräunlichem Gestein glitten unendlich langsam vorbei. Windstille senkte sich am frühen Abend, als Mys von der Mastspitze winkte und rief:

»Eine große und eine kleine Bucht. Geschützt gegen alle Winde, nur nicht gegen Zephyros!«

»Komm runter«, rief Telegonos. »Wir steuern zur größeren Bucht.«

»Wenn dies jene Buchten sind, von denen uns die Wanderer berichtet haben, gibt's hier gute Strände«, sagte Ophian. »Sie liegen, sagten sie, in der Mitte der Westküste.«

»In zwei Stunden sind wir dort und sehen es selbst.« Telegonos wartete, bis das Segel schwankte, tiefe Falten schlug und schlaff herunterhing, ehe er half, die Riemen loszubinden und einzusetzen. Sie ruderten zu viert, drehten vor dem Strand das Schiff und wuchteten den Ankerstein über den Bug. Knirschend schob sich das Heck in den Sand.

»Deine erste Seefahrt, Theris.« Ophian rollte die Strickleiter über die Bordwand ab. »Hat sie dir gefallen?«

»Frag mich wieder«, sagte sie gähnend, »wenn ich ausgeschlafen bin. Die Nacht über hab' ich kaum schlafen können. Aber mir ist nicht ein bißchen übel.«

Telegonos kletterte in den hellen Sand hinunter und half ihr von der untersten Sprosse. Theris klammerte sich an ihn und schrie leise, als der Boden zu schwanken schien; die Mannschaft lachte über ihr erschrockenes Gesicht.

Gegen Mittnacht, als die Flut kam und das Meer um zwei Handbreit stieg, schwankte das Schiff mit dem Kiel im knirschenden Sand. Über die Länge des Strandes und durch die windverschliffenen Bäume winselte starker Nordwind. In der Dunkelheit erschienen weiße Schaumkronen.

Telegonos und Mys erwachten gleichzeitig. Sie wickelten sich aus den Decken und gingen zum Schiff. Der Steuermann schleppte aus dem Bug das Tau mit der großen Schlinge und ein zweites Tau und warf beide aus dem Heck.

»Ich will nicht im Morgengrauen in diesem krankmachend kalten Wasser schwimmen müssen«, brummte er. »Macht an dem Felsen dort fest.«

Sie legten im letzten Mondlicht die Schlinge über einen Uferfelsen, knoteten die Seile zusammen und befestigten das Ende im Heck, während das Jaulen des kalten Windes zunahm. Aus der Bucht jenseits des südlichen Kaps drangen, leise und verzerrt, in unregelmäßigen Abständen seltsame Laute: lang gezogene, summend-brüllende Schreie, dazwischen grelle Töne, wie von einem steinernen Aulos, und in einem Takt, der nicht zu den schauerlichen Rufen paßte, krachten schwere, große Dinge gegeneinander, als ob Talos mit Felsbrocken wütete. Der Boreas übertönte die Geräusche der Nebenbucht und wehte den Schall nach Süden.

Telegonos kroch in die Wärme unter dem Mantel und an Theris' Seite. Er flüsterte: »Du mußt dich nicht fürchten. Bei Sonnenlicht werde ich wissen, was das bedeutet.«

Der Boreas riß Sandkörner vom Strand und schmetterte sie ins festgeschnürte Segel und gegen die Bordwand. Das scharfe Knistern hörte bis zur Morgendämmerung nicht auf.

Nach einigen Bechern Sud und den letzten gebratenen Rebhuhnbrüsten gingen Ophian, Theris und Telegonos entlang des Schwemmgutes bis zum Ende des Strandes und kletterten den niedrigen Hang aus Felsen, Sand und Gebüsch hinauf. Der Boreas riß und rüttelte an den Blättern; im schmalen Waldstreifen verstummte sein Winseln. Nach wenigen hundert Schritten standen sie zwischen Wurzelwerk, das sich in Steinspalten krallte, an der Kante eines Felsabsturzes. Nicht mehr als fünfzehn Ellen tiefer lag eine runde, fast geschlossene Bucht mit Stränden aus Stein und Sand. Ein großer schwarzer Steinkreis voller verkohlten Holzes und tiefe Spuren zeigten, daß vor kurzer Zeit, vielleicht gestern nacht, hier ein Schiff Unterschlupf gefunden hatte.

»Wenn es ein Tjekerschiff war, dann haben uns die Götter durch Unsichtbarkeit geschützt«, sagte Ophian.

»Aber nicht vor tölpelhafter Ungeschicklichkeit.« Telegonos deutete auf Steinformationen, zwischen denen Meerwasser ablief; die Ebbe sog das Wasser ins Meer hinaus. Er hob den Schild. »Wir hätten unsere Nachbarschaft erkunden sollen.«

»Nach einem friedlichen Winter hab' nicht einmal ich an Gefahren gedacht.« Ein donnerndes Dröhnen unterbrach sie. Theris deutete nach links. Wie eine natürliche Mauer umgaben Felswände im Halbkreis das hintere Ende der Bucht. Fast in der Mitte bildeten ausgefressene Felsen einen gewaltigen Bogen wie ein halbrundes Tor. Davor, vielleicht hundert Schritte im Durchmesser, war ein erstaunliches Bauwerk oder dessen Fundament halb im Meer versunken; zwischen diesen zwei Ellen hohen Mäuerchen floß das Wasser ab und schwemmte Sand und Laub mit.

»Staunenswertes Kreta!« Ophian stemmte die Fäuste in die Hüften. »Wo Felsen an Ketten baumeln.«

In der Mitte des Felstores hingen zwei mannsgroße Steine. Jeder war mit zwei armdicken Ketten befestigt und konnte wie ein Rammbock hin- und herschwingen und mit den abgesplitterten Enden gegen den zweiten Stein oder den Felsen schlagen. Beide Steine schaukelten, beschrieben ovale Bewegungen, verfehlten einander meist; schweigend warteten die Seefahrer, daß sie wieder gegeneinander dröhnten.

»Jetzt bewegt sie der Boreas. Aber in den Winterstürmen reichen die Wellen bis hoch über das Tor«, sagte Theris und zeigte auf weiße Stämme und salzüberkrustete Flächen ob erhalb des Felsbogens.

»Eines fernen Tages werden sie das Tor samt Ketten und Dröhnsteinen zerbrochen und in kleine Stücke geschlagen haben. Dies ist wohl ein Temenos, ein heiliger Ort vergessener Kulte.«

»Gehen wir hinunter.« Ophian zog sie nach links. Die Kälte des Windes war nicht zu spüren, als sie über schroffe Felsen hinunterkletterten, auch der Wald und die Vertiefung boten Schutz. Die Wärme nahm zu. Jedes Mal, wenn die Seefahrer innehielten, entdeckten sie überraschende Bilder: Gestalten und Linien waren in die glatten Teile der Felswand gemeißelt, teilweise von der Wucht winterlicher Sturzseen zerstört: Ein kreisförmiges Labyrinthos, sechs Ellen groß, unzählige kleine und große Stiergehörn-Male, deren Spitzen in alle Richtungen wiesen, über oder neben ihnen ebenso häufig die Doppelschneiden der Äxte; die Rundung der Schneiden entsprach der inneren Rundung des Gehörns.

»Hier haben die Alten ihre Stiere geopfert«, sagte Theris. Sie zuckten zusammen: Dröhnend schlug ein Stein gegen die Felsbrücke. Stein bröselte ab, Splitter klirrten zu Boden und fielen ins Wasser zwischen den Fundamenten. Es war um mehrere Fingerbreit gefallen, und jetzt konnten sie deutlich sehen, daß die Fundamente ebenso oder ähnlich angeordnet waren wie das Rundlabyrinthos der Felswand.

»Es müßten schwimmende Stiere gewesen sein«, sagte Telegonos und sah sich vergeblich nach einem Pfad um, auf dem – vor wie vielen Jahrhunderten? – die Opfertiere zum Temenos getrieben worden waren. Ophian und Theris blieben auf einem nassen Mäuerchen stehen, das Teil des äußersten Labyrinthoskreises war. Vor ihren Zehen gurgelte das Ebbewasser; schweigend sahen sich die Seefahrer um und versuchten, die Bedeutung dieses Ortes zu erkennen. Das Zeitalter der Könige Kretas, deren Name stets »Minos« gewesen war, gehörte unzweifelhaft der Vergangenheit an. Der letzte Stier war längst geopfert, die Asche des Opferfeuers im Meer aufgelöst, und mit der einst heiligen Doppelaxt, dachte Telegonos, spaltete er Holz für die Herdfeuer. Ihm fiel die Nacht vor der Abfahrt ein, als Kirke die Götter beschworen hatte. Er würde jetzt, da er sich von den Göttern und deren Gesetzen noch immer nicht hatte lösen können, Paian Phoibos Apollon opfern, dem Bogenzieler, dessen strahlender Blick in die Weite und die Zukunft gerichtet war. Er fuhr suchend die Linien des Labyrinthos nach und sagte:

»Vielleicht war dies vor Urzeiten ein hohes Bauwerk, so wie der Tempel der Winde auf Aiolos' Insel? Menschen gingen zwischen den Mauern umher, und wenn sie den Ausgang nicht fanden, ertränkte sie das Meer.«

»Oder ein Stier wurde in der Mitte der Mauern gehalten und geopfert?« Theris sprang von einer Mauer zur anderen und näherte sich dem Mittelpunkt. Wenige Atemzüge später erwachte der Boreas wieder zur vollen Stärke, rüttelte an den Bäumen und stürzte sich kreiselnd in den Kessel der Bucht. Die Asche aus dem Feuerkreis wirbelte davon, einige Wellen löschten die Spuren des Kieles und die Fußeindrücke aus. Ophian und Telegonos wechselten einen langen Blick; der Steuermann murmelte:

»Sie waren heute nacht hier und sind nach Süden gesegelt. Danken wir dem Boreas ...«

Die letzten Worte gingen im Jaulen, Dröhnen und jenen dunklen, erzenen Rufen der Nacht unter. Die Bucht war voller Lärm, der mit dem Wind an- und abschwoll. Theris hielt sich die Ohren zu, Telegonos und Ophian blickten umher und hofften, im Chaos der Laute herauszufinden, woher sie stammten, denn sie hatten zweifellos etwas mit dem starken Nordwind zu tun. Telegonos lehnte den Schild gegen den Felsen, sprang auf das Fundament und ging, die Hände hinter den Ohren aufgestellt, zu einem langen, gezackten Schlitz im Felsen. Je näher er kam, desto lauter wurde das Brausen des Aulosrufes; er winkte Ophian und sah gleichzeitig ein halbes Dutzend schmalerer und kürzerer Löcher. Ihre gleichmäßigen Ränder bewiesen, daß sie nicht natürlichen Ursprungs waren, oder daß damals, vor dem Untergang von Knossos, einer der Alten einen Riß oder eine Spalte vor dem Hohlraum im Fels mit Meißel und Hammer bearbeitet hatte. Als sich Telegonos mit dem Rücken zur Spalte lehnte, riß der dumpfe aulodische Ton ab. Telegonos brüllte:

»Wie beim Hals eines Kruges, wenn man darüberbläst. Wie die steinernen Auloi des Aiolos, Freunde!«

Er machte zwei Schritte, und in seinem Rücken klang wieder das Gebrüll auf. Ophian ging auf einen schmalen Spalt zu, verdeckte ihn mit Händen und Unterarmen: das gellende Kreischen wurde leiser und hörte auf.

»Die Leute vom anderen Schiff haben nicht so viel gesehen

wie wir«, rief Ophian und lachte unsicher. »Das Heulen und Blasen hat sie vertrieben.«

Die Windstöße hatten die schwingenden Steine in heftigere Bewegung versetzt. Sie schwangen und kreisten; wie gebannt verfolgten die Gefährten das Hin und Her an Bronzeketten, deren Glieder gegeneinander kreischten. Mit kurzen Pausen ertönten sieben Schläge gegeneinander und an die Flanken des Steinbogens. Der Boden der gesamten Bucht schien zu zittern, wieder prasselte ein Hagel zermalmten Gesteins herunter. Der Boden der labyrinthischen Fundamente war ohne Wasser, und als die Steine langsamer schwangen, schwiegen auch die Sturmböen und die Auloi des Fürsten der Winde. Theris stand im Mittelpunkt der unterbrochenen und miteinander verbundenen Kreisausschnitte und hob den Arm.

»Hierher, Telegonos! Ich sehe etwas ...«

Ophian näherte sich von rechts, Telegonos balancierte entlang der Maueroberflächen. Es waren Quader, an den Flanken nur grob zugehauen, aber an den Fugen glatt und ohne auffallende Spalten. Sand, Talg und Algen waren in den Zwischenräumen liegen geblieben. Als Telegonos neben Theris stand, deutete sie in ein rundes Loch, vielleicht einen Brunnenschacht.

»Es war doch ein Temenos«, sagte sie tonlos. »Nicht nur für Minos' Stiere.«

Das Loch war sieben Ellen groß, ein vollkommenes Rund. Wasser und feiner Sand hoben und senkten sich langsam, aus großer Tiefe gurgelten Blasen herauf und platzten. Eine Masse ineinander verkeilter Stiergehörne und große Teile der Knochenschädel ohne ein Stückchen Fell daran, zwischen ihnen zerbrochene Menschenschädel; auch solche, die Kindern gehört haben mochten. Durch die Höhlungen der Oberkiefer oder der Ohren hatten sich gesplitterte Hörnerspitzen gebohrt, und das Meer hatte jedes Stück Horn und Knochen gewaschen, poliert und ausgebleicht, so daß alles wie feinster Marmor schimmerte, inmitten winziger Goldkörner aus Sand. Langsam sank das Wasser, die riesige Menge Knochen bewegte sich wispernd und leise knackend, und der Sand senkte sich wieder darauf.

»Die Götter der Alten waren furchtbar«, sagte Telegonos. »Die Opfer, die man ihnen brachte, waren ebenso grausam.«

»Ihr Kreter seid die Überlebenden einer Zeit, deren Bedeutung vergangen ist. Zusammengebrochen wie Knossos, untergegangen wie Katsambas.«

»Wahrscheinlich sind wir die Menschen, die dem bronzenen Geschlecht folgen.« Telegonos nahm Theris bei der Hand und wandte sich ab. »Was sollen wir aus all dem Aufgelösten, Vermischten und Verstreuten neu schaffen? Und welche Götter?«

Weder Theris noch Ophian antworteten.

Als Telegonos sich den Schild auf den Rücken hängte und über die Felsen kletterte, schoben sich Mys, Nautes und Heptodus zwischen den verkrüppelten Bäumen hindurch und blieben an der Kante stehen. Zuerst begriffen sie nicht, was sie sahen; als Telegonos Theris über die letzten Steinbrocken hinweghalf, rief Mys:

»Wir waren besorgt – ihr seid so lange nicht zurückgekommen.«

»Ihr seht es selbst«, sagte Theris. »Wir sind unverletzt. Telegonos wird euch berichten, was wir gefunden haben.«

»Wir sind in der fernen, nassen Vergangenheit herumgestolpert.« Telegonos streckte Ophian die Hand entgegen. »Klettert hinunter, seht alles an, laßt euch nicht von den Boreas-Auloi erschrecken – wir legen erst ab, wenn sich der Nordwind selbst beschwichtigt hat.«

Der Boreas hielt sie bis zum frühen Abend fest. Die *Namenlose* schaukelte sanft am Ankertau und am Landtau; die Seefahrer saßen im Halbkreis am Feuer und aßen leicht verderbliche Vorräte, dazu Oliven und Öl, mischten Wein in den kalten Kräuteraufguß und redeten. Die Bucht öffnete sich nach West, die Schaumdreiecke verschwanden von den Wellen, und die Sonne färbte sich kaum, als sie sich dem Horizont näherte.

»Wenn ich euch reden höre«, sagte Telegonos, blinzelte ins

Gestirn und reichte Theris den Becher, »muß ich glauben, daß wir wirklich nur einen Zehntag lang in Epta Piges waren.«

»Jetzt redest du unverständlich«, meinte Ophian.

»Eure Rede sprudelt wie ein Quell. Ihr lacht und freut euch auf morgen. Im Dorf haben wir wenig geredet; kaum etwas über all die Dinge, die uns jetzt so wichtig sind.«

»Im Dorf«, sagte Mys langsam, »haben wir mondelang das Gleiche getan wie auf Aiaia. Abgesehen vom Helfen beim Teppichweben. Jetzt tun wir etwas ganz anderes. Oder sollten wir bei euch, Theris, einen solchen Temenos mit Labyrinthos, schwankenden Dröhnsteinen und Boreasflöten übersehen haben, beispielsweise?«

»Ihr hättet keinen gefunden ... aber sonst habt ihr wenig übersehen, wie ich weiß.«

»Das gilt«, Nautes lachte laut, »für jeden von uns!«

Der sicherste, langweiligste Platz für einen Seemann ist das Land, dachte Telegonos und grinste in sich hinein. Bis auf Ophian und Pentau hätte jeder Seefahrer die Inseln und Länder reicher Erlebnisse in seinem Leben nie betreten, wenn er nicht Mitglied der Schiffsmannschaft gewesen wäre. Die Fahrt nach Phaistos, von dort nach Ithake, Scheria und Aiaia würde nur einen Bruchteil so lang sein wie der erste Teil; Stoff für mondelange Erzählungen und neue, kleine Legenden. Er blickte in die Gesichter, ins Zwielicht der Flammen und der rötlichen Sonnenhälfte getaucht, sah das kurze Haar, Ophians weißen Bart, die Falten, Bartstoppeln und Heptodus' schadhaftes Zahngehege, Theris sonnengerötete Haut und den Zopf, dessen Ende von einer weißen Muschel zusammengefaßt war: er hob den halbleeren Becher und sagte:

»Für jeden von uns hat das letzte Stück der Fahrt begonnen. Zweifellos werden wir aufregende Dinge erleben, absonderliche und abenteuerliche – nichts davon wird uns umbringen. Wir haben Schlimmeres überstanden.«

»Schlimmeres als Olivenernte und Schafschur?« sagte Nautes. Ophian lachte grimmig.

»Kaum schlimmer sind die ungezählten Nächte der Leidenschaft, ohne jede Verantwortung. Ein kleines Geschlecht von jungen Anomata-Seemännern oder Meeresfrauen wird in Epta Piges heranwachsen.«

»Pentawer wird uns die losen Späße bald ausgetrieben haben«, murmelte Telegonos in das satte Gelächter hinein. »Niemand soll lange im Meer baden oder sich schwimmend erleichtern. Es ist sooo kalt.«

Mit Daumen und Zeigefinger maß er die Größe eines Möweneies. Selbst Theris kicherte. »Freunde! Unter die Decken. Vier, fünf Stunden nach Mittnacht rudern wir aus der Bucht.«

»So sei es, Neb Kapitän«, brummte Heptodus.

Es ist eine wortarme Freundschaft, dachte Telegonos. Falsch: Freundschaft wäre es erst nach einigen Jahren kaum unterbrochener Meeresfahrt. Es ist eine bronzene Kette des Stolzes, die in engen Windungen drei Fischer, einen kaum erwachsenen Aristos und einen zuverlässigen Steuermann umwickelte, straff genug, eine Gruppe zu markieren, locker genug, um auch einen Kapitän wie Pentau und Gäste wie Charissa-Daphnia, Nano Duduqi und Theris zuverlässig umschließen zu können. Sein Stolz, dazuzugehören, war nicht gering, kaum geringer als das Bewußtsein, eines der schwächeren Glieder der Kette zu sein. Aber: als Sohn der Kirke und des legendenhaften Helden, als Aristos, der die Verantwortung trug, würde er die Kette verlängern, verstärken, straffen, aber nie zu zerreißen wagen. Langsam leerte er den Becher, der gemischten, starken Wein enthielt.

»Die Nacht wird mondhell und sternenarm sein. Wir sollten schlafen.« Er hatte den Prunkmantel als Windschutz über einen ragenden Treibholzast gehängt und darunter die Decken ausgerollt. »Wer wacht und weckt?«

Ophian hob die Hand. »Ich, als Erster.«

»Dann ich, dann Mys«, sagte Nautes.

Theris mischte Wein, füllte einen drei Handbreit hohen Pithos und stand auf.

»Schlaft gut«, flüsterte sie. Hand in Hand mit Telegonos entfernte sie sich vom Feuer; sie streckten sich unter dem Gewebe aus farbiger, gewachster Wolle aus, deren Goldstickerei im vagen Mondlicht kaum zu sehen war.

Es war, als ob Kirke und Aiolos miteinander über die Fahrt der *Namenlosen* geredet und Wunschwinde geschickt hätten: Bis die Küste sich in zahlreichen Buchten und ständig wechselnden Bildern nach Osten zurückkrümmte, blies heftiger, keineswegs zu kräftiger Nordwind. Nach zwei Stunden Rudern in falscher Windstille – Ornithiai, Winde zaghafter Frühlingsvögel, bliesen zu den Ufern hin, wieder aufs Meer hinaus, strudelten nutzlos zwischen den fünf Inselchen eines von Möwen, Meeresraben und Falken behausten Archipelagos umher – setzte warmer Zephyros ein, der nach Stunden die höchsten Wolken nach Osten trieb. Die felsbestückte Südküste der Insel zog vorbei: Menschenleer, verkarstet hier, dort satt und hellgrün bewaldet, von zwei langen Stränden unterhalb schroffer Hänge unterbrochen, voller jagender Sperber, Falken, Habichte und Bussarde, über denen, viel höher, Seeadler und Geier ihre lautlosen Kreise zogen, mit unbewegten Schwingen.

»Weiße Wolken. Sachter Zephyros. Wir sind gut gelaunt und wach. Der Mond begleitet unsere Fahrt; weit und breit kein Netzsegel der Tjeker – wagen wir's?« rief Telegonos von der Steuerbordpinne. »Wagen wir auch die zweite Nachtfahrt?«

»Ist deine Theris so scharfäugig wie Charissa?« rief Mys zurück. Telegonos deutete auf seine Gefährtin.

»Ich sehe ganz gut, wenn mich der Schneeglanz deiner kargen Behaarung nicht blendet!«

»Stell dich in den Bug und halt Ausschau«, sagte Mys. »Dann stimme ich zu.«

»Einverstanden, Kapitän der Salzfische«, sagte sie. »Ich kenne die Küste nicht – ebenso wie ihr alle.«

»Das und deine Lieblichkeit sind deine Vorteile«, knurrte Ophian. »Beides wird schwerlich zu übersehen sein.«

Nautes und Heptodus stimmten lachend zu. Vom Leuchten einer riesigen, glutroten Sonne hinter dem Heck verfolgt, segelten sie mit knarzendem Tauwerk, prallem Segel und trokkenen Planken ostwärts; selbst Theris bewegte sich an Bord, als wäre sie nichts anderes gewohnt. Die Nacht sank, die Sterne blitzten und funkelten, die Schwärze war vollkommen, bis sich der Mond hinter dem Diktysgebirge zeigte, über dem Berg, in dessen Flanke die Höhle des Zeus eingegraben war; vielleicht war die tödlich verwundete Harpyie auch dorthin geflüchtet.

Am Abend des fünften Tages schwang sich die Küste, von Theris zuerst gesehen und nun von allen anderen nicht zu übersehen, in weiter Rundung wieder nach Süden, bis dorthin, wo das Kap Lith mit dem dämmerigen Horizont verschmolz. Die *Namenlose* rauschte stampfend geradeaus; sie würden den Hafen von Phaistos, der in der Mitte der Landmasse lag, frühestens morgen erreichen. Sie ließen den Ankerstein in einer namenlosen Bucht fallen, schliefen auf der Ladung und den Planken und fuhren beim ersten Lichtschimmer weiter.

Am Ende einer Hügelkette, die nach Osten auslief, hoch über der Ebene von Mesara, lagerten winzige weiße Würfel und dunkle Dächer: Phaistos, dessen niedergebrochener Palast nicht wieder aufgebaut worden war; die Steine dienten der großen Siedlung als Fundamente und Mauern.

Prokles von Phaistos hatte gesagt, daß die Stadt zwei fast gleich gute Häfen habe – zu einem unübersehbar langen Strand aus weißem Sand führte der gerade Kurs; der andere Hafen, Matlon, lag jenseits des südlichen Kaps.

Zwei Stunden nach Mittag sah Theris jenseits des Wellenbrecherdammes und eines Turmes aus Quaderfundament und Holzaufbau viele Häuser, Säulen, Schiffsmasten, Bäume und Straßen – sie näherten sich dem Hafen der Stadt.

Unter den breitbäuchigen Schiffen im Hafenbecken wirkte die *Namenlose* wie ein adlergroßer Halkyon: die Apotropeion-Augen an den Seiten des Bugs leuchteten mit den starken Linien und Farben des Neiloslandes. Telegonos und Ophian steuerten das Schiff bis zur Hafenmitte, das Segel fiel, der Schwung trug den langen Rumpf bis zur breiten Seite des gerundeten Hafens. Platanen, Myrtenbäume und doppelt mannshohe Palmen säumten das Hochufer. Mys und Nautes warfen die Tauschlingen ans Ufer, junge Männer fingen sie auf und zogen sie über Bohlenpoller. Obwohl Phaistos auf dem Hügel über der Mesara-Ebene mindestens fünf Wegstunden weit entfernt thronte, oder gerade deswegen, war der Hafen ebenso lebendig und wohl ausgestattet wie der Flußhafen von Menefru-Mirê.

»Wir sind da!« rief Ophian. »Wo sind die Wunder von Phaistos?«

»Hier warten wir in guter Ruh' auf Pentawer-Ptah«, rief, kaum leiser, Telegonos. »Zieht das Schiff an den Kai, und dann beraten wir, was wir tun.«

Die Kapitäne und Steuermänner der wartenden Schiffe kamen zur Bordwand, stellten Fragen und ließen sich nur schwer beruhigen; Telegonos breitete die Arme aus und brüllte:

»Es gibt viel zu erzählen. Heute abend in der Schenke.«

Sie schwankten zwischen der Pflicht, das Schiff zuverlässig zu versorgen, und der großen Erleichterung, ohne Gefährdung hierher gefunden zu haben; Telegonos achtete darauf, daß das Schiff von der Bugspitze bis zu den hochgewuchteten Schäften des Doppelsteuers aufgeräumt, gereinigt und in den besten Zustand versetzt wurde; murrte einer der fünf, raunte er grinsend:

»Pentau wird kommen! Pentau kommt mit einem aigyptischen Vierzigruderer. Er wird uns beschämen wollen mit Sauberkeit, klaren Befehlen und überaus grämlicher Miene, wenn er etwas sieht, was anders ist, als wir von ihm gelernt haben. In fünf Stunden ist unser Schiff wie neu – dann kann er kommen, und es wird ein großes Brüllen, Schreien und Umarmen sein. Also, Freunde ...!«

Sie putzten Augen und Planken, säuberten Segel, Rahen, Tauwerk, sahen die Ladung durch, schöpften das wenige eingedrungene Wasser aus dem Kielraum; Theris und Ophian balancierten über die Planke an Land und fragten sich durch:

Schlafstellen, Brunnen, Badehaus, Schenke, Händler unentbehrlicher Nützlichkeiten, leerstehende Häuser in Hafennähe, jemand, der zu alt für sein Gewerbe war und einen jungen Nachfolger suchte. Vielleicht vierzig Häuser umstanden die flache Bucht, zum Teil unter alten Bäumen und von kleinen Gärten oder brachliegenden Flächen umgeben; als die *Namenlose* strahlte, als wäre sie neu, gingen die Seefahrer nacheinander zum Badehaus und versammelten sich, zwei oder drei Stunden vor Beginn der Dämmerung, in frischer Kleidung und gegen die vorabendliche Ermüdung angähnend, neben dem Schiff.

»Ihr wißt es«, sagte Telegonos leise. »Mutter Kirke, die Achtsame, hat mir reichlich Kupfer, Silber und Gold mitgegeben. Ich habe auch Goldkörner von Pentau, die ich bisher nicht verschwendet habe. Dazu kommen gefundene Ohrenperlen und mancherlei wertvolle Tauschwaren. Wir sind reich, Freunde – ein fettes Essen in der Schenke wird uns nicht in Armut stürzen und ...«, er wandte sich an Theris, »hast du gefunden, was du suchtest?«

»Ja, nein, vielleicht«, sagte sie. »Berate mich, o wissender Aristos.«

»Habt ihr Boten zu Prokles geschickt?« Telegonos legte ihr die Hände auf die Schultern. »Sag mir, worüber ich beraten soll. Ich rate dir vom Hügel meiner geringen Weisheit.«

Sie hielt ihm die Hand mit weit gespreizten Fingern vor die Augen. »Zwei Schenken. Ein Schiffshändler. Einer, der mit unverderblicher Nahrung für Schiffer, eine Familie, die mit Segeln, Tauen und unzerbrechbaren Tonkrügen handelt.«

»Segel und Tauwerk sind gut, Fürstin meiner Lenden«, flüsterte Telegonos in ihr Ohr. »Unzerbrechliche Krüge: ich will sie mir ansehen. Aber zuvor: ein langes Essen für die geschabte, gewaschene, gewalkte und umgekleidete Mannschaft unserer wackeren Barke. Morgen ist auch noch ein Tag.«

»Eile, würde dein geliebter Pentau sagen, ist ein Geschenk jener Daimonen, Lamien und Empusen, die uns übel wollen. Wirst du mir helfen, Liebster?«

Er umarmte und küßte sie; sie trug den strahlenden Schmuck vom Hapiland.

»Ich helfe dir, berate dich, gebe Kirkes Silber oder Gold für dich bis zum letzten Augenblick des Ablegens. Bis dahin vergehen noch viele Stunden.«

»Ich weiß. Schon jetzt fange ich an zu trauern. Der Hafen des Abschiednehmens, Aristos Telegonos.«

Er starrte den schmutzigen Sand vor seinen Zehen an.

»Ja, Liebste. Wir zwei haben es gewußt. Was in Epta Piges leichthin begann, wird hier tränenreich enden.«

Sie schluckte. »Aber vorher erlebe ich noch deinen unglaubwürdigen, wunderbaren Kapitän.«

Als Ophian und Telegonos mit Thrombosos, dem hinkenden Wirt, über das Essen redeten und Mys in der Küche nachsah, polterte Nano Duduqi in die Schenke, warf mit ausholender Geste einen Krug vom Tisch und umarmte Telegonos, dann den Steuermann; seine dunkle Stimme brachte die Dachbalken zum Zittern.

»Ich hab's schon nicht mehr geglaubt, ihr Seefahrer.« Er drückte Heptodus und Nautes an seine Brust; sie überragten ihn um mehr als einen Kopf. »Willkommen im Hafen von Phaistos, von dem aus die kühnsten Schiffe sich auf die weitesten Fahrten wagen.«

»Brüll nicht, setz dich, iß mit uns«, sagte Telegonos. Duduqi musterte Theris, die er anders in Erinnerung zu haben schien. Er verbeugte sich vor ihr, begrüßte lärmend Mys, setzte sich und rief nach Wein.

»Schlaft ihr auf dem verwaisten Schiff, oder wollt ihr euch in Duduqis kleinem Palast verwöhnen lassen? Eure Begleiterin scheint die fürstliche Schönheit vorzuziehen.«

»Noch stehen unsere Watsäcke im Heck, Freund«, sagte Ophian. »Du solltest dich an Theris von Epta Piges erinnern.«

Er starrte sie an, sie lächelte zurück; die Mannschaft brach in Gelächter aus.

»Im Ernst: Ich hab' euch erwartet. Versprochen ist versprochen, und ihr seid gute Seeleute. Kammern in meinem Haus sind bereit, auch für Pentawer, wenn er denn endlich käme. Ich und er – wir wollen mit Ithake und deines Vaters anderen Inseln einen Handel aufbauen, wenn sie nicht schon alles haben, was man andernorts braucht.«

»Nichts höre ich lieber.« Thrombosos mischte selbst den Wein, eine Sklavin füllte die Becher. »Finden wir in den Worten deiner honigfließenden Rede auch den Tag, an dem Pentau kommt?«

Er zuckte mit den Schultern. »O Thalassa, Thalassa! Pentau kennt das Große Grüne. Er wird das gleiche gedacht haben wie ihr. Bald wird er kommen.«

»Zuerst kommt das Essen«, sagte Nautes. »Pünktlich und reichlich.«

Während weicher Abendregen fiel, berichtete Nano Duduqi, fragte und beantwortete Fragen: Das größte und schönste Haus am Hafen gehörte ihm, ein zweites in Phaistos. Er selbst und seine Männer durchwanderten Kreta von einem Ende zum anderen, tauschten und handelten; was in Phaistos nicht gebraucht wurde, ebenso jene Dinge, die in den Häfen am Zederngebirge und im Hapiland gutes Gold wert waren, lagerte in seinem Vorratshaus und war nur dann wertvoll, wenn es von ehrlichen Händlern dorthin gebracht wurde, zugleich mit Neuigkeiten, Nachrichten und Erfindungen, wo ihr Wert größer war als unter einer dicken Schicht Staub im Lager. Duduqi lehnte sich zurück und hob den Becher. »Und, glaubt mir, überall ist ihr Wert größer als unter meinem Dach.«

»Auch an Bord von Tjekerschiffen?« sagte Ophian leise. »Die Meeresräuber sollen wertmindernd stehlen und Schiffe versenken, hört man.«

»Deretwegen bin ich auf dem Schiff bewaffnet. Ihr seid es auch. Meine Kapitäne starren von Wurflanzen und Brandpfeilen; sie blicken böse auf dem Meer umher und suchen nach Netzsegeln.«

»O Duduqi, Fürst des Mehrwertes«, sagte Theris. »Ich bin ehrlich, kann ein wenig rechnen und schreiben – Telegonos hat's mich gelehrt. Brauchst du eine Gehilfin, die dir vertraut? Die Güte und somit den Wert von allem, das aus einem Dorf wie Epta Piges kommt, kann ich so gut beurteilen wie du selbst.«

»Sie ist, wie du am fürstlichen Aussehen bemerkst, Nano, ebenso schön wie anspruchsvoll. Keine wohlfeile Hilfsfrau. Überleg's dir.«

Duduqi schob den Zipfel der dunkelroten Mütze in den Nakken und zuckte mit den Schultern. Er sah Theris eine Weile lang schweigend beim Essen zu; er drehte den Becher linksherum, in die andere Richtung, schließlich sah er, daß er leer war. Mit zwei Fingern zupfte Duduqi an seinem Bart und sagte ernsthaft:

»Sie trägt guten Rômetschmuck, wahrscheinlich den Chiton von Telegonos, denn in Epta Piges sah ich nie solch gestickte Säume mit Goldfäden; sie wird in Zukunft nicht ärmlicher leben wollen. Also wird sie für Ringe, Ketten und feine Gewänder emsig prüfen, rechnen und schreiben – ist es so, o Theris?«

»So ist es, Duduqi. Oder fast so.«

»Morgen mittag hörst du meine Entscheidung.«

Das Essen endete spät. Einige fackeltragende Jungen begleiteten die Seefahrer durch den Nachtregen zum Schiff und, in der Mitte des Strandes, über eine gemauerte, mit Sandsteinplatten belegte Treppe zum Haus des Händlers. Sklavinnen zerrieben in irdenen Mörsern frische Myrtenblätter; deren Wohlgeruch erfüllte die Räume. Als endlich Ruhe eingekehrt war und Theris sich neben Telegonos auf ein überraschend breites Lager setzte, murmelte er schläfrig:

»Ein Gefühl sagt mir, daß es genau das ist, was du gesucht hast – Vertraute eines Mannes wie Nano Duduqi.«

»Wenn er zustimmt?« Sie löste ihren Zopf und strähnte das Haar mit einem großen Hornkamm. Durch das Fensterchen flackerte der Widerschein des Pharosfeuers. »Viele Fremde, Schiffe, eine Bucht und eine große Stadt, braune und schwarzhäutige Aigyptioi, bärtige Kapitäne vom Zederngebirge, das Leben in einem Haus wie diesem ... was könnte mir das Schicksal mehr schenken?«

»Nicht ein Leben auf einem schönen, starken Schiff?«

»Ich habe jede Stunde genossen, Liebster.« Sie schüttelte den Kopf und zog die Nase kraus. »Schiff ist nicht Land. Es würde mir nie zur Heimat werden.«

»Das beantwortet andere Fragen, die nicht gestellt worden sind.« Telegonos verschränkte die Hände im Nacken und blinzelte. »So wie du hab' ich vor zwei Jahren auch gedacht.«

8.
SOMMER DES APOLLON

Nano Duduqis Haus, der große Garten und, weiter auf Phaistos zu, das weiße Landgut waren voller fleißiger Diener und Mägde; der vorbildliche Zustand der Rebenhänge, Felder, Weiden und Ställe bildeten einen verwirrenden Gegensatz zu seinem hurtigen Wesen, dem wuchernden Bart und der tief dröhnenden Stimme. Alle erwachsenen Sklavinnen, die Telegonos und Theris bisher gesehen hatten, waren goldhaarig und oftmals blauäugig wie Telegonos. Duduqi schien großbrüstige und schmalhüftige Frauen zu bevorzugen; eine Gattin oder Kinder schien es nicht zu geben. Am zweiten Tag, in der Stunde des Pan, packte Duduqi Telegonos am Handgelenk, zog ihn eine Treppe hinauf und schob ihn, nachdem er eine bronzebeschlagene, reich beschnitzte Bohlentür geöffnet hatte, in ein dämmeriges Gemach.

»Setz dich, Aristos.« Er zog an einer Schnur: Vorhänge glitten auseinander und gaben den ungehinderten Blick über Hafen, Strand und beide Kaps frei. »Wir müssen reden. Über Odysseus, Pentawer-Ptah, Theris und dich. In dieser Reihenfolge.«

»Ich glaube, du wirst reden, Herr des Reichtums. Ich werde zuhören.«

»Und fragen und antworten.« Duduqi setzte sich hinter einen mächtigen Tisch aus glattem Sandstein und zog an einer anderen Schnur, die in einem Kupferring endete. Er glänzte vom häufigen Gebrauch wie Orichalkos. Irgendwo im Haus ertönte ein Gong. »Was dein heldenmäßiger Vater auf Scheria erzählt hat, weißt du. Ob die Träume Kirkes, die sich mit dem Vater ihres Sohnes beschäftigen, dem Erzählten noch viel Erhellendes beifügen können, bezweifle ich. Seit ich dich traf, habe ich mich umgehört und andere umhören lassen.«

»Herr Duduqi ...«, begann Telegonos. Duduqi winkte schroff ab. Lautlos öffnete sich die Tür, eine Sklavin im fast durchsichtigen Peplos trat ein.

»Einen Krug und zwei Gläser, Chiade; jenes Schäumende, das ich meist vor Sonnenuntergang trinke.«

»Sofort, Herr.« Die Tür schloß sich. Telegonos sah sich in dem ungewöhnlich großen Raum um. Schenkeldicke Balken hielten das Dach, an beiden schmalen Wänden prangten farbenfrohe Bilder bis unter die Decke: Delphinoi, ein unfertiger Bogenschütze, Vögel, Affen und breite Bänder aus Ranken, Blumen, Blüten und Schmetterlingen. Die Türwand bestand aus Nischen und Simsen, die mit Krügen in allen Farben und Größen, einfarbig oder mit Bilderschmuck, mit Dosen, Kästchen in Einlegearbeit und anderen Kostbarkeiten aus Holz und Metall gefüllt waren. Seitlich der Tür standen zwei mannslange Deckeltruhen mit vergoldeten Tragegriffen.

»Also: dein Vater kam von den Phaiaken. Man hatte ihn für tot gehalten. Hundertzwanzig Freier wieselten um Penelopeia herum, wohl mehr um die Herrschaft über Ithake, Dulichion, Same, Zakynthos und die Antipereia-Küste des Festlandes, über die Odysseus herrschte. Er und Telemachos töteten alle Freier; ihre stattliche Anzahl verweise nicht nur ich ins Reich der Legenden. Für das Schlachten in seinem Palast verbannten ihn die Familien der vielen Opfer für zehn Jahre; Telemachos wurde nach Kephallenia verbannt. Penelopeia regiert im Namen Polyporthis' und Arkesilaos, die Odysseus vor der Verbannung gezeugt hat. Er scheint verschollen zu sein, indes: Die zehn Jahre sind vorbei. Kephallenia gewährt Tjekerschiffen Unterschlupf. Ihr solltet das alles wissen, ehe ihr nach Ithake ablegt.«

Chiade kam herein und füllte zwei große Phialen aus durchscheinendem Ton mit einem säuerlich riechenden, schäumenden Getränk. Duduqi tätschelte ihre Lenden, lehnte sich zurück und sagte, als er Telegonos' fragenden Blick sah:

»Mit etwas Eis von den Berghängen. Saft von bestimmten Früchten, mit wenig Wein und Myrtenbeeren gewürzt. Laß uns allein, Chiade.«

Telegonos wartete, bis die Sklavin, schweigend und lächelnd, an ihm vorbei den Raum verlassen hatte, dann trank er Duduqi zu; das kalte Gemisch kitzelte Zunge und Gaumen.

»Weißt du mehr über Ithake und meinen Vater?«

»Wenig.« Der Händler stellte die Schale mit beiden Händen behutsam auf die Tischplatte. »Nur, daß er sich vor Ilion und besonders nach dessen Erstürmung wenig fürstlich benommen haben soll. Die alte Herrscherin Hekabe gesteinigt, Palamedes, Aias, Diomedes verraten und andere Scheußlichkeiten begangen – sagt man. Muß nicht wahr sein, Telegon.«

»Du hast Theris nicht wiedererkannt«, sagte Telegonos leise und hob die Phiale. »Ich erkenne den rudernden Kreter auf der *Namenlosen* nicht wieder.«

»Nun, es sind keine Masken – aber oft ist es sinnvoller, unbedeutend zu erscheinen.«

»Wahr gesprochen.« Telegonos seufzte; ein Gefühl, so kalt wie das schmelzende Eis im Saftgebräu, breitete sich in ihm aus. »Sind die Wahrheiten über Freund Pentau ebenso schlimm?«

»Keineswegs. Jeder Rômetkapitän, den ich kenne, lobt ihn. Er muß in seinen guten Jahren ein furchtbarer Krieger gewesen sein, ein ›Tacher‹, wie sie sagen. Sie jubelten, als sie von seinem Überleben erfuhren. Ich hab' zwei Nächte lang mit ihm getrunken und geredet, oder umgekehrt, oder beides gleichzeitig: Als er von euch hierher kam und Ladung aufnahm, mit Anpuhotep von der *Lob der Hathor*.«

»Du handelst also mit ihm und dem Hapiland?«

»Jetzt schon. Vorher kannte ich ihn nicht.«

»Und nun reden wir über Theris, die Gefährtin meiner Epta-

Piges-Nächte. Hab' ich zu viel und zu laut geredet, in Thrombosos' Schenke?«

»Ein wenig, junger Freund.« Duduqi zwinkerte ihm über den Rand der Schale hinweg zu. »Ist sie wirklich tüchtig? Und ehrlich? Alles andere lernt sie bald.«

»Ich glaube, daß sie wirklich genau sagen kann, was Korn, Oliven, Olivenöl oder Myrtenöl wert sind; wenn ich zwölf Jahre lang Getreide zu Schrot und Mehl reibe, kenn' ich die Körner.« Er deutete auf die schimmernden Holzflächen. »Solche Truhen, indes, hat sie noch nie gesehen. Ich auch nicht. Sie wird dich nicht enttäuschen.«

»Ich hab auch mit Mynes geredet, dem Ältesten. Ist es wahr, daß er sie mit Gewalt genommen hat?«

»Häufig; früher. Bis seine Gattin sich seinem Gemächt mit der Erntesichel näherte.«

Duduki begann zu lachen, hieb die Handflächen auf den Tisch, riß sich die speckige Mütze vom Kopf und schleuderte sie durch den Raum. Als er sich beruhigt hatte, trank er einen mächtigen Schluck und sagte, von Husten unterbrochen:

»Sag ihr ... ich nehm' sie ins Haus auf. Meine Sklaven werden sie bedienen. Sie wird es gut haben, aber nicht leicht, und sie kann reich werden wie ich.«

»Sie wird dich mit schwesterlicher Liebe überschütten.«

»Daß sie dich begehrt hat, weil nur du ihr aus Epta Piges heraushelfen konntest, weißt du?«

»Sie hat es nie deutlich gesagt, aber ich wußte es. Ich hätte es nicht anders angefangen.«

»So wird ihr der Abschied leichter fallen. Sie glaubt an die Götter und deren Gesetze, Gebote und deren Macht?«

»Nicht mehr so ausschließlich nach dem Herbstfest in Epta Piges.« Telegonos vertiefte sich in die unfertige Malerei des gelbhaarigen Bogenschützen. »Meine Zweifel haben sie ohne krankmachende Folgen angesteckt.«

»Fröhliche Zweifel sind nichts Verwerfliches.« Duduqi grinste und wischte Schaum aus seinem Bart. »Ich halte wenig von behäbigem Reden auf Schlangenpfaden. Also: zu deinen Zweifeln – du denkst, wenn du allzusehr die Allmacht der Olympier leugnest, zerschmettern sie dich aus kleinlicher Rache. Bei Apollon! Das nenn' ich wahren Hochmut!«

»Spotte nicht, Duduqi«, sagte Telegonos. »Seit ich auf Kypros die fürstliche Priesterin Kallidike von Thesprotien beim Opfern sah, zeigt sich mir unter jedem flachen Stein ein Skorpion.«

»Du meinst aus Ruinen erkennen zu können, daß die Zeit oder das Chaos die Kraft der Götter vermindert? Daß es bald nicht mehr viele, sondern wenige oder nur einen Gott gibt?«

Telegonos versuchte, die verkrampften Muskeln zu lockern, lehnte sich zurück und holte tief Luft.

»Tausend achaiische und kretische Götter. Tausend Götter am Neilos. Wie viele in Ländern, die ich nicht kenne? Sie lieben, hassen und bekriegen sich mit tausend Listen. Wie die Sterblichen, nur daß diese sich gegenseitig nicht in Bäume, Steine oder Tiere verwandeln können. Zeus muß zu einem Stier werden, um eine Königin zu verführen. Kirkes qualvolle Träume und ihre Gesichte, von denen hab' ich dir noch nichts erzählt. Mein Vater, Athenas Freund und von Poseidon gehaßt, alternder Held; von ihm höre ich Unheldenhaftes, Schäbiges.« Er ließ die Schultern sinken. »Was soll ich tun? Ich würde gern glauben und begreifen, aber ich begreife wenig und glaube nicht, was die Alten erzählen.«

»Würde es dir helfen, statt tausend oder keinem nur einen Gott über dir zu wissen?«

»Ein göttliches Wesen, das über die seltsamen Tierwesen des Chaos siegt, über Kyklopes, Lamien, Empusen, über Harpyiai, Legasthenoi und Stymphaliden ... all dieses schwarze, schleimige, brüllende, krankmachende Gewürm? Ja! Einem solchem Gott würde ich folgen.«

»Dem Wolfstöter? Dem Herrn der Steilküsten und Vorgebirge? Zornig, strahlend, reinigend, klärend und mit lautlosen Pfeilen ebenso wie mit glänzenden Blicken treffend?«

Telegonos nickte langsam. Duduqi sprach aus, was er noch immer nicht zu Ende gedacht hatte.

»Der Kräftige, Helfende, der Vernichter von Ungeziefer und Mäusen und allem, das Krankheit einschleppt? Den Bogenzieler mit unfehlbaren Pfeilen? Der alte Sühnegott Kretas, manchmal in seiner düsteren Macht der Nacht gleich, schnell und weit in die Ferne schweifend? Suchst du ein solches Vorbild?«

»Ich suche es seit langem.«

»Dann, o Telegonos, beende deine Zweifel und richte den Paian an Apollon mit dem Beinamen Phoibos. Phoibos Apollon, Gott des Morgenlichtes, ist auch mein Gott. Dort!«

Er deutete auf das Bild des Bogenschützen, grinste zufrieden und hob die Schale. Als er schlürfte, zuckte Telgonos zusammen, richtete den Blick auf die gemalten Palmen an der Wand, auf die raschelnden Wedel der Palmen am Hafen und erinnerte sich; er sagte leise, stockend:

»Die Palme, unter der Letho den Apollon gebar. Überall, wo du bist, steckst du Dattelkerne in den Boden. O Nano Duduqi, du ... sehr unterschätzter Kreter!«

»Nun weißt du's. Schrei diese Lächerlichkeiten eines alten Mannes nicht umher, ja? Nun können wir beide den Gesang der Bitten, des Dankes und der Sühnung an Apollon richten und ›Ie paian!‹ rufen. Der Jäger der Dämmerung wird's hören: Mir hat er unzählige Male geholfen!«

»Wird der Unterdrücker der chtonischen Wesen auch mir helfen? Was muß ich tun?«

»Lebe und kämpfe weiter wie bisher. Länger und mehr denken vor dem Kämpfen würde nicht schaden; auch das hat der Fernhinzielende gern.«

Undeutliche Geräusche drangen aus dem schmalen Hof an der Rückseite des Gebäudes herauf. Hufschläge, Wiehern und das Mahlen metallener Felgen. Duduqi ging zur Terrassentür und spähte hinunter.

»Prokles, Vertrauter des Fürsten, zu unseren Ehren nicht auf Eselsrücken, sondern mit Pferdegespann. Auch einer, der dem Apollon den Paian singt. Was kann er von dir wollen, Telegonos?«

»Ich weiß es nicht, Vater der Überraschungen.«

»Man wird sehen.«

Es gibt kein nutzloses Wissen, hatte Pentau oft gesagt: Telegonos stand auf, berührte die Farbschicht auf den Wänden vorsichtig mit den Fingerspitzen, betrachtete die Krüge und Kästchen, bewunderte die warmen Farben der Maserung und der silbernen und goldenen Einlegearbeiten; glänzend weiß und funkelnd wie Frühlingsschnee waren die geschliffenen Knochen oder Zähne unbekannter Meerestiere. Eine Sklavin öffnete die Tür, verneigte sich vor Prokles und wartete, bis Duduqi einige Worte an sie gerichtet hatte.

Prokles und Telegonos ergriffen einander an den Handgelenken, und der jüngere Kreter sagte:

»Gruß von Fürst Raphites, Telegon. Vor der Abfahrt, wenn es dem Odysseussohn möglich ist, sollt ihr in seinem Megaron seine Gäste sein.«

»Nach der Abfahrt, o Bronzeflöter, wäre es schwerlich zu schaffen.« Telegonos schüttelte Prokles' Handgelenk. »Wir kommen gern. Sagst du mir, was er mit uns bereden will?«

»Es wird auf eines hinauslaufen: Schiffe und Menschen zwischen Kreta und den Inseln deines Vaters. Vielleicht – aber das weiß ich nicht – bittet er euch, einem Abgesandten ein Plätzchen auf der *Namenlosen* freizuhalten.«

»Warum nicht? Wenn er bereit ist, gegen Meeresräuber zu kämpfen; notfalls?«

Chiade brachte einen zweiten Krug und eine Phiale. Prokles starrte sie mit unverhohlener Lüsternheit an und brummte, als sich die Tür hinter ihr geschlossen hatte:

»Glücklich die Reichen und die Grillen, sagen die blinden Kitharoden, denn sie haben schweigende Sklavinnen und Weibchen. Was kostet dich dieser Liebreiz, o Nano?«

»Wenig Gold, viel Lächeln und die Leidenschaft frühen Alters. Wollen wir über die Brüste meiner Sklavinnen reden, oder über was sonst, oder wie?«

»Weil es früh im Jahr ist, soll ich mit dir über gute Handwerker reden, die mit ihren Frauen hier siedeln wollen. Und darüber, was beispielsweise ein Bronzeschmied im Jahr kostet –

keine Stümper, wohlgemerkt. Aus dem Inselinneren, von Kypros, Gubla oder von deinen Freunden im Neilos.«

»Eine Liste – hast du?«

»Würde ich sonst deinen Nachmittagstrunk zu genießen wissen?« Prokles warf ein enggeschnürtes Papyrosröllchen auf den Tisch. »Es eilt nicht, sagt Raphites.«

»In Eile ist es auch nicht zu schaffen, sage ich.«

Telegonos nippte an dem kalten Gemisch, blickte zwischen den Männern hin und her und begriff, daß er den Rand und einige Knoten eines Gedankennetzes berührt hatte, eines dünnfaserigen Netzes, das sehr viel weiter über Küsten, Inseln und Länder ausgeworfen worden war, als er ahnte; vor langer Zeit geknüpft, vielleicht schon damals, als noch Knossos' Schiffe das Meer beherrschten. Prokles und Duduqi waren späte Erben jener Kapitäne und Händler. Er hörte schweigend zu, was die beiden in schnellem kretischen Dialekt beredeten; zwei Fünftel blieben ihm trotz der Anstrengungen verborgen. Bald würde Theris ein Knötchen dieses Gewirks sein – die Welt bestand zweifellos nur zum geringen Teil aus halbgöttlichen Zauberinnen, deren vorbildsuchenden Söhnen, jungen und alten Helden, Kämpfen und Siegen und Niederlagen: auf jeden Helden kamen tausend Sterbliche, die keine geschliffenen Schwerter brauchten, sondern dauerhafte Nadeln, scharfe Sicheln und große Mahlsteine. Ein zweites Mal an diesem Nachmittag spürte er abgrundtiefes Unbehagen; er stand auf, verbeugte sich und sagte:

»Ich geh' zu Theris und zum Schiff. Ihr habt Wichtigeres zu besprechen. Dank für kühle, schäumende Einsichten, Duduqi.«

Er stolperte die Treppe hinunter, bestaunte im Hof die Pferde, deren Trensen und Zügel und den leichten Wagen. Das Gespann, dessen Korb und Räder rot bemalt waren, ähnelte jenen, die das Schiff im Mündungsarm des Hapi begleitet hatten.

Wildes Geschrei, das quäkende Schmettern einer Kupfertrompete, gleichmäßige Kommandos und knarrendes Zischen in untadeligem Rhythmus weckten Telegonos und Theris in der Stunde zwischen Nacht und Morgen. Er konnte die Geräusche erst nach einigen Atemzügen auseinander halten; in Rômetsprache sangen ächzend viele Kehlen: »... Ptah gieebt, Ptah niiimmt, Schu mituns, Geb mituns ...«

Die Wajermänner keuchten, undeutlich singend, in der Windstille. Telegonos stand, nackt wie Theris, an der Brüstung der Terrasse und legte den Arm um ihre Hüfte. Das Licht der Sterne verblich, nur wenige Lämpchen verbreiteten im Hafen vage Helligkeit; das Feuer in der Kupferschale des Turms war nur hellrote Glut. Das Bild war erstaunlich, einzigartig:

Im Bug eines Rômetschiffes loderte eine Fackel, im Heck waren es zwei. Die Wajermänner peitschten in schnellem Takt das Schiff mit heruntergelassenen Rahen durch das stille Wasser. Einige Gestalten stürzten aus den Häusern; einige schwenkten Fackeln. Die Schäfte und die Schaufeln der Riemen glänzten, einmal leuchtete ein Horusauge auf, als das Schiff einen Halbkreis fuhr, scheinbar anhielt, mit aller Kraft rückwärts gerudert und kurz vor dem Zusammenstoß mit der *Namenlosen* abgefangen wurde. Die Steuermänner zogen und schoben an den Pinnen, die Riemen kippten fast gleichzeitig nach oben, das Schiff drehte auf der Stelle; Handbreit um Handbreit driftete der schlanke Rumpf an die Bohlenwand.

»Mein Freund. Mein Lehrer. Dieser Kapitän ... Pentawer-Ptah!« Telegonos sprang in die Höhe, umarmte Theris und lachte wie ein Irrer. »Was hab' ich gesagt? In der Nacht muß Pentau uns noch zeigen, wie man anlegt.«

Sie hielt ihn fest, suchte seinen Blick und flüsterte:

»Diese Art von Freundschaft und vieles, was dazugehört, werden wir Frauen nie verstehen können.«

Ebenso ernst erwiderte Telegonos: »Selbst wir Männer verstehen es kaum. Wie sollte es eine Frau verstehen können. Aber – zieh dich an, komm; wir begrüßen ihn und die Steuermänner.«

»Und wer begrüßt die vielen schwitzenden Ruderer?«

»Eine gute Frage. Begrüße du sie als rechte Hand des reichen Handelsherren.«

Er hatte den Vorwurf herausgehört; er, der Aristos, war gleichgültig gegenüber den schwitzend Schuftenden. Ihn traf der Vorwurf nur halb, trotzdem schwieg er, warf sich den Chiton über, schlüpfte in die Sandalen, und mit schwelenden Fackeln liefen sie die lange Treppe hinunter. Der krächzende Gesang hatte aufgehört; zwischen Kai und Bordwand knarzten die Prallsäcke.

Sie lösten sich lachend aus der harten, langen Umarmung. Telegonos zog Theris zu sich heran und sagte:

»Theris: die Schönste von Epta Piges. Das ist, ich wiederhol's, mein Freund, Lehrmeister, mehr Vater als Odysseus, der beste Kapitän von allen. Er wird die *Namenlose* nach Ithake steuern, Liebste, und das wird wohl trotz aller Abenteuer das Schwierigste werden. Deine Wajermänner, Kapitän – in einigen Stunden ist genug heißes Wasser im Badehaus. Du, der Lotse und die Steuermänner werden in Duduqis Haus wohnen, wie wir. Alles andere später. Ist es noch so, wie wir es uns versprochen haben?«

Pentawer-Ptah nahm Theris' Hände, hob sie an sein Kinn und küßte die Fingerspitzen. Leise sagte er:

»Für jede Frau an der Seite meines jungen Freundes brennt im Tempel meines Herzens ein nicht endenwollendes Öllicht. Die Flamme wird heller, o Theris. Bei Tageslicht kannst du schwerlich schöner sein als jetzt.«

Lieber Kapitän!, dachte Telegonos. Sein Herz schäumte vor Freude. Von allen Seiten kamen Sklaven, Arbeiter, Kapitäne und Steuermänner; Tauwerk knarrte, Planken krachten, Tonkrüge klirrten. Der Mond verschwand hinter dem zackigen Berggipfel, der Himmel begann sich dunkelgrau zu färben. Von den Hügeln Phaistos' strömte der feuchte Wohlgeruch der endenden Nacht.

»Es ist die neue *Sachmets Kraft*. Meine Steuermänner: Shepmin und, an Steuerbord, Khah. Der Lotse: Ti-Hotep, der Schlaflose. Die *Sachmet* wird nach Kypros-Alashia und über Ushu-

Djarrh nach Menefru-Mirê segeln. Ich bin schakalmüde und will viel Wein.«

Telegonos umarmte Pentau und Theris, zog und schob sie mit sich und sagte: »Kommt!«

Der Lärm weckte Wirte, Sklaven, Diener und Feuersklaven. Am oberen Ende der Treppe stand Nano Duduqi. Außerhalb und innerhalb des Hauses brannten viele Öllichter; die Begrüßung auf den Stufen war lauter und länger als neben der schwankenden Planke. Chiade und andere Sklavinnen füllten immer wieder Schalen und Becher; längst war die Sonne aus dem Okeanos getaucht und strahlte die übermüdeten Männer an. Am Himmel ballten sich titanische Wolken, die von Regen schwanger waren.

»Es gibt viel zu bereden, Freunde!« dröhnte Duduqi. »Schlaft euch aus. Für die Ruderer ist bestens gesorgt. Am frühen Abend gibt es ein paar fettlose, harte Bissen; dann werde ich die strahlenden Segel der Gastfreundschaft entfalten lassen!«

Als Telegonos und Theris nebeneinanderlagen, bei geöffneten Terrassentüren und zugezogenen Vorhängen, begannen Regentropfen wie bedächtige Worte zu fallen; Theris schlief schon, als der Regen herunterrauschte, das Salz aus den Segeln schwemmte und die Planken aller Schiffe wusch.

»Nicht nur ich will den Weg nach Ithake kennenlernen; ich rate, Steuermann Shepmin mitzunehmen.« Pentawer saß neben Telegonos auf der Heckbordwand und sah zu, wie die *Sachmets Kraft* entladen wurde. »Der Mann in meinem Alter ist Ahmose, der beste Bogenschütze, den ich bekommen konnte. Und auch Sesh Harbaq – Schreiber Harbaq – kann mit Waffen umgehen.«

»Dann wären wir neun Männer«, sagte Telegonos. »Bestehen wir gegen ein Tjekerschiff?«

»Wenn wir uns nicht allzu dumm anstellen. Es dauert, bei gutem Wind, kaum mehr als einen Siebentag. Die *Namenlose* wird uns leicht ertragen können.«

»Was sagt Nano Duduqi?«

»Er wünscht uns allen Glück und will wissen, ebenso wie ich, wie guter Handel mit Ithake und den Inseln anzufangen ist. Deswegen der waffenkundige Schreiber.«

Pentawer hielt das aufgeschlagene Tuch in der Hand. Die Armreife, die Kette und die Perlen der ertrunkenen Seeleute glänzten, die farbigen Glasflußverzierungen schimmerten im Sonnenlicht. Pentawer gab Telegonos die Kette und sagte:

»Am Hapi sind Paläste und Tempel reich an Gold. Gib sie wieder Theris; sie soll sie tragen.« Er drehte die Armreife und las langsam Namen und Segenswünsche. »Steuermann Min-Sokar aus Kush. Ich kenne ihn nicht, aber in Menefru-Mirê wird man um die Männer und das Schiff trauern. Kapitän Khah wird Perlen und Reife mitnehmen.«

Telegonos steckte die schwere Kette ins Gürtelfach und nickte. »Gehen viele eurer Schiffe verloren?«

»Nein. Aber auch andere Städte am Hapi schicken Schiffe nach Gubla und Keftiu.«

»Wenn ich in Ithake bin – die drei von Aiaia und Ophian kommen ohne Schwierigkeiten in die Heimat zurück. Aber ... ihr?«

»Vier Männer finden leicht ein Schiff, das sie nach Keftiu bringt.«

Telegonos zuckte mit den Schultern. Noch drei Schiffe lagen im Hafen: die *Namenlose,* die *Sachmets Kraft* und ein altes Handelsschiff ohne Namen, dessen Kapitän auf Kupfer von Kypros wartete. Duduqis Knechte schleppten Waren vom Neilos, die er bestellt hatte, ins Vorratshaus und brachten die Tauschwaren zum Hafen; Theris war an Duduqis Seite und versuchte, mit den Ruderern zu reden. Ebenso wie Duduqi zählte sie Krüge, Ballen und Truhen. Der Hafen war voller Menschen, aus Phaistos waren Ochsengespanne gekommen. Mys, Nautes und Heptodus hatten alle Waffen und Schilde an Deck ausgebreitet und prüften die Spitzen der Wurfspeere und die Schärfe der Dolche.

»Willst du nicht zurück zu ... Kirke?« sagte Telegonos leise. Pentawer-Ptah schüttelte langsam den Kopf.

»Nein. Es wäre ebenso, nun, enttäuschend wie für dich ein Wiedersehen mit Merit-Khenso.«

»Hast du mit ihr geredet? Wie lebt sie?«

»Sie ist im Haus des Obersten Schreibers; ein lieber, alter Mann mit weniger Zähnen als Heptodus.« Er sah hinüber zu Theris. »Khenso sagt: Sie wird dich nie vergessen. Sie erinnert sich an jede eurer Stunden.«

»Ich erinnere mich auch. Häufiger und mehr, als ich will.«

»Nun werde ich meinen Schwur erfüllen«, sagte Pentawer. »Ich bringe dich nach Ithake. Mag sein – unter schwierigen Umständen.«

»Wann sind wir so weit?«

»In zwei Tagen, und dann brauchen wir für das Augenzwinkern der Ewigkeit guten Kaikias und feinen Notos oder Phoinikias.«

»Du denkst an Aiolos' Knoten der Winde?«

»Eigentlich nicht. Wir könnten es versuchen.«

Ophian stieg aus dem Kielraum, lehnte sich neben Pentawer an die Bordwand und betrachtete die Spuren des Erdpechs auf seinen Schwielen.

»Trocken, ohne Holzwurm und morsche Stellen. Wir brauchen mehr Wasserkrüge und Trinkschläuche.«

»Morgen bringt sie Duduqis Knecht«, sagte Telegonos. »Und zwölf Dutzend lange Pfeile samt Bogensehnen als Ersatz. Wir werden ständig frische Glut in einem Krug halten.«

»Gute Entscheidung.«

»Was hast du mit dem Standbild vor, Telegon?«

»Ich nehme es mit nach Ithake. Dort sollen sie's in einem Tempel aufstellen. Ihr wißt, daß Odysseus und ich in Kirkes Wachträumen einen weinenden Zeus aus einem Berg, jenseits des Telepylos, befreien sollen. Nun hat er sich selbst befreit, mit viel Regenwasser.«

»Aus einem Berg Minos-Schutt. So ist es.« Ophian deutete mit dem Daumen über die Schulter. »Das Schiff ist sauber; ich bin's nicht. Ich hole es im Badehaus nach.«

»Wir sind hier zu finden«, sagte Telegonos. »Waffen, Vorräte und Wein – wir schärfen, laden ein und probieren, ob uns Duduqi krank machen will.«

Nano Duduqis überschwängliche Gastfreundschaft verdiente ein Preislied, dachte Telegonos: Er hatte der alten und neuen Mannschaft der *Namenlosen* Chitone geschenkt; fast weiß, mit Borten in bunter Stickerei. Der schönste Chiton aber war Theris' knöchellanges Gewand, das sie und ihre Freundinnen in Epta Piges gewebt und bestickt hatten. Ihr Haar lag straff am Kopf an und war hoch über dem Nacken mit sieben Windungen der Goldkette zusammengefaßt. Als sie neben Telegonos über die Schwelle trat, klingelten ihre Ohrgehänge; Schreiber Harbaq zuckte zusammen, drehte sich halb um, dann grinste er breit.

»Willkommen im Haus des Fürsten Raphites.« Ein kahlköpfiger Mann breitete in der Mitte des Megaron die Arme aus. Im erhöhten Sessel am Kopfende hockte ein massiger, fast fetter Mann und winkte. »Der Fürst kann euch nicht entgegenkommen; eine Behinderung zwingt ihn, sitzen zu müssen.«

»Prinz Telegonos von Aiaia und die Männer von der *Anomata* danken.« Telegonos hob den großen, weißglasierten Krug mit dem goldenen Verschluß. »Freund Duduqi mag für sich selber reden, und für die drei Aigytioi werden Pentawer, Ophian und ich übersetzen.«

»Kommt näher, ins Licht, zum Tisch«, sagte Raphites mit müder, leiser Stimme; als leide er Schmerzen. »Akrisios, mein Vertrauter, hat alles, wie ich sehe, auf das Beste vorbereitet.«

Drei lange Tische, an denen Sessel aus Flechtwerk, Holz und Leder standen, waren im offenen Viereck vor dem Herdfeuer aufgestellt, so daß Raphites jedem Gast ins Gesicht sehen konnte. Telegonos verbeugte sich vor ihm und stellte den Krug auf das steinerne Podest.

»Nano Duduqi hat von deinem Leiden erzählt. Die Salbe meiner Mutter Kirke kann sie vielleicht lindern. Ob sie zu heilen vermag ...?«

»Allein schon Linderung wäre hilfreich. Ich danke, Prinz.

Setzt euch. Sagt mir eure Namen. Gleich wird sich Prokles zu uns gesellen; von ihm weiß ich vieles über das Schiff, euch und Epta Piges.«

Sie setzten sich in fellbehängte Scherensessel. Akrisios bat Telegonos in den Sessel, der Raphites' Platz gegenüberstand. Telegonos sah unter Raphites' dünnem Chiton, daß die grauhäutigen Knie und Unterschenkel des Fürsten dünn wie die eines Kindes waren, die Füße nach innen verdreht. Auf einem niedrigen Tisch rechts des Fürsten lagen in einer großen Tonschale, deren Rand einwärts gekrümmt war, einige weiße menschliche Totenschädel.

»Wer die Zeit geändert hat«, sagte der Fürst, »weiß niemand. Aber sie ist anders als damals, als Kreta das Meer beherrschte. Wir in Phaistos wollen ein wenig vom alten Glanz zurück, mit Handel, der alle Kreter reicher und damit mächtiger machen soll. Für Phaistos und die Mesaraebene stehen wir erst am Anfang.«

Nano Duduqi nickte Raphites zu und redete weiter: »Das Königreich deines Vaters, o Prinz – zu Ithake gliedern sich die Inseln Dulichion, Same, Zakynthos, der Winzling Akte, Aigilips und vielleicht der Festlandteil Antiperaia. Kämen die Händler des Zederngebirges, von Kypros und vom Neilos dorthin, wäre der Meerespfad bald vielen bekannt, und wir könnten die räuberischen Tjeker besser bekämpfen.« Duduqi hob die Hand. »Dies habe ich mit Telegonos, Pentawer und Ophian gebührend beredet.«

Mägde brachten Mischkrater, Krüge und Schalen, die in ringförmige Füße gesetzt wurden, heißes, hauchdünnes Brot mit Salz und Würzöl. Eine Längsseite des Megarons bestand aus einer Säulenreihe: Man sah in einen großen, grün durchwucherten Innengarten. Telegonos hob die goldgefaßte Phiale mit beiden Händen, sah die Totenschädel an und sagte:

»Ihr werdet verstehen, daß ich nicht für Odysseus spreche. Was ich tun kann, um Ithake und Kreta zu helfen, wird ohne Einschränkungen geschehen.«

»Ich wäre froh, wenn ich Landmarken und die Anzahl der

Segeltage wüßte. Erst müssen wir Ithake erreichen – und lebend zurückkommen, versteht sich.« Ophian sprach langsam, leise übersetzte Pentawer. Raphites hob den Arm und deutete über die Köpfe der Gäste hinweg. Unter dem Fett seiner Haut spannten sich wuchtige Muskeln. Sein kurzer Bart und das Haupthaar schienen gefärbt zu sein.

»Dies wird euch Prokles in unübertrefflicher Genauigkeit schildern. Auch mehrmals, wenn es nötig ist.«

»Es wird nötig sein«, knurrte Pentawer. Prokles begrüßte jeden Gast mit dessen Namen; Telegonos und Theris sahen sich beeindruckt an, und Raphites grinste ebenso wie Duduqi. Der Tisch füllte sich mit farbigen Tonschalen, voll von Nüssen, Oliven, gerösteten Pinienkernen, Früchten, Beeren, Käsestükken, kleinen Zwiebeln und verschiedenem Würzmus.

»Aphrodites Stern, Hesperos, steht nach Sonnenuntergang hoch am Himmel. Die beste Segelzeit beginnt«, sagte Ophian. »Was bietet Kreta an? Was kommt über Kreta – worauf ihr zweifellos Abgaben erhebt – vom Zederngebirge und vom Neilos nach Ithake? Was, glaubst du, edler Fürst Raphites, werden die Inseln des Odysseus euch und denen bieten können?«

»Zweifellos ist guter Handel möglich«, murmelte Prokles, griff in seinen Gürtel und zog einen enggerollten Papyros hervor. Er begann vorzulesen; die Gäste lauschten, tranken, aßen und stellten Fragen. Raphites stützte sich auf die Armlehne, runzelte die Stirn, musterte Telegonos und Pentawer aus dunklen Augen, legte das Kinn in die Hand und griff mitunter, in langen Abständen, an seine Knie und die dürren Waden. Frischer Wein wurde gemischt, Dienerinnen oder Sklavinnen huschten umher, und aus einem anderen Teil des Hauses waren Kithaklänge zu hören. Schließlich zog Prokles mit dem Finger einen Strich durch die Weinlachen und Essensreste auf der Tischplatte und sagte, lauter als zuvor:

»Ich wiederhole, was wir von hundert Fischern und Kapitänen wissen: Wenn ihr den nordwestlichen Finger Kretas und den einzelnen Felsen genau im Heck habt, segelt ihr einen Tag lang. Vielleicht seht ihr genau vor dem Bug den Götterberg Taygetos – von sehr fern. Vorbei an einer Insel ohne Namen müßt ihr, wenn euch die Götter gnädig sind – trotzdem und obwohl ihr mich so oft unterbrecht! –, Kythera sehen. Seht ihr Kythera, seht ihr bald auch Kap Malea. Guter Notos treibt euch dann entlang der Küste; jene, die auf der Sonnenaufgangsseite – also an Steuerbord, klar? – an euch vorbeizieht.«

»Guter Notos!« Pentawer starrte in sich versunken die Brotbröselinseln, die Olivenberggipfel, den roten Weinkurs und die Käsekrümelküsten an. Telegonos kannte diesen Blick und prägte sich die Karte aus dem Auge des Adlers ebenso ein wie Ophian, der immer wieder nickte.

»Der nächte Berg, sagen die Kundigen, ist euer Ziel, denn er erhebt sich auf Same.« Prokles setzte eine schrumpelige schwarze Olive ins Archipel aus Breiklecksen. »Ihr Phaiaken müßtet den Same-Berg eigentlich gut kennen.«

Ophian hob die Schultern. »Herr eßbarer Eilande und nicht mehr trinkbarer Meere – ich kenne ihn nicht. Jene, die Odysseus heimgebracht haben, sind – o ungute Folge der Gastfreundschaft – allesamt versteinert. Das Schiff, nebenbei, auch.«

Raphites langte lachend nach einem Totenschädel. Er blickte, ein Auge zugekniffen, in eine Augenhöhle und schüttelte den Schädel; ein Skorpion fiel heraus und rannte zum Rand der Schüssel hinauf, rutschte und fiel herunter. Der Fürst sah zu, wie das Tier mit angriffslustig gekrümmtem Gliederschwanz aus dem Licht zu flüchten versuchte, dann legte er den Schädel zu den übrigen.

Ehe der Wein ins Holz sickerte und mit den Landmarken zum Brei undeutbarer Kursanweisungen wurde, standen auch die übrigen Gäste auf und betrachteten Linien und Punkte; die Mägde kamen mit Wasser und Tüchern und säuberten den Tisch. Ophian, Mys und Duduqi stritten sich über die Unmöglichkeit, Öl in Ziegenbälgen im Schiff unterzubringen – keine Krüge, die zerbrechen! Keine Tongefäße, die mehr wiegen als ihr Inhalt! Kein Verlust!

»Wenn es ginge, wären alle Ziegen und Böcke tot und die

Schiffe voll mit ihren ölprallen Häuten, Kreter!« rief Mys. Raphites sah, daß Telegonos und Theris leise miteinander redeten. Er winkte einer Dienerin und sagte:

»Zeig dem Prinzen und seiner Freundin das Haus und den Garten. Er soll wissen, daß wir den Palast von Phaistos nicht wieder aufbauen; nur auf wenigen alten Fundamenten stehen unsere Häuser. Die Wasserleitungen und viele Säulen haben die Großväter unserer Väter instand gesetzt.«

»Noch denke ich nicht an eigene Paläste, Herr, nicht einmal an kleine«, sagte Telegonos, nahm Theris an der Hand und folgte der Dienerin.

Telegonos sah wenige flache Rampen und keine Treppen. Lange, niedrige Häuser schoben sich längs und quer ineinander, der ungewöhnlich große Garten endete in vielen Nischen. Quader und Säulen, oftmals aus gleichartigen Trümmern zusammengesetzt, waren ebenso uralt wie die Ruinen von Knossos. Vielleicht zwei Dutzend verschieden großer Häuser waren auf ebenem Grund errichtet und gingen mit Längs- und Querwänden ineinander über, mächtige Balken trugen geknickte Dächer, und jeder Raum, jeder Korridor drückte jene Art Reichtum aus, die Telegonos schon in Duduqis Haus bewundert hatte: alt, unaufdringlich und von stiller Schönheit. Sie erfuhren, daß bei einem Kampf, an dem Fürst Raphites als Knabe teilgenommen hatte, eine offenkundig vergiftete Schwertschneide die Sehnen seiner Kniekehlen durchtrennt hatte. Als er zum Mann wurde, begannen die Narben zu schmerzen, und er fand nie länger Schlaf als zwei, drei Stunden. Er mußte getragen werden, aber sein übriger Körper war doppelt so stark geworden wie der anderer Männer. Er war ein Meister des Kopfstehens; an einigen Stellen sahen Theris und Telegonos zweifache Geländer aus glattem Holz. Dies waren, sagte die Sklavin, die Pfade, auf denen Raphites sich mit Händen und Armen schneller fortbewegte als Akrisios mit gesunden Beinen. Drei solcher Pfade, mit raschelndem Kies bestreut, führten durch den Garten. Er enthielt mindestens je eine jeder Pflanzen, die auf Kreta wuchsen; aber das glaubten weder Akrisios noch Prokles, sagte kichernd die Magd.

Eine hölzerne Wasserleitung führte zu einem langen Bekken aus Phaistos-Quadern. Dort begann und endete auch ein Armpfad. Hier schwamm Raphites jeden Tag, auch im Winter, mindestens eine Stunde lang. Danach kneteten, ölten und walkten ihn die Badesklaven, und, die Sklavin kicherte wieder, dann beschlief er eine Sklavin, eine Magd oder eine Frau aus der Stadt, so lange und oft, bis er sicher war, daß sie von ihm schwanger war.

Die Schatten der Dächer und Baumkronen wurden dunkler und länger, viele Blüten öffneten sich, und während sie unter Saitenklängen der verborgenen Harfe durch den windstillen Garten zurückgingen, sagte Theris:

»Dann wird Phaistos bald voller Kinder sein, die mit Skorpionen und Totenschädeln spielen.«

»Alles in allem«, flüsterte Telegonos, »ist er ein kluger Mann, der wohl an die richtigen Götter glaubt und nicht auf rasselnden Streitwagen das Königreich des Nachbarn angreift.«

»Reiches, unkriegerisches Phaistos. Ich habe keine Stadtmauer gesehen.« Theris blieb stehen und sah zu, wie Öllichter angesteckt wurden. »Wir werden heute nacht seine Gäste sein.«

Er legte den Arm um ihre Schultern und sagte: »Ich sehe überall nach und erschlage die Skorpione in unserem Zimmer mit der Sandale.«

Die Roste über der weißen Glut des Herdfeuers waren noch immer halb voller Bratenstücke. Die Bretter der Tische, fünf Finger dickes Zedernholz, bogen sich zwar nicht unter den Speisen, Schüsseln und Krügen, aber es war kaum Platz für die Schneidebretter. In einem Nebengelaß, unsichtbar für die Tafelnden, musizierten Trommler, Auloibläser, mindestens zwei Leierspieler und ein Kitharist, ein Flötist – Telegonos sah sich um: Prokles saß neben Schreiber Harbaq und redete auf ihn ein, einen Perlhuhnschenkel in der Hand wie einen Dolch –

und zwei Frauen oder Männer mit Panflöten. Pentawer lehnte sich zu Telegonos hinüber und sagte:

»Eßt und trinkt reichlich! Ich war eben vor dem Haus. Noch immer Westwind!«

»Mein Wunsch, im Rausch den Göttern näher zu sein, ist nicht drängend, Pentau«, sagte Telegonos. »Noch lange, auf dem Meer, werden wir das Genossene rühmend würdigen.«

Pentawer sah Theris von der Seite an und nickte.

»Ich weiß es von Nano Dudu.« Er lachte in sich hinein. »Raphites wünscht mehr Abwechslung im Aussehen der heranwachsenden Bevölkerung von Phaistos. Das Beste kommt also noch.«

»Als ich jung war«, sagte Telegonos kopfschüttelnd, »konnte ich mir nie vorstellen, daß der Weg zur Mannbarkeit so schwer, seltsam und gewunden ist.«

»Aber so ist er.« Pentawer spießte auf die Spitze des Eßdolches eine Olive, diese auf einen Käsewürfel, jenen auf eine Bratenscheibe und alles auf ein Stück Brot, das er in ein feuerrotes Mus tunkte. Er schob es in den Mund, kaute und sagte undeutlich: »Und nur wenige überleben ihn. Denk dran und sei glücklich.«

Fürst Raphites kam, von vier Knechten hereingetragen. Sie betteten ihn in seinen Sessel; er hatte sein Gewand gewechselt und trug keine Ringe an den Händen. Kirkes Krug stand nicht mehr auf dem Podest. Leere Weinkrüge wurden gegen volle ausgewechselt. Telegonos und Theris mischten ihn mit viel Saft und Quellwasser. Ein Fisch verbrannte gräßlich stinkend unter dem Rost. Je länger das Fest dauerte, desto mehr wuchs die Anzahl der Bedienerinnen: die Frauen schienen jetzt jünger, schöner und geschmückter, ihr Lächeln verführerischer. Akrisios sprach mit ihnen, mit dem Fürsten, mit Ophian und Pentawer, diese übersetzten es Shepmin, Ahmose und Harbaq – was auch immer sie beredeten.

Ophian, Pentawer und Shepmin befragten Nano Duduqi und Prokles. Telegonos verstand, ohne bewußt zuzuhören, daß sie über Strömungen uneins waren. Es schien sicher zu sein, daß eine Meeresströmung sie an Kretas Nordseite nach Westen sog, auf Kithera und Kap Malea zu. Telegonos schilderte dem Fürsten, was sie in der Bucht des Opferplatzes erlebt hatten. Der Bogenschütze Ahmose stahl sich mit einer hellhaarigen, blauäugigen Frau – unbemerkt, wie er glaubte – davon; Raphites lächelte ihnen nach.

»Kommen Händler oder Besucher zu deiner Mutter, nach Aiaia?«

»Ja, Fürst. Phaiakische Schiffe. Steuermann Ophians Leute. Wir tauschen allerlei Waren.«

»Besuchen Händler auch die Phaiaken?«

»Darüber hab' ich mit ihm noch nicht gesprochen.« Telegonos wollte Ophian anstoßen, aber eine Geste Raphites' hielt ihn auf. »Warum fragst du?«

»Dein Geschenk, Prinz, ist wunderbar. Mein Badediener hat meine Beine eingerieben, und nun spüre ich keinen Schmerz mehr. Seit weniger als einer Stunde!«

Raphites nickte einer Sklavin zu, die Nautes mit sich zog. Telegonos sagte: »Alle ihre Tränke und Salben und Öle haben zauberische Wirkung. Ein Krug, halb so groß, mit der gleichen Salbe, ist noch in der Ladung. Ich bringe ihn dir morgen.«

»Apollon soll dich schützen. Und ich bringe Händler dazu, nach Scheria zu fahren. Wenn sie dort diese Salbe vorfänden ... du weißt, daß mich seit zwanzig Jahren der Schlaf flieht?«

Telegonos nickte. »Wenn ich es möglich machen kann, wird dir Aiaia diese Salbe schenken. Sooft, wie du sie brauchst, soviel, wie Kirke mischen kann. Ich weiß nicht, was die Salbe enthält.«

»Wenn ich heute nacht schlafen könnte! Nur ein Mal – die ganze Nacht!«

Während sie über Schiffe und Händler redeten, leerten sich die Trinkschalen schneller als die Scherensessel und das Megaron. Akrisios sagte, daß Ophian und Duduqi schon für diesen Sommer gegenseitige Besuche besprochen hätten; plötzlich wandte er sich an Telegonos.

»Diese Zeusstatue aus Knossos. Was hast du mit ihr vor?«

»Das ist eine schwierige Überlegung.« Telegonos machte eine ratlose Gebärde. »Ich will sie nach Ithake mitnehmen. Aber die Statue ist Teil eines Orakels – wenn sie nicht gefunden wird, geht Alaia unter oder wird zerstört. Bevor es Krieg zwischen Ithake und Kreta gibt, könnt ihr sie gern wiederhaben, nun ja: Ihr könnt sie behalten.«

»Nimm sie mit, Prinz!«

Telegonos und Theris schraken auf. Der Fürst hatte ungewohnt laut gesprochen, fast geschrien. Shepmin, der sich verbeugt hatte, blieb zögernd stehen, die Frau neben ihm drehte sich um. Raphites schüttelte den Kopf.

»Hundert Ruinen! Der vergessene Glanz der Meeresherrschaft! Die Götter des Chaos, die Minos-Könige! Opferplätze, Aiolosflöten! Stiere! An diese Zeit erinnert der weinende Zeus. Nimm ihn mit dir und schaff ihn weit fort von der Insel! Erst wenn das Chaos und die Ruinen aus unseren Herzen verschwunden sind wie der Rauch vom letzten Feuer – erst dann, in der Stille zukünftiger Gedanken, wird man an allen Küsten wieder vor Kreta Achtung haben!«

Er ließ die Schultern fallen und starrte die Totenschädel an. Eine Dienerin reichte ihm eine gefüllte Phiale. Er trank, gähnte, riß die Augen auf und gähnte ein zweites, ein drittes Mal. Er schlug mit der flachen Hand auf die Kruppe der Dienerin und ächzte:

»Sie sollen mich wegtragen. Schlaf! Deine Salbe, Telegonos! Ihr alle – rührt euch nicht aus meinem schäbigen Palast, bevor ich aufgewacht bin und euch einen würdigen Abschied bereitet habe!«

In Akrisios' Gesicht stand ein ungläubiges, glückliches Lächeln. Er klatschte in die Hände. Die Musiker hörten einen Herzschlag später zu spielen auf. Vier Männer hoben den fellgefütterten Einsatz des Sessels auf, Raphites hielt sich lachend an ihren Schultern fest, winkte und duckte sich, als sie ihn unter den schwarzen Deckenbohlen hinaustrugen; Akrisios folgte mit kurzen Schritten, fast tänzelte er.

Telegonos, Duduqi, Prokles, Theris, Pentawer und eine schöne Frau, vielleicht fünf Jahre älter als der Kapitän, saßen allein um die Ecke des Tisches. Am anderen Ende räumten müde Mägde die Gefäße fort und reinigten den Tisch mit salzigem Sand und heißem Wasser.

»Kaum bist du zurück, Kapitän, purzeln Dinge, Menschen und Geschehnisse übereinander«, sagte Telegonos und ließ Wein ins Quellwasser tropfen.

»Wo ich bin, geschieht derlei – aber ich kann nicht überall sein. Morgen werden wir nicht ablegen können, das ist sicher.«

»Wir tun, worum der Fürst uns gebeten hat.« Theris schlang die Arme um Telegonos. »Es hilft, die Zahl unserer gemeinsamen Stunden zu vergrößern.«

»Haste nicht dem Abschied entgegen, Schönste.« Duduqi stemmte sich in die Höhe und rülpste. »Als meine vorläufige Schätzerin und Zählerin hast du gezeigt, was in dir steckt.«

Er grinste aus dem Dickicht seines Bartes, zwinkerte Telegonos zu und ging mit unsicheren Schritten aus dem Megaron; dorthin, wo Raphites verschwunden war. Telegonos kannte den Scherz und antwortete nichts, drückte Theris' Handgelenk. Prokles sagte leise:

»Raphites erschüttert die Berge des Handels und der Mehrung. Männer wie ich und Nano sammeln die Steine auf, auch die kleinen, und legen sie in geordnete Reihen. Am Hafen, bei Nano, besprechen wir alles bis zur schmalsten Planke und zum letzten Öltropfen.« Pentawer und die Frau standen auf. Prokles klatschte dreimal in die Hände. Diener geleiteten Pentawer, die Gefährtin seiner Nacht und Telegonos mit Theris durch das dunkle, stille Haus in die Schlafräume. Telegonos wandte sich im Halbdunkel um: Nano Duduqi blieb sitzen, legte die Fersen zwischen Krügen, Bechern und Phialen auf den Tisch und zwinkerte; lange starrte er die Totenschädel an, ehe Telegonos hörte, wie er geräuschvoll aufstand und am Tor des Hauses eine brennende Fackel verlangte.

Ein Gatter aus Sonnenlicht hatte sich den Weg durch die breiten Querspalten des Schlagladens und durch elektronfarbene Wollvorhänge bis zum Lager gebahnt; ihre gebräunten, nackten Körper bewegten sich in einem Streifenmuster aus sanfter Helligkeit und Schatten. Theris war schweißüberströmt und lag wie zerschmettert da. Ihr Atem roch süß. Die Liebesnacht hatte einem verbissenen Kampf geähnelt, ebenso seltsam wie die Zärtlichkeiten am Morgen und in den stillen Stunden bis Mittag: das Muster auf dem Boden bewies, daß die Sonne hoch stand. Als Telegonos aufstand, um ins angrenzende Gemach zu gehen, sah er das Blut auf dem Laken und auf Theris' Schenkeln.

Er wusch sich und starrte sein undeutliches Bild in einem hoch polierten Bronzespiegel an. Ob es dem Apollon wohlgefällig war – Telegonos' Herz würde nicht schwer, seine Gedanken nicht von Größerem abgelenkt werden –, wenn er nicht auf jeder Insel Töchter oder Söhne zeugte ... wie sein Vater?

Er reinigte die Zähne mit einem ausgefransten Ästchen, fand Sandalen und Dolchgürtel, legte beides an und setzte sich an den Rand des Lagers. Er wartete, bis Theris aufwachte.

»Du bist schon wach ... ich war so glücklich, so ganz zufrieden, zwischen Traurigkeit und den frohen Gedanken, daß ich frei bin, selbständig.« Sie blickte ihn an, als sei er ihr fremd geworden. »Ein neues, anderes Stück Leben – was ist aus unserer ... Liebe geworden, Telegon?«

»Wir sind ein bißchen mehr erwachsen. Es war eine wunderschöne leidenschaftliche Nacht. Was sag' ich: Der Morgen gehört dazu. Haben wir nicht gewußt, daß es eine Herbst- und Winterliebe ist?«

»Ja.« Sie richtete sich auf, legte den Unterarm über die Brüste und zog die Decke zum Nabel. »Wissen und tun, Gedanken und Wirklichkeit – es sind verschiedene Dinge.«

Er betrachtete das Streifenmuster auf ihrem Körper und versuchte, die Reden der Nacht und deren Bedeutung richtig einzuschätzen. »Weißt du, es ist so: in der Nacht des Halbschlafes schwirren, wie schimmernde Libellen, große und nichtige Gedanken umher. Wenige überleben das Morgenlicht und liegen da wie Findlinge. Wie fremde Inseln, nachdem Eos das Gewölk auseinander geschoben hat.«

»Ich werde dich immer lieben, Prinz.« Theris stand auf und schloß einen Atemzug lang die Augen. »Du wirst mich bald nicht mehr lieben, aber niemals vergessen. Wenn wir uns je treffen – werden wir dann lächeln können?«

»Ich werde es können.« Er berührte mit den Zeigefingern die Spitzen ihrer Brüste. »Es wird ein feines Lächeln der Erinnerungen sein, o Theris. Leg' dich nicht zu Nano Duduqi.«

Sie lachte, laut und lange.

»Nicht zu ihm und nicht zu Raphites! Aber zu einem, der so ist, wie du bist. Mit meerblauen Augen.«

»Mit dieser Antwort kann ich ruhig nach Ithake segeln.«

Sie umarmten sich, standen schweigend und leidenschaftslos da, sahen einander tief in die Augen; dann löste sich Theris aus seinen Armen und ging auf Zehenspitzen zum Kopron. Telegonos zog die Vorhänge auseinander, stieß den Holzladen zur Seite und dachte an den Abschied von Merit-Khenso.

Nach einigen Bechern heißen, süßen Absuds, etwas Brot und Scheiben kalten Bratens der vergangenen Nacht verließen sie den Palast Raphites'. Am Tor verabschiedete sie der Fürst. Er hielt Telegonos auf, seine Finger packten hart das Handgelenk; er raunte, scheinbar völlig verändert:

»Vor einer Stunde erst bin ich aufgewacht! Seit zwanzig Jahren die erste Nacht. Noch immer starker Zephyros! Warte auf meine Botschaften im Hafen!«

»Ich warte, Fürst. Nimm nicht zu viel von der Salbe auf einmal!«

»Zehn Stunden hab' ich geschlafen!«

»Danke nicht mir, sondern Mutter Kirke. Glaub's mir, Fürst: Ich bin nur der Überbringer ihrer Geschenke!«

»Phaistos wird seinen Fürsten rühmen, und Phaistos' Fürst rühmt und ehrt dich und wird dich nie vergessen.«

Telegonos hob Theris' Hand bis in Schulterhöhe und sagte:

»Richte deine wohlwollenden Gedanken auch auf Theris, die einzigartige Gefährtin kretischer Abenteuer – jeder Fingerbreit von ihr ist es wert.«

»Beschworen!« Raphites' Finger, voller schneeweißer Härchen, strichen über Theris' Arm. »Mehr als beschworen. Komm zu mir, wenn dich Sorgen drücken – in diesem Haus erfährst du apollinische Klarheit.«

»Herr!« Theris verneigte sich. »Ich werde kommen, wenn es sein muß!«

Als Letzte bestiegen sie den wartenden Pferdewagen und rasselten hinunter zum Hafen.

Es war nicht nötig, Aiolos' Windknoten zu lösen. Am dritten Morgen, der vollkommen wolkenlos und klar herandämmerte, kam starker Euros auf. Die Kapitäne verabschiedeten sich voneinander, Steuermänner und Ruderer winkten und riefen, dann legte die *Sachmets Kraft* ab, und vier Pfeilschüsse jenseits des Wellenbrechers zogen die Wajermänner die schwere, geteilte Rah hoch. Mit schäumenden Kielspuren entfernte sich das Rômetschiff. Pentawer und Telegonos stürzten einige Becher kalten Aufgusses hinunter und eilten, die hastig gepackten Watsäcke auf den Schultern, die lange Treppe hinunter. Theris und Duduqi folgten ihnen weniger aufgeregt. Noch bevor er den Sand des Hafens betrat, erwachte in Telegonos die alte Unruhe: Das Ziel dieser letzten Fahrtstrecke war, endlich, Ithake.

Die letzten Krüge und Wasserschläuche wurden von Mys, Nautes und Duduqi gefüllt und an Bord gereicht. Ophian und Pentawer ließen die Steuerruder herunterkippen und befestigten die wuchtigen Tauschlingen; auf dem Meer erschienen einzelne kleine Schaumkronen. Telegonos half an Deck und im Kielraum, sprang über die Planke an Land und blieb vor Duduqi und Theris stehen.

»Abschied von Kreta«, sagte er. »Vieles hängt für uns alle vom Gelingen ab – wünsch uns so viel Glück, Nano, wie wir dir wünschen.«

»Phoibos Apollon soll euch beschützen!« Sie schüttelten einander lange die Handgelenke, der Kreter schlug Telegonos schwer auf beide Schultern. »Erfülle das Orakel, Prinz, und denk an das viele, was wir besprochen haben!«

Telegonos nickte und umarmte Theris.

»An dich denke ich jeden Tag und jede Nacht«, flüsterte er. »Was wir einander wünschen – tausendmal haben wir darüber geredet.«

»In wenigen Tagen und Nächten wirst du wissen, ob es Erfüllung oder Kampf ist. Leb wohl, mein Aristos ... Apollon schütze dich. Und alle anderen Olympier sollen dich auch schützen.«

Sie zwang sich zu einem trotzigen Lächeln und wandte sich um. Telegonos streichelte ihre zuckenden Schultern und ging zum Poller, an dem die Bugtrosse lag. Er hob sie hoch, warf sie ins Wasser und schwang sich an Bord, ehe das Schiff wegdriftete. Heptodus und Harbaq zogen die Taue an Bord und warfen sie achtlos auf die Planken; sechs Männer ruderten die *Namenlose* aus Phaistos' Hafen.

Das Sternbild des Herakles näherte sich von Sonnenaufgang dem Angelstern, wie eine Sichel spannten sich die unzählbar vielen Tröpfchen der Milch aus Heras Brüsten zwischen Ost und West; die Sage berichtete, daß sie verspritzt worden war, als Hera den Säugling Herakles von sich stieß. Nach Sonnenuntergang loderte Aphrodites Stern hoch über dem Horizont. Die *Namenlose* segelte, die Küste und weit im Inneren Westkretas weiße Berge an Steuerbord, den gleichen Weg zurück, den sie von der Flußmündung her gekommen war; nach Norden kämpften sie sich während dreier Tage stundenlang rudernd, in Vogelwinden und ablandigen Nachtböen. Acht Schilde hingen innen an der Bordwand festgeknotet, ebenso die vollen Köcher, in gewachstes Tuch eingeschlagen. Duduqi hatte ihnen einen Bund trockener Abschnitte von Riesenfenchel mitgegeben, im Mark der Stengel und einem Glutkrug bewahrten sie glühende Holzkohle auf. Wurfspeere, zu kleinen Bündeln verschnürt, lagen ebenso auf der Ladung wie Helme und Teile der Rüstungen. Nicht nur beide Steuermänner, sondern mindestens die Hälfte der Besatzung spähte an den Tagen und im schwindenden Licht des Mondes nach den Segeln fremder Schiffe oder nach Feuern an den Ufern, die, wie die fünf wußten, unbewohnt waren.

In den halben Tagen, an denen Shepmin und Pentawer an den Rudern standen, saßen Telegon und die anderen am Mast, tranken Sud mit wenig Wein und redeten; was Harbaq, Ahmose und Shepmin nicht schon von Pentau wußten, erzählten ihnen Ophian, Telegonos und dic drei Aiaianer. Ahmose sprach wenig. Er war ein Mann mit hellbrauner Haut, Pentau nicht unähnlich, mit mächtigen Schultermuskeln und einem »Nehesibogen«, der fast so groß war wie er selbst: Er hatte drei Köcher voll überlanger Pfeile aus ausgesuchtem Hapischilf bei sich und genügend Ersatzsehnen. Die Rômet verhielten sich, als sei es das Alltäglichste, auf einem fremden Schiff, einem Orakel folgend, unbekannte Inseln anzusteuern. Keine Arbeit war ihnen ungewohnt oder lästig, nur schien ihr Reinlichkeitssinn mitunter ein wenig übertrieben. Auch von kaum gemischtem Wein war keiner von ihnen je betrunken; ruhige, heitere Bordgefährten, die jeden größeren Felsen bestaunten, weil, wie sie sagten, ihre Welt eine aus Sonne, Sand und Neilos war.

Am Morgen wuchs der Schatten des schroffen Felseilandes, nördlich des nach Nord weisenden Landfingers, über die Wellen.

»Hier, o Kapitän Pentau, soll die heldenmäßige Mannschaft der *Argo,* vor Jahrhunderten, den bronzenen Talos durch einen wohlgezielten Schuß getötet haben. Er fiel tief und zerschellte. Zuvor beschäftigte er sich damit, Schiffe mit weit geschleuderten Felsbrocken zu vertreiben – damals gab es keinen Fürsten Raphites, der sich dieses Hemmnis des Handels grob verbeten hätte!« Ophian deutete auf die Festlandsklippe. Verwirrt schüttelte Pentawer den Kopf. Ophian zeigte auf Telegonos: »Der viertelgöttliche Aristos erzählt dir alles, was er über Talos weiß.«

»Später. Jetzt werde ich dem Apollon opfern und, haltet euch die Ohren zu, den Paian zu singen versuchen!« sagte Telegonos entschlossen. »Später erfahrt ihr auch, welche Bedeutung es für mich hat.«

Bedächtig füllte er fast schwarzen kretischen Wein in die schönste Phiale, die er fand, stellte sich auf die Hecktruhe und versuchte, den Wein in die Kielspur zu tröpfeln.

»O Phoibos Apollon!« rief er. »Glänzender! Reinigender! Ohne jene Götter erzürnen zu wollen, die ich kaum kenne, erwähle ich dich zum Schutzgott dieser Mannschaft, dieses Schiffes.« Er holte Luft, die Schale war halb leer. »Glänze für uns mit rechtem Wind und strahlender Sonne, reinige den Meerespfad von Unbill und Unglück! Wir steuern vielleicht ins Chaos der Dunklen Jahrhunderte – dein strahlender Weitblick soll uns sicher führen; uns und unsere Freunde aus dem Land anderer Götter. Dich ehre ich Unwissender – laß es für uns nicht zu arg werden, und laß nicht zu, daß ich meinen Vater töte, so wie Kirke es in qualvollen Nächten sah!«

Er hob die Phiale über seinen Kopf, leerte sie, im Sonnenaufgang blinzelnd, ins Heckwasser; ein Windstoß aus Südost wirbelte einige Tropfen in sein Gesicht.

»Phoinikias!« sagte Ophian ehrfurchtsvoll. »Ein Zeichen, Prinz? Auf nach Kythera, bis wir die Bergspitze sehen.«

Telegonos sprang zwischen die Steuermänner, blickte Pentawer, Shepmin und Ophian an und zuckte mit den Schultern.

»Ein Zeichen? Ich weiß es nicht.«

Ob die gewaltige Landmasse der Insel den Ostwind ablenkte oder umlenkte, wußten sie nicht. Die Strömung erfaßte sie zwei Stunden später und trieb das Schiff aufs Meer hinaus, bis sie Kreta nur noch als hellgraues Abbild hinter sich erahnen, Kythera aber längst noch nicht sehen konnten.

War es Zufall, Schicksal oder eine Fahrt weit abseits aller Meerespfade? – sie sahen kein einziges Segel. Jagende Möwen, Klippenadler, Meeresraben, Fischschwärme, fliegende Fische und große Gruppen scheinbar lächelnder Delphinoi ...

gewiegt von schwacher Dünung, getrieben vom mild summenden Wind, dessen Richtungen und Namen zwischen Phoinikias und Euros mehrmals täglich wechselten, trotz der kretischen Kräuteröle mitunter von der Sonne verbrannt und rot wie Glut, mit wuchernden Bärten und Salzkristallen auf der Haut, im Haar, auf den Planken und in den Decken segelten sie, ohne ein einziges Mal die Riemen losknoten zu müssen, an Kythera vorbei und auf Kap Malea zu, nah oder fern – noch sahen sie es nicht.

Als sie es endlich sahen – es tauchte aus einer feuerroten, nebligen Spätdämmerung auf –, glaubten sie im mächtigen Spiel glimmenden Lichtes, seltsamer Schatten, Strömungsmarken in den Wellen und bestimmte Schattierungen an Steuerbord voraus, im gellenden Gekreisch jagender Klippenvögel und, als das Sonnenlicht durch die Nebel stach, in einer Art apollinischer Fernsicht, den östlichen jener drei Landfinger zu sehen, die sich nach Süden reckten; Wind und Strömung schoben und sogen sie nach Sonnenuntergang.

»Viermal haben wir Strände angesteuert. Dreimal fanden wir Quellen. Für weniger als einen Zehntag haben wir genug Wasser, das zum Mundspülen und Waschen von Gesicht und Gemächt reicht – auch entlang der Küste werden wir weder verdursten noch versalzen.« Kapitän Pentawer hob den Arm und zeigte in das Gemenge rötlichen Dunstes, im Licht grau erscheinender Felsen, Gischtstreifen und leerer Wasserflächen. »Apoll verwöhnt uns mit dem besten Wind – geht schlafen! Zwei Mann und wir Steuermänner halten Ausschau!«

In einer Nacht, die sie in einer winzigen Bucht verbrachten, schienen Winde aus allen Richtungen zu kommen: Zuerst verhüllten Wolken den Himmel, dann stierte der halbe Mond wie eine blinzelnde Eule aus einem schrundig-zerquollenen Ölbaumstamm aus Wolkenlöchern hervor, die Brandung tobte schäumend, die Pinien, Schwarzkiefern und Wacholderbäume zischten, raschelten und rauschten die ganze Nacht, eine Stunde lang prasselte Regen herunter, ohne Gewitter: am

Morgen war der Himmel voller weißer Sommerwolken, und ein trockener Notos hieß die *Namenlose* willkommen. Ahmose, Harbaq und Mys warfen Telegonos unsichere Blicke zu: jene Art der Seefahrt, in der Stunden, Tage und Nächte, Buchten und Strände und Quellen und Brandung und Dünung und Wellen in einen gleichförmigen Zustand ineinander glitten, sich – mit den Worten der Rômet – wie Sand und Öl auf einem völlig ebenen Ewigkeitshorizont vermischten, von Rê-Harachtes Goldstrahlen durchdrungen, in Lotosblütenduft und im stummen Wasser des Neilos, in diese Art der selbstvergessenen Meeresfahrt gliederten sich Tage und Nächte.

Ein willkommener Stillstand der Sonnenuhren. Keine Rudermühe, weder Plankenbruch noch Tauabriß, Fieber oder schmerzende Zähne, Finger, Glieder; nur zu viel Salz außerhalb des Meerwassers. Es gab keine Furcht vor einem vergessenen Gott: An Backbord erstreckte sich die Unendlichkeit des Meeres, an Steuerbord schlichen Küsten, Felsen und Buchten vorbei. Der Schatten des Vaters wurde für Telegonos zum rauchigen Schemen, die Erinnerungen verblichen ebenso wie die an die ausschließliche Geliebte und an Theris, an Raphites zwischen Totenschädeln und raschelnden Skorpionen oder an Merit-Khenso.

»Wenn es so wäre, Pentau, wenn das Orakel uns nicht verdürbe – ich und Odysseus segeln, so wie wir jetzt segeln, über den Telepylos hinaus, ins Unbekannte. Wenn es so bliebe – dann würde ich mich ans Ruder stellen. Aber schon in einer Stunde kann uns wieder ein Sturm an den Rand des Okeanos hinwegfegen.«

»Nicht heute.« Pentawer wies mit dem Daumen nach Steuerbord. Seit einem Tag segelte das Schiff nordwärts, meist so wenig vom Ufer entfernt, daß die Mannschaft das klatschende Rauschen der Brandung hören konnte. »Atme tief, Prinz, vergiß das Zurückliegende, Vergangene, richte den Blick wie dein Apoll ins strahlende Morgen, so wie mein Ptah. Hör auf zu zittern vor deinem Vater. Glaub mir – ich verstehe deine Unruhe, deine Versuche, die Vernunft zu entdecken.«

»Ich bin keine zwanzig Jahre alt, Freund Pentau!« Telegonos stöhnte. »Seit Aiaia hat man mich jeden Tag mit scharfkantigen Steinen beworfen! Es ist zuviel, und ich versteh's nicht mehr.«

»Dann hätte deine zauberhafte Mutter einen anderen Mann schicken sollen!« Pentau blieb unerbittlich. »Wenn du die Übersicht verloren hast, mußt du trotzdem den Mut zu vielen Entscheidungen haben! Glaub's mir: du bist der Beste!«

»Bin ich es wirklich?«

»Bis zum heutigen Tage habe ich nicht ein einziges Mal eine Windstille deines Verstandes bemerkt. Warum wohl, o Prinz, wage ich diese Fahrt?«

»Weil du es meiner Mutter geschworen hast.«

»Ich hätte den Schwur leichten Herzens gebrochen, wenn ich herausgefunden hätte, daß du der falsche Mann all unserer Fahrten bist. Du bist keiner Wahrheit ausgewichen. Du bist beim Zusammenprall mit Wahrheiten verletzt, aber nicht getötet worden. Bisher hat dich nichts und niemand aufgehalten: Weder Nausikaa, Merit-Khenso noch Theris. Du streifst diese Einschränkungen ab wie die Schlange ihre Haut. Ich bin dein Freund, Telegon.«

»Du bist viel mehr als mein Freund, Pentau.«

»Als Freund hätte ich dir nämlich, wenn es geboten erschien, mit Wucht in die Hoden getreten.«

»Eine wenig vergnügliche Art des Zuspruchs!«

»Richtig. Ich mußte es nie tun – wir waren einig über den Beginn und das Ende der Fahrt. Daß es dazwischen schwierige Aufenthalte gab, müssen wir nicht verantworten. Irgendwo dort vorn ist Ithake: Wenn der Bug des Schiffes sich auf den Strand schiebt, bist du völlig und ausschließlich allein.«

»Ja. So wird es wohl sein«, murmelte Telegonos. »Aber wenn mein Blick so klar ist wie der des Phoibos Apollon, wird mir nichts Übles zustoßen.«

Pentawer nickte schwer. »Mit ein wenig Hilfe deiner Freunde wirst du auch Tjekerschiffe, deinen Vater, die Handelsbeziehungen zwischen Ithake und Kreta und den Neid deines Halbbruders Telemachos überleben.«

Telegonos löste seine schwieligen Hände von der Pinne.

»Tagsüber weiß ich, daß es so ist. Nachts, in Halbträumen, schwimmen die Zweifel heran. Und in den furchtbaren Stunden der Schlaflosigkeit.«

»In denen uns die Götter zeigen, daß wir unter ihnen zu leiden haben, Prinz.«

Telegonos sah in Pentaus Augen, musterte das vertraute Gesicht, erkannte darin gleichermaßen Zuversicht, Vorsicht und Weisheit; er begann sich vor dem letzten von tausend Schritten zu fürchten.

9.
ZWISCHEN DEN INSELN

Ein Gefühl, als wachse ein Stein in seinem Magen, weckte Telegonos. Er blieb reglos liegen, lauschte in sich hinein und spürte, daß ihn das Zittern einer seltsamen Unruhe befallen hatte. Er spannte seine Muskeln und öffnete vorsichtig die Augen. Während der Nacht war die *Namenlose* in weitem Abstand vom Land gesegelt, von Ophian und Shepmin gesteuert. Von den dunklen Hängen an Steuerbord hatten sich in unregelmäßigen Abständen Landwinde auf das Schiff gestürzt und es aus dem Kurs gedrängt; die weißen Strahlen des Sichelmondes zerfaserten auf unzähligen kleinen Wellen. An den Ufern war kein einziges Licht zu erkennen, seit Schreiber Harbaq am frühen Abend zwei lange, schräge Rauchsäulen hinter den Felsen gesehen hatte. Über dem Horizont flakkerten die Sterne, erloschen langsam nacheinander und wichen dem ersten Grau. Telegonos tastete um sich, seine Finger schlossen sich um das Tau, er zog sich hoch und hielt sich an der Bordwand fest. Der Mantel, in den er sich eingewickelt hatte, rutschte von seinen Schultern.

»Wo sind wir?« murmelte er, zwinkerte und holte tief Luft. Er schüttelte den Kopf und versuchte, sich vom Nachklingen eines wirren Traumes zu lösen; die Zeusstatue hatte geweint, und unkenntliche Gestalten, in Wirklichkeit seine verschollenen Brüder, hatten sie zu Saitenklängen Merit-Khensos umtanzt, dem Klingeln der Ohrgehänge Theris' und den fauchenden Trillern aus Heptodus' Syrinx. Der Schweiß erkaltete, die Benommenheit wich. »Riecht die Nacht schon nach Ithake?«

»Nach Sonnenaufgang riecht sie, Prinz«, brummte Ophian. »Diesmal kann uns nichts mehr aufhalten. Die letzten Stunden unserer langen Fahrt – jetzt fangen sie an.«

Telegonos blickte um sich. Der Osthimmel färbte sich hellgrau. Einige langgestreckte Wolken begannen weißrot zu glimmen. Pentawer-Ptah hob den Kopf, spähte über den Bug und zur Küste und ließ sich wieder zurücksinken. Tau hatte sich auf den Planken und den Schilden niedergeschlagen, das Holz war schwarz vor Feuchtigkeit, und aus dem Segel fielen schwere Tropfen. Das Schnarchen riß ab. Nacheinander erwachten die Seefahrer, griffen gähnend zu den Sudbechern und sahen zu, wie die Helligkeit wuchs. Harbaq schob die Hände in die Achselhöhlen und sagte:

»Da. Zwei Berge. Vor Bug und hinter Heck, der Gestern-Berg.« Er federte die Bewegungen des Schiffes ab und schüttelte sich. Telegonos blickte zwischen den Steuermännern hindurch und sah den grauen Schatten des Taygetosberges vor dem flammenden Firmament; die ersten Strahlen trafen die Spitze und ließen sie schroff aus dem Dunst hervortreten. Am ersten Tag jenseits von Kreta hatten die Seefahrer den Berg Ida hinter sich verschwinden und den Taygetos auf dem mittleren Landvorsprung im Nordwesten auftauchen sehen. Später wanderte er nach rechts, zeigte sich danach an Steuerbord, jenseits von Pylos und dem Land des Königs Nestor, und ragte nun, als die hohe Landmarke der Insel Zakynthos sichtbar wurde, weit hinter dem Schiff in den Morgenhimmel. Telegonos bückte sich unter dem Segel, ging in den Bug und versuchte, mehr zu erkennen als eine stumpfe Bergspitze, die sich aus Dunst und Schatten erhob. Erst als die Sonne sich zwei Finger hoch vom Horizont gehoben hatte, sah er schattenhafte Umrisse und darüber, grell im weißgelben Licht, den Inselberg.

»Wir sind auf dem richtigen Kurs«, sagte er, als er sich an

Pentawer vorbeischob. »Bei Raphites haben wir erfahren, daß die Berge und das Schiff eine gerade Linie bilden sollen.«

»Sie ist so gerade oder krumm, wie wir steuern können. Auch der Wind, scheint mir, bleibt uns heute erhalten. Phoinikias: kraftvoll und anhaltend.«

Nautos und Mys verteilten Essen, Heptodus und Harbag bereiteten Kräutersud auf dem windstillen Deck vor dem Mast. Die Männer erleichterten sich, reinigten sich mit Süßwasser und warteten auf die Hitze des Vormittages; Pentawer und Telegonos lösten die Steuermänner ab. Der Kapitän betrachtete eine Weile lang das leere Meer, blinzelte zur Küste hinüber und starrte zum Horizont, in dessen funkelnden Wellen die Heckspuren verschmolzen. Dann knurrte er:

»Nichts zu sehen.« Er nickte Telegonos zu und rief: »Es hat sich an unserer Wachsamkeit nichts geändert, Freunde! Waffen aus dem Schiff, Brandpfeile bereithalten, Rüstung anlegen. Wir sind nicht sicher, bevor wir nicht Ithakes Strand erreicht haben!«

»Niemand erwartet uns dort«, sagte Ophian laut. »Aber für ein Tjekerschiff sehen wir wie fette Beute aus.«

Ohne besondere Eile beendete die Mannschaft ihr anspruchsloses Mahl, faltete die trockenen Decken und Mäntel zusammen und machte sich bereit. Im Schattenriß der Insel bildeten sich Teile der Landschaft heraus, Wolken entstanden über der Küstenlinie, und als die *Namenlose* auf die Mitte zwischen dem Land an Steuerbord und der Insel zusteuerte, sah Telegonos, daß ein zweiter Berg aus der Mitte der nächsten, scheinbar größeren Insel weiter nordwärts aufragte. Er erinnerte sich an die Umrisse auf der Tischplatte bei Fürst Raphites; die Insel an Backbord vor dem Schiff wurde Zakynthos genannt und gehörte zum Archipelagos, über den sein Vater herrschte – wenn die Erzählungen zutrafen.

Einige Atemzüge lang wirbelte stechender Geruch nach Glut zugleich mit einer kleinen Aschenwolke über das Deck. Bogenschütze Ahmose hatte die Glut mit frischer Holzkohle vermischt und sie im Krug und im hohlen Fenchel verschlossen.

Planken und Segel trockneten, und die Schatten der Ruderschäfte und der Steuermänner wanderten an Backbord näher zum Mast. Über dem Festland ballte sich eine titanische Wolke, weiß wie Schnee.

»Erinnert euch«, sagte Ophian gähnend. »Auf verschlungenen Meereswegen soll Erdpech von Zakynthos bis nach Kreta, Kypros und Gubla gekommen sein.«

»Ich erinnere mich an jedes Wort Duduqis.« Telegonos hängte sich die lederne, bronzebeschlagene Rüstung über Rücken und Brust, ließ die Schnüre aber ungeknotet. »Aber wir werden Zakynthos nicht anlaufen, die Insel der gelben Blumen.«

Shepmin und Ophian schliefen im kühlen Schiff auf den Säcken der Ladung. Die Stunden krochen dahin, die Hitze nahm ebenso zu wie der Durst, den sie mit verdünntem Sud löschten. Der Südrand der Insel schob sich näher; es waren eine große Bucht und sanft ansteigende, meist bewaldete Hügel zu sehen, und tief im Inneren der Bucht Segel von Fischerbooten und Rauchfäden, die von winzigen Häusern aufstiegen. Der Abstand zum Festland betrug vielleicht achttausend große Schritte nach rechts; ebensoweit war es zum östlichen Kap der Zakynthosbucht.

Der Stein in Telegonos' Magen hatte sich aufgelöst, aber die Unruhe blieb. Wieder einmal zielte er mit seinen eigenen Ängsten wie mit einem Pfeil in die Welt hinaus, obwohl sich die Fahrt der vergangenen Tage in viele apollonisch klare Stunden gliederte. Die *Namenlose* segelte unverändert schnell im Nachmittagswind, dennoch schien sie an Zakynthos vorbei auf den Aenosberg zuzukriechen, der doppelt so hoch wirkte wie der Inselberg an Backbord. Telegonos schob das Band des Sonnenschleiers auf die Stirn und sagte:

»Der Weidemond endet, der Winter der Ratlosigkeit scheint vorbei zu sein. Pentau, was sagst du?«

Der Kapitän ließ sich Zeit. Wie Telegonos und die anderen Seefahrer suchte er das Meer ab, verfolgte mit Blicken den Flug der Seeadler und der Falken; viele Atemzüge später sagte er:

»Ich sehe zukünftige Monde der Ratlosigkeit. Mich kann nicht mehr viel erschrecken nach jenen Nächten auf dem Wrack. Unter uns: Dein Vater wird ähnlich wie ich mit vielen Lästigkeiten des Lebens abgeschlossen haben; zudem ist er älter. Was wirst du tun, nachdem ihr euch getroffen habt? Odysseus' Lebensziele werden anders sein als deine. Was bewirkt der Bronzegott auf Ithake?«

Er machte eine Pause, trank aus dem Sudbecher, sprach leise weiter. »Welche Insel ist jenes Ithake überhaupt, von dem jeder spricht, aber niemand weiß, wo es liegt? Bisher hast du dein Leben in den eigenen Händen gehalten, aber der Trunk der nächsten Zehntage wird schäumend gären und schwer genießbar sein. Zuviel ist hineingemischt: Kirkes Orakel-Gesichte, du und dein Bruder, eine Stiefmutter, die Rückkehr deiner Freunde in die Heimat, die Dunklen Jahrhunderte und vieles mehr.« Er holte tief Luft und sah in Telegonos' Augen. »Ich hab' lang nachgedacht, Telegon, und tief genug: Ein Schritt nach dem anderen, und einen größeren Schritt nach jeder guten Erkenntnis.« Er wischte sich Schweißtropfen von Stirn und Nasenspitze und brummte: »Apollon gewähre dir weiterhin viele klarsichtige Tage!«

Die Nachmittagssonne brannte auf ihre Schultern; der Wind vertrieb die größte Hitze. Die Seefahrer hockten im Schatten des Segels und spähten zu den vorübergleitenden Ufern, deren zahlreiche Buchten, Kaps, Strände und Bachmündungen sich unablässig gegeneinander verschoben.

»Blutiger Kairos!« Telegonos sah zu, wie Ahmose quälend behäbig zur oberen Rah kletterte. »Bisher hab' ich überlebt – aber wie soll ich mit meiner geringen Erfahrung gegen Männer wie dich oder Helden wie Odysseus bestehen?«

»Bisher bist du nicht ein einziges Mal richtig gefordert worden, o prinzlicher Aristos. Bald wirst du zeigen müssen, was in dir steckt.«

»Und ich werde versagen, wie jedesmal, als ich auf euren Rat hörte, statt zu tun, was ich wollte: Merit-Khenso, Theris ...«

»Gerade diese Entscheidungen haben gezeigt, daß du härter bist als ältere Männer mit mehr Erfahrung.«

Ahmose kletterte herunter und bewegte sich, eine Hand an der Bordwand, auf die Steuermänner zu. Er nickte zufrieden, wie es schien, und sagte leise:

»Nächste Insel ... Name ich nicht weiß: Tjekerschiff mit halb gespannt Segel. Wartet in Bucht.«

Telegonos und Pentawer starrten ihn an. Der Kapitän brach in ein schneidendes Lachen aus, schnappte nach Luft und schlug Telegonos auf die Schulter.

»Jetzt kannst du zeigen, wie hart du bist. Kampf! Brandpfeile! Schleudersteine auf See!« Seine Augen blitzten, er fletschte grinsend die Zähne. »Endlich! Die trägen Tage des Apollon sind vorbei, Steuermann Telegon: Dein Poseidon schwingt den tangtriefenden Dreizack.«

»Das ist kein Kampf gegen Götter!« schrie Telegonos. »Wir kämpfen gegen Männer. Ihr wißt, Ahmose, was wir tun müssen. Los!«

»Bist du sicher, Kapitän, daß sie uns angreifen?« sagte der Bogenschütze in Rômetsprache zu Pentawer. Telegonos erwiderte: »Nein. Aber wenn sie angreifen, bereiten wir ihnen ein gräßliches Fest.«

Sein Schrei hatte alle Schläfer geweckt. Ophian stellte sich, noch schlaftrunken, ans Backbordruder, während Telegonos in den Mast kletterte, sich unterhalb des blitzeschützenden Eisteines festhielt und zu den Ufern unterhalb des Aenosberges hinüberspähte: So klein wie zwei Daumen waren Segel und Schiff, und die Tjeker versuchten, sich hinter einem baumbestandenen Halbinselchen zu verstecken. Sie ließen das Segel herunter und schienen das Schiff am Hecktau in die Bucht zurückzuziehen. Telegonos konnte keine Ruderer und Riemen erkennen. Er drehte sich um und sah, daß sich die eigene Mannschaft bewaffnete. Schreiber Harbaq knotete zehn Ellen lange dünne Seile an die Ledereimer und befestigte sie zwischen Planken und Spantenenden.

»Sie verstecken sich«, rief Telegonos. »Also haben sie's auf uns abgesehen.«

»Die Inseln deines Vaters schützen tatsächlich die Schiffe

der Tjeker!« Ophian schüttelte den Kopf und steuerte mit dem Knie, während er die Schnallen des dicken Doppelgürtels schloß. »O Archipelagos der Verwundernis.«

»Ich hab's auch nicht geglaubt«, sagte Telegonos und suchte seine Bewaffnung zusammen. Wieder spürte er, daß die Mannschaft wie ein Mann handelte, selbst die Aigyptioi; fast wortlos, schnell und mit sicheren Griffen, ohne viel Kraft anzuwenden. Die Knoten der Taue, mit denen die Riemenschäfte befestigt waren, wurden gelockert; Shepmin trug drei Schilde ins Heck und redete leise mit Ophian und Pentawer. Ahmose hielt einen Lederhelm mit Bronzeschuppen und trug doppelt handbreite, kupferbeschlagene Lederbänder kreuzweise über Brust und Rücken. Er entfernte das gewachste Tuch von den Köchern und spannte schweigend den Bogen. Heptodus half, die Bänder des Armschutzes zu knoten, wandte sich an Pentawer und sagte so laut, daß es auch Mys im Bug verstehen konnte:

»Tacher Pentau! Du sagst, was wir tun müssen; rudern oder segeln und all das. Du bist der beste Steuermann. Wir anderen kämpfen. Wer soll dich mit den Schilden schützen?«

»Ich bleib' bei Pentau«, sagte Harbaq. »Ich bin gut mit Speerwurf.«

»Gut so. So halten wir es«, sagte Telegonos schroff. »Setz den Helm auf, Harbaq; schütz zuerst dich selbst.«

»Tu' ich, beim Bart von Sachmet!«

Die Küste der Insel an Backbord und das Land gegenüber wichen jenseits der engsten Einschnürung weit zurück. Die *Namenlose* schien nicht mehr zu sein als ein schleichendes Nichts, aber sie näherte sich unaufhaltsam, die Sonne schräg hinter sich, der Insel Kephallenia und deren Felsstränden. Das Schiff der Tjeker war in der Bucht verschwunden. Es dauerte nicht länger als eine halbe Stunde, bis sich die Seefahrer ausgerüstet und bewaffnet und das Schiff so sicher wie möglich gemacht hatten; Teile des Segels und das Deck troffen vor Wasser. Shepmin schob Ophian vom Ruder weg und stieß Pentawer an; der Kapitän nickte langsam.

»Wir sind nur neun Männer«, sagte er mit verwittertem Lächeln. »Wahrscheinlich ist das Tjekerschiff voller Kämpfer. Wir werden voll List segeln und ausweichen, bis wir im Schutz der Nacht verschwinden können. Ihr müßt tun, was ich sage – schnell wie der Blitz.«

»Wir gehorchen sofort, wie immer, Käpten«, sagte Telegonos schroff. Die frische Glut roch, alle Männer trugen Rüstungen und Helme, und Harbaq schleppte einen Korb voller Kieselsteine zur Hecktruhe. Heptodus stand breitbeinig auf der Rah und spähte zum Ufer; Telegonos begann sich zu fragen, welche Insel die Heimat seines Vaters war, wohin sie also segeln sollten. Unverändert wehte warmer, kräftiger Phoinikias und blähte das gefleckte, tropfende Segel.

»Wenn Odysseus denen Unterschlupf gewährt«, sagte Nautes grimmig, »wissen sie auch genau, wo wir Odysseus finden.«

»Ob sie's uns sagen?« Pentawer verzog das Gesicht. »Vielleicht ist es besser, Prinz, nicht gleich herauszubrüllen, wer du bist.«

Gleichzeitig mit ihm zuckte Telegonos mit den Schultern und knurrte: »Warten wir ab, was geschieht.«

Gegen einzelne Böen von den Festlandshängen steuerten Shepmin und Pentawer das Schiff in der Strömung weit nach rechts, fort von Kephallenia. Über das Schiff wehten Gerüche wilder Blumen und Kräuter hinweg, vermischt mit dem Ruch des klaren blauen Wassers. Das Festland schien eine riesige Bucht zu bilden, die sich weit nach Osten erstreckte; schemenhaft waren Inselchen und Hänge vor dem Bug zu erkennen. An Steuerbord verschoben sich jenseits der niedrigen Brandungslinie die Teile der Ufer. Telegonos lief zwischen Bug und Heck hin und her, unruhig und aufgeregt, wieder mit versteinerndem Knoten im Magen – jetzt wußte er, daß die Ahnungen während seines Erwachens sich bewahrheiten würden. Die Seefahrer schwiegen und bewegten sich ruckhaft; das Warten beschwor eine trostlose, wächserne Reglosigkeit der Gedanken herauf. Es war wie eine Erleichterung, als die *Namenlose* an dem winzigen Kap vorbeifuhr und das andere Schiff in Sicht kam, von einem Dutzend Riemen vorwärts geschoben, während vier Männer das Segel in die Höhe zerrten.

»Sie brauchen eine Stunde, bis sie uns erreichen«, rief Pentawer, nachdem er Entfernungen und Geschwindigkeiten abgeschätzt hatte – die des eigenen und des fremden Schiffes mit dem bräunlichen Segel, dessen Verstärkungen aussahen wie ein Netz mit großen Maschen. »Sie sind allein; sonst würde uns ein Rudel Tjckerschiffe angreifen.«

Die Federn der Pfeile raschelten, die Bronzespitzen der Speere klirrten lauter als die Schilde, die gegen die Bordwand schlugen. Telegonos und Ahmose wickelten und knoteten schmale Stoffstreifen aus einer alten Chlamys um die Pfeilspitzen und steckten sie in den Ölkrug. Die Riemen des Tjekerschiffes wurden eingezogen, als die Schiffe gleichauf segelten, durch mehr als viertausend große Schritte oder acht rômetische Chen-Nub voneinander getrennt. Telegonos schätzte, daß zwei Dutzend Männer das Schiff bemannten. Metallene Waffen und Beschläge an Bug und Heck des Tjekers funkelten im Sonnenlicht.

»Ich werde versuchen, ohne Kampf an ihnen vorbeizukommen«, rief Telegonos. »Ich frag' sie nach Ithake. Entweder sie greifen an oder zeigen uns den Weg.«

»Ich bin sicher, daß sie uns überfallen wollen«, sagte Pentawer. »Wir sind abermals in einem Teil der Welt, den wir nicht kennen. Wir sind Gäste, fremd hier, werden Odysseus um Gastfreundschaft bitten. Greifen sie an – wir wehren uns wie die Löwen.«

»Uns bleibt nichts anderes übrig, Prinz«, sagte Ophian düster. Die Männer der *Namenlosen* betrachteten schweigend das näher kommende Schiff. Es war kleiner und breiter und schob sich behäbiger, aber trotzdem schneller als die *Namenlose* durch die Wellen, denn sein Segel war viel größer. Die Steuermänner hielten den Wind gut im Segel, hatten den Bug, dessen kupfern glänzender Sporn sich bisweilen aus dem Wasser hob, ebenso nach Norden gerichtet wie Pentawer; beide Schiffe waren allein auf der sich weitenden Meeresfläche, an deren Rändern, völlig bedeutungslos, segellose Fischerboote schaukelten und einige andere, deren kleine Segel wie die Flügel ertrinkender Herbstschmetterlinge aussahen. Der Phoinikias hielt an.

Weniger als eine Stunde später: Auch die Tjeker trugen Helme, Halbrüstungen, Schilde und lederne Gürtel über dem Gesäß und bis zur Hälfte der Oberschenkel. Kupfer und Bronze funkelten. Die Schatten der Segel wurden länger und fielen auf die schäumenden Bugwellen. Obwohl die Steuermänner die *Namenlose* nach rechts zwangen, schob sich der Tjeker näher heran, und er war wirklich schneller als die *Namenlose.*

»Die segeln auch nicht, als ob ein Gott ihnen hülfe«, sagte Telegonos, der jede Bewegung an Deck des Tjekerschiffes beobachtete. »Aber sie werden immer schneller segeln als wir.«

»Aber ich mache die *Namenlose* wendig wie eine Schlange«, sagte Pentawer grimmig und sah sich um. »Bereit, Freunde? Alle? Und alle Waffen?«

»Ich kann die Tjeker kommen sehen – ich bin froh,. wenn sie angreifen«, sagte Telegonos heiser. »Du darfst nicht zulassen, Pentau, daß sie auf unser Schiff springen.«

»Ich wciß.«

Das fremde Schiff segelte nicht auf die *Namenlose* zu, sondern auf eine Stelle des Meeres, an der sich der Kurs beider Schiffe kreuzen würde. Harbaq ließ seinen Schleuderriemen prüfend durch die Luft wirbeln; Nautes und Mys banden an Backbord die Wurfspeere lose an die Bordwand, die Spitzen in die Planken gestützt.

Die vier Aigyptioi trugen schon ihre ledernen Helme, aber keiner der achaiischen Seefahrer hatte den Helm aufgesetzt. Langsam, Schritt um Schritt wie es schien, holte das Tjekerschiff auf und schob sich zugleich näher an Backbord heran, vor den Hängen und Uferfelsen der Inselflanke. Beide Mannschaften konnten ohne Mühe sehen, wie viele Bewaffnete an Deck waren; noch war die Entfernung zu groß für Pfeile,

Schreie oder Schleudersteine. Telegonos lehnte an der Bordwand, betrachtete die Bugwelle und den gekrümmten, kupferbeschlagenen Balken an der tiefsten Stelle des Bugs, wo der Kiel begann, sah die schweren Helme aus Leder und Bronzeplatten und den falben Rauch hinter der Bordwand; auch die Tjeker würden Brandpfeile schießen. Deutlich sichtbar kroch der Tjeker, während er aufholte, an Backbord näher. Telegonos zupfte an der Bogensaite, zuckte mit den Schultern und brummte:

»Wenn ich darüber nachdenke ... zwischen den Inseln Ithakes überfallen Seeräuber fremde Schiffe! Ob das mein Vater weiß? Und wenn er, der König, es nicht weiß ...?«

Die Seefahrer wechselten unruhige Blicke, griffen nach den Tauen; die Waffen in ihren Händen zitterten, als hätten sie eigenes Leben. Ein Mann duckte sich unter dem Segel und stellte sich breitbeinig in den Bug des Tjekerschiffes, legte einen Pfeil auf die Sehne und zog den Bogen weit aus. Telegonos drehte sich zu Pentawer um und sagte:

»Sie wollen mit uns reden.«

»Ich seh's.« Pentawer grinste kalt. »Wir werden antworten.«

Der Tjeker im schwarzbemalten Helm löste den Pfeil. Das Geschoß beschrieb eine flache, weite Bahn und schlug drei Mannslängen neben der *Namenlosen* ins Wasser. Die Bugwelle wirbelte den Pfeil in die Tiefe. Ahmose sagte laut:

»Wartet. Kein Pfeil trifft – Entfernung zu groß.«

Telegonos zog drei Pfeile aus dem Köcher und packte sie mit der Hand, die den Bogen hielt. »Sie werden ebenso wie wir Brandpfeile schießen.«

»Das ist sicher«, sagte Pentawer. »Wir wissen, was wir tun müssen.«

»Ja. Aber – versuch zuerst, Telegon, mit ihnen zu reden.«

Telegonos musterte die Mannschaft. Sie waren entschlossen, sich zu wehren. Ihre stoppelbärtigen Gesichter waren hart, die Augen flackerten, Schweiß lief unter den Helmrändern hervor. Der zweite Pfeil des Tjekers hämmerte dumpf in die Planken. Telegonos hob den linken Arm und brüllte:

»Wir kommen in Frieden! Wir suchen Odysseus von Ithake! Wir sind von Phaistos, von Kreta!«

Der Bogenschütze im Bug warf den Kopf in den Nacken und schrie: »Nach Ithake kommt ihr nur als Sklaven oder Tote!«

»Bald wird euer Schiff ein Floß voller Verwundeter und Toter sein«, brüllte Telegonos zurück. »Ihr lästert Zeus, dem die Gastfreundschaft heilig ist. Wir werden nicht angreifen, Tjeker!«

»Hör auf zu winseln, Fremder, und kämpfe, wenn du's kannst.«

»Ihr wollt es nicht anders!«

Telegonos wirbelte herum und rief: »Brandpfeile ins Segel. Dann hört auf Pentaus Befehl!«

Ahmose zog drei Pfeile mit öltriefendem Leinen an den Spitzen aus dem Krug, reichte zwei an Ophian und Telegonos weiter und tauchte sein Geschoß in die Glut im Fenchelstengel; als er es glimmend und rauchend herauszog, entzündeten Telegonos und Ophian die Pfeilspitzen. Im Abstand weniger Herzschläge zischten die Pfeile, Flammen und lange Rauchbahnen hinter sich ziehend, über die Wellen und trafen das Segel, ein Tau und die Rah; noch als der letzte Pfeil flog, schrie Pentawer:

»Segel herunter! Viel Wasser ins Segel!«

Nautes, Mys und Harbaq rissen die Knoten auf. Das Segel bauschte sich weit zum Bug, die Doppelrah ratterte am Mast herunter, und beide Steuermänner zwangen die *Namenlose* nach Backbord. Binnen weniger Atemzüge verlor das eigene Schiff an Geschwindigkeit, während der Tjeker weitersegelte, verfolgt vom Geschoßhagel der Bogenschützen. Die glimmenden Spitzen entzündeten sich im Flug, und als die Pfeile einschlugen oder am Segel vorbeiheulten, brannten sie mit hellen Flammen. Ophian, Mys und Heptodus leerten im Hagel von Pfeilen und Schleudersteinen die Eimer über den Stoff, warfen sie über Bord und rissen sie gefüllt hoch, schütteten den Inhalt auf die trockenen Flächen. Telegonos schützte sie mit dem großen Schild. Unabläßig wirbelte Harbaq die Schleuder über dem Kopf und schoß mit unerwartet großer Kraft und Geschicklichkeit einen Kiesel nach dem anderen hinüber zum Angreifer; ein Stein zerbarst an der Stirn eines Helmes und prellte ihn vom Kopf des Getroffenen, der schreiend auf die Planken fiel.

Ein zweiter traf die Schulter eines Mannes und zerschmetterte die Knochen. An drei Stellen brannte das Segel des Tjekerschiffes, das vor dem Bug der *Namenlosen* vorbei nach Steuerbord gesegelt war; ein weiterer Brandpfeil fuhr zwischen den Tjeker-Steuermännern hindurch und traf mitten in die Stofffläche. Heptodus stand im Heck und hielt Schilde in beiden Armen; er schützte die Steuermänner. Drei brennende Pfeile steckten in den Außenplanken, Telegonos' und Ahmoses Pfeile hatten zwei Männer verwundet; aus den Wunden in der Schulter und am Rücken floß Blut.

»Keine Sklaven für Ithake?« murmelte Telegonos, als er sah, daß die Entfernung zu groß für Pfeilschüsse und Schleudersteine geworden war. Die Brandpfeile der Tjeker waren auf den Planken mit Wassergüssen gelöscht worden. Das Schiff begann sich in den Wellen zu drehen; Pentawer rief:

»Das Segel in die Höhe! Schnell!«

Sie halfen alle zusammen und zerrten an den Tauen. Die triefenden Stoffbahnen, an zwei Stellen rußgeschwärzt, strafften sich, als der Wind hineinfuhr. Pentawer und Shepmin steuerten die *Namenlose* schräg hinter dem Heck des Tjekers in weitem Bogen wieder nach Osten, von Kephallenia weg. Pentawer sagte:

»Ich halte es für unwahrscheinlich, daß wir sie noch einmal so täuschen können. Da! Die anderen können's auch!«

Die Steuermänner des Tjekerschiffes drehten den Bug zur Insel. Das Segel, das schwelend herunterrutschte, wurde ebenfalls gelöscht und schlug im seitlichen Wind schwere Falten; das Knallen war bis zur *Namenlosen* zu hören. Das Schiff war langsamer geworden, schaukelte wild und schien dann auf der Stelle stehen zu bleiben. In sicherem Abstand glitt die *Namenlose* mit rauschender Bugwelle und geschwungenen

Heckspuren davon, dem Land zu, an dem die schneeweiße Wolke wuchs.

»Sie wissen nun, daß wir kämpfen können«, sagte Ophian. »Holst du uns Sud und Wein, Heptodus? Wir verdursten sonst alle oder ersaufen im eigenen Schweiß.«

Heptodus nahm den Helm ab und öffnete die Luke. »Sofort, Steuermann.«

Das Schreien und Ächzen vom anderen Schiff wurde leiser und hörte auf. Bis sich die Schiffe einander wieder so weit genähert hatten, daß ein Angriff oder wütende Verteidigung stattfinden konnte, würde vielleicht eine halbe Stunde vergehen. Pentawer und Shepmin tranken Sud, mit Wein gemischt, redeten leise aufgeregt miteinander, lachten einige Male wie abgehackt; plötzlich rief Harbaq:

»Freunde! Nächstes Mal wir anders kämpf! Alle ducken. Segel naß, Wasser auf Holz, ja? Bei Sachmets Barthaar! Wurfspeere und Pfeile, ja? Wenn nah genug, alles werf und schieß. Wir dann wieder weg von Bord zu Bordwand. Verstehet?«

»Wir haben verstanden, Daimon des Schreibens«, sagte Ophian. »Mys und Ahmose sollen euch Deckung geben, mit Schilden und Speeren. Wir kommen kämpfend nach Ithake, und das wird unseren Ruhm mehren.«

»Ich will kein Blut, keine Toten; Ruhm ist mir gleichgültig«, rief Telegonos. Er erkannte klar, daß dieser erste Ausbruch von Gewalt die Mannschaft aus der trägen Starre gerissen und ihre Gegenwehr schlagartig herausgefordert hatte; keiner schien sich wirklich zu fürchten. »Es ist tatsächlich nur ein einziges Schiff. Sonst wären wir verloren.«

»Meine Vorsicht ist von Angst gezeugt und von der Furcht geboren, o Prinz.« Heptodus nahm einen Schild vom Holzpflock. »Ich ducke mich überaus schnell und tief.«

Sud und Wein waren gemischt und wurden ausgeschenkt. Binnen kurzem leerten sich die Becher; ein paar würzölgetränkte Brote wurden zerrissen, und jeder kaute auf den tropfenden, salzigen Fladen. Die Sonne stand drei oder vier Handbreit über dem Horizont und würde sich bald hinter dem bewaldeten Berginneren der großen Insel verstecken. Das Meer begann sich abendlich zu färben, aber noch immer blendete der Sonnenglanz von der Riesenwolke, die den halben Himmel ausfüllte.

Noch bevor sich das Tjekerschiff wieder näherte, erkannten die Seefahrer, daß sich entlang des Ostufers Kephallenias und dem Schattenriß einer weiteren Insel eine Durchfahrt erstreckte; ihr Ende verschmolz mit dem frühabendlichen Horizont im Norden. Der Wind blies unverändert mit gleicher Kraft; Telegonos dachte: Paian Phoibos Apollon ist mit uns und hat meine Pfeile gelenkt. Ahmose bereitete Glut und ein Dutzend Brandpfeile vor, Heptodus brachte Becher und Krüge im Kielraum in Sicherheit. Wieder segelte das Tjekerschiff heran, in der Schnelligkeit der *Namenlosen* überlegen.

»Wir brauchen keine Angst zu haben, o ihr Tapferen«, rief der Kapitän. »Aber seid vorsichtig! Wir stechen wie die Jaretnatter: in die Nähe, Schlag, Biß, Stoß und Wurf, dann schnell zurück.«

»Im schwindenden Licht von Rê-Harachte!« sagte Shepmin und betrachtete versonnen die Schweißspuren auf den Planken. »Sie haben noch zwanzig Männer, die kämpfen können – mehr als wir!«

»Wir sind besser. Listenreicher«, sagte Pentawer.

Die Mannschaft der *Namenlosen* wartete ungeduldig. Alle Waffen waren bereit; der warme Wind hatte das Segel nur an den Rändern getrocknet. Weit an Steuerbord, vor dem Bug, schwang sich die Küste wieder nach Westen zurück, von einigen Felsinselchen oder felsigen Vorsprüngen gesäumt. An Backbord blieb der Aenosberg zurück und hüllte sich in faserigen Dunst. Mehr als ein Dutzend Bewaffnete standen an der Bordwand und starrten herüber. Aus einem verborgenen Krug schwelte Rauch. Die Spitzen der Wurfspeere funkelten im Sonnenlicht, und die schäumend auslaufende Bugwelle näherte sich den Heckspuren der *Namenlosen*. Pentawer und Shepmin trugen Schilde auf den Rücken, die sie mit Lederriemen an Hals und Schulter befestigt hatten. Leise sagte Telegonos:

»Wir warten! Bis zum letzten Augenblick. Weicht den Pfeilen und Speeren aus. Und dann – wir wehren uns mit allem, was wir haben.«

»Sie werden es kein drittes Mal versuchen«, brummte Ophian und zerrte den Kinnriemen des Helmes fest. »Hast du noch genügend Steine, Harbaq?«

»Stein wird reichen, Steuermann.«

Die Langsamkeit aller Bewegungen marterte die Seefahrer; sie warteten in steigender Ungeduld und versuchten, jede Veränderung an Bord des Schiffes und alle Gebärden der Tjeker richtig zu verstehen und zu deuten. Fünf Tjeker schienen schwer verwundet zu sein; vielleicht lagen sie unter Deck oder auf den Planken. Auch die beiden Tjeker-Steuermänner waren gerüstet und bewaffnet, die Bugwellen trafen an den Enden aufeinander, Handbreit um Handbreit näherte sich der Bug des Verfolgers, und die Tjeker hoben ihre Waffen. Die Bogenschützen tauchten die Pfeilspitzen in die Glutkrüge; Telegonos sagte hart:

»Versteckt euch. Paßt auf das Segel auf!«

Harbaq stand mit wurfbereiter Schleuder, einen großen Doppelschild am linken Arm, hinter den Steuermännern. Nacheinander duckten sich die Seefahrer hinter die Bordwand. Der erste Pfeil jagte heulend in flacher Bahn eine Handbreit über die Köpfe und beide Bordwände hinweg in die Wellen, zwei Brandpfeile schlugen krachend in die nassen Planken an Backbord, ein dritter zerschnitt die Fasern eines Masttaus. Plötzlich erschollen vom Tjekerschiff wildes Geschrei, wüste Rufe und das Poltern von Schwertern oder Äxten gegen Schilde oder die Planken. Telegonos hob den Kopf über den zerschrammten, salzüberkrusteten Rand und knurrte:

»Bleibt unten. Macht euch bereit.«

Pfeile heulten durch die Luft, verfingen sich im Segel, schlugen gegen die Rahen, polterten in die Planken und an Steuerbord in die innere Bordwand, prallten von den Schilden ab und zischten ins Wasser. Mit dröhnendem Schlag traf der erste Wurfspeer in den Mast. Telegonos entzündete seinen Pfeil, wartete auf Ahmose und Ophian und rief:

»Los! Sie sind schon zu nahe!«

Harbaq schleuderte, so schnell er konnte, einen Stein nach dem anderen und zielte auf jeden, der sich an Deck bewegte. Fast gleichzeitig schossen Ophian, Telegonos und Ahmose brennende Pfeile ins Segel des gegnerischen Schiffes und in die trockenen Planken des Hinterdecks. Nautes, Mys und Heptodus schleuderten Wurfspeere; die Entfernung zwischen den Schiffen war auf weniger als vierzig Ellen geschrumpft. Die Pfeile und Steine trafen, ein Speer bohrte sich zwischen Rüstung und Lederbändern in die Seite eines Tjekers, drei Männer wälzten sich heulend auf den Planken. Mys und Ophian schleuderten Wurfspeere und stießen, als die Waffen ihre Hände verließen, ächzende Schreie aus. An beiden Seiten des Tjekerschiffes brannte das Segel bis hinauf zu den Rahenden, ein paar Taue hatten Feuer gefangen. In den Schilden Pentawers und Shepmins steckten abgebrochene Pfeile; die Steuermänner steuerten das Schiff nach rechts, aus dem Kurs des Tjekerschiffes hinaus. Telegonos schrie zum Schiff hinüber:

»Es wird schwer, Sklaven für Ithake zu fangen, Kapitän?«

Sein Speer traf einen Steuermann an der Schulter. Gleichzeitig griff ein Bogenschütze kreischend an seinen blutüberströmten Schädel. Ein Helm flog, sich überschlagend, in hohem Bogen vom Bug, und aus dem Segel riß der Wind große, schwarze Fetzen. Ein breitschultriger Mann, dessen Helm rot gefärbt war und zwei Widderhörner trug, brüllte zurück:

»Ihr kämpft wie die Halbgötter. Wer seid ihr?«

»Keine angsterfüllten Händler«, schrie Telegonos. »Gebt auf, ehe ihr alle verwundet oder tot seid.«

In das Rauschen der Bugwellen mischten sich die Schreie, das schmetternde Bersten der Schleudersteine und das Knattern der Flammen. Die Steuermänner des Tjekerschiffes redeten aufgeregt mit einigen Bewaffneten, bis der Seemann mit dem Widderhelm den Arm in die Höhe riß und zu Telegonos hinüberwinkte. »Wir geben auf!« Der Anführer oder Kapitän ließ den Schild sinken und schrie: »Sagt mir eure Namen!«

Unaufhaltsam wurde der Tjeker langsamer. Jetzt versuchten einige Männer, das Segel mit Wassergüssen zu löschen. Telegonos löste die Schnalle des Helmriemens und hob den Helm vom Kopf.

»Ich bin Telegonos«, rief er. »Die anderen: meine Freunde aus drei fremden Ländern. Wir segeln zum Helden Odysseus nach Ithake.«

»Ithake heißt die Insel vor dem Bug!« rief der Tjeker und zerrte an seinem Helm. Die *Namenlose* segelte voraus und weiter nach Steuerbord, die Entfernung wuchs, einige glimmende Fetzen des Segels fielen auf das eigene Heck.

»Ist auf Ithake Odysseus der König?« schrie Telegonos.

»Er ist wieder König. Seine Verbannung ist vorbei. Ich bin sein Sohn. Telemachos, nach Kephallenia verbannt.«

Pentawer und Ophian starrten Telegonos an. Der Kapitän lächelte, als habe es es gewußt oder wenigstens vermutet. Telegonos wischte den Schweiß aus seinem Gesicht und rief:

»Ist Odysseus dein Vater, Telemach?«

»Ja. Penelopeia ist meine Mutter.«

Sie mußten mit aller Kraft schreien, um die Entfernung zu überwinden. Telegonos brüllte:

»Er ist auch mein Vater. Ich bin der Sohn des Odysseus und der Halbgöttin Kirke von Aiaia. Du wirst mich nicht mehr aufhalten, nach Ithake zu segeln.«

Schweigend, mit offenem Mund, starrte Telemachos ihn an, beide Hände auf die Bordwand gestützt. Das Netzsegel des Tjekerschiffes war zur Hälfte verbrannt und dampfte an den Rändern. Die Tjeker blickten auf die Schilde und das pralle Segel der *Namenlosen*. Langsam schüttelte Telemachos den Kopf. Telegonos holte tief Luft und schrie:

»Wir segeln nach Ithake. Uns triffst du bei unserem Vater!«

Er grüßte kurz, hängte den Bogen an die Bordwand, stemmte die Fäuste in die Seiten und sagte zu den Steuermännern:

»Ich danke euch. Wir kennen jetzt das Ziel, Kapitän. Erreichen wir Ithake noch bei Tageslicht?«

»Die Insel erreichen wir«, sagte Pentawer ruhig und nahm den Schild von seinen Schultern. »Aber von uns kennt keiner die Buchten oder den Hafen deines Vaters. Wahrscheinlich werden wir erst morgen nach dem Hafen suchen können – oder wir finden ihn beim letzten Licht.«

»Wenn sie keine Feuer unterhalten ...?«

Telegonos drehte sich einmal langsam um, sah in rote, schmutzige, schweißüberströmte Gesichter; mit langsamen Bewegungen nahmen die Seefahrer die Helme ab und lösten die Rüstungen. Der Bogenschütze packte den rauchenden Fenchelstrunk und warf ihn über Bord. Die *Namenlose* segelte so unverändert schnell wie seit Mittnacht, auf stetem Nordkurs. Heptodus stemmte den Lukendeckel hoch, in dem Pfeile und zwei abgebrochene Speere staken. Pentawer sagte:

»Die Götter – deine Götter – treiben ein seltsames Spiel. Zwei Brüder, die sich nie gesehen haben, treffen sich zwischen den Inseln und hätten sich beinahe getötet. Zeus wird lachen, Telegon.«

»Auch Apollon hat uns nicht klarer sehen lassen.« Telegonos hob die Arme und ließ sich von Mys helfen. Die Rüstung klapperte zu Boden. »Mein Bruder auf einem Tjekerschiff! Es ist wirklich ein Archipelagos der Seltsamkeiten.«

Die Sonne verschwand hinter dem Inselgebirge, zugleich mit den Schatten legte sich abendliche Kühle über die Wellen, aber der Wind begann in der Durchfahrt zwischen Kephallenia und Ithake heftiger zu wehen; das Tjekerschiff war nur noch ein kleiner Fleck auf dem Wasser. Telemachos und seine Seeräuber versuchten zweifellos, in die große Bucht der Insel zurückzukehren. Die Seefahrer räumten das Deck auf, wuchteten die Pfeile und Speerspitzen aus den Planken, stapelten den größten Teil der Waffen und Rüstungen im Kielraum, hoben die Essenstruhe an Deck und öffneten die Krüge, in denen kalter, süßer Aufguß gluckerte. Nautes rührte Wein hinein, füllte

Becher und teilte sie aus; Ophian löste Pentawer ab. Der Kapitän setzte sich an den Rand der Luke, hob die Schultern und unterbrach die leise Unterhaltung.

»Ihr alle«, sagte er, »ihr habt gekämpft wie Krieger, die ihr Leben lang nichts anderes tun. Daß du deinen Bruder in der Nähe seiner Heimat getroffen hast, Telegonos, ist nicht so sehr verwunderlich. Aber daß er auf einem Seeräuberschiff befiehlt, macht mich nachdenklich.«

»Nicht nur dich, Kapitän.« Telegonos tauchte ein Tuch in den Eimer und kühlte Gesicht, Nacken und Schultern. Er spürte das Zittern seiner Finger und sah, daß es den Männern neben ihm nicht anders erging. »Wir werden bald erfahren, wie die Dinge zusammenhängen.«

»Vier, fünf oder mehr Männer haben wir getötet«, sagte Mys. »In ehrlichem Kampf.«

»Sie haben ihn begonnen«, murmelte Nautes erschöpft und verschmierte mit dem nassen Tuch Ruß in seinem Gesicht. »Seit Kreta hab' ich an einen solchen Kampf gedacht. Ich war sicher, wir sterben alle dabei.«

»Wir haben überlebt. Niemand ist verletzt«, sagte Pentawer ruhig. »Du hast recht: Es hätte auch anders kommen können.«

Das Schiff steuerte in die Durchfahrt zwischen Kephallenia und Ithake hinein; der Wind fing sich an den Hängen voller Zypressen, Pinien und Tannen mit silbrigen Nadeln und wehte mit größerer Kraft über den schmalen Kanal. Die Wasserstraße war nicht breiter als acht Chen-Nub oder viertausend große Schritte, und in den Schatten der Dämmerung ließ der Phoinikias die Seefahrer frösteln. Es roch nach faulendem Tang und Fisch; über den Ufern kreisten schreiende Möwen und Meeresraben. Schroffe Felsen ragten schräg ins hellgrüne Wasser, die Brandung rauschte hoch an den winzigen Stränden Ithakes hinauf und gischtete widerhallend zurück.

»Wir wissen, wo Kephallenia und Ithake liegen«, sagte Pentawer und spuckte Olivenkerne in die Handfläche. »Aber wo finden wir Same, Dulichion und Asteris oder Akte?«

»Der nächste Fischer wird es uns sagen können.«

Telegonos kletterte in den Kielraum, suchte zwischen Helmen, Watsäcken und leeren Wassersäcken ein paar wollene Chitone hervor und verteilte sie. Seine Chlaina stank nach kaltem Schweiß und Seewasser; er zog sich um und legte den Dolchgürtel an. Die *Namenlose* glitt durch den Kanal zwischen den Inseln, im kräftigeren Wind schneller als zuvor, durch harte, gischtende Wellen, die das Meer dunkelgrau und weiß sprenkelten. Die mächtige Wolke färbte sich rot und begann sich aufzulösen. Ophian murmelte:

»Unsere Kapitäne, die von Scheria, haben berichtet: An den meisten Tagen des Jahres weht in Odysseus' Archipelagos der Skiron aus Nordwest.«

»Aber nicht heute«, sagte Pentawer. »Dort vorn, ist das ein Feuerchen?«

Sie hoben die Köpfe. Die westliche Küste der langgezogenen Insel schien ohne gute Ankerbuchten oder Häfen zu sein. Vor der engsten Stelle war an Steuerbord eine felsgesäumte Bucht zu erkennen; eine halbmondförmige Sandfläche zwischen schroffen, gischtumspülten Felsausläufern. Einige halb mannsgroße Riffe ragten aus dem Wasser. Zwei Fischerboote waren nebeneinander auf den Sand hochgezogen worden, im windgeschützten Winkel der Bucht brannte ein kleines Feuer. Telegonos setzte sich und sagte:

»Für unser Schiff ist gerade noch Platz. Von den Fischern, glaube ich, erfahren wir mehr über den Archipelagos. Bringt uns hin, Steuermänner.«

Die *Namenlose* glitt nach Steuerbord; nach einer Weile fiel das Segel und wurde an den Rahen festgeknotet. Langsam trieb das Schiff auf das Feuer zu, wich den Felsschroffen aus, an denen sich schäumend die Wellen brachen. Mys, Nautes und Harbaq schleppten Ankerstein und Taubündel ins Heck, während Heptodus, Telegonos, Ahmose und Shepmin ruderten. Drei bärtige Fischer sprangen vom Feuer auf, schwenkten Messer und Dreizacke, gestikulierten wild und schrien:

»Die Boote! Gebt acht! Hier ist kein Platz mehr ...!«

»Genug Platz für ein Schiff voller Verirrter«, rief Ophian. »Und wir haben guten kretischen Wein für euch!«

»Die Bucht ist zu klein für uns und euch. Die Felsen werden eure Planken zerbrechen, Schiffsleute!«

Klatschend fiel der Ankerstein, die Taue versanken und strafften sich langsam. Der Bug und der Kiel schoben sich fünf Ellen weit am anderen Ende des winzigen Strandes knirschend durch den Sand; die Fischer sprangen fluchend zur Seite. Telegonos half, die Riemen festzubinden, Ophian ließ die Strickleiter über die Planken am Bug rattern und kletterte vor Telegonos hinunter. Sie hielten sich einige Atemzüge lang an den Querhölzern fest; der Strand schien zu beben. Telegonos hob den Arm, legte die Hand auf die Brust und sagte:

»Wir sind von der *Namenlosen* aus Kreta. Wir suchen Ithake und König Odysseus, den prächtigen, listenreichen Helden. Haben uns Winde und Strömungen sehr weit vom Ziel abgetrieben?«

Die Fischer starrten ihn und Ophian kopfschüttelnd an, lachten zögernd und scharrten mit den Zehen im Sand. Der Älteste trat vor und sagte:

»Ihr habt Ithake gefunden. Mitsamt den Dörfchen Neritos, Aigilips und Krokyleia und dem Palast. Odysseus ist zu seinen Kephallenern zurückgekehrt. Auch wir sind seine Untertanen.«

»Ich bitte um die Erlaubnis, mit euch den Strand, das Feuer, Fisch, Brot und Wein zu teilen. Wir sind friedlich und müde.« Telegonos packte das Handgelenk des Alten, dessen Finger sich um seinen Unterarm schlossen. »Sag mir deinen Namen, damit ich weiß, mit wem ich rede. Ich bin Telegonos, das ist Steuermann Ophian von Scheria.«

»Ich bin Hylas; meine Söhne Karpo und Ilos. Wie viele seid ihr?«

»Neun Seefahrer«, sagte Telegonos, zeigte auf die Kameraden auf dem Schiff und nannte deren Namen. »Nach einer langen Fahrt; schmutzig, verschwitzt, bärtig und erschöpft. Wir haben gegen Telemachos gekämpft, ohne ihn zu kennen, zwischen Kephallenia und eurer Insel.«

»Man sieht's, o Aristos, an den Speeren in den Planken. Setzt euch zu uns – in zwei Stunden hört der Wind auf. Hier gibt es aber keine Quelle, Seemann.«

»Unsere Ziegenbälge sind voll. Wir haben viele Fragen, Hylas.« Ophian sah im schwindenden Licht an den Felsen hinauf. »Zuerst wollen wir uns erholen.«

Heptodus reichte Dreifuß und Kessel herunter. Mys und Ahmose zerrten einen kleinen Baumstamm von den Felsen; Pentawer warf die Schiffsaxt in den Sand. Telegonos drehte einige Krüge in den Sand und fing die Decken auf, dann begann er, Holz zu spalten. Nautes stellte ein Dutzend Becher nebeneinander und mischte Wein. Harbaq holte einen glühenden Ast aus dem Feuer des Fischers und schob ihn unter die Späne und Treibholzkloben. Shepmin und Ahmose kletterten ins Schiff und hoben die Körbe mit dem Essensvorrat aus dem Kielraum. Weniger als eine halbe Stunde später hatte sich die Mannschaft der *Namenlosen* neben dem Bug versammelt, im Halbkreis zusammen mit den Fischern um das lodernde Feuer. Hylas und seine Söhne hatten gebratene Fische herübergebracht; Nautes füllte zum zweiten Mal die Becher, setzte sich und lehnte sich gegen das salzbestäubte Auge am Bug, Pentawer und Shepmin teilten Brot und Essen aus und leckten das heiße Fett der Fischstücke von den Fingern.

»Erzählt mir von Odysseus«, sagte Telegonos und beugte sich zu Hylas hinüber. Der Weißhaarige kämmte Fischschuppen aus dem spitzen Bart und nickte. »Soviel, wie du weißt. Wir haben allerlei über ihn gehört ... Legenden, Gerüchte, Wahrheit? Lebt er jetzt auf Ithake?«

»Ich war ein Fischerjunge, damals, als er die Schiffe ausgerüstet und bemannt hat, als es gegen Troia ging im Land Ahhijava, gegen die Burg Ilion des Priamos. Zwölf schöne Schiffe, zweihundertfünfundsiebzig tapfere junge Männer aus dem Archipelagos, viele mutige Aristoi – ganz allein ist er zurückgekommen, mit ein paar feinen Geschenken von den Phaiaken.«

»Erzähl weiter, o Hylas!« Telegonos hörte in der Stimme des Fischers, der älter aussah als fünfzig Herbste, sonnenverbrannt war und voller Runzeln, den Schmerz ferner Erinnerungen. »Wie war Odysseus, als er in den Krieg segelte?«

»Palamedes und der große Agamemnon sind nach Ithake gekommen. Zuerst wollte Odysseus nicht kämpfen. Telemachos hat noch an Penelopeias Brüsten gesaugt; nicht einmal einen Sommer war der Kleine alt. Unser Herr ist mit einem Schiff fortgesegelt, zum König von Skyros, wo er den Helden Achilleus fand. Dann hat er von allen Inseln junge Helden angeworben, für zwölf Schiffe.« Hylas hielt Shepmin den Becher hin, der Steuermann füllte ihn. »Kein Schiff kam zurück, nicht ein Mann. Und dann sind zehn Jahre vergangen, und es hat nur Gerüchte gegeben.«

Leise sagte Telegonos: »Sie haben zehn Jahre lang Troia belagert.«

Die Männer rückten näher um das zusammenfallende Feuer; Scheite knackten, und Funken zuckten nach allen Seiten. Eine lange Stunde herrschte Windstille zwischen den Inseln, dann fuhr ein warmer, duftender Hauch über die Uferhänge zum Wasser. Die Felsen verströmten die Wärme des Tages, und der Rauch trieb über die niedrige Brandung, über die Wellen ins Dunkel, in dem sich das Heck der *Namenlosen* langsam senkte und hob. Telegonos sah, daß die Seefahrer mit der Müdigkeit rangen, aber auf jedes weitere Wort der Fischer warteten; Hylas trank mit kleinen Schlucken, schien nach Erinnerungen zu suchen oder im Gram zu wühlen. Er erzählte mit leiser, rauher Stimme weiter. Telegonos, Ophian und Pentawer unterbrachen ihn mit ihren Fragen nur wenige Male.

10.
ITHAKES ARCHIPELAGOS

Erst nach einem Jahrzehnt und einige Monde später erreichten glaubhafte Nachrichten die vier Inseln. Die jungen Helden, freie Männer und Aristoi, blieben ebenso verschwunden wie die Schiffe: einige waren vor Troia verwundet, andere im Kampf getötet worden, eine Handvoll rafften Fieberseuchen dahin. Andere Fürsten und Könige kehrten mit beutebeladenen Schiffen und unzähligen Sklaven aus Ahhijawa zurück und fanden ihre Burgen und Paläste verändert vor, ihr Königtum bedroht oder ausgelöscht: Der beste Bogenschütze Achaias, Philoktetes, flüchtete zu unbekannten Ufern, Aias, der Sohn des Oïleus, ertrank vor Euboia, Atreus wurde von Aighistos erdolcht, der zusammen mit Klytaimnestra den Heerführer Agamemnon im Badehaus erschlug; Orestes rächte ihn und erschlug Klytaimnestra und Aighistos.

»Die Götter haben diesen Krieg nicht gewollt«, murmelte Hylas. Seine Söhne zuckten mit den Schultern und nickten schweigend. »Jeden Mond haben wir eine neue, schreckliche Nachricht erfahren. Viele Schwestern, Frauen und Mütter zerfleischten sich die Brüste aus Trauer über die toten und verschwundenen jungen Männer. Ach, das uralte, grausame Tun der Moirai, junger Herr Telegonos!«

Pentawer blinzelte in die Flammen, Ophian übersetzte flüsternd für die Aigyptioi; Telegonos zwang sich zur Aufmerksamkeit. Die Gesichter der Fischer zeigten ihm und den Freunden, daß die *Namenlose* zwar die Inseln von Odysseus' meerumschäumtem Archipelagos, aber sicherlich nicht die Inseln der Seligen gefunden hatte.

»Rede weiter«, flüsterte Telegonos und starrte Hylas in die Augen. »Wann ist euer König nach Ithake zurückgekehrt?«

Abermals vergingen zehnmal zwölf Monde. Odysseus kam, zunächst unerkannt, in seinen Palast zurück. Einhundertundacht Freie und Fürstensöhne von Same, Dulichion, Zakynthos und vom Festland Antipereia warben um Penelopeia und den Thron des Odysseus, bewohnten den Palast und hatten in den Gärten ihre Zelte aufgerichtet; die Mägde und Hirten des Herrschers bewirteten sie tagein, tagaus, und die Herden, das Getreide und alle Vorräte verringerten sich. Die Freier beleidigten und bedrängten Telemachos, der nach Sparta reiste, um Menelaos nach seinem Vater zu befragen und ihn um Hilfe zu bitten; als er zurückkam, versuchten die Freier ohne Erfolg, ihn zu ermorden. Als die Freier König Odysseus erkannten, der sich zuvor als Bettler verkleidet hatte, war es zu spät: Er und Telemachos töteten jeden von ihnen und jene Mägde, die mit ihnen geschlafen hatten, ohne dazu gezwungen worden zu sein.

Hylas seufzte, legte die runzlige, von Altersflecken übersäte Hand auf Telegonos' Knie, seufzte und sagte mit heiserer Stimme:

»Und abermals waren es auch Söhne der Familien von den Inseln, o Aristos. Denk dir: Wieder gab es viele Leichen, um die getrauert wurde – unser furchtbarer Herrscher hat in seiner Wut viele der besten jungen Männer des Archipelagos mit seinen Pfeilen getötet! Nicht einmal sein alter Vater Laërtes hat ihn zurückhalten können; dem Melanthos, einem der Freier, nicht von den Inseln, haben sie's Gemächt abgeschnitten und vor die Hunde geworfen.«

»Das hab' ich nicht gewußt.« Telegonos stierte ins Feuer. Über sein Rückgrat lief Kälte, als ob er im Strahl einer Quelle säße. »Erzählt mir auch das Ende dieser Taten, dieser Untaten; wie kann Odysseus je Ruhe finden?«

Er fand lange keine Ruhe, berichteten Hylas und die Söhne: Als die Diener die Leichen vor den Palast schleppten und karrten, die Zelte abbrachen, aus denen die Diener in panischer Angst geflüchtet waren, näherten sich die bewaffneten Angehörigen der Freier, die schwer gepanzerten Männer der Familie des schwarz gelockten Antinoos. Sie hatten gesehen, daß die Statue des Zeus aus dem Tempelchen nahe des Palastes von Kranoi auf Kephallenia verschwunden war, und kämpften gegen Odysseus, der sich mit Telemachos und seinen Getreuen im Palast schützte. Der Herold Medios und der Barde Phemios warfen sich zwischen die Streitenden und verkündeten das Wort der Pallas Athena – Stillstand der Waffen, Vermeidung weiteren Tötens und keine Rache für alles Gewesene und Geschehene; Blutgeld und Entsühnung. Penelopeia wurde schwanger und brachte, bevor Odysseus sie verlassen mußte, Polyporthis zur Welt.

Neoptolemos, König der Oberen Inseln von Epeiros, wurde auch von Odysseus und Telemachos als Schiedsrichter anerkannt. Die Erben der Freier mußten den Herrscher und Telemachos für die jahrelange Beraubung entschädigen – Telemachos vertrat seinen Vater, wurde aber nach Kephallenia verbannt. Odysseus aber, so wurde entschieden, mußte sein Königreich verlassen: zehn Jahre Verbannung auch für ihn und Besänftigung des Gottes Poseidon, der während der vergangenen zwanzig Jahre den Boden der Insel erschüttert, Häuser und Paläste durch viele Beben beschädigt oder zerstört und die Bewohner in Angst und Schrecken gestürzt hatte.

»Ich stand dabei, vor mehr als zehn Jahren, als unser König, einen abgebrochenen Ruderriemen auf der Schulter, zu Fuß zu den Bergen des Epeiros wanderte und, oftmals zurückblikkend, verschwand. Erst ein paar Monde später haben wir gesehen, daß Penelopeia abermals schwanger war; nun wächst der Bruder des Telemachos und des weißlockigen Polyporthis heran, ein fröhlicher Neunjähriger. Alle auf Ithake lieben Arkesilaos und Polyporthis. Es ist, als hätten – endlich! – alle Götter gelächelt. Aber Penelopeia hat ihre Schönheit verloren;

auch Laërtes ist still entschlafen. Seit sechs Monden ist Odysseus, weißhaarig und bartlos, wieder in seinem Palast auf Ithake. Wo er während des vergangenen Jahrzehnts gewesen ist, weiß niemand; außer ihm und, vielleicht, seiner Gattin.«

»Er war in Thesprotien, bei Königin Kallidike. Ich traf Kallidike auf Kypros, im Tempel der Aphrodite«, sagte Telegonos leise. »Er ist noch ein Held, hat sie mir gesagt, aber ein alter, matter Held; ein neblichtes Spiegelbild seiner selbst.«

Telegonos wartete, bis der Rest des starken Weines in die Becher gluckerte, dann legte er Hylas beide Hände auf die Schultern und sagte:

»Ich danke dir, Hylas, für deine Erzählung. Ich hoffe, sie enthält so viel Wahrheit, wie solcherlei Berichte vertragen. Nun werde ich einige Lücken deines Berichts mit den Ziegeln meines Wissens ausfüllen: Im Jahr nach dem Fall der Burg Ilion, nach vielen Tagen im Sturm und dem Verlust von elf Schiffen, landete Odysseus in der Bucht von Aiaia. Dort herrscht die Tochter des Sonnengottes, meine Mutter, die kluge, schöne Kirke. Vieles von dem, was er erlebte, erzählte Odysseus ihr; vielleicht log er auch, der Listenreiche. Kirke lag bei ihm, sie hat ihn geliebt, das weiß ich sicher – denn ich bin ihr Sohn; Telemachos, gegen den wir am Mittag dort vor Kephallenia gesiegt haben, und Polyporthis und Arkesilaos sind meine Stiefbrüder. Die Herrin der geschrumpften Schönheit, Penelopeia, ist meine Stiefmutter.« Er stürzte den Inhalt des Bechers hinunter, blickte in fassungslose Gesichter und lachte verzweifelt. »Morgen, wenn uns die Winde helfen und ihr uns den Weg zeigt, treffen wir – treffe ich – den König von Ithake. Es scheint viele wirkliche Wahrheiten hinter dem Horizont der scheinbaren Wahrheit zu geben.«

Hylas umklammerte Telegonos' Handgelenk und krächzte: »O Aristos Telegonos! Ist das die göttlich reine Wahrheit?«

»Ich beschwör's, bei Paian Phoibos Apollon!«

Hylas' Söhne und die Seefahrer schwiegen; ihre Gesichter waren wie versteinert. Pentawer-Ptah stützte den Ellenbogen auf das Knie und forschte mit großen Augen in Telegonos' Gesicht. In seinen Mundwinkeln hockte ein verfallenes Lächeln;

Telegonos hoffte, Pentau würde verstehen, welche schmerzlichen, aufgeregten, ungreifbaren Gedanken in seinem Herzen umherwirbelten. Pentawer brach das Schweigen und brummte:

»Gewöhnliche Grausamkeit ist nur Dummheit. Ich achte den Zorn eines jeden Mannes, wenn seine Beherrschung birst; aber dein Vater ist kein Dummkopf. Trink einen Becher ungemischten Weines, mein Freund, schlafe tief und versuche, die Bedeutung jenseits der Worte zu finden. Möge dir ein Traum von apollonischer Hellsicht beschert sein!«

Telegonos spürte, daß seine Augen feucht wurden. Er streckte den Arm aus, Ahmose drückte ihm einen Becher in die Finger, Telegonos nahm einen tiefen Schluck und murmelte:

»Ich danke dir, mein Vater.«

»Oft ist die Wahrheit unglaubwürdiger als jedes Gerücht, jedes Märchen, jede Legende.« Hylas hatte seine Überraschung überwunden und redete klar und offen. »Wir begrüßen dich, Prinz Telegonos, auf unserer Insel. Morgen weisen wir euch den Weg; im Norden oder Süden ums Inselende herum und in die Meerenge von Phorkis, zu deinem Vater.«

»Ich halt Wache für Schiff.« Harbaq warf Telegonos einen langen Blick, ein schütteres Lächeln zu. »Dann du, Brandpfeilmann.«

Ahmose leerte den Becher und nickte. »Nur dann, wenn du mich weckst.«

Der letzte Treibholzkloben, schenkeldick und weiß durchglüht, brach auseinander und sackte in die tiefrote Glut. Der ablandige Wind trieb den Funkenschauer zur zischelnden Brandung hin. Der Kreis ums Feuer löste sich auf, der Weinpithos kippte um, die Fischer und die Seefahrer wickelten sich in Decken und Mäntel, und Harbaq zündete mit einem Span das Lämpchen an, bevor er die Strickleiter hinaufkletterte und sich ins Heck setzte. Telegonos zog den Mantel über seine Schultern, krümmte sich zusammen und legte die Hände zwischen die Schenkel; sein Kinn berührte die Knie. Er wähnte sich am Ende der langen Fahrt, aber ihm war, als beträte er zum zweiten Mal die Vorhöhle des Tartaros, allein und völlig schutzlos.

Das Meer hob sich der Morgenröte entgegen, die jenseits des Schattens die Wellenspitzen färbte. Der Wind, der nachts die Hänge heruntergeglitten war, erstarb während der ersten Helligkeit; nun erhob sich wieder Phoinikias oder Notos. Pentawer redete leise mit dem alten Hylas, während das Schiff beladen und die Boote ins Wasser geschoben wurden. Die Ruderer wuchteten den Ankerstein an Deck. Telegonos und Shepmin standen im Bug und stemmten sich gegen die Riemen. Handbreit um Handbreit knarrte und knirschte die *Namenlose* rückwärts vom Strand und begann sich zu drehen. Telegonos rief:

»Warum hängt ihr nicht die Boote ans Heck? Ihr erspart euch viel Rudern, Hylas.«

Die Sonne verbarg sich hinter der Insel, deren Schatten bis zum Ufer Kephallenias reichte. Nautes warf zwei Taubündel zum Strand, die Fischer banden die Boote zusammen und stakten sie zum Heck des Schiffes. Mys zerrte einen Knoten in das Tau und half Hylas von der Strickleiter an Deck. Die lange, wenig gegliederte Westküste der nördlichen Hälfte Ithakes lag im Frühdunst, als die Mannschaft die *Namenlose* zwischen den Riffen nach Steuerbord zu rudern begann. Als der Bug nach Norden wies, zogen die Männer das Segel in die Höhe; die Fischer halfen ihnen wortlos. Ophian und Pentawer standen an den Rudern, und während die Riemen festgebunden wurden, ging Telegonos zum Bug und betrachtete das Meer.

Die Uferhänge beider Inseln, von Büschen und windverformten Bäumen bewachsen, waren menschenleer; er sah nur halbwilde Ziegen zwischen den Felsen, zwischen kümmerlichem Grün. In den Tälern und an flachen Hängen, hatten die Fischer gesagt, wurden kleine, langgestreckte Äcker bestellt. Schaf- und Ziegenherden, Trocken- und Salzfisch, viele Ölbäume, Holz und wenige Rinder schufen auf Ithake bescheidenen Reichtum. Ithake, Odysseus, der Kampf gegen Telemachos, unzählige tote Freier, Odysseus' Verbannung ... die leise Musik, die er in der rosenfarbenen Dämmerung zu hören geglaubt hatte, war jäh verklungen: Im dunklen Grenzland von Stolz, Gewalt und Grausamkeit, Kampf und Tod schien sein

Vater ein rüstiger Wanderer zu sein, dessen Träume seit langem durch die geschliffenen Schneiden der Waffen zerstört worden waren, ein Mann mit unruhigem Verstand, neugierig, begierig nach Wissen und jenseits der Furcht, wie Pentawer-Ptah – weder jener Halbgott, den Nausikaa geliebt hatte, noch der wütende Mauerstürmer von Troia.

Wie der bronzene Zeus kretagenes war Odysseus, der Unbegreifliche, aus Verschiedenem zusammengesetzt; es war mehr, als sich Telegonos vorzustellen vermochte.

Hänge, Schroffen und Berge der zweigeteilten Insel ragten neben dem Schiff auf, und jenseits dieser bewaldeten Flanken saß Odysseus, sein Vater, das größte Abenteuer dieser langen Fahrt.

Lautlos war Pentawer neben Telegonos getreten, legte ihm die Hand auf die Schulter und sagte:

»Bis hinter das Kap können wir segeln. Danach – entweder schuften wir an den Riemen, wandern endlos lange auf Ziegenpfaden oder warten auf Boreaswind. Angst, Telegon? Neugierde? Enttäuschung am Ende des Segelns?«

»Etwas von allem. Mehr Unsicherheit als je zuvor, o Pentau. Sicherlich wissen die Fischer nicht alles.« Er musterte den Uferhang, zuckte mit den Schultern und murmelte: »Es sind Gedanken und Empfindungen jenseits aller Worte. Ich will ruhig bleiben; starke Leidenschaften erschlagen uns Sterbliche. Was meinst du, Neb Kapitän?«

»Auf guten Wind warten. Sinnlose Beschäftigung ersetzt keineswegs unser Wohlgefühl, denn wenn wir in Phorkis landen, sind wir wirklich abgerissene, stinkende Fremde und keine strahlenden Aristoi.«

»Also warten wir auf richtige Winde.« Telegonos blinzelte; die weißgelbe Sonne hob sich über die Kronen der Bäume, und ihr grelles Licht stach durch die letzten Dunstschleier. Der Himmel leuchtete in lichtem Blau. »Einen Steinwurf vom Palast entfernt brauchen wir nicht mehr zu hasten.«

»Wahr gesprochen, Pentau.«

Selbst die Aigyptioi hatten verstanden, was die Fischer erzählten, und sie teilten Telegonos' Erregung. In dem schmalen Wasserweg zwischen den Inseln waren sie völlig allein, und vom Bug sahen Pentawer und Telegonos das runde Kap, das sie mit mildem Notos erreichen konnten; jenseits der Kraft des Südwindes würden sie rudern oder in eine Bucht steuern müssen.

Die Mannschaft und die Fischer versammelten sich hinter dem Mast um die Luke und halfen Mys, Nautes und Ahmose, die warmen Sud und Essen austeilten.

»Wißt ihr noch mehr über meinen Vater?« sagte Telegonos eine Stunde später. Sie saßen auf gefalteten Mänteln und Dekken und tranken süßen Sud. »Inzwischen hab' ich all die harten Brocken der Erzählung weichgekaut und geschluckt.«

»Nun ...« Hylas seufzte. Er starrte Ilos und Karpo an, zog die Schultern hoch und betrachtete sinnend die Linien seines Handtellers. »Die jüngste Schwester deines Vaters, Prinz, Ktimene ist ihr Name, ist schon damals nach Same verheiratet worden, bevor Odysseus in den Krieg zog. Seine Mutter Antikleia hat sie zusammen mit dem Eumaios aufgezogen, dem späteren Sauhirten, der jetzt im Palast Penelopeia und Polyporthis berät. Seit Odysseus aus der Verbannung zurückgekehrt ist, verändern sich vielerlei Dinge: alle Inseln spüren seine Unruhe. Er ist alt geworden; uns dünkt, er sucht eine neue Herausforderung.«

»Zehn Jahre lang hat ihn Poseidon gepeinigt und über das Meer gehetzt. Und jetzt ballt er – nachdem er entsühnt wurde! – die Hand wider die Götter, oder wider Poseidon, mit Pallas Athenas Hilfe? Ist es das, Hylas?«

Der Fischer warf Telegonos einen erstaunten Blick zu und nickte schwer. Plötzlich wirkte sein faltiges, von grauen und weißen Stacheln übersätes Gesicht weich und verinnerlicht. »Das ist es, vielleicht, Prinz: die Sehnsucht von uns alten Männern, noch einmal im jaulenden Sturm zu segeln, die Welt zu bezwingen, es allen zu zeigen und zuerst sich selbst, alles unter den eigenen Willen zu pressen: Schiff, Seekameraden, Grundwogen und Weiber – das ist es, sage ich, was deinen Vater umhertreibt. Sein unruhiger Arsch scheuert die Felle seines Throns bis zum Holz durch, und seine königlichen Fürze sind wie der Rauch aus Hephaistos' verborgener Esse!«

»Ich ahnte es schon immer. Aber jetzt weiß ich's genau.« Telegonos lachte und hörte die Verzweiflung in seinem eigenen Gelächter. »Ich bin tatsächlich sein Sohn!«

»Von anderer Art als Telemachos«, sagte Karpo laut und starrte Telegonos' Ankhzeichen an. »Ah! Auch Telemachos' Verbannung endet in diesem Mond.«

»Es wird ein inniges, wein- und rauschreiches, großartiges Familienfest werden.« Pentawers Hände klatschten auf seine Oberschenkel, sein Lachen dröhnte durch das Rauschen der Bugwelle. »Wie gut, daß wir nur geachtete Gäste sind und keine Verwandten!«

»O mein Kapitän.« Telegonos wußte nicht, ob er mitlachen oder betroffen sein sollte. »Seit ich deine Reden kenne, weiß ich: Die Wahrheit ist böse.«

»Immer und überall ist sie's.« Pentawer hob die linke Hand und deutete langsam auf die einzelnen Fingerkuppen. »Von unseren Scheinkämpfen in der Aiaia-Bucht an – erinnere dich an die Tage, Nächte und Monde unserer Fahrt: Du weißt es ebensogut wie ich.«

»Bei Apollon: Du hast recht!«

Die *Namenlose* segelte schnell und unbehelligt bis zum nördlichsten Punkt des Kaps, schleppte sich mit Vogelwinden quer über die weite Einbuchtung und wurde am nördlichen Ende der Insel bis zum Kap Krokyleia gerudert; ein paar Bogenschüsse weiter fanden die Seefahrer eine geschützte Bucht. Dort warteten sie den Rest des Tages, die ganze Nacht und bis Mittag des nächsten Tages. Rauer Thraskias fegte vom Norden her und jagte das Schiff und die wild schaukelnden Fischerboote vorbei am Kap Krotyr zum Einschnitt zwischen den Inselhälften, auf den fernen Aëtosberg zu, der die sechshundert Schritte schmale Landenge überragte; Möwen, Meeresraben,

Falken und Seeadler waren die Begleiter der Fahrt, und zweimal umwimmelten klickende und trompetende Delphinoi das Schiff.

Eine seltsame Ruhe, die ihn halbwegs fassungslos machte, war über Telegonos gekommen. Ithake war eine Insel wie viele andere; eher kärglicher und voller Bilder, die das Auge nur mäßig erfreuten.

Von fern sahen sie Fischerboote unweit der Ufer, ehe sich der dreieckige Golf öffnete, von dem aus östlicher Richtung die windgeschützte Phorkysbucht tief, mit rundlichen Hängen, ins Land hineinstieß.

Drei Tage nach dem Kampf mit dem Telemachos-Tjekerschiff rauschte die *Namenlose* am späten Mittag auf den innersten Sandstrand zu; zwei wuchtige hölzerne Stege ragten weit in die Bucht hinein. Jenseits eines Strandstreifens, auf dem Kamillepflanzen blühten, standen drei unfertige Schiffe; Kiele, Spanten und Planken waren unterschiedlich hoch befestigt, mit Stricken festgezurrt, aus hellem, teilweise frisch gesägtem Holz. Ein Dutzend Fischerboote und zwei Händlerschiffe mit umgelegten Doppelmasten lagen am rechten Steg. Pentawer rief:

»Zweifellos sieht man uns zu. Linker Steg, rechte Seite – wir legen in Ruhe und mit großem Können an, Freunde!«

»Wir tun alles dafür, Neb Kapitän!« riefen Telegonos, Nautes und Harbaq wie aus einem Mund.

Das Land war karg. Auf halber Höhe der trichterförmigen Buchthügel, fast bis hinunter zum Strand, erstreckte sich ein dreiekkiges Wäldchen aus Eichen, Platanen, Fruchtbäumen und Ölbäumen innerhalb niedriger Mauern. Der Palast, nicht unähnlich den verschachtelten Gebäuden des Fürsten Raphites von Phaistos, bestand aus vielen großen, aber niedrigen Gebäuden, die aneinander grenzten, zwischen Pinien, Zypressen und Ölbäumen. Kleine Häuser inmitten von Feldern und Weiden umstanden halbmondförmig die Bucht, in weiten Abständen zueinander. Telegonos sprang als Erster auf den Steg, zerrte die Tauschlingen über die Bohlenbündel und trat die Prallsäcke zwischen Bordwand und den Brettern des Steges fest. Das Segel fiel, die Ruder wurden hochgekippt und festgeknotet, und Hylas rief:

»Eure Fahrt, unsere Fahrt – sie ist zu Ende. Ich lade euch gern in mein Haus ein, zu Bädern und Bartscherung. Ihr entscheidet, was ihr tun wollt.«

Telegonos packte den Alten bei den Oberarmen und sagte:

»Ich bin sein Sohn, o Hylas. Ich nehme Schild, Schwert und Mutters prächtigen Mantel und geh' zum Palast. Ungewaschen und ungeschoren. So, wie mein Vater an den Strand der Phaiaken gespült wurde. Meine Freunde warten hier – ich weiß, daß sie nicht lange werden warten müssen.«

»Apollon beschütze dich, Prinz Telegonos.« Hylas erwiderte den Händedruck. »Ich glaube, du tust einen schweren Gang.«

»Ich kann nicht anders. Apollon hilft mir!«

Einige Frauen und Kinder kamen in der lastenden Glut des Mittags aus den Häusern zum Steg. Während Pentawer das Schiff entladen ließ, suchte Telegonos den letzten sauberen Chiton heraus, gürtete sich mit Dolchen und Schwert, hob den Schild auf und löste die Riemen, die den goldbestickten Mantel Kirkes zusammenhielten. Er schlüpfte in die Sandalen, warf sich den schweren, muffig riechenden Stoff um die Schultern und blieb abseits der Krüge und Ziegenbälge auf dem Steg stehen.

»Du willst wirklich allein gehen?« Ophian warf seinen Watsack auf den Steg und stemmte die Fäuste in die Seiten. Telegonos nickte.

»Es ist besser so. Sicherlich schickt Odysseus Boten und Gespanne, um euch zu holen. So aber zwinge ich ihn, zuerst mit seinem unbekannten Sohn zu sprechen, ohne Zeugen.«

»Apollon schütze dich!«

In der Hafenbucht und unter den Bäumen herrschten Windstille und schweißtreibende Hitze. Telegonos ging in der Mitte einer sandigen Straße, grüßte die wenigen Frauen und Männer und wanderte im Schatten weiter, auf einem Pfad voller Ziegenkot und Herbstlaub, zwischen hochgebundenen Rebstökken und Mauern aus Bruchstein. Im Sand waren die Spuren breiter Felgen eingepreßt; der Weg war nicht breiter als ein Wagen und führte in weiten Windungen hügelaufwärts. Ein kleiner Tempel, dessen hölzerne Säulen von Efeu umwuchert waren, stand in einem kleinen Eichenhain. Die Statue der Pallas Athena war verwittert; eine Taube flog von ihrer Schulter auf, die voller weißer Kotstreifen war. Am Rand eines Feldes, zwischen den Wurzeln einer uralten Pinie, schliefen einige Bauern. Die hellgrünen Kornhalme standen bewegungslos. Nach hundert Schritten blieb Telegonos vor einem Tor stehen, dessen rechter Flügel auf Holzböcken neben den Quadern lag. Handwerker hatten begonnen, morsche und verwitterte Bohlen auszutauschen. Einer der bronzenen Riegel fehlte.

Der Weg führte zwischen abgeweidetem Gras und Fruchtbäumen auf eine Mauer zu, die eine große Terrasse abstützte. Die Weide lag im Schatten mächtiger Birnbäume, großer Feigenbäume und Apfel- und Quittenbäume. Als Telegonos weiterging, hetzten drei Hunde hinter einer Hecke hervor, kläfften auf ihn zu, sprangen an ihm hoch und wedelten mit den Schwänzen. Er wehrte sie ab und drehte suchend den Kopf; aus dem überdachten Eingang kamen zwei Diener, hinter der Mauer des Hausgartens erhoben sich einige junge Frauen und lachten. Telegonos wartete, bis die Männer vor ihm standen und ihm, nachdem sie ihn prüfend von den Zehen bis zum Scheitel gemustert hatten, schweigend ins Gesicht sahen.

»Mein Schiff hat im Hafen des Königs festgemacht. Ich will den Helden Odysseus sehen, mit ihm reden.«

»Wer bist du, Fremdling?«

»Ich bin Prinz Telegonos. Sohn der Kirke von Aiaia. Euer Herr, glaube ich fest, erinnert sich noch an die Halbgöttin und ihre Insel.«

»Wir führen dich zu unserem König, Aristos Telegonos.«

Telegonos folgte ihnen. Das Innere des großen, alten Hauses war kühl und still; er glaubte sein Herz bis in die Schläfen schlagen zu hören. Die Schritte der Männer knirschten auf dem glatten Lehmboden, dessen farbige Bilder von einer matten, öligen Schicht bedeckt waren. Von draußen erschollen leises Hundegebell und Vogelgezwitscher. Wieder lachte eine Frauenstimme. Der breite Korridor führte in das große Megaron, dessen Schmalseite zur Terrasse hin offen war. Sonnenlicht fiel im spitzen Winkel auf einen hochlehnigen Sessel, in dem ein Mann lag, die Fersen auf dem Schaffell, das über einen Schemel ausgebreitet war. Langsam bewegte der Mann den Kopf und sah Telegonos an, der mit zögernden Schritten näher ging.

»Dein Schiff habe ich gesehen.« Odysseus' Stimme war dunkel, volltönend, nicht die eines Greises. Als er sich an den fellbedeckten Armlehnen hochstemmte, sah Telegonos das weiße Haar, ein bartloses, sonnengebräuntes Gesicht und ungewöhnlich große Muskeln an Oberarmen und Schultern. Das zornige Summen einer Biene teilte die Stille. Odysseus trat in den Schatten. »Und warum besuchst du mich, junger Aristos – was mich zweifellos ehrt?«

»Es ist an der Zeit, König Odysseus. Kirke hat mich geschickt, und ich wollte nichts anderes, als dich finden. Kirke war schwanger, als du Aiaia verlassen hast – ich bin dein Sohn.«

»Mein Sohn. Noch einer also!« Odysseus stutzte, lachte kurz und schüttelte den Kopf. »Komm ins Licht.«

Sie waren allein im Megaron, das nach Wein, Harz und erkalteter Glut roch. Telegonos legte Mantel, Schild und Schwert auf den weißgescheuerten Tisch und machte ein Dutzend Schritte, blinzelte und sah, daß Odysseus mehr als eine Handbreit kleiner war als er und kaum wahrnehmbar hinkte. Sie standen auf heißen Steinplatten in der Mitte der Terrasse und starrten einander schweigend in die Augen. Im Garten schlug ein Pfau sein farbensprühendes Rad und schrie mißtönend.

»Du bist …?«

»Telegonos.« Er hob die Schultern und verschränkte die Hände auf dem Rücken. »Vor mehr als einem Jahr ist die *Namenlose* von Aiaia abgesegelt. So haben wir unser Schiff genannt. Kirke empfing Orakelsprüche, hatte schauerliche Gesichte und befahl mir, dich zu suchen.«

»Orakel? Gesichte? Nun – du hast mich gefunden. Zwanzig Jahre ist es her, nicht wahr?«

»Ja, Vater Odysseus. Und vor wenigen Tagen, bei Kephallenia, haben mein Bruder Telemachos und ich gegeneinander gekämpft. Was soll ich sonst noch reden ... ich bin hier, du bist mein Vater, ich bin ... einer deiner Söhne.«

»Blauäugig. O Kirke, du zauberhaft Bezaubernde! So rotblond, wie ich es einmal war, lang ist's her, mit einem Schiff, ganz anders als unsere, mit klarer Rede und einem Mantel, wie ihn nur Kirke hat weben und sticken können – du bist augenscheinlich ›der in der Ferne Gezeugte‹. Willkommen auf Ithake, in meinem kleinen Königreich.«

Er streckte die Arme aus und ergriff Telegonos an den Schultern, schüttelte ihn und hielt ihn fest. Die Falten in Odysseus' Gesicht und am Hals waren nicht die eines Greises; auch die gestutzten Brauen zeigten wenige weiße Härchen. Er lächelte und nickte.

»Willkommen, mein Sohn. Nenn mich Vater, obwohl ... es wäre mir lieber, wenn du mich beim Namen nennst. Es macht mich jünger.« Er klatschte in die Hände und rief nach wenigen Atemzügen ins Megaron hinein: »Wein und Brot für Prinz Telemachos von Aiaia, meinen bis heute unbekannten Sohn. Holt Penelopeia zu uns!«

Telegonos blieb starr stehen, und seine Blicke krochen über Odysseus' Gesicht, als dieser das Ankhzeichen anhob und prüfte. Er durchforschte jeden Fingerbreit; ihm war, als Odysseus ihn ansah, als taste auch er mit seinen Augen, wie ein Blinder mit unsichren Fingern, über seine Haut. Odysseus' Finger an seinen Oberarmen packten voller Kraft zu, er wich Telegonos' Blicken nicht aus und brummte:

»Penelopeia kennt die Geschichte meines Umherirrens. Trink mit uns eine Schale Sommerwein, begrüße deine Stiefmutter; willst du, daß ich deine Mannschaft holen lasse? Es ist genug Platz im wenig prunkvollen Palast – man wird viel Badewasser kochen müssen für euch.«

Plötzlich, als sei es eine unbedachte Geste, zog er Telegonos an sich, schlang die Arme um ihn und preßte ihn an seine Brust. Dann klopfte er ihm mit beiden Händen auf den Rükken und sagte heiser: »So wie du war ich auch. Noch vor zwanzig Jahren, als mich deine Mutter begehrte – und ich sie. Wirst du bei mir bleiben ... wollen?«

»Ich bin am Ende einer langen Fahrt angelangt«, sagte Telegonos und ließ sich von Odysseus ins schattige Megaron ziehen. »Ich habe dich gefunden, Vater. Nachdem wir endlos viele Geschichten ausgetauscht haben – dann erst werde ich vielleicht ein neues Ziel suchen.«

Zwei junge Mägde breiteten ein thymianduftendes Tuch auf einen Teil des Tisches, stellten Krüge und Phialen darauf, Schalen voller Oliven, Brot und Salz, Honig und Käse. Als Odysseus in einem goldenen oder vergoldeten Krater den Wein mischte, kam eine große Frau, in einen knöchellangen Chiton und einen dünnen weißen Mantel gekleidet, mit schweren Schritten ins Megaron. Odysseus füllte drei Schalen und sagte so laut, daß es auch die Mägde verstanden:

»Uns ist ein halbgöttliches Geschenk gemacht worden, o Gattin: Dies ist Telegonos, der Sohn Kirkes, die mich verzaubert hatte – also mein Sohn. Sproß meiner damals rüstigen Lenden. Dein Stiefsohn, Penelopeia.«

Telegonos glaubte jene Art Spott, die er von Pentawer-Ptah kannte, aus den Worten des Vaters herauszuhören. Penelopeia schlug den Gesichtsschleier zurück, betrachtete Telegonos lange und streckte die Arme aus. Sie war eine große, füllige Frau, ihr Gesicht schien geschwollen, und als Telegonos ihre Handgelenke ergriff, sagte sie leise:

»Willkommen, Telegonos.« Sie ließ sich schwerfällig auf einen Sessel nieder, von den Mägden gestützt. »Wenn die Schönheit und die Jugend schwinden, scheint die Zahl der Stiefsöhne anzuschwellen. Kirkes Sohn auf Ithake: Seltsames tun die Götter mit uns Sterblichen.«

»Ich bin nicht gekommen, Herrin – Mutter –, um mit Polyporthis, Arkesilaos oder Telemachos um die Inseln zu streiten. Mutter Kirke schickte mich, weil es ihr ein Orakel befahl. Wenn alles beredet ist, glaube ich, werde ich wieder fortsegeln. Zurück nach Aiaia.«

»Rede nicht schon vor dem ersten Willkommensschluck vom Abschied. Setz dich!« Odysseus goß das Trankopfer in die Glut unter der Herdasche. »Trink mit uns, Penelopeia. Einen kräftigen Schluck wirst du gut vertragen.«

Er reichte ihr die Phiale, Telegonos hob das Gefäß mit beiden Händen. Sie sahen einander über die goldenen Ränder der Schalen schweigend und prüfend an; noch war Fremdheit zwischen ihnen wie kalter Nebel. Der Wein war schwer und reif, roch nach Pinienharz und schmeckte wie herber Honig. Odysseus stellte die Schale in den Tonring und sagte:

»Wie viele seid ihr auf dem Schiff, der *Namenlosen* – wer hat ihm diesen seltsamen Namen gegeben? Meine Schiffe trugen keinen Namen, damals und heute.«

»Mein Kapitän und ich, Prinz Niemandssohn, haben ihn gewählt. Neun Männer sind wir, wir kommen von Kreta, und auch vom bronzenen Zeus werde ich euch erzählen, den ich in den Ruinen fand.« Telegonos sah, wie sich ein Lächeln des Verständnisses auf Odysseus' Gesicht ausbreitete.

»Dem Polyphemos hab ich's zugeschrien.« Er begann laut zu lachen. »›Odeïs; Niemand‹ heiße ich. Woher weißt du das, Telegonos?«

»Nausikaa hat es mir gesagt. Auch uns haben die Einäugigen mit vielen Schleudersteinen beworfen. Aber davon erzähle ich später.«

Ein älterer Mann betrat den Raum. Beim Gehen spreizte er die Füße weit nach außen. Seine Schritte klangen seltsam. Odysseus hob die Hand und sagte leise:

»Laß zwei Gespanne anschirren, Eumaios. Die Diener sollen die Freunde meines Sohnes in den Palast bitten.« Er deutete auf Telegonos. »Mit ihren Watsäcken und allem, was die Mägde waschen können. Heiße auch du Telegonos willkommen! Brennen die Feuer im Badehaus schon?«

Telegonos stand auf. Eumaios betrachtete ihn mit regloser Miene, schüttelte Telegonos' Unterarm und nickte bedächtig.

»Willkommen, junger Herr. Du siehst mich erstaunt, aber jeder an der Seite des Königs hat eigentlich das Staunen verlernt. Alles wird sogleich geschehen, Herr.«

»Sei freundlich zu ihnen. Sie werden das Megaron nächtelang mit Erzählungen füllen, uns zum Lachen und Verwundern bringen. Laß ihnen die schönsten Schlafkammern vorbereiten, Eumaios. Es ist heiß im Hafen – treib die Diener und die Maultiere zur Eile.«

Eumaios verbeugte sich und tappte hinaus. Penelopeia nippte am Wein; sie saß in würdevoller, massiger Reglosigkeit da und erinnerte Telegonos an jene steinernen Statuen der Rômetgötter. Odysseus füllte beide Phialen auf und lehnte sich zurück.

»Mein Palast ist nicht so alt wie der deiner Mutter und längst nicht so prachtvoll wie der des Alkinoos; wir kommen mit weniger Mägden und Dienern aus. Mit Reichtum sind die vier Inseln nicht gesegnet, aber niemand hungert oder verkommt im Elend. Bald wird auch Telemachos dort unten anlegen.«

»Warum befehligt er ein Tjekerschiff?« sagte Telegonos. Er spürte, wie ihn der Wein zu berauschen begann. Wieder ertönte Odysseus' Gelächter. Penelopeia zuckte zusammen, die Dienerinnen kicherten.

»Es ist kein Tjekerschiff. Sie haben einmal ein solches Segel erbeutet, und da es besser und größer war, segeln sie damit und schützen die Inseln vor Eindringlingen, auch vor Tjekern.«

»Nun müssen sie eine Weile langsamer segeln«, sagte Telegonos und spreizte die Finger über der halbleeren Schale. Odysseus stellte den Krug zurück. »Unsere Brandpfeile haben die Größe des Segels arg vermindert.«

Odysseus starrte ihn an, grinste ungläubig, erfaßte den Ernst in Telegonos' Worten und fing schallend zu lachen an, schlug mit der flachen Hand krachend auf den Tisch. Penelopeia gab den Mägden einen Wink, leerte die Schale und stand mühsam auf.

»Ihr habt euch viele Brandpfeile- und Poseidonwogen-Geschichten zu erzählen.« Sie legte die Arme unter die schweren Brüste. »Euer Gelächter wird man im Hafen hören können;

denk daran, o Gemahl, daß deine kranke Gattin ein wenig Schlaf braucht.«

Telegonos stand auf und setzte sich erst wieder, als die Mägde die Königin hinausgeführt hatten. Ihre Füße und Knöchel waren gerötet und dick wie seine Oberarme. Er sah zu, wie sich Odysseus die Lachtränen aus den Augen wischte, und sagte:

»Man hat mir berichtet, daß du dich in deinem feinen Palast langweilst, König Odysseus, seit du aus dem Land der Thesproter zurückgekommen bist und, wie ich glaube, aus dem Schlafgemach der schönen Kallidike. Ich opferte mit ihr im Tempel der Aphrodite in Kypros.«

Das Lachen wich schlagartig aus Odysseus' Gesicht. Er beugte sich vor und sagte leise: »Kallidike segelte also nach Kreta? Mir scheint, ich habe nicht nur einen schönen, kräftigen Sohn bekommen, sondern einen mit Athenas Klugheit. Mir scheint darüber hinaus, daß du weit herumgekommen bist, Sohn?«

»Weiter als du, Vater«, sagte Telegonos, ohne zu grinsen. »Apollon half uns. Nur bei den sonnengöttlichen Rindern und den Laistrigones haben wir nicht angelegt. Du weißt: die Winde wehen, wohin Aiolos will.«

Odysseus schüttelte den Kopf, verschränkte die Arme und sah an Telegonos vorbei nach Osten, zur Bucht und den Schiffen. Er schwieg und atmete schwer, dann stand er auf und ging zur Brüstung der Terrasse. Einige Atemzüge später folgte ihm Telegonos, setzte sich auf die glatte Oberfläche eines Quaders und glaubte in Odysseus' Gesicht Verwirrung und Ratlosigkeit zu sehen. Leise sagte er:

»Länger als ein Jahr dauerte das Segeln. Ich habe die Abenteuer nicht gesucht; sie haben uns gefunden. Ich hätte auch nicht als unerfahrener Jüngling hierher kommen wollen. Weil es so war, weil Pentau und ich viel umherirrten, glaube ich, daß der Sohn den Vater und der Vater mich besser wird verstehen können.«

»Das mag so sein.« Odysseus wandte ihm sein Gesicht zu. »Meine aufregenden, wohligen Abenteuer zu wiederholen – dazu bin ich zu alt. Ich bin traurig; wahrscheinlich, weil ich dich beneide. Am Ende deiner Erzählungen werden wir sehen, ob Bewunderung daraus wird oder trunkenes Gelächter.«

»Du hast unzählige Erinnerungen, Vater, ich nur wenige. Meine sind nicht aufregender – sie sind nur anders und jünger.«

Odysseus nickte, stützte sich auf die heißen Steine und blickte zur westlichen Hafenbucht. Eine grüne Eidechse näherte sich mit ruckhaften Bewegungen; als der große Schatten auf sie fiel, huschte sie lautlos in die Mauerfuge.

Eumaios, den linken Arm auf dem Rücken, mit den Fingern der Rechten in seinem weißen Bart zupfend und kämmend, scheuchte Mägde, Sklavinnen, Diener und Knechte im Palast, im Badehaus und zwischen den Waschgruben hin und her wie eine Schar Gänse. Vielfältige Waschungen, Kneten und Walken mit herbstduftendem Öl, blitzende Klingen, denen kein Barthaar und keines im Nacken oder hinter den Ohren entging, wohlige Hitze in harten Muskeln, noch ein Schluck Zakynthoswein, kalte Güsse und Bimssteinschaben auf verhornter Haut; nach vier Stunden wankten die Seefahrer in die Schlafkammern, die nach uraltem Holz, frischen Blüten und den trockenen Kräutern kugeliger Sträuße dufteten, die in allen Ecken aufgehängt waren und Fliegen oder Mücken fern hielten. Sklavinnen brachten neue lederne Sandalen und Chitone aus dünngewebter Wolle, während die Männer schliefen. Eine Stunde vor Sonnenuntergang wurden sie geweckt; Rauch frischer Feuer, Duft von Wein und Braten durchzogen den Palast, die ersten Öllampen wurden angezündet, die Räume waren plötzlich voller Menschen. Arkesilaos und der rothaarige Polyporthis rannten umher und bestaunten die Fremden, die nacheinander zum Megaron gebracht wurden; sie dufteten nach Salben, trugen goldenen Schmuck und feine Gewänder.

»Pentawer-Ptah aus Menefru-Mirê, Aigyptios, der mich sicheres Kämpfen mit allen Waffen, Steuern des Schiffes und unzählbar viel Wichtiges gelehrt hat, wie ein strenger, besorgter Vater.« Telegonos blickte zwischen den beiden Männern hin und her; mit wenigen Blicken und nach dem Schütteln der Handgelenke erkannten sie, wie ähnlich sie einander waren. »Der beste Steuermann von allen: Ophian aus Scheria, ebenso unerschütterlich wie Pentawer, den wir ›Kapitän Pentau‹ rufen. Pentau will uns so bald wie möglich verlassen, denn er ist ein geachteter Handelskapitän der Rômet. Auch Ophian beginnt unter Heimweh zu leiden.«

Odysseus und Penelopeia, die im linken Thronsitz saß, die Kleinen auf der Stufe vor ihren Knien, begrüßten die Seefahrer und schienen vom ungewöhnlichen Aussehen und vom Schmuck der Aigyptioi hingerissen zu sein. Telegonos legte die Hand auf Shepmins Schulter.

»Noch ein erfahrener Steuermann aus dem Land am Neilos, Vater: seit Kreta ist er an Bord, und er kennt wie Pentau und Nano Duduqi alle guten Häfen. Von Nano erzähl' ich später ... das sind Schreiber Harbaq, der mit Schleudersteinen die Ruderer meines Stiefbruders mutlos machte, und Ahmose, dessen Pfeile nicht weniger gut als die Apollons treffen; er hat's bewiesen.«

»Ich und Penelopeia hoffen, daß ihr ausgehungert und ausgeschlafen seid: Es wird eine lange, satte und trunkene Nacht werden.« Odysseus deutete auf die überladenen Tische. Telegonos nahm Mys' und Heptodus' Hände, schob die Männer zum Thron und sagte:

»Alkias Siebenzahn, Norax Maus und Arneios Seemann: einst waren sie Fischer, die mich schwimmen, rudern und den Dreizack gebrauchen lehrten. Nun sind sie Aristoi, die ich ehre und achte. Auch sie plagt das Heimweh nach Aiaia.«

»Vergeßt das Heimweh für viele gute Tage«, sagte Odysseus. »Bleibt meine Gäste, so lange ihr wollt. Setzt euch, trinkt und esst; heute fehlt nur ein Barde.«

»Keine Furcht«, murmelte Pentawer. »Wir singen nicht.«

Der Doppelthron an der Kopfseite des Tischvierecks stand nur zwei Handbreit höher als die Sitze der Gäste. Telegonos saß rechts neben Odysseus, der den Wein mischte und das

Trankopfer ausführte. Während Dienerinnen die Speisen auftrugen, begann Odysseus Fragen zu stellen, und Telegonos, abwechselnd mit Pentawer, schilderte Kirkes nächtliche Gesichte, seine Reise zu den Phaiaken und, nach Pentawers Genesung, den Bau des Schiffes und die Fahrt zur Höhle vor dem Eingang zum Hades. Odysseus hatte bisher meist schweigend zugehört; jetzt sagte er:

»Der blinde Teiresias hat auch meine Zukunft richtig gesehen. Alles traf zu: die geschlachteten Rinder Hyperions, die Belagerung des Palastes durch Freier, die Verbannung – mit dem alten Riemen auf meiner Schulter bin ich gewandert, bis mich die Leute gefragt haben, warum ich mit einer Kornworfel umherlaufe, die Leute von Thesprotien, die ihr Fleisch deshalb nicht salzen, weil sie arm an Fleisch leben.«

»Zehn Jahre warst du verbannt!« Penelopeia senkte den Kopf. »Zehn Jahre habe ich versuchen müssen, an deiner Statt über den Archipelagos zu herrschen.«

»Mit Boten von Telemachos, der dir geraten hat.«

»Über schnelle Läufer, die kluge Botschaften von dir bringen, o Gatte, wäre meine Freude grenzenlos gewesen.« Penelopeias Blick glitt über die Dienerinnen. Unter dem braunen Haar, von weißen Strähnen durchzogen, war ihr geschwollenes Gesicht verschlossen und streng. Die jungen Frauen schienen unter den Pfeilen aus ihren Augen zusammenzuzucken. Sie hörten zu lächeln und zu lachen auf und bedienten schweigend. Telegonos verglich Penelopeia mit Kirke, stockte in seiner Erzählung und redete weiter; wenn er etwas ausließ, ergänzten es Nautes, Ophian oder Pentawer. Von Stunde zu Stunde wuchs die Vertrautheit zwischen Odysseus und Telegonos, aber in der geheimen Werkstatt seines Herzens entstand das sichere Wissen, daß sein Vater, der Listenreiche, auch jetzt noch eine Maske trug. Hielt Pallas Athena noch immer einen Schild zwischen ihn und die Wirklichkeit?

Als Penelopeia mit schweren Schritten das Megaron verließ, fing Odysseus zu reden an; es war, als befreie er sich mit jedem Satz von einem Teil grauen Staubes, der sich auf seine

Erinnerungen geschichtet hatte. Er erzählte, wie seine Schiffe in den Hafen der Laistrigones eingefahren waren ...

»Mit vielen Familien habe ich gesprochen. Selbst die Väter sagen: Rüste unsere Söhne aus, Herrscher, und räche den Tod unserer Kinder!« Odysseus stierte in die Flammen des Herdfeuers. »Aber zwischen die Rache und viele Dinge, die zu tun sind, haben die Götter die Sorge um die Inseln gesetzt. Die Götter, sagte der Seher, haben mir ein langes Leben zugedacht – der König muß herrschen, Wohlstand muß sich wieder ausbreiten, Feinde müssen fern gehalten werden.«.

»Telemachos herrscht also über Kephallenia, o König?« sagte Mys. Odysseus nickte, zuckte mit den Schultern, hob die Phiale und ließ sie hochkant auf dem Tisch kreiseln. Er sagte:

»Ich sollte zu ihm segeln. Auch seine Verbannung ist vorbei; vielleicht kommt er bald. Nun ja, er hat auf der Insel getan, was notwendig war.«

»Wann bist du aus der Verbannung zurückgekommen, Vater?« sagte Telegonos.

»Vor zehn Monden.« Nautes und Mys zerkrümelten gähnend Brotreste. »Erzähl mir von Aiolos und den Lotophagen, Sohn.«

Telegonos wartete, bis die lächelnde Dienerin seine Phiale gefüllt hatte, und fing an, die Erlebnisse der *Namenlose*–Mannschaft zu schildern. Weit nach Mittnacht, als nur noch er, Odysseus und Pentawer am Tisch saßen, müde und trunken, stand Odysseus auf und geleitete seinen Sohn und seinen Gast zu ihren Kammern. Telegonos setzte sich auf den Rand des breiten Bettes aus Ölbaumholz und breiten Lederbändern, gähnte und ließ die Schultern sinken. Die Kammer mit ihren wuchtigen Deckenbalken roch nach Sauberkeit, Frühlingsblumen und kretischem Salböl. Zugleich mit diesem Duft sog Telegonos eine inhaltsschwere Erkenntnis ein: Diese Schlafkammer, sein Häuschen auf Kreta und sein Zimmer in Kirkes Palast, sie verströmten vertraute Gerüche – aber er erinnerte sich an andere Düfte im Haus Merit-Khensos. Der Palast des Odysseus? Es schien, als versuche sein Vater, an dieser Stelle und in diesem Sommer, mit der Vergangenheit fertig zu werden und für sich ein neues Stück Zukunft zu finden; daß die alten Geschlechter untergingen und die Dunklen Jahrhunderte begannen, erkannte Odysseus mit größerer Gewißheit als Telegonos. Er löschte das Flämmchen, streckte sich aus und dachte an Merit-Khenso und an Theris.

11.
DER WEINENDE ZEUS

Einen Zehntag später, noch weit vor dem Morgengrauen, warteten Odysseus, Telegonos und die Aigyptioi, blakende Fackeln in den Händen, auf dem längeren Steg. Telegonos umarmte Ophian, Nautes, Mys und Heptodus ein letztes Mal. Der Phaiake und die drei von Aiaia, reich beschenkt, kletterten ins Heck des breitbäuchigen Händlerschiffes und winkten; Telegonos, Pentawer und sie hatten ihren Abschied fast zwei Tage lang ausgedehnt, aber nun wollte Kapitän Sanis sich von Steuermann Ophian den Kurs nach Scheria weisen lassen. Ausgesuchte Waren aus dem Neilosland, von Kreta und Ithake waren an Bord, viele Krüge Erdpech von Zakynthos standen im Hafen Kephallenias, und eines der nächsten Schiffe sollte Kirkes Heilsalbe für Fürst Raphites zu einer der vier Inseln oder nach Kreta zurückbringen. Das Lämpchen im Heck des Schiffes flackerte, weißes Mondlicht lag auf den winzigen Wellen, die der ablandige Wind aufwarf. Milder Notos würde das Schiff nordwärts treiben, um das nördliche Ende Ithakes herum, mit Boreas durch den breiten Kanal zurück nach Süd, zur Küste Kephallenias – von dort mußten sie auf Euros oder Kaikias warten. Die Zurückbleibenden winkten, bis das Heck am Ende einer schäumend schillernden Spur im Dunkel verschwand.

»Wir werden essen und Wein trinken, Freunde«, sagte Odysseus und löschte die Fackel im Meerwasser. »Dann führe ich euch zur seltsamsten Stelle der Insel. Dort, wie besprochen, warten wir auf die Gefährten eurer langen Fahrt und winken ein letztes Mal.«

»Und dort, wo immer es ist, König Odysseus, werden wir weit abseits deines feinen Palastes miteinander reden – wie erwachsene Männer, denen wenig fremd ist. Du hast's versprochen.«

»Ich halte meine Versprechen, Kapitän.« Odysseus starrte mit halbgeschlossenen Augen dem vagen Lichtschimmer hinterher, wandte sich um und legte die Hände auf die Schultern Telegonos' und Pentawers. »Nach neun Tagen und Nächten solltet ihr mich ein wenig besser kennen.«

Nach einem knappen Zehntag, dachte Telegonos, vermochte er vielleicht hinter eine einzige Maske seines Vaters zu blikken; Odysseus hatte kaum weniger als ein Dutzend. Während Telegonos' Erzählungen hatte Odysseus geschwiegen: keiner erwähnte den Gegensatz zwischen den eigenen Erfahrungen und den Berichten, die Odysseus den Phaiaken aufgetischt hatte. Seine Ausschmückungen waren das Recht dessen, der Seltsames und Wunderbares als einer der ersten Sterblichen überlebt hatte. Es schien, als sei Odysseus' Welt ohne starre Bedeutung, es sei denn, er verlieh ihr eine, die ihm angemessen schien. Telegonos glaubte zu verstehen, warum seine Mutter mit feuchten Augen von ihm gesprochen hatte.

Langsam gingen sie über die knarzenden Bretter des Steges und durch die schwindende Nacht zum Palast zurück. Die Fakkelflammen zuckten knisternd, und in den Gebüschen entlang des Weges raschelten Vögel oder andere kleine Tiere. Eine Wolke verhüllte den Mond. Sie setzten sich an den erkalteten Herd, aßen und tranken und packten Proviant in frische Tücher; dann wanderten sie auf schmalen Pfaden, hoch über der Polisbucht, nach Süden, die schroffe Küste entlang.

Am Nachmittag, ausgerüstet mit allem, was sie brauchten, saßen Odysseus und Pentawer-Ptah unterhalb des Berges, der achthundert Ellen hoch sein mochte, vor der Abbruchkante des schmalsten Teiles der Inselhälften. Die Landenge, keine sechshundert Schritte schmal, bot einzigartige Blicke in den tiefen, östlichen Golf und die langgestreckte Wasserfläche zwischen den Inseln. Telegonos hatte mit dem Ankh ein Feuer angezündet und briet Zwiebeln, Fleisch, Brotbrocken und Apfelscheiben auf einem halb armlangen Spieß. Odysseus ließ, nachdem er verwundert zugesehen und Telegonos über das Schmuckstück ausgefragt hatte, gemischten Wein aus einem der Ziegenschläuche in Holzbecher gluckern.

»Jetzt, im Brachmond, ohne daß Sklaven oder kranke Gattinnen zuhören, können – nein: müssen – wir reden, denn einen besseren Augenblick gibt es schwerlich.« Odysseus verschloß den Weinschlauch und starrte in Pentawers dunkle Augen. »Angefüllt mit handelsüblichen Übertreibungen, o Kapitän, stimmen meine Erzählungen, mit denen ich die Phaiaken kaum belogen habe.«

»Nausikaa war nicht einen Herzschlag lang gelangweilt, Vater«, sagte Telegonos. »Weder von dir noch von mir, in dem sie dich, nicht nur in nächtlicher Leidenschaft, wiederzuerkennen glaubte.«

Odysseus, der Telegonos den Becher reichte, hielt mitten in der Bewegung inne. Sein Griff um den Holzbecher wurde unsicher; Telegonos packte schnell das Gefäß und sagte: »Fast sieben Monde lang auf deinen Spuren, Vater!«

»Beim Zorn des Poseidon! Was weißt du nicht? Wißt ihr alles über meine Irrfahrt?«

»Das meiste, o Fürst«, sagte Pentawer. »Dein Sohn ist erwachsen und steuerte durch Teile des Meeres, die selbst du nicht kennst.«

»Die Welt ist klein und riesenhaft zugleich.« Odysseus sah hinunter zur Wasserstraße. Wellen, Sonnenlicht, Windmuster und Strömungen bildeten auf der strahlend blauen Oberfläche wechselnde Maserungen. »Letztendlich zu klein für die meisten Sterblichen. Größer als wir ahnen. Wer dies begreift, kann sich von vielen Zwängen befreien.«

»Pentau ist es schon geglückt, und ich versuche es, Vater.« Telegonos drehte langsam den Spieß und stocherte mit einem Ast in der Glut. »Reden wir nicht in labyrinthischen Kreisen, sondern über den Mittelpunkt: Meine Stiefmutter ist alt geworden, dein Begehren wich. Telemachos, Polyporthis und Arkesilaos können über die Inseln der Kephallenen herrschen. Ohne dich, dessen langes Fernbleiben vom Thron auf Kypros, Kreta und an anderen Gestaden bekannt geworden ist.«

Kleiner als Fingernägel bewegten sich Fischerboote nahe der Strände. Die Brandung war wie eine dünne, gewellte Kordel an Felsen und Stränden. Thraskias hauchte und winselte über die schmale Landenge, bog Gräser nach Süd und riß an den Schwingen von Möwen, Seeschwalben und Falken, die entlang der Hänge jagten. Odysseus brummte:

»Zwei Weise: Pentau und Telegon! Die Gaben, die mir die Götter verliehen, sind allzu bescheiden und können gegenüber eurer Klugheit nicht bestehen.«

»Mit diesem fahlen Spruch, Vater, segle ich seit dem Ablegen von Aiaia.« Telegonos lachte und bohrte die Spitze des Dolches prüfend in die Bratenstücke. »Ich hatte ein Ziel, das weiß jeder: dich. Dich habe ich gefunden. Nun merke ich, daß auch du, kaum auf Ithake zurück, ein Ziel suchst; in deinem Herzen oder in der Ferne?«

»Bei Sachmets Löwenzähnen!« Pentawer schüttelte den Kopf. »Jetzt wird es ernst!«

Telegonos wich dem beißenden Rauch aus und setzte sich neben Pentawer. Er hob die Hand und sagte beschwörend:

»Nicht jedes Wort müssen wir glauben von Kirkes Gesichten und Orakelsprüchen, die sie hörte. Wir drei ehren die Götter, hören aber grüblerisch und mit einigem Abstand jene Legenden und angeblichen göttlichen Gesetze. Pentau war bei Kirke in sieben grausigen Nächten; bevor wir über die Zukunft reden, berichte ich, was Kirke sah, fühlte, verstand, und was sie mir davon auf den langen Weg mitgab.«

Während er langsam den Holzspieß drehte, erzählte er mit ruhiger Stimme; hundertmal hatte er sich die Begegnung mit dem Vater ausgemalt, jedes Wort, das sie wechseln würden. Als der Braten gar war, hob er den Ast von der Glut. Weder Odysseus noch Pentawer unterbrachen ihn; er schloß:

»Die olympischen Götter haben bestimmt, daß in jedem Königreich der Prinz den Vater töten muß, um die Herrschaft anzutreten. Das sagte auch Kirkes Orakel – scheinbar kaum zu mißdeuten. Ich beginne, das Bild des Königs zu töten, es an Stelle des Vater auszulöschen: mit diesem Bild, o maskentragender Vater, hast du wenig gemein. Nichts liegt mir ferner, als deinen Archipelagos beherrschen und mit dem älteren Telemachos darum kämpfen zu wollen.«

»Der Braten wird kalt, Söhnchen.« Odysseus faltete die Tücher auseinander. »Noch kenne ich nicht alle deine Erwartungen. Du hast von Kirke die Schönheit und von mir, so scheint's, die Klugheit. Mir ist vieles geweissagt worden – auch, daß ich nicht wie Vater Laërtes auf Ithake würdevoll und schmerzlos entschlafe.«

»Ohne Würde, mit Schmerzen – an welchem Ort der Welt?«

Telegonos schob die Bratenstücke in die Schale, während Pentawer einen handgroßen Schafskäse zerschnitt. Ein Sperber schoß dicht über ihren Köpfen dahin und schrie; schwacher Boreas raschelte mit Blättern und Gräsern. Odysseus hob den Becher und sagte schulterzuckend:

»Während der Verbannung sind Kallidyke und ich nach Dodona gefahren, zum Zeustempel im heiligen Eichenhain. Dort hatte ich, bei den Priestern, einen ungeheuerlichen Traum, der mich seither nicht mehr losläßt: Die Sprechende Eiche redete mit mir. Ich soll, nur so fände ich die Ruhe des Herzens und des Verstandes, drei Aufgaben lösen.«

»Du willst dich diesem Traum unterwerfen, König?« sagte Pentawer. Odysseus nickte und maß die Männer mit sengenden Blicken.

»Wer bin ich, daß ich mich Zeus widersetzen könnte? Was mir Poseidon angetan hat, vergesse ich nicht einmal im Hades.«

»Welche Aufgaben, Vater?« Telegonos spießte einen Fleischbrocken auf die Dolchspitze. »Große Dinge?«

»Der Zeustempel auf Kephallonien, nahe des Palastes von Kranioi, ist verwüstet worden. Ich muß ihn aufbauen, ein Götterbild stiften. Mit meinen Kriegern muß ich meine Rache vollziehen. Und auf den Hängen des Tria-Daktylos, im Okeanos jenseits des Ferntores Telepylos, werde ich eine Pflanze finden, ein Kraut, das Krankheiten heilt und die Sterblichen nährt und sättigt.«

Sie aßen bedächtig, tranken und suchten mit Blicken das Meer ab, starrten in die weite östliche Bucht, über die der Wind strich und den Felshang heraufwinselte. Nach einer Weile sagte Pentawer:

»Ich habe erwartet, daß der Vater ebenso unsicher ist wie der Sohn. Nun finde ich bei beiden Gewißheit, stark wie Stein. Hat dir der Zeustraum auch gezeigt, wo sich der Dreifingerberg erhebt?«

»Nein. Im ... im Okeanos. Mehr sagte die heilige Eiche nicht.« Odysseus zuckte mit den Schultern und grinste kurz. »Ich seh's in deinem Gesicht, Sohn, daß du der Menge von Orakeln, Träumen und Legenden mißtraust.«

»Seit meinen Erlebnissen auf Kreta. Du weißt, wovon ich rede.«

Pentawer hob den Arm und deutete auf das Felseiland Asteris im Norden, dicht an Kephallenias Küste. »Da. Unsere Freunde.«

Sie sahen einige Augenblicke lang zu, wie auf dem Händlerschiff die Riemen eingeholt wurden und das Segel in die Höhe gezerrt wurde. Langsam wuchs die Bugwelle in die Höhe und Breite; das Schiff steuerte auf die Mitte des Fahrwassers zu.

»Ich weiß, daß du eine Zeusstatue gefunden hast. Und einige seltsame Erkenntnisse.«

»Eine Zeusstatue für deinen Tempel. Wieder einmal göttliches Wirken?« sagte Telegonos leise. »Das Gegenteil meiner Erwartungen ist eingetreten. Ich habe, wie Pentau, Ratlosigkeit und Unsicherheit erwartet. Ich jedenfalls bin ziemlich ratlos geblieben.«

»Jenseits des Telepylos wird sich zeigen, ob ich meine Unsicherheit verloren habe. Nachdem ich meine Rache an Antiphates vollzogen habe, dem König der Laistrygones.« Odysseus hob die Fäuste. Telegonos schnippte Olivenkerne über die Hangkante und richtete den Blick zwischen Odysseus und Pentawer auf die Bucht Kephallonias. Dort, in der flirrenden Helligkeit, zeigten sich ein Netzsegel mit auffallend hellen Rändern und die Gischt einer Bugwelle im lichten Blau.

»Dein Oikos, o König, wird bereichert. Telemachos segelt vor dem Bug des Händlerschiffes.«

Odysseus und Pentawer drehten sich um und betrachteten das winzige Segel. Odysseus nickte und sagte:

»Mein Hauswesen verträgt Aufregung und frischen Wind. Hegst du Feindschaft gegen Telemach?«

»Nein.« Telegonos schüttelte den Kopf. »Er griff an, wir wehrten uns, er erkannte mich und gab auf.«

»Ich halte die Hand zwischen euch«, sagte Odysseus hart, »wenn es sein muß.«

Odysseus schien von den Ereignissen unberührt. Telegonos dachte: Er betrachtet jedes Bild der Wirklichkeit, so wie die Schiffe, die sich einander näherten, und er scheint ihr so wenig unterworfen wie eine Felsplatte dem Regen. Eine andere Maske? Er entsann sich der prüfenden Blicke, mit denen Odysseus die Bilder und Muster in Kirkes prächtig gewebtem Mantel angestarrt hatte, so, als suche er die Botschaft einer Göttin. Ob er sie erkannt hatte, verbarg Odysseus, scheinbar ohne Regung, hinter seiner sonnengebräunten Stirn.

»Telemachos wäre seit Aiaia mein erster Feind«, sagte Telegonos. Weit vor dem Fuß des senkrechten Felsabsturzes, vor dem Schwalben mit gellenden Schreien jagten, näherten sich die Schiffe einander, ohne den Kurs zu ändern; vielleicht ein Dutzend Ruderer arbeiteten an der Steuerbordseite des Tjekerschiffes und schoben es in glühender Sonnenhitze schräg gegen den Wind. »Wenn ich Winde, Strömungen, betrunkene Steuermänner und mein abgrundtiefes Erstaunen über Fremdartiges, Wunderbares nicht zu meinen Feinden rechne.«

»Du bist der glückliche Sohn einer klugen, schönen Mutter.« Odysseus senkte den Kopf.

Halb im Windschatten Ithakes sank das Segel von Telemachos' Schiff. Auch die Backbordseite wurde von Ruderern bemannt, die in weichem, schwingendem Takt das Schiff nach Norden trieben. Deutlich war im Bug ein Mann mit langen, hellbraunen Locken zu erkennen, ohne Rüstung und Waffen, der dem Händlerschiff entgegensah. Telegonos glaubte an der Pinne den weißbärtigen Phaiaken Ophian erkennen zu können. Bis auf wenige Pfeilschüsse hatte sich das Schiff dem Punkt genähert, an dem Odysseus, Pentawer und Telegonos die Becher mit dem letzten gemischten Wein hoben. Leise sagte Pentawer, zwischen zwei summenden Windstößen:

»Auch wir werden uns bald zum letzten Mal umarmen, Telegon. Es zieht uns zurück, nach Keftiu und zum Hapi.«

»Ich weiß, Freund.« Telegonos lächelte. »Noch vier Monde lang liebt uns das Meer.«

Das Schiff segelte unter ihnen heran. Ophian und Mys, Nautes und Heptodus, erkenntlich an den weißen Chlainen, blickten nach oben und begannen zu winken, als sie gegen das Sonnenlicht die Gestalten in der Höhe der Landenge sahen. Telegonos stellte den Becher auf einen heißen Stein, trat an den schroffen, senkrechten Abgrund und hob die Hände an den Mund. Er holte tief Luft und brüllte:

»Immer guten Wind, ihr dort unten! Grüßt Nausikaa und Kirke! Laßt es euch gut ergehen! Apollon mit euch!«

Die gesamte Mannschaft winkte und schrie wild durcheinander. Mys' Stimme kam, verzerrt und leise, bis zur winddurchfauchten Höhe: »Wir segeln schnell und ohne Furcht! Alles Glück für euch! In ein paar Tagen sind wir zu Hause ...!«

Der Boreas verwehte die Stimme. Bis auf einen Steinwurf waren die Schiffe einander näher gekommen. Telemachos und die Steuermänner grüßten mit erhobenen Armen die Mannschaft des schwerfälligen Seglers, und beide Schiffe fuhren aneinander vorbei; einige Atemzüge später vermischten die Wellen die Kielspuren miteinander. Odysseus ließ die Arme sinken, nickte Telegonos und Pentawer zu und sagte:

»Gehen wir zurück? Zum Schiff, zur Zeusstatue, und um Telemachos zu empfangen?«

»Ohne Eile«, sagte Pentawer. »Wer sind die Männer, o König, die das Schiff deines Sohnes rudern und segeln?«

Odysseus knotete die Reste des Mahles ins Tuch und sagte:

»Brüder und Verwandte jener Krieger, die der Laistrygones-König dahingemetzelt und deren Fleisch er gebraten und gefressen hat.«

»Im Hafen unweit des Ferntores?«

»Genau an dieser Stelle, Kapitän! Vor zwei Jahrzehnten.«

Telegonos und Pentawer sahen, daß die Luke der *Namenlosen* offen und das Segel als Schattenspender ausgespannt war. Ahmose und Schreiber Harbaq begutachteten die Waren und sahen auf den Listen nach; sie halfen, die dick verpackte Statue aus dem Bugraum zum Steg zu schleppen. Telegonos knotete die Schnüre auf und stellte den bronzenen Zeus aufrecht hin. Die Zapfen steckten in einer Bretterfuge. Im Sonnenlicht strahlte und funkelte die vergoldete, polierte Bronze schier unerträglich. Odysseus starrte, die Arme verschränkt, das Bildnis aus schmalen Augen an und brummte:

»Haben es die Götter gefügt? War es Zufall, daß das Gewitter die Statue aus dem Schutt der Jahrhunderte gespült hat?«

»Kein Gott konnte wissen, daß ich durch die Ruinen streifte, an diesem Tag, als sich das Gewitter zusammenballte. Einen Mond später hätte ein anderer Besucher die Statue gefunden.«

»Ein Besucher, der nicht auf dem Weg nach Ithake und Kephallenia war, Sohn!«

Telegonos sah Odysseus an und hob die Schultern; dann murmelte er: »Paian Apollon erleichterte durch den Fund meinen Weg aus deinem Archipelagos: Deine Untertanen werden mich deswegen kaum hassen!«

»So ist es.«

Die Fischer, längst vom Fang zurückgekehrt, hatten die Boote hoch auf den Strand gezogen und besserten Netze aus, winkten herüber und verbeugten sich. Sand und Kiesel glitzerten von Millionen Fischschuppen. Möwen stritten sich um Därme und Köpfe, die in der Strömung davonzogen. Odysseus machte eine fragende Geste.

»Du würdest diese Statue im Tempel drüben aufstellen?« – »Soll ich sie zeit meines Lebens mit mir schleppen? Wie die sprechende Eiche sagte: Stell sie ins Tempelchen!«

»Wir segeln mit Telemachos hinüber und feiern ein großes Opferfest«, sagte Odysseus und hob die Statue in die Höhe. »Danach reden wir über Laistrygones, Telepylos und den Rand des Okeanos.«

»Und über die Heimfahrt von uns vier Fremden.« Pentawer half Odysseus, die Statue im Bug der *Namenlosen* auf zwei fadenscheinige Decken niederzulegen; als sie schwitzend auf dem Steg standen und Telegonos zusahen, der einen weiten Kreis geschwommen war und triefend auf den Steg kletterte und nach dem Wasserschlauch langte, bog mit kräftig arbeitenden Riemen Telemachos' Schiff um das nördliche Ende der Bucht.

Telegonos lehnte neben Pentawer-Ptah an der Bordwand der *Namenlosen* und sah zu, wie Telemachos' Mannschaft das Segel festschnürte und das Schiff an den Steg heranzog. Odysseus löste sich aus der Umarmung Telemachos' und breitete die Arme aus, deutete auf Telegonos und rief:

»Begrüßt meinen Sohn, Prinz Telegonos von Aiaia, am anderen Ende der Welt. Ihm und seinen Freunden habe ich ewiges Gastrecht geschworen.«

Telemachos kam auf Telegonos zu und streckte den rechten Unterarm vor. Sein Gesicht, voller brauner Bartstoppeln, mit scharfen Kerben und zwei weißen Narben in der sonnengebräunten Haut, war unbewegt. Telegonos ergriff das Handgelenk des Bruders; die Muskeln unter dem Lederband waren hart gespannt. Telemachos, mehr als zehn Sommer älter, sagte leise:

»So also siehst du ohne Rüstung und Helm aus, Bruder aus der Ferne. Wo, bei Ares, habt ihr so kämpfen gelernt?«

Sie schüttelten einander die Unterarme. Telegonos drehte den Kopf zu Pentawer. »Von meinem Kapitän. Er ist Schlachtenanführer seines Königs am Neilos. Feindschaft, Telemach? Wir haben uns wehren müssen.«

»Ihr habt euch gewehrt wie die Rasenden.« Telemachos begrüßte Pentawer-Ptah auf die gleiche Art und stemmte die Fäuste in die Hüften. Er trug einen breiten Ledergürtel mit Dolch und Kurzschwert in Scheiden aus Holz und Leder. »Meine Männer. Kephallenische Untertaten des Königs. Willkommen, ihr Kämpfer vom seltsamen Schiff.«

Nacheinander kletterten sechzehn Männer über die Bordwand, verneigten sich vor Odysseus, und Telemachos nannte ihre Namen. Ahmose und Harbaq kamen schwitzend an Deck und betrachteten schweigend das Segel; als es zusammengebunden wurde, waren deutlich die dicken Nähte und die angesetzten Leinenstücke zu sehen. Die Prallsäcke knarrten gegen die ausgebleichten Bohlen.

»Wir danken dir, Bruder«, sagte Telegonos lächelnd. »Du wirst die Geschichte unseres Schiffes, der *Anomata*, bald hören. Unser Vater kennt sie schon. Sind das die Männer, die uns angegriffen haben?«

Die sonnengebräunten, muskulösen Männer, zwischen zwanzig und gut dreißig Sommern alt, trugen ihr Lockenhaar ebenso bis über die Schultern wie Telemachos; schweißfeucht klebte es an der Haut. Ihre Gesichter waren mißtrauisch, abwartend, aber ohne offene Feindseligkeit.

»Eine Hälfte«, sagte Telemachos. »Wem habt ihr gewinkt, Vater, von der Landenge?«

Die Männer auf dem Steg, den eine leichte Dünung erschütterte, musterten einander, versuchten einander abzuschätzen; die Kephallenier betrachteten das Schiff, das große Auge am Bug, die doppelte Rah und die Ladung, die an der Sonne trocknete. Das ungewohnte Aussehen der Aigyptioi schien die Achaier nicht zu stören. Telemachos steckte zwei Finger zwischen die Lippen und pfiff dreimal gellend, winkte zum Dörfchen. Odysseus wischte sich Schweiß von der Stirn.

»Einem phaiakischen Steuermann und drei kriegerischen Seefahrern von Aiaia. Sie segeln nach Scheria, von dort kehren sie auf ihre Insel zurück und holen zuvor im Hafen von Same Erdpech für Scheria.«

Er hob den Arm. »Gehen wir zum Palast. Zum Gastmahl verspreche ich euch allen eine Erzählung von olympischer Größe.«

Aus dem Dorf hinter dem Strand und den Hecken waren Bewohner herangekommen, begrüßten die Schiffsmannschaft und halfen, die Lasten zu tragen.

Neuigkeiten wurden ausgetauscht, Gelächter hallte von Hauswänden wider, ein Esel schrie. Fast den gesamten Weg zum Palast kreiste ein Taubenschwarm über den Köpfen der Achaier.

Als Telemachos, der Penelopeia in ihre Gemächer des kleineren Frauenpalastes geleitet hatte, ins Megaron zurückkam, glitten Odysseus' Blicke über die Rüstungen und Waffen an den Wänden der Halle. Einige davon waren uralt, andere funkelten golden; sämtliche Schneiden schienen gestern erst geschliffen worden zu sein. Die Reste des Gastmals waren abgeräumt, auf den Tischen standen Phialen, Krüge, Mischkrateren und Schalen voller Oliven, Käsewürfel und Pinienkerne. Odysseus grinste plötzlich.

»Mich schmerzt, daß stets dort, wo deine Mutter sitzt, Telemach, sich wenig Fröhlichkeit ausbreitet. Aber das kennst du – seit der Geburt von Klein Silaos hört man kaum Frauenlachen im Palast.«

Ein Teil der Mannschaft war bei ihren Familien im Dorf geblieben; kaum mehr als eineinhalb Dutzend Männer saßen im Halbkreis bei Odysseus, genossen den kühlen Wind von der Terrasse und tranken. Der weiße Mond, dem fünf Nächte zur vollen Scheibe fehlten, stand über den Ölbaumhainen. Die Nacht war voller Grillengezirp; lautlos strichen Eulen unter den Eichenästen dahin.

»Wenn es keine Götter gäbe, müßten wir sie uns ausdenken«, sagte Odysseus. »Gilt auch für euch Neilotes, Käpten Pentau.

Die ungeheuerlichsten Träume enthalten weniger verschlungene und verknotete Verwicklungen als die Wirklichkeit. Erzähl uns, Telegon, mit welchen Nachrichten Kirke deinen Vater zu erschrecken versucht, und wie du zur kretischen Statue gekommen bist. Auch wenn dir die Wiederholung lästig ist ...«

Telegonos nickte und schüttete Wasser in seine Weinphiale. Einige lächelnde Dienerinnen setzten sich auf die Stufe des Doppelthrons und schienen sich am Schmuck und den geschminkten Gesichtern der vier Fremden nicht sattsehen zu können. Telemachos rückte seinen Sessel zur Seite und starrte in die Augen des Halbbruders. Pentawer stieß Telegonos an; er berichtete von den sieben Nächten der Gesichte, der Zukunftsschau und dem Orakel von Aiaia. Als er von den Dunklen Jahrhunderten sprach, faßten die Hände der dunkelhaarigen Taura nach seinem Unterarm; er nickte ihr zu und beendete unruhig seine Erzählung.

»Jetzt seh ich dich mit anderen Augen, Bruder«, brummte Telemachos. Tiefe Nachdenklichkeit lag im Ausdruck seines breiten Gesichts. »Deine Mutter hat dich also auf die lange Fahrt geschickt, damit du uns diese Botschaften überbringst.«

»So ist es. Es sollte nur ein kurzes Segeln werden.«

Odysseus stützte sich schwer auf die geschnitzten Armlehnen, beugte sich vor und ächzte leise. Er sagte mit rauher Stimme:

»Ihr alle wißt inzwischen, was ich in Dodona erlebt habe. Für mich ist es längst an der Zeit, die Königswürde an Telemachos zu übergeben.« Sein Blick bohrte sich erschreckend langsam in jedes Gesicht, heftete sich auf Telegonos' Ankhzeichen. »Viele Männer, die mit Telemach segeln und gelegentlich kämpfen, sind aus Familien, denen ich Blutzoll schulde: Ihre Väter und älteren Brüder kämpften an meiner Seite um Troia, wurden von den Laistrigones erstochen und gefressen, und schließlich töteten ich und Telemach vor mehr als einem Jahrzehnt einige, die zusammen mit anderen Freiern meinen Palast verwüsteten, Brot und Vieh stahlen und meine Königin bedrängten. Um die lange Geschichte kurz zu erzählen – noch ist die

Blutschuld der Laistrigones nicht getilgt. Wenn ich heute Boten durch den Archipelagos schickte und zur Rache aufriefe, würden Dutzende kämpferischer Helden, rachedurstiger junger Aristoi sich versammeln.«

Sein Gesicht verfinsterte sich; er spreizte die Finger und schien sie in Telegonos' Gesicht bohren zu wollen.

»Wie viele Männer verträgt dein Schiff, Sohn?«

»Zehn für lange Fahrten, vielleicht zwei Dutzend, die es bis Kreta in der Enge aushalten.« Telegonos runzelte die Stirn. »Was hast du vor, Odysseus?«

Der König hob die Hand. »Wem gehört das Schiff, Kapitän Pentau?«

Pentawer zeigte grinsend auf Telegonos. »Seiner Mutter. Ihm. Jedenfalls nicht uns Rômet. Der Oberste Verwalter der Schiffe erhebt keinen Anspruch auf die wenigen Planken meines Merit-Amûn-Wracks.«

»Würdest du mit mir segeln – auf den vergänglichen Spuren zweier Orakel, Söhnchen? Zu den Laistrigones, zum Telepylos, zum Rand des Okeanos und zum Dreifingerberg?«

Alle Gesichter wandten sich Telegonos zu. Eine solche Frage hatte er zwar seit einigen Tagen geahnt, aber nicht erwartet. Nicht in dieser Eindeutigkeit. Er sagte beklommen:

»Allein? Mit der *Namenlosen*? Mit bewaffneten Aristoi? Können sie rudern, segeln, steuern?«

»In meinem Archipelagos lernt jeder schwimmen wie ein Fisch und segeln wie die Argonauten, bevor er richtig rennen kann!«

Telegonos nahm seinen Mut zusammen und sagte: »Das kann ich nicht heut nacht entscheiden, Vater. Gib mir Zeit.«

Odysseus nickte. Seine Augen funkelten; er sagte:

»Wenn das Gestirn der Artemis voll ist, opfern wir alle im Tempel von Kranioi. Bis zu dieser Nacht haben wir deinen kretageborenen Zeus dort aufgestellt und den verwüsteten Tempel aufgebaut. Ein großes Opfer – meine Untertanen werden von allen Inseln kommen. Die beste Stunde, um die Macht in Telemachos' Hände zu legen, die besten Männer zu sammeln und die Götter milde zu stimmen: meinen alten Gegner Poseidon, Göttervater Zeus, Pallas Athena und Phoibos Apollon.«

»Bis zum Opferfest habe ich mich entschlossen.«

Odysseus stand auf und leerte bedächtig seine Phiale. Er runzelte die Stirn und sah hinaus in die Nacht. Als er über die Stufe zum Boden des Megarons trat, seufzte er und sagte leise, zögernd:

»Viele Fäden sind in wenigen Tagen zusammengekommen. Wenn wir nicht jetzt ein unzerreißbares Tau daraus flechten, ist es für alle zu spät. Es wäre töricht, die Zeichen zu übersehen: die Götter, selbst die Moirai, bestimmen unser Schicksal. Es zielt, wie Apollons Pfeil, dorthin, wo niemand sonst hinsegelt.« Flüsternd übersetzte Pentawer für Shepmin und die Rômet. »Von der Bucht Phorkis', des furchtbaren Alten des Meeres, durch das Ferntor und zum Dreifingerberg! Es ist unsere Bestimmung, Telegonos, sage ich: meine und deine.«

Er hob die Arme, musterte die Schilde und Helme an der Wand, auf denen der Widerschein der hellen Glut flirrte, dann legte er die Hand auf den Mischkrater.

»Trinkt und erzählt euch unglaubwürdige Abenteuer, Freunde. Ich bin müde geworden.«

»Apollon schütze deinen Schlaf«, sagte Telegonos. »Vielleicht erfahre ich im Traum einen weisen, lebensrettenden Rat.«

Pentawer ließ seine Schale mit einem Gemisch aus kaltem Sud, Quellwasser und wenig Würzwein füllen und brummte:

»Einen Rat, der vier Rômet schnell nach Kreta bringt, o Herr des Fernschiffes.«

Alle Dinge gaben in der Dämmerung ihre Formen und Umrisse auf und nahmen scheinbar andere an; in jener Stunde vor der ersten Helligkeit blinzelte Telegonos in das rußende Flämmchen und verließ einige Atemzüge später die Liege. Er suchte schlaftrunken nach seinem zweiten Himation, fand es nicht und schlang die Chlaina um die Hüften. Taura lag schlafend auf dem Rücken, einen Arm im Nacken, den anderen über den Brüsten. Telegonos öffnete die Bohlentür, schlüpfte in den Garten hinaus und setzte sich auf den Säulenstumpf. Die Nacht hatte den weißen Stein nicht auskühlen können, und Telegonos lehnte sich, allein mit den Gerüchen verblühender Pflanzen und jagenden Fledermäusen in zuckendem Flug, an die Palastwand.

»O Apollon!« Er seufzte leise. »Fernhinschauender! In Gedanken war alles klar und einfach – und wie schwer ist die Wirklichkeit!«

Alle fragwürdigen Bilder aus seinen Gedanken waren zur Körperlichkeit geronnen: Die Inseln des Archipelagos, der Bruderkampf und der Vater, eine Viele-in-Einem-Gestalt, die ihre Art und ihr Verhalten zu verändern vermochte wie Proteos, und nun Vaters Entschluß, zu beginnen, was Kirke von ihren Gesichten aufgetragen worden war ... jetzt sollte geschehen, wovon er, Telegonos, geträumt hatte. Nach Kreta, zum Ferntor, durch die Säulen des Herakles in den Okeanos auf der Suche nach der Wunderpflanze, bevor die Kämpfe des Chaos und die Dunklen Jahrhunderte begannen.

Von nichts anderem hatte er geträumt, viele Einzelheiten dieser Fahrt hatte er sich vorgestellt – warum zögerte er, zuerst nur für sich selbst, zuzustimmen? Er starrte in die verglimmenden Sterne und glaubte zu spüren, wie eine Schlange in seinem Rücken höherkroch, durch die Brust bis hinter die Augen; er begriff, daß es nichts als hündische Furcht war, die ihn davon abhielt, sich auf diese Fahrt zu freuen, in unbekannte Ferne, dorthin, wo niemals je ein anderes Schiff gefahren war. Er schüttelte und krümmte sich, die Ellbogen auf den Knien; es blieb wenig Zeit, sich zu entscheiden. Er wußte, wie er sich entscheiden würde, entscheiden mußte – den inneren Aufbruch fürchtete er mehr als die Fahrt!

Die Tür knarrte, leichte Schritte näherten sich. Taura erschauerte in der kühlen Luft und knotete die Bänder ihres Peplos. Sie legte die Hände auf seine Schultern und sagte sehr leise:

»Ich muß gehen, Prinz. Wenn die Herrin merkt, daß ich nicht in meiner Kammer geschlafen hab', daß ich bei dir war ... damals hat sie die Dienerinnen, bei denen die Freier gelegen haben, an den Füßen aufgehängt, weißt du.«

Sie begann, ihr Haar zu einem losen Zopf zu flechten. Telegonos stand langsam auf und umarmte sie. Taura lehnte sich schwer gegen seine Brust; ihr Kuß war halb schläfrig, halb gierig. Fast unhörbar lief sie durch das taunasse Gras auf die weißen Mauern des kleinen Palastes zu. Telegonos holte tief Luft und erkannte: Auch sie war voller Furcht.

Pentawer-Ptah und Steuermann Shepmin segelten und ruderten mit Telemachos' Schiff von Insel zu Insel, um Odysseus' Untertanen zusammenzurufen; das Opfer im Zeustempel nahe Kranioi würde am Abend des Vollmondes dargebracht werden, und der König wollte Telemachos vor tausend Zeugen die Herrschaft übertragen. Telegonos fand Odysseus, nackt bis auf das Schamtuch und ölglänzend, am Mittag unter dem Sonnensegel der Terrasse. Kirkes großer Mantel, von den Dienerinnen gewaschen, lag im Gras ausgebreitet. Bienen, Schmetterlinge und schillernde Fliegen, vom Gefunkel der Goldfäden und den leuchtenden Farben angelockt, summten und gaukelten über dem Gewebe. Odysseus stützte das Kinn in die Hand und betrachtete schweigend die gewebten und gestickten Muster: Figuren, Gestalten, Tiere, Gewächse, Ranken und, auf dem Teil, der über Schultern und Rücken fiel, eine Spirale aus Schriftzeichen; solche oder ähnliche hatte Telegonos in den Mauern der Ruinen von Knossos gesehen. Sein Schatten fiel auf das Himation. Odysseus hob den Kopf und schirmte die Augen mit der Hand vor dem durchdringenden Licht.

»Deine Mutter – wem sag ich das! – klug wie Athena! Sie muß gewußt haben, daß mir der Mantel auffällt. Du weißt nicht, was die Bilder und Zeichen bedeuten?«

Telegonos schüttelte den Kopf. Odysseus hatte sein Haar in einem Nackenzopf zusammengefaßt; er wirkte um fünf Jahre jünger. Seine Augen funkelten, er schüttelte sich vor lautlosem Lachen. Telegonos sagte leise:

»Ein paar Zeichen hab' ich entziffern können: Götter, Chaos, Dunkle Jahrhunderte und Telepylos. Mutter Kirke hat mir und Pentawer gesagt, daß sie im Jahr nach meiner Geburt zu weben angefangen hat. Achtzehn Winter, Vater, liegen hier in der Sonne.«

»Sommergedanken, Winterfinger, goldene Sonnenaufgänge.« Odysseus klatschte in die Hände. »Jahre voll von ungeheuren Träumen im dunklen Grenzland des Erkennens, in stockenden Schritten! Auf welchem Lebenskurs wäre ich gesegelt, wenn nicht der Blauhaarige meine Schiffe bei Kap Malea ...« Er brach ab und zeigte auf den Mantel. Taura näherte sich mit einer zweihenkligen Amphora und Trinkschalen. »Diese Bilder erzählen Kirkes Leben, unser unvergeßliches Jahr auf Aiaia, die Schrecken ihrer Nachtgesichte, das Meer und die Küsten, die Kirke kennt; sie erzählen von dir und ihrer Sehnsucht, die sie auf dich übertragen hat.«

Taura verbeugte sich und füllte die Schalen. Telegonos sagte: »Danke – auf Wasser, glaube ich, verzichten wir lieber.«

Ihr Lächeln blitzte auf, als sich ihre Blicke trafen; während sie in den Palast zurückging, bewegte sie, über die Schulter zurückblickend, herausfordernd die Hüften. Telegonos füllte bedächtig die Phialen.

»Mein Ziel habe ich erreicht, Vater: Ich hab' Ithake und dich gefunden und dir berichtet, was ich wußte. Du willst zu den Laistrygones segeln, zu den Säulen des Herakles und zum Dreifingerberg -- dein Ziel? Warum willst du die Fahrt zu meinem zweiten Ziel machen?«

»Was bleibt dir sonst? Was würdest du tun?« Odysseus hob die Schale mit beiden Händen. »Welches Ziel hättest du? An Aiaias Küsten fischen? Zurück nach Kreta? Mit Pentau Kupfer und Bronze handeln?«

Telegonos schüttelte schweigend den Kopf.

»Unseren Kurs haben Götter vorgezeichnet. Unbekannte Götter, sagt Kirke.« Odysseus blickte auf die Muster des Mantels. »Jedes unserer Abenteuer wird größer, strahlender und gewaltiger sein als alles, was du erlebt hast.«

»Woher willst du das wissen, Vater?«

»Weil mein Leben bisher ein einziges Abenteuer war.« Odysseus' Blick schweifte über das Meer hinüber zum Aenosberg Kephallenias. »Weil du Kirkes Auftrag erfüllen mußt. Weil wir beide mit deiner *Namenlosen* einige jener Dinge vollbringen müssen – und werden! –, von denen lange nach den Dunklen Jahrhunderten die Kitharoden singen werden. Weil mir kein stilles Sterben auf Ithake vorhergesagt wurde.«

»Warum kannst du so sicher sein?«

»Was hätten wir zu verlieren? Du mußt Aiaia retten, und ich gehorche dem Traum eines Orakels. Dich bewacht Apollon, mich schützt Athena.« Er hob den Mantel auf, faltete ihn und schüttelte ihn aus. Er legte den schweren Stoff zusammen, gab ihn Telegonos und legte die flache Hand auf das Bündel. »Selbst wenn wir Götter, Orakel und Rachsucht vergessen: Der Drang, die Verpflichtung, die Bedeutung der Fahrt, sie sind in uns. Wir gehorchen unserem Daimon. Segeln wir zum Eisrand des Okeanos, so segeln wir, um unsterblich zu werden wie Perseus, Prometheus oder Orpheus.«

»Oder wie Odysseus«, sagte Telegonos. »Suche du die seetüchtigen Krieger aus. Ich rüste die *Namenlose*. Im nächsten Mond legen wir von Ithake ab – für immer.« Telegonos warf das Himation auf den Tisch und tastete nach der Trinkschale. »Ich fürchte nicht die Fahrt ins Unbekannte, sondern die Qualen dessen, was du ›glühendes Schicksal‹ genannt hast.«

»Es wird keine Qualen geben, die du noch nicht kennst«, sagte Odysseus leise. »Wir sind Sterbliche; kein Gott wird uns an Felsen schmieden, und die Adler, die nach unserer Leber gieren, erlegen wir mit meinen Pfeilen.«

Telegonos hielt dem Blick Odysseus' stand. Er begriff plötzlich, daß Kirke, Nausikaa und er einem seltsamen Schemen hinterhergejagt waren: Jegliche Eigenschaft dieses Mannes, den sie bewunderten, hatten sie selbst hinzugefügt, wie ein Töpfer, der Lehmschichten auf ein Holzgerüst auftrug, um eine Statue zu modellieren. Wie es im Herzen, unter der Haut Odysseus' aussah, wußte er noch immer nicht. Er lächelte schwach; noch bevor sie zwischen den Säulen des Herakles hindurchsegelten, würde er es erfahren. Er spürte den schweren, warmen Wein auf der Zunge und im Gaumen, schluckte und holte tief Luft.

»Auf den Tod unserer Feinde! Weißt du, Vater, ich glaube tatsächlich ...«, er zögerte, »daß der Wahn, größer als andere zu sein, die Trunkenheit vor dem Erfolg und die Fernsucht – daß sie, tief in unseren Herzen, die wahren Feinde sind.«

»Das mag so sein«, sagte Odysseus in unverständlicher Gelassenheit. »Bald werden wir es herausfinden können.«

12.
ABSCHIED VON ITHAKE

Drei Stunden vor der Abenddämmerung erreichten Odysseus, Telegonos, Telemachos und die Knechte mit ihrer schweren Last den Rand des Tempelhains. Zwischen den windverschliffenen Pinien und der niedrigen Mauer Kraniois, zwischen Felsen und Gebüsch, lagerten Tausende von allen Inseln, selbst von der Festlandsküste Antipereia östlich Epeiros, im weiten Dreiviertelkreis um den Zeustempel. In der trägen Luft lag wie ein dumpfes Summen das Geräusch unzähliger Unterhaltungen. Der Rauch kleiner Feuer, Gerüche nach Schweiß, verschüttetem Wein, Tierkot und salbengetränkten Stirnbinden füllten die Senke aus; als die Kephallenier ihren König, Telemachos, die Fremden und das bronzene Standbild erkannten, wichen sie vom Pfad zurück und bildeten an dessen Seiten dichtgedrängte Menschenmauern. Nur in Menefru-Mirê hatte Telegonos größere Versammlungen gesehen. Ein Dutzend Knechte aus dem Hafendorf, die einander abwechselten, hatten den weißen Steinblock geschleppt; jetzt trugen andere Männer Sockel und Götterbild zum Tempel.

»Unser Vater nennt alle ›Kephallenier‹«, sagte Telemachos. »Aber sie sind von allen Inseln gekommen. Mehr als hundert Aristoi werden sich um einen Platz auf deinem Schiff prügeln.«

Telegonos und Pentawer blieben im Schatten einer Eiche

stehen. Der Himmel war wolkenlos, aus dem Meer hatte sich grauweiß der Mond gehoben, und in langen Abständen kamen schwache Windstöße von Osten und wirbelten die Wolke aus Rauch und Gestank auseinander. Telegonos wischte sich Schweiß von der Stirn und sah, daß auf der Brust und unter den Achseln auch sein weißer Chiton naß auf der Haut klebte.

»Das Dutzend, das auf der *Namenlosen* Platz hat, wird das Los werfen müssen«, sagte Telegonos. »Und morgen früh, beim Licht des Helios, werden ein paar Nachtgesichter so grau wie der Mond sein.«

»Noch immer, o Bruder, weiß ich nicht, ob es klug ist, was unser Vater ausgeheckt hat.«

»Ich weiß es ebensowenig. Große Klugheit werden zehntausend Untertanen von dir fordern, älterer Bruder: morgen, wenn du König bist.«

»Glaubst du, wenn ich dir sage, daß ich mich davor fürchte?« Telemachos dämpfte seine Stimme und sah zu, wie die Träger, einige Priester und die Männer mit den Opfertieren zwischen den Baumstämmen verschwanden. »Nach allem, was nach der Rückkehr des Vaters geschah.«

Telegonos legte ihm die Hand auf die Schulter, stieß ein kurzes Gelächter aus und sagte: »Und – glaubst du, daß meine Furcht geringer ist?«

Telemachos starrte ihn an, legte seine Hand auf den Schwertgriff und sah dann auf seine Zehen.

»Wenigstens die Furcht haben wir gemeinsam. Unsere Welt ist voller Zeus; aber ihr werdet ja diese Welt segelnd verlassen.«

»Als ich im fruchtbaren Dreieck und an den Ufern des Neilos die Welt der Olympier verlassen habe, stellte ich mir die gleichen Fragen. Verlange von mir keine Antwort, Telemach.«

»Verlang' ich nicht.« Odysseus und die Priester schienen den Tempel erreicht zu haben. Einige Dorfälteste, die Telemachos erkannten, verbeugten sich vor ihm und folgten dem König. An fünf oder sechs Stellen flammten Feuer auf, unangezündete Fackeln wurden entlang des Pfades in den Boden gerammt. Telemachos blickte zum dunklen Schatten des Aenosberges, dann auf Klippen und Felsabstürze Ithakes, die im rotgoldenen Abendlicht loderten. »Bringen wir die Nacht hinter uns.«

Strand und Hafen Sames waren voller Schiffe und großer Fischerboote. Am Ufer und außerhalb der Stadtmauer waren Hunderte Zelte und Flechtwerkhütten aufgeschlagen; die Rauchfäden zahlreicher Fackeln stiegen schräg in den Himmel und vermischten sich mit der Dunstschicht über dem Kessel. Im Nordwesten glommen im letzten Licht langgezogene Wolken wie übergroße Flaumfedern. Artemis' Nachtgestirn stieg höher, das Firmament dunkelte, die Menschenmenge schien zuzunehmen. Pentawer-Ptah stieß Telegonos an und deutete ins Innere des Hains. Langsam folgten sie dem Pfad, über raschelndes Laub und knisternde Piniennadeln. Zwischen den Stämmen flammten Fackeln auf. Wie erstickender Nebel legten sich Beklemmung und halb trunkenes Fühlen und Denken über die unruhig wartende Menge.

Zwölf steinerne Säulen, zum größten Teil frisch geschlagen und bemeißelt, strebten von einer Plattform, vielleicht zehn zu zehn Schritte groß, zum Bohlendach. Auch die mächtigen Balken waren neu, ebenso wie das Dach aus Schilf und Gras; an einigen schimmerten Harztropfen, ähnlich dem Glas in Telegonos' Ankhzeichen. Hinter dem Altar stand, auf einer Plattform aus weiß gestrichenen Lehmziegeln, die Bronzezapfen tief im kreidigen Steinwürfel, die Statue des Zeus. Vielleicht zwölf Dutzend Flammen aus tönernen und kupfernen Lampen tauchten Tempel und Umgebung in eine flackernde Lichtflut, von rotem Dämmerungslicht durchdrungen. Das Standbild funkelte, als sei es aus poliertem Orichalkos. Bis zum Nabel reichten die geschichteten Späne, Reisigbündel und Kloben – Telegonos wußte nicht, ob er grinsen oder neugierig sein sollte: Er hatte die winzigen Öffnungen und Flächen mit Wachs verstopft und, unbeobachtet im Hafen, die Hohlräume mit Wasser gefüllt.

Odysseus sprach leise mit den Priestern. Sieben schwarze

und weiße Lämmer und Zicklein lagen mit gefesselten Läufen vor dem Altar, weißglasierte Pithoi standen auf dem ebenen Tempelboden aus roh gemeißelten Gesteinsquadern. Telegonos berührte Odysseus am Oberarm, der Vater wandte sich halb zu ihm herum.

»Erhelle mich, Vater: Was habe ich heut nacht zu tun?«

»Wenig, Söhnchen.« Odysseus grinste grimmig. »Ich rede laut und viel, Telemachos wird nicken und die Arme heben, die Priester beten, und dann trinken wir alle viel vom Opferwein. Bist du sicher, daß Zeus kretagenes schwitzt und weint?«

Telegonos hob die Schultern. »Wer bin ich, daß ich's wüßte?«

»Warten wir es ab. Wenn er weint, sehen nur ein paar Dutzend die Tränen.«

O Paian Apollon, Apollon der Morgenröte, dachte Telegonos inbrünstig, vergib! Ich hab' die Öffnungen nicht in den Bronzeguß gebohrt! Ich weiß nicht, was der tränende Zeus bewirken soll; sag's mir im fremden Meer, jenseits des Telepylos!

Die Sonne versank jenseits des Aenosberges. Die Federwolken über den Köpfen der Versammelten schienen zu brennen, und der satte Mond begann kalkig zu strahlen; die Narben seines Antlitzes traten scharf hervor. Aus der Senke drangen rhythmische Trommelschläge und, ebenso abgehackt, summender Gesang durch das Wäldchen. Telegonos ging mit Pentawer neben den Säulen zur Rückwand des Tempelchens. Drei Schritte weiter fiel die Felsnase dreihundert Ellen senkrecht bis zum schroffen Rand der Brandung ab. Telegonos deutete aufs Meer, aus dem Zakynthos aufragte wie ein Vergangenheitsriff.

»Dorther sind wir gekommen, Pentau«, sagte er leise. Der Kapitän legte seinen Arm um Telegonos' Schulter und brummte:

»Dorthin segeln wir wieder, nach Kreta. Mit der *Namenlosen*?«

»Wenn es nach mir geht – mit unserem tapferen Schiff.«

»Langsam, zögernd, widerwillig, Telegon, beginne ich dich

zu bewundern. Als wir ablegten, glaubten wir zu wissen, wohin wir segeln. Du und dein Vater – ihr segelt freiwillig über den Rand der Welt hinaus! Viel hast du von mir gelernt, Steuermann, aber von dem, was ihr erleben werdet, hab' ich nicht einmal geträumt.«

Telegonos setzte sich auf die Kante der Tempelplattform und sah im schwindenden Licht in Pentawers rundes, faltenarmes Gesicht. Er glaubte es besser zu kennen als sein eigenes im Bronzespiegel. Er schüttelte sich und sagte:

»Nach unseren Erlebnissen, mein Freund – jede Art Leben, das ich mir vorzustellen vermag, wäre langweilig, schal, trostlos ohne das Vorausglück, zu sehen, was jenseits des nächsten Hügels sein wird – was sollte ich anderes tun?«

»So gesehen hast du recht. Wäre ich jünger, würde ich mit euch segeln. Nimm dieses Wort als ehrliche Äußerung eines Mannes, der sein zweites Leben in Aiaia begonnen hat.«

Telegonos griff nach Pentawers Hand, drückte sie, bis seine Finger schmerzten, lächelte in sich hinein und sagte:

»Ich danke dir, Freund, Kapitän, mein Meeres-Vater! Ich war unsicher. Nun sagst du mir, daß ich das Richtige tu'.«

»Das Richtige für dich. Nicht für einen alten, salzgegerbten Rômet. Du bringst uns nach Phaistos? Oder sorgst dafür?«

»Ich schwör's!« Telegonos lachte laut. »Bei ... bei ... Kirke!«

»Diesen Schwur glaube ich dir, Söhnchen.«

Inzwischen umstanden vielleicht zweihundert jüngere und ältere Männer den Tempel. Pentawer und Telegonos schritten, während das letzte Sonnenlicht verging, zur linken Ecksäule und blieben stehen. Schalen füllten sich mit Öl, Honig und Wein; einige Priester trugen Lorbeerkränze auf den Stirnen. Odysseus hielt eine lodernde Fackel in der Rechten, sah sich um, schien auf den rechten Augenblick zu warten. Jenseits der Baumstämme hatte sich das Halbtal mit tausend Flämmchen gefüllt; ins Dröhnen der Trommeln mengten sich Freudentriller, anschwellendes Jaulen der Flöten, dumpfes Gestöhn der Auloi, Klirren von Sistren, dudelnde Syringen, Handtrommeln, zitternde Leierakkorde, Stimmen, Anrufungen und Gebete ... ein Gemenge, Gedröhn und Gerassel: Die Sonne verschwand, und die beginnende Nacht ließ einzelne Sterne erscheinen wie neu entzündete Feuer. Die Luft schien im Takt der Trommeln und in der Erregung der Menschenmenge zu beben.

Ein grauhaariger Priester schwenkte die Arme, deutete hierhin und dorthin, ging bis zu einer Stelle, an der die Bäume des Hains auseinanderwichen. Er holte tief Luft und rief:

»O ihr Götter! Sterbliche aller Inseln des Archipelagos! Eine große Stunde bricht an! Schweigt! Hört zu! Wir haben uns versammelt, um Zeus zu huldigen, und weil große Dinge geschehen werden. Schweigt und richtet eure Blicke auf den neu erbauten Tempel. Ihr, die ihr auserwählt seid, kommt näher! Abermals, nach den Wirren langer, grausiger Jahre, weihen wir den Tempel dem Zeus, dem Vater der Götter, dem in Kreta Geborenen, dem Schutzherren auch des blauhaarigen Poseidon, der uns Fischer verderben kann oder uns mit gutem Fang und unversehrter Heimkehr beschenkt – zündet das heilige Feuer an!«

Odysseus trat vor und rammte die Fackel in den Stoß des trockenen Holzes. Flammen loderten hoch. Einige Priester hoben die dreifach geschliffenen Bronzeklingen an die Kehlen der Opfertiere. Die Stimme gellte weiter, vier Handbreit über dem Horizont schwebte der Mond und begann vage Schatten zu erzeugen.

»Unser König Odysseus wird die Herrschaft seinem Erstgeborenen übertragen. In Hinkunft herrscht Telemachos über den Archipelagos. Daß seine Herrschaft, sein Königtum mächtig, gerecht und voll Reichtum, Gesundheit, Unversehrtheit uns allen förderlich sein möge – dafür opfern wir den ewigen Göttern!«

Ein Priester, dessen Stirnbinde von Salböl und Schweiß troff, schüttete Öl in die Flammen. Die Messer- und Sichelklingen blitzten auf. Aus den Halsschnitten strömten Blutstrahlen in die Schalen; die Opfertiere verströmten zuckend ihr Leben.

Honig floß in blasigen Strähnen in die Flammen. Die Umstehenden drängten näher heran; nur noch die Bronzetrommeln erschütterten die beginnende Nacht. Odysseus hob die Hände und ergriff den Goldreif um seine Stirn. Ein anderer Priester schrie mit heiserer Stimme:

»Einst hat Poseidon, der Erderschütterer, zornig mit dem Dreizack unsere Inseln erbeben lassen und viele Häuser zerstört; seither war der Zeustempel zerstört und verwaist. Aus Kretas Zeit der minoischen Hochkönige hat Telemachos' junger Bruder das Standbild des Göttervaters gebracht; seht her, es ist im neuen Tempel aufgestellt, vom heiligen Feuer umlodert!«

Aus der Talsenke erscholl, mächtig wie Windstöße, das Geschrei der Versammelten. In einem kalten Windstoß raschelten die Baumkronen; einige Atemzüge lang war die Lichtung in Rauchwirbeln verschwunden. Odysseus führte Telemachos an der Hand zum Rand des Haines und hob den Arm. Das Geschrei erstarb. Odysseus nahm die Zeichen seiner Königswürde von der Stirn.

»Der alte König aller Kephallenier geht!« Seine Stimme hallte bis zur Stadtmauer. Er setzte den Goldreif auf Telemachos' Stirn. »Seht den neuen König Telemachos, dessen Verbannung geendet hat.«

Das Gebrüll der Menge wurde von Trommelwirbeln, dem Heulen der Auloi und Flötentrillern durchschnitten. Odysseus knotete die duftende Binde um Telemachos' Schläfen und unterbrach mit hoch erhobenen Armen den Lärm. Wieder fuhren seine Worte über die Felsen, die Köpfe der Menschen und die Feuer hin wie Donnergrollen.

»Euer alter König, der nicht mehr König ist, wird Ithake für lange Zeit, vielleicht für immer, verlassen. Telemachos herrscht im Namen meiner Gattin Penelopeia, bis Polyporthis und Arkesilaos erwachsen sind; dann mag jeder König einer anderen Insel sein. Ein Dutzend Aristoi-Krieger, die mutigsten, werden mich und Telegonos begleiten, um ihre Großväter, Väter und Brüder zu rächen – und um den Fuß auf das Eis zu setzen, das jenseits des Okeanos die Weltscheibe panzert!« Er holte tief

Luft und schrie: »Ihr Ältesten und Vornehmsten – kommt und opfert dem weinenden Zeus!«

Das Blut der Opfertiere war zu schwärzlichen Krusten zwischen Glut und Asche gekocht, der Opferwein dampfte in langen, summenden Boreas-Böen, die Schenkel der Ziegen und Schafe schmorten, und dicht über dem Waldboden hing der ätzende Rauch des Honigs. Das Feuer um die funkelnde Statue war zu einem Gluthaufen zusammengesackt; Rußzungen schwärzten den Sockel. Nacheinander waren graubärtige Männer den letzten Abschnitt des Pfades heraufgeklettert, hatten zwischen den Säulen das Meer, den schneeweißen Mond und dessen Widerschein auf den Wellen angestarrt und dem Zeus geopfert. Telegonos, Telemachos und Pentawer-Ptah standen am Rand der Lichtung und sahen der langen Prozession der Opfernden zu; die Männer entstammten ausnahmslos den angesehenen, reichen Familien aller Siedlungen des Archipelagos. Pentawer spielte mit einem Pinienzapfen und deutete auf Odysseus.

»Jetzt gibt es kein Zurück mehr, Prinz Telegon! Auf zum Eisgebirge am Weltrand.« Er starrte Telegonos an, forschte in seinem Gesicht, als sähe er ihn zum ersten Mal. »Du bist viel mutiger, als ich je zu denken wagte.«

»Ich bin nicht weniger mutig.« Telemachos schlug die Faust auf den Schwertgriff und lachte schroff. »Der Nichtmehrkönig hat auch mir die Entscheidung aus der Hand genommen – wie soll ich über den Archipelagos besser herrschen als er?«

»Odysseus ist listenreich und nur selten hinter Masken der Überraschung zu erkennen«, sagte Telegonos. »Es wird ernst: noch vor dem Heumond, nachdem das Schiff geprüft worden ist, legen wir ab. Schon jetzt beginnen wir, zur Legende zu werden. Seht hin!«

Jeder einzelne Mann, der sein Opfer beendet hatte, nahm Abschied vom alten König, mit Umarmungen, Wangenküssen, vielen geschüttelten Handgelenken, manche knieten vor Odysseus, anderen liefen Tränen in den Bart. Odysseus kannte jeden Namen, hatte für jeden Alten beruhigende oder aufmunternde Worte. Plötzlich erstarrten die Priester, die das Opfer leiteten – sie wiesen mit zitternden Händen auf die Statue.

»Seht den Gott!« Stimmen kreischten durcheinander. »Zeus weint! Ein Zeichen des Olympiers!«

Trotz der Flammen, der weißen Glut und des Rauches erkannten Priester und Opfernde, wie aus den Augen, aus dem Bart und unter den Achseln hervor weißliche Tropfen rannen und auf dem Metall verdampften. Schweigen breitete sich binnen weniger Atemzüge aus; zögernd gingen die Priester näher heran. Gegen das kalte Mondleuchten hoben sich Säulenenden, Dach und Baumwipfel schwarz und zitternd ab. Fauchender kalter Wind blies den Rauch über die Klippe und riß lange Funkenschauer aus der Glut; alle Lampenflammen brannten waagrecht, einige erloschen, und Schritt um Schritt wichen die Männer vom Standbild und vom glühendheißen Altarblock zurück. Ausrufe, Gemurmel und halbunterdrückte Schreie setzten sich vom Hain hügelabwärts fort und schienen nach Kranioi hineinzukriechen: Das Zeichen des Zeus war nicht zu übersehen. Warum, worüber vergoß er die Tränen? Über den alten König? Über das hochfahrende Wagnis, über die Grenze des bewohnten Landes vorzustoßen?

»Mir ist, als weine er über die *Namenlose* und das Schicksal ihrer zukünftigen Mannschaft«, sagte Telegonos leise. Er hob die Schultern und blinzelte. Er erinnerte sich nicht, die narbige Scheibe am Nachthimmel jemals derartig strahlend gesehen zu haben. Über dem Viereck des Tempelbodens, zwischen dem Gatter der Säulen, brodelte und wirbelte in ungewohntem Kreiseln weißer, grauer und rußschwarzer Rauch, ballte sich im Glanz des Gestirns zusammen, und ein Gesicht bildete sich heraus, verschwamm, verdichtete sich wieder; Pentau ächzte:

»Kirke! Deine Mutter, Prinz!«

Telegonos war wie versteinert. Er spürte, daß er erbleichte. Schwäche erfaßte seine Knie: Kirkes Rauchbild schien nur ihn anzusehen. Jeder Mann in der Nähe des Altars starrte die Erscheinung an. Telegonos merkte, daß Pentawer seinen Oberarm packte, spürte nicht, wie sich die Finger des Kapitäns tief in den Muskel bohrten. Kirke lächelte, aufmunternd, wie es schien, dann nickte sie dreimal, hob den Kopf unter der Kapuze und sah über die Versammelten hinweg in unergründliche Fernen. Die nächste Bö löste das Rauchbild auf. Telegonos taumelte, streifte Pentawers Hand ab und flüsterte röchelnd:

»O Mutter ... jetzt weiß ich's ... ihr schützt uns: Paian Apollon und du.«

Plötzlich begann sich der Mond zu bewegen, zu zittern. Das Schweigen vertiefte sich, Entsetzen ergriff jeden, der in den Himmel blickte; erst zwei Atemzüge später spürte Telegonos, daß der Boden wankte. Ein einziger Schrei, unglaublich laut und voll schrillem Entsetzen, spaltete die Nacht; das Meer und die Kronen aller Bäume rauschten auf, als sei unvermittelt ein Sturm los gebrochen.

Aus der Tiefe des Inselbodens dröhnte dumpfes Poltern. Ächzend schwankten die Baumstämme, die Menschen torkelten, wurden von den Füßen gerissen, Felsen knirschten aus dem Boden, und Mauern brachen krachend zusammen. Telegonos und Pentawer klammerten sich an den Stamm der Pinie; das Dach und die Säulen des Tempels bewegten sich knarrend hin und her. Die Senke unter dem langen Landvorsprung war voller Angstgeschrei, berstenden Gesteins und brüllender Rinder, meckernder und blökender Ziegen und Schafe. Männer fluchten, Frauen und Kinder kreischten; mit dumpfem Donnern schüttelten sich der Fels und das Erdreich. In der Stadt sackten Dächer ein und begannen zu brennen. Das Beben warf einige Männer vom Pfad ins Gebüsch. Fackeln wirbelten Funken sprühend durch die Luft.

Die Deckenbalken des Tempels verschoben sich an den dikken Zapfen gegeneinander, zwischen den Abschnitten der weißen Säulen erschienen und verschwanden Spalten. Völlig bewegungslos stand Zeus auf seinem Sockel, während breite Risse im Altar aufsprangen und Gesteinsstaub in die Glut rieselte. Einige Priester hatten sich zu Boden geworfen und klammerten sich an Wurzeln, und als das Grollen aus der Tiefe der

Insel leiser wurde und schließlich, scheinbar nach endlos langer Zeit aufhörte, nahm jenseits der Klippen die Lautstärke eines nie gehörten zischenden Gurgelns zu. Die zitternde Welt kam zur Ruhe; Telegonos ließ den Stamm los.

»Abermals ein Zeichen«, murmelte er und warf einen langen Blick auf die Statue. Aus den Löchern der Augenwinkel drangen dünne Dampffäden. Niemand achtete darauf. Telegonos half einem Priester, aufzustehen, und stolperte zwischen Tonscherben und umgestürzten Öllämpchen zur Kante des Felsvorsprunges. Aus dem Gestein lösten sich noch immer Splitter und Brocken und schlugen, klirrend von den Schroffen abprallend, in den Schlick. Telegonos sah hinunter: Vom Mondlicht übergossen lag der Meeresboden naß da. Das Wasser hatte sich drei, vier Pfeilschüsse weit zurückgezogen und wich immer weiter vom Fuß der Hänge zurück. Undeutlich zuckten Meerestiere im sandigen Schlamm. Pentawer, Odysseus und Telemachos blieben neben Telegonos stehen, hielten sich an Pinienästen fest und blickten auf einen schäumenden Wall, der sich in weitem Halbkreis südwärts entfernte, auf Zakynthos zu. »Ein Zeichen Zeus'!« Odysseus sprach mit Bestimmtheit. »Sein Tempel ist stehengeblieben.«

»Poseidons Zeichen, Vater?« würgte Telemachos hervor und zeigte auf die gischtende Welle. »Will er dich warnen?«

»Der Blauhaarige ist entsühnt.« Odysseus klatschte die Handflächen gegen die Hüften. »Er zeigt uns, daß sein Reich nicht bodenlos tief ist. Wartet. Gleich wird er uns mit mächtigen Wellen und viel Gischt begrüßen.«

Das Lärmen in ihrem Rücken hatte sich zu einem undeutlichen Stimmengebrodel gewandelt. Einige Priester und ein halbes Dutzend der Dorfältesten stapften an den Rand der Lichtung und sahen fassungslos aufs Meer hinaus, ein Opferdiener leerte einen Wasserkrug über den kleinen Bränden der umgeworfenen Ölschalen aus. Die Fläche, deren Pfützen und Tümpel im schneeigen Licht unbewegt schimmerten, schien sich nicht mehr zu vergrößern. Wieder heulte Nordwind aus der Senke heraus und trieb Funken an den Wartenden vorbei.

Telemachos wandte sich an Pentawer-Ptah. »Ich kenn's seit meiner Kindheit, Kapitän: Oft zittert der Boden, auf den Inseln und auf dem Festland. Meist nur kurz und ohne Mauern umzuwerfen, und niemand kann's vorhersagen. Manchmal aber zerstört der Erderschütterer Städte, Tempel und Berge.«

»Ich dachte, ich sei längst jenseits aller Furcht.« Pentawer schüttelte den Kopf und sprach leise weiter. »Aber mir war, als stürbe ich ein drittes Mal.«

Telegonos schwieg, beobachtete, wie das Entsetzen langsam aus den Gesichtern der Umstehenden wich, sah wieder aufs Meer hinaus. Die halbkreisförmige Woge, deren Grenzen sich rechts und links im Unsichtbaren verloren, hob sich, von kochender Gischt gekrönt. Langsam, dann schneller anwachsend, schäumend und strudelnd kam sie näher; ein zischendes Donnern eilte ihr voraus. Der Delphin, der sich in einer Pfütze hin und her und in die Höhe warf, lag plötzlich still. Die Welle raste heran, traf ihn und wirbelte ihn unter sich, rollte über den Meeresboden heran, gefolgt von steigendem Wasser, dessen Wellen kreuz und quer gegeneinander prallten und anwuchsen. Das Tosen war so laut, daß jedes Wort und das Gebrüll aus der Stadt übertönt wurden. Schneller als ein galoppierendes Pferd näherte sich die mächtige Brandung der Insel, schäumte über den Meeresboden und traf die Ufer mit einem furchtbaren Anprall, der abermals die Insel erschütterte. Mächtige Wellen wurden hochgeschleudert, zerbarsten, schmetterten an den Felsschrunden in die Höhe und zerstäubten zu salzigem Regen, der den Männern kalt gegen die Körper prasselte.

Dreimal wich das Meer zurück und kam mit schwindender Gewalt wieder. Die Mondscheibe stand fast über der Spitze des Aenosberges. Telegonos und Odysseus traten von der Felskante zurück, umrundeten den Tempel und suchten die Schäden. Die Säulen standen gerade, auch dem Dachgestühl war nichts anzusehen, über die Bronze der Statue zogen sich dünne, kalkige Streifen abwärts. Die Glut um den Sockel und am Fuß des Altars hatte sich dunkel gefärbt.

»Nehmt die Fackeln«, sagte Odysseus. »Wir schlafen im Haus des Stadtältesten. Die Nacht der Opfer, Zeichen und Beben ist vorbei; die Tochter des Sonnengottes hält ihre Hände über uns.«

»Eine düstere Feierlichkeit.« Pentawer schüttelte sich. Telemachos legte den Arm um die Schulter des Kapitäns; Telegonos verstand überrascht: »Wenn du und deine Aigyptioi es wollen – mein Schiff bringt euch nach Kreta.«

»Ist das dein Ernst, Telemach ... König Telemachos?«

»Bei gutem Wind dauert es keine zwei Zehntage«, sagte Telemachos. »Laß uns morgen zurücksegeln nach Ithake.«

Sie entzündeten Fackeln an den übrig gebliebenen Ölflämmchen und folgten dem sandigen Pfad, der sich wie eine Schlange zwischen Büschen, Grasflächen und Felsen dem Stadttor entgegenwand. Telegonos ging zwischen Odysseus und Pentawer. Die Welt, dachte er, hatte sich in dieser Nacht auf seltsame Weise verändert; es war schwerer geworden, sie mit kühlem Herzen zu betrachten und ihr dennoch nicht unterworfen zu sein. Zwischen den klobigen Felsen, an denen sich der Wind brach, war es still geworden.

Er glaubte einen langen, inbrünstigen Seufzer zu hören, mit dem schwüle Gerüche unbekannter Küsten herangetragen wurden. Schwach schimmerten die Kristallsplitter der Götterstraße. Wo sie den Horizont berührte, im Westen, schien sie auf den Säulen des Herakles zu ruhen.

Steuermann Shepmin, Ahmose und Harbaq hatten mit einem Teil der Dörfler und den zwölf Aristoi von Kephallonia, Ithake, Zakynthos, Dulichion und aus Same die entladene *Namenlose* hoch auf den Strand gezogen; der Kiel ruhte auf runden Stammabschnitten, dicke Balken stützten die Bordwände. Mittagswind trug Rauch und Gestank des Erdpechs aus Zakynthos hinüber zum Grabhügel des Laërtes. Ein Dutzend Handwerker sägten, hämmerten und dechselten an Deck und an den Planken. Vier große Sonnensegel waren zwischen den Bäumen ausgespannt. In ihrem Schatten lagen Waffen und

Ausrüstungen der zwölf. Um Mittnacht nach dem Beben hatte Odysseus auf der Agora Sames die Auslosung vorgenommen und die Männer eingeschworen. Keiner von ihnen war jünger als fünfundzwanzig, dreißig Sommer. Telemachos' Schiff mit waagrecht gespanntem Netzsegel schaukelte am Steg. Telegonos reinigte seine Hände mit Sand und Wasser und ging zu Pentawer und Telemachos, die unter der großen Eiche Wein und Wasser mischten.

»Habt ihr entschieden, mit welchem Schiff ihr nach Kreta segeln wollt, Käpten Pentau?« Telegonos packte den Becher, nickte dankend und grinste Telemachos an. »Mit uns oder mit dem jungen König?«

»Gestern sind wir zusammengesessen und haben lange geredet«, sagte Pentawer. »Das Beste, womit Ithake Handel treiben könnte, hat Harbaq längst gefunden und aufgeschrieben. Von Zakynthos nehmen wir zwölf Dutzend große Krüge Erdpech mit. Und besonders guten Wein. Viel ist es nicht, wofür der Archipelagos Kupfer und Bronze einhandeln kann.«

»Ich bringe sie wohlbehalten nach Kreta, Bruder«, sagte Telemachos. Alle, die am Steg und am Strand arbeiteten, waren in Schweiß gebadet. Telegonos leerte den zweiten Becher mit kleineren Schlucken. »Übermorgen legen wir ab und kehren zurück, bevor ihr endgültig aus der Bucht rudert. Ich werde mit Nano Duduqi und Fürst Raphites reden, wegen des Handels.«

»Also wieder ein Abschied, der uns schmerzt, Pentau«, sagte Telegonos. »Ist es – für immer?«

Pentawer zog die Schultern hoch und brummte: »Diesmal sag ich's laut: Das wissen nur die Götter, deine oder meine. Ich glaube, sie wissen's selbst nicht.«

Sie starrten einander in die Augen und versuchten zu lächeln. Telegonos senkte den Kopf und ging langsam zur *Namenlosen*. Telemachos rief ihm nach:

»Steuermann Ophian hat versprochen, Kirkes Wundersalbe für den Fürst nach Zakynthos bringen zu lassen. Vielleicht hat das Schiff dir eine Nachricht mitgebracht.«

»Vielleicht«, murmelte Telegonos und spürte den groben Sand zwischen den Zehen. »Wenn es nicht wieder ein dunkler Orakelspruch ist ...«

Prinz Agonos aus Same schliff sämtliches Holz des Steuerbordruders mit Bimsstein ab, Boleos von Zakynthos tränkte die fast weiße Oberfläche des Backbordruders mit heißem Wachs. Beide Ruder lagen auf Holzböcken, das Heck des Schiffes war mit Holzteer und Erdpech schwarz gestrichen. Telegonos hatte, trotz des nächtlichen Gastmahls im Megaron, noch nicht jeden der neuen Seefahrer kennengelernt. Nur die Namen kannte er. Die Männer waren ausnahmslos sonnengebräunt, einige hatten ihr Haar, von hellbraun bis schwarz, kürzen lassen, die meisten waren mittelgroß und gedrungen, muskulös und arbeiteten schnell und willig; wenn sie mit den Waffen ebenso gut umgehen konnten wie mit dem Werkzeug, hatte Odysseus die richtigen Männer ausgelost. Dieses Dutzend, sagte sich Telegonos, von Odysseus oder dem großen Petrax angeführt – wenn es über den Hafen der Laistrygones herfiel, gab es nichts anderes als Wut und Feuer, Totschlag und Vernichtung, Schändung und Raub. Auf einer Platte lagen die Goldscheibe und das kleine Axtblatt aus Knossos. Telegonos nahm Bronzenägel und einen Hammer und kletterte an Deck der *Namenlosen*. Stigmatos von Dulichion und Petrax halfen, den Mast aufzurichten. Mit wenigen Hammerschlägen nagelte er das Metall an den Mast, so daß Scheibe und Labrys zum Bug wiesen. Petrax sagte leise:

»Was bedeuten diese Zeichen, Kapitän?«

Telegonos betrachtete die Schweißtropfen in Petrax' schwarzem Bart und sagte: »Ich erzähle es euch, wenn die lange Fahrt begonnen hat.«

Im Morgengrauen dauerte es eine Stunde, bis Pentawer, Shepmin, Bogenschütze Ahmose und Schreiber Harbaq Watsäcke, Geschenke und Waffen zum Schiff gebracht und unter dem Halbdeck geschichtet und festgezurrt hatten. Telegonos gähnte, seine Augen waren verklebt, er schwankte nicht nur vor

Müdigkeit – sie hatten einen langen, trunkenen Abschied gefeiert, zusammen mit Odysseus und seiner kriegerischen Mannschaft. Pentawer, Shepmin, Telemachos und Odysseus waren die letzten gewesen, die aus dem Megaron in die Schlafkammern gewankt waren. Obwohl Telegonos viel Wasser in den Wein gemischt hatte, war ihm noch immer schlecht, und die ersten Sonnenstrahlen trafen ihn wie Stockschläge. Er hockte auf dem taufeuchten Steg, den Rücken gegen den Poller gelehnt, gähnte und blinzelte Tränen der Müdigkeit aus den Augenwinkeln. Odysseus, scheinbar völlig ausgeschlafen, näherte sich dem Heck. Telegonos stand auf, Pentawer streckte beide Arme aus.

»Wir können es nicht länger hinauszögern, mein Prinz.« Sie umarmten sich; auch Pentawers Atem roch entfernt nach Gerbergrube. »Es ist sicher: Wir erinnern uns aneinander bis zum letzten Herzschlag.«

Telegonos preßte ihn kurz an sich, ihre Wangen waren kratzig.

»Aneinander, o Kapitän, und an herrliche Abenteuer. Und an viele gute Stunden. Alles Glück, den Segen aller Götter, Pentau!«

Sie lösten sich voneinander, lächelten zögernd, blinzelten; Odysseus schob sich zwischen sie und packte Pentawers Handgelenk. Leise verabschiedete sich Telegonos von den drei rômetischen Gefährten, die Riemen klapperten auf dem Steg und den Planken. Ahmose schüttelte sich in der morgendlichen Kühle und holte tief Luft. Shepmin teilte heißen Kräutersud aus und sagte, als er Telegonos den Becher reichte:

»So willst du also, junger Kapitän, die weiteste Fahrt von uns allen machen. Weiter als jede Fahrt, von der wir wissen.«

»Der Entschluß steht unabänderlich fest.« Telegonos nippte an dem heißen Trank und senkte seine Stimme: »Trotzdem würde ich mich besser fühlen, wenn Pentau steuerte, mit Mys, Nautes und Charissa, wie damals ... das ist Vergangenheit. Grüße mir das große weiße Ohr des Ptah in Menufer, Steuermann!«

»Ich versprech's. Vielleicht siehst du uns vom Gipfel des Dreifingerberges.«

»Wohl kaum. Gute Winde und die richtige Strömung, Shepmin.«

»Kommt unversehrt zurück. Nach Menufer, oder Phaistos, oder Gubla. Dort trefft ihr uns.«

»Dort träfe ich auf die besten Erinnerungen meines Lebens. Geh an Bord, Steuermann – Telemachos wird ungeduldig.«

Sonnengrelle überschüttete die Bucht, in der ein paar Fischerboote dümpelten. Im Osten zogen Wolken auf, die Wasseroberfläche kräuselte sich im Zephyros von den Bergen. Hirten und Frauen, die Wäschekörbe zur Bachmündung trugen, winkten zum Schiff. Telegonos sah zu, wie die Tauschlingen gelöst und die Riemen eingesetzt wurden; am Segel zerrte eine Bö. Telegonos leerte den Becher und warf ihn Ahmose zu.

»Wie man sich falscher und richtiger Tjekerschiffe erwehrt, junger Königsbruder Telemachos, weißt du?« rief Telegonos. »Kommt unversehrt zurück, mit kräftigem Notos, voller guter Waren – grüße Raphites, Duduqi und, wenn du sie siehst, die schöne Theris von mir!«

Telemachos löste das Seil, das die Pinne hielt, und grinste breit. »Mit dem Segel? Sie denken, wir sind eines ihrer Schiffe. Zwei Zehntage, höchstens!«

Das Schiff legte ab, die Riemenschaufeln tauchten ein; tausendmal hatte Telegonos diese Bewegungen mitangesehen, selbst ausgeführt, die Schläfrigkeit aus Gliedern und Verstand gerudert, die Wärme genossen, die mit jedem Sonnenstrahl mehr Tau von den Planken sog und das Segel trocknete: Ausfahrt und Abschied, Aufbruch und Wagnis, ein Versprechen auf heiße Tage im Wind, sternklare Nächte und fremde Ufer. Er kreuzte die Arme vor der Brust, betrachtete die Doppelspur der Ruder und die kreiselnden Markierungen der Riemenschaufeln im Wasser. Pentawer stand im Heck, einen Arm halb erhoben, eine dunkel verschwommene Gestalt vor der blendenden Fläche des hochknarrenden Segels. Er winkte; es war

Telegonos, als nähme Pentau nicht nur viele Erinnerungen, sondern auch den Mut mit sich fort, jenen schwierigen Entschluß, mit Odysseus den Okeanos zu durchqueren.

Der zweite Mond, an dem das Meer die Schiffe nicht mit wilden Stürmen, Kälte und triefendem Nebel zu hilflosen Opfern und die Seeleute zu jämmerlich Ertrinkenden machte, neigte sich, im Licht der halben Mondscheibe, dem Ende zu. Sieben heiße Tage lang war die *Namenlose* auf dem Sand erneuert, instandgesetzt, bemalt und mit größter Sorgsamkeit ausgerüstet worden. Jetzt lag sie neben den kleinen Schiffen der Insel am Steg wie ein Delphin, bereit, mit dem roten Bug die nächste Welle zu zerteilen. Die zwölf von den Inseln schleppten Pithoi voll honigsüßem Wein in den Kielraum, übten sich im Kampf und im Rudern, halfen den Handwerkern, bessere Ziegenbälge mit tönernen und hölzernen Mundstücken herzustellen, schärften Waffen und stapelten Schilde im Schiff, hörten abends im Megaron den Erzählungen Odysseus' und Telegonos' zu und schienen ohne Zweifel zu sein. Der eisstarrende Wall jenseits des Okeanos bedeutete ihnen nicht mehr als eine Bucht im Norden Kretas; sie barsten vor Tatendrang, weil sie weder die Erfahrungen Telegonos' noch die des alten Königs hatten. Alle warteten auf Telemachos' Rückkehr. Von Taura erfuhr Telegonos, daß sich die Herrin Penelopeia in ihren kleinen Frauenpalast zurückgezogen hatte, mit Polyporthis und Arkesilaos und ihren Dienerinnen – sie wußte, daß Odysseus sie, Ithake und den Archipelagos zum dritten Mal verlassen würde; zum letzten Mal, sagte sie.

Odysseus begutachtete verbissen jede Handbreit des Schiffes, der Ausrüstung, des Segels und der Waffen, der Vorräte. Fast jeden Abend opferte er dem Poseidon, beschwor seine Rache, hielt eine seltsame Art Zwiegespräch mit Pallas Athena, redete mit Telegonos über dessen Gedankenbild von Paian Apollon, trug eine andere Maske: nun war er der zutiefst besorgte Anführer einer Gruppe von Männern, die sich ins Unbekannte aufmachten. Sechzehn Tage nach der Abfahrt kam

Telemachos mit unversehrtem Schiff zurück und erzählte zwei Tage lang von Kreta, dem aigyptischen Schnellsegler, Fürst Raphites, Nano Duduqi und Kirkes Zaubersalbe, übergab Telegonos ein eng zusammengerolltes Schreibleder – aber kein Wort von Theris. Die zwölf und Telegonos lauschten, oftmals fragend, den Erzählungen. Immer mehr wurde Petrax zum Anführer, den selbst Odysseus anerkannte; ein starker, geschickter Mann, keineswegs einfältig, manchmal polternd, der ebensoviel Wasser in den starken Wein der Insel mischte wie Telegonos. Telegonos schob die Rolle in den Gürtel, verbeugte sich vor Odysseus und zündete in der Schlafkammer einige Öllampen an. Kirke schrieb:

O mein Sohn Telegonos.
Ich habe dich lange gesucht und einige Male gesehen. Ich weiß, daß du mich, zu schweigsamer Geste verpflichtet, gesehen und richtig gedeutet hast. Ein wenig habe ich euch schützen können. Nun bist du auf Ithake bei deinem Vater und tust den ersten Schritt der Bestimmung, die ich in quälenden Nächten sah. Du bist allein. Der kluge Pentau verläßt dich. Vater Helios zeigte mir, daß ihr das Ziel erreichen werdet, jenseits der Laistrygones und des Telepylos, das euch das Bild des Okeanos zeigt.

Der schwere lederne Vorhang klaffte auseinander. Taura schlüpfte in den Raum, legte beide Hände auf Telegonos' Schultern und setzte sich auf den Rand des Lagers.

»Du kannst lesen, Aristos?«

»Ich kann's. Nachricht von meiner Mutter. Nur noch einige Worte, Schönste, dann weiß ich, was ich wissen sollte.«

Taura neigte den Krug und füllte die Schalen mit gemischtem Wein. »Ich warte.«

Versuche, o Sohn, dem Vater das rächende Töten auszureden. Du hast gelernt, die Wahrheit aus seinen Erzählungen selbst herauszufinden. Segelt gen Sonnenuntergang weiter. Die Götter werden mit euch sein. Ich werde euch sehen. Schon der Weg ist das

Ziel, und jenseits der Säulen des Herakles, wo ihr die Welt unserer Götter verlaßt, werdet ihr euch auf den Wassern der Legenden verlieren, weit vor der Eismauer; auf den Hängen des Berges Triadaktylos jene Wurzeln ausgraben, die uns retten vor dem Untergang und dem vorauseilenden Chaos der Dunklen Jahrhunderte. Immer werde ich versuchen, euch zu geleiten, ihr Meerdurcheilenden, dich und Odysseus, da Pentau nicht mehr bei euch ist. Vertraue auf dich, o Prinz Telegonos, und auf deine Mutter Kirke, die mit liebenden Gedanken mit euch zittert.

Telegonos starrte einige Atemzüge lang die kantigen Schriftzeichen an, rollte das dünne, weiß gekalkte Ziegenleder zusammen und knotete ein Lederbändchen darum. Er legte die Rolle neben seinen Dolchgurt, strich über Tauras Nacken und löste mit drei Fingern ihren Zopf.

»Was hast du gelesen, Telegon?«

»Viele Zeilen, über die ich nachdenken muß. Ich sag's dir um Mittnacht.«

Er küßte sie zärtlich, löste die Knoten ihres Peplos und ließ sich von ihr aufs Lager ziehen. Ihre Finger glitten in einem langsamen Tanz über seinen Nacken, seinen Rücken. Als sie die Arme um ihn schloß, flackerte ein Lämpchen auf und erlosch zischend.

Die *Namenlose* lag, voll beladen und mit vierzehn Männern an Bord, nur drei Fingerbreit tiefer als zuvor. Hinter dichtem Nebel, der niedrig über den Hügeln und Baumwipfeln lagerte, war die Sonne nur eine kleine Scheibe. Als das Schiff ruhig am Steg lag, sprangen Odysseus und Telegonos über die Bordwand und warteten, bis die Riemen festgebunden waren. Telegonos rief:

»Ihr habt begriffen, wie wir mit wenig Anstrengung schnell vorankommen.« Er lachte und nickte in die Richtung des Dorfbrunnens. »In den langen Monden mit Pentawer haben wir nicht oft rudern müssen.«

»Auch wir sind den Winden ausgeliefert«, sagte Odysseus.

»Freunde! Ins Badehaus, dann schlafen, ausruhen. Im Megaron, beim Gastmahl: wenig Wein. Vier Stunden nach Mittnacht rudern wir aus der Bucht. Einverstanden, Kapitän?«

»Richtig. Die beste Stunde«, sagte Telegonos. »Wenn nicht heut nacht der Notos zu toben beginnt.«

»Wir brauchen Boreas oder Skiron.« Algotes von Same half Kentron von Zakynthos über die Bordwand. »Und dann nichts anderes als Euros aus Osten.«

Misoax und Stigmatos von Dulichion bündelten die leeren Wasserschläuche, hängten sie sich über die Schultern und folgten Odysseus. Telegonos blickte sich um, blieb stehen und ließ die Aristoi an sich vorbeigehen. Ihre aufgeregte Selbstsicherheit war einer grauen Stimmung gewichen; sie schwiegen, dachten wohl an die letzten Stunden auf Ithake und an die Stunde des unabänderlichen Aufbruchs ins große Wagnis. Mehr als drei volle Monde würde das Meer die *Namenlose* und ihre Mannschaft dulden müssen.

13.
DER MORGEN DER RACHE

Noch neun einsame Tage und Nächte später, in denen meist Telegonos und Odysseus an den Rudern standen, tauchte immer wieder die gleiche Erinnerung auf: Ein mächtiges Feuer brannte auf der Agora am Hafen Ithakes. Penelopeia stand regungslos da, die Hände auf den Schultern Polyporthis' und Arkesilaos', von zuckenden Flammen ebenso aus der halben Dunkelheit herausgeformt wie hinter ihr der breitschultrige Telemachos. Die Dorfbewohner blieben im Dunkel. Mächtige Schatten zitterten auf einer Mauer, Funkengarben trieben in der Luft. Dann hob Telemachos langsam den Arm, Penelopeia zog den Mantelsaum über die Stirn und senkte den Kopf. Hinter einer unsichtbaren Mauer, so empfand es Telegonos, hatte Odysseus alles geschehen lassen, was mit dem Abschied zu tun hatte – glaubten Telemachos und Penelopeia, daß der alte König, dessen Schiff aus der Bucht verschwand, je zurückkäme? Telegonos wagte nicht, ihn zu fragen.

Vor Mittag, nach zwölf Stunden Segeln mit guten, nicht allzu kräftigen Winden, war die Küste des Landes nahe genug; Osmotes von Ithake glaubte ein Kap zu erkennen, das nach Süden vorsprang. Odysseus, der das Backbordruder führte, deutete nach links, in unbestimmte Ferne.

»Dort fänden wir Nesos Maleth, die Insel des Aiolos.« Telegonos grinste in sich hinein und dachte an den Windstern und dessen Knoten, der in seinem Watsack steckte. Jetzt, in Landnähe, wechselte die Strömung und zerrte das Schiff nach Backbord. »Meine Besuche beim König des Windlabyrinthos zähle ich zu den weniger ersprießlichen Abenteuern.«

»Seewind kommt auf, Kapitän!« rief Sphentor von Ithake.

»Ich merke es!« Telegonos stemmte sich gegen die Pinne. »Versucht ihr, eine feine Bucht zu finden. Wir müssen auf Euros warten.«

Fast alle waren tief braungebrannt, ihre nackten Körper glänzten vom Öl, einige trugen Sonnenschleier. Odysseus' Krieger waren mit dem Meer und dem Schiff vertraut; es hatte keinen Streit gegeben, aber die *Namenlose* war zu klein für zweimal sieben Männer und so viele Waffen und Ausrüstung. Petrax und Osmotes, die Besten an den Pinnen, hatten meist die Steuermänner abgelöst, und die Fahrt war eine ununterbrochene Folge glühend heißer Tage und herrlicher, warmer Nächte gewesen, voll von Wein und Erzählungen und Gelächter unter dem schwindenden Mond und der wachsenden Sichel, in einer stetigen Strömung nach Sonnenuntergang.

»Es wird ein übler Mittagswind werden«, sagte Odysseus. »Näher zum Land, Prinz Kapitän?«

»Näher heran. Vielleicht müssen wir rudern.«

Zwei Stunden lang kämpften sie gegen starke, wechselnde Strömungen und Winde, die sie ans Land drängten. Sie ließen das Kap hinter sich und segelten, einzelnen Felsen ausweichend, entlang einer geraden Küste auf eine Stelle zu, an der sich eine Waldzunge bis zum Strand vorschob. Odysseus war seit zwei Tagen sicher, daß vor dem Bug der *Namenlosen* jene riesige Insel lag, die er und Telegonos kannten: Skylla und Charybdis, die Rinder des Sonnengottes, der Acheron und am westlichen Ende der Laistrygoneskönig Antiphates. Dort stand das Ferntor. In einem Kurs, der den Spuren eines Betrunkenen glich, segelten und ruderten die Gefährten auf jene Stelle des Strandes zu, die vertrauenswürdig erschien; der Ankerstein fiel, die *Namenlose* knirschte mit dem Heck tief in den Sand. Im Norden, jenseits des flachen Uferlandes, ballte sich eine Gewitterwolke. Odysseus sprang ins schenkeltiefe Wasser, breitete die Arme aus und rief:

»Bindet das Segel fest, Freunde. Das ruhige Segeln ist vorbei! Heut nacht erzähl' ich euch, welcher Kampf vor uns liegt; morgen – bei gutem Wind – nehmt ihr Rache für eure erschlagenen und gefressenen Väter.«

Agonos und Kentron von Zakynthos gürteten ihre Schwerter, kletterten vom Heck und fingen die leeren Wasserschläuche auf. Warmer Wind fegte vom Meer heran. Telegonos deutete auf den Kamm der Düne neben dem Uferwald.

»Laßt euch nicht entdecken. Seht euch um, findet eine Quelle und kommt schnell zurück.«

»Ein einsamer Strand, Kapitän!«

»Hoffentlich.« Telegonos half, das Schiff zu sichern, Kessel und Dreifüße an den Strand zu bringen, Schilde, trockene Fakkeln und Wurfspeere an Deck zu schichten. Aspidos von Kephallenia schleppte den Glutkrug zum Feuerplatz. Odysseus ließ sich von Telegonos den Bogen und den prall gefüllten Köcher herunterreichen; staunend sah Telegonos zu, wie beim Spannen der großen Waffe die wulstigen Muskeln an Odysseus' Schultern und Armen hervortraten.

»Ich such' auf der anderen Seite des Waldes«, sagte Odysseus. »Vielleicht läuft mir ein Braten vor den Pfeil.«

Telegonos suchte seine Waffen zusammen, leerte die letzten Wassersäcke in den Sudkessel und sah ohne große Verwunderung zu, wie die Aristoi Treibholz brachen und zerhackten, das Feuer anzündeten, Essen zum höchsten Punkt des Strandes brachten und ein Nachtlager vorbereiteten. Den Rauch trieben wechselnde Winde zum Land, aufs Meer und entlang des Strandes. Schnell und mit unterdrücktem Gelächter arbeiteten die Männer. Wie kam es, daß sie sich so viel schneller als er an das Leben auf dem Meer gewöhnt hatten? Er breitete Decken und Mäntel zum Trocknen über Bordwände und Tauwerk und kletterte hinunter, knotete das Schamtuch fest und hängte Dolchgurt und Schwert über seine Schulter. Er begegnete Petrax' wachsamen Blicken und zeigte auf das ferne Gewitter.

»Ich geh' zum Ende des Strandes, bis zum dunklen Felsen«, sagte er. »Achtet auf das Schiff.«

»Eine Abkühlung wird uns allen gut tun.« Petrax kratzte sich unter dem Kinnbart. »Wir bleiben wachsam.«

Vielleicht tausend Schritte weit lief er durch die auslaufende Brandung, wich Treibholz und Unrat aus, nur das Fauchen des Windes, Möwengeschrei und das Geräusch seiner Schritte in den Ohren. Er stieg den Hang einer Düne hinauf, ging durch einen Streifen windverformter Pinien und durch das Gestrüpp einer Hügelflanke. Dornen kratzten über seine Haut, Vögel flatterten auf; Bienen und Fliegen summten scharf in der Nachmittagshitze. Neben einer Palme, die mit drei Stämmen aus einer Wurzel wuchs, blieb er im Schatten stehen und sah sich um. Zur linken Hand lagen das niedrige Kap, die westlichste Spitze der riesigen Insel, im Norden erhob sich ein hoher Felsenberg, auf dem Telegonos eine Burg, Rauchfahnen, viele Häuser und einen Teil der Mauer erkannte: die Stadt der Laistrygones und Antiphates' Burg. Rechts am Horizont, jenseits des leeren Landes, erkannte er den olymposhohen Berg wieder, der an Steuerbord den Weg jenseits der Meeresenge begleitet hatte, damals, als Pentawer das Ruder geführt hatte. Er murmelte:

»Hier also gehen wir durchs Ferntor. Niemand wird weiter segeln als wir.«

Der Weg von der Laistrygonenstadt zum Hafen lief vermutlich zwischen einer dichten Reihe unterschiedlicher Bäume, die sich zum westlichen Ufer wand. Dort, zwischen den Hügeln, duckten sich Hausdächer, kleine Türme und die Maste einiger Schiffe. Telegonos sah keine Menschen; die Entfernung war zu groß. Eine Schafherde schien über eine Hügelflanke herunterzugleiten, und weit im Hintergrund des winddurchfauchten Bildes fielen breite, graublaue Regenbänder.

Als Telegonos nach einem langen Bad fast schon den Lagerplatz erreicht hatte, zögerte er, weiterzugehen. Auch er versuchte, aus seinem Herzen, seinem Gefühl herauszulesen, warum sie alle sich wie in einem Traum bewegten: Der Entschluß war gefaßt, die Schwertschneiden geschliffen, die Ziele klar. Er zuckte mit den Schultern und ging weiter. Die *Namenlose* war mit zwei Hecktauen gesichert, über den Feuern kochten Sud und frisches Quellwasser, Thyrcotes von Kephallenia buk Fladen auf der Bronzeplatte. Hundert Fuß über dem Strand wachten Algotes und Agonos aus Same über den Landeplatz. Die meisten Aristoi hatten ihre Bartstoppeln und Bärte geschoren und das Haar geschnitten; auf den heißen Planken hatten sie unerträglich viel Schweiß vergossen und wußten, warum Odysseus und Telegonos ihr Haar kurz trugen und der Herrscher auch seinen Bart gestutzt hatte. Odysseus hatte zwei fette Hasen und einen jungen Schafbock geschossen. Das Fleisch briet auf den Rosten über einem Haufen Glut. Telegonos sah ein zweites Gewitter von Süden heranwalzen, nahm die Gurte von der Schulter und setzte sich in den Sand. Odysseus reinigte seine Pfeilspitzen.

»Du willst heute nacht, oder jedenfalls in einer Nacht, zum Laistrygoneshafen segeln, Vater?«

»Von hier aus bedeutet es keine Anstrengung. Im Morgengrauen kommen die Frauen und waschen. Wenn danach die Männer von Antiphates die brennenden Schiffe sehen, rennen sie in Waffen zum Hafen.«

»Du hast sehr genaue Vorstellungen, o König«, murmelte Petrax. »Warum hast du nicht früher darüber gesprochen?«

»Sie sind mehr als zehn Jahre alt. Warum? Weil ihr es nicht verstanden hättet.« Odysseus zog einen Brotfladen aus dem Korb und wickelte ihn um eine Käsescheibe. »Telegonos steht noch immer im Schatten seines Vaters, in meinem Schatten. Und ihr, mit den Füßen auf der Erde unserer kargen Inseln, hättet euch gefürchtet. Vor der Ferne. Vor der Einsamkeit. Der Fahrt zum Telepylos und dem Kampf im Morgengrauen. Und davor, daß ihr vielleicht niemals zurückkehren werdet.«

»Niemals? Was hast du vor, Herr?« sagte Aspidos von Kephallenia. Die Art, wie Odysseus grinste, erschreckte Telegonos.

»Reiches, leeres Land liegt vor uns. Und ist es nicht leer, so bemächtigen wir uns dieser Ländereien. Küsten! Inseln! Fruchtbare Täler! Ihr seid die ersten vor dem Chaos der Dunklen Jahre, die am Rand des Okeanos goldstrotzende Königreiche gründen werdet. Deswegen habe ich bei der Auslosung – bis auf Petrax – mit einigen Listen euch gewonnen; keine besseren gab es im Archipelagos.«

Petrax begann zu lachen und verschüttete Sud auf seine Knie. Die Aristoi hatten Schwierigkeiten, die Bedeutung von Odysseus' Worten zu begreifen, redeten wild durcheinander, lachten und zuckten mit den Schultern.

»Ich bin also wirklich ausgelost worden?«

Odysseus nickte und biß ins gerollte Brot. Osmotes schüttete einen halben Pithos Wein in den Sudkessel und rührte mit dem Dolch um, klapperte mit den Holzbechern, schöpfte und füllte die Gefäße. Die Gewitterwolken über den anrollenden Wellen berührten die giftgelbe Sonne, deren Strahlen wie Schwertspitzen stachen. Die Gewitterluft knisterte. Odysseus' Gesicht schien zu glühen, er starrte die Aristoi an.

»Diese Sonne, wie der Schlußstein des Himmelsgewölbes, ist meine Zeugin: ich bringe euch bis zum Hang des Triadaktylos. Wer nach dem Rachekampf einen Ort für sein eigenes Fürstentum findet, dem werden wir helfen. Macht und glanzvoller Reichtum – sie liegen vor unserem Bug, o ihr furchtlosen Aristoi!«

Schweigend, wie gelähmt, hatten die jungen Krieger jedes Wort Odysseus' verschlungen. Während sie aßen und tranken, verfärbte sich der Himmel: das Gewitter im Norden zog leise polternd nach Sonnenuntergang, die Wolken über dem Meer wuchsen und schluckten die Sonnenscheibe. Telegonos, der am Schaft des Backbordruders lehnte, suchte die Blicke seines Vaters; es brauchte weder den Zauber der Pallas Athena noch die Hellsicht apollonischen Denkens, um zu erkennen, daß Odysseus seit dem Gemetzel an den Freiern der Penelopeia jeden weiteren Schritt seines Lebens in kalter Einsamkeit lange begrübelt hatte. Was hier und an einem der nächsten Morgen geschah, war in Gedanken längst vollzogen. Plötzlich fröstelte Telegonos; ihm schien, als ob seit seinem Aufbruch von Aiaia jedes Fädchen des bewußten und unbewußten Handelns zwischen den Olympiern und Odysseus gesponnen und als Teil eines dicken Taues bestimmt worden sei – mit göttlichem Gelächter, unter dessen Anprall die Eisschründe des Walles um den Okeanos splitterten.

Abermals Mittnacht. Wie ein Schild aus geschwärzter Bronze wölbte sich der Sternenhimmel in erschreckender Drohung über Odysseus, Petrax und Telegonos. Alle anderen schliefen. Odysseus, einen Becher ungemischten Weines aus Dulichion in den Händen, redete leise, stockend, fragend, als spräche er nur mit sich selbst. Zwischen dem Heck und den drei Männern war nur ein roter Glutkreis, in dessen Glimmen Schilde und Bronzebeschläge schimmerten. Der Schatten eines Schildes, der neben einem Bündel Wurfspeere im Sand steckte, schien die Flanke des Schiffes zu fressen; das wütende Seegewitter hatte die *Namenlose* und ihr Segel – und die Körper der Aristoi – fast drei Stunden lang gewaschen.

»Meine Pläne, o ihr Mittnachtfreunde, wurden gesät wie Korn, wuchsen und grünten, verdorrten, erholten sich im nächsten Jahr, waren wie Schleifstaub meines steinernen Thrones, wurden für lange Monde zunichte gemacht, wuchsen erneut; ich prüfte sie zwischen den Mühlsteinen meines Verstandes. Ich mag gebrechlicher sein als ihr Jungen: Athenas Eule schwirrt um meinen Kopf und fächelt mir kühne Gedanken zu. Kirke, Telemachos, du, mein Sohn, ihr Aristoi, ich, das Schiff – für das ich keinen besseren Namen gefunden habe! –, wir enden nicht in träger Langeweile.« Der Rand seines Bechers berührte das Trinkgefäß in Petrax' Fingern. »Ärmlichkeit hinter unserem Heck! Vor uns: tausend blühende Küsten.

Androklastes, der Männerzerbrecher, hat uns noch nicht ergriffen.«

»Vater! Du machst jeden, der mit dir segelt, zum Werkzeug deiner Wut«, sagte Telegonos. »Ist das der Wille deiner Götter, deiner Schutzgöttin Athena?«

Odysseus senkte den Kopf zwischen die Knie. Seine Stimme klang gepreßt; es war, als bedeute jedes Wort eine kleine Qual. Telegonos und Petrax wechselten einen langen Blick. Der hochgewachsene Kephallenier setzte den Becher an seine Lippen und grub mit der Linken im feuchten Sand. Odysseus ächzte und sagte leise:

»Ich mag nicht der beste Anführer sein, aber kennen wir einen besseren? Kirke und Kalypso sind feine, ferne Erinnerungen. Kallidyke war genußvolles Atemholen zwischen schwierigen Gesängen bedeutender Kitharoden. Penelopeia, die endlos Treue, wurde krank, fett, häßlich und unwillig – sie öffnet die Schenkel nur für Waschungen. Mit Mägden treibe ich es nicht. Traurig, düster, unabänderlich. Ein glühendes Schicksal versprach mir Athena, schenkte mir den Traum, in dem du, Telegon, den Zeus betrügerischer Priester aus der Zeit der Minos-Stiere nach Kranioi bringst – sagt mir: was könnte mich auf Ithake zurückhalten?«

»Ich weiß es nicht, Vater«, sagte Telegonos. »Warum segelt nicht Telemachos mit uns – dein Erstgeborener?«

»Weil er, ebenso schuldig wie ich, den Tod so vieler Freier Jahr um Jahr abdienen und sühnen muß. Sein förderlicher Verstand ist gut für kleine Inseln eines ärmlichen Archipelagos.«

Petrax kratzte sich am Oberschenkel, füllte die Becher mit Würzweinsud, holte tief Luft und sagte:

»Wir also, König, eine Handvoll Männer, sind von den Göttern ...«

»... deinen Göttern, Neilosgöttern, jenen dieseits und jenseits des Chaos', welchen auch immer ...«, murmelte Telegonos. Petrax nickte, prüfte den Wind und fuhr fort: »... von den Göttern bestimmt worden, als Speerspitzen, vor den Dunklen Jahrhunderten, als Mannschaft eines Schiffes ins Ferne, Unbekannte zu segeln und unseren Söhnen Orte zu finden, an denen deren Söhne siedeln und Fürstentümer gründen können?«

Odysseus' Hand legte sich auf Petrax' Schulter. »Ich hätte es nicht besser oder klarer sagen können, o Petrax!« Er leerte seinen Becher und rülpste. Von der Burg ertönte undeutliches Hundegekläff; zwei grelle Pfiffe zerschnitten die Stille. Odysseus sagte bedächtig: »Ich übernehm' die Wache. Schlaft jetzt. Wenn Phoinikias oder Euros weht, weck' ich euch. Wenn nicht, bleiben wir hier. Ich will, daß wir ausgeruht sind und den Laistrygones einen unvergeßlichen Morgen bescheren.«

Einen Tag lang hatten die Krieger warten müssen; ständig wechselnde Winde von Süden und vom Land hielten die *Namenlose* am Strand fest. Um Mittnacht begannen Wind vom Norden und, eine Stunde später, kräftiger Euros. Im Licht der Sterne und des Mondes erkannte Telegonos im Bug den Schattenriß des westlichsten Kaps der Insel; das Schiff segelte langsam nach Nord, schob sich schwerfällig durch die Wellen, in weitem Bogen auf die flache, baumbestandene Küste zu. Nur aus den Gebäuden der Burg oder des Palastes auf dem klotzigen Felsenberg, einen Tagesmarsch entfernt und vielleicht eineinhalbtausend Ellen hoch, schienen Lichter zu blinken. Odysseus und Petrax duckten sich unter dem Segel und blieben neben Telegonos stehen; auch sie trugen Panzer, Kampfrock und Dolchgürtel. Leise klirrten die Bronzeschuppen gegeneinander.

»Es ist ein Jahrzehnt her, aber ich erinnere mich genau«, sagte Odysseus. »Abseits des Hafens haben wir eine kleine Stadt gesehen. Das letzte Stück werden wir rudern müssen.«

»Wird nicht leicht sein – gegen die Strömung«, murmelte Petrax heiser. Telegonos hob die Schultern. Ihre Blicke glitten über die dunkle Landschaft der Ufer. Die Männer schwiegen oder flüsterten miteinander, griffen zu den Schwertern, ohne zu wissen, was ihre Finger taten, zerrten die Knoten der Rüstungen fester oder tasteten nach Schilden, Lanzen oder den Helmen, die an Pflöcken der Bordwand hingen. Aspidos von Kephallenia blies in den Glutkrug. Odysseus brummte:

»Ich geh' wieder ans Ruder. Sag's mir, leise, wenn ihr die Einfahrt zur Bucht seht.«

»Verlaß dich darauf, Herr«, knurrte Petrax gepreßt.

Weiße Nachtwolken zogen vor dem Mond vorbei, der Bug schlug schwer in die Wellen und schmetterte klatschende Gischt weit zur Seite. Hinter einer schmalen Einfahrt, so hatte Odysseus berichtet, lag ein Meerwassersee, dessen linke Hälfte sumpfig und voller Schilf war, und vom Rand des Sees führte aus Norden ein Damm zum Hafen in einer flachen Insel. Die Siedlung würde die Krieger erst sehen können, wenn sie jenseits der Durchfahrt das Schiff drehten, aber die *Namenlose* würde nicht in den Binnensee einfahren. Das Kap verschmolz an Steuerbord hinter dem Schiff in der Schwärze; sie kamen an einer Bucht vorbei, in der vielleicht zwanzig Fischerboote hoch auf dem Strand lagen. Sie sahen aus wie große, reglose Wasserwesen. Eine halbe Stunde kroch dahin. Telegonos blinzelte und holte tief Luft; im Rauschen des Windes roch er Brackwasser, kalten Rauch, Pflanzen und den Schweiß von Tieren. Er deutete auf die unterbrochene Linie der Brandung.

»Nach Steuerbord«, sagte er. »Wir halten die Riemen bereit.«

Petrax nickte. »Du bist vom Verbrennen, Kämpfen und Plündern wenig begeistert, Prinz?«

»Es ist Odysseus' Rache und euer Kampf«, sagte Telegonos. »Ich verteidige, wenn nötig, das Schiff. Und ich helfe euch, wenn ihr angegriffen werdet.«

»Das ist recht und billig.« Ein Nachtvogel schrie, Hunde schlugen an und verstummten wieder. Noch immer waren keine Lichter zu sehen. »Vielleicht überkommt's dich später.«

Schweigend gingen sie, sich an Tauwerk und Bordwand festhaltend, zu den anderen. Telegonos murmelte einige Befehle; das Schiff gehorchte mehr der Strömung und dem südlichen Wind als den Rudern. Leise wurden die Riemen eingesetzt, kurz darauf ließen die Männer das Segel heruntergleiten und befestigten es mit Tauschlingen. Odysseus und Osmotes steuerten es auf den Hafeneingang zu, kurz davor nach rechts, entlang des halb felsigen, halb sandigen Ufers wieder zurück, bis zu einer verfallenen Mauer, hinter der hohe Bäume und Gebüsch einen Sichtschutz bildeten. Vorsichtig kletterten Petrax und Telegonos an Land, zerrten die Trossen hinter sich her und schlangen sie um Baumstämme. Die Riemen an Backbord kippten in die Höhe, die Prallsäcke knackten zwischen Bordwand und bröckelndem, titanischem Mauerwerk.

»Gebt mir das Zeug!« Petrax wartete, bis Agonos und Oxytos zwei Bündel aus öltriefenden Lumpen und dünnem Treibholz über die Bordwand geworfen hatten. »Und den zweiten Glutkrug.«

Der Mond senkte sich zum Horizont. Vier Krieger schlichen davon, von zwei Bewaffneten gefolgt, die Helme, Schilde und Waffen schleppten. Odysseus wartete, bis sie das Gebüsch am Ufer geschluckt hatte, sah lange nach den Sternen und sagte:

»Sie brauchen zwei Stunden oder länger. Die Quelle Artakië, der Brunnen und die Wäschegruben sind neben der Straße. Wer bleibt bei Telegonos?«

»Ich, Herr.« Sphentor hob den gepanzerten Arm. »Der Prinz ist Bogenschütze, ich habe Lanze und Wurfspeere.«

»Die anderen gehen mit mir.« Odysseus setzte mit beiden Händen den Helm auf, kippte ihn in den Nacken und biß in den Kinnriemen. »Die frühe Eos wird blutige Rosenfinger haben; bald.«

Thyreotes blies in den Glutkrug und hängte das Gefäß um seine Schulter. Im Schein eines winzigen Ölflämmchens musterte Odysseus einen jeden seiner Aristoi, schien die Waffen zu zählen, die trockenen Fackeln, die Schilde.

»Still! Keiner spricht. Hinter mir her.« Odysseus schob den Arm in die Schildhalterung und hob den großen Schild. Im Sternenlicht glänzten die silbernen Augen des Eriskopfes, im Köcher raschelten die Pfeile. »Unser Schlachtruf: Rache für Odysseus!«

Er drehte sich um und ging in der Spur der ersten Gruppe auf die unsichtbare Siedlung zu. Der Mond tauchte hinter eine Wolkenwand, dicht über dem Horizont. Ein Dutzend Atemzüge später schlugen die Büsche hinter Thyreotis zusammen. Telegonos trug das Lämpchen in den Kielraum und setzte es im nassen Sand der Kupferschale ab, öffnete einen Krug Sud und hob ihn auf die Planken. Als die Schritte der Angreifer nicht mehr zu hören waren, umfingen die Geräusche der Wellen und die Ruhe der Nacht das Schiff und die Wachen.

Sphentor von Ithake und Telegonos warteten, tranken abgestandenen Sud, hörten kleine Tiere im Gebüsch und erwachende Vögel in den Nestern. Ein Käuzchen begann zu schreien; bald gaben sie das Mitzählen auf. Die finsterste Stunde der Nacht endete, die ersten Sterne verschwanden, der Himmel färbte sich. Als im Zwielicht die felsigen Ufer und die Masten der Schiffe zu erkennen waren, sagte Sphentor:

»Kein Kampflärm, Telegon. Keine Flammen ... ich sehe und höre nichts.«

»Du weißt, wie ausführlich Odysseus seine Rache geplant hat.« Telegonos stieß Sphentor an und zeigte auf die drei Schiffe, deren Masten langsam hin- und herschwankten. Zwischen den Rahen und dem Tauwerk stiegen, fast unsichtbar, dünne Rauchfäden senkrecht auf. »In einigen Augenblicken sehen die Laistrygones ein loderndes Zeichen.«

»Sie wissen nicht, daß Odysseus mit seinen Kriegern gelandet ist – nach so vielen Jahren!«

»Bald werden sie's wissen.« Telegonos umklammerte den Bogen und lauschte. »Die Frauen, die zur Artakiëquelle kommen, sehen den Rauch ...« Er grinste kurz. »Und die Flammen. Da!«

Inzwischen mußte Petrax' Gruppe längst auf dem Weg von den Schiffen zur Siedlung sein. Am Tauwerk und an den Masten krochen winzige Flammen in die Höhe; die Farbe der Morgenwolken hatte sich an der Unterseite von fahlem Gelb zum glühenden Rot gewandelt. Sphentors Unterarm, von einem Lederband voller Bronzeschuppen geschützt, hob sich vor Telegonos' Gesicht.

»Und dort drüben, Kapitän!«

Die Rufe des Käuzchens rissen ab. In der Siedlung kläffte

ein Rudel Hunde. Im Norden und im Osten hinter dem Hafen, jenseits des Dammes durch den Binnensee und neben der Straße zum Palastfelsen, flammten in Abständen von vielleicht einem Dutzend Schritten Feuer auf, die grauen Rauch absonderten. Die ersten tiefroten Sonnenstrahlen zuckten über die Landschaft. Für winzige Augenblicke tauchten hinter und zwischen den Flammennestern Gestalten auf, die sich rasend schnell bewegten. Aus der Siedlung ertönte ein einzelner, langgezogener Schrei, der sich in das wütende Kläffen mischte. Telegonos schlug Sphentor auf die Schulter und schwang sich auf die Bordwand.

»Odysseus treibt nicht nur die Frauen auf uns zu. Wir müssen sehen, ob die Männer bewaffnet ...«

»Ich komme schon.«

Sie liefen zwischen den Baumstämmen auf die Siedlung zu. Schwere Tautropfen fielen von den Blattenden und den Spitzen der Schilfhalme. Wenige Schritte danach, zwischen einer halb zusammengebrochenen Mauer und dichtem Gebüsch, blendete sie die rote Sonne. Als sie sich an das blutige Licht gewöhnt hatten, sahen sie, daß nicht nur die Schiffe brannten, sondern Gras, Buschwerk, kleine Fruchtbäume, zwei Kornfelder und einige Hirtenhütten; ein großer Halbkreis aus Flammen und Rauch näherte sich der baumbestandenen Straße und der Siedlung. Odysseus und die Krieger stapften hinter Rauch und rennenden Flammen heran; das gräßliche Sonnenlicht ließ ihre Waffen funkeln. Am Rand eines Sandkreises standen einige Säulen, unweit davon waren Körbe, Stangen und Seile.

Einige Brandpfeile, durch schwarze Rauchfahnen gekennzeichnet, flogen in weiten Bögen über den Wall aus Flammen und schlugen in strohgedeckte Dächer. Kreischend rannten Frauen zur Quelle. Zwischen den Mauern tauchten Männer auf, bewaffnet mit Messern und Steinschleudern. Sie liefen fluchend durcheinander, schütteten Wasser auf die schmorenden Grasbüschel, versuchten die Brandstifter hinter der knisternden, fauchenden, knatternden Brandungswoge aus mannshoch lohenden Flammengarben zu erkennen. Wieder flüchtete eine Gruppe Kinder, Ziegen und Frauen aus der Siedlung. Ein halbes Dutzend Dächer stand in hellen Flammen. Durch das Chaos aus Geschrei, Kreischen, dem Knattern der Flammen und dem Jaulen der Hunde ertönte, unüberhörbar laut, eine Stimme.

»Die Rache des Odysseus!«

Einen Atemzug später breitete sich ein krachendes Dröhnen aus; die Kephallenier schlugen die Schwerter gegen die Schilde und rannten brüllend und hustend durch die Lücken der Flammenwand. Einige Schleudersteine prallten von den Schilden ab. Odysseus warf seinen Schild einem Krieger zu und sprang auf einen Felsen, von Qualm und wirbelnden Rußflocken umwabert. Er griff über die Schulter und zog einen Pfeil aus dem Köcher, legte ihn auf die Sehne seines schweren Bogens und spannte ihn voll aus. Ein Geschoß nach dem anderen jagte er scheinbar ungerührt dreißig, vierzig Schritte weit in die Siedlung; er wirkte auf Telegonos wie der rasende Apollon, wie ein rächender Daimon in einem wüsten Traum. Jeder Pfeil tötete einen Mann. Oxytos und Misoax, die Telegonos an den Helmen und Schilden erkannte, blieben bei ihm, die anderen rannten in einer auseinander gezogenen Linie zur Siedlung und kesselten sie ein. Telegonos drehte sich zum Schiff um: Niemand bedrohte die unersetzliche *Namenlose*.

Im Hafen brannten die Schiffe. Die Flammen hatten auf Stapel trockenen Schilfs übergegriffen. Handgroße Stücke der Segel wurden weiß glühend in die Höhe gesogen und taumelten im Rauch umher. Sphentor und Telegonos liefen durch taufeuchtes, von Schafen abgeweidetes Gras zur Straße, deren Bäume zu brennen begannen; zweitausend Schritte weit war der Sandstreifen zu überblicken. Jeder Krieger, der jetzt aus dem Burgtor rannte, würde erst nach Mittag den Hafen erreichen, und er würde erschöpft sein. Telegonos war sicher, sich bald einigen Kampfgespannen stellen zu müssen. Er hob den Kopf.

Die Krieger waren in die Siedlung eingedrungen. Odysseus hatte seinen Felsen verlassen. Zwischen den Mauern, unter brennenden Dächern, wüteten Schwerter und Lanzen: Schreie,

Flüche, Krachen, einstürzende Wände, klirrend berstende Pithoi, Wimmern und Stöhnen. An der Seite der Bucht fanden die Flammen keine Nahrung mehr. Der Notos trieb den Rauch in weiten Spiralen und tieftreibenden Wolken nach Norden, östlich der Siedlung fraßen die brausenden Flammen Fruchtbäume, Korn, Gärten und Ölbäume, Hütten und Flechtzäune. Langsam wichen Telegonos und Sphentor zum Schiff zurück und sahen, daß sich die meisten Kinder und Frauen an jenen Strand geflüchtet hatten, an dem breite Fischerboote lagen, meist kieloben und mit trockenen Planken.

»Es sind keine riesigen Menschenfresser, Käpten«, rief Sphentor. »Sie fürchten sich vor uns.«

»Die Riesen, sagt mein Vater, leben im Palast.«

Die Sonne, blutrot und von vielfarbigen Wolken umgeben, sandte mächtige Strahlenbündel nach allen Seiten. Unruhig liefen die Schiffswächter in dem Wäldchen hin und her, aber niemand griff die *Namenlose* an, und das Klirren und Schreien aus der Siedlung wurde leiser. Petrax und Odysseus sprangen über das Mäuerchen und hoben die Schwerter.

»Rache!« donnerte Odysseus. »Haben sie sich am Schiff vergriffen?«

»Keiner hat es gesehen, Vater«, schrie Telegonos. »Die Frauen sind bei den Fischerbooten.«

Einige Krieger rannten zwischen den geschwärzten Mauern hervor und folgten Petrax und Odysseus. Das Schwert des Anführers und die Schneide von Petrax' Lanze leuchteten hellrot; von Blut oder den Sonnenstrahlen. Telegonos erkannte an den Bewegungen der Krieger, daß im Dorf niemand mehr übrig war, der das Schiff angreifen konnte. Er winkte Sphentor und rannte zum Strand der Fischer. Die Frauen hatten zwei Boote umdrehen und ins Wasser ziehen können; ungeschickt versuchten sie, die Riemen einzusetzen und über die Hafeneinfahrt hinweg zu fliehen. Hohe Felsen schlossen die Bucht an den Flanken ab, ein anderes Entkommen als über das Wasser war unmöglich. Als die Krieger, rußig, mit blutigen Schwertern und blutbespritzten Schilden, auf dem Pfad und über den

Hang zur Bucht rannten, schrien und jammerten die Frauen, schlugen mit Fäusten gegen die Hüften, die Kinder kreischten; einem Hund, der ihn knurrend ansprang, schlug Odysseus im Laufen den Schädel ein. Odysseus rannte zur Mitte der Bucht, sprang auf das größte Boot und hob das Schwert. Die Krieger schlossen den halben Kreis und schoben die Helme in den Nacken, um besser sehen zu können. Telegonos stand auf dem Spülsaum der Bucht und ging langsam näher. Odysseus schrie:

»Die alten Weiber, die Kinder – dort hinüber. Treibt sie auseinander, meine Mutigen!«

Es mochte ein halbes Hundert Frauen sein. Die Krieger drängten sich brüllend zwischen sie, starrten die Frauen an und zerrten sie auseinander, gebrauchten die breiten Seiten der Schwerter, stolperten über Kinder und schoben die jüngeren Frauen mit quergehaltenen Speeren und Lanzen am Ende der Bucht zu einer jammernden Gruppe zusammen. Einige Frauen waren nackt, ihr Haar war aufgelöst; manche schwiegen und starrten die Krieger mit fahlen Gesichtern an. Sonnenlicht glitt durch den Rauch und über die Hänge und überschüttete grellrot die Bucht. Es stank nach schmorendem Horn und brennenden Fellen. Die Schatten wuchsen über den Sand, über die Brandung und weit auf die Wellen hinaus. Telegonos sagte:

»Da hast du deine Riesenweiber, Sphentor. Sehr früh und spät abends werfen auch Zwerge lange Schatten.«

»Was will Odysseus von den Alten?«

»Gleich werden wir es wissen.«

Odysseus sprang in den Sand, nahm den Helm ab und hielt ihn in der linken Achsel fest. Langsam umrundete er die Gruppe, die aus mehr als drei Dutzend älteren Frauen, Greisinnen und Kindern bestand. Er musterte jedes Gesicht; seine Augen, umgeben von getrockneten Blutspritzern, die den Ausschnitt des Sehschlitzes nachzeichneten, funkelten in dem seltsamen Licht.

»Vor mehr als einem Jahrzehnt haben eure gottlosen Männer meine Krieger erschlagen, erstochen und ihre Körper gefressen. Nur ich bin ihnen entkommen – ihr erinnert euch.«

Die Frauen zogen die Kinder an sich und drängten sich enger aneinander. Odysseus umkreiste sie wie der Hirtenhund die Herde; an seinem Schwert gerann das Blut.

»Euch geschieht nichts. Ihr rennt zum Palast, mit den Kindern, auf der breiten Straße! Berichtet eurem König Antiphates, daß ich mich gerächt habe.«

»Herr!« sagte eine Frau aus dem Haufen. Ihre Stimme zitterte. »Antiphates ist tot. Seit Jahren. Andromeda ist unsere Königin.«

»Sagt es ihr.« Odysseus deutete mit der Schwertspitze zum Pfad. »Wenn meine Krieger mit euren Töchtern fertig sind, werden wir Andromedas Palast verwüsten und so zurücklassen wie euer Dorf! Los, schnell – ihr rennt um euer Leben.«

Einige Frauen starrten Odysseus ungläubig an, lösten sich zögernd aus der Gruppe, stolperten und rannten, Kinder auf den Armen oder an der Hand mit sich ziehend, zum Pfad und auf die brennenden Bäume zu; wenige Atemzüge später war die rechte Hälfte der Bucht bis auf die Fischerboote leer. Odysseus nickte Telegonos und Sphentor zu und senkte das Schwert. Er ging durch den knirschenden Sand auf die jungen Frauen zu. Seine Krieger machten Platz, ohne die Umzingelung ihrer Speere aufzuheben. Telegonos und Sphentor folgten etwas langsamer. Odysseus blieb stehen, und ohne die Blicke von den Gestalten zu lösen, stach er das Schwert dreimal bis zum Heft in den Sand, betrachtete es kurz und versenkte es auffällig langsam, ruckend in die Scheide. Er hustete, spuckte aus und sagte kratzig:

»Die Schönste gehört mir.«

Die Aristoi machten einige Schritte rückwärts. Odysseus drängte sich zwischen die Frauen; er blickte jede wie ein hungriger Adler an, löste die Hand und den Unterarm aus den Schildgriffen und ließ den Schild fallen. Sie wichen vor dem furchtbaren Ausdruck seines Gesichtes zurück, stießen gegeneinander, versuchten auszubrechen: Er blieb vor einer hochgewachsenen Nackten mit schwarzem Haar und großen Brüsten stehen, deren Spitzen von dunkelbraunen Höfen umgeben waren. Sie starrte ihn an wie einen Gott. Er packte mit der linken Hand ihr Haar, zog ihren Kopf zurück und näherte sein Gesicht ihren dunklen Augen.

»Du.« Aus seiner Kehle drang ein kurzes Grollen. »Du zahlst für meine Rache.«

Mit der Rechten griff er zwischen ihre Schenkel. Langsam drehte er den Kopf und sagte scheinbar völlig ruhig:

»Nehmt die Verständigsten und die, die viel tragen können. Geht ins Dorf; die Vorratshäuser sind nicht verbrannt. Holt Wein und Essen hierher, und viel Geräuchertes, Gebratenes, für unsere Fahrt.«

»Und die Frauen?« sagte Petrax und stellte seine Lanze senkrecht. Telegonos sah, daß die Frau die Augen geschlossen hatte und Odysseus' Hand sich in ihrem Schoß bewegte. Langsam spreizte sie ihre Schenkel. »Wie lange bleiben wir, o Odysseus?«

»Nehmt sie euch. Bis Mittag können Andromedas Krieger nicht hier sein. Wir stellen Wachen auf. Das Schiff ist bereit, Telegon?«

»In hundert Atemzügen können wir ablegen.«

»Geht zum Dorf. Petrax – beobachte die Straße und die Burg. Ich komme zu euch; vom Dorf aus erreichen wir das Schiff leichter und schneller. Sorge dich um die Krüge und alles, was an Bord kommt, Kapitän!«

Telegonos nickte. Eilig verließen die Frauen, von den Kephalleniern angetrieben, die Bucht. Ein kühler Windstoß vom Palastberg her schleppte den Gestank aus der zerstörten Siedlung heran; Telegonos spürte gallebitteren Geschmack auf den Lippen, und tief in seiner Kehle begann ein kratziges Würgen. Wo der Pfad den Uferhang verließ, drehte sich Telegonos um. Die Frau lag bäuchlings auf dem Heck eines Fischerbootes, sie stöhnte, dann schien sie keuchend zu lachen oder zu reden. Odysseus stand breitbeinig hinter ihr und hielt ihre Hüften; er bewegte sich hitzig, faßte nach ihren Brüsten und hatte den Kopf in den Nacken gelegt. Neben ihm lag der blutbespritzte Schild mit dem Gorgonenhaupt der Rachegöttin.

14.
DAS FERNTOR: TELEPYLOS

Die Frauen hatten die Körper der Erschlagenen von der Agora weggeschleppt. Mitten im Sandkreis brannte ein Feuer, auf Rosten und Spießen brutzelte das kräuterbestreute Fleisch einiger Lämmer und Zicklein. Telegonos fand zwischen rußgeschwärzten Trümmern zerbeulte Rüstungen, wohlgeputzte Helme und Schilde: Auch Krieger waren beim Angriff im Dorf gewesen – die Nachfahren jener, deren Kampfeswut die Gefährten des Vaters zum Opfer gefallen waren. In den Ruinen eines kleinen Bauwerkes, das ein Tempel gewesen sein mochte, sah er Knochen, weiße Hüftgelenke und Totenschädel, die in Behältnissen aus Riedgeflecht aufbewahrt worden waren; Körbe und Truhen waren zu Asche zerfallen. Er ging zum Schiff. In einer langen Reihe trugen nackte Frauen auf den Köpfen oder Schultern versiegelte Weinpithoi zum Schiff, luftgetrocknetes und gesalzenes Fleisch, rußige Schweineschinken, Salzfisch, Ölkrüge, Oliven und Honig. Mit Speerschäften trieben die Krieger die Frauen an; eine Gruppe füllte an der Artakië-Quelle sämtliche Wassersäcke und -krüge, eine andere wusch Tücher, Chlainen und Chitone der Mannschaft. Telegonos, der an Bord stand und die Tragelasten auf den Planken stapelte, betrachtete schweigend die Frauen; obwohl sie keuchten, zitterten und schwitzten, schienen sie sich mit ihrem Schicksal abgefunden zu haben. Einige wirkten gleichgültig, fast abgestumpft.

Die meisten Brände waren erloschen, nur an einigen weit entfernten Stellen flüchteten Schafe vor den Flammen und dem Rauch. Telegonos überließ das Festbinden der letzten Teile der Ladung Oxtos und Algotes, hängte den Schild an die Bordwand und ging zwischen den Kriegern und den hastenden Frauen zur Siedlung zurück. Zu beiden Seiten der Straße standen reglos die blattlosen, geschwärzten Bäume: der Sand war mit Ruß und Asche bedeckt. Vom Dorf erscholl drohendes Geschrei, klatschende Geräusche und das Klirren berstender Pithoi. Agonos, Boleos und Stigmetos, die auf der Straße und in der Asche der Felder rechts und links davon standen, die Helme im Nacken, spähten zur Burg.

»Fürchten sie sich?« rief der Aristos aus Same. »Oder haben sie den Rauch nicht gesehen?«

»Ich glaube nicht, daß sich die Krieger Andromedas fürchten. Sie werden nachts über uns kommen«, sagte Telegonos scharf. »Vielleicht sind wir dann schon auf dem Meer.«

»Euros, Käpten! Ostwind!« Boleos hob die Hand. »Und so viele pralle Weiber!«

»Seht sie euch lange an.« Telegonos lachte roh. »Bald, für längere Zeit, werden wir mit Rache, Brunst und Lust nichts mehr zu tun haben.«

»Und du, Käpten?« Stigmetos faßte sein Gemächt und schüttelte es. »Keine Brunst?«

»Erst dann, wenn ich weiß, daß wir und das Schiff sicher sind.«

Er ging ungefähr zweihundertfünfzig Schritte weit in der Mitte des breiten, schattigen Sandweges geradeaus. Die Sonne brannte von einem Himmel, über den wenige Wolken schwerfällig nach Westen trieben. Die verwüsteten Flächen sonderten übelkeiterregenden Gestank ab; hoch über der Siedlung kreisten Geier oder Adler. Telegonos wußte nicht, was er suchte. Er wollte allein sein, um genügend Zeit für seine wirbelnden Gedanken zu haben. Der Vater in kalter Raserei, tötend und blutbespritzt – eine neue Maske? Oder der wirkliche Odysseus? Er zog den Kopf zwischen die Schultern und ging auf die Felder hinaus, wich den Körpern verbrannter Ziegen und Schafe aus und begann sich zu fragen, wer jene »zehntausend den Riesen gleichenden Laistrygones« gewesen waren, von denen sein Vater den Phaiaken erzählt hatte – abermals eine Übertreibung, die dazu gedient hatte, Odysseus über das Maß anderer Sterblicher hinauszuheben?

»O Nausikaa.« Er seufzte. »Hast du das alles wirklich geglaubt?«

Unweit eines Ziehbrunnens, im Mittelpunkt einer Grasfläche, traten seine Sandalen auf glatten Stein. Er senkte den Kopf. Kopfgroße, kantige Steinbrocken, mit unerklärlichen Zeichen verziert, bildeten ein spitzes Dreieck, in dessen unregelmäßigen Fugen Moos und Gräser wucherten. Die scharfe Spitze, entdeckte er, als er sich drehte, wies nach Westen. Er stemmte die Fäuste in die Hüften, blickte geradeaus und fühlte, wie ihn kaltes, zitterndes Erkennen erfaßte, von den Zehen aufsteigend, als sänke er in eiskaltes Wasser, halb lähmend und halb eine erschreckende, letzte Bestätigung seiner Vorstellungen und Alpträume.

»Telepylos!« Er ächzte. Er sah: Aus Äckern und Feldern ragten, einige Steinwürfe entfernt, zwei weiße Felskeile mit schrundigen Flanken empor. An der Stelle, an der Telegonos freien Ausblick hatte, waren sie glatt, senkrecht, wie Balken oder Säulen. Der Blick ging an der Siedlung vorbei bis zu den Steinsäulen der Agora und, ebenso ungehindert, über die Felsküste und die Einfahrt zum Binnensee hinweg zum langgestreckten Halbinselchen, das im Westen den See abgrenzte; dort wuchsen hochschaftige Palmen. Zwischen ihnen war eine breite Lücke. Die gerade Linie von der Spitze der weißen Pflasterung deutete gen Sonnenuntergang – drei Tore, drei Lücken, wie sie Bogenzieler Apollon sehen mochte. Atemlos versank Telegonos in dem Bild. Kirkes Worte hallten wie Donnerecho durch seinen Kopf. Er sah, unendlich fern jenseits des Durchblickes, eine karneolfarbene Landschaft. Träumte er? Täuschten ihn die Götter?

»Tria daktyloi. Tridaktylos«, sagte er leise. »Unzählbare Wellen. Mächtige Strömung, kräftiger Sog. Dorthin, o Paian Apollon?«

Er schloß die Augen, blinzelte: Das ferne Bild blieb bestehen. Links ragten rötlichgelbe, bis in große Höhe bewachsene Berge empor; die Gipfel sahen aus wie die letzten Glieder der mittleren Finger einer Hand.

Der Mittelfinger-Gipfel war der höchste, um ein Geringes ragte er über den rechten und linken spitzen Finger. Hohe Wellen, die schaumgekrönt aus einem dunkelblau gefärbten Meer in einen grünliche Okeanos rollten, füllten die Meerenge aus.

Telegonos glaubte Klänge zu hören, viele Frauenstimmen, Syringen und Auloi, die aus der Ferne über das Meer riefen. Rechts ragten, wie die Felskanzel des Zeustempelchens auf Kephallenia, schwarze Felsen auf; Geier, Adler, Falken und Seeschwalben wirbelten jagend zwischen den schroffen Ufern. Eine kalte Hand legte sich auf Telegonos' Brust: Hinter diesem Bild, das viel zu weit entfernt war, als daß es wirklich sein konnte, ragte eine splitternd geklüftete Mauer aus weißem Eis in die Höhe. Er taumelte. Er schien aus einem Traum zu erwachen, starrte das Bild an und zuckte zusammen. Ein Schrei löste sich aus seiner Kehle:

»Odysseus! Vater! Ihr Aristoi! Kommt hierher – schnell!«

Seine Kehle schmerzte. Er löste die Blicke nicht von diesem Bild und nahm nur halb bewußt wahr, daß die Freunde scheinbar von überall her auf ihn zurannten. Als Odysseus schwer atmend neben ihm stehen blieb, hob er den Arm, wies auf das verglimmende Bild und sagte stockend:

»Vater! Dort – der Tria-Daktylos-Berg. Unser Ziel. Und dahinter, jenseits des Okeanos: der Eiswall.«

Er zählte nicht, ob auch das volle Dutzend der Krieger dieses unwiderrufliche Fernbild sahen. Als er sich schweißgebadet abwandte, mit zitternden Knien und Fingern, stierte er in erschreckte Gesichter, in die Sehschlitze schwarzer, roter und vergoldeter Helme; jeder Krieger nahm dieses Fernbild wahr. Es schien aus dem Traum eines heißen Tages zu kommen.

Odysseus holte tief Luft und sagte dumpf:

»Ja. Das ist es. Das ist, was wir noch brauchten. Jetzt können wir sicher sein!« Er schlug Telegonos mit der flachen Hand zwischen die Schulterblätter. Trotz des bronzebestückten Rükkenpanzers stolperte Telegonos nach vorn. »Dein Apollon! Meine Pallas Athena! Das blinde Schweigen unserer Moirai! Dorthin segeln wir, o Aristoi – nach dem Begatten der Kriegerbeute. Wie hast du diesen Fernblick gefunden, Sohn?«

»Ich ging umher und sah mich um. Ein Zufall, Vater.«

»Trefflicher Zufall! Und jetzt – zur Agora: Braten, Wein und Weiber mit feuchten Schößen. Mir ist, als würden sich einige von ihnen über das lustvolle Schänden freuen!«

Er legte die Hand mit gespreizten Fingern auf Petrax' Brustpanzer. »Gebt ihr auf die Laistrygones acht? Euer Blick ist nicht vom Wein getrübt?«

»Noch nicht, o Herrscher.« Petrax löste seine Blicke nicht von dem einzigartigen Bild einer unbestimmbaren Zukunft. »Es mag sein – ich erwarte es! –, daß sie längst vom Palast her unterwegs sind.«

»Ein Schrei, ein Doppelpfiff oder unser Ruf genügen!« Odysseus lachte. »Bald schonen wir die Schöße und greifen zum Pfeil. Im Ernst: Wie lange wir bleiben, bestimmt Königin Andromeda. Ich bin noch nicht ganz fertig mit meiner Rache.«

Er winkte den Männern und lief wie ein Junger zur Agora. Telegonos und Petrax blieben zurück, warteten, bis das Fernbild zu verblassen und sich aufzulösen begann; voller Unruhe sagte der hünenhafte Kephallenier:

»Dein Vater, o Kapitän und Prinz – er hat hundert Gesichter, nicht wahr? Werden wir je alle kennen lernen?«

»Ich bezweifle es, Fürstensohn.« Telegonos ging langsam geradeaus, spürte Gras unter den ledernen Sandalen und musterte den Krieger von der Seite. »Jedenfalls nicht in diesem Teil des wenig bekannten Meeres.«

»Wo sonst, Käpten?«

»Ich weiß es wirklich nicht.« Telegonos sah zu, wie Aspidos von Kephallenia lachend und fluchend eine Frau mit wehendem braunem Haar zwischen den Hausmauern verfolgte. Ihre Hände waren auf den Rücken gefesselt. »Vielleicht an den harten Schneiden der Eisbergküste?«

Die Hälfte der Mannschaft war satt und trunken, einige Krieger duckten sich halbherzig mit der Siegerbeute in geschwärzten Winkeln des Dorfes. Odysseus hatte die schwarzhaarige Frau zum Bug des Schiffes gezogen. Sieben Krieger saßen auf den Planken der *Namenlosen,* an deren Heck einige Fischerboote festgebunden waren. Petrax, der die Rüstung abgelegt hatte, hockte neben Telegonos auf der breiten Hecktruhe, knetete die Brüste der jungen Frau zwischen seinen Knien und sah an Telegonos' Schulter vorbei zum westlichen Teil der Halbinsel.

»Dorthin, Käpten, werden wir rudern. Nun kennen wir unseren Weg, dank des Ferntores – müssen wir es uns schwerer als nötig machen?«

»Nein«, sagte Telegon. »Ich rede mit den anderen.«

Er kletterte an Land und lief zur ausgeplünderten Siedlung. Er stieß einen dreifachen Pfiff aus, winkte den Posten und brüllte: »Zum Schiff!« An den Resten der Bratenfeuer auf der Agora vorbei rannte er zwischen den Hütten hindurch und rief die Krieger, spähte in rußige Winkel und scheuchte die Männer auf.

Eine Frau schlich davon, hinter einem Mäuerchen geduckt; sie hob den Kopf und starrte Telegonos an. Er machte eine Handbewegung, und sie verschwand unter dem Gestrüpp, das von der obersten Steinlage gehalten wurde und kletternde Ziegen abwehren sollte. Telegonos hob die Hände an den Mund und rief: »Zum Schiff. Wenn ihr wollt, nehmt die Frauen mit.«

Er wartete nicht und lief zu den Wachen an der Straße. Aspides von Kephallenia hob den Arm und meinte in verächtlichem Ton: »Die zehntausend Riesen kommen noch immer nicht.«

»Wenn sie kommen, werden sie uns nicht mehr finden. Wartet, bis alle aus den Ruinen gekommen sind, dann rudern wir zur anderen Seite.«

»Wir kommen, Prinz.«

Die Krieger zerrten die Frauen mit und versammelten sich am Schiff. Die Frauen wurden gefesselt in die Boote getrieben, Agonos stellte sich mit gespanntem Bogen ins Heck. Langsam ruderte die Mannschaft die *Namenlose* an der Einfahrt vorbei und auf das Südufer der Halbinsel zu, ein kleines Stück nach Süden und zu einem sandigen Ufer. Der Ankerstein fiel einen Steinwurf weit vor dem Brandungsstreifen in die Wellen, die Boote trieben zur Seite und krachten mit den Bordwänden gegeneinander; einige Frauen begannen zu kreischen, als die Boote wild schaukelten und die Riemenschaufeln das Schiff auf den Strand trieben. Odysseus vollführte mit dem Becher in seinen Fingern eine schwer verständliche Geste und rief:

»Hier warten wir auf den endgültigen Wind, Freunde! Eßt, trinkt, erfreut euch der vielen schönen Jungfrauen!« Seine Stimme war scharf wie ein Bartmesser, obwohl er getrunken hatte. »Trinkt nicht zu viel: wir werden bald segeln oder kämpfen müssen.«

Die Mannschaft sprang ins Wasser und in den Sand. Telegonos blieb auf der Hecktruhe sitzen und sah zum Bug, der sich in der Brandung hob und senkte. Die Frau – Odysseus hatte sie Walaina genannt – redete mit seinem Vater, als sei nichts geschehen, griff nach seinem Becher und trank. Sie war nackt, an ihrem Körper sah Telegonos einige Abschürfungen; und sie bewegte sich, als trüge sie einen dichtgewebten knöchellangen Chiton. Das Tau der Wirklichkeit, sagte sich Telegonos, das ihn an das gewohnte Leben band, war in den vergangenen Tagen dünner geworden und schien jetzt wie ein Spinnenfaden zu sein, kurz vor dem Zerreißen. Er begriff nur zum Teil, was er miterlebt hatte, und war von der Erscheinung weit jenseits des Telepylos noch immer wie geblendet. Odysseus und die anderen schienen das ferne Bild für ebenso selbstverständlich gehalten zu haben wie das Töten und Vergewaltigen, und einige der Frauen hatten unter den Siegern ebenso selbstverständlich die Schenkel gespreizt wie Walaina – oder war sie von Odysseus ebenso gefangen genommen, bezaubert, überwältigt worden wie Kirke, Nausikaa und Kallidike? Vom Bug her hörte er ein trunkenes Lachen, zog den Kopf zwischen die Schultern und sah sich um. Die Krieger hatten sich mit einigen Krügen Wein und Wasser ins Ufergebüsch zurückgezogen. In einem Boot lag eine braunhaarige Frau, nackt, an Händen und Füßen gefesselt. Telegonos hängte den Schwertgurt über die Steuerbordpinne, sprang in den Sand und zog das Boot ans Ufer, bis zu den Hüften im Wasser. Er blickte in das Gesicht der jungen Frau; erschreckt, verängstigt, voll vager Hoffnung. Ihr Blick flirrte von seinem Gesicht zum Ankhzeichen.

»Ich bin Prinz Telegonos«, sagte er leise und zog einen Dolch. Sie zuckte zusammen. »Ich werde dich nicht schlagen – willst du, bis wir ablegen, bei mir liegen?«

»Ich heiße Orsana.« Sie stotterte. »Wenn du eine nehmen willst, die zu häßlich für deine Freunde ist ...?«

Die Klinge durchtrennte knirschend die Lederschnüre. Telegonos streckte den Arm aus und half Orsana auf die Füße.

»Nachher kannst du mir sagen, was das Begehrenswerte an einer Schändung ist.« Er zeigte, während sie ihre Handgelenke rieb, auf Felsen und Gebüsch am Südende des Strandes. »Warte dort auf mich.«

Sie nickte schweigend, drehte sich um und lief unbeholfen davon. Telegonos kletterte die Strickleiter hinauf, warf einen langen Blick auf seinen Vater, der die Schwarzhaarige auf die Bordwand gesetzt hatte. Ihre Beine umklammerten seine zukkenden Hüften, die Arme lagen um seinen Hals, und während er in langsamen Stößen in sie eindrang, küßte sie ihn mit geschlossenen Augen. Telegonos band Essen und Becher in ein Tuch, nahm seinen Watsack, Krüge und eine Decke und ging kopfschüttelnd zu Orsana, die sich im Meerwasser wusch.

Drei Handbreit über der Linie, an der das Meer in den Okeanos mündete, zitterte der Rand der gleißenden Sonnenscheibe. Wiehernde Pferde, Geschrei und Klirren und das Mahlen bronzener Felgen im Sand hallten über die fast unbewegte Fläche des Binnensees. Telegonos kletterte vom heißen Felsen hinunter in den Schatten der Palmwedel, leckte über den Schnitt in seiner Lippe und sagte leise zu Orsana:

»Wie viele Krieger hat eure Herrscherin?«

»Nicht mehr als zwölf Dutzend, Prinz.«

»Das sind zehn Dutzend mehr, als wir erfolgreich bekämpfen können.« Er setzte sich auf die buckelförmigen Moospolster und sah in ihr Gesicht. Sie versuchte ein zögerliches Lächeln; im Oberkiefer fehlte ein Stück eines Zahnes. »Wird der Ostwind anhalten, Schönste?«

»Mein Bruder, ein Fischer und Krieger, den ihr erschlagen habt, würde sicher sein: einen Siebentag lang weht der Euros.«

Telegonos spürte, wie sein Kiefer nach unten sackte. Er starrte sie an; sie hatte gesprochen, als wäre sie völlig unbeteiligt und spräche über eine entfernte Freundin. Jetzt stotterte er. »Euros? Ein Siebentag?«

Orsana nickte. Telegonos rollte den Mantel zusammen, holte tief Luft und legte die Hand auf ihren Unterarm. »Warte hier!«

Er rannte zum Schiff. Odysseus und die Schwarzhaarige saßen auf der Hecktruhe; Odysseus streichelte gedankenverloren ihre Brüste, die rechte Hand in ihrem Schoß. Telegonos hoffte, daß sein Vater die Entschiedenheit in seiner Stimme verstehen möge:

»Die Krieger der Königin, der Tochter deines Menschenfresserfeindes, sind beim Dorf. Das erste Gespann fährt zum Hafen. Kampf oder Segeln?«

Odysseus wandte den Kopf. Sein Gesicht schien nur wenig älter zu sein als das des Telemachos, ein kaum gefurchtes, nahezu unschuldiges Antlitz. Er lächelte mit weißen Zähnen; unter seinem linken Auge zuckte ein winziger Muskel. Telegonos spürte den Druck einer Hand mit hundert eisigen Fingern zwischen den Schulterblättern. Odysseus' Worte fielen wie Hagelkörner; er sagte mit unüberhörbarer Endgültigkeit:

»Alles in allem, Söhnchen: Nun ist mir die Rache schal geworden. Die schwärenden Fesseln sind von meinem Herzen abgefallen. Ich wollte meine Rache kalt genießen – aber die Vergangenheit ist unwiederholbar dahin.« Seine Hand ließ die Brust der Frau los, der Zeigefinger deutete zwischen Telegonos' Augen. »Vergessen wir Tod, Brand und Schändung. Stell eine Wache auf – bevor wir kämpfen müssen, rudern oder segeln wir. Zu den Säulen des Herakles, zum chimairenhaften Ziel des Telepylos.«

»Sie können in drei, vier Stunden hier sein, Vater.«

»Rufe sie zusammen. In zwei Stunden beginnen wir, rudernd oder segelnd, mit dem Ende der göttlichen Fahrt. Triadaktylos! Ferne! Ruhm! Königreiche! Und, Kapitän Söhnchen – Walaina fährt mit uns! Mit mir, Telegon.«

Telegonos blickte um sich; sie waren allein. Niemand hörte zu. »Nein, Vater! Du bist zwar Herr der Fahrt.« Er hielt dem herausfordernden Blick stand. »Aber ich bin der Kapitän. Keine Frau auf dieser Fahrt, die am Ende der Welt beginnt!«

Sobald der Ankerstein in den Bug krachte, dachte er, begann jene Fahrt, die über den Punkt lebensrettender Rückkehr hinausführte, ins Unbekannte, in Ruhm oder Untergang. »Oder ohne mich; Aiaia ist nicht weit.«

Odysseus starrte ihn schweigend an. Telegonos' Hand ruhte auf dem Dolchgriff; er nickte. »Ich treibe unsere betrunkenen Aristoi, wenn's sein muß, mit Fußtritten von den Weibern herunter zum Schiff.«

»So hab' ich mir meinen Kapitän gewünscht! Walaina bleibt zurück.«

Telegonos senkte den Kopf und glaubte den Schmerz zu fühlen, mit dem der haarfeine Faden zur Wirklichkeit endgültig riß. Walaina redete leise auf Odysseus ein, dann schluchzte sie. Er kletterte den flachen Hang hinauf, zwischen die Palmenstämme, und begann Befehle zu brüllen.

15.
DURCH DIE SÄULEN DES HERAKLES

Aus allen Richtungen stolperten nach und nach die Krieger zur Bucht, kletterten über Felsen und rutschten über den Sandhang. Telegonos holte Krüge und Watsack und wartete, bis Odysseus der Schwarzhaarigen über die Strickleiter heruntergeholfen hatte. Vom Hafen erscholl das schneidende Mahlen der Felgen und wildes Geschrei. Petrax sprang auf die Hecktruhe und umfaßte schauerlich lachend sein Gemächt mit beiden Händen, hob sein Glied und zielte mit der Spitze zum Land. Telegonos hielt die Hände an den Mund und rief:

»Vergeßt die Waffen und die Wasserkrüge nicht!«

Walaina und Orsana standen nebeneinander zwischen den Booten und sahen zu, wie die Aristoi Schilde, Helme und Rüstungsteile aufs Deck warfen, hinaufkletterten und die Riemen losbanden.

»Agonos, Sphantor, Algotes und Aspidos in den Bug«, rief Telegonos. »Zieht den Ankerstein langsam hoch.«

»Keine unnötige Hast, Käpten«, sagte Petrax undeutlich. »Wir hauen sie in Stücke, wenn sie es wagen ...«

»Jeder von euch gegen zehn Riesen. Das will ich sehen! Los, Osmotes! Her mit den vollen Wasserschläuchen.«

Odysseus hängte Bogen und Köcher neben sich und griff nach dem Backbordruder, betrachtete Walaina schweigend und zuckte mit den Schultern. In einer Anzahl kleiner Rukke rutschte die *Namenlose* aus dem nassen Sand, das Tau straffte sich, und Petrax lallte den Takt für die Ruderer. Mit einem Dutzend Riemenschlägen kam das Schiff frei, während die letzten Männer sich an der Bordwand hochzogen; Telegonos zählte sie, achtete auf Liegengelassenes und federte die Bewegungen des Schiffes ab. Petrax rief: »Das Segel, Kapitän?«

»Laßt es unten. Ein einziger Brandpfeil, und ...«

Telegonos zog die Pinne heran und sah zum Land. Er winkte Orsana, die ihm ebenso reglos nachblickte wie Walaina dem anderen Steuermann. Mit dumpfem Dröhnen schlug der tangbehangene Ankerstein in die Balkenhalterung im Bug; er wurde festgebunden, und das Tau legten die Krieger zu unordentlichen Schlingen zusammen. Misoax ließ den Riemengriff los und entleerte würgend und hustend seinen Magen zwischen seine Knie. Dann ruderte er weiter, als habe er neue Kraft geschöpft. Einen Steinwurf, dann einen Bogenschuß weit, entfernte sich das Schiff vom Strand; der Ostwind half den Ruderern.

»Vergewaltigen können sie schon wie die Alten«, sagte Odysseus und grinste. »Sie werden auch noch lernen, richtig zu saufen.«

Er drehte das Gesicht aus der Sonne und winkte den Frauen; die Ufer der Halbinsel lagen im rötlichen Sonnenlicht. Zwei Gespanne galoppierten auf die Bucht zu, hinter sich lange Wolken aus Staub, Sand und Asche. Telegonos rief die Männer an und deutete auf das Segel.

Odysseus musterte ein paar Atemzüge lang die Frauen, die sich zwischen den Palmen versammelten, die schweißübergossenen Pferde, deren Mähnen und Schwänze flatterten, die funkelnden Waffen und Rüstungen der Krieger, dann murmelte er:

»Übernimm das Ruder, Söhnchen.«

Er zog Pfeile aus dem Köcher, riß den Bogen zu sich heran und sprang, den Bogen ausspannend, auf die Hecktruhe. Seine Stimme übertönte das Rauschen der Wellen und der hochknarzenden Rahen; er schrie:

»Ich bin zurückgekommen, Königin Andromeda, um mich zu rächen. Odysseus von Ithake bin ich, Oudeïs nannte mich Polyphemos, und bald komme ich mit zwölf Schiffen wieder – dann brennt dein Palast, Tochter des Antiphates! Dich lasse ich von meinen Kriegern schänden – zittre schon heute, Königin!«

Wirres, unverständliches Schreien und Brüllen antwortete ihm. Er löste den Schuß. Der Pfeil heulte in flacher Bahn über die Wellen und schlug in ein Gespann ein, der zweite Pfeil folgte mit unheilvollem Summen. Die Riemen klapperten, mit den Schwertern schlugen die lachenden und grölenden Aristoi auf die Schilde und gegen die Bordwand. Odysseus' dritter Pfeil traf einen Krieger neben dem Gespann, die Pferde rissen den Wagen vorwärts und stiegen mit wirbelnden Hufen in die Höhe. Das Segel hatte sich gebläht; die Entfernung war für einen weiteren Schuß zu groß geworden. Noch einmal erhob Odysseus die Stimme.

»Wir kommen wieder, Andromeda! Bis zu diesem furchtbaren Tag wirst du zittern! Warte auf meine Rache, Königin!«

Er sprang von der Hecktruhe, hängte den Bogen auf und griff nach der Pinne. »Wir haben soviel Schaden wie möglich angerichtet. Ich hab' bekommen, was ich wollte.«

»Ich möchte nicht Ziel deiner finsteren Feindschaft sein, Vater.« Telegonos beobachtete scharf das Ufer.

»Du hast auch keine Schenkel, Lebern und Arme meiner Krieger gebraten und gefressen.«

»Das ist wahr«, brummte Telegonos und runzelte die Stirn. Er betrachtete die Unordnung an Deck und unter der offenen Luke. Er rief: »Bald ist es dunkel, siegreiche Aristoi! Räumt eure Waffen auf. Die *Namenlose* sieht aus wie ein verwüsteter Stall!«

Die Männer waren erschöpft; mürrisch und schwankend machten sie sich daran, schmutzige Schilde, Helme und Speere in den Kielraum zu stapeln und festzubinden.

Telegonos stemmte sich gegen die zitternde Pinne des Steuerbordruders und erinnerte sich an den Blick durch das Telepylos. Er stellte sich den Kurs zu den Säulen des Herakles als eine gerade Linie vor, wie mit einem Richtscheit gezogen. Vergiß alles, dachte er, was hinter dir liegt: die erste Hälfte deines Lebens. Nimm deine Erinnerungen – die nichts mehr gelten – mit dir, vergegenwärtige dir, daß diese Nacht die erste deines zweiten Lebens ist. Ostwind fauchte ins pralle Segel, Mond und Sterne beherrschten die Schwärze, das kristallene Band des Götterweges teilte den Himmel, und grünlicher Schimmer zeichnete die Wirbel der Heckspuren nach. Telegonos wußte nun: Der Spinnenfaden war zerrissen; Nausikaa, Merit-Khenso – der liebliche Schmerz blieb –, Theris und – wie war ihr Name? – die junge Frau, die sich am Strand von ihm, einem blauäugigen Prinzen, hatte schwängern lassen wollen: vorbei, verweht, vergangen, vergessen: Bestandteile einer Ordnung, deren Zerfall er und sein Vater hinter sich ließen.

Die Krieger schliefen, stinkend nach kaltem Schweiß und nassem Leder, mit weit offenen Mündern schnarchend. Viele Waffen und Wasserschläuche lagen über das Schiff verstreut. Die Aristoi hatten wenig oder nichts begriffen und würden an irgendeinem Morgen aufwachen und zu verstehen beginnen, in Ameisenschritten, daß sie die Speerspitze einer Gruppe waren, die vor den fallenden Schatten der Dunklen Jahrhunderte in die Reiche der Sonnenuntergangsküsten segelte. Segelten oder flüchteten sie? Telegonos fragte in die Finsternis hinein:

»O Vater. Hat dir wenigstens ein Traum gezeigt, wohin wir segeln?«

»Tausend Träume, Käpten. Viele waren undeutlich. Alle, dünkt mir, versprachen ein besseres Leben als auf den kargen Inseln des Archipelagos.«

»Du willst nicht mehr zurückkehren?«

»Zu Penelopeia?« Odysseus stieß ein schartiges Lachen aus. »Nein! Nicht nach Ithake. Ich bin dreimal dorthin zurückgekehrt, und nichts hat sich verändert: öde, bleischwere Zeit der Beharrung. Vielleicht segeln wir ins Elend, aber es wird funkelnder, reicher und abenteuerlicher sein als alles, was wir hinter unserem Heck vergessen sollten.«

»So wie Andromedas Krieger. Und die Frau?«

»Wo immer ich strandete, Kapitän Telegon, zeugte ich Söhne. Nicht – ha! – eine einzige Tochter! Walaina? Zeitvertreib für lustvolle Stunden; von einem Mann wie mir hat sie seit einem Jahrsiebt geträumt. Kaum wichtiger als eine morsche Planke, Telegon.«

Telegonos schluckte und sagte:

»Du bist mein Vater. Wer bist du wirklich? Odysseus? Ist Odysseus ein Halbgott aus vielen anderen Masken? Gibt es einen Sterblichen dahinter? Hat dich je ein Mensch wirklich erkennen können?«

Odysseus antwortete erst nach vielen Atemzügen; seine Stimme klang, als käme sie aus dem Hades.

»Eine gibt es: Penelopeia. Es fällt dir schwer, das zu glauben, wie? Sie hat die Muster, die Maserung meiner Unruhen erkannt und in jenem Mantel – wie Kirke – verwoben, mit dem sie für die hündischen Freier die Zeit dehnte wie für mich die feurige Nymphe Kalypso. Ihre Hände liegen über den Inseln, sie berät Telemachos; nach dem lodernden Fall von Troia bin ich mehrfachem Verrat, Totschlag, Gift und Gattenmord entgangen, weil ich weiß, daß wir die aussterbenden Aristoi vor den Dunklen Jahrhunderten sind.«

»Wir? Wer? Sag mir die Namen, Vater.«

»Ich, du, die zwölf Aristoi; andere, die uns folgen werden. Und später viele andere, von unserem Festland und vielen ärmlichen Inseln. Seit dem Fall Troias hat sich so vieles verändert.«

Der Euros war kräftig, aber er stürmte nicht; ein scharf wehender, schöner Wind, wie Odysseus sagte. Die *Namenlose* stampfte und schob den Bug mit schäumenden Wellen durch das Dunkel. Der Angelstern stand hoch im Norden.

»Sie schlafen«, brummte Telegonos. »Von Troia kennen sie

nur die Erzählungen ihrer Väter. Ich bewundere ihre verwegene Zuversicht, ins Unbekannte aufzubrechen.«

»Sie haben mir geglaubt. Wir sind schon jetzt eine Legende.«

Auf dem dunklen Deck bewegten sich einige Körper. Petrax und Sphentor klammerten sich an die Bordwand und tasteten sich zum Heck. Sie rochen unbeschreiblich. Petrax sagte:

»Ich bin nüchtern, Kapitän. Wen soll ich ablösen?«

Odysseus deutete schweigend auf Telegonos. Er trat zur Seite und überließ Petrax die Pinne. Zu Sphentor sagte er leise:

»Ich schlafe auf der Truhe. Du solltest versuchen, kräftigen Sud zu kochen. Wenn unsere Freunde aufwachen, werden sie die Welt nicht mehr erkennen.«

»In meinem Schädel kämpfen kleine Männer mit klirrenden Äxten.« Sphentor klammerte sich ans Masttau. »Ja. Ich mach uns einen starken Trank.«

Telegonos suchte aus dem Gewirr auf den Planken eine Decke und seinen Mantel heraus und rollte sich auf dem nassen Truhendeckel zusammen; binnen weniger Atemzüge war er eingeschlafen.

Nach dem höchsten Stand der Sonne, am nächsten Mittag, hatte die Mannschaft alle Schilde und Schwerter gereinigt und die Waffen im Kielraum geschichtet. Das Deck vom Bug bis zum Heck war geputzt und sonnentrocken; Tücher und Mäntel flatterten im Wind, der unzählige schneeweiße Wolken in die Richtung des Sonnenunterganges trieb. Die *Namenlose* segelte allein auf der ungeheuren Wasserfläche. Nirgendwo war Land, waren Küstenberge auch nur zu erahnen; keine Wolken, die über fernen Gipfeln aufstiegen. Petrax kletterte triefend die Strickleiter herauf, schüttelte sich und löste die Tauschlinge unter seinen Schultern.

»Der Tag ist herrlich, Käpten.« Petrax wusch sein Gesicht mit einem Tuch, das er aus einem Kessel Quellwasser zog. »Wann sehen wir die Säulen des Herakles?«

»Frag nicht mich, frag das Orakel.« Telegonos grinste und wischte sich Schweiß und Salzwassertropfen vom Gesicht. »Bete zu Apollon, daß Sud, Wasser und Wein reichen.«

Petrax wartete, bis sein Körper getrocknet war, und schüttete Öl in die Handfläche. Er verrieb das Öl, das nach Piniennadeln roch, mitsamt den Salzkristallen auf der Haut. Einige Aristoi und Odysseus schliefen im Schatten des Segels, andere schliffen mit Bimsstein Planken und Bordwand, Oxytos und Aspidos schwitzten im Kielraum und sicherten Schilde und Teile der Ladung. Selbst der Ankerstein und das Tau stanken nicht mehr nach Algen.

»Ist die Strömung noch immer so stark?«

»Hier. Du kannst es spüren.« Telegonos packte Petrax' Hand und legte sie auf die Pinne. »Sie zieht uns gen Sonnenuntergang.«

Es roch nach heißem Sud. Petrax knotete das Band des Sonnenschleiers an der Schläfe fest und blickte in die gerade Doppelfurche der Ruder. Weit hinter dem Schiff, in zwei Gruppen an Steuerbord und Backbord, wanderten Delphinoi nach Westen; im Sonnenlicht blitzten ihre Körper, als wären sie aus Metall. Petrax nickte langsam.

»Ich spür's. Und so geht es immer weiter, Kapitän? Stunde um Stunde, Tag um Tag?«

»So geht es. Bis zu den Säulen des Herakles.«

»Sind es Säulen wie die eines alten Tempels?«

»Ich weiß es nicht.«

Der hungrige Mond hatte das Licht vieler Sterne um sich herum aufgesogen; das ätzend gelbe Nachtgestirn füllte sich in den schwarzen Stunden, bis die Scheibe in drei Tagen vollkommen rund sein würde. Kurz vor der Dämmerung standen wieder Telegonos und Petrax an den Rudern. Die Delphinoischwärme blieben hinter dem Schiff, aber an den vier Tagen hatte die Mannschaft beobachtet, daß mehr und mehr der silbergrauen Fische sich zusammenfanden – zu einem Halbrund, an dessen Spitzen sich die anführenden Tiere abwechselten.

Sternensplitter blitzten in langen Bahnen und zerschnitten den milchig-kristallenen Götterweg.

»Wie kommt es, Käpten, daß keiner aus Furcht zittert, obwohl wir alles verlassen, was uns vertraut ist?«

»Ich weiß es selbst nicht.« Telegonos spürte, daß der Wind stärker geworden war. »Odysseus hat gesagt, wir wären lebende Legenden. Legenden haben keine Angst.«

»Hast du Angst, Telegon?«

»Davor hat mich Apollon bisher verschont. Ich bin unsicher. Auch ich ahne nicht, was uns erwartet ... nein: keine Angst.«

»Wie lange reichen Wein und Wasser?«

»Ich hab dreimal gerechnet.« Telegonos hob die Hand und spreizte die Finger. »Fünf, vielleicht sechs Tage.«

Petrax zuckte mit den Schultern. Der Ausdruck seiner dunklen Augen blieb wachsam, mißtrauisch, als er die vielen Körper musterte, die durch die Wellen sprangen.

»Möge Apollon zulassen, daß wir nach fünf, sechs Tagen und Nächten einen ruhigen Strand und viel süßes Wasser finden.«

»Und daß uns der gute Wind nicht im Stich läßt.«

Die Stunden schienen sich zu dehnen, viel zu langsam beschrieb die Sonnenscheibe das letzte Drittel ihrer Bahn, bis sie vier Handbreit rechts neben dem Bug hinter schwarzen Wolken versank.

Vier Tage und Nächte später, in den letzten Stunden des Tages, näherten sich von Steuerbord große, graue Wesen. Die *Namenlose* war von einer unübersehbar großen Menge Delphinoi umgeben; es mochten Tausende sein. Die Mannschaft stand im Bug und hing halb über der Bordwand. Schweigend oder murmelnd staunten sie die Fische an, deren Sprünge und Bewegungen in weitem Kreis das Meer aufwühlten und in Millionen schäumende Flecken, Wellenkämme und Ringe verwandelten. Odysseus deutete auf die Körper der näher kommenden Riesenfische, die drei- oder viermal größer waren als die Delphinoi. Aus dem Nacken einiger jener Riesen, die gleichförmig schnell von beiden Seiten auf das Schiff zuschwommen, lösten sich weiße, schäumende Wolken, die senkrecht in die Luft geblasen wurden.

»Ich hab' solche Fische schon gesehen«, sagte Odysseus. »Du auch, Telegon. Die Titanen aus dem Gefolge des Blauhaarigen. Will er mir ein Zeichen geben?«

Die Wellen und die Gischt begannen sich zu färben; eine durchlöcherte Wolkenlandschaft breitete sich vor dem Schiff aus, in die das rotglühende Gestirn sich hineinsenkte. Eine Stunde nach Mittag, als die kleinen, fliegenden Fische in Scharen über die Wellen dahinsurrten, hatte der Euros abermals an Kraft zugenommen, ebenso wie die Strömung nach Sonnenuntergang. Odysseus' Erklärung beruhigte die Männer nicht: Sie starrten die Delphinoi an und versuchten, die graublauhäutigen Riesen zu zählen: drei Dutzend oder mehr, die abwechselnd langsam tauchten, wieder auftauchten und pfeifende Wassersäulen ausstießen.

»Sie werden uns angreifen!«

»Sie kippen das Schiff um, drücken die Planken ein!«

»Hört auf zu jammern!« Odysseus' Stimme war ruhig, durchdringend. »Der gute Wind seit so vielen Tagen! Die mächtige Strömung. Tausend Tümmler beschützen uns, und jetzt sendet uns Poseidon die Besten aus seinem Gefolge! Sie werden uns durch die Nacht begleiten.«

»Sie werden uns nichts tun«, rief Telegonos. »Seht genau hin! Sie schwimmen nach Westen!«

Es schien, als zittre jede Planke der *Namenlosen*, als wären die Strömung und der straffe Ostwind stärker geworden, als löse sich der Kiel aus den Wellen. Oder übertrug sich die Erregung von vierzehn Männern auf das Schiff? Im schwindenden Licht des Tages änderten die Riesendelphinoi ihren Kurs, wie unbegreifliche stumme Schiffe, drehten ihre mächtigen Schädel zur Sonne.

»Der Käpten hat Recht!« rief Petrax. »Sie schwimmen neben uns her.«

Wieder zeigte der Himmel eines seiner vielen Gesichter.

Im Osten entstand über dem Horizont ein breiter Streifen ohne Wolken. Jenseits des Kreises der Delphinoi bildeten sich im Meer große, ölig scheinende Flächen, tiefrot im Sonnenuntergangslicht. Telegonos blickte in Odysseus' bartstoppeliges Gesicht: Als einziger Mann schien er sicher zu sein, daß alle Unbegreiflichkeiten nur gute Zeichen der Götter waren, daß aus dem nächtlichen Nichts die Säulen des Herakles auftauchen würden und dahinter der Okeanos mit dem Dreifingerberg und dem Eiswall. Telegonos erschrak: Der Blick seines Vaters war wesenlos, er schien Dinge zu sehen, die kein anderer sah, und sie versuchten sich in seinen Augen zu spiegeln wie in denen des blinden Sehers Teiresias. Odysseus bemerkte Telegonos' Starren. Er hob die Hand und lächelte. Das Leben kehrte in sein Gesicht zurück, und leise sagte er:

»Jetzt hast du's wohl endgültig begriffen, Söhnchen? Zwischen den Säulen des Herakles wirst du aus dem Schatten deines Vaters herausgetreten sein.«

Telegonos stöhnte. »Gerade habe ich den Schmerz der Freiheit gespürt, wie den Stich eines Skorpions.«

»Ich weiß: Freiheit bedeutet Schmerz, Sonnengrelle, Durst nach Erkenntnis. Der Preis der Freiheit? Er ist hoch. Laß uns morgen darüber reden.«

Telegonos fühlte eine kalte Hand zwischen den Schulterblättern und nickte. Er hob den Kopf. Die Sonne versank, gewaltige Lichtbalken schossen aus den Öffnungen der Wolken. Die *Namenlose* hob sich und schmetterte im kalten Ostwind den Bug in die Wellen. Telegonos raffte den Mantel um seinen Hals zusammen, schwankte zum Mast und versuchte zu schlafen. Der Körper des Schiffes dröhnte, die Planken knarrten; es war, als habe ein Mondfieber alle Männer und jedes Holzteilchen gleichermaßen befallen. Als er sich später aufrichtete, sah er, daß der pfeifende Euros lange Nebelschwaden nach Westen peitschte.

Der Morgen war kalt. Holz und Segel troffen von der Nässe des Nebels, der die Geräusche dämpfte. Einen Steinwurf weit entfernt schwammen Delphinoi, die zu lachen schienen; man konnte keine Handbreit weiter als bis zu ihnen sehen. Die Männer trugen wollene Chitone und feuchte Mäntel, sie tranken heißen Aufguß und spürten unter den Fußsohlen die zitternden Planken. Das Tauwerk, das Mast, Rahen und Segel hielt und aus dem Tropfen fielen, war hart wie Holz. Telegonos hielt sich im Bug fest. Sein Körper wurde in die Höhe gerissen und fiel wie der Bug in die Wellentäler. Gischt spritzte in sein Gesicht und in den Nebel; die *Namenlose* schien schneller zu segeln als je zuvor. Er drehte sich herum, umklammerte ein Masttau und sah durch das Segel und den Nebel hinter dem Schiff die Sonne, eine Handbreit über dem Horizont.

»Das beste Schiff der Welt«, murmelte er. Im Pfeifen des Sturms verstand er seine eigenen Worte nicht. »Du verträgst wirklich und tatsächlich mehr als die Mannschaft.« Er lachte hart. »Jedenfalls mehr als dein Kapitän.«

Ein heißer Strom Luft, der von Süden heranwallte, mischte sich in die feuchtkalten Wirbel. Nebel hoben und senkten sich und schienen in qualvoller Langsamkeit dünner zu werden. Fast gleichzeitig schrien Petrax und Osmotes:

»Wohin, bei allen Göttern, segeln wir? Sag's uns, Odysseus! Sag es uns, Käpten!«

»Nur noch für einen Tag haben wir Wasser!«

Telegonos holte tief Luft. Seine Lippen waren trocken, hinter den Schläfen pochte der Schmerz. Er sah nach rechts und links und erkannte, daß Südsturm und Sonnenhitze den Nebel auflösten. Er rief:

»Wartet, bis der Nebel fort ist. Dann sag' ich's euch.«

Es dauerte nicht länger als eine halbe Stunde, bis sich hinter den treibenden Schleiern große, dunkle Flächen zeigten. Zuerst erkannte Odysseus, daß die *Namenlose* nach Nord zwischen Ufern segelte, die sich nachts herangeschoben hatten. Langsam wurden sie erkennbarer: kahle, wüstenartige Felsen und Hänge, die aus rotem Sand zu sein schienen. Der Nebel schwebte in die Höhe und verging, und noch immer schwammen die großen Fische mit dem Schiff nordwestwärts, auf die breite Öffnung zwischen den leblosen Mauern der Ufer zu.

Vielleicht achttausend Schritte nach rechts und links war das Meer frei. Strömung und Sturm rissen das Schiff weiter, drängten es auf das Backbordufer zu. Als das Sonnenlicht auf dem Land strahlte und Schatten erzeugte, drängten sich die Aristoi im Bug zusammen.

Hohe Berge ragten an beiden Küsten auf, anscheinend unmittelbar an den trostlosen Ufern. Telegonos deutete nach vorn und sagte laut:

»Notos folgte dem Euros. Erinnert euch an das Bild im Telepylos. Nicht einmal Herakles hat hier Säulen aufgestellt: Die Berge sind wie Torpfosten, vom Erderschütterer Poseidon aufgerichtet. Dahinter ist der Okeanos, Freunde.«

Die letzten Nebelschichten zwischen Meer und Himmel verschwanden. Das Wasser war dunkelblau, der Himmel loderte, und in einem breiten Streifen rasten langgezogene Wolken von Südosten näher. An Steuerbord, jenseits der rechten Heraklessäule, wälzten sich unter dem weißen Gewölk dunkelgraue Wolken heran, aus denen breite Bahnen schräg fielen – Regen, der in langen Abständen über dem Land niederging und den Berg verhüllte. Fassungslos rief Petrax:

»Der Wind kommt von dort, von Sonnenuntergang! So ist es. Alle Erzählungen sind wahr geworden – die Säulen des Herakles! Wirklich und wahrhaftig! O ihr Götter!«

»Und dahinter – der Okeanos«, murmelte Boleos von Zakynthos. »Laßt uns ein Opfer bringen und den letzten Wein trinken.«

»Das werden wir tun. Ich hole den Wein«, sagte Telegonos und schob sich entlang der Steuerbordwand zum Heck. Die Nässe der Planken trocknete in weißen Schleiern und Bändern. Das Schiff war in einen Wirbel drehender Winde geraten; als Telegonos aus der Luke sah, begann das Segel zu knattern. Odysseus stand neben Thyreotis von Kephallenia am Ruder und lachte. Er schien vollkommen ohne Furcht zu sein.

»Und bald wird uns der Euros über den Okeanos zum Eiswall treiben.«

»Kein Euros mehr, Vater. Sieh hin!« Telegonos kletterte, vorbei an der sandgefüllten Feuerschale und dem fast leeren Sudkessel, durch dic Luke hinunter. Er packte das Netz mit den Holzbechern und den wachsversiegelten Pithos. Als er zurückkriechen wollte, fiel sein Blick auf seinen Watsack. Ein neuer Anfall des Mondfiebers packte ihn. Tief in seinem Herzen spürte er wilde Freude, eine Woge chaotischer Gedanken und der Gewißheit, das Richtige zu tun. Er öffnete entschlossen, aber mit zitternden Fingern, den Watsack.

EPILOG: DIE GIPFEL DES TRIDAKTYLOS

Der Knoten war zu straff, und Telegonos brach einen Fingernagel ab, griff zum Boden des Watsacks, wühlte und hielt das kleine Tuchbündel in der Achsel fest. Voll Verwunderung sah er, daß kein Tropfen Wasser durch die Planken gedrungen war, trotz der unglaublich schnellen, rüttelnden Fahrt. Er kletterte an Deck, hebelte mit der Dolchspitze den Holzpfropfen aus dem Krug und brüllte:

»Hierher, Freunde!« Eine Bö rüttelte im Segel. Die *Namenlose* schien schneller zurück nach Osten zu segeln. Als Petrax, der die Becher verteilte, zur Seite ging, trafen sich die Blicke Telegonos' und seines Vaters: Das sonnenverbrannte, stoppelige Gesicht des alten Herrschers leuchtete, seine Augen schienen Blitze zu schleudern. Er sah aus, als dringe er, Augenblikke vor dem Kairos, in den heißen Schoß einer Frau ein. Telegonos suchte in sich vergebens nach einem ähnlichen Gefühl und kippte langsam den Krug. Becher um Becher füllte sich.

»Mein alter, göttlicher Feind«, rief Odysseus, beugte sich über die Bordwand und schüttete das Trankopfer in die Wellen. Über der Meeresenge zeigte der Himmel ein gewaltiges Wolkenspiel. »Blauhaariger Poseidon, Herrscher allen Wassers, ich danke dir! Daß deine Feindschaft vorbei ist, daß du mir hilfst wie Pallas Athena, das weiß ich. Hilf uns auch jenseits der

Säulen! Es geschieht zu deinem Ruhm – was immer wir finden, gegen wen wir kämpfen, ob wir im Eis erstarren oder auf den Gipfeln des Tridaktylos verdursten! Dank euch, o ihr Götter«

»Dank den Göttern!« Die Aristoi opferten murmelnd, hoben die Becher, stießen sie aneinander; Telegonos schenkte geduldig aus und bat Aspidos, den Krug zu halten. Das Aussehen der Küsten, die sich abermals näher an die Meeresstraße herangeschoben hatten, veränderte sich schnell. Das Schiff glitt polternd im Zephyros von Wellenberg zu Wellenberg und begann sich, zunächst unmerklich, in einer völlig anderen Dünung zu senken und zu heben. Über der Mastspitze schoben sich Wolken aus allen Richtungen und in verschiedenen Farben brodelnd ineinander und übereinander; die *Namenlose* fuhr in einem weiten Kreis wieder nach Süden. Telegonos stellte sich an die Bordwand an Backbord, träufelte ungemischten Wein in die Gischt und sagte leise:

»O Paian Apollon. Du hast mir den klaren Blick geschenkt, die Befreiung vom Schatten des Vaters, ein herrliches Schiff und die Liebe einzigartiger Frauen.« Er hielt inne, trank einen tiefen Schluck und sah jenseits der linken Heraklessäule, vor dem Bug, aus dem morgendlichen Dunst hintereinander gestaffelte Berggipfel hervortreten. Wolkenschleier bildeten sich hinter ihren schattigen Schroffen. »Du hast mich viele Monde lang geführt und geschützt. Jetzt, da auch ich zur Legende werde, erbitte ich deinen Schutz, o Fernhinzielender!«

Er sah die Spur der tiefroten Tropfen und wie sie in der Gischt und den sich kreuzenden Wellen verschwanden. Die Tümmler schienen ihm zuzulächeln; sie klickten, schnarrten und schnatterten und vollführten übermütige Sprünge. Wieder trank er und leerte den Becher.

Und dir, Mutter Kirke, dachte er inbrünstig, danke ich. Vielleicht kannst du mich erkennen im wogenden Okeanos. Dein Sohn hat deinen Gesichten und Orakeln gehorcht, er ist zum Mann geworden. Nun segeln wir zum Rand der Welt, auf dem kein Schiff fährt, zu den Buchten der Abenteuer, der goldenen Städte und unerforschten Flußmündungen. Bitte deinen Vater

Helios, mich so zu beschützen wie den Kapitän Pentawer-Ptah. Wenn es die Moirai erlauben, komme ich zurück, um zu berichten – in einem fernen Jahr, vor Ausbruch der Dunklen Jahrhunderte.

Eine Hand berührte schwer seine Schulter. Er wandte den Kopf und sah in Odysseus' Augen. Das Gewölk über ihnen schob sich, einer Hand mit gespreizten Fingern ähnlich, langsam nach Sonnenaufgang; aus mächtigen Löchern zuckten Lichtstrahlen und blendeten auf das Meer.

»Du denkst an Apollon, Kirke, an Käpten Pentau, Merit-Khenso? Ich kann in dein Herz sehen. Recht so, Söhnchen. Innehalten und tief nachdenken.« Er nahm den Becher aus Telegonos' Fingern, hielt ihn hinter sich, wartete und hob zwei gefüllte Becher. »Was wir suchen, wissen wir nicht genau – aber wir werden es finden.«

Telegonos klammerte sich an den Handlauf. Ein dumpfer Schlag; das Segel spannte und wölbte sich. »Ich sehe in Gedanken alles Vertraute weit hinter dem Heck endgültig verschwinden, o Vater. Was tauschen wir – jenseits nasser Aufregungen, Abenteuer und dem Erleben der Einmaligkeit – dagegen ein?«

»Alles, wofür es sich zu leben lohnt, Sohn.« Odysseus trank; plötzlich weitete sich sein Blick. »Neue Sagen und Legenden. Heiterkeit und kämpferischen Großmut. Innere und äußere Freiheit. Die süßen Früchte unserer großen Sommer. Staunen werden wir und kämpfen, trinken, singen und einzigartige Geliebte haben. Siehst du, dort – Tridaktylos!«

Er streckte den Arm aus. Ein mächtiges Kap, abgeschlossen vom Säulenberg, schob sich ins Meer vor. Dahinter ragten im farbwechselnden Morgenlicht drei Berggipfel auf, bräunlich und kahl oberhalb der Grenze, bis zu der Bäume und Büsche wuchsen.

»Ich sehe sie. Dreifingerberge. Was finden wir dort?«

»Warte und sieh, segle und staune, mein Sohn.«

Telegonos' Blicke sogen sich an der weißschäumenden Spur des Schiffes, an der gewaltigen Menge dor Meerestiere, am schrundigen Ufer und der leuchtenden, dreigipfligen Verheißung der Fremde fest. Er leerte den Becher, ging zur Hecktruhe und öffnete zwischen seinen Knien das Tuch um König Aiolos' Knoten der Winde. In seinem Kopf schäumten, gärten Gedanken wie wilder Most. Er richtete nach einem langen Blick zur Sonne, beobachtet von den verblüfft schweigenden Männern, den längsten Stab nach Norden aus, faßte das Ende der Knotenschlinge und löste schweigend den silberfadigen Knoten.

»Das Geschenk deines mürrischen Freundes Aiolos von Maleth«, sagte er. »Hilft's? Hilft es nicht? Bald werden wir es wissen.«

Weiter so, *Namenlose*, dachte er. Schneller! Weiter! Mit Boreas nach Süden, zum Ufer unterhalb des Tridaktylos, wo wir die göttliche Pflanze suchen!

Er starrte Stäbe und Knoten des Sterns der Winde an, blickte in den Himmel und sah an Steuerbord voraus eine halbe Iris; der farbensprühende Regenbogen schien genau über dem Schiff zu enden. Das Schiff gehorchte Ostwind und Strömung, näherte sich dem linken Ufer, stemmte und drängte sich gegen die Ruderblätter. Odysseus und Telegonos, der den Windstern ins Tuch einschlug und danach Aspidos ablöste, mußten gewaltsam an den zitternden Pinnen zerren und schieben. Telegonos sah, zwischen den Delphinoi, einen Teil des weiten Bogens der Heckspuren. Die Schründe und Abstürze der Backbordküste drängten sich näher; über die Enge der beiden Meere rauschte ein blaugrauer Regenschauer heran und überschüttete die *Namenlose* sieben Atemzüge lang mit Sturzbächen kalten Wassers. Die Schlieren und Schleier auf den Planken verschwanden, aus dem Segel lief brackiges Wasser. Telegonos rief durch das Regenrauschen:

»Das ist Boreas, Vater! Er soll uns nach Süden treiben.«

»Sprich nicht mit mir über Aiolos' Knoten!« Odysseus stieß ein übermütiges Gelächter aus. »Meine Erfahrungen sind schlechter als deine!«

Die *Namenlose* schob sich zuerst nach Nordwesten, dann

wieder nach Süden. Stunden krochen dahin, langsamer als Schnecken auf ihren schleimigen Spuren. Kaikias und Boreas mischten sich mit Regenschauern, kochend heißen Sonnenstrahlen und grauer Halbfinsternis unter tieftreibenden Wolken. Das Schiff beschrieb eine gewaltige Kreisbahn; der Bug wanderte unendlich langsam von West nach Süd, am Fuß des Säulenberges vorbei, an augenscheinlich unbewohntem Land.

Während die Hufe der Flammenpferde, die Helios' Sonnenwagen zogen, über den Wolken lautlos klimmend das Firmament stampften, segelte das Schiff entlang gerader, gekrümmter, von Kaps unterbrochener und zurückspringender Küsten, als wolle es über den Okeanos fliegen. »Euros faucht nicht mehr ins Segel«, brüllte Odysseus. »Boreas ist der neue Herrscher unserer Fahrt.«

Telegonos genoß die gigantischen Täler und Höhen der neuen Dünung. Die *Namenlose* hatte sich, während sich die Aristoi Beobachtungen zuschrien, über das schillernde Wellenmeer erhoben und jagte dem tiefsten Punkt des Wogentales zu.

»Boreas treibt uns an die fremdesten Ufer, die es jemals gab!« schrie Telegonos. »Dort ist dein orakelhafter Dreifingerberg, Vater!«

»Er ist es!« Die Arostoi drängten sich auf den Planken zwischen Mast und Heck zusammen, versuchten zu verstehen, was sie sahen, rochen, fühlten, erlebten. Odysseus und Telegonos lachten; Odysseus rief:

»Irgendwann werden wir landen. Keines Achaiers Fuß hat je diese Küsten betreten. Unsere Taten wird man besingen!«

Euros und Boreas stritten nicht mehr miteinander. Das Segel stand so prall wie nie seit mehr als einem Zehntag. Hier tobten die Großen Winde, nun jagte sie der Fremde OKEANISCHE GÖTTLICHE WINDWIND! Die Delphinoi begleiteten unerschütterlich das Schiff, aber ihre riesigen Vettern entfernten sich mehr und mehr vom Kreis der springenden, tauchenden und klickenden Tümmler. Wieder brach eine Wasserflut über die *Namenlose* herein und wusch die Schicht aus Öl, Salz und Schweiß von den erhitzten Körpern. Alles fiel von ihnen ab: Angst, Entsetzen, Todesfurcht, Götterglaube, Erinnerungen an Riten und Bräuche, Gedanken an Heimat, Frauen, Gold, Macht, Väter und Rache. Sie vergaßen die Götter, deren tausendköpfiges Pantheon, sie erfuhren Klarheit Schönheit Reinheit Weitsicht und taumelten unter dem Ansturm des Neuen Anderen. Sie waren wie Apollons Blicke, wie sein unfehlbarer Pfeil von der Sehne des silbernen Bogens. Schatten flogen über das Meer dahin, die Sonne schickte ihre senkrechten Strahlen wie Speere auf das Schiff herunter. Telegonos rief lachend:

»Jetzt sind wir zur Legende geworden!«

»Spätere Kitharoden werden unsere Geschichte besingen, o ihr Aristoi!« schrie Odysseus und legte die Hand auf sein Gemächt, hob sie hoch, preßte die Finger an seine Schläfen; er brüllte: »Unser Kurs führt uns weg von den Dunklen Jahrhunderten, in Jenseitswelten. Jenseits unserer kühnsten Träume!«

»Das wird, o Vater, eine andere Geschichte.« Telegonos winkte, deutete auf die Pinne und sah, daß Misoax auf ihn zukam. »Aber wir werden lange suchen müssen, nach Sängern und Reimern, die unsere Taten besingen.«

Misoax löste ihn ab. Telegonos spürte den Kairos; seine Knie zitterten, er setzte sich auf die Hecktruhe, blickte zögernd, in beginnender Ruhe, um sich. Zweifellos begleiteten tausend quirlige Delphinoi, deren mächtige, wasserblasende Vettern, regentriefende Wolken und Wasserstürze, nördlicher Boreas und jene weiche, weit schwingende Dünung im tiefblauen Wasser das einsame Schiff auf dessen Weg zu neuen Ufern, in die kaum vorstellbare Fremdheit von Stränden des Okeanos, zum Triadaktylosberg; er hob sein Gesicht zur Sonne und wiederholte:

»Über uns, die Legenden, von unsren Abenteuern – darüber sollen andere Kitharoden singen. Längst segeln wir jenseits des Meeres-Omphalos!«

»Ja, o Sohn«, sagte Odysseus. »Wir sind unterwegs in unsere strahlende Zukunft. Vergiß die Vergangenheit.«

»Was sehr schwer sein wird, Vater.« Telegonos richtete seine

Blicke auf den Dreifingerberg. »Sie war schön, die Vergangenheit.«

»Mag sein.« Odysseus duckte sich unter einem schweren Regenguß und blinzelte, als die Sonne hervorbrach. Der Sturm ließ die Wellen kochen und peitschte Wasserwirbel von den Spitzen in alle Richtungen. »Die Zukunft, all das Andere, Neue – wir werden es beherrschen, das Fremde werden wir uns unterwerfen.«

»Mit dem Schwert, deinen Listen, der Hilfe Apollons.« Telegonos verschränkte die Arme vor seiner Brust und senkte den Kopf. Titanische Sonnenfächer brachen aus den hängenden Wolken. Aus Schaum, Gischt und tosenden Wellen schoß die *Namenlose* wie Apollons Pfeil aus dem Gemenge wechselnder Winde, nie gekannter Gerüche und unter dem schroffen Saum der Wolken ins neue, andere Licht des Okeanos. »Wahrscheinlich sind jene Kitharoden, die uns besingen, noch nicht geboren.«

Mit schauerlichem Lachen rief Odysseus: »Wenn es so sein soll, zeugen wir unsere eigenen Sänger und Harfenschläger!«

Telegonos und die anderen wußten nichts zu erwidern. Sie starrten blicklos umher, stierten zuerst die Steuermänner an und richteten dann ihre Blicke, unsicher und erwartungsvoll, auf die Berge im Süden, auf das unbekannte Land am Okeanos. Ihre Augen glänzten in den fremdartigen Sonnenstrahlen. Ein fremder Wind begann, den Himmel leerzufegen; die Wellen versprachen neue Strände, göttliche Abenteuer zwischen unsagbar mutigen Menschen, auf jungfräulichem Land, im Schatten des Dreifingerberges und dessen unnennbarer Riesenbäume – sie versprachen alles: morgen, übermorgen; bald.

ANHANG

ERLÄUTERUNGEN

Der Versuch scheint ebenso vermessen wie reizvoll zu sein: kann es heute gelingen, Göttersagen und Legenden aus archaischer Vergangenheit mit mehr oder weniger zutreffenden oder auch nur wahrscheinlichen Jahreszahlen – rund 32 Jahrhunderte sind seit der frühgriechisch-achaiischen Bronzezeit vergangen – in Korrelation zu bringen, also das Irrationale mit wissenschaftlichen Ergebnissen zu verbinden, die Phantasie von Mythographen mit dem Wissen von Archäologen und Naturwissenschaftlern wenigstens in der Phantasie in logisch scheinende Beziehung zu bringen? Es ist eine feine Herausforderung, sich an Gestalten, die es nie gab, und Geschichten und Legenden, die nie so geschehen sind, zu erinnern und beides zu einer Handlung zu verbinden, die auf der zeitlichrealen Ebene möglichst genau recherchiert ist. Hätte Homer »gewöhnliche« Menschen beschrieben, nicht Helden, mit denen Götter Zwiesprache hielten, wäre deren Leben innerhalb einer bestimmten Spanne der Bronzezeit vielleicht ähnlich dieser Erzählung vorstellbar und beschreibbar verlaufen.

Troia, die Stadt am Eingang des Hellespontos, und die Burg Ilion existierten zweifelsfrei zwischen ca. 3000 v.Chr. und, als römische Siedlung, bis ca. 500 n.Chr. Die Geschichtswissenschaftler meinen, daß das fruchtbare Umland der Burg und der Stadt »Ahhijawa« oder »Ahhijava« genannt worden sei und daß eine der vielen Schlachten am Fluß Skamandros, die nach dem 7. Vollmond im Sommer 1186 v.Chr. in Blut, Tod und Feuer endete, jener in der Ilias des blinden (?) Kitharoden Homer besungene Kampf um Troia gewesen sei, heute in der archäologischen Schicht VII a des Hügels Hissarlik zu dokumentieren. Nähmen wir dieses Datum* als verbindlich an, ergäben sich daraus in der Vita einiger Protagonisten (die in Wirklichkeit nie bzw. »nur« in der Fantasie der Legendenerzähler und der sehr viel späteren Mythografen gelebt haben mochten) gewisse »geschichtliche« Konsequenzen; etwa folgender Art:

ca. **1199** v. Chr.: **Odysseus,** ca. 23 Jahre alt, heiratet **Penelopeia,** ca. 17/18 Jahre alt, zeugt auf Ithake (altgriechischer Name Ithakas) **Telemachos**

– **1198: Telemachos** wird geboren, **Agamemnons** Kriegswerber **Palamedes** und **Menelaos** zwingen Odysseus, die Allianz achaiischer Fürsten zu unterstützen und, später, sich mit **12 Schiffen** und Mannschaften an der Belagerung der **Burg Ilion** und der Stadt **Troia** im Land **Ahhijawa** zu beteiligen.

– **1197:** Zehnjährige Belagerung Troias beginnt.

– **1190:** Telemachos 8/9 Jahre alt, Odysseus ca. 32 Jahre alt.

– **1187:** Anfang der Regierungszeit Wosret Maat-Rê Meri Atums (Ramses III.) in Tameri (Ägypten) am Hapi (Neilos/Nil).

– **1186:** Troia fällt nach dem 7. Vollmond (Anfang August). Mit den Flüchtlingen ist auch Aineias (Äneas) unterwegs, mit Vater Anchises auf den Schultern; die Achaier segeln mit Schif-

* E. Zangger: *Ein neuer Kampf um Troja*. Droemer Knaur, München; 1994

fen voller Beute und Sklaven heimwärts. Aineias gilt als der Gründer Karthagos und Alba Longas, Roms Mutterstadt, wie Vergil *(Aeneïs)* erzählt. Mit 12 beutebeladenen Schiffen, aber ohne versklavte Troianer an Bord, nach der Plünderung des kikonischen Ismaros, wird Odysseus' Flotte bei Kap Malea vom Sturm abgetrieben: seine vielbesungene Irrfahrt *(Odyssee)* beginnt:

– 1188/87: Odysseus landet mit dem einzig übriggebliebenen Schiff bei **Kirke** auf der Insel **Aiaia.** Er zeugt **Telegonos.** (»Der Ferngezeugte«, resp. »der in der Ferne Gezeugte«).

– 1186: Odysseus und seine Mannschaft verlassen Aiaia. Telegonos wird geboren.

– 1186 bis – 1179: Nach Weissagung des **Teiresias** zurück nach Aiaia, vorbei an den Seirenen, durch Skylla und Charybdis, Schlachtung der Sonnenrinder des Hyperion, Schiffbruch, Odysseus strandet auf **Ogygia,** der Insel der Nymphe **Kalypso.** Siebenjähriger Aufenthalt; **Nausithoos, Nausinoos** und **Latinus (?)** gezeugt und geboren.

– 1179: Strandung bei den **Phaiaken** in **Scheria. Nausikaa** verliebt sich in Odysseus, Königspaar **Alkinoos** und **Arete** sorgen für Heimfahrt Odysseus' nach Ithake; auf dem Rückweg versteinert Poseidon Schiff und Mannschaft.

– 1179/78: Töten der Freier, Aufstand, Prozeß gegen Odysseus, Schiedsspruch von **Neoptolemos,** König der epeirotischen Inseln: zehnjährige Verbannung. Odysseus zeugt mit Penelopeia (ca. 37 Jahre alt) die Knaben **Polyporthis** und vor Antritt der Verbannung **Arkesilaos,** die Brüder Telemachos'. Des Telegonos Stiefbruder Telemachos wird nach Kephallenia verbannt.

– 1177: Beginn der Verbannung. Odysseus wandert auf dem

Festland nach Norden, nach **Thesprotiai.** Dort zeugt er mit **Königin Kallidike** den Knaben **Polypoithes** und befehligt das königliche Heer in einem Kriegszug gegen die **Bryger.**

– 1168: Telegonos und **Pentawer-Ptah** legen mit der *Namenlosen* von Aiaia ab. Etwa um diese Zeit bricht der Vulkan **Hekla** auf Grönland aus; Aschewolken und dramatische meteorologische Erscheinungen bis ins gesamte Mittelmeer. Odysseus, ca. 54 Jahre alt, kehrt aus der Verbannung zurück.

– 1167: Telegonos (etwa 19/20jährig) kämpft gegen Telemachos (etwa 31jährig), trifft mit der *Namenlosen* auf Ithake ein, Telemachos kehrt nach Ithake zurück.

– 1166: Odysseus, Telegonos und eine Mannschaft des Archipelagos brechen mit der *Namenlosen* zur Fahrt in den **Okeanos** auf.

– 1156: Herrschaft Wosret Maat-Rê Meri Atums (= Ramses III.) in Aigyptos (Ägypten) endet.

– 814: An der Landestelle der *Baal der Ferne* entsteht 814 v. Chr. die punische/phönizische Stadt Qart Hadasht = Neustadt; gr. Karchedon, röm. Karthago (Aineias/Äneas hätte in Karthago seine Dido schwerlich treffen können; seit Troias Zerstörung wären ca. 380 Jahre vergangen gewesen).

Der Sage nach herrschte Odysseus über die »kephallenische« (»Menschen des Kopfes«) Bevölkerung von vier Inseln: **Dulichion, Ithake, Zakynthos** und **Same.** Würde es sich um die Inseln mit den heutigen Namen: **Korfu/Kerkyra, und/oder Levkas, um Kephallenia, Ithaka** und **Zakynthos** handeln, wäre Odysseus' Herrschaftsgebiet 592 km² (Korfu), 302 km² (Lefkas), 781 km² (Kephallenia), 103 km² (Ithaka) und 406 km² (Zakynthos), also 2184 km² groß gewesen. **Aber** – welche Inseln gehörten wirklich zum sagenhaften Archipelagos des Listenreichen? Nach Heinz Warnecke gälte folgende Übereinstimmung: Korfu = Dulichion, Zakinthos = Zakynthos, Kephallenia = Ithake und Same, Ithake = Aigilips. Indes gilt Kerkyra/Korfu allgemein als **Scheria,** das Land der **Phaiaken.** Wahrscheinlich war Kephallenia eine Tetrapolis (Verbund v. vier Städten) von Kranioi, Pale, Pronoi und **Same;** von Kranioi und Pale fand man geringe Spuren. Auf dem heutigen Ithaka glaubt man inzwischen, in der Bucht von Vathy den odysseischen Hafen des Phorkis und im Nordwesten, bei Stavros, die Stadt und den Palast Odysseus' gefunden zu haben. Kephallenia wird allgemein mit dem homerischen Same (Sami ist heute eine Stadt am besten Hafen der Insel) gleichgesetzt; **aber** Wilhelm Dörpfeld, der auf Levkas/Leukas lebte, hielt Kephallenia für Dulichion und Levkas für Ithake, Odysseus' Heimatinsel. Über Zakinthos = Zakynthos scheinen sich alle Wissenschaftler einig zu sein; schon Herodot erwähnt den Erdpechbrunnen etwa 14 km südwestlich der Inselhauptstadt Zakinthos.

Ithaka/Ithake, an der engsten Einschnürung nur 600 m breit, ist von Kephallenia durch eine 2000 bis 4000 m schmale Meerenge getrennt; im Norden Ithakas, dicht an der Küste K.s, liegt das heutige Daskalio, jenes Eiland **Asteris,** an dem Telemachos, von Sparta zurückkommend, getötet werden sollte.

Die verwirrenden Versuche der Ithaka-Zuordnungen entsprechen denen, die sich mit den vermuteten Stationen der odysseeischen Irrfahrt beschäftigen. Mehr als 80 (!) Theorien seit homerischer Zeit versuchen, höchst widersprüchlich und mitunter abenteuerlich grotesk, Umfang und Lokalisierung der Irrfahrten zu schildern, womöglich zu widerlegen. Inseln, Strände und Länder, wohlbekannt aus der homerischen Schilderung, werden nicht nur im Mittelmeer, sondern zwischen Persischem Golf, Island, Norwegen, Südafrika, zwischen Südpol und Nordpol und sogar als Stationen einer Weltumsegelung (mit einem Schiff wie der geschilderten *Namenlosen*!?) vermutet; die einzige bisher überzeugende Version entnahm der Verfasser dem bemerkenswerten Buch von Arnim und H. – Helmut Wolf: *Die wirkliche Reise des Odysseus*, Langen Müller, München-Wien, 3. Auflage 1990. Es ist zu bedenken, daß um 1200 v. Chr. sagenhafte Vorstellungen über die Erde innerhalb des sie umfließenden Okeanos herrschten, die erst während der sog. Griechischen Westkolonisation bestätigt oder korrigiert und kaum vor 800 v.Chr. aus der mündlich weitergegebenen in die schriftliche Form übertragen worden sein können. Die Vorstellung, daß der (blinde?) Homer in mediterranen Hafenschänken dem Seemannsgarn der Kapitäne und Steuermänner lauschte und danach meisterhaft die Gestalt seines listenreichen Dulders mit Abenteuern in der fantastischen Ferne umrankte, ist sicherlich ebenso wahrscheinlich wie Schadewaldts Beweisführung, daß nach Homer ein zweiter Barde die Odyssee ausschmückend verlängerte. Die beiden Karten sollen dem Leser eine räumliche Vorstellung von Telegonos' Irrfahrten vermitteln.

Nur aus archäologischen Forschungen wissen wir – viel zu wenig! – über die geschilderte Zeit um 1200 v. Chr. auf dem griechischen Festland und den Hauptinseln. Die Welt der Argonauten und der Helden vor Troia, eine Welt der Aristoi, erscheint uns nicht ohne Grund als roh, hart, gewalttätig und amoralisch: große Herden, viele Sklavinnen und Sklaven, Raubzüge, Überfälle und Kriege, Paläste und Mauern aus Zyklopenquadern und mächtigem Gebälk, rasselnde Kampfwagen, rauchende Opfer und Waffen aus Kupfer, Bronze und schließlich Eisen beherrschen unsere Vorstellungen und sicherlich auch die damalige Wirklichkeit. Im **Oikos** der Adligen, dem Hauswesen, ballte sich die Macht über Untertanen, Verwandte, Sklaven, bewegliches und unbewegliches Gut; der König, Inhaber der Macht, mehr als der Erste unter Gleichen, war Gesetzgeber, Befehlshaber und Richter. Zum Ehrenkodex gehörten Geschenkaustausch, Gastrecht, Götteropfer oder Ausführung der Totenriten; Machtkämpfe und grausame, blutige Auseinandersetzungen über Meinungsverschiedenheiten waren an der Tagesordnung. Das »gewöhnliche Volk« trat fast bis zur Bedeutungslosigkeit in den Hintergrund, der Status von Sängern, Handwerkern, Sehern oder Ärzten war ein wenig höher. Die sog. Königreiche waren in jedem Fall überschaubar groß: von den Inseln seines Archipelagos konnte Odysseus gerade einmal 12 Schiffe mit je 20 bis 40 segelnden und rudernden Kriegern bemannen. Der Vergleich jener bronzezeitlichen Kultur mit den europäischen Rittern des frühen Mittelalters ist sicherlich nicht falsch; zur archaisch-präachaiischen Zivilisation gehörte darüber hinaus noch der unerschütterliche Glaube, die sichtbare und unsichtbare Welt sei durchdrungen von Zeus und dem kaum überschaubaren Pantheon von Göttern, Halbgöttern, Mischwesen, Daimonen und Jenseitsvorstellungen. Auf diesem unwegsamen, von wenig apollonischer Klarsichtigkeit bestimmten Horizont bewegt sich Telegonos, Sohn einer Halbgöttin, auf abenteuerlichem Weg, um aus dem Schatten seines blauäugigen Vaters heraustreten zu können.

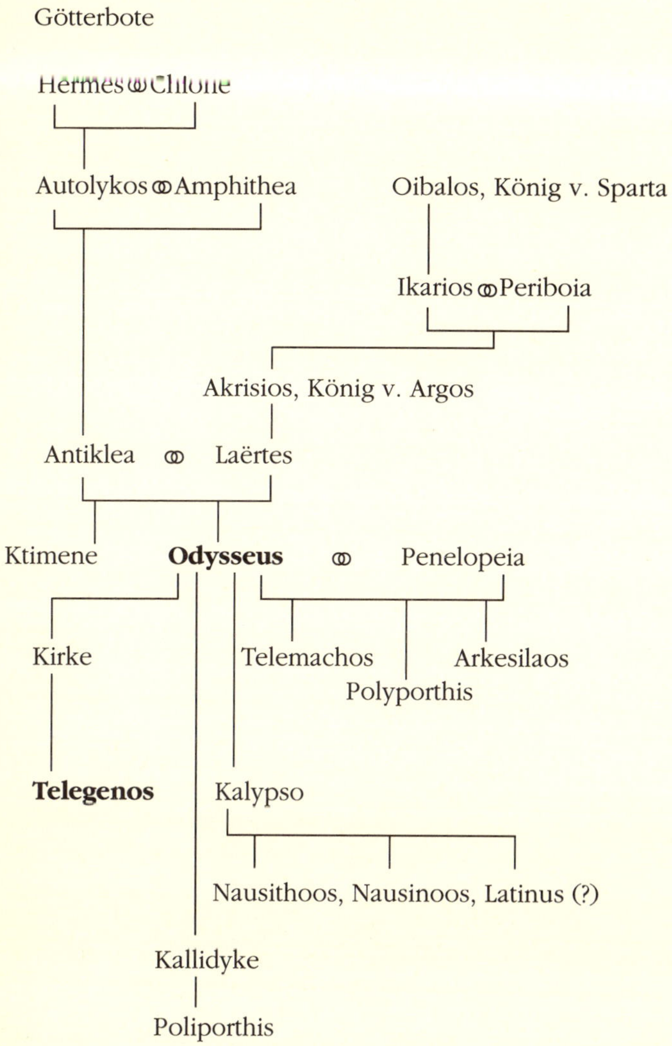
Götterbote
Hermes ⚭ Chione
Autolykos ⚭ Amphithea
Oibalos, König v. Sparta
Ikarios ⚭ Periboia
Akrisios, König v. Argos
Antiklea ⚭ Laërtes
Ktimene
Odysseus ⚭ Penelopeia
Kirke
Telemachos
Arkesilaos
Polyporthis
Telegenos
Kalypso
Nausithoos, Nausinoos, Latinus (?)
Kallidyke
Poliporthis

GLOSSAR

Achaia, achaiisch: Selbstbezeichnung mykenischer Griechen, als Gattungsbezeichnung bekannt und nachgewiesen seit Homers *(Ilias)* Schilderung des Kampfes um Troia/Ilion. **»Achaioi«** ist die gr. Schreibweise.
Ahhijawa: die hethitische Bezeichnung des Landes um Troia.

Aigyptos: gr.: Ägypten. Die Ägypter nannten sich selbst »Rômet« und ihr Land »Tameri«.
Aigyptios, pl.: **Aigyptioi:** Griechische Bezeichnung für »Ägypter«.
Aineias: troianischer Held, flüchtete nach dem Brand Troias mit Vater Anchises auf den Schultern, landete nach vielen »odysseischen« Abenteuern angeblich an der afrikanischen Küste, traf (laut Vergil) in Karthago auf Elissa/Dido, fuhr danach zu König Latinus nach Italien. Karthago wurde als Qart Hadasht (»Neustadt«) erst ca. 4 Jahrhunderte nach dem Fall Troias gegründet.
Aeneïs: Dichtung des Römers Vergil über die Heldentaten des A.
Agora: Versammlungs-, Dorf- und Marktplatz; zuvor altgriechische Heeres- und Volksversammlung.
Aiolos: König auf Nesos (= Insel) Maleth, **Malta,** Sohn des Poseidon, auf Heras Wunsch Hüter der Winde; Mythografen bezeichnen die Aiolischen Inseln als sein Reich.
Amûn, Amûn-Re: Ägyptische Gottheit;, »Der Versteckte«, Große Gottheit Wêses (= Theben), u. a. Gott der Sonne.
Angelstern: (Nord-)Polarstern; vor ca. 3200 Jahren war Kochab, Beta Ursa minoris, der »Polarstern«.
Ankh: ägyptisches Bildzeichen, »Hieroglyphe« für »Leben«.

Aphrodite: Göttin der Liebe, Schönheit, des Frühlings, Gattin des Hephaistos, Tochter Zeus' und Diones. Die »Schaumgeborene« von Kythera wurde u. a. auf Kypros verehrt.
Apotropeion: schadenabwehrender Gesang, unheilverscheuchende Zeichen.
Argo: Das erste bekannte Schiff der Bronzezeit, das einen Namen erhielt; in der Argonautensage ruderte und segelte u. a. Laërtes, Odysseus' Vater, mit Iason nach Kolchis.
Aristos, pl.: **Aristoi:** frühgriechische, minoische (achaiische) Edelleute, Fürsten, Könige; Aristokraten, meist reiche Besitzer großer Ländereien.
Asphodelos, »Affodill«, Liliengewächs am Mittelmeer, mit hochstengligen weißen oder gelben Blütenähren; Asphodelenwiesen breiten sich auch im **Hades** aus.
Aster, Astros, Asteres: Stern, Sterne.
Asteros akontismos: Sternschnuppe, Meteorit, »Sternsplitter«.
Aulos, pl.: **Auloi, aulodisch:** schalmeiartige Flöte, später Doppelflöte mit Doppelrohrblatt; eine F. spielte den Grundton, die andere die Melodie.
Chad, chedi: (äg.) Hapi(Nil)abwärts, bzw. hapi(Nil)aufwärts rudern, segeln, reisen.
Dios Kouroi, Dioskuren: Söhne des Zeus, die Heldenzwillinge Kastor und Polydoikes; ebenfalls ein Sternbild.
Dodona: Berühmtes Zeusheiligtum, Orakelplatz, heiliger Eichenhain mit der »Sprechenden Eiche«, deren Wipfelrauschen zusammen mit dem Laut einer Quelle als Wille des Zeus gedeutet wurde.
Elektron: Bernstein, den Göttern Apollon und Helios geweiht; sehr viel später die Bezeichnung für Gold-Silber-Legierung.
Etesiai, Etesien: regelmäßige, etwa während des Sirius-Aufganges einsetzende kraftvolle Nord- bis Nordostwinde (Boreas, Kaikias), etwa 40 Tage lang, im Bereich des östlichen Mittelmeeres.
Gefäße, Geschirr:
Dinos: Pokal, kesselförmiges Trinkgefäß auf einem Fuß, der wie ein Gesims verziert war.
Krater, Mischkrater, pl.: *Kratere:* Großes Gefäß zum Mischen des Weines mit Wasser.
Hydria: Dreihenkliges Wassertragegefäß.
Pithos, pl.: *Pithoi:* Große, eiförmige Krüge, oft mannsgroß, zur Aufbewahrung von Getreide, Wein, Öl etc.

Lekythos: Schlanke, einhenklige Vase, *oft Grabvase.*
Phiale: Hochbordige Trinkschale.
Rhyton: Trinkhorn aus Rinderhörnern oder Holz.
Skyphos: Trinkgefäß in verschiedenen, den Phialen ähnlichen Formen.
Kupferne oder bronzene *Kessel* wurden über dem Feuer in *Dreifüße* eingesetzt; jene Dreifüße, oft aufwendig verziert, galten als großherzige Geschenke.

Halkyone, Alkyone: Gemahlin des Keyx. Beide verspotteten Hera und Zeus, diese verwandelten ihn in einen Tauchervogel, sie in einen Eisvogel (eigentlich, wegen des metallisch leuchtenden Gefieders: Eisenvogel).

Hapi: Gott des Nils, Name für den Strom; erst frühe griechische Besucher, endgültig die ptolemäischen Folgeherrscher Alexander d. Großen, wandelten »Hapi« in **Neilos** um.

Harpyiai, Harpyien: geflügelte Todes- und Sturmgöttinnen, beheimatet in kretischen Berghöhlen.

Ithaka, gr.: **Ithake:** Heimatinsel des Odysseus, Ziel der Seefahrt des Telegonos; s. o. strittige Zuweisung.

Keft, Keftiu, (äg.) = **Kreta:** Seit dem minoischen Zeitalter exportierte Kreta viele Waren auch nach **Tameri** / Ägypten: wertvolles Holz, Bronzeerzeugnisse, eine erstaunliche Vielzahl Blütenöle und Pflanzenauszüge zur Salben- und Kosmetika-Erzeugung. In etwa drei Tagen und Nächten, günstige Umstände vorausgesetzt, waren von K. aus die Hapimündungen (das heutige Nildelta) von einem damaligen Rahsegler zu erreichen.

Kêmet: Das »schwarze Land«; Bezeichnung im Klassischen Ägypten für den fruchtbaren Teil des Landes am Hapistrom.

Kleidung: Die Kleidung der bronzezeitlichen Achaier, vermutlich die Vorformen der Gewänder des Klassischen Altertums, dürfte sich von dieser demnach kaum unterschieden haben. Grundsätzlich war männliche Nacktheit im alten Griechenland gang und gäbe; Frauen und besonders Ehefrauen unterlagen rigideren gesellschaftlichen Sitten. Die Dorier benutzten ein länglich-rechteckiges Tuch, meist ungegürtet, für beide Geschlechter; es wurde um den Körper gelegt und an der Schulter, wahrscheinlich auch an der Hüfte, zusammengesteckt oder mit Bändern verknotet: den **Peplos,** den »schenkelzeigenden«, trugen die Frauen, die **Chlaina** schmückte den Mann. Die **Chlamis** war ein viereckiges Wolltuch und diente, ungegürtet,

Jünglingen und Kriegern als Mantel. Der Chiton, (von semitisch »Keton« = Baumwolle) folgte; zugeschnitten, gesäumt und zusammengenäht. Es gab zwar keine Unterwäsche, aber Lendenschurz und geknotete Schamtücher sind aus weitaus früherer Zeit bekannt. Das **Himation** entspricht für Frauen und Männer dem großen Mantel; prächtige Exemplare gab es auch in früher Zeit. Legten die Frauen das Himation über den Kopf, entstand eine Art Kapuze. Flache Hüte mit Rand und Sturmriemen hießen **Petasos,** kugelförmige Ledermützen oder, später, die kegelförmige »phrygische Mütze« mit vorn überhängendem Zipfel nannte man **Pilos.** Erst im klassischen Griechenland wurden sorgfältig arrangierter Faltenwurf und ästhetische Funktion wichtige Modeelemente.

Kypros: Zypern, damals: *Alasia* oder *Alashia.* Wichtiger Handelspartner Ägyptens, »Insel der Aphrodite«; Zyperns Bergwerke und Metallschmelzen lieferten Kupfer und (später, als Zinn in entsprechender Menge verfügbar wurde) Bronze in erheblicher Menge.

Kithara: Harfenartiges Saiteninstrument mit Schallkasten oder Schallkörper, mit 7, später bis zu 11 Saiten.

Kitharist: Kithara- bzw. Leierspieler.

Kitharode: Kitharaspieler, der zur Kithara Selbstgereimtes singt.

Knossos, Phaistos, Katsambas, Gortyn, Kydonia: Paläste, Siedlungen und Häfen Kretas. Ereignisse, die noch nicht völlig geklärt sind, zerstörten die sog. Minoische Kultur auf Kreta, möglicherweise der gewaltige Vulkanausbruch von Kalliste/Thera/Santorin, wahrscheinlicher Erdbeben und/oder brandschatzende Eindringlinge. Die Besiedlung ging etwa im 7. Jhtsd. v. Chr. von Nordafrika aus. Seit ca. 3000 v. Chr. entfaltete sich eine vorgriechische bronzezeitliche Kultur mit dem Höhepunkt zwischen 2000 und ca. 1400 v. Chr. Nach etwa 1200 v. Chr. begann auch auf Kreta das sog. Dunkle Zeitalter, bzw. begannen die Dunklen Jahrhunderte.

Lotophages: Lotos-Esser, die im Rausch alles vergessen. Die Insel Djerba in der Großen Syrte Nordafrikas soll die Heimat dieses Völkchens gewesen sein.

Lyra: Leier; oft ein Schildkrötenpanzer als Schallkasten, mit Leder bespannt, kleiner als Kithara, 7 Darmsaiten.

Minos: Sagenhafter König Kretas, Sohn des Zeus und der Europa, Herrscher in der Zeit, in der Kretas Schiffe (Thalassokratie) das Meer beherrschten, Herr von Knossos; nach ihm wird das sog. Minoische Zeitalter benannt.

Megaron: Zunächst Hauptraum des Hauses und des Palastes im Allgemeinen; später Synonym für den gesamten archaischen Palast.

Menefru-Mirê: Menufer, Mennefer = Großstadt, Hauptstadt Ägyptens (nahe des heutigen Kairo) an der Grenze zwischen Ober- und Unterägypten; später von Griechen »Memphis« genannt.

Moira, Moirai: zunächst Ausdruck für »Essensportionen«, dann: jemandem »zugeteiltes« Schicksal. Moirai: Schicksalsgöttinnen Klotho, Atropos und Lachesis.

Neb, Nebit: (äg.): Herr, Herrin; Anreden.

Nefer: (äg.): Ausdruck für »schön«.

Opferkuchen: nur für Brandopfer gebackene Kuchen aus verschiedenem Mehl und Korn.

Orchomenos: Stadt nahe des Kopiassees in Boiotia, mykenische (»mynische«) Siedlung. Kuppelgrab »Schatzkammer des Atreus«.

Orichalkos: »Wie Feuer funkelndes Metall«; Messing, aus Kupfer und Zinkspat; auch von Strabo beschrieben, heute: Aurichalcit.

Paian: Anrufung und Gesang zu Ehren Phoibos Apollons, später Attribut dieses Gottes.

Papyros: Schreibblätter aus dem Mark der Te-Ufy-Pflanze, aus dünnen Markstreifen zusammengeklebt, geglättet und getrocknet; teurer Exportartikel Ägyptens. Die Bezeichnung stammt aus dem Griechischen; in Ägypten hieß Papyras: **Shafadu.**

Phoibos Apollon: Griechischer Gott, Sohn Zeus' und der Letho, Gott der Weisheit, der Musik, auch Sonnengott. Seine Pfeile brachten den Männern Tod; von ihm empfingen Seher ihre Weissagungs-Gabe.

Pleiades, Plejaden: sieben schöne Töchter des Atlas und der Pleione; Siebengestirn. Ihr Aufgang bezeichnet den Anfang des Sommers, der Untergang den Winteranfang.

Satyros, pl.: **Satyroi:** Waldgeister im Gefolge des Dionysos, erschrekken die Menschen, tanzen mitunter mit Nymphen, lieben übermäßigen Weingenuß.

Sesh: (äg.): Schreiber.

Syrinx, pl.: **Syringen:** Hirtenflöte aus hohlen Stengeln, Schilf oder dergl.; auch als Panflöte (Instrument des Gottes Pan und der Satyroi) bekannt.

Udjat-Auge: schützendes Augen-Zeichen; Mond- und Sonnensymbol aus der Genesis der ägyptischen Göttergroßfamilie; beidseits des Schiffsbuges diente es als (→ Apotropeion) Abwehrzeichen gegen Gefahren.

Watsack: Felleisen; wasserfester Ledersack für die persönliche Habe eines Seefahrers oder Wanderers.
Windrose: So wie manche Begriffe in dieser Erzählung kennen wir auch die Namen der Winde (zuerst die der vier Hauptrichtungen) frühestens aus homerischer Zeit, also um 800 v.Chr.
Nord: Boreas/Thraskias, Etesiai; **Nordost:** Kaikias, Apeliotes;
Ost: Euros; **Südost:** Phoinikias; **Süd:** Notos; **Südwest:** Lips;
West: Zephyros; **Nordwest:** Argestes, Skiron.
Zeus: Sohn des Kronos und der Rhea, Bruder des Poseidon, Göttervater, Herrscher des Olympos; Zeus *kretagenes*, also auf Kreta geboren und erzogen, dessen heiliges Tier der Adler war, sah im Licht des Sonnengespanns des Helios (Kirkes Vater) alles, strafte mit Blitzkeil und Donner. Verführer zahlreicher Frauen in mannigfacher Gestalt; zeugte an vielen Orten viele Töchter und Söhne.

DER ARCHIPELAGOS DES ODYSSEUS

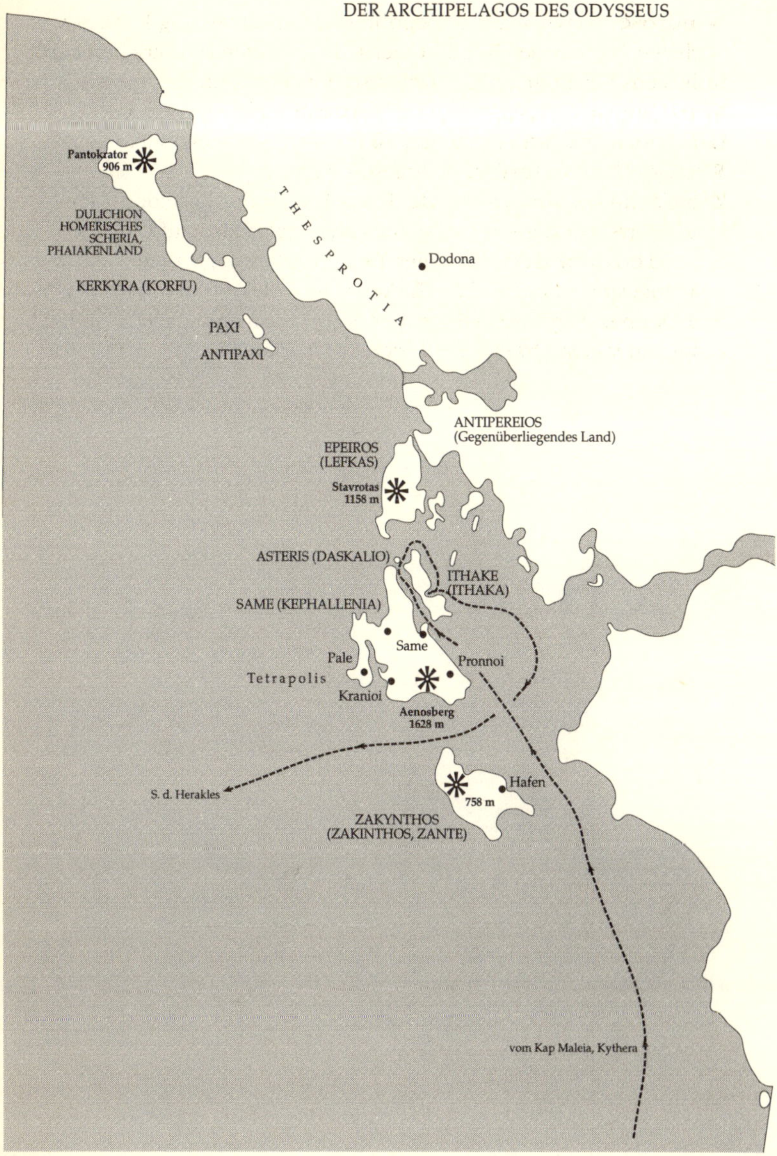